토마스 만 문학론

Literaturtheorie

von Th 토마스 만 문학론

안진태 지음

Literaturtheorie

von Thomas Mann

Literaturtheorie

von Thomas Mann

Literaturtheorie

Von Thomas Mann

Literaturtheorie

von Thomas Ma

들어가는 말

　배금주의와 정보, 기계주의가 홍수를 이루면서 현대인은 이미 오래전에 낭만적 정신을 상실했다. 이러한 현대의 정신적 혼탁한 시대에 정신 분석적 문학이 고개를 들고 있어 현대 문학사에 중요한 계기를 제시하고 있다. 가령 문학에 있어서 낭만주의는 러시아 혁명 이후 사회주의적 리얼리즘과 제2차 세계 대전 후 실존주의의 등장으로 완전 소멸되었다고 볼 수 있다. 가장 이상적이라고 믿었던 낭만주의의 붕괴 현상이 두드러진 오늘날에 정신 분석적 문학이 등장하여 주목을 끈 큰 이유는, 현대 문명의 종말적 방황과 밀접한 연관성이 있기 때문이다.

　서구 문명이 뒤흔들리고 이데올로기가 무너져 내리며 사회가 와해되어 가며 정치가 기능을 잃고 있는 오늘 심리 분석적 문학은 인간의 소리를, 꿈을, 또 종말기의 피난처를 제시하고 있다. 독일의 독재자 히틀러가 탕자의 문학으로 불살랐던 낭만주의는 이념의 혼란기에 있어서도 존재해 왔고, 절대적 낭만주의는 토마스 만의 일생과 신념을 낭만주의로 평가했으며, 문학에 있어 신낭만주의의 추구인 심리 분석적 작품은 기법상의 문제가 아니라 릴케 등의 잃어버린 전설을 통한 서구 미학의 통일을 겨냥하고 있다.

　소위 낭만적이란 것은 비일상적인 것, 신비로운 것, 마술적인 것과 놀라운 것, 역사, 설화, 전설, 동화, 그리고 신화, 현상학에 대한 기호 속에서 형성되는 등 주관의 권위를 주장하고 정서를 중시하는 경향 속에서, 심적 작품은 현실에 대하여 그 심오한 곳에 숨은 미묘한 어떤 것을 찾으려 한다. 이러한 환상은 시적인 미의 숭배

속에 탐닉하게 했고 종교적인 것을 다시 존경받게 만들고 있다. 여하간 이러한 심적 분석적 문학의 등장은 현대인이 가장 그리워하면서도 망각해 버린 사랑과 죽음, 환상과 정열 등을 재발견시킨다는 점에서 그만큼의 의미를 부여할 수 있는데 여기에 20세기의 거장인 토마스 만이 큰 기여를 하고 있다.

세기의 전환점에서 새로운 시대의 돌출을 알리는 신호탄이 어둠을 뚫고 하늘 높이 솟아오르듯 1900년경 새로운 세기의 벽두에 돌출된 문학을 선보인 작가가 토마스 만이다. 그는 19세기의 말기를 몸소 체험하면서, 몰락의 문제점들을 신랄하게 비판하고 있다. 양차 세계 대전의 종결과 동시에 인간으로서 예술가로서 내면생활은 격렬한 동요와 자각 속에서 헤매게 된 결과, 또 과학이 인간 두뇌를 능가하는 모순과 퇴폐 풍조의 만연, 풍요한 문명의 절정기 등을 따라잡지 못하는 정신의 결핍이 팽배하는 시대에 작가들은 목가적·향토적 예술가가 될 수 없었다. 이러한 정신적 혼란과 모순 사회에서 유럽 작가들은 주로 인간이 세계 속에서 존재함으로써 생기는 모순과 당착, 제약이나 질곡 등을 어떻게 해결할 것인가에 관심을 모으게 되었다. 따라서 과학의 발달에 힘입어 헤겔의 절대 관념론에 반대해서 일어난 반지성적·비합리적 현대 철학인 키르케고르, 하이데거의 실존 철학, 쇼펜하우어, 니체, 딜타이의 생철학의 시대정신 등의 영향을 받아 태어난 작가가 토마스 만이다.

이런 배경에서 토마스 만이 꾸준히 추구해 온 목표는 인생의 일단면의 묘사가 아니라 세계와 인생의 총체적인 묘사였다. 따라서 토마스 만의 작품에서는 시민 계급과 예술가의 대립 관계라는 일관된 주제를 통해 현대 예술에 대한 반성이 행해진다. 그의 작품은 반어적, 해학적으로 언제나 자신이 누구이며, 어떻게 살아야 할지 고민하는 주인공의 진지하고 깊이 있는 성찰이 담겨 있다. 즉 토마스 만은 현대 유럽 세계의 가장 긴요한 과제인 영혼을 소설의 형태에 반영시킨 작가이다. 결국 토마스 만의 작품 세계의 본질은 삶과 예술, 관능과 지성, 개체성과 일반성 등의 〈이원성〉으로 평가되고, 그의 삶에서도 국가와 개인, 시대와 개인의 관계가 화두가 되고 있다. 『부덴브로크 일가』에서 『마의 산』, 『요셉과 그의 형제들』을 거쳐 『파우스트 박사』에 이르는 토마스 만의 끈질긴 탐구는 현대 예술의 양면적 성격 — 불건전한 측면과 아울러 인간 정신의 필연적 전개라는 측면 — 에 대한 성찰로서도 안이한 자기 변호나 계급적 이데올로기의 차원을 넘어서 20세기 소설 문학의 기념비적인 성과가 되고 있다. 이런 맥락에서 토마스 만은 흔히 〈가장 독일적인 작가〉로 일컬어진다. 그 자신도 한 시대의 종말, 전통적인 시민 사회의 몰락을 예감하면서 데카당스의 작가, 병리학과 죽음의 애호가, 몰락의 미학자임을 자처했다.

결론적으로 말해서 토마스 만은 모순적 사회의 양극의 한편에 머물지 않고 끝까지 양편에 성실하게 임하는 의지로 현대 역사의 퇴폐와 허무 등의 사상을 극복하려는 의지를 작품에 나타내고 있다. 따라서 토마스 만 작품은 이 사회에 어떤 영향, 독서를 통한 즐거움 이외에 보다 풍부한 사고의 자유, 또는 그 사고를 통한 사회 개선 내지는 세계 개선, 적어도 어떤 인간적인, 평범한 인간의 삶에 변화를 줄 수 있는 자극제 등을 제공하고 있다.

이렇게 토마스 만의 소설은 인생의 의미에 대한 심오한 인식의 작품으로 독일 소설의 특징을 단적으로 표현하고 있다. 독일 문학가 중 괴테 다음으로 동시대의 작가 헤르만 헤세, 카프카와 함께 많이 연구되는 토마스 만의 작품에는 모든 시대를 관통하는 소설 미학의 기본 원칙이 담겨 있다. 그의 작품들은 상세한 설명, 복잡한 암시, 긴 심리 묘사, 난해한 긴 문장으로 읽기 쉽지 않은 것으로 알려져 있다. 이러한 토마스 만의 문학은 사상성이 풍부하고 냉철한 가운데 세밀한 묘사의 필치로써 소설에 특히 적합한 반면 희곡 작품 「피오렌차」 단 한 편을 제외하고는 희곡, 시 등에는 작품을 남기지 않았다. 또 그의 평론집은 상당한 분량에 달하고 또한 지극히 중요한 내용을 담고 있다. 이렇게 다양하고 난해한 토마스 만의 문학을 한 권의 학술서로 집대성한다는 것은 거의 불가능하다 할 정도로 매우 어려운 작업이지만 이 저서가 발간된 지금, 토마스 만의 문학 연구에 조금이라도 도움이 되었으면 하는 바람이다.

책을 집필하고 나면 독자의 평가를 기다릴 수밖에 없다. 그러나 본인의 학문적 한계성으로 아직 미비한 점이 많으리라 생각되며 뒷날 보다 나은 저술을 위해 여러 선후배님들의 아낌없는 지적과 편달을 바란다. 끝으로 이 책의 출판을 위해 수고해 주신 열린책들의 홍지웅 사장님과 편집부, 그리고 원고 정리에 헌신적으로 협조해 주신 주위 여러 분께 글로나마 심심한 감사를 드린다.

동해에서
안진태

일러두기

아래 토마스 만의 주요 작품은 ( ) 속의 단어로 간단하게 줄이고 뒤에 면수를
표시했음.

1. Thomas Mann, *Gesammelte Werke,* in: dreizehn Bänden(Frankfurt am Main,
   S. Fischer Verlag, 1974). (GW). 이 다음에 표시된 첫 번째 숫자는 권, 그다음
   에 오는 숫자는 면수를 나타냄.
2. Thomas Mann, *Buddenbrooks. Verfall einer Familie*, in: Ders., *Gesammelte
   Werke* in dreizehn Bänden, Band I(Frankfurt am Main, S. Fischer Verlag,
   1974). (Bd).
3. Thomas Mann, *Doktor Faustus*, in: Ders., *Gesammelte Werke* in dreizehn
   Bänden, Band VI(Frankfurt am Main, S. Fischer Verlag, 1974). (DF).
4. Thomas Mann, *Der Tod in Venedig,* in: Ders., *Gesammelte Werke* in dreizehn
   Bänden, Band VIII(Frankfurt am Main, S. Fischer Verlag, 1974). (TiV).
5. Thomas Mann, *Der Zauberberg*, in: Ders., *Gesammelte Werke* in dreizehn
   Bänden, Band III(Frankfurt am Main, S. Fischer Verlag, 1974). (Zb).
6. Thomas Mann, *Bekenntnisse des Hochstaplers Felix Krull*, in: Ders.,
   Gesammelte Werke in dreizehn Bänden, Band VII(Frankfurt am Main, S.
   Fischer Verlag, 1974). (FK).
7. Thomas Mann, *Tonio Kröger*, in: Ders., *Gesammelte Werke* in dreizehn
   Bänden, Band VIII(Frankfurt am Main, S. Fischer Verlag, 1974). (TK).

차례

Literaturtheorie

von Thomas Mann

Literaturtheorie

von Thomas Mann

Literaturtheorie

von Thomas Mann

Literaturtheorie

Von Thomas Mann

Literaturtheorie

von Thomas Mann

제1장 **토마스 만 문학의 사조 및 내용 분석**

독일 소설이 빌란트Christoph M. Wieland나 괴테와 더불어 지속적인 발전을 시작했다고 가정할 때, 그것이 성취한 것은 대부분 내면적인 문제이다. 오늘날 소설에 있어 보다 더 깊은 내면성을 향한 운동은 극한에 부딪쳐 있다. 그러나 소설의 초창기부터 이 방향으로의 전진은 끊이지 않고 계속되어 왔다. 아마 소설의 역사를 통해 찾아볼 수 있는 일관된 전진의 노선은 이것 하나뿐일 것이다. 현대 소설의 기술적인 수법이나 관례의 변화 그리고 의사 소통에 소용되는 상징의 과정 쪽으로 접근했다는 사실, 또 플롯*Plot*의 중요성의 감소 — 이런 것들은 소설의 내면성 *Verinnerlichung*(GW 10, 356)이라는 일차적 특질에 연유하는 이차적인 파생 현상들이다. 이러한 내면성은 독일의 본질로 볼 수 있는 철학적인 깊이, 우울한 음악, 심오한 종교적 신비주의 등으로 세계의 정신사에 큰 업적을 이루었다.

소설에서 새로운 세계상의 전제인 〈심화된 내면성〉은 토마스 만이 자신의 기본적 문학관인 〈소설의 예술〉에서 전거로 인용한 쇼펜하우어의 시학적 주장과 직접적으로 일치한다. 〈소설은 내적 삶에 대한 묘사가 많을수록, 그리고 외적 삶의 묘사가 적으면 적을수록 그만큼 더 높고 고귀한 양식이 된다〉(GW 10, 356)는 쇼펜하우어의 원칙이 토마스 만의 근대 소설에서 실현된 것이다. 쇼펜하우어에게 예술은 〈아주 적은 외적 삶의 소비로 내적 삶을 강력하게 움직이는 데 있는데, 이는 내적 삶이 본래 우리의 관심의 대상이기 때문이다〉.[1] 쇼펜하우어의 이 언급이 그토록 유명하게 된 것은 내면화에서 유래하는 소설가의 작업 결과로, 이 경향이 바로

18세기 이후 소설 문학의 특징이 되고 있다. 소설이 17세기까지는 서사적인 문학 형태로서 문명화되어 가는 근대 인간의 환경과 같은 외적인 현실이나 자연의 모습을 폭넓게 보여 주려는 임무를 해왔다면, 18세기 이후로는 점점 더 내면화로의 경향이 증가되었다. 소설이 문제성과 분열된 인간을 묘사하면서 점점 더 내면적인 인간과 그의 사상과 정서에 대한 이야기가 된 것이다. 이러한 내면적인 면을 중요시한 토마스 만은 〈소설가의 과제는 대단한 사건을 서술하는 게 아니라 작은 일에 흥미를 주는 것〉[2]이라는 기본 명제를 유지하고 있다.

이러한 토마스 만의 소설 의도는 표현할 수 없는 미래의 함축인 유토피아적 요인으로, 이것이 20세기에 들어 소설 문학의 주도적 역할을 하게 된다. 토머스 모어 Thomas More가 그린 유토피아는 존재하지 않는 장소, 즉 세상 어디에도 없는 곳이라는 뜻이다. 우리는 어떠한 결핍도 존재하지 않는 완벽한 유토피아에 가고자 꿈꾸지만 완벽한 이상향은 불완전한 현실 세계에서는 존재할 수가 없다. 다만 우리는 그 완벽함에 이르기 위해 달리고 또 달리는 것이며, 그 끊임없는 경주 속에서 우리들의 역사가 태어난다. 완전성에 대한 추구는 우리를 여기 이곳까지 치달리게 한 힘이다. 이러한 유토피아는 낭만주의적 요소인 동경(憧憬)을 함축하고 있다. 동경은 과거를 지향하기도 하고 그 반대로 미래를 지향하기도 하지만 현실로써는 포착될 수 없다. 이와 같은 동경 방향의 유동성은 기성 세계에서 다른 세계로, 불확실한 세계로, 생성 과정의 세계로 이동 비약할 수 있는 원동력이 된다. 그것은 경험 세계가 아니라 상상의 세계에 대한 동경인 것이다. 동경에 의하여 구체적 외형적 형상은 지양되어 연인이 그 대상일 때 외형, 육체는 승화해 버린다.

19세기적 강령으로 볼 수 있는 일상적 현재의 변용이 우리 시대에 들어와 토마스 만에 의해 실천되었다고 볼 수 있는 유토피아는 소설 최고의 목표로, 인문주의적 환상의 비전으로 다양하게 나타나고 있다. 실제로 토머스 모어의 개념인 유토피아도 다양한 관점으로 나타난다. 그것은 단순히 존재하지 않는 이상향에서만 그치는 것이 아니다. 넥타nectar[3]가 흘러넘치는 신화 속 올림포스 산과 드높은 명예와 함께 빛나는 발할라[4] 궁전도 유토피아이며, 태초의 에덴동산과 중세 기독교의 천년 왕국[5]도 유토피아이며, 평화로운 무릉도원(武陵桃源)[6]도 모두 유토피아다. 결국 토머스 모어의 『유토피아』는 플라톤의 『국가론』[7]과 같은 이상의 실현을 지향하고 사회의 개혁을 촉구한다. 이러한 다양한 유토피아적 요소가 토마스 만의 작품에 문학적으로 자주 나타나고 있다. 하나의 예를 들자면 「트리스탄」에서 클뢰터얀 부인의 부친의 집 뒤 황폐한 뜰을 들 수 있다. 풀이 무성할 대로 무성해서 허물어지고 이끼가 긴 담벽, 한가운데에 놓인 분수, 그 가장자리에 무성하게 원을 이루고 있는 수초들, 그리고 분수 주변에 놓인 의자에 앉아 뜨개질만 하는 여섯 친구와 그녀 자신인 가브리엘 에크호프(클뢰터얀의 결혼 전 이름)의 모습이다. 풀이 무성하고 잡초로 뒤덮인 뜰, 이끼에 덮인 채 허물어져 있는 담벽, 이 일곱 명의 소녀들이 앉아 재잘거렸던 장소는 인류의 문명과는 동떨어진 원시적 자연 그대로의 모습으로 클뢰터얀 부인에게는 영원한 유토피아가 되고 있다.

초기 토마스 만의 예술관은 삶과 정신의 대립과 초월을 통한 유토피아의 추구, 그리고 예술가의 존재와 그 구제라는 유토피아적 목표를 가장 중요한 문제로 다루었다. 물론 소설에 내포된 내용이 실제로 기술되는 행동보다 훨씬 미래를 묘사하는 유토피아적 소설은 특수한 곤란을 제기하기도 한다. 사건이 독자에게는 미래적이지만 작가에 대해서는 상대적으로 과거에 발생한 것이기 때문이다. 소설의 독자들은 모든 소설의 시제인 과거로부터 허구적 현재로 상상력에 의해 이동하는 데 익숙해 있지만, 과거 시제를 상상력에 의해서 미래로 이동시킨다는 것은 어려워, 완전한 미래의 환상으로 전달되기가 어렵다. 이런 종류의 소설은 당대의 장면에서 출발했다가, 이야기의 클라이맥스에 가서는 결국 다시 당대의 장면으로 되돌아온다.[8]

삶과 정신의 초월을 통한 유토피아의 추구, 또 예술가의 존재와 그 구제라는 유토피아를 목표로 문학을 수행한 토마스 만은 1905년경부터 비평과 조형의 종합에 대한 가능성을 자기 문학에서 모색했다.(GW 10, 62) 그리하여 그의 작품에는 자서전적인 문체 또는 그리스적이며 신화적인 요소, 그리고 초시간적 고전성을 지향하는 유토피아적인 경향이 점차로 뚜렷해진다. 그러는 동안 시대 상황은 변화를 거듭하여 세계 대전이라는 파국을 향하여 시시각각으로 나아가, 전쟁의 영향이 그의 소설에 강렬한 영향을 미치게 된다. 이러한 토마스 만의 여러 다양한 경향에 대해 코프만Helmut Koopmann은 〈새로운 다양성 때문에 모든 일의성이 상실되고, 견해의 새로운 다양성으로 인해 전래의 소설 전형이 와해되는 것이 토마스 만 문학의 보편적인 특징이다〉[9]라고 피력하고 있다. 토마스 만이 서신에서 〈내가 세인들의 입에 오르내리고 있으나 거기에서 나에 대한 본질적인 것을 거의 찾아볼 수 없다. 그들은 이해력으로 내가 말한 것을 반복하지 않고 그저 되풀이하고 있을 따름이다〉[10]라고 언급한 것처럼, 다양한 관점을 나타내는 토마스 만의 문학은 여러 문학 사조를 나타내고 있는 것이다.

이처럼 다양한 토마스 만의 문학 사조에서 제일 먼저 표현주의 사조가 강한 인상을 보인다. 20세기로 접어들면서 문학과 예술의 세계는 후설Edmund Husserl의 경우처럼 〈세계의 소원화(疎遠化)〉, 〈바탕의 상실〉, 〈비현실성〉의 주제를 내걸면서 새로운 것의 시작을 예고하고 있었다. 이 새로운 것을 보통 표현주의라 일컫는데, 표현주의는 문학의 세계에 국한되지 않고 예술의 모든 영역으로 확장되었다. 표현주의의 현실성은 문학과 예술의 세계에서 이미 자연주의로의 복귀가 불가능하게끔, 바꾸어 말해서 적어도 이러한 복귀를 시대착오적인 것으로 생각하게 할 만큼 그 형식 원리가 활력을 지니고 있었다.

토마스 만 자신은 자기 문학을 표현주의 사조라고 명확하게 언급한 적은 없지만, 문학 작품뿐만 아니라 그의 창작은 보편적 상황에서 표현주의로 답하고 있다. 안츠Thomas Anz에 따르면, 예술가적 존재와 시민적 존재의 대립, 작가로서의 존재와 시민적 직업 사이의 긴장은 토마스 만이 슈니츨러Arthur Schnitzler, 되블린 Alfred Döblin, 벤Gottfried Benn 등 동시대의 주요 작가들과 공유한 경험이다. 표현주의가 번성한 10년 동안 이들 작가의 수많은 소설과 드라마에서 사회적 아웃사이더와 편입된 자가 구분되고 있는 것이다.[11] 그런데 이들 문학 속의 아웃사이더들은 특이한 성격으로 작품을 지배한다. 영국의 비평가 콜린 윌슨은 앙리 바르뷔스의 소설 『지옥』에 나오는 한 구절 〈나는 너무 깊이, 그러면서도 너무 많이 보는 것이다〉에 주목하여 아웃사이더의 특질을 집어낸 바 있다. 그에 따르면, 아웃사이더란 깨어나 질서의 이면에 감추어진 혼돈을 본 자이다. 이들은 진실을 말하는 순간, 애꾸눈의 나라에서 두 눈을 가진 사람처럼 비정상적인 소외자가 될 수밖에 없다. 무당이 신과 소통하면서 사람들 사이에서 외롭듯, 남들이 보지 못하는 진실이 눈에 보이는 사람은 외톨이가 될 수밖에 없다.

표현주의 외에 토마스 만의 문학에는 사실주의도 적용된다. 서구의 19세기는 격동하는 사실주의의 시대였다. 자연 과학과 기술의 발달 및 산업화로 인하여 복잡하게 된 인간 현실의 재현이 서구 사실주의의 일차적 목표였다면, 독일의 사실주의 작가들은 어떤 점에서는 루카치 György Lukács적 의미에서 인물과 사건의 창조를 통하여 〈인생의 숨겨진 총체성을 발견해 내고 구축해 나가려고〉 노력한 이상주의자들이었다. 그들은 해학 Humor을 무기로 하여 현실의 소란한 불협화음에서 일차적으로 거리를 두려 했으며, 체념적·정관적 관찰을 통하여 인생의 숨겨진 비밀(총체성)에 도달하고자 했다. 독일의 사실주의가 루트비히 Otto Ludwig 이래 특히 〈시적 사실주의 poetischer Realismus〉로 지칭되고 있는 것도 독일 소설이 프랑스적·산문적 소설이기 전에 생의 총체성을 추구하는 서사시 Epos이고자 했던 독일 고전주의적 맥락에서 이해될 수 있다. 이러한 사실주의 사조가 토마스 만의 문학에도 적용되고 있다.

토마스 만의 소설에서는 지리·환경의 외부적인 묘사가 실제의 사실에 근거를 두고 있는 경우가 많아 사실주의적 사조로 볼 수 있다. 토마스 만의 『부덴브로크 일가 Buddenbrooks』는 뤼베크 Lübeck 시에 국한시키고 있다. 이러한 사실은 인물 묘사에 있어서도 마찬가지다.[12] 따라서 등장인물들은 주제나 문제성과 마찬가지로 그 시대를 실증하며 유형적이다. 소설의 줄거리는 소시민이거나 지방의 귀족, 또는 대도시의 노동자 계급이든가 특정한 사회 계층에 국한된다. 이런 식으로 토마스 만은 『부덴브로크 일가』에 연대기적인 맛과 다성적 구조를 적용하여 사실주의 문학에 배열시키고 있다. 이 작품은 부르주아 Bourgeoisie 전통의 요소들을 충실히 계승하는 한 가족의 이야기로 부르주아 사회의 엄격하고 사려 깊은 비판을 나타내고 있다. 따라서 부르주아적인 테마가 거기에서 기대 이상의 위치를 차지하고 있다. 한 가족의 이야기라는 이해가 닿을 법한 범위 내에서 인류의 유기적인 전 생명이 반영되어 일종의 소우주를 형성한다. 하나의 폐쇄된 환경의 내부에 있으면서 역사의 발전과 여러 인간의 개인적 운명이 교체되는 것만으로도 이미 놀랄 만한 사실주의적 구성에 달한다. 결국 『부덴브로크 일가』는 19세기 말기의 부유한 한자동맹 도시의 어떤 일가의 몰락을 사실적으로 묘사한 것이다. 이런 여러 배경에서 토마스 만에 경도(傾倒)된 최재서는 『부덴브로크 일가』에 관해 다음과 같이 높이 평가하고 있다. 〈필자의 자전(自傳) 소설론이나 관념 소설론이 이곳 문단에 무슨 기여가 되었는지는 의문이며, 또 처음부터 직접적인 효과를 바란 것도 아니었다. 다만 토마스 만의 소재는 적지 않은 자극이 되었을 것으로 믿는다. 김남천의 『대하(大河)』, 이기영의 『봄』, 한설야의 『탑』 등이 모두 가족사 소설이라고 볼 수 있는데, 그들 작품은 물론 작가 자신의 착안과 주견(主見)하에서 제작된 것이지만, 이렇게 시대적 흥미를 걸머진 작품에 토마스 만의 대작이 아무 영향도 안 주었다고는 결코 볼 수 없을 것이다.〉[13] 이렇게 최재서와 루카치가 우연일지 모르나 모두 토마스 만의 소설에 주목하였고 모더니스트들에 대해서는 비판적이었다.[14]

토마스 만은 작가의 책임을 묘사했다고 볼 수 있는 〈예술가와 사회〉라는 제목으로 1952년 유네스코 회원들에게 행한 연설에서 예술의 유희적 독립성과 풍자적 반(反)시민성을 주장하면서도 〈예술과 정치 또는 정신과 정치〉 사이에 필연적으로 성립되어 분리될 수 없는 연관성을 강조하였다. 따라서 여기에는 어떤 식으로든 부인할 수 없는 인간적인 것의 총체성이 작용한다. 토마스 만은 오늘날 주도적 장르로 〈사회 비판〉을 담고 있는 〈사회 소설〉에서 휴머니즘의 불가분성, 즉 미적인 것, 윤리적인 것, 정치·사회적인 것의 통합을 입증한다. 이런 배경에서 토마스 만의 사실 연관적 사실주의가 설명되며, 이런 의미에서 그 자신이 위대한 19세기의 소설가와 연관되어 있다고 느껴진다.[15]

토마스 만 자신도 『마의 산』에서 주인공 카스토르프의 존재에 관해 다음과 같이 서술함으로써 현실이 사회적인 의식에서 벗어날 수 없다는 사실주의적 성격을 보여 주고 있다. 〈인간은 개개의 존재로서 개인적 삶뿐만 아니라, 의식적이든 무의식적이든 자신의 시대와 동시대인의 삶을 살아간다. 우리들이 우리 존재의 기초를 이루고 있는 초개인적이고 보편적인 기초를 절대적인 것, 자명한 것으로 생각하고 여기에 대해 비평을 가하는 것은, 선량한 카스토르프와 마찬가지로 생각조차 하지 않는다 하더라도 그러한 기초에 결함이 있을 경우, 우리들의 정신적 건강이 웬일인지 이로 인해 상하는 것처럼 느끼는 것은 당연히 있음 직한 일이다.〉(Zb 50) 따라서 등장인물들은 개인으로서뿐만 아니라 그 시대와 그 시대를 살아가는 대표자로서 또 다른 역할을 수행하고 있음을 분명히 하고 있다.

그러나 헬만 W. Hellmann은 현실을 보는 주관적 의식이 사회 여건의 여하에 따라 유동한다는 사실 자체에 바로 객관적 서술의 위험이 있다고 보아 사실주의를 부정하고 있다. 즉 현실의 어떤 특정한 한 부분만의 분석을 현실 전체로 내세워서 이미 상당히 주관적으로 해석된 객관을 마치 순수한 객관으로 간주할 우려가 있다는 것이다. 헬만의 견해에 따르면, 현실의 객관적인 서술인 사실주의는 한갓 환상에 불과하다. 〈작가들이 거짓말을 많이 한다〉는 비판도 바로 이 점 때문이리라.

토마스 만 역시 자신의 단편 「환멸Enttäuschung」에서 헬만의 견해 비슷하게 다음과 같이 실토하고 있다. 〈나 역시 배운 바는 그들, 이 작가들을 증오하는 법이오. 그자들은 위대한 말들을 온 벽에 쓰고 베수비오 화산에 잠긴 삼나무로 하늘의 뚜껑에 그림을 그리고 싶어 하지요. ― 반면 나는 모든 위대한 말들을 거짓말 아니면 비웃음으로 노낄 수밖에 없습니다! 〔……〕 내가 오늘 다시 한 번 고백하고 싶은 것은, 나 역시, 내 자신 스스로가 나 자신이나 다른 사람들 앞에서 행복한 체하기 위하여 이 사람들과 함께 거짓말을 해보려고 한 적이 있었다는 점입니다. 그러나 그런 허영심이 깨어진 것은 여러 해 전입니다. 그리고 나는 지금 고독하며, 불행하며, 약간 이상스럽게 되어 버렸습니다. 나는 그것을 부정하지 않습니다.〉(GW 8, 65 f.)

이것은 객관적 사실주의의 수법으로서, 사실 소재와 상세한 세부 묘사를 지향하는 토마스 만의 작가 정신에 기인하는 것이다. 토마스 만의 사실주의적 성향은 휴머니즘, 사물 자체에 대한 진지한 태도, 교육적 책임감에서 비롯된 전망주의로 요약된 그의 이론적 관점에 근거한다. 이는 인간적인 것, 인류애를 의미하며, 그것은 결국 사회적 세계로의 귀착인 사실주의인 것이다.

토마스 만의 소설을 사실주의로 규정하는 대표적 인물은 마이어Hans Mayer로, 그는 특히 『마의 산』에 개별 사건이 전체의 정신적 계획에 예속되어 있다는 의미에서 사실주의가 지배하고 있다고 한다. 이러한 전제는, 토마스 만의 말에 따르면, 선택하고 정돈하려는 의지에 지배된 삶의 성실성을 의미한다.[16] 이러한 사실주의에 토마스 만의 자서전적 요소도 배경을 이루고 있다.

한편 토마스 만은 〈표현주의〉나 〈사실주의〉에 속할 수 없는 비일관적인 작가라는 의견도 상당하다. 따라서 토마스 만의 소설들이 〈사실주의〉 또는 〈자연주의〉라는 명칭에 부합될 수 있는가에 대한 연구도 계속 진행 중이다.[17] 이 결과 토마스 만의 경우 체계적 의미의 〈이론〉이라는 말은 있을 수 없다는 사실이 여러 면으로 입증되기도 한다.[18] 예를 들어 코프만은 〈그(토마스 만)는 어떤 학술 미학뿐만 아니라 어떤 순수 이론도 꺼려 한다〉[19]고 말한다. 이러한 토마스 만의 비일관성에 대한 냉혹한 비판자로 기독교적 실존주의 진영의 한 사람인 홀트후젠H. E. Holthusen을 들 수 있다. 그의 이론을 들어 보면, 토마스 만의 문장은 세련되어 있고 묘사가 치밀하며 인간 심리를 파헤치는 기교에 있어서는 확실히 당대 일류의 작가이다. 그러나 토마스 만에게는 인간의 마음을 감동시키고 납득시키는 위대성이 결여되어 있는데, 이는 그의 작품과 사상이 일관성이 없기 때문이라고 한다. 토마스 만은 그의 내부에 어떤 확고한 것을 갖지 못하고 다만 시대에 따라 이리저리 흔들리는 사람이라는 뜻이다.

이렇게 이리저리 흔들려서인지 토마스 만의 소설은 역사적이거나, 자전적(自傳的)이라는 개념과 더불어 시대 소설, 사회 소설 혹은 교양 소설Bildungsroman[20]이라는 여러 개념을 지니고 있다. 예를 들어 『파우스트 박사』 한 작품만 해도 여러 개념을 지니고 있다. 〈소설의 소설Roman eines Romans〉이라는 부제 아래 소설 『파우스트 박사』의 탄생 과정에 대해 매우 긴 분량으로 상세하게 서술하고 있는 평론집 『파우스트 박사의 생성Die Entstehung des Doktor Faustus』에서 토마스 만은 『파우스트 박사』가 어떤 종류의 소설이 되고자 하는지를 명시하고 있다. 즉 『파우스트 박사』는 〈니체 소설Nietzsche-Roman〉(GW 11, 148) 혹은 작곡가의 삶을 형상화한 〈음악 소설Musik-Roman〉(GW 11, 171)이기도 하지만 무엇보다도 〈문화 소설이자 시대 소설Kultur- und Epochen-Roman〉(GW 11, 171)로서 토마스 만이 살고 있는 시대를 담아내고 있는 소설로 구상되었다. 이렇게 『파우스트 박사』에 대해 여러 명칭이 따르는 이유 중 하나로 토마스 만의 대부분의 소설들처럼 이 작품도 오랜 생성 시기를 갖고 있고, 따라서 그 기간 동안 일어난 역사적, 정치적 변화 때문에 원래의 구상이 많이 변경된 점을 들 수 있다.

결국 토마스 만의 소설은 어떤 특정한 소설 형태로 구분하기가 어렵다는 의미이다. 괴테의 교양 소설이나 폰타네Theodor Fontane의 시대 분석 · 시대 비판 소설은 일정한 유형과 모형을 이루기 때문에 정의를 내리기가 용이하지만, 토마스 만의 소설은 그러한 획일성을 지양하여 어떤 유형에도 속하지 않는 것이다. 그의 소설 속의 여러 유형을 크게 구분해 보면 〈중심 문제로서의 죽음〉, 〈소설의 유토피아적 과제〉, 〈휴머니티라는 공통분모〉, 〈신화적 현실〉, 〈심리적 서술의 종결〉로 압축된다. 이러한 현상을 코프만은 토마스 만의 〈소설의 다성적 구조*polyphonische Struktur des Romans*〉(GW 10, 353)라고 부르고 있다.

1. 독일 소설 문학의 중흥

그리스 신화의 기억의 여신 므네모시네Mnemosyne는 그리스인들에게 서사시적 예술의 시신(詩神)이었다. 이 이름은 관찰자를 세계 역사의 갈림길로 데리고 간다. 이를테면 기억에 의해 기록된 것, 즉 역사 서술이 서로 다른 여러 서사시적 형식들의 창조적 출발점이라고 한다면(마치 위대한 산문이 여러 상이한 운문의 창조적 출발점인 것처럼), 서사시적 제 형식의 가장 오래된 형태인 저자는 그것이 일종의 공통적 출발점이라는 사실에 힘입어 이야기와 소설을 동시에 포함하고 있다.

이런 배경에서 문학 장르의 구분은 신화에까지 소급되는 오랜 역사를 가지고 있다. 제우스Zeus 신이 자신의 고모뻘 되는 므네모시네 여신과 동침의 필요를 느낀 것은 거인들과의 전쟁에서 승리한 직후이다. 승리의 축가를 지어야 하는데, 전쟁의 양상을 소상하게 기억하고 있는 이는 기억의 여신 므네모시네뿐이었다. 제우스가 9일 동안 연이어 이 여신과 동침하니, 여기에서 태어난 딸 아홉 자매가 바로 예술의 여신인 무사Mousa(영어식으로는 뮤즈Muse)이다. 맏이 클레이오Kleio는 영웅시와 서사시를 담당하여 늘 나팔과 물시계를 들고 다닌다. 둘째 하늘의 여신인 우라니아Urania는 하늘에 대한 찬가를 맡아서 늘 지구의(地球儀)나 나침반을 든 모습으로 선보인다. 셋째 멜포메네Melpomene는 연극 중에서 비극을 담당하여 슬픈 가면과 운명의 몽둥이를 들고 있는 모습으로 묘사된다. 넷째 탈레이아Thaleia는 연극 중에서 희극을 맡아서 웃는 가면과 목동의 지팡이를 든 모습으로 그려진다. 다섯째 테르프시코레Terpsichore는 합창을 담당하여 현악기의 일종인 키타라를 든 모습으로 묘사된다. 여섯째 폴림니아Polymnia는 무용과 팬터마임(무언극)을 담당하여 늘 입술 앞에 손가락을 하나 세우고 명상하는 모습으로 묘사된다. 일곱째 에라토Erato는 서정시, 여덟째 에우테르페Euterpe는 유행가, 막내

칼리오페Kalliope는 서사시와 현악을 맡고 있다. 이 중 막내 칼리오페는 뒷날 인류 사상 최고의 명가수 오르페우스Orpheus의 어머니가 된다. 이 무사 여신들이 사는 곳은 〈무사이온musaion〉으로 오늘날 영어로 〈뮤지엄museum〉이라고 불리며 박물관을 의미하는데, 이는 인류가 남긴 기억의 산물이 고스란히 간직되는 곳이란 뜻이다. 쉴러는 자신의 「발렌슈타인Wallenstein」에서 이러한 무사 여신들에 대해 다음과 같이 헌사를 바치고 있다. 〈그대들, 무사에게 감사 드리시오. 이 시의 여신이 진실의 / 음울한 모습을 밝고 경쾌한 예술의 나라로 / 유희하듯 옮겨 주었음을, / 〔……〕/ 삶은 어둡고 진지하나 예술은 밝고 경쾌합니다.〉[21]

이 내용과 마찬가지로 토마스 만도 〈예술은 〔……〕 기쁨을 준비하여 즐거움을 주고 삶을 북돋고자 하며 또 그래야 한다〉(GW 10, 349)고 언급하고 있다. 그런데 예술의 여신인 무사들이 담당한 예술 영역들을 고찰해 보면 주로 서사시와 연극과 노래뿐이고 소설에 관련된 문학은 없다. 이는 소설이 초기에는 독립적으로 발달할 수 없었다는 것을 암시한다. 이렇게 소설은 그 명칭 그대로 비교적 역사가 길지 않은 문학 형식이다. 소설은 모든 예술 가운데 막내이기 때문에 파르나소스Parnassos[22] 산의 어떤 무사 여신도 소설을 대변하지는 못했다. 그러나 이야기를 한다는 것은 확실히 다른 어떤 예술과도 마찬가지로 인류의 가장 오랜 오락 가운데 하나였다. 글이 발명되기 훨씬 이전에도 미개인의 무리는 그날의 사냥이나 싸움이 끝나고 나면, 〈아이들이 놀이를 그치고 노인들이 화롯가를 물러나게 할 만한 이야기〉[23]를 가지고 온 사람에게 귀를 기울이기 위해서 모여 앉았을 것이다. 자기 고장의 전설을 간직한 농부와 여행 중에 수집한 이야기나 경험을 전달하는 선원과 같은 옛이야기꾼들의 이야기는 광범위한 이야기 공동체를 하고 다른 사람들로부터 전해 내려오는 경험을 전달했다. 〈모든 이야기꾼들이 퍼 길어 올리는 이야기의 샘은 입에서 입으로 전해지는 경험이다. 이야기를 글로 받아 적었던 이야기꾼들 중에서 위대한 이야기꾼들이 있었는데 이들이 받아 적은 것도 무명의 숱한 이야기꾼들이 말하는 이야기와 거의 다를 바가 없는 이야기들이었다.〉[24] 이러한 이야기들이 오늘날 소설의 효시로 볼 수 있다.

오늘날 소설의 범주는 명확히 구분되어 있다. 우선 신화와 민간전승Folklore으로 불리는 것이 있다. 이것은 무의식적 의도에서 나온 것으로서, 원시인의 정신으로 이해될 수 있는 심상(心像)으로 변형된 자연력에서 유래한다. 다음에는 로망스라는 이름으로 통하는 기사의 모험담을 다룬 중세기의 이야기나 몬테마요르Jorge de Montemayor,[25] 뒤르페D'urfé, 시드니Sir Philip Sidney 등의 목가적인 꿈의 세계나, 칼프르네드Gautier de Costes de la Calprenéde[26]나 스퀴데리George de Scudéry[27] 등의 영웅 이야기에서 발전한 종류의 픽션이 있다. 이 종류는 예술적인 의식을 가지고 쓴 것으로, 비현실적이고 비자연적이 되는 것을 무릅쓰고 이야기 특유의 본질을 앞장세움으로써 자연과 현실로부터 도피하고자 하는 의도에서 생겨난 것이다. 다음에는 모양 없고 예술성이 없어 보일지라도 보다 더 자연과 현실에 접근하려는 의식적인 의도에서 나온 픽션이 있는데 이것이 곧 소설이다. 소설은 픽션의 여러 형식 중에서 최근의 것이며 가장 발전된 형식이다.[28]

소설은 겨우 18세기부터 비로소 시작되었다고 보는 것이 정설이다. 그 이전의 수 세기에 걸친 시도들, 예컨대 악한 이야기나 여행기나 모험담, 일기나 편지나 자서전의 형식으로 쓰인 역사상 인물의 준허구적 일대기 등은 그 성질로 보아 대부분이 윤곽의 묘사이지 성취된 작품이라고 볼 수 없다. 이런 배경에서 유럽에서는 18세기가 경과하기까지 서사시나 연극이 문학의 대세를 차지하고 소설은 정통적 문학의 모체가 되지 못했다. 즉 소설에서는 서사시적 형식의 시신적(詩神的) 요소, 다시 말해 기억이 이야기에서와는 전혀 다른 모습으로 등장하였다. 이러한 배경에서 18세기 이전의 서양에서 소설은 보통 서사시의 다음 단계에 놓여 발달하는 경향이 있었다.

다시 말해 서양에서 소설novel[29]의 발달 과정은 보통 〈신화myth ─ 서사시epic ─ 로망스romance ─ 소설novel〉의 도식으로 요약되고 있다. 서사시는 보는 이에 따라 신화의 다음 단계에 놓이거나 신화와 동시대의 단계에 놓이기도 한다. 이들 세 양식 혹은 네 양식 사이의 차이점은 여러 각도에서 설명이 가능하다. 우선 주로 어떤 유형의 존재를 주인공으로 설정하였느냐는 관점에서 이들 양식의 차이점이 밝혀질 수 있다. 신화의 주인공은 신 혹은 신적인 존재이며 서사시의 주인공은 대체로 영웅이다. 옛날부터 시가 시작되기 이전의 어떤 의미심장한 이야기의 줄거리에 대한 설명으로 방향을 돌렸다가 다시 제자리로 돌아와 원줄기를 결말로 끌고 가는 것이 서사시의 이론이다. 이러한 서사시의 구조는 16세기와 17세기의 목가적 또는 영웅적 사랑 이야기에 이어지고, 이들 사랑 이야기는 이야기의 원줄기가 따로 풀어낼 수 없이 뒤얽힐 정도로 중간에 더욱 많은 설명을 집어넣어 이 구조를 더욱 복잡한 형식으로 만들어 놓았다. 초기 비평가들은 이 관례를 그대로 받아들여 그것이 최근까지도 소설사의 중심 법칙이 되었다.[30]

로맨스의 주인공은 흔히 기사(騎士)의 형태로 나타나는 귀족 계층의 인물이지만 소설의 주인공은 선남선녀(善男善女)이며 필부필부(匹夫匹婦)이다. 다시 말해서 근대 이후의 소설 양식은 주인공을 특별히 어느 계층에 한정하는 일 없이 아무 계층이나 집단에서 임의대로 뽑아 온다. 사회 계층론의 시각에서 본다면 서양 소설의 발달 과정은 곧 주인공의 하락 과정이다. 괴테의 『파우스트』에서 〈나도 박사니 석사니 저술가니 목사쟁이니 하는/온갖 바보들보다 제법 슬기롭기는 하다〉(366행 이하)의 외침에서 〈박사, 석사, 저술가와 목사쟁이〉의 점강법Antiklimax적인 하락처럼 서양 소설의 발전은 신에서 영웅으로, 영웅에서 귀족으로, 다시 귀족에서 평민으로 신분상의 점강적인 낙하가 계속되어 왔던 것이다. 이를 볼 때 시대가 지나면서 서양 소설은 점차로 〈보다 많은〉 사람들의 삶과 문제를 다루려는 시도를 느낄 수 있다. 주인공의 신분상의 하락 과정은 정치학적·사회학적 발전 과정에 병행되는 것이라 하겠다. 그러기에 서양의 소설 이론가들은 서양 소설 양식의 발달 과정을 논하면서 흔히 봉건 사회의 해체와 이에 따른 시민 사회의 성립을 매우 중요한 배경 요인으로 지적하곤 한다.[31]

18세기는 프랑스와 영국은 물론이고 독일을 포함한 전 유럽에서 근대적 의미의 학문적 사고와 오늘날까지도 대체로 효용력을 갖고 있는 교양의 제 규범이 생겨났던 시기이다. 그것들은 근대 시민 계급과 동시에 형성되었으며, 이러한 시민 계급의 존재에 힘입어 아직도 끈질기게 명맥을 유지하고 있다. 케틀Arnold Kettle은 저서 『영국 소설 개론An Introduction to the English Novel』에서 봉건주의의 붕괴라는 거대한 사회적 변화가 문학에 끼친 영향, 즉 소설의 형성을 유도한 배경에 대해 집중적으로 논구하였다. 그에 의하면 16, 17세기에는 시가 당대의 살아 움직이는 정신을 대변해 주었지만 18세기로 넘어오면서 산문이 그 역할을 대행하기 시작했다는 것이다. 이처럼 산문 소설이 성숙하여 하나의 독립된 문학 형식으로 그 자체의 가치와 표준에 의해 평가될 수 있게 된 것은 그리 오래되지 않았다. 이런 점으로 미루어 보아 최근까지 통용되는 소설의 관례는 대부분 시의 형식으로부터 친숙해진 결과들이다.

독일에서도 18세기에 시민 계급의 번창과 더불어 소설이 〈서사 문학*Epik*〉의 새로운 장르로 성장하여 시민 독자에게 많이 읽혔지만, 이상하게도 당대의 정통적 〈시문 이론*Poetik*〉은 아직도 소설을 서사시의 합법적 후계자로 인정하지 않고 소설을 서사시보다 열등한 장르로 간주하고 있었다. 소설이 실제로는 많이 읽혀 큰 비중을 차지하지만 당대의 시문 이론에 의하여 소설이 이렇게 외면당하는 사실은, 〈소설은 가장 경멸당했으면서도 가장 많이 읽혔다〉[32]는 당시의 어느 작가의 지적에 전형적으로 잘 나타나 있다. 또 쉴러는 전통적인 〈시인*Dichter*〉과 〈산문 작가 *prosaischer Erzähler*〉를 구별하여 산문 작가는 〈시인의 의붓동생〉[33]이라고 규정함으로써 향후 독일 소설의 발전에 대해 중대한 발언을 하였다. 여기서 운문 우위적인 독일 문학의 전통이 재확인되고 있으며, 운문으로 된 서사시가 신흥 산문 예술인 소설을 종속적·부정적으로 평가하는 것이 아직도 뿌리내리고 있음을 나타낸다. 실제로 괴테와 쉴러의 합작 논문인 『서사 문학과 극문학』에서도 서사시 및 서사 문학가에 대한 논술이 펼쳐지고 있을 뿐, 소설 및 소설가에 대한 항목은 설정되지도 않고 있었다.

호메로스의 『오디세이아』와 『일리아드』에 전범(典範)을 두고 있는, 이와 같은 괴테와 쉴러의 고전주의 미학은 헤겔에 이르러서도 거의 그대로 답습되었다. 헤겔 역시 서사시를 〈원래의 시적인 세계 상태〉[34]를 나타내는 것으로 높이 평가하였으며, 소설을 가리켜서는 〈현대적 시민 계급의 서사시〉[35]로 규정한 것까지는 진일보하였으나, 이 현대적 시민 계급의 서사시에는 〈원래의 시적인 세계 상태〉가 상실되어 있다 하여, 결국 서사시에 대한 소설의 쉴러적 격하를 그대로 이어받고 있다. 인생과 세계의 총체성을 두고 이와 같이 서로 맞선 서사시와 소설의 적대 관계는 서사시가 이미 거의 사멸되고 소설이 번창 일로를 달리던 19세기에서도 미학의 분야에서는 여전히 상존하고 있었다. 19세기 중엽에 나온 피셔Friedrich Theodor von Vischer의 미학 역시 소설은 그리스의 영웅 서사시에 비할 때 〈대단히 결점이 많은 형식〉[36]으로 보고 있어 고대 서사시를 존중하는 쉴러 미학 및 헤겔 미학을 그대로 답습하고 있다.[37] 결국 이러한 초기의 법칙 제정자들의 도그마에 의해 소설은 늦게 생겨나지 않을 수 없었다.

19세기 전반기에 독일에서 소설의 열등한 장르에 대한 규명에 있어 과소평가되어서는 안 될 것은 낭만주의로 인한 이상주의적 제동 외에도 예술 분야에서 계속되는 소설가의 불확실한 역할이다. 낭만적인 것의 특질은 ① 유토피아와 동화적인 세계로의 도피, ② 무의식과 상상적인 것, 신비로운 것으로의 도피, ③ 어린 시절의 추억과 자연으로의 도피, ④ 꿈과 광기의 추구이다. 이런 맥락에서 문학과 운문(시)은 여전히 분리될 수 없는 개념이었다.[38] 또한 희곡은 그 높은 지위로 요지부동이었고, (오늘날은 읽히지 않는) 운문 서사시가 유행 중이었지만, 소설은 여전히 대수롭지 않은 존재였다. 게다가 괴테의 권위가 소설의 이론적 명성을 공고히 하는 데 기여한 적도 없었다. 헤겔 역시 소설의 명성을 살려 내지 못했는데, 그의 미학적 체계의 테두리에 소설에 대한 고려는 거의 비중을 차지하지 못했기 때문이다. 서사시 앞에서 소설을 위한 이렇다 할 자리가 주어지지 않은 것이다. 따라서 〈근대적 시민 서사시〉라는 헤겔의 정의는 새로운 것이 아니며 이미 블랑켄부르크 Christian F. von Blankenburg나 베첼Johann C. Wezel도 이런 방향의 정의를 내린 바 있다.

심지어는 20세기까지 소설의 장래에 회의를 표한 사람이 있었으니 우선 오르테가이 가세트Ortega Y. Gasset를 손꼽을 수 있다. 오르테가이 가세트는 소설이 대중 문화의 총아로 한창 세력을 떨치고 있던 20세기 초에 이미 저서 『예술의 비인간화와 소설론The Dehumanization of Art and Notes on the Novel』에서 소설에 있어 새로운 인물, 새로운 제재의 자원이 고갈 직전에 놓여 있다고 경고한 바 있다. 〈현대 소설이 끊임없이 새로운 형식을 남겨 줄 수 있는 무한한 영역이라고 생각하는 것은 잘못이다. 차라리 그것은 거대하지만 앞날이 빤하게 내다뵈는 채석장으로 비유될 수 있다. 소설에는 아직도 많은 주제가 있다. 초기에 작품을 썼던 사람에게는 얼마든지 새로운 인물, 새로운 주제가 있었으나 오늘날의 작가는 이제 깊숙하게 묻힌 돌의 맥밖에 아무것도 남아 있지 않다는 현실에 직면하게 될 것이다.〉[39] 이렇게 오르테가이 가세트는 소설 장르는 생물체처럼 소멸의 운명에 놓여 있다는 대원칙을 세웠다.

이는 현대의 과학에 의한 신화의 고갈을 주장한 마르크스의 주장과도 일치한다.

이윤 추구를 최선으로 삼는 현대의 산업 사회는 새로운 개척자로서의 영역을 찾고 있다. 현대는 신화를 이야기하던 사회처럼 균형이나 공생을 배려하지 않은 채 무의식 영역의 개발(착취)을 촉진시켜 신화의 고갈을 가져왔다. 따라서 야생의 자연이 조경사들에 의해 정리되거나 공장 기업인들에 의해 개발되자 옛날의 신들은 갈 곳이 없게 되었다. 이에 대해 마르크스는 저서 『정치적 경제 비판Critique of Political Economy』에서 다음과 같이 썼다. 〈그리스 예술, 그다음에는 셰익스피어와 그 당시 물건들의 관계를 예로 들어 보자. 그리스 신화는 그리스 예술의 무기고였을 뿐만 아니라 그리스 예술이 자라난 바로 그 토양이었다. 그리스적 환상, 따라서 그리스 예술의 기초를 이룬 자연에 대한 태도와 사회적 관계가 자동 노새, 철도, 기관차 그리고 전신(電信)이 있었으면 존재할 수 있었을까? 불의 신 불칸은 어떻게 로봇 회사에 대항할 수 있었으며, 번개의 신 제우스는 피뢰침에, 상업의 신 헤르메스는 〈Crédit Mobilier〉(저당을 잡고 금전을 대출해 주는 금융 기관 — 필자 주)에 어떻게 대항할 수 있었을까? 신화는 그 어느 것이나 상상 속에서 그리고 상상력의 도움으로 자연의 힘을 정복하고, 굴복시키며 구상화(具象化)된다. 따라서 실제로 이러한 자연의 힘이 정복되면 신화는 사라진다.〉[40]

오르테가이 가세트의 회의론에 동조하고 있는 베르곤지Bernard Bergonzi는 「이제 소설은 더 이상 소설이 아니다」라는 글에서 슈타이너George Steiner의 『언어와 침묵Language and Silence』의 일절을 인용하면서 소설의 장래에 대해 깊은 회의를 표했다. 〈서사시와 시극(詩劇)에 이어 소설은 서구에서 세 번째로 중요한 장르였다. 소설은 부분적이긴 하지만 리처드슨에서 토마스 만에 이르는 서구 부르주아의 관습과 느낌과 언어를 제시해 왔다. 그 속에서 중상주의적 윤리의 꿈과 악몽, 중산층 개개인의 꿈과 악몽, 산업 사회에 있어서의 순간적인 성적 갈등과 기쁨 등의 문제를 다룬 것은 기념할 만한 것이었다. 그러나 이런 이상과 관습이 단편적이긴 하지만 위기와 패배의 모습을 띠기 시작하면서 소설 장르는 바야흐로 그 본연의 자세를 크게 상실하게 되었다.〉[41]

이의 인용문 가운데서 제시된 〈중상주의적 윤리의 꿈과 악몽〉, 〈중산층 개개인의 꿈과 악몽〉, 〈산업 사회에 있어서의 순간적인 성적 갈등과 기쁨 등의 문제〉의 세 가지 제재는 18세기 이후 오늘날까지 서구 소설이 계속해서 관심을 보여 왔던 것으로, 이제 이러한 문제들을 형상화하는 데 있어 소설 양식은 더 이상 최적의 장르는 아니라는 것이다.

오르테가이 가세트, 슈타이너 등이 제시한 현대 소설 한계론 내지 회의론을 소개한 끝에 베르곤지는 다음과 같은 결론에 도달하고 있다. 〈지난 2세기 동안 소설을 지배해 왔던 이념은 원초 경험, 독창성, 개성, 진보 등에 대한 믿음이었다. 소설이 정말로 더 이상 소설이 될 수 없다면 소설에 대한 비평이나 이론도 수정할 필요가 있다. 아마 우리는 이제라도 소설에 대해 다른 명칭을 강구해야 할지도 모른다.〉[42] 심지어는 과거 세계적으로 유명한 소설가들에게게서조차도 그들이 소설가가 된 배경을 살펴보면, 소설가에 대한 소명감보다는 우연적인 동기에서 소설가가 된 배경을 보여 주고 있다. 예를 들어 『주홍 글씨』, 『큰 바위 얼굴』의 작가 호손 Nathaniel Hawthorne은 언젠가 모친에게 보낸 서신에서 소설가가 되기로 한 배경을 다음과 같이 썼다. 〈변호사가 되려고 생각해 보니 늘 누군가가 다투기를 바라야 하고, 의사가 되어 볼까 싶어도 다른 사람이 아프기만 기다려야 하니 사람이 할 짓이 아니네요. 그래서 다른 사람들에게 아무런 거리낌 없는 소설이나 쓰며 살아가겠습니다.〉

동양에서도 소설은 오랜 역사 동안 시 문학에 비해 비하되어 왔다. 중국에서 〈소설〉이란 말이 나타난 것은 『장자(莊子)』의 〈외물 편(外物篇)〉에서였다. 〈대체로 작은 낚싯대 개울에서 붕어 새끼나 지키고 있는 사람들은 큰 고기를 낚기 어렵다. 이와 마찬가지로 소설을 꾸며서 그걸 가지고 현(縣)의 수령(守令)의 마음에 들려 하는 자는 크게 되기 어렵다.〉[43] 여기에서 장자가 제일 처음 언급한 소설은 상대방의 환심을 사려는 의도에서 꾸며 낸 재담으로 되어 있다. 장자가 살았던 그 당시에 소설이란 말은 어찌 보면 귀담아들을 수 없는 말재간이었다. 따라서 중국의 문학에는 소설이라는 장르가 없어 소설이라는 말도 존재하지 않았는데, 이의 예가 공자(孔子)에서 추론될 수 있다. 공자는 소설이란 말을 사용한 적이 없고, 오늘날 우리가 말하는 소설의 개념에 어느 정도 접근하는 말로 소도(小道)라는 개념을 제시하였다. 〈소도에는 볼 만한 것이 있기는 하나 원대한 일을 당해 이를 인용하면 통하지 않을 염려가 많다. 따라서 군자는 이런 것을 하지 않는다.〉[44] 이렇게 비하적 개념을 지닌 소도는 여러 각도에서 해석이 가능한데, 루쉰(魯迅)과 같은 사람은 소도

를 소설의 대명사로 보기도 하였다.[45]

그러나 앞에 언급된 소설의 다양한 부정적 개념과 반대로 소설의 본질을 들여다 보면 화려한 총체성을 볼 수 있는 장점이 있다. 즉 서사시나 다른 문학 장르를 능가하는 소설 고유의 성격이 있는 것이다. 끝없는 영향력을 지닌 표어인 총체성의 요구는 서술적 장르라는 것을 생각할 때 문제가 된다. 묘사에 관련시켜 볼 때, 본래 소설도 서사시와 같이 전체를 위한 중심점을 제시하는 사건 속에서 다양한 소재와 내용을 드러내는 어떤 세계관이나 인생관의 총체성을 요구한다. 〈본래의〉 서사시를 만드는 〈근원적으로 시적인 세계 상태〉란 비록 존재하지 않지만, 소설 속에는 〈관심 · 상태 · 성격 · 삶의 제반 관계에 대한 풍요와 다양성, 총체적 세계의 폭넓은 배경과 사건의 서사적 묘사가 완벽하게 등장한다〉[46]고 헤겔은 말한다. 이렇게 총체성의 개념은 헤겔의 역사 철학적 미학에서 처음 시작된다. 헤겔은 그 개념에서 무엇보다도 고대 그리스 시대의 전인적 인간과 전체적 세계상을 이해했다. 개인은 완전한 개성을 가지고 있으며, 그의 행동은 곧 그 세계 전체와 동일한 의미를 가졌다. 그의 행동은 현대인처럼 세계를 오성적으로 지배하는 방식이 아니라 세계에 인간적 혼을 불어넣고 그 자체가 객관화되는 방식이다.[47]

이러한 서사시에 대한 소설의 우위처럼 소설이 연극을 능가하는 우위적 요소도 적지 않다. 연극과 대조적으로 소설은 기껏해야 즉시성(卽時性)이나 직접성(直接性)의 환상만을 독자의 마음속에 창조해 줄 수 있을 뿐이다. 하지만 이 환상은 극도로 선명하여 어떤 행동에 실제적으로 참여한다는 효과를 전해 줄 수가 있다. 극장에서의 관객의 태도는 실생활에서 자신의 눈앞에 진행되는 행동을 주목하는 사람의 태도다. 그러나 소설에 열중해 있는 독자는 진행 중인 사건의 하나에 직접 참여하고 있는 사람이다. 이런 맥락에서 〈그〉 또는 〈나〉라 부르지 않고 〈당신〉이라 부르는 〈이인칭 소설〉은 작가가 자기 멋대로 이야기를 만들어 독자를 즐겁게 하는 것이 아니고, 읽어 가는 독자의 마음속에 점점 형성되어 가는 어떤 것이 되어야 한다. 그러기에 〈당신〉이라 부르는 것에 의해 독자도 작품 속에 끌려가고, 작가와 똑같은 자격으로 창조에 관여한다. 그래서 단순히 극 중의 주인공에게 공감하는 것뿐만 아니라, 자신과 그 주인공을 동일시하고, 상상 속에서 그 주인공이 되어, 보통 연극에서 있을 수 없을 정도로 스스로 고통을 당하고 행위도 한다. 이것은 직접적으로 시각과 청각을 통하는 것이 아니라, 상징적이고 왜곡적이기까지 한 매체를 통하여 2차적으로 작품 속의 행동을 따라가는 것인데도 가능하다. 또 독자는 육체 적으로는 현존하지 않는데도 불구하고, 더욱이 대화를 통한 진행이나 극적으로 제 시된 진행과 달리 대부분의 소설은 과거 시제와 삼인칭으로 서술되어 있다는 사실 에도 불구하고 가능하다. 이러한 배경에서 시나 희곡에 대한 소설의 우위가 본격 적으로 시도되었는데, 여기에 〈신비평*New Criticism*〉 운동이 큰 기여를 하였다.

　랜섬John C. Ransom, 테이트Allen Tate, 블래크머Richard P. Blackmur, 브룩 스Cleanth J. Brooks, 워런Robert P. Warren 등이 주도한 〈신비평〉이란 문학 운동 이 1930~1950년대 영·미의 비평계를 휩쓸었다. 이 명칭은 미국의 시인이자 비평 가인 랜섬의 『신비평*New Criticism*』(1941)이라는 평론집에서 따왔는데, 그 이전 의 리처즈Ivor A. Richards의 『문예 비평의 원리*Principles of Literary Criticism*』 (1942)나 파운드Ezra Pound, 엘리엇Thomas S. Eliot, 엠프슨William Empson 등의 영향도 현저하다. 〈신비평〉의 골자는 작품을 읽음에 있어 작가의 개인적 의 도, 사회적 배경, 독자의 주관적 연상에 초점을 맞추는 것이 아니라 〈작품 자체〉의 비평이다. 〈신비평〉은 작품의 형식에 필요한 관심을 환기시켰다는 점에서 〈일정 한〉 미덕을 가져 한때 영·미 및 한국 강단 비평의 주류를 형성했다. 이러한 〈신비 평〉은 처음에는 반과학(反科學)·반전통(反傳統)·반(反)로맨티시즘의 기치 아래 남부의 시인 그룹으로 랜섬 외에 브룩스, 워런 등이 중심이 되어 〈형이상학적 시학 (*metaphysical poetry*, 17세기 초기의 영국에서 비유나 기지〔機智〕에 기교를 부린 지성적 시학)〉의 연구에서 출발하였는데, 1940년대 이후 그 비평 원리를 소설과 극에도 적용하였다. 이 〈신비평〉의 공통된 점은 농본주의(農本主義)적 남부 문화의 존중과 언어, 심미주의(審美主義)에의 경도(傾倒)이다. 그들은 문학을 정당한 지식 의 한 형태로서, 또 문학의 언어 이외로는 전달이 불가능한 문학 고유의 진리 전달 자로서 인식할 것을 주장하였다. 즉 문학의 언어와 과학의 언어, 문학의 진리와 과 학의 진리를 대치시킨 것이다. 그들의 주장에 의하면 작가의 전기적 사실의 작품 에의 투영, 작품의 시대 배경 등의 부차적 요소를 일체 버리고, 작품 자체를 자율 적·객관적 존재로 보아 그것의 정독(精讀)에 경주하는 것이었다. 그들은 독자적 용어를 발명, 그것을 구사하여 분석, 비평함으로써 작품이 지닌 이미지·상징·의미·플롯·캐릭터 등의 해명에 전념하였다. 하지만 그것이 지나쳐 미숙한 독자를 상징 수렵(象徵狩獵)으로 몰아세우기도 〈신비평〉은 문학을 언어의 상징적 일원론(一元論)으로 돌려 버린다고 다른 쪽에서 비난을 받기도 했다.

이러한 〈신비평〉은 한 세기의 거의 4분의 1에 걸쳐 서정시의 면밀한 연구에 정력을 바치며, 서정시의 구성과 비유적 표현, 아이러니와 난해성 등의 메커니즘에 특별한 주의를 기울여 왔다. 또한 〈신비평〉은 지금까지 공식적인 문학사에서 때로 소홀하게 다루어져 큰 손실을 가져왔던 시 고유의 특질에 주의를 집중해서 그 분야에 또 다른 차원을 더했다고 볼 수 있다. 그러나 이 비평 방법을 따르는 젊은 비평가들은 선배 대가들에게는 새롭고 성과가 많았던 방법들을 지나치게 기계적으로 사용한 나머지 이 운동의 평판을 떨어뜨리기 시작했다. 근년에 와서 랜섬, 테이트, 블래크머 등 이 운동의 대가급 비평가들은 소설 쪽으로 주의를 돌려, 시를 연구했던 것과 마찬가지로 소설 예술을 면밀하게 연구했다. 여기에선 소설의 단위가 서정시의 단위보다 훨씬 크기 때문에 그들이 내린 결론도 더 광범위한 타당성을 갖는다. 소설은 시나 희곡으로써는 본질적으로 도저히 불가능한 방식으로 국가 간의 경계선을 넘어선다. 근대 소설가들은 선배 작가들의 업적과 창작 방법에 점점 더 의식을 갖게 되었고, 따라서 『돈키호테』, 『트리스트럼 샌디』, 『보바리 부인』, 『죄와 벌』, 『백치(白痴)』, 『율리시스』 등 걸작들은 비평가와 마찬가지로 소설가들에 의해서도 연구된다. 지난 백 년 동안의, 그중에서도 특히 지난 50년 동안의 소설 기법의 가속도적인 눈부신 발전에 비추어 볼 때, 그 본질적인 발전의 양상을 따로 떼어 일목요연하게 밝혀내기 위해 문학자들이 해놓은 일이 거의 없다는 사실은 놀라운 일이다. 소설 발전사가 여러 권 있고 주로 제임스Henry James의 투철한 자기 분석을 본뜬 몇 권의 소설 기교의 연구 저작이 있을 뿐이다.

이러한 상황에서 서사시에 대한 소설의 격하를 미학 이론상으로 수정하고 소설 자체에 대한 독자적 이론을 수립하려는 의도가 강하게 추진되었는데, 이에 대해 최초의 획기적인 시도를 한 사람은 루카치였다. 물론 이 시대는 19세기에 들어와 인쇄술이 발달되면서 소설에 대한 많은 독자층을 확보할 수 있었고, 이런 다수의 독자층은 작가들의 창작 의욕을 크게 고무시켜 주는 시대적 배경이 되었다. 쓴다는 것은 읽는다는 행위를 의식하게 되면 그만큼 긍정적인 양상을 많이 나타낼 수 있다. 이런 배경에서 루카치는 저서 『소설의 이론Die Theorie des Romans』에서 소설을 가리켜 〈인생의 포괄적 총체성이 더 이상 인지될 수 없는 한 시대의 서사시〉[48]라고 규정함으로써 아직도 다분히 헤겔적인 관념에 머물러 있긴 하였다. 그러나 여기서 루카치는 또한 서사시와 소설의 본질적 차이점을 명확히 규정하여 소설에 독자적 존재 의지를 부여하였다. 그는 서사시에서는 〈그 자체로써 완결된 인생의 총체성〉이 문제인 데 반하여, 소설은 인물과 사건의 창조를 통해 〈인생의 숨겨진 총체성을 발견해 내고 구축해 나가는 것〉이라고 규정했다. 이의 두 인용 구절을 재구성해 보면, 인생의 총체성이 잘 인지되지 않는 우리 시대에 소설은 인물과 사건의 창조를 통하여 인생의 숨겨진 총체성을 밝혀내고 제시하는 문학 장르가 되는데, 이 내용에 의해 1920년에 이르러 드디어 공식적으로 두드러진 서사시의 종말과, 소설의 복권이 인정되었다.[49]

고전주의적 교양 이상을 최후까지 견지하면서 동시에 미래 지향적 서사 문학은 더 이상 서사시가 아닌 소설이어야 한다는 루카치적 요구를 독일 소설사에서 구체적으로 실현한 위대한 작가가 토마스 만이었다. 물론 전형적인 소설가인 토마스 만조차 소설의 위기에 대해 불안감을 나타낸 적이 있다. 1926년 「파리 방문기 Pariser Rechenschaft」에서 〈위기는 상존하고 있다. 그래서 낡은 양식인 소설이 오늘날에도 가능한가라고 하는 의문은 창작을 시도하면서도 불안감을 그치지 않게 한다〉(GW 11, 97)라는 언급에는 이 같은 소설의 위기에 대한 토마스 만의 불안감이 잘 표현되어 있다. 이러한 배경에서인지 토마스 만은 한때 소설을 벗어나 희곡(연극)에 탐닉한 적이 있었다. 연극적 방법은 극적 현재의 심리적 등가성(等價性)[50]의 전달을 목표로 하여 다음과 같이 정의되고 있다. 〈연극적 방법은 직접 제시의 방법으로 독자로 하여금 지금 여기서 현전(現前)하고 있다는 느낌을 주는 것을 목표로 한다. 독자로 하여금 무엇을 설명하고 있는 작가를 의식하게 하는 요소가 연극적이 아니라는 이유가 바로 이것이다.〉[51] 아리스토텔레스가 연극에 관해 한 말이 승격하여 모든 자유를 속박하는 영구적이며 번복할 수 없는 원칙이 되어 버렸던 것이다. 이러한 연극적 방법 등의 배경에서인지 켈러Gottfried Keller는 처음에 극작가가 되고자 했고, 폰타네가 뒤늦게 소설가로 데뷔한 것도 여기에 원인이 있다. 토마스 만조차도 세기 초에는 희곡의 지배권에 대한 주장을 옹호할 정도여서 1895

년에 뮌헨의 아카데미 연극 협회가 무대에 올린 입센Henrik Ibsen의 「야생 오리 Die Wildente」 공연에서 대상인으로 등장하는 베를레 역을 맡은 적도 있고, 또한 르네상스를 배경으로 한 희곡 「피오렌차Fiorenza」를 집필하기 위하여 자료 연구에 매우 많은 힘을 기울였으며, 이와 관련하여 1901년 5월에 피렌체를 중심으로 이탈리아에 체류하기도 하였다.

그러나 이렇게 세기 초에 희곡을 애호한 토마스 만은 실제로 유능한 희곡 작가가 되지는 못했다. 그가 남긴 드라마는 1905년에 쓴 「피오렌차」 단 한 편에 지나지 않았고, 이것마저 공연 작품으로는 그다지 큰 평가를 받지 못했다. 토마스 만은 이미 1913년에 자신의 유일한 드라마 「피오렌차」를 〈걱정거리 아이Sorgenkind〉(GW 13, 32)라고 하거나, 〈연극을 위해 쓰인 것이 아닌〉(GW 13, 32) 작품이라고 하여 자신의 희곡에 대하여 모종의 거리를 드러내고 있다. 또 훨씬 뒤인 1930년에도 이 작품을 〈드라마적·비드라마적〉(GW 11, 14)이라는 수식어로 지칭하는가 하면 아예 드라마에 대한 자신의 〈무소명〉[52]을 언급하기도 하였다. 이러한 결과 〈미성숙한 단순화와 임의적인 축약, 표면성과 비현실성, 인식 결여라는 비난은 소설보다 드라마 쪽에 더 해당된다〉[53]라고 주장할 정도로, 토마스 만의 극(劇)의 지배권에 대한 항변은 뚜렷해졌다. 그리고 그의 생이 마감되던 해인 1955년에도 자신을 〈희곡 혹은 비희곡의 무척 혼종인 작품〉(GW 11, 564)의 작가라고 함으로써 희곡과 자신의 최종적 무관계를 암시하는 듯하였다.[54] 결국 토마스 만은 연극의 우위성에서 빠져나와 다시 소설로 복귀한 것이다.

특히 〈소설은 문학 고유의 성격뿐만 아니라 사상 전달의 수단으로도 이용될 수 있어 인간의 가장 심오한 면을 가장 미적으로 제시할 수 있다〉[55]는 사실이 토마스 만을 소설 문학에 대한 열정으로 이끌었다. 근대 문학은 어떻게 살 것인가 하는 문제에 대한 치열한 모색을 통해 성숙해 왔다. 헤겔이 말하는 〈정신의 세속화〉 과정에서 작가들은 그때껏 성직자가 맡았던 역할을 이어받아 지도자의 역할을 담당했다. 이렇게 소설을 사상 전달의 수단으로 이용하는 것은 일종의 모순된 점이 없지 않으나, 이러한 애로점을 극복하고 나면 그 소설은 문학의 형태로서 인간의 가장 심오한 면을 가장 미학적으로 제시하는 예가 될 수 있다. 이러한 의미에서 토마스 만의 소설은 사상, 즉 철학적인 면을 소설의 목적에 동화시킨 가장 명확한 예에 속한다. 물론 이렇게 철학적인 면을 소설에 동화시키는 것에 반대하는 작가도 있는데, 이의 대표적인 인물로 카프카 이래 최고의 체코 출신 작가로 꼽히는 쿤데라 Milan Kundera를 들 수 있다. 세계와 대면하는 방식으로서 소설의 독자적 입지에 대한 쿤데라의 믿음은 절대적이다. 그는 문학이 철학에 사상적 콘텐츠를 빚지고 있다는 통념을 단호히 거부한다. 일테면 철학적 실존주의가 발흥하기 20~30년 전 소설은 인물 성격에 대한 심리적 분석에서 인간이 처한 상황 조건을 살피는 실존적 분석으로 자체적인 방향 전환을 이뤘다는 것이다. 심지어 쿤데라는 소설 형식을 해체하고 단순히 스토리만 남긴다는 이유로 소설의 연극·영화 각색에도 부정적 평가를 내렸다. 〈소설은 역사적 시대 설명이나 사회의 묘사 수단으로 존재하기를 거부하고 전적으로 《소설만이 말할 수 있는 것》에 집중하는 것이다.〉[56]

루카치는 토마스 만을 가리켜 독일 고전주의의 휴머니즘을 계승한 20세기의 가장 위대한 소설가라고 높이 평가했으며, 토마스 만을 위대한 리얼리스트로 보았다. 루카치가 토마스 만을 리얼리스트로 인정한 근거는 그의 문학이 〈세계의 거울 Spiegel der Welt〉[57]이라고 설파하는 데 있는데, 이는 한마디로 말해서 토마스 만의 문학이 세계의 객관적 현실을 그대로 반영하고 있다는 뜻이다. 즉 토마스 만의 작품은 인간과 사회적 요소의 총체성을 제시하고 있는 것이다.

이러한 토마스 만의 소설은 묘사이고 외적 대상성일 뿐만 아니라, 영혼, 정열, 또 운명을 나타내 준다. 소설에 대한 쿤데라의 다음과 같은 정의는 이러한 토마스 만의 소설 문학의 우위를 뒷받침하고 있다. 〈세상은 단장을 마친 상태, 가면을 쓴 상태, 선(先)해석을 가한 상태다. 〔……〕세르반테스가 새로운 소설 기법을 개척했던 것은 바로 선해석의 커튼을 찢어 버렸기 때문이다.〉[58] 쿤데라의 또 다른 표현을 빌리자면 〈소설은 자기만의 기원과, 그에 고유한 시기들의 리듬이 있는 자신만의 역사를 갖고 있을 때〉[59] 비로소 소설은 세계의 진실에 도달하는 문(門) 역할을 감당할 수 있다. 〈오직 소설만이 사소한 것의 거대하고도 신비로운 힘을 발견해 낼 수 있다.〉[60] 이런 맥락에서 쿤데라는 카프카, 브로흐Hermann Broch(『몽유병자들』), 무질Robert Musil(『특성 없는 남자』) 등을 언급하며 일군의 작가들이 실재의 재연이나 스토리에 구애받지 않고 자기 완결적인 상황과 공간을 창조해 낸 점을 높이 평가하였다.

또 셸링Friedrich W. J. von Schelling의 소설에 대한 정의도 토마스 만의 소설 문학을 뒷받침하고 있다. 〈소설은 세계의, 적어도 시대의 거울이어야 하며 국부적인 신화가 되어야 한다. 그것은 명랑하고 조용한 관찰을 불러들여야 하고 어디서든 확고한 참여를 해야 한다. 그것의 모든 부분, 모든 언어들은 동시에 내적으로 고조된 운율 속에 자리 잡아 화려해야 한다. 외적인 운율이 거기에 결여되었기 때문이다. 이 때문에 소설은 또한 오직 완전히 성숙한 정신의 열매여야 한다. 〔……〕 그것은 말하자면 정신의 궁극적인 정화(淨化)인데, 이를 통해 소설은 자기 자신에게로 귀환하고, 그것의 삶과 교양은 다시금 개화(開花)되고 변모한다.〉[61]

토마스 만 자신은 리얼리즘이라는 말을 그의 핵심적 비평 용어로 사용하지 않으나 소설에 관한 그의 주장은 바로 이 리얼리즘의 문제와 이어진다. 즉 현대 소설의 〈예술성〉이라는 것은 결코 소설 문학 본연의 시민성 및 민주성과 따로 떼어 놓을 수 없다는 이야기로, 소설이 떳떳한 현대 예술이 되기 위해서는 19세기 리얼리즘과 철저히 결별해야 된다는 입장에 대한 반론이 된다. 이러한 토마스 만의 리얼리즘의 가장 대표적인 작품으로 1901년에 발간된 『부덴브로크 일가』를 들 수 있다. 이 작품은 완전히 독창적이기는 하나 그 스타일의 수준에 있어서는 프랑스의 19세기 리얼리스트 작품과 맞먹는다. 초기의 토마스 만은 위대한 프랑스의 리얼리스트들 중 누구보다도 자신의 고향 땅(뤼베크)에 단단히 뿌리박고 있다.

결론적으로 말해서 토마스 만은 독일 소설사에서 오랫동안 논란이 되어 왔던 서사시와 소설 사이의 충돌을 타파하였다. 독일 소설의 특징은 인생의 의미에 대한 심오한 인식으로, 인생의 일단면적인 묘사가 아니라 세계와 인생의 총체성을 꾸준히 제시해 왔다. 독일 소설이 이 같은 길을 걷게 된 데에는 여러 가지 원인이 있겠지만, 그중 하나는 서사시와의 경쟁 관계에서 생긴 필연적 귀결로 설명될 수 있다. 토마스 만은 〈소설의 예술Die Kunst des Romans〉이란 제목의 연설에서 〈서사시와 소설 간의 이론적·미학적 지위의 차이가 완전히 지양된〉(GW 10, 352) 서사 문학 일반을 논하고 〈노래되든 이야기되든 간에, 또 운문으로 쓰였든 산문으로 쓰였든 간에, 그 통일성과 독자성에서 구현되는 영원히 서사적인 것 자체〉(GW 10, 352)만이 문제가 된다고 말함으로써 드디어 소설을 옛 서사시의 합법적 후계 형식으로 못 박고 있다.

이런 맥락에서 그의 대형화된 장편 소설은 대개 가족사·연대기(年代記) 소설로 나타나 서사시적인 면을 보인다. 시민화된 현대 사회에서 자본가는 고대의 영웅을 대신하고, 그 가족은 고대의 민족에 대응한다는 점에서 서사시가 가족사 소설이 되고 있다. 가족을 전체로 파악하는 접근법에서 종래의 개인주의적 소설 기법이 지닌 한계를 넘어 거대한 시대적 흐름과 인간들의 변화가 묘사되는 것이다. 이러한 내용을 다룬 『부덴브로크 일가』는 인간 탐구의 기념비적인 성과이다. 〈이 소설의 주요한 장점 가운데 하나는 등장하는 가족들의 진실성과 더불어 이 인물들이 묘사되는 방식이 날카롭고 매우 단호하며 때로는 반어적이면서도 서사시적인 성질을 잃지 않는 데 있다.〉[62]

토마스 만의 다음 구절을 보면 자신감에 찬 불화(사실적이건 가장적이건), 외관과 현실의 대조, 해학적인 요소, 거리의 요소와 미적인 요소들이 같은 방법으로 분류되고 있다. 〈소설이란 〔……〕 사물과의 거리를 유지하고, 그 본질 그 자체의 성격에 따라 사물과의 거리를 지니고 있다. 소설은 사물 위를 날아다니고, 동시에 듣는 사람이나 독자를 거미줄과 같은 뒤얽힌 과정으로서 사물 속에 얼마나 개입시키는가에는 상관없이 사물을 내려다보고 미소 짓는다. 서사 문학의 예술이란, 미학적 정의를 내린다면, 《아폴론적》 예술이다. 왜냐하면 아폴론은 먼 곳을 맞히는 자이며, 먼 곳의 신, 거리의 신이고, 객관성의 신이며, 반어성의 신이기 때문이다. 객관성이란 반어성이며, 서사적 예술 정신이란 반어성의 정신이다.〉(GW 10, 352 f.)

결론적으로 말해서 다른 나라의 문학에서는 거의 자명하게 받아들여진 서사시와 소설의 통시적(通時的) 관계가 유독 독일 문학에서는 1939년에야 비로소 토마스 만에 의해 인지되고 선언되었다. 이로써 오랫동안 견지되어 오던 서사시와 소설의 적대적 개념이 토마스 만에 이르러 비로소 친화적 동일 개념으로 승화되는데, 여기서 승화라 하면 물론 독일 소설이 총체성의 추구라는 전통적 서사시적 요청을 계승하면서도 새로운 모습으로 탈바꿈한 것을 의미한다.[63] 따라서 토마스 만은 그때까지 거론된 모든 생각을 능가하는, 당대에 있어 획기적인 소설의 기록을 세우고 있다. 이러한 토마스 만의 소설은 그 시대와 민족적 상태의 총체성으로 가지를 뻗고, 또 자아와 현실에 관해 의식의 통일을, 즉 현대적인 사회적 기반과 인간을 보여 주고 있다.

2. 작가의 자기 투영

작품을 문예학적으로 분석·고찰할 경우 대상으로 삼아야 할 몇 가지 기본 요소가 있는데, 그중 중요한 것이 소재이다. 〈문학 작품 밖의 고유한 전승 속에 살아 있다가 작품의 내용에 작용하는 것을 소재라 한다. 소재는 항상 특정한 인물에 매여 있으며 줄거리를 이루면서 시간적·공간적으로 많든 적든 고정화되어 있다〉[64]는 카이저Wolfgang Kayser의 소재의 정의를 근거로 볼 때, 문학적 소재란 자연계에 존재하는 재료로부터 〈정신적인 과정을 통해 생산된 기본 요소〉[65]이다. 토마스 만은 자신의 자서전적 요소를 작품으로 형상화한 대가이다. 이렇게 토마스 만 같은 자전적 작가의 문학처럼 자신의 삶과 내면을 대상화하는 유래는 멀고도 오래되었다. 자신을 나타내는 가장 전형적인 방법으로 초상화를 들 수 있다. 19세기 말에서 20세기 전반에 이르는 시기에 표현주의를 선도했던 화가 고흐, 뭉크 등 유럽의 화가들은 빈번히 자신의 모습을 화폭에 옮겨 담았다. 고통스럽게 삶과 맞섰던 이들은 끊임없이 자신을 주시하며 의식 속에 감추어진 무의식의 실상을 잡아 끌어내려고 시도한 것이다. 따라서 뭉크 등의 여러 자화상에서 그의 고통과 죽음과 불안을 읽을 수 있다. 이러한 미술 사조와 흐름을 같이하여 문학에서도 작가 자신을 투영하는 작품들이 자주 나타나고 있다.

실증주의Positivismus에 의하면 작품을 창작한 인물에 대한 지식 없이, 말하자면 그가 자라난 생활과 환경에 대한 지식 없이 그 작가의 작품은 이해될 수 없다. 이와 같은 견해로 작가의 생활에 대한 세부적인 연구를 행하는 소위 전기론(傳記論)이 대두된다. 실증주의 방법의 창시자 중 한 사람인 텐Hippolyte Taine은 1859년 발자크Honoré de Balzac에 관한 방대한 논문에서 〈생활은 곧 작품〉이라는 원리를 다음과 같이 제창했다. 〈정신만이 유일하게 정신적 작품의 근원은 아니다. 전체로서의 인간이 그 작품의 생성에 관여하고 있다. 작가의 타고난 천성, 교육, 생활, 즉 과거와 현재의 생활, 그의 고뇌와 능력, 그가 지닌 미덕과 악덕, 요컨대 그의 정신과 그 활동이 이루어지는 곳이라면 어느 곳이나 모두 그가 생각하고 기록한 것의 흔적을 남긴다.〉[66] 발자크를 이해하고 평가하기 위해서는 그의 성향과 생활을 알아야 한다는 것이다.

텐은 저서 『영문학사 *Histoire de la littérature anglaise*』의 서론에서 예술 작품과 예술가를 결정짓는 것은 종족 *race*, 환경 *milieu*, 계기 *moment*라고 했다. 첫째로, 인간의 성격과 신체 구조에 주어진 차이점에서 생기는 천성 또는 유전된 소질을 연구해야 한다. 둘째로, 종족이 살고 활동하는 환경의 연구인데, 인간은 이 세상에 혼자 존재하지 않기 때문이다. 자연과 이웃이 그를 둘러싸고 있으며, 후천적인 감명은 선천적인 것에 영향을 미친다. 물리적·사회적 환경은 기질을 형성시켜 유전되며 소질도 넓은 의미에서 같은 영향을 준다. 정치적인 권력도 종족에게는 교육, 직업, 거주지, 생활 조건이 개인에게 주는 영향 못지않다. 셋째로, 특정한 이념이나 형태에서 또는 어떤 시대의 무대 관계에서 나타나는 감명을 받은 시대적인 차이를 고려해야 한다는 점에 대해서 〈오래된 것은 사라지며 그 계기에서 싹트는 것이 새로운 것〉이라고 했다. 이러한 근거에서 텐은 사회를 제2의 자연이라 보고 사회학적 문학 관찰의 선구자가 되었다.

텐과 비슷하게 셰러 Wilhelm Scherer는 3E의 요인을 내세웠다. 즉 타고난 천성이란 〈상속받은 것 *Ererbtes*〉이요, 교육이란 〈학습된 것 *Erlerntes*〉이고, 생활이란 곧 〈체험된 것 *Erlebtes*〉이다. 이로써 실증주의적 방법상의 세 가지 E가 제시되었다. 이 같은 세 가지 원천적인 것이 탐지되면 작품에 대한 정확한 이해가 가능하게 된다. 이러한 관점에서 볼 때, 모든 소설가의 작품은 당시의 상황을 다루는 것이거나, 그 상황으로부터 도피한 것이거나를 막론하고 그 작품이 쓰인 시대에 대한(명백하게든 암시적으로든) 비평이다. 유토피아 소설조차도 본질적으로 현실의 양화(陽畵)로부터 찍어 낸 음화(陰畵)이기 때문에, 작가가 당시의 세계에서 악으로 간주하는 것을 지적해 내는 것이라고 할 수 있다. 아무리 외부 세계와 무관한 작가라 할지라도 그 시대의 정신에 강철의 테로 잡아매여 있다.

토마스 만은 20세기 초 독일의 산문을 세계 수준으로 끌어올렸다는 평가를 받고 있다. 난해하기로 유명한 『마의 산』을 비롯한 그의 작품은 사색적인 성격을 띠고 있어 결코 쉽게 읽히지 않는데도 오늘날까지 꾸준히 사랑받는 이유는 무엇일까? 우선 그의 소설은 주로 작가 자신의 체험을 바탕으로 했기 때문에, 이야기 전개가 자연스럽고 심리 묘사가 뛰어나 읽는 이를 사로잡기 때문이다.

토마스 만 자신은 1926년에 쓴 한 편지에서 〈허구 *Erfindung*의 개념은 내게는 예술적으로 결코 높은 가치가 있지 않으며, 나는 항상 체험의 해석*Deutung des Erlebnisses*을 원래의 창조적 업적이라 여겨 왔다〉(GW 8, 55)라고 말했다. 따라서 「토니오 크뢰거」의 크뢰거, 『부덴브로크 일가』의 한노, 『마의 산』의 카스토르프와 같은 주인공들은 예외 없이 작가 자신의 자화상이고, 이들의 내적 갈등은 곧 토마스 만 자신의 그것이라 할 수 있다. 〈나는 이 작품에 감사 드린다. 가끔 어두운 계곡으로 이끌어 가던 길목에 지팡이가 되어 준 이 작품에. 이 작품은 나의 피난처, 위안, 고향이며 영속의 상징이고 격렬한 변화 속의 나의 끈기의 증명이다〉[67]라는 『요셉과 그의 형제들』 서문의 내용에서 알 수 있듯이, 이 작품의 사건은 자신의 반영이라고 토마스 만은 종종 말했다.

그러나 자신에 관해 쓴다고 해서 전기적인 연구 방법으로만 그의 작품을 해석할 수는 없는 일이다. 아무리 자전적인 작품이라도 그것이 예술 작품인 이상 작가의 실생활을 통해 내다보고 있는 그의 꿈이 형상화된다. 이것은 〈작가는 그 생활의 상징이다〉[68]라는 토마스 만의 말처럼, 작품에는 작가가 의도하고 있는 상징이 있다는 뜻이다. 이러한 상징이란 어떤 관념에 대한 작가의 관심의 초점을 가리키는 것이다. 따라서 토마스 만의 작품은 상징으로 오래전에 알려진 사건에 대한 어원적 암시나 비유가 아니라, 독일 정신에 원초적으로 담겨 있는 동기를 탄생시킨 것이다. 〈독일 민족 자체가 저 파우스트 박사이다. 독일 민족 자체가 정신으로 마침내 정신의 불충분성을 파악해 물질적 향유를 요구하고 육체에 그 권리를 돌려주는 저 유심론자이다〉[69]라는 괴테의 『파우스트』에 대한 하이네의 언급처럼 토마스 만의 작품 『파우스트 박사』 등은 독일 민족의 화신이기도 하다. 다시 말해 토마스 만의 작품은 독일 정신에 진동하는 원초적 형상의 풍자로서 무엇보다도 독일적 요소의 상징이며, 동시에 독일 고유의 특성을 지니고 있기 때문에 전 세계에, 그리고 전 인류에 대해 갖는 의의가 크다 하겠다.

결국 〈『마의 산』은 나의 본질의 거짓 없는 완전한 표현이다〉[70]라는 토마스 만의 언급처럼, 『마의 산』 등은 토마스 만의 뤼베크로부터의 발달사를 상징적으로 기록해 놓은 것이다. 특히 『마의 산』은 토마스 만이 1912년 부인이 폐병으로 스위스 다보스 요양소에 있을 때 한동안 그곳에 함께 머물렀던 경험을 토대로 집필되었다. 그때 토마스 만이 산상에서의 생활 중에 기관지 카타르를 앓게 되어 진찰을 받아

본 결과, 의사가 폐에 반점이 있다면서 〈반년 동안 여기 산상에서 요양〉(GW 11, 605)하는 것이 좋겠다고 권고했는데, 이는 바로 『마의 산』의 주인공 카스토르프의 경우와 흡사하다. 물론 토마스 만은 카스토르프처럼 그곳에 머물지 않고 뮌헨으로 돌아가 치료를 받았는데, 이때 그는 이 에피소드를 소설화할 수 있는 가능성을 생각하게 되었던 것이다.

물론 〈사람이 살고 있는 모든 대지 중에서 가장 사랑스러운 대지인 저 축복받은 지방 라인가우가 나를 낳았습니다〉(FK 266)라고 『고등 사기꾼 펠릭스 크룰의 고백』에서 작품 주인공의 출생지가 뤼베크가 아니라 라인가우로 표현되는 경우도 있다. 뤼베크 태생인 토마스 만이 라인가우로 서술되는 것은 자신의 체험이 아니라 펠릭스의 체험이다. 토마스 만이 가공 인물의 역할 속에 들어가 그의 관점에서 가공된 사건을 보고하는 것으로, 이러한 경우를 〈픽션 텍스트ein fiktionaler Text〉라고 부른다. 이때 작가는 자신의 생각과 체험을 직접 전달하는 것이 아니라 하나의 독립된 세계를 창조하여 다른 〈나〉를 통해 보고하는 것이다.[71]

이는 제3자적 서술로 서술자가 등장인물들의 후면으로 물러나 그들의 관점, 그들의 시각에서 세계를 관찰하는 것이다. 그러나 내적 독백이라는 특수한 경우를 제외하고는 서술자가 완전히 사라지지 않는다. 제3자적 서술에서 서술자는 결코 자신의 정체를 상실하지 않고 오히려 등장인물의 시각을 선택함으로써 하나의 역할을 수행한다. 독자가 등장인물의 내면세계로 들어가는 경우, 특히 그러하다.

일반적으로 일인칭 형식에서는 제3자적 서술이 불가능한 것으로 생각된다. 대개 일인칭 화자는 자기 자신에 관해 보고함으로써 독자적인 시각의 선택이 불가능하기 때문이다. 하지만 그러한 생각은 서술하는 자아와 체험하는 자아를 구별하지 않는 데서 오는 잘못된 판단이다. 청년 시절을 회상하는 경우처럼 서술하는 자아는 현재의 사고방식과는 다른 사고방식을 선택할 수 있다. 일인칭 화자가 체험하는 자아의 시각으로 보고한다면, 그의 묘사는 현재가 아니라 그 당시의 관점에 따르게 되는 것이다.[72]

창조적 평가와는 전혀 반대 방향이라고 주장할 수 있겠지만, 작품의 올바른 해석을 위해서는 때에 따라 작가가 의미하는 바가 무엇인가를 고집스럽게 찾아내야 될 필요성을 느낄 수도 있다. 왜냐하면 작품의 이해라는 것은 물론 작가를 이해하는 것도 중요하겠지만, 작가가 쓴 작품 속에는 독자가 자신과의 어떤 일치점을 발견할 때 비로소 작가를, 나아가서는 독자 자신을 이해하는 것이기 때문이다. 〈결국 내 책을 읽는 사람들은 나의 책이 아닌 자신의 책을 읽고 있는 것〉이라고도 말할 수 있다. 이러한 성격은 자서전적 요소가 훌륭한 작품에서도 많이 나타난다. 그래서 흔히 작가야말로 자기의 생을 깎아 먹고 사는 사람이라고 이야기한다. 결국 작가를 이해하고 작품을 이해한다는 것은 토마스 만의 문학 예술 개념인 〈활기를 넣는 것Beseelung〉(GW 10, 15)을 의미한다. 이는 실제로 일어난 사건을 사진이나 필름처럼 그대로 작품 속에서 묘사할 뿐만 아니라, 역사적으로 일어난 사실들에 작가의 영감 내지는 혼을 불러넣어 객관적인 것과 주관적인 것을 상실하지 않고 양면을 잘 묘사하는 토마스 만의 생각이다.

이렇게 여러 방식으로 토마스 만은 작품에 자신을 반영시키고 있다. 의식의 작가, 지적 소설의 작가인 토마스 만은 소재를 고안해 내기보다는 적용시키는 데 더 큰 비중을 둔 것이다. 토마스 만 자신도 〈작가라는 것은 스스로 무엇인가를 고안해 내는 것이 아니라, 사물로부터 무엇인가를 만들어 내는 것〉(GW 11, 610 f.)이라고 말한 적이 있다. 이는 작가는 결코 무(無)로부터 창조하지 않는다는 뜻이다. 〈창의에 넘치는 것Erfindungsreichtum〉과 〈안출Findigkeit〉이라는 것은 작가의 상상과는 다르다. 작가의 과제란 첫째로 〈안출하는 것 Erfindung〉이 아니라 〈활기를 넣는 것〉이다.(GW 10, 15) 소재가 어디서 나온 것인가 하는 점은 문제가 되지 않으며, 다만 가까운 현실을 예술적으로 이용하는 데서 작가의 진가가 나타난다. 작가를 만드는 것은 〈안출〉의 재능이 아니라 〈활기를 넣는 일〉의 재능인 것이다. 결국 소재의 대부분은 이미 주어져 있으므로 토마스 만은 그것을 개조해서 새로운 방법으로 자기 것으로 만들었다. 역사적으로 전래되어 온 것과 작가의 상상력이 소재를 소설 작품으로 만들어 낸 것이다.

〈공개적〉 인용인가 〈은폐적〉 인용인가 하는 한계도 사실은 명확히 구분 지을 수 없는 것으로, 독자의 지식 수준과 관심의 방향, 게다가 민족 등의 교양 수준의 차이가 심하기 때문에 그때그때의 독자에 따라 그 식별 가능성도 매번 달라질 수밖에 없다.[73]

그러나 이러한 다양성에도 불구하고 작가의 창작 과정에서 묘사되는 인물들은 어느 정도 일치점을 보인다. 가장 주관적인 인간의 평가를 위한 기본 자세라고 할 수 있는 인물 묘사 기법, 즉 인상학*Physiognomie*을 이용한 사물이 아닌 사람의 평가에 대한 서술 내용에는 의견이 일치하고 있다. 특히 토마스 만이 즐겨 사용하는 인물 묘사 기법의 하나인 신체적 조건의 유사성이 정신적 유사성, 사회 계층의 유사성까지도 의미하고 있다. 이에 대해『부덴브로크 일가』의 제1부 제1장에 나오는 요한 부덴브로크의 인물 묘사를 예로 들어 보자. 〈영사는 안락의자에 앉은 채 약간 신경질적인 동작으로 몸을 앞으로 숙였다. 그는 팔목 아래에서 비로소 좁아지는 넓적한 깃의 삼각 소매가 달린 계피 색 상의를 입고 있었다. 그 상의에 연결된 바지는 물빨래가 가능한 흰 천으로 되어 있었으며, 바지의 바깥쪽에는 검은색의 줄무늬가 쳐져 있었다. 그의 턱을 파묻고 있는 뻣뻣한 칼라에는 비단 넥타이가 매여 있었는데, 이 굵고 널따란 넥타이가 알록달록한 조끼의 기장만큼이나 내려와 있었다. 〔……〕 그는 자기 아버지의 눈보다 더 몽상적인 눈을 가지고 있는 것 같고, 아버지의 그 약간 움푹하고 주의 깊은 푸른 눈을 그대로 물려받고 있었다. 그러나 그의 얼굴 표정은 아버지의 얼굴 표정보다 더 진지하고 날카로웠고, 그의 코는 큰 곡선을 그리며 오뚝 솟아 있었으며, 금색의 곱슬곱슬한 턱수염이 귀 쪽으로 뻗쳐 있는 그의 두 뺨은 노인의 통통한 뺨보다는 훨씬 살이 빠져 있었다.〉(Bd 11)

이것은 얼핏 보기에는 대수롭지 않은 인상학적 인물 묘사로 보이지만 〈한 가문의 몰락〉을 서술하는 이 소설에서는 중대한 조짐이 되고 있다. 선대(先代)의 여유에 넘치던 얼굴 표정이 다음 세대에 이르러서는 진지하고 날카로워진다든가, 통통하던 뺨이 홀쭉해진다는 것은 실제적이고 건실하던 선대의 시민 정신이 다음 세대에서는 몽상적인 예술적 세계로 다가서는 것을 의미한다. 이와 같은 변화 경향은 토마스 부덴브로크를 거쳐 한노 부덴브로크까지 내려오면서 눈 가장자리에 〈푸르스름한 그늘〉(Bd 424)이 나타나 보일 정도로 심화되는 것이다. 토마스 만의 서술은 이와 같이 일견 사실성을 띠고 있으며, 그 이면에는 상징성이 내포되어 있다.[74]

결국 한 문학 작품에 나타나는 인물은 아무리 여러 관계로 묘사되어 있더라도 작가의 자아의 유출로 볼 수 있다. 따라서 작가가 현실의 여러 특징을 작품에 이용하기 위해 외부적 사실을 자기 것으로 만든 것을 토마스 만은 〈사실 모사의 주관적 심화*die subjektive Vertiefung des Abbildes einer Wirklichkeit*〉(GW 10, 16)라고 불렀다. 토마스 만은 작품에서 다른 예술가에 관해 논하지만 곧잘 자기 자신에 관한 이야기를 하는 것이다. 이는 모든 위대한 인물들에서 자신의 닮은 모습을 찾아내려는 충동이라고도 볼 수 있는데, 이러한 사실이 그의 여러 평론집에 언급되어 있다.[75] 이것은 바로 〈활기를 넣는 것*Beseelung*〉(GW 10, 15)과 같다. 이렇게 작가적인 것으로 만들어진 외부적 사실은 독자에게 이것은 누구고, 저것은 누구라고 말할 수 있는 여지를 남기게 되므로, 작가는 그 가면에 또 다른 자기 것의 활기를 불어넣어서 — 주관적으로 심화시켜서 — 그 가면에 대해 전혀 느끼지 못하는 문제를 서술하게 된다. 그리하여 원형과는 완전히 인연이 먼 형상이 나타나 현실과 작품의 차이가 생겨난다.[76]

이렇게 임의로 〈활기를 넣은 것〉과 〈스스로 체험한 것〉(GW 11, 1146)이 합쳐 또 하나의 소재가 되는 배경에서도 토마스 만의 소설은 자전적이라 불린다. 이에 대해 토마스 만은 『독일과 독일인*Deutschland und die Deutschen*』에서 〈내가 독일에 관해 말하거나 스치듯 암시하고자 하는 것은 낯설고 냉정하고 무경험의 지식에서 나온 게 아니다. 다시 말해서 나는 그것을 내 자신 속에 스스로 체험한 것이다〉(GW 11, 1146)라고 명백하게 고백하고 있다. 토마스 만에게 예술이란 근본적으로 〈문제적 자아에 대한 정신적·도덕적인 노력〉(GW 12, 20)으로, 이러한 자전적인 요소는 그의 후기 작품들에 더 많이 담겨 있다. 예를 들어 『마의 산』과 같은 작품들은 역사적으로 제1차 세계 대전 및 바이마르Weimar 공화국 시대를 나타낸다 할 수 있다. 바이마르 공화국 시절, 토마스 만의 정치화는 완만하게 진행되었지만 그것은 마지못한 것이었으며, 그의 정치는 국가 사회주의의 발흥과 시기적으로 밀접하게 연관되어 있다. 물론 토마스 만의 작품에 새로 창조해 낸 인물이 전혀 없는 것은 아니다. 이를테면 『파우스트 박사』에서 레버퀸은 작가의 말대로라면 창조된 인물이다.(GW 11, 203)

그러면 토마스 만 자신이 그의 작품에 투영되는 내용을 구체적으로 규명해 보자. 토마스 만은 최초의 작품에서부터 자신을 반영하고 있다. 즉 최초의 단편 「타락Gefallen」과 역시 최초의 장편 『부덴브로크 일가』에서부터 자신을 반영시키고 있는 것이다. 그의 최초의 단편인 「타락」의 줄거리의 발단은 네 명의 등장인물이 윤락 여성에 대한 사회의 부당한 대우에 관해 〈심각한 대화〉를 벌이는 데서 시작되어, 젤텐 박사가 이야기하는 삽화(揷話)로 옮아가는데, 삽화의 내용은 〈여자가 오늘 애정으로부터 유혹에 빠지면, 그 여자는 내일은 돈 때문에 추락한다〉는 말로 요약된다. 삽화의 줄거리가 진행되는 동안 시도 동기적으로 풍겨 오는 라일락 향기는 이야기가 끝나면서 실제로 방 안의 화병에서 풍기는 라일락 향기와 동화되어, 단편의 주인공인 〈나〉는 삽화의 주인공이 바로 화자인 젤텐 박사라는 사실을 감지하게 하고 또한 토마스 만 자신이기도 하다는 여운을 독자에게 남겨 준다.[77]

토마스 만 자신의 체험으로부터 서술된 최초의 장편 『부덴브로크 일가』는 〈한 가문의 몰락Verfall einer Familie〉이라는 부제가 말해 주듯이, 뤼베크의 명문 부덴브로크 일가의 4대에 걸친 연대기를 그리고 있다. 이 소설에는 선대 2대가 시민 계급의 건전한 윤리관에 바탕을 두고 있는 데 비해, 제3대인 토마스 부덴브로크는 너무 섬세하고 날카로운 성격으로 전락하게 된다. 〈그런데 저길 보아라. 갑자기 어둠이 그의 눈앞에서 찢어지는 것 같았다. 마치 비로드 같은 어둠의 벽이 갈라지며 무한히 심오하며 영원한 빛의 원경이 전개되는 것 같았다. 〔……〕 「저는 살아 나갈 것입니다!」 토마스 부덴브로크는 힘주어 말했다. 그는 가슴이 내적 흐느낌으로 떨고 있음을 느꼈다. 그것은 《내가 살 것이다》라는 내용이었다. 살아는 가겠지. 그러나 살아가는 것은 내가 아니다. 그것은 하나의 기만일 따름이다. 죽음만이 바로잡을 수 있는 착각이었다. 그렇다. 그렇다. 〔……〕 그런데 왜 그럴까?〉(Bd 656)

『부덴브로크 일가』에서 어느 여름날 주인공 토마스 부덴브로크는 뜰에 있는 등나무 의자에 앉아 독서에 열중하고 있다. 자신과 고뇌를 함께 나눌 수 있는 사람은 이 세상에 아무도 없다고 생각하는 토마스 부덴브로크는 이때 읽은 쇼펜하우어의 『의지와 표상으로서의 세계』에서 자신과 공감자인 쇼펜하우어를 발견하게 된다. 특히 『의지와 표상으로서의 세계』의 제2권 제41장인 〈죽음 및 죽음과 인간 본질의 불멸성의 관계에 관하여〉를 중점적으로 읽은 토마스 부덴브로크는 〈그(쇼펜하우어)의 마음은 알 수 없는 위대하고 감사한 마음으로 충만되어〉(Bd 446) 지금까지 몰랐던 기쁨을 맛보고 있다. 그런데 이것은 토마스 만 자신의 체험이기도 하다.(GW 12, 53) 토마스 만은 19세의 젊은 나이에 조그만 사랑방에서 하루 종일 소파에 발을 걸쳐 놓고 앉아 쇼펜하우어의 『의지와 표상으로서의 세계』를 읽었다고 회상했다.[78] 토마스 만의 고독했던 젊음과 세계와 죽음에 대한 열망은 그에게 마치 트리스탄 음악(바그너의 트리스탄)의 정신적 원천을 인식할 수 있는 심오한 에로스적인 신비적 원천이 되었는데, 이러한 체험이 다시금 『부덴브로크 일가』에 반복되고 있다.[79] 『부덴브로크 일가』에서 그렇게도 단정했던 주인공 토마스 부덴브로크가 치과 의사에게 갔다 돌아오는 길에 갑자기 쓰러져 진흙투성이가 되어 숨을 거둔 해는 작가 토마스 만이 탄생한 1875년이다. 결국 『마의 산』에서 인문주의자인 세템브리니가 카스토르프에게 〈이 진흙 구덩이에서, 이 키르케 마녀의 섬에서 도망쳐 주십시오. 오디세우스가 아닌 당신이 여기서 무사히 지내게 될 리가 없습니다〉(Zb 345)라고 〈진흙 구덩이〉 같은 마의 산을 떠나도록 요구하지만 토마스 부덴브로크는 이러한 〈진흙 구덩이〉에서 죽음을 맞는다.

부덴브로크 일가의 제4대인 한노는 예술(음악)에 몰두하는 병약한 소년으로 전락하는데, 이렇게 한 가문이 4대에 걸쳐 몰락해 가는 과정을 서술하고 있는 이 작품은 토마스 만 가문의 멸망사이기도 하다. 그 당시에는 이야기의 줄거리와 등장인물의 성격이라는 전래의 소설 범주가 있었다.

토마스 만의 초기 작품 「키 작은 프리데만Der kleine Herr Friedemann」은 주위 환경과의 접촉을 상실한 고립된, 비사교적인 인간을 보여 주고 있다. 따라서 이 작품의 주인공 프리데만에서 여성에 대한 이중의 정열이 단적으로 나타나고 있다. 이 작품에서 주인공과 여성 관계를 조명해 볼 때, 주인공은 언제나 내향적인 정열을 품고 있으면서 어둠 속에서 여성을 살펴보는 내용에서 토마스 만의 결혼 전 모습이 반영되고 있다.

『파우스트 박사』에서 레버퀸과 차이트블롬이 소년 시절을 보낸 곳으로 되어 있는 카이저자헤른Kaisersachern은 전형적으로 독일적인 중세풍의 신교 도시인데, 이것은 토마스 만의 고향인 뤼베크를 모델로 하고 있음을 알 수 있다. 토마스 만은 『파우스트 박사』를 집필하는 기간 중에 쓴 『독일과 독일인』이라는 평론집에서 뤼베크의 고풍적인 분위기를 『파우스트 박사』에서 카이저자헤른과 거의 비슷하게 묘사하고 있다.(GW 11, 1130)

『파우스트 박사』에서 차이트블롬이 레버퀸의 삶에 작용하는 악마적인 면을 암시하려고 사용하는 모티프는 성적(性的)인 것과 악마적인 것의 결합이다. 레버퀸이 대학 공부를 중단하고 전적으로 작곡에 몰두하던 중 음악 공부를 위해 라이프치히로 갔다가 그곳의 어느 사창가에서 한 창녀와 관계를 하게 되는데, 이는 니체의 전기에서 차용한 것이지만 토마스 만 자신의 인용도 포함하고 있다. 토마스 만은 자기 작품이나 평론, 일기, 서간 등의 내용을 다른 작품에 인용하기도 했다.

한편 토마스 만은 그의 어린 시절의 뤼베크의 인물이나 대상을 너무 세밀하게 묘사하여 비난을 받기도 했다. 동시대 뤼베크 사람 중에는 토마스 만 소설에서 자신이 잘 알려져 있는 시민의 초상으로 묘사된 사실을 발견하고, 이 신중하지 못하고 무분별한 작가를 맹렬히 비난하는 경우도 있었다.[80] 『파우스트 박사』에서 토마스 만 자신이 묘사되는 배경에서, 토마스 만은 〈나는 여태까지 나의 작중 인물인 토마스 부덴브로크를, 카스토르프를, 아셴바흐를, 『바이마르의 로테』 속의 괴테를 〔……〕 이 레버퀸만큼 사랑하지 않았다〉(GW 11, 203)고 언급하고 있다. 또 〈『파우스트 박사』는 얼마나 많은 나의 생활 감정을 담고 있는지 모른다. 근본적으로 말해 극단적인 고백이다. 그것이 그 책의 처음부터 가슴을 설레게 한다〉(GW 11, 247)고 말하고 있다.

또 예술가의 운명을 타고났는데 세속의 삶과 보통 사람들에 대한 애착 사이에서 괴로워하는 작품 「토니오 크뢰거」의 주인공 크뢰거도 다름 아닌 토마스 만 자신의 자화상이다. 토마스 만 자신은 크뢰거처럼 시민적 삶을 동경하는 부친과 예술적 재능을 부여하는 모친 사이에서 태어났는데, 이러한 토마스 만의 출생적 배경이 「토니오 크뢰거」에서 크뢰거가 리자베타에게 행한 다음의 고백에 잘 나타나 있다. 〈아시는 것처럼 저의 부친은 북방인의 기질을 가지고 계셨습니다. 생각이 깊고 철저하고 청교도적으로 정확했으며 좀 우울한 편이셨죠. 그런데 어머니는 아름답고 관능적이며 정열과 충동에 따라 분방하게 사는 분이셨습니다. 이 두 기질을 모두 갖고 태어난 사람이 바로 저였습니다.〉(TK 337) 그래서일까, 토마스 만은 자주 크뢰거를 가리켜 자신이 〈문학적으로 가장 사랑하는 아이〉라고 말하곤 하였다.

「베네치아에서 죽음」의 아셴바흐도 토마스 만처럼 부친 계열로부터 물려받은 엄격한 규율과 건전한 시민성 외에 〈보헤미아의 한 악장의 딸〉인 모친으로부터 〈다소 급하고 관능적인 피〉(TiV 450)와 이방인종의 외모상 특징 등을 물려받았다. 이는 부계의 성향이 억누르고 있는 반대급부의 천성들이 그에게 내재해 있음을 시사한다. 이렇게 토마스 만의 출생적 배경이 아셴바흐의 출생적 배경과도 유사하다.

결국 토마스 만은 작품 속의 크뢰거나 아셴바흐처럼 부친으로부터 시민적인 감각을, 모친으로부터는 예술적인 감각을 이어받았다. 명료한 분별성과 정확성에 기반한 부친의 〈윤리성〉과, 낭만적 기질과 음악성에 기반하는 모친의 〈예술성〉이라는 출생의 이중성이 변증법적으로 작용하여 토마스 만에게 창조적인 힘이 될 수 있었다. 1930년에 발표한 자전적 평론집 『인생 스케치 Lebensabriß』에서 토마스 만은 자신의 유전적 소질까지 언급하며, 부친에게서는 〈착실한 생활 방식〉을, 모친에게서는 〈낙천성과 다변성〉을 이어받은 사실을 밝히면서 괴테와 비교시키고 있다.(GW 11, 98) 괴테는 엄격한 부친으로부터 진지하게 인생을 살아가는 방법을 배웠으며, 반대로 감성이 풍부했던 모친으로부터는 명랑하고 활발한 성격을 물려받았다. 이렇게 괴테와 토마스 만 두 작가는 부친 쪽과 모친 쪽으로부터 이어받은 자질의 균형이 잘 잡혀 있다.

이러한 출생적 배경 외에도 아셴바흐는 여러모로 작가 토마스 만과 닮은 점이 많다. 아셴바흐는 토마스 만처럼 명성 높은 작가이자 대부르주아 출신의 명망 있는 작가이다. 그는 슐레지엔 지방의 한 도시에서 고위 법관의 아들로 태어났다. 왕과 국가를 위해 봉사했던 고관대작들의 후예답게 그는 명성을 중시했고 항상 주먹을 그러쥐고 살아왔다. 특히 동성애적 성격의 토마스 만이 아셴바흐의 행동으로 자주 나타나고 있다. 〈아셴바흐는 그의 조상과 양면적인 관계에 있다. 이국적인 감정의 무절제에 사로잡힌 채〉(TiV 503) 넋 나간 사람처럼 타치오Tadzio를 쫓아 미로 같은 베네치아의 골목길을 누비는 아셴바흐에게 반쯤 정신이 드는 순간들이 있는데, 이는 그가 엄격하고 점잖은 〈조상들〉(TiV 503)이 자신을 보고 뭐라고 할 것인지를 자조 섞인 웃음과 함께 자문할 때이다. 건실하고 남성적인 시민의 삶을 살았던 그의 선조들은 〈예술의 마력에 사로잡힌 삶〉(TiV 504)을 사는 아셴바흐와 대비될 수밖에 없다.[81] 이는 토마스 만이 자신의 동성애에 대해 조상들에게 느끼는 감정의 비유로 볼 수 있다. 즉 토마스 만은 자신의 동성애적 삶으로 선조들에게 일종의 죄의식을 느꼈다. 결국 토마스 만의 삶에서 여태껏 억압되어 온 이방인적 본성들인 〈어둡고 정열적인 충동〉(TiV 450)은 결국 베네치아의 아셴바흐에게서 폭발적으로 분출되는 것이다. 이런 방식으로 「베네치아에서 죽음」도 토마스 만의 실제 삶의 체험을 바탕으로 구상되었다. 토마스 만 자신도 1926년에 쓴 한 편지에서

〈「베네치아에서 죽음」의 전체 모양새는 여행의 실제 사건을 그대로 옮겨 쓴 것이다〉(GW 8, 55)라고 말했다.

이러한 토마스 만의 실제 여행 사건은 다음과 같다. 1911년 5월 중순『고등 사기꾼 펠릭스 크룰의 고백』을 집필 중이던 토마스 만은 아내 카치아, 형 하인리히 만과 함께 아드리아 해의 브리오니 섬으로 휴가를 떠났다. 그러나 그곳 숙소와 급경사진 해안은 토마스 만의 마음에 들지 않았다. 그래서 일행은 5월 26일 브리오니 섬을 떠나 베네치아 근처의 리도로 갔다. 유달리 리도에 애착을 가졌던 토마스 만은 대개 기차를 이용했으나 이때 처음으로 폴라에서 배를 타고 들어갔다. 그런데 베네치아로 향하는 배에는 화장을 하고 잘 치장한 상당히 나이 든 남자가 젊은이들에게 둘러싸여 있었다. 염색한 수염에 붉게 뺨을 화장한 그 늙은이가 온갖 객담을 하며 젊은이들에게 아양 떠는 모습을 토마스 만 일행도 어이없어 하면서 지켜보았다. 기선이 도착한 후 토마스 만 일행은 곧장 그들을 리도로 데려다 줄 곤돌라에 짐을 실었다. 곤돌라 사공은 무뚝뚝하고 불친절한 사람으로 전문가답게 베네치아의 수로를 잘 헤치고 나갔으나, 목적지에 도착해서는 뱃삯을 받지 않고 달아나 버렸다. 면허증을 빼앗긴 채 불법 영업을 했던 것이다. 이러한 다양한 실제 인물들이 「베네치아에서 죽음」에 그대로 반영되고 있다. 즉 이들은 이 작품에서 가발 쓴 《가짜 젊은이》로 또는 불법 영업한 곤돌라 사공 등으로 변형되어 등장하고 있다.

토마스 만 일행은 전에도 몇 번 묵은 적이 있던 베네치아 근처의 섬 리도의 그랑 호텔 데 뱅에서 6월 2일까지 묵게 되었다. 토마스 만 자신이 말하고 있듯, 이 호텔 체재 중에 그가 겪은 사건들과 체험들도 「베네치아에서 죽음」의 토대가 되었다. 〈나는 아내와 그해 5월의 일부를 리도에서 보냈는데, 그렇게 한 것이 처음은 아니었다. 일련의 특이한 상황들과 인상들이 새로운 소재들을 찾으려는 나의 비밀스러운 노력과 함께 작용했음에 틀림없다. 그리하여 창조적 아이디어가 나오게 되었으며, 그것은 그 후 《베네치아에서 죽음》이라는 제목으로 작품화되었다.〉 (GW 11, 123)

이 휴가 중의 가장 핵심적인 체험은 「베네치아에서 죽음」의 주인공 타치오의 모델이 된 당시 열 살짜리 폴란드 귀족 소년을 만나게 된 것이었다. 일행이 리도의 호텔 방에 짐을 푼 후 첫날 우아하게 차려입은 각국 손님들이 저녁 식사 종이 울리기를 기다리며 넓은 홀에 모여 있을 때, 토마스 만은 아주 가까이에서 어느 폴란드 가족을 발견한다. 어머니는 보이지 않았지만, 엄격하게 옷을 입은 세 명의 딸들과 어린 소년으로 구성된 가족이었다. 선원복을 입은 소년의 초자연적인 육체의 아름다움과 우아함은 그것에 매료된 자의 눈을 벗어날 수 없었다. 후에 토마스 만의 부인 카치아는 회고록『기록되지 않은 회고록 Meine ungeschriebenen Memoiren』에서 이 베네치아 체재 중 토마스 만의 눈에 띈 어떤 〈매우 매혹적이고 그림같이 아름다운 열세 살가량의 소년〉에 대해 〈그는 지극히 그(토마스 만)의 마음에 들었고, 그(토마스 만)는 또한 언제나 그 아이가 친구들과 노는 것을 해변에서 관찰했다〉[82]고 언급하고 있다. 〈그들은 토마스 만이 (작품에서) 묘사한 꼭 그대로였다. 약간 뻣뻣하고 엄격하게 옷을 입은 아가씨들, 대단히 매력적인, 그림처럼 아름다운 열세 살가량의 소년, 그 소년은 선원복을 입고 칼라는 열어 놓은 채 귀여운 리본을 달고 있었다. 그 소년이 남편의 눈에 몹시 띈 모양이어서 그는 즉시 이 소년에게 애착을 가졌다. 소년은 지나칠 정도로 남편의 마음에 들었다. 남편은 해변에 친구들과 함께 있는 이 소년을 늘 관찰하였다. 남편이 베네치아 온 시내를 소년을 뒤쫓아 간 것은 아니었다. 그렇지는 않았다. 그러나 그 소년은 그를 매혹했다. 그리고 남편은 자주 그 소년을 생각했다.〉[83]

나중에 밝혀진 사실에 의하면, 1900년 11월 17일생으로 뫼스 Wladyslaw Moes라는 이름의 이 소년은「베네치아의 죽음」이 나온 지 12년 후에 자신이 타치오의 모델임을 알게 되었다. 그러나 그는 계속 침묵을 지키다가 토마스 만이 죽은 후인 1964년에야 비로소 이 작품의 폴란드어 번역자인 돌레고브스키 Andrzej Dolegowski에게 자신이 타치오의 모델임을 밝히고, 역시 그 번역자를 통해 1911년 베네치아에 체류할 때 찍은 가족사진 몇 장을 토마스 만의 딸 에리카 만에게 보냈다.[84] 〈몇 년 전 에리카는 〔……〕 어느 폴란드 귀족으로부터 편지를 받았다. 〔……〕 그는 쓰기를, 〔……〕 얼마 전 친구들이 그에게 폴란드어로 번역된 소설 한 권을 보냈는데, 그 속에 자신과 그의 자매들, 그의 전 가족이 머리카락 하나 다르지 않게 그대로 묘사되어 있었고, 그것이 그를 매우 즐겁게 했다고 말한 것을 보면 그는 모욕당한 것이 아니었다. 이것이 그 전체 사건의 결말이다.〉[85] 이상에서 보듯이 소설에서 아셴바흐가 겪는 모든 일은 작가 토마스 만이 실제 겪은 일이었다. 물론 소설에는 토마스 만의 실제 사정과 다른 것들이 있다. 토마스 만에게 일행이 있었던 반면 아셴바흐는 혼자이고, 아셴바흐에게 따로 떨어져 사는 장성한 딸이 있는 반면, 당시 토마스 만의 자녀들은 어렸다. 또 아셴바흐는 어디나 타치오를 쫓아다니지만 토마스 만은 그렇게 하지 않았다.[86]

실제로 토마스 만이 반할 정도로 뫼스 소년은 잘생겼었다. 뫼스 스스로도 자신에 관해서 〈나는 대단히 잘생긴 아름다운 아이였다. 여자들은 내게 경탄했다. 〔······〕 오늘날 나를 가장 감동시키는 것은 그 작가가 당시 나를 보고 오늘날까지 나의 전형적인 모습으로 남아 있는 거동이라든가 태도의 우아함 등을 정말 그대로 묘사했다는 사실이다〉라고 말했다 한다. 그러나 토마스 만이 이 소년에게 사랑에 빠진 내용보다는, 그의 내면에 상존하던 동성애적 요소가 이 소년에게 투사된 내용이 중요하다.

이 「베네치아에서 죽음」에서 묘사되는 그 밖의 다른 인물들과 에피소드들도 대부분 이 여행 동안에 토마스 만이 실제로 체험한 내용이었다. 예를 들어 하인리히 만이 짐을 잃어버려 다시 베네치아로 되돌아가게 되었다. 즉 그가 베네치아를 떠났다가 되돌아온 것. 토마스 만 자신은 아니었지만 형의 짐을 잘못 부친 사실도 실제로 있었던 일이다. 이에 대해 카치아의 말을 인용하면, 〈남편은 우리가 다시 리도에 가게 되어 무척 행복해했다. 폴란드 가족은 아직 호텔에 있었다. 어느 날 저녁 약간 음탕한 노래를 부르는 나폴리 가수들이 왔다. 그러다가 많은 사람들이 떠나 버렸다. 도시에 콜레라가 퍼졌다는 소문이 돌았다. 〔······〕 우리는 처음에는 전혀 몰랐다. 〔······〕 돌아가는 일정을 예약하려고 들른 〔······〕 여행사의 정직한 영국 직원이 우리에게 말해 주었다. 제가 당신이라면 일주일 후의 침대칸을 예약하지 않고 내일 당장 떠나는 것으로 하겠습니다. 〔······〕 콜레라가 발생했기 때문이지요. 물론 쉬쉬하면서 감추고 있지요. 〔······〕 우리는 떠났다. 폴란드 가족이 하루 먼저 떠난 후였다. 그 세세한 사항에 이르기까지 모든 것이 실제 겪은 일이었다.〉[87] 토마스 만은 콜레라 경고에 놀라 일주일 후 황급히 리도를 떠났다. 그리고 집으로 돌아온 즉시 「베네치아에서 죽음」을 원고지에 옮기기 시작했다.

따라서 토마스 만은 『인생 스케치』에서 「베네치아에서 죽음」에 대해 〈(「토니오 크뢰거」와) 마찬가지로 「베네치아에서 죽음」에서도 지어낸 것이라고는 없다. 뮌헨의 북쪽 묘지에서의 낯선 사내, 음산한 폴라의 배, 멋쟁이 노인, 이상한 곤돌라 사공, 타치오와 그의 가족, 짐이 뒤바뀌는 탓에 실패한 출발, 콜레라, 여행사의 정직한 직원, 음흉한 유랑 가수들, 또 그 밖에 열거되는 모든 것들이 실제로 있었고, 사실상 제자리에 끼워 맞추기만 하면 되었으며, 그렇게 할 때 이것들은 매우 놀랍게도 그 자체의 형성적 해석 능력을 입증해 보였던 것이다〉(GW 11, 124)라고 언급하고 있다.

「베네치아에서 죽음」의 주인공이자 작가인 아셴바흐의 소설인 『마야Maja』에는 〈많은 인물들이 등장하며, 한 이념의 그늘 속에 있는 다양한 인간의 운명을 집합시키는 소설의 양탄자〉(TiV 450)라고 묘사되어 있다. 〈마야〉는 인도의 신화에서 현상 세계의 다양성을 의미하며, 이 마야의 다양성은 〈이념의 음영(陰影)〉이란 표현으로 조화의 관련을 맺고 있다. 그 다양성이란 범신론적인 표현으로 〈자연 그대로 적나라한 자연natura naturata〉이며 〈적나라한 본성natura naturans〉이다. 〈마야〉는 토마스 만이 원래 1900년대 초 〈연인들Die Geliebten〉이라는 제목으로 계획한 소설에 나중에 붙인 이름인데, 이 미완성 작품은 〈토마스 만의 파울 에렌베르크와의 관계와 그것에서 비롯된 실제 시련들에 대한 (토마스 만의) 매우 강렬한 정신적 극복 시도〉[88]이며, 그런 면에서 동성애적 배경을 지닌 작품이다. 마야의 베일을 벗겨 버리고 세계에 드리워져 있는 기만을 지양하는 것을 예술가의 중요한 과제로 보는 토마스 만은 〈예술의 시각이란 천재적인 객관성의 시각〉[89]이라고 말하고 있다.

이렇게 토마스 만이 「베네치아에서 죽음」의 주인공 아셴바흐에게 일종의 〈자기 형상〉을 투사하여 그를 작가의 분신으로 볼 수 있는 근거는 충분하지만, 이 인물을 작가 자신과 동일시하는 것에 모순이 없지도 않다. 문학에서 자서전적인 요소들이 여과 없이 날것으로 제시되는 경우는 매우 드물며, 대부분 허구적인 것과 버무려져 낯설고 새로운 것으로 변화되기 때문이다. 따라서 아셴바흐는 토마스 만의 제2의 인물이라고 볼 수 있지만, 다른 한편으로 작가의 삶과 분리시켜 볼 때 그 자체로서 현대인의 삶의 모습을 체현하기도 한다.

3. 반어적 기법

토마스 만의 작품에서 특징적인 요소가 있다면 〈반어성〉이라고 할 수 있다. 원래 반어성을 나타내는 아이러니*Ironie*란 말은 아리스토텔레스의 『시학*Poietike*』의 몇 가지 번역에서 〈페리페테이아(*peripeteia*, 상황의 급격한 역전)〉의 역어(譯語)로 나타나 극적 반어의 뜻을 나타내고 있다. 이렇게 이 단어의 근원은 아리스토텔레스의 시대로 소급되어 그리스어의 에이로네이아*eironeia*에서 유래하는데, 이 단어는 플라톤의 『공화국』에 처음으로 기록되어 있으며, 원래는 언어에서 〈표현된 말과 다른 의미를 뜻하는 것, 또는 조롱하는 것〉[90]을 의미했다. 그러므로 이 말 속에는 자신을 위장하는 이중적 의미가 포함되어 있다. 소크라테스의 지혜에 많은 영향을 받은 사람들 중 한 사람이 그에 대해 이 말을 적용시킨 것으로서, 그것은 〈사람들을 속이는, 매끄러운 비열한 방법〉을 뜻한 것으로 생각된다. 이렇게 자신의 지식을 감추고 무지를 가장하는 아리스토텔레스적 반어성은 〈윤리적 교육의 측면〉[91]을 지니고 있다.

아리스토텔레스는 소크라테스를 염두에 두고 있었기 때문이겠지만 에이로네이아를 허위의 자기 경시로 여겨, 그 반대어인 알라조네이아*alazoneia*, 즉 자만심을 강한 허위보다도 더욱 높이 평가하였다. 결국 고대의 반어성은 수사학적 위장이었고, 낭만주의적 반어성은 부유(浮遊)를 특징으로 하면서 표현이 항상 다의적인 태도, 즉 예술적으로 성찰하는 태도를 가리킨다.[92] 이렇게 고대에까지 연결되는 오랜 역사를 가진 반어성 표현의 원형은 로마의 시인인 카툴루스(Catullus, 기원전 84~54)의 〈나는 미워하고 사랑한다*Odit et amo*〉라는 언급에서 볼 수 있다. 사랑과 미움의 정서는 외견상 상호 배타적이요 모순적인 관계처럼 보이지만, 여기서는 하나의 유기적인 사랑의 실체로 묘사되고 있다.

독일에서는 이러한 반어성이 초기 낭만파 이전에 나타나 대체로 문체상의 양식 개념이나 수사적인 어법으로 사용되어 왔다. 처음에는 놀림, 희롱, 빈정댐, 야유, 비웃음과 같은 의미로 통용되던 반어성이 문체 양식의 의미를 넘어 의식과 관계를 지니게 된 것은 18세기 말과 19세기 초 독일에서의 철학적, 미적인 사색의 결과이다. 이 시대에 괴테는, 반어성은 인간을 〈행복 또는 불행, 선 또는 악, 죽음 또는 삶을 초월〉[93]하게 한다고 말했다. 이는 반어성의 관찰자가 반어적인 상황에서 전형적으로 느낄 수 있는 것은 우월, 자유, 재미의 세 가지 말로써 요약될 수 있다. 이러한 반어성의 이론은 우리나라의 조선 시대 글쓰기에도 적용된 적이 있다. 조선 시대에 세속적 글쓰기를 멀리하고 순수하고 강건한 체의 고문을 추구한 19세기 명문장가 영재 이건창(1852~1898)은 다음과 같이 말했다. 〈주된 뜻(主意)이 있으면 반드시 여기에 대적하는 뜻(敵意)이 있어야 한다. 문장을 별도로 만들어 적의로 주의를 공격해야 한다. 주된 뜻은 갑옷처럼 방어하고, 대적하는 뜻은 병기처럼 공격하니 갑옷이 견고하면 병기는 저절로 꺾일 것이고 누차 공격해 여러 번 꺾이면 주된 뜻이 승리하게 된다. 그러면 곧바로 대적의 뜻을 거둬 포로를 잡아들임으로써 주된 뜻이 더욱 높이 밝게 드러날 것이다.〉[94] 이는 주제를 돋보이게 하려면 반론을 함께 제기하여 이 반론이 설득력 없음을 보이라는 말로, 주된 뜻과 대적하는 뜻 사이에 분명한 차이가 없으면 훌륭한 글이 아니라는 것이다. 결국 카툴루스와 이건창은 역설적 〈이율배반Ambivalenz〉을 통해 독자에게 충격을 가하여 모순 개념을 승화하고 외형적 배타성을 파괴, 융합하여 사물의 실재를 구현해 주는 것이다.

현대적인 반어성 이론의 개척자로는 슐레겔Friedrich Schlegel을 들 수 있다. 슐레겔은 삶과 정신, 정신과 물질 사이의 근본적 부조화에 반어성이 존재한다고 보아서 우주적, 철학적 반어성의 개념이 생겨났다. 슐레겔은 반어성을 예술 창조에 있어서의 자유로운 자기 극복의 능력으로서, 혹은 변증법적인 운동으로서 〈절대적인 반대 명제의 절대적인 종합화〉[95]의 능력으로 보았다. 그에게 있어 반어성 개념은 주로 예술 작품과 그 생산 과정, 그리고 생산된 작품의 인식 과정에 대한 해명에 관계되고 있다. 따라서 그의 반어성 개념은 무한성에 대한 동경과 〈유한성의 가상의 철폐〉[96]로 향하여 소크라테스적인 실용적 교육적 반어성과 달리 반어성이 형이상학적인 원리로서 전개되었다.[97]

이러한 반어성은 티크Ludwig Tieck의 희곡, 호프만E. T. A. Hoffmann의 이야기, 하이네의 시, 그리고 가장 발달된 형태로 토마스 만의 소설에서 자주 발견된다. 토마스 만은 반어성의 문제에 대해서, 그것은 〈예외 없이 이 세상에서도 가장 심오하고 또한 가장 매력 있는 것〉[98]이라고 말했다. 수사법의 한 표현 방식으로 반어성은 풍자를 위해 마음대로 구사할 수 있는 복잡하고 교묘한 무기로 발전하여 산문의 역사로부터 떼어 놓을 수 없는 발전을 이룩한 것이다.[99] 이러한 반어성에 대해 토마스 만은 〈무엇인가 중간적인 것, 이것도 아니고 저것도 아닌 것이며, 또한 이것이기도 하고 저것이기도 한 것, 즉 양편을 향한 성격이다〉(GW 12, 91)라고 규정하고 있다. 토마스 만은 평론집 『리하르트 바그너의 고뇌와 위대성 *Leiden und Gräße Richard Wagners*』에서 〈사랑의 증오 *Liebeshaß*〉(GW 9, 373)라는 반어적 표현을 사용하여 니체의 바그너 Richard Wagner 예술을 이중적으로 비판하고 있으며, 『마의 산』에서 〈죽은 삶 *das tote Leben*〉(Zb 872)이라는 반어적 표현으로 유럽 사회의 병리적 진단을 내리고 있다. 또한 『파우스트 박사』의 〈나는 선하고 악한 그리스도로 죽는다 *Denn ich sterbe als ein böser und guter Christ*〉(DF 646)라는 선한 독일과 악한 독일에 대한 언급에서도 토마스 만은 깊은 진실, 즉 악한 독일은 선한 독일과 분리될 수 없으며, 이 두 독일의 동일성이 존재하므로 자신도 독일의 이 양면성과 일치해야 한다고 고백하고 있다. 이러한 반어적 표현은 칭찬의 다른 형태, 즉 〈역의 징후를 동반한 칭찬의 말〉(GW 9, 373)로 토마스 만의 이중적인 시각이다. 예를 들어 토마스 만이 바그너에 대한 자신의 관계를 〈열광적인 상반 감정 병존 *enthusiastische Ambivalenz*〉(GW 10, 928)으로 나타내는 것과 같다. 따라서 토마스 만이 보여 준 기본 태도는 〈양면 감정 병존〉이었다.

결국 토마스 만에게 반어성은 거리, 객관성, 사물로부터의 일정한 간격 유지, 사물 뒤쪽으로의 떠오름 내지 사물에 대한 가벼운 냉소를 뜻한다.[100] 이는 모순되고 더욱이 휴머니즘 원칙과 거의 일치될 수 없는 것처럼 보인다. 그러나 반어성이 토마스 만에게 〈예술 자체의 의미〉이자 보다 많은 것을 얻으려는 요구로 설명되고 있다면, 반어성에 대한 그의 언급은 낭만적 주관주의도 아니고 태도 규범으로서의 〈유미주의(唯美主義, *Ästhetizismus*)〉[101]적 거리도 아니다. 토마스 만이 술회하고 있듯이, 그의 주목 대상은 오히려 그가 〈태연함 *Gelassenheit*〉이라는 말로 아주 적절히 표현하고 있는 전망적 태도이다. 그것은 바로 전면 긍정과 전면 부정의 예술 시각, 전망의 확대를 통해 필연적으로 상대화하는 예술적 현실 창조의 과정이다. 반어성은 태양처럼 명료하고 깨끗하게 전체를 포괄하는 시각이다. 그것은 바로 예술의 시각, 저 최고의 자유와 고요함, 어떤 일체의 도덕주의로부터도 흐려지지 않는 객관성의 시각이다. 셰익스피어와 괴테는 이 자유의 가장 위대한 대표자로 꼽힌다. 반어성은 민족적이거나 국가적으로, 단체적이거나 이권적으로 관여되어 있지 않는(적어도 의식의 작용 면에서는) 관점의 보편성을 의미한다.

그런데 슐레겔은 〈낭만적 반어성romantische Ironie〉이 진보적 보편 문학이라고 주장하였다. 이러한 낭만적 반어성은 완전히 의식적인 예술가의 반어성에 찬 처지를 반어적으로 나타내는 완전히 의식적인 예술가의 반어성이다. 예술가란 몇 가지 이유에서 반어적인 처지에 놓이게 된다. 잘 쓰기 위해서 그는 동시에 창조적이면서도 비판적이어야 하고, 주관적이면서 객관적이어야 하며, 열광적이면서 현실적이어야 하고, 정서적이면서도 이성적이어야 하며, 무의식적으로 영감을 받으면서도 의식적인 예술가라야 하는 것이다. 그리고 그의 작품은 현실 세계에 대한 것임을 내세우지만 허구인 것이다. 또 예술가는 현실을 참답게 또는 완전히 묘사해야 한다는 의무를 느끼면서도, 현실이란 이해할 수 없을 만큼 광대하고 모순에 차 있으며, 끊임없이 생성의 상태에 놓여 있으므로, 진실된 묘사를 한다고 해도 그 작품 제작이 끝나면 즉시 허위가 되어 버릴 것이기 때문에 그러한 의무를 다한다는 것의 불가능을 알고 있을 것이다. 이러한 낭만적 반어성의 개념은 단순한 것이 아니어서 널리 오해되고 잘못 전해져 왔는데, 특히 미국의 문학 비평가들 사이에서 그러했다.[102]

그런데 슐레겔의 낭만적 반어성이 진보적 보편 문학이라는 거창한 주장에서 출발한 것과는 달리, 고통스러운 현실에서 자기 자신을 구원하고, 또 성찰적 자유의 관점을 얻기 위한 시도로 사용하는 토마스 만의 반어성은 〈삶과 정신〉의 관계라는 다소 개인적인 고뇌에서 출발한다는 특징이 있다. 이러한 〈삶과 정신〉의 이의성은 초기 작품인 『부덴브로크 일가』에서부터 암시되고 있다. 부덴브로크 일가는 독일의 옛 전통을 유기적으로 계승한 예술 문화의 담당자를 나타내는 반면에, 하겐슈트룀Hagenström가(家)는 퇴폐적이고 부정적인 신흥 부르주아적 시민 계급을 보여 주고 있다. 결국 부덴브로크가와 하겐슈트룀가는 세계의 이분화를 상징하며 예술성(정신)과 시민성(삶)이라는 두 대립된 세계에서 살아간다. 즉 이들은 삶과 정신의 이의(二儀)적인 관계로 살아가고 있는 것이다. 「토니오 크뢰거」에서도 삶과 정신, 예술가와 시민의 중간에 서서 〈나는 두 세계 사이에 서 있으며 어느 쪽의 세계에도 살고 있지 않습니다. 때문에 약간 괴롭습니다〉(TK 337)라고 고백하는 〈길 잃은 시민〉(TK 337)인 크뢰거처럼, 토마스 만 작품의 많은 인물들이 중간자적 입장 혹은 내적 이원성을 진정한 수난으로 체험함으로써 삶과 정신, 즉 시민성과 예술성 양측의 거리로서의 반어성이 탄생한다.

그런데 슐레겔의 반어성을 비판하는 사람들이 많다는 사실도 짚고 넘어갈 필요가 있다. 그의 반어성을 비판하는 대표적 인물인 헤겔과 키르케고르는 슐레겔의 반어성의 위험성을 인식하고 있다. 헤겔은 〈반어성은 모든 것과의 유희로, 이러한 주관성은 더 이상 진지함과는 관계가 없다. 반어성은 진지한 체하다가는 다시 그것을 무(無)화시켜 모든 것을 가상으로 변모시킨다〉[103]고 말했다. 키르케고르도 헤겔과 마찬가지로 반어성을 〈무한한 절대적인 부정성〉[104]으로 파악했다. 따라서 키르케고르는 슐레겔이 말하는 시적인 삶을 엘리트의 자기만족적인 사유에 불과하다고 공박하였다. 키르케고르는 〈반어성은 부정성이다. 왜냐하면 그것은 단지 부정만 하기 때문이다. 그것은 무한하다. 왜냐하면 그것은 이런저런 현상을 부정하는 것이 아니기 때문이다. 그것은 절대적이다. 반어성은 부정해서는 안 될 좀 더 높은 것을 부정하기 때문이다〉[105]라고 반어성을 비판했다. 그는 〈반어성 개념이 현상적인 것 배후에 있는 어떤 가능성을 암시하기〉[106] 때문에 반어성을 통해 현존하는 전체가 부인될 염려가 있다고 보았다. 이러한 이유에서 헤겔이나 키르케고르는 석화된 사회적 상황에 반응할 따름인 낭만주의자들의 반어성 개념을 치유하려고 했다. 따라서 그들은 소크라테스에게로 돌아가서 반어성의 원래적 기능인 〈부정〉의 개념을 재탈환했다. 그들은 〈소크라테스적 종류의 반어성이 다시 필요하다〉[107]고 믿었던 것이다.

그러나 헤겔이나 키르케고르 등의 슐레겔의 반어성에 대한 비판에 역행되게 자이들린Oskar Seidlin은 슐레겔의 반어성을 적극 지지했다. 자이들린은 자신의 저서『토마스 만의 문체 연구』에서 뜻과 표현의 완전한 일치, 언어 구사와 의미의 완전한 조화를 분석하면서 이것이야말로 문체라고 했다.[108] 그러면서 자이들린은 소설의 형성 수단에서 슐레겔이 말한 〈낭만적 반어성〉을 옹호했다. 예술가라는 사실 자체에 여러 가지의 반어성이 내재한다는 슐레겔의 지적으로 예술은 복잡하게 만들어진 결과, 자이들린은 이러한 슐레겔을 지지하여 낭만적 반어성의 개념을 완성시켰다. 자이들린에 의하면, 〈낭만적 반어성은 물질과 정신의 화해이다. 그것은 창작된 작품이 그것의 창조자와 결합하려는 탯줄을 결코 끊지 않도록 하고 있으며, 창조자가 결코 내용 없는 자기 관찰에 빠지지 않도록 배려하고 있다. 그것은 무한한 것과 유한한 것의 화해이다. 무한한 것이 서술의 세계 속에서 그 형식을 얻을 수 있는 반면, 서술 작품은 영원한 것에 대한 자신의 의식적인 참여를 통해 스스로를 초월한다. 이러한 낭만적 반어성은 작가가 자신의 작품 진행을 끊임없이 간섭하는 가운데서, 또 서술의 조직에 대한 그의 상론들 속에서, 자기 독자와의 대화 속에서, 이야기 속 사건들에 대한 그의 주석들 속에서, 간단히 말해 작품의 창조자가 자신의 창작품 속에 지속적이고 명백하게 편재하는 가운데 뚜렷하게 나타난다〉.[109]

이러한 낭만적 반어성은 예술적 표현을 평범하고 무반성적인 일상생활로부터 떼어 놓으려는 시도를 했다는 점에서 진보적 성격을 띠면서 문학사에 크게 기여했지만, 〈자유롭게 창안하는 생산적인 자아는 하나의 현실을 설정하는 동시에 그것을 철회함으로써〉[110] 인간의 자유나 예술적 환상과 시적 독창성의 산물인 전체 현실이라는 것을 모두 가상의 위치로 떨어뜨려, 그 작품이 현실 세계에 대한 것임을 내세우면서도 사실을 허구적인 것이 되게 한다. 따라서 〈낭만적 반어성〉은 토마스 만에게는 〈낭만적 주관성〉[111]이었으며 〈낭만적 방종의 요소〉[112]에 불과했지만, 〈서사적 반어성〉은 〈예술의 광채〉[113]인 동시에 객관성을 보장해 주는 것으로 〈반어성〉과 객관성이라는 개념은 결국 동일한 것이었다. 이렇게 토마스 만은 〈반어성〉을 〈예술 자체의 의미〉[114]라고 일컬으며, 〈반어성〉의 개념을 이른바 〈낭만적 반어성〉과 분명히 구별했다. 그에 의하면, 낭만적 반어성이란 문학이 이제는 이미 단순한 순진과 무반성일 수 없고, 그 자체에 모순된 상반적 가치가 존립한다는 본질을 의식하는 것으로 스스로를 제시해야 한다는 것을 자각하고 있는 작가의 반어성이다.

이러한 반어적인 표현을 실제적으로 이해하기 위해서 토마스 만의 『마의 산』에서 멋과 위엄과 교양의 상징, 즉 생명력의 화신인 페퍼코른의 모습을 들어 보자. 〈이마에 깊은 주름이 새겨지고 왕자와 같은 얼굴에 비통하게 찢어진 입술을 한 페퍼코른은 언제나 두 가지 경향의 어느 쪽이기도 하며, 그를 보면 그 어느 쪽도 그에게는 알맞으며 두 가지가 그에게는 하나가 되는 것처럼 보여, 이쪽이기도 하고 저쪽이기도 하고, 저쪽이기도 하고 이쪽이기도 하다는 것이었다.〉(Zb 818 f.)

이러한 반어성을 토마스 만은 문학에서 끊임없이 발전시켰다. 토마스 만은 자기 소설의 이론에 관해 별로 언급한 적이 없지만, 반어성에 관해서는 〈모든 것을 포괄하는 수정과 같이 맑고 평온한 시선, 다시 말해서 예술 그 자체의 시선이다. 지상의 자유와 평정 그리고 어떤 도덕주의에도 흐트러지지 않는 객관성의 시선이다〉[115] 라고 말하고 있다.

결국 토마스 만에게 서사적 예술 정신은 〈반어적 정신〉[116]이다. 반어성의 사유는 오히려 인간의 전체 위치, 상황의 복합성, 실존의 보편적 해답을 찾는 데 주력한다. 토마스 만은 이런 의미로 〈서사 문학의 반어적 객관성〉을 규정하는데, 그것은 인간적인 것, 해학, 파울Jean Paul적 예술 시각으로 발전하는 교량 역할을 하고 있다. 토마스 만의 다음 언급은 서사 문학의 반어적 객관성이라는 딱딱한 규정을 조화롭게 보완하고 있다. 〈이때 여러분은 차가움이나 냉혹함, 조롱과 야유를 생각해서는 안 됩니다. 서사적 반어성은 오히려 심정(心情)의 반어성, 사랑으로 충만한 반어성입니다. 그것은 위대성이요, 충만한 정감의 위대성은 미소한 것을 위해 존재합니다.〉[117] 이러한 〈서사 문학의 반어적 객관성〉의 해설에는 서사 문학의 본질과 동시에 토마스 만 소설의 본질에 관한 명확한 개념이 포함되어 있다. 따라서 〈서사적 반어성〉 또는 〈반어적 객관성〉은 토마스 만 자신의 설명보다도 그의 작품들 자체에 해명되어 있다. 그러나 토마스 만의 경우 〈작품 내재적인〉 해석만의 시도는 토마스 만적인 소설 정신에 위반되는 경우가 있다. 왜냐하면 토마스 만은 그의 소설에서 〈서사 문학의 반어적 객관성〉이라는 개념을 자주 변형시켜 가기 때문에, 소설 이론에 관한 문제는 곧 서사적인 것의 본질에 관한 문제로 직결되고, 따라서 소설 자체에 관한 문제가 되므로 〈서사 문학의 반어적 객관성〉이 무엇을 의미하는가 하는 것에 대해서는 소설 자체만이 그 해답을 줄 수 있다.[118]

낭만적 반어성은 토마스 만의 장편 『요셉과 그의 형제들』과 『파우스트 박사』에 강렬하게 수용되고 있다. 작가가 〈주인공에 대한 반어성〉을 허용하면 할수록 더욱 강하게 떠오르는 주인공의 상징적 역할을 강조하는 결과가 된다. 즉 주관성과 개인성에 입각한 작가가 필연적으로 주인공의 모습에 투여하는 것이 동시에 반어성을 통해 객관화되고 중립화되는 것이다. 그것은 〈주관에서 출발하고, 또 그렇게 출발해야만 하는 것을 가장 확정적인 상태에서 다시금 주관에 의해 해소시켜 객관화시키는 유일한 형식이 반어성〉이기 때문이다. 셸링은 이런 명제에 대한 확증을 소설에 대한 낭만적 분석의 지수들 속에서 찾았다. 따라서 그의 초기 작품에서 주인공으로 묘사되고 있는 인물들은 한결같이 일상적인 생활로부터 분리되고 소외된 채 절망에 찬 고독 속을 배회하고 있다.

이런 배경에서 『요셉과 그의 형제들』에서 요셉의 이야기는 몇 가지 〈수준〉으로 존재된다. 첫째로 역사적인 사건으로 존재된다(물론 진지한 것은 못 되지만). 그러나 이 수준은 신이 스스로에게 한 이야기이다. 신은 사물들을 그 중요성을 위해서 생성하게 한 것이다. 바로 이와 같은 종류의 진지한 주장은 『구약 성서』의 오래된 우의(寓意)적 또는 유형론(類型論)적 해석의 뒷받침에 의해서다. 둘째로 요셉 이야기는 신화적이며 그 많은 현시[119]로 역사적 사건의 〈특수성〉을 뒷받침하는 어떤 불변의 〈보편적인〉 구조를 가리키고 있다. 셋째로 요셉의 (신화로서가 아니라 이야기로서) 이야기에는 몇 가지 다른 판(版)이 있으며, 이 때문에 생략과 확대의 해석, 정당성, 효과에 대한 소설상의 문제들이 야기된다. 그리고 끝으로, 요셉이 자신이 〈신의 이야기〉 속에 존재하고, 하나의 신화적 영웅이며, 이야기로서 전달되는 삶을 살고 있다는 것을 지각하는 것으로, 게다가 이 모든 세 가지 상태에 대해 스스로의 책임을 반어적으로 알고 있는 것으로 묘사되어 있는 최근 판이 존재하고 있다. 토마스 만은 이 모든 것을 제시하고 그 스스로도 신화 작가로서의 자신의 역할을 반어적으로 자각하고 있다. 따라서 토마스 만은 히브리 신화를 복원하고, 반유대주의의 국가 사회주의에 의한 동시대에 이룩된 독일 신화의 복원과 왜곡된 것 사이의 반어적 대조를 끊임없이 자각하고 있는 것이다.

이러한 토마스 만의 반어성은 그의 시대적 배경에서 근거가 발생한다. 토마스 만은 자신의 예술가로서의 존재에 대하여 〈나는 본질적으로 내 생애 최고의 25년간이 속하고 있는 세기, 즉 19세기의 아들이다〉(GW 12, 21)라고 『어느 비정치적 인간의 고찰Betrachtungen eines Unpolitischen』의 서문에서 밝히고 있다. 토마스 만이 작가로서 활동한 시기인 19세기 말~20세기 초의 독일 사회에는 여러 면에서 대립적 갈등의 현상이 나타나는 시기였다. 문화적으로는 〈유미주의Ästhetizismus〉와 〈치유 허무주의therapeutischer Nihilismus〉[120]가 대립적으로 팽배했던 시기였다. 6백여 년에 걸쳐 유럽을 지배했던 합스부르크 제국은 1806~1867년에는 오스트리아 제국이라 불렸고, 1867~1918년에는 오스트리아-헝가리 제국으로 통용되다가, 1918년 말 제1차 세계 대전 종전과 함께 분열됐다. 그 몰락의 와중에 합스부르크 제국은 향후 한 세기의 세계를 이끌어 갈 풍성한 지적 유산을 남겼다. 특히 19세기 말~20세기 초의 시대는 학문, 사상, 예술에 프로이트, 루카치, 비트겐슈타인, 슘페터, 만하임, 곰브리치, 후설, 말러, 쇤베르크, 클림트 등 거목들의 이름이 동시에 걸쳐진 시기였다. 당시의 시대적 배경은 이른바 〈즐거운 종말〉, 〈찬란한 여명〉을 만들어 낼 정도였다. 세기말 합스부르크 제국에는 〈유미주의〉와 〈치유 허무주의〉가 팽배했다. 유미주의는 예술을 향유하는 토대가 됐고, 치유 허무주의는 정치적·사회적 개혁안에 대한 무관심과 연결되었다.

유대인의 활동이 활발할 수 있었던 분위기도 지성이 꽃핀 배경이었다. 합스부르크 제국은 다민족 공동체여서 유대인에 대한 차별이 적어 프로이트·후설·켈젠·비트겐슈타인·말러 등 유대인들이 당시 두각을 나타낼 수 있었다. 이외에도 지성들의 면면이 화려하다. 브렌타노는 인식론·심리학·윤리학에 새로운 시각을 열었고, 후설의 현상학은 독자적인 학파를 형성했다. 멩거는 경제 이론에서 한계 이용 분석의 바탕을 정립했고, 루카치와 만하임은 지식 사회학이란 이론을 도입했다. 또 비트겐슈타인은 영미권에서 한 세대 동안 철학적 성찰을 이끌어 간 언어 사상가다. 여기에 후세에 가장 큰 영향을 미치고 있는 사상가로 꼽히는 정신 분석학의 창시자 프로이트가 있다. 20세기의 그 어떤 사상가도 프로이트만큼 우리 시대의 의식에 깊이 파고들어간 사람은 없었다는 이유에서다.

이렇게 토마스 만이 작가로서 활동한 시기는 문화적으로는 유미주의와 치유 허무주의가 대립적으로 번창하는 동시에, 정치적으로는 독일 사회에 프랑스의 전쟁 보상금을 기반으로 시작되는 소위 〈포말회사 범람 시대(1871~1873)〉의 결과가 나타나는 빌헬름 시대로 정신과 권력, 지방색과 범세계성을 위한 욕구, 소시민성과 세계 대제국성 사이의 깊은 간격과 갈등이 발생했던 시대였다. 다시 말해 성장하면서 거칠어진 부르주아 사회 계층의 메울 수 없는 간격이 벌어지고 있었다. 이런 현상에 대해 〈독일의 소국가에서 오랫동안 노예 생활을 한 후 공업과 군국화(軍國化)에 헌신한 이 부르주아 계급은 쇼펜하우어의 염세주의 경향과 바그너의 죽음 찬미적 몰락의 음악에 무릎을 꿇었고, 니체의 깊은 회의에 감염되어 그의 생기설적(生氣說的) 귀족주의를 밖으로 향한 자신들 욕구의 정당화로 잘못 해석했다〉[121] 고 K. 코른은 당시의 시대적 갈등을 해명하고 있다. 젊은 토마스 만 역시 이러한 시대 상황을 비껴갈 수 없었다. 토마스 만 자신 속에는 예술적으로나 정신적으로 나 보다 새로운 시대에 속하는 요소와 욕구의 충동이 존재하고 있음을 부인할 수 없지만, 그는 자신이 슈티프터Adalbert Stifter부터 폰타네에 이르는 19세기 독일 의 시민적 산문 예술의 후예임을 실감하고 있었다. 따라서 낭만주의, 민족주의, 시 민성, 음악, 염세주의, 해학 — 이와 같은 19세기의 분위기는 그의 존재의 〈비개성 적인 구성 요소〉(GW 12, 21)를 이루고 있다.

어쨌든 당시의 시대 상황의 화두는 〈몰락〉과 〈세기말〉이었으며 이런 사정은 토 마스 만의 강연문 「나의 시대Meine Zeit」에서도 잘 드러나 있다. 〈데카당스라는 말은 니체에 의해 심리학적으로 아주 노련하게 사용되면서 시대의 지적 은어 속으 로 침투하였다. 오늘날은 잊혀졌지만 당시 독일 노벨레의 풍속도라면 바로 데카당 스에서 나온 소설을 가리켰다. 지겨울 정도로 심미화를 추구하는 난숙한 문화와 몰락이 호프만슈탈Hugo von Hofmannsthal에서 트라클Georg Trakl에 이르는 서 정시의 주제이자 주된 가락이었다.〉(GW 11, 311) 이러한 분위기는 토마스 만에게 이중적 반어성으로 발전되어 갔다.

따라서 토마스 만은 반어성을 그 나름대로 서사 문학에 연관시켜 다음과 같이 명확하게 말하고 있다. 〈서사 문학의 예술이란, 미학적 정의를 내린다면,《아폴론 적》예술이다. 왜냐하면 아폴론은 먼 곳을 맞히는 자로, 먼 곳의 신, 거리의 신이 고, 객관성의 신이며, 반어성의 신이기 때문이다. 객관성이란 반어성이며, 서사적 예술 정신이란 반어성의 정신이다.〉(GW 10, 353) 짧게 응축된 이 표현에서 토마 스 만의 산문 정신을 포착한다는 것은 어렵다. 여기서 어려운 점은 객관성이 곧 반 어성이라는 이율배반적 표현에 있다. 왜냐하면 〈낭만적 반어성〉이라는 주관적 유 희를 생각한다면 반어성은 도저히 객관성과 동일시될 수 없기 때문이다. 그러나 토마스 만이 생각하는 반어성은 낭만적 반어성보다 더 넓은 개념의 반어로서 대상 자체의 사실적 관찰(소위 객관적 묘사)보다 한 차원 더 높이 올라선 포괄적·조감 적 시점을 확보한다.[122]

〈거리와 객관성의 신〉(GW 10, 353)인 아폴론에게서 서사 정신의 근원을 찾는 토마스 만은 1921년 어느 강연에서 반어성을 〈중용의 파토스*Pathos der Mitte*〉(GW 9, 171)라고 불렀는데, 이것은 대립하고 있는 사상이나 원리의 중간에 세워진 인간의 수난을 의미한다. 왜냐하면 파토스의 원리는 수난 혹은 수난의 상태이기 때문이다. 그러나 〈중용의 파토스〉로서의 반어성은 보다 쉽게 표현하자면 〈중용의 모럴〉이라고 할 수 있으나, 토마스 만이 「토니오 크뢰거」를 쓴 시기는 겨우 30세 전후로 이 시기의 토마스 만이 중용의 경지에 도달했다고 보기는 어렵다. 따라서 또 다른 관점에서 보더라도 상반된 대립 개념의 중간에 선다는 반어성의 원천을 판단하기 위해, 당연히 모순되는 그 양극단의 위험한 영역을 끝까지 투사하고 분석, 검토하는 시도가 행해지지 않으면 안 된다. 가령 〈중용*Bescheidenheit*〉이라는 이념에 관하여 토마스 만은 〈중용 ─ 그것은《잘 안다*Bescheid wissen*》는 말에서 온 것이라는 것을 잊어서는 안 된다. 원래 중용이라는 말은, 무엇인가를 잘 안다는 의미를 가지고 있었지만 그 의미를 초월하여 중용*modestia*이라든지, 절도 *moderation*라고 하는 제2의 의미를 가지게 된 것이다〉(GW 9, 501)라고 함축성 있게 언급하고 있다.

진정한 의미의 중용의 도덕을 획득하기 위해서는 모순을 잉태하고 있는 양극단을 반드시 〈잘 안다〉는 것이 무엇보다도 필요한 전제가 되어야 하며, 이 중용과 정반대라고도 말할 수 있는 극단주의의 비도덕적이며 파괴적인 영역에 대한 정열적인 헌신이나 인식이 없는 일체의 도덕성은 사이비 도덕에 지나지 않는다는 것이 토마스 만의 진정한 의도이다. 이러한 내용이 『마의 산』에서 쇼샤 부인의 도덕관에 잘 나타나 있다. 카스토르프는 어느 날 정열의 화신인 쇼샤 부인으로부터 러시아어 수업을 받는데 거기서 〈진정한 도덕은 덕(德)에 있는 것이 아니라 죄(罪)에 있다〉고 배운다. 〈도덕? 당신은 그런 것에 흥미가 있어요? 우리들은 도덕을 덕에서, 즉 이성, 질서, 양풍, 성실 같은 데서 찾는 게 아니라 오히려 그 반대의 것, 요컨대 죄에서 찾아야 할 것이라고요. 위험한 것 속에 몸을 던져서, 즉 우리들을 파멸시키는 것 속에 뛰어 들어감으로써 말이에요. 우리들에게는 일신의 안전을 도모하기보다는 일신을 파멸시키고 손상하기까지 하는 것이 훨씬 도덕적이라고 생각되어요. 위대한 도덕가는 덕이 있는 사람이 아니라, 악덕의 모범가로서 비참한 것 앞에 그리스도 정신과 교리 정신(敎理精神)으로 무릎 꿇는 것을 가르쳐 주는 위대한 죄인이었다고 말예요.〉(Zb 477) 이 주장은 모든 도덕과 덕은 그 자체만으로는 무의미하며 그와 상반되는 정열, 즉 죄악과 상호 조화를 이룸으로써 더욱더 강렬하게 상승한다는 사실을 암시한다.

이렇게 〈진정한 덕과 도덕은 상반된 죄악과 조화를 이룸으로써 상승한다〉는 개념은 토마스 만의 작품 「토니오 크뢰거」에도 잘 암시되어 있다. 또 이러한 개념은 「베네치아에서 죽음」에서 작가인 아셴바흐의 작가관으로도 연결되고 있다. 아셴바흐는 삶의 엄격함의 붕괴에서 그리고 병과 함께 성큼성큼 다가오는 윤리의 의혹에서 위험스러운 쾌감을 느낀다. 따라서 아셴바흐가 타치오의 아름다운 모습을 바라보면서 〈정선된 산문erlesene Prosa〉(TiV 493)이라고 표현했을 때, 미소년에게서 전해 오는 것이 바로 불순한 매력임을 느끼고 있다. 그러기 때문에 〈무슨 좋지 못한 일을 하고 난 후 양심의 호소를 하고 있는 것 같은 것이 느껴진 것이다.〉(TiV 493) 그의 마음은 〈외부 세계가 빠져들려고 했던 모험에 대하여 만족감을 느끼는 것이다. 왜냐하면 정열은 범죄에서와 같이 안정된 질서와 일상생활의 복지에는 적합하지 않고, 모든 시민적 조직의 유혹이라든지 세계의 혼란이나 재앙이 그런 것에 환영되는 것이기 때문이다. 그것은 그렇게 됨으로써 자기의 이익을 발견할 것을 막연히 희망할 수 있는 처지이기 때문이다. 이처럼 아셴바흐는 베네치아의 불결한 뒷골목에서 당국자들이 사건을 은폐하려고 드는 데 대하여 모호한 만족감을 느꼈다.〉(TiV 500)

이러한 내용이 아셴바흐의 예술관으로 잘 나타나 있다. 아셴바흐의 예술에서 관찰되는 미적 감각의 과도한 섬세화 및 고전성과 관련한, 형식이 가진 양면성에 대한 서술자의 다음과 같은 언급 또한 아셴바흐가 밟아 갈 궤적을 미리 암시하고 있는 듯하다. 〈그것(형식)은 도덕적인 동시에 비도덕적이지 않은가? 규율의 결과와 표현으로서는 도덕적이지만 그것이 천성적으로 도덕적 냉담성을 내포하는 한, 그러니까 본질적으로 도덕적인 것을 그 도도하고 절대적인 주권 아래 굴복시키려 애쓰는 한 비도덕적이다 못해 반도덕적이기까지 하지 않은가?〉(TiV 455) 〈도덕적 결연함〉에만 일면적으로 치우치는 것은 세계와 영혼의 단순화, 도덕적 우둔화, 즉 〈악한 것, 금지된 것, 도덕적으로 불가능한 것으로의 강화〉(TiV 455)를 뜻하게 된다는 것이다. 나이가 들면서 아셴바흐의 글에는 젊은 시절의 대범함이나 참신함보다는 정선되어 교과서에 수록될 정도로 모범적이고 교육적인 면이 두드러지게 되는데, 이는 역방향, 즉 비도덕성을 향한 진자 운동의 시작을 알리는 것이다.[123]

토마스 만 자신도 〈죄와 도덕성을 상반된 개념이라고 보는 것은 속물적 사고방식이다〉(GW 11, 337)라고 말하여 죄와 도덕성을 대립적으로 보지 않았으며, 〈위대한 도덕자들은 대개 위대한 죄인이기도 했다〉(GW 10, 589)고 주장하며 다음과 같이 결론지었다. 〈윤리적인 것의 영역은 넓다. 그것은 비도덕적인 것까지 포괄한다. 위대한 도덕자나 모순을 두루 체험한 인간만이 그것을 남김없이 측정할 수 있는 것이다.〉(GW 10, 590) 작품의 창조자가 자신의 작품 속에 지속적이고 명백하게 편재함으로써 나타나는 이와 같은 형성 수단으로서의 반어성은 인간 존재와 시대의 현실에 대한 반어적 태도의 뿌리 깊은 산물이다.

이러한 반어성은 현대까지도 끊임없이 발전해 오고 있으므로, 이의 이해를 위해 현대의 철학자 로티Richard Rorty의 철학도 아울러 잠깐 비교해 보자. 로티는 〈진리〉를 추구해 온 서구 철학의 전통에 반기를 들었다. 절대적 진리란 있을 수 없으며 언제나 오류의 가능성이 있다는 것이다. 그는 더 나아가 보편적인 과학도 존재하지 않는다고 봤다. 로티는 〈우연성〉을 강조했다. 우선 우리의 언어가 역사적 우연성의 산물이라는 점에서 논의를 시작한다. 이는 〈모든 인간에게 공통된 선천적인 언어〉가 있다고 강조한 플라톤을 반박하는 것으로, 보편적 진리가 없다는 주장과 일맥상통한다. 그는 세계에 대한 묘사가 참일 수도 거짓일 수도 있다는 점에서 언어를 우연성의 산물로 간주한다. 세계를 묘사하는 인간이 옳을 수도, 그를 수도 있기 때문이다. 그는 더 나아가 우리의 자아도, 우리가 속한 공동체도 우연성의 시각으로 해석했다. 이런 우연성을 수용하는 사람을 로티는 〈아이러니스트Ironist〉로 불렀다. 아이러니Irony는 상식의 반대 개념으로 아이러니스트는 본래적인 성질, 즉 진정한 본질이란 없다고 본다. 아이러니스트들은 스스로에게도 오류가 있을 수 있다는 점을 인정한다. 로티는 프루스트, 니체, 하이데거 등을 아이러니스트로 정의했다. 특히 프루스트는 소설 『잃어버린 시간을 찾아서』에서 주인공이 마주치는 것들에 대해 그때그때의 상황에 따라 끊임없이 재정의를 시도한다.

이런 생각을 바탕으로 로티는 형이상학에 대해 비판적 태도를 보였다. 그는 〈형이상학자란 인간 존재의 요점을 결정하고 책임의 우선순위를 수립해 주는, 시간을 초월한 질서가 있다고 믿는 사람들〉이라고 규정했다. 이에 반해 아이러니스트들은 〈실재〉, 〈진정한 본질〉, 〈객관적 관점〉 같은 관념을 믿지 않는 사람들이다. 로티는 〈아이러니스트가 질서는 반드시 존재해야 한다고 믿는 지식인들보다 훨씬 많다〉고 주장했다.

4. 모방과 해학적 기법

1) 모방적 기법

무엇이 우리를 인간이게 하는가? 인간의 조건은 다양하다. 언어, 수학, 음악, 말하기, 영혼, 마음을 읽는 능력 등 사람을 사람답게 만드는 요소는 다양한 것이다. 아리스토텔레스는 〈인간은 웃을 수 있는 동물이다〉[124]라고 정의했는데, 이 정의에 의하면 〈웃음〉은 인간 고유의 속성들 중의 하나이며, 인간을 동물과 구분할 수 있는 특징이 된다.[125] 행동 생태학자 로빈 던바는 〈상상력〉을 인간의 고유 속성으로 보았다. 가상의 세계를 꿈꾸는 능력이 문학(이야기)과 종교로 구체화되었고, 그것이 여러 집단을 하나의 공동체로 결속시켜 인간의 생존과 번영을 가져왔다는 주장이다. 따라서 아인슈타인도 〈지식보다 중요한 것은 상상력〉이라고 강조했다. 요즘은 한 발 더 나아가 막연한 상상력이 아니라 독창적인 상상력으로서의 〈창조적 상상력〉이 화두로 떠오르고 있다. 이는 적극적인 호기심으로 뭔가를 찾는 과정에서 태어난 신생의 감동으로 이어진다. 찰스 파스테르나크는 〈호기심과 탐구〉가 오늘의 인간을 있게 만들었다고 한다. 우리는 예술의 아름다움과 우리 뇌의 내부, 태양계 외부를 탐구한다. 고통을 없애는 수단과 더 빠르게 여행하는 방법, 더 천천히 나이 드는 법을 모색한다. 심리학자 수전 블랙모어는 〈모방〉을 인간의 고유 속성으로 보았다. 이 재능 덕분에 평범한 유인원에서 커다란 뇌와 언어, 음악 및 미술에 대한 흥미, 복잡한 문화를 축적한 존재로 진화할 수 있었다는 설명이다.

이러한 〈모방〉은 전통적인 의미에서 재현(再現)의 존재론적 사유인 〈미메시스 *Mimesis*〉론에서 출발한다. 미메시스는 모방·흉내와 함께 예술적 표현을 의미하는 수사학·미학 용어이다. 기원전 5세기경 피타고라스학파에 따르면, 음악은 수 (數)의 미메시스라고 했다. 그러나 이 말은 플라톤에 이르러 비로소 중요한 의미를 가지게 되었는데, 플라톤은 여러 가지 개체(個體)는 개체가 되도록 한 형상*Idea*을 모방한다고 하여 이에 의해서 현상계의 열등성을 증명하는 이유로 삼았다. 플라톤 에 따르면, 현상계는 원형의 모방이다. 이 개념을 플라톤으로부터 이어받은 아리 스토텔레스는 『시학』에서 모방 개념을 더욱 적극적으로 평가했다. 아리스토텔레스 는 시간의 연속성 위에 놓인 극(劇)이 행동의 모방이라고 했다. 이 모방론은 문학 의 기원과 발생을 설명하는 일에서부터 창작 방법을 모색하는 자리에까지 두루 활 용되었다. 더 나아가 아리스토텔레스는 모방은 인간의 기본적인 본능이며 현실의 모조가 아니라 보편자의 표상이라고까지 주장함으로써 플라톤의 이데아의 모방 이론을 뒷받침하고 있다. 이렇게 인간의 본능이 모방이라는 아리스토텔레스의 이 론에 일치되게 프랑스의 철학자 지라르René Girard는 〈인간의 욕망 자체에는 전 염병 같은 본질적 모방 경향이 내재해 있다〉고 언급하고 있다. 그는 이런 전제를 바탕으로 모방 본능은 동질성의 본능과 통한다고 하였다. 〈자기가 지향하는 존재 를 발견할 때마다 그 추종자는 타인이 그에게 가르쳐 준 것을 욕망함으로써 그 존 재에 도달하려고 애쓴다〉는 것이다. 뛰어나거나 잘난 상대방과 유사해지려는 욕망 은 본능적으로 언어 표현이나 행동을 통해 나타나게 마련이다.

이러한 예술 작품의 모방에 관한 논의는 서양보다 동아시아에서 더 치열하게 전 개되어 왔다. 고대부터 당대까지 중국 시학의 요점은 모방과의 싸움이라 해도 과 언이 아니다. 루쉰(魯迅)이 아리스토텔레스의 『시학』에 견준 중국의 고대 문학 이 론서인 유협(465~532)의 『문심조룡(文心雕龍)』은 〈경서(經書)의 우아한 어휘를 공부하여 언어를 풍부하게 한다면 이는 광산에 가서 구리를 주조하고, 바닷물을 쪄서 소금을 만드는 것과 같다〉고 언급하여 전고(典故)를 활용할 것을 주문하고 있 다. 모방을 배우는 것이 글쓰기의 기본이라는 것이다. 이렇듯 중국의 시인과 이론 가들은 전고의 활용 여부가 창작에 절대적인 영향을 끼친다고 보았다. 즉 앞선 전 통을 어떻게 수용할 것인가에 대해 오랫동안 의견을 주고받은 것이다.

이러한 모방론에서 출발하는 재현, 특히 재현 예술(再現藝術)에서는 형식과 내 용이 구별된다. 즉 조각 작품의 매체는 정적(靜的)이지만 주제는 동적(動的)인 행동을 암시하고, 시의 매체는 동적이지만 주제는 정적인 실체를 나타낸다. 그리고 소설에서 표현되고 있는 내용은 정적이며 묘사의 대상이 되거나, 또는 동적이며 서술의 대상이 되거나 둘 중 하나다. 그러나 어느 경우에 있어서도 표현의 매체인 언어는 하나의 과정이다.[126] 이러한 재현의 존재론적 사유인 〈모방〉이란 저급한 고급의 것, 완성된 것을 흉내 낸다는 속된 뜻만을 가리키는 것은 아니다. 문학에서 말하는 참된 의미의 모방은 리얼리즘 정신에 입각해서 대상을 그리는 것을 뜻한다. 이러한 모방의 개념을 이해하기 위해서 스피노자Benedict de Spinoza의 〈감정 모방〉의 이론도 고찰해 보자.

〈각 사물은 자신의 존재 역량에 따라 자기 존재를 유지하려고 노력한다〉는 스피노자의 『윤리학』에 언급된 이 말은 그의 정념론, 정치학, 도덕론 전체를 아우르는 출발점으로 스피노자 철학을 대표하는 〈코나투스conatus〉의 개념이다. 자신의 존재를 유지하려는 노력, 보다 정확히 말하면 〈자연적 경향〉으로서의 코나투스는 곧 〈욕망〉이며 바로 이것에 기초해서 스피노자는 인간들에게서 어떠한 원리와 메커니즘을 통해 감정들이 생성되고 소멸되는가를 논증했다. 스피노자의 이 감정 이론에 기초해 인간들 사이의 사회적·정치적 관계의 구성 문제가 해명될 수 있다. 스피노자의 감정 이론을 특징짓고 있는 것은 〈감정 모방〉의 원리이다. 인간은 자신과 유사하다는 단 하나의 이유로 다른 인간들이 느끼는 감정을 모방한다. 우리는 우리와는 아무런 연관도 없는 사람들의 기쁨과 슬픔, 고통을 보면서 그와 동일한 감정을 느낀다. 스피노자의 이 원리가 보여 주고자 하는 것은 국가 혹은 시민 사회는 합리적 판단에 근거한 계약이 아니라 바로 이 감정 모방의 메커니즘에 기초해 있다는 점이다.

이 점과 관련하여 주목되는 점은 〈명예의 야망ambition de gloire〉이다. 의도했든 하지 않았든 우리가 타인의 기쁨의 원인이 되는 경우가 있다. 이때 우리는 타인의 기쁨을 보면서 모방을 통해 동일한 기쁨의 감정을 갖게 된다. 따라서 우리는 기쁜 감정을 갖기 위해 가능한 한 타인들이 기뻐하게 될 일을 하고자 노력한다. 이런 노력 혹은 욕망을 스피노자는 〈명예〉라고 불렀다. 그런데 이런 욕망이 실현되기 위해서는 무엇이 타인들을 즐겁게 하는지를, 그들이 무엇을 중요하게 생각하는지를 알아야 한다. 요컨대 명예를 추구하는 자는 자연과 인간에 대한 이해를 가져야만

한다. 사회성의 토대는 바로 이렇게 인간들 모두가 공동으로 추구하는 것, 즉 공동선의 이념을 형성하도록 만들게 하는 명예의 야망이다. 따라서 스피노자는 명예의 추구라는 욕망에 대해 도덕적 판단을 내리기보다는, 그것을 인간 본성에 주어진 하나의 사실로서 이해하고, 그것이 공동체의 구성에서 어떠한 능동적인 역할을 하는가를 밝히고 있다.

괴테 당시의 보편적인 패러다임이라고 할 수 있었던 고전주의 인식 틀에서 미메시스의 원리는 여전히 존재(이데아)와 존재자(개별 현상) 간의 〈위계〉를 전제로 하는 형이상학적 전통을 따르고 있었다. 즉 개별 존재자들이 선행하는 존재의 모델을 얼마나 정확히 재현해 내는가의 정도에 따라 그 존재론적 가치를 인정받을 수 있었는데, 이것이 바로 동일화의 원리이다. 동일성을 확보하지 못한 이른바 비동일자(타자)들은 억압되거나 혹은 〈비존재〉로 내몰리게 되며, 원본의 심급을 따르지 않는 이질적인 것은 〈질서〉를 위협하는 카오스적 존재로 폄하되었다. 후기 구조주의자들이 〈시뮬라크르 simulacre〉[127]라 통칭하는 〈차이〉의 존재 미학이 수면 위로 떠오르기 시작하는 시점이다. 코스모스, 즉 재현 질서가 구현되는 공간은 동일성과 닮음의 원리가 작동하는 매개와 환원의 영역이어야 하는데, 차이는 〈원본(존재·근원·보편)의 우위를 부인함〉[128]으로써 탈위계화와 탈중심화를 부추겼다는 것이다. 실재 혹은 현전 개념이 근대 미학의 주요 척도로 자리하게 되면서 〈차이〉는 원본 없는 복제·이미지·가상 등의 개념으로 탈영토화되기 시작한다.[129]

미메시스는 처음 나타났던 때부터 이미 이중의 의미를 지닌 것으로 생각되었다. 플라톤은 미메시스를 저급한 상태의 것이 고급의 것, 완성된 것을 본뜨는 행위로 해석하였다. 그러기에 그는 당시 시인들은 이데아의 그림자(미메시스)인 현실 세계를 다시 한 번 모사(미메시스)한다고 보았다. 그리하여 그는 문학 작품의 본질과 시인 정신의 가치를 다소 곡해한 끝에 그 유명한 신화에 관련된 〈시인 추방론〉을 주장하게 되었다.

플라톤에 있어서 신화는 로고스와 대립되며, 개념적 분석과 대비되는 〈이야기〉를 의미하여 주로 옛날이야기, 조상의 전통, 민담, 우화, 어린이들의 이야기, 늙은 부인네들의 이야기를 의미했다. 서사 문학의 원류이자 문화의 응집체로 불리는 민담이나 우화 등에서 보통 사람들의 행불행에 관한 소박하고 노골적인 이야기들이 주종을 이루는 것과 달리 신화는 신과 영웅이 중심이 된다. 플라톤은 전승되어 내려오는 신화에서 묘사되는 인간의 삶의 모습은 일관되지 않고 모순적이며, 허위이고 기만적이라고 깨닫게 되며, 그러한 삶의 모습이 정의로운 정치 사회의 설계에 전혀 도움이 되지 못한다고 인식하였다. 그는 모든 신화의 배경에는 시인들이 자리 잡고 있음을 알았다. 신화는 점점 허구적으로 창작해 낸 문학적인 개념이 주된 요소가 되어 사실 보고라는 본래의 의도는 미약하게 되었다. 이것은 플라톤의 이론으로, 그는 모든 신화가 작가에 의해 쓰인다고 주장했다.[130]

플라톤의 말대로 문학이 신화에 뿌리를 두고 있는 반면, 철학은 이성인 로고스에 굳건히 뿌리를 박고 있다. 철학은 궁극적으로 인간 영혼의 완성에 목표를 두고 이를 위하여 로고스를 수단으로 삼는다. 말하자면 이성이라는 날카로운 칼의 힘을 빌리는 것이다. 반면에 문학은 신화라는 날개를 달고 하늘을 날려고 한다. 이성의 칼날과 비교해 보면 깃털의 날개는 너무나 무력하기 짝이 없다. 이런 배경에서 플라톤은 시인을 좋게 말해 〈무사Mousa 신에게서 영감을 받은 사람〉, 나쁘게 말해서 〈귀신 들린 사람〉, 더 나쁘게 말하자면 〈미치광이〉와 다름없게 보아서 시인 추방론을 주장했다. 마찬가지로 키르케고르도 30대 초반에 쓴 저서 『이것이냐, 저것이냐 Entweder-Oder』에서 시작된 〈시인의 존재〉에 관한 비판과 성찰을 『죽음에 이르는 병 Die Krankheit zum Tod』에서 분명하게 드러냈다. 〈기독교적인 관점에서 볼 때, 모든 시인의 존재는 죄악이다. 그것은 삶을 살아가는 대신에 글을 쓰는 죄악이다. 실존적으로 존재하기 위해 노력하는 대신 환상을 통해 선하고 진실된 무엇을 추구하는 것이다.〉[131]

그러나 아리스토텔레스는 신화를 문학의 가장 중요한 요소로 파악하여, 『시학』에서 신화는 〈극예술dramatische Kunst〉의 중요한 요소로 설명된다.[132] 따라서 이미 고대에서도 모든 소설과 단편, 민담 그리고 유사한 기이한 이야기가 신화적이라고 여겨 왔다. 아리스토텔레스는 미메시스에의 충동을 인간과 다른 동물을 구분시켜 주는 유일한 점으로 보았다. 또한 예술 제작으로서의 본질을 미메시스의 개념으로 포괄하였다.

그런데 아리스토텔레스는 예술 창작의 본질을 모방으로 보는 개념을 심리학적으로만 고찰하여 예술의 독자적인 의의를 적극적으로 인정했다. 예술의 모방은 고도의 기술적 제작으로서 단지 관습에 따른 직공의 제작과는 구별되는 것이다. 왜 냐하면 예술의 모방은 그 합목적성의 측면에서 볼 때 자연의 생성 원리에 비교되 지만, 그 합목적성은 예술가의 자각적 의도에 기초하고 있기 때문이다. 이렇게 아 리스토텔레스는 미메시스를 대상을 재현하고 재구성하는 창조적인 능력으로 재해 석했는데, 오늘날 우리가 알고 있는 미메시스의 의미는 아리스토텔레스에게서 비 롯된 것이라 할 수 있다. 특히 아리스토텔레스의 『시학』에서 문학 작품을 모방이라 고 파악하는 것에 주목할 필요가 있다. 문학은 〈행위〉의 모방을 통해 〈성격〉을 표 현하는 것이다. 이는 이야기가 독자의 마음을 움직여 카타르시스를 불러일으키려 면 행동의 극적인 통일, 곧 모방으로 통일시켜야 한다는 뜻이다. 즉 〈이야기는 행 동의 모방이므로 반드시 하나의 전체 행동을 모방해야 한다〉는 의미다. 단일하게 통일된 플롯은 이야기 속 사건들이 서로 개연적인 또는 필연적인 인과 관계로 존 재하게 한다. 어떤 사건이 들어 있든 들어 있지 않든 차이가 나지 않는다면 그 사 건은 꼭 필요한 게 아니므로 과감히 빼야 한다는 얘기다. 인과 관계로 연결된 사건 을 통해 하나가 된 플롯은 바로 한 인간의 모습을 온전히 모방하며, 중요한 것은 그 플롯 행동이 주인공의 가장 깊숙한 욕망과 이어져 있어야 한다는 의미다. 아리 스토텔레스는 통일된 플롯이야말로 이야기의 목적이라고까지 설파하는데, 이는 독자의 감정 이입 혹은 정서적 반응을 일으키는 것이 바로 플롯 구조이기 때문이 다. 아리스토텔레스는 말한다. 〈(독자의) 연민은 부당하게 불행에 빠지는 것을 볼 때 일어나고, 공포는 우리와 비슷한 사람이 불행에 빠지는 것을 볼 때 일어난다. 주인공의 운명 변화에서 그 원인은 악행에 있는 것이 아니라, 중대한 과실(착오나 실수)에 있어야 한다.〉

그런데 문학이 모방하고 있는 대상이 무엇인가에 대한 질문에 답을 하려 들면 문제가 그리 간단하지 않다는 것을 곧 알아차리게 된다. 쉬운 답으로 문학 작품은 허구의 세계를 그리고 있으니까 모방 대상은 일단 진짜 세계, 즉 실재 또는 현실일 것이라고 말할 수 있을 듯싶다. 가령 종이 위에 그린 호랑이는 진짜 호랑이의 모방 이라는 사실에 아무 문제가 없어 보인다. 그런 경우는 예외에 속할 만큼 작은 부분 에 불과한 예술 활동이다. 하지만 음악의 경우를 보자. 큰북을 쳐서 천둥소리를 모 방하는 것과 같은 단순한 예가 결코 음악의 성격을 대변할 수 없음에 쉽게 동의할 수 있을 것이다. 도대체 모방의 대상을 실재하는 것이라고 이해하는 것부터 문제가 된다. 아폴론의 비위를 거스르는 짓을 하는 아가멤논 왕의 이야기가 모방되고 있는 것은 무엇인가. 아폴론은 고사하고 아가멤논이 실재했는지도 확실치 않다. 이야기를 듣거나 연극을 관람하는 사람도 대체로 무대 위에서 모방되고 있는 것이 문자 그대로 실재라고 믿는 경우는 별로 없다. 또 실재하는 용을 그려야 용의 그림을 보고 감명을 받을 수 있는 것도 물론 아니다. 이런 예는 문학 작품의 모방은 실재만이 아니라 허구일 수도 있다는 것을 확인시켜 준다.[133]

이렇게 문학이 〈행위〉의 모방으로 〈성격〉을 표현하는 것처럼, 무용도 신체의 리듬에 의해서 성격·정서·행위를 모방하는 것이며 음악도 성격의 직접적 표출인 리듬과 선율을 표현 형식의 기초로 삼기 때문에 문학과 동일한 예술의 계열에 놓인다. 결국 아리스토텔레스가 문학 작품을 모방으로 파악한 사실은, 문학뿐 아니라 음악, 무용, 미술까지 포함하여 모든 예술 활동의 본질을 담고 있는 것이다. 이 경우 모방이란 모든 예술 활동의 공통점을 포괄할 수 있을 만큼 넓은 뜻을 가지고 있다. 『시학』의 이 부분은 두고두고 논란의 대상이 되고 있는 유명한 대목이다.

이러한 아리스토텔레스의 모방 개념을 뒷받침하는 학자나 작가들이 많다. 예를 들어 키르케고르는 자신의 글쓰기가 〈개별적인 인간의 실존 관계에 관한, 오래된, 익히 알려진, 그리고 과거 세대로부터 전승된 원본을 보다 내면적인 방식으로 다시금 자세히 읽어 보고 싶은 욕망 때문〉[134]이라고 말했다. 또한 작가 파스Octavio Paz는 모든 문학은 모방의 한 형태인 번역이라는 이론을 내세우고 있다. 그는 모든 문학 작품은 다른 문학적 체계로부터 전해져 왔고, 또한 그에 관련되어 있는 문학적 체계의 일부분으로서 〈번역의 번역의 번역translation of translation of translation〉이라고 정의하였다. 이는 문학이 근원적으로 폐쇄적 공간으로 분리되어 있는 것이 아니라, 상호 연계성을 지녀 끊임없이 모방 반복된다는 점을 통해 번역을 문학의 주된 개념으로 끌어올린 것이다. 그의 주장에 따르면 모든 텍스트는 독특한 것이며, 동시에 다른 텍스트의 번역(모방)장으로 간주된다.[135] 이러한 번역(모방)론은 동양에서도 전개되어 왔다. 송대의 황정견(1045~1105)을 필두로 한 강서 시파는 〈단 한 글자도 출처가 없는 것이 없다(無一字無來處)〉고 하면서, 옛사람의 시를 많이 읽고, 학식을 바탕으로 시를 지어야 한다고 하였다. 황정견은 시를 쓰는 방법으로 두 가지 유명한 이론을 제시했다. 옛사람의 시원찮은 말을 빌려 써 시를 돋보이게 한다는 〈점철성금법(點鐵成金法)〉과 옛 시인의 뜻과 표현을 빌려 새로운 시를 낳는다는 〈환골탈태법(換骨奪胎法)〉이 그것이다.

이런 배경에서 괴테는 시(詩)를 개인 소유물이 아니라 〈온 인류의 소유물이어서 세계 어느 곳이나, 어느 시대에나, 그리고 수많은 인간에게 자기의 계시〉[136]로 보았다. 따라서 그는 〈시 재능이란 결코 희귀한 것이 아니어서 좋은 시 한 수를 지었다 해서 자신이 대단한 인물이라고 생각할 필요가 없다〉[137]고 덧붙여 말하고 있다. 결국 괴테에게 모방의 행위라 볼 수 있는 표절의 문제란 존재하지 않았다. 〈내 것과 당신 것이 무엇이 중요한가?〉 그는 자기가 표절(모방)하고 있다고 생각하지 않고 셰익스피어와 모차르트의 리듬으로 시를 쓸 수 있었고, 다른 사람들이 자기 시를 모방하는 것을 아주 기꺼이 여겼다.[138] 마찬가지로 토마스 만도 〈나는 나 자신이 지각한 사람, 최후의 인간, 마지막 마무리를 짓는 사람이란 데 대해 반대할 생각은 없다. 그리고 나 이후에 이러한 이야기(『선택된 인간』)나 또는 요셉의 이야기가 다시 한 번 이야기되지 않으리라고는 생각되지 않는다〉(GW 11, S. 690)고 말하고 있다.

토마스 만은 빈번히 이런저런 문제, 이런저런 상황이 얼마나 정확하게 되어 있는가, 그리고 하나의 위치는 어떻게 보이며 장소의 배열들은 상호 어떻게 놓여 있는가, 또 과학적인 것은 어떤 상태인가에 대해 고심해 왔다. 문학적 생산성의 측면에서 보면 그는 자료 수집가의 유형에 속하는데, 이는 〈모방의 행위〉에 속한다. 『파우스트 박사』의 편찬 내용이 기록된 『파우스트 박사의 생성』에서 보여 주듯이, 그의 방법은 목적에 필요한 것을 수집하고 보관하는 일로 모방에 근거하고 있다. 무엇보다 각종 독서물, 신문의 자료라든지 16세기의 익살, 또는 영국의 극작가 말로Christopher Marlowe의 「파우스트」, 음악가 베를리오즈와 쇤베르크에 관한 원고 등의 모방으로 새로운 현실이 창조되었다.[139] 따라서 『파우스트 박사』에서 다루어지는 근본적인 것, 요컨대 〈구성적 음악〉이 모방되고 있다.

그런데 토마스 만은 이러한 모방의 요구를 〈미적 강박〉으로 느끼기도 했다. 가요 수집가, 조립의 구성 작가는 계획하고 다시 파괴하고, 초안하고 다시 지우면서 작업에 참여한다. 이에 대해 토마스 만은 〈나의 미적 양심은 이 숙명적 단편들로는 도저히 평온을 찾지 못한다〉[140]고 말하고 있다. 작가의 부단한 노력이라 볼 수 있는 인용, 개개의 사실, 세계 파편을 한데 모으는 작업은 작품의 특정한 질서 원칙에 종속되고 침투되어 동일화가 이루어질 때까지 상호 접속되어야 하는 법이다.[141] 그제야 비로소 질서를 세우는 원칙이 전개되어 문체가 성립된다.

그 결과 토마스 만 문학은 과거의 〈모범적인 것 das Musterhafte〉을 계승하는 경우가 많다. 이런 맥락에서 『고등 사기꾼 펠릭스 크룰의 고백』에서 세상에서 느끼는 공포를 연극을 통해 해소하려 했던 고대인의 이미지를 따르는 펠릭스의 모습을 참고해 볼 필요가 있다. 펠릭스는 유년기에 여러 다른 인물의 역할을 모방하는 것이 그의 큰 기쁨이었다. 그것은 서명하는 부친 모습의 모방이거나, 그가 변장을 해본 오스트리아의 장교나, 다른 사람들 같은 귀족 출신의 시동(侍童)이거나, 신동(神童, Wunderkind, FK 281)의 형상 등이다. 작은 펠릭스는 바이올린을 능숙하게 연주하여 이 세상을 매혹시켜 갈채를 받는 모방도 해본다. 과거에 아폴론이 자신의 형제 헤르메스의 칠현금 연주에 매료되는 모습이 모방되는 것이다. 또 펠릭스는 많은 영웅호걸을 모방하는데, 이는 징병 위원회가 그를 미쳤다고 여김으로써 입영을 거절하게 하기 위해서이다. 거울 앞에서 연기 연습을 충분히 한 펠릭스는 징병 검사장에서 간질 발작의 행세를 하여 징집 면제를 받아내는 연기의 천재성을 지니고 있는 것이다.

특히 토마스 만은 〈참된 인도성(引導性)〉을 이해시키기 위해 괴테의 교양 소설인 『빌헬름 마이스터의 수업 시대』를 전범(典範)으로 들고 있다. 이러한 『빌헬름 마이스터의 수업 시대』 등 과거의 작품을 토마스 만은 현대적 시각에서 해체한 후 재구성함으로써 새로운 의미를 부여한 것이다. 이러한 모방 개념을 가장 잘 나타낸 토마스 만의 작품으로 『바이마르의 로테』를 들 수 있다. 이 작품에서 괴테의 개념이 토마스 만의 문학으로 모방되고 있다. 즉 괴테의 소설 『젊은 베르테르의 슬픔』의 인물들이 토마스 만의 소설 『바이마르의 로테』의 인물로 생성되어 나타나는 것이다. 약혼자가 있는 로테를 사랑한 청년 베르테르가 그 사랑을 성취할 수 없게 되자 마침내 자살하는 『젊은 베르테르의 슬픔』의 내용은 괴테 자신의 체험이다. 즉 주인공 베르테르는 괴테 자신에 해당되며 로테는 부프 Charlotte Buff라는 실제 여성의 모델이었다. 토마스 만은 지난날 그토록 세계를 감동시켰고, 지금까지 그 감동을 생생하게 전하고 있는 『젊은 베르테르의 슬픔』의 사건을 『바이마르의 로테』에서 재현시키고 있다.

이렇게 토마스 만이 모방의 대상으로 삼은 작품들은 주로 괴테의 작품이었다. 토마스 만은 괴테의 「헤르만과 도로테아」가 〈귀중한 모범서〉였다고 고백하고 있다.(GW 11, 588) 따라서 그는 프랑스 혁명에 뒤따르는 동란 시대를 배경으로 〈독일의 소도시 생활의 순수한 인간미를 협잡물과 분리하는 데〉[142] 괴테의 「헤르만과 도로테아」를 모방하고 있으며, 이에 대해 다음과 같이 언급한다. 〈문제적인 것은 내 자신 속에 너무나 많이 있다. 이것은 매우 독일적인 말이며 교양과 문제성의 상호 관련성에 하나의 빛을 던지고 있는 것처럼 생각된다. 독일인이 본질적으로 문제적인 민족이라는 것은 그들이 교양 있는 민족이기 때문이 아닐까? 이 질문은 역으로 할 수도 있다. 그 때문에 사람들은 이번 전쟁(제1차 세계 대전)에 전심전력을 다하여 독일 편에 서서 독일의 승리를 기원하면서도, [……] 그러나 아주 조용한 한순간에는 교양 있고 사물을 알고, 그리고 문제적인 이 민족의 사명은 유럽의 효소(酵素)가 되는 데 있으며, 지배하는 데 있는 것이 아니라는 의견에 기울 수 있다.〉(GW 12, 506 f.)

2) 해학적 기법

프로이트는 순진하여 무례한 농담을 해학(諧謔, *Humor*)[143]으로 정의했다. 이를 한자로 풀이해 보면 〈해(諧)〉는 〈어우르다〉, 〈어울리게 한다〉는 뜻을 지니고, 〈학(謔)〉은 우스갯소리(농담)이다. 해학은 이질적인 것들을 어울리게 하고 어색한 사이를 조화롭게 하는 농담인 것이다. 여기에는 약점을 까발리고 등 뒤에서 조롱하는 공격성이 없다. 상대방의 아픔에 연민을 보내고 상처를 어루만져 준다. 상대방을 자유롭게 해줌으로써 내가 자유로워지고 나아가 우리 모두를 해방시키려는 욕망, 이것이 해학의 마음이다. 결국 해학은 희극적인 것이 최고도로 고양되고 보편화된 것이다. 해학가는 침착성, 자제성 그리고 호기심을 가지고 만사를 비웃는다. 해학가는 주어진 대로의 인생에 만족하여 인생을 사랑하며 그것을 포기하지 않는다. 해학적 문학은 언제나 풍자적인 요소들을 전개한다. 즉 인간의 어리석음이나 방탕에 직면했을 때, 또 작가의 호감(好感)이 분노로 변했을 때 그러하다. 장편 소설과 단편 *Erzählung* 형식 속에 가장 자유롭고 특이하게 펼쳐진다.[144]

낭만주의에서 해학은 소재, 창작 원리, 구성 원리, 서술 기법, 태도, 작가 정신 나아가 세계관과 연관된 문예학 개념으로서 반어 *Ironie*와 함께 주요한 논의 대상으로 자리 잡았다. 〈정확성이나 사실의 구체화란 착각·유희·예술적 가상인 동시에 언어와 심리학, 표현과 그에 대한 해석의 모든 수단으로 절제된 현실화와 현전화이다. 거기에 내재된 영혼은 모든 인간적 진지함에도 불구하고 해학이다〉[145]라는 맥락에서 토마스 만이 자주 강조하는 유희 *Spiel* 충동은 진지함에 가득한 태도, 정확히 〈모방〉하는 해학가의 진지성을 보여 주며, 예술의 새로운 현실은 환상적 차원에서 발생한다는 뚜렷한 목적을 지닌다. 독자는 그것이 현실에서 일어나는 것과 다르지 않다는 인상을 받아야 한다.

이러한 해학은 토마스 만에게 특수한 방식의 문체 현상 내지 배경적 현상이며 패러디적인 희극적인 것, 희화적(戲畵的)인 것, 풍자적·반어적인 것의 요소들이다. 토마스 만은 해학과 반어를 구별하여, 반어가 독자에게 〈지적인 미소〉(GW 11, 802)를 자아내게 하는 데 비하여, 해학은 〈가슴에서부터 솟구쳐 나오는 웃음〉(GW 11, 802)을 자아내는 것이라고 말하고, 예술적인 효과 면에서 해학을 반어보다 더 높이 평가했다. 토마스 만의 초기 작품은 대체로 인식으로서의 문학이라는 경향을 가지고 있다. 따라서 그의 초기 작품에서의 분위기는 그의 정신의 토대가 되고 있는 비판과 인식이 예술 창조와 결부되어 〈삶〉과 〈예술〉이라는 모순과 충동이 대립하다가, 1910년 이후에는 그러한 엄숙한 분위기가 유희 *Spiel*로서의 예술의 방향으로 바뀌어 간다. 이러한 유희로서의 예술에서는 초기 인식으로서의 예술에서 보여 준 엄숙한 분위기와 달리 해학적인 요소가 두드러지게 지배적이 된다. 의미 구조로서의 해학은 토마스 만의 창작 과정에서 중간 시기에 속하는 1920년대와 30년대에 들어와서야 비로소 발전되었으며, 가장 중요한 표현 형식은 소설 『요셉과 그의 형제들』에서 전개되고 있다.[146] 토마스 만은 자신의 첫 장편 『부덴브로크 일가』가 반어적인 작품이라기보다는 해학적인 작품, 즉 〈한 염세적 해학의 책〉(GW 11, 803)이라고 이 작품에 깔려 있는 해학적 경향에 대해 언급하고 있다. 따라서 구조적 의미에서 해학은 이미 『부덴브로크 일가』에서 나타나는 여러 가지 해학적 기반들뿐만 아니라 무엇보다 작품의 전체성과 관련된다.

함부르거는 이러한 전제들에 따라 토마스 만에서 보이는 〈해학의 현상학〉을 규정하고 있는데, 이에 따르면 해학 문체의 기본 요소는 부적절한 어떤 것에 대한 인식이다. 그것은 하나의 현상이 〈본질적으로〉 대변하고자 하거나 혹은 대변하지 않으면 안 되는 것과 일치하지 않음을 의미한다.[147] 이때 그 같은 부적합한 관계는 해학적인 것과는 다른 행동들에 대해서도 구성 관계를 맺는다. 이렇게 토마스 만의 중후하고 깊은 내용에서도 해학적인 요소가 중요한 역할을 하고 있다. 즉 『요셉과 그의 형제들』, 『고등 사기꾼 펠릭스 크룰의 고백』, 『파우스트 박사』, 『선택된 자』, 『마의 산』과 같이 제1차 세계 대전이란 암담한 체험 후에 나온 작품에서 그의 이러한 해학에 대한 깊은 애착심을 찾아볼 수 있다는 사실은 해학이 그의 예술 정신과 깊이 관련되고 있다는 증거이다.

이러한 토마스 만의 작품에서 해학적 성격의 예로, 『마의 산』에서 요양소의 원장인 의사 베렌스의 조수인 크로코프스키Krokowski를 들어 보자. 특히 그가 행하는 환자들의 정신 분석이야말로 해학적인 행동의 절정을 나타낸다. 의사로서의 정체성 자체도 의심스러울 정도로 요양소에서 아무런 영향력도 없는 크로코프스키의 정신 분석 첫 강의 시간의 모습이 다음과 같이 묘사되고 있다. 〈다행히도 문 가까이 한쪽 구석에 빈자리가 하나 있었다. 그는 살며시 그 자리로 미끄러져 들어가 강연이 시작될 때부터 그 자리에 계속 앉아 있는 것 같은 표정을 지었다. 청중들은 처음에는 방금 들어온 독터 크로코프스키의 입술에 관심을 기울이더니 곧바로 그에게서 관심을 기울이지 않았는데, 이것은 그의 형편없는 몰골을 생각하면 차라리 잘된 일이었다. 그의 얼굴은 모시처럼 창백하고, 옷에는 피가 엉겨 붙어 살인 현장에서 곧바로 달려온 살인범 같았다.〉(Zb 176) 이렇게 성스러운 정신 분석학자 역할을 하는 크로코프스키의 강의 모습이 피 묻은 살인자의 모습으로 비교되고 있다. 또 크로코프스키는 〈사랑과 병〉에 대해 강연한 적이 있는데, 이때 〈모양은 사랑을, 그러나 냄새는 죽음을 연상시키는 [……] 어떤 버섯〉(Zb 506)을 언급하며, 〈시체 냄새〉가 나는 임푸디쿠스Impudicus라는 이름의 이 버섯은 형태 때문에 오늘날까지도 〈미약(媚藥, aphrodisisches Mittel)〉(Zb 506)으로 여겨진다고 언급하여 자연의 물체도 죽음의 형태에 연관시키고 있다.

이러한 크로코프스키가 정신 분석 강의 시간에 드러내 보이는 그리스도의 행동은 이 작품의 해학의 극치를 이룬다. 〈강연 마지막에 이르자 크로코프스키는 정신 분석을 대대적으로 선전하면서 두 팔을 벌리고 모든 청중에게 자기에게 오라고 권유했다. 《너희 무거운 짐을 지고 괴로워하는 자들아, 다 내게로 오라.》 그는 『성서』의 구절을 인용하지는 않았지만 《내게로 오라》고 말했다.〉(Zb 183) 생에 적대적인 그리스도의 모방을 하며 〈금욕적 이상과는 다른 것을 설교하고, 사랑의 힘을 찬미하는〉[148] 크로코프스키는 오히려 기독교적인 사랑의 계율이 효력을 상실하는 해학적 현상을 드러낸다.

이러한 해학 등 소외적인 처리로 인해 언어나 독서의 익숙한 관습이 단절되고 예상외의 진기한 미증유의 표현이나 어법이 등장하는 경우도 있다.[149] 서정시, 소설, 희곡에도 적용되는 이러한 기법은 여러 현상들을 순전히 표면적인 관점에서 결합시켜 이화(異化) 효과를 내거나(브레히트의 경우), 새로운 전체성을 노정(露呈)시키거나(벤 Gottfried Benn의 경우), 또는 단순히 충격을 주기도 한다(다다이즘의 경우).[150] 이것이 바로 이의적(異義的)인 해석의 가능성을 낳게 하는 〈이중 시각적〉 작용으로서, 토마스 만의 〈서사적 반어성〉의 의미도 결국 여기에서 근거가 된다.

5. 패러디적 기법

시간적으로나 공간적으로 멀리 떨어져 있는 사회들의 여건에도 불구하고 어떻게 해서 이렇듯 대단히 흡사한 이야기들이 만들어지는가 하는, 오래되었으나 아직도 해결 안 된 문제가 있다. 물론 이 문제에 관해서 여러 이론이 있다.

류 James J. Y. Lieu는 저서 『엘리자베스 시대와 원(元) 시대 Elizabethan and Yuan』에서 주로 영국과 중국 문학을 비교하였는데, 지리적 관계도 그렇고 두 나라 사이에는 어떠한 교류도 없었기 때문에 중국의 희곡들은 엘리자베스 시대의 영국에는 잘 알려지지 않았다. 그런데도 두 나라의 희곡들 사이에는 공통적인 문제와 분위기를 느낄 수 있다. 심지어는 서양 철학의 탄생지 그리스와 동양 철학의 발상

지 중국까지도 공교로운 공통점을 지녔다. 고대 그리스 철학의 비조인 〈소크라테스-플라톤-아리스토텔레스〉와 중국 철학의 거대한 뿌리인 〈공자-맹자-순자〉의 흐름이 빼닮은 점이 있는 것이다. 우선 양대 산맥의 기둥인 소크라테스와 공자는 스승과 제자들이 나눈 대화 형태로 사상의 토대를 정립한 점이 똑같다. 플라톤과 맹자는 각기 스승의 전통을 이어받아 이상적인 철학의 뼈대를 세운 게 흡사하다. 아리스토텔레스와 순자는 이상에 치우친 스승들의 생각을 나란히 현실 속으로 끌어내려 체계화 작업을 벌였다. 당시로는 학문적 교류의 흔적을 찾아보기 힘든 두 지역이 이처럼 흡사한 게 경이롭게 비친다. 그러나 이 같은 유사성은 인과론적으로 파악하기 어려우며 영향의 문제를 벗어난 우연적인 유사성이다. 그러므로 영향과는 아무 상관이 없는 유사성이라 해도 좋을 듯하다.

그러나 야우스Hans R. Jauß의 저서인『문예학의 도전으로서의 문학사 *Literaturgeschichte als Provokation der Literaturwissenschaft*』의 내용에 의하면, 유사성은 영향과 필연적인 관계가 있다. 문학의 형상도 필연적으로 그 시대의 사회적 및 정치적인 것의 영향을 받음으로써 서로 아무런 연관이 없는 작품일지라도 유사성을 지니고 있다는 것이다. 이에 대하여 야우스는 〈문학사의 수용 미학의 구상은 문학의 역사성을 다음의 관점에서 고려하지 않으면 안 된다. 문학 작품의 수용에 관련될 경우에는 통시적으로 〔……〕 동시대 문학과 관련된 체계와 이와 같은 체계의 변천에 있어서는 〔……〕 공시적으로 고려하지 않으면 안 된다〉[151]고 언급하고 있다.

야우스는 위고Victor Hugo의 작품『크롬웰 박사*Dr. Cromwell*』와 거의 같은 시대에 발간된 하이네H. Heine의 작품『이념*Ideen*』을 비교했다. 그 결과 비록 두 작품이 동시에 출판되었지만 서로 아무런 관련이 없는데도 두 작품에 노출된 괴기(怪奇, *grotesque*)를 통해 본 유사성이 밝혀졌다. 그러나 이 경우 그러한 유사성은 그 당시에 그들이 공통적으로 경험한 사회적 또는 정치적 혼란의 영향 때문이라고 보고 있다. 야우스는 그러한 여건을 문학에 있어서의 7월 혁명이라 했다. 물론 하이네의 괴기는 위고의 그것보다 표현에서 감도가 진하지 않다는 차이점이 있는데, 이는 예술적 기법의 차이라 볼 수 있다.

또 서로 전혀 접촉하지 않았던 시인들의 작품에 나타나는 이미지의 요소가 유사한 경우가 있다. 예를 들어 블레이크William Blake와 네르발Gérad de Nerval의 작품 속에 있는 〈검은 태양black sun〉의 이미지 조사이다. 여기에서 〈검은 태양〉이란 인간의 상상력의 구조에 나타나 있는 원형으로 간주된다. 그런데 검은 태양이 왜 그 두 사람의 시에 공통적으로 등장했는가 하는 것을 찾기 위해 비평가들은 흔히 심리학자 융의 심리학적 해석을 추구해 왔다. 즉 융의 비평 방법이란 문화 인류학과 융의 연구 결과를 이용한 신화 비평인데, 이는 어떤 작품에 나타난 이미지의 근원을 따져 올라가 보면 하나의 신화에서 유래되었음을 밝히는 것으로, 그 신화가 결국 영향의 원천이 되었다는 것이다.[152]

그런데 서로 다른 나라의 신화에서도 서로 같은 유사점이 발견된다. 예를 들어 최초의 인간의 출현에서부터 서로 유사한 신화가 나타나고 있다. 이집트에는 크눔 신이 물레로 진흙을 빚어 인간을 만들었다는 신화가 있다. 잉카족은 창조신 비라코차가 진흙으로 안데스 산지의 여러 부족을 만든 다음 각기 다른 색깔로 그들의 옷을 칠했다는 신화를 갖고 있다. 이렇게 많은 지역에서 창조신이 흙으로 인류를 만든 것으로 상상했다.

이처럼 세상은 어떻게 만들어졌고, 인간은 어디서 왔으며, 죽으면 어디로 가는가 하는 등의 의문은 오랜 옛날부터 큰 관심거리였다. 역사와 과학이 출현하기 이전까지 그에 대한 해답은 신화뿐이었다. 폴리네시아 신화에 따르면, 한때 세상에는 어둠에 싸인 끝없는 바다만 존재했다. 그 바다에 살고 있는 창조신 이오가 말을 함으로써 빛이 만들어졌고 잠시 후 어둠을 다시 불러서 돌아오게 했다. 이것이 최초의 낮과 밤이었다. 대부분의 창조 신화는 태초의 혼돈을 질서가 대신했고, 이런 일은 저절로 일어나거나 창조신이 원했기 때문에 일어났다는 줄거리를 갖고 있다. 또 대부분의 신화에서는 우주가 형성된 뒤 먼저 신들이 출현하는데, 이 신들은 대부분 태양, 달, 비, 바람, 어둠 등 자연력의 화신이었다. 신들의 이야기가 몇 세대 이어지고 나서 인간들이 출현한다. 분노한 신이 대홍수를 일으켜 몇몇 생존자를 제외한 온 인류를 휩쓸어 버렸다는 신화는 메소포타미아, 그리스, 인도, 남미, 그린란드 등 세계 곳곳에서 발견된다. 신화들은 왜 이렇게 유사한가. 19세기에는 고대에 인도유럽어족이 유라시아 대륙에 퍼진 것에서 유추해 동일한 문화가 전파된 것으로 해석했다. 그러나 물리적으로 서로 소통하지 않았던 지역들의 신화들이 비숫한 이유는 무엇일까. 신화학자 융은 이를 인간 모두에게 선천적으로 내재하는 집단 무의식의 원형으로 해석했다.

이는 창작이란 무(無)에서 유(有)를 창조하는 게 아니란 것을 의미한다. 세계는 언제나 〈유〉로 가득 차 있다. 일반적으로 우리는 생각하는 주체 *cogito*를 인간의 가장 보편적인 지표로 인정하며 생물학적 기원의 동질성 속에서 인간을 사고한다. 데리다의 지적처럼 인간이라는 기호를 마치 역사 문화 언어적 한계가 없는 것처럼 사용하고 있는 것이다. 따라서 창작이란 기존에 존재하는 것들 가운데 적절한 것들을 골라 배열하는 편집 과정을 가리킨다. 따라서 창작자의 안목, 즉 독창성도 역시 없는 것을 만들어 내는 게 아니라 있는 것을 다룰 줄 아는 편집의 능력이다. 결국 창작은 주제의 측면에서 보면 현실의 표절이며, 방법의 측면에서 보면 재료의 편집이다.[153]

이러한 관점에서 토마스 만은 〈나는 나 자신이 지각한 사람, 최후의 인간, 마지막 마무리를 짓는 사람이란 데 대해서 반대할 생각은 없다. 그리고 나 이후에 이러한 이야기(『선택된 자』)나 또는 요셉의 이야기가 다시 한 번 이야기되지 않으리라고는 생각되지 않는다〉(GW 11, S. 690)고 말하고 있다. 이러한 사실은 〈모든 진실은 태고(太古)의 것이다. 새로운 매력은 단지 변형에 있을 뿐〉[154]이라는 노발리스 Novalis의 말에서도 확인되는데, 〈시인에게는 언어가 결코 결핍한 것은 아니지만 항상 너무나 보편적이다. 시인은 이따금 회귀적이고 사용해 낡아 버린 말들을 필요로 한다. 그의 세계는 그의 악기처럼 단순하다〉[155]는 말에도 담겨 있다.

이는 모든 문학은 본래 개성적·일회적·특수적인 표현인 동시에 보편적이고 영원한 가치를 지닐 수 있다는 내용으로, 괴테의 사상과도 일치한다. 괴테는 〈세계문학 *Weltliteratur*〉[156]의 개념을 주장하여 시(詩)를 개인 소유물이 아니라 〈온 인류의 소유물이어서, 세계 어느 곳이나, 어느 시대에나, 그리고 수많은 인간에게 자기를 계시〉[157]하는 것으로 보았다. 괴테에게는 이러한 사실이 너무나 진실이었기 때문에 표절 문제는 그에게 존재하지 않았다. 괴테와 쉴러가 합작(合作)했을 때, 누가 어느 부분을 썼느냐 하는 문제는 조금도 중요하게 생각하지 않았다고 그는 말하고 있다. 〈내 것과 당신 것이 무엇이 중요한가?〉 그는 자기가 표절하고 있다고 생각하지 않고, 셰익스피어와 모차르트의 리듬으로 시를 쓸 수 있고, 다른 사람들

이 자기 시를 그렇게 사용하는 것을 아주 기꺼이 여겼다.[158]

따라서 〈이제는 국민 문학이라는 것은 별 의의가 없는 것으로 세계 문학의 시기가 도래하고 있다〉[159]고 주장하며 괴테가 18세기적 세계주의 사상에 머물러 있는데 반해서, 신진 청년 시인들이 국민 문학을 주창하며 대국민(大國民) 형성을 지향한 것은 바로 독일인 심리의 복합성, 즉 〈독일인의 본질에 있어서의 세계 욕구와 세계 혐오와 지방주의의 합일이다〉.[160] 이러한 괴테의 세계 문학적 관점에 동조한 토마스 만은 〈괴테 연구 Goethe-Studie〉라는 부제가 붙은 「일본의 젊은이에게 An die japanische Jugend」란 에세이에서 〈바그너와 그의 정신적인 추종자들에게서 나타나는 것처럼 독일적인 것과 보수적인 것은 국가주의로 정치화될 수 있다. 하지만 독일적 세계 시민인 괴테는 [……] 그러한 국가주의에 대해 냉정하고 경멸적인 태도를 취했다〉(GW 9, 288)라고 말하고 있다. 이 내용에서 세계 시민적인 괴테는 바그너 추종자들이 신봉하는 국가 사회주의자들과 다르다는 사실이 나타나고 있다.(GW 9, 183)

시를 개인의 소유물이 아니라 온 인류의 소유물로 본 괴테의 세계 문학 개념처럼, 토마스 만도 소재란 새로 발견되는 것이 아니라 대부분 이미 주어져 있으며, 그것을 작가가 〈현실의 주관적 심화 die subjektive Vertiefung einer Wirklichkeit〉(GW 10, 17)를 통해 재구성하는 데서 창작의 가능성을 찾았다. 따라서 토마스 만은 괴테의 세계 문학 개념을 자신의 작품에 자주 전개시킨다. 예를 들어 『바이마르의 로테』에 등장하는 괴테의 젊은 세대에 대한 불만은 그들이 대상을 세계적 관점으로 보지 않고 〈독일〉과 〈독일인〉에 한정시키는 편견에 있다. 이를테면 『바이마르의 로테』에서 괴테는 〈자유와 조국에 대한 열광〉(GW 2, 510)에 차 있는 파소프 Passow 박사에게 자유 사상과 조국애가 단지 어리석은 구호에만 그칠 위험성을 지적하면서 다음과 같이 말하고 있다. 〈독일인은 자신의 내부에만 스스로를 한정시킬 것이 아니라, 세계에 영향을 끼칠 수 있기 위해 먼저 세계를 수용하지 않으면 안 된다. 우리의 목표는 다른 민족들로부터 적대적으로 고립되어서는 안 될 일이며, 온 세계와 정답게 지내고, 타고난 감정, 아니 타고난 권력을 희생하더라도 국제 사회의 덕성을 형성하는 것이어야 한다.〉(GW 2, 510)

이런 맥락에서 토마스 만은 『마의 산』에서 독일의 국경을 벗어난 범세계적인 개념을 나타내고 있다. 따라서 마의 산의 요양소에는 카스토르프(독일)와 그의 사촌이며 군인인 침센(독일), 관능적인 미모로 카스토르프를 유혹하는 쇼샤 부인(러시아), 서구 문명의 낙관적인 진보 및 건강의 중요성을 굳게 믿는 계몽주의자 세템브리니(이탈리아), 질병만이 인간적인 것이므로 그것을 통해 죽음을 추구해야 한다고 주장하는 나프타(유대인), 강한 개성과 유창한 언변을 지닌 페퍼코른(네덜란드) 등 유럽의 여러 국적의 인물들이 머물고 있다. 이러한 서구의 집단에 동양의 모습도 섞여 있어 세계적인 집단이 암시된다. 즉 네덜란드 국적의 페퍼코른은 실제는 동양의 자바에서 왔으며, 러시아 국적을 가진 쇼샤 부인의 행동도 동양적인 모습을 자주 풍긴다. 이들 모두의 국적이 다른 만큼이나 사상에도 큰 차이를 보이지만, 이들 여러 국적의 사상들은 주인공 카스토르프에 의해 세계 사상으로 용해되어 종합된다. 이는 또한 토마스 만의 사상으로, 여러 작품에서 세계를 아우르는 세계 동포주의로 암시되고 있다.

한 예로 토마스 만은 『바이마르의 로테』에서 괴테의 연설을 통해 국경을 벗어난 세계적 관점의 조화를 요구하고 있다. 〈내가 하고 있는 일은 모두가 화해나 조정이 아닌가. 내가 하는 일은 양쪽을 똑같이 긍정하고 인정하여 양자 간에 균형과 조화를 이룩하는 것이 아닌가. 모든 힘이 합쳐서 세계를 형성하는 것이니, 힘은 제각기 소중한 것이며 발전시킬 가치가 있다. 〔……〕 양쪽을 모두 다, 즉 상대방까지도 항상 완전히 수용하고 포괄하여 전체적 존재가 된다는 것. 〔……〕 우주적 편제로서 인간성 〔……〕 등 이런 것으로 비극이 극복될 수 있는 것이다.〉[161] 결국 『마의 산』에서 주인공 카스토르프가 구현하는 것은 중도의 이념으로서, 이것은 토마스 만이 의도하는 〈삶 자체 및 인간성의 이념〉(GW 11, 397)이다. 결국 〈시민성을 세계 시민성으로, 독일 정신을 세계 중도, 세계 양심, 좌우의 극단주의에 반대해서 인간의 이념, 인간 교육의 이념을 비판적으로 주장하는 세계 이성으로〉(GW 11, 397) 확대시키는 것이 카스토르프를 정신적으로 훈련시키는 등장인물들의 목표로 토마스 만의 목표가 되는 것이다.

이렇게 괴테의 사상이 반영된 토마스 만의 세계 시민성은 고대 그리스의 디오게네스 철학을 연상시킨다. 디오게네스는 〈어디 출신이냐〉는 질문을 받자 〈나는 세계 시민〉이라고 답했다. 디오게네스는 〈인류는 하나〉라는 의미의 〈세계 시민〉이란 용어를 처음 사용한 사람으로 알려져 있다. 이탈리아의 사상가 마키아벨리는 〈대국을 만들고 싶으면 외국인에게 문호를 개방하고, 그들이 안전하고 편안하게 살 수 있는 환경을 마련해 주라〉고 했다. 그런데 냉혹한 현실주의자였던 그는 세계 시민주의에서가 아니라 〈강대국 만들기〉에 역점을 두고 그렇게 조언했을 것이다.

이러한 사상이 현대의 학문 세계에까지 파급되어 오늘날 트랜스내셔널리즘(*Transnationalism*, 초국가주의)이란 명칭으로 발전되고 있는바 이에 대해서도 아울러 잠깐 고찰해 보고자 한다. 트랜스내셔널리즘은 철학·역사·문학·사회·정치 문화 등을 특정 나라의 경계 안에서만 바라보는 국민 국가 패러다임을 극복하려는 새로운 인문학을 뜻한다. 트랜스내셔널리스트들은 유럽에서 시작됐다고 생각하는 국민 국가 패러다임이 서구 중심주의에 빠져 다른 지역의 역사를 배제하는 문제에 봉착했다고 지적한다. 따라서 한 국가의 역사와 문화를 세계적 문명 교류의 다양한 맥락에서 살피자는 게 연구의 핵심이다.

예를 들어 우리나라에서도 1980년대부터 고대 일본의 전형적인 무덤인 전방후원분(前方後圓墳, 앞쪽은 사각형이고 뒤쪽은 원형인 무덤)이 한반도 남부에서 잇달아 발견됐다. 〈일본에 문화를 일방적으로 전해 준 한국 땅에서 일본식 무덤이 발견되다니 〔……〕.〉 한국 학자들은 이 무덤에 큰 의미를 두지 않았다. 그러나 일본 학자들은 고대 일본이 한반도 남부를 지배했다는 증거라며 흥분했다.

그런데 트랜스내셔널리즘은 어느 특정 국민 국가의 관점이 아니라 좀 더 객관적인 시각에서 다양한 현상을 바라보자는 경향으로, 동아시아의 역사 분쟁을 해결할 수 있는 대안으로 주목받고 있다. 예를 들어 고구려사가 한국사냐, 중국사냐 하는 논쟁은 국민 국가의 렌즈로 고대사를 보는 오류를 범하고 있다는 것이다. 임지현(역사학) 한양대 교수는 〈고구려는 한국, 중국만의 역사가 아니라 유목민 문화, 농경 문화가 섞인 국제적 공간〉이라면서 〈세계사적 문명 교류의 차원으로 역사를 바라보는 인식 전환이 있어야 소모적 분쟁을 끝낼 수 있다〉고 말했다.

트랜스내셔널리즘 인문학이 기존의 탈(脫)민족주의와 다른 것이 무엇이냐는 의문도 있다. 그러나 〈탈민족주의는 국민 국가가 존재한다는 점을 완전히 부정하지만, 트랜스내셔널리즘은 국민 국가의 존재를 인정하되 고정불변한 체제가 아니라는 사실을 강조하려는 것〉이다. 트랜스내셔널리즘은 2000년대 이후 서구에서 처음 시작된 연구 트렌드이나 아직 두드러진 연구 성과는 미미한 편인데, 유럽 인문학이 다른 지역의 역사를 배제하고 서구 역사만 강조하는 국민 국가 패러다임에 오랫동안 빠져 있었기 때문이다.

트랜스내셔널리즘은 역사학·고고학·음악학·문학·한문학 등에서 그 성과가 나타나고 있다. 트랜스내셔널리즘 연구 방법론이 이처럼 활발하게 확산되는 것은 학문 분과를 지나치게 세분하고 동시에 그것을 한 국가의 시각으로 바라보아선 전체 학문의 맥락을 제대로 이해할 수 없다는 판단 때문이다. 이와 관련해 〈한국사·서양사·동양사로 나뉜 역사학 연구 체계도 서구와 일본의 방식을 생각 없이 그대로 따른 결과〉라고 지적되고 있다. 결국 트랜스내셔널리즘은 서구 중심주의적 분과 학문 체계를 극복해 통합 인문학의 비전을 제시할 수 있다는 말이다.

토마스 만도 일종의 트랜스내셔널리즘을 지닌 작가로 볼 수 있는데, 이러한 근거를 그의 다음과 같은 언급에서 느낄 수 있다. 〈문제적인 것은 내 자신 속에 너무나 많이 있다. 이것은 매우 독일적인 말이며, 교양과 문제성의 상호 관련성에 하나의 빛을 던지고 있는 것처럼 생각된다. 독일인이 본질적으로 문제적인 민족이라는 것은, 그들이 교양 있는 민족이기 때문이 아닐까? 이 질문은 역으로 할 수도 있다. 그 때문에 사람들은 이번 전쟁(제1차 세계 대전)에 전심전력을 다하여 독일 편에 서서 독일의 승리를 기원하면서도 〔……〕 그러나 아주 조용한 한순간에는 교양이 있고 사물을 알고 그리고 문제적인 이 민족의 사명은 유럽의 효소(酵素)가 되는 데 있으며, 지배하는 데 있는 것이 아니라는 의견에 기울 수 있다.〉(GW 12, 506 f.) 이는 토마스 만이 괴테의 「헤르만과 도로테아」가 〈귀중한 모범서〉였다고 분명히 고백하였듯이(GW 11, 588), 프랑스 혁명에 뒤따르는 동란 시대를 배경으로 〈독일의 소도시 생활의 순수한 인간미를 협잡물과 분리하려고〉[162] 썼던 괴테의 「헤르만과 도로테아」를 모방한 내용이다.

또한 토마스 만의 나이가 40세를 넘어 말년에 태어난 막내딸 엘리자베트가 성스럽게 반영되는 「어린아이의 노래 Gesang vom Kindchen」 서문에서도 이러한 〈소도시화된 독일의 순수한 인간미〉가 육각운 *Hexameter* 형태의 목가로 강조되고 있다. 〈우리들은 지금 조용하게 집에 있다./문과 문이 모두 상쾌하게 보인다./삶이 삶을 향하여 다정하게 약동하는 곳,/그곳에서 예술가는 즐겁게 조용한 전망을 즐긴다./가령 우리가 먼 나라로 떠난다 할지라도,/어차피 왔던 곳으로 되돌아오는 것이다./아무리 세계가 매혹시킬지라도,/오직 우리를 행복하게 해주는 곳인/좁은 장소로 향하는 것이다.〉(GW 8, 1068) 이곳의 〈좁은 장소〉는 작기는 하지만 전형적인 독일 시민 생활이 영위되는 도시이며, 더욱이 이 작은 세계는 넓은 세계를 향해 의식적으로 열려 있다. 이 내용에서 토마스 만이 지향하는 독일의 교양을 바탕으로 범유럽의 사상이 암시되고 있는데, 이러한 사상은 1917년 8월에 행한 토마스 만의 다음 언급에 나타나 있다. 〈충격에 휩싸이고 흥분되고 격심한 도전에 처해 나는 소란 속에 몸을 던지고 논쟁을 벌이며 나의 것을 방어하였다. 그러나 만일 나의 혼이 정치에 의해 씻겨 또다시 생과 인간성을 발견할 수 있다면 확실히 나는 행복하게 될 것이다. 여러 민족, 아름다운 영국인, 세련된 프랑스인, 인간적인 러시아인 그리고 사물을 아는 독일인이 평화로운 국경 뒤에서 품위와 명예를 가지고 서로 어깨를 나란히 하고 살면서 각자가 가지고 있는 훌륭한 보물을 서로 교환하는 때가 온다면, 이와 같은 책에 의하여 더욱 훌륭하게 나의 본질은 확인될 것이다.〉(GW 12, 489)

소재란 대부분 이미 주어져 있지, 새로 발견되는 것이 아니라고 본 토마스 만은 창작을 〈사실주의 주관적 심화〉(GW 10, 17)를 통해 재구성하며, 이의 방법으로 〈패러디Parodie〉의 기법을 도입하였다. 토마스 만은 『바이마르의 로테』 제7장 첫머리에서 괴테로 하여금 〈문화는 패러디이다. 사랑과 패러디이다〉(GW 2, 622)라고 언급하며, 이 작품의 마지막에 가서는 〈패러디 — 나는 그것에 대해 생각하기를 가장 좋아한다. 〔……〕 그것은 경건한 파괴, 미소 지으면서 하는 이별이다. 〔……〕 옛것을 보존하는 계승이며, 더구나 그 계승은 농담이고 비난이기도 하다〉 (GW 2, 680)라고 말할 정도로 그의 문학에서 〈패러디〉는 중요한 역할을 한다.

이는 창조적 의식의 눈으로 바라보는 예술가의 눈에 〈패러디〉야말로 정말로 중요한 예술 형식으로 나타난다는 말이다. 패러디의 원어 〈패러디아parodia〉는 어떤 노래의 곡조에 다른 가사를 끼워 맞춘 노래를 뜻한다. 결국 패러디는 형식을 모방하고 내용을 익살스럽게 고친 것이다. 따라서 패러디란 원작의 외적 틀을 유지하지만 원래의 내용을 비틀어 표현함으로써 진리에 대한 다양한 해석 가능성을 제시하는 데 본질이 있다. 다시 말해 기존 작품에 작가의 굴절된 시각을 맞추어 새로운 의미를 새겨 넣는 것으로, 〈반어적 객관성〉의 한 표현 방식이다. 왜냐하면 패러디란 진정한 의미에서 〈아이러니커*Ironiker*〉의 어법이며 〔······〕 본질상 고풍으로 느껴지는 표현법과 현대 언어 감정 사이의 단순한 변치(變置)로 성립되는 순수한 반복이기 때문이다.[163] 이러한 패러디는 열림 또는 열려 있음의 미학을 표방하는 해체주의자들의 아주 중요한 표현 수단이다. 그들은 패러디를 통해 유희적으로 진리를 탐구하며 진리를 고정시키는 현전의 형이상학에 반대한다. 또 유희적 성격을 갖는 해체주의자들의 작품은 전통적 가치와 개념의 보편타당성을 해체하는 동시에 재구성한다. 결국 패러디란 전범(典範)의 형식과 어조를 존속시키지만, 그 전범에 부합되지 않는 내용을 삽입시킴으로써 기존의 문학, 심지어는 모든 문학 장르들을 우스꽝스럽게 만들어 버리는 익살스럽고 풍자적인 서술 방식이다.[164]

마이어Hans Mayer는 패러디를 〈형식에 적용된 반어성〉 또는 〈형식의 반어성〉이라는 명칭을 붙이고,[165] 바움가르트R. Baumgart는 이것을 〈반어성의 원리가 형식 그 자체에까지 확대된 것〉 혹은 〈반어성의 자승(自乘)〉이라 부르고 있다.[166] 뉜델E. Nündel도 이와 같은 견해에 동의하여 〈반어성의 특수한 경우〉 또는 〈이미 형식이 주어지고 형성된 것, 이미 예술적 판결이 끝난 것을 상대로 하는 반어성〉[167]이라 규정하고 있다. 이렇게 패러디와 반어성의 일반적인 관심에 대한 논자들의 견해는 거의 공통적이다.

많은 작가들이 자기가 살던 시대에 유명하던 소설의 관례를 패러디로 만들었다. 따라서 토마스 만 문학에도 과거의 〈전형적인 것*das Typische*〉이나 〈모범적인 것 *das Musterhafte*〉을 계승하는 작품이 매우 많다. 특히 그는 괴테의 교양 소설인 『빌헬름 마이스터의 수업 시대』를 전범으로 들고 있다. 주인공 빌헬름이 셰익스피어를 통한 예술과 많은 여인들과의 사랑, 탑의 사회란 경건주의 사회를 편력하면서 얻은 인간 형성 과정에서 자아를 발견하고, 자아실현을 위한 노력이 사회와 어떠한 관계에서 얻게 되는 인간형인가 하는 문제가 이 작품에서 취급된다. 여기에선 인간의 성실한 내면세계의 추구라든지 성실한 활동만이 창조의 근원이요 인간의 근원이라 했다. 그러므로 성실한 활동을 통한 내면세계의 구축은 바로 새로운 인간형의 객관화를 의미하며, 여기서 얻은 객관화의 인간형이 사회를 이루고 국가를 형성한다고 했다. 이 점에 있어서 괴테는 개개 인간형*Typus*을 통한 사회

Gesellschaft 지향적인 객관화를 시도하였다.[168]

이렇게 토마스 만은『빌헬름 마이스터의 수업 시대』등 과거의 작품을 현대적 시
각에서 재구성하여 새로운 의미를 부여하는데, 이는 광범위한 의미에서 패러디 개
념을 사용하고 있다고 볼 수 있다. 따라서 〈패러디〉는 토마스 만의 문학에서 절대
적인 비중을 차지하고 있다. 토마스 만은 작가로서의 사명을 패러디에 의한 창작
으로 인식하고『고등 사기꾼 펠릭스 크룰의 고백』을 성립시킨 사정을 〈그 내적 법
칙은 패러디적 착상이며, [……] 이것은 나의 전통에 대한 애정으로 가득 차 있으
면서도 동시에 해체적이라는 관계를 형성하고 있다〉(GW 11, 122 f.)고 고백하고
있다. 무릇 패러디를 예술의 한 형식으로 포착할 경우에는, 그 대상은 말할 필요도
없이 표현 형식이지 표현 내용은 아니며, 과거의 표현 형식의 기능적 가치를 이용
하여 새로운 의미 내용을 넣은 곳에 패러디의 의의가 있다는 것이다.

토마스 만 자신도 자기 문학의 특색을 〈일체의 생활을 문화의 소산 혹은 신화적
인 것의 모방으로 보고, 자력의 독창적인 허구보다는 기존의 것을 인용하는 것을
좋아하는 경향〉(GW 11, 248)이라고 서술함으로써 패러디의 선호를 나타내고 있
다. 이와 같이 과거의 범례를 현재에서 반복하며 살아가는 고대의 생활 태도를 토
마스 만은 특히 신화적 내용의 패러디 형식으로 보여 주고 있다. 따라서『요셉과
그의 형제들』의 제4부는 작은 신화와 패러디의 문제, 자세히 말해서『구약』의 「창
세기」 제23장에서 제50장까지의 이야기를 패러디화한 것이다. 그런데 이 작품에
서는 신화가 패러디의 대상이 되는 데 끝나지 않고 바로 패러디 정신을 버티고 나
아가는 한 이념으로 나타나고 있다. 〈프로이트와 미래〉라는 1936년의 강연에서 토
마스 만은 〈산 신화*gelebter Mythus*〉라는 개념으로 신화와 패러디의 문제를 다룬
적이 있다. 〈요셉의 이야기는 이야기를 할 수 있기 이전에 이미 일어났다. 이야기
는 모든 사건이 솟아 나오는 동일한 샘물에서 솟아 나와 사건이 일어나면서 자기
자신을 이야기하고 있다. [……] 즉 여기서는 이야기가 솟아 나오는 동시에 스스로
논의가 된다.〉말하자면 이 작품은 신화적인 소재를 패러디화한 패러디 소설, 즉
직접 패러디를 소재로 한 작품이라고 할 수 있다.『구약』의 신화는 무의식적으로
〈산 신화〉이지만 토마스 만은 이러한 요셉의 근원적이고 전형적인 삶을 패러디화
함으로써, 즉 그 자신이 작가로서 작품을 씀으로써 의식적으로 산 신화를 만든 것

이다.[169]

이러한 『구약 성서』의 패러디인 『요셉과 그의 형제들』은 고대 생활의 〈신화의 공식 Formel des Mythus〉(GW 9, 496)이라고 말할 수 있으며, 이에 대해 토마스 만은 다음과 같이 말하고 있다. 〈생활, 어쨌든 의미심장한 생활은 고대에 있어서는 신화를 살과 피 속에서 재현하는 것을 의미했다. 그것은 신화와 관계를 맺고 신화를 방패로 삼은 것이다. 그리고 신화에 의하여 과거의 것을 증거로 끄집어 냄으로써 비로소 자신의 생활이 진정으로 뜻깊은 생활이라는 것을 증명한 것이다. 말하자면 신화는 생활을 정당화하는 것으로서, 생활은 신화에 의하여 신화 속에서 비로소 처음으로 그 자의식, 시인 그리고 존경을 찾아냈던 것이다.〉(GW 9, 496) 이런 맥락에서 토마스 만은 『요셉과 그의 형제들』에 관해 〈나는 모든 것이 처음부터 존재했던 원초를 서술한 것이다. 〔……〕 그러나 그와 같은 원초성은 동시에 또 반복, 반영, 모사를 의미한다. 즉 천상적인 것을 땅 위로 가져오고, 지상적인 것을 또다시 신적인 것으로 몰고 가는 천체의 전환을 이루게 하는 것이다. 이렇게 함으로써 신들은 인간이 되고, 또 그와는 반대로 인간은 다시 신이 된다〉(GW 11, 665)라고 서술하고 있다. 결국 『요셉과 그의 형제들』에서 거의 모든 등장인물들은 의식적이든 무의식적이든 근본적이며 확고부동하게 되어 있는 선인들의 전철을 밟아서 생각하고 행동하여 패러디적 작품이라고 말할 수 있다.

여기에서 특히 주목해야 할 점은 토마스 만이 패러디를 단지 자신의 창작상의 특질로 보았을 뿐만 아니라, 인간의 생활이나 문화 전반까지 관련지어 생각하고 있는데, 이 개념은 『요셉과 그의 형제들』에서 전개되고 있는 〈신화 속의 삶〉(GW 9, 494)이란 일종의 〈인용적 삶〉(GW 9, 494), 즉 〈재생된 신화〉(GW 9, 494)라는 이념과 결부되어 있다. 자기 자아의 원형을 과거의 신화적 〈범례〉에서 찾아 그것과 자신을 동일시하고, 그 발자취를 모방하고 반복함으로써 생활을 정상화시키려고 한 고대인의 생활 태도가 그것이다.[170]

그런데 토마스 만이 초기의 주로 〈내용〉에다 중점을 둔 반어성과, 후기의 〈형식〉에 중점을 둔 반어성으로서의 패러디 사이에는 어떠한 의미의 관련성이 있느냐 하는 점이 문제가 되고 있다. 간단히 말해서 토마스 만의 패러디는 전체로서 어떠한 의미와 가능성을 가지고 있느냐에 대하여, 츠메가치 V. Žmegač는 〈언제나 사람들을 매혹시키는 예술적 자유의 행위가 나타나 있다〉[171]고 평하고 있으며, 제라M. Sera는 〈새로운 것으로 향하는 모험적인 여행〉[172]을 가능하게 해주는 것이라고 말하고 있다. 마이어Hans Mayer는 토마스 만의 발전의 한 줄거리를 〈반어성에서 패러디로의 길〉이라 생각하고, 이 경우에 있어서 『마의 산』의 서사적 형식과 『요셉과 그의 형제들』 및 그 이후의 작품에서 의식적으로 작용하는 패러디 사이에는 결정적인 차이가 있다고 보고 있다.[173] 마이어는 토마스 만 문학 전반에 걸쳐 언급하며, 그 생산성이 지속된 것은 이중의 패러디로서의 서사 문학인 『요셉과 그의 형제들』까지이며, 그 이후의 작품은 폰타네나 초기 토마스 만의 모방에 지나지 않는다고 혹평하고 있다.[174] 그러나 토마스 만의 예술관 전체를 패러디 개념으로 이해하려고 하는 뉜델은 〈토마스 만의 패러디 개념은 새로운 것을 창조하려는 소원〉[175]이라고 말하면서, 이 반어성 개념은 변천한 것이 아니라 전 생애를 통하여 전개된 것으로, 토마스 만의 패러디는 반어성의 한 형식이며 반어성은 패러디와 함께 발전한 것이라는 관점에서 마이어의 〈반어성에서 패러디로의 길〉이라는 입증을 강하게 반박하고 있다.[176]

토마스 만은 패러디의 바탕에서 〈몽타주Montage 기법〉과 〈인용(引用) 기법〉도 응용했다. 〈몽타주〉란 합성·구성을 의미하는 말로, 영화 기법에서 전용되어 문학에서도 사용되었다. 이는 단지 사실처럼 보이기 위한 허구로 그 본래의 의미를 잃어버리고 하나의 새로운 형상을 빚어내는 것을 말한다. 현대 시가 낯설고 소외된 현실의 체험으로부터 여기저기서 단어나 문장의 단편(斷片)들을 모아 하나의 원문으로 조립 구성하는 것을 〈몽타주〉라 부른다. 때로는 형식적·문장론적 관점만이 문제가 되는 수도 있다. 〈인용〉은 이미 쓰여 있는 재료로부터 문자 그대로든가 또는 약간 변형되어 사용되는 것을 말한다. 이 유형은 두 가지로 구분될 수 있는데, 그 하나는 독자가 식별하기를 전제로 하는 〈비공개적〉 인용이며, 또 하나는 너무도 기묘하게 짜여 들어가 있어 전문적인 독자가 아니면 식별할 수 없는 〈은폐적(隱蔽的)〉 인용인데, 전자의 예로는 『마의 산』을 들 수 있고, 후자의 예로는 『파우스트 박사』와 『선택된 자』를 들 수 있다.[177]

이러한 〈몽타주 기법〉과 〈인용 기법〉을 토마스 만이 응용하는 것은 그가 고대인들의 의식 구조와 그 신화적인 생활 형식을 분석하고, 동일시, 모방, 반복 등과 같은 여러 개념으로 고대인들의 미숙한 자아의식을 특히 강하게 규정하고 있었다는 것, 그리고 그들의 소박한 생활 양식이 강한 속박과 구속력을 가지고 있었다는 것을 의미한다. 〈개성〉이라는 근대의 개념을 가지고 있지 않았던 불확정적인 고대인들의 자아에 대하여 토마스 만은 〈고대의 자아와 그 자아에 대한 의식은 우리들의 그것과는 판이하게 다르며, 우리들처럼 배타적인 것도 아니고 또 그처럼 날카로운 윤곽을 지니지도 않았다. 그것은 말하자면 뒤쪽을 향하여 열려 있었으며, 과거의 존재에서 많은 것을 받아들여 그것을 현재에 반복하고 재현했던 것이다〉(GW 9, 495)고 서술하고 있다.

1947년에 발간된 『파우스트 박사』는 니체의 패러디인 동시에 『파우스트』의 프랑크푸르트 민중본의 〈비극적 패러디〉[178]로 이 작품은 토마스 만이 자기의 모든 창조 정신의 근원적인 토대가 되는 인문주의가 국가 사회주의에 의해 붕괴되어 가는 것을 보고 모국을 떠난 망명지에서 자신의 창조 행위 가능성을 시험한 작품이다. 그가 이러한 현실과 내면의 두 위기 속에서 독일 문화와 예술의 운명을 주제로 이 작품을 썼다는 것은 어떤 의미에서 상징적이다. 루터 이후 독일적인 내면적 문화의 영광과 오욕에 대한 독일 정신은 한마디로 정치·사회에 대한 현실 감각이 모자라는 대신 개체의 내면에 대한 탐구와 형이상학이 전통이 된 것을 의미한다. 이렇게 현실 감각의 결핍이라는 운명을 지닌 독일이 현실에 도전하는 데에는 필연적으로 〈악마와의 결탁〉이라는 방식으로 활로를 개척할 수밖에 없었는데, 그것이 바로 국가 사회주의였다. 따라서 토마스 만은 파우스트와 악마의 결합을 독일 본질의 상징으로, 파우스트의 악마를 독일의 전형으로 보았다. 이렇게 악마와 계약을 맺으면서까지 예술의 고독한 불모지를 벗어나려고 하는 파우스트의 운명은 모든 인간에게 공통적인 비극이다. 따라서 파우스트처럼 영혼의 거래가 일상에서 진행되고, 그 결과 이를 다룬 문화 매체가 허다하다.

파우스트가 영혼의 구제 대신 택한, 이 세상의 모든 보물을 얻게 해주는 악마와의 결합을 토마스 만이 독일의 전형으로 보는 이유는 〈지적 거만 *Hochmut des Intellektes*〉(GW 11, 1131)이 〈영혼의 고풍과 속박 *seelische Altertümlichkeit und Gebundenheit*〉과 결합된 곳에 악마가 존재한다고 보았기 때문이다. 〈악마와 결합된 독일이 진정한 독일상이란 말인가?〉(GW 11, 1131) 그래서 가장 독일적인 인간상인 파우스트와 가장 독일적인 사상가인 니체의 생애와 사상이 패러디 방식에 의해 작품화된 것이 『파우스트 박사』이다.

그런데 여기서 그 구성상 주목해야 할 점은 차이트블롬이라는 화자의 설정이다. 이 고전어 학자이며 인문주의자인 화자는 바로 토마스 만의 모습으로, 그는 차이트블롬을 통해 1920년대와 국가 사회주의 시대를 비판하면서 이야기와 독자 간의 중개 역할을 하고 있다. 〈악마적인 것을 모범적이고 악마적인 것이 아닌 수단을 통해서 중개하는 일, 인문적으로 경건하고 소박하고 사랑하면서도 겁을 내는 영혼의 소유자에게 악마적인 것의 묘사를 맡기는 일은 그 자체가 코믹한 착상이며 어느 정도는 짐을 덜어 주기도 한다.〉(GW 11, 164)

토마스 만이 『파우스트 박사』의 집필 중에 일기에서 〈나는 문체의 영역에서는 패러디만 알고 있다〉(GW 11, 180)라고 했듯이, 그의 중기 이후 작품들은 패러디와 결부되어 있다. 따라서 토마스 만의 중기 이후의 거의 모든 주요 작품들은 패러디 작품으로 볼 수 있다. 토마스 만 자신은 〈모든 생활을 문화의 소산, 또는 문화적인 것의 재현으로 간주하고 자력의 독창적인 허구보다는 기존의 것을 인용하는 나의 경향〉(GW 11, 248)이라고 말하여 자신의 문학의 패러디적 특징을 나타내고 있다. 주지의 사실을 대담하게 유희적으로 변형시키는 수법, 즉 연금술적인 이 마법은 그것이 암시하는 것, 풍자하는 것, 세련된 분식술(扮飾術)에 제대로 뒤쫓아 갈 만한 독자가 존재할 때 비로소 소기의 목적을 달성할 수 있다는 전제 조건을 가지고 있다.

결국 패러디의 문제가 토마스 만의 작품들에서 공통적으로 적용되어 그의 창작 원리가 되고 있다. 토마스 만의 패러디를 계속 언급해 볼 때, 『십계』는 〈출애굽기〉의 패러디이고, 괴테의 『시와 진실』의 패러디[179]가 『고등 사기꾼 펠릭스 크룰의 고백』이고, 「트리스탄Tristan」과 「벨중의 피Wälsungenblut」는 바그너의 패러디로 제목 〈벨중의 피〉는 바그너의 「니벨룽겐의 반지Der Ring des Nibelungen」의 제2부 〈발퀴레〉의 근친상간에서 유래하였다. 즉 〈발퀴레〉 제1막의 마지막은 유년 시절에 타 부족의 습격으로 이별한 벨중족의 쌍둥이 오누이가 우연한 기회에 재회하여 오누이라는 것을 예감하면서도 불륜의 사랑에 빠져드는 것을 노래하고 있다.[180] 또 『부덴브로크 일가』 역시 바그너의 「니벨룽겐의 반지」의 신화 세계를 20세기 초의 시민 사회로 옮겨 놓은 패러디화다. 토마스 만은 비단 소설의 주인공이 처해 있는 상황만을 패러디화하는 데 그치지 않고, 바그너의 음악까지도 『부덴브로크 일가』의 주인공 한노의 〈환상곡〉 속에 산문으로 옮겨 삽입함으로써 패러디화하였다. 따라서 바그너의 음악은 이 소설의 후반부 이후인 한노의 장(章)에 와서는 결정적인 요소가 되고 있다. 「니벨룽겐의 반지」에서는 지크프리트가 숲의 새의 속삭임을 통해 성애(性愛)에 대한 것을 알게 되듯이, 『부덴브로크 일가』에서는 한노가 바그너의 관능적인 「트리스탄」 음악을 통해 성에 눈뜨게 되어 거기에 탐닉하게 된다.[181]

그리고 〈『마의 산』은 특히 패러디적인 보수주의의 증거라는 의미에서 나의 본질의 친절한 표현이며, 이러한 패러디적인 보수주의에 의해 나의 예술 정신은 두 시대 사이에서 부유하고 있다〉[182]고 1926년에 쓴 토마스 만의 편지 내용처럼, 『마의 산』도 역시 독일 교양 소설에 대한 패러디적인 작품이라고 볼 수 있다.

또 과거의 범례를 현재에서 반복하는 토마스 만의 패러디의 예를 몇 개 더 들어보면, 1939년 망명지 미국에서 나온 『바이마르의 로테』는 괴테의 패러디로, 이 작품의 중심인물은 제목에서 알 수 있듯이 『젊은 베르테르의 슬픔』에서 묘사된 로테이지만, 내용으로 보면 그것은 분명히 괴테의 예술가로서의 면모를 패러디적으로 다룬 것이다. 여기서 패러디의 의미는 더욱 확대되어 괴테라는 인물과 작품에 대한 해박한 지식을 자기의 예술가적 본질과 비교하여 우스꽝스러울 정도로 희화화하고 있다. 어떤 의미에서 그것은 동시에 토마스 만 자신의 예술가적 존재에 대한 패러디였다고도 할 수 있다.

이러한 패러디의 설정은 아우에Hartmann von Aue의 서사시 「그레고리우스 성담」과 사기꾼 마놀레스쿠Georges Manolescu의 회상록인 토마스 만의 『선택된 자』에서도 볼 수 있다. 『선택된 자』에서 주인공과 대조적인 화자의 설정으로 작가의 짐을 어느 정도 덜어 주고, 〈엄숙한 유회〉로써 반어성과 해학의 여유를 주는 토마스 만의 다양한 기법은 전적으로 패러디의 소산이다.[183] 이러한 『선택된 자』의 패러디에 관해서는 종교 전설Legende의 이해도 필요하다. 종교 전설은 초감각적인 것에 대한 믿음에서 생겨난다. 단 그것은 성가족(聖家族), 특히 마리아나 사도들 또는 성자들의 생에서 일어났던 사건들을 얘기해 준다. 종교 전설들은 소위 〈종교 전설집Legendarien〉이라는 방대한 모음집으로 편집되어 있으며, 소재는 중세기의 기사 계급을 다룬 서사시에서 취했다.『선택된 자』에는 이러한 종교 전설의 소재들이 풍자적으로 취급되어 패러디의 성격을 띠고 있다. 이러한 작가 토마스 만처럼 20세기의 수많은 작가들이 종교 전설의 소재들의 형상화에서 그들의 신앙을 패러디적으로 고백하고 있다.

주

1 부르노 힐레브란트, 『소설의 이론』, 박병화·원당희 역(예하, 1994), 276면.(이하 『소설의 이론』으로 줄임)

2 같은 곳.

3 그리스 신화에서 신이 마시는 음료수.

4 북·서유럽 신화에 나오는, 문마다 8백 명의 전사(戰士)가 한꺼번에 들어갈 수 있을 만큼 넓은, 540개의 문이 있는 신들의 세계에서 가장 아름다운 궁전으로, 매일 산해진미와 명주를 마시며 잔치를 벌이는 이상향.

5 천년 왕국은 그리스도가 재림하여 천 년 동안 다스릴 것이라고 믿는 이상향적 왕국이며, 이때 그리스도가 재림하고 죽은 의인(義人)이 부활하여 지상에 평화의 왕국이 천 년 동안 계속된다는 천년 왕국설이 있다. 이 기간 동안에 일반 사람의 부활이 있으나, 이 기간의 종말에 최후의 심판이 행해진다고 한다.

6 도연명(陶淵明)의 『도화원기(桃花源記)』에 나오는 복숭아꽃 핀 평화로운 마을로 전란이나 다툼이 없는 별천지다. 조그만 마을에 복숭아꽃이 흐드러지게 피어 있고, 끝없이 너른 땅과 기름진 논밭, 풍요로운 마을과 뽕나무, 대나무 밭 등 이 세상 어느 곳에서도 볼 수 없는 아름다운 풍경이 펼쳐져 있는 곳으로서, 인위적으로 만들어진 이상적인 세상이 아니라 외부 세계와 차단되어 있어, 일반 사회의 폭압적 정치나 부패 등에 물들지 않은 채 인간 본연의 심성으로 살아 나가는 사회로 남아 있는, 꿈속의 세상 같은 마을이다.

7 『국가론』에는 철인(哲人) 정치가 구현된 이상적인 국가가 묘사되고 있다. 플라톤이 아틀란티스를 그 모델로 상상한 듯 보이는 인구 10여만 명으로 구성할 수 있는 국가로, 머리-이성을 상징하는 지혜로운 통치 계급인 철인(哲人), 가슴-기개를 상징하는 용감한 방위 계급으로서의 군인, 배-의욕을 상징하는 절제하는 생산 계급으로서의 일반 서민의 각 계급이 자신의 직분을 다하여 정의의 덕이 실현된다는 이상 사회다. 통치자인 철인은 가족이나 재산의 사유가 금지된다는 점에서 공산주의적이다.

8 A. A. 멘딜로우, 『시간과 소설』, 최상규 역(대방출판사, 1983), 105면 이하 참조.

9 Helmut Koopmann, "Thomas Mann, Theorie und Praxis der epischen Ironie", in: Reinhold Grimm(Hg.), *Deutsche Romantheorie*(Frankfurt/M., 1968), S. 279.

10 Hans W. Nicklas, *Der Tod in Venedig. Analyse des Motivzusammenhangs und der Erzählstruktur*(Marburg, 1968), S. 1.

11 Thomas Anz, *Franz Kafka*, 2. Aufl.(München, 1992), S. 77.

12 Thomas Hollweck, *Thomas Mann*(München, 1975), S. 70 f.

13 김흥규, 『문학과 역사적 인간』(창작과비평사, 1980), 327면 이하.

14 Vgl. György Lukács, *Realism in Our Time*, tr. by John and Necke Mander(New York, 1964), pp. 17~92.

15 『소설의 이론』, 317면.

16 Hans Mayer, *Thomas Mann. Werk und Entwicklung*(Frankfurt/M., 1980), S. 112.

17 Herbert Lehnert, *Thomas Mann-Forschung*. Ein Bericht(Stuttgart, 1969), S. 63.

18 Ernst Nündel, *Thomas Manns Kunstanschauungen in seinen Essays*(Münster, 1960).

19 Helmut Koopmann, 같은 책.

20 독일의 철학자 딜타이Wilhelm Dilthey가 처음 사용한 말로, 여기서 교양Bildung이란 단어는 〈형성하다bilden〉라는 동사의 명사형이다. 따라서 교양이란 단순히 지식·기술·사회 규범을 익히는 것

이 아니라 스스로 인간성을 갖춰 가는 것을 뜻한다. 여기에서는 한 인간의 유년 시절부터 성숙된 장년 기에 들어갈 때까지의 영혼과 정신의 성장을 묘사한다. 주인공의 인격이 외부 환경의 영향 속에서 성숙·발전하는 과정을 묘사한다. 주인공들은 학교와 양친의 보호 아래 청년 시절을 보낸 후에 여러 계층의 사람들과 접촉하고 또 먼 거리의 모험적인 여행을 함으로써, 점차 그에게 알맞은 세계와 자기 자신에 대한 인식을 얻게 된다. 주인공은 때때로 그의 체험들을 일인칭의 형태로 이야기한다(일인칭 소설). 그 주인공으로 말미암아 우리는 다양한 표현들을 통일적으로 관망할 수 있게 된다. 따라서 작가의 경험을 자신의 성장 과정에 따라 내면적으로 파악하여, 그 자체에 보편적인 가치를 부여하는 것이 교양 소설의 특징이다. 중세 말 볼프람 폰 에셴바흐의 서사시 「파르치팔」, 18세기 독일 시민 사회 성립기의 계몽 사상 등의 영향을 받았다. 괴테의 대작 『빌헬름 마이스터의 수업 시대』를 필두로 노발리스의 『푸른 꽃』, 켈러의 『녹색의 하인리히』, 헤세의 『유리알 유희』 등이 대표작으로 손꼽힌다.

21 Friedrich Schiller, *Wallenstein, Ein dramatisches Gedicht*, in: Schillers sämtliche Werke in 5 Bdn, Bd. 2, hg. von G. Fricke u. H. G. Göpfert, 4. Aufl.(München, 1965), V. 153~158.

22 그리스 중앙부 델피 신전 가까이에 있는 산. 두 개의 산정(山頂)이 있는데, 하나는 아폴론 및 무사 신들의 영소(靈所)이고, 또 하나는 디오니소스 신의 영소이다. 음악, 시가(詩歌)의 기원지로 문학 특히 시가에 정진하는 것을 〈파르나소스 산에 오른다〉고 한다.

23 영국의 시인이며 정치가며 군인이었던 필립 시드니 경(Sir Philip Sidney, 1554~1586)이 쓴 『시의 옹호*The Defence of Poesy*』에 나오는 구절.

24 Walter Benjamin, "Der Erzähler", in: *Illuminationen*(Frankfurt/M., 1955), S. 388.

25 포르투갈 출신의 시인이며 로망스 작가.

26 프랑스의 소설가이며 비극 작가.

27 프랑스의 극작가, 시인, 비평가.

28 A. A. 멘딜로우, 『시간과 소설』, 최상규 역(대방출판사, 1983), 21면.

29 *novel*은 〈소설〉이란 뜻 이외에 〈새로운〉, 〈참신한〉 등의 뜻을 가지고 있다.

30 A. A. 멘딜로우, 같은 책, 113면.

31 조남현, 『소설 원론』(고려원, 1984), 47면 이하.

32 Johann Carl Wezel, *Hermann und Ulrike*(Leibzig, 1980), S. 1.

33 Friedrich Schiller, *Nationalausgabe*, Bd. 20, S. 462.

34 György W. F. Hegel, Werke in 20 Bänden, Bd. 15(Frankfurt/M., 1970), S. 392.

35 같은 곳.

36 Friedrich Theodor Vischer, *Ästhetik oder Wissenschaft des Schönen*(München, 1923), S. 155.

37 백낙청 편저, 『리얼리즘과 모더니즘』(창작과비평사, 1984), 222면 이하.(이하 『리얼리즘과 모더니즘』으로 줄임)

38 Richard Wagner, "Die theoretische Vorarbeit für den Aufstieg des deutschen Romans im 19. Jahrhundert", in: *ZfdPh* 74(1955), S. 353~363.

39 Josē Ortega Y. Gasset, *The Dehumanization of Art and Notes on the Novel*, tr. by H. Weyl(Princeton, 1948), p. 58.

40 Vernon Hall, Jr., *A Short History of Literary Criticism*(New York University Press, 1963), p. 141.

41 Bernard Bergonzi, *The Situation of the Novel*(London, 1972), p. 19.

42 조남현, 『소설 원론』(고려원, 1984), 80면.

43 같은 책, 11면.

44 같은 책, 12면.

45 같은 곳.

46 『소설의 이론』, 212면 이하.

47 György W. F. Hegel, *Vorlesungen über die Ästhetik* III, Werke 15(Frankfurt/M., 1993), S. 345.

48 György Lukács, *Die Theorie des Romans. Ein geschichtsphilosophischer Versuch über die Formen der großen Epik*(Neuwied-Berlin, 1971), S. 47.

49 『리얼리즘과 모더니즘』, 223면 이하.

50 Kershner R. Beach, *The Twentieth Century Novel*(Boston, 1932), p. 148.

51 같은 책, p. 181.

52 Thomas Mann, *Tagebücher 1935 ~1936*, hg. von Peter de Mendelssohn(Frankfurt/M., 1978), S. 23.

53 Thomas Mann, *Schriften und Reden zur Literatur, Kunst und Philosophie*, Bd. 1(Frankfurt/M., 1968), S. 14.

54 김륜옥, 「(비)희극 작가 토마스 만」, 『독일 문학』, 제80집(2001), 108면.

55 Charles Neider, *The Stature of Thomas Mann*(New York, 1947), p. 142.

56 밀란 쿤데라, 『커튼』, 박성창 역(민음사, 2008), 96면.

57 György Lukács, *Thomas Mann*(Berlin, 1953), S. 12.

58 밀란 쿤데라, 같은 책, 126면 이하.

59 같은 책, 87면.

60 같은 책, 36면.

61 『소설의 이론』, 183면.

62 Helmut Koopmann, *Thomas Mann. Buddenbrooks, Grundlagen und Gedanken zum Verständnis*(Frankfurt/M., 1995), S. 20.

63 『리얼리즘과 모더니즘』, 225면 이하.

64 Wolfgang Kayser, *Das sprachliche Kunstwerk. Eine Einführung in die Literaturwissenschaft*, 8. Auflage(Bern, 1978), S. 56.

65 Elisabeth Frenzel, *Stoff-, Motiv- und Symbolforschung*(Stuttgart, 1987), S. 24.

66 Hippolyte Taine, *Studien zur Kritik und Geschichte*(Paris, Leibzig, München, 1898), S. 279.

67 Thomas Mann, Sechzehn Jahre, Vorrede zur amerikanischen Ausgabe von *Joseph und seine Brüder*, in einem Bande, *Altes und Neues, Kleine Prosa aus fünf Jahrzehnten*(Frankfurt/M., 1953), S. 677.

68 Hermann Stresau, *Thomas Mann und sein Werk*(Frankfurt/M., 1963), S. 7.

69 Heinrich Heine, *Sämtliche Schriften*, hg. von Klaus Briegleb, Bd. 5(Frankfurt/M., 1981), S. 21.

70 Thomas Mann, *Briefe* in drei Bänden, hg. von Erika Mann, Bd. 1(Frankfurt, 1962), S. 255.

71 Dieter Gutzen · Norbert Oellers · Jürgen H. Petersen, 『독일 문예학 입문』, 한기상 · 권오현 공역(탐구당, 1990), 21면 참조.

72 같은 책, 26면 이하.

73 최순봉, 『토마스 만 연구』(삼영사, 1981), 93면.(이하 『토마스 만 연구』로 줄임)

74 『리얼리즘과 모더니즘』, 228면.

75 Helmut Koopmann, *Thomas Mann. Konstanten seines literarischen Werks*, hg. von Benno von Wiese(Berlin, 1969), S. 150 ff.

76 『토마스 만 연구』, 19면 이하.

77 같은 책, 63면.

78 Thomas Mann, *Politische Schriften*, Bd. 1(Frankfurt/M., 1968), S. 53.

79 같은 곳.

80 Thomas Hollweck, *Thomas Mann*(München, 1975), S. 70.

81 박은경, 「현대의 고전 마주 읽기-토마스 만의 〈베네치아에서 죽음〉과 프란츠 카프카의 〈변신〉」, 『카프카 연구』, 제14집(한국카프카학회, 2005), 12면.

82 Katia Mann, *Meine ungeschriebenen Memoiren*, hg. von Elisabeth Plessen und Michael Mann(Frankfurt/M., 1974), S. 77.(이하 *Meine ungeschriebenen Memoiren*으로 줄임)

83 같은 책, S. 71.

84 Klaus Harpprecht, *Thomas Mann. Eine Biographie*(Reinbek bei Hamburg, 1995), S. 346.

85 *Meine ungeschriebenen Memoiren*, S. 72.

86 Gilbert Adair, *Adzio und Tadzio*(Zürich, 2002), S. 19.

87 *Meine ungeschriebenen Memoiren*, S. 72.

88 Rolf Günter Renner, *Das Ich als ästhetische Konstruktion, Der Tod in Venedig und seine Beziehung zum Gesammtwerk Thomas Manns*(Freiburg im Breisgau, 1987), S. 101.

89 Thomas Mann, Schopenhauer, in: Ders. *Thomas Mann Essays*, Band 3, Musik und Philosophie, hg. von Hermann Kurzke(Frankfurt/M., 1977), S. 207.

90 Helmut Prang, *Die romantische Ironie*(Darmstadt, 1980), S. 1.

91 같은 책, S. 2.

92 Oskar Seidlin, "Stiluntersuchungen an einem Thomas Mann-Satz", in: Horst Enders(Hg.), *Die Werkinterpretation*(Darmstadt, 1967), S. 341.

93 Erich Heller, *The Ironic German. A Study of Thomas Mann*(London, 1958), p. 236.

94 이건창, 『조선의 마지막 문장』, 송희준 옮김(글항아리, 2008), 17면 이하.

95 Friedrich Schlegel, "Fragmente", in: H. E. Hass u. G. A. Mohrlüder(Hg), *Ironie als literarisches Phänomen*(Köln, 1973), S. 287~294.

96 Bede Allemann, *Ironie und Dichtung*(Pfullingen, 1956), S. 67.

97 홍성광, 『토마스 만의 소설 〈마의 산〉의 형이상학적 성격』, 박사 학위 논문(1992), 42면.

98 D. C. Muecke, 『아이러니』, 문상득 역(서울대학교 출판부, 1982), 126면.

99 같은 책, 125면 이하.

100 Thomas Mann, *Das essayistische Werk*, hg. von Hans Bürgin(Frankfurt/M., 1968), S. 353.(이하 *Das essayistische Werk*로 줄임)

101 19세기 후반 유럽에서 일어났던 문예 사조의 한 가지. 미(美)를 최고의 가치로서 추구하는 주의로 탐미주의(耽美主義)라고도 한다.

102 D. C. Muecke, 같은 책, 38면 이하.

103 György W. F. Hegel, *Werke* in zwanzig Bänden, Bd. 18, hg. von E. Moldenhauer u. K. M. Michel(Frankfurt/M., 1970), S. 460.

104 György W. F, Hegel, "Die Ironie", in: H. E. Hass u. G. A. Mohrlüder(Hg), *Ironie als literarisches Phänomen*(Köln, 1973), S. 349.

105 Sören Kierkegaard, *Die weltgeschichtliche Gültigkeit der Ironie*(Köln, 1973), S. 351.

106 Ingrid Strohschneider-Kohrs, "Zur Poetik der deutschen Romantik II. Die romantische Ironie", in: H. Steffen(Hg.), *Die deutsche Romantik*, 3. Aufl.(Göttingen, 1978), S. 88.

107 Martin Walser, *Selbstbewußtsein und Ironie*(Frankfurt/M., 1981), S. 59.

108 Oskar Seidlin, "Stiluntersuchungen an einem Thomas Mann-Satz", in: Horst Enders(Hg.), *Die Werkinterpretation*(Darmstadt, 1967), S. 341.

109 Oskar Seidlin, "Ironische Brüderschaft, Thomas Manns Joseph der Ernährer und Laurens Sterns Tristram Sandy 1958", in: Helmut Koopmann(Hg.), *Thomas Mann*(Darmstadt, 1975), S. 157 f.

110 Rüdiger Bubner, "Zur dialektischen Bedeutung romantischer Ironie", in: Ernst Behler und Dochen Hörisch, *Die Aktualität der Frühromantik*(Paderborn, 1987), S. 92.

111 Herbert Anton, *Die Romankunst Thomas Manns*(Paderborn, 1972), S. 353.

112 같은 곳.

113 같은 곳.

114 같은 곳.

115 헤스켈 M. 블로크·허먼 셀린저 공저,『창조적 환상』(뉴욕, 1960), 88면.

116 이 내용에는 논란의 여지가 많아 의미 복합체를 설명하기 위해 작가 자신의 이론적 해명에 해당하는 것만을 재해석하고자 한다. 서술 태도로서의 반어성은 이렇게 짧게 정의될 성질이 아니기 때문이다. 다음 연구는 토마스 만의 반어성에 대한 훌륭한 지침서이다. Beda Allemann, *Ironie und Dichtung*(Pfullingen, 1969); Erich Heller, *Thomas Mann. Der ironische Deutsche*(Frankfurt/M., 1959); Reinhard Baumgart, *Das Ironische und die Ironie in den Werken Thomas Manns*(München, 1964).

117 *Das essayistische Werk*, S. 354.

118『토마스 만 연구』, 12면.

119 점성술에서, 히브리, 바빌론, 이집트 그리고 그리스 등의 신화에 있어서, 그리고 지하의 왕국으로 내려가서 부활하게 되는, 대리 속죄의 희생자와 죽음에 관한 모든 얘기들에 있어서의 현시.

120 〈치유 허무주의〉는 대표적인 19세기 말적 풍조로, 이는 합스부르크 제국의 몰락 과정을 극복하려고 애쓰기보다는 〈즐기는〉 문화를 낳았고, 지식인들의 자살 붐을 일으키며 〈죽음에 대한 숭배〉로 이어졌다. 〈언어가 정신적인 노력으로 인해 완전히 정화될 수 없다〉고 시인한 비트겐슈타인은 대표적인 치유 허무주의자이다.

121 송동준,『토마스 만』, 작가 총서론(문학과지성사, 1977), 13면.

122『리얼리즘과 모더니즘』, 133면.

123 박은경,「현대의 고전 마주 읽기-토마스 만의 〈베네치아에서 죽음〉과 프란츠 카프카의 〈변신〉」,『카프카 연구』, 제14집(한국카프카학회, 2005), 9면.

124 Aristoteles, *De partibus animalium* 3, 10. 673 a8: a28.

125 Frithjof Hager, "Können Tiere lachen?", in: Dietmar Kamper u. Christoph Wulf(Hg.), *Lachen-Gelächter-Lächeln, Reflexionen in drei Spiegeln*(Frankfurt/M., 1986), S. 304.

126 A. A. 멘딜로우,『시간과 소설』, 최상규 역(대방출판사, 1983), 31면.

127 플라톤의 이데아의 관점에서 보면 현실은 이데아의 모방·모사인데 그것이 바로 시뮐라크르다.

시뮬라크르는 실재인 듯 보이지만 진정한 실재가 아닌 일종의 환영, 외관, 거짓 이미지일 뿐이다. 따라서 이데아를 주장한 플라톤은 시뮬라크르를 기각하고 이데아를 참된 존재인 실재로 삼았다.

128 질 들뢰즈, 『차이와 반복』, 김상환 역(민음사, 2007), 162면.

129 같은 책, 163면.

130 Vgl. Platon, *Sämtliche Werke*, Bd. 3(Hamburg, 1958), S. 114.

131 Sören Kierkegaard, *Die Krankheit zum Tode*, hg. von Liselotte Richter(Reinbek bei Hamburg, 1964), S. 73.

132 Aristoteles, *Poetik*(Stuttgart, 1981), S. 32.

133 이태수, 「아리스토텔레스의 〈시학〉」, 『철학과 현실』 1996년 여름호, 288면.

134 Sören Kierkegaard, *Unwissenschaftliche Nachschrift*, Bd. II(Düsseldorf/Köln, 1958), S. 334.

135 Octavio Paz, *Traducción, literatura y literalidad*(Barcelona, 1971), p. 9.

136 Johann P. Eckermann, *Gespräche mit Goethe*, 31. Januar, 1827.

137 같은 곳.

138 Vernon Hall, Jr., *A Short History of Literary Criticism*(New York University Press, 1963), p. 92.

139 Vgl. Jürgen Scharfschwerdt, *Thomas Mann und der deutsche Bildungsroman*(Stuttgart, 1967), S. 270 f.

140 *Das essayistische Werk*, S. 119.

141 Vgl. Helmut Koopmann, *Die Entwicklung des intellektualen Romans bei Thomas Mann, Untersuchungen zur Struktur von Buddenbrooks, Königliche Hoheit und Der Zauberberg*. Diss.(Bonn, 1962).

142 J. W. Goethe, *Hermann und Dorothea*, Werke in 14 Bänden, Bd. 2, Hamburger Ausgabe, hg. von Erich Trunz(München, 1988), S. 247.

143 Hermann Villiger, *Kleine Poetik. Eine Einführung in die Formenwelt der Dichtung*, 3. Aufl.(Frauenfeld, 1969), S. 135.

144 이유영, 『독일 문예학 개론』(삼영사, 1986), 106면.

145 Helmut Arntzen, *Der moderne deutsche Roman. Voraussetzungen, Strukturen, Gehalte*(Heidelberg, 1962), S. 41.

146 Käte Hamburger, *Der Humor bei Thomas Mann*(München, 1965), S. 18.

147 같은 책, S. 21 f.

148 Manfred Dierks, *Mythos und Psychologie*(Bern, München, 1972), S. 131.

149 Otto Bantel, *Grundbegriffe der Literatur*(Frankfurt, 1966), S. 54.

150 Vgl. Otto F. Best, *Handbuch literarischer Fachbegriffe. Definitionen und Beispiele*(Frankfurt/M., 1972), S. 170.

151 Hans R. Jauß, *Literaturgeschichte als Provokation der Literaturwissenschaft*(Frankfurt/M., 1970), S. 140 f.

152 이유영, 『독일 문예학 개론』(삼영사, 1986), 251면 이하 참조.

153 남경태, 『스토리 철학 18』(들녘, 2007), 328면.

154 Novalis, *Schriften*, Bd. II, S. 485.

155 같은 책, S. 533.

156 Johann Peter Eckermann, *Gespräche mit Goethe*, 31. Januar, 1827 (Baden-Baden, 1981), S. 211.

157 같은 곳.

158 Vernon Hall, Jr., *A Short History of Literary Criticism* (New York University Press, 1963), p. 92.

159 Johann Peter Eckermann, *Gespräche mit Goethe*, 31. Januar, 1827.

160 Thomas Mann, *Deutschland und die Deutschen*, Fischer Bücherei, MK 118, S. 164.

161 같은 곳.

162 J. W. Goethe, *Hermann und Dorothea*, Werke in 14 Bänden, Bd. 2, Hamburger Ausgabe, hg. von Erich Trunz (München, 1988), S. 247.

163 Beda Allemann, *Ironie und Dichtung* (Pfullingen, 1969), S. 24.

164 F. A. Brockhaus, *Der neue Brockhaus* (Wiesbaden, 1962), Bd. Ⅳ, S. 123.

165 Hans Mayer, *Thomas Mann. Werke und Entwicklung* (Berlin, 1950), S. 197 f.

166 Reinhart Baumgart, *Das Ironische und die Ironie in den Werken Thomas Manns* (München, 1964), S. 65.

167 Ernst Nündel, *Kunsttheorie Thomas Manns* (Bonn, 1972), S. 123 f.

168 오한진, 『문명 작가와 문화 작가』 (홍성사, 1981), 133면.

169 강두식 편저, 『독일 문학 작품의 해석』 (민음사, 1987), 779면 이하. (이하 『독일 문학 작품의 해석』으로 줄임)

170 황현수, 『토마스 만의 문학과 사상』 (세종출판사, 1996), 367면 이하.

171 Viktor Žmegač, "Konvention-Modernismus-Parodie. Bemerkungen zum Erzählstil Thomas Manns", in: György Wenzel (Hg.), *Betrachtungen und Überblicke. Zum Werke Thomas Manns* (Berlin, Weimar, 1966), S. 113 ff.

172 Sera Manfred, *Utopie und Parodie bei Musil, Broch und Thomas Mann. Der Mann ohne Eigenschaften. Die Schlafwandler. Der Zauberberg* (Bonn, 1969), S. 160.

173 Hans Mayer, *Thomas Mann. Werke und Entwicklung* (Berlin, 1950), S. 202 ff.

174 Hans Mayer, *Zur deutschen Literatur der Zeit. Zusammenhänge. Schriftsteller, Bücher* (Reinbek bei Hamburg, 1967), S. 64 ff.

175 Ernst Nündel, *Kunsttheorie Thomas Manns* (Bonn, 1972), S. 154.

176 같은 책, S. 112 u. 177.

177 Hermann Meyer, *Das Zitat in der Erzählkunst* (Stuttgart, 1967), S. 207 ff.

178 Erich Heller, *Thomas Mann. Der ironische Deutsche* (Frankfurt/M., 1957), S. 327.

179 Thomas Mann, *Briefe an Paul Amann* 1915~1952 (Lübeck, 1959), S. 30.

180 Richard Wagner, *Sämtliche Schriften und Dichtungen* in zwölf Bänden, Bd. 9 (Leipzig, 1911), S. 32.

181 『독일 문학 작품의 해석』, 610면 참조.

182 Thomas Mann, *Briefe 1889~1936*, hg. von Erika Mann (Frankfurt/M., 1961), S. 256.

183 『독일 문학 작품의 해석』, 781면 이하.

제2장 **토마스 만의 이중적 시각**

1. 이중적 시각의 개념

독일은 서구 문화권 내에서 비교적 뒤늦게 형식에 도달했다. 이는 형식이 불가능해서가 아니라 여하한 형식도 그 배후에는 그와 반대되는 형식의 가능성을 생각했기 때문이라고 짐멜Georg Simmel은 저서 『독일 정신의 변증법 *Die Dialektik des deutschen Geistes*』(1936)에서 지적하고 있다. 즉 반대 형식의 가치를 인정하여 그것을 하나의 형식의 보완으로 삼고 관념의 요구로서 감지하기 때문이다. 바꾸어 말해 선취권을 상실한 문화적 후진성이 독일적인 무형식의 근원의 하나다. 그러나 모든 개인과 국민은 문화화하지 않은 정신의 소재를 내포하는 법이며, 따라서 독일인도 개인이나 국민 전체가 이러한 소재를 간직하면서 발전하고 있기 때문에 완전히 문화적으로 고정화하지 못한 것이다. 그리하여 합리주의적 형식화가 정체(停滯)를 가져온 데 비하여, 형식 이전의 상태에 있는 독일은 항시 문화 생성 가능성을 보유하고 있다. 슐레겔Friedrich Schlegel이 낭만주의 본질을 〈영원히 생성 발전하여 결코 완성되지 않는 것〉이라고 규정한 것도 바로 이러한 사실의 확인이다. 이러한 무형식성은 일면 문화·문명의 비약적 발전의 장점이기도 하다.

독일적 무형식성의 원인이 상술한 짐멜의 견해와 같이 한 형식이 반대 형식의 보완 소재로 삼는 데 있다면, 무형식은 대립을 구하여 보충적 소재로 삼아 자기완성에 도달하는 변증법적 생성의 원리로 삼는다. 따라서 선과 악, 남성적인 것과 여성적인 것, 북방적인 것과 남방적인 것, 생과 사 등 무수한 대립의 조가 존재하고, 하나의 개념은 항상 다른 개념을 찾으며, 또 하나의 유형은 자기와 다른 형식과 마주친다. 그 결과 독일 기질과 병행해서 도처에 대립이 존재하게 되고, 이러한 대립적 존재의 가능성과 인식으로 인해 그 대립이 동경된다. 무한히 다양한 소재, 즉 각 개인이 타인과 상이할 수 있는 무한한 가능성을 자유로 다루고 싶은 동경이 독일 기질에 수반되어 있는 것이다. 이러한 기질은 생성과 종합적 고양의 원동력으로 높이 평가받을 가치가 있다.[1] 이러한 배경에서 파생된 게 이원론(二元論, *Dualismus*)이다. 이러한 이원론의 유래는 오랜 역사를 가지고 있다.

중세 그리스도교의 신학자인 락탄티우스(Firmianus Lactantius, 약 245~325)는 특별히 그리스 철학을 진리와 신에 배치되는 것으로 생각하고, 인간의 지혜는 신 앞에서 볼 때 잘못된 것이라고 주장했다. 이런 맥락에서 기독교에서의 해결은, 특히 키르케고르가 명확히 한 것처럼, 신의 차원과 인간의 차원, 즉 종교의 차원과 윤리의 차원이 다르다는 믿음에서 가능하다. 예를 들어 믿음이 깊은 아브라함 Abraham이 아무 이유도 없이 자기의 사랑하는 아들을 제물로 바치라는 신의 명령을 들었을 때, 아브라함은 종교 차원과 윤리 차원 사이에서 갈등을 겪는다. 신의 명령인 이상 무조건 들어야 하지만 만약 신의 명령을 따른다면 윤리적으로 악을 범하게 된다. 신의 명령은 아들을 이유도 없이 희생하라는 것이기 때문이다. 아브라함은 자기 아들을 사랑한다. 그러나 아브라함은 마침내 윤리를 종교에 종속시킴으로써 아들을 희생하려 했고, 그럼으로써 신의 은총을 받아 아들을 다시 찾게 된다. 이는 기독교의 진리는 무조건 믿음을 전제함으로써 해결이 가능하다는 계시이다.

또 락탄티우스는 이 세상에서 의로운 자가 부정한 자 못잖은 시련을 받아야 하는 이유를 이해하려 했다. 우주는 지상 대 하늘, 지옥 대 천국, 어둠 대 빛, 죽음 대 삶, 밤 대 낮, 추위 대 더위라는 식의 양극(兩極)으로 가득 차 있다. 그런데 이러한 양극의 요소는 사상적 성격에서뿐만 아니라 과학에서도 유래하고 있다. 독일 낭만주의 시대에 물리·화학 현상에 대한 새로운 과학적 지식의 도움을 받아 인간의 본성을 설명하려 했을 때, 사람들은 주저하지 않고 상이한 성(性)과 전기(電氣) 현상의 극성(極性), 자기(磁氣)의 더욱 신비스러운 극성을 관계지었다. 괴테도 〈자석은 원현상이다*Das Magnet ist ein Urphänomen*〉[2]라고 말하고, 계속해서 〈표현됨으로써 충분히 설명되는 원현상(元現象), 그것은 그래서 모든 다른 현상의 상징이 된다〉[3]고 말했다. 이처럼 인간 본성에 대한 위대한 관찰자들의 관찰로 가득한 사상을 설명하는 데 소박한 물리학도 적용되고 있었다. 괴테와 같은 사고의 천재도 이 경향을 따랐는데, 거기에서는 설명되어야 되는 것의 본성은 없었다.

〈모든 조화를 이루고 있는 신이 무엇 때문에 대립물들로 가득 찬 양극적 세상을 만들어 낸 것일까?〉 하는 문제를 락탄티우스는 이해하려 했다. 특히 인간을 혼돈되게 하는 것은 선과 악의 이원성이다. 기독교는 전능하고 무한히 착한 신의 존재를 전제로 한다. 그렇다면 어떻게 해서 그러한 신이 인간에게 헤아릴 수 없는 고통을 주는가가 문제가 된다. 따라서 만능(萬能)적이고 무한히 자비로운 신의 개념과 불행을 많이 겪는 속세의 불완전한 현실 사이에 모순이 생긴다. 이 모순은 기독교가 부딪쳐야 할 큰 문제이다. 왜 진실의 하느님께서 이 악을 없애 버리지 않고 존재하도록 허락했을까? 왜 모든 것을 더럽히고 파괴하는 귀신의 왕을 태초에 만들어 냈을까? 〔……〕 악의 원인과 원리는 무엇일까? 여기에 대한 락탄티우스의 대답은 놀랄 만큼 독창적이었다.

첫째, 악은 논리적으로 필요하다. 이 논의는 창조된 세계는 불완전하다는 형이상학적 관점에서 나온다. 락탄티우스가 보기에 악은 절대적으로 필요하다. 〈악이 없으면 선을 알아볼 수 없고 선이 없으면 악을 알아볼 수 없기〉 때문이다. 선과 악은 서로 대립해 있을 때 비로소 규정될 수 있고, 따라서 악이 없으면 선도 있을 수 없다. 더 놀라운 점은 두 번째 주장이다. 악은 논리적으로 필요할 뿐만 아니라 있는 것이 낫다. 간단히 말해서 신은 악이 있기를 바란다. 악덕이 무엇인지를 모르면 미덕이 무엇인지도 모르기에 신은 악이 있기를 바란다. 만일 신이 창조한 세계에 악이 없었다면 자유가 설 여지가 없는, 선택할 것이 아무것도 없는 세계가 되어 버렸을 것이다. 상응하는 악덕이 없다면 미덕을 인식할 수 없으며, 빗나가도록 유혹받지 않는다면 미덕을 수행할 수도 없을 것이다. 신은 선과 악을 구분하고 둘 간에 거리를 두어 우리가 악의 본질과 대비해 보도록 함으로써 선의 본질을 파악하게 하였다. 〔……〕 악의 배제는 선을 없애는 것이다. 이런 배경에서 종교 개혁가 루터 Martin Luther는 개혁가답게 〈용감하게 죄를 지어라. 그리고 투철하게 회개하라!〉고 가르쳤다. 죄를 지을 수 있는 자만이 회개할 수 있다는 논리이다. 아닌 게 아니라 성 바울로는 기독교인을 혹독하게 학대한 경험이 있었기에 그토록 투철한 신앙에 들어갈 수 있었던 게 아닐까. 성 바울로는 원시 교회를 박해한 열렬한 바리새파 사람이었다. 그는 가말리엘의 제자로서 예루살렘에 와서 루가가 〈헬라주의자들〉이라고 한 그리스도교 집단을 괴롭혔다. 성 바울로는 예수의 제자들을 박해하는 임무를 수행하던 중 부활한 예수를 보고 그리스도교 신앙으로 개종하였으며, 이와 동시에 배타적이고 특수한 유대교 의전들에 얽매일 필요 없이 복음을 비(非)유대인의 세계로 전파해야 한다는 확신에 이르렀다. 그는 이방인 선교를 통해 개종자들을 얻었으며 이 때문에 예루살렘의 그리스도교 공동체로부터 인정을 받았다. 이렇게 〈이방인의 사도〉로 불리던 성 바울로는 특정 민족과 지역에 머물던 그리스도교를 인류 전체의 세계 종교로 확산시킨 인물로, 세 차례에 걸친 광범위한 전도 여행을 통해 그리스도교를 전파했다. 철학자 고댕Christian Godin은 선과 악을 뚜렷이 구분할 만한 보편적 기준은 없으며, 그 기준은 시대와 문화권에 따라 상대적이라고 말한다

결론적으로 악마적인 것은 물론 신적인 것에 대립되지만 필수 불가결한 요소이다. 그것은 신적인 것뿐만 아니라 진실한 인간성의 일면의 표현으로 정열에 대해서, 또는 냉담, 천재성에 대해서 그리고 세속성, 진실에 대해서 조롱을 본분으로하지만 궁극적으로는 인간성의 일부분이다.

그래서 그런지 원래 신은 상반된 성격을 지니고 있다. 초기의 히브리인에게, 또 『구약 성서』에서 신은 전 우주에서 일어나는 모든 것에 책임을 졌는데, 그때는 선과 악에 대한 명백한 구분이 없었다. 영지주의(靈知主義, Gnostizismus)[4]파 경전에서 유대의 신인 야훼[5]는 우주를 창조하여 자신의 악한 천사와 함께 다스리는 악마로 등장하다, 후에 신으로부터 벗어난 악의 개념이 생겨나자 이 상반 감정의 신은 비로소 선한 신이 되었다. 선과 악의 구분은 무엇보다도 기독교의 업적이다. 고드윈Francis Godwin의 견해에 의하면, 『구약 성서』에는 타락한 천사에 대한 암시가 없고 또 선하고 악한 천사의 개념도 없다. 『신약 성서』가 나오면서 비로소 하늘의 군대의 3분의 1인 사탄의 지도를 받는 군대가 지옥으로 향했다고 언급되고 있다. 『구약 성서』에서 하느님은 〈나는 빛과 어둠을 만들고, 또 평화도 주며 재앙을 만든다〉라고 말하고 있다. 예를 들어 천사들이 하느님의 찬양을 올바르게 노래하지 않

왔다 하여 하느님이 분노한 결과, 천사의 전 무리를 완전히 와해시킬 때 하느님의 상반 감정의 병존이 나타나고 있다. 인도의 신 시바Shiva처럼 신이 만든 존재 속에는 창조와 파괴가 하나로 합쳐 있었다. 시바의 머리에는 해골과 초승달이 있는데, 이 해골과 초승달은 죽음과 부활을 상징한다.

이렇게 머리에 달을 쓴 신의 모습이 토마스 만의 『마의 산』에서는 헤르메스 Hermes로 묘사되면서 죽음을 암시하고 있다. 이 작품에서 예수회 회원인 나프타는 헤르메스를 혼합 형태로 언급한다. 나프타는 세템브리니가 헤르메스를 너무 긍정적인 존재로 묘사하자 이에 대한 오류를 주지시키는데, 이때 헤르메스를 〈머리에 달을 쓴 존재〉(Zb 723)로 부정적으로 평가하고 있다. 〈세템브리니의 말에는 약간의 거짓이 들어 있습니다. 그는 카스토르프에게 토트 트리메기스토스를 너무 훌륭하게 말해 줬거든요. 그 신은 원숭이와 달, 죽은 영혼이 변신한 신, 《머리에 반달을 쓴》 칠면조요, 헤르메스 같은 면모로서 죽음과 죽은 자의 신이고, 심령(心靈) 유괴자, 또 심령 안내인으로 고대 말기에는 이미 마술사로 간주되고, 유대적 신비 철학이 범람했던 중세에는 신비적인 연금술의 아버지로 추앙받았지요.〉(Zb 723)

이와 같이 종교적 이미지나 상징은 대립적 존재 양식을 가장 잘 표현해 준다. 선과 악의 상반 감정을 가지고 있는 신은 원래 선하지만 무서운 존재이다. 지옥을 발명한 신은 얼마나 무서운 존재인가. 또 신의 작업인 세상의 종말을 생각해 보라. 신은 자애가 넘치는 동시에 무섭고, 창조적인 동시에 파괴적이다. 예를 들어 하계의 그림자가 드러나는 것을 상징하는 뱀과, 이와는 반대로 태양의 빛과 드러난 것을 상징하는 독수리가 함께 결합되어 나타나는 이미지를 들 수 있다. 따라서 베다 Veda 시대의 인도에서 신들의 전형인 태양은 동시에 〈뱀〉의 이미지를 가지고 있다.[6] 그 밖에 중국의 음양(陰陽), 역설적 공존, 양극성을 동시에 지닌 신격의 경우도 그런 예에 속한다. 또 불의 신인 아그니는 동시에 〈아수라의 사제〉(『리그베다』 VII, 30, 3), 즉 본질적으로 〈악령〉에 속하기도 한다.[7] 회교도들의 죽음의 천사 이야기를 들어 보면 〈죽음의 천사가 다가오면 회교도들은 두려워한다. 그러나 이윽고 손으로 쓰다듬으면 그들은 천복을 느낀다〉고 한다. 불교, 특히 티베트 불교에서 명상하는 부처는 〈평화로운 측면과 분노로 치를 떠는 두 측면〉을 보이면서 나타난다. 수도자가 자기의 자아와 고통과 기쁨이 함께하는 속세의 달콤한 삶에 연연할 경우 신은 분노로 치를 떠는 측면으로 나타난다. 그러나 자아를 잊고 자신을 포기하면 다 같은 부처라도 천복을 주는 부처로 나타난다. 이것을 산스크리트어로 〈비베카viveka〉라고 하는데, 이는 〈분별〉이라는 뜻이다. 이런 의미에서 머리 위로 불칼을 높이 치켜든 부처의 모습에서 이 칼은 바로 분별의 칼로, 현세적인 것과 영원한 것을 분명하게 하는 칼이다.[8]

　이러한 부처는 실존의 고(苦)로부터 벗어난다는 절박하고 시급한 과제와 무관한 경험적으로 증명될 수 없는 사변적·형이상학적 문제에 대해선 답변하지 않고 침묵을 지킨다(無記). 〈세계는 공간적으로 유한한가, 무한한가? 세계는 시간적으로 영원한가, 무상한가? 여래는 사후에 존재하는가, 소멸하는가?〉 등의 물음들은 부정적으로 답할 경우엔 단견(斷見, 허무론)이라는 한 극단에 빠지고, 긍정적으로 답할 경우엔 상견(常見, 영원론)이라는 또 다른 극단의 도그마에 떨어지게 된다. 언어적 허구가 빚어내는 독단의 그물로부터 인간의 마음을 해방시키는 데 커다란 관심을 가졌던 불교의 중관(中觀)학파의 시조인 나가르주나는 부처가 가르쳤던 중도(中道)의 의미를 단견과 상견의 이율배반(二律背反, 어느 한쪽에 기울면 다른 한쪽은 반드시 약화되거나 멸망함)적인 도그마에 대한 집착(見執)에서 벗어나는 것으로 해석하였다. 그는 자신의 주저인 『중론송』 모두(冒頭)의 귀경게(歸敬偈)에서 〈있다·없다(有無)〉, 〈영원하다·허무이다(斷常)〉, 〈온다·간다(去來)〉, 〈하나다·다르다(一異)〉의 양극단을 함께 부정하면서 열반(涅槃)을 이러한 언어적 허구가 소멸된 상태(戲論寂滅)로 간주하였다. 그리고 나가르주나는 이율배반적인 형이상학적 도그마를 석존과 같이 답변하지 않고 내버려 두는 방식이 아니라 귀류 논법으로 논파하는 방법으로 해체시키고자 하였다.

　지금까지 언급된 여러 이론들을 종합해 보면, 자연은 필연과 우연, 낭비와 절제, 변화와 정체, 이기성과 이타성 같은 극단적 수단을 필요할 때마다 적절히 사용하여 생명을 연속시켜 나간다. 생명의 바다에는 적과 동지가 정해져 있지 않다. 때로는 적이 나의 생존에 유익한 것을 제공해 주기도 하고, 내가 적에게서 훔치기도 한다. 결론적으로 우리가 사는 세상은 동화 속처럼 선악이 뚜렷이 구별되는 이상향이 아니다. 이러한 사상은 합리주의 철학의 대표적인 이론을 세운 라이프니츠 Gottfried W. Leibniz에 의해 정립되었다. 근대의 악에 대한 합리적인 이론은 라이프니츠의 악에 대한 철학적 해설로 정립된 것이다. 형이상학적 낙관주의를 대표하는 라이프니츠의 이론에 의하면, 모든 존재와 사건은 이른바 〈충족 이유(充足理由)〉를 갖고 필연성을 벗어날 수 없다. 이와 같이 이루어진 우주는 〈가장 조화로운 우주로 가장 완전할 수 있는 우주다〉. 따라서 우리가 생각하는 모든 재난, 모든 악도 이러한 조화로운 우주를 위해 없어선 안 될 요소라고 봐야 된다. 따라서 모든 악도 멀리할 것이 아니라 오히려 반겨야 하는데, 그것은 가장 조화로운 세계에 필요한 요소이기 때문이다. 라이프니츠의 낙관주의가 악에 대한 철학적 이론을 바탕으로 하는 만큼 악에 대한 철학적 고찰은 흥밋거리요 중요한 문제이다. 라이프니츠는 〈만약 악이 존재하지 않는다면 세상은 그만큼 덜 완전한 것이 될 것이다〉라고 주장한다. 그러한 세상은 무엇인가 하나가 부족하기 때문이다. 결국 라이프니츠의 철학에 의하면, 모든 악은 가장 조화로운 세계에 필요한 요소가 된다.

종교란 본래 〈신의 자기 파괴〉를 통하여 현현화된다고 하는 종교사(宗敎史)적 사실은 역설적이다. 신의 죽음이 오히려 신의 현실이라는 것이 엘리아데Mircea Eliade의 주장이다. 이러한 논리는 융C. G. Jung의 〈반대의 일치 coincidentia oppositorum〉라든가 뒤랑Gilbert Durand의 〈균형 잡기〉와도 일맥상통하는, 또 어느 면에서는 동아시아의 음양론(陰陽論)과도 비슷한 충분한 보편성을 지닌 논리라고 볼 수 있다. 중국의 음양 이미지를 보면, 원 안에 검은 물고기 비슷한 형상과 흰 물고기 비슷한 형상이 서로 꼬리를 물고 있는 모습이다. 그런데 검은 물고기 비슷한 형상을 자세히 보면 가운데에 흰 점이 하나 있다. 물론 흰 물고기 비슷한 형상에도 검은 점이 하나 있다. 이들 점이 있기에 음양은 상호 작용을 하는 것이다.

〈반대의 일치〉를 개념적으로 표현하고자 하는 다양한 시도는 서구 신학이나 형이상학에서뿐만 아니라 동양에서도 현저한 경향을 볼 수 있다. 즉 동양의 현자나 고행자의 명상 기법이나 방법은 그 본질이 무엇이든 간에 모든 특성의 초월을 목표로 한다. 고행자, 현자, 인도나 중국의 신비가는 자기의 경험이나 의식에서 극단적인 것을 모두 없애려고 한다. 이렇게 경험이나 의식에서 극단적인 것을 없애려는 동양적 노력은 서양에서도 전개되고 있다. 예를 들어 쾌락주의Epicureanism의 창시자로 알려진 고대 그리스의 철학자 에피쿠로스Epicurus는 쾌락주의라는 말 때문에 숱한 오해의 대상이 됐다. 그러나 그의 삶을 보면 차라리 비쾌락주의의 삶을 설교한 사람으로 이해해야 맞을 듯하다. 에피쿠로스가 〈쾌락〉이야말로 행복의 열쇠라고 말한 것은 사실이지만 문제는 쾌락의 성격이다. 그가 강조한 쾌락은 감각의 탐닉이 아니라 내면의 평정이었다. 〈욕망의 부재〉 상태가 곧 쾌락이었다. 우리가 욕망의 집착에서 떠난다면, 어떤 불행·재난·고통도 행복을 침해하지 못한다. 비유로써 표현하면, 최고의 쾌락은 갈증의 해소가 아니라, 더 이상 목이 마르지 않은 상태다. 다시 말해 갈증이라는 고통의 부재가 행복이다. 에피쿠로스는 이런 쾌락의 상태를 유지하려면 번잡한 시민의 삶에서 벗어날 필요가 있다고 보았다. 그가 아테네 외곽에 비밀스러운 정원을 마련하고 거기에 거주했던 것도 이런 이유 때문이다.

에피쿠로스학파와 비슷한 시기에 등장한 〈스토아학파Stoiker〉 또한 행복에 이르는 길을 숙고했다. 시민의 삶을 적극적으로 살면서도 괴로움에 빠지지 않고 내면의 평화를 유지하는 방법을 찾아내는 것이 이들의 목표였다. 이들은 쾌락에도 고통에도 무감각한 무관심과 부동심의 마음을 강조했다. 부동심의 마음을 지키면 격노한 폭풍우 속에서도 웃음 지을 수 있다. 변화무쌍한 운명의 소용돌이 속에서 그 소용돌이에 휘둘리지 않으려면 분노·미움·슬픔 따위 감정의 노예 상태에서 벗어나야 한다. 다시 말해 그들은 완전히 중립적이고 무관심한 상태를 획득하고, 쾌락과 고민에 동요되지 않고 자율적이 되려고 하는데, 이러한 내용이 괴테의 「헤르만과 도로테아Hermann und Dorothea」의 아홉 번째 노래에 잘 나타나 있다. 〈동요하는 시대에 흔들리며 사는 자,/그자는 악을 배가시켜 점점 더 퍼뜨리지,/하지만 굳은 신념을 가진 자는 제 뜻대로 세상을 만들지,/가공할 흔들림을 끌고 나가 이리저리 비틀대는 것은/독일인에겐 어울리지 않다네.〉[9]

고행이나 명상에 의한 극단의 초월 역시 〈반대의 일치〉로 귀결된다. 이러한 인간 의식에는 갈등이 없다. 쾌락과 고통, 욕망과 혐오, 추위와 더위, 유쾌와 불쾌라는 대립적 쌍이 그들의 경험에서 사라지는 동시에, 내부에서 〈통합〉을 이루어 신 속에서의 극단의 〈통합〉과 짝을 이룬다. 결국 〈반대의 일치〉는 〈궁극적 실재〉, 즉 절대자 또는 신격의 존재 양식을 말한다.

합리주의적 경험이 계시해 주는 것 이상으로 신화는 보다 더 근본적으로 여러 속성 위에 위치하여 모든 대립을 통합하는 신의 구조를 계시해 준다. 이러한 신화적 경험이 결코 엉뚱하지 않은 것은 그 경험이 인간의 종교적 경험에서, 더욱이 유대교·그리스도교적 전승과 같은 엄밀한 전승에서 거의 전면적으로 통합된다는 사실에서 증명되기 때문이다. 야훼는 선인 동시에 노여움이다. 그리고 그리스도교의 신비학이나 신학에서의 신은 〈무섭고도 부드럽다〉라는 등의 〈반대의 일치〉에서 에크하르트Meister Eckhart나 쿠사누스Nicolaus Cusanus 등의 대담한 사변은 출발하였다.

물론 대립에서 선험적인 조화의 논리를 찾아가는 해석은 자칫 도식적인 모순 조화론에 빠질 가능성도 있다. 〈반대의 일치〉 등의 문학은 그 반어성Ironie으로 인하여 삶의 단편적 추출이 아닌 총체적 형상화를 달성할 수 있는 장점[10]이 있는 반면, 작가의 노선이 선명하게 드러나지 않기 때문에 자칫 보수적 문학이 될 소지를 지닐 수 있기 때문이다. 반대의 일치 등의 해석에서 구조와 조화라는 보편적, 공식적 전제에 너무 치중될 경우 개별적, 역사적 차이에 대한 인식이 소홀해질 여지가 있을 수도 있는 것이다.

따라서 구조주의자인 바르트Roland Barthes는 작가와 독자, 그리고 비평가와 독자를 엄격하게 구분짓고 있다. 그에 의하면, 비평가는 작품을 일단 변용시키고 그 변용된 내용을 근거로 해서 자기 나름의 방법에 따라 설명하려고 한다. 이에 반해 독자는 그 작품을 단지 〈사랑〉할 뿐이다. 한마디로 비평가는 작품을 일단 〈재구성〉하려 하고, 독자는 작품을 단순히 애정의 시선으로만 바라보려고 한다. 마르쿠제Herbert Marcuse는 『문화와 사회』라는 저서에서 이렇게 말하고 있다. 〈독자는 작품을 통해 아름다움, 탁함, 기쁨, 평화 같은 것을 향수(享受)한다. 그런가 하면 고통, 슬픔, 공포, 파괴의 느낌까지도 받아들이게 된다. 〔……〕 예술에서 독자가 문제 삼는 것은 인간 그 체제이지 그 인간의 직업이나 지위 같은 게 아니다. 슬픔은 슬픔이고 기쁨은 기쁨이다. 친구는 친구이고 사람은 그대로 사람이고 사물은 그대로 사물일 뿐이다.〉[11] 어쩌면 마르쿠제는 독서 행위를 작품이라는 대상에 그대로 몰입해 버리려는, 그래서 냉정한 비판적 안목은 거의 가져 볼 틈도 없는 그런 저급의 행위를 생각했는지도 모른다.

그러나 칸트Immanuel Kant가 일찍이 언급한 〈물자체Ding an sich〉, 즉 〈현실 그 자체〉를 인식한다는 것은 불가능하다는 사실을 받아들일 필요가 있다. 따라서 대립 영역들 간의 상호 관계를 도외시하고, 현실과 가상에 대한 독자적이고 본질적인 심오한 개념 규정을 한다는 것은 무모한 시도이다. 그러므로 현실의 존재 자체에 대한 규정보다는 현실에 접근하거나 역행하는 관계 방식을 연구하는 쪽으로 방향 선회를 하여야 하는데, 이러한 맥락에서 〈이중적 시각doppelte Optik〉이 발생한다.

이런 배경에서 예술가들은 창작에 있어 사실과 상징이라는 이중적 표현법을 구사해 〈이중적 시각〉 효과를 노린다. 그러므로 우리는 예술 작품을 대할 때, 가능한 많은 시각을 통해 관찰하지 않으면 안 되는데, 이는 부분적인 상(像)에 사로잡혀 전체상을 놓쳐 버리지 않기 위해서이다.

2. 토마스 만의 이중 시각적 개념

시인 프로스트Robert Frost는 시 「가지 않은 길The Road not Taken」에서 두 갈래 길을 〈모두〉 택할 수 없음을 아쉬워했다. 결국 한 길을 선택한 그는 〈훗날에 먼 훗날에 나는 어디선가/한숨 쉬며 이야기할 것이다/〔······〕/그것 때문에 모든 것이 달라졌다고〉라고 썼다. 이 시에서 두 갈래 길처럼 인간은 모든 존재를 본질적으로 두 가지 방향에서 파악한다. 즉 모든 것은 이중적인 시각에서 관찰되는 것이다.

이러한 이중적 시각의 형상이 20세기 문학에 많이 담겨 있다. 20세기는 심각한 대립 관계에 놓인 상황으로 충만해 있어서 그 세계관은 통일성을 상실해 가고 있었다. 따라서 심히 서로 떨어져 있는 것을 함께 합치든가, 극단적인 모순을 해소시키든가 하는 일이 20세기 예술의 중요한 과제가 되어 왔다. 그리하여 처음에는 언어의 문제, 즉 시적 표현의 문제를 중심으로 삼아 일체의 형식의 역설과 전 인간 존재의 부조리를 그 세계관의 근저에 놓는 예술로 발전해 갔다. 이러한 역설적 문학이 〈객관적〉 문학에 가까울 수 있는 것은 작가 또는 서술자가 모든 대상에 대하여 〈거리Distanz〉와 〈유보Vorbehalt〉를 취하는 입장이어서 대상이 일회적 관찰에 의해 확정적으로 규정되지 않고 다각적으로 냉철하게 고찰될 수 있다는 의미이다. 따라서 20세기 소설의 특징은 자연주의와 달리 현실과 사회를 나타낸다 하더라도 있는 그대로 재현하지 않고, 이중적 시각의 예술적인 창조와 기교를 거치도록 한 형상이 돋보인다.

이러한 경향이 토마스 만의 문학에도 잘 나타나 있다. 표현주의적인 예술화를 꾀한 토마스 만은 음악가 바그너 예술 등의 특징인 〈이중적 시각〉의 영향을 받아 그의 작품 속에 선과 악 등 양극적 대립을 극복하려는 의지를 작품 주인공들을 통해 보여 줌으로써, 전후 퇴폐와 모순이 팽배한 사회의 불합리한 면을 이원 사상(二元思想)을 통해 휴머니즘으로의 상승을 추구하고 있다. 따라서 그의 작품 속에서 모든 대립적 요소, 즉 상반 병존적(相反並存的) 요소들을 포용할 수 있는 기능을 매체로 전체상을 파악하려는 지향성이 그의 작품의 전체적인 특징이 되고 있다. 그의 작품의 구조적 특징인 이원 사상에서 그 자신과 자신을 대변하는 주인공들로 하여금 극단적인 대치들의 중간적 위치를 모색하는 경향을 강렬히 나타내고 있는 것이다.

이렇게 〈이중적 시각〉이 결국 토마스 만의 글쓰기의 형식 원리가 되어 20세기 문학에 깊은 영향을 미치고 있는데, 이에 대해 토마스 만은 〈세계는 구*Sphäre*의 형태로 되어 있으며, 두 개의 구, 즉 상반구와 하반구, 천상의 반구와 지상의 반구로 구성되어 있어 이들은 서로 대립하고 보완하는 관계에 놓여 있다. 천상의 것은 모두 동시에 지상의 것이며, 지상에서 일어나는 것은 천상에서 반복되고, 천상적인 것은 지상적인 것 속에서 그 모습을 확인한다. 천상적인 것은 지상으로 내려오는 동시에 지상의 것은 천상으로 올라간다〉(GW 9, 189)고 언급하고 있다.

학문적인 영역에서 토마스 만의 일기가 그의 이중적 시각에 관한 연구에 중요한 자료가 되고 있다. 바제Hans R. Vaget는 토마스 만의 일기가 이중적 시각에 끼친 학문적인 기여에 대해 다음과 같이 언급한다. 〈일기의 출판이 토마스 만 사후에 토마스 만 학계에서 일어난 가장 중요한 사건이었다는 사실에는 의심의 여지가 없다. 이 일기들은 현대 문학의 연대기에서 유일무이해 보이는 광범위한 재평가를 유발시켰다. 옛날 그대로인 것은 아무것도 없다. 우리는 이제 고통과 영광 속에 펼쳐졌던 토마스 만의 이중적 생활에 대해 훨씬 더 잘 이해할 수 있게 되었고, 그 결과 우리는 그의 작품을 다르게 읽게 되었다. 이제 우리 앞에 놓인 과제는 토마스 만의 작품을 읽는 새로운 해석 모델들, 즉 일기에서 드러난 고백과 위장 사이의 복

잡한 상호 작용을 전면에 내세우는 새로운 모델들을 세우는 것이다.〉[12]

이러한 이중적 시각 아래서는 여하히 대립되는 개념들도 서로 상충되지 않고 병존하며, 어떠한 경향도 절대적인 것이 될 수 없고, 염세주의와 과학성, 혁신적인 것과 보수적인 것, 신화와 심리학, 본능과 이성, 지성과 무의식, 신앙과 회의, 세계 시민주의와 민족의식 등이 포괄되어 있다. 결국 토마스 만은 19세기 전체를 〈이중적 시각〉에 비추어 보아서 스스로 허다한 모순을 지닌 이 시대를 단일화시키지 않게 파악한 것이다.

따라서 토마스 만 작품의 연구에서 필수적인 요소 중 하나는 그의 변증법적 인식과 의식으로 설정해 놓은 비밀이나 진실의 세계에 접근하는 데 있다. 즉 토마스 만의 역설적 방법에 대한 규명은 그의 문학 현상 전반을 거시적으로 조명하는 데, 혹은 개별 작품을 미시적으로 해명하는 데 있는 것이다. 예를 들어 토마스 만의 『파우스트 박사』에서 악마는 문화적·미학적 관점에서 보면 비합리적인 힘의 분출을 옹호하지만, 동시에 정체되어 있는 창조력의 발산과 경직된 시민 문화를 깨고 나올 것 등도 주장한다. 〈우리를 체험하게 해주는 것은 원시적인 것, 태곳적인 것, 이미 오랫동안 시험되지 않았던 그런 것이지. 무엇이고 참되고 오래된, 원초적인 열광이 무엇이며, 비판, 맥 빠진 이성, 질식시키는 오성의 통제 등에 전혀 빠져들지 않는 열광이 무엇인지, 성스러운 황홀함이 무엇인지를 오늘날 알고 있는 사람이 누가 있겠는가?〉(DF 316)

이러한 토마스 만의 이중적 시각의 사상으로 『파우스트 박사』에서 먼저 〈선한 독일〉(GW 11, 1146)과 〈악한 독일〉(GW 11, 1146)의 관계가 문제가 되고 있다. 이 작품에서 작곡 「파우스트 박사의 비탄」의 핵심 주제인 〈나는 선하고 악한 그리스도로 죽는다〉(DF 646)의 말처럼, 토마스 만은 무서운 진실, 즉 악한 독일은 선한 독일과 분리될 수 없으며, 이 두 독일의 양면성과 자신이 일치해야 한다고 『독일과 독일인』에서 다음과 같이 고백하고 있다. 〈독일의 불행은 결국 인간 비극의 전형이다. 독일이 절실히 필요한 자비심은 우리 모두가 필요하다.〉(GW 11, 1148)

이러한 것들이 후에 레버퀸Adrian Leberkühn의 작곡에 중요한 역할을 하게 된다. 실제로 그의 후기 음악은 강렬한 표현력에도 불구하고 그 어떤 규정적 도식도 허용하지 않으며, 의미와 표현 사이의 분열을 목표로 하고 있다. 거기서는 전통적인 의미의 연관들이 무너지고, 상위(相違), 불일치, 혼란 등 기존의 예술에서는 억압되고 배제되었던 요소들이 미학적으로 재편입되고 있다. 여기에서 볼 때, 악마는 단순히 부정의 원리가 아니라 억압되고 배척되었던 〈타자〉의 상징으로 볼 수 있다. 즉 계몽주의 이래 서구 이성이 억압하고, 그 존재를 부정했던 힘, 이성의 법칙으로 설명되지도 수렴되지도 않는 힘의 부활과 복원을 의미하는 것이 된다. 이렇게 볼 때, 악마의 기능은 미학적인 원리이기도 하다. 악마는 합리성을 넘어서는 원칙에 대한 상징으로서 단순히 이성에 대항하는 힘일 뿐만 아니라, 경계 넘기라는 원칙을 대변한다고 할 수 있다.[13]

이는 괴테의 『파우스트』에서 본래의 악의 역할뿐 아니라 미학적인 역할도 하는 악마인 메피스토펠레스와도 유사하다. 우선 『파우스트』에서 메피스토펠레스는 〈하느님의 하인 *Gottes Gesinde*〉(274행)으로 등장한다. 따라서 메피스토펠레스는 악마인데도 하느님에 대한 맡은 분야가 있다. 『파우스트』 처음에 라파엘, 미하엘, 가브리엘의 3대 천사들이 빛의 힘을 나타내는 반면에, 메피스토펠레스는 어둠의 힘을 나타낸다. 그는 빛을 흐리게 하고 영원한 이념적인 것을 시간과 공간의 한계 속에 제한하는 정령 *Geist*으로서, 그의 활동 및 체험 범위는 신적인 대우주에서 벗어나 인간적인 소우주와 지상의 물질세계에 연관되어 있다. 따라서 메피스토펠레스는 인간의 신적 존재 가치를 부정하고, 오히려 인간이 이성을 오직 동물적으로 되는 데에만 사용하기 때문에 불행하고 비극적이라고 주장한다. 그의 주장에 의하면, 인간은 신으로부터 받은 이성 때문에 자연 이상의 존재가 되지만, 이런 점에서 〈가장 행복하고 가장 불행한 피조물〉인 것이다. 따라서 메피스토펠레스는 파우스트를 〈인간의 최고의 힘인/이성과 학문을 무시하는〉(1851행 이하) 방향으로 이끌어 자살까지 생각했던 파우스트의 스트레스를 해소해 준다.

이러한 이중적 시각의 영향을 받아서인지 토마스 만의 언어는 이의적(二義的)인 경우가 많다. 어떤 말은 그전의 다른 어떤 말을 부정하지 않더라도 거기에 대립되는 경우가 있다. 모든 발언이 피상적으로만 절대적인 것으로 나타날 뿐 실제로는 항상 그 전후의 발언을 통해 표현되기 때문이다. 결국 언어는 사상의 유동적 과정을 응결(凝結)시킴으로써, 아무리 그것이 다른 사람에게는 관례적으로 수긍되더라도 본래의 것과는 다르고 거짓일 수밖에 없다. 이는 데리다 Jacques Derrida의 사후성(事後性, *Nachträglichkeit*) 논리를 의미하는데, 일반적으로 우리는 생각하는 주체*cogito*를 인간의 가장 보편적인 지표로 인정하며 생물학적 기원의 동질성 속에서 인간을 사고한다. 따라서 기호는 역사 문화 언어적 한계가 없는 것처럼 사용되고 있다. 그러나 하이데거는 이러한 데리다의 사후성 논리와 대립되고 있다. 하이데거는 언어가 존재의 본질을 명명하기에 적합한 유일한 단어를 찾아야 한다고 주장했다.[14] 즉 존재 사고의 목적은 존재자의 본질에 상응하는 유일한 본래의 단어에 도달하는 것이다. 하지만 데리다는 존재의 진리에 대한 이러한 사고를 중지해야 한다고 말했는데, 이는 아직 언어가 존재와 존재자의 차이를 규정할 수 없다는 사고인 〈차연*différance*〉[15]의 가능성을 열어 두기 위함이다.[16] 데리다는 주체가 차이의 체계와 차이의 움직임에 의존한다고 말했으며, 나아가 주체가 차연 이전에는 현전할 수도, 스스로 존재할 수도 없다고 주장하였다.[17]

데리다의 이론에 의하면, 역설적인 것의 의미란 그것이 말로 표현될 수 있는 정도 내에서 성립되어야 하지, 그렇지 못하다면 아무것도 아니라는 사실로, 이와 유사한 내용이 토마스 만의 『요셉과 그의 형제들』에서 잘 암시되고 있다. 〈어떤 물체가 현존한다고 하면, 인간이 언어로써 그것에 생명을 주고 이름을 붙여 불렀을 때에야 비로소 그것은 현실 속에서 사실상으로 존재하는 것이다.〉(GW 4, 412)

이렇게 〈이름〉이 존재의 배경을 지닌다는 내용이 토마스 만의 「트리스탄」에서 클뢰터얀 부인의 이름의 동기에서 암시되고 있다. 어느 날 기이한 작가 슈피넬이 〈부인의 원래 이름은 무엇입니까?〉라고 그녀의 이름에 대해 묻는다. 이에 대해 그녀가 〈제 이름은 클뢰터얀이잖아요, 슈피넬 씨!〉라고 응답하자, 〈예, 그것은 알고 있습니다. 하지만 저는 그것을 인정할 수 없습니다. 제가 말하는 것은 당연히 당신의 원래 이름, 부인께서 결혼하기 전에 가졌던 이름입니다. 부인, 당신은 공정한 생각을 갖고 계실 것이며, 당신을 《클뢰터얀 부인》이라고 부르려는 사람 따위는 회초리를 맞아야 된다고 생각하실 것입니다.〉(GW 8, 253) 〈아니, 당치도 않은 소리, 슈피넬 씨! 회초리라뇨? 클뢰터얀이란 이름이 그렇게 싫으세요?〉〈그렇습니다, 부인. 맨 처음 들을 때부터 저는 그 이름을 마음속에서부터 싫어했습니다. 그것은 우스꽝스럽고 견딜 수 없이 싫은 이름입니다. 당신 남편의 이름을 당신이 사용하는 관습을 그렇게까지 따르는 것은 야만적이요 비겁한 일입니다.〉〈그러면 에크호프

는 어때요? 에크호프가 더 아름다운가요? 제 아버지의 이름이 에크호프지요.〉
〈아, 보십시오! 에크호프라면 완전히 다르지요! 에크호프라는 위대한 배우가 있을
정도이니까요. 에크호프는 합격입니다.〉(GW 8, 253) 두 사람의 대화에서 이름이
거론되는 것은 의미심장하다. 가브리엘의 이름은 〈에크호프〉에서 〈클뢰터얀〉이 되
었고, 지금은 슈피넬에 의해 지난날의 이름 〈에크호프〉가 다시 환기되고 있다.

이렇게 이름이 존재의 근거를 갖는데, 이 같은 동기가 「베네치아에서 죽음」에서
주인공 아셴바흐가 폴란드의 미소년 타치오Tadzio의 이름을 확인하는 장면에서
도 암시되고 있다. 아셴바흐가 타치오의 이름을 알아맞히려고 숙고를 할 때, 대강
아드지오Adgio라고 불리는 어떤 이름인가를 추측하고 규명하는 일은 진지한 사
람에게는 적절하고도 완전히 메우는 과업이고 일감이라고 생각했다.(TiV 478)
〈아셴바흐는 Adgio 혹은 가끔 그 외에 이름을 부르면서 확대되는 u 끝소리를 가지
는 Adgiu 같은 멜로디가 붙은 두 철 이외에는 더 자세한 것은 알 수 없이 일종의
호기심을 가지고 귀를 기울였다. 그는 이 음을 좋아했고 듣기 좋은 소리에서 이 이
름은 대상에 적합하다고 생각했으며 조용히 이 이름을 반복했다. 대강 Adgio라고
들리는 이 이름은 무슨 이름인가 추측하고 규명하는 것은 신중한 사람에 적절하고
도 완전히 메우는 과업이고 일감이라고 생각했다. 몇몇 폴란드인의 회상 덕택으로
Tadeusz의 약자인데, 부르는 소리에서 Tadzu로 소리 내면서 Tadzio를 뜻함이 분
명하다고 생각했다.〉(TiV 476 ff.) 라캉Jacques Lacan의 논리에 따르면, 이름은
단지 언어적 기표일 뿐 아니라 주체에게 다른 사람들과의 관계를 표상해 주는 역할
을 한다. 결국 이름은 인간 주체와 밀접한 관련을 맺고 있는 핵심적 기표인 것이
다.[18] 이렇게 이름이 주체성을 나타내는 내용이 괴테의 『파우스트』에도 언급되고 있
다. 〈그것으로 그대의 심장을 가득 채워요./그것이 아무리 크다 해도,/그래서 그대
의 감정이 지극히 행복할 때/그대가 원하는 대로 이름을 붙이지요./행복, 진정, 사
랑 또는 신 등으로!/그것을 뭐라고 불렀으면 좋을지 모르겠소.〉(3451행 이하)

절대적인 것을 나타내는 것은 불가능하다. 예술에서의 직접적인 표현은 형상화
를 통해서만 가능한바, 이 형상화의 매개체인 선, 색채, 문자, 소리 등은 모두 감각
적인 질료들이고, 이러한 매개체를 통한 형상화는 필연적으로 절대적인 것의 절대
상실이라는 결과를 초래한다. 초감각성, 초월성을 본성으로 하는 절대적인 것이

현실화되기 위해서는 감각적이며 형이상학적인 현실과의 타협이 반드시 전제되어야 하는데, 이러한 타협은 절대적인 것의 상대화에 이른다. 다시 말해서 절대적 자아는 현실의 제한과 타협하여 상대적 자아로 전락하여야 한다.

다시 본론인 이의성으로 돌아가자. 이의적 성격은 비단 토마스 만의 사고방식뿐만 아니라 그의 인생관으로까지 발전했는데, 〈저는 균형의 인간입니다. 배가 오른쪽으로 전복될 우려가 있을 때는 저는 본능적으로 왼쪽으로 기댑니다〉[19]라는 토마스 만의 고백이 이를 뒷받침해 주고, 또 제2차 세계 대전 후에 그가 취한 입장이 그것을 입증해 준다. 이미 제2차 세계 대전 동안 미국뿐만 아니라 유럽에서도 사회적·정치적으로 영향력 있는 인물로 인정된 토마스 만은 소위 동서 냉전 시대에 직면하여 자신이 〈정치적으로 교만스럽게 보이게 되는 위험을 최대한으로 억제하면서, 적대 관계에 있는 양 진영 사이에서 서로에게 좋은 조건을 시도〉(GW 12, 967)하는 도덕적 중립자의 역할을 하고자 한 것이다. 결국 토마스 만은 사회주의의 기본 이념인 사회적 평등을 존중하였으나 현실의 공산주의에 대해서는 찬동하지 않아 구동독 정권에 대해서는 거부를 분명히 했다. 그래서 그는 제2차 세계 대전이 끝나자 스위스 취리히로 돌아가 분단된 독일의 어느 한쪽도 택하지 않고, 〈동〉도 〈서〉도 아닌 전체로서의 독일을 재현한 내용에서 그의 정치적 사상의 이중적 시각이 암시된다.

이러한 지리적 이의성이 작품에도 자주 반영되고 있다. 아시아는 「베네치아에서 죽음」의 베네치아에서 한창 위력을 떨치는 콜레라의 근원지로 묘사되고 있다. 아센바흐에게 베네치아에 만연하고 있는 콜레라에 관해 털어놓는 영국인 여행사 직원에 따르면, 이 콜레라는 〈인도의 갠지스 강 삼각주의 더운 늪지대에서 생겨나 대나무 숲 속에 호랑이가 웅크리고 있는 울창하고 쓸모없는 [……] 원시 세계와 섬의 황무지에서 나오는 독기 서린 숨결을 타고 높이 올라갔다는 것이다〉.(TiV 512) 이 내용을 보면 이성을 대변하는 유럽과, 정체와 죽음으로 대변되는 아시아의 중간인 베네치아에 이중적 정신이 자리 잡고 있다. 이렇게 토마스 만은 종종 동양과 서양을 대비시키는 경우가 많다. 가령 『마의 산』에서 세템브리니와 나프타가 이성, 자유, 진보 등 서양적 이념의 대변자로서 카스토르프의 지적인 면을 갈구할 때, 여기에 상응하여 〈동양과 병〉(Zb 697)의 관계로 암시되는 동방을 대표하는 인물로 러

118

시아의 쇼샤 부인과 자바 출신의 네덜란드인 페퍼코른이 등장한다. 토마스 만은 일찍이 고대 동방에 대한 지식을 서서히 습득하여 그 지식을 『마의 산』에 〈실제로 일어난 것처럼〉(GW 11, 655) 서술하고 싶었는데, 이것이 쇼샤 부인과 페퍼코른에게 투영되고 있다.

　이러한 이중 구조가 작품 흐름의 주를 이루는 토마스 만의 문학은 내면적 무한성의 표현이다. 이러한 내적 사건에 토마스 만은 다차원성을 전개시켜 그의 작품은 매우 복잡하며, 이 때문에 그의 작품에서 일의적 해설 또는 명료성은 불가능하다. 그런데 이러한 명료성의 불가능을 문학의 본질로 볼 수 있다. 모든 것은 명료하지 않으면 안 된다는 강박증이 있다. 이는 모든 문제에는 분명한 답이 있어야 한다는 믿음이다. 나의 앎과 믿음에 종속되지 않는 세계가 있다는 것을 견디지 못하는 총명함이 있다. 명료함의 유혹을 뿌리치지 못하는 사람들은 망설임 없이 시비를 가르고 쾌도난마로 상황을 정리한다. 겸허함을 잃은 지식과 신념은 반성하지 않는다. 하지만 문학은 그 명료함을 견디지 못한다. 돌아보지 않는 지식과 신념은 언제나 폭력과 독단으로 변질되기 때문이다. 문학에 있어 세상은 늘 흐릿하고 불확실하다.

　문학에서 이러한 명료성의 불가능의 해결로 독특한 미학적 · 존재론적 범주를 찾아내지 않으면 안 된다. 〈하나의 해석에 가능한 많은 관찰 방법이 고려될수록 더 적절하다. 비록 그 관점이 소설 속에 구상되어 있는 한 가지 사정에만 적당하더라도, 한 소설이 오직 하나의 유력한 관점에 일방적으로 확정되면 그 해석은 불충분하다.〉[20] 따라서 토마스 만의 소설은 이의적 형식을 담고 있어 관찰하는 각도 여하에 따라 이의적 해석의 가능성을 제시한다. 이렇게 〈토마스 만이 현실을 이중성으로 파악하는〉[21] 내용이 『마의 산』에서 의사 베렌스의 〈눈에 보이지 않는 사물의 모습까지도 함께 그릴 수 있다〉(Zb 361)는 언급에 암시되어 있다. 모든 것이 이의성이기 때문에 〈반어 *Ironie*적인 예술가는 다층적으로 현실을 재현해야 하는 것이다〉.[22] 이러한 특성은 사실과 허구를 구별할 수 없으리만큼 뒤섞어 놓는 토마스 만의 독특한 서술 방식을 만들어 현실과 허구가 교차되는 이의적인 해석을 발생시키는 것이다.[23]

　이러한 결과에서 토마스 만의 소설을 일의적(一義的)으로만 다루면 곤경에 처하게 된다. 이러한 사실은 토마스 만이 소설 전체와 관련해서뿐만 아니라, 소설의 각 장이나 부분적으로 서술된 내용에서 일의적인 표현을 피하여 분명히 규정할 수 있는 대상을 이의적인 것으로 옮겨 놓은 결과이다. 이렇게 이의적이기 때문에 내용 파악이 어렵지만, 또 한편으로 토마스 만의 산문이 독자에게 매력을 주기도 하는데, 이는 모든 관계의 총체, 가능한 많은 관점이 한 표현 형식 속에 들어 있기 때문이다. 독자가 작가의 이러한 의도를 인지하고, 인용을 검증하고, 표면에 나타나 있는 어떤 역할의 상징으로서의 가치를 확인하고, 구조의 모든 관련을 바르게 이해하기 위해서는 다양한 교양이 필요하다. 그리고 세밀한 독자라면 서술 내용의 일의성을 이의적인 것으로 용해시키는 작가의 노력에 또 다른 의도가 곁들여 있음을 알게 된다. 즉 그것은 모든 것을 관련지으려는 의도이다. 따라서 토마스 만은 〈관련이 전부다. 만일 그것을 좀 더 자세한 명칭으로 부르려 한다면 그것은 이의성〉(DF 66)이라고 말하고 있다.

이러한 이의성은 초기의 장편 소설인 『부덴브로크 일가』에서부터 암시되고 있다. 이 작품에서 과거 독일의 긍지적 가치를 지닌 부덴브로크 일가는 오늘날에도 새로운 독일의 개혁과 부흥의 원천이 되고 있으며, 미래에도 영광스러운 전통의 계승이 될 긍정적 시민적 문화를 나타내고 있다. 이와는 반대로 하겐슈트룀가(家)는 퇴폐적인 신흥 부르주아인 부정적 시민 계급을 보여 주고 있다. 사실 괴테가 자서전 『시와 진실 Dichtung und Wahrheit』에서 자신의 성장을 당시 독일 시민 계급의 자기 각성으로 나타내듯이, 토마스 만도 시민 계급의 대표자로서의 괴테를 본받고 있다.[24] 결국 토마스 만 작품 속의 예술가들은 예외 없이 부덴브로크 일가와 하겐슈트룀 일가로 이분화되어 시민성과 예술성이라는 두 대립된 세계에서 살아간다. 즉 이들은 시민성과 예술성이라는 〈차이〉를 유지하면서 이의(二儀)적으로 살아가고 있는 것이다.

그런데 오늘날 〈차이〉의 개념은 상대와의 다름을 인정하는 말로 개인의 무조건적인 자유를 강조하는 냉소주의의 상투어로 전락한 감도 있다. 따라서 이러한 〈동일성〉과 〈차이〉의 철학적 관계의 고찰이 필요하다. 동일성의 철학은 플라톤 이래 이성적 합리성을 추구해 온 서양의 주류 사상에 대한 이름이다. 플라톤은 관념 혹은 보편의 세계인 이데아와 감각적으로 인식되는 경험계를 이원화시켰다. 이러한 이데아의 구체적인 이해를 위해 궤변론자로 번역되는 〈소피스트sophist〉와 연관시켜 〈이데아〉를 도출해 보자. 플라톤에게 소피스트는 〈가짜 지식인〉, 〈가짜 철학자〉였다. 문제는 그들이 대단한 지식과 논변으로 진짜처럼 보이는 외관을 하고 있었다는 점이다. 그리스 후기의 혼탁한 시대에 가짜들이 진짜 행세를 하고 다녔던 것이다. 어떻게 진짜와 가짜를 구별할 수 있을 것인가. 거기서 플라톤은 가짜와 구별되는 〈영원한 진짜〉를 상정하게 된다. 이 〈영원한 진짜〉인 참된 실재가 이데아다. 정치가를 예로 들어 설명하면 좀 더 이해하기 쉽다. 수없이 많은 가짜 정치가들 사이에서 진짜 정치가를 어떻게 식별할 수 있을 것인가. 플라톤은 정치가의 이데아, 곧 참된 정치가의 형상이 따로 있으며 현실의 정치가는 그 이데아를 나누어 가지고 있다고 보았다. 따라서 이데아를 적게 나눠 가질수록 저급한 정치가이며, 많이 가질수록 훌륭한 정치가가 된다. 그 이데아의 관점에서 보면 현실은 이데아의 모방·모사인데 그것이 바로 〈시뮬라크르simularcre〉다. 소피스트들은 철학자의 외관만 갖춘 가짜가 된다. 플라톤은 여기서 시뮬라크르를 기각하고 이데아를 참된 존재, 곧 실재로 삼았다. 간단히 말해 감정과 격정을 이성에 대한 위협으로 본 것이다. 그 플라톤주의 이분법이 2천 년 서양 철학사를 규정했다.

이러한 플라톤의 영향을 받아 이성적 합리성을 추구해 온 서양 사상은 동일성의 철학을 발전시켰다. 전통 서양 철학은 이성적 판단의 능력을 옹호하고 극대화하려고 노력했으며, 현대의 과학과 기술 그리고 정치 경제학 등은 이런 노력이 가져온 역사적 귀결이다. 이성적 사유는 감성적 사유를 초월하려는 의지로 시공간적 제약 때문에 일어나는 우연한 차이를 배제하고, 주관적 선입견으로 생겨나는 특수한 관점을 넘어 보편적이고 필연적인 진리를 향한다.

이러한 이성과 감성의 관계가 토마스 만의 작품에서도 이원적으로 묘사되고 있다. 토마스 만은 1915년 8월 아만P. Amann에게 보낸 편지에서 『마의 산』이 〈휴머니즘과 낭만주의, 진보와 반동, 건강과 병이라는 정신적 대립들을 통해 희극적이고 끔찍한 방식으로〉[25] 진행될 것이라고 말하고 있다. 토마스 만은 『마의 산』을 통해 초기 작품 이래 자신을 지배하고 있던 삶의 이원성 문제를 첨예하게 다루는데, 이를 위해 상이한 입장을 대표하는 세템브리니와 나프타, 〈두 명의 익살스러운 교육자〉(GW 7, 424)를 설정하고 있다. 카스토르프에게 영향을 미치는 세템브리니는 서양 세계에서 진보주의의 옹호자이고, 나프타의 이념은 혁명적 급진주의를 대변하여 서로 도덕적 차이로써 대조를 보인다. 그러나 결국 이 도덕의 대립은 쇼샤 부인의 정열 앞에 무너진다. 세템브리니나 나프타의 도덕 이론, 질서와 합리성 자체 등의 〈이성〉이 쇼샤 부인의 정열인 〈감성〉 앞에 무기력해지는 것이다.

『마의 산』에서 쇼샤 부인은 동양적이며, 남성적인 여성 성격으로, 또 방종하고 해방된 면모 등으로 〈거부와 매혹의 혼합물〉[26]로 묘사되지만, 이로 인해 그녀의 존재는 역설적으로 더 아름답게 작용하고 있다. 즉 이성을 압도하는 쇼샤 부인에게서 〈이성과 감성〉의 역설적인 이의성이 적나라하게 나타나고 있다. 결국 죽음과 사랑의 복합적 구성, 세템브리니와 나프타의 열띤 서구 사상의 논쟁과 러시아 여인 쇼샤 부인의 등장으로 암시되는 동양의 모티프의 대립 등 〈이성〉과 〈감성〉의 여러 가지 문제들이 서로 대립하면서 항상 수동적 입장을 취하는 주인공 카스토르프를 통해 용해되어 측정된다.

전통 서양 철학은 이성적 판단의 능력을 옹호하고 극대화하는 노력 속에서 탄생했다. 라이프니츠, 칸트의 영향에 있던 시대에서 이성은 일반적으로 물질적 조건과 제한을 초월해 이념과 이상을 스스로 형성하는 정신적 능력이었다. 괴테는 이성의 이론적 측면 외에도 〈실제 이성 *praktische Vernunft*〉의 윤리적 측면을 강조하고 〈인내·희망·신앙 등 모든 미덕을 실제로 실천된 이성〉으로 보았다. 이성적 사유는 감성적 사유를 초월하려는 의지이자 추상적인 것을 열망하는 태도이다. 시공간적 제약 때문에 일어나는 우연한 차이를 배제하고, 주관적 선입견 때문에 일어나는 특수한 관점을 넘어 보편적이고 필연적인 진리를 향하는 것이 이성적 사유로, 이것은 언제 어디서나 동일하게 반복되는 진리를 찾는다.

일상적인 삶이나 정치적인 삶에서 겪는 어려움은 다른 사람들이 나와 다르다는 점을 이해하는 것이 아니라, 남들도 나와 같다는 점을 이해하는 일이다. 가장 큰 정치적 문제는 차이의 문제가 아니라 인류 전체의 근본적인 일체성, 즉 모든 인간의 평등이라는 문제가 핵심이다. 문화적 차이들이 다양한 물결을 이루지만, 그 안에는 인류의 근본적인 일체성이 함축돼 있는 것이다.

결국 차이의 철학은 서양 전통 철학의 내재적 한계와 역사적 실효성을 고발하면서 나온 사조로 니체에서 연유하고, 구조주의 전후의 프랑스 철학자들에 의해 가장 완벽하게 표현된 바 있어 통속적으로 포스트모더니즘이라 불린다. 니체는 〈차이는 미리 전제된 고정불변의 실체가 아니라 문제화 과정을 통해 생산되는 것이거나 생산 과정이라고 본 것〉이라고 해석했다. 〈동일성의 철학〉이 감성을 초월하는 이성적 합리성의의 추구라면, 현대 〈차이의 철학〉은 이성을 초과하는 질서에 대한 옹호이다. 차이의 철학은 문맥주의이자 관계의 철학이다. 실체·본질·동일성 등은 문맥의 산물이자 관계의 효과라는 것. 문맥이나 관계는 구성 요소들 간의 차이, 대조와 대립 등이 있을 때 비로소 성립된다고 본다.

이러한 차이성이 토마스 만의 예술가들에게서 〈시민성〉과 〈예술성〉의 두 대립된 세계로 나타나고 있다. 니체는 예술을 생의 고양과 힘의 감각으로, 또한 이것에 의해 인간을 실존적 단계로 높여 나가는 것으로 생각하여 예술에 대해 적극적인 평가를 하고 있다. 마찬가지로 하이데거도 예술이 생의 진리와 연결되어 있다고 보았다. 하이데거에 의하면, 예술은 현실적인 것의 모방이나 모사가 아니고, 인간 정신의 표출도 아니며, 오직 어떤 것이 그것으로서 존재하는 의미를 드러나게 하는 〈탁월한 방식〉이다. 그럼으로써 인간이 인간으로서 존재할 바탕과 터전, 곧 〈대지〉를 마련해 준다. 한마디로 말해서 〈사물들에게는 비로소 사물들 자신의 모습을 주고, 인간들에게는 비로소 그들 자신의 전망을 주는 것〉이 곧 예술이다. 그러나 예술가는 몰아적인 고양에 의해 현실로부터 이탈하게 된다. 조야(粗野)한 현실은 이것을 미적 현상으로 바라볼 때만 인간이 견뎌 낼 수 있는 것이 되고, 예술은 가혹한 존재의 진리로부터 인간을 도피시킨다.

「트리스탄」의 슈피넬처럼, 그리고 「베네치아에서 죽음」의 아센바흐처럼 철저하게 이의적으로 살아가며 예술을 옹호하는 유형이 있는가 하면, 「토니오 크뢰거」에서 발레 교사인 프랑수아 크나크처럼 시민 사회에서 예술의 일정한 기능을 유지하여 안주하며 살아가는 유형도 있다. 크뢰거는 예술성과 시민성 두 세계에서 모두 불편을 느끼는, 두 세계 어느 곳에서도 뿌리를 내리지 못하며 방황하는 인간 유형이다. 예를 들어 크뢰거는 시를 쓰면서도 언제나 한스나 잉게와 같은 시민 생활을 동경하는 이중적 시각의 인물로 삶과 예술의 두 세계에서 우왕좌왕하고 있다. 예술적인 혈통을 가진 크뢰거는 시를 쓰는 일에 감정을 상하는 일상적인 시민들을 〈어리석고 야비하다〉(TK 274)고 여기지만, 시민의 혈통도 지니고 있는 그는 〈시를 쓰는 일은 탈선이고 그릇된 일〉(TK 274)이라고 느끼기도 하여 이의성을 보인다. 따라서 그는 〈시를 쓰는 일을 이상스럽다고 여기는 사람들도 어느 정도 옳다고 여겼다〉.(TK 274) 이렇게 크뢰거는 시를 그만둘 수 없지만, 한편 시민 생활을 잊을 수도 없어, 어느 한쪽이 옳다고 단정을 내리지 못한다. 따라서 그는 한쪽을 택일하려는 것이 아니라 양쪽을 다 한 몸에 지닐 수 없는 데서 고민한다. 그의 말대로 시민과 예술가의 〈두 세계에 양발을 딛고 있지만, 어느 한쪽에서도 편안함을 느끼지 못하는 것이다〉.(TK 274)

물론 여기에 토마스 만 자신의 초기의 정신적 좌표가 반영되기도 한다. 즉 한쪽에서는 시민적인 〈삶〉이 밝고 기운찬 목소리로 〈활동〉과 〈의무〉의 장으로 들어오라 부르고 있고, 다른 쪽에서는 예술이 마적인 손짓을 하고 있다. 이렇게 삶과 정신 사이에는 중재자가 필요할 만큼 모순적 갈등이 존재한다. 그 모순적 갈등은 필연적으로 곤경을 빚어내고, 그러한 곤경으로부터 일종의 우월성을 도출해 내는 것이 토마스 만의 반어성, 즉 이의성이라고 할 수 있다. 이렇게 삶과 정신, 생활과 예술의 〈중간적 위치〉에 있는 이의적 작가 토마스 만은 두 세계에 다 애정을 느끼고 있으면서도, 두 세계에 다 거리를 취하는 성격으로 다음의 내용이 이를 잘 암시하고 있다. 〈예술의 사명은 정신과 삶 사이의 중간적 위치 및 중재자적 위치를 견지하는 데 있다. 여기에 반어성의 원천이 있는 것이다.〉(GW 12, 571) 그래서 반대되는 명제에 거리를 둠으로써 높은 차원의 객관성을 가지는 〈서사적 반어성 epische Ironie〉이 생겨난다.

그러면 토마스 만의 초기 단편 「키 작은 프리데만Der kleine Herr Friedemann」과 『대공 전하Königliche Hoheit』 등과 기타 여러 장편들에서의 대립적 관계를 예로 들어 토마스 만의 이중적 시각을 자세히 고찰해 보자. 토마스 만은 1905년에 결혼하여 고독의 세계에서 안정된 생활로 들어갔지만, 그 이전의 독신 시절에 그에게 여성은 이중의 정열, 즉 동경과 공포의 대상이었다는 내용이 작품 「어릿광대」외에 「키 작은 프리데만」에도 잘 나타나 있다. 이 단편 속의 프리데만은 도시의 상류 계급 출신이지만, 어렸을 때 유모의 실수로 꼽추가 되어 나이 30세가 된 오늘날까지 독신으로 살고 있다. 그는 16세 때 어느 소녀와 연애를 했지만 어느 날 그녀와 그의 친구가 키스하고 있는 모습을 보고는 진정한 의미의 향락주의자가 되기로 굳은 맹세를 한다. 최소한의 사교, 독서와 바이올린 연주, 산책과 연극 관람 등 마음의 안정을 찾기 위한 교양 생활을 계속하리라 생각하던 차에, 어느 날 새로 부임한 이 도시의 위수 사령관의 부인 게르다를 본 이후부터 프리데만의 마음의 평안은 흔들리기 시작한다. 그가 게르다의 성적 매력에 끌려가는 양상을 토마스 만은 거미줄에 걸린 벌레가 점점 끌려가는 듯한 정밀한 묘사로 그려 내고 있다. 프리데만의 억제하고 있던 무의식적 저항이 갑자기 분출되어 그는 게르다 부인에게 사랑을 고백한다. 그런데 그동안 불구자에 대한 단순한 동정심으로 그에게 친절하게 대해 주었던 게르다 부인은 그의 사랑을 받아 주지 않고 떠나 버린다. 그러자 프리데만은 자기혐오를 실감하여 발작적으로 가까운 냇물에 투신자살한다.

〈이중적 시각〉의 작가인 토마스 만은 이렇듯 삶의 의지가 약해서 자살하는 프리데만과 대립되는 모티프를 전개시킨다. 프리데만의 성격과 다른 타입의 인물로 『대공 전하』에서 왕자의 가정 교사로 등장하는 위버바인Überbein 박사를 들 수 있다. 위버바인은 〈출생의 불행〉(GW 2, 234)으로 지칭되는 것처럼 불행한 과거를 지니고 있다. 일찍이 아버지를 여의고 극빈한 유년 시대를 보냈으며, 그가 연모해 마지않았던 상류 계급 여인과의 결혼도 단념하지 않으면 안 되었다. 이렇게 그는 삶에서 소외되어 자기 존재에 자명한 의미와 소박한 기쁨을 향유할 수 없었다. 그러나 그는 허무함에 직면하지만 그대로 지탱해 나간다. 그는 〈가련한 청춘, 고독, 행복과의 단절〉(GW 2, 234)을 자신에게 부과된 조건으로 생각하고, 일할 필요성도 없이 매일 아침 시가에 불을 붙이는 무리들의 행복한 생활에 경멸을 보내며 오로지 학문에 전념하여 가난한 집안의 자제로서는 파격적인 출세를 하여, 자신의 불행을 극복하지 못하고 자살하는 프리데만과 대조를 이룬다. 따라서 프리데만과 위버바인은 〈이중적 시각〉 관계의 인물이다.

『부덴브로크 일가』에서도 주인공 토마스 부덴브로크는 일상생활의 일을 수행해 나가는 데 극도의 신중성과 정신력을 필요로 하며, 조그마한 일을 결정할 때조차도 세심한 주의력과 결단을 필요로 하여 기진맥진하지만, 초지일관 퇴폐의 병을 끝내 참고 이겨 나간다. 이러한 내용은 〈토마스 부덴브로크의 생활은 〔……〕 현대의 영웅 생활이다〉(Bd 87)라는 말과 〈나에게 영웅 정신이라는 것은 하나의 《그럼에도 불구하고》라는 정신이며 극복된 취약성이다〉(Bd 63)라는 내용의 비교에서 인식될 수 있다. 이러한 〈그럼에도 불구하고〉(Bd 63)의 사상이 「베네치아에서 죽음」에서는 아셴바흐의 지론이 되고 있다. 거의 모든 위대한 것은 〈그럼에도 불구하고 존재한다는 것, 근심과 고통, 가난, 버려짐, 육체적 허약, 악덕, 열정과 수천의 장애들에도 불구하고 이루어졌다는 것〉(TiV 452)이 아셴바흐의 지론이었는데, 이러한 이중성은 〈그의 삶과 명성의 공식이요, 그의 작품을 이해하는 열쇠〉(TiV 453)이기도 하다.

또 1905년경의 작품 「피오렌차Fiorenza」나 「산고의 시간Schwere Stunde」의 주인공들도 자질 부족이나 신체의 허약함을 의지와 노력과 끈기로 극복하여 위대하게 되려고 하는 인물이라는 점에서, 위버바인과 공통점이 있고 프리데만과는 대립을 이룬다. 「피오렌차」에서 〈장애야말로 의지의 가장 좋은 친구〉(GW 8, 1063)란 언급처럼, 안일과 사치에만 흐르는 부(富)는 신경과민과 정력의 소모를 가져온다는 것과, 향락만을 추구하는 생활은 비창조적으로 되지 않을 수 없다는 것을 토마스 만은 강조하고 있다. 『대공 전하』의 클라우스 하인리히 역시 불구의 몸에도 불구하고 군주로서의 역할을 다하고, 여성의 사랑을 얻는 이야기라는 점에서 위버바인과 같은 계열의 주인공에 속한다. 그리고 「베네치아에서 죽음」의 아셴바흐 역시 이들 계열에 속하는데, 다음의 언급이 이 내용을 잘 보여 주고 있다. 〈그가 자기의 재능이 부과한 여러 가지 사명을 연약한 어깨에 걸머지고 멀리 길을 가지 않으면 안 되었으므로, 그는 극도로 규율을 필요로 하였다.〉(TiV 452) 이 작품의 또 다른 곳에서는 이에 관해 다음과 같이 언급되어 있다. 〈구스타프 아셴바흐는 그와 같은 모든 피로의 극한에 서서 일하고 있는 사람들, 너무나 무거운 짐을 지고 있는 사람들, 벌써 기진맥진한 사람들, 그러나 아직도 꼿꼿하게 서 있는 사람들, 그리고 체격이 빈약하여 힘도 부족하면서도 의지와 황홀과 현명한 관리를 통하여 최소한 잠시 동안의 위대한 작용들을 억지로 발휘하는 그 모든 업적의 모럴리스트들, 그런 모든 사람들을 묘사하는 작가였다.〉(TiV 453 f.)

또 아셴바흐의 작품 『프리드리히』의 주인공 프리드리히도 고뇌하면서 극복해 가는 동기를 담고 있다. 〈그(아셴바흐)가 가장 좋아하는 모토는 《참아 가자 durchhalten》였다. 그는 자기의 소설 『프리드리히』 속에서 그 명령적인 모토의 성화(聖化) 이외에 아무것도 보지 않았다. 그것은 그에게 고뇌하면서 활동하는 미덕의 진수를 보였다.〉(TiV 451) 이와 같이 허약성을 위대한 의지로 극복하는 것[27]으로 프로이센의 프리드리히 대제가 묘사되어 있다면, 그것은 바로 토마스 부덴브로크의 후계자가 되는 것이다. 지성과 교양 그리고 도덕성을 고루 갖춘 인물인 아셴바흐는 현대 〈비극〉의 주인공으로서의 〈영웅적인〉 면모를, 나름대로의 〈위대성〉을 지니고 있다.

결국 토마스 만은 예술에 대해 도덕적인 혐의를 품었고, 도덕적으로 바람직한 모든 것은 전통적이고 충실한 규범적인 길을 걷는 시민 생활에 집중되어 있다고 생각했다. 그래서 그는 『어느 비정치적 인간의 고찰』에서 자기 존재의 근원을 추구할 때도, 그의 눈에 비친 것은 〈최선을 다하고 나서 명상에 잠겨 하늘의 도움이 있기까지 기다리는 조용한 예술가〉(GW 12, 113)였던 윤리적·정신적인, 엄격하면서도 온유한 뉘른베르크 시민풍의 뒤러Albrecht Dürer의 형태였다.

이러한 배경에서 「베네치아에서 죽음」의 주인공 아셴바흐의 성격에서 토마스 만의 양면성도 고찰해 볼 수 있다. 〈아셴바흐는 그의 조상과도 양면적인 관계에 있다. 이국적인 감정의 무절제에 사로잡힌 채〉(TiV 503) 넋 나간 사람처럼 타치오를 쫓아 미로 같은 베네치아의 골목길을 누비는 아셴바흐에게 반쯤 정신이 드는 순간들이 있는데, 이는 그가 엄격하고 점잖은 〈조상들〉(TiV 503)이 자신을 보고 뭐라고 할 것인지를 자조 섞인 웃음과 함께 자문할 때이다. 〈예술의 마력에 사로잡힌 삶〉(TiV 504)을 사는 아셴바흐는 건실한 삶을 살았던 선조들과 대비될 수밖에 없었다.[28] 역시 내면의 아름다움이 외적인 아름다움보다 훨씬 더 중요하다고 주장되는 순진한 사상과 달리, 동성애에 빠졌던 토마스 만은 의학 지식에 문화사적, 진화생물학적, 언어학적 그리고 뇌 과학적 내용이 더해져 육체적인 아름다움이 새로운 힘이 될 수도 있다는 것을 보여 주어, 시민성의 삶을 살았던 그의 선조들에 대비되었다. 따라서 토마스 만은 역시 논쟁적이며 또한 까다로운 질문을 던진다. 도대체 아름다움을 향한 광기는 왜 〈조상들〉(TiV 503)에게 양심의 가책을 느낄 정도로 나쁜 것인가?

「베네치아에서 죽음」에서 〈열정의 어릿광대 줄에 이끌려〉(TiV 520) 타치오를 뒤쫓던 아셴바흐는 어느 날 후미진 작은 광장의 수조 계단에 주저앉아 비극의 주인공, 몰락한 영웅의 모습을 하고 있다. 지고지순한 형식의 작품으로 〈집시의 정신과 우울한 깊이〉를 거부하고, 〈타락을 비난했던〉 이 기품 있는 〈대가*Meister*〉(TiV 521)이자 〈높이 상승한 자*der Hochgestiegene*〉(TiV 521)였던 아셴바흐는 자신이 거부하고 비난했던 타락의 심연으로 끝없이 추락하게 된다. 이러한 그의 모습은, 아름다움은 좋지만 아름다움에 대한 지나친 집착은 명백히 패배할 수밖에 없는 전투에 자진해서 나와 있는 강박 관념의 한 형태 같기도 하다. 결국 아셴바흐는 〈반대 방향〉으로 가는 길을 택하여 이중적 시각의 상태에 도달하게 되는 것이다. 지리적으로도 아셴바흐는 〈반대 방향〉[29]으로 가고 있다. 그가 꿈꾸는 풍경은 열대 습지, 〈태고의 황무지, 이국적인 꽃과 새들이 있는 곳, 대숲 사이에 웅크린 호랑이의 눈빛〉(TiV 447)이 번쩍이는 동양이다.

이렇게 반대 방향인 동양으로 향하는 아셴바흐처럼 『마의 산』에서 카스토르프도 반대 방향인 동양으로 향하고 있다. 『마의 산』에서 휴머니스트인 세템브리니는 카스토르프의 〈죽음과 병〉에 대한 형이상학적 호감을 〈아시아적인 것에 대한 각별한 호감〉(Zb 811)이라고 정치적으로 규정하며 그에게 마의 산을 떠나라고 제언한다. 세템브리니에 의하면, 유럽 근대 정신의 주인공으로 영웅이어야 할 카스토르프가 마의 산에서 아시아적 정신의 침윤을 받아 〈반영웅〉의 길을 가고 있다는 것이다. 〈유럽의 행복과 미래〉(Zb 714)를 위해, 즉 〈인류의 완성〉(Zb 712)을 위해 정진해야 할 유럽 청년은 〈동양과 서양 사이에서 결정〉(Zb 722)을 해야 하지만, 카스토르프는 유럽 세계의 반대편인 〈모험적 세계〉(Zb 542)에, 〈금지된 영역〉(Zb 434)인 아시아에 빠져든다. 그리고 인류의 이상적 모델, 모범적 인간상인 〈유럽인〉에서 점차 멀어진다. 인류의 역사를 책임져야 할 유럽 청년의 스승이고자 하는 세템브리니의 〈오로지 평지의 세계에서만 당신은 유럽인일 수 있습니다〉(Zb 345)라는 가르침 등에도 불구하고 카스토르프는 마의 산이라는 병자들의 세계에, 아시아적인 정신에 감염된 반휴머니즘의, 반진보의 세계에 빠져든다.[30] 토마스 만에게 20세기 초 유럽의 영혼이 끌렸던, 그리고 끌리고 있는 위험한 힘, 유럽의 건강한 영혼을 잠식하는 〈병〉은 아시아였다. 이와 같은 맥락에서 볼 때, 근대의 주인공(영웅)이어야 할 유럽 청년 카스토르프는 사랑해서는 안 될 여인 쇼샤에게, 즉 아시아적 원칙을 체현하는 러시아 여인 쇼샤에 빠져든다.

이렇게 「베네치아에서 죽음」과 『마의 산』의 주인공들이 마적인 것에 흘려 반대

방향으로 가는 데 비해,『파우스트 박사』에서는 주인공이 마적인 것에 홀려 과거로 회귀하고 있다. 이 작품에서 주인공 레버퀸은 반이성의 세계에 도취되어 〈한계 돌파〉인 〈태곳적인 것, 원시적인 것〉(DF 316)으로 나아간다. 이 작품에서 악마가 레버퀸에게 약속하는 〈미래〉는 〈과거〉를 나타내고, 〈진보〉가 아닌 〈회귀〉이다. 악마는 레버퀸이 불모(不毛)의 현재를 돌파하는 것을 〈문화의 시대〉(DF 324)를 극복하고 〈야만〉(DF 324)으로 돌아가는 것이라고 강조한다. 이것은 근대의 이념인 휴머니즘의 극복을, 즉 휴머니즘의 폐기를 의미하여 시민 시대인 근대로부터 전근대로의 회귀를 의미한다. 인류 역사의 마지막 장을 의미하는 〈순진무구의 상태〉가 무한한 인식의 상승을 통해 도달하게 되는 인류 역사의 역사 철학적 〈미래〉를 의미한다고 이해하는 레버퀸은 과거의 원시 상태로 향하는 것이다. 이것은 그의 대표작 중 하나인『형상의 묵시록(종말론)Apocalipsis cum figuris』에서 〈퇴보와 진보, 옛 것과 새로운 것, 그리고 과거와 미래가 하나로 되어 버리는 길〉(DF 494)의 이념으로 재현되고 있다. 이러한 맥락에서 그의 음악 이념은 〈새로움으로 가득 찬 되돌아가기〉(DF 494)이다. 레버퀸은 이 작품에서 자주 사용되는 〈글리산도(滑奏, Glissando)〉(DF 496)에 관심을 많이 기울이는데, 이 주법은 음악이 존재하기 이전의 원시 야만 상태의 흔적을 의미한다. 과거로의 회귀는 단순한 시간적 퇴보만을 의미하는 것이 아니다. 이 글리산도에서 〈반문화적인, 그야말로 반인간적인 악마성〉(DF 497)의 소리를 들어 레버퀸의 음악에는 반휴머니즘이 깃들어 있다.

「베네치아에서 죽음」에서도 발전과 현대라는 개념에서 벗어나 태고의 황무지 등으로 향하는 아셴바흐는 유럽과 아시아, 아폴론과 디오니소스, 빛과 어둠, 이성과 감각적 욕망, 규율과 방만 등의 이중적 구도를 보인다. 예를 들어 아셴바흐는 썩은 냄새를 풍기고 구역질이 날 정도로 무더운 베네치아에서 어떻게든 도망치려 하면서도, 느슨한 이 도시의 매력과 질병에 은밀히 관계하고 사랑하는 이중적 인간이다. 이러한 이중적 사상이『마의 산』에도 영향을 미쳐 이 작품의 구조적 특징은 이원론에 있다. 〈이원론, 반대의 명제, 그것이야말로 세계를 움직이는 열정적이며 변증법적인 지적 원리이다. 세계를 서로 상반된 두 개의 부분으로 분리하여 생각한다는 그 자체가 이미 정신이다.〉(Zb 520) 따라서『마의 산』에서 토마스 만 자신을 대체시키고 있는 주인공 카스토르프는 극단적 대치들의 중간적 위치를 차지하고 있다. 이 작품의 합리적 사상의 대표 격이라고 볼 수 있는 인물 세템브리니와 중세적 죽음의 신비주의를 대치하고 있는 나프타의 사상의 극단적 대립 구조, 여기에 러시아 여인 쇼샤 부인의 등장으로 암시되는 동양의 모티프, 이들의 중간적 위치에서 이러한 대립적 사상들을 창조적 교양으로 조화를 이루려는 카스토르프, 작품의 구조는 이러한 이원론에 근거를 두고 있다.

　이러한 원시로의 회귀 사상이 『마의 산』에서는 〈에로스〉가 원시로 돌아가고자 하는 욕구로도 나타나고 있다. 카스토르프는 자신의 새로운 삶을 일차적으로 육체를 통한 감각적인 길인 〈에로스〉에서 발견하는데, 이러한 에로스의 본질은 원래 〈원시 상태의 총체성에 대한 욕구〉[31]이다. 이러한 〈원시 상태의 총체성에 대한 욕구〉는 결국 남녀 양성의 분리 등을 벗어난 근원적인 총체성으로 되돌아가고자 하는 욕구이다. 이러한 남녀 양성의 분리에서 벗어난 근원적인 총체성은 신화에서 파생된다.

　남녀 양성 신의 신화는 〈반대의 일치 coincidentia oppositorum〉를 표현하는 형식 가운데서 명료하게 신적 존재의 역설을 보여 주는데, 이 신화에 대응하는 것은 남녀 양성 인간에 관련된 일련의 신화나 제의이다. 이 경우 신에 대한 신화는 인간의 종교 체험의 표본을 형성한다. 〈원초인〉이나 조상을 남녀 양성으로 보는 전승은 매우 많고, 그보다 후대의 신화 전승은 〈원초의 부부〉에 대한 것이다. 몇몇 랍비의 주석서에는 아담도 종종 남녀 양성으로 생각되기도 했다고 쓰여 있다. 따라서 하와의 〈탄생〉은 결국 원초적 남녀 양성이 남성과 여성이라는 두 존재로 분리되는 데 불과하다. 〈아담과 하와는 어깨가 맞붙어서 등을 맞대고 있었다. 그래서 신이 도끼로 쳐서 또는 둘로 잘라서 그들을 갈라놓았다. 이와 다른 의견도 있다. 즉 최초의 인간(아담)은 우측이 남자이고 좌측이 여자였는데 신이 그것을 반으로 쪼갰다.〉[32] 아담의 갈빗대에서 하와를 만들었다는 이야기도 이러한 맥락에서 이해될 수 있다. 〈갈빗대〉라고 번역된 히브리어 원문은 〈첼라 tsela〉이다. 그런데 이 말은 〈갈빗대〉라고 번역할 필요가 없다. 기원전 3세기에 나온 그리스어 70인 역(譯)의 이 이야기에 나오는 아담의 〈첼라〉에 한해서만 〈갈빗대〉로 번역됐기 때문에 그 후 〈갈빗대〉로 이해되어 왔을 뿐, 그 말 자체는 그냥 〈한쪽 side〉이라는 뜻이었다. 「출애굽기」 26장 20절을 보면, 〈성막 다른 편〉이란 말이 나오는데, 그 〈다른 편〉의 원문이 바로 〈첼라〉이다. 첼라를 다른 한쪽이라든가 다른 한편으로 번역한다면, 아담의 갈비뼈를 꺼내서 하와를 만든 것이 아니라 아담의 〈한쪽〉을 잘라 하와를 만든 것이 된다. 다시 말해 아담을 둘로 잘라 한쪽은 남자(이쉬)가 되고 다른 한쪽은 여자(잇샤)가 되었다는 것이다. 첼라가 갈비뼈가 아닌 한쪽이 되면 아담과 하와는 서로 반쪽이 된다. 자웅 동체였던 인간이 신에 의해 반반으로 나뉘진 것이다.

이렇게 『성서』에도 오역은 허다하다. 「요한계시록」이 〈여기에는 하나도 보태고 뺄 것이 없으며, 그런 자는 재앙을 받을 것〉이라고 밝힌 구절도 예외가 아니다. 〈낙타가 바늘귀를 통과하는 것이 부자가 하늘나라에 들어가는 것보다 쉽다〉는 구절을 보자. 아랍어 원어는 〈밧줄gamta〉이었는데 번역자가 이를 〈낙타gamla〉로 혼동해 옮긴 것이라는 설이 유력하다. 다행인 것은 이 오역이 원문의 뜻을 훼손하기는커녕 더 뛰어나게 표현한 것으로 평가된다는 점이다. 이러한 남녀의 자웅 동체에 관해 플라톤은 사랑의 본질로 자신의 인식을 표현했는데, 『향연Gastmahl』(일명 『심포지온』)에서 창조자인 신은 처음에는 지금보다 훨씬 더 강하고 재능 있는 인간을 만들었다고 했다. 그때 모든 인간은 머리가 둘이고, 팔과 다리가 각각 넷이고, 힘이 엄청나게 세다고 전해진다. 따라서 창조자는 자신이 만든 이 인간에 불안을 느껴 그를 약하게 만들기로 결심하고 이 인간을 반으로 잘라 나눈 뒤 각 반쪽 존재를 독립시켜 오늘날의 인간이 되게 했다고 한다. 때문에 반으로 나뉜 인간은 자신의 불완전함을 무의식적으로 느끼고 나머지 반의 부분을 미친 듯이 찾고 있다. 이러한 다른 반절의 자아를 찾는 본능이 바로 사랑의 본질이다. 언제 분화되는지 정확하게 알려지지 않았지만 인간이 태아 상태일 때는 남성이 될 것인지 여성이 될 것인지 정해지는 시점이 있다. 이 시점에 있을 때 우리 육신은 남성과 여성의 잠재력을 공유하고 있는 셈이다. 남녀 양성 신과 양성의 〈조상(원초인)〉의 신화는 인간이 완전한 양태로 간주되는 최초의 상태를 〈주기적으로 재현하려는〉 집단 의례 전체에 대한 표본이 된다.

이러한 여러 관점에서 볼 때, 천재는 양성을 조화롭게 수용하는 데서 탄생하는 게 아닐까. 토마스 만의 견해에 의하면, 괴테는 〈유아적 그리고 부성적 선량함을 드러내며〉(GW 9, 303) 동시에 〈우유함과 차분함, 태아를 끝까지 잘 지키는 모성적 끈기를 나타내는 모종의 특성〉(GW 9, 306)을 지녔기에 〈천재Genie〉(GW 9,

306)이며, 마이스터나 파우스트 같은 인물 역시 〈그다지 유난히 남성적〉(GW 9, 744)이라기보다는 남녀 양성을 모두 수용했으므로 〈인간적menschlich〉(GW 9, 744)일 수 있다는 것이다. 이는 토마스 만이 프로이트가 말하는 인간의 〈양성적 천성bisexuelle Natur〉[33]에서 표출되었다는 〈동성애적〉 성향을 가진 남성이 상대방의 〈여성적〉 특성에 애착을 나타내기는 하지만, 스스로 〈남성적〉 특징을 갖지 않는 것은 아니라는 의미이다.[34]

이런 맥락에서인지 『마의 산』에서 카스토르프의 에로스를 충당시키는 쇼샤 부인은 〈남성적 여성〉의 원형으로 기능하고 있다. 작품에서 쇼샤 부인은 동양적이며, 〈남성적인 여성〉 성격으로, 또 방종하고 해방된 면모 등으로 〈거부와 매혹의 혼합물〉[35]로 묘사된다. 쇼샤 부인은 본능적으로 성(性)의 분리를 거부하고 통일성을 추구한다. 쇼샤 부인은 카스토르프의 학교 친구인 히페Hippe와의 접촉으로 남녀 양성의 신 헤르마프로디토스Hermaphroditos의 특징을 지닌다.[36] 따라서 카스토르프가 쇼샤 부인에 대해 느끼는 사랑은 〈독특하게 소년에 대한 사랑과 여성에 대한 사랑의 사이에서 떠돈다〉.[37] 『마의 산』에서 남녀 양성이라는 신화적 알레고리는 동성을 통한 혼란된 성적 충동 사이의 긴장으로 설명된다. 토마스 만의 재발견으로 매개된 성의 분리의 소멸로써 완전성을 상징하는 이중 존재의 신화가 심리학적으로 변형되고 있는 것이다. 주인공 카스토르프의 쇼샤 부인에 대한 사랑은 그가 그녀에게서 히페를 재인식한다는 사실에 기초를 두고 있는바, 자신의 병에 의해 성이 최고도로 상승한 쇼샤 부인은 한때 카스토르프의 사랑의 대상이었던, 그 이름이 죽음의 감성을 의미하는 소년(히페)과 동일시되어 헤르마프로디토스의 성격을 띠고 있다. 결론적으로 쇼샤 부인의 대칭적 모습, 즉 남성적 모습으로 〈거부와 매혹을 혼합〉하는 비문명적인 작용은 서구적인 전통이나 교양과 거리가 먼 카스토르프에게 진정한 미인 것이다.

여기에서 우리는 토마스 만의 문학 전체가 지니는 한 가지 중대한 특성을 인식하게 되는데, 그것은 그의 문학이 디오니소스적이 아니라 아폴론적인 문학, 다시 말해 격정적인 문학이 거리감을 둔 〈객관적〉 문학이라는 사실이다. 젊은 토마스 만에게 있어 삶과 생활은 건전하고 따뜻한 영역이기는 하였지만 너무나 비속하고 진부한 것이었으며, 또 예술은 매력적이고 사람을 고귀하게 해주는 것이지만 어딘가 방종스럽고 부도덕한 것이기도 하였다. 예술가가 된 시민 토마스 만이 〈예전에 등을 돌리고 말았던 그 냉소적이고도 다양하며 잔인한 활동들〉에 대하여 그래도 일말의 〈소속감과 사랑의 감정〉을 느끼고 〈비겁하게도 의무를 저버렸다는 수치감〉과 회한에 잠기는 것은 그의 초기의 작가적 좌표를 잘 말해 주고 있는데, 이는 〈뤼베크〉과 〈뮌헨〉의 중간 지점, 즉 시민적 삶과 예술가적 정신의 중간 지점이었다. 〈나는 두 세계의 사이에 서 있습니다. 그래서 그 어느 세계에도 안주할 수 없으며, 그 결과 지내기가 상당히 어렵습니다. 당신들 예술가들은 나를 시민이라 부르고, 또 그 시민들은 나를 체포하려 듭니다. 이 둘 중 어느 것이 더 내 마음을 상하게 하는지 모르겠군요.〉(TK 337)

크뢰거가 그의 고향 근처인 북유럽에서 뮌헨의 여성 화가 리자베타에게 보낸 편지에 담긴 이 고백은 바로 초기 토마스 만의 작가적 고백이다. 시민과 예술가 사이의 중간자적 위치 — 이것은 안이한 중도적 입장이 아니라, 어느 쪽이든 하나를 선택하지 못하고 항상 고뇌해야 하는 구도자의 괴로운 입장이었다. 그는 범속한 시민의 삶이 지니고 있는 건전한 윤리성과, 예술이 인간에게 선사하는 고귀성을 모두 포기하려 하지 않았기 때문에 미학적으로 이 두 세계로부터 다 같이 〈거리〉를 취하지 않을 수 없었다. 그의 초기 작품들이 일견 뚜렷한 작가적 입장을 드러내지 않고 있는 것은 이 때문이며, 헬러Erich Heller[38]를 비롯한 많은 연구가들이 그에게서 반어성을 문제 삼는 것도 결국 이런 토마스 만적인 이의성과 그로 인한 그의 작가적 태도를 구명하려는 노력의 일환이다.[39]

토마스 만은 〈우리는 인간을, 특히 예술가를 눈의 인간과 귀의 인간으로, 즉 주로 눈을 통해 세상 체험을 하는 이와 본질적으로 귀로 체험하는 이로 나누어 왔다〉(GW 11, 389)고 말하는데, 이 내용은 특히 『부덴브로크 일가』에서 게르하르트와 레아라는 쌍둥이 노처녀의 모습에 잘 나타나 있다. 〈이들은 내적인 빛과 예감, 이심전심과 정신 감응에 대해 아주 이상야릇한 이론들을 지니고 있다. 특히 레아는 귀머거리인데도 무엇이 문제가 되고 있는지를 거의 항상 알고 있었다.〉(Bd 281) 이러한 눈의 인간의 양상은 『부덴브로크 일가』에서 한노의 음악 가정 교사인 퓔 Edmund Pfühl이 묘사한 한노의 모습에도 잘 나타나 있다. 〈그 애(한노)한테는 충분한 재능이 있습니다. 〔……〕 가끔 한노의 눈을 관찰할 때가 있지요. 그 눈 속에 많은 것이 담겨 있습니다. 하지만 입은 꼭 다물고 있지요. 나중에 살다 보면 아마 입을 점점 더 꼭 다물게 될 텐데 〔……〕. 그 애는 말하는 법을 배워야 합니다.〉(Bd 502) 이 내용에서 볼 때 한노는 눈을 통해 세상을 느끼는 인물이다. 이러한 눈의 인간과 귀의 인간의 양상을 토마스 만은 〈우리는 예술가를 눈의 인간과 귀의 인간 으로 나누어 왔다〉(GW 11, 389)고 말하면서, 〈전자는 남쪽의 수용력이요, 후자는 북쪽의 지각력〉이라고 명명했다.(GW 11, 389)

토마스 만은 자신을 명백하게 귀로 체험하는 자에 소속시키면서, 이 〈귀로의 체험〉과 〈눈으로의 체험〉의 대치 쌍(雙)을 자신의 작품을 관통해 흐르는 남북 간 대비와도 연결시켰다. 「토니오 크뢰거」에서 크뢰거는 소설 말미에 방황을 마치며 편지를 통해 자기 자신의 존재를 해명하는데, 이 해명에 여러 대립적 요소가 서로 조화와 완성으로 향하는 토마스 만의 의지가 담겨 있다. 두 세계 사이에서 방황은 소설의 말미에서 결국 두 세계를 종합, 지양할 수 있는 가능성으로 새롭게 자리매김 된다. 크뢰거는 두 세계 사이에서 방황하는, 두 세계로부터 배제된 자에서 두 세계를 모두 포괄하는 자로 나아가는 것이다. 토마스 만은 두 세계를 모두 다 포함하는 것이야말로 〈한 문사를 시인으로 만들어 주는 것〉(TK 338)이라고 설파한다. 〈어떤 무엇이 한 사람의 문사를 시인으로 만드는 능력을 가진다면, 그것은 인간적인 것, 생활이 있는 것, 일상적인 것에 대한 〔……〕 시민적인 사랑이다.〉(TK 338) 이 것은 정신의 자식인 예술가가 미의 오솔길만을 따르지 않고, 또 인간을 경멸하지 않고 그들에 대한 사랑을 갖고 예술 작업을 한다면 참다운 예술가가 된다는 뜻이다.(TK 337 f.) 이는 미적인 것과 윤리적인 것을 겸비한 문학이 참다운 예술로 된다는 의미이다. 이런 태도를 갖는다면 예술가는 예술 자체와 생활의 어느 한쪽도 버리지 않으며, 또 예술가와 시민의 대립도 해소될 수 있다.

결국 토마스 만의 작품들에서의 모순적, 즉 반어적 삶의 극단적 요소들은 죽음을 바라거나 시민적 삶을 포기하는 결과가 되지만, 그러한 삶의 이념들이 서로 하나의 집합체가 되어 주인공의 정신적 승화 과정을 통하여 서로 조화를 이루며 종합 완성의 의지를 지향하고 있다. 따라서 토마스 만의 초기 작품들에서 보여 주던 구원이 없는 우울과 갈등, 환멸 등의 데카당스 사상이 점차 이의성의 조화를 통해 점차 해결과 생을 긍정하게 되는 과정은 토마스 문학사의 중요한 전환이라 할 수 있다.

1) 토마스 만과 바그너

고전주의에서 문학이 주도적 예술이었다면 초기 낭만주의는 부분적으로 회화에 근거를 두었고, 후기 낭만주의는 완전히 음악에 의존하였다. 이렇게 음악은 19세기가 끝나기까지 철저히 낭만주의적이었는데, 이에 대해 토마스 만은 다음과 같이 나타내고 있다. 〈동화적 순진성과 교활성의 결합, 최고도로 정신적인 것을 관능적 도취의 향연으로 구체화시키고 통속화시키는 기교, 매우 그로테스크한 것을 만찬의 요지경에나 울려 퍼지는 변화무쌍한 음향의 마법으로 표현하기도 하고 예술과 종교를 매우 대담한 오페라 속에서 병합하기도 하는 능력, 〔……〕 이러한 모든 것은 낭만적이 되어야 하며, 고전적·인문적인 고상한 예술 분야에서는 결코 생각될 수 없다.〉(GW 9, 403)

이렇게 낭만주의가 음악에 의존하는 상황에서 베버Carl M. Weber, 마이어베어 Giacomo Meyerbeer, 쇼팽Frédéric F. Chopin, 리스트Johann Rist, 바그너 등 음악가들의 명성이 전 유럽을 진동시켜 가장 인기 있는 시인의 성공을 훨씬 능가했다. 이러한 음악의 발전은 쇼펜하우어의 철학에 오면 낭만주의의 절정에 이르게 되어 낭만주의는 음악에서 최대의 성공을 거둔다. 이런 배경하에 예술 영역에서 음악을 가장 높이 평가한 쇼펜하우어에게서 바그너는 자신의 음악 이론을 차용하였다. 특히 밤을 찬양하고 낮을 저주하는 바그너의 「트리스탄과 이졸데Tristan und Isolde」는 낭만주의에 깊이 결부되어 있다. 이런 배경의 영향을 받은 토마스 만의 『파우스트 박사』에서 주인공 레버퀸도 밤을 좋아한다. 제1차 세계 대전으로 인한 독일의 몰락과 동시에 레버퀸은 매독 바이러스에 의해 심하게 발작하게 된다. 토마스 만은 독일의 현실과 레버퀸의 작곡 진행을 대위법으로 전개하는데, 여기에서 레버퀸은 햇빛에 노출되면 발작하므로 어둠을 좋아하게 된다.

19세기가 예술의 진수를 바로 음악에서 체험하고 있는 현실에서 바그너의 음악을 통해 처음으로 예술적인 것의 의미를 깨닫게 되었다는 토마스 만의 고백은 매우 상징적이다. 1911년에 발표된 평론집 『바그너와의 대결』은 토마스 만의 바그너에 대한 최초의 비판 글이다. 〈그(바그너)가 보여 주는 효과의 고상함, 순수성, 건전성은 매우 의심스럽게 생각된다. 〔……〕 예술 작품의 위대성은 효과 수단의 탁월성에 있는 것이라고 여태까지 믿고 있었지만 지금에 와서 나는 이것을 믿을 수 없다. 독일 정신의 밤하늘에 찬란히 빛났던 바그너 별이 사라지기 시작한다는 것을 나는 알고 싶다. 〔……〕 바그너는 철두철미 19세기 사람이다.〉(GW 10, 842)

이렇게 바그너의 영향을 많이 받고 있는 토마스 만에게 음악은 전형적인 독일적 요소로 독일의 〈내면성Innerlichkeit〉(GW 11, 1132)의 표현인데, 이는 〈인간 에너지의 사색적 요소와 사회 정치적 요소의 분리로 여기에선 후자보다 전자의 우월을 의미한다〉.(GW 11, 1132) 이러한 독일의 내면성은 독일인에게든, 외국인에게든 독일 정신의 장점 중 하나로 평가받는다. 독일인의 철학적인 깊이, 우울한 음악, 심오한 종교적 신비주의 등은 세계의 정신사에서 크나큰 업적을 이루고 있을 뿐만 아니라, 인간의 고독한 본질에서 나온, 인류 문화의 없어서는 안 될 커다란 유산일 것이다. 따라서 〈추상적이며 신비적인 음악성이 세계 속의 독일의 특징이기 때문에〉(GW 11, 1132), 즉 이러한 음악성이 독일의 내면성의 특징이기 때문에, 파우스트가 독일 영혼의 전형자라면 음악가여야 한다고 토마스 만은 괴테의 『파우스트』까지 음악과 연관시키면서(GW 11, 1131), 독일의 〈내면성〉과 동일시되는 〈독일 영혼의 음악성〉(GW 11, 1132)을 강조했다. 또 그는 〈독일적이지 않고서 음악가일 수 있을까?〉(GW 12, 82)라고 묻고 있다. 이는 음악이란 악마성과 부정적 전조를 띤 기독교적 예술, 계산된 질서인 동시에 혼란의 비이성, 마적인 몸짓, 숫자의 마력, 현실에서 벗어난 추상 및 신비적인 정열적 예술로 보기 때문이다.

이런 영향을 받아서인지 토마스 만의 「베네치아에서 죽음」이 이탈리아에서 〈베네치아에서 죽음Morte a Venezia〉이란 제목으로 영화화되었는데, 여기에서 작품 주인공인 아셴바흐는 원작품대로 작가가 아닌 작곡가 말러Gustav Mahler의 이름과 외모로 등장하여, 이 영화에서 음악이 핵심적인 역할을 하고 있다. 감독 비스콘티Luchino Visconti는 두 시간 동안 상영되는 이 영화에서 아셴바흐를 통해 말러의 음악을 보여 주고 있다. 음악은 비스콘티에게 있어 〈제3의 중요 인물〉이었다고 이 영화에서 음악을 담당했던 만니노Franco Mannino는 언급했다. 비스콘티 자신도 한 인터뷰에서 다음과 같이 말했다. 〈첫째로 영화에서는 음악가가 작가보다 나타내기 쉽다. 음악가로부터는 그의 음악을 듣게 할 수 있는 반면, 작가에게서는 어쩔 수 없이 다른 〔……〕 출구를 찾아야 한다. 예를 들어 화면 밖의 목소리 같은 것을. 그러나 또한 이 소설에 대한 토마스 만의 몇몇 설명과 메모들이 가져다준 암시가 내게 중요한 역할을 했음을 밝혀야겠다. 이로부터 구스타프 말러라는 인물이 이 소설에 얼마나 강하게 아이디어를 주었는가가 분명해졌다〉[40]라는 비스콘티의 언급에서 〈독일 영혼의 전형자라면 음악가〉여야 한다는 토마스 만의 신념이 반영되어 있다.

이러한 맥락에서인지 토마스 만의 유고에서 말러의 사진이 한 장 발견되었는데, 이 사진이 소설 속 아셴바흐의 인상을 구성하는 표본으로 사용되었음이 틀림없다. 이에 대해 토마스 만은 〈외형적으로 아셴바흐는 구스타프 말러의 모습을 하고 있다. 우리가 매일 전하는 신문의 급보로 알게 된 빈에서의 그(말러)의 죽음은 나로 하여금 내 소설의 주인공에게 〔……〕 이 예술가의 열정적이고 엄숙한 면모를 부여하도록 했다〉(GW 13, 149)고 언급하고 있다. 토마스 만의 부인 카치아 역시 『기록되지 않은 회고록』에서 소설 「베네치아에서 죽음」과 말러의 연관성을 언급하고 있다. 이러한 토마스 만과 말러의 연관성에 근거해서인지 비스콘티의 영화에서 아셴바흐의 외형적인 모습은 토마스 만이다. 영화의 작곡가는 전형적인 토마스 만의 코밑수염을 하고 있으며, 이 시절의 사진에 따른 토마스 만의 양복 차림을 하고 있다. 그는 호텔 베인즈에서 1911년 6월 11일자 「뮌헨의 최신 뉴스*Münchner Neuste Nachrichten*」 신문을 오리지널 프린트로 읽는데, 이 역시 토마스 만이 매일 읽은 신문이다. 그는 소설의 규율적인 주인공과는 대조적으로 말러처럼 졸도하며, 그의 아내의 외모는 말러의 아내였던 알마Alma를 연상시킨다.[41] 따라서 〈독일 영혼의 전형자는 음악가〉라는 토마스 만의 주장이 토마스 만 자신의 형상으로 반영되는 것이다. 이렇게 음악가로 반영될 정도로 토마스 만은 실제로도 음악에 관심이 많아서 자신의 음악관을 바그너에 쏟아 부었다. 따라서 바그너는 그의 음악적 화신이었다.

또 토마스 만이 살았던 19세기 말의 세기 전환기에 있어서도 예술의 진수는 여전히 바그너의 〈피, 관능, 죽음〉 등 감각의 도취와 이성의 공중 곡예였다.[42] 이러한 바그너의 예술에 대해 토마스 만은 사랑과 더불어 비판의 이중적 태도를 보였다.

바그너에 대한 토마스 만의 관심은 젊은 시절의 정열적인 도취와 훗날의 냉정한 분석가로서, 거리를 둔 반어적이고 비판적인 고찰 사이에서의 다양성이라는 점에서 그의 니체론이나 쇼펜하우어론과 같다.[43] 토마스 만은 바그너의 음악에 대해 〈우리 시대로부터 무엇인가를 이해하고자 한다면 바그너의 음악은 반드시 체험하고 인식해야 할 현대 예술이다〉(GW 10, 37)라고 얘기했다. 또 토마스 만 자신이 바그너에게서 얼마나 많은 영향을 받았는지 스스로 고백하고 있다. 〈일찍이 이 세상의 어느 것도 바그너의 작품만큼 내 젊은 시절의 예술적 충동을 강렬하게 자극했던 것은 없었으며, 바그너의 작품은 언제나 새롭게 질투심이 일어날 정도의 사랑에 빠지고픈 열망으로 나를 가득 채워 주었다고 고백한 바 있다. 오랫동안 바이로이트의 거장 바그너의 명성은 나의 모든 예술적 사고와 행위 위에 우뚝 서 있었다. 오랫동안 나에게는 모든 예술적 동경과 소망이 전능한 이름으로 귀결되는 것 같았다.〉(GW 10, 840) 또 다른 곳에서 〈한마디 한마디는 순전히 경험에서 나온 것이다. 바그너 자신의 생활에 해당되지 않은 것은 한마디도 없다〉(GW 9, 409)고 토마스 만은 자신의 바그너론을 나타내고 있다.

바그너는 에로스의 분석자로서 프로이트Sigmund Freud를 앞서고, 또 문학가로 그의 작품은 어디에서나 〈발원되는 게entsprungen〉 아니라 천재적인 한 문예 애호가에 의해 〈하나하나 조립된다Stück für Stück zusammengebaut〉고 토마스 만은 말하고 있다. 마찬가지로 니체도 바그너 예술에 대해 〈요컨대 전체라는 것은 이미 있지 않다. 그것은 조립된 것이고, 계산된 것이며, 기교적인 것이고, 예술 작품이다〉[44]라고 말하고 있다. 바그너의 에로스 개념은 토마스 만의 반어성에 응용되어 단편 「트리스탄」 등에서 성적인 음탕한 내용으로 나타나고 있다. 이러한 바그너의 에로스 등은 신경과민적이며 히스테리적인 증후와 성적인 방탕성 그리고 죽음의 전주곡으로서 매혹되는 바그너의 데카당스적인 영향의 반영이다. 토마스 만은 제1차 세계 대전 중에 쓴 평론집 『반어성과 급진주의Ironie und Radikalismus』에서 반어성과 에로스의 관계에 대해 다음과 같이 말하고 있다. 〈에로스란 그 자신의 가치와는 무관하게 어떤 인간을 긍정하는 것으로 규정된다. 그것은 정신적이고 도덕적인 긍정이 아니며, 정신을 통한 생의 긍정도 아니다. 그 긍정은 반어적이다. 에로스는 항상 아이러니커였다. 그러므로 반어성은 에로틱하다.〉[45]

토마스 만은 바그너의 작품에서 반시민적이고 염세주의적이며 반합리적인 경향, 즉 낭만적인 유산을 받아들였다.[46] 그런데 토마스 만의 바그너에 관한 평론, 수필, 서간 등은 내용적으로 서로 모순되는 경우가 많다.[47] 이에 대해 토마스 만 자신도 〈바그너에 관해서 내가 말하는 방식은 연대와 발전과는 아무런 관련이 없다. 그것은 항상 상반 병존 감정(相反竝存感情)적이며, 나는 그에 관해 오늘은 이렇게 쓸 수도 있고 내일은 저렇게 쓸 수도 있다〉[48]고 말하고 있다. 이러한 바그너의 예술은 상당히 토마스 만의 문학적 주제가 되었고, 토마스 만은 이러한 바그너의 예술에서 그의 특유의 이중성을 발견하게 되었다. 다시 말해 바그너의 예술에서 인식한 신화적 어법의 영향을 받아 토마스 만의 대립적인 이중성의 심리가 강화되었다. 바그너의 언어는 항상 이중의 의미를 말해 주기 때문이다.

그것은 〈모든 것이 그러했듯이〉, 〈모든 것이 그러하게 되리라〉는 이중의 의미에서의 〈언젠가einst〉의 언어이다.(GW 9, 372)

〈언젠가einst〉라는 말은 과거와 미래라는 이중의 뜻을 가지고 있지만, 거기에는 또 현재로 전환될 수 있는 잠재적인 에너지를 가지고 있다. 그 결과로 〈현재 지금〉이라는 무시간적 형식의 신비가 구성되어 있다.(GW 9, 32) 이러한 이중 의미의 개념은 니체의 바그너 예술에 대한 비판에서 유래된 것인데, 토마스 만은 이러한 바그너의 이중 개념을 그의 창작의 표현 형식에 적용시켜 토마스 만의 문학에는 바그너의 영향이 증후하다. 따라서 토마스 만의 소설의 상황에서 바그너의 음악, 특히 그의 「니벨룽겐의 반지」와 많은 공통점이 발견된다.[49] 특히 『부덴브로크 일가』는 그 성립부터가 바그너의 「니벨룽겐의 반지」와 상통하는 점이 많다. 예를 들어 바그너 신화에서 지배력을 가졌던 보탄의 몰락과 『부덴브로크 일가』에서 호상(豪商) 부덴브로크의 몰락의 공통점 등이 많다. 이에 대해 토마스 만은 〈「니벨룽겐의 반지」는 나에게는 그 작품(『부덴브로크 일가』)의 총괄 개념이 된다〉(GW 10, 894)고 말하고 있다. 또 토마스 만은 〈본래는 민감한 후계자인 한노와 기껏해야 토마스 부덴브로크에 대한 이야기에 관심이 있었을 뿐인데 〔……〕 증가하는 불안이 지크프리트의 죽음의 구상으로부터 시도 동기가 된 4부작인 바그너의 「니벨룽겐의 반지」의 체험을 상기시켰다〉(GW 11, 380 f.)고 말하고, 또 그는 〈나의 『부덴브로크 일가』에서 서사적이고, 시도 동기로 연결되어 조직된 세대상(世代相)에서 「니벨룽겐의 반지」의 정신의 호흡을 느낀다는 것은 실제로 어려운 일이 아니다〉(GW 10, 840)라고 말한 적이 있다. 결국 토마스 만은 음악가 바그너와 독일 아리아 민족의 초기 역사를 찬미한 그의 작품 「니벨룽겐의 반지」를 근거로 19세기의 독일 민족성을 예술의 차원에 올려놓았다.[50]

이러한 배경에서 토마스 만의 평론집에도 바그너의 사상이 많이 담겨 있는데, 여기에서 토마스 만은 자신을 바그너에 반영시키는 경우가 자주 있다. 따라서 토마스 만의 바그너 연설을 읽어 보면 토마스 만 자신에 관한 이야기인지, 바그너에 관한 이야기인지를 분별하기 어려울 정도로 작품의 본질과 구성에 관한 언급에서 자기 자신을 반영하는 경우가 많다. 또 바그너의 음악이 토마스 만 작품에 커다란 영향을 끼치고 있음은 주지의 사실이다.

이러한 바그너의 음악은 니체에 의해 데카당스로 비판된다. 니체는 바그너 음악의 데카당스적 요소에 대해 〈바그너의 예술은 병들었다〉[51]고 말하면서 다음과 같이 비판하고 있다. 〈만약 내가 이 데카당스 예술가가 우리의 건강을 해친다면 나는 방관하지 않겠다. 그리고 이 음악도! 도대체 바그너가 인간인가? 그는 차라리 하나의 병이 아닌가? 그가 만지는 것이면 무엇이든 병들게 한다. 그는 음악을 병들게 만들었다.〉[52]

토마스 만의 견해에 따르면, 비교할 수 없을 정도로 위대하고 경험 많은 데카당스적 철학자인 니체는 바그너에게서 예술가 및 예술의 몰락을 보아서 바그너를 데카당스적 예술가로 규정하고,[53] 그의 예술을 황폐한 삶과 종말에 대한 의지, 위대한 피곤함으로 공식화했으며, 바그너와 그의 예술과 그의 추종자들 작품을 정신적이고 육체적인 병적 상태*Morbidität*로 진단했다.[54] 또 바그너를 〈전형적인 데카당스〉라 부르면서 〈취하게 하는 동시에 정신을 혼미하게 만드는 마취 약, 또 낭만주의적인 현재의 독일 음악〉[55]이라는 니체의 바그너의 성격 규정도 눈여겨볼 필요가 있다. 이러한 니체뿐 아니라 보들레르Charles Pierre Baudelaire도 바그너 평론집에서 바그너를 데카당스적으로 수용하고 있으며, 망데스Catulle Mendés, 로랭Jean Lorrain, 펠라당Jusephin Péladan과 부르제Elemir Bourget 등도 바그너를 데카당스의 예술가로 보아, 그의 음악을 병적이고 노이로제적이며 성적인 방종, 도취의 수단, 죽음의 서곡이며 히스테리와 노이로제의 증상으로 파악했다.[56] 이러한 바그너의 데카당스 사상이 토마스 만 자신에도 반영되고 있다.

문학사적으로 토마스 만이 문학 활동을 시작한 1890년대 중엽 자연주의는 이미 위기에 빠졌고, 비합리주의적 문예 사조인 신낭만주의, 인상주의, 상징주의가 대두하기 시작했다. 자연 과학과 산업의 급속한 발달, 그리고 자본주의의 팽창으로 인해 시민 계급을 중심으로 낙관적 미래관을 설계하고 있을 때, 일단의 지식인들 특히 예술가들 사이에서는 이로 인한 전통의 단절과 인간성 상실에 대한 불안과 우려가 팽배하게 되었고, 그래서 시대의 반영물인 문학에서 데카당스라는 개념으로 이해되는 위기의 몰락에 대한 예감이 나타나게 되었다.

따라서 니체 등 여러 사람이 바그너를 데카당스적으로 비평하는 내용이 그대로 토마스 만의 문학에 나타나고 있는 것이다. 『부덴브로크 일가』에서도 부덴브로크 일가의 몰락은 바그너의 데카당스적인 증후이며, 그의 음악은 한노에 있어서 죽음의 마취 수단으로 간주될 수 있다. 즉 마지막 자손인 한노는 몰락의 주인공으로 바그너 풍의 데카당스적인 인물이며, 그의 바그너 음악에 대한 애착은 점점 더 심해지는 삶의 허약성의 징후로 나타난다. 결국 한노가 몰입하는 바그너 음악에의 도취는 〈성적 충동과 깊은 관계가 있었던 일종의 형이상학적 도취〉(GW 11, 111)로서 바로 니체가 언급한 〈아무리 충족시켜도 진정시킬 수 없는 관능성〉(GW 9, 405)으로의 도취다. 여기서 한노가 몰입하는 〈환상곡〉은 바그너 음악이 대중에 미치는 위험성을 암시해 준다. 한노의 모친 게르다가 애착을 가지고 연주를 부탁하는 바그너 작곡의 「트리스탄과 이졸데」에 대한 한노의 음악 가정 교사인 퓔Edmund Pfühl의 대답에서 바그너 음악의 위험성이 잘 나타나 있다. 〈나는 이것(「트리스탄과 이졸데」)을 연주하지 않겠습니다. 부인, 나는 당신에게는 충실한 하인이지만, 나는 이것을 연주하지 않겠습니다. 이것은 음악이 아닙니다. 나를 믿어 주십시오. 나는 약간 음악에 대하여 이해할 수 있도록 교육을 받았습니다. 이것은 혼돈입니다. 이것은 선동이며, 모독이며, 광기입니다. 이것은 향기가 어려 있는 연기이며 그 속에 섬광이 빛납니다. 이것은 예술에 있어서 모든 도덕의 종말입니다. 나는 이것을 연주하지 않겠습니다.〉(Bd 498)

또 한노가 삶을 회피하고 연약해지는 과정의 원인이 바그너 음악의 애착에 있다고 필은 다음과 같이 말하고 있다. 〈저곳에 아이가 의자에 앉아 있습니다. 그는 음악을 듣기 위해 조용히 들어왔습니다. 당신은 그의 정신이 완전히 파괴되기를 원하십니까?〉(Bd 498) 한노는 바그너 음악의 제물이 된 것이다. 결국 토마스 만은 한노의 경우를 통해 니체의 바그너 음악에 대한 비판을 반영하고 있다.[57] 이러한 데카당스적 경향에 대해 토마스 만은 평론집 『어느 비정치적 인간의 고찰』에서 다음과 같이 언급하고 있다. 〈나는 정신적으로 전체 유럽에 퍼져 있는 데카당스로부터 유래하는 데카당스의 기록자 및 분석가로 임명되었으며, 동시에 데카당스를 거부하려는 해방적 의지를 마음속에 지니고 있는 작가류에 속한다. 이들 작가들은 비판적으로 말해서 데카당스와 결별하려는 막연한 소망을 가슴에 품고서 적어도 데카당스와 허무주의를 극복하려는 실험을 했던 사람들이다.〉(GW 12, 201) 이런 배경에서 클라인Johannes Klein은 토마스 만의 작품을 데카당스적 소설이라 정의하고, 이러한 토마스 만의 데카당스적 소설은 일반적인 해체의 경험에서, 즉 허약으로부터 발생한다고 정의했다.[58] 생의 연약성에 따른 일가의 몰락이 곧 퇴폐주의에 의한 생에 대한 의지의 상실로 표현되고, 동시에 디오니소스적인 마취로 본 것이다.

그러나 니체의 바그너 예술에 대한 비판에는 이중의 의미가 담겨 있어, 그의 비판은 칭찬의 다른 형태, 즉 〈역의 징후를 동반한 칭찬의 말〉(GW 9, 373)로, 이는 〈사랑의 증오Liebeshaß〉(GW 9, 373)라는 말로 바꾸어 불릴 수 있다고 토마스 만은 생각했다. 음악이란 쇼펜하우어 식으로 설명한다면, 삶의 의지의 긍정 내지 부정의 가장 직접적인 반영이다. 우리를 〈일깨워 주는weckend〉 음악은 의지의 긍정을 반영해 주고, 우리를 〈잠재우는einschläfernd〉 음악은 의지의 부정의 반영이라 할 수 있다.[59] 이러한 전통을 토마스 만은 작품에 반영시켰는데, 예를 들어 『마의 산』에서 음악은 인간을 마비시키고 잠재우는 악마적인 마취제여서 정치적으로 의심스럽다고 선언하는 세템브리니의 음악관(Zb 162)은 니체의 눈을 통한 바그너 비판이라고 볼 수 있다.

바그너의 〈잠재우는〉 음악의 대표적인 작품이 「트리스탄과 이졸데」이며, 토마스 만은 이 음악에서 의지가 지양(止揚)되는 현상을 보았다. 이러한 의지가 지양되는 바그너의 작품이 반영된 토마스 만의 작품으로 〈한 가족의 몰락〉이란 부제가 붙은 『부덴브로크 일가』를 들 수 있다. 이 작품에서 마지막 세대의 가장 병약하고 예술적인 주인공 한노가 바그너의 음악적 성격을 지니고 있다. 티푸스 장과 바그너의 음악의 장이 한노에게 서로 연결 구성되어 있어 그가 죽음을 맞는 것은 필연적이다. 따라서 『부덴브로크 일가』에서 한노가 어느 날 우연히 부덴브로크 일가의 족보를 발견하고 호기심에 읽어 내려가다가 마지막에 자기 이름이 있는 것을 보게 되자 무심코 자기 이름 아래에 자를 대고 이중의 선을 긋는다. 토마스 부덴브로크가 나무라면서 그 이유를 묻자 〈제 생각에는 〔……〕 이미 다 끝난 것 같아서 〔……〕〉 (Bd 523)라고 어물어물 대답한다. 「니벨룽겐의 반지」의 보탄Wotan처럼 『부덴브로크 일가』의 한노에게는 종말만 남은 것이다.

여기에 삶과 죽음이 급격하게 서로 대치되어 있다. 따라서 토마스 만에게 있어 음악에 대한 도취는 곧 죽음에의 동경으로, 이러한 바그너 음악의 영향은 『부덴브로크 일가』에서 범속한 상인이 속하는 시민적 삶에서 예술가적 기질이 출현하게 되는 정신화의 과정이 되고 있다. 결국 토마스 만이 생각하는 예술의 미는 삶의 향상을 느끼는 자의 정신과 덕성의 길일 뿐 아니라 죽음에 대한 유혹이며 또한 파멸로 향하는 광적인 유혹을 의미하는 것이다. 또한 「트리스탄」에서 클뢰터얀 부인이 바그너의 「트리스탄과 이졸데」를 〈우연히〉 연주하게 되는 것도 결코 우연은 아니다.(GW 8, 246) 그들은 모두가 음악가적 기질로 인해 시민적 존재 형식으로부터 밀려나 몰락하는 존재들이다.[60]

『마의 산』에서도 「토니오 크뢰거」 이래의 주도 동기 기법이 사용된다는 점에서 바그너 음악의 영향이 있었다고 토마스 만 자신이 말하고 있다.(GW 11, 611) 따라서 이러한 바그너 영향의 주도 동기 기법은 그 이전의 작품들, 가령 『부덴브로크 일가』보다 『마의 산』에서 더 발전되고 더 세련되어 있다고 헤프트리흐E. Heftrich 는 지적하고 있다.[61] 결국 〈사랑의 죽음Liebestod〉의 모티프를 표현하는 바그너의 「니벨룽겐의 반지」나 「트리스탄과 이졸데」가 토마스 만의 반어적 시각으로 나타나는 셈이다. 특히 「트리스탄과 이졸데」는 그 무대가 되어 있는 밤을 찬양하고 낮을 저주함으로써 낭만주의적인 죽음에 깊이 결부되어 있다.

이렇게 바그너의 음악을 작품에서 이중적으로 나타낼 뿐 아니라 토마스 만 자신도 이 음악을 이중적인 시각에서 보았다. 노년기의 토마스 만은 바젤Basel 시립 오페라 총감독에게 보낸 서신에서 바그너에 대한 자신의 관계를 〈열광적인 상반 감정 병존enthusiastische Ambivalenz〉(GW 10, 928)으로 규정하고 있다. 따라서 바그너에 대하여 토마스 만이 보여 준 태도는 니체가 보여 준 태도와 똑같은 〈양면 감정 병존〉이었다. 니체는 바그너 예술의 작용을 〈이중적 시각〉이라고 불렀다. 그는 바그너의 예술을 세련된 사람들의 욕구와 선량한 사람들의 욕구를 동시에 만족시키는 예술적 시각과 시민적 시각의 동시 병렬로 본 것이다. 결국 토마스 만에게 있어 바그너는 최상의 도취적 삶의 실현을 의미했다.

2) 쇼펜하우어와 니체

소설을 사상 전달의 수단으로 이용하는 것은 일종의 모순점이 없지 않으나 이러한 애로점을 극복하고 나면 그 소설은 문학의 형태로서 인간의 가장 심오한 면을 가장 미적으로 제시하는 예가 될 수 있다.[62] 토마스 만의 소설 문학에 대한 옹호는 이러한 열정으로 이어진다. 〈소설은 단지 묘사이고 외적 대상성일 따름인가? 그렇지 않을진대 소설은 영혼, 정열 또한 운명이 아니겠는가?〉 소설에 대한 셸링의 다음과 같은 정의는 토마스 만 소설의 사상 전달의 척도가 되고 있다. 〈소설은 세계의, 적어도 시대의 거울이어야 하며 국부적인 신화가 되어야 한다. 그것은 명랑하고 조용한 관찰을 불러들여야 하고 어디서든 확고한 참여를 해야 한다. 그것의 모든 부분, 모든 언어들은 동시에 내적으로 고조된 운율 속에 자리 잡아 화려해야 한다. 외적인 운율이 거기에 결여되었기 때문이다. 이 때문에 소설은 또한 오직 완전히 성숙한 정신의 열매여야 한다. 〔……〕 그것은 말하자면 정신의 궁극적인 정화(淨化)로 이를 통해 소설은 자기 자신에게로 귀환하고 그것의 삶과 교양은 다시금 개화(開花)되고 변모한다.〉[63] 이 내용처럼 정신을 궁극적으로 정화하는 소설의 역할을 이어받은 토마스 만은 작품에 여러 철학자나 사상가들의 사상을 등장시키고 있다.

토마스 만은 독일의 특성을 독일사의 몇몇 인물로 형상화시킨 결과, 『독일과 독일인』에서 독일 정신의 전형적 인물로 루터와 니체를, 또 다른 저술에서는 뒤러

Albrecht Dürer와 바그너를 들고 있다. 1928년 뒤러에 관한 평론집에서 토마스 만은 독일의 전형적 인물을 뒤러, 괴테, 쇼펜하우어, 니체, 바그너의 서열로 열거하면서 〈완전한 운명의 복합체*der ganze Schicksalskomplex*〉(GW 10, 231)와 〈별의 상황*Sternstand*〉(GW 10, 231), 〈한 세상*eine Welt*〉(GW 10, 231), 〈독일적 세계 *die deutsche Welt*〉(GW 10, 231) 등을 보여 주고 있다. 토마스 만에 의하면, 뒤러는 수공업을 숭상하고 중세의 미신과 신비를 혼합한 인물로서 종교 개혁과 계몽주의의 영향을 받지 않고 독일의 낭만주의까지 영향력을 미치고 있다. 토마스 만은 앞의 인물 뒤러, 괴테, 쇼펜하우어, 니체, 바그너에게 그들의 고유 업적 외에 특별한 상징을 부여하고 있다. 따라서 『파우스트 박사』에서 이들은 질병의 씨앗을 몸속에 지닌 채 세상을 등진 지협적 시야의 독일 형태 외에 넓은 시야의 인본주의가 독일인에 내재하고 있음을 보여 주고 있다. 파우스트에 초점을 맞춘 괴테의 고전 인문주의가 여기에 해당되는데, 토마스 만의 관점에서 볼 때, 괴테는 고전주의와 인문주의를 융합한 위대한 인물이다. 따라서 토마스 만은 괴테에 대한 최초의 비판적 논쟁인 〈괴테와 톨스토이〉라는 연설에서 이 국민적 시인의 작품에 나타나 있는 인문주의적이고 발전적·교육적인 면을 훌륭하다고 평가하고 있다.(GW 9, 133)

이와 같이 토마스 만이 볼 때, 루터와 니체 등 많은 사상가와 예술가들이 독일 정신의 전형적 인물로 여겨지는 배경에서, 토마스 만의 소설에서 사상 전달에 가장 도움을 준 인물로 쇼펜하우어, 니체, 바그너를 들 수 있다. 토마스 만은 제1차 세계 대전 중인 1916년에 집필된 평론집 『어느 비정치적 인간의 고찰』에서 쇼펜하우어와 바그너, 니체를 자신의 삼성좌(三星座, *Dreigestern*, GW 12, 71)라고 칭하고 있다. 〈나 자신의 정신적·예술적인 교양의 기초를 자문할 때, 내가 거명하지 않을 수 없는 세 이름, 강렬한 빛을 발산하며 독일의 하늘에 나타나 영원히 결합된 정신의 삼성좌 — 단지 친밀한 독일적 사건이 아니라 유럽적 사건을 나타내는 그 이름은 쇼펜하우어, 니체, 바그너이다.〉(GW 12, 71 f.) 니체는 쇼펜하우어를 숭배했고, 쇼펜하우어는 바그너의 음악을 좋아했다. 이러한 그들의 삼각관계로 인해 3자 모두가 토마스 만에게 정신적 지주가 된 〈삼성좌〉였다. 〈삼성좌〉에 대한 찬사는 『어느 비정치적 인간의 고찰』의 제4장 처음에 있다. 그러나 15년 후 토마스 만은 〈괴테, 쇼펜하우어, 바그너, 니체 — 이들이야말로 우리들 청춘 시절의 항성(恒

토)이며, 독일과 유럽이 동시에 가지고 있는 것, 우리들이 자랑하는 소성이다〉
(GW 9, 329)라고 말하면서 〈삼성좌〉에 괴테를 추가하고 있다. 〈쇼펜하우어, 니
체, 바그너 그리고 그 후에 무엇보다도 괴테, 그들은 모두가 다 매우 초독일적인,
유럽적인 특징을 지니고 있었다. 내가 그들에게서 발견했던 것은 유럽적인 것의
독일화이며, 그것은 나에게 있어 예전부터 끔찍한 것이었고, 나를 독일로부터 추
방한 독일 사회주의와는 반대되는, 나의 소망과 필요성의 목표를 형성했던 유럽적
인 독일이었다.〉(GW 9, 757) 토마스 만은 『빌제와 나Bilse und Ich』에서 언급한
대로(GW 10, 13) 초기부터 괴테에 관심은 갖고 있었으나, 그에게 결정적인 영향
을 미친 것은 쇼펜하우어와 바그너, 니체의 영향을 받은 예술에 의해서였다는 사
실을 느낄 수 있다.

　토마스 만과 쇼펜하우어의 관계를 이해하기 위해서는 토마스 만의 제2의 중대
한 교양 체험, 즉 쇼펜하우어의 형이상학과의 해후에 주목할 필요가 있다. 〈나의
눈에는 교외의 조그마한 한 칸의 방이 확실하게 떠오른다. 16년 전 나는 이 방에
있는 이상한 모양을 한 긴 의자 같기도 하고 침상 같기도 한 것 위에 누워서 며칠
동안이나 『의지와 표상으로서의 세계Die Welt als Wille und Vorstellung』를 읽었
다.〉(GW 12, 71 f.) 이렇게 토마스 만이 읽은 『의지와 표상으로서의 세계』의 내용
을 요약하면 다음과 같다. 세계의 고뇌는 개체의 죽음에 의하여 조금도 개선되지
않는다. 왜냐하면 죽음에 의해 소멸되는 것은 의지의 객관화의 한 형태로서의 개
체뿐이며, 세계의 고뇌의 원천인 의지 그 자체는 개체의 죽음에 의하여 조금도 영
향을 받지 않기 때문이다. 그러므로 개인이 죽음을 희구한다는 것, 즉 자살한다는
것은 무의미하다. 그 반대로 죽음에 대한 공포도 또한 무의미하다. 인간이 자신에
관하여 품고 있는 개성의 의식 그 자체가 원래부터 망상이며 오진인 이상 죽음에
의하여 다만 하나의 오류가 소멸한 데 불과하기 때문이다. 확실히 개개의 인간은
죽으면 존재하지 않게 된다. 그리고 그 표상으로서의 세계도 당사자로 보아서는
동시에 소멸하는 것임에 틀림없다. 하지만 그의 본질 그 자체, 즉 모든 개체 속에
있으면서 정말 두려워하고 삶을 원하는 것, 즉 의지는 결코 소멸하지 않는다. 의지
는 영원한 것이며 초시간적인 것이다. 그것은 삶에 대한, 즉 시간성과 공간성에 대
한 의지이기 때문에 가끔 일시적으로 개체를 떠나 영원 속으로 돌아가는 것으로

146

보일지라도 그것은 반드시 재차 시간과 공간 속에 자기를 객관화시킨다.[64]

토마스 만은 쇼펜하우어의 『의지와 표상으로서의 세계』를 읽고 나서 이에 대한 인상을 다음과 같이 회상하고 있다. 〈이것은 매우 희귀한 책이며, 표제로서 매우 간결하게 정식화되어 있고, 또 한 줄 한 줄 속에 나타나는 사상은 오직 하나이며, 그 하나의 사상이 이 책을 구성하고 있는 네 개의 장, 아니 교향곡인 네 개의 장 속에서 매우 완벽하고 다양하게 전개되어 있다. 〔……〕 어느 면을 펼쳐 보아도 이 책은 완전한 형태로 존재하고 있다. 더욱이 시간과 공간 속에서 자기를 실현시키기 위해 다양성이 풍부한 현상 형태를 필요로 하며, 그 현상 형태는 1천3백 면을 넘는 지면으로 2만 5천 줄에 걸쳐 전개되고 있지만 실제로 이 책은 하나의 정지된 현재이며 그 사상이 정지하고 있는 현재이다.〉(DF 556 f.) 이것은 토마스 만의 회상의 한 구절인데 『어느 비정치적 인간의 고찰』에서 토마스 만은 쇼펜하우어를 처음 접했을 때의 충격을 〈그런 독서는 단 한 번만 있는 법이다. 그런 독서 체험은 두 번 다시 오지 않는다〉(GW 7, 72)고 말하고 있다. 또 평론집 『인생 스케치』에서 토마스 만은 쇼펜하우어의 철학이 〈평생 잊지 못할 최고의 영적 체험〉(GW 11, 111)이라고 고백하고 있다. 쇼펜하우어의 염세주의와 심미주의가 청년 토마스 만에게 영향을 주었던 것은 무엇보다도 의지로부터의 구원, 즉 본능과 둔감한 격정의 힘으로부터의 구원이란 오로지 예술 영역에서만 가능하다는 생각이었다.[65]

이렇게 쇼펜하우어의 『의지와 표상으로서의 세계』의 내용이 토마스 만의 사상에 중요한 개념으로 전개되고 있다. 토마스 만은 타인의 체험과 문제점을 곧잘 자신의 체험과 문제점으로 이야기하는 경우가 많다. 이것은 자기의 주관적인 체험을 예술적 세계의 객관성으로 옮겨 놓는 치환 능력(置換能力)으로, 일종의 〈인용〉이다. 이는 토마스 만이 자기 작품이나 평론, 일기, 서간 등의 내용을 다른 작품에 인용하는 경우도 의미하며, 이때 대부분의 독자들이 그것을 식별할 수 있으리라곤 염두에 두지 않았다. 이러한 은폐적 인용의 종류는 대부분 일반적인 교양에 속하는 소재들로서 신문이나 사전 또는 전문 서적들로부터 차용되거나, 특정 인물과 결부되어 있는 특수 소재로 이를테면 쇼펜하우어의 전기(傳記)에서 문자 그대로 차용하는 경우가 있다. 따라서 쇼펜하우어의 토마스 만에 대한 영향이 『부덴브로크 일가』 등의 사고에 잘 반영되고 있다. 쇼펜하우어의 철학에 대한 토마스 만의 견해에서 나타나듯이, 생을 부정하고 무를 긍정하는 쇼펜하우어의 영향이 참으로 커서 그의 『부덴브로크 일가』에서 결정적으로 드러나고 있는 것이다.

『부덴브로크 일가』에서 어느 여름날 주인공 토마스 부덴브로크는 뜰에 있는 등 나무 의자에 앉아 네 시간이나 독서에 열중하고 있다. 그와 고뇌를 함께 나눌 수 있는 사람은 살아 있는 이들 중에는 아무도 없다. 그래서 그는 책을 통해 공감자인 쇼펜하우어를 발견하는데, 그 책이 바로 『의지와 표상으로서의 세계』의 제2권 제 41장인 〈죽음 및 죽음과 인간 본질의 불멸성의 관계에 관하여〉이다. 토마스 부덴 브로크는 그 책을 읽으면서 〈그의 마음은 알 수 없는 위대하고 감사한 마음으로 충만되어〉(Bd 446) 지금까지 몰랐던 기쁨을 맛보고 있다. 그런데 이것은 토마스 만 자신의 체험이기도 하다.(GW 12, 53) 〈니체의 철학을 오히려 정신적·예술적 체험이라고 명명할 수 있다면, 쇼펜하우어의 철학은 잊지 못할 최고의 《영적》 체험에 속한다. 내가 〔······〕 토마스 부덴브로크가 〔······〕 이 쇼펜하우어 책들을 지니고 있게끔 했던 것처럼, 얼마 동안 이 책들은 내게 약간 그러했다.〉(GW 11, 110 f.)

토마스 만은 19세의 젊은 나이에 조그만 사랑방에서 하루 종일 소파에 발을 걸쳐 놓고 앉아서 쇼펜하우어의 『의지와 표상으로서의 세계』를 읽었다고 회상했다.[66] 토마스 만의 고독했던 젊음과 세계와 죽음에 대한 열망은 그에게 마치 트리스탄 음악(바그너의 트리스탄)의 정신적 원천을 인식할 수 있는 심오한 에로스적인 신비적 원천이 되었으며, 그러한 체험이 다시금 『부덴브로크 일가』에 반복되고 있다.[67] 특히 작품상의 인물인 토마스 부덴브로크의 죽음에 대한 동경은 결정적인 쇼펜하우어의 영향이라 보겠다. 이 작품에서 주인공 토마스 부덴브로크는 치과 의사에게 갔다 돌아오는 길에 갑자기 쓰러진다. 작품에서 그렇게도 단정한 토마스 부덴브로크가 진흙투성이가 되어 숨을 거둔 해는 작가 토마스 만이 탄생한 1875년 이다.

결국 쇼펜하우어의 사상 체계는 철학적이기보다는 형이상학적 도취였고 열정적·신비적인 종류의 것으로서, 이 체험은 『부덴브로크 일가』의 주인공 토마스 부덴브로크를 죽음으로 몰아가기에 충분했다.[68] 이러한 쇼펜하우어의 형이상학에 대하여 헬러는 〈현실적인 것은 무가치한 것이며, 가치 있는 것은 현실에는 없다. 그리고 가치와 현실이 서로 배제되는 곳에서는 결국 일체의 가치는 물론 진실 그 자체도 현실적인 의의를 잃어버리게 된다〉[69]고 말하고 있다. 결국 쇼펜하우어의 철학은 한마디로 〈정신과 관능 사이의 거대한 긴장에서 탄생한 음악적·논리적 사상 체계로서 죽음의 에로스적인 것, 즉 그런 긴장과 거기에서 튀어 오르는 불꽃의 결과가 에로스적이 되는 사상 체계로서의 죽음의 에로스이다.〉(GW 9, 560)

이러한 배경하에 『마의 산』 등 토마스 만의 많은 작품이 여러 전문 지식 중에서도 쇼펜하우어 등의 철학적인 면을 소설의 목적에 동화시키는 경우가 많다. 『마의 산』을 철학 소설로 보는 입장은 작품을 시대 소설이나 교양 소설과는 무관한 쇼펜하우어적인 몰락의 구조가 담겨 있다고 보는 것이다. 예를 들어 〈생에 이르는 길은 두 가지가 있는데, 하나는 직선적이고 일반적인 큰길이고, 다른 하나는 뒷길, 즉 죽음을 뚫고 가는 길로서 이것이 천재적인 길이다〉(Zb 827)라고 『마의 산』의 주인공 카스토르프가 쇼샤 부인에게 행하는 언급은 쇼펜하우어 사상을 생생하게 연상시킨다.

쇼펜하우어는 모든 현상 속의 본래적 존재인 〈물자체Ding an sich〉를 의지라 명명하고 가상적 현실의 우주적인 기만을 진리를 은폐하고 모든 존재자의 동일성을 감추는 마야Maja의 베일이라고 말했다. 쇼펜하우어에 의하면 〈참으로 존재하는 유일한 것이라고 부를 수 있으며, 그것은 항상 존재하는데, 결코 생성하지도 소멸하지도 않는 것이기 때문에 그렇게 부를 수 있는 것이지만, 그러한 것은 저 영상의 실제적인 원상이며, 모든 사물의 영원한 이념이며 근원 형식이다.〉[70]

이러한 영향을 받은 토마스 만은 현상과 본질이라는 시도 동기를 통해 쇼펜하우어의 의지의 개념인 〈물자체〉를 문학적으로 형상화했는데, 이의 예로 『마의 산』의 다음 내용을 들 수 있다. 〈이것은 사물의 영상에 대해 이런저런 것을 꿈꾸고, 사물 그 자체는 무시하고, 영상을 사물이라 생각하고 사물을 영상이라고 생각했던 그의 오만한 경향 때문이었지만, 사물과 영상 간의 관계는 오늘날까지도 명백히 규명되어 있지 않기 때문에 카스토르프만을 엄하게 나무랄 수도 없다.〉(Zb 985) 이 언급에서 현실의 배후에 사물의 진정한 본질이 있다는 카스토르프의 생각에 대한 판단을 유보하는 서술자는 현상과 본질의 시도 동기를 통해 플라톤의 〈현상과 이념〉, 칸트의 〈물자체〉, 쇼펜하우어의 〈의지와 표상〉의 개념을 문학적으로 형상화하고 있다. 이처럼 〈세계 전체가 원천적으로 분열되어 있다는 지식〉[71]은 낭만주의자들의 사유 방식과 그 궤를 같이하는 것으로, 토마스 만은 〈현상과 본질〉의 시도 동기를 통해 두 세계를 중개하고 있다.[72] 이런 배경에서 토마스 만은 쇼펜하우어의 〈의지와 표상〉이라는 양극을 받아들여 삶과 정신의 대치로 표현했다.

그런데 토마스 만의 작품에서 쇼펜하우어가 긍정적으로 반영되는가 혹은 부정적으로 반영되는가의 문제가 발생할 수 있다. 크리스치안젠Börge Kristiansen은 『마의 산』이 쇼펜하우어를 전적으로 긍정하는 것으로 보는 반면, 코프만Helmut Koopmann은 이 작품이 쇼펜하우어 철학을 경고하는 입장에 서 있다고 주장한다. 그러나 『마의 산』에서 쇼펜하우어는 긍정, 부정의 문제가 아닌 이중 시각의 관점에서 암시되고 있다. 토마스 만은 1938년 『쇼펜하우어Schopenhauer』란 논평집에서 〈쇼펜하우어의 철학은 항상 뛰어나게 예술적인 것으로 인정되었고 정말 탁월한 예술가 철학으로 받아들여져 왔다〉(GW 9, 530)고 말하고 있는데, 그것은 그의 철학이 아주 높은 수준의 예술 철학이라든가 또는 그 철학의 구성이 완벽한 명료성, 투명성, 완결성을 갖고 있기 때문이 아니라, 필연적이고 천부적인 미의 표현은 오로지 본질에 대한 것이며, 본능과 정신, 욕정과 구제라는 격렬한 대립자들 사이에서 작용하고 있는, 단적으로 말해 역동적인 예술가적 본성의 표현이기 때문이다.(GW 9, 530)

당시 쇼펜하우어는 유럽 지성인들 사이에 대유행이었는데, 그의 『의지와 표상으로서의 세계』가 당시의 데카당스 분위기를 고조시키지 않고 오히려 데카당스와 반대적인 것을 제시하기 때문이었다. 다시 말해 부덴브로크 일가의 4대에 걸쳐 다루고 있는 몰락을 부인하거나 미화하지 않고 거기에서 빠져나올 수 있는 철학적 출구를 주었던 것이다.[73] 따라서 토마스 만도 작품의 구조상 쇼펜하우어의 토대를 따르면서 공화주의자로 변신한 이후, 내용적인 면에서 〈빛〉의 모티프를 받아들이며 니체적인 자기 극복을 시도하여 계몽주의가 아닌, 죽음을 통과한, 즉 낭만주의를 통과한 제2의 계몽주의의 길을 선택하고 있다.

이렇게 쇼펜하우어의 토대를 따르면서 니체적인 자기 극복을 시도했듯이 토마스 만의 문학은 쇼펜하우어 못지않게 니체의 영향도 많이 받고 있다. 그런데 쇼펜하우어와 니체의 비교에서 먼저 이들의 문학에 대한 관련성을 알아볼 필요가 있다. 〈과학적〉 문학과 〈미학적〉 문학의 분리가 기정사실로 되어 있는 오늘날 역사 소설, 수필, 일기, 자서전 및 기타의 문학적 또는 준문학적 장르가 주의를 환기시킨다. 여기에 관련되어 니체는 독일 문학사에서 시인으로의 취급이 당연하게 간주되고 있다. 이는 그가 쓴 시나 산문의 문학적 성격뿐 아니라 그가 많은 독일이나 비독일어 국가의 작가들 — 하인리히 만과 토마스 만 등 — 에게 영향을 주었기 때문이다. 그러나 쇼펜하우어의 경우는 그러한 문학적 취급에 큰 문제가 있다. 이는 그의 저작이 대개의 경우 너무 전문적이어서 문학사에서 위치를 차지하기에는 적합하지 않기 때문이다.[74]

토마스 만은 니체를 읽어[75] 그를 높이 평가했다. 『파우스트 박사의 성립』에서 토마스 만은 자기가 읽은 니체의 저서를 밝히고 있는데, 그것은 『이 사람을 보라*Ecco Homo*』(GW 11, 209), 『니체의 서간집』(GW 11, 212), 『생에 대한 역사의 이해(利害)에 대해서*Vom Nutzen und Nachteil der Historie für das Leben*』와 1870년대 초의 저작들이다.(GW 11, 254) 이렇게 토마스 만은 니체의 주요 저서들을 읽었고 또 더러는 여러 번 읽기도 하여 니체에 매우 정통했다. 특히 니체의 후기 저서들을 통해 바그너 비평가로서의 니체를 알게 되었다. 니체는 〈바그너의 예술은 병들었다〉[76]고 말하면서 바그너의 음악을 다음과 같이 데카당스로 비판했다. 〈만약 내가 이 데카당스 예술가가 우리의 건강을 해친다면 나는 방관하지 않겠다. 그리고 이 음악도! 도대체 바그너가 인간인가? 그는 차라리 하나의 병이 아닌가? 그가 만지는 것이면 무엇이든 병들게 한다. 그는 음악을 병들게 만들었다.〉[77] 이렇게 바그너에게서 예술가 및 예술의 몰락을 보아서 그를 데카당스적 예술가로 규정한[78] 니체는 바그너의 예술을 황폐한 삶과 종말에 대한 의지, 위대한 피곤함으로 공식화했으며, 바그너와 그의 예술과 그의 추종자들 작품을 정신적이고 육체적인 병적 상태*Morbidität*로 진단했다.[79] 따라서 니체는 바그너를 〈취하게 하는 동시에 정신을 혼미하게 만드는 마취 약, 또 낭만주의적인 현재의 독일 음악〉[80]이라고 규정하기도 했다. 이러한 바그너 비평가로서의 니체를 토마스 만은 알게 되었다.

토마스 만의 니체에 대한 관심은 주로 니체의 초기의 문화 비판적인 논문들과 후기의 바그너 비평과 『이 사람을 보라』의 자기 가책적인 고백에 집중했다. 토마스 만은 니체를 무엇보다도 〈산문가*Prosaist*와 심리학자*Psycholog*〉(GW 12, 541)로 평가해 〈그(니체)는 독일 산문에 예민한 감수성과 예술의 융통성, 미, 명민성(明敏

性), 음악성, 강조성과 정열을 부여했다〉(GW 12, 88)고 말한 적이 있다. 이러한 인식을 통해 토마스 만은 초기 작품들에서부터 니체의 영향을 받아, 그 자신도 〈의심할 여지 없이 정신적 및 양식적인 니체의 영향은 이미 나의 초기에 발표된 산문시작(散文詩作)들에서도 알아볼 수 있다〉(GW 11, 109)고 말하고 있다. 특히 니체의 〈원근법주의Perspektivismus〉와 니체의 비판을 통해 알게 된 바그너 예술의 이중적 시각 방식이 토마스 만의 표현 형식에 큰 영향을 미치게 되었다.

근본적으로 자신이 사랑하는 것은 오직 삶뿐[81]이라고 말하는 니체는 삶의 철학자이고 그래서 그의 모든 사고는 삶에 집중되어 있다. 이러한 삶을 밖으로 표출하는 최고의 표현 가능성을 니체는 예술에서 찾고 있으며, 〈예술이 인간적 의미에서 삶의 최고 과제이며 본질적으로 형이상학적 행위임을 확신〉[82]하고 있다. 마이어 Theo Meyer도 니체에게 있어 예술이란 〈삶의 최고 표현이며 최고의 기관〉[83]이라고 말하고 있다. 따라서 토마스 만은 정신에 의한 삶의 부정이라는 자세를 일깨워 준 쇼펜하우어와는 반대로 니체로부터는 정신을 부정하고 삶을 긍정하는 자세를 배웠다. 〈만약 내가 니체에게 정신적으로 물려받은 것을 하나의 공식, 즉 한 단어로 표현한다면 그것은 오직 삶의 이념일 뿐이다〉(GW 12, 84)라는 말에서 토마스 만이 삶에 대해 니체에게서 지대한 영향을 받았다는 사실을 알 수 있다. 이렇게 토마스 만의 쇼펜하우어와 니체 사상의 수용에 있어 전자의 삶의 부정적인 요소를 지양하고, 후자의 삶의 긍정적인 극복을 수용하는 내용이 이미 초기 작품인『부덴브로크 일가』에서부터 나타나고 있다. 〈일찍이《나》라고 말했고, 말하고 있고, 또 말하게 될 모든 사람들 속에, 특히 그것을 더욱 충실하게, 더욱 힘차게 더욱 즐겁게 말하는 사람들 속에 나는 존재하리라.〉(Bd 657) 이처럼『부덴브로크 일가』후반부의 구절은 니체적 색채를 띠고 있으며 삶의 긍정적인 요소를 강조하고 있다.

이렇게 니체 사상이 토마스 만의 작품에 주요 동기로 작용하여 토마스 만 자신도『부덴브로크 일가』등 초기의 몇몇 작품들 속에 〈니체의 정신적 및 양식적인 영향〉(GW 11, 109)이 들어 있다고 고백하고 있다. 특히『부덴브로크 일가』가 니체의 영향을 많이 받았음을 토마스 만은 평론집『인생 스케치』에서 명확하게 언급하고 있다.『부덴브로크 일가』는 니체의 삶이 이념에 동화된 유일한 가능성인 반어성에 대한 단초를 보여 주고 있다. 〈분명히 니체의 정신적이고 문체적인 영향은 이미 발표되었던 나의 초기 산문 시도에서 알아볼 수 있다. 〔……〕 니체와의 접촉은 형성 과정에 있던 내 정신의 형식에 아주 결정적이었다. 〔……〕 그의 정신을 대가로 한 삶의 찬양, 독일인의 사고 속에서 위험한 결과를 초래한 저 서정시 ─ 그것을 나에게 동화시킬 단 하나의 가능성은 반어성에 있었다.〉(GW 11, 109 f.)

이러한 니체적인 반어성은 특히 『마의 산』 〈눈Schnee〉의 장에서 이념적 배경이 되고 있다. 즉 아름다운 하구에서 삶을 향유하고 있는 태양의 아이들과 그 배후에서 진행되는 피의 향연의 두 광경을 포함한 고대 그리스의 상은 니체의 『비극의 탄생Die Geburt der Tragödie』에서 언급된 아폴론─디오니소스의 반어성이며, 이 〈눈〉의 장에서 꿈이 상징하는 인간성의 이념은 분명히 토마스 만에 의해 형이상학적으로 파악된 니체의 이념으로, 니체가 그곳에서 고전적 인간성의 근저를 인식하려고 한 디오니소스와 아폴론의 사이라는 중개 이념이다.[84]

『파우스트 박사』에서 서술가인 차이트블룸이 레버퀸의 삶에 작용하는 악마적인 면을 암시하려고 사용하는 모티프는 성적(性的)인 것과 악마적인 것의 결합이다. 차이트블룸은 이 작품 제19장에서 레버퀸이 창녀와 성적 접촉을 한 사실을 보고하고 있다. 레버퀸은 대학 공부를 중단하고 전적으로 작곡에 몰두하던 중 음악 공부를 위해 라이프치히로 가게 된다. 그는 그곳의 어느 사창가에서 한 창녀와 관계를 하게 되는데, 이것은 잘 알려져 있다시피 니체의 전기에서 차용한 것으로, 니체가 삶에 대한 애착을 〈우리로 하여금 의심을 자아내게 하는 한 여자에 대한 애착〉에 비유하면서 삶의 마력을 〈혐오스럽고, 경멸적인 것임에도 불구하고 동정적이고 유혹적인 것〉[85]이라는 내용의 암시라 하겠다. 그런데 레버퀸이 창녀와 성적 접촉을 한 내용은 사실 토마스 만 자신의 인용으로도 볼 수 있다. 이는 토마스 만이 자기 작품이나 평론, 일기, 서간 등의 내용을 다른 작품에 인용하는 경우다. 따라서 차이트블룸 등의 묘사는 마치 스스로 생생히 경험한 것처럼 사실적이다.

토마스 만은 이른바 삼성좌(쇼펜하우어, 바그너, 니체)와 괴테 중에서 누가 그에게 가장 강한 작용을 했는가에 대해서는 구체적으로 말하지 않았다. 하지만 밥 Julius Bab이 보낸 〈독일인들이 괴테와 바그너 중 누구를 선택할 것인가〉라는 질문에 대한 답신에서 토마스 만은 〈독일인이 괴테보다 바그너를 택할까 걱정이 된다고 말한 사실〉[86]에 관심을 기울일 필요가 있다. 특히 〈독일 공화국에 대하여Von deutscher Republik〉라는 강연 이래 토마스 만은 비정치적인 태도에서 정치적인 태도로 전향하면서,[87] 이 시기 이후 그의 작품 활동 초기에 심대한 영향을 미쳤던 삼성좌에 대한 관심으로부터 괴테로 관심의 전향을 하게 되었다. 삼성좌가 그에게 죽음과 병, 그리고 데카당스로 점철된 낭만적 분위기를 제공한 데 반해, 괴테로의 전환은 건강한 것, 고전적인 것, 인간적인 것으로의 전환을 의미하는 것이다.[88] 또한 가지 확실한 것은 니체는 어느 누구와도 신화적으로 형식화된 수난자의 역할을 함께하지 않았는데, 이는 아무도 니체처럼 그토록 분명하게 한 인간의 개인 운명의 표준을 초월하지 못했다는 사실이다. 토마스 만이 니체를 항상 모든 시대에 대한 〈척도와 가치〉를 규정하는 기반으로서 목전에 현존시킨다는 것, 인용한다는 것, 위대한 사자를 현존시키려는 시도 — 그것은 바로 괴테와 신화로의 도정이다.

이러한 니체의 신화화의 도정에 그의 〈초인Übermensch〉 사상이 중요한 역할을 하므로 이를 잠깐 고찰해 보자. 퓌츠Peter Pütz가 1897년에 추적한 바 있는 근·현대 사상에서 이상적인 인간의 모습에 대한 출저를 소개하면서, 초인에 대한 사상은 주관주의의 초기에는 칸트Immanuel Kant의 철학에서, 뒤에 와서는 피히테 Johann G. Fichte, 슈타이너, 키르케고르, 칼라일, 에머슨Ralph W. Emerson 그리고 니체 등의 사상에서 발견된다고 쓰고 있다.[89] 그는 또 문학 부문에서도 괴테의 『파우스트』, 임머만Karl Immermann의 『신화, 메를린Merlin, eine Mythe』 그리고 바그너의 「로엔그린」 등이 초인 사상의 전형이 되었다고 덧붙이고 있다. 카우프만 Walter Kaufmann도 초인과 같은 비범한 모습의 인간이 이미 기원후 2세기 사모 사타의 루키엔의 글에 언급되어 있다고 쓰고 있다.[90] 이암블리코스도 피타고라스를 〈신적인 사람〉, 〈신, 데몬, 곧 초인간적인 존재〉라고 불렀던 것으로 전해진다.[91] 이상의 인물들이 고대 그리스 문헌 학자 니체에게 적잖은 영향을 끼쳤으리라고 짐작하기는 어렵지 않다.

굴곡이 심한 인간관을 경험하면서 니체는 비교적 온건하고 비판적인 입장에서 몇 사람의 역사적인 인물을 찾아내 훌륭한 인간으로 제시하게 된다. 예수 그리스도, 제정 로마의 황제 카이사르Julius Caesar, 괴테와 나폴레옹 등이 바로 그들이다. 이들은 그 모습과 행동 영역이 서로 다르기는 하지만 모두 종(種)으로서의 인간 수준을 뛰어넘는 소수의 선택된 인물들이다. 이들의 언행은 특출하였으며, 그

탁월성 때문에 지금까지 많은 사람들로부터 추앙받아 왔다. 그가 가르친 종교적 교설의 내용을 문제 삼지 않는다면 예수 그리스도도 탁월한 능력의 인간이었다.[92] 그러나 니체는 이들이 모두 그들 나름의 훌륭함을 지니고 있기는 하지만, 그들 역시 부분적으로는 취약점이 있다고 생각했다. 그래서 니체는 이들 가운데 어느 누구도 미래의 이상적 인간이 지녀야 할 모든 요건들을 두루 갖추지 못한 것으로 판단하기에 이른다.

예를 들어 카이사르는 강인한 힘에의 의지와 결단력을 가지고 있으나 예수 그리스도가 갖고 있는 순교자적이며 고결한 영혼이 결여되어 있었다. 예수 그리스도는 카이사르와 같은 장군은 아니었지만 순교자적인 고결한 영혼으로 인류의 구제를 꾀하고, 또 그것을 위하여 위선에 차 있는 것으로 판단되는 기성의 종교적 질서에 대항했다. 이러한 의미에서 그는 새로운 역사를 도모한 인물이며 혁명 투사였다. 그러나 그에게는 강인한 힘의 의지와 전사적인 정복 욕구가 결여되어 있었다. 이들 사이의 관계, 즉 힘에 대한 의지와 고결한 영혼의 관계는 장군 나폴레옹과 시인 괴테의 비교에도 해당된다. 이들 위인들을 따로 떼어 놓고 보면 각자의 훌륭한 성격과 능력에도 불구하고 새로운 인간상을 찾아 나선 니체를 부분적으로밖에 만족시킬 수 없었다. 니체가 바란 것은 예수 그리스도의 영혼을 지닌 카이사르이며, 괴테와 나폴레옹을 한 몸에 합친 인물이었다. 이렇듯 니체가 꿈꾸고 있는 이상적인 인간은 구체적인 내용이 없는 허구의 존재가 아니었다. 즉 니체는 현실 세계를 그의 사유의 기반으로 삼되 그것의 한계를 넘어 훌륭한 성품과 능력을 고루 갖춘 미래 지향적인 이상을 제시하고 있는 셈이다.[93]

음악가 바그너도 이러한 니체의 초인을 방불케 하는 개념을 말했는데, 그의 〈아름답고 강한 인간〉[94]이란 바로 이를 뜻한다. 니체의 초인은 세상에 알려지는 과정에서 크게 왜곡되었고, 특히 1900년 전후로는 초인이 크게 유행하여 초인의 여성형인 〈Überweib〉가 등장하기도 했다.[95] 뿐만 아니라 국가 사회주의의 제3제국 통치 시대에 초인은 당시 독일의 정치적 상황과 관련하여 과장되고 일방적으로 해석되었다. 히틀러는 바이마르에 있는 니체 문서 보관소를 방문하여 니체에 대한 그의 깊은 이해를 보였으며, 선전상 괴벨스를 위시한 적지 않은 국가 사회주의 지도자들, 그 가운데 특히 인종주의자들은 니체를 독일 국가 철학자로 추앙하며 그의 초인 사상을 예찬했다. 이들은 독일이 니체의 가르침에 귀 기울여 초인의 출현이라는 역사적 요구에 부응할 것을, 그러기 위해서는 인접의 저급한 민족들과의 피의 유대를 단절할 것을 요구했다.[96] 토마스 만은 이러한 자기 민족의 잘못 선택된 초인 사상을 독일 민족의 재난의 근원으로 보아 제2차 세계 대전의 직접적인 화근으로 보았다.

따라서 토마스 만은 국가적 거만, 즉 자신들의 인종 정신적 우월성이 세계를 지배할 선택된 존재라는 유혹을 재난으로 보며, 또 이러한 유혹의 근원을 유럽 민족 국가가 번창한 시대인 중세에서 르네상스로의 과도기로 보았다. 이 과도기를 토마스 만은 무엇보다도 루터에서 찾으며, 그를 독일 본질의 위대한 화신으로 보았다. 〈순수 문명 속의 독일적인 것, 분리적이며 반로마적, 반유럽적, 격앙적인 촌스러움, 욕하고 침 뱉고 광폭하고 억셈, 이러한 것들이 연약한 감성 그리고 악마, 기형아를 믿는 극단의 미신에 연관되어 있다. 루터가 보수적 혁명가로 해방과 격퇴의 이중 구조의 힘을 지닌 독일적인 인물 또 가장 독일적인 문체를 지닌 위대한 인물이란 사실을 누가 부정하겠는가?〉(GW 11, 1133)

토마스 만은 이러한 초인 사상을 독일 민족의 재난의 근원으로 보고, 제2차 세계 대전의 직접적인 화근으로 보았지만 제3제국의 경험 후에도 결코 니체를 등지지 않았다. 그는 한 서간에서 〈나는 니체를 《나의 독일인들을 추락시켰다》고 해서 나쁘게 생각할 수는 없다. 만일 그들이 그의 악마주의에 빠져들 만큼 우둔했다면 그것은 그들의 일이고, 만약에 그들이 그들의 위인들을 견뎌 내지 못한다면 그들은 아무런 위인도 내놓을 수가 없다〉[97]고 말한 적이 있다. 이렇게 토마스 만은 만년에 와서도 니체를 찬양했으며 그의 바그너 비평으로부터 배울 점이 많다고 했다.[98] 따라서 토마스 만의 니체 수용은 결코 일시적인 발견이 아니라 여러 단계를 거친 것이었다.

지금까지의 내용처럼 토마스 만의 문학은 쇼펜하우어와 니체의 영향을 많이 받고 있다. 그런데 쇼펜하우어와 니체의 영향이 토마스 만의 초기 작품에는 분명하게 드러나지 않는다. 그의 초기 단편 「키 작은 프리데만」과 「배고픈 자들Die Hungernden」의 작품 속에서 생을 의지적 철학으로 파악하여 생에 대한 긍정적 부정과 이를 극복하는 방법으로서 예술로의 몰입을 통한 인식의 길을 제시하는 쇼펜하우어의 영향이 나타나고 있을 뿐이다. 니체는 바그너의 해석자와 비평가로서 젊은 토마스 만에게 수용되었다.[99] 이렇게 토마스 만의 초기 작품에는 간접적으로 약하게 나타나던 쇼펜하우어와 니체가 후기 작품에는 강렬하게 암시되는데, 이러한 사실은 『마의 산』의 다음 내용에 요약적으로 잘 나타나 있다. 〈이 작품(『마의 산』)의 표현 방법은 오히려 19세기 철학에, 특히 〔……〕 쇼펜하우어나 니체의 철학에 응용된 표현 방식을 보여 주고 있다.〉[100] 『마의 산』에는 작가가 다보스에서 지낸 개인적인 체험과 쇼펜하우어와 니체의 철학을 통한 문학적인 체험이 구별할 수 없을 만큼 뒤섞여 있다.

이 같은 토마스 만과 니체·쇼펜하우어의 밀접한 관계에 대해서 디어크스M. Dierks 등은 쇼펜하우어와 니체 두 사람을 『마의 산』의 작가 본래의 〈방위 결정 모델Orientierungsmodelle〉이라 칭하고, 이와 같은 사실을 간과한다면 작품 전체의 진정한 이념적 실체가 은폐될 것이라고 말하고 있다.[101] 디어크스는 『마의 산』 전체를 형성하는 기본적인 이념 구조를 형이상학 대 형이상학을 부정하는 세계 내재 Weltimmanenz로 규정하고 그것을 쇼펜하우어 대 니체라는 공식으로 묘사했다. 따라서 평지와 마의 산에 속하는 각 개념과 가치관의 대립, 평지의 건강 대 마의 산의 병, 삶 대 죽음, 윤리성 대 방종적 자유, 개성 대 초시간적 동일성, 서구(세템브리니, 침센) 대 아시아(쇼샤, 나프타), 평지의 전진적 시간 대 마의 산의 정지적 영원, 이와 같은 대립들을 일괄하여 쇼펜하우어 대 니체라는 기본적인 이념적 대립의 배후지Hinterland로 불리고 있다.[102]

결국 토마스 만이 예술적인 윤리관(니체)에서 인도적인 시민성을 찾았다면, 도덕적 염세주의(쇼펜하우어)에서는 인도적 도덕성을 찾았지만, 토마스 만은 쇼펜하우어와 니체를 그대로 수용한 것이 아니라 그들의 입장에 대해 상당한 거리를 취하고 있으며 그들의 오류도 보고 있다. 즉 〈토마스 만은 쇼펜하우어의 경우에 있어서는 생을 부정하는 결과를 거부하고, 니체의 경우에서는 생을 찬미하는 철학의 비도덕적인 요소도 거부했다〉.[103] 그는 생을 부정하고 무를 긍정하는 쇼펜하우어와 생을 긍정하고 형이상학을 부정하는 니체의 극단적인 대립에 다리를 놓아 준 셈이다. 결국 토마스 만은 생을 부정하고 무를 긍정하는 쇼펜하우어와 생을 긍정하고 형이상학을 부정하는 니체의 극단적인 점을 지양함으로써 예술의 수단을 통한 양자 연결을 시도했다. 토마스 만의 전체 작품을 관통하고 있는 죽음에의 애착과 생의 긍정 사이의 긴장은 쇼펜하우어적인 정신과 니체적인 생 사이의 긴장을 조화적으로 반영하고 있는 것이다.

3) 동양과 서양

기원전 3000년 무렵 비슷한 시기에 생겨난 동양 문명과 서양 문명은 5천 년 가까이 각자의 길을 걸어오다가 18세기부터 본격적으로 섞이기 시작했고, 20세기 들어서면서 하나의 글로벌 문명으로 통합되고 있다. 지리적 차이 때문에 동양 문명의 시발점인 황허 문명은 농경이 중심이 됐고, 서양 문명의 씨앗이 된 오리엔트 문명은 농경과 목축을 병행했다. 동양 문명은 기반이 탄탄하지만 이동성이 떨어져 폭넓은 변화를 일으키지 못한 반면, 서양 문명은 기반이 부실했으나 역동성이 컸다. 동양 문명의 중심은 중국의 중원이라는 땅덩어리였지만, 그에 해당하는 서양 문명의 중심은 지중해라는 바다였다. 두 문명을 대표하는 제국의 전형으로 중국의 한(漢) 제국과 로마 제국을 들 수 있다. 한 제국과 로마 제국이 가장 달랐던 것은 중앙 권력의 힘이었다. 중국의 천자는 〈하늘의 아들〉로서 천하를 소유했지만, 시민과 원로원의 지지로 권위를 유지하는 로마의 황제는 제국의 소유자가 아니었다. 한에 앞서 제국의 기틀을 마련한 진시황이 중원을 평정한 뒤 쌓은 만리장성은 〈중화 세계의 문을 걸어 닫은〉 상징적인 사건으로 해석한다. 중국은 청나라 때까지 폐쇄적인 제국을 유지하다가 로마 제국의 멸망(476) 이후 사실상 각개 약진의 길로 접어든 서양 문명에 의해 명맥이 끊기는 운명을 맞았다. 명대(明代) 초기만 해도 엇비슷했던 두 문명의 힘은 유럽이 르네상스와 국민 국가 시대를 거치면서 격차가 크게 벌어졌다. 산업 혁명의 시대를 맞은 유럽에서는 각종 동력 기계들이 발명됐지만 중국에서 농업 생산력을 증대시킨 동력은 여전히 인력과 축력(畜力)이었다. 이처럼 다른 길이 두 문명의 차이를 낳았다.[104] 이러한 동양과 서양 문명이 토마스 만의 문학에서는 대립적으로 묘사되고 있다.

신화학자들에 따르면, 디오니소스에 대한 숭배는 소아시아, 즉 발칸 반도의 동부 지방인 트라키아에서 그리스로 건너왔다.[105] 이런 의미에서 디오니소스는 〈이방의 신〉이라고 할 수 있다. 이러한 디오니소스 숭배의 근원지는 아시아라고 여겨 진다. 디오니소스 숭배의 근원지로 여겨진 아시아는 「베네치아에서 죽음」에서 한 창 위력을 떨치는 콜레라의 근원지로 묘사되고 있다. 즉 콜레라는 아시아에서 창 궐한 것으로 여겨지는 것이다. 아셴바흐에게 베네치아에 만연하고 있는 콜레라에 관해 털어놓는 영국인 여행사 직원에 따르면, 이 콜레라는 〈인도의 갠지스 강 삼각 주의 더운 늪지대에서 생겨나 대나무 숲 속에 호랑이가 웅크리고 있는 울창하고 쓸모없는 〔……〕 원시 세계와 섬의 황무지에서 나오는 독기 서린 숨결을 타고 높이 올라갔다는 것이다〉.(TiV 512) 이 내용을 보면 이성을 대변하는 유럽과, 정체와 죽음을 대변하는 아시아가 아폴론과 디오니소스의 관계처럼 반어적으로 자리 잡 고 있다. 이렇게 토마스 만은 종종 동양과 서양을 디오니소스적이며 아폴론적으로 대비시켜 동양을 부정적으로 나타내는 경우가 많다.

이러한 유럽의 동양에, 특히 인도에 대한 우월성을 토마스 만은 인도와 영국의 식민지 관계로 다음과 같이 설명하기도 한다. 〈세계가 영국령인 한, 그 세계는 아 주 잘 보호받고 있다는 것을 부인할 수 있는가? 영국의 통치 임무를 취소하고 그것 을 다른 나라, 가령 독일이나 러시아의 손에 넘겨야 한다고 주장할 만한, 인류에 이익이 되는 그 어느 종류의 시급한 관심사라도 있는가? 〔……〕 민족적 자유, 인도 에 대한 자치는 어떤가라고? 하지만 그것은 아마도 무정부 상태를 〔……〕 초래할 것이다. 〔……〕 영국의 세계적 제국은 제국 이상의 무엇이다. 그것은 문명이다.〉 (GW 12, 884 f.) 토마스 만의 관점에서 보면, 영국이 미개한 인도에서 다른 어느 국가 관리 체제에 의해서도 대체될 수 없는 지배 체제를 하고 있다. 그에 의하면, 아시아의 본질은 이성의 부재와 문명의 부재를 의미한다. 따라서 〈이성에 합당한 완전화〉(Zb 221)의 원칙을 의미하는 유럽은 〈진정 18세기도, 1789년(프랑스 혁명 이 일어난 해 — 필자 주)도 체험하지 못한〉(Zb 221) 아시아로 진출하여 이 대륙 을 계몽, 지배해야 한다는 것이다. 이러한 동양에 대한 유럽의 우위가, 특히 토마 스 만의 고국인 독일의 우위가 부정되는 경우도 있는데, 이는 파시즘에 의한 문명 의 말살 때다. 〈나의 소원과 희망은 독일국의 승리에 반대하도록 강요당하고 있 는데, 왜냐하면 독일의 승리에서는 내 친구의 작품이 매장당하고, 금지와 망각의 속박은 아마도 백 년 동안 그것을 덮어 버릴 것이며, 그래서 그것이 그 자신의 시

대를 놓치고 단지 후세에서만 역사적인 영예를 받을 것이기 때문이다.〉(DF 45)

이렇게 동양에 대한 유럽의 우월성이 작품에 나타난 예를 들어 보면, 『마의 산』에서 카스토르프가 아시아적 쇼샤 부인에게 빠져 자신을 잃어버릴 때 세템브리니가 행한 다음의 설교가 대표적이다. 〈당신은 여기에 널리 퍼지고 있는 공기에 영향을 받지 말고 당신의 유럽적인 생활 양식에 적합한 말을 사용하십시오! 여기에는 특히 많은 아시아적인 것이 널리 퍼지고 있습니다. 모스크바계의 몽골인이 우글거리고 있을 뿐입니다! 저 사람들에게 ─ 이렇게 말하고 세템브리니는 턱으로 뒤를 가리켜 보였다 ─ 기분을 순응시켜서는 안 됩니다. 저 사람들의 사고방식에 감염되어서는 안 됩니다.〉(Zb 339) 『마의 산』의 또 다른 동양의 부정적 암시로 저녁의 나룻배 놀이 장면을 들 수 있다. 이 작품에서 카스토르프는 세템브리니의 할아버지 이야기를 듣고 자기 할아버지를 회상하게 된다. 카스토르프는 두 세계를 대변하는 이야기를 듣고 어린 시절의 체험인 홀슈타인 호수에서의 뱃놀이를 떠올리게 된다. 〈저녁 일곱시경으로 해는 벌써 서산에 지고, 만월에 가까운 달이 동쪽 기슭의 숲 위에 올라와 있었다. 한스 카스토르프가 고요해진 물 위를 배로 지나가니 햇빛과 달의 매혹적이고 몽상적인 관계가 하늘을 10분가량 지배하고 있었다. 서쪽하늘은 아직 낮으로 유리같이 차고 선명한 낮의 빛이 퍼져 있었지만, 눈을 동쪽으로 돌리면 그쪽은 똑같이 선명하고 촉촉한 안개가 낀 아주 마적인 밤이었다.〉(Zb 218) 여기서 서방이 밝은 낮의 세계로 묘사되는 반면 동방은 축축하게 안개 낀 마적인 어둠의 밤으로 부정적으로 묘사되며 서로 대립되고 있다.

이렇게 동양이 부정되고 서유럽 사상이 옹호되는 상황에서 동양과 서양을 다 같이 수용하는 인물이 인도네시아 자바 출신의 네덜란드인인 페퍼코른이다. 페퍼코른은 과거에 동양(자바에서 커피 재배)과 서양(네덜란드인)을 동시에 체험한 종합적인 인간으로, 이러한 동서양의 성격을 모두 지닌 그의 인품과 교양은 요양소에서 선망과 위엄의 대상이 되고 있다. 이러한 동양과 서양을 동시에 지닌 모습은 그의 인상에서부터 느낄 수 있다. 〈이마에 깊은 주름이 새겨지고 왕자와 같은 얼굴에 비통하게 찢어진 입술을 한 페퍼코른은 언제나 두 가지 경향의 어느 쪽이기도 하며, 그를 보면 그 어느 쪽도 그에게는 알맞으며 두 가지가 그에게는 하나가 되는 것처럼 보여, 이쪽이기도 하고 저쪽이기도 하고, 저쪽이기도 하고 이쪽이기도 하였다.〉(Zb 818 f.) 이렇게 동양과 서양을 동시에 수용하는 사상을 담은 괴테의 시 「은행잎Gingo biloba」도 인용해 본다.

동양에서 건너와 지금
내 정원에 살고 있는 이 나뭇잎은
비밀의 뜻을 지니지요.
그 뜻을 아는 자를 기쁘게 하는.

본래 한 잎이었던 것이
둘로 나뉜 것일까요?
아니면, 둘로 갈라졌는데
사람들이 하나로 알까요?

이 질문을 답변하다가
나는 그 참뜻을 깨달았습니다.
그대는 내 노래에서 느끼지 않으세요,
내가 하나이면서 둘이라는 것을.

이 시는 괴테의 『서동시집』에서 보이는 동양과 서양의 이중성과, 괴테의 내적 세계의 이중성을 동시에 말해 주고 있다. 동양에서 건너와 정원에 살고 있는 은행잎은 곧 동양의 사상이 괴테의 영혼의 정원(서양)으로 건너와서 엮인 〈서동시〉인 것이다.

『마의 산』에서 동양이 부정되고 서유럽 사상이 옹호되는 상황에서 동양의 모습으로 분위기를 전환시키는 인물로 러시아 출신의 쇼샤 부인을 들 수 있다. 물론 처음에 쇼샤 부인은 동양을 부정하는 모습으로 등장한다. 작품에서 쇼샤 부인의 버릇없이 문을 꽝 닫고서 고양이 새끼처럼 미끄러지듯 살금살금 식탁으로 걸어가는 태도는 이성의 저편에 있는 형이상학적인 충동을 나타낸다. 아시아적인 내적 본질을 암시하는 쇼샤 부인은 내부가 침식당한 인물의 형태로 축 늘어진 등을 하고 있는 모습으로 묘사되는데, 이러한 외적인 현상의 묘사에서 일종의 동양 비하가 암시되고 있다. 그러나 세템브리니와 나프타가 이성, 자유, 진보 등 서양적 이념의 대변자로서, 즉 서유럽의 대변자로서 카스토르프의 지적인 면을 갈구할 때, 여기에 상응하여 카스토르프의 마음을 끄는 인물이 동방의 세계로 대표되는 쇼샤 부인이다. 이러한 서유럽과 동양적 분위기가 세템브리니의 다음 언급에 담겨 있다. 〈사람들은 하나의 아시아적 원칙으로, 그리고 또 다른 하나는 유럽적인 것으로 부를 수 있다. 그도 그럴 것이 유럽은 저항과 비판, 변혁시키는 활동의 땅인 반면, 지구의 동쪽 영역은 무위의 안정을, 부동성을 체현하기 때문이다.〉(Zb 221) 이러한 고대 동방에 대한 편애와 공감을 토마스 만은 일찍이 품고 있어서 동방에 대한 지식을 습득한 바 있고, 그 지식을 가능한 한 활용해서 마의 산 이야기를 〈실제로 일어난 것처럼〉(GW 11, 655) 서술하고 싶었는데, 이것이 쇼샤 부인에게 투영되고 있다.

이렇게 쇼샤 부인에게서 동양이 긍정적으로 묘사되듯이, 앤더슨Perry Anderson은 최근 서구의 진보 사상의 전개를 개관하는 저서 『싸움이 벌어지는 곳A Zone of Engagement』에서 19세기 프랑스의 경제 사상가 쿠르노Antoine Cournot의 관찰에 주목하여 계몽의 이성 등은 동양에서 근거가 발생했다고 주장했다. 〈현대가 유럽사 전개의 창조물이라고 한다면, 그 배경에 들어 있는 것은 이미 아시아의 경험에서 예시된 것이다. 헤겔과 달리 쿠르노의 세계사 방향에 대한 비전은 전적으로 서양 중심적인 것이 아니다. 여러 세기 동안 중국 문명은 유럽 문명에 대하여 업적에 있어서 필적하면서도 가치에 있어서 다른 대칭을 이루고 있었다. 서양 사회들이 신앙, 조국, 자유 등의 이상들을 차례차례 절대화하는 동안, 중국의 현실주의는 개인들의 물질적·도덕적 향상, 이용후생을 위한 사회 제도들을 만들어 냈다. 합리적 행정 제도와 산업 발명의 원리들이 개척된 것도 유럽이 아니라 중국에서였다. 그러한 것들은 중국이 주체가 되는 역사의 영웅적 에너지가 꽃피고 진 훨씬 후에 가서야 서양에서는 크게 나타나게 되었다.〉[106] 여기에서 문명은 서양의 전유물이 될 수 없고 동양이 근원지라는 사실이 나타난다. 다시 말해 인류 문명에서 〈모든 길은 로마〉가 아니라 〈원래 중국으로 통했다〉는 사실이 나타나는 것이다. 이러한 관점에서 볼 때 〈우리가 보편적 가치라고 믿는 것들은 실제로 보편적인가? 보편적 가치와 진리에 기초하고 있다고 자찬하는 서구 문명은 그들의 시각과 입장에서 주장하는 유럽적 보편주의는 아닌가?〉라는 의문이 생긴다. 자연법에 기초하고 기독교의 세례를 받아 문명화된 서구가 타자에 대해 우월하다는 인식에 입각한 유럽적 보편주의는 결국 현실에서 타자에 대한 무자비한 폭력과 착취로 이어질 수밖에 없었다.

이런 배경에서 동양, 특히 중국에 대한 견제론이라 볼 수 있는 황화론(黃禍論)이 세계사에서 만만치 않았다. 황화론이 유럽에서 제기된 것은 19세기 후반이었다. 황색 인종이 일어나 백인들을 위협할 것이라는 주장으로, 이는 중국의 값싸고 풍부한 노동력에 대한 공포와 경계심의 표출이었다. 유럽이 중국에 천연자원과 노동력을 이용하는 방법을 가르치는 것은 자살행위라고 주장한 학자도 있었다. 독일의 빌헬름 2세는 이를 책략(策略)으로 삼았다. 청일 전쟁에서 승리한 일본을 대상으로, 그는 동양인의 힘이 커지면 칭기즈 칸처럼 서양인을 무자비하게 멸망시킬 것이라며 러시아의 아시아 침략을 부추겼다고 한다. 그 결과가 1904년의 러일 전쟁이다. 결국 옳다고 믿어 온 것들을 끊임없이 의심하고, 억압받는 사람들을 현실적으로 지원하며, 전 지구적인 보편주의에 대해 지속적으로 탐색해야만 진정한 보편주의를 얻을 수 있다.

여러 보편적인 사실들을 분석해 볼 때, 동양, 특히 오리엔트(서아시아)의 고대 문명이 유럽 문화의 뿌리인 것은 사실로 밝혀지고 있다. 오리엔트 문명은 1만 년 전 이미 곡식 재배, 동물 사육이라는 혁명적 삶의 변화를 시작했고 이를 유럽과 주변 세계에 전했다. 오리엔트 문명에는 페르시아, 수메르, 히타이트, 아시리아, 히브리, 바빌로니아, 페니키아 등 수많은 고대 국가가 포함된다. 오리엔트 문명은 크레타 문명에 영향을 줬고, 크레타 문명은 그리스 문명의 바탕이 됐다. 그리스 문명의 바탕 위에 로마가 세워졌다. 이렇게 문명의 근원지가 서양이 아니라 동양이라는 암시가 토마스 만의 『마의 산』에서 동양적 성격으로 주인공 카스토르프의 정서에 가장 영향을 미치는 페퍼코른과 쇼샤 부인으로 적절하게 묘사되어 있다.

특히 쇼샤 부인은 양성(兩性)의 조화를 지녀 통일성을 추구하는 동양적 인문주의를 대변한다. 이러한 동양적 분위기를 지닌 쇼샤 부인의 행동은 부정적으로 묘사되기도 하는데, 이러한 부정적 요소 속에 매혹적인 요소가 담겨 있어 역설적이다. 쇼샤 부인은 〈남성적인 여성〉으로, 또 방종하고 해방된 〈거부와 매혹의 혼합물〉[107]의 성격으로 그녀의 존재가 더 아름답게 작용하는 것이다. 카스토르프가 자신의 새로운 삶을 일차적으로 발견하는 〈에로스〉를 충당시켜 주는 쇼샤 부인은 〈남성적 여성〉으로 방종하고 해방된 면모로, 그녀가 카스토르프에게 끼치는 작용은 〈거부와 매혹의 혼합물〉일 수밖에 없다. 결국 서구적인 전통과 교양과 거리가 먼 동양적인 쇼샤 부인이 카스토르프에게 끼치는 역설적인 매혹이 쇼샤 부인의 진정한 미인 것이다.

4) 아폴론과 디오니소스

엔드라이에크Helmut Jendreiek는 「베네치아에서 죽음」에서 〈주인공 아셴바흐의 모습에 반영되어 있고 토마스 만에 의해 비판적으로 해석되는 디오니소스적 모방은 그 근원이 의심할 여지 없이 플라톤의 사상에 있다〉[108]고 지적하고 있다. 따라서 플라톤의 디오니소스적 모티프를 먼저 고찰해 보자. 플라톤은 감정과 격정을 이성에 대한 위협으로 보았다. 이 사상이 실제 신화에도 반영된다. 그리스 신화에 등장하는 아폴론과 디오니소스는 각각 태양과 술을 관장한다. 아폴론이 빛이라면 디오니소스는 어둠이다. 여기에 근거해 후대는 아폴론을 이성, 디오니소스는 감성이라는 아우라를 씌웠다. 이성에 따라 행동하는 인류를 생물 분류학에서는 〈호모 사피엔스Homo sapiens〉라고 부르는데, 이는 〈지혜로운 인간〉이라는 뜻이다. 본능에 의존해 생활하는 대부분의 동물과 달리 인간은 머리를 써서 생각하고 논리적인 판단을 내린다는 의미에서 붙인 이름일 것이다. 사실 사람들이 중요한 결정을 내릴 때 본능이나 감정을 억제하고 이성적인 판단에 의존한다는 생각은 오래되었다.

무엇이 옳고 그른가를 판단하는 것은 이성이었기에 역사에서 감성의 아우라를 쓴 디오니소스는 늘 홀대받는다. 이성은 순수와 대중을 나누고 신화와 전설을 구분하는 등 모든 것을 둘로 나눠, 어떤 때는 감성의 영역까지 침범할 때가 있다. 그러나 아리스토텔레스는 플라톤의 견해를 따르지 않았다. 그에게 있어 감성은 이성 못지않은 인간의 중요한 일부라고 생각됐던 것이다. 감성은 자체로 해로운 것이 아니며 다만 적절히 제어하지 못했을 때 해로울 수도 있다고 보았다. 따라서 감성이나 격정은 적절히 통제되어야 한다고 믿었다. 이 두 유형의 관계는 항상 서로 초월하고 있으며 유동적이고 상호 작용하므로 어느 유기적 생명 현상에서나 문화 현상 속에서도 볼 수 있는 것이다.

니체는 저서 『비극의 탄생』에서 예술 창작의 근본 유형을 〈아폴론〉적 유형과 〈디오니소스〉적 유형으로 구분하고 있다. 니체는 예술을 현실적인 유용성이 없는 〈놀이〉로 파악하면서 그것이 신의 성격을 대신한다고 보고 있다. 또, 신의 성격을 〈순진난만〉한 것으로 봄으로써 〈놀이〉의 그것과 상통한다고 보았다. 〈놀이〉란 또한 힘에 의해 쌓인 것들이 노출되는 현상이기도 하다는 것이다. 이러한 생각은 자연스럽게 그리스 신화에서의 아폴론과 디오니소스의 신들에 대한 관심을 통해 일종의 디오니소스 우월론을 주장하게 된다. 한참 뒤에, 그러니까 오늘날 푸코Michel Foucault에 이르기까지 결정적인 영향을 끼치게 된[109] 이러한 논리는 다음과 같이 전개된다.[110] 〈아폴론적인 것과 디오니소스적인 것 — 예술 자체가 하나의 자연의 힘처럼 인간에게 나타나는 두 가지 상태가 있다. 인간이 원하든 원하지 않든 제 마음대로 인간을 다루면서 말이다. 한편으로는 환상을 강요함으로써, 다른 한편으로는 열광주의로의 길을 강요함으로써, 이 두 가지 상태는 정상적인 생활에서도 연출되지만, 그 정도는 아주 미약하다. 꿈이나 도취 상태에서 있을 뿐. 그러나 똑같은 반대의 모습이 꿈과 도취 상태 사이에도 있다. 양자는 우리의 예술적인 힘 안에서 풀려나는데, 그 각자의 모습은 서로 다르다. 꿈은 바라보기, 잇대어 맺기, 시 짓기의 힘이며, 도취는 몸짓, 정열, 노래, 춤의 길이다.〉[111]

니체에 의하면, 넘쳐흐르는 생명력으로 고무되고 생성으로의 영원한 갈망에 의해 디오니소스적 광기에 휩싸인 예술가는 생존의 일상적 한계를 초월하여 마침내는 그러한 우울로부터 벗어나 생성에 대한 존재와 암흑에 대한 광명으로 특징지을 수 있는 영원하고 관조적인 아폴론적인 경지에 도달하게 된다고 한다. 이러한 근본적 유형 개념에 의해 니체는 그리스 비극 양식의 발전을 설명하면서, 무용·음악·서정시 등 비조형적 예술을 디오니소스적 예술의 유형으로, 회화·조각·서사시 등 조형적 예술을 아폴론적 예술의 유형으로 구별하고 있다. 이러한 그리스 세계관에 관련해 니체는 조형적 예술인 아폴론 예술과 비조형적 예술인 디오니소스 예술 사이에 거대한 대립이 있다고 하면서, 그 두 세계의 특징을 다음과 같이 요약했다.

1. 아폴론적인 것

    ① 조형적인 신

    ② 예언의 신

    ③ 광명의 신

    ④ 불완전한 일상생활과 대치되는 상태에서 고차적인 진실성

    ⑤ 격동의 상태에서 벗어난 자유

    ⑥ 적절한 한계성

    ⑦ 개별화의 원리 *principium individuationis*

2. 디오니소스적인 것

    ① 도취의 유추(類推)

    ② 마취적인 술

    ③ 자기 망각

    ④ 명정(酩酊)과 신비로운 자기 몰각[112]

    이 아폴론적인 것과 디오니소스적인 것의 인간 정신의 유형이 가장 진지하게 다루어진 것이 괴테의 『파우스트』 비극으로, 슈펭글러Oswald Spengler는 『파우스트』를 디오니소스 정신의 대표로 보고 아폴론적인 것과 대립시켜 놓았다. 이러한 괴테의 영향을 많이 받은 토마스 만도 아폴론적인 것과 디오니소스적인 것을 작품에서 대비시키고 있다. 토마스 만은 독일과 독일인의 특성을 규명하는 평론집 『독일과 독일인』에서 〈파우스트가 독일 영혼의 대표라면, 그는 마땅히 음악적이어야 할 것이다. 왜냐하면 추상적이며 신비적, 즉 음악적인 것이 독일인의 세계에 관계되기 때문이다〉(GW 11, 1131 f.)라고 말했다. 여기서 그가 말하는 음악적이라는 단어는 신비적이며 마적인 요소를 지닌 예술의 추상적 표현이다. 즉 직절하고 명랑한 성격을 지닌 아폴론적 예술에 대립되는 디오니소스적인 요소를 의미하는 것으로, 〈이성 중심*logozentrisch*〉적인 것과 〈생명 중심*biozentrisch*〉적인 두 경향을 보여 주고 있다. 니체에 의하면, 전자는 아폴론적이요, 후자는 디오니소스적이며, 그리스 철학사에서는 이를 이성*Logos*과 신화*Mythos*의 대립으로 분류한다.

토마스 만의 작품은 니체의 영향 아래 진행되면서 아폴론적인 것과 디오니소스적인 것이 대비되는데, 이때 디오니소스적인 면이 우위를 띠는 경향이 있다. 예를 들어 『마의 산』에서 세템브리니가 이성의 세계를 넘어서는 것을 막는 감시인(아폴론)이라면, 쇼샤 부인은 카스토르프로 하여금 이성 저편의 세계(디오니소스)로 유혹하는 저승사자로 대비되고 있다. 카스토르프가 쇼샤 부인을 만나기 전에 어느 〈너절한salopp〉(Zb 21) 러시아 부부가 자신의 옆방에 투숙하게 된다. 따라서 사촌 침센이 카스토르프에게 요양소의 방을 정해 주며 〈34호실이지. 오른쪽에는 내가 있고 왼쪽에는 러시아인 부부가 있어. 좀 너절하고 시끄러운 사람들이지만 달리 별도리가 없어〉(Zb 21)라고 말해 준다. 아침부터 〈벽 저편〉에서 이 너절한 러시아 부부의 음란하고 시끄러운 소리가 카스토르프의 이성을 어지럽힌다. 그는 귀에 들어오는 소리에 주의를 기울여서는 안 되며 기울이고 싶지도 않다는 의미로 〈얼굴을 근엄하게 찡그리는 표정〉(Zb 59)을 지었다. 이러한 동물적인 행위에 멀리서 왈츠곡의 멜로디가 낡아 빠진 유행가 가락으로 들려오고 있다. 이러한 성적인 것과 음악의 연결로 그 사건은 디오니소스적으로 고양된다. 즉 〈모든 존재자의 근저에 깃들어 있는 의지와 디오니소스의 원래적 충동〉[113]이 암시되는 것이다.

　　「베네치아에서 죽음」에서 아셴바흐는 죽기 얼마 전에 꾸는 꿈에서 그때까지 아셴바흐의 내부에 잠재해 있던 디오니소스적 충동이 그가 의식적으로 유지하려 애쓰는 아폴론적, 즉 이성적 영역을 누르고 강렬한 힘으로 솟구쳐 나오면서 그의 존재, 그가 일생 동안 쌓아 올린 교양을 황폐하게 파괴해 버린다. 이는 『마의 산』〈눈〉의 장에서 미소년이 〈태양의 자식들〉(아폴론적인 면)의 세계에서 〈피의 향연〉(디오니소스적인 면)의 세계로 유혹되는 동기와도 같다. 〈눈〉 장의 눈 속에서 꾸는 꿈에서는 태양의 자식들이 제단 옆에서 어린아이에게 젖을 먹이는 어머니 곁을 지나며 공손한 태도를 취한다. 〈소년들은 제단 앞을 지나갈 때 살짝 무릎을 굽히고 지나가는 예배 참가자들처럼 그것이라고 확실히 느끼지 못하게 무릎을 굽히고 지나갔다.〉(Zb 407) 눈의 꿈에서 중요한 것은 피의 향연을 조심스럽게 염두에 두고 있기 때문에 태양의 자식들은 그처럼 예의 바르고, 부드럽고, 품위 있다. 〈태양의 자식들은 피의 향연의 무서움을 염두에 두고 있기 때문에 예의 바르고 서로에게 매력적인 것일까? 그렇다면 그들은 정말 우아하고 훌륭한 결론을 끄집어냈다고 할 수 있다.〉(Zb 685 f.) 이러한 태양의 자식들에 대한 동경과 상반되는 야만적인 내용으로 무당이 고기를 먹는 모습, 특히 인육(人肉)을 먹는 모습이 극단적으로 나타나 아폴론적인 면과 상반되는 디오니소스적인 면을 보여 주고 있다. 즉 카스토르프는 도릭Doric 사원을 발견하고 거기에 들어가서 한 아이의 손발을 잘라 먹고 있는 무시무시한 무당들을 보게 된다. 그녀들은 큰 쟁반 위에 놓인 어린아이를 두 손으로 태연하게 갈기갈기 찢어 그 살점을 탐내어 먹고 있다. 카스토르프는 피투성이가 된 부드러운 어린아이의 금발을 보았다. 아기의 연한 뼈가 그녀들의 입 안에서 오독오독 소리를 내며 부서지고 피가 더러운 입술에서 흘러나왔다. 얼어붙는 듯한 공포가 카스토르프를 엄습하여 몸도 움직일 수가 없었다.

이러한 카스토르프처럼 처음에는 방탕하고 충동적인 디오니소스적인 것에 저항하던 아셴바흐의 이성적 자아는 마비시키는 듯한 육체적 욕망에 사로잡힌 나머지 결국 음탕한 몸짓을 하며 광란의 성 축제(性祝祭)를 벌이는 사람들과 함께 뒤섞이기를 갈망하여 디오니소스적인 것을 동경하게 된다. 서술자에 의해 〈침착하고 품위 있는 신의 적〉(TiV 517)이라고 묘사되는 도취, 충동, 무의식의 신인 디오니소스, 즉 이방의 신에 아셴바흐는 굴복하는 것이다.[114]

부서져 내리는 불빛 속에서, 숲으로 뒤덮인 언덕으로부터, 나무 밑둥들과 이끼 낀 바위의 잔해들 사이로 무언가가 요동을 치더니 빙빙 돌면서 수 떨어져 내렸다. 인간들, 동물들, 우글거리고 아우성치는 인간과 동물의 떼거리들이었다. 산비탈은 생명체와 화염, 소란과 비틀거리는 윤무로 넘쳐 나고 있었다. 허리띠 아래로 너무 길게 축 늘어진 모피 옷에 걸려 비틀거리는 여자들은 신음을 토하며 고개를 뒤로 젖힌 채 탬버린을 마구 흔들어 댔다. 불꽃을 발하며 횃불과 날이 시퍼런 비수를 뒤흔들기도 했다. 게다가 혀를 날름거리는 뱀의 몸뚱어리 중간을 꽉 붙잡고 있다든가, 비명을 지르면서 두 손으로 자신들의 가슴을 부여잡기도 했다. 이마에 뿔이 달리고 허리에 모피 천을 둘렀으며 피부에는 털이 덥수룩한 남자들은 고개를 숙이고 팔과 허벅지를 들어 올리며 놋쇠로 된 징을 둥둥 치거나 격렬하게 북을 두드리기도 했다. 그러는 동안 수염이 없는 소년들은 이파리가 달린 막대기로 숫염소들을 몰고 있었다. 염소의 뿔을 꼭 붙들고는 염소들이 펄쩍펄쩍 뛰는 대로 환호성을 지르며 끌려가는 축도 있었다. 열광한 사람들은 부드러운 자음과 마지막에 길게 빼는 〈우〉 음으로 된 고함을 지르며 울부짖고 있었는데, 그것은 이제까지 한 번도 들어 본 적이 없는 달콤하면서도 야만적인 소리였다. 〔……〕 산의 절벽에 부딪쳐 몇 배 더 큰 메아리로 되돌려 오는 그 시끄러운 소음, 그 울부짖는 소리는 점점 더 커져서 온 천지를 다 장악하고 열광적 광기로까지 부풀어 올랐다. 탁한 증기가 감각을 짓눌렀다. 숫염소의 몸에서 나는 역한 냄새, 헐떡이는 육체들이 내뿜는 숨결, 썩은 물에서 나는 듯한 악취가 느껴졌다. 거기다가 또 하나의 다른 냄새 그러니까 그가 익히 잘 알고 있는 냄새까지 났는데, 그것은 상처와 만연하는 전염병 냄새였다. 북을 두드리는 소리와 함께 그의 심장이 둥둥 울리고 그의 뇌가 빙빙 맴을 돌았다.(TiV 516 f.)

이러한 디오니소스적인 축제에 관해 리히터G. Richter와 울리히G. Ulrich는 〈그(디오니소스)의 축제들은 방탕하고 열광적이고 방자한 분위기 속에서 거칠고 취한 도취 속에서 때로는 서로 죽이기까지 하는 무리들에 의해 벌어진다〉[115]고 쓰고 있다. 이 묘사는 바로 아셴바흐의 마지막 꿈 속의 축제 장면이다. 그런데 아셴바흐가 꿈에서 경험하는 이러한 디오니소스적인 장면, 즉 육체적 욕망에 사로잡혀 음탕한 몸짓으로 광란의 축제를 벌이는 장면은 독일 신화의 대표 격인 발푸르기스Walpurgis[116]의 밤의 전설에서 차용된 것 같다. 원래 중세 독일의 발푸르기스의 밤은 평상시에 모습을 나타내지 않는 세상의 온갖 귀신들이 발푸르기스를 기념하는 날인 5월 1일 밤에 독일의 남부 하르츠Harz에 있는 브로켄Brocken 산에 모여 그들의 본색을 드러내고 법석을 떠는 밤으로 알려져 있다.

이렇게 가상적인 발푸르기스의 밤은 평상시 괴테의 호기심의 대상이어서 마침내 괴테는 이 발푸르기스의 밤을 『파우스트』 제1부에서 전개하고 있다. 〈마녀들 브로켄 산에 모여드니/그루터기는 노랗고, 묘포는 녹색이다./거기에 굉장한 무리들 모여 있는데,/우리 안 악마께서 높은 자리 앉으셨네./돌부리 나무뿌리 넘어서 오니/마녀는 방귀를 뀌고, 숫염소는 똥 냄새 풍기네.〉(3956행 이하) 그리고 『파우스트』 제2부에서는 이것에 고전적, 신화적 분위기를 가미하여 〈고전적 발푸르기스의 밤〉으로 발전되었다.[117] 토마스 만의 평론집 『흔적 속에 진행되다In Spuren gehen』에는 토마스 만의 괴테 모방의 근거가 담겨 있다. 토마스 만 자신의 작가적 삶은 무의식적으로 이러한 괴테 모방의 근거에 의해 지배되고 신화적 길을 걷게 되었다.[118] 따라서 괴테의 〈발푸르기스의 밤〉 같은 신화적 사고가 토마스 만에게 디오니소스적인 영향을 많이 미치고 있다. 예를 들어 『파우스트 박사』에서는 슈바게슈틸의 농장에서 발푸르기스Walpurgis란 이름의 마구간 하녀가 〈돌림 노래Kanon〉로 레버퀸을 신비로 이끈다.(DF 43) 이러한 음악의 내용 속에 선 또는 악 지향의 악마성이 잠재하여 제25장의 악마와의 대화에서 독일 내면성의 변질 타락이 음악의 적으로 나타나고 있다. 발푸르기스의 밤의 장면들은 『마의 산』 이전의 문학 작품들이나 사건들의 반복 내지는 모방으로 서술된다. 그 가장 중요한 관계들은 의심할 나위 없이 괴테의 『파우스트』에 나오는 장면들, 호메로스의 세계나 그리스·로마 신화 사이의 관계들이다.

3. 삶과 예술

쇼펜하우어에 의하면, 의지Wille란 세계와 모든 존재의 근원을 나타내 주는 맹목적인 힘으로서 삶을 창조하는 충동이며, 개체의 집단적 생산을 통한 종(種)의 보존을 가능하게 해주는 충동이다. 토마스 만은 쇼펜하우어의 의지와 표상Vorstellung의 관계에서 〈의지의 영원한 생식력으로 말미암아 생기는 세계 전체의 에로틱한 성격〉[119]에 초점을 맞추어 그것을 삶과 정신의 관계로 전환시켰다. 토마스 만의 반어성은 무엇보다도 이러한 삶과 정신의 관계에서 출발하고 있다.

따라서 토마스 만의 작품들은 삶과 정신, 삶과 예술 사이의 대립과 갈등을 보여 주고 있다. 토마스 만 자신도 〈정신과 삶 사이에서 중간적·중재자적 위치 — 여기에 바로 반어의 원천이 있다〉(GW 12, 571)고 말한 것처럼, 그의 산문 정신은 이미 삶과 정신, 삶과 죽음이라는 이원성에서 원천적으로 출발하고 있다. 이 이원성은 토마스 만이 그의 북독일적인 시민 가문에서 물려받은 〈삶〉과 쇼펜하우어 철학 및 세기말적 분위기에서 영향을 받은 〈죽음〉에서 그 뿌리를 찾을 수 있는데, 토마스 만 문학에 있어서 반어성과 더불어 표리 관계를 이루고 있는 본원적 요소이다.[120]

이러한 여러 가지 작가적 배경 아래 삶과 예술성은 토마스 만 연구에서 가장 많이 등장하는 표제어가 되고 있다. 그의 초기 작품은 대체로 인식으로서의 문학이라는 경향을 가지고 있다. 따라서 그의 초기 작품에서의 분위기는 그의 정신의 토대가 되고 있는 비판과 인식이 예술 창조와 결부되어 〈삶〉과 〈예술〉이라는 모순과 충동이 대립하다가, 1910년 이후에 가서는 그러한 엄숙한 분위기가 유희Spiel로서의 예술이라는 방향으로 바뀌어 간다. 즉 유희로서의 예술에서는 초기의 인식으로서의 예술에서 보여 준 엄숙한 분위기와 달리 해학Humor적인 요소가 두드러지게 지배적이 된다.

아리스토텔레스의 방식에 의하면, 대상의 파악 방식은 예술가 자신의 성격에 근거하고 나아가서는 예술 형식의 품격을 결정하는 것이다. 따라서 대상의 문제는 오히려 내적·정신적인 예술 평가의 가능성을 잠재적으로 지니고 있는 것이라 할 수 있겠다. 플라톤은 〈자기 자신을 알지 못하는 것〉을 우습게 보았다. 이 무지의 우스꽝스러움을 달리 표현하면 〈바보들에 대한 우스꽝스러움〉이 된다. 사람들이 〈자기보다 못난 사람을 설정하고 그들의 바보짓, 그것도 상식 이하의 비현실적인 바보짓에 대해 웃는 것〉[121]은 시간과 공간을 초월하여 거의 일치하고 있다.

이런 맥락에서 하이데거는 〈대중의 빛은 모든 것을 어둡게 한다〉[122]고 말했다. 삶을 밖으로 표출하는 최고의 표현 가능성으로 예술을 꼽는 니체는 〈예술이 인간적 의미에서 삶의 최고 과제이며, 본질적으로 형이상학적 행위임을 확신〉[123]하고 있다. 결국 니체에게 예술이란 〈삶의 최고의 표현이며 최고의 기관〉[124]이었다. 릴케도 편지에서 〈두 주일의 짧은 중단을 제외하면, 나는 몇 주일이고 말 한마디 한 적이 없다. 고독이 드디어 나를 에워싸고 말았다. 나는 과일의 속처럼 내 노력 속에 들어 있는 상태〉[125]라고 말한 적이 있다. 릴케가 말하는 고독은 본질적인 고독이 아니라 집중을 뜻한다. 예술가의 고독이란 〈개인주의라는 자기만족적 고립〉이 아니라 〈시민 계급〉의 삶, 즉 보통 사람들의 삶에서 〈거리를 두고 물러나 있는 것〉이다. 〈이것이 작가를 작가답게 보존해 주는 것이다.〉[126]

물론 이렇게 보통 사람들의 삶에서 〈거리를 두고 물러나는〉 작가의 삶에 반대하여 보통 사람들만을 대상으로 작가 활동을 하는 이도 있는데, 이의 대표적 작가로 브레히트Bertolt Brecht를 들 수 있다. 1941년 제2차 세계 대전 직전에 스웨덴에서 집필되어 스위스에서 초연된 「용감한 어멈과 그의 아들들Mutter Courage und ihre Kinder」은 30년 전쟁의 고사를 줄거리로 하여 전쟁과 인생의 뜻을 암시하며, 역시 사회와 권력에 대한 항의를 내포하고 있다. 야전 부대의 주보(酒保)를 하는 여주인공은 군인들에게 〈배짱 좋은 어멈〉이라 불리는데, 부대와 함께 따라다니면서 온갖 경험을 다 하고 아들과 딸들이 죽은 뒤에도 꿋꿋하게 살아가는 용기와 인간미를 가지고 있다. 이렇게 브레히트는 평생 해맑은 세상을 그린 서정시나 희곡을 쓰지 않고 〈시민 계급〉의 삶, 즉 하층 계급의 사람들만 대상으로 선택하여 사실적인 작품을 썼다. 이는 그가 세상의 슬픈 사연을 인지하는 데 그치지 않고, 남의 수모를 자기 수모로 받아들이고, 또 사람들의 슬픔을 자기 슬픔으로 느꼈기 때문이다. 1939년 망명지 북유럽에서 브레히트는 다음과 같이 노래했다. 〈해협의 산뜻한 보트와 즐거운 돛단배들이/내게는 보이지 않는다. 내게는 무엇보다도/어부들의 찢어진 어망이 눈에 띌 뿐이다./왜 나는 자꾸/40대의 소작인 처가 허리를 꼬부리고 걸어가는 것만 이야기하는가?〉 똑같은 바다이건만 어부와 유람객의 세계가 명암으로 나뉜다. 그는 가난한 어부의 찢어진 그물이 눈에 밟혀, 돛단배 위의 아름답고 축복받은 세계를 온전하게 받아들일 수 없었던 것이다.

이러한 브레히트의 사상은 일반 시민에 대한 사랑 없이 일부 특출한 엘리트와 권력층만을 대상으로 작품을 쓴 괴테의 문학과 상반된다. 사실 괴테는 서민 계급을 생각하는 민주주의 사상을 가진 작가로 보기 어렵다. 따라서 〈괴테 탄생 백년제(百年祭)〉의 축제가 여러 곳에서 있었으나 그의 출생지인 프랑크푸르트에서는 군주의 노예였다는 이유로 그를 위한 축제를 하지 않은 일이 있었다. 그리고 진보적인 사상가들은 그의 사고나 행동이 귀족적 또는 부르주아적이라고 여겨 그를 대단히 낮게 평가하고 있다. 이러한 사실은 괴테가 대중적 시민을 위한 민주주의의 사상권 밖에 있다는 것을 잘 보여 준다. 따라서 교육 사상가인 페스탈로치Johann H. Pestalozzi는 자신의 저서 『은자의 황혼Abendstunde eines Einsiedlers』 끝 부분에서 하위의 대중을 생각하지 않고 미와 권력만 추구한 괴테를 다음과 같이 신랄하게 비난하고 있다. 〈오오, 높은 지위에 있는 군주여!/오오, 힘을 가진 괴테여!/어버이 마음이 그대의 의무가 아닌가?/오오, 괴테여, 그대의 길은 모두 자연이 아님을/나는 유감스럽게 생각한다./약한 자를 소중히 하고, 자기 힘을 사용하는 데/있어서

어버이의 마음, 어버이의 목적,/그리고 어버이의 희생,/이것이 인간의 순수한 고귀성이다./오오, 높은 지위에 있는 괴테여!/나는 그대를 내 낮은 지위에서 우러러보고,/무서워 떨며, 침묵하고 탄식한다./그대의 힘은 나라의 영광을 위해서/몇백만 국민의 행복을 희생시키는/대군주의 압박과도 같다.〉

이러한 휴머니즘의 관점으로 보면 괴테의 『빌헬름 마이스터의 수업 시대』에는 부르주아 문학사에서 아주 즐겨 강조하는 괴테의 〈귀족 예찬〉이 나타난다. 이 작품에서 귀족의 생활 방식이 인격의 자유롭고 완전한 도야를 이루고자 할 때, 빌헬름이 시민적 삶에서 부딪치게 되는 장애물들을 얼마나 잘 척결하는가가 상세히 언급되고 있다. 그러나 괴테의 눈에 귀족이 가치 있는 것은 오직 도약대로서, 즉 인격의 그러한 완성을 위해 유리한 조건으로서일 뿐이다. 더구나 빌헬름은 — 괴테 자신은 말할 것도 없고 — 이 도약대가 반드시 도약을 이룩하게 하지는 않는다는 것, 이 조건들은 결코 저절로 현실화하지 않는다는 것을 분명하게 인식한다.

참고로 말해서, 해맑은 서정시나 희곡을 쓰지 않고 하층 계급을 대상으로 작품을 쓴 브레히트는 현대 독일 문단에 영향을 끼친 바 크지만, 그 자신의 정치적인 입장과 의도가 강하여 그런 의미에서는 제한된 감이 없지도 않다.

예술가를 보통 사람과 거리를 두어 예술가답게 보존해 주는 일반적인 통념은 그들의 〈차이〉이다. 이에 대해 「토니오 크뢰거」에서는 다음과 같이 말하고 있다. 〈문학의 저주는 자기 자신을 친절하고 훌륭한 사람들에 대한 기묘한 종류에서 분리시킴으로써 시작된다. 자신과 다른 사람들 사이에는 반어적인 감수성의, 지식과 회의와 불일치의 심연이 가로놓여 있는 것이다.〉(TK 297) 결국 길은 서로 달라도 예술가는 그 탐구의 과정에서 〈시민 계급〉적 삶으로부터 멀리 있는 셈이 된다. 따라서 예술가 천재에 관한 신화들은 모두 그들의 〈차이〉에 대한 관념을 출발점으로 삼고 있어, 토마스 만의 예술가들은 모두 예외 없이 이 예술가의 〈차이〉의 관념을 만드는 데 절대적인 공헌을 하고 있다. 결국 예술가는 신이 창조한 세계의 존재와 같이 그의 작품 속에서 눈에 보이지 않고 전지전능해야 하는 것이다.

여기서 언급된 예술가의 전지전능이란 예술가의 재능을 의미한다. 재능을 나타내는 단어 달란트Talent는 본래 무게의 단위였으나, 『성서』의 〈달란트 비유〉에서 유래해 지금 우리가 흔히 사용하는 〈재능〉 혹은 〈재주〉라는 의미를 갖게 됐다. 예수가 제자들에게 들려주었다고 『성서』에 기록된 그 우화를 간략히 소개하면 이렇다. 어떤 주인이 먼 여행길에 오르면서 거느리고 있는 세 명의 하인에게 각각 5달란트, 2달란트, 1달란트의 재산을 맡겼다. 긴 여행을 마치고 돌아온 주인은 하인들을 다시 불러 결산을 하였는데 5달란트와 2달란트를 맡은 하인은 두 배씩 이익을 남겨 주인으로부터 크게 칭찬을 받은 반면, 1달란트를 맡은 하인은 뒷마당에 고스란히 파묻어 두었다가 그대로 가져와 주인으로부터 〈사악하고 게으른 하인〉이라고 크게 야단맞고 쫓겨났다는 내용이다. 많은 『성서』 학자가 이를 두고 달란트의 의미와 성격에 대해 다양한 해석을 하고 있다.

그런데 토마스 만의 작품에서는 예술적 재능이 신적인 차이로까지 서술되고 있다. 예컨대 『바이마르의 로테』에서 〈신의 태도는 모든 것을 포괄하는 태도이다〉[127]라고 말하고, 또 신의 응시는 〈절대적인 예술의 응시이며, 그것은 동시에 절대적인 사랑이면서 또한 절대적인 허무주의이며 무관심이다〉[128]라고 언급되고 있다. 민감하고 섬세한 감각을 소유한 예술가들은 평범한 대중들이 못 느끼는 예술적 재능을 함께 나누는데, 『부덴브로크 일가』에서의 한노와 카이가 이들에 속하고,(Bd 744) 「트리스탄」에서의 슈피넬과 클뢰터얀 부인이 또한 이들에 속한다.(GW 8, 243) 『마의 산』에서도 카스토르프의 예술적 재능이 그로 하여금 역동적으로 행동하기보다는 정관적인 생활로 기울어지게 하는데,[129] 그 결과 그는 자신 속에 내재한 나태하고 무기력한 성품으로 인해 데카당스적이고 관조적인 〈병적 경향〉(Zb 279)에 사로잡히게 된다. 따라서 이미 어려서부터 형성된 내적 갈등이 그의 행동을 지배하고 있고, 이로 인해 그는 시민적 업적 사회에 대해 이질감을 느끼고 있다. 심지어는 가족 관계에서도 이러한 예술적 우월성에 대한 관심이 나타난다. 예를 들어 『부덴브로크 일가』에서 제3대의 토마스 부덴브로크는 활발한 실행력, 우아한 태도, 유창한 웅변, 빈틈없는 몸매 및 사회적 활동으로 근래에 보기 드문 명성과 성공을 거둔 인물이다. 그러나 그의 동생인 크리스치안Christian은 어릿광대로 이 소설에서 〈재능은 약간만 있고, 약간 믿을 수 없는 사람〉(Bd 17)으로 묘사되고 있다. 따라서 크리스치안에게는 열등감이 문제다. 이러한 열등감이 예술을 즐기는 데 가장 큰 걸림돌이다. 사실상 예술 사조를 한 두름에 꿰고 각 작품에 대한 비평적 지식을 두루 갖추지 못하면 예술을 즐긴다고 남들 앞에 나설 수 없을 것 같은 공포가 예술의 적이다. 또 그는 근면성과 인생에 대한 진실성이 결여되어 있다.

이러한 사실은 설로웨이Frank Sulloway의 가족 내에서 맏이와 동생의 관계에 일치한다. 설로웨이는 저서 『타고난 반항아Born to Rebel』에서 가정 내에서 맏이들이 가족 내의 자원, 특히 부모의 사랑을 선점하면서 가족 안에서의 불공평이 빚어지고 이런 감정이 〈후순위 출생자(laterborns, 동생)〉들을 반항적 기질로 이끈다고 주장했다. 맏이는 권력과 권위를 더 가깝게 받아들이고, 자기주장이 강하며, 지배적이고, 공격적이고, 야심적이고, 질투가 많고, 보수적인 반면, 그보다 어린 형제자매들은 기존 질서에 이의를 제기하거나 반항적 기질을 띠게 된다고 했다. 결국 설로웨이의 이론은 다윈의 〈자연 선택natural selection〉 이론을 같은 가족 내에 성장하면서도 서로 다른 성격을 갖게 되는 자녀들에게 적용한 것이다.

이러한 배경에서인지 『부덴브로크 일가』에서 형 토마스 부덴브로크와 동생 크리스치안은 상호 대립적인 관계로 제시되어 있다. 그들의 증조부 요한 부덴브로크의 친구인 향토 시인 호프슈테데는 토마스 부덴브로크가 틀림없이 〈상인〉이 되어 집안을 계승할 성실한 재목인 데 반해, 크리스치안은 〈희극 배우〉나 〈학자〉가 될 기질을 타고났다고 말한다. 호프슈테데는 증조부와의 대화에서 그와의 친분을 고려하여 크리스치안의 〈망나니Tausendsasa〉라는 표현을 얼른 〈희극 배우〉와 〈학자〉로 고친다.(Bd 17) 형 토마스 부덴브로크가 무위도식하는 동생 크리스치안을 나무라자 동생은 다음과 같이 형에게 역습할 정도다. 〈일을 하라고? 내가 일을 할 수 없다면! 내가 계속하여 일을 할 수 없다면 도대체 어떻게 하겠어 〔……〕 형의 그 예절 바르고 섬세한 감정과 균형감, 그런 자세와 권위, 그 모든 것에 난 진저리가 나요, 죽도록 진저리가 쳐진단 말이에요. 〔……〕〉(Bd 579) 크리스치안의 이 마지막 외침은 너무나도 진정에서, 가슴속에서부터 우러나온 것이었으며, 강한 역겨움과 혐오감에서 터져 나온 것이었다. 그래서 이 외침은 아닌 게 아니라 어딘가 압도하는 듯한 힘을 지니고 있었다. 사실이었다. 토마스 부덴브로크는 약간 몸을 오그렸다. 그리고 한동안 피곤한 표정으로 말없이 자기 앞을 내려다보고 있었다.(Bd 579) 〈내가 현재 이렇게 된 것은〉(Bd 580) 하고 마침내 토마스 부덴브로크가 입을 열었을 때, 그의 목소리는 감동으로 떨리고 있었다. 〈너처럼 되고 싶지 않았기 때문이야. 내가 마음속으로부터 피해 왔다면 그것은 내가 늘 네 앞에서 내 자신을 지키지 않으면 안 되었기 때문이며, 네 존재와 본성이 내게 일종의 위협이 되었기 때문이야. 〔……〕 난 지금 진실을 말하고 있어.〉(Bd 580)

이런 일이 있은 후 토마스 부덴브로크는 동생 크리스치안을 피하게 된다. 〈나는 나처럼 된 것이야. 〔……〕 내가 너처럼 안 되려고 한 때문이야. 내가 너를 진심으로 피한 것은 너로부터 나를 보호해야만 했고, 너의 존재와 본질이 나에게 위험했기 때문이야. 나는 진심으로 말하는 거야.〉(Bd 580) 이렇게 토마스 부덴브로크는 자신을 동생으로부터 차이를 두기 위해 동생을 피하고 냉담한 태도를 보인다. 결국 예술적 체험이라는 것은 아름다운 가상으로, 현실인 〈시민적〉 삶과는 필연적으로 대립되는 고뇌다. 이러한 고뇌의 과정은 바로 토마스 만 자신의 고백이기도 하다. 이미 병과 죽음, 즉 세기말적 예술의 세계로 기울어진 동생 크리스치안에 상반되게 끝까지 길을 잃지 않으려는 시민 토마스 부덴브로크의 뼈저린 고백은 바로 작가 토마스 만 자신의 고백이기도 한 것이다.

다시 말해서 토마스 부덴브로크와 크리스치안 두 형제간의 묘사에서 토마스 만의 반어성을 볼 수 있는데, 그것은 크리스치안과 토마스 부덴브로크 둘에 대해 반어적 거리를 두는 것이다. 이러한 두 형제의 반어적 거리처럼 『부덴브로크 일가』 전편에는 삶과 예술의 반어적 세계가 토마스 만에 의하여 같은 거리에서 관찰, 서술되고 있다.

이와 같은 삶과 예술의 반어적 세계가 잘 나타나 있는 토마스 만의 또 다른 작품으로 「토니오 크뢰거」를 손꼽을 수 있는데, 이 작품의 리자베타가 예술가의 존재에 대해 내려 준 정의인 〈길 잃은 시민ein verirrter Bürger〉(TK 305)은 〈시민성〉과 〈예술성〉의 반어적 갈등과 대립 구도를 잘 보여 주어 토마스 만 문학의 토포스 Topos가 되고 있다. 마찬가지로 『마의 산』에서도 유럽 우위를 열렬하게 옹호하는 세템브리니는 유럽적인 면을 벗어나 아시아적 성격의 쇼샤 부인에게 매료되어 〈동양〉과 〈서양〉의 반어적 갈등을 겪는 카스토르프를 〈길 잃은 사람ein Verirrter〉(Zb 340)이라고 부르며 다음과 같이 경고하고 있다. 〈당신은 고민하고 있습니다. 엔지니어. 〔……〕 길 잃은 사람처럼 당신은 고민하고 있습니다. 누가 이것을 알아차리지 못하겠습니까. 그러나 고민에 대한 당신의 태도도 유럽적이어야 합니다. ── 부드럽고 병에 잘 걸리기 쉽기 때문에 이곳에 저렇게 많은 사람들을 보내고 있는 동

176

방과 같아서는 안 됩니다. — 동정과 무한한 인종(忍從), 이것이 고뇌에 대한 아시아의 태도입니다. 그것은 우리들의, 당신의 태도는 아니며 그래서는 안 됩니다.〉(Zb 340)

『고등 사기꾼 펠릭스 크룰의 고백』에서 후플레Houpfle 부인의 남편은 돈은 많으나 외모가 볼품없고 행동도 저급한 통속적인 인물이듯, 「트리스탄」에서 클뢰터얀 부인의 남편인 상인 클뢰터얀은 속물적 시민 유형으로 나타나 비속한 〈삶〉을 표상하고 있는 동시에, 또한 〈따뜻하고도 선량하며 인간적이고도 진솔한 감정〉(GW 8, 260)의 소유자로도 묘사되고 있다. 이런 맥락에서 「트리스탄」에서 서술자는 〈과학으로 말미암아 냉철·엄격해진 한 남자이며, 침착하고 관대한 염세관에 가득 찬 사람의 모습을 하고서 쌀쌀하고 묵묵한 태도로 환자들을 그의 발밑에 다스리는〉(GW 8, 216) 레안더 박사와 생의 대표자 클뢰터얀이나 정신 및 예술의 대표자 슈피넬이 똑같은 거리를 두고 반어적으로 서술되고 있다.

「트리스탄」에서 예술가 유형인 작가 슈피넬은 날카로운 심미안을 갖춘 세련된 〈정신〉으로 나타나고 있는 반면에, 허황한 요설을 늘어놓는 〈기이하게 생긴 사람 exzentrischer Mensch〉(TK 217), 〈괴짜befremdender Kauz〉(TK 220), 그리고 〈아주 묘한 인간ein ganz wunderlicher Kauz〉(TK 231)으로도 묘사된다. 『부덴브로크 일가』에서 게르다의 남자 친구로 음악적 재능이 있는 예술가 트로타 역시 〈기인Sonderling〉(Bd 645)으로 통용되며, 다른 사람들과는 전혀 어울리지 않고 〈외로운 산책〉(Bd 645)만 하는 인물로 묘사된다. 심지어 『대공 전하』에서 예술가 마티니는 육체적 허약함까지 예술가의 조건으로 이해하고 있다. 이러한 특징은 〈시민 계급〉의 보통 사람과 예술가의 차이를 나타내기 위한 서술로, 예술가를 일종의 광인(狂人)으로 묘사한 것이다.

광인이란 묵은 규범을 부정하고 새로운 자유를 찾으려 했던 역사의 사자들인 셈이다. 하지만 광인과 미치광이 사이에는 명확한 경계가 없다. 이는 편협한 사회에 놓인 호걸의 처지에서 나타난다. 용납되지 못하고 소통이 차단되어 있는 식견과 경륜은 썩다 못해 기이한 형태로 굴절되어 표출될 수밖에 없다. 일반적인 기준에서 그건 광증(狂症)의 징표가 되어 세인들의 비난을 받는다. 이렇게 일반적으로 광인과 속인이 구분되지 못하는 경우가 많아 끝내 호걸 현사들의 삶을 누추하게 만들었는데, 이는 〈말을 하면 세인들은 미쳤다고 하고, 입 다물면 세인들은 바보라 하네(出言世謂狂, 緘口世云癡)〉라는 임제(1549~1587)의 시의 내용과도 통한다. 그런데 일반적인 사상에서 벗어나 어리석게 보이는 광인들의 사상이나 예술 등이 결국 세상을 바꾼다는 사실이 많이 있다. 작가 츠바이크Stefan Zweig에 따르면, 역사는 광기(狂氣)와 우연의 소산이다. 인류사를 뒤바꾼 위인들의 삶을 집중 탐구했던 츠바이크에게 역사란 남들 눈엔 무모하기만 한 열정과 비이성적 자신감, 곧 일종의 광기에 휩싸인 이들의 도전에 우연이 더해진 결과로 여겨졌다. 세상의 눈과 평가, 현실적 한계나 보상 여부에 아랑곳하지 않고 간절한 소망과 무서운 집념으로 목표를 향해 돌진한 사람들이 역사를 만들었다고 본 셈이다. 마젤란과 로버트 스콧, 발보아 같은 탐험가가 그랬고 대문호 괴테와 톨스토이, 발자크와 작곡가 헨델 역시 마찬가지였다는 것이다. 물론 광기 혹은 과대망상증이 지나치면 폐인을 넘어 히틀러 같은 독재자, 프랑켄슈타인 같은 미치광이 과학자가 될 가능성을 무시하기 어렵다. 인문학자 에라스뮈스Desiderius Erasmus에 의하면, 광기는 이해득실에 상관없이 매달리는 어리석음과 동의어요, 사랑과 학문, 위대한 발견은 그런 어리석음에서 비롯되는 맹목적 열정의 결과다. 〈우정이 생겨나는 건 우신(愚神) 덕이다. 날카로운 눈으로 상대의 결점을 판별하고 연령과 교육의 차이를 고려하지 않은 채 감시하듯 들여다보면 우정은 유지될 수 없다. 상대가 누구든 인연을 맺었으면 무조건 아름답게 보고 좋아하는 어리석음이야말로 인생을 즐겁게 하고 유대를 강화시켜 준다.〉 이 말은 에라스뮈스의 『우신 예찬Encomium Moriae』 중 한 대목이다. 그는 우정과 애정은 물론 터득하긴 어려운데 알아주는 사람은 적은 참된 예술과 지적 탐구도 우신 때문에 가능하다고 여겼다. 사랑과 학문, 미지의 세계에 대한 도전 모두 착각, 환상, 도취, 명예욕 같은 광기와 어리석음이 없으면 할 수 없다는 것이다. 그는 이성이 배제된 광기와 어리석음이 만들어 내는 무질서와 파괴의 힘도 봤다. 중립이 범죄로 치부되는 시대에 그는 이성의 힘이 얼마나 보잘것없는지에 절망했다. 지혜는 이성, 광우(狂愚)는 정열에 이끌린다. 이성은 머리 한쪽에, 정열은 나머지 몸 전체에 들었다. 그러니 둘의 싸움에서 이성은 늘 진다.

실제로 평평한 밑면에 일렬로 못을 박은 다리미를 담은 사진작가 만 레이는 1921년 작 「선물」에서 유용성이란 유전적 본능에 사로잡힌 인간에게 〈유용하지 않은 것은 모두 무시해야 할까〉라고 묻는다. 또 〈창조란 불완전한 것들이 나올 수 있는 역동적 과정이며, 이미 주어진 생각의 설계도에서 나오지 않는다〉고도 했다. 결국 모든 신기원적인 것은 주어진 조건에서 이루어지지 않고, 일종의 어리석은 사상이나 예술에 의해 이루어졌다는 사실이다. 〈지구가 돈다고 생각하는 신출내기 천문학자가 있습니다. 그 바보는 천문학의 모든 성과를 뒤엎고 싶은 모양입니다.〉 여기에 언급된 의사·수학자이며 신부·대교구장이었던 코페르니쿠스는 죽기 직전인 1543년 저작을 통해 기존 세계관을 전복할 불편한 진실을 내놓은, 당시로서는 끔찍한 기인이었다. 라이프니츠는 1670년에 나무로 만든 계산기를 발명하려는 작업을 시도하여 1716년 생을 마감할 때까지 계속했다. 그는 1과 0만으로 컴퓨터 연산의 기초가 될 이진법 계산 체계를 발표하여 당시로서는 바보 취급을 받을 만한 우직한 기인이었다. 이렇게 선구(先驅)가 기인의 행위로 탄압받았던 사례들은 역사에 빼곡하다. 따라서 인류가 때때로 이러한 기이한 생각을 하지 않았던들 그 어떤 일도 일어나지 않았을는지도 모른다.

결국 〈관심〉의 흥미는 차이성(差異性)에 의해 자극된다. 시민은 〈전형적〉인 존재로 〈시민〉이기를 그만두는 정도만큼 〈관심적〉이 되는 것이다. 『부덴브로크 일가』의 토마스 부덴브로크나 한노는 슐레겔의 의미에서 노(老) 요한보다도 비교가 안될 만큼 관심적인 존재들이며, 『마의 산』에서의 교육은 〈단순한〉 청년을 전형적인 평지의 시민적 삶으로부터 영구히 멀어지게 함으로써 관심을 불러일으킨다.[130]

결국 토마스 만의 소설에서 전형화된 〈시민〉은 〈정상성〉과 〈평범성〉으로 구현되어 있고 이러한 시민에서 벗어나는 것이 예술가상이다. 그러면 〈정상성〉과 〈평범성〉의 구현으로 시민 사회의 전형적 인물이 된 결과, 〈차이〉에 의해 자극되는 예술성이 상실되는 예도 아울러 잠깐 고찰하고자 한다. 「토니오 크뢰거」에서 시민 사회의 전형화인 〈정상성〉과 〈평범성〉이 한젠Hans Hansen의 인물에 잘 나타나 있다. 〈너(한젠)처럼 그렇게 파란 눈을 하고 온 세상 사람들과 정상적이고 행복한 관계 속에서 살 수 있다면 얼마나 좋을까!〉(TK 276) 하고 토니오는 생각한다. 〈너(한젠)는 언제나 단정하게 일하고 모든 사람들이 다 인정하는 일을 한다. 학교 숙제를 다 하고 나면 너는 승마 교습을 받거나 톱을 가지고 일을 한다. 방학 중에도, 바닷가에 있을 때조차도, 너는 노를 젓거나 돛배를 띄우거나 수영을 하느라

여념이 없지. 〔……〕 바로 그렇기 때문에 네 두 눈은 그렇게 맑을 수 있는 것이겠지!〉(TK 276)

시민 사회의 적통자인 한젠이 학교에서 모범적인 우등생이라는 사실은 그가 기존의 사회가 부여하는 과제를 가장 우수하게 해결한 〈정상성〉과 〈평범성〉의 학생이기 때문이다. 하지만 주목해야 하는 점은 〈정상성〉과 〈평범성〉을 체현하는 이 모범생의 우수함이란 결국 다름 아닌 〈정신성의 부재〉에서 오는 것이라는 사실이다. 이는 사회의 틀에 얽매인 관습으로 사회가 고도화되면 될수록 필수적으로 개인들의 통합인 평범성을 요구한다. 〈노력〉으로 표현되는 사회적 배역은 바로 〈의무〉와 〈금지〉 그리고 〈유능함〉이다. 결국 사회에서 개개인을 평가하는 규준은 예술성이나 천재성 등 인격이 아니라 이용 가능성인 개성의 통합이다. 인간으로서 마땅히 실존적 가치를 지닌 어느 개체가 집단 혹은 전체에 대해 소기의 값어치를 지니지 못할 때 그 개체를 배제하는 것이 현대 사회의 통념이다. 인간은 사회적 동물이므로 개인적인 천재성보다는 전체에 융합하는 평범하고 정상적인 개인이 되어야 하는 것이다.

이러한 근거에서 토마스 만은 〈정상성〉과 〈평범성〉의 사회적 전형화인 〈시민성〉을 민주주의에 연관시켜 반대하는 견해를 보이고 있다. 즉 토마스 만은 민주주의의 〈자유와 평등〉을 국가 형성의 〈기만적인 원칙*Machtprinzip*〉(GW 12, 237)이라고 공격하며, 〈평등〉은 〈자유〉의 이상과 일치하기보다는 〈위대한 인간을 말살하고 평범한 인간〉만을 만들어 냄으로써 〈현자(賢者)에 대한 우자(愚者)의 폭력〉을 의미한다고 보았다. 결국 그는 민주주의가 평균화된 대중을 지배하는 〈권력자나 전제주의자의 각본에 불과하다〉(GW 12, 356 f.)고 비난했다. 〈자유〉는 〈정치적 유미주의자의 방종〉(GW 12, 537)에 지나지 않으며 〈다만 망상의 도취 속에서만 향유될 수 있다고 단정했다〉.[131]

이러한 배경 아래 『부덴브로크 일가』에서 한노는 음악에 대한 자신의 재능이 말살되고 그저 평범한 인간으로 교육시키는 학교생활에 염증을 느낀다. 이렇게 학교가 현자를 말살하는 우자(愚者)의 장소라는 개념은 모처럼 학교에서 벗어나 바닷가에서 휴가를 즐기는 한노의 해방감 속에 잘 나타나 있다. 〈지루하고 근심뿐인 단조로운 학교생활을 마친 후 4주 동안 근심 걱정을 훌훌 털고 평화롭게 세상에서 벗어나 해조 냄새와 부드럽게 부서지며 들려오는 파도 소리에 둘러싸여 있는 기분을 대체 어느 누가 이해하겠는가. 처음에는 기간이 한없이 길고 멀게만 느껴지며 그러한 끝을 입 밖에 낸다는 것은 신을 모독하는 무례하기 짝이 없는 일로 치부되었다. 어린 한노는 선생님이 수업을 끝내며《이 부분은 방학을 마치고 나서 계속할 것이다》라는 말을 어떻게 할 수 있는지 도저히 이해할 수 없었다. 번쩍이는 양모 코트를 입은 그 이해할 수 없는 선생님은 그것을 고대하는 모양이었다! 대체 그게 무슨 생각이람! 이 4주의 저편에 있는 모든 것은 얼마나 멀리 뿌옇게 떨어져 있었던가!〉(Bd 629) 이러한 토마스 만의 사상은 그와 동시대의 작가 헤세Hermann Hesse의 교육 사상과도 일치한다. 헤세는〈학교〉라는 주제에서 그 당시의 일반적인 교육 풍토를 비판하고 있다. 헤세 당시의 학교 교육에는 소수의 학생에게만 문제가 있었던 것이 아니라, 그 시대의 교육 제도 전체가 비인간적인 교육 제도로 비평의 대상이 되고 있었다. 원래〈인문주의적 교육humanistische Bildung〉의 이상을 목표로 했던 학교는 그 전통을 그 시대에 재현할 수 없었다. 모든 분야에서 오직 측정될 수 있는 성과만 인정함으로써 자연에서 벗어난 성적의 명예욕만 일깨웠다. 이런 맥락에서 개인의 타고난 개성의 계발은 불가능했다. 즉 모두가 평등(무차별)과 그 결과로 비생산성의 맥락에서 교육된 결과, 개인의 타고난 능력은 계발될 수 없었다. 헤르만 헤세는 이러한 양상을 작품『수레바퀴 밑에서Unterm Rad』에서 매우 요약적으로 잘 나타내고 있다.〈교사는 자기가 맡은 반에 한 명의 천재보다는 차라리 여러 명의 멍청이들이 들어오기를 바라기 마련이다. 어찌 보면 당연한 일인지도 모른다. 왜냐하면 교사에게 주어진 과제는 비범한 정신의 인물이 아닌, 라틴어나 산수에 뛰어나고, 성실하며 고루한 인간을 키워 내는 것이기 때문이다. 하지만 누가 더 상대방 때문에 감당하기 힘든 고통을 겪게 되는가! 교사가 학생 때문인가, 아니면 그 반대로 학생이 교사 때문인가! 그리고 누가 더 상대방을 억누르고 괴롭히는가! 또 누가 상대방의 인생과 영혼을 해치고 더럽히는가! 이러한 문제를 곰곰이 생각해 볼 때마다 누구나 분노와 수치를 느끼며 자신의 어린 시절을 돌아보게 될 것이다.〉[132] 이러한 헤세의 사상은 결국 개인이 단체에 속함으로써 위대한 인간이 말살되어 평범한 인간이 된다는〈정상성〉과〈평범성〉의 비극이 야기된다는 토마스 만의 의미와 일치한다. 그런가 하면 괴테의 교육관은 여러 방황과 오류를 체험하며 교육의 이상을 얻는 것이다. 이는 〈인간은 노력하는 한 방황한다〉(317행)는 『파우스트』의 이념과 상통하며, 이와 유사한 내용이 『빌헬름 마이스터의 수업 시대』에 다음과 같이 언급되어 있다. 〈방황하지 않도록 하는 것이 교육자의 의무가 아니고, 방황하는 자를 인도하는 것, 그리고 더 나아가 그로 하여금 방황이 가득 차 있는 잔을 완전히 마시게 하는 것이야말로 교육의 지혜이다.〉[133] 방황을 경험하지 못한 사람은 소망과 동경을 실현하는 과정의 인생이 잘못 인도되기 쉽고, 방황을 충분히 맛본 사람이 정도(正道)를 찾는 능력을 갖게 된다. 깊은 진리를 발견하기 위해서는 활동적으로 방황해야 한다. 방황의 체험은 진리의 길이다. 인간은 방황의 체험을 충분히 함으로써 자기 자신의 능력의 한계를 인식하여 결국 행복하게 될 수 있다는 것이 괴테의 교육관이다.

『마의 산』에서 시민적 자유주의의 전통을 지닌 함부르크의 명문가 출신 주인공 카스토르프는 시민 사회의 규범과 가치 개념에 대해 회의를 느끼는가 하면, 직업으로 대변되는 시민 사회에 대해 무의식적 반감을 가지고 있다. 사실 카스토르프에게는 외면적인 자기 이해와 상치되는 직접적인 자기 체험이 존재한다. 그에게는 공학도로서 일보다도 자유로운 시간을 더 중시하는 모순이 존재한다. 이러한 공학도로서의 의무와 일에 대한 본래의 거부적 충동은 그의 무의식적인 자아의 분열을 보여 주고 있다. 카스토르프가 자신이나 현실에 대해 갖고 있는 의식적인 표상들과 무의식 속에 숨어 있는 경향들이나 소망들 사이의 불일치가 그의 역설적인 사건 발생의 정신적 배경이 되고 있다.

결국 개인과 단체의 관계는 이른바 한 개체의 〈존재〉에서 〈소속〉으로, 〈소속〉에서 〈의무〉라는 3대 원칙이 성립된다. 단체에서 보호라는 사회 개념에서 본래의 인간화는 비인간화로 변한다. 사회는 일단 선행을 베풀고 나서 상대에 대한 지배권을 획득하는 인간 권력의 속성을 대변하는 것이다. 결국 사회는 (삶의 물질을 제공하여) 구원이라는 아름다운 허위가 되고 있다. 따라서 삶의 위기에서 벗어난 개인은 사회에 순종하는 객체가 된다. 그는 위기를 느끼지 못하고, 즉 저항하지 않고 사회에 적응하지만 그 결과는 자신의 황폐뿐이다. 결론적으로 시민성이라는 사회적 화합의 가상이 고통을, 실제로 인간에 가해지는 기형화를 은폐한다. 그런데 이 고통을, 즉 본래의 비인간화를 사람들은 의식하지 못한다.

「토니오 크뢰거」에서 토마스 만의 의도는 이러한 시민성에서 벗어난 고립된 예술가상을 그려 내는 데 있다. 〈숙명적으로 저주가 걸려 있는 것이 예술가〉(TK 297)라고 크뢰거는 말한다. 〈예술가의 이상한 혈통〉이란 〈녹색의 수레에 탄 집시〉(TK 275, 279, 291, 317)와도 같아서 예술가인 크뢰거에게는 〈무언가 이국적이고 특수한 것〉(TK 279)이 있다. 결국 진정한 의미에서의 예술가는 세속적인 것과는 거리가 먼 고고(孤高)한 인물이다. 예술이란 시민적 존재 형식에서 이탈해 예술가적 생활 형식으로 기울어 가는 몰락의 과정으로, 예술가 기질과 시민 기질의 대립이란 몰락과 발전에 내재하는 기본 원리이다.

「토니오 크뢰거」에서 한젠은 시민 사회에서 예술가의 본질이라 볼 수 있는 〈차이〉가 없이 일정한 기능을 수행하며 안주하여 살아가는 혹은 기생하는 유형이다. 이러한 한젠과 유사한 인물로 발레 교사인 프랑수아 크나크도 들 수 있다. 물론 춤은 분명 〈예술〉의 한 분야에 속하는 바, 무용가인 그는 예술가의 대열에 포함될 자격이 있다. 하지만 크뢰거의 눈에 비친 그는 예술가가 아니라, 천한 곡마단의 〈원숭이Affe〉(TK 284)에 지나지 않는다. 따라서 프랑수아 크나크는 시민 사회에 뿌리를 내리고 사는 〈직업 예술가〉로서 〈가짜 예술가〉의 전형으로, 이 내용이 크뢰거가 프랑수아 크나크를 〈가짜 예술가〉로 규정하는 다음의 대목에 잘 나타나 있다. 〈크나크 씨의 두 눈은 얼마나 확신에 차 있고 흔들림이 없는지! 그 눈은 사물이 복잡하고 슬프게 되는 곳까지 들여다보지 않았다. 그 눈이 아는 것은 자신이 갈색이고 아름답다는 사실뿐이다. 하지만 바로 그 때문에 그의 태도는 그렇게도 당당할 수 있는 것이었다.〉(TK 284) 이 무용 교사는 일류 가문의 자제들을 교육시키기 위해 갖추어야 할 최고의 수준을 보이며 찬사를 한 몸에 받지만, 그의 예술은 〈예술〉이 아니라 육체적으로 연마된 〈기능〉일 뿐이다.

이러한 시민 사회에 뿌리내린 예술에 대한 고뇌가 브레히트의 문학에 잘 나타나 있다. 미국 망명 시절 브레히트는 글을 팔아 극심한 생활고의 일부를 해결하려 했는데, 그때의 심정을 〈아침마다 밥벌이를 위하여/거짓을 사주는 장터로 간다〉고 노래했다. 끊임없이 문학으로 세상을 변혁시키고자 했던 브레히트도 굶주림 앞에서는 글을 써 들고 시장에서 값을 흥정해야만 했던 것이다. 이렇게 자신의 본심을 감추는 행위는 『고등 사기꾼 펠릭스 크룰의 고백』에서 배우의 기질이 농후한 로제라는 사나이에게서 절정적으로 나타나고 있다. 무대에서 머리에서 발끝까지 연기의 마력에 통달해 있는 극장의 인기 가수인 그는 장미꽃과 산호의 색깔로 빛나는 우아한 모습으로 관중들을 황홀하게 매혹시켜 많은 동경과 찬사를 받는다. 그러나 무대 뒤에서 이 사나이의 모습은 구토와 전율을 금치 못하게 한다. 황량한 무대 뒤에서의 그의 실제 모습은 비속하고 평범한 사나이일 뿐 아니라, 그의 전신은 가슴, 등, 어깨 할 것 없이 화농(化膿)하여 붉은 피가 충혈된 물집으로 가득 차 마치 나병 환자와 같이 보기에도 비참하고 추악한 광경을 보여 주고 있기 때문이다.

『부덴브로크 일가』에서도 주인공 토마스 부덴브로크는 일상생활의 일을 수행해 나가는 데 극도의 신중성과 정신력의 필요로 조그마한 일을 결정할 때조차도 세심한 주의력과 결단을 필요로 하여 기진맥진하지만 〈연기의 마스크〉를 쓰고 초지일관 퇴폐의 병을 끝내 참고 이겨 나간다. 따라서 〈토마스 부덴브로크의 생활은 [……] 현대의 영웅 생활이다〉(Bd 87)라는 내용으로 인식된다.

결국 「토니오 크뢰거」에서 프랑수아 크나크에게는 토마스 만의 진정한 예술가가 갖추어야 하는 인식과 통찰의 능력이 결여되어 있다. 사물과 현상의 표면밖에 보지 못하는 그의 시선은 〈자기 확신〉으로 가득 차 있는데, 이 〈자기 확신〉은 부재하는 정신의 표현에 지나지 않는다. 이러한 〈자기 확신〉과 〈자기도취〉는 토마스 만이 특징짓는 가짜 예술가의 징표이다.[134] 이렇게 예술이 천박한 시민적 행위로 전락해 가는 풍토가 토마스 만의 문학에서 자주 비판되고 있는데, 이는 과거에 괴테도 우려했던 사항이다. 괴테는 당시 프랑스 혁명으로 인해 낭만주의자들이 극단으로 빠져들어 가면서 저지른 예술의 타락을 다음과 같이 신랄하게 비판했다. 〈프랑스인들은 현재의 문학 혁명에 있어서 처음에는 좀 더 자유로운 형식밖에는 다른 것을 원치 않았다. 그러나 그들은 거기에서 멈추지 않고 형식과 더불어 전통적인 내용도 배격했다. 그들은 고상한 정서와 행위의 묘사를 지루하다고 말하고, 모든 가증스러운 것들을 취급하기 시작한다. 그리스 신화의 아름다운 주제 대신 악마와 마녀와 흡혈귀를 다룬다. 고대의 고상한 영웅들은 요술쟁이와 노예선의 노예들에게 자리를 양보하지 않으면 안 된다. 업적을 쌓아 인정받을 젊은 재사(才士), 자기 자신의 길을 개척할 수 있을 만큼 훌륭한 젊은 재사는 시대의 취미에 영합해야 한다. 아니, 소름 끼치게 하고 무시무시한 것을 묘사하는 데 있어 그의 선배를 능가

184

하려고 해야 한다.〉[135]

이렇게 평가 절하되는 예술의 현대적 개념을 노사크Hans Nossack는 레크리에이션 예술이라고 명명했다. 그는 저서 『레크리에이션 문학론』을 통해 레크리에이션 문학의 특질과 방법을 논하면서, 이러한 형태의 문학이 양적 확대를 보이게 되면 〈작가=생산자〉, 〈독자=소비자〉라는 공식이 더욱더 견고해질 수밖에 없다고 설명했다. 그는 작가를 〈창조적 작가〉와 〈레크리에이션 작가〉로 나누면서 어떤 작가를 택하느냐에 따라 독자도 〈창조적 독자〉와 〈레크리에이션 독자〉로 나눌 수 있다고 했다. 노사크의 이러한 설명에서 상당히 중요한 내용의 시사를 받게 되는데, 이는 독자의 유형에 관한 논의는 결국 작가의 유형론에 조응(照應)해서 진행시킬 수밖에 없다는 것이다. 이는 결국 독자의 개념의 변화에 따라 작품의 관례도 변화한다는 뜻이다.

이렇게 작품의 개념에 따라 독자의 관례도 변화한다는 노사크의 이론에서 예술의 〈가벼움〉과 〈무거움〉이라는 무게의 메타포가 문제 되는데, 이의 이해를 위해 작가 쿤데라Milan Kundera의 이론을 고찰해 보자. 쿤데라의 소설 『참을 수 없는 존재의 가벼움』은 정신과 무거운 영혼이 만나면서 전개되는 사랑, 삶, 그리고 죽음의 이야기다. 쿤데라에게 가벼움은 일회성, 가변, 우연을 뜻하고 무거움은 반복, 고정, 필연을 뜻한다. 그러나 이러한 가벼움과 무거움은 서로 동떨어진 요소가 아니다. 쿤데라의 이론에 의하면, 〈배반은 늘 부정한 것이 아니며, 일회적인 사랑은 언제나 부도덕한 것이 아니다. 가벼움은 무거움과 다투고, 농담은 진지함과 겨루며 사랑을 꽃피우고 삶을 풍요하게 할 수 있는 것들이다.〉 결국 인생은 단지 무거움과 가벼움의 구속에서 벗어난 자유 의지의 환상에서만 가능한 것이며, 우리가 미래에 대해 어느 정도의 신뢰를 가질 수 있는 한에서만 가능한 것이다.

마찬가지로 토마스 만도 『요셉과 그의 형제들』 제6장에서 무거움과 가벼움은 서로 동떨어진 요소가 아니라는 내용을 보여 주고 있다. 〈아, 〔……〕 그것(가벼움)은 너무나 흥분되고 장엄해서 말로 나타낼 수가 없다! 그리고 그것은 너무나 장엄하기 때문에 가벼운 필치로 처리되어야 한다. 왜냐하면 가벼움이란, 내 친구여, 경박함, 교묘한 농담이며, 그것은 인간에게 주어진 신의 최선의 선물이며, 우리들이 인생이라 부르는 그 복잡하고 의심스러운 것에 대해 우리들이 지니고 있는 가장 깊은 지식이기 때문이지. 신은 인생의 무섭게 진지한 얼굴이 억지로라도 미소를 띠게 되게끔 인간에게 주신 것이다.〉[136] 이 가벼움은 인생의 무서운 진지성을 느낄 능력이 없는지도 모르겠으나 반드시 그런 것만은 아닐 것이다. 그것은 인생에 압도당하는 것을 거부하고, 존재에 대한 인간의 정신력을 주장하는 것인지도 모른다.[137]

이러한 배경에서 〈진정한 예술(무거움)〉과 〈시민적 삶(가벼움)〉의 차이가 문제되기도 한다. 인류학적인 의미에서 본다면, 〈저속함, 저급함〉이란 인간 종족이 다른 하등 동물들처럼 먹고, 마시고, 섹스를 한다는 의미이다. 이와는 반대로 〈고상함〉이란 말은 〈이성, 문화, 공동체〉 즉 인간이 다른 생물체보다 우월하다는 의미가 내포되어 있다. 그런데 같은 작품일지라도 이러한 대립적 내용이 구분하지 못할 정도로 전개되는 경우도 있다. 이러한 맥락에서 〈문학 작품은 반드시 예술적이어야 하는가?〉라는 물음에 대해 우리나라의 작가 마광수를 예로 들어 보자. 그는 소설 『즐거운 사라』 등의 작품이 예술성이 없는 단순한 외설물이라는 이유로 비난을 받았다. 그러나 그는 할 말이 많다. 〈하나의 예술 작품을 놓고 외설이냐를 따질 때, 현학 군자들에 의해 흔히 거론되는 기준의 하나는 성을 그리되 존재론적 탐색을 곁들였느냐 안 곁들였느냐 하는 기준이다. 이른바 존재론적 탐색은 때로는 이데올로기적 탐색이 될 수 있고, 계급 투쟁적 탐색이 될 수 있다. 이를테면 한 여성이 성 자체만을 탐닉하는 것을 그린 소설이라면 외설이고, 성을 통해 존재론적 깨달음을 얻으면 예술이 된다는 식이다. 사회주의적 리얼리즘의 시각에서 보면 사회의 구조적 모순을 성을 통해 고발하고 거기에 적절한 전망을 덧붙여 제시하면, 아무리 성애 묘사가 진하고 지속적이라 할지라도 예술로 순화된 것으로 간주하는 경향이 있다. 〔……〕 계급적 갈등은 그럴 경우 가장 흔한 방패막이로 등장한다. 노골적인 성희 장면이 많아 화제가 된 영화 「파리에서의 마지막 탱고」는 비속한 대사의 남발과 항문 성교 등 변태적 성애 묘사가 자주 나오는 작품이었지만 대체로 영화사에 길이 남을 명작으로 평가되고 있다. 그 이유는 그러한 세기말적 성애의 배후에 평민인 남주인공과 귀족 집안인 여주인공 사이의 계급적 갈등이 개재되어 있기 때문이다. 그렇지만 성행위는 성행위 자체로 그칠 뿐 그것이 반드시 다른 이념 또는 관념의 상징물 역할을 해야 한다고 볼 수 없기 때문에 그러한 평가 기준은 모순된다고 볼 수 있다. 오히려 「파리에서의 마지막 탱고」는 순수한 동물적 성욕을 계급 갈등이라는 포장물로 은폐하여 주제의 초점을 흐려지게 만든 어정쩡한 양다리 걸치기식 영화로 보인다.〉[138] 이렇게 한 작품의 메시지를 어떻게 보느냐에 따라 예술(무거움)이 되기도 하고 외설(가벼움)이 되기도 한다. 여기에는 이성적이냐 또는 감성적이냐 등의 여러 요소가 작용한다.

키르케고르는 작가는 〈사람들이 가장 고귀한 상념을 품고, 가장 숭고한 기대를 거는 가장 명예로운 이름〉[139]인 동시에 〈해소할 수 없는 갈증을 인식하는 것이 또한 작가의 운명이다〉[140]라고 말했다. 작가가 모든 것을 〈미리 또는 잘〉 아는 성격이 독자와 사회 사이의 불균형·불만족이 될 수도 있다. 이러한 불만족은 인간 본질에 관계될 수도 있고, 개인들끼리의 충돌에서 올 수도 있고, 사회 구조에서 올 수도 있다. 이런 의미에서 책 읽기는 정치적 사건, 위기의 시대(전쟁·혁명·내란 등)와 관련되어 매우 계시적인 결과를 얻을 수 있다. 이렇게 문학의 본질이 독자들에게 계시를 자아내기에 충분한 배경에서 히틀러의 국가 사회주의는 문학을 이용하여 독자인 국민을 자기 뜻대로 조종하려 한 적도 있었는데, 이러한 배경을 알아차리지 못하는 보통의 독자들은 다만 줄거리의 전개만 이해하여 일부 작가를 배척하고 그들의 책들을 분서(焚書)하는 만행을 저지르는 경우도 있었다.

따라서 〈창조적 작가〉와 〈레크리에이션 작가〉 중 어떤 작가를 택하느냐에 따라 독자도 〈창조적 독자〉와 〈레크리에이션 독자〉로 나뉜다는 노사크의 이론은, 어떠한 작가와 작품을 선택해서 읽느냐에 따라 독자 자신의 수준과 등급이 결정된다는 내용으로, 레크리에이션 문학을 읽으면 레크리에이션 독자가 되는 것이고, 창조적인 작가를 추적하다 보면 〈창조적인 독자〉가 된다는 것이다. 그런데 이러한 논리를 엄격하게 파고 들어가 보면 상당히 단순하면서도 소박한 데가 있다. 노사크가 암시한 논리는 독자가 〈무엇을 읽느냐〉 하는 문제만 반영했지, 독자의 본질적인 우위성에 대해서는 소홀히 다룬 듯한 느낌을 준다.

노사크의 레크리에이션 독자 이론은 토마스 만의 〈시민성〉에 연관된다. 토마스 만에게 〈시민성〉의 존재는 무엇보다 〈차이〉와 동떨어진 〈성찰하지 않음〉, 즉 〈소박함〉이다. 그런데 이러한 〈시민성〉과 동떨어진 〈차이〉로 예술가들은 고립되고 여기에 소외가 발생한다. 〈대체 나는 왜 이렇게 이상하게 생겨 먹어서 모든 사람들과 충동하는 것일까? 왜 선생님들과는 사이가 좋지 않고, 다른 소년들 사이에 있으면 왜 서먹서먹하게만 느껴지는 것일까? 저 선량한 학생들과 건전한 평범성을 갖춘 학생들을 좀 봐라! [……] 그러나 도대체 나는 어떠하며 그리고 이런 모든 것들은 앞으로 어떻게 될까?〉(GW 8, 275)라는 크뢰거의 독백에서 그에게는 어딘가 특별한 데가 있어 〈정상적이고 평범한 사람들로부터의 소외〉가 의식되고 있다.[141] 따라서 〈그는 자주 생각했다〉(TK 275), 〈나는 왜 이리 유별할까?〉(TK 275), 또는 〈그 당시에는 그의 심장은 살아 있었다〉(TK 281, 287, 319, 325)고 이야기하는 크뢰거의 기본 주제인 〈삶〉과 〈예술(문화)〉은 특정한 가치와 분리되면서 자신을 잠재화 또는 실현화할 수 있는 가능성의 심층에 놓여 있다.

결국 크뢰거의 상존하는 불안의 근원은 대중 앞에서의 고독이다. 천재성 등은 대중에 무의미한 것으로 평가 절하되기 때문이다. 인간이 사회적 동물이라면 전체에 대한 개체의 천재성 내지 존엄성은 금지되기 마련이다. 상부상조하는 이익 사회란 개체들이 선의의 목적을 위해 조직한 집단 조직체로서 개체의 실존적 가치는 상실되어 전체의 일원으로 구성되지 않을 수 없다. 그리고 전체의 일원을 구성하는 인자(因子)가 되면 크뢰거의 천재성 같은 개성은 상호 간의 이익을 전제로 조직된 집단에 흡수되어 상실되지 않을 수 없다.

여기에서 예술가와 인식자를 위대한 예외적 존재로 찬양하고 어리석은 무리들을 〈거리의 정열〉로 설파한 니체가 연상된다. 니체에게 있어 근대사는 고귀와 비천의 평균으로 일어나는 비속화의 과정이었다. 그는 휴머니즘을 〈동정의 도덕〉으로 거부하고 〈일체 가치의 전도Umwertung aller Werte〉를 주장했다. 보다 높은 인간의 도덕은 자신의 운명을 사랑하는 것이 아니면 안 된다.[142] 그런데 시민적 삶을 유지하기 위해 예술적 삶이 부정되어 비극적 상황으로 되는 것이다. 이러한 니체의 예술적 삶의 몰락의 형이상학적 해석을 토마스 만은 차용하여(GW 12, 25) 정신적인 것의 증대는 생활력의 감소를 의미한다고 생각했다. 따라서 토마스 만은 자기 가문의 번영과 몰락의 몸소 체험과 이 니체의 몰락의 형이상학을 융합하여 그의 작품에 나타내고 있다.

부덴브로크 가문의 3대인 토마스 부덴브로크는 착실하고 성실하여 사람들은 그가 상인이 될 것을 확신한다. 과연 그는 활발한 실행력, 우아한 태도, 유창한 웅변,

빈틈없는 몸매 및 사회적 활동으로 근래에 보기 드문 명성과 성공을 가문에 안겨 준다. 호화로운 저택을 짓고, 적대 관계에 있는 하겐슈트룀가와 대결하여 시 참사회 의원에 당선되기도 한다. 그러나 그에게는 삶과 예술이 공존하지 못하고 있다. 이 가문에서 최초의 탈락자인 백부 고트홀트의 주검 옆에서 그는 다음과 같이 말한다. 〈당신의 정신에는 활기와 공상과 이상주의가 부족했습니다. [……] 무엇인가 추상적인 재화, 가령 옛 이름이나 상회의 간판 같은 것을 보호 육성하여 명예와 권세와 영광으로 이르게 하는 이상주의가 부족했습니다. [……] 시(詩)에 대한 감각이 당신에게 결여되어 있었습니다.〉(Bd 276) 마찬가지로 「토니오 크뢰거」에서 직업 예술가인 프랑수아 크나크에 관해서도 〈그(크나크)의 눈은 사물이 복잡하고 슬프게 되는 곳까지 들여다보지 않았다. 그 눈이 아는 것은 자신이 갈색이고 아름답다는 사실뿐이다〉(TK 284)라고 서술되어 삶과 예술의 비공조가 언급되고 있다.

「신동Wunderkind」에서도 예술가와 대중의 관계가 관찰되고 있다. 신동(神童) 피아니스트 비비Bibi는 청중들이 자기의 최초의 제일 하찮은 곡인 「올빼미와 참새」에 매혹되어 있음을 알게 된다. 그러나 비비의 생각에는 자기의 「환상곡」이 더 잘된 곡이다. 그래도 비비는 대중들이 원하는 대로 고마워할 뿐이다. 여기에서 비비가 상징하는 것은 〈예술가의 고귀성과 고루함, 그의 도시 근성과 신성한 재능과 지혜 및 그의 경멸과 은근한 도취〉(GW 8, 346)이며 혹은 과대 선전의 효과이다. 의아스러운 존재로서의 예술가의 존재, 즉 토마스 만이 초기부터 집요하게 추구해온 예술가 기질은 만년의 『파우스트 박사』에 와서는 악마와 계약을 맺어 혼을 매도할 정도의 부정적 존재로서 단죄된다.

이러한 예술가의 심정은 음악가 바그너가 예술가로서 느꼈던 것과 일치한다. 바그너는 자신의 평론집 『예술가와 대중Der Künstler und die Öffentlichkeit』에서 자기는 홀로 음악적인 영감에 사로잡혀 눈물을 머금고 전율할 때면 혼자 억제하지 못하고, 작곡의 재능을 인정받기 위해 대중에 달려가 무의미한 대중의 동의를 구하려 하는 어리석은 자신의 모습을 그려 보이고 있다.[143] 이러한 사실은 예술이 살아갈 길은 대중을 통하는 길밖에 없음을 말해 주어 〈시민적 예술 기질〉의 숙명을 암시한다.

이러한 대립과 갈등이 『부덴브로크 일가』에서는 〈삶〉이 〈사랑〉과의 갈등으로 전개되기도 한다. 따라서 레네르트H. Lehnert는 부덴브로크 일가의 몰락을 유전적으로 비판하고 있다. 그에 의하면, 부덴브로크 일가는 사랑을 희생한 대가로서 사업의 발전과 가문의 명성을 얻으려 하여, 『파우스트 박사』에서 레버퀸이 사랑을 희생한 대가로 위대한 음악가가 되는 내용과 일맥상통한다. 레버퀸은 예술가에게 보장된 성공의 시상을 악마의 모든 조건과 교환한다. 파우스트가 죽은 후 악마가 영혼을 요구하는 종전의 파우스트 문학과 달리 레버퀸은 위의 시상 조건을 생존 시에 지불해야 하는데, 이 중 하나가 사랑의 금지로, 부덴브로크 집안에서 사랑을 포기한 대가로 사업에 성공하는 동기와 유사하다.

부덴브로크 가문 3대의 토마스 부덴브로크는 집안의 번영을 위하여 사랑하는 꽃집 아가씨를 배반하고 대부호의 딸 게르다와 결혼한다. 그의 누이 토니 역시 가문의 발전을 위해 사랑하는 모르텐을 무시하고 사업가와 마음에도 없는 강제 결혼을 한다. 토마스 만은 신흥 부르주아인 하겐슈트룀가의 번영에 대한 비판보다도 사업의 번창을 위해 사랑까지도 희생시키는 부덴브로크 일가의 윤리성에 더 포괄적인 비판을 하고 있다고 레네르트는 부언하고 있다.[144]

결론적으로 정리해 보면 초기의 토마스 만은 문학을 저주받은 것으로, 그리고 그것에 종사하는 사람을 비인간화시켜 자연에서 소외시켰다. 하지만 시간이 흐르면서 차츰 세계의 공존과 화해를 모색하는 움직임이 나타나, 초기 작품에서 나타나는 양자 간의 심각한 반목과 대립은 후기 작품으로 갈수록 조화와 화해의 길로 들어선다. 따라서 후에 망명지 미국에서 토마스 만은 예술이란 괴로움 따위와는 아무 관계도 없으며, 그렇게 즐거운 일을 택한 사람은 성실한 사람들 앞에서 순교자 행세 따위를 해서는 안 된다고 했다.[145]

이렇게 토마스 만이 세월이 지나면서 차츰 세계와 공존과 화해의 모색을 처음으로 나타낸 작품으로 「토니오 크뢰거」를 들 수 있다. 이 작품에서 〈예술가는 세속적인 삶과 동떨어져 고유의 영역을 지켜야 한다〉고 생각하면서도, 평범한 삶에 대한 애착 또한 버리지 못했기에 크뢰거는 결코 〈예술 지상주의자〉[146]가 될 수 없다. 리자베타는 이와 같은 모순 앞에 괴로워하는 그를 〈길 잃은 시민〉(TK 305)이라 부르는데, 이 별명은 크뢰거가 자신이 가진 시민성을 인정하고 받아들이게 된 시민이 되었음을 의미한다.

크뢰거는 13년 전 자신이 떠나온 고향을 거쳐 북쪽으로 여행을 떠났다가 덴마크의 어느 도시에서 자신이 어릴 적에 마음속으로 사랑했던 잉게가 역시 크뢰거가 옛날에 동성애적으로 사랑했던 친구인 한스와 부부가 된 모습을 보게 된다. 그날 밤 무도회에서 크뢰거의 지금 상황이 과거 고향에서 한스와 잉게와 보낸 슬프고 암울했던 시절에 비해 전혀 나아진 게 없다는 사실을 깨닫는다. 한스와 잉게는 그를 전혀 알아보지 못하고, 크뢰거는 새삼 자신이 속할 수 없는 세계에 대한 동경으로 목이 멘다. 다만 과거와 달라진 점이 있다면 춤을 추다가 넘어진 소녀를 일으켜 주기 위해 그가 무도회장 안으로 발을 들여놓았다는 것이다. 이 장면은 크뢰거가 장차 세속적인 삶을 받아들이는 것을 암시한다.

「토니오 크뢰거」의 마지막 장에서 리자베타에게 보내는 편지를 통해 크뢰거는 자신의 예술성은 평범한 삶에 대한 사랑에 바탕을 두고 있으며 앞으로 그것을 부인하지 않겠다고 말한다. 이에 관련하여 토마스 만은 『파우스트 박사』에서도 〈회피와 자폐와 거리화의 인간〉으로 불리며 고독 속에 살아가는 레버퀸으로 하여금 〈선택된 교양 계급은 존재하지 않는다. 아니, 이미 존재하고 있지 않다. 그러므로 만일 예술이 민중의 길을 — 비낭만적으로 표현한다면 — 인간에의 길을 발견하지 못한다면, 예술도 완전히 고독하게, 더욱이 사멸할 정도로 고독하게 될 것이다〉 (DF 204)라고 고백하게 만들고 있다.

이렇게 삶이 예술에 연관되어 있다는 내용은 독일 철학자 하이데거의 사상에서도 발견된다. 하이데거의 후기 사상에 의하면, 예술은 삶의 진리와 연관되어 있다. 하이데거는 『예술 작품의 근원』에서 예술은 현실적인 것의 모방이나 모사가 아니고 인간 정신의 표출도 아니라고 했다. 예술은 오직 어떤 것이 그것으로서 존재하는 의미, 곧 농부화가 농부화로서, 신전이 신전으로서 존재하는 의미를 드러나게 하는 〈탁월한 방식〉이다. 그럼으로써 인간이 인간으로서 존재할 바탕과 터전, 곧 〈대지〉를 마련해 준다. 예컨대 그리스 신전은 드높이 우뚝 솟아 있음으로써 지금까지 보이지 않던 허공을 보이게 하고, 또 흔들리지 않음으로써 휘몰아치는 폭풍의 광란을 드러나게 한다. 동시에 이런 성스러움을 내보임으로써 〈탄생과 죽음, 재난과 축복, 승리와 굴욕, 존속과 쇠망〉을 인간이 받아들여야 할 운명으로 드러나게 한다. 신들이 싸우는 그리스의 문학 작품들도 사실인즉 신들의 싸움을 묘사하는 것이 아니라, 그것을 통해 인간들이 살아갈 대지, 곧 〈무엇이 신성하며 무엇이 비속한지, 무엇이 위대하며 무엇이 하찮은지, 무엇이 용감하며 무엇이 비겁한지, 무엇이 고결하며 무엇이 천박한지〉를 열어 밝힌다. 한마디로 〈사물들에는 비로소 사물들 자신의 모습을 주고, 인간들에게는 비로소 그들 자신의 전망을 주는 것〉이 곧 예술로, 이러한 역할을 충분히 한 대표적 문학 작품으로 호메로스의 『일리아드』를 들 수 있다. 따라서 이 작품은 우뚝 선 신전처럼 수천 년을 살고 있다.

결국 멀리서 삶을 관조하고 사색하는 예술가의 태도에서 삶의 영감이 생겨날 수 있다는 사실을 통해 결국 예술은 삶에 연관되지 않을 수 없다. 따라서 예술의 가장 고결하고 궁극적인 임무가 생활에 기여하는 데 있을 수도 있다는 점에서 귀족 계층의 퇴폐를 대표하는 사조로 여겨지는 로코코Rococo 예술도 역사상 전무후무하게 완벽한 예술이었다. 로코코의 본질은 건축이나 회화가 아니라 실내 장식에 있는데, 친밀한 삶을 연출하기 위해 섬세한 벽 장식과 식기를 만들어 낸 것을 높이 치하할 만하다. 다만 〈생활에 대한 로코코의 기여〉가 소수 특권 계층에 집중된 것이 비극이었다고 볼 수 있다. 이러한 관점에서 예술인들은 삶의 의욕을 잃어가고 병적이며 실생활에서 무력한 존재들이지만, 예술이 삶을 부정한다면 또 자기 자신도 부정하는 것이 된다. 예술의 삶도 유지되기 위해서는 일반적인 삶으로부터 생겨나지 않으면 안 된다. 예술에 아름다운 가상이 필요하다는 것은 삶이 무로 돌아가는 것을 막기 위한 것이며 예술과 삶의 공존도 의미하는 것이다.

이는 토마스 만 자신의 사상으로, 이러한 사상이 1939년 토마스 만이 프린스턴 대학의 학생들 앞에서 행한 자신의 장편 『마의 산』에 대한 연설에 담겨 있다. 이때 토마스 만은 능력 있는 독자는 그 소설을 꼭 두 번 읽을 것을 요구했는데, 이에 대한 이유로 다음과 같이 언급했다. 〈카스토르프는 성배를 찾아가는 자로 존재하지만, 여러분들은 그의 이야기를 읽었을 때 그 생각을 미처 하지 못했을 것입니다. 그리고 나 자신이 그것을 생각했다고 해도 그것은 어느 정도까지는 생각일 뿐이었습니다. 이 책을 이러한 관점에서 반드시 한 번 더 읽어 보십시오. 그러면 여러분들은 성배가 무엇인지, 그리고 주인공과 이 책 자체가 찾고 있는 지식, 가르침, 저 최상의 것이 무엇인지 알게 될 것입니다.〉(GW 11, 616 f.) 그러나 토마스 만은 『마의 산』을 두 번 읽기를 요구했지만 첫 번째 읽을 때 지루해질 경우에는 그럴 필요가 없다고도 말했다. 왜냐하면 예술이란 수업 과제나 힘든 일, 마지못해 하는 작업이 아니라 삶에 기쁨을 주고 즐거움을 선사하며, 활기를 불어넣어 삶에 연관을 맺어야 하기 때문이다. 작품에서 이런 영향을 받지 못하는 사람은 그것을 놔두고 다른 것을 향하는 것이 좋을 것이다. 미학적으로 경애를 받을 만한 이 전제는 바로 토마스 만의 문학적 특징이다. 정말 어느 시대를 막론하고 소설은 주로 즐거움 때문에, 즉 삶의 요소를 상승시키기 위해 읽히는 것이다.

크뢰거에서 시민-예술가의 주제를 마지막까지 취급하고 난 후, 토마스 만은 불임증의 공포에 놓이게 되었다.[147] 왜냐하면 전통적 시민 소설의 형식 속에 다루어졌던 개인적·시민적 문제들이 변화된 현대의 역사적 과정에서 진부한 것이 되어 버렸고, 이러한 내용을 담아냈던 전통 소설의 형식 또한 이제 역사적 생명력이 다했음을 그는 인식했기 때문이다. 이러한 위기에 맞서 토마스 만은 이제까지 그의 작품에서 문제 되었던 개인적인 것, 시민적인 것을 전형적이고 항상 인간적이며 영원한 것, 그리고 초시간적인 것들로 대치하려 노력했다.(GW 11, 634.) 이는 그가 현대의 파산된 세계의 실존을 표현하기 위해서는 새로운 예술적 토대가 필요하다고 판단한 것으로, 〈무시간적 전형적 선행 과정들을 통해 삶의 개별적인 조건들을 명확히 함〉[148]으로써 이러한 토대를 마련할 수 있다고 생각했기 때문이다.

지금까지 예술가와 일반 시민성 사이의 가치 관계에 대해 언급했다. 종전에 예술적 가치에만 주어졌던 역점이 이제 시민적 가치에도 주어짐으로써 예술 작품이 전혀 새로운 기능의 형상체가 되고 있다. 언젠가 우리가 알고 있는 예술적 기능 역시 부수적 기능으로 인식될 수 있는 가능성에 대해 아직은 예언할 수 없지만 브레히트는 이에 관한 고찰을 하고 있다. 하나의 예술 작품이 상품으로 변하여 예술의 개념이 새로 생겨나는 물건에 더 이상 적용되지 않을 때, 우리는 이 물건 자체의 기능까지 함께 없애 버리지 않기 위해서는 예술 작품의 개념을 조심스럽고도 신중하게 그러나 아무런 두려움 없이 과감히 떨쳐 버리지 않으면 안 되는 경우가 생긴다. 왜냐하면 새로 생겨나는 물건은 이러한 단계를, 그것도 아무런 저의(底意)도 없이 겪지 않으면 안 되기 때문이다.

이러한 배경에서 예술이 상품으로 전락, 심지어는 사기술로 전락하는 경우가 있는데, 이 내용이 토마스 만의 작품에서 예시되고 있다. 원래 토마스 만이 예술적인 고독과 가식적 문제를 범죄성으로 돌리기 위해 채택한 것이 사기꾼의 모티프였다. 예술가의 수법과 직업이 사기꾼의 그것과 같다고 생각되기 때문이다. 예술가란 수시로 임기응변하여 자신을 탈바꿈하지 않으면 살아갈 수 없는 사기꾼의 입장과도 같은 것이다. 『고등 사기꾼 펠릭스 크룰의 고백』에서 연기의 모티프인 펠릭스의 〈치환 능력(置換能力)〉은 주변에 있는 제반 사물이나 문제의 공통점과 유사점을 재빨리 파악해서 바꿔 놓는 능력을 의미한다. 단순한 내용도 복잡해지고(또는 복잡하게 보이고) 뒤섞이는 과정에서 본래의 외관은 변형되어 전부터 알던 사람이 아니면 식별할 수 없게 되는데, 이처럼 식별하기 어렵게 바꿔 놓는 것이 치환 능력의 중요성이다. 이렇게 주체(자신)와 객체(타인)가 치환될 수 있는 상상이 『고등 사기꾼 펠릭스 크룰의 고백』에서 다음과 같이 언급되고 있다. 〈그것은 치환 가능성이라는 생각이었다. 의복이나 분장을 바꿔 버리면 곧장 급사들도 신사와 마찬가지로 될 수 있을 것이고, 담배를 입에 물고 깊은 안락의자에 거드름 피우고 앉아 있는 족속들의 다수는 급사 역을 해낼 수도 있었으리라. 사정이 그렇게 되어 있지 않은 것은 순전한 우연 — 부(富)가 빚어낸 우연이었다. 왜냐하면 돈이 빚어내는 귀족성은 치환될 수 있는 우연의 귀족성이기 때문이다.〉(FK 491 f.) 이렇게 자기와 타인을 치환할 수 있다는 상상이 예술가와 사기꾼의 경우로 옮겨진다.

이러한 예술가와 사기꾼의 내용은 니체로까지 소급된다. 토마스 만은 그의 메모에 나타난 니체의 저서 『인간적인 것, 너무도 인간적인 것Menschliches, Allzumenschliches』의 188번 경구의 다음과 같은 견해를 피력했다. 〈헤시오도스 앞에서 한번은 음악의 신이 《우리들은 많은 거짓을 말하는 데 정통하다》고 노래했다. 이는 예술가를 한때 사기꾼으로 파악하게 하는 근본적인 발견으로 이끈다.〉[149] 또한 니체의 같은 책 51번째 경구는 가상에서 존재로의 배우의 변신을 다루고 있다. 〈배우는 가장 고통스러울 때에도 결코 그가 연기하는 인물의 인상과 전체적인 장면 효과의 생각을 멈추지 않는다.〉[150] 이렇게 니체는 예술가의 전형으로 배우를 들고 있으며, 또한 예술가를 사기꾼과 동일시하고 있다. 사기꾼이라는 직업에서는 항상 수법을 바꾸어 자신의 정체를 숨겨 가며 타인의 행세를 해야 하는 것이 불가피하다. 〈타인 역〉을 감쪽같이 해낼 때 비로소 새로운 가능성이 생겨나는 것이다.[151]

194

따라서 배우의 문제점은 역할과 가면에 대한 내적인 요구로서 현실이 아닌 가상 세계에로의 몰입이며,「토니오 크뢰거」에서 크뢰거도 예술가는 배우처럼 무대에서 연기를 하는 삶이 진정한 삶이지, 무대를 떠난 일상적인 삶은 가면을 벗은 배우의 삶이며, 이러한 삶은 아무 의미가 없다고 말하고 있다. 이는 정도(正道)에서 벗어난 무책임한 우회가 아니다. 여기에서 일어나는 것은 그 물건을 근본적으로 변화시키고, 그것의 과거를 깡그리 지워 버려서, 옛 개념이 다시 채용된다 할지라도(그렇게 되지 말라는 법도 없다) 한때 그 개념이 표현했던 물건에 대한 어떠한 기억도 그 개념에 의해 환기되지 않을 것이다.

주

1 지명렬, 『독일 낭만주의 연구』(일지사, 1981), 15면 이하 참조.

2 J. W. Goethe, *Maximen und Reflexionen*, Werke in 14 Bänden, Bd. 12, Hamburger Ausgabe, hg. von Erich Trunz(München, 1988), S. 367.

3 같은 곳.

4 그리스도교의 한 이단설로서 1~4세기경 로마, 그리스, 유대, 소아시아, 이집트 등지에 널리 퍼져 있던 그리스도교적인 주지주의. 그 내용은 신의 세계와 물질의 세계가 따로 있다고 주장하는 이원론으로서, 이 두 가지 사이에 영적인 존재인 천사, 인간 및 악마가 있고, 인간은 물질세계에 사로잡혀 있는 것으로부터 도망쳐서 신의 세계로 되돌아가기 위해서는 금욕을 하지 않으면 안 된다고 했다. 또 물질의 세계를 벗어나는 것을 방해하는 악마를 극복하기 위해서는 최고로 완전한 신지(神智, Gnosis)가 필요하다고 한다.

5 고대 유대교, 특히 『구약 성서』에 나오는 신. 여호와·야훼·야베라고도 하는 이 신의 기원과 이름에 대해서는 여러 학설이 있으나 확실하지 않다. 『구약 성서』의 「출애굽기」에 따르면, 모세에게서 처음으로 이 신의 이름이 계시되고, 또 이 신의 이름이 〈나를 너희에게 보내신 분은 나다라고 하시는 그분〉이라고 설명되어 있다. 이 야훼와 모세에게 이끌려 이집트를 탈출한 백성과 계약(시나이 계약)이 맺어지고, 이것이 고대 이스라엘의 야훼 종교의 기초가 되었다. 그런데 이 계약의 징표로서의 율법(10계)에 야훼의 이름을 함부로 부르면 안 된다고 하는 계율이 있었다. 원래 이스라엘의 신이었던 야훼는 『구약 성서』의 예언자들에 의하여 절대 유일신으로 자리 잡혀 갔다.

6 M. Eliade, *Patterns in Comparative Religions*(New York, 1970), p. 154.

7 같은 책, 417면.

8 조셉 캠벨·빌 모이어스, 『신화의 힘』, 이윤기 역(이끌리오, 2002), 71면.

9 J. W. Goethe, *Hermann und Dorothea*, Werke in 14 Bänden, Bd. 2, Hamburger Ausgabe, hg. von Erich Trunz(München, 1988), S. 514.

10 György Lukács, "Franz Kafka, oder Thomas Mann", in: Ders, *Essays über Realismus* (Neuwied und Berlin, 1971), S. 500~550.

11 조남현, 『소설 원론』(고려원, 1984), 352면.

12 Hans Rudolf Vaget, "Confession and Camouflage. The Diaries of Thomas Mann", *Journal of English and Germanic Philisophy*, 96(1997), p. 589.

13 김창준, 「토마스 만의 〈파우스트 박사〉 연구」, 『독일 문학』, 제100집(2006), 37면 이하.

14 Martin Heidegger, *Holzwege*, Bd. 5 der Gesamtausgabe, hg. von Friedrich-Wilhelm von Hermann(Frankfurt/M., 1977), S. 366.

15 차연*différance*은 〈기표와 기의 사이의 차이, 기표와 기표 사이의 차이, 이로 인한 의미의 끝없는 유보〉라는 뜻으로 요약된다. 우리말 번역에는 대부분 〈차연〉이라는 표현을 사용하는데, 〈유보 *Verschiebung*〉 또는 〈유예*Aufschiebung*〉라고 해석하는 것이 문맥의 이해에 도움이 된다는 이론도 있다.

16 Jacques Derrida, *Positionen. Gespräche mit Henri Ronse, Julia Kristeva, Jean-Louis Houdebine, Guy Scarpetta/Jacques Derrida*(Wien, 1986), S. 44.

17 같은 책, S. 70 f.

18 아니카 르메르, 『자크 라캉』, 이미선 옮김(문예출판사, 1994), 137면 참조.

19 Karl Kerányi u. Thomas Mann, *Gespäch in Briefen*(Zürich, 1960), S. 42.

20 H. Koopmann, "Thomas Mann, Theorie und Praxis der epischen Ironie", in: Reinhold

Grimm(Hg.), *Deutsche Romantheorie*(Frankfurt/M., 1968), S. 280.

21 Ulrich Karthaus, "Zu Thomas Manns Ironie", in: Eckhard Heftrich(Hg.), *Thomas Mann Jahrbuch*, Bd. 1(Frankfurt/M., 1988), S. 88.

22 같은 곳.

23 최순봉, 『토마스 만 연구』(삼영사, 1981), 55면 이하.(이하 『토마스 만 연구』로 줄임)

24 Thomas Mann, *Goethe als Repräsentant des Bürgertums*(Frankfurt/M., 1932).

25 Jürgen Scharfschwerdt, *Thomas Mann und der deutsche Bildungsroman*(Stuttgart, 1967), S. 455.

26 Karl Werner Böhm, "Die homosexuellen Elemente in Thomas Manns 〈Der Zauberberg〉", in: Hermann Kurzke(Hg.), *Stationen der Thomas Mann-Forschung*(Würzburg, 1985), S. 148.

27 Hans Wysling, "Thomas Manns Plan zu einem Roman über Friedrich den Großen", in: Ders., *Thomas Mann heute*(Bern, 1976), S. 35 f.

28 박은경, 「현대의 고전 마주 읽기-토마스 만의 〈베네치아에서 죽음〉과 프란츠 카프카의 〈변신〉」, 『카프카 연구』, 제14집(한국카프카학회, 2005), 12면.

29 Thomas Bernhard, *Der Keller, Eine Entziehung*(München, 1995), S. 9.

30 홍길표, 「근대 유럽인의 정체성과 타자화된 아시아」, 『독일 문학』 제95집(2005), 78면 이하.

31 Helmut Jendreiek, *Thomas Mann. Der demokratische Roman*(Düsseldorf, 1977), S. 226.(이하 *Der demokratische Roman*으로 줄임)

32 『베레쉬트 라바』 I, 1, fol.6, col.2; Krappe, pp. 312~322 참조.

33 Sigmund Freud, *Studienausgabe*, hg. von A. Mitscherlich u.a., Bd. V(Frankfurt/M., 1975), S. 56.

34 같은 책, 54면.

35 Karl Werner Böhm, "Die homosexuellen Elemente in Thomas Manns 〈Der Zauberberg〉," in: Hermann Kurzke(Hg.), *Stationen der Thomas Mann-Forschung*(Würzburg, 1985), S. 148.

36 Lotti Sandt, "Mythos und Symbolik im Zauberberg von Thomas Mann," in: *Sprache und Dichtung*, Band 30(Bern, Stuttgart), 1979, S. 290.

37 Hans Wysling, "Der Zauberberg als Zauberberg", in: *Das Zauberberg-Symposium 1994 in Davos*, hg. von Thomas Sprecher(Frankfurt/M., 1995), S. 48.

38 Vgl. Erich Heller, *Thomas Mann. Der ironische Deutsche*(Frankfurt/M., 1959).

39 강두식 편저, 『독일 문학 작품의 해석』(민음사, 1987), 623면 이하.(이하 『독일 문학 작품의 해석』 으로 줄임)

40 Peter Zander, *Thomas Mann im Kino*(Berlin, 2005), S. 94.

41 김숙희, 「〈베네치아에서 죽음〉 연구」, 『뷔히너와 현대 문학』, 제29호(한국뷔히너학회, 2007), 43면 이하.

42 A. 하우저, 『문학과 예술의 사회사』, 근세 편 하권, 염무웅·반성완 공역(창작과비평사, 1983), 260면 이하.

43 Theo Piana, *Thomas Mann*(Leibzig, 1968), S. 16.

44 Friedrich Nietzsche, *Gesammelte Werke* in drei Bänden, hg. von Karl Schlechta, Bd. II (München, 1973), S. 917.(이하 *Gesammelte Werke*는 GW로 줄이고 뒤에 권수와 면수만 기록함)

45 Thomas Mann, "Ironie und Radikalismus", in: Hermann Kurzke(Hg.), *Thomas Mann Essays, Politik*, Bd. 2(Frankfurt/M., 1977), S. 41.

46 Herbert Lehnert, "Die Künstler-Bürger, Doppelorientierungen in den frühen Werken Heinrich und Thomas Manns", in: Peter Putz(Hg.), *Thomas Mann und die Tradition*(Frankfurt/M., 1971), S. 15.

47 Martin Gregor, *Wagner und kein Ende*(Bayreuth, 1958), S. 8.

48 Thomas Mann, *Briefe* in drei Bänden, Bd. II, hg. von Erika Mann(Frankfurt/M., 1962), S. 239 ff.

49 Vgl. James Northcote-Bade, *Die Wagner-Mythen im Frühwerk Thomas Manns*(Bonn, 1975), S. 32 ff.

50 Thomas Mann, "Leiden und Größe Richard Wagners", *Adel des Geistes, Sechzehn Versuche zum Problem der Humanität*(Stockholm, 1945), S. 399 f.

51 Friedrich Nietzsche, GW II, S. 913.

52 같은 책, S. 912.

53 같은 책, S. 903.

54 Ervin Koppen, Vom Dekadenz Zum Proto-Hitler, "Wagner Bilder Thomas Manns", in: Peter Putz(Hg.), *Thomas Mann und Tradition*(Frankfurt/M., 1971), S. 203.

55 Friedrich Nietzsche, GW I, S. 16 f.

56 Ervin Koppen, 같은 책, S. 207.

57 『독일 문학 작품의 해석』, 614면.

58 Johannes Klein, *Geschichte der deutschen Novelle von Goethe bis zur Gegenwart*(Wiesbaden, 1956), S. 418.

59 Ronald Peacock, *Das Leitmotiv bei Thomas Mann*(Bern, 1934), S. 64 f.

60 『독일 문학 작품의 해석』, 601면.

61 Eckhard, Heftrich, *Zauberbergmusik über Thomas Mann*(Frankfurt/M., 1975), S. 3.

62 Charles Neider, *The Stature of Thomas Mann*(New York, 1947), p. 142.

63 부르노 힐레브란트, 『소설의 이론』, 박병화·원당희 역(예하, 1994), 183면.

64 Vgl. Arthur Schopenhauer, *Die Welt als Wille und Vorstellung*, Bd. 2(Zürich, 1977), S. 542~596.

65 Roman Karst, *Thomas Mann oder Der deutsche Zwiespalt*(Wien-München-Zürich, 1970), S. 30.

66 Thomas Mann, *Politische Schriften*, Bd. 1(Frankfurt/M., 1968), S. 53.

67 같은 곳.

68 Vgl. Hermann Kurzke, *Thomas Mann. Das Leben als Kunstwerk*(Frankfurt/M., 2001), S. 74 f.

69 Erich Heller, *Thomas Mann. Der ironische Deutsche*(Frankfurt/M., 1975), S. 53.

70 Arthur Schopenhauer, *Die Welt als Wille und Vorstellung*, 1. Teilband(Zürich, 1977), S. 224.

71 Ingrid Strohschneider-Kohrs, "Zur Poetik der deutschen Romantik II. Die romantische Ironie", in: H. Steffen(Hg.), *Die deutsche Romantik*, 3. Aufl.(Göttingen, 1978), S. 82.

72 홍성광, 「토마스 만의 소설 〈마의 산〉의 형이상학적 성격」, 박사 학위 논문(1992), 109면.

73 Helmut Koopmann, *Thomas Mann. Buddenbrooks, Grundlagen und Gedanken zum Verständnis*(Frankfurt/M., 1995), S. 30.

74 울리히 바이스슈타인, 『비교 문학론』, 이유영 옮김(홍성사, 1983), 38면 참조.

75 Herbert Lehnert, *Thomas Mann. Fiktion, Mythos, Religion*(Stuttgart, 1965), S. 26.

76 Friedrich Nietzsche, GW II, S. 913.

77 같은 책, S. 912.

78 같은 책, S. 903.

79 Ervin Koppen, 같은 책, S. 203.

80 Friedrich Nietzsche, GW I, S. 16 f.

81 같은 책, S. 365.

82 같은 책, S. 20.

83 Theo Meyer, *Nietzsche und die Kunst*(Tübingen und Basel, 1993), S. 69.

84 Manfred Dierks, *Studien zu Mythos und Psychologie bei Thomas Mann*(Bern, 1972), S. 121 f.

85 Otto Bollnow, 『삶의 철학』, 백승균 역(경문사, 1980), 152면.

86 Thomas Mann, *Briefe* in drei Bänden, hg. von Erika Mann, Bd. 1(Frankfurt/M.), S. 91.

87 Wilhelm Siegler, *Thomas Manns Wandlung vom Unpolitischen zum Verteidiger der Demokratie. Beiträge zu den Sommerkursen*(München, 1968), S. 120 f.

88 Hermann Kurzke, *Thomas Mann. Epoche-Werk-Wirkung*(München, 1985), S. 260.

89 Peter Pütz, *Friedrich Nietzsche*(Stuttgart, 1967), S. 70 f.

90 Walter Kaufmann, *Nietzsche*(Princeton, 1974), S. 307.

91 Frederick Copleston, S. J., *A History of Philosophy*, vol. I(1960), p. 29.

92 Hermann Wein, *Positives Antichristentum*(Den Haag, 1962), S. 89 f.

93 정동호 편저, 『니체 철학의 현대적 조명』(청람, 1984), 245면 이하.

94 Richard Wagner, *Die Kunst und die Revolution*, S. 73.

95 Peter Pütz, *Friedrich Nietzsche*(Stuttgart, 1967), S. 70 f.

96 같은 책, S. 72 f.

97 Thomas Mann, *An Maximilian Brantl, Briefe II*, S. 581.

98 Thomas Mann, *Briefe* in drei Bänden, hg. von Erika Mann(Frankfurt/M., 1962), ff.

99 Erich Müller, "Thomas Mann, Buddenbrooks in Interpretationen", in: Jost Schillement(Hg.), *Deutsche Romane von Grimmelshausen bis Musil*(Frankfurt/M., 1969), S. 230 f.

100 Fred Müller, *Thomas Mann*(München, 1972), S. 34.

101 Manfred Dierks, *Studien zu Mythos und Psychologie bei Thomas Mann*(Bern, 1972), S. 128.

102 같은 책, S. 121 f.

103 Fred Müller, *Thomas Mann*(München, 1979), S. 59.

104 남경태, 『역사: 사람이 알아야 할 모든 것』(들녘, 2008) 참조.

105 Gert Richter und Gert Ulrich, *Der neue Mythologieführer, Götter, Helden, Heilige*(Seehamer, 1996), S. 76.

106 Perry Anderson, *A Zone of Engagement*(London, 1992), p. 218.

107 Karl Werner Böhm, "Die homosexuellen Elemente in Thomas Manns ⟨Der Zauberberg⟩", in: Hermann Kurzke(Hg.), *Stationen der Thomas Mann-Forschung*(Würzburg, 1985), S. 148.

108 *Der demokratische Roman*, S. 224.

109 Ernst Behler, *Derrida-Nietzsche Nietzsche-Derrida*(München, 1988), S. 130.

110 김주연, 「니체의 문학 비평 연구」, 『독일 문학』, 제55집(1995), 124면 이하.

111 Friedrich Nietzsche, *Der Wille zur Macht*, ausgewählt von Peter Gast(Stuttgart, 1964), S. 534.

112 Friedrich Nietzsche, *Die Geburt der Tragödie* u. a., Sämtliche Werke. Kritische Studienausgabe in 15 Einzelbänden, KSA 1, hg. von Giorgio Colli und Mazzino Montinari(München, 1988), S. 27~31.

113 Börge Kristiansen, *Thomas Manns Zauberberg und Schopenhauers Metaphysik*, 2. Auflage(Bonn, 1985), S. 176.

114 장성현, 「〈베네치아에서 죽음〉에 나타난 토마스 만의 동성애의 은폐와 폭로의 역학」, 『독일 문학』 제70집(1999), 131면.

115 Gert Richter und Gerhard Ulrich, *Der neue Mythologieführer, Götter, Helden, Heilige*(Seehamer, 1996), S. 77.

116 발푸르기스는 서기 780년경에 살았던 어느 수녀원장의 이름인데 그녀는 영국 태생으로 독일에 수녀원을 세우고 포교에 힘썼다고 전한다. 사후에 사람들은 그녀를 전염병과 마귀로부터 자신들을 보호해 주는 수호신으로 받들었다. 그녀를 기념하는 날인 5월 1일의 전날 밤을 〈발푸르기스의 밤〉이라 하고 마녀들이 그날 밤에는 브로켄 산에서 모임을 갖는다고 한다.

117 Hans Meyer, *Spiegelungen Goethes in unserer Zeit*(Wiesbaden, 1949), S. 120.

118 Thomas Mann, Freud und die Zukunft, in: Hermann Kurzke(Hg.), *Essays und Schriften über Musik und Philosophie*, Band 3(Frankfurt/M., 1978), S. 190.

119 Fred Müller, *Thomas Mann*(München, 1979), S. 53.

120 백낙청 편저, 『리얼리즘과 모더니즘』(창작과비평사, 1984), 240면 참조.

121 이강영, 『바보 이야기 ── 그 웃음의 참뜻』(평민사, 1998), 282면.

122 Hannah Arendt, *Men in Dark Times*(Penguin Book, 1973), p. 9.

123 Friedrich Nietzsche, GW I, S. 20.

124 Theo Meyer, *Nietzsche und die Kunst*(Tübingen und Basel, 1993), S. 69.

125 Maurice Blanchot, *The Space of Literature*, tr. by Ann Smock(University of Nebraska Press, 1982), p. 21.

126 같은 곳.

127 D. C. Muecke, 『아이러니』, 문상득 역(서울대학교 출판부, 1982), 67면.

128 같은 곳.

129 *Der demokratische Roman*, S. 277.

130 『토마스 만 연구』, 146면.

131 Bernhard Blume, *Thomas Mann und Goethe*(Bern, 1949), S. 74.

132 Hermann Hesse, *Unterm Rad*, Gesammelte Werke in 12 Bänden, Bd. 2(Frankfurt/M., 1970), S. 9.

133 J. W. Goethe, *Wilhelm Meisters Lehrjahre*, Werke in 14 Bänden, Bd. 7, Hamburger Ausgabe, hg. von Erich Trunz(München, 1988), S. 494 f.

134 홍길표, 「현대의 예술가상에 관한 소고」, 『독일 문학』, 제100집(2006), 58면 이하.

135 Vernon Hall, Jr, *A Short History of Literary Criticism*(New York University Press 1963), p. 93.

136 "Thomas Mann, *Joseph*, Der Ernährer, 6. Hauptstück", *Joseph and His Brother*, tr. by Helene T. Lowe-Porter(London, 1956).

137 D. C. Muecke, 『아이러니』, 문상득 역(서울대학교 출판부, 1982), 61면.

138 마광수, 「외설은 없다」, 『철학과 현실』, 1994년 겨울호.

139 Sören Kierkegaard, *Die Tagebücher*, Bd. I(Düsseldorf/Köln, 1962), S. 242.

140 같은 곳.

141 홍길표, 「현대의 예술가상에 관한 소고」, 『독일 문학』, 제100집(2006), 47면 이하 참조.

142 황현수, 『토마스 만의 문학과 사상』(세종출판사, 1996), 136면.

143 Richard Wagner, *Der Künstler und die Öffentlichkeit*, Sämtliche Schriften und Dichtungen in zwölf Bänden, 5. Aufl., Bd. I(Leipzig, 1911), S. 180 f.

144 Herbert Lehnert, "Die Künstler-Bürger-Brüder", in: Peter Pütz(Hg.), *Thomas Mann und die Tradition*(Frankfurt/M., 1971), S. 28.

145 Vgl. Thomas Mann, *Briefe 1937~1949*, hg. von Erika Mann(Frankfurt/M., 1961), S. 218.

146 예술은 정치·철학·종교와 같은 다른 분야를 위해 존재하는 것이 아니라, 예술 그 자체가 유일한 목적이자 가치라고 주장하는 사람.

147 Hans Wysling, "Die Technik der Montage. Zu Thomas Manns Erwähltem", in: Helmut Koopmann(Hg.), *Thomas Mann. Wege der Forschung*(Darmstadt, 1975), S. 311.

148 Karl Stackmann, "Der Erwählte, Thomas Manns Mittelalter-Periode", in: Thomas Mann(Hg. Helmut Koopmann), *Wege der Forschung*(Darmstadt, 1975), S. 243.

149 같은 책, S. 812.

150 *Der demokratische Roman*, S. 512.

151 『토마스 만 연구』, 103면 이하.

제3장 토마스 만 문학에서의 시간 개념

1. 시간의 개념

시간은 오래전부터 문예학의 영역에서 중요한 관심 분야로 간주되어 왔지만 시간 구조에 대한 관찰과 분석 작업은 20세기의 학문적 담론 속에 비로소 특별한 중요성을 인정받게 되었다. 그러나 시간의 주제가 예술 등에서 본질적으로 응용된 것은 18세기 이후로 볼 수 있다. 18세기 중반 이후 유럽에서 진행된 근대화는 무엇보다도 세계의 시간화를 의미했다. 이 세계의 시간화를 바탕으로 〈이전에는 공간으로 정적인 것으로 2차원적으로 체험되었던 것이 역동화되었다.〉[1] 공간의 세계가 시간의 세계로 대치되며 역동화되는 것은 역사에 대한 유토피아적 신념이 근대의 시대정신을 지배하는 것과 맥을 같이한다. 결국 점점 심화되는 산업화와 현대 사회의 급진적인 분화 과정으로부터 영향을 받아 자연 과학 등 학문적인 영역을 넘어 사회 전반에 걸쳐 시간적인 현상에 대한 관심이 증가하게 되었다. 이렇게 산업화 등 자연 과학이 급진적으로 발달된 유럽 문화가 동양보다 시간의 개념을 더욱 세분화시키지 않을 수 없었다. 이런 배경 아래 중국에서는 시제 구분이 그다지 엄격하지 않은 반면, 서구에서는 훨씬 세분화되고 엄격한 시간 표현 방식을 가져 동양, 특히 중국에서는 〈옛날 옛적에〉로 시작하는 텍스트가 서구에서는 〈××××년 ×월 ×일에〉로 시작하여 텍스트 사이에 동서양의 시간 표상의 차이를 보여 주고 있다. 예를 들어 토마스 만의 『마의 산』에서도 주인공 카스토르프가 요양소에 도착한 때가 8월의 어느 날 저녁 여덟시경으로 구체적으로 나타나 있다. 이렇게 20세기의 시간 영역은 유럽에서 엄청나게 확대되었다. 심지어 일부 철학자들은 시간의 문제라는 선입관념이 현대 사상의 주제라고까지 말하고 있다. 〈시간을 심각하게 다루어야 한다는 것은 모더니즘의 기본적 특징 가운데 하나다.〉[2]

따라서 베르그송Henri Bergson은 예전에 동질적으로 받아들여진 시간 경험의 해체를 극명하게 드러내 주는 것이 현대 철학의 과제 중 하나라고 규정했다.[3] 그에 의하면, 지성은 연속적 유동(流動)의 세계에서 행동을 하기 위해 진화된 도구다. 그것의 현실에서의 살아 있는 흐름은 불연속 덩어리로 응고되거나, 그 흐름이 실제화되어 형식이나 개념이 된다. 인간 정신의 본연의 경향은 원초의 정지 상태로부터 운동을 끌어내려고 하는데, 사실상 운동이 본래적인 것이고 정지 상태는 운동으로부터 파생된 기하학적 추상이다. 이 흐름은 지적인 공식화를 거부하고 경험의 직접적인 〈직관〉에서만 지각될 수 있다. 이것이 성취되었을 때, 즉 우리가 〈표면에서 떠나, 개별적인 사실들과 함께 깊이깊이 가라앉을 때〉[4] 변화라는 불가분의 연속성을 이해하고 시제(時制)의 관계를 새롭게 이해할 수 있게 된다.

슈펭글러Oswald Spengler는 시간에 대한 관심은 우리 문명 전체의 특성이 되고 있으며 〈서구 문명권에 속하는 우리는 우리의 역사 감각으로 볼 때 연속적인 인류 문화의 주기적 순환의 원칙이 아니라 예외〉라고 주장했다. 이러한 이론을 받아들이는 사람들에게 서구의 관점 전체 속에 함축되어 있는 철학을 20세기가 보다 의식적으로 공식화하는 것 같은데, 이 철학이란 〈된 사물〉이 아니라 〈되고 있는 사물〉로서의 인생관이다. 그러므로 우리의 문화가 보고 있는 것은 〈자연으로서의 세계〉와 반대되는 〈역사로서의 세계〉이며, 따라서 오늘의 문화는 공간 논리 외에 시간 논리의 감각을 획득하고 있다.[5]

또 철학자 칸트Immanuel Kant는 시간을 공간에 연결된 이론으로 전개시켰다. 칸트에 의하면, 시간과 공간은 지각의 전제 조건이다. 어떤 실재물이 존재하려면 그보다 먼저 시간과 공간이 전제되어야 한다. 이 말은 우리가 어떤 대상을 마음속에 수용하려면 그 대상이 놓일 장소와 지속할 시간이 먼저 요구됨을 뜻한다. 그렇다면 시간과 공간은 경험적인 것인가, 그렇지 않으면 선험적이고 관념적인 것인가 하는 어려운 문제가 뒤따르게 된다. 칸트가 〈공간은 경험으로부터 추상된 개념이 아니고, 외계물이 감각적으로 표상되기 위해서는 경험에 앞서 공간의 표상이 구비되어야 한다〉[6]고 말하듯이, 그는 시간과 공간을 객관적이고 경험적인 것으로 파악하지 않는다. 그는 계속해서 시간에 관해 〈시간은 어떠한 경험으로부터 추상된 경험적 개념이 아니다. 왜냐하면 시간의 표상이 선험적으로 근저에 있지 않으면 동시 또는 계기(繼起)라고 하는 것은 지각에서조차도 일어나지 않기 때문이다. 몇몇의 것이 동일한 시간에 (동시적으로) 또는 상이한 시간에 (계기적으로) 있다는 것은 시간 표상을 전제함으로써만 표상될 수 있는 것이다〉[7]라고 말한다. 칸트의 이 두 진술은 공간의 표상과 마찬가지로 시간의 표상도 선험적으로 현상의 인식 형식으로서 주관의 근저에 있음을 말한다. 따라서 시간과 공간은 모든 직관의 기초에 구비되어 있는 필연적인 표상인데, 칸트는 시간과 공간 가운데 어느 쪽에도 우위를 두지 않았다.

프랭크Joseph Frank에 의하면, 비평적 개념으로서의 〈공간 형식〉은 작품을 구성하는 부분들이 갖는 내면적 관계의 패턴이 동시적으로 하나의 전체적 통일체로 파악될 때까지 독자에게 작품 속의 시간적 전개 과정에 대한 판단을 일시 중단하도록 하는 요청을 내포한다.[8] 작품에서 시간의 논리는 일시 보류되고, 독자는 작품의 구성 요인들이 공간적으로 병치된 것으로 파악하도록 요청받는 것이다. 결국 시간과 공간은 대립적인 위상에 놓일 수 없고, 양자 중 어느 쪽에 더 비중을 두느냐에 따라 비평의 양상이 달라질 뿐이다. 작품을 공간성에 더 비중을 둘 때, 그것은 하나의 공시적(共時的) 모형을 구성한다는 뜻이 된다. 형식주의 비평에서 형식이나 구조 같은 것은 실은 이 같은 공간성을 배경에 깔고 있다.[9]

레싱은 저서 『라오콘Laokoon』에서 공간 속의 공존과 시간 속의 연속성에 기초를 두는 예술의 두 가지 범주를 중요하게 구별하고 있다. 전자는 그 존재의 순간순간에 눈에 보이는 실체를 의미하고, 후자는 시간적 계기를 통해 발전하는 행동을 가리킨다. 시간적 요인과 공간적 요인의 관례를 정의해 보면, 회화·건축·조각 등은 공간 예술에, 음악 및 문학 등은 시간 예술에 들어맞는다. 물론 회화 역시 시간가(時間價)를 가지고 있다. 감상자에 의해 회화의 지각(知覺)에 소요되는 시간 요소 외에 화가에 의해 고의적으로 창조되는 지각에 관계되는 시간가 — 즉 빛과 선(線)과 크기의 균형과 유기적 조직을 통한 부분과 전체 간의 율동적 관계 — 라는 것이 있다. 이것은 시선이 일정한 방향을 향해 일정한 속도로 이동해 가도록 유도한다. 결국 회화적 공간은 시간화되어 〈공간적〉이라는 말이 〈시간성Zeitlichkeit〉의 부정에서 얻을 수 있는 것이 아님을 말해 준다.

앞에서 언급한 대로 우리는 여러 가지 방식으로 시간을 경험하고 이 경험을 기술하기 위해 공간적 이미지를 원용한다. 〈문학에서 계기와 연속 및 선형적(線形的) 표현은 그것이 시간성을 띤다고 해서 비공간적인 것은 아니다.〉[10] 그림에서는 〈시간〉이 〈운동〉과 서로 뒤바뀌어 표현되기도 한다. 이런 맥락에서 뒤프렌Mikel Dufrenne은 회화에서 시간이 〈운동의 형태를 가장하여 대리(代理)로 등장하는 것〉이고, 〈운동은 시간 쪽을 향한 공간의 한 측면〉[11]이라고 말한다. 운동에 의해 공간은 시간을 겉으로 표시해 내며, 운동이 궤적을 가지며 그 궤적을 남긴다는 사실에서 회화적 공간은 시간화된다.

이렇게 시간이 공간에 상응하는 개념은 과학에서도 전개되고 있다. 과학적 개념에서 볼 때, 시간이 존재하려면 공간이 있어야 하고, 공간이 있으면 시간이 존재한다. 이 같은 시간과 공간의 이론은 원래 물리학의 대상을 둘러싼 논쟁의 역사로 점철되어 왔다. 따라서 시간과 공간의 전개 과정은 물리학의 역사이기도 하다. 그린 Brian Greene의 『우주의 구조』는 시간과 공간이라는 논쟁 축을 중심으로 세계에 대한 이해와 변화의 과정을 묘사하고 있다. 이 논쟁사 역시 초점이 약간 바뀌었을 뿐 근대 과학의 토대에 해당하는 물리 과학의 전개 과정을 그대로 담고 있다. 여기에서 핵심적인 물음은 〈시간과 공간이 실체인가, 아니면 물체 사이의 관계를 정하기 위한 추상인가?〉이다. 시간과 공간이 물리학에서 중요한 개념으로 부상했지만, 그 뿌리는 뉴턴Isaac Newton의 절대 시간과 공간 개념에 있다. 뉴턴에게는 〈상대 운동(물체의 운동을 다른 물체에 대한 상대적 위치의 변화로 보는 것)〉을 설명할 수 있는 기준이 필요했는데 실체로서의 시간과 공간이 그 요구를 충족시켰다. 이 생각은 수백 년 동안 지속되었다. 이것은 상대 간의 시간 관계이므로 인간의 지각에 의해 영향을 받지 않는다. 뉴턴의 말을 빌리면, 〈절대적이고 진정한 수학적 시간은 외부적인 것과는 전혀 무관하게 스스로 그 본성으로부터 한결같이 흘러나온다〉. 개념적 시간은 역시 뉴턴이 말하는 상대적이고 외양적이고 보편적인 시간을 포함하는데, 이것이 지상적인 편리를 위해 사용되어 〈진정한 시간 대신에 사용되는 한 시간, 하루, 한 달, 1년 등과 같은 운동에 의한 지속의 외면적 측정〉[12]을 가능하게 해준다. 이것은 흔히 심리적 시간, 즉 주관과 대상 사이의 관계라는 대조를 이룬다. 시계의 시간은 대상에 대해서는 아무 의미도 갖지 않으며, 두 사람 이상을 포함하는 행동을 규정하고 종합하기 위해 사회적 편의를 목적으로 발전된 인공적이고 자의적인 관례이다.

이러한 시간과 공간의 관계를 토마스 만은 다음과 같이 『마의 산』에서 피력하고 있다. 〈시간이란 무엇인가? 이것은 한낱 수수께끼이다. 실체란 없고 동시에 전능한 것이다. 현상계(現象界)에 존재하는 하나의 조건으로 공간 속 물체의 존재와 운동과 결부되어 혼합되어 있는 하나의 운동이다. 그러나 운동이 없으면 시간도 존재하지 않을 것인가? 시간이 없으면 운동도 없을 것인가? 얼마든지 물어보라. 시간은 공간 작용의 하나인가? 그렇지 않으면 그 반대일까? 아니면 두 가지는 같은 것일까? 얼마든지 물어보라!〉(Zb 479)

이렇게 『마의 산』에는 개인이 각각의 지각의 양식으로 시간과 공간을 가진다는 내용이 잘 암시되어 있다. 『마의 산』에서 요양소가 높은 산 위에 위치하여 하늘과 땅의 중간적 공간에 있는 듯 여겨진다. 따라서 접근이 불가능한 하늘과 접근이 용이한 땅의 중간에 있는 요양소는 심리학적으로 시간과 공간적으로 초월하여 멀리 떨어져 있으면서도 인접한 공간으로 또는 인접한 공간이면서도 멀게 느껴지는 역설적 느낌을 주고 있다. 예를 들어 〈눈〉의 장면에서 서술되는 요양소 밖 공간도 내부에서 보면 무한한 장소로 나타나지만 외부에서 보면 여전히 요양소 근처의 숨막히게 협소한 장소에 감금 상태로 〈광활한 공간〉과 〈밀폐된 공간〉이 동시에 존재한다. 이렇게 요양소와 인간 도시 사이에는 알 수 없는 무한성과 영원성이 게재되어 있어 마의 산은 모든 현실 세계에서 이탈되어 보통 세계와는 완전히 이질적인 세계가 되고 있다. 점점 멀어져 가는 공간적인 확장은 갑작스레 영겁의 시간으로 전이되면서 부질없고 끝없는 기다림이라는 절망을 그리고 있다. 실제적으로 요양소에서 평지는 그리 멀지 않지만 카스토르프가 7년을 노력해도 평지에 도달하지 못하는 사실을 통해 평지는 엄청나게 멀어 요양소와 평지 사이의 거리는 역설적인 성격을 지니고 있다. 끊임없이 흘러가는 시간 속에서 사건의 이야기는 비좁은 공간에서 전개되어 기억 속에 응축된 무한한 시간이 어느 누구도 도달할 수 없는 공간이 되고 있다. 시간의 공간화와 공간의 시간화가 시공간적 구조로 이루어지는 것이다.

따라서 『마의 산』의 요양소에서는 〈시간과 공간의 이중적 성질〉[13]을 인식할 수 있는데, 카스토르프의 다음 성찰이 이를 보여 준다. 〈인간과 고향 사이를 돌고 날면서 퍼져 가는 공간은 보통 시간만이 갖고 있다고 믿는 힘을 나타낸다. 즉 공간도 시간과 마찬가지로 시시각각 내적 변화를 일으킨다. 그리고 그 변화는 시간에 의해 일어나는 변화와 매우 유사하지만 어떤 의미로는 그 이상의 것이다. 공간도 시간과 마찬가지로 망각의 힘을 갖고 있다. 더구나 공간은 인간을 갖가지 관계에서 해방시키고 원래적인 자유로운 상태로 옮겨 놓는 힘을 가지고 있다. 사실 공간은 고루한 속인까지도 순식간에 방랑자와 같은 인간으로 만들어 버린다. 시간이 망각의 강이라고 하나, 낯선 곳의 공기 역시 일종의 술과 같아서 그것은 비록 시간만큼은 철저하지 못하지만 그 대신 효력은 훨씬 빠르다.〉(Zb 12)

결론적으로 말해서 시간은 우리 인간의 사고 전체의 중심 문제이다. 〈우리가 단 한 번 그 속에서 살도록 이 세상에 보낸 사고 형태와 공간과 시간이 우리의 모든 실제적인 추리, 개념, 상상 등을 좌우하고 한정한다는 것 — 이것은 전적으로 적절하고 지당하며 불가피한 생각인 것 같다.〉[14] 이렇게 시간과 공간은 오래전부터 서로 연관되어 연구되어 왔지만, 문학 등에서 이러한 시간과 공간을 초월하려는 의지도 자주 묘사되고 있는데, 이에 관한 내용이 토마스 만의 『마의 산』 다음 구절에 잘 나타나 있다. 〈우리는 이 이야기를 마음껏 이야기하려고 한다. 철저하고도 정확하게, 어떤 이야기가 재미있다든지 따분하다든지 하는 것은, 그 이야기가 필요로 하는 시간 그리고 공간과는 관계가 없는 것이 아닐까?〉(Zb 10)

2. 일직선적 시간과 순환적 시간

역사적·문화적으로 제각기 다르게 형성된 시간 개념은 다시 그 사회에서 살아가고 있는 구성원들의 사고와 행위, 삶의 양식 전체에 다른 영향을 미친다. 따라서 시간관이란 말하자면 그 사회에 존재하는 구성원들의 〈경험과 행동으로부터 비롯되는 지적 구성물〉[15]인 동시에, 궁극적으로는 각기 다른 인식 구조와 사유의 틀을 생산해 내는 인식론적 메커니즘이다. 그런 까닭에 각 문화관, 적게는 한 문화관 안에서도 시대에 따라 서로 다른 시간관, 즉 시간의 표상이 지배하는 것은 당연하다. 이런 배경에서 성스러운 시간이 탄생한다.

성스러운 시간의 탄생과 재현은 크게 두 가지로, 하나는 전통적 고대 종교에서의 시간관이요, 다른 하나는 그리스도교에서의 시간관이다. 전통적인 고대적 시간관은 순환적(循環的, zyklisch) 시간 혹은 가역적(可逆的) 시간관으로 여겨지는데, 쇼펜하우어는 이를 〈시간이란 하나의 착각이며, 인과 관계와 연속에 의한 시간의 경과는 우리의 감각 기구의 산물로 사물의 진정한 존재는 영속하는 현재라는 것이다〉라고 정의하고 있다. 인과 관계적 시간뿐만 아니라 시공의 현실적 시간은 우리 감각 기관의 산물이라는 것이다. 한편 그리스도교적 시간관은 일직선적(一直線的, linear) 시간 혹은 불가역적(不可逆的) 시간관이라고 할 수 있다. 이러한 순환적 시간과 일직선적 시간은 엘리아데M. Eliade에 의해 구분된 시간관인데, 이와 유사한 내용이 『마의 산』에도 나타나 있다. 〈곡선에는 직선적인 길이가 없고 똑같은 방향으로 달리는 순간이란 존재하지 않아 영원이란 《곧장 직선으로》가 아니라 《회전목마처럼 빙빙 도는》 것이다.〉(Zb 515)

〈일직선적〉이란 시작과 끝이 명확하게 절단되는 어떤 지속을 특징짓는 개념이다. 가령 그리스도교의 시간은 역사적 시간을 새롭게 평가한다. 즉 역사 안에 그리스도가 육화(肉化)되어 시간의 신성성(神聖性)을 획득하였지만, 그것은 일회적인 역사적 사건이기 때문에 신화적 시간처럼 가역적이 아닌 일직선적, 즉 불가역적 시간이다. 이를 엘리아데는 다음과 같이 표현하고 있다. 〈그리스도교는 역사적 시간의 평가에서 이보다 더 전진한다. 신이 육화되어, 즉 역사적으로 제약된 인간 실존을 받아들여 역사를 성화화시켰다. 복음서가 환기시킨 그때는 본디오 빌라도가 유대의 총독이 된 특정한 역사적 시대였다. 그것은 그리스도의 현존으로 성화되었다. 현대의 그리스도교도가 의례적 시간에 참여함으로써 그리스도는 살아 있고, 수난받고, 부활한 그때로 되돌아간다. 그것은 신화적 시간이 아니라 본디오 빌라도가 유대를 다스렸을 때의 시간이다. 또 그리스도교도에게 성스러운 달력은 그리스도의 생애와 동일한 사건을 무한히 재현한다. 그러나 이러한 사건은 역사 안에

서 일어나는 것이고 더 이상 시간의 기원, 태초에 생긴 사건은 아니다.〉[16]

유대교의 충실한 계승자인 기독교는 역사라는 단선적 시간을 받아들였다. 따라서 세계는 오직 단 한 번만 창조되었으며 오직 단 한 번의 종말만 있을 뿐이다. 마찬가지로 그리스도의 육화도 역사적 시간 속에서 오직 단 한 번 일어났을 뿐이며 심판 또한 단 한 번만 있다고 한다. 그러나 일직선적 시간이 변형을 갖는 경우도 있다. 예를 들어 일직선적 역사 소설은 그 자체의 시간적 변형을 갖는다. 독자의 절대적이고 현실적인 〈지금〉, 독자가 독서를 하는 현재의 순간과 소설 주인공의 시간 위치, 즉 주인공이 살아서 행동하던 일시와의 상위(相違)는 역사 소설가가 항상 당면하는 문제이고, 또 그 재능에 굉장한 부담을 주는 문제이다. 그러나 당대적인 주제를 다루는 소설가 역시 마찬가지로 이 문제에 부딪친다. 즉 어떻게 하면 독자가 자신의 현재를 잊고 이야기의 허구적 현재 속으로 몰입하게 할 수 있을까 하는 것이다. 이러한 역사 소설은 동시대인이라고 가정되는 어떤 작가의 회고록이나 일기 형식으로 쓰일 수도 있고, 전지적(全知的) 시점, 즉 동시대인의 제한적 시점이 아니라 후대의 폭넓은 역사의식을 가지고 그 이후에 일어난 모든 사건에 비추어 쓰일 수도 있다.

일직선적 시간과 반대로 의례적 시간은 순환적 시간이다. 유대교는 교회에 대해 『성서』 해석의 비유적 방법론뿐만 아니라 보다 중요한 것으로 우주적 종교의 축제와 상징을 〈역사화〉시키는 모델을 제공했다. 따라서 원시 기독교의 〈유대화〉는 곧 〈역사화〉라고 말할 수 있다. 다시 말해 예수의 가르침과 초대 교회의 역사를 이스라엘 백성의 역사와 연결시키고자 했던 초기 신학자들이 기독교를 역사화한 셈이다. 따라서 유대교는 수많은 계절 축제와 우주적 상징을 이스라엘 역사에서 일어났던 중요한 사건과 관련지어 역사화시켰는데, 초막절이라든가 유월절 혹은 빛의 축제 봉헌절 등을 예로 들 수 있다.[17] 이는 세계의 시간으로도 볼 수 있는데, 이 사상이 문학적으로도 특히 토마스 만의 작품에 자주 전개된다.

〈신비의 본질은 영원한 현재이며, 미래도 그렇다. 그것은 의식(儀式)과 제전(祭典)의 의미인 것이다. 고뇌하고, 죽고, 승천하여 이 세상을 구하게 마련인 유아(幼兒)는 어느 크리스마스에도 태어나는 것이다〉(GW 4, 32)라고 『요셉과 그의 형제들』에 언급되어 있다. 왜냐하면 대중이 아무리 〈그러했다Er war〉란 표현을 쓰더라도 과거는 현존하며, 또한 항상 현존하기 때문이다. 〈그러했다〉는 것은 신화적 어법이다. 신화란 신비의 외피에 불과하지만 신비의 예복은 제전이다. 일정 기간을 두고 반복되는 제전은 시간의 격차를 이어 주고 언젠가 존재했던 것과 언젠가 존재할 것을 대중의 눈앞에 현존하는 것으로서 비춰 준다.(GW 4, 54)

이는 〈과거와 미래는 현재의 다른 차원〉이라는 들뢰즈Gilles Deleuze의 시간관을 반영한다. 들뢰즈에게 시간은 〈수축〉을 통해 유지되는 한에서 과거는 현재에 속하며 미래도 똑같은 〈수축〉 안에서 성립하는 기대이므로 미래 역시 현재에 속한다. 과거와 미래는 현재의 다른 차원을 지칭할 뿐이다. 들뢰즈의 시간론은 거기서 머물지 않고 시간을 통해 주체가 형성된다는 〈시간적 주체론〉을 성립시킨다. 그의 〈시간론=주체론〉은 〈반복〉과 〈시간의 수동적 종합〉이 뇌관이라 할 수 있다. 들뢰즈의 시간론은 칸트가 정초한 세 가지 종합, 〈포착·재생·재인〉을 변환시킨 것이다. 이 같은 세 가지 종합은 직관, 구상력, 오성에서 비롯된다. 포착된 외부 대상은 주체에 의해 구성되고 지성적으로 통합되는 〈능동적 종합〉이다. 들뢰즈는 칸트의 〈능동적 종합〉에 〈수동적 수축〉을 추가한다. 〈수동적 종합〉을 알자면 먼저 들뢰즈가 말하는 반복의 세 가지 층위 — 물질적 층위, 수동적 종합의 층위, 반성적 표상의 층위 — 를 이해해야 한다. 반복의 물질적 층위는 즉자(卽自)의 층위로 물질 자체의 반복을 나타낸다. 여기서는 시간이 성립하지 않는다. 시간은 계기들의 〈종합〉을 전제로 하기 때문이다. 즉자적 반복이 정신에 의해 대자(對自)적으로 종합될 때 곧 반복을 묶거나 수축할 수 있다. 시간이 생겨나는 것이다. 들뢰즈에게 있어 이 같은 종합은 칸트처럼 능동적이고 의식적으로 이뤄지는 것이 아니라 〈수동적 종합〉이다. 즉 능동적이고 구성적인 주체 아래 있는 수동적 자아들이 의식 이전의 〈관조〉를 통해 순간들을 수축하여 〈살아 있는 현재〉가 종합된다. 이 시간의 정초인 현재가 흐르고 이행하기 위해서는 역설적이게도 과거가 동시적으로 존재해야 한다. 현재가 시간의 정초(시원)라면 과거는 현재를 가능하게 하는 근거에 해당하기 때문이다. 현재가 〈습관〉의 형식을 통해 종합되었다면, 과거는 〈기억〉의 형식을 통해 종합된다. 이러한 두 시간의 종합과 달리 시간의 세 번째 종합인 미래는 주체에 좌우되지 않는다. 이처럼 시간이 종합되는 과정에서 주체가 만들어진다. 이렇게 주체는 고정된 것이 아니라 계속 시간과 함께 만들어진다. 공간적 주체가 아니라 시간적 주체인 것이다.[18] 이러한 들뢰즈의 시간관은 〈현재는 경험적으로 포착하면 모든 것 중에서 가장 덧없는 것이지만, 경험적인 직관의 형식들을 초월하는 형이상학적인 눈으로 보면 지속하는 유일한 것, 즉 스콜라 철학자들의 정지된 현재로 표시된다〉[19]는 쇼펜하우어의 시간관과 상응한다.

결론적으로 시간은 순환적 시간과 직선적 시간인 두 개념으로 구분되고, 순환적 시간의 배열에서 직선적 경과가 생긴다. 이러한 순환적 시간과 직선적 시간은 〈신화적 시간〉과 〈역사적 시간〉으로 구분된다. 다시 말해 시간은 순간의 무한한 연속으로 이해하는 물리적 시간(역사적 시간)과 정신적 체험으로 이해하는 심리적 시간(신화적 시간)으로 구분된다. 이는 세계의 시간과 삶의 시간의 구분으로도 볼 수 있는데, 이 사상이 문학적으로도 자주 전개된다. 이러한 배경에서 시간을 어떻게 이해하고, 얼마나 세부적으로 나누고, 경험하며, 표현하는가에 따라 우리가 사용하는 과거·현재·미래라는 시간 구분이 달라질 수도 있으며, 이에 따르는 문법상의 시제 구분도 다르게 나타난다.

토마스 만은 순환적 시간관을 작품에 자주 도입했다. 예를 들어 『마의 산』에는 젊은 주인공 카스토르프가 연금술적 마법에 의해 무시간적인 영역으로 끌려 들어가는 모습이 그려져 있다. 이러한 순환적 시간관에 대해서 『마의 산』의 카스토르프는 〈우리들이 시간을 재는 운동은 순환적이며 그 자체가 결정되어 있기 때문에 운동과 변화는 거의 휴지(休止) 또는 정지(停止)와 같은 것이라고 말할 수 있다. 왜냐하면 당시는 현재 속에 저곳은 이곳에서 끊임없이 반복되고 있기 때문이다〉(Zb 479)라고 말하고 있다. 그러면 왜 이렇게 시간 개념이 카스토르프에게 강한 자극을 주었을까? 카스토르프에게 있어 시간을 진보라는 일면적인 것으로만 해석하는 것은 생의 본질을 파괴하고 생의 근원으로부터 멀어져 구속을 벗어나는 것을 의미한다. 이와 같은 기술 문명적 시간 해석, 시민 사회의 시간 해석에 대하여 그곳에는 순환이 규준으로 되어 있고 운동이 정지되어 마적으로 시간을 단절하려는 시간 해석이다.[20] 이러한 인상은 전지적(全知的) 작가가 다음과 같이 끊임없이 제공하는 설명이나 해석에 의해 더욱 강조된다. 〈시간의 주관적 지각(知覺)이 아무리 악화되었다 하더라도 시간은 사물을 구체화시킨다는 점에서 객관적 실재를 가지고 있다. 선반 위에 얹혀 있는, 신비한 방법으로 밀봉된 당의정(糖衣錠)이 시간 외적인 것이

냐 하는 것은 〔……〕 전문적인 사상가들이 결정할 문제다.〉[21]

『마의 산』은 여러 예술적 수단에 의하여 내포하고 있는 음악적·이념적 세계의 전체에 어떤 순간에도 완전한 현재성을 부여하고, 마술적으로 〈정지된 현재Nunc stans〉를 만들어 내려는 시도로서 〈시간의 단절Aufhebung der Zeit〉(GW 9, 497) 을 목표로 하고 있다. 이러한 〈시간의 단절〉이 작품 초기에 이곳 마의 산에 도착한 카스토르프를 맞이하여 그의 사촌인 침센이 행한 요양소에 관한 설명 중에 단적으 로 표현되어 있다. 〈하지만 여기서는 대체로 시간이 빨리 지나가겠지〉라고 카스토 르프가 말하자, 침센은 〈빠르든 느리든 여하튼 마음대로 생각해. 나로서는, 여기에 서는 무릇 시간은 흐르지 않는다고 말하고 싶어. 이곳에는 시간이라든가 생활이라 는 게 없어. 〔……〕 아니, 이것은 생활이 아니야〉(Zb 26)라고 대답함으로써 시간의 단절을 묘사하고 있다. 또 시간의 단절은 쇼샤 부인을 수식하는 〈지각〉의 동기에도 암시되어 있다. 그녀는 늘 〈늦게 오는 여인〉(Zb 190)인 것이다. 시간의 범주 밖에 존재하는 쇼샤 부인은 이야기 말미에 다시 등장할 때 전혀 〈변하지 않은〉(Zb 767) 모습을 하고 있다. 카스토르프가 중심에서 자신의 이야기를 만들고 있는 동안 쇼 샤 부인은 〈무변〉과 〈부동〉의 원칙을 실현하여 시간을 초월한다. 역사나 미래를 거 부하고 시간이 단절된 현재에 살아가는 쇼샤 부인의 병적인 본질은 그녀가 출산을 거부하는 데서, 혹은 출산의 불능에서도 나타난다. 그녀에게는 진정한 변화도 발 전도 있을 수 없는 〈비역사〉라는 정체성이 주어지는 것이다. 자연의 사계절이 변화 의 범주 밖에서 순환하듯 쇼샤 부인은 불변의 모습으로 주변부의 같은 자리에 머 물러 〈시간의 단절〉을 암시하고 있다.[22]

〈정지된 현재〉라는 개념은 스콜라 학파에서 나온 것으로, 쇼펜하우어에 의해 시 간의 현상을 형이상학적으로 설명하는 것과 관련해 홉스Thomas Hobbes에게서 인용되었고, 여기에 부합되는 구절들이 『마의 산』 도처에 간접적으로 인용되고 있 다. 〈중세의 학자들은 시간이란 착각이며, 시간이 인과 관계라는 형식으로 연속적 으로 경과되는 것처럼 생각되는 것은 우리 감각의 어떤 장치가 가져다주는 결과에 불과하며 사물의 진정한 형태는 정지된 현재라고 알고자 했다.〉(Zb 757)

또한 『파우스트 박사』에서 주인공 레버퀸이 부헬 농장을 떠나 대학 입학 이전의 학창 시절을 보내는 도시 카이저자헤른Kaisersachern은 그의 고향 집과 더불어 그의 세계관과 의식 구조를 형성하는 데 결정적인 역할을 하는 곳이다. 이의 성격 묘사를 위해 소설의 한 장이 할애되는 도시 카이저자혜른을 토마스 만은 〈근세의 정신 안에 살아 있는 중세를 위한 모범적인 예〉[23]로 설정했다. 도시의 외관과 분위기는 〈매우 중세적인 것〉(DF 51)을 그대로 간직하고 있지만, 도시의 본질을 규정하는 것은 중세 말부터 보존되어 온 건축물들, 역사적 유물들과 그것이 만들어 내는 분위기가 아니라 〈시간의 흐름에 저항하는〉(DF 51), 이 도시의 적극적인 〈정지된 현재〉 정신이다. 『파우스트 박사』의 서술자는 〈시간에 대한 저항〉(DF 51)과 〈시간의 흐름에 대한 저항〉(DF 51)을 구분하는데, 시간에 대한 저항이 경건성에서 출발하는 기억을 위한 저항을 의미한다면, 시간의 흐름에 대한 저항은 〈역사〉에 대한 저항을 의미한다. 이러한 맥락에서 레버퀸의 정신적 고향인 카이저자혜른은 〈저 유명한 무시간성의 공식, 스콜라 철학의 정지된 현재〉(DF 51)가 지배하는 공간이다. 이 〈공간〉은 근대의 〈시간〉에 저항하며 미래로 향하는 문을 차단하고 〈과거와의 부단한 결합〉(DF 51)만을 허용한다.

결국 『파우스트 박사』에서 언급된 시간의 〈과거와의 결합〉 내용에서 보면 레버퀸의 파우스트 되기는 무엇보다도 〈시간의 흐름〉에 대한 저항, 즉 근대의 시간과 역사에 대한 거부를 가리키는 것으로 심리적 시간을 따르고 있다. 이는 객관적인 계기(計器)에 의해서가 아니라 개인적 가치 기준에 의한 내적 또는 심리적 표준의 시간 평가를 말한다. 〈우리는 행동 속에 살지, 세월 속에 살지 않는다. 감정 속에 살지 계기판의 숫자 속에 살지 않는다. 우리는 심장의 박동으로 시간을 재야 한다.〉[24]

쇼펜하우어의 시간 개념의 영향을 받은 토마스 만은 〈언제나 아래로 내려가는 반원은 과거이고, 위로 올라가는 반원은 미래이다. 그런데 상부의 접선에 접하는 분할할 수 없는 점은 연장이 없는 현재이다〉[25]라는 쇼펜하우어의 〈원(圓)〉에서 회귀하는 구체(球體)〉[26]라는 원에 대한 구조 원리를 작품의 시간 구조에 도입했다. 따라서 〈책에 쓰여 있듯이 그렇게 되고 말았다. 원을 그리며 빙 돌았던 것이다〉(Zb 673)의 내용처럼 원의 내용이 『마의 산』 등에서 작용하며 시간의 정체 현상을 암시하고 있다.

시간을 영원히 회전하는 원에 비유하는 영향에서 토마스 만은 회귀 사상을 대표하는 〈정지된 현재*ein stehendes Jetzt*〉(Zb 757)라는 시칭을 적용해 신화적 시간의 체험을 표현했다. 회귀로서의 원이 신화의 시간 형태라는 쇼펜하우어의 이론을 받아들인 토마스 만은 『마의 산』에서 회귀의 시도 동기의 일환으로 원운동에 대한 사고를 심화시킨다. 회귀로서의 시간 현상인 〈항상 그러하듯이〉라는 말은 〈원운동을 시도 동기적으로 동반하는 데〉[27] 쓰인다. 이러한 원운동은 『마의 산』에서 시간적으로뿐만 아니라 공간적으로도 나타난다. 위험하지만 유혹을 이기지 못해 스키를 타러 나간 카스토르프가 눈 속의 방황에서 이 원운동을 경험하게 되는 것이다. 〈이것도 역시 바로 책에 쓰여 있는 대로의 일이었다. 악전고투를 하며 제 딴에는 바로 가고 있는 줄 알지만 실은 빙빙 돌기만 하여 사람을 속이는 1년의 순환과 마찬가지로 다시 출발점을 되돌아온다는 저 광대하기 짝이 없는 호를 그린 것이다. 사람은 이렇게 빙빙 돌며 헤매다가 마침내 집으로 돌아가는 길을 잃어버리게 되는 법이다.〉(Zb 445) 이는 눈 속에서 길을 잃은 자가 똑바로 갔다고 믿었는데 다시 시발점으로 되돌아오는 것과 같은 〈전승되어 온 현상〉(Zb 673)이었다.

이러한 내용에서 〈움직임 속의 정지(動中靜)〉의 사상이 암시되고, 여기에 관해 제논Zenon의 역설이 연상된다. 그중에 〈아킬레스와 거북이〉의 역설은 거북이가 먼저 출발한 상황에서 아킬레스는 아무리 빨리 달려도 거북이를 따라잡을 수 없다는 것을 논증한 것이다. 이 역설 내용이 더 확대되어 〈날아가는 화살의 정지〉라는 역설로까지 발전한다. 〈제논은 정지하고 있는 것은 정말 아무것도 없는가 하는 절박한 물음에 단지 이렇게 답하고 있다 — 그렇다, 날아가는 화살은 정지되어 있다.〉 날아가는 화살은 우리 눈에 움직이는 것처럼 보이지만 사실은 매 순간 그 공간의 어떤 정해진 부분 속에 존재하는 것이다. 화살이 존재로서 순간적인 어떤 장소에 있다고 하는 것은 원래 정지되어 있는 것을 의미하고, 또 날아가는 화살의 비행 경로란 무한히 많은 그러한 정지의 순간들로 구성되어 있기 때문에 그 화살은 운동 중이 아니라 정지되어 있다는 것이다.

이 내용을 현실적으로 해석해 보면, 삶의 과거도 미래도 단순한 현재라는 순간의 의식, 즉 지속되는 순간인 〈정지된 현재〉에 불과하다는 결과가 생긴다. 인간의 존재와 비존재의 위대한 비밀에 의하면, 〈객관적으로 무한한 시간의 연속을 이루는 것은 주관적으로는 하나의 점, 불가분이며 항시 현존하는 현재〉[28]라는 쇼펜하우어의 사상에 의거한다. 사물, 인간, 세계의 가장 본질적인 것은 항상 정지된 현재에 있어 확고부동하고, 또 현상과 사건의 교체는 우리가 시간이라는 직관 형식에 의해 그것을 파악하는 데서 오는 결과에 불과하다는 것이다.

그러면 제논의 역설이 생기는 현실적 배경은 무엇일까? 베르그송은 우리의 운동에 대한 이해가 잘못되었기 때문에 이런 역설이 생긴다고 주장한다. 우리가 아킬레스와 거북이의 운동 자체를 보지 않고, 운동을 대신하여 우리의 머릿속에서 그린 운동의 궤적을 운동 자체와 혼동하여, 그 궤적이 사유 속에서 무한히 나뉠 수 있는 것처럼 실제 운동 자체도 무한히 나뉠 수 있다고 생각하기 때문에 역설이 생긴다는 것이다

이러한 제논의 이론과 유사한 내용이 『마의 산』 제1절 〈이중적 모습의 세례반과 조부〉의 서술에서 유년 시절의 카스토르프가 대대로 전해 내려오는 세례반을 구경하는 장면에 암시되어 있다. 그 세례반에 그려져 있는 것은 일종의 〈영원의 원체험(圓體驗)〉이다. 이 세례반의 이면에는 세대의 순서에 따라 그 소유자였던 가장들의 이름이 각각 다른 서체로 기록되어 있다. 〈그 수는 벌써 일곱 사람이나 되어 상속한 연대가 붙어 있었다. 그리고 목도리를 두른 할아버지는 반지를 낀 집게손가락으로 그 이름을 하나하나씩 짚어 가며 손자에게 가르쳐 주었다. 거기에는 아버지와 할아버지의 것도, 그리고 증조할아버지의 이름도 있었으며, 그리고 다음부터 이 《증조Ur》라는 전철은 설명해 주는 할아버지의 입속에서 두 개도 되고, 세 개도 되고, 네 개도 되었다. 그래서 소년은 머리를 옆으로 갸우뚱하며, 무엇을 생각하듯, 그리고 멍하니 꿈을 꾸듯, 눈을 뜨고 열심히 그리고 졸린 듯한 입을 하고서 이 증조-증조-증조-증조를 듣고 있었다. 그것은 무덤과 매몰의 어두운 소리였다. 그럼에도 또한 현재, 즉 자기 자신의 생명과 깊은 과거로 묻혀 버린 것 사이의, 경건히 보존되어 온 연결을 표현하고 있어 그에게 아주 독특한 작용을 하였다.〉(Zb 36)

이 세례반의 모습에서 여태까지 느껴 보지 못한 감정이 카스토르프를 엄습하는데, 그것은 나아가는 것 같으면서도 제자리에 있고, 변하는 것 같으면서도 제자리에 있어 현기증을 느끼게 하는 원운동처럼 단조로운 반복과 같은 야릇한 감정이었다. 그 느낌은 카스토르프가 지금까지 세례반 구경을 할 때마다 느끼는 것으로서,

216

사실은 이 기분에 이끌려 정지해 있으면서도 움직이고 있는 조상 전래의 이 가보를 자주 보고 싶어 했다.(Vgl. Zb 37 f.) 여기에서 〈나아가는 것 같으면서도 제자리에 있는 것〉(Zb 37), 〈변하는 것 같으면서도 제자리에 있는 것〉(Zb 37 f.)이라는 말은 형이상학적인 원운동으로, 제논의 이론을 연상시킨다.

제논의 철학 사상과 유사한 내용으로 칸딘스키Wassily Kandinsky의 다음과 같은 이론도 있다. 〈기하학상의 점은 눈에 보이지 않는 존재다. 따라서 비물질적인 존재로 정의된다. 물질적으로 생각한다면 점은 제로(零)이다. 그러나 이 제로는 각종의 인간성을 담고 있다. 우리들의 관념에서 제로 — 기하학상의 점 — 는 간결함, 요컨대 최대한으로 자제된 발언을 뜻한다. 이같이 우리들의 관념 속에서 점은 침묵과 발언의 최고이자 유일의 결합이다.〉[29] 선은 점의 계기적 연속이다. 이는 침묵에서 발언이 시작되어 그것이 이어져 나감에 비유된다. 점에서 선으로 이어지는 양상은 그 궤적을 평면상에 남기게 된다.

이와 유사한 내용이 『마의 산』에는 다음과 같이 나타나 있다. 〈일점(一點)으로부터 일점(一點)으로의 운동은 완전히 균일 불변(均一不變)의 세계에서는 운동이 아닌 것이 되어 버리고, 운동이 운동이 아닌 것이 되어 버리는 데서는 시간도 존재하지 않는다.〉(Zb 756 f.) 이렇게 마의 산의 시간은 평지의 시간적 요소라고 할 수 있는 길이와 경과를 갖지 않는, 점으로 구성된 곡선적 시간이며 변곡점의 집합인 원주와 같은 순환적 시간으로 작용하고 있다. 따라서 마의 산에는 〈서술 시간 Erzählzeit〉과 〈서술된 시간erzählte Zeit〉이라는 두 종류의 시간 개념이 교묘하게 상호 작용을 하고 있다.(Vgl. Zb 749) 다시 말해 〈객관적으로 봐서 무한의 시간의 연속인 것은 주관적으로는 하나의 점, 불가분한 것이며, 항상 목전에 있는 현재〉[30]이다. 이는 또한 운동이 공간 속에서 수행됨을 입증하는 동시에 시간적 사태를 말해 주는 것이다.

그런데 『마의 산』에서 광의의 주제가 주요 동기가 되고 있는 시간 개념에는 니체로부터 차용된 〈상승Steigerung〉(Zb 750)의 개념이 담겨 있다. 이는 소설에서 시간 구속의 해방으로 발전해 들어가는 파라디그마적 상승, 즉 예술 수단을 통해 매 순간 현재를 완전히 상상화시키는 삶의 상승, 고양, 환상, 곧 예술의 지상 과제다. 이러한 〈상승〉을 코프만H. Koopmann은 〈시간의 신비〉로 해석했다. 시간은 역설적으로 〈변화 아닌 변화〉를 가져온다. 즉 항상 무슨 일이 일어나지만 그것은 오히려 일어난 일의 〈반복Iteration〉으로만 이해되며 표현된다. 『마의 산』 본문 중의 〈영원ewig〉(Zb 479), 즉 시간 속의 전후가 있느냐 하는 핵심적인 질문도 일어난 일의 반복에 의해 대답한 것으로 된다. 반복은 상승을 수반한다. 가령 카스토르프의 히페Pribislav Hippe 소년과의 상면과 쇼샤 부인과의 만남은 동일한 것이기도 하고 반복됨으로써 상승 작용을 받기도 한다. 인식하는 주체에서 최초의 상면이 그다음 상면의 의의를 내포하는 동시에, 나중의 상면이 지금까지 체험된 것의 연속이라는 의미에서, 그들은 동일한 사건의 여러 단계라는 사실이 명확해지며, 이 두 단계는 카스토르프의 인식하는 의식에 의해 동일한 것으로 경험된다.

이렇게 반복은 상승을 수반한다. 그들은 동일한 사건의 단계이며, 이 단계는『마의 산』의 카스토르프 같은 인물의 인식에 의해 동일한 것으로 경험된다. 예를 들어 『마의 산』 제6장 제1절 〈변화Veränderung〉의 다음 문장은 이미 행한 경험을 상승시키면서 재현한 것으로, 이에 따라 시간은 이미 〈연장 없는 현재〉가 아니라 한정된 동일 종류의 무한한 반복이 된다. 〈시간이란 무엇인가? 이것은 한낱 수수께끼이다. 실체란 없고 동시에 전능한 것이다. 현상계(現象界)에 존재하는 하나의 조건으로 공간 속 물체의 존재와 운동과 결부되어 혼합되어 있는 하나의 운동이다. 그러나 운동이 없으면 시간도 존재하지 않을 것인가? 시간이 없으면 운동도 없을 것인가? 얼마든지 물어보라? 시간은 공간 작용의 하나인가? 그렇지 않으면 그 반대일까? 아니면 두 가지는 같은 것일까? 얼마든지 물어보라! 시간은 활동하고 동사적인 성질을 가지고 있어 《낳는》 힘을 가지고 있다. 대관절 시간은 무엇을 낳는 것일까? 변화를! 현재는 벌써 당시가 아니고 여기는 이미 저쪽이 아니다. 두 개의 사이에는 운동이 있기 때문이다. 그러나 우리들이 시간을 측정하는 운동은 순환적이고 그 자체로써 완결된 것이기 때문에, 이 운동은 거의 정지와 정체라 불러도 좋을 것이다. 당시는 쉬지 않고 현재 속에, 저쪽은 쉬지 않고 여기에 되풀이되기 때문이다. 그리고 또 종말이 있는 시간과 유한적인 공간이라는 것은 아무리 필사적인 노력을 해도 상상할 수 없는 것이기 때문에 우리들은 시간은 영원하고, 공간은 무한한 것이라고 생각하도록 이미 결정을 보았다. 그렇게 간단히 생각할 수는 없다 하더라도 이편이 어느 정도 생각하기 쉬울 것이라는 의미에서이다. 그러나 영원과 무한을 용인한다는 것은 국한된 것과 유한한 것을 모두 논리적으로, 계산적으로 부정하고 상대적으로 그것을 영(零)으로 환원시키는 것을 의미하는 것이 아닐까? 영원 속에서 전후가, 무한 속에서 좌우가 있을 수 있을까? 영원과 무한이라는 임시적인 가정과 거리, 운동 변화 그리고 우주 속의 국한된 물체의 존재들은 어떻게 조화될 것인가? 얼마든지 물어보라!〉(Zb 479) 이 문장에 의하여 지금까지의 사건은 새로운 국면에 놓이면서 수많은 현상들은 모두 필연적인 것, 미리 형성된 것으로 인식되게 된다.[31]

결국 평지로부터 무시간적 마법 상태로 옮겨 간 『마의 산』의 주인공 카스토르프를 내세워 토마스 만은 상승의 과정을 이론적으로 예증하고 있다. 〈그의 이야기는 상승의 이야기이면서도 이야기와 서술 작품으로 나타나는 자기 내부에서의 상승이다. 또 그 이야기는 사실주의 소설의 수단으로 이루어지는 것 같으면서도 사실주의 소설이 아니며 지속적으로 사실적인 것을 초월한다. 이에 따라 그것은 사실적인 것을 상징적 수준으로 높여 주고 정신적·이념적인 것을 명료하게 한다.〉[32] 서술 기법적으로 우리의 세기에 위치하는 토마스 만은 소설을 신비적 세계 파악의 최후 가능성으로 정의한 결과, 탈개인화 과정은 『요셉과 그의 형제들』 등에서 아주 오래된 문제로 나타나고 있다. 순수 개인성과 특수성에 대한 관심은 세월이 지남에 따라 사라지게 되고 관심의 전면에 그것을 대신하는 전형인 〈무시간성〉, 단적으로 말해 신비적인 것이 대두되는 것이다.[33]

따라서 루이스Percy W. Lewis는 〈시간이나 지속(시간의 심리적 국면)에 대한 강한 선입관은 무시간성의 이론과 결합된다〉[34]는 기이한 사실을 논급한 바 있다. 어떤 특성을 강력하게 다루거나 그 특성을 강력하게 부정하는 태도는 그 특별한 의미나 의의에 대한 관습적인 자각을 포기하는 것이다. 이러한 맥락에서 토마스 만은 사상의 양식을 통어할 수 있는 시간의 힘과 사고를 시간의 지배로부터 구해내는 직관의 힘에 압도당했다. 따라서 그의 『마의 산』에서는 사건과 회상의 시간 사이의 경험으로 인해 과거는 수정되고 정신의 시련을 겪는 행위에서 변화되어 순수한 시간은 되찾을 수 없다.

이렇게 토마스 만은 다가오는 시대의 위협에 저항하듯 의식적으로 초시간적인 것, 즉 〈영원〉 속으로 나아가 그의 무시간성의 개념이 발생한다. 그 결과로 몇 세대나 떨어져 있는 시대가 서로 접근하거나 융합하기도 한다. 가령 『요셉과 그의 형제들』에서 요셉은 〈꿈꾸듯이 달빛에 비친 황홀한 정신 상태로서 몇백 년이나 옛날의 원시인을 자신의 증조부로 혼동하고 있다.〉(GW 4, 32) 이와 같은 자세는 토마스 만의 형 하인리히 만에 대한 대항 의식과도 관계가 있다. 〈시대에 맞는〉 방식으로 새로운 것을 목표로 하는 하인리히 만에 대항하여 자신의 새로운 초시간적 고정성을 주장한 것이다. 이는 〈인류의 희미한 기억〉(GW 4, 29)으로서 언제라도 형이상학적인 정지된 현재로 될 수 있어 〈근원〉으로 돌아갈 수 있음을 의미한다.

〈언제나*Jederzeit*〉라는 것은 신비의 말이다. 신비란 시간을 모른다. 그러나 무시간의 형태는 〈현재와 여기*das Jetzt und Hier*〉라는 형태로 나타난다.(GW 4, 31)

3. 문학에서 시간의 개념

다양한 시간 개념, 즉 크기와 범위가 보편적, 동질적 그리고 객관적으로 인정되는 전통적인 시간 개념의 해체가 문학에서도 적용된다. 대부분의 소설은 독자적인 시간 유형과 시간가(時間價)를 가지고 있어 이것들이 표현 전달되는 적절성에 따라 독특하게 되는 것이다. 결국 소설의 기법이나 방법은 모두 서로 다른 시간가와 시간 계열에 맞춘 처리 방법이라고 할 수 있으며, 상극하는 두 가지 체계나 가치 사이에서 이득을 얻어 내는 방법이라고 할 수 있다. 이러한 시간가는 여러 가지 예술적 중요성을 지녀서 한데 결합하면 변화무궁한 소설의 개념 전체를 변화시킬 수 있고, 또 소설이 갖게 되는 구조나 주제의 방법이나 언어 사용의 방식 등을 좌우하게 된다.

이러한 문학 속의 시간 개념으로 현대 문학은 시간의 문제에 사로잡혀 있다고 볼 수 있다. 소설의 형식이나 기교의 발전에 기여한 소설가들 대부분은 시간 및 그 성질과 가치에 대한 문제, 특히 시간과 소설 구조의 관계에 마음을 빼앗기고 있는 것이다. 다른 모든 문제에 있어 의견을 달리하는 작가들도 이 강박 관념만은 공통적으로 가지고 있다. 가장 비철학적인 작가는 물론 사상성에 대해서는 전혀 관심을 표명하지 않는 작가들까지도 시간에 대해서는 깊은 관심을 가지고 있는 것이다.[35] 그러한 작가들의 작품 속에 기다란 시간론이, 그것도 으레 눈에 띌 만큼 두드러지게 삽입된 데에는 오직 시간의 문제를 다룸으로써 삶의 의미를 이해할 수 있고 올바르게 현실을 내다볼 수 있게 된다고 생각되기 때문이다. 결국 시간의 문제를 해결함으로써 예술 문제가 해결된다는 것이다. 따라서 〈현대 소설에서 전통주의자와 실험주의자들 사이의 논의는 어느 한계까지는 시간에 관한 논의다〉[36]라고까지 말하는 비평가도 있다. 이렇듯 시간의 중요성을 강조하는 경향은 새로운 기법이나 관례에 관한 직접적인 진술이나 실험 형식으로 소설 속에 나타나 현대의 중요한 작가들의 이름을 대부분 포함하는 하나의 소설 유파로 구분될 정도가 되었다.

이런 배경에서 소설의 주제는 그 자체의 날짜로 시간적 배경을 가지고 있다. 소설에서는 원칙적으로 준거 기점(準據基點)이 되는 하나의 시점(時點)이 있어 이 시점에서 허구의 현재가 시작되는 것으로 간주되는 것이다. 심리적인 면에서 일단 준거 기점이 정해지고 나면 시간적인 순서에 따라 제시되는 개개의 사건은 과거의 연속 중에서 하나의 현재 시점을 성립시키고, 그 시점의 연속되는 순서에서 제외되는 것은 상대적으로 과거나 미래로 간주된다. 그리고 보면 독자의 시간 위치인 현실적 현재가 소설 줄거리의 허구적 현재로 빨려 들어갈 뿐 아니라, 그 허구적 현재가 이야기가 기록되는 과거 시제로부터 상상적으로 전위되고 있다. 독자가 어떤 소설의 이야기를 이미 알고 있거나, 그 작품을 전에 읽은 적이 있다 하더라도, 그 작품을 읽을 때는 소설의 과거를 현재로 느낀다고 할 수 있다. 왜냐하면 과거의 관념을 불러일으키는 요소 중 하나인 친숙감이 전혀 없는 작중 인물들의 마음속으로 독자가 빠져들기 때문이다.

주제는 작가와 동시대적일 수도 있고 작가보다 선대의 역사적인 것일 수도 있으며 또 미래를 다룰 수도 있다. 즉 작가에 의해서 당대의 사건에 대해 쓰인 것이지만, 그것이 과거로 물러감에 따라 순전히 시간의 경과에 의해서만 역사적이 될 수도 있고, 또 미래와 현재가 동시적으로 다루어져 동시적인 이해와 함께 분리적 관심을 요하는 것 등 몇 가지 복합 형식도 있는 것이다. 졸라Émile Zola나 골즈워디 등의 사가Saga[37] 소설에서 다루어지는 것은 부분적으로는 사실상 역사적 자료지만 점차 당대적 상황으로 진전된다. 『율리시스』 등은 현대적 배경으로 쓰였지만,

직접 다루어지지는 않으나 항상 배후에 내포되어 있는 고대의 테마에 단계적으로 투영되어야만 의미를 갖게 된다. 이렇게 시간은 특히 문학에서 과거·미래의 현재적 개념을 나타낸다.

독자와 작가의 시계 시간(時計時間)과 마찬가지로, 허구적 시간도 사물이 지속되거나 사건이 발생하는 일정 기간의 경과, 즉 시간적 지속을 뜻한다. 몇 시간에 걸쳐 독서를 하는 동안이 단 몇 분밖에 안 될 수도 있지만, 때로는 수 세기에 걸칠 수도 있는 연속된 시간의 상상 속에서 산다.

따라서 독자는 독서에 열중해 있을 때, 그 순간에 발생하는 모든 것을 자기 자신의 상상적 현실로 번역한다. 독자 자신이 소설의 행동이나 상황 속에 참여하고 있다는 환상, 또는 이미 일어난 것이 아니라 현재 일어나고 있는 일을 자신이 목격하고 있다는 환상 속에 끌려 들어가는 것이다. 그 시점에 앞서는 모든 것은 허구적 과거로 느껴지고, 그 뒤에 일어나는 모든 것 —— 예컨대 소설가가 독자를 클라이맥스로 끌고 가거나 긴장감을 불러일으키기 위해 생각한 예고나 예시 등 —— 은 미래로 느껴진다. 이것은 현실의 환상이며 언어적 현상으로 볼 수 없다. 언어적인 면에서는 모든 것이 과거다. 언어는 비언어적인 경험을 전달할 수 없다. 그것은 연속적이고 선(線)적이기 때문에 동시에 일어난 두 가지 이상의 경험을 전달할 수 없다. 언어는 또한 단어든 단어군(單語群)이든 간에 따로따로 떨어져 있고, 또 분할 가능한 단위로 구성되어 있기 때문에 생의 과정의 끊임없는 흐름을 나타낼 수가 없다. 현실은 표현될 수도 없고, 전달될 수도 없으며, 오직 현실의 환상만이 그렇게 할 수 있을 뿐이다. 따라서 언어와 심리는 상반된다. 언어를 초월한 허구의 시간은 졸라와 버틀러Samuel Butler로부터 토마스 만 및 그들의 수많은 모방자나 추종자들에 이르기까지 점차적으로 인기가 높아진 가족 계도 소설(家族系圖小說)에서는 몇세대의 길이를 갖는다.[38]

램Charles Lamb은 회화나 음악 등의 예술과 소설 간의 평행선을 찾아내고, 티치아노 베첼리의 그림 속의 〈이중 시간〉에 관해 논했다. 이러한 이중 시간의 현대적인 가장 큰 성과는 소설과 영화의 관계이다. 영화야말로 시간을 정복해 버린 우리 시대의 예술 형식으로 〈몽타주Montage〉 기법을 가장 많이 도입한 예술이다.

소설과 영화의 두 예술에 공통적인 〈몽타주〉 기법은 콘래드Joseph Conrad와 포드Madox Ford에 의해 완성되었고, 몽타주의 기법을 법전화한 대표적인 사람은 러시아의 영화감독 에이젠슈테인Sergei M. Eisenstein으로, 그의 사후에 출판된 저서 『영화 형식Film Form』에 수록된 「디킨스와 그리피스Dickens and D. W. Griffith」라는 에세이는 몽타주 기법을 다루고 있다. 여기에서 에이젠슈테인은 몽타주의 발견자인 그리피스에게 찬사를 보내고 이 문제를 그리피스의 스승인 디킨스Charles Dickens에까지 소급시켜 논하고 있다. 그는 디킨스의 작품 『올리버 트위스트』에 나오는 몽타주 특질을 명석하게 분석하고, 『두 도시 이야기A Tale of Two Cities』에서는 용암(溶暗, dissolve)의 수법까지 발견해 내고 있다. 〈여섯 대의 짐마차가 거리를 굴러간다. 권능 있는 마법사, 시간이여! 이들을 옛날로 되돌려 놓으라. 그러면 이것들은 절대 군주의 호화로운 마차, 봉건 영주의 장비, 현란한 이세벨Jezebel의 화장실, 천부(天父)의 집이 아니라 도둑의 소굴인 교회, 수백만 굶주린 농부의 오두막집으로 모습을 바꾸리라! 〔……〕 변함없이, 희망 없이, 짐마차는 굴러간다.〉[39]

토마스 만의 『부덴브로크 일가』에서도 한노가 연주하는 「환상곡」의 묘사를 자세히 분석해 보면, 바그너 음악의 몽타주라는 것을 알게 된다. 그것은 때로는 작품 전체를 의미하기도 하고 때로는 작품의 어느 일부를 암시하는 경우도 있다. 겉으로 보기에는 한노의 「환상곡」이 전체적인 단일 작품의 인상을 주지만, 문장이 바뀔 때마다 그것은 바그너의 작품 중 하나를 암시하고 있다. 영화 제작에서 중요한 요소 중 하나인 몽타주의 수법은 소설에서의 〈시간 전위(時間轉位, time shift)〉 또는 〈시간환(時間環, chronological looping)〉의 수법과 유사하다.

이렇게 토마스 만이 작품의 집필에서 몽타주 기법을 자주 응용한다는 내용은 자신의 『인생 스케치』에서 「베네치아에서 죽음」의 집필 배경을 설명하는 다음의 내용에 잘 나타나 있다. 여기에서 토마스 만은 〈「베네치아에서 죽음」에서 지어낸 것이라고는 없다. 이 작품에 등장하는 뮌헨의 북쪽 묘지에서의 낯선 사내, 음산한 폴라의 배, 멋쟁이 노인, 이상한 곤돌라 사공, 타치오와 그의 가족, 짐이 뒤바뀌는 탓에 실패한 출발, 콜레라, 여행사의 정직한 직원, 음흉한 유랑 가수들 또 그 밖에 열거되는 모든 것들은 실제로 있었고, 사실상 제자리에 끼워 맞추기만 하면 되었으며, 〔……〕〉(GW 11, 124)라고 언급하고 있다.

소설에 있어서의 시간의 대가는 물론 스턴Laurence Sterne으로, 특히 그의 『트리스트럼 샌디』에 관한 부분은 가장 훌륭한 시간 분석이다. 철학적인 면에서 시간의 대가는 쇼펜하우어를 들 수 있다. 따라서 다양한 시간의 개념, 특히 과거·미래의 현재적 시간 개념의 이해를 위해서는 쇼펜하우어의 시간관을 고찰해 볼 필요가 있다. 쇼펜하우어의 영원한 이데아 개념인 종(種)의 이론은 시간 의미에서의 불사(不死)이다. 따라서 시간 속에서 이데아는 종(種)의 형태로 나타나며, 종이란 시간 속에 들어왔기 때문에 분산된 이데아이다. 그러므로 종은 〈물자체Ding an sich〉의 의지이며 생에의 의지는 직접적인 객관화이다.[40] 그래서 〈동물이나 인간의 내오(內奧)의 본질은 종에 있으며, 강렬하게 약동하는 생에의 의지는 이 종에 기반을 둔 것으로서 개체와는 전혀 상관이 없다. 자연에 대해서 개체는 항상 수단에 불과하며, 종속이 목적〉[41]이기 때문이다.

쉽게 말해서 언제나 살아 있는 것은 종속(種屬)이며, 개체는 종속의 불멸과 동일성을 의식하기 때문에 명랑 활달할 수가 있다. 〈삶에의 의지는 영원한 현재에 나타난다. 현재란 종속의 생의 형식이며, 종(種)은 그러므로 늙는 법 없이 영원한 젊음을 보지(保持)한다.〉[42] 인간과 동물이 사멸하는 것은 겉보기에만 그런 것일 뿐 그 진정한 본질은 아무 방해도 받지 않고 존속한다. 〈만일 우리가 무한히 빠른 진동을 하며 교체되는 죽음과 삶을 염두에 올린다면, 의지의 항구적인 객관화, 제 존재의 항시적인 이데아는 명확히 우리 눈앞에 방불(彷彿)하리라.〉[43]

자연 전체라는 것은 생에의 의지의 현상이며, 그것은 충일(充溢)을 암시하기 위한 것이다. 이 현상의 형식이 되는 것은 시간과 공간 및 인과성Kausalität이고 개체화는 이것에 의한다. 개체화라는 것은 개체가 생성되고 소멸할 수밖에 없다는 필연적인 사정이다. 개체는 생에의 의지라는 현상의 개별적인 실례(實例)이며 견본에 불과하다. 따라서 개체란 자연에 대해서는 하등의 가치도 없고 가질 수도 없는데, 이는 무한의 시간과 공간, 게다가 그 속에서 가능한 무한한 수의 개체, 이것이 자연의 왕국이기 때문이다. 개체란 본래가 이미 몰락하게끔 정해져 있으며, 종의 보존을 위해 봉사하고 그 순간부터 자연에 의해 몰락으로 인도되어 간다. 개체란 그 어떤 다른 개체에 의해 치환(置換)되기 마련이어서 우리는 다음과 같은 인식에 도달하게 된다. 〈의지의 현상의 형식, 즉 삶 또는 실재성의 형식은 본래 현재뿐이며 미래도 아니고 과거도 아니다. 미래나 과거는 단지 개념 속에서만 존재하는 것이며, 인식의 근거율(根據律)에 따라서만 인식에 연관되어 현존하는 것이다. 어떠한 인간도 과거 속에 산 적이 없고, 아무도 미래 속에 살지 않으리라. 현재만이 모든 삶의 형식이며 또한 현재만이 삶의 확실한 소유물인 것이다. [……] 의지에 대해서는 삶이, 삶에 대해서는 현재만이 확실하고 견고한 것이기 때문이다.〉[44] 이렇게 쇼펜하우어에게 삶에는 과거나 미래가 아닌 오직 현재만 있을 뿐이다.

이러한 쇼펜하우어의 영향을 받은 현대 심리 소설가들은 직접적인 삶의 인상을 우리가 가지고 있는 개념이 거기 작용하기 전에 급히 포착함으로써, 우리의 두뇌가 우리 자신과 현실 사이에 개입시켜 놓은 추상적 사유의 소산을 제거해 나가기 위해 꾸준히 애쓰고 있다. 〈현재는 현실의 위치〉[45]이니만큼 결국 그러한 소설가에게 의미 있는 유일한 시간은 쇼펜하우어가 주장하듯 현재뿐이라는 뜻이다. 이에 대해 로런스D. H. Lawrence는 저서 『새로운 시New Poems』의 서문에서 다음과 같이 언급하고 있다. 〈영원한 현재인 인생은 종말을 모른다. 종결된 결정화(結晶化)를 모른다. 완전무결한 장미란 홀연히 나타났다가 사라지는 유동의 불꽃이지 어떤 의미에서도 휴지나 정지나 완결이 아니다. [……] 소리 없는 백색의 비등(沸騰)과 백열(白熱)과 구체화된 순간의 냉정을 달라. 모든 변화와 분망(奔忙)과 반대의 핵심인 순간을 달라. 순간을, 현대를, 지금을 달라.〉[46] 울프Virginia Woolf의 작품 전체도 이 현 순간에 대한 강력한 집념을 가지고 있다. 그들에게는 〈과거도 없고 미래도 없다. 빛의 고리 속의 순간이 있을 따름이다.〉[47] 이에 대해 울프의 작품 『세월The Years』에 〈그녀는 현 순간을 가두어 두고 싶다고 생각했다. 그것을 붙잡아 두고 싶었다. 현 순간이 이해에 의해 완전하고 밝고 깊게 빛날 때까지 과거와 현재와 미래로 그것을 완전히 채워 놓고 싶었다〉[48]고 언급되어 있다.

이 내용에 의하면, 과거와 현재와 미래는 유사한 것이 아니라 동일한 것으로서 이해된다. 요컨대 〈영원이라는 것은 종말도 시작도 없는 시간의 계기가 아니라 정지된 현재이다. 즉 우리에 대한 지금은 아담에게 지금이었던 것과 동일한 것이다. 다시 말해 지금과 당시 사이에는 차이가 없다.〉[49] 지금 없는 생명을 이전에 활동시켰던 힘은 지금 번성하는 생명 속에서 활동하고 있는 것과 동일한 것이다.

이렇게 인간을 종속의 연속체로 파악하고 생멸의 부단한 교체를 통한 종적(種

的) 역사를 인간의 총체로 파악한 쇼펜하우어의 정신적 전통을 토마스 만은 승계 했다. 따라서 토마스 만의 초기 작품에서 형상화되었던 개체의 허무적 죽음에 대한 의식으로서 쇼펜하우어의 염세주의 성격이 반영되었지만, 개체적 삶의 허무성이 문제 되지 않고, 신화 속에서 전해 내려오는 인간의 원형이 문제 됨으로써 초기 작품에 나타났던 염세주의 분위기는 탈색되고 있다. 쇼펜하우어의 정신적 영향소를 의식적으로 계속 유지하려는 이러한 노력은 그가 철학적 딜레탕트Dilletant로서가 아니라 깊고 밀도 있는 연구를 통해 얻어 낸 독일의 정신적 전통에 몸담으려는 의지로 평가될 수 있다.

이상에서 언급된 모든 것은 〈표상(表象)〉되더라도 시간 개념 없이는 전혀 불가능하다. 즉 시간 개념은 〈물자체Ding an sich〉가 문제 될 때에는 제외되어야 하지만, 지성은 모든 그의 표상의 제일의(第一義)적이고도 직접적인 형식을 결코 완전히 부정할 수 없다. 이런 배경에서 쇼펜하우어는 시간을 끊임없이 회전하는 차륜(車輪)에 비유하고 있다. 〈끊임없이 하강하는 절반은 과거이며, 끊임없이 상승하는 절반은 미래이다. 그런데 상부에는 접선이 닿는 불가분의 점이 있는데, 이것이 연장되지 않는 현재라고 할 수 있다. 접선이 함께 회전을 계속하지 않듯이 현재도 회전하지 않는다. 그것은 시간을 형식으로 하는 객관과 인식될 수 있는 것에 속하지 않고, 또 모든 인식될 수 있는 것의 조건이기 때문에 형식을 일체 갖지 않는 주관과의 접촉점인 것이다.〉[50] 시간의 개념에 대해서는 연대기적 시간환(時間環) 또는 시간 전위, 고의적 지연purposed longueur, 복수 초점의 기법, 독자의 시계 시간과 소설 내용 중 허구적 시간의 관계, 소설 주제의 의연대기(擬年代記)적 지속 등 시간의 통어나 전개에 포함되는 방법들이 있는데, 이 중에서 〈시간환〉의 내용이 쇼펜하우어의 차륜에 비유된 시간관에 해당된다. 따라서 〈시간환〉의 〈환(環)〉이란 완성된 고리란 뜻이 아니라, 고리를 만들거나 그릴 때 두 끝 중의 한끝이 처음 끝으로 되돌아온다는 뜻이다. 따라서 이 용어는 〈복귀〉 또는 〈회귀〉라고 번역돼야 마땅하지만, 부분적인 시간 처리 기법에 대한 명칭으로 어감상 어울리지 않겠기에 〈시간 전위〉 또는 〈시간 이동〉 등의 용어와 구별하려는 의도에서 〈시간환〉이라고 옮겼다.[51]

시간환의 수법은 연대기적 시간의 순서에 따라 서술이 진행되다가 다시 원시점

(原時點)으로 되돌아옴을 말한다. 즉 ABCD라는 순서로 진행되다가 다시 A로 되돌아와 그 시간 동안에 다른 곳에서나 다른 사람에게 일어난 사건을 기술하는 것으로서, ABCD A′ B′ C′ D′로 표시할 수 있다. 따라서 이것은 〈시간 전위〉에도 포함되는 수법이다. 시간 전위의 수법을 많이 사용하는 소설은 항상 시간 위치를 바꾼다. 그래서 하나하나의 에피소드는 각각 허구적 현재로 다루어지나 헨리 제임스가 〈구별된 경우discriminated occasion〉라고 불렀듯, 다음 에피소드와의 관계에서 그것이 차지하는 시간 위치는 고려되지 않는다. 이외에 철학적 시간 용어로 개체 발생적ontogenetic 시간이나 계통 발생적phylogenetic 시간 같은 용어도 언급된다.

4. 토마스 만 작품에서 시간의 개념

과거의 시간에 대해서는 아리스토텔레스, 소크라테스, 하이데거, 베르그송, 하이네, 프루스트, 쇼펜하우어, 졸라, 발자크 등 세계 지성사의 수많은 인물들이 관심을 기울였다. 이러한 시간에 관해 가장 먼저 언급되는 사람이 바로 일찍이 〈시간은 빠듯하다〉는 명제를 간파한 히포크라테스인데, 그의 〈인생은 짧고 예술은 길다〉는 말은 후대 학자와 작가들에 의해 다양한 형태로 재생산되고 사용됐다. 아리스토텔레스의 제자 테오프라스토스는 나이가 들어서야 현명해지기 시작했다는 사실에 한탄했고 임종 때 〈우리는 막 살기 시작하자마자 곧 죽어야 한다〉는 말을 남겼다. 그는 이 내용과 유사한 〈시간은 돈〉이라는 은유를 후대에 남기도 했다. 로마 시대 철학자 세네카는 테오프라스토스의 은유를 이어받아 〈시간은 세상에서 가장 귀한 재화임에도 불구하고 사람들은 가치를 알아보지 못해 시간을 아무것도 아닌 것처럼 여긴다〉고 지적했다. 〈빠듯한 시간〉을 자각하는 수준을 넘어 〈시간의 노예〉가 되는 경우도 있다. 졸라의 소설 『돈』의 주인공 사카르는 하루 종일 초조하게 시계를 쳐다보며 단 1분도 잃어버리지 않으려 했다. 그는 말을 천천히 하는 방문객들에게 〈이제 빨리 말하라. 나는 끔찍하게 바쁘다〉는 말을 서슴지 않았다. 이렇게 〈빠듯한〉 시간을 어떻게 활용하고, 어떻게 극복할 것인가에 대해 과거의 지성들은 여러 주문들을 내놓았다.

이러한 시간의 중요성이 토마스 만에게도 전이되어 그는 시간의 개념을 중요시 했다. 따라서 토마스 만도 시간의 낭비를 혐오하여 무위(無爲)라는 것이 휴양이 된다는 생각을 이해할 수 없다고 말할 정도였다. 그는 〈시간이라는 밭〉(GW 9, 309)을 시종일관 일구어 나간 것이다. 〈1분이라도 헛되게 하지 않고 이용하여 생애를 가장 부지런하게 유지시키는 시간 예찬, 시간 숭배, 시간 절약으로 요약되는 것이 꼼꼼한 삶의 모습이다. [……] 시간은 토마스 만의 밭이다. 근본적으로 그는 휴식이라는 것을 모른다. 다른 사람이라면 휴양에 주어진 시간을 자신은 다양한 활동을 위해 이용하지 않으면 안 되었다고 고백하고 있다.〉(GW 9, 308 f.) 토마스 만이 시간의 밭을 일구어 나간다는 것은 역시 시간의 중요성을 인식한 괴테의 다음 시구의 영향을 받은 것이다. 〈내가 상속 받을 몫은 얼마나 크고 한없이 넓은가!/시간이야말로 나의 재산이며, 나의 밭은 시간이다.〉[52]

토마스 만은 몇 번이나 괴테의 이 시구를 인용하면서 시간이라는 귀중한 선물을 찬미했다. 만일 세계 인류가 시간을 잘 일구어 시간이 경과함에 따라 더욱더 현명해지고, 선량해지고, 안전하게 되어 간다면 〈평화〉도 달성될 것이다. 아니, 시간이야말로 평화 그 자체이며 전쟁이란 다름 아닌 시간을 무시하는 것이다. 이에 대해 『마의 산』에서 세템브리니는 〈시간은 신들의 선물입니다. 인간이 그것을 이용하도록 말이오. 그것을 인류의 진보를 위하여 이용하도록 말입니다〉(Zb 340)라며 시간을 찬미하고 있다. 이러한 시간 찬미를 토마스 만은 특히 나이 들어 감에 따라 강연과 평론에서, 또한 작품에서도 자주 나타내고 있다. 끊임없이 흘러가는 시간, 그 집적(集積)이 개개인의 인생을, 국가와 인류의 역사를 형성해 간다. 결국 시간이란 다름 아닌 존재인 것이다.[53]

이렇게 토마스 만에 의해 긍정적으로 평가받는 시간이 의식의 방법에 따라 부정적으로 인식되는 경우도 있는데, 시간을 부정적으로 인식한 인물로 니체를 들 수 있다. 니체에 의하면 인간은 〈병든 동물〉인데, 왜냐하면 인간만이 시간에 대한 의식을 가지고 있기 때문이다. 인간은 현재에 몰두하기보다는 보통 이미 흘러가 버린 과거에 연연하고, 아직 오지 않은 미래에 대한 공포와 희망에 사로잡히며 언젠가 닥쳐올 죽음 앞에서 불안해한다. 따라서 인간은 현재의 순간순간이 제공하는

228

생의 약동과 풍요를 놓치고 만다. 따라서 〈인생은 짧고 예술은 길다〉는 히포크라테스의 예술관은 순간에 집착하는 니체에게는 적용되지 않는 것 같다. 영원히 지속된다는 예술은 인생처럼 덧없다. 과거의 예술은 그 시대의 사람들에게 아름다움과 행복을 전한 것으로 소임을 다한 것이다. 따라서 삶에서나 예술에서나 중요한 것은 순간이다. 피라미드도 고딕 성당도 인상주의도 모차르트도 당대의 삶에서 즐거움을 찾으려는 노력과 직결되어 있다. 그다음에는 티끌로 돌아가는 게 이치다. 이렇듯 인간은 시간에 얽매이는 데 반해서 동물은 인간과 마찬가지로 시간 속에 사멸해 가면서도 시간을 의식하지 못한다. 동물에게는 과거도 미래도 없고 오직 현재의 순간들만 있을 뿐이다. 동물은 자신이 순간순간 느끼는 생의 충동에 충실하다. 동물에게 시간은 전혀 문제가 되지 않는 것이며 이들에게 사실상 시간은 존재하지 않는다. 오직 인간에게만 시간이 문제가 되고, 과거와 미래에 대한 의식과 함께 시간은 존재의 미를 갖게 되는 것이다. 이러한 의견을 지니고 있는 니체처럼 시간을 부정적으로 인식하는 사람들도 많다.

따라서 〈현대 예술은 빅토리아조(朝) 사람들이 사로잡혀 있던 도덕성이란 강박 관념처럼 시간이 우스꽝스러운 강박 관념으로 반영되고 있다〉[54]는 주장과 마찬가지로, 시간의 문제라는 선입관념이 예술의 영역까지 침투해 왔다고 한탄하는 비평가들도 있다. 그들은 이 선입관념이 균형의 결여라는 불건전한 사태를 초래했다고 믿고 있다. 특히 소설 예술이 이 강박 관념을 반영하고 있고, 소설가들이 그들 자신의 진정한 관심에서이기도 하지만 자신들이 종사하고 있는 시간 소설에 미치게 될 자신들의 영향력을 위해 여러 가지 개념이나 가치와 씨름을 해왔다. 하지만 니체의 의견처럼 시간 의식이 오직 인간에게만 고유한 것이라면, 우리는 시간의 문제를 실마리로 하여 인간과 세계의 수수께끼를 해명해 볼 수 있겠다.

그러면 신과 인간, 동물과 식물 그리고 무기물로 이루어진 세계의 구조에서 인간만이 시간 의식을 갖는다는 의미는 무엇일까? 인간만이 시간을 갖는다는 특이한 조건이다 보니 인간의 감정이 시간에 반영되는 경우가 많다. 따라서 시간은 본래의 〈시계적 시간〉과 인간의 감정이 반영된 〈감각적 시간〉으로 구분될 수 있다. 피어슨Karl Pearson의 용어인 〈감각적 시간〉은 〈우리의 감각 인상의 순수한 계기의 순서에 의해 판단되며 절대적 시간 간격을 포함하지 않는다〉.[55] 다시 말하면, 이것은 고정된 표준에 의해 측정되는 외부적 시간과는 대조적으로 항상 변화하는 가치 기준에 의해 측정되는 상대적이고 내적인 시간이다. 그러니까 같은 한 시간의 길이라 할지라도 모두가 똑같은 양의 의식 활동을 나타내지 않는다. 이에 대해 토마스 만은 〈시간 단위의 크기 구별은 거의 절대적이 아니다. 그래서 그 상대적인 자(尺)는 우리들 자신이나 우리 감정의 자로 우리가 적당히 개작한 것이고, 혹은 그런 자가 없다는 것이다〉[56]라고 정의를 내리고 있다. 이는 심리학적 시간을 의미하는 것으로, 내적인 시계가 주는 심리적 시간은 모두가 똑같게 맞추어진 것이 아니고 상황에 따라 변화된다.

이러한 심리적 시간의 이론은 멀리 고대에서부터 유래한다. 로마 시대의 카이사르Augustinus Caesar는 『고백론』에서 시간은 외부에 존재하는 대상이 아니라 정신의 체험이라는 명제를 내세운다. 그는 시간 체험을 정신의 이완과 긴장, 즉 정신의 균열과 통합하는 기능으로부터 도출하며 기억과 기대라는 심리학적 범주와 결합하여 설명하는데, 이와 유사한 내용이 토마스 만의 『마의 산』에도 다음과 같이 묘사되어 있다. 〈시간의 체험은 [……] 생활 감정의 그것과 매우 밀접한 관계를 가지고 있으므로 한쪽이 약해지면 그에 따라 다른 쪽도 처참한 피해를 입게 된다. [……] 생활 내용이 흥미롭고 참신하면 시간도 빠르게 지나간다. 이에 반해 단조롭고 공허하면 시간의 흐름은 느려지고 지루해진다. [……] 공허함과 단조로움이 한 순간이나 한 시간이라는 정도의 시간이라면, 그것을 연장시켜 지루하게 만들 수도 있을지 모르지만, 매우 많은 시간, 끝없이 긴 시간의 경우 그것을 오히려 단축시켜 무에 가까운 것으로까지 변화시키기 때문이다.〉(Zb 147)

이는 아리스토텔레스의 『시학』에서 〈비극은 될수록 태양이 한 바퀴 도는 시간이나 그와 비슷한 시간 내에 그 진행의 길이가 제한되도록 해야 한다〉라는 비극의 주제에 대한 언급과 유사하다. 이에 대한 예로 『마의 산』 제4장을 끝맺는 〈체온계Das Thermometer〉에서 심리적·주관적 시간 감각에 의한 물리적·객관적 시간의 상대화가 적나라하게 묘사되고 있다. 카스토르프는 자신의 체온 측정에서 7분이라는 시간을 1초도 어기지 않으리라 결심하고 체온계를 집어넣는다. 〈시간의 진행은 이러한 것으로 정해진 시간은 끝없이 긴 것처럼 생각되었다. 무심코 그 순간을 지나쳐 버린 것이 아닌가 하고 걱정이 되어 시계 침을 보았을 때 겨우 2분 30초가 지났을 뿐이었다. 시간을 보내려고 여러 가지 동작을 하고 난 다음 또다시 시계를 보니 그렇게도 고생하고 노력하여, 말하자면 밀어붙이기도 하고 찌르기도 하고 차버리기도 한 결과 겨우 6분이 지났을 뿐이었다.〉(Zb 237 f.) 이렇게 마의 산의 요양소를 지배하는 〈병자의 삶의 양식〉(Zb 413)은 무엇보다도 그들의 〈시간 경영 Zeitbewirtschaftung〉(Zb 538)으로 잘 드러난다.

이렇게 『마의 산』에서 상대적으로 윤곽이 뚜렷한 소설 초기의 시간 구조는 작품이 진행되면서 점차 경계가 허물어져 전례 없는 무한정의 시간 구조로 바뀌어 가고 있다. 이는 인물들과 환경 등이 우리들의 생활을 규정하고 질서 정연하게 해주는 시간의 속박에서 벗어나는 것으로, 이러한 현상이 「베네치아에서 죽음」에서도 나타나 주인공 아센바흐의 행적이 서술될 때 그저 〈어느 날〉, 〈어느 날 오후eines Nachmittags〉(TiV 520), 〈며칠 후Einige Tage später〉(TiV 522) 등 막연한 시간만 언급될 뿐이다. 「베네치아에서 죽음」에서는 아센바흐가 자신이 충실히 따랐던 엄격한 시간 분할에서 벗어나 쾌청한 날들이 반복되는 낙원에 안착함으로써 신화적 시간인 〈영원〉으로 회귀하는 것이다. 그러나 끊임없이 행위의 결정을 강요당하는 현실 생활에 있어 시간에서 이탈하기란 불가능하다. 행위와 결정에서 언제나 매개되지 않는 행위는 있을 수 없기 때문이다. 그러나 마의 산의 경우 시간은 거주자의 외부로 흘러가고 그 거주자의 존재 의식에는 거의 영향을 미치지 않는다. 더욱이 사건 자체도 시간의 본질적 요소인 변화를 낳는 힘과는 관계가 없다. 이런 맥락에서 시간은 그때그때의 상황에 따라 의식에 짧게 느껴질 수도 있고 길게 느껴질 수도 있다. 시간은 결국 상대적인 것이다. 나날이 꼭 같은 날이라면 시간은 극도로 짧게 느껴지며, 따라서 그것은 반복이 아니라 단조로움, 정지된 현재, 영원이라고 할 수 있다.

그런데 『마의 산』은 근대적 시간에 저항하는 시간관, 즉 〈과거와의 결합〉이 주된 시간관이 되고 있다. 이러한 〈과거와의 결합〉 내용이 『마의 산』에서 다음과 같이 강조되고 있다. 〈이야기란 과거의 것이어야만 하고, 과거의 것일수록 이야기 특유의 성격에도 어울리며, 또한 속삭이듯이 과거를 불러내 보여 주는 이야기꾼에게도 유리하다. [……] 한 이야기의 과거적 성격은 그 이야기가 《옛날》의 것일수록 한층 깊고 한층 완전하며 한층 동화적이지 않을까?〉(Zb 9 f.) 이런 식으로 토마스 만의 소설의 흐름은 여러 가지로 정도의 차이가 나지만 과거성을 포함하고 있다. 사건이 서술되는 대부분의 과거 시제는 독자에 의해 허구적 현재로 전환되는 한편, 설명된 부분은 그 허구적 현재에 대해 과거로 느껴지는 것이다. 의식의 흐름의 소설은 주로 작중 인물의 과거를 과거로 다루면서도 그 과거를 작중 인물의 직접적이고 허구적인 현재의 의식 속에서 현재처럼 표현한다.

이렇게 소설과 시간의 관계에 대해 〈소설은 두 가지 종류의 시간을 가지고 있다. 첫째는 소설의 경과, 소설의 현상을 규정하는 음악적으로 실제적인 소설 고유의 시간이고, 둘째는 원경적(遠景的, perspektivisch) 소설 내용으로서의 시간이다〉 (Zb 495)라고 『마의 산』에 언급되어 있다. 이 작품에서 주인공 카스토르프가 요양소에 도착한 때는 8월의 어느 날 저녁 여덟시경이었다. 이때부터 카스토르프에게 시간은 허구적으로 경과하게 된다. 이러한 허구적 시간에 따라 주위의 자연도 허구적으로 전개된다. 따라서 요양소의 세계는 단조로운 흑백의 색채로만 표현될 수밖에 없고 수목도 적고 대기는 무미건조하다. 특히 무엇보다도 사물의 움직임이 인식되지 않는데, 이는 이 세계가 사람의 시간관념을 변화시키는 마력을 가지고 있기 때문이다. 카스토르프는 본격적인 의미에서 알프스 산중의 요양소 환자들에게 생기는 사건 외에는 관심이 없고 그들의 사상이나 견해에 대해서도 처음부터 관심이 없다.

그 결과, 시간이 흘러가는 속도는 사람에 따라 제각기 다르고, 같은 사람에게 있어서도 상황에 따라 다르게 전개된다. 왜냐하면 〈각 개인은 카스토르프처럼 사건 외에는 관심이 없어 자신의 지각의 양식으로서 시간과 공간을 가지고 다니기 때문이다〉.[57] 마의 산에는 〈시간이 측대보(側對步)를 하는 사람, 시간이 속보(速步)를 하는 사람, 시간이 질구(疾驅)를 하는 사람이 있고, 또 시간이 멈춰 있는 사람도 있는 것이다.〉[58]

이러한 시간의 상(相)은 그 형식이야 무엇이 되었든 간에 일인칭 소설의 특유한 성질이다. 이는 기록된 사건이 일어난 것으로 되어 있는 시간과의 관계에서 본, 가상의 작가가 집필한 시간을 의미한다. 시간의 이중 초점 문제에 관심을 가졌던 토마스 만은 작품에서 이러한 시간의 이중성을 크게 활용했다. 〈어째서 이중 시간의 계산이 나의 주의를 끌고, 어째서 나는 개인적인 시간과 객관적인 시간, 즉 화자가 활동하는 시간과 이야기가 활동하는 시간을 지적해 내려고 애쓰는지 그 이유를 알수 없다. 이것은 아주 특수한 시간 단위의 뒤섞임인 데다, 제3의 시간 — 즉 어느날엔가 어느 정중한 독자가 쓰여 있는 것을 읽는 데 소비하는 시간 — 까지 포함한다. 그러니까 이 제3의 시간에 독자는 자신의 시간, 기록자의 시간, 역사적 시간등 3중의 시간 순서를 겪고 있게 되는 것이다.〉(DF 114)

결국 토마스 만은 시간을 정적인 요소로 파악했다. 따라서 토마스 만의 인물들은 정적인 시간 개념을 가지고 있는데, 이는 괴테의 시간관과도 일치한다. 괴테는『파우스트』에서 관습적이고 통속적인 시간 개념을 해체하고 있다. 사건의 발전과시간적 범위 사이에는 그 기능의 상호 관계가 직접적으로 존재하기 마련이다. 그러나 괴테의 『파우스트』에서는 시간의 발전이 전제되지 않는 만큼 포괄적이고 연관적인 시간의 흐름을 기대할 수 없다. 또한 시간의 범위 역시 한마디로 확정될 수없으며, 시간의 길이도 줄거리에 대해 별다른 의미를 갖지 않는다. 각 장과 더불어새로운 시점이 전개되어 그전과 그 후의 시간이 아무런 연관을 맺지 않고 있다. 예를 들어『파우스트』의 〈헌사Zueignung〉 마지막 구절인 〈내가 지닌 모든 것은 아득하게 보이며,/사라진 것은 나에게 현실로 나타난다〉(31~32행)는 말은 괴테의 이러한 시간 체험을 잘 나타낸 것으로, 현재가 과거로 물러나고 과거가 현재로 다가와서 현재에 옛날의 정열과 감정으로『파우스트』를 창작하는 괴테의 경지를 보여주고 있다. 즉 과거·현재·미래를 동일 시점으로 보는 시간 개념이다.

따라서『파우스트』의 〈서재Studierzimmer〉 장면과 〈라이프치히에서 아우어바흐의 술집Auerbachs Keller in Leibzig〉 그리고 〈마녀의 부엌Hexenküche〉 장면 간의정확한 시간 측정은 완전히 불가능하다. 그러나 독자나 관중은 이 비통일적이고비합리적인 시간에 대해 하등의 의식을 하지 못하는데, 이는 그들이 직접적이고현재적인 사건에 완전히 매혹되기 때문이다. 〈그건 문헌학자들이/당신만이 아니라자기들 자신까지 속였던 것이오./신화 속의 여자란 아주 특수한 것이라오./시인이란 제멋대로 그려서 내놓는 터이라,/언제 어른이 되었다든지 늙은이가 되었다는 이야기는 없이,/언제 보아도 군침이 넘어가는 모습을 하고 있어/어려서도 꾐에 빠지고 늙어서도 청혼하는 법,/요컨대 시인이란 세월에 묶이지 않는 것이오.〉(7427행이하) 괴테는 시간적인 연속을 공간적으로 병렬시켜 원형적으로 배열하여 표면상으로 〈연속적인〉 발전이 동시성으로 파악된다. 그의 관심사는 동시적(공시적)이 아니고 동일 의미인 것이다. 괴테는 이러한 시간의 동시성에서 영구 무한성을 포착하고 창작과 활동의 무한한 가능성과 의의를 발견하여 활용했다.

이러한 괴테의 시간 개념처럼 토마스 만도 시간을 정적인 요소로 파악했다. 토마스 만은 음악가 바그너의 작품에서 반시민적이고 염세적이며 반합리적인 낭만주의 유산을 수용했는데,[59] 평론, 수필, 서간 등 토마스 만의 바그너에 관한 집필 내용은 서로 모순되는 경우가 많다.[60] 이에 대해 토마스 만은 〈바그너에 관해 내가 말하는 방식은 연대와 발전과는 아무런 관련이 없다. 그것은 항상 상반 병존 감정(相反竝存感情)적이며, 나는 그에 관해 오늘은 이렇게 쓸 수도 있고 내일은 저렇게 쓸 수도 있다〉[61]고 말하고 있다. 이는 토마스 만의 특유의 이중성의 심리가 음악가 바그너의 예술에서 인식한 어법이다.

그것은 〈모든 것이 그러했듯이〉, 〈모든 것이 그러하게 되리라〉는 이중의 의미에서의 〈언젠가einst〉의 언어이다.(GW 9, 372)

여기에서 〈언젠가einst〉라는 말은 과거와 미래라는 이중의 뜻을 가지고 있지만, 거기에는 또 현재로 전환될 수 있는 잠재성을 가지고 있다. 그 결과로 〈현재 지금〉이라는 무시간적 신비가 구성되어 있다.(GW 9, 32) 이렇게 문학에서 과거나 미래가 현재적으로 서술되는 경우는 서구의 문학 작품의 특징으로 과거나 미래의 사건을 현재형으로 서술함으로써 작품 효과를 높이는 기법이다. 대부분의 소설에 있어서의 과거 시제는 단순히 과거라는 시간가(時間價)를 나타낼 뿐만 아니라 여러 가지 정도의 차이가 있는 과거의 복합을 나타낸다.

이러한 토마스 만의 정적인 시간을 이해하기 위해 『부덴브로크 일가』에서 한노가 해변에서 상념하는 내용 한 토막을 인용해 본다. 〈눈은 초록색과 푸른색의 무한대를 넘어 아무런 근심 걱정 없이 멍하니 바라보고 있다. 거기서 자유롭고 방해받지 않고 부드러운 소리를 내어 강하고 신선하고 사납고 향기로운 바람이 불어온다. 바람은 귀를 휩쓸고 유쾌한 현기증을 일으키게 한다. 희미한 몽롱함을 일으키게 한다. 이때는 시간과 공간과 모든 한계에 대한 의식이 고요히 사라져 간다.〉(Bd

632) 결국 토마스 만의 인물들은 자기 자신의 시간 체계를 몸에 지니고 있다. 그들의 시간 체계의 중요한 특징은 항상 순간에 살고 있어 시간의 합리성에서 벗어나는 것이다.

이러한 고도의 시간성은 토마스 만의 다른 여러 작품에서도 전개된다. 「베네치아에서 죽음」의 주인공 아셴바흐는 시간의 경계를 벗어나 결국 죽음이라는 무한에 이르며, 죽음을 통해서만 물에 갇힌 섬과 가족들에 갇힌 방이라는 막다른 공간에서 벗어날 수 있게 된다. 이 작품에서 서술되는 시간은 서너 달 정도로 〈때 아닌 여름〉(TiV 444)이 들이닥친 5월 초에 시작되어 〈때 아닌 가을〉(TiV 523)에 끝난다. 집필실에서 〈탈주〉 이후 처음에 아셴바흐가 체험하는 시간은 매우 작은 단위로 나뉘어 있고 뚜렷하게 인식되지만 시간이 지남에 따라 점차 그리고 죽음이 가까워질수록 점점 더 그 경계가 흐려진다.

특히 「베네치아에서 죽음」 제4장에서는 〈직선적 시간 개념의 상대화〉[62]가 전개된다. 나날이 꼭 같이 반복되는 날이라면 시간은 극도로 짧게 느껴져 그것은 반복이 아니라 단조로움, 정지된 현재, 영원이 되는 것이다. 아셴바흐는 서구적·목적론적 역사 이해 그리고 생산적으로 채워져야 하는 성과의 조건인 시간을 마지막으로 떠올려 본 후 남국의 해변에서의 생활을 똑같이 되풀이하여 〈시간 감각과 함께 합리적 목적성으로 전향〉을 잃어버린다. 촌음을 아끼며 앞으로 나아가야 할 목적의식을 놓아 버리고 영원히 물결쳐 오는 바다처럼 순환과 반복만 있는 신화적 시간으로 회귀하는 것이다. 아셴바흐의 투쟁의 장이었던 산속 별장이 〈프로이센적 시간 분할과 시간 경영preußische Zeiteinteilung und-bewirtschaftung〉이 지배하는 곳이라면, 신화 속 낙원 같은 이국의 베네치아 해변은 〈무변화성, 정체와 시간의 단절Wandellosigkeit, Stagnation und Zeitaufhebung〉의 세계이다.[63]

시간과 함께 연속성이 사라졌으므로 아셴바흐와 타치오의 마주침은 개별적으로 나열되지 않고 서로 합쳐 일반화된다. 느린 속도의 묘사와, 죽음의 모티프의 지속성은 〈불변성과 영원한 회귀〉를 흉내 내는 것이다.[64] 나중에 리도에서 체류한 지 4주째가 되어 외부 세계의 무시무시한 변화를 감지하고도(TiV 499) 아셴바흐는 베네치아를 떠나지 않은 채 한동안 더 머물러 있을 때 어느 정도의 시간이 흐르는지 정확히 알 수가 없다. 그의 행적은 그저 〈어느 날〉, 〈어느 날 오후eines Nachmittags〉

(TiV 520), 〈며칠 후*Einige Tage später*〉(TiV 522) 등 막연한 시간 개념으로 언급되기 때문이다. 결국 아셴바흐는 현실의 엄격한 시간 분할에서 벗어나 낙원적 시간인 〈영원〉으로 회귀하는 것이다.

이렇게 시간이 단절되는 대표적인 작품으로 『마의 산』을 들 수 있다. 먼저 이 작품의 머리말에서부터 이러한 시간의 단절 내용이 묘사되고 있다. 〈우리가 이제부터 이야기하고자 하는 한스 카스토르프의 이야기 — 이것은 한스 본인을 위해서라기보다(독자들도 곧 알게 되겠지만, 그는 아주 단순하면서도 호감이 가는 청년이다) 이야기해 볼 만한 가치가 있다고 생각되는 이 이야기 자체를 위해 이야기되는 것이다. 그러나 이 이야기는 한스 카스토르프의 이야기라는 것, 또한 이런 이야기는 누구나 다 경험할 수 있는 것이 아니라는 점만은 역시 그를 위해 미리 밝혀두어야 할 것 같다. 이 이야기는 아주 오래된 옛날이야기이므로, 말하자면 역사에 의해 온통 녹이 슨 것이므로, 아무래도 최상급과 과거 시제로 서술하지 않을 수 없다. 이 점은 이야기에 있어 불리하다기보다 오히려 유리한 점이라고 하겠다. 이야기란 과거의 것이어야만 하고, 과거의 것일수록 이야기 특유의 성격에도 어울리며, 또한 속삭이듯이 과거를 불러내 보여 주는 이야기꾼에게도 유리하기 때문이다. 이 이야기는 오늘날의 인간들, 특히 이야기 작가들이 대개 그렇듯 실제의 나이보다도 훨씬 더 나이를 먹었다. 그 나이는 날수로 헤아릴 수도 없을뿐더러 위에 쌓인 세월의 무게 또한 지구의 공전 수(公轉數)로 잴 수 없다. 요컨대 이 이야기가 어느 만큼 과거의 것인가 하는 과거성의 정도는 시간의 경과와는 전혀 무관하다 — 이 말을 또한 시간이라는 불가사의한 요소의 문제성과 그 특이한 이중성을 더불어 암시하고 지적하는 것으로 이해해 주면 좋겠다. 명백한 사실을 공연히 애매모호하게 만드는 것 같아 하는 말인데, 이것이 대단히 오랜 과거의 이야기라고 하는 까닭은 이 이야기가 우리들의 생활과 의식을 심각하리만큼 분열시키는 계기가 된 어떤 전환점 내지는 경계선 이전에 일어났기 때문이다. 그것이 일어난, 아니면 굳이 현재형을 피해 말하건대, 그것이 일어났던 것은 오랜 옛날, 다시 말해 그 발발(勃發)과 함께 수없이 많은 일이 일어났고 지금도 여전히 수습될 줄 모르고 있는 저 대전(大戰) 전의 일이다. 따라서 아주 오랜 옛날의 이야기는 아닌 셈이지만 여하튼 과거의 이야기인 것만은 틀림없다. 그러나 한 이야기의 과거적 성격은 그 이야기가

《옛날》의 것일수록 한층 깊고 한층 완전하며 한층 동화적이지 않을까? 더욱이 이 이야기는 그 본래의 성격으로 보아도 동화와 통하는 데가 있는 것 같다. 우리는 이 이야기를 마음껏 이야기하려고 한다. 철저하고도 정확하게, 어떤 이야기가 재미있다든지 따분하다든지 하는 것은, 그 이야기가 필요로 하는 시간과 공간과는 관계가 없는 것이 아닐까? [……] 따라서 이 이야기의 작가가 한스 카스토르프의 이야기를 한순간에 끝내 버리는 일은 절대로 일어나지 않을 것이다. 일주일, 즉 7일로는 모자랄 것이며, 어쩌면 7개월로도 부족할지 모른다. 그러므로 작가가 이 이야기에 몰입해 있는 동안 이 지상의 시간이 얼마나 경과할 것인지를 작가 자신이 미리 예정하지 않는 것이 가장 바람직한 것이다. 설마 7년이야 걸리겠는가!〉(Zb 9 f.)

위 작품의 머리말에 언급된 대로 『마의 산』에 나타난 시간의 구조와 양상은 또 하나의 흥미로운 연구 대상이다. 『마의 산』의 인물들은 본질적으로 요양소의 다른 환자들에게 생기는 사건 외에 그들의 사상이나 견해에 대해서는 처음부터 관심이 없다. 그들의 관심사는 외계(外界)로부터의 격리, 따라서 시간으로부터의 격리 또는 고립이다. 요양소의 인물들은 에베소Ephesus의 잠자는 자들 같다. 결론적으로 『마의 산』의 인물들의 관심사는 그들의 외계로부터의 격리 또는 고립이다. 그들은 변화가 중지된 분위기 속에 정체되어 있다. 그들을 꼼짝 못하게 하고 있는 것은 〈신비적 마술, 실생활에 있어서의 어떤 비정상적이고 초자연적인 경험과 방불한 시간적 원근법의 왜곡〉[65]이다. 규칙성으로 인해 환자들의 정신에 아무런 자국도 남기지 않는 식사나 체온 측정 등 감각을 마비시키는 일상사 외에 발생하는 외적 사건은 거의 없고, 있다고 해도 환자들에게는 거의 아무런 느낌도 주지 못한다. 기껏해야 그것들은 제각기 다른 속도로 지리멸렬하게 흐르는 〈시간의 간격〉을 연결하는 고정된 시점이 되어 줄 뿐이다. 한 예로 카스토르프는 침대에 누워 매일 날라다 주는 점심 수프를 대할 때마다 현기증과 더불어 진기한 현상을 체험한다. 〈수프를 가져오는 것을 보면, 너는 현기증을 느낀다. 시간의 형상이 희미하게 사라져 버린다. 그리고 삼라만상의 진정한 형식이란 너의 머리맡에 영원히 수프를 날라다 주는 광대무변한 현재인 것이다.〉(Zb 658) 여기에서 카스토르프가 느끼는 현기증은 놀라움과 호기심 어린 만족이라는 상반된 감정이다. 〈현기증이라는 단어가 지니는 혼미와 현혹이라는 이중적 의미에 빠져 《아직Noch》과 《또다시Wieder》의 구분이 뒤범벅되어 더 이상 확실히 구별되지 않게 되었다. 그것이 뒤범벅이 되어 그러한 구분이 사라지게 되면 무시간적인《언제나Immer》와《영원Ewig》이 되는 것이다.〉(Zb 753)

이 수프에 관한 내용에서 서술자는 일반적인 의미에서 시간의 폭이 넓어지기도 하고 줄어들기도 하는 현상에 대해 말하고 있다. 더구나 병자로서 침대에서 시간을 보내는 경우 긴 나날이 순식간에 지나가 버리는 현상은 당연한 이치이다. 〈매일은 같은 나날의 반복이다. 하지만 근본적으로 볼 때 매일이 똑같은 나날이기 때문에 그것을 반복이라고 표현하는 것은 사실 옳지 않다. 단조롭다든지 언제나 계속되고 있는 현재 또는 영원이라고 불러야 할 것이다.〉(Zb 257 f.)

여기에서 외부의 시간, 즉 평지의 시간은 흐르지만 요양소의 시간은 사실상 정지해 있다. 다보스 마을의 공기처럼 시간 지속의 감각이 희박해졌기 때문에 며칠이나 몇 달, 몇 해라는 세월은 모두 독자적인 가치를 잃어버리고, 이미 시간의 의미를 갖는다거나 존재하기를 그쳐 버린 공백 속으로 용해되어 소산된다. 한 예로 〈내가 침대에 누워 유성을 보고 있으면 그 3천 년도 최근으로 되어 버려〉(Zb 514)라고 카스토르프는 사촌 침센에게 120년 전의 사건뿐만 아니라 심지어는 3천 년 전의 사건도 〈최근에neulich〉(Zb 514)라고 표현하고 있다. 이에 대해 카스토르프는 시간이란 것을 〈나쁜 장난Eulenspiegel〉(Zb 515) 같은 것이라고 생각한다. 이러한 현상에 대해 베르그송은 이질적인 다양성이 서로 융합하여 내적으로 연속해서 생성해 나가는 것이 의식의 직접적인 사실이라 하고, 이 같은 하등의 반성이 가해지지 않은 직접적인 시간의 흐름을 〈순수 지속durée pure〉이라 불렀고, 이것이 가장 직접적인 구체적 참 존재라고 생각했다. 〈지속〉은 등질적(等質的) 연속으로서의 물리학적 시간과는 근본적으로 구별되는 것이다.

이렇게 요양소 환자들은 변화가 중지된 분위기 속에 정체되어 있다. 그들을 꼼짝 못하게 하는 것인 〈신비한 마술, 실생활에 있어서의 어떤 비정상적이고 초자연적인 경험 중의 하나와 방불한 시간적 원근법의 왜곡〉[66]이 소설 『마의 산』을 지배하는 것이다. 여기에서 내용을 이해하기 위해 소요되는 시간과는 별도로 이해의 대상이 되는 시간, 즉 작품 내용이 다루고 있는 시간의 길이가 있다. 토마스 만은 『마의 산』에서 전자를 소설의 현실적 시간, 후자를 소설의 상대적 시간이라 부르

고 있다.[67]

작품 초기에 카스토르프와의 첫 대화에서 세템브리니는 요양소의 두 명의 의사 베렌스와 크로코프스키를 각각 미노스Minos[68]와 라다만토스Rhadamanthus[69]로 규정하는데, 여기에도 시간의 단절이 암시되고 있다. 〈당신의 웃음으로 미루어 보건대, 가볍게 끝난 모양이군요. 우리의 미노스와 라다만토스(크로코프스키와 베렌스)는 몇 달이나 당신에게 도전했습니까? 맞혀 볼까요? 6개월? 그렇지 않으면 9개월? 이곳에서는 시간에 얽매이지 않는답니다.〉(Zb 83) 이렇게 이곳 요양소의 구성원들은 성장과 변화, 발전의 전제 조건인 시간의 개념을 모르고 지낸다. 〈시간, 우리가 시간 그 자체를 순수한 시간이라고 이야기할 수 있을까? 아니다, 그것은 불가능한 일이며 매우 어리석은 짓이다. 《시간은 지나간다, 시간은 흐른다, 시간은 간다》와 같은 진부한 이야기는 상식적인 사람이라면 이야기라고 부를 수 없을 것이다. 그것은 어떤 동일한 음이나 화음을 계속해서 한 시간 동안 두드리고는 이것이 음악이라고 하는 것과 다를 바 없다.〉(Zb 748)

시간을 초월한 그들에게는 역시 미래의 개념이 상실된 지 오래다. 단지 현재의 병적인 생활 외에 밝은 미래를 생각하는 감정이 그들에게는 잊힌 지 오래된 것이다. 이러한 환경에서 카스토르프에게 〈조금 전〉과 〈지금〉과 〈나중〉 등의 구별이 흐려지게 된다. 『마의 산』의 주인공 카스토르프는 조부와 부친과 자기까지 3대에 걸쳐 함께 사용했던 세례반을 보았을 때, 거기서 진행하는 시간은 정지와 평형을 유지하고 있는 느낌을 갖는다. 이는 전(前) 시민 사회의 유물인 세례반을 통해서 보면, 거기서의 생활은 과거와 미래가 융합되어 있다는 뜻이다. 카스토르프의 조부에 대한 회상에서 시간은 주인공에게 문제시되지 않는다. 노인이라는 존재를 앞에 두었을 때 시간이라는 의미는 카스토르프에게 착각을 일으키기 쉬웠다. 즉 그곳에는 시간의 진행이 정지와 균형을 가진다는 것이다. 그래서 요양소에서는 카스토르프의 사색이 이 노인을 회상하면서 죽음으로 향하는 것과 같이 시간 체험의 기묘한 형식에 기울고 있다. 그러나 세템브리니는 시간을 순환과 운동의 원리로 해석하고 있다. 그는 〈인류의 진보〉를 위해 시간을 이용해야 한다고 열변을 토한다. 진보는 미래를 뜻하고 미래만을 향해서 운동한다는 것은 과거를 모른다는 것이다. 말하자면 미래의 목적 설정만을 주장하는 시민 사회에서는 과거와 미래가 분열되어 있다는 얘기가 된다.

결국 『마의 산』의 결말에 와서야 비로소 카스토르프는 신비로운 시간의 개념에서 빠져나와 실제의 시간 속으로 돌아온다. 하나의 대격변(大激變)이 요양소 인물들 중 한 명 — 이 독립적인 세계에 들어온 하나의 침입자 — 인 카스토르프를 혼수상태로부터 깨어 놓는 것이다. 따라서 카스토르프는 평지와 시간으로 되돌아가, 그의 본의 아니게 기나긴 혼수상태로 빠져 들어간 이래 상당히 발전도 하고 퇴보도 한 세계를 발견하게 된다. 그는 시간 경과의 지각을 둔화시킴으로써 시간으로부터 밀봉된 상태에서 빠져나온 것이다. 결국 요양소에서 지속의 감각은 소멸되는 것이 아니라 일시적으로 정지된 상태였다. 작품 제6장 제1절 「변화」는 이러한 시간의 신비에 관한 고찰로 시작된다.

시간이란 무엇인가? 이것은 한낱 수수께끼이다. 실체란 없고 동시에 전능한 것이다. 현상계(現象界)에 존재하는 하나의 조건으로 공간 속 물체의 존재와 운동과 결부되어 혼합되어 있는 하나의 운동이다. 그러나 운동이 없으면 시간도 존재하지 않을 것인가? 시간이 없으면 운동도 없을 것인가? 얼마든지 물어보라! 시간은 공간 작용의 하나인가? 그렇지 않으면 그 반대일까? 아니면 두 가지는 같은 것일까? 얼마든지 물어보라! 시간은 활동하고 동사적인 성질을 가지고 있어 〈낳는〉 힘을 가지고 있다. 대관절 시간은 무엇을 낳는 것일까? 변화를! 현재는 벌써 당시가 아니고 여기는 이미 저쪽이 아니다. 두 개의 사이에는 운동이 있기 때문이다. 그러나 우리들이 시간을 측정하는 운동은 순환적이고 그 자체로써 완결된 것이기 때문에, 이 운동은 거의 정지와 정체라고 불러도 좋을 것이다. 당시는 쉬지 않고 현재 속에, 저쪽은 쉬지 않고 여기에 되풀이되기 때문이다. 그리고 또 종말이 있는 시간과 유한적인 공간이라는 것은 아무리 필사적인 노력을 해도 상상할 수 없는 것이기 때문에 우리들은 시간은 영원하고, 공간은 무한한 것이라고 생각하도록 이미 결정을 보았다. 그렇게 간단히 생각할 수는 없다 하더라도 이편이 어느 정도 생각하기 쉬울 것이라는 의미에서이다. 그러나 영원과 무한을 용인한다는 것은 국한된 것과 유한한 것을 모두 논리적으로, 계산적으로 부정하고 상대적으로 그것을 영(零)으로 환원시키는 것을 의미하는 것이 아닐까? 영원 속에서 전후가, 무한 속에서 좌우가 있을 수 있을까? 영원과 무한이라는 임시적인 가정과 거리, 운동 변화 그리고 우주 속의 국한된 물체의 존재들은 어떻게 조화될 것인가? 얼마든지 물어보라!(Zb 479)

이 문장은 지금까지의 주인공의 시간 체험의 총괄과 아울러 이후 소설의 진전을 예시하여 『마의 산』의 주제로서 매우 중요한 부분이다. 마의 산의 정서적인 시간 의식이 역설적이지만 이론적으로 뒷받침되고 있는 것이다. 시간은 변화를 가져온다. 따라서 마의 산의 시간은 쇼펜하우어가 말하고 있는 영원한 항구적 현재이다.[70] 이러한 사실은 〈(유럽 문학의 전통은) 동시적 존재를 가지고 있고 동시적 질서를 구성한다〉[71]라는 유럽 문학의 전통에 대한 엘리엇Thomas S. Eliot의 널리 알려진 견해를 상기시킨다.

『마의 산』 제5장 제1절의 〈영원의 수프와 돌연한 광명Ewigkeitssuppe und plötzliche Klarheit〉에서 시간은 과거, 현재, 미래의 구별을 상실하고 〈연장 없는 현재〉의 한 점으로 수축된 〈정지된 현재〉로 되어 〈영원〉의 상을 얻은 바 있다. 그러나 위 문장에서는 〈운동〉과 〈변화〉의 연관성에 입각하여 반문이 제기되고 있다. 이렇게 함으로써 평탄한 사건 진술의 흐름에 파동을 일으켜 하나의 점층을 만든다. 과거 사건의 현재화 내지 진술의 농축화가 이루어지는 셈이다. 같은 방식으로 소설에서 다루어진 시대정신 속으로 깊이 파고 들어간 소설인 『요셉과 그의 형제들』에서도 독자들은 시대적으로 상거(相距)가 먼 사건들의 이해에 있어 자기와 동시대인의 손으로 쓰인 작품을 읽는 것으로 도움을 받는다. 독자는 이 경우 사실상 독자를 위해 과거를 해석해 주고 있는 자기 시대의 한 사람의 눈을 통해 보게 되기 때문이다.

티베르거R. Thieberger는 『마의 산』에서 〈변화〉 장의 시간론을 〈시간의 다면성의 인식〉으로 규정하고 있다. 즉 시간에는 다양한 상이 있는데, 이를 무리하게 결부시키려는 것은 그릇되며, 중요한 것은 시간의 다양성을 항상 의식하는 데 있다는 것이다. 시간에 개재되어 있는 여러 가지 성격, 특히 그 〈변화하는〉 활동과 무한적 성격은 말하자면 합치될 수 없는 것이다. 따라서 시간이 한편에서는 변화를 가져온다고 하는 이론에 〈그대로 받아들이지 않을 수 없다. 시간의 본질에 대한 질문에 시간은 신비적인 것이다〉라고 대답할 수밖에 없다. 〈영원의 수프와 돌연한 광

명〉은 이미 카스토르프의 의식에서 사라지고, 그는 바야흐로 〈최종적이며 취소할
수 없는 인식〉, 즉 〈시간의 다면성의 인식〉에 도달한 것이다.[72]

결국 〈변화〉 장의 문장은 이미 행한 경험을 상승시키면서 재현한 것으로서, 이
후 『마의 산』에서 시간은 이미 〈연장 없는 현재〉가 아니라 한정된 동일 종류의 항
구적인 무한한 반복이 된다. 이 한 문장에 의해서 지금까지의 사건은 새로운 국면
에 놓이게 되고, 이제 수많은 현상들은 모두 필연적인 것, 미리 형성된 것으로서
인식된다.[73]

결론적으로 티베르거는 〈시간의 신비＝다양성〉이라고 인식하는 데 반해, 코프
만은 〈변화〉를 〈변화 아닌 변화〉로 규정하면서 〈반복〉과 〈상승〉이라는 〈신화적 측
면〉의 맹아(萌芽)를 『마의 산』의 〈변화〉 장에서 추출하려 하고 있다.[74]

주

1 Jürgen Fohrmann, "Utopie und Untergang", in: Klaus L. Berghahn u. Hans Ulrich Seeber(Hg.), *Literarische Utopien von Morus bis zur Gegenwart*(Königstein, 1983), S. 105.

2 Wilbur M. Urban, *The Intelligible World*(Greenwood Pub Group, 1929), p. 238.

3 Linda und Annette Simonis, "Einleitung, Moderne als Zeitstruktur", in: *Zeitwahrnehmung und Zeitbewußtsein der Moderne*(Bielefeld, 2000), S. 18 f.

4 Virginia Woolf, *The Mark on the Wall*, 2. ed.(University of Toronto, 1919), p. 4.

5 Oswald Spengler, *Decline of the West*, Introduction, 1918~1923, tr. by C. F. Atkinson(New York, 1991), pp. 1926~1929.

6 Immanuel Kant, *Critique of Pure Reason*, tr. by Norman Kemp Smith(New York, 1965), p. 68.

7 같은 책, 74면.

8 Joseph Frank, *Spatial Form in Modern Literature, Twentieth Century Criticism, The Major Statements*, ed. William J. Handy and Max Westbrook(New Delhi, 1976), p. 87.

9 김병옥, 「변주(變奏)로서의 철학 읽기」, 『철학과 현실』 가을호, (철학문화연구소, 1995), 261면 이하.

10 W. J. Mitchell, "*Spatial Form in Modern Literature. Toward a General Theory*", *Critical Inquiry*(Spring, 1980), p. 542.

11 Mikel Dufrenne, *The Phenomenology of Aesthetic Experience*, tr. by Edward S. Casey, et. al. Evanston(Northwestern, 1973), p. 277.

12 Isaac Newton, *Principia, Scholium following Definition VIII*, section, tr. by Motte, 1729, rev. by Florian Cajori(California University Press, 1934).

13 Helmut Koopmann, *Die Entwicklung des intellektualen Romans bei Thomas Mann*, 3. Aufl.(Bonn, 1980), S. 104.(이하 *Die Entwicklung des intellektualen Romans bei Thomas Mann*으로 줄임)

14 Thomas Carlyle, *Sartor Resartus*, Book III. Ch. 8(Everyman ed.) (London, 1833), p. 197.

15 G. W. Whitrow, 『시간의 문화사』, 이종인 역(영림카디널, 2002), 64면 참조.

16 M. 엘리아데, 『성과 속』, 이은봉 역(한길사, 1998), 119면.

17 E. Goodenough, *Jewish Symbols in the Greco-Roman Period*, Volumes VII~VIII(Pantheon Books, New York).

18 키스 W. 포크너, 『들뢰즈와 시간의 세 가지 종합』, 한정헌 옮김(그린비, 2008) 서평 참조. 문화일보, 2008년 9월 12일자 17면.

19 Arthur Schopenhauer, *Die Welt als Wille und Vorstellung*, Sämtliche Werke in sieben Bänden, hg. von Arthur Hübscher, Bd. 3.(Wiesbaden, 1972), S. 352.(이하 *Die Welt als Wille und Vorstellung*으로 줄임)

20 Hermann Friedmann u. Otto Mann, *Deutsche Literatur im zwanzigsten Jahrhundert*(Heidelberg, 1957), S. 348.

21 Percy Wyndham Lewis, *Time and Western Man*, Vol. II(Santa Rosa, 1927), p. 687.(이하 *Time and Western Man*으로 줄임)

22 홍길표, 「근대 유럽인의 정체성과 타자화된 아시아」, 『독일 문학』, 제95집(2005), 82면.

23 Karlheinz Hasselbach, *Thomas Mann. Doktor Faustus*, 2. Aufl.(München, 1988), S. 31.

24 Philip J. Baily, *Festus*, Book V(Basford, 1839).

25 *Die Welt als Wille und Vorstellung*, Bd. 2, S. 353.

26 같은책,S. 581 f.

27 Eckhard Heftrich, *Zaubermusik über Thomas Mann*(Frankfurt/M., 1975), S. 42.

28 *Die Welt als Wille und Vorstellung*, Bd. 3, S. 3, 560.

29 Wassily Kandinsky, *Punkt und Linie als Fläche*(Bern-Bümpliz, 1973), S. 116 f.

30 *Die Welt als Wille und Vorstellung*, Bd. 3, S. 560.

31 *Die Entwicklung des intellektualen Romans bei Thomas Mann*. S. 142 f.

32 Thomas Mann, *Das essayistische Werk*, hg. von Hans Bürgin(Frankfurt/M., 1968), S. 334.

33 같은 책, S. 382.

34 *Time and Western Man*, p. 128.

35 Stephen Spender, *Books and the War II*(New Writing Nr. 3, 1941).

36 A. C. Ward, *Twentieth Century Literature*(London, 1940), p. 62.

37 원래 아이슬란드나 스칸디나비아 등의 중세기 이야기로서, 특히 유명한 가문의 영웅적 무용담이나 모험담 등 전설적 또는 역사적 사실을 기록한 것이다. 오늘날 〈사가 소설〉이라 하면 이러한 특색을 가진 소설로서, 전체 규모가 크고 연대기적인 순서로 서술되어 있으므로 정교한 구성이나 복잡한 플롯이 없어 독자 측의 고도의 상상력이나 정신 집중을 요하지 않는 것을 특색으로 하는 소설을 말한다. 계도 소설(系圖小說) 또는 계보 소설(系譜小說)이라고 흔히 번역된다.

38 A. A. 멘딜로우, 『시간과 소설』, 최상규 역(대방출판사, 1983), 81면.

39 같은 책, 5면 이하.

40 *Die Welt als Wille und Vorstellung*, Bd. 3, S, 554.

41 같은 곳.

42 같은 책, S. 547.

43 같은 책, S, 548.

44 같은 책, Bd. 2, S, 327 f.

45 Györgye Herbert Mead, *The Philosophy of the Present*, 〈Chapter 1의 제목〉(La Salle, 1932).

46 D. H. Lawrence, *New Poems*(New York, 1916).

47 Virginia Woolf, *The Waves*(New York, 1965), p. 276.

48 Virginia Woolf, *The Years*(Pan Books edn., 1948), p. 323.

49 *Die Welt als Wille und Vorstellung*, Bd. 2, S. 330.

50 같은 책, S. 329.

51 Richard M. Eastman, *A Guide to the Novel*(San Francisco, 1965), pp. 36~39.

52 J. W. Goethe, *Westöstliche Divan*, Werke in 14 Bänden, Bd. 2, Hamburger Ausgabe, hg. von Erich Trunz(München, 1988), S. 52.

53 황현수, 『토마스 만의 문학과 사상』(세종출판사, 1996), 15면.(이하 『토마스 만의 문학과 사상』으로 줄임)

54 Roy Campbell, *Broken Record*(London, 1934), p. 203.

55 Karl Pearson, *The Grammar of Science*, Ch. V(London, 1892), p. 161.

56 Thomas Mann, *Tales of Jacob*, tr. by Helene T. Lowe-Porter(London, 1933), p. 256.

57 Karl Pearson, 같은 책, p. 161.

58 W. Shakespeare, *As You Like It*, III, ii.

244

59 Herbert Lehnert, "Die Künstler-Bürger, Doppelorientierungen in den frühen Werken Heinrich und Thomas Mann", in: Peter Putz(Hg.), *Thomas Mann und die Tradition*(Frankfurt/M., 1971), S. 15.

60 Martin Gregor, *Wagner und kein Ende*(Bayreuth, 1958), S. 8.

61 Thomas Mann, *Briefe* in drei Bänden, Bd. II, hg. von Erika Mann(Frankfurt/M., 1962), S. 239 ff.

62 Wemer Frizen, *Thomas Mann, Der Tod in Venedig*, 2. überarb. u. korr. Aufl.(München, 1993), S. 53.

63 같은 곳.

64 같은 책, S. 54.

65 *Time and Western Man*, p. 654.

66 같은 곳.

67 『시간과 소설』, 81면.

68 전설에 의하면, 크레타 섬의 왕으로 엄정한 왕이었기에 죽은 후에 저승에서 최고 재판관이 되었다고 한다.

69 전설에 의하면, 정의의 무사로 그의 엄정성 때문에 죽은 뒤 미노스와 함께 저승의 최고 재판관이 되었다.

70 『토마스 만의 문학과 사상』, 105면.

71 T. S. Eliot, *Tradition and the Individual Talent*(New York, 1917.)

72 Richard Thieberger, *Der Begriff der Zeit bei Thomas Mann*(Baden-Baden, 1952), S. 45 f.

73 *Die Entwicklung des intellektualen Romans bei Thomas Mann*, S. 142 f.

74 『토마스 만의 문학과 사상』, 500면.

제4장 토마스 만과 정치

인간의 본성, 인간의 문젯거리, 인간관계 등에 대한 개념의 변화에 따라 소설의 관례가 변화하듯이, 서로 다른 시대의 소설가들은 제각기 새로운 통찰을 표현하기 위해 서로 다른 수법이나 기법을 사용한다. 이러한 기법들을 분석해 보면 결국 소설 고유의 시대 요인과 시대가(時代價)를 보다 더 적절히 다루려는 시도라고 볼 수 있다. 그리고 이러한 기법은 시대 예술인 음악이나 영화와 눈에 띄게 닮은 점을 보여 주기도 한다. 따라서 일부 소설 작가는 서사시나 연극의 기법과 이론을 이어받았다. 그러나 소설가가 왕왕 민감하지 못한 독자에게 충격을 주어 모든 예술 형식의 기초가 되고 있는 환상과 관례를 보다 더 의식적으로 이해시키기 위해, 또는 그러한 독자들로 하여금 판에 박은 듯한 반응에서 방향을 바꾸어 수동적인 나른함을 능동적인 재창조 과정으로 변화시키기 위해 속물들을 놀라게 하는 매체 외적인 기법을 이용하는 경우도 있었다.

이러한 작가들은 같은 문학 작품이라도 시대나 사상, 교양을 달리하는 독자에 따라 각기 다른 서술 방법을 쓴다. 이렇게 독자에 의해 텍스트의 이해가 달라지는 것은 작품 구조에 기인하는 문제이다. 원래 문학은 추상적인 사실로 구속받지 않고 모든 것 위에 군림하는 글쓰기의 화신이다. 작가는 모든 것을 〈미리 또는 잘〉 알고 있다는 사실에서 작가의 괴로움도 있다. 이러한 결과, 책 읽기의 동기는 거의 언제나 개인(독자)과 사회 사이의 불균형·불만족이다. 그 불균형은 인간 본질에 관계될 수도 있고(존재의 연약함, 짧음), 개인들끼리의 충돌에서 올 수도 있고(사랑, 증오, 연민), 사회 구조에서 올 수도 있다(억압, 비참함, 미래에 대한 불안, 권태). 따라서 모든 책 읽기는 일차적으로 도피라고 할 수 있는데, 흔히 〈도피 문학 *littérature d'evasion*〉이라는 말은 경멸적인 뜻으로 쓰인다. 이런 의미에서 책 읽기 연구는 정치적 사건, 위기의 시대(전쟁 · 혁명 · 내란 등)와 관련되어 매우 계시적인 결과를 얻을 수 있다.[1] 즉 그 시대의 정치적 사항이 문학 작품 속에 적나라하게 암시되는 것이다. 따라서 토마스 만은 『마의 산』에서 〈인류의 둥지는 정치와 비정치 간의 구별을 절대로 인정할 수 없다. 비정치적인 것은 없다. 모든 것은 정치이다〉(Zb 711)라고까지 언급했듯이 〈정치적이고 사회적인 면이 전체 인간 생활의 일부로 누구에게 전가시킬 수도 부인할 수도 없는 영역으로 인식된다. 다시 말해 누구도 소홀히 할 수 없는 인간의 문제, 인간 과제의 일면으로 인식된 것이다. 〔……〕 그렇다. 정치적 · 사회적인 면은 본질적인 문제이고 가장 중요한 문제이다. 오늘날에 있어서 인간의 문제는 정치의 모습을 하고 너무도 진지하게 우리 앞에 다가와 있으며 이는 과거에는, 특히 시인들은 인식하지 못했던 일이다.〉(GW 11, 794)

이렇게 문학의 본질이 독자들에게 정치적 계시를 자아내기에 충분한 배경에서 히틀러의 국가 사회주의는 문학을 이용해 독자인 국민을 자기 뜻대로 조종할 수 있다고 보았다. 여기에 음악가 바그너의 음악적 성격이 히틀러의 야욕에 불을 붙였다.

바그너의 음악은 민속적이라기보다는 애국적인 면이 있어 여러 현상에서 독일적인 면을 강력하게 나타내고 있다. 사회주의자이며 문화적 몽상가로 국가 이념의 열광자였던 바그너가 작품을 독일 본질의 드라마로 만든 것이다. 따라서 바그너의 음악은 거의 〈독일적 본질에 있어서 분화구의 폭발〉[2]이며 정신적인 표상으로서의 바그너는 사실상 강력한 독일 정신이었다.[3] 이러한 바그너의 예술은 독일 국민성에 관한 관심과 정열적인 종사를 갖게 할 뿐만 아니라, 독일적 본질에 대한 비판으로 이중적 시각을 통해 유럽적인 관심을 환기시키고 있다는 점에서 〈일종의 심리적 방향으로 환기되는 애국주의〉를 형성했다.[4] 그의 음악은 국민적인 성격이라기보다는 국가적인 성격이 강하고, 외국인의 표현을 든다면, 독일적인 느낌이 강하면서도 세계주의적인 이중의 특징을 지니고 있다. 결국 바그너의 예술은 문학적이고 독일적이면서도 대단히 시대적이며, 현명하고, 신중하고, 동경적이면서, 교활한 데가 있어 이중적인데, 이는 토마스 만의 다음 언급에 잘 나타나 있다. 〈바그너의 음악은 철두철미 음악이 아니다. 마치 음악이 그것을 작품으로 완성시키는 대본이 문학이 아닌 것처럼, 그것은 심리학, 상징, 강조법이며 — 그것이 전부다 — 저 혼란한 예술 비평가의 순수한 표준적 의미에 있어서의 음악은 아니다. 음악이 주위를 휘감고, 음악에 의해 드라마로 충족되는 그 가사는 음악이 아니고 문학적이다. 그 음악은 〔……〕 고안되고, 계산되고, 고도로 지적이며, 교활하리만치 빈틈이 없고, 그 가사가 음악적으로 구성되어 있는 것처럼 문학적으로 구성되어 있다.〉 (GW 9, 381)

이처럼 바그너의 음악은 마취적이면서 이지적인 경각 수단이 되고 있다. 뿐만 아니라 바그너 예술의 독일적인 성격은 강력하면서도 현대적으로 폭파되어 분해되어 있고, 장식적이며, 분석적이고, 이지적이어서 현세적이고 세계주의적인 효과에 타고난 능력과 매력을 가지고 있다. 바보 같은 외국인도 독일 국민성에 관심을 가질 수 있도록 독일인의 본질에 대한 파괴적인 자아 표현과 자아비판을 하고 있어, 바그너의 예술에 정열적으로 관심을 가지면 그의 예술을 비판하면서도 장식적으로 승화시키는 이중적 독일 국민성에 정열적으로 종사하게 된다.[5] 이런 배경에서 토마스 만의 니체에 대한 비판 용어는 〈사랑의 증오*Liebeshaß*〉(GW 9, 373)로 사랑과 증오가 혼합된 데 반해, 바그너에 대한 비판은 〈인식을 위한 지칠 줄 모르는 정열〉로 궁극적으로는 〈낭만주의를 극복하기 위한 의지〉였다.

이러한 바그너의 음악은 20세기 초 독일 정신이 퇴폐된 시대에 대중의 마음을 사로잡고 민족적인 허상을 만들어 내려는 국가 사회주의의 지도자들의 정서에 딱 들어맞았다. 예를 들어 혼례 합창곡으로 유명한 오페라 「로엔그린Lohengrin」은 중세 전설을 이용한 작품이다. 이 작품의 주인공은 성배(聖杯)를 지키는 용감한 백조의 기사 로엔그린과 꽃 같은 신부인 브라반트의 공주 엘자로, 그녀가 위기에 처해 있을 때 로엔그린이 백조에 이끌려 그곳에 당도하여 그녀를 구하고 결혼하게 된다. 두 사람은 「향기로 가득 차고 둘만의 사랑이 넘쳐 나리」라는 합창을 뒤로하고 침실로 간다. 그러나 갑자기 신방에 칼을 든 침입자가 나타나 달콤한 향기 대신 피비린내가 진동한다. 이 오페라는 제3막이 열리기 전에 만인의 정서를 휘어잡는 서곡이 시작되어, 관현악기들의 화려한 연주를 시작으로 장중한 트롬본이 울리고 일

제히 폭발하는 금관 악기들이 가슴을 파고들어 현대에도 결혼을 앞둔 기쁨을 웅장하게 표현하는 〈축혼곡〉이 되었다. 오페라의 여주인공 엘자는 〈내가 누구인지, 어디서 왔는지 묻지 말라〉는 로엔그린의 경고를 무시하고 첫날밤 〈당신은 누구냐〉고 묻는다. 그 결과, 로엔그린은 하늘나라로 떠나가고 엘자는 그의 이름을 부르며 죽음을 맞이한다. 이 작품은 바그너가 숱한 정치적 구설수에 휘말리며 만든 곡이다.

이러한 바그너의 많은 신화적 작품들의 화려하고 강력한 표현력 속에는 매너리즘과 자찬의 요소, 또 대언장담이 있고 독선적인 열변이 혼합되어 있는데, 이 오만불손이 훗날 히틀러의 모범이 되었다. 이렇게 히틀러의 우상이 된 바그너만큼 역사적으로 정치적 논란에 휩싸인 음악가도 없다. 히틀러는 게르만 음률을 바탕에 깐 그의 음악을 숭배하여 로엔그린의 가사를 깡그리 외울 정도였고, 정권을 잡자마자 그의 미망인을 찾아가 보호자를 자청했다. 히틀러처럼 반(反)유대주의자였던 바그너는 예술의 쇠퇴를 예술계에 침투한 유대인에게서 찾았다. 그는 유대인은 비겁하고 항상 남의 작품을 베낀다고 몰아세웠다. 지금도 이스라엘이 바그너 음악에 손사래를 치는 것은 이 때문이다. 이러한 바그너가 마음에 들었던 히틀러의 제3제국은 「니벨룽겐의 반지」, 「라인의 황금Das Rheingold」, 「발퀴레Walküre」, 「지그프리트Siegfried」, 「신들의 황혼Götterdämmerung」 등 여러 게르만 신화 내용을 다룬 바그너의 4부작으로 국민을 선동하여 국민 다수를 세계 대전의 구렁텅이로 유혹해 갔다. 이러한 배경에서 토마스 만은 국가 사회주의 사상의 기원을 바그너에게서 찾기도 했다.

토마스 만이 히틀러가 독일 제국의 총리로 선출된 후인 1933년 2월 10일 뮌헨에서 권력층 이념을 자극하여 언론의 혹독한 비판을 받은 연설 「리하르트 바그너의 번뇌와 위대성Leiden und Größe Richard Wagners」에서 토마스 만은 당시의 독일 이념에 흡수된 바그너 상에 반대하는데, 그 이념을 바그너의 〈예술적 순수성의 악용〉[6]으로 보았기 때문이다.

토마스 만은 바그너를 전체적으로 탁월한 예술가로 보면서도 그가 뿌린 마적인 요소를 부정하지 않았다. 토마스 만에 의하면 바그너가 독일에 퍼뜨린 질병의 씨앗이 있는데, 이는 1930년대에 「니벨룽겐의 반지」 등이 국가 사회주의에 의해 독일 신비주의 예술의 모범으로 간주되는 점이다. 따라서 토마스 만은 훗날 제2차 세계 대전의 전운이 감도는 1940년에 쓴 「바그너를 변호하며」라는 에세이가 실린 『상식Common Sense』지의 발행인에게 보낸 편지에서 바그너 음악이 자아내는 열광, 장엄한 감정 등의 위험성을 경고하고 있다. 〈저는 바그너의 수상쩍은 문학에서만 국가 사회주의적 요소를 발견하는 것은 아닙니다. 저는 그의 음악에서도, 그리고 고상한 의미에서 사용하고 있지만 그의 수상쩍은 예술 작품에서도 마찬가지로 국가 사회주의적 요소를 발견합니다. 비록 제가 그것을 그토록 사랑했음에도 불구하고 이 관련 세계에서 흘러나오는 어떤 닳아빠진 음향이 우연히 귓가에 울려올 때면, 오늘날까지도 저는 전율에 몸을 떨며 그 음향에 귀를 기울일 정도입니다.〉 (GW 13, 357) 또 〈내 청년기의 바그너에 대한 열광은 위대한 시인이나 작가들에게 바쳤던 신뢰에 찬 헌신적 태도와는 결코 같은 성격이 아니었다〉(GW 10, 841) 라고 토마스 만은 바그너에 대해 다소 비판적인 입장을 취하기도 했다.

이렇게 바그너 예술을 독일적 국수주의의 장식으로 보았던 토마스 만의 의견은 당시의 정치적 환경(1918)에서 형성된 애국주의에 대한 반론이었다. 그 후(1933) 그의 바그너 상은 독일 낭만주의와 데카당스 예술이란 비정치적 관찰로 풀이되고 있다. 결국 바그너의 음악은 너무나 애국적인 성격이 강해 타국인에게서 빈축을 사고 있다는 것을 안 토마스 만은 니체의 바그너 비평에 호감을 갖지 않을 수 없었다.[7] 니체는 바그너에게서 예술가 및 예술의 몰락을 보아서 그를 데카당스적 예술가로 규정했다.[8] 따라서 니체는 〈바그너의 예술은 병들었다〉[9]고 말하면서 〈만약 내가 이 데카당스 예술가가 우리의 건강을 해친다면 나는 방관하지 않겠다. 그리고 이 음악도! 도대체 바그너가 인간인가? 그는 차라리 하나의 병이 아닌가? 그가 만지는 것이면 무엇이든 병들게 한다. 그는 음악을 병들게 만들었다〉[10]라고 비판했다. 또 니체는 바그너의 음악을 황폐한 삶과 종말에 대한 의지, 위대한 피곤함으로 공식화했으며, 바그너와 그의 예술과 그의 추종자들의 작품을 정신적이고 육체적인 병적 상태Morbidität로 진단했다.[11] 또 니체는 〈취하게 하는 동시에 정신을 혼미하게 만드는 마취 약, 또 낭만주의적인 현재의 독일 음악〉[12]이라고 바그너의 성격을 규정했다.

이러한 바그너의 음악과 문학으로 히틀러는 독자들의 정신세계를 정치의 외딴 섬에 옮기려 했다. 이를 알아차리지 못하는 보통 독자들은 다만 줄거리의 전개만 소박하게 즐겨 일부 작가나 음악가를 환호하거나 배척하고 그들의 책들을 태우는 만행을 저지르는 지경에까지 이르렀다. 이에 대해 토마스 만은 〈단지 권력을 쥐고 있다는 이유만으로 정의와 이성에 반하여 그 권력을 남용하는 자야말로 사람을 웃기는 짓이다. 만약 그자가 오늘은 웃음거리가 안 되고 있다 할지라도 미래에는 그렇게 될 것이다. 따라서 우리도 미래의 편에 서서 나아가야 한다〉(GW 5, 1822)라고 주장하고 있다.

1. 토마스 만과 국가 사회주의

제1차 세계 대전 패전의 여파에 세계적인 대공황이 삶을 무겁게 짓누르던 시절, 바이마르 공화국이 무능하다 보니 대중은 이에 대한 개혁자로 히틀러를 연호했다. 그러나 히틀러 치하에서 그에 반대하는 작가들도 많았는데, 이들은 체포되거나 국외로 추방되어 작품 활동을 할 수 없었다. 이러한 국가 사회주의에서 독재 정부에 항거한 작가들의 저항 정신은 매우 강했다. 독일이 제1차 세계 대전에 패한 뒤 아이스너Kurt Eisner의 피살(1919), 바이마르 공화국 내부의 진보와 보수 세력 간의 대립, 히틀러의 쿠데타 좌절(1923) 같은 혼란스러운 시대에 민주주의가 받아들여지는 배경에서 작가들은 작품에서 새로운 윤리적 질서와 인간형의 추구로 암담한 상황에 대한 대안을 제시하려 하였다.

이런 혼탁한 시기에, 특히 세계 대전 시기에 토마스 만은 평론집 『전쟁 중의 생각』에서 〈독일은 오늘날 프리드리히 대제다. 이것은 우리가 언젠가는 수행하고 완수해야 할 투쟁이다〉[13]라고 프러시아적인 프리드리히 대제를 독일 정신의 계승으로 보면서도, 그는 독재자이고 고집쟁이며 나쁜 인간이라고 했다. 그리고 〈그의 성격은 낯설고 수수께끼와 같은 사람〉[14]이라고 직언함으로써 프리드리히 대제를 〈영광스럽지 못한 왕〉[15]으로 규정지었다. 이런 배경에서 토마스 만은 1905년 말기에서 1906년 초까지 〈프리드리히라는 제목의 역사 소설〉[16]을 집필하려고 계획했으나 후에 포기했다. 일찍이 1906년 3월 13일, 형 하인리히 만에게 보낸 서신에서 토마스 만은 〈나는 지금 프리드리히 계획을 위하여 오직 그 연구에만 몰두하고 있습니다. 새로운 것을 많이 집어넣지 않으면 안 되겠습니다. 군사적인 것과 전쟁을 말입니다. 나는 이것을 꼭 관철하고야 말겠습니다〉[17]라고 말하고 있다. 그러나 이러한 열의는 점점 식어 결국에는 포기하게 되었다.

토마스 만은 그의 친구 아만Paul Amann에게 보낸 1915년 3월 25일자 서신에서 프러시아적 독일을 승화시키면서도 독일의 국가주의Nationalismus에 대해서는 〈교활하고 회의적인 것〉으로 독일 장래의 국가주의를 우울하게 전망하여 전통에 대한 계승과 해체라는 종래의 도식을 보여 주고 있다. 그러나 토마스 만은 전통문화의 계승이란 관점에서는 국수주의에 동조하고 프리드리히 대제를 독일 정신의 상징으로 승화시켰는데, 이는 바로 독일이 범할 수 있는 전쟁에 대한 우려를 간접적으로 시사한 것이다.

토마스 만이 『어느 비정치적 인간의 고찰』에서 바이마르 공화국에 대한 인도적 민주주의를 요구했다면, 1930년에 연설한 〈독일인에 고함Deutsche Ansprache〉과 〈이성에 호소Ein Appell an die Vernunft〉에서는 국가 사회주의적 광신주의에 대한 이성을 호소했다. 〈국가주의 이념과 사회적 이념이 결합된 것처럼 보이는〉[18] 국가 사회주의는 제1차 세계 대전 승전국들에 대한 국민들의 증오에서 출발하여 심리적으로 잘 이해되는 배경에서 제1차 세계 대전에 이은 제2차 세계 대전도 처음에는 대중의 호응을 얻었다. 전쟁이 발발할 당시 서구 지식인들, 특히 독일 지식인들은 전쟁을 일종의 운명과도 같은 것으로 여기고 열렬히 환영했다. 그들은 전쟁에서 그동안 소원한 관계를 유지하고 있던 일반 대중들에 접근할 수 있는 기회를 발견하고, 이를 다행으로 여기면서 너도나도 전쟁에 뛰어들었다. 지식인들의 이러한 도취적 행위는 전쟁이 이제까지의 지루한 시민 사회로부터 탈출이자 속죄로서 인류의 정신적인 재생과 새로운 문화의 창조를 위해 통과하지 않으면 안 될 시련이라고 여겼기 때문이다. 토마스 만도 전쟁 초기에는 전쟁을 정화시키고 해방시키는 사건이라고 환영하며 다음과 같이 말한 적이 있다.[19] 〈하나에 대항하여 그들은 셋이 뭉쳤다. 그러나 걱정할 것은 없다. 우리들은 시험대에 오르게 될 것이니, 독일의 승리는 일종의 역설, 정말이지 하나의 기적이 될 것이며 다중을 지배하는 영혼의 승리가 될 것이다.〉(GW 13, 534)

전쟁에 대한 시민적인 열광이 작품에도 반영되어 『파우스트 박사』에 〈그들은 국민 대다수와 같이 당국을 철석같이 믿었다. 믿고, 환호하고, 희생하고 싸워 온 것이다〉(DF 600)라고 언급되고, 또 이 작품에서 차이트블롬은 〈스물네 시간 이내에 여행객 5백 명을 실은 두 대의 큰 증기 여객선들, 즉 영국 여객선 한 대와 브라질 여객선 한 대를 포함하여 적어도 열두 대의 배들을 희생시킨 우리의 잠수함 전투의 운 좋은 승리〉에 대해 〈나는 모종의 만족감을 억누를 수 없다〉(DF 229)고 고백하고 있다. 여기에서 그는 독일군의 승리를 자축하고 〈우리의〉 잠수함 전투라고 부름으로써 국가 사회주의 정부와 동일한 입장을 보여 주고 있다. 이러한 전쟁에 대해 열광했는지 『마의 산』에서 영웅적이지도 않고 억센 생명력도 없는 주인공 카스토르프는 작품 마지막에 전쟁에 뛰어든다. 『마의 산』에서 카스토르프는 종반에 마비 상태에 빠지고, 이로부터 탈출하기 위한 자구책으로 전쟁에 참여하는 것이다. 그렇다면 그가 왜 전쟁에서 돌파구를 찾아야 했는가가 중요하다. 전쟁을 마의 산의 돌파구로 삼는 것은 토마스 만이 전쟁을 시대정신, 사람들의 사고방식 및 생활양식에서 유래한 것으로 파악하고, 당시 지식인들의 전쟁에 대한 열광에는 문화비판 내지 도덕적·심미적인 동기가 내재해 있다고 보았기 때문이다.[20] 실로 제1차 세계 대전은 토마스 만에게는 〈문명에 대항하는 문화의 십자군 대열에 참가함으로써 영원한 회의적 유보로부터 믿음의 자세로 도피할 수 있는 기회〉[21]였으며, 〈예술가〉의 세계에서 〈길 잃은 시민〉(TK 305)이 이제 〈문화〉의 기수로서 다시금 〈시민들〉의 〈십자군 대열〉의 선봉에 설 수 있는 기회이기도 했다. 이러한 생각들로 토마스 만은 갑자기 정치적 발언대에 뛰어오른 것이다.[22]

그러나 전쟁을 겪고 난 후에 『마의 산』을 마무리하면서 토마스 만의 전쟁에 대한 생각은 바뀌었다. 그 역시 처음에는 전쟁에 대한 호기심으로 가득 차 이 뜻밖의 사건에 감사하면서 전쟁에 관여하게 되지만,[23] 전쟁의 참상을 체험한 후에 전쟁을 회의적으로 보아 부정적으로 그려 내고 있다. 따라서 토마스 만은 『파우스트 박사』에서 〈그러나 이제 그들도 수백만의 동족들과 마찬가지로 벌써 오래전부터 휘둥그레진 두 눈으로 도취에서 깨어나 이루 말할 수 없는 당혹감과 캄캄한 절망을 맛보고 있다〉(DF 600)고 서술하고 있다. 또한 토마스 만은 『마의 산』 머리말에서 자기가 겪은 전쟁을 아주 까마득히 먼 과거 시대에 일어난 사건으로 잊고 싶은 심정을 드러내기도 한다. 〈이 (『마의 산』의) 이야기는 오늘날의 인간들, 특히 이야기 작가들이 대개 그렇듯이 실제의 나이보다도 훨씬 더 나이를 먹었다. 그 나이는 날수로 헤아릴 수도 없을 뿐더러, 위에 쌓인 세월의 무게 또한 지구의 공전 수(公轉數)로 잴 수 없다. 요컨대 이 이야기가 어느 만큼 과거의 것인가 하는 과거성의 정도는 시간의 경과와는 전혀 무관하다 — 이 말을 또한 시간이라는 불가사의한 요소의 문제성과 그 특이한 이중성을 더불어 암시하고 지적하는 것으로 이해해 주면 좋겠다. 명백한 사실을 공연히 애매모호하게 만드는 것 같아 하는 말인데, 이것이 대단히 오랜 과거의 이야기라고 하는 까닭은 이 이야기가 우리들의 생활과 의식을 심각하리만큼 분열시키는 계기가 된 어떤 전환점 내지는 경계선 이전에 일어났기 때문이다. 그것이 일어난, 아니면 굳이 현재형을 피해 말하건대, 그것이 일어났던 것은 오랜 옛날, 다시 말해 그 발발(勃發)과 함께 수없이 많은 일이 일어났고, 지금도 여전히 수습될 줄 모르고 있는 저 대전(大戰) 전의 일이다. 따라서 아주 오랜 옛날의 이야기는 아닌 셈이지만 여하튼 과거의 이야기인 것만은 틀림없다.〉(Zb 9 f.)

제1차 세계 대전 승전국들에 대한 국민들의 증오에서 출발한 국가 사회주의의 의미를 창출하는 총체성의 추구는 국가 사회주의 이데올로기라는 전체주의에서 치명적으로 나타났다. 여기서 독일 이데올로기들, 즉 형이상학적으로 채색되고, 이제 민중적인 것으로서 도착된 국가 개념, 철학적이며 이제 비합리적 생철학으로 전도된 총체성 개념, 그리고 국가 사회주의에서 극에 달한 숭고성 예찬이 일어났다. 이는 실제로는 옛 계급 질서도, 새로운 평등적 민주주의도 원하지 않는 사회의 병리학적 욕구였다. 사회는 이 양자가 통일된 유토피아, 즉 평등한 자와 영웅의 〈민중적 통일〉을 꿈꾸었다. 그런데 이러한 〈민중Volk〉이란 말과 개념은 국가 사회주의의 위정자들에게 오용되어 토마스 만에게는 부정적으로 이해되었는데, 이 사실이 『파우스트 박사』에서 이렇게 표출되고 있다. 〈우리 시대의 경험에서 우러나온 기탄없는 말 한마디를 하고자 한다. 이성 애호가의 귀에는 언제나 《민중》이라는 말과 개념 그 자체가 약간 고풍적이고 우려스러운 어감으로 들리는 법이며, 사람들이 이 《민중》을 비진보적이고 사악한 쪽으로 유혹하고자 할 때에는 군중을 향하여 《민중》이란 이름으로 부르기만 하면 된다는 것을 그는 알고 있다.〉(DF 53)

파시스트 의식에는 더 이상 귀족주의적이지 않고, 민주주의적이지도 않은, 그럼에도 이 양자를 동시에 꿈꾼 하나의 사회가 그려져 있다. 고대 그리스인에게 무대에서 비극적 주인공의 희생이 시민에게 인간적 품위를 중재하고 시민을 자신의 일상성에 만족하게 도와준 심리 치료제였다면, 국가 사회주의는 상징적 행위의 의식에 만족하지 않고 전 민족에게 비극적 주인공의 지위를 요구했다. 이러한 국가 사회주의는 심리적으로는 잘 이해되었으나, 당시 주장되었던 종족주의나 민족주의 같은 단자들은 혼돈된 인간성의 산물이었다. 국가 사회주의 시절의 독일인들은 민족과 국민을 구별했다. 민족이라는 말에는 순수한 인간적 승화와 숭고화가 내포되어 있다. 그러나 국가 사회주의 시절에 민족이라는 개념에는 서구적인 데모크라시의 역사적 회상을 담고 있는 문명, 문화, 사회, 국민 등 일련의 사회적·정치적 개념들을 압도하여 자기의 민족성을 〈신성화〉시키려는 독일적인 보수성과 정치성이 담겨 있었다. 〈이(독일) 민족의 생에 대한 정열은 매우 크며 또한 독특하다. 그리고 이 민족이 자기를 생의 민족이라고 부른다면 — 이것은 옳다고 생각되지만 — 바로 이 민족이 혼과 정서의 깊은 세계, 순수한 관조와 창조적인 무의식의 영역에 대해 다른 어떤 민족보다도 훨씬 친밀한 관계를 가지고 있다고 자인한다.〉(GW 11, 1144) 이렇게 토마스 만도 독일 민족의 특수성과 정신적인 우위성을 강조하여 골츠B. Goltz의 저서에서 다음과 같은 문장을 인용하고 있다. 〈독일인은 개개인이 독특한 정신과 신의 양심을 가지고 있다. 〔……〕 프랑스인처럼 희극적이며 사회적이며 정치적인 동물은 아니다. 〔……〕 우리들은 현재에도 미래에도 특별한 의미를 가진 세계적인 민족이다.〉(GW 12, 242 f.) 이는 다른 유럽인들과 독일인의 〈본질적이고도 전형적인 국민적 상위(相違)는 프랑스적 작품의 사회 정신과 독일적 작품의 정신적·원시(原詩, Urpoesie)적 정신〉[24]에 있기 때문이다.

이 내용은 독일 민족과 독일 문화의 자기 예찬이며 동시에 정치·사회에 관여하는 데 대하여 추호의 가치도 인정하지 않는 귀족적·선민적인 정신 태도로 괴테의 사상과 흡사하다. 괴테는 작가가 정치와 사회에 관련을 맺는 데 심히 반대하여, 이에 대해 다음과 같이 주장했다. 〈만일 작가가 정치적으로 작품을 쓰려면, 당(黨)에 헌신해야 한다. 그러나 그렇게 하는 순간 그는 작가로서는 끝장이다. 그는 그의 자유정신과 편견 없는 견해에 작별을 고하고, 옹고집과 맹목적인 증오의 모자를 귀밑까지 푹 눌러써야 한다. 왜냐하면 작가는 타고난 대로 되는 것이지 그 이외의 다른 존재로 만들 수는 없기 때문이다. 그러므로 비평가와 서평가가 작가에게 작시

법(作詩法)을 말해 주려고 하는 것같이 어리석은 짓은 없다. 그렇게 하면 작가를 파멸시킬 뿐이다.〉[25]

이러한 괴테의 사상처럼 정치·사회에 관여하는 데 대하여 가치를 인정하지 않는 토마스 만의 선민적인 정신 태도는 그의 단편 「벨중의 피」 속에 다음과 같이 잘 나타나 있다. 〈그들이 말을 배우기 시작한 때부터, 걸음마를 시작할 때부터 그녀는 곁에 있었다. 때문에 그는 친구가 없었다. 자신과 함께 태어난 그녀, 옷을 곱게 입고, 새까만 머리칼과 눈동자를 가진 사랑스러운 자신의 닮은꼴인 그녀 이외에는 정말로 단 한 사람의 친구도 없었다. 〔……〕 이리하여 두 사람은 악취가 풍기는 외부 세계를 자기들로부터 멀리하고, 자기들은 생활에는 관계없는 사람들이라는 선민의식에서 서로 더욱 깊이 사랑하고 있었다.〉(GW 8, 393 f.)

그러나 이와 같은 독일 민족의 자부심, 즉 〈세계에서 탁월하다고 하는 교만한 자의식〉(GW 11, 1132)이 오히려 독일인에게 위험한 망상을 갖게 했다고도 볼 수 있다. 따라서 국민에게 자유를 부여하지 않는 편협한 위정자들의 대외 정책에서 순수 독일적인 것만을 요구하며 독일화를 주장하였고, 이러한 국수적인 에고이즘을 억제하려는 노력에 대해서는 자기중심적인 탄압을 시도하여 그것을 자유·해방이라고 불렀다. 히틀러 정치가 바로 그 극단적인 노출이며, 자유가 부여되지 않는 국민을 동원하여 전 세계를 독일화로 정복하려는 운동이었다. 국민은 정치적 자유에 대한 욕구 불만을 이 운동에 가담하여 충족시켰고, 그것이 인류 해방과 자유를 위한 성전이라고 망상하는 우를 범하기에 이른 것이다.

이처럼 독일인에게 위험한 망상을 갖게 했다고도 볼 수 있는 〈세계에서 탁월하다고 하는 교만한 자의식〉(GW 11, 1132)이 토마스 만의 작품에 자주 암시되고 있다. 예를 들어 이 사상은 그의 후기 작품 『선택된 자』에서 불륜의 죄를 범한 쌍둥이 오빠 빌리기스가 누이동생 지빌라에게 행한 〈교만이라는 것, 즉 우리들이 이 세상에서 우리들만을 특별한 아이들이라 생각하고 우리들 이외에는 그 누구도 상대하지 않았던 것이 우리들의 죄였다〉(GW 7, 41)는 말에 암시되어 있다. 〈자기들만이 특별한 아이들이라 생각하고 외부의 세계는 일절 상대하지 않는다〉는 의식 속에는 확실히 자신들만이 〈선택된 사람들〉이라고 생각하는 교만한 고립이 있을 뿐이다. 『파우스트 박사』에서도 국가 사회주의의 망령의 등장을 예언하는 〈크리드비스 모임*Kridwißkreis*〉의 토론, 특히 브라이허 박사의 치근(治根) 방법을 통한 위생학적 관념이 독일의 우월 사상을 잘 보여 주고 있다. 즉 그에 의하면, 미래의 생의 능력이 없거나 병자 혹은 정신 박약자를 대량으로 말살하게 된다면, 이런 정책은 민족과 인종을 정화한다는 위생학적 명분을 내세워 정당화될 수 있다는 것이다.(DF 491) 크리드비스 구역의 토론 모임원들은 인종의 병들고 생의 무용한 요소를 박멸하는 민족 우월론에 동조하는데, 이는 니체의 〈초인*Übermensch*〉 사상을 방불하게 한다.

　이러한 민족적 자부심에서 발생한 국가 사회주의의 유대인 추방에 관해서도, 인간애가 결여되고 인간과 결부된 문화에 대한 사랑이 결여된 폭력 행위가 곧 유대인 학살이며, 이는 〈정신적 무(無)의 혁명*Revolution des geistigen Nichts*〉[26]이라고 토마스 만은 비난했다. 그리고 이러한 반(反)유대주의는 동시에 기독교를 포함한 종교 일반에 대한 공격이라 했다.

　경제와 정치적으로 볼 때, 국가 사회주의는 노동 계층의 경제적 보장을 위하고 민주주의와 국제적 〈평화 이해〉[27]를 위해 부분적인 측면에서는 긍정적이었으나 국가 사회주의적 전체 이념에는 위험성이 내포되어 있었다. 따라서 국가주의와 사회주의는 상호 반대적 요소로 이를 합친 국가 사회주의란 〈정신적인 바보짓*geistiger Unfug*〉[28]이 될 수밖에 없으므로, 토마스 만은 평화를 위한 민주주의에 접근하려면 〈사회적 민주주의〉[29]가 되도록 민주주의에서 자유에 대한 사회적 개혁을 요구했다. 또한 국가 사회주의는 시대와 연결된 운동이지만, 이 운동에서 이루어지는 인간의 경시 풍조는 〈병적인 희열〉[30]이므로 민주주의에 있어서는 항시 인도적이어야 한다고 토마스 만은 강조했다.

　이러한 민주주의적 사상을 지닌 토마스 만은 작품에서도 민주주의를 옹호하면서도 비판하고 있다. 『마의 산』에서 세템브리니와 나프타의 열띤 서구 사상의 논쟁으로 암시되는 현세의 여러 문제들은 서로 대립하여 수동적 입장을 취하는 주인공 카스토르프를 통해 용해되는데, 이 중에서도 민주주의를 옹호하는 세템브리니와 이를 부정하고 공산주의를 옹호하는 나프타 두 사람의 논쟁이 치열하다. 이들의 치열한 논쟁은 자유와 인간애, 〈무한으로 생각되는 인류의 진보〉(Zb 530)를 신봉하는 〈비밀 공제 조합 지부장〉(Zb 534)과 〈고전적 중세〉(Zb 520)를 접점으로 하는 〈스콜라파의 수령Princeps scholasticorum〉(Zb 518)의 수도사적인 금욕과의 대립으로 변화하며, 화제가 국가론으로 바뀌면서 나프타는 세템브리니의 민주주의적 민족 국가관을 〈자본주의적 세계 공화제〉(Zb 531)로 단정하며 자기 자신은 〈모든 현세적 형태의 해체 후의 신의 국가 재건〉(Zb 531)을 주장한다. 그러나 무정부주의자와 공산주의에 대한 열광에도 불구하고 나프타는 실제적 결과를 낳지 못하는 자기모순적인 형상으로 드러난다. 말하자면 〈행위는 어떤 것이든지 간에, 신념을 명백히 하는 수단으로는 적합하지 않고, 정신적 문제의 해결에도 별로 도움이 되지 않는 것이다〉.(Zb 966)

이렇듯 토마스 만은 민주주의의 인도성과 이와 결부된 문화를 동시에 존경하여 자신의 저서 『서구 세계의 인식Bekenntnis zur westlichen Welt』(1950)에서 미국의 민주주의를 찬양하는 동시에 최소한 문화적 유산에 대한 독일의 옛 향수를 아울러 동경했다. 결론적으로, 토마스 만은 미국으로의 망명 생활에서 민주주의의 문명을 철저히 신봉하면서도 문화적 보수주의를 그대로 유지했으며, 폭력과 비인도적인 국가 사회주의에 철저히 저항한 이민 작가였다.[31]

독일 정신이 퇴폐한 제2차 세계 대전 시대에 있어 진위에 관계없이 대중의 마음을 사로잡을 민족적인 허상을 만들어 내려고 혈안이 되었던 국가 사회주의의 지도자들은 문학도 이용하지 않을 까닭이 없었다. 과연 1932년 괴테 1백 주기에 국가 사회주의의 기관지 『관찰자Beobachter』에는 괴테 역시 국가 사회주의적인 계급 국가의 지지자였음을 논증하는 논설이 게재되었다. 모든 인권적 편견과 국수주의를 조롱하고 파시스트들의 이론적 원천인 게르만의 고대 사회를 어두운 야만적인 과거로 규정한 괴테를 그들은 생각조차 하지 않고 있었다. 이처럼 역사적 이해가 없는 숭배나 혐오는 모두 그릇된 신화를 만들 뿐이다. 국가 사회주의자들은 괴테가 젊은 시절에 쓴 『독일 건축술에 대하여Von deutscher Baukunst』를 들고 나와 괴테가 프랑스 혁명을 기피한 태도는 서방 정신의 거부라는 논법을 들어 괴테 문학을 날조했다. 국수주의 열광이 난무하던 해방 전쟁 직후인 1816년에 발간된 이 『독일 건축술에 대하여』가 시대적 배경으로 선택된 이유는 그 시대의 상황에서 충분히 설명될 수 있었다. 독백 형식의 독일 민족 비판이나 유대인에 대한 견해 등을 괴테로 하여금 증언하도록 한 것은 악마적인 폭력 숭배와 인간 정신의 타락이 바야흐로 절정에 달한 암흑의 시대였기 때문이다. 여기에 순응하여 독일 시민 계급이 히틀러로 하여금 정권을 잡는 데 일조한 일군의 민족주의적인 학자들은 파시즘에 이론적 근거를 제시했다. 예를 들어 철학 교수인 메서A. Messer는 그의 잡지에 국가 사회주의 세계관을 옹호하면서 괴테가 최초의 국가 사회주의였다고 주장하는 「괴테와 제3제국」이라는 페터슨의 글을 실었다.[32]

그러나 토마스 만은 『바이마르의 로테』에서 파소프Passow 박사와 마주한 괴테의 이야기에서 히틀러 체제에 이용당한 괴테를 히틀러에 반대하는 작가로 전환시키고 있다. 〈파소프 박사, 난 당신의 기분을 상하게 할 생각은 전혀 없습니다. 당신의 뜻이 좋은 데서 연유하고 있다는 것도 알지요. 하지만 선량하고 순수한 의도만으로 다 되는 것은 아니지요. 우리는 행위의 결과까지도 내다볼 능력을 갖추지 않으면 안 되니까요. 당신식의 행위에 내가 두려움을 금하지 못하는 것은, 그것이 아직은 고귀하고 천진무구한 싹이지만 장차 어느 날엔가 독일인들에게 극악무도한 형태로 나타나게 될 그 어떤 가공할 짓의 조짐 때문이지요. 훗날 이 싹이 자란 꼴을 만약 당신이 보게 된다면 당신은 아마 무덤 속에서도 얼굴을 돌리게 될 것입니다.〉(GW 2, 511)

이 이야기 속의 〈장차 어느 날엔가 독일인들에게 극악무도한 형태로 나타나게 될 그 어떤 가공할 짓의 조짐〉(GW 2, 511)이라는 언급에서 20세기의 독일 국가 사회주의를 이미 예견하고 있는 괴테의 모습이 발견되는데, 이는 결과적으로 『바이마르의 로테』의 인물인 괴테의 입을 빌려 자기 시대의 국가 사회주의적 현실에 반대하는 토마스 만의 발언이다.

히틀러가 집권하자 국가 사회주의는 직접적으로 괴테 문학 외에 다른 많은 독일 문학에도 강력한 영향을 미쳐 이 시대의 많은 작가들은 다른 나라로 망명하지 않을 수 없었다. 조국에서 추방되어 언어가 다른 타국에 망명한다는 것이 언어로 살아가는 작가에게 얼마나 가혹한 운명인가는 상상을 초월한다. 자연 과학자나 건축가나 음악가나 화가라면 이질적인 세계에 옮겨 살더라도 재능만 있으면 살아갈 수 있다. 그러나 시인이나 소설가의 경우는 비록 재능이 있을지라도 언어가 다른 곳에서는 아무것도 할 수 없다. 문학은 언어를 통한 실재의 추구 및 발견을 그 기능의 하나로 하기 때문이다. 음악이 사람의 감성적인 면과 생리적인 면에 호소하여 사람의 감각을 마비시켜 잠들게 하는 데 비하여 언어 예술은 사람의 지성과 상상력에 작용하는데, 이러한 내용을 『마의 산』에서 세템브리니가 다음과 같이 적절하게 나타내고 있다. 〈정신을 운반하는 언어, 다시 말하자면 진보의 도구이며 빛나는 호미인 언어를 중시하고 사랑해야 한다.〉(Zb 233) 세템브리니는 언어를 통한 지성과 상상력을 옹호하는 것이다. 결국 세템브리니의 이론에 의하면, 언어가 이성과 감성 등 모든 인간사를 이끌어 간다.

따라서 토마스 만의 경우에 있어 언어의 본질인 문학은 인식과 비평, 즉 지성에서 출발한다. 사람의 감정과 사상을 표현하는 수단으로서의 언어는 그 감정과 사상의 대립적 본질을 찾는다. 다만 본질의 추구가 철학이나 형이상학과 다른 점은 문학에서는 그것이 주관적이요, 심미적이라는 데 있다. 철학은 궁극적으로 인간 영혼의 완성에 목표를 두고 이를 위해 이성인 로고스를 수단으로 삼는다. 말하자면 철학은 이성이라는 날카로운 칼의 힘을 빌린다. 그러나 문학에는 객관적으로 증명이 안 되는 주관성이 있어 로고스와 구별된다. 따라서 문학가에게는 이성을 수단으로 삼는 철학가에서는 볼 수 없는 상상력이라는 마력이 있다. 바로 이 상상력으로 문학가는 황홀한 우주를 빚어내고 찬란한 꽃을 피워 내는 것이다. 이런 배경에서 언어의 주요 기능 중 하나가 우리의 체험에 질서를 부여하고 포괄적인 개념의 포장 구실을 한다면, 시인은 이 포장을 푸는 사람이라 할 수 있다.

문학은 이러한 언어를 매개로 전개되기 때문에 작가가 모국어를 쓰는 고국을 떠나서는 전혀 영향력을 미치지 못하는 상황에서도 히틀러의 국가 사회주의가 정권을 잡은 시대에 독일에서 망명의 길에 오른 작가는 눈에 띄는 사람만도 6백 명이고, 수필가들을 포함한 집필자는 약 5천 명에 달했다. 마이어Hans Mayer가 그 당시 독일 망명 작가들의 심정을 다음과 같이 적절하게 표현하고 있다. 〈많은 사람들이 다른 망명자들보다 더 깊은 실향의 감정을 체험했다. 독일 무대 없는 독일 극작가가 존재하겠는가? 보들레르나 셰익스피어 언어의 민족 속에서 독일 시를 쓰는 정열적이고 온화한 언어의 시인이 있을 수 있단 말인가? 이 망명의 문학은 외국어의 불충분한 번역용으로, 또는 서랍 속에 처넣거나 미래용으로 쓰였다. 따라서 독일 문학의 대부분은 독자 없는 문학이 되었다. 즉 실향민의 문학은 실향 문학이 된 것이다.〉[33]

그 당시 국가 사회주의의 광풍이 몰아치는 유럽을 떠나 주로 영국이나 미국으로 망명한 지식인들은 이질적인 문화권에 적응해야 하는 문제, 부르주아 휴머니즘의 존속 가능성 문제, 자기가 떠나온 문화 혹은 민족의 악마성에 대한 반성 문제 등 다양한 문제 상황에 내몰려야 했다. 이들 이방인으로서의 지식인들이야말로 자기 자리를 떠나 방황하고, 경계를 넘어섰기에 기존 사회의 통제에서 자유로우며, 그래서 자기 자리에만 머물러 있으려는 사회를 뒤집어엎는 힘이 생겼다. 그러나 망명은 입으로 말하듯, 그렇게 쉬운 일이 아니어서 망명 중 절망한 나머지 스스로 목숨을 끊은 츠바이크Stefan Zweig와 같은 작가도 있었다. 해외 도피의 때를 놓쳐 강제 수용소에 끌려가 죽은 작가도 많았다. 물론 비극은 비극을 낳는 것이 일반이지만, 비극이 영웅을 낳고 미담을 만드는 경우도 있어, 국가 사회주의의 만행이 『안네의 일기』나 『쉰들러 리스트』 등의 명작을 빚어내기도 했다.

영국이나 프랑스의 현대 문학 사상에는 없었고, 우리나라에도 없었으며, 오직 독일에서만 존재했던 이러한 망명 작가의 대표로 토마스 만을 꼽을 수 있다. 토마스 만은 국가 사회주의가 정권을 장악하여 문학을 정치적으로 이용하려 하자 이에 절망하여 조국을 떠나 망명의 길에 오르게 되었다. 결국 토마스 만은 1936년 12월 2일에는 독일 국적을, 그리고 1936년 12월 19일에는 본 대학 명예 문학 박사 학위까지 박탈당하는 등 조국을 빼앗겼다. 또 작품들이 소각, 금지되었지만 토마스 만의 생의 기력만은 꺾을 수 없었는데, 이 사실은 그의 창작에 대한 끊임없는 집착에서 나타나고 있다. 그의 위대한 4부작 『요셉과 그의 형제들』은 이러한 창작의 집착을 보여 주고 있다. 토마스 만이 16년간에 걸쳐 완성한 4부작 『요셉과 그의 형제들』의 시대적 배경은 파시즘의 대두, 망명 생활, 제2차 세계 대전 등 작가에게는 고난의 시대였다. 이 작품에서는 토마스 만의 외적 파산 속에 내적인 균형이 담겨 있으며 『구약 성서』의 세계가 신비적으로 정신의 휴식처가 되고 있다. 〈나는 이 작품에 감사 드린다. 가끔 어두운 계곡으로 이끌어 가던 길목에 지팡이가 되어 준 이 작품에, 이 작품은 나의 피난처, 위안, 고향이며 영속의 상징이고 격렬한 변화 속의 나의 끈기의 증명이다.〉[34]

작품 『요셉과 그의 형제들』 대부분이 독일의 국가 사회주의 시대에 쓰였지만 공화국 시대의 작품이라 말할 수 있고, 이 작품 속의 자기도취적 예술가로 등장하는

262

요셉은 마지막에 민족의 부양자가 되어 사회적 책임을 떠맡는다. 국가 사회주의의 테마인 『파우스트 박사』는 토마스 만이 제2차 세계 대전의 종식 후인 1947년 말에 완성하여 전후 소설이라 불리며, 또 지난 전쟁의 정치적 자극이 구체적은 아닐지라도 여기에 강렬하게 나타나고 있다. 자기 고향을 빼앗고 자신을 구렁텅이 속에 빠뜨린 독일을 토마스 만은 극도로 증오하여 이 시기에 그 자신은 독일과 융화되지 못하고 있다. 1940년 이후 미국에 망명하여 BBC 방송을 통해 독일 국민에게 히틀러 체제를 〈신의 채찍*Gottesgeißel*〉,[35] 〈지옥의 악*Bosheit der Hölle*〉 그리고 〈진짜 악마적인 존재*Schlechthin Teuflisches*〉[36]로 강력히 비난했다.

토마스 만이 『파우스트 박사』를 독일적 소설이라 부를 때, 이는 작품의 독특한 구조뿐만 아니라 다른 세 관점을 근거로 들 수 있다. 이는 〈예술가의 소설〉, 〈파우스트적 소설〉 그리고 〈사회 소설〉인데, 이 세 분야가 독특한 방법으로 레버퀸이라는 인물 속에 유입되어 토마스 만의 체험 같은 독일의 본질이 되고 있다. 이러한 독일의 본질과 거기에서 발생하는 독일의 악마화와 몰락의 길, 이것이 토마스 만이 자신의 70회 생일을 기념해 워싱턴 국회 도서관에서 행한 〈독일과 독일인〉이란 강연의 주제이다. 토마스 만이 제2차 세계 대전 직후에 워싱턴에서 행한 강연 〈독일과 독일인〉은 히틀러가 범한 죄에 대해 한 사람의 독일인으로서 자기비판 형식으로 미국 청중 앞에서 피력된 것으로, 여기에서 토마스 만은 독일 민족의 성격과 운명에 잠재되어 있는 수수께끼에 대해 〈의심할 여지 없이 많은 아름다운 것과 위대한 것을 이 세계에 주고 있으면서도 되풀이하여 지극히 비참한 길을 걸어, 세계의 고뇌의 씨앗이 되지 않으면 안 되었던 이 민족의 성격과 운명에 잠재하고 있는 수수께끼〉(GW 11, 1128)라고 밝히고 있다. 다시 말해 괴테와 칸트 그리고 바흐 등을 배출한 문명의 나라 독일에서 어떻게 6백만 명의 유대인 학살 같은 야만적 사건이 일어날 수 있었을까? 역사는 야만에서 문명으로 발전한다는 계몽 사상가들의 신념이 독일의 국가 사회주의에 나타나고 있던 것이다.

토마스 만은 〈독일의 모든 선이 독일인의 손에서 악이 되는 [……]〉(GW 11, 1128) 민족 재난에 대한 설명을 독일 정신사에서 찾고 있다. 독일 정신의 타락을 처음으로 심리적 및 역사적 차원으로 다룬 토마스 만의 〈독일과 독일인〉의 강연에 따르면, 독일 민족은 〈철학적 주지주의*der philosophische Intellektualismus*와 계몽주의적 합리주의*Rationalismus der Aufklärung*에 낭만으로 대항한 민족, 즉 문학에 음악으로 대항한 민족, 명확성*Klarheit*에 신비*Mystik*로 대항한 민족이다.〉(GW 11, 1143) 결국 이러한 요소는 독일의 위대한 장점인 동시에 치명적인 단점이기도 한 〈마성*Dämonie*〉으로 변한다.

이렇게 토마스 만이 사실주의적 관점으로 제2차 세계 대전을 비판하고 또 풍자로 나타내는 배경에서 나온 그의 소설은 시대 소설로 간주되는 경향이 있다. 이러한 시대 소설의 〈시대〉는 독일의 역사적·정치적 현재를 가리키는 주지의 사실로서, 그가 정치적 영역과 예술적 영역을 넘나들며 현대 예술을 성찰하는 시대 소설, 혹은 독일의 정치적 현실을 성찰하는 예술가 소설을 기획하고 있음이 분명하다. 따라서 그가 독일의 정신 혹은 혼을 잘 대변한다고 생각하는 작곡가를 주인공으로 설정하여, 두 차례의 세계 대전을 일으키며 독일 민족이 보여 주었던 〈악마성〉에 대해 천착하고자 한 『파우스트 박사』는 〈독일 정신에 관한 소설〉(GW 11, 291)이 되고 있다. 이와 같은 맥락에서 『파우스트 박사』는 무엇보다도 예술가 소설과 시대 소설이라는 사실이 자명하다.[37] 〈파우스트 이야기〉는 분명 독일이라는 공간에서 생산되었지만 무엇보다도 〈근대라는 시대의 창조물〉[38]인 것이다. 따라서 이 『파우스트 박사』에서 차이트블롬은 독일 역사에 대해 정치·사회·경제·문화 등을 총체적으로 고려하는 분석적이고 통합적인 설명을 하기보다는, 매우 비합리적인 관점을 견지하여 결국 『파우스트 박사』의 주인공인 작곡가 레버퀸을 〈시대의 고뇌를 탐지하고 있는 사람, 우리 시대의 주인공〉(GW 11, 203)으로 만들고 있다.

이렇게 실제에서뿐만 아니라 작품에서도 토마스 만은 국가 사회주의를 증오했으며, 독일의 운명에 대해서는 외국에 있으면서도 고민했다. 따라서 『파우스트 박사』에서 악마에게 혼을 팔아 비인간적인 음악 작품을 창작하는 천재적인 작곡가의 몰락이 전개되고 있는데, 이는 사변적(思辨的) 요소를 압도하여 비대해진 독일 혼을 파헤치면서, 이성과 계몽주의의 정신에 역행된 국가 사회주의라는 악마적인 비합리주의가 독일에서 발생한 원인과 과정을 보여 주고 있다.

이러한 독일 민족의 악마적인 비합리주의는 『파우스트 박사』에서 여러 모티프들과 연관되어 등장한다. 무엇보다도 창녀와 레버퀸의 육체적인 결합이 악마와의 계약의 상징으로 서술됨으로써 악마의 등장이 준비된다. 이러한 악마는 뚜쟁이의 모습, 예술 비평가, 신학자 등 다양한 모습으로도 출현한다. 따라서 레버퀸은 자기 눈앞에 보이는 이러한 여러 악마의 모습에 대해 불신을 표명하면서 고열로 인해 환영이 보이는 것이라고 생각한다.(DF 312) 이렇게 악마의 모습이 토마스 만의 작품에서 인간의 형태로 자주 나타나는 내용이 『마의 산』에선 세템브리니의 사상에 담겨 있다. 세템브리니는 인간의 육체뿐 아니라 자연까지도 악마로 보고 있다. 『마의 산』에서 카스토르프를 위해 두 사람의 정서적이며 지적인 토론이 벌어지는데, 생을 인문주의적인 면에서 파악함으로써 그의 스승 역할을 하는 세템브리니는 합리주의와 민주주의의 역설을 통해 카스토르프를 계몽하려 드는 반면, 합리주의와 개인주의를 배격하는 독재주의자 나프타는 폭력의 옹호, 즉 과격한 실천을 통해 카스토르프의 지식을 강요한다. 그런데 세템브리니는 〈정신과 대립에 있어서 육체는 악마이며 본질적으로 사악하다. 육체는 자연이기 때문이다. 그리고 자연은 〔……〕 다시 말하자면 정신과 이성과 비교되는 경우의 자연은 〔……〕 악이다. 자연은 신비이며 사악인 것이다〉(Zb 348)라고 주장하여 육체를 사악한 존재로 보고 있다. 이렇게 악마의 모습이 인간의 형태로 나타나는 모습은 『부덴브로크 일가』에서도 볼 수 있다. 이 작품에서 기인(奇人) 고슈Gosch는 악마처럼 행동하려고 기를 쓰고 있다. 자신을 최고로 불행한 사람으로 표현하며 거창한 말을 사용하는 고슈의 성벽(性癖)은 체험 화법으로 희화화되고 있다. 〈고슈 씨는 형편이 좋지 않았다. 유려하고 큰 팔 운동을 통해 그는 자신이 행복한 사람 축에 든다는 가정을 거부했다. 점점 괴로운 백발이 찾아들었으며 삽으로 파인 구덩이가 그를 기다리고 있었다. 저녁에 술잔을 입으로 가져가면 거의 반은 흘려 버려야 했다. 악마가 그의 팔을 떨리게 하기 때문이었다. 저주도 소용없었다. 의지는 더 이상 맥을 추지 못하였다.〉(Bd 594)

이 내용에서 작품 속의 서술자는 자신의 문체가 아닌 문체, 평소 진지하게 사용하지 않던 문체로 이야기하여 문체를 희화화하고 있다. 문맥을 통해 보면 예문도 마찬가지다. 우리는 화자의 원래 화법 양식을 알고 있으므로, 고슈에 대한 그의 반어적인 거리를 감지한다. 그리하여 우리는 등장인물의 문체가 체험 화법 속에 희화적으로 사용되었음을 인식한다. 체험 화법 속에 인물의 관점을 선택함으로써 간격을 유지하는 반어적 서술이 이루어지는 것이다. 서술자는 희화화하는 매개체로 등장하고, 서술 태도는 제3자적이며 서술 입장은 반어적이다. 여러 가지 서사적 수단들 — 여기서는 전지적·제3자적 서술 태도 — 에 의해 동일 목표 — 여기서는 반어적 서술 입장의 구현 — 가 실현될 수 있다.[39] 이렇게 악마의 인간으로 등장의 근저에 놓여 있는 비밀은 독일의 운명이 은밀하게 〈악마와의 계약〉의 결과로 받아들여져 독일의 운명과 레버퀸의 운명이 동일시되는 것으로, 이에 대해 『파우스트 박사』에서 차이트블롬은 독일 정신이 〈은밀한 악마주의stiller Satanismus〉(DF 411)에 위협받고 있다고 정의하고 있다.

악마가 레버퀸과의 대화에서 그의 삶의 여러 가지 사실을 언급하고, 레버퀸의 말을 그대로 인용한다는 점에서, 악마는 레버퀸의 내면의 심리적 사건으로도 볼 수 있는데, 다음의 언급이 이를 입증하고 있다. 〈당신은 순전히 내 안에 내재해 있는 것들, 나한테서 나온 것들만 말하고 있고, 당신한테서 우러나온 것은 한마디도 하지 않았소.〉(DF 300) 〈의심의 여지 없이 당신은 내가 알고 있는 것만을 말할 뿐이군.〉(DF 320) 여기에서 악마와의 대화는 레버퀸이 자기 자신과 나누는 대화의 성격을 띠어 레버퀸 자신이 악마와 동일시된다. 이러한 면에서 볼 때 악마의 객관적 실체성은 매우 불투명하고 대화 내용도 계약이라기보다는, 근본적으로는 레버퀸이 이미 오래전부터 내적으로 몰두해 왔던 것이 구체화된 것이다. 악마도 그러한 사실을 인정하고 강조한다. 〈우리는 자네에게 결코 새로운 것을 부과하는 것이 아니며, [······] 현재의 자네를 이루고 있는 모든 것들을 다만 의미 있게 강화하고 과장할 뿐이지.〉(DF 332)

결국 악마가 말하듯, 악마는 레버퀸 내면의 주관적 체험이다. 〈내가 실제로 존재하는지 의문을 가질 가치가 있는가? 작용하고 있는 것은 실제로 존재하는 것이 아닌가, 그리고 체험과 감정이 진리이지 않은가?〉(DF 323) 여기에서 악마와의 대화의 의미가 여러 상징과 은유로 나타나는데, 이는 의심의 여지 없이 독일의 파국에 대한 정치적인 알레고리이다. 따라서 악마가 선전하는 야만과 지옥에 대한 설명은 국가 사회주의의 잔혹상에 대한 상징이고, 악마가 묘사하는 비명과 울부짖음, 〈고문의 신음 소리〉(DF 327)로 가득 찬 지옥은 전쟁과 국가 사회주의의 야만적 지배의 상징이다. 악마의 지옥 묘사에 나오는 온갖 비명과 신음으로 가득 찬 지하실을 토마스 만은 일기에서 〈게슈타포의 지하실〉[40]로 설명하고 있다. 더욱이 그러한 참혹한 사실은 〈신문에 실리지 않고, 공개되지 않으며, 어떤 말을 통해서도 비판적으로 인식되지 못한다〉(DF 326)고 언급되어 있다.[41]

이런 맥락에서 『파우스트 박사』에서 성악과 기악 사이에 종종 일어나는 소리가 기묘하게도 혼동되고 있다. 즉 합창과 오케스트라는 인간적인 것과 사물적인 것으로 대립되는 것이 아니라 서로 융합되어 있다. 합창은 기악화하고 오케스트라는 성악화되어 마침내는 인간과 사물 사이의 경계가 전도된 것처럼 나타난다. 이는 인간적인 가치가 전도된 탈인간화된 세계의 반영인 것이다.[42] 〈이 작품 속에서는 불협화음이 고귀하고, 진지하며, 경건하며, 정신적인 모든 것을 표현하고 있으며, 반면에 화음이 맞고 음조가 어울리는 것은 지옥의 세계, 따라서 이러한 관련에서 진부한 것과 케케묵은 것들의 세계를 위해 준비되어 있다는 역설에 의해 이 작품 전체가 지배되고 있다.〉(DF 289)

따라서 『형상의 묵시록 Apokalypsis cum figuris』 제1부에서 악령들의 웃음소리, 즉 지옥의 웃음소리가 결미를 장식하고 있다. 그것은 각각의 목소리들이 킬킬거리는 것으로 시작해서 급속히 번져 나가 마침내 합창대의 오케스트라 전체로 파급된다. 리듬이 엎치락뒤치락하고 엇갈리면서 전체적으로 가장 빠르기로 곡이 바뀌고 부풀어 오르고 집어삼킬 듯한 지옥의 경련적인 웃음소리, 부르짖음, 날카롭게 찢어지는 소리, 떨리는 소리, 우는 소리, 울부짖는 소리, 고함 소리 같은 것이 소름 끼치게 혼합된 지옥의 악마의 비웃는 듯하고 승리를 자축하는 듯한 웃음소리가 울려 퍼지는데 이러한 악마의 소리는 바로 파시즘의 목소리에 대한 상징인 것이다.[43]

결국 정신 착란에 빠져들어 파멸해 가는 레버퀸의 운명은 패망을 맞은 독일의 운명으로 둘 다 지옥행을 맞고 있다. 따라서 『파우스트 박사』의 마지막을 장식하는 말에서 이 두 가지, 즉 레버퀸과 조국 독일의 운명이 하나로 되어 다음과 같이 구원이 갈구되고 있다. 〈독일은 흥분으로 벌겋게 달궈진 뺨을 하고 황폐한 승리의 절정에서 비틀거리고 있었다. 피로 서명하고 지키기로 생각했던 계약에 힘입어 세계를 손안에 넣을 참이었다. 오늘 독일은 악마에게 휘감긴 채 한쪽 눈을 손으로 가리고, 다른 한쪽 눈으로는 잔혹한 광경을 응시하면서 점점 더 깊은 절망으로 추락하고 있다. 〔……〕 한 고독한 사내는 두 손을 모으고 말한다. 신이여 가련한 영혼에 은총을 베푸소서, 나의 친구와 조국에게.〉(DF 676) 이 말은 차이트블룸이 레버퀸

생애 서술의 마지막에 행한 말로서 소설 『파우스트 박사』 전체의 감정, 즉 레버퀸의 형상이 독일 역사에 용해됨을 보여 준다. 서술자 차이트블롬이 자기 일생 동안 레버퀸에게 품고 있던 무시무시한 사랑이 이 말 속에서 느껴진다. 은총을 빌며 신을 부르는 이 말 속에 편향적이며 고통스러운 사랑을 느낄 수 있는데, 이런 사랑과 소원이 조국인 독일에도 적용되고 있다. 친구와 조국의 죄는 이 세상의 어떤 이성으로도 용서받고 구원되지 못하고 오직 신의 은총으로만 구원 가능하다. 토마스 만 초기 작품의 사상이 나선형으로 점점 고상한 방향으로 발전해 가는 반면, 『파우스트 박사』의 나선은 반대 방향, 즉 심연과 암흑, 악마성으로 들어가는데, 이는 국가 사회주의 시대의 독일이 깊은 심연 속에서 허우적거리는 것과 같다. 이렇게 『파우스트 박사』는 〈독일의 운명〉을 묘사하고 있는데, 〈선한 독일이 어떻게 악한 독일로 되는지〉(GW 11, 1128)를 이 작품은 제대로 보여 주지 못하며, 또 악마와의 계약이라는 설정도 설득력이 떨어진다고 비판하는 코프만Helmut Koopmann 같은 학자도 있다.[44]

그러나 정치적으로 깊은 원한에도 불구하고 토마스 만은 독일의 근본적인 선을 믿어 국가 사회주의 지배하의 악한 독일을 〈길 잃은 선, 불행 속의 선, 죄악과 파멸 속의 선〉(GW 11, 1146)으로 여겼다. 따라서 신세계인 미국에서도 과거 자신의 삶의 토대와 문화를 일깨워 준 독일의 본질에서 벗어날 수 없다고 생각했다.[45] 〈쇼펜하우어, 니체, 바그너 그리고 그 후에 무엇보다도 괴테, 그들은 모두가 다 매우 초독일적인, 유럽적인 특징을 지니고 있었다. 내가 그들에게서 발견했던 것은 유럽적인 것의 독일화이며, 그것은 나에게 있어 예전부터 끔찍한 것이었고, 나를 독일로부터 추방한 독일 사회주의와는 반대되는, 나의 소망과 필요성의 목표를 형성했던 유럽적인 독일이었다.〉(GW 9, 757) 독일을 잔인하게 생각하지만, 토마스 만은 독일 전통 문화와 동질성을 유지하려고 애쓰는 것이다.

이러한 독일의 잔인성에도 불구하고 토마스 만과 독일 전통 문화의 동질성에 대한 노력은 전쟁 후 그가 독일로 다시 귀국할 때 썼던 말들이 이를 증명한다. 〈내가 다시 거기(독일)로 돌아간다면 다음의 예감, 즉 12년 동안 떨어져 산 결과인 두려움과 소외감도 천 년과도 같은 오랜 추억이 뒷받침한 (독일의) 매력에 물러서지 않을 수 없다는 예감이 든다.〉[46] 이렇게 토마스 만이 독일의 정치 상황에는 깊은 원한을 품고 있

지만 조국인 독일 자체에는 깊은 사랑을 느끼는 양상은 하이네Heinrich Heine의 시
「슐레지엔의 직조공Die schlesischen Weber」의 내용과 너무도 유사하다.

슐레지엔의 직조공

음울한 눈 속에는 눈물도 없이
베틀 앞에 앉아 그들은 이를 악물고 있다.
독일이여! 우리는 그대의 수의를 짜노라.
우리는 세 겹의 저주를 짜 넣는다.
　　　　우리는 짠다, 우리는 짠다!

한 겹의 저주는 신에게,
혹한과 기근 속에서 그에게 빌었네;
우리는 희망을 품고 기대했으나 헛된 일이었다.
그는 우리를 조롱하고, 속이고, 우롱했도다.
　　　　우리는 짠다, 우리는 짠다!

한 겹의 저주는 왕에게, 부자들의 왕에게,
그는 우리의 비참을 감해 주지 못하고,
마지막 동전 한 닢까지 우려내고
우리를 개처럼 총살시켰지.
　　　　우리는 짠다, 우리는 짠다!

한 겹의 저주는 거짓된 조국에,
불명예와 치욕만이 무성한 곳,
모든 꽃이 피기도 전에 꺾이는 곳,
부패와 곰팡이가 벌레를 키워 주는 곳.
　　　　우리는 짠다, 우리는 짠다!

북이 나는 듯 움직이고, 베틀이 우지끈거리네.
우리는 부지런히 밤낮으로 짜도다.
늙은 독일이여! 우리는 그대의 수의를 짠다.
거기에 세 겹의 저주를 짜 넣는다.
　　　우리는 짠다, 우리는 짠다!

　이 시에는 그 당시의 희망도 미래도 없는 암울한 시대가 언급되고 있는데, 이 시대는 『마의 산』이 집필될 당시의 시대상, 즉 제1차 대전 이전과 이후의 시대상과도 유사하다. 따라서 『마의 산』에서 카스토르프는 이 시의 내용과 같은 시대상을 다음과 같이 묘사하고 있다. 〈우리 주위의 초개인적인 것, 즉 시대 그 자체가 표면적으로는 아무리 눈부시게 움직여도, 근본적으로 모든 희망과 미래가 결여되어 있어 희망도 미래도 없이 어찌할 바를 모르는 심정을 남몰래 인식하고, 우리들이 의식적이든 무의식적이든 어떠한 식으로든 시대를 향해 던지는 질문, 즉 우리들의 모든 노력과 활동의 궁극적인 초개인적이고 절대적인 의미에 관한 질문에 시대가 계속 공허한 침묵을 지키고 있다면, 그러한 사태로 인한 마비적인 영향은 다름이 아니라 좀 더 정직한 인간성이 문제 되는 경우에는 거의 피할 수 없을 것이다. 그리고 이러한 마비 작용은 정신적·윤리적 차원을 거쳐 개인의 육체적·유기체적 부분에까지 미치게 된다.〉(Zb 50)
　이렇게 시대가 희망과 미래 등을 잃었고, 또한 우리들의 모든 노력에 대하여 오직 침묵을 지킬 뿐 만족스러운 도움을 주지 않는 상황을 담고 있는 하이네의 시 「슐레지엔의 직조공」에서 도움을 주지 않는 신, 오직 부유한 자들만 보호해 주는 왕, 국민을 배반한 조국 독일을 향해 세 겹의 저주를 짜 넣고 있다. 그런데 신과 왕은 직조공에 의해 무조건 저주를 받지만, 조국인 독일은 〈거짓된〉(16행) 행위에서만 저주되고 있다. 따라서 이 시에서 정치적인 신과 왕에 대해서는 절대적인 절망의 음조가 지배적이지만, 조국인 독일에 대해서는 희망의 내용이 담겨 있다. 〈수의〉(3, 23행)의 단어에서 정치적으로 타락한 독일의 죽음의 음조가 들리지만 늙은 독일(23행)의 상황에서 새로운 독일의 희망이 암시되어,[47] 독일의 정치 상황에는 깊은 원한을 품고 있으나 조국인 독일 자체에는 깊은 사랑을 느끼는 토마스 만의

270

감정과 유사하다.

이렇게 독일의 본질에서 벗어나지 않은 토마스 만은 자신을 옛 문화의 상속 전달자, 즉 독일의 대표자로 자처했는데, 미국 이주 후에도 간직한 〈내가 있는 곳에 독일 문화가 있다*Wo ich bin, ist deutsche Kultur*〉[48]란 좌우명이 보여 주듯이 그는 본질적인 〈독일인〉이었다. 또 그의 독일에 대한 본질은 그의 모국어 사랑에서도 나타나 미국에서의 오랜 생활에도 불구하고 〈영어가 완벽하지 못하고〉[49] 독일어의 대가로 남아 있는 사실이 이를 증명한다. 20세 무렵부터 60여 년간 매일 오전 아홉 시부터 정오까지 집필 작업을 하고, 몇 년 동안 영국 BBC 라디오 논평을 진행하면서 늘 〈독일 청취자 여러분!*Deutsche Hörer!*〉이라는 독일어로 방송을 시작했다는 일화가 전해진다. 따라서 토마스 만은 망명 중에도 독일어를 풍부하게 하여 『요셉과 그의 형제들』의 〈헤아릴 수 없이 독특한 독일어〉[50]를 이 망명 시기에 계발했고, 『파우스트 박사』에서는 독일 고대의 민속과 루터의 언어까지도 응용하여 이 작품을 내용 및 언어 면에서까지 완전한 독일 소설로 만들었다.

2. 문학과 세계의 비양립

토마스 만의 작품에선 문학과 세계의 비양립성이 전체적인 인식 체계로 나타나는 경향이 있다. 물론 문학에도 해체에서 재구성이라는 전망은 있다. 그러나 모름지기 자아의 내면에 침하하여 현실의 허무적인 공간에 위치하고 있는 극한적인 고독에 이미 일반 민중은 추종할 수 없었고, 또 그곳에서 전개되는 난해하고 고답적인 형이상학적 문학에 그들 민중이 희망하는 새로운 질서가 존재할 수 없었다. 그리하여 그곳에는 사회와의 연대를 상실한 문학의 고립과 문학 그 자체의 존속에 관계되는 미증유의 위기가 노정되었다고 해도 과언은 아니다. 토마스 만은 사회적으로 격변하는 시대의 정치적인 것이나 사회적인 것에 대해 정면으로 직접적인 분석과 비판을 가하는 것은 예술 정신에 위배된다는 점을 분명히 의식했다.

작가란 존재는 경험에서 우러난 언어로 시종 어떤 영향력을 행사해 왔지만, 그렇다고 해서 그 영향력이 그의 현실 참여와 직접 일치하는 것은 결코 아니다. 현실 참여는 지극히 자기중심적인 반면, 작품의 지향성은 보편타당하고 객관적으로 나타날 수 있다. 이런 배경에서 토마스 만은 물론 국수주의나 군국주의적 색채를 띤 문필가는 아니면서, 그렇다고 평화주의적 작가나 반전 작가도 아니었다. 그는 어떤 정치적 이념에 따라 글을 쓰는 시인이 아니라 오로지 진실을 말하는 작가였다. 이는 괴테의 문학관에도 접근한다. 특히 문학을 정치의 수단으로 사용하자는 작가에 대한 정치가의 잦은 요구를 단호하게 거부한 괴테의 사상에 접근하는 것이다. 〈만일 작가가 정치적으로 작품을 쓰려면 당(黨)에 헌신해야 한다. 그러나 그렇게 하는 순간 그는 작가로서는 끝장이다.〉[51] 정치적으로 친분 있는 작가들은 양심과 행동을 일치시키고 정신과 권력을 조화시키는 기술을 본능적으로 가지고 있다. 그들은 정치를 일종의 처세술로 희구하고 있으며, 정치에는 필연적으로 모종의 해가 있다손 치더라도 그 때문에 인간적인 예절이나 도덕 같은 고귀한 이념을 상실하는 일은 없다고 생각한다.

그러나 괴테의 사상처럼 토마스 만은 본래 문학의 정치화에 반대하면서 인간의 존재 행위, 영적 상황에 대해 있는 그대로 판단하고 교정하고 가르칠 수 있는 예술인의 입장을 취했으며, 인간 생활의 개선과 창조에 바탕을 둔 예술인의 사명을 다하려 했다. 따라서 토마스 만은 정치를 위선이라 생각하고, 정치란 기만, 살인, 사술, 허위, 폭력이라고 생각하므로 정치를 하면 자기 자신도 악마가 된다고 생각했다. 따라서 토마스만의 문학은 철두철미 정치를 멀리했다. 이와 같은 철두철미한 정치 경원 내지 정치 불신은 괴테나 쉴러 같은 천재적인 시인이나, 칸트나 헤겔 같은 심원한 철학자, 모차르트나 베토벤 같은 위대한 음악가를 배출시켜 독일로 하여금 〈시인과 사상가의 나라〉로 칭찬받도록 한 근원이 되었을지 모르지만 세계 정복이라는 과대망상에 젖은 히틀러의 지도하에 국민을 순순히 굴종시키는 원인이 되었다는 지적도 부인할 수 없다.

물론 예술인이 인간과 사회의 부조리를 교정하고 고발하는 정치적인 작가가 되는 경우도 있다. 이러한 경우 예술인이 침묵을 지킨다는 것은 모순적이고 비겁하기 때문이다. 그러나 이러한 문명 작가로서의 비판적 예술인이 되는 경우는 예술인이 표방하는 합리적 이상적 인도주의가 에세이 문학에서 지극히 공격적인 표현이 되는 경우가 되므로 토마스 만은 이를 피하려 했다. 따라서 후기에 토마스 만은

272

전쟁을 비판하며 아울러 정치·사회를 비판하기도 했는데, 그것은 주로 그의 평론을 통해서였으며 소설 작품에서 직접적인 표현은 찾아보기 힘들어 소설 속에 정치 및 사회를 통렬하게 비판하여 진보적 색채를 띤 그의 형 하인리히 만과 다른 길을 걷고 있었다. 이렇게 토마스 만은 그의 보수적 성품이나 인도적 천품(天品)에 따라 순수 문학에 머물렀다. 그러나 이러한 순수 문학에 집착한 토마스 만은 오피츠 Martin Opitz나 고트셰트Johann C. Gottsched같이 엄격한 문학 이론에 얽매인 것도 아니었다.

오피츠나 고트셰트의 주장에 의하면, 문학은 감정이나 공상의 일이 아니고 명철한 오성으로 이루어져야 한다. 그래서 무엇보다도 올바른 지식이 문학의 원천이 되어야 한다. 따라서 문학은 학문으로 배울 수 있으며 교수할 수도 있는 것으로, 거기에는 규칙을 아는 것이 제일 중요하다. 그 규칙으로써 문학은 지배되고 있는 것이다. 예컨대 연극에서는 시간과 장소와 줄거리의 3자가 일치하지 않으면 안 된다. 막은 5막이라야 하고 시대 고증을 엄밀히 해서 정확을 기하고 대사에 조잡한 말이나 비천한 표현을 모두 회피하고, 항상 숭고함과 장중함을 유지해야 한다. 문학의 목적은 단순히 즐거움과 오락에만 있는 것이 아니라 일반에게 도덕적 모범을 보임으로써 그들의 교화를 꾀하는 교훈을 주는 것이다. 이상이 오피츠와 고트셰트의 문학 이론의 요지인데, 그들이 그 당시의 독일 연극을 보았을 때 거기에는 매우 조잡하고 살벌한 역사극, 시대극, 또는 어릿광대가 활약하는 골계극(滑稽劇) 등속이어서 이러한 순수한 문학 이론을 확립하지 않을 수 없었다.

그런데 토마스 만의 평론집에 나타난 날카로운 비판적 관찰력을 보면 보수적 태도로 일관하지 않고 진보와 보수가 풍부하게 혼합된 아이러니로 연결되고 있다. 다시 말해 그의 에세이나 소설에서 정치화의 경향이 있었다 하더라도, 그 정치화는 어디까지나 낭만적 정치화로 결국은 비정치적인 셈이다. 〈독일 이상주의의 정신 제국에 깊이 뿌리박고 있는 토마스 만의 정치적·국가적 생활은 변천하는 정치적 현상 속에서 항상 인식되고 작용되었던 그의 초국가적·비정치적 이념의 표준 이외에 다른 기준에 맞춰 판단한 것은 없다.〉[52] 언제나 사회의 발전에 윤리적 책임을 질 수 있는, 시민 형성을 위한 비정치적 윤리적 대가로서 토마스 만은 그렇게 형성된 미적 영역 속에서 민주주의적 시민성을 창달하려 노력했던 것이다.[53]

결론적으로 토마스 만에게는 〈진실〉이야말로 삶 자체였기 때문에 자기 보존을 위해 〈진실〉을 만들어 내지 않으면 안 되었다. 이러한 진실을 토마스 만은 글을 씀으로써 자신의 내면에서 만들어 내고자 했다. 따라서 그의 문학의 진실 탐구의 성격은 정치의 이념이나 인위적인 사건에서 벗어나려는 처절한 투쟁이었다. 그렇다고 토마스 만의 작품이 세계와 대립되어 고립된 개인의 욕망을, 결국은 혼자일 수밖에 없는 실존적 고통을, 근본적으로 비정치적인 혹은 반정치적인 삶을 그리려 했다고 말해서도 안 된다. 토마스 만은 삶 자체가 정치임을 보여 주고자 했던 것으로, 이 내용이 『마의 산』에서 〈인류의 동지는 정치와 비정치 간의 구별을 절대로 인정할 수 없습니다. 비정치적인 것은 없지요. 모든 것은 정치입니다〉(Zb 711)라는 세템브리니의 주장에 잘 담겨 있다. 인간이 사는 원동력인 욕망과 권력은 대립되면서도 대립되지 않는다. 하나가 다른 하나로 되는 끝없는 변환 과정만 있을 뿐이다. 이는 욕망의 장(場)인 우리의 일상적 삶 자체가 하나의 정치적 장임을 보여 주는 것이다. 따라서 토마스 만은 정치를 우리의 일상 자체로 끌어들이고 있다. 그리하여 우리를 사로잡고 있는 현재적 삶의 권력, 바로 그것이 우리를 가로막고 있는 벽돌이라면, 그것을 벗어나는 욕망을 창출하는 것이 바로 우리가 선 자리에서 다른 삶으로 나아가는 출구를 만드는 것이라고 말하고 있다.

3. 민주주의와 낭만주의의 역설

1) 민주주의의 역설

토마스 만은 자신의 작품이 정치에 관련되는 것을 반대했는데, 이러한 그의 견해가 반드시 옳다고만 볼 수 있을까 하는 의문도 생긴다. 〈진보〉란 사실상 예술과 대립된다. 실제로 토마스 만은 그의 시대라는 정신적 병에서 벗어나는 길을 모색하면서 지식인들처럼 사회 개혁을 설파하는 민주주의나 계급 투쟁의 싸움터로 들어가기에는 너무도 보수적이며 또한 정신적 귀족이었다. 따라서 괴테의 「헤르만과 도로테아」를 전범(典範)으로 토마스 만은 프랑스 혁명에 뒤따르는 투쟁과 반대되는 독일 민족의 우월성을 다음과 같이 언급한 적도 있다. 〈독일인은 개개인이 독특한 정신과 신의 양심을 가지고 있다. 〔……〕 프랑스인처럼 희극적이며 사회적이며 정치적인 동물은 아니다. 〔……〕 우리들(독일인)은 현재에도 미래에도 특별한 의미를 가진 세계적인 민족이다.〉(GW 12, 242 f.) 이렇게 토마스 만은 정치와 문화에 상반되는 독일의 우월성을 강조했다. 즉 그의 사상은 서유럽식 민주주의를 독일에 도입하려 한 진보적 작가들과 대립되었다. 오히려 토마스 만은 이러한 진보적 경향과 대립하여 초기에는 문화적 개념을 광의의 인도적 문화 개념으로 받아들이며 보수적인 편에 편향했다.

그러면 토마스 만이 기피한 민주주의 등을 위한 투쟁 등의 정치 행위는 예술과의 공통점을 전혀 발견할 수 없을까? 헬러E. Heller가 말한 것처럼 정치적·사회적 의식에는 그것이 정치학의 과학 정신이나 정치적 이데올로기의 천박한 합리주의가 아닌 이상, 우리들 삶의 심부에 잠재해 있는 정열적인 것과 자연적인 것이 필연적으로 잔존하고 있다고 보아야 할 것이다. 예를 들어 우리들은 조국애, 우애, 경건, 성실, 도의성, 복종 등을 과거나 현재의 사회적·도덕적으로 파악하지 못하는 것은 아니다. 소위 독일 파시즘의 정치의식을 지배한 극단적인 비합리주의적이고 반계몽주의적 요소는 단적인 표현에 지나지 않는다. 그러나 만일 이와 반대로 정치의식이 완전히 이성적으로, 합리적으로 된다면, 우리들은 틀에 박힌 획일적 문구를 만인의 같은 소리로 무감각하게 부르짖는 결과가 된다. 즉 예술이 본래 영원의 〈과거〉의 존재이면서도 〈영원의 형상 아래〉 있는 존재라면, 정치는 영원의 〈현재〉적인 존재이며 과거와 미래를 향해 전개되는 형태라고 말할 수 있다. 이러한 사실은 정치적이며 사회적인 것에 등을 진 〈비정치적 인간〉인 토마스 만으로 하여금 예술과 정치의 접근을 시도하게 만들고, 〈오직 정치적 인간의 자태에서 옛 시대가 알지 못했던 오늘날의 인간의 문제가 궁극적이며 위기적인 태도로 제시되기도 한다〉.(GW 12, 794)

그런데도 토마스 만 자신은 정치나 문명, 시민성에 계속 반대되는 견해를 보이는데, 이의 역사적·사회적 배경을 고찰해 볼 필요가 있다. 토마스 만은 그가 공격의 화살을 던진 민주주의를 〈미문 정치주의〉에서 탄생한 〈요행과 악마의 주문〉(GW 12, 224)이라 부르며, 민주주의의 〈자유와 평등〉을 민주주의적 국가 형성의

〈기만적인 잡음〉(GW 12, 237)이라고 공격하는 방식으로 권력과 전제 정치로 돌변해 가는 민주주의의 과격주의를 비난했다. 〈평등〉에 대해서, 그것은 〈자유〉의 이상과 일치하기보다는 〈위대한 인간을 말살하고 평범한 인간〉만을 만들어 내며, 〈현자(賢者)〉에 대한 우자(愚者)의 폭력〉을 의미한다고 보았으며, 결과적으로 평균화된 대중을 지배하려는 〈권력자나 전제주의자의 각본에 불과하다〉(GW 12, 356 f.)고 비난하여 니체의 사상을 답습하는 것 같다.

인종주의자·제국주의자·반여성주의자였던 니체는 반민주주의자였다. 니체는 강자·주인·귀족·지배자를 위한 철학을 했으며, 지배자의 지배를 정당화했을 뿐만 아니라 그 지배의 실현을 총체적으로 요구했다. 반면에 약자·노예·피지배자를 멸시했고, 그들의 사상과 제도인 민주주의를 극단적으로 혐오했다. 심지어 니체는 여성에 대해서도 경멸적 시선을 감추지 않아 〈사내는 전투를 위해, 또 여인은 전사에게 위안이 될 수 있도록 양육되어야 한다. 그 밖의 모든 일은 어리석은 일이다〉고 말할 정도로 여성을 남성의 도구로 보는 관점을 그대로 드러내고 있다. 애초 독일 정신을 찬양했던 니체가 1871년 이후 반독일로 돌아섰던 것도 독일에서 민주주의가 번지는 데 실망한 결과였다. 아리아인의 지배자 정신을 체현해야 할 독일이 자신의 소명을 배반했다고 본 것이다. 이러한 니체처럼 토마스 만은 민주주의의 〈자유〉와 〈평등〉은 〈정치적 유미주의자의 방종〉(GW 12, 537)에 지나지 않으며, 〈다만 망상의 도취 속에서만 향유될 수 있다고 단정했다〉.[54]

그런데 이러한 니체와 토마스 만의 〈민주주의〉와 〈자유〉의 이념을 보면 너무 한쪽으로 치우쳐 본질에서 벗어난 감도 있다. 이성(理性)은 인간의 가장 큰 힘이다. 이성은 머리인 〈순수 이성, 사실 판단력〉과 가슴인 〈실천 이성, 가치 판단력〉의 합이라 볼 수 있다. 물론 인간이 지구 상의 모든 동물을 제압하고 물질문명을 발전시켜 온 것은 영리한 머리 덕분으로, 이것이 니체나 토마스 만의 이념이다. 그러나 인간을 인간답게 만드는 것은 〈순수 이성, 사실 판단력〉이 아니라 〈실천 이성, 가치 판단력〉이다. 머리만 좋고 가슴이 없는 사람은 영리한 동물에 불과하다는 의미다. 역사를 발전시켜 온 원동력도 〈실천 이성, 가치 판단력〉이다. 근대 자유주의 국가가 건설되기 전에 수천 년 동안 사람들은 신분·인종·성·종교 등 여러 가지 이유로 사람을 차별하는 것을 당연시해 왔다. 인권이란 개념도 존재하지 않았다. 이런 오랜 악습을 타파하고 평등과 자유를 확대해 온 것이 인류 역사의 가장 중요한 발전이다. 모든 인간은 기본 인권과 인격에서 완전히 평등하다는 〈만인 평등〉의 명제는 근대성의 핵심이다. 만인 평등은 그 자체로 자명하여 이유와 증명이 필요 없으며, 모든 사회 현상에 관한 가치 판단의 으뜸 기준인 〈사회적 공리(公理)〉라고 부를 수 있을 것이다. 개인의 자유도 만인 평등으로부터 도출된다. 모두가 평등하므로 아무도 다른 사람을 강압할 수 없기 때문이다. 역사 발전에서 사회의 잘못된 점을 인식하고 방향을 제시하는 것은 〈실천 이성, 가치 판단력〉이고, 이를 이루기 위한 수단을 찾는 것이 〈순수 이성, 사실 판단력〉의 몫이다. 만인 평등이 옳다는 것은 머리로 아는 것뿐만 아니라 가슴으로도 느껴야 한다는 것으로, 옳고 그른 것을 판별할 줄 아는 가슴을 가져야 진정한 역사를 발전시킬 수 있는 것이다.

그런데 이러한 사상적 배경에 대립하여 토마스 만이 〈평등〉을 〈자유〉의 이상이라기보다는 〈위대한 인간을 말살하고 평범한 인간〉만을 만들어 내는 〈현자(賢者)에 대한 우자(愚者)의 폭력〉이라고 본 배경에는 루터의 종교 개혁*Reformation*과 그것에 기인한 농민 봉기의 실패라는 두 사건이 있다. 루터가 불을 댕긴 종교 개혁은 오랫동안 집단주의 규범의 지배를 받아 온 사회에서 개인주의의 가치를 장려했다. 집단주의가 권위에 의존하고 전통적인 역할을 강조했다면, 개인주의는 기회 균등과 개인의 자유를 중시하는 문화이다. 루터는 본격적인 종교 개혁을 일으키면서 인문주의, 신비주의 또는 농민 봉기 사이에 각각 뚜렷한 구별을 세웠으며, 종교 개혁을 순수한 종교적 한계 속에서만 일으키려 했기 때문에 여러 가지 고뇌도 있었다. 따라서 루터는 교회의 해방, 기독교도의 자유에만 치중하여 민주주의의 근본 사상인 국민의 정치적 자유를 중요치 않게 여긴 결과, 독일 정치사의 전환점이 되었을 농민 봉기를 정신적 해방의 모독이라고 공박하여 루터 자신은 제후들의 봉건적 권력에 굴복한 셈이다. 하지만 이러한 민중 봉기가 부정적인 결과를 야기시킨 세계사적 사례는 많다. 중국의 당(唐)나라는 중국 역사의 찬란한 절정이었다. 예술과 문화가 활짝 꽃피고 동서 교역의 중심에 우뚝 섰다. 그런 당나라가 3백 년을 못 버티고 907년에 망했는데 이는 거듭된 농민 반란 탓이었다. 따라서 반란이 없는 태평세월은 과거 중국 사람이 공통적으로 지닌 염원이었다. 전란이 자주 거듭됐던 중국에서는 태평세월에 대한 기대가 절절해서 〈태평 시절의 개가 될지언정, 난세의 사람으로 태어나지 않겠다(寧爲太平狗, 不作亂世)〉라는 말이 유행할 정도였다.

이러한 배경에서 볼 때, 루터의 위대성은 신학 연구나 종교 개혁 운동 그 자체보다도 그 자신의 독자적인 종교적 체험의 깊이와 확고한 신념 속에 있다. 이 점에서 토마스 만은 그를 가장 순수한 독일적 성격의 대표라고 보았다. 따라서 토마스 만은 농민 봉기를 반대한 루터의 비정치성을 강조하면서, 종교 개혁을 독일적 사건으로 생각하고 있다. 〈그것(종교 개혁)은 국가적 충동과 정치적 자유의 이상을 가장 독일식으로 분리시킨 대표적인 기념적 저항의 방법이었다. 왜냐하면 후에 나폴레옹에 대한 항거처럼 종교 개혁은 국가적인 해방 운동이었기 때문이다.〉 (GW 11, 1136)

교회가 이미 진정한 기능을 상실해 버린 상황에서 스콜라 철학의 속박을 타파하여 신과 인간의 직접적인 관계를 복원시킴으로써, 기독교의 재건뿐만 아니라 인간 정신의 진정한 자유를 회복시킨 것이 루터였다. 그러나 이러한 루터의 자유는 정신적 자유였지 정치적 자유는 결코 아니었다. 〈루터의 위대성을 반박하려는 것은 아닙니다. 〔……〕 그는 자유의 용사였습니다. 그러나 독일적인 형식도 그러했습니다. 왜냐하면 그는 자유에 대해 아무것도 이해하지 못했기 때문입니다. 지금 내가 뜻하는 것은 기독교인의 자유가 아니라, 국가 시민의 자유인 정치적 자유입니다. 〔……〕 루터는 농민 봉기를 증오했습니다. 이 농민 봉기는 신교적 영감을 받았는데, 만일 승리만 했던들 독일 역사에 보다 행복했을 전향, 즉 자유에의 전향을 시킬 수 있었을 겁니다.〉(GW 11, 1134)

이렇게 루터가 농민 봉기를 증오한 이유는 자기의 정신 사업에 대한 모독으로 생각했기 때문이다. 이와 같은 루터의 반정치적인 예속성이야말로 음악적인 독일 내면성Innerlichkeit과 그 비세계성의 산물이며, 독일 문화와 정치 사이의 비극적 분열에 명확한 낙인이라고 토마스 만은 보았다. 이러한 루터의 예뿐만 아니라 토마스 만은 나폴레옹 전쟁 때 괴테가 독일 민족에 보여 준 냉담한 거부적 태도도 예로 삼고 있다. 실제로 괴테는 조국 독일이 나폴레옹의 침략을 받았던 중대한 시기에 무기를 손에 들지 않았고, 최소한 시인으로서만이라도 협조하지 않았다. 그리고 이에 대한 세간의 비난에 괴테는 다음과 같이 응답하고 있다. 〈증오감도 느끼지 못하면서 어떻게 무기를 든단 말인가. 〔……〕 체험하지 않은 것, 고민해 보지 않은 것을 시작(詩作)한 적이 없으며 말로도 해본 적이 없다. 연애시는 다만 연애하고 있을 때만 썼다. 그러니까 증오하지도 않는데 어떻게 증오 시를 쓸 수 있겠는가. 이것은 내막적인 이야기지만 나는 우리가 프랑스인으로부터 해방되었을 때, 신에게 대단히 감사는 하였지만 프랑스인을 미워하지는 않았다. 문화라든가 야만성이라든가 하는 것만이 중대한 문제라고 여겼기 때문에 전 세계에서 가장 문화가 있는 국민이며 또한 나 자신의 교양을 대부분 힘입고 있는 국민을 어떻게 증오할 수 있겠는가.〉⁵⁵

마찬가지로 토마스 만도 당시 바이마르 공화국에 대한 우호적 입장 등 정치적으로 변화하는 태도 등에 변심했다는 보수 진영의 소리를 겨냥하여 〈변심이라는 말에 대해 나의 시각은 다르다. 내가 혹시 내 생각을 고쳤는지는 몰라도 내 참뜻은 바꾸지 않았다. 그리고 생각이란 〔……〕 언제나 목적을 위한 수단, 즉 하나의 참뜻을 위한 도구일 뿐이다〉(GW 11, 809)라고 답변하고 있다. 이 같은 맥락에서 토마스 만은 『바이마르의 로테』에서 나폴레옹에 대한 국가적 해방 전쟁을 〈운명적인 국수주의의 탄생의 순간〉⁵⁶으로 간주했다. 해방 운동의 내부에 혁명적·민주적 요소는 매우 적고 그 때문에 영주들은 나폴레옹에 대한 승리를 민중을 위해서가 아니라 봉건 제도의 복고를 위해 사용했기 때문에 토마스 만의 시각에서 괴테는 해방 전쟁에 분명한 반대 입장에 서 있는 것이다.

이러한 괴테의 부정적인 태도는 문화와 야만을 자신의 최고 관심사로 생각하고 있던 그가, 이 해방 전쟁의 편협한 애국주의적 혈관 속에서 민족주의적 야만을 본데 원인이 있었다. 즉 수백 년간 독일 국민은 제후와 국가 권력에 대하여 노예적인 굴종을 하게 된 것이다.

이러한 루터와 괴테의 영향을 받은 토마스 만에 의하면, 《〈자유〉나《자유주의》는 원래 인간성의 초정치적·초사회적 요소인 예술가 기질, 보헤미안 정신, 방탕성 등이 정치적·사회적인 것으로 탈을 바꾸어 쓰고 나타나서 경화된 것에 지나지 않았다.〉(GW 12, 129) 〈문명의 문사Zivilisationsliterat〉(GW 12, 68)는 사회적·윤리적 의도 아래 〈자유〉를 부르짖고 있으나, 이것은 실은 윤리적인 것이 아니고 유미주의의 의상을 빌려 입은 망상에 지나지 않는 것이다. 즉 〈자유〉라는 것은 정치적으로나 사회적으로 속박되어 있는 현실로부터 이탈하려고 하는 미적 관념이며, 나아가 우리들의 삶 그 자체에서 자유로워지는 것을 의미한다. 왜냐하면 〈자유〉라는 유미적인 관념은 본래 우리들의 공상이나 관조에만 존재하기 때문이다. 따라서 이 미적 관념에 따라갈 수 없고 끊임없이 행위의 결정을 압박당하고 있는 현실은 혼탁한 무정부 상태를 야기할 것이다. 결국 자유의 현실은 삶의 혼탁이며, 그 혼탁의 유일한 구제책은 전제 정치와 독재 정치에 지나지 않는다.[57]

2) 낭만주의의 역설

고전주의에서 문학이 주도적 예술이었다면 초기 낭만주의는 부분적으로 회화에 근거를 두었다. 그러나 후기 낭만주의는 완전히 음악에 의존하고 있다. 따라서 음악은 19세기가 끝날 때까지 계속 낭만주의적이었는데, 그것도 다른 예술 장르보다 훨씬 철저하게 낭만주의적이었다. 이에 대해 토마스 만은 다음과 같이 나타내고 있다. 〈동화적 순진성과 교활성의 결합, 최고도로 정신적인 것을 관능적 도취의 향연으로 구체화시키고 통속화시키는 기교, 매우 그로테스크한 것을 만찬의 요지경에나 울려 퍼지는 변화무쌍한 음향의 마법으로 표현하기도 하고, 예술과 종교를 매우 대담한 오페라 속에서 병합하기도 하는 능력, 〔……〕 이러한 모든 것은 낭만적이 되어야 하며, 고전적이고 인문적인 고상한 예술 분야에서는 결코 생각할 수 없다.〉(GW 9, 403)

이러한 음악의 발전 과정은 쇼펜하우어의 철학에 오면 그 절정에 이르게 되어 낭만주의는 음악에서 최대의 성공을 거둔다. 특히 바그너의 「트리스탄과 이졸데」는 밤을 찬양하고 낮을 저주함으로써 낭만주의에 깊이 결부되어 있다. 쇼펜하우어는 음악이 삶의 의지의 부정에도 가장 직접적으로 반영한다고 보았다. 이렇게 음악에 부정적인 영향을 끼친 낭만주의는 문학에도 부정적 요소로 나타나는 경우가 있다. 키르케고르가 간파한 바와 같이 낭만주의 문학에는 허무주의적 요소, 미학적·시적 허무주의의 요소가 내포되어 있는 경우가 있는 것이다. 이러한 잠재적 절망의 요소가 일반적인 경향이었다.[58] 낭만주의적 절망의 원인은 인간이 보편적인 것과 절대적인 것에서 독립하여 자주 주권을 행사하게 됨으로써 점차 고립화되어

간 분리와 개별화에 기인하는 것이다.[59]

이처럼 음악과 문학 등에 부정적 요소로 나타나는 낭만주의에 부정적인 개념을 지닌 사람들이 많은데 여기에 괴테가 대표적이다. 괴테는 낭만주의 문학의 창시자일 뿐만 아니라 그 산물이지만 나이가 들자 낭만주의라는 이름으로 불리는 모든 문학을 병적이라고 말했다. 〈나는 고전적인 것을 건강한 것, 낭만적인 것을 병적이라고 부른다. 이런 의미에서 「니벨룽겐의 노래」는 『일리아드』처럼 고전적이다. 왜냐하면 두 작품은 모두 활기 있고 건강하기 때문이다. 현대 작품은 낭만적이다. 새롭기 때문이 아니라 약하고 병적이기 때문이다. 고대 작품은 고전적이다. 오래되어서가 아니라 강하고 신선하고, 환희에 차 있고, 건강하기 때문이다. 《고전적》과 《낭만적》이라는 말을 이런 속성들로 구별한다면 우리의 길을 분명히 보는 것은 쉬울 것이다.〉[60]

이러한 괴테의 견해처럼 토마스 만도 낭만주의가 독일 정신에 미친 영향을 부정적으로 비판하고 있다. 토마스 만은 괴테를 독일 문화 전통에서 대표적인 고전적 존재, 하나의 범례, 즉 신화적 범례로 보고 괴테에서 자기의 원형을 발견하고 그와 자신을 동일시하여 그 행로를 반복함으로써 자기를 정당화했다. 이렇게 괴테와 정신 계열을 같이하고 있는 토마스 만은 낭만주의가 독일 정신에 이원적 병폐를 초래했다고 독일 정신을 비판하는데, 이는 자국민과 동일시한 애국심에서 낭만주의를 찬양하는 슈트리히Fritz Strich의 견해와 상반되고 있다. 제1차 세계 대전에 패한 독일 국민을 슈트리히는 다음과 같이 〈낭만주의〉로 격려·고무시키고 있다. 〈낭만주의는 다시 한 번 올 것이다. 왜냐하면 낭만주의는 다만 시간적인 것, 일회적인 것, 요란하게 흘러가 버린 흐름이 아니라 영원한 요소, 영원한 바다이다. 그 속에 인간 정신은 되풀이하여 몸을 담가야 한다. 성스러운 회춘의 목욕을 해야 하는 것이다. 그것은 모든 것이 출생하고 모든 형상이 탄생하는 영원한 어머니의 품이다. 마치 음악에서 조형미가 나오고, 그리스 신화에 있어 미의 여신이 바다에서 솟아오르는 것과 같은 것이다. 그 이유는 경화(硬化)되어 사멸하지 않고 생존하기 위해서는 다시 파괴·해체되어야 하기 때문이다. 이제는 변형이 삶을 수호하는 비결이 된다. 낭만주의는 변형의 요소이다. 이 요소가 모든 경화한 형식을 포섭하여 재생을 촉구한다.〉[61] 이렇게 〈낭만주의를 독일 정신의 근본 요소와 삶의 근원〉이라고 주장하는 슈트리히의 견해가 있는가 하면, 〈고전적인 것은 건전하고 낭만적인 것은 병적이다〉[62]라고 괴테와 토마스 만은 주장하고 있다. 「트리스탄과 이졸데」에서 트리스탄은 마지막 순간에 이졸데가 달려오는 것을 보고 쿠르베날에게 〈빨리 망대에서 내려가 내 아내를 도와주라〉고 소리치면서도 자기 상처의 붕대를 풀어 죽음을 재촉한다.[63] 이렇게 「트리스탄과 이졸데」에서와 같이 죽음에 대한 동경이 관념만으로 끝나지 않고 행동으로 표시된다면 그와 같은 작품은 지극히 병적이고 애매한 작품이며, 그러한 작품이 젊고 건전하며 정상적인 감각을 가진 사람들에게 끼치는 영향을 생각해 본다면 낭만적 동경을 긍정적이고 적극적으로 해석할 수는 없는 것이다.

〈낭만주의가 독일 정신의 근본 요소, 삶의 근원〉이라는 슈트리히의 견해와 〈고전적인 것은 건전하고 낭만적인 것은 병적이다〉라는 괴테와 토마스 만 등의 견해가 상반되는 배경에서 〈고전적〉과 〈낭만적〉이라는 구별은 혼란을 가져올 수도 있다. 괴테 자신을 포함한 19세기 초의 사람들은 역사적인 문학관을 가지도록 세상 사람들에게 가르쳤다. 괴테가 이런 발언을 하기 전까지는 〈고전적〉, 〈낭만적〉이라는 용어를 역사적인 용어로 사용함으로써 혼돈을 피할 수 있었다. 괴테가 〈낭만적〉이라는 용어에 좋지 않은 의미를 부여하려고 한 것은 불행한 일이나 그의 동기는 쉽게 이해될 수 있다. 괴테는 극단에 흐른 독일 〈낭만파〉에 혐오를 느꼈던 것이다.

이렇게 괴테가 독일 낭만파에 혐오를 느끼게 된 가장 큰 배경으로 프랑스 혁명에 따른 공포 정치를 들 수 있다. 괴테는 독일 고전주의자들처럼 프랑스 혁명이 야기한 공포 정치를 경험한 것이다. 프랑스 혁명의 여파로 극단에 흐르고 있는 것을 본 괴테가 1830년에 에커만Johann P. Eckermann에게 다음과 같이 말할 때, 사실 그는 위고Victor Hugo 같은 프랑스인들을 생각했던 것이다. 〈극단은 어떤 혁명에서나 결코 피할 수 없다. 정치적인 혁명에 있어서 맨 처음에는 모두 부정부패 일소밖에 바라는 것이 없다. 그러나 사람들은 자기들도 알지 못하는 사이에 유혈과 공포에 깊이 빠지게 된다. 이와 같이 프랑스인들은 현재의 문학 혁명에 있어서 처음에는 좀 더 자유로운 형식밖에 다른 것을 원치 않았다. 그러나 그들은 거기에서 멈추지 않고 형식과 더불어 전통적인 내용도 배격했다. 그들은 고상한 정서와 행위의 묘사를 지루하다고 말하고 모든 가증스러운 것들을 취급하기 시작한다. 그리스 신화의 아름다운 주제 대신 악마와 마녀와 흡혈귀를 다룬다. 고대의 고상한 영웅들은 요술쟁이와 노예선의 노예들에게 자리를 양보하지 않으면 안 된다. 업적을 쌓아 인정받을 젊은 재사(才士), 자기 자신의 길을 개척할 수 있을 만치 훌륭한 젊은 재사는 시대의 취미에 영합해야 한다. 아니, 소름 끼치게 하고 무시무시한 것을 묘사하는 데 있어서 그의 선배를 능가하려고 해야 한다.〉[64]

이렇듯 괴테나 독일 고전주의자들은 극단을 지극히 혐오했다. 〈혁명을 하려면 웃고 즐기며 하라/소름 끼치도록 심각하게는 하지 마라/너무 진지하게도 하지 마라/그저 재미로 하라〉는 로런스David H. Lawrence의 시 「제대로 된 혁명A Sane Revolution」의 묘사가 혁명을 너무 놀이 문화로 과소평가하는 것 같기도 하지만, 혁명의 극단은 대부분의 작가들의 혐오 대상이었다. 이러한 영향을 받은 토마스 만은 프랑스 혁명처럼 극단으로 흐르는 독일 낭만주의 같은 문학을 모두 병적이라고 말했다.(GW 11, 1145) 이렇게 혁명의 극단에 뒤따르는 병적 상황이 토마스 만의 『부덴브로크 일가』에서 적나라하게 암시되고 있다. 〈영사는 머리를 흔들었다. 그 자신도 최근 들어 우려할 만한 여러 가지 낌새를 눈치 채지 않을 수 없었다. 물론 비교적 나이 든 짐꾼이나 창고 인부들은 그가 아무런 신경을 쓰지 않아도 될 정도로 충직했다. 하지만 젊은이들 중에는 이런저런 행동으로 반란이라는 새로운 정신의 수용을 음험하게 드러내 보이는 측들이 있었다. 〔……〕 새 시대의 요구에 부응하는 새 헌법을 마련 중인데도 연초에 거리에서 소규모의 폭동이 일어났다. 그러한 계획은 레브레히트 크뢰거나 다른 몇몇 완고한 사람들의 반대에도 불구하고 얼마 후에 시의회 훈령을 통해 국가 기본법으로 승격되었다. 따라서 시민의 대표자가 선출되고 시의회가 구성되었다. 그런데도 세상은 평온을 되찾지 못하고 완전히 혼란에 빠져 있었다. 모두들 헌법과 선거법을 개정하고자 했으며 시민들은 서로 싸우고 야단이었다. 어떤 사람들은《신분적 원칙!》을 외쳤다. 요한 부덴브로크 영사도 그렇게 말했다. 다른 사람들은《보통 선거권!》을 외쳤다. 힌리히 하겐슈트룀도 그렇게 외쳤다. 또 다른 사람들은《신분에 맞는 보통 선거!》를 주장했다. 하지만 그들은 그게 무엇을 의미하는지 아마 알고 있을 것이다. 그런 다음에는 평민과 귀족의 차별을 철폐하고 시민권의 자격을 확대하여 심지어 기독교 신자가 아닌 사람들에게도 그것을 적용하자는 이념들이 분분하게 나돌았다. 〔……〕 아아, 더 고

약한 일이 벌어지게 되어 있었다. 현 상황이 끔찍한 전환을 맞이할 국면에 처해 있었다.〉(Bd 178)

토마스 만은 프랑스 혁명에 뒤따르는 혼란 시대에 〈독일의 소도시 생활의 순수한 인간미를 협잡물과 분리하고자〉[65] 괴테의 「헤르만과 도로테아」를 모방하여 다음과 같이 언급한다. 〈문제적인 것은 내 자신 속에 너무나 많이 있다. 이것은 매우 독일적인 말이며, 교양과 문제성의 상호 관련성에 하나의 빛을 던지고 있는 것처럼 생각된다. 독일인이 본질적으로 문제적인 민족이라는 것은, 그들이 교양 있는 민족이기 때문이 아닐까? 이 질문은 역으로 할 수도 있다. 그 때문에 사람들은 이번 전쟁(제1차 세계 대전)에 전심전력을 다하여 독일 편에 서서 독일의 승리를 기원하면서도 〔……〕 그러나 아주 조용한 한순간에는 교양이 있고 사물을 알고 그리고 문제적인 이 민족의 사명은 유럽의 효소(酵素)가 되는 데 있으며, 지배하는 데 있는 것이 아니라는 의견에 기울 수 있다.〉(GW 12, 506 f.)

이렇게 괴테의 영향을 많이 받아 극단적인 것을 혐오한 토마스 만은 독일 낭만주의에서 국가 사회주의의 〈싹〉을 보게 되었다. 독일 고전주의는 괴테를 정점으로 하여 어느 서구 국가에도 뒤지지 않는 정신문화를 수립하여 발전해 왔다. 괴테, 쉴러와 같은 천재적 시인, 칸트, 헤겔 등의 심오한 철학자, 모차르트, 베토벤을 비롯한 위대한 음악가를 배출하여 〈예술과 사상의 국가〉를 자부하며 칭찬받아 온 독일이 세계 정복이라는 망상에 사로잡혀 히틀러와 같은 무지한 인간에게 마치 「마리오와 마술사」에서처럼 우롱당하는 원인을 토마스 만은 낭만주의 탓으로 돌리는데, 이렇듯 히틀러 같은 인간에게 우롱당하는 인간상이 『파우스트 박사』에 적나라하게 묘사되고 있다. 〈저물어 가는 중세의 히스테리라고 할까, 그 무슨 잠복성의 심령적 역병(疫病) 같은 것이 상존하고 있었다. 〔……〕 여기서는 세속적인 특징으로 충만된 그 어떤 《바보 녀석》이 나타나 십자가의 기적들을 실현해 보여 신기해하는 민중들을 줄줄 끌고 다니면서 환상적·공동체 의식적 설교를 해댈 가능성도 상정할 수 있었다.〉(DF 51 f.)

토마스 만이 독일 낭만주의에서 국가 사회주의의 〈싹〉을 보는 견해는 〈저열한 낭만주의, 구역질 나도록 망쳐 놓은 시 문학〉(GW 11, 816), 〈곰팡내 나는 낭만주의〉(GW 13, 623), 〈낭만주의가 독성으로 변질된 형태〉(GW 11, 1011), 〈영락한

284

바그너주의자들〉(GW 11, 1075), 〈기계화된 낭만주의〉(GW 12, 950) 등 다양한 낭만주의에 관한 부정적 의미를 지닌 용어에 잘 나타나 있다. 낭만주의는 〈감정 더 나아가 신비적 황홀과 디오니소스적 도취를 중요시하여 낭만주의의 심리적 결과를 질병이라 말하는데, 이는 질병의 매체로 죽음의 천재성에 도달한 후기 낭만주의자 니체가 질병을 인식론에 연결하여 찬양한 예와 같다.〉(GW 11, 1144 f.) 또한 토마스 만은 비스마르크에서 히틀러 시대까지 이어지는 상황을 〈마키아벨리즘 *Machiavellismus*〉(GW 11, 1143)으로 규정지었다.

15세기의 이탈리아는 〈훌륭한 군주상〉에 대해 고민하기에 적합한 시대였다. 당시의 이탈리아는 주변 국가와 비교해 월등히 뛰어난 예술, 학문, 정치, 경제적 제도, 생활의 수준을 자랑했을 뿐 아니라, 교황이 머무는 로마를 품고 있는 기독교의 중심이었기 때문만은 아니다. 이탈리아는 극에 달하는 끝도 없는 영토 싸움과 끊임없는 외부의 침입을 겪고 있기도 했다. 따라서 강력한 군주의 필요성은 이탈리아에 무엇보다 절실한 것이었다. 어떻게 하면 사회가 안정되고, 이탈리아는 통일될 수 있을 것인가? 마키아벨리는 가장 적절한 해결책으로 〈마키아벨리즘〉을 내세웠는데, 이의 사상을 담은 저서가 『군주론』이다.

무엇보다 〈강력하고 전제적인 군주〉의 필요성을 역설한 마키아벨리가 『군주론』을 쓰면서 염두에 두고 있던 것은 악명 높은 인물인 〈보르자Cesare Borgia〉였다. 교황 알렉산더 6세의 서자로 태어나 이탈리아 중북부를 통일하겠다고 나섰던 보르자는 악마와 영웅의 면모를 동시에 갖춘 인물로 당대를 공포에 떨게 만들었지만 젊은 나이에 비참하게 최후를 맞이했다. 피렌체의 사절로 그를 가까이서 지켜볼 기회를 가졌던 마키아벨리는 진심으로 그에게 감탄했고, 그의 최후를 지켜본 뒤 『군주론』에서 그를 부활시켰다. 따라서 1507년 3월 11일, 보르자가 비참하게 전사한 지 6년 후에 『군주론』이 나오게 되었다. 마키아벨리에게 미친 보르자의 영향력을 보건대, 그 둘 사이에 우정이 싹트지 않았을까 하는 후대의 상상도 없지 않았지만 그 둘은 우정으로 맺은 사이가 아니었다는 점은 분명하다. 보르자는 매력적이지만 무정한 사람이었고, 마키아벨리는 냉정하게 거리를 유지할 줄 아는 사람이었기 때문이다. 마키아벨리가 우리에게 남긴 보르자의 이미지는 〈사적 개인〉이 아닌 〈공적 개인〉의 모습이다.

이렇게 마키아벨리에게 매력적이면서도 무자비한 영향을 미친 보르자를 토마스 만은 「토니오 크뢰거」에서 문학의 부정에 비유해 다음과 같이 묘사하고 있다. 〈그러나 제발 부탁입니다. 제가 지금 말하는 것을 문학이라고 간주하지 말아 주십시오. 체사레 보르자나 그를 추앙하는 그 어떤 도취적 철학을 생각하지는 말아 주십시오. 그는, 저 체사레 보르자는, 내게는 아무런 의미도 없습니다. 나는 그를 조금도 중히 여기지 않으며, 그런 비정상적 마성(魔性)이 어떻게 이상으로서 추앙받을 수 있는지 결코, 영원히 이해할 수 없을 것입니다.〉(TK 302)

마키아벨리에 따르면, 이상적인 군주가 가져야 할 외적인 요건으로 가장 중요한 것이 〈자신의 군대〉이다. 마키아벨리는 그래야만 〈자신의 지위와 국가의 안전을 보장할 수 있다〉고 주장했는데, 이는 보르자가 외교적 능력으로 다른 나라의 군대를 지휘하고 그 와중에 자신의 군대를 키우며 힘을 비축하는 과정을 보면서 느낀 것이었다. 따라서 마키아벨리는 군주는 〈전사〉이고 자신의 군대는 직접 통솔해야 한다고 말했다. 이는 보르자의 특징이기도 했다. 마키아벨리는 또 〈군주의 인물됨〉에 대해 이야기하면서, 〈군주는 사적 개인이 아닌 공적 개인인 만큼 사적 개인이 가졌을 때 바람직하다고 생각되는 덕을 가질 필요는 없다〉는 논란이 될 만한 주장을 했다. 다시 말해 인자함이나 신의 등 보통 군주에게 요구된다고 생각하는 덕망을 마키아벨리는 경계했다. 이는 오히려 군주에게 커다란 해악을 미칠 수도 있다는 게 그의 주장이었다. 그에 따르면, 군주는 잔인해야 했으며 사랑받기보다 두려움의 대상이 되어야 했다. 또 군주는 과감히 약속을 깰 수 있어야 했다. 자비심을 버리고 인간미를 버려야 하면서도 사적 개인으로서 바람직하다고 여겨지는 덫을 가지고 있는 것처럼 보이는 〈위장술〉도 지녀야 했다. 이러한 바람직한 군주의 특징들은 보르자의 특징들과도 일치하는 것이었다.

이러한 보르자의 무자비한 사상 등에 영향을 받아 생긴 〈마키아벨리즘〉(GW 11, 1143)과도 같은, 비스마르크에서 히틀러 시대까지 이어지는 시대상을 토마스 만은 〈낭만주의적 질병과 죽음의 씨앗〉(GW 11, 1146)으로 보고, 이를 제2차 세계 대전의 재난의 근원으로 보았다. 〈역사의 불행, 패전의 번뇌와 굴욕이 그것(낭만주의)에 다가왔다. 히틀러 시대 수준의 열등 속에 독일 낭만주의는 히스테리적 야만, 거만과 범죄 도취 및 발작 속에서 싹텄는데, 이 상태는 정신과 육체적인 유례없는 국가적 재난의 공포의 결말을 보게 되었다.〉(GW 11, 1146) 결국 독일 낭만주의의 싹을 키운 자는, 즉 〈바람의 씨를 뿌린 자는 폭풍을 거두어들이는 결과를 야기시킨 것이다〉.(DF 50)

토마스 만에 의하면, 낭만주의의 본질은 지하의 마력적·비합리적인 생명력과의 연대성이며, 만사를 이성적인 관찰로 취급하는 데 반대하여 신비성으로 반항하는 정적 사고방식이다. 따라서 서구적 주지주의*Intellektualismus*와 합리주의에 대한 대립으로 독일은 세계 문화에 독자적인 특징을 나타낸다. 낭만주의에 내재된 비합리성의 찬미와 마력성의 영합은 야만성과 일맥상통하게 되고 비합리성을 합리화·체계화하여 독일 문화는 항상 악마성으로 변용할 가능성과 야만적 존재로 역행할 위험성을 내포하고 있다. 추상적 이성이나 천박한 도덕주의에 대하여 인간성의 대변자 역할을 해야 할 낭만주의가 바로 비합리적인 것으로 귀의한 결과, 오히려 인간성을 말살하게 된다는 역설을 보여 주는 것이다. 따라서 국가 사회주의 시대의 야만성은 바로 독일 낭만주의 사상 체계의 유전적·음성적인 발로라고 보았다.[66] 〈독일의 낭만파, 그것은 바로 가장 아름다운 독일적 특색의 발로 이외에 또 무엇이겠습니까. 즉 독일의 내면성의 표현입니다. 많은 동경적·몽상적인 것, 환상적·유령적인 것, 심원하고 기괴한 것, 또는 고도의 예술적 세련, 그리고 그 모든 것 위에 떠도는 반어성 등이 낭만파의 개념과 연결되어 있습니다. 〔……〕 그러나 거기에는 일종의 음침한 강력성과 경건성이 내포되어 있습니다. 영혼의 고풍적인 요소 — 그것은 자기 자신을 생의 하계적이고 비합리적이고 마적인 힘, 다시 말해 생의 본래의 원천에 가깝게 느끼고, 단순히 이성적인 세계 고찰이나 세계 처리에 반대해서 보다 깊이 있는 지식과 신성의 보다 깊은 연결을 내세우는 것입니다.〉(GW 11, 1142 f.)

그들의 본질인 영혼의 고풍성, 생의 하계성은 사실 계몽주의=합리주의에 입각한 서유럽 문명에 문화적인 반기를 들었으며, 전통과 내면의 힘으로 표면적 진보주의를 극복하고 찬란히 꽃핀 독일의 낭만주의로서 마침내 세계의 문학과 예술에까지 새로운 기원을 가져오게 했다. 슈트리히Fritz Strich의 말처럼 그것이 〈인류의 정신 사상의 위대한 공헌〉인 것은 사실이겠지만, 토마스 만이 지적한 대로 그 본질이 독일인의 정신에 치명적인 독소를 배양하여 세계사에 그 유례없는 참극의 원인을 제공한 것이다. 그가 말하는 〈선한 독일〉과 〈악한 독일〉은 근본적으로 동일한 본질의 양면이며, 그가 『파우스트 박사』에서 표현하고자 하는 것도 결국은 그 본질의 양면의 가능성이라고 생각할 수 있다.[67] 〈미의 세계를 위한 낭만주의의 공적은 풍부하고 매혹적이다. 실증주의나 주지주의적 계몽주의는 문학이 무엇인가를 결코 알지 못한다. 낭만파가 비로소 그것을 세계에 가르쳐 준 것이다. 〔……〕 그러나 낭만파가 가장 우아하고 가장 정기 어린, 그리고 동시에 민중적이며 숭고한 현상에서조차 장미가 송충이를 붙이고 있는 것같이 병균을 보유하고 있는 것, 그것은 가장 본질적으로 볼 때 유혹 더구나 죽음에로의 유혹인 것을 부인할 수 없다.〉(GW 11, 1144 f.)

요컨대 독일의 본질 속에는 마적인 요소와 더불어 일종의 유혹, 즉 죽음의 유인력을 내포하고 있다고 말할 수 있다. 따라서 파우스트도 악마에게 이끌려 멸망으로 향하는 필연적인 운명에 놓이는 것이다.[68]

이렇게 토마스 만이 독일 낭만주의에서 국가 사회주의의 〈싹〉을 보았던 동기는, 삶에 대한 결함은 모두가 낭만주의 사조의 유전적인 인자가 독일인 자체 내에서 변질, 발산한 결과라 하겠다. 즉 독일적 내면성에서 기인한 아름답고 고귀한 이상주의는 현실을 무시한 관념론으로 기울어지는 경향이 강하며, 독일인은 그 관념론을 무리하게 현실에 강요하려 하는 데서 그 반작용으로 불행한 범죄를 저지르게 된 것이다. 이런 배경에서 토마스 만은 독일 낭만주의를 종교 개혁에서 국가 사회주의로 둔갑한 재난으로, 또 낭만주의에서 독일 정신의 모든 선과 악이 발생한다고 생각해, 독일 내면성을 〈어떤 어두운 권력과 신앙, 다시 말해 삶의 저승적, 비이성적 및 악마적 힘, 즉 삶의 근본에 가깝고 이치적 세계관과 세계사(世界事)에 성스럽고 지적으로 완전히 대립하여 이치적 세계관과 세계사에 역행되는 영혼의 고풍〉(GW 11, 1142 f.)이라고 정의를 내렸다.

괴테와 낭만주의, 토마스 만과 국가 사회주의와 같은 병행적 관계는 『바이마르의 로테』에 나오는 괴테의 아침 명상에서 명백하게 나타나는데, 이를테면 거기서 괴테는 독일인에 관해 다음과 같이 성찰하고 있다. 〈그들(독일인)이 열기와 도취, 그리고 광포한 무절제를 그렇게도 좋아하다니 역겨운 노릇이야. 그들 내부의 가장 비열한 본성을 충동질하여 그들을 죄악에서 헤어나지 못하게 하고, 그들로 하여금 국가라는 것을 고립과 야만의 동의어로 잘못 알도록 가르치는 그런 미친 악한을 그들이 철석같이 믿고 몸을 내맡기다니 참 딱한 노릇이야!〉(GW 2, 657 f.) 여기에 언급된 〈악한Schurke〉(GW 2, 657)이란 토마스 만이 히틀러와 그 정권을 표현할 때 즐겨 사용한 어휘이다.[69]

하지만 괴테는 낭만주의에 대해 좋아하지 않는 점 역시 미래의 문학을 형성하고 있다고 보고 있는데, 이는 오늘날 우리들의 견해와 일치한다. 〈내가 묘사한 극단과 변태적 현상은 점차 사라질 것이다. 그리고 이 위대한 장점은 결국 남을 것이다. 좀 더 자유로운 형식 이외에 좀 더 풍부하고 좀 더 다양한 주제가 확보될 것이고, 가장 광대한 우주 그리고 가장 다양한 생의 어떠한 사물도 비시적(非詩的)이라고 제외되는 일은 더 이상 없을 것이다.〉[70] 괴테의 생각은 옳았다. 후세의 다양한 문학의 길을 열어 준 것은 바로 낭만주의 운동이었다.

4. 문화와 문명의 양면성

문명이란 사람이 자연 안에서 자연과 더불어 살면서, 그러나 무지몽매한 야만과 자연의 예속에서 벗어나 자연 위에서 자연을 다스리는 지혜를 터득하고 인간답게 사는 이치를 깨쳐 밝은 빛 속에 있는 상태를 일컫는다. 인간답게 산다는 것은 사람들이 일상생활에 필요한 여러 가지 도구를 개발하여 서로 골고루 나눠 씀으로써 시간의 면에서나 재화(財貨)의 면에서 삶의 의의를 새겨볼 여유를 누리면서 살 뿐만 아니라, 여느 초목이나 짐승들에게서는 볼 수 없는 도덕 원칙을 세우고 거기에 자신들의 행위를 맞춰 나가는 인격적 삶을 산다는 뜻이다. 정신적 개화 상태가 문화요, 물질적 개명 상태가 문명으로, 문화와 문명은 엄밀히 구분된다.

문화를 자연과의 관계에서 인간 공동체가 보여 준 노력과 그 결과의 총체라고 한다면 인간이 자연과 어떠한 관계를 갖느냐에 따라 문화의 성격이 달라진다. 일반적으로 말해, 서양 문화는 자연의 법칙을 발견하여 그것을 이용함으로써 물질문명을 강화하였고, 동양 문화는 자연의 섭리를 터득하고 거기에 순응함으로써 갈등을 해소하려는 정신문화에 역점을 두었다. 따라서 자연과 우주를 정복의 대상이 아닌, 화합의 관계로 보아 온 중국에서 과학은 환영받는 학문이 될 수 없었다. 드넓은 땅덩어리에서 큰 경쟁 없이 농사짓고 살아온 중국인은 서양인처럼 〈왜〉를 따지지 않았다. 전체 속에서 〈어떻게〉 조화롭게 살 것인가가 더 중요했던 것이다. 천문 관측부터 관개 시설까지 당시 서양에선 꿈도 못 꿨던 숱한 과학 기술이 이 나라에서 나왔는데도 과학 기술 강국으로 서지 못한 이유가 여기에 있다. 그들은 신선도 같은 풍경 속에 유유자적 자연에 따르는 공자·노자·장자의 후예였다.

따라서 유교는 인간이 자연계와 어떻게 연결되어 있고, 자연에 대한 우리의 역할은 무엇인지를 알려 주고 있다. 유학자들은 인간적이면서 생태적인 세계를 만드는 데 관심이 높았으며 이를 기반으로 공동선을 실현하고 지속 가능한 사회를 개발하는 방식을 고찰했다. 건강한 농업 구조를 갖추는 것이 지속 가능한 사회와 문명을 구축하는 데 도움이 된다는 점을 강조한 유학자들의 생각에 특히 주목할 필요가 있다. 농업을 중시한 유교 사회의 특성 때문에 동아시아 유학자들의 가장 중요한 관심사는 자연을 다스리는 것이었다. 인간은 자연과 분리된 것이 아니라 더 큰 생명 집단의 일부라는 생각이 유교 사상에 깔려 있는데, 이 점에서 인간 중심적인 서구 종교와 철학의 전통과 큰 차이가 있다. 한국·중국을 비롯한 아시아 국가는 수천 년 동안 자연을 정복하지 않고 자연과 조화를 추구하며 살아왔고, 홍수·가뭄·지진 같은 자연 재난에 맞서며 지속적인 삶을 영위해 온 것이다. 특히 아시아의 종교는 계절의 변화에 대한 인간의 이해와 경험을 담고 있다. 따라서 종래 아시아의 세계관을 환경과 생태의 측면에서 오늘날 활용할 수 있는 방법을 모색할 필요가 있다.

여러 가지 배경에서 동양과 서양의 인생 태도에 따라 〈평화적 인간〉과 〈비극적 인간〉의 개념이 발생한다. 평화적 인간은 주어진 자연의 여건, 더 나아가 운명과 타협하고 그것에 적응하는 사람을 의미한다. 그는 우주라는 전체적 입장에서 인간의 기능과 존재의 이유를 보려고 하며, 인간은 우주의 한 부분에 불과하여 인간의 가치도 우주적 입장에서만 정당하게 평가된다고 본다. 따라서 그는 자연을 정복의 대상으로 삼기는커녕 자연에 귀의코자 하고, 운명과 조화를 이루어 평화를 누리고자 한다. 이와 반대로 비극적 인간은 인간을 우주에서 특수한 권한을 가진 존재로 보고 운명이나 자연을 그대로 받아들이려 하지 않는다. 그는 운명과 자연을 정복함으로써 그 위에 군림하고자 하는 의지의 인간이다. 이 같은 유형의 인간은 운명과 타협하고 조화를 이루려 하기는커녕 그것과 대립하는 인간이다.

평화적 인간과 비극적 인간은 동양적 인간과 서양적 인간으로 구별되어, 가령 부처와 파우스트의 대조로 나타난다. 부처는 이성으로 얻는 앎과 모든 욕망의 어리석고 해로움을 주장하며, 영겁회귀(永劫回歸)의 진리에 동화되기를 권하고 있다. 한편 파우스트는 만족을 모르는 앎과 욕망, 이성으로써 우주를 정복하는 데 인생의 궁극적인 의미를 찾는 인물이다. 파우스트는 그것이 불가능한 꿈인 줄 알면서도 평화와 안이(安易)를 거절하는, 행복할 수 없는 인간이다. 이러한 파우스트의 성격은 이카로스의 운명과 같다. 높은 하늘에 뜬 태양의 열은 가까이 갈수록 더 강렬하여 초로 만든 이카로스의 날개는 그 태양열에 녹고, 그는 결국 땅에 떨어지게 마련이다. 그런데도 이카로스는 그 태양을 향해 날아가려는 무모한 내적 욕구를 억제하지 못한다. 평화적 인간과 비극적 인간의 대립은 그리스의 소크라테스와 중국의 장자(莊子)의 태도에서도 찾아볼 수 있다. 소크라테스는 앎을 큰 가치로 생각했고 인간의 특권을 믿어 〈행복한 돼지보다 불행한 인간〉을 찬양했고 〈반성하지 않는 인생은 가치가 없다〉고 주장한 데 반해, 장자는 〈제물 편(齊物篇)〉에서 모든 가치나 진리가 상대적임을 주장하고 인간의 자존심·특권을 야유했다. 장자는 지식과 인위적인 것을 비웃고 인간의 특수성을 부정하며 마음의 평화를 인생의 진정한 가치로 보았다.[71]

일반적으로 문명은 서양에 연관되고, 문화는 동양에 연관시키는 경향이 있다. 그런데 〈문명〉에 해당하는 서양 말은 대개 라틴어로 〈시민civis〉이라는 뜻을 가진 말에서 유래한다는 사실을 생각해 볼 수도 있다. 프랑스어로 〈시민화civiliser〉 곧 문명화는 사람을 시민으로 만듦, 곧 사람들로 하여금 일정한 법과 질서를 지킴으로써 사회를 형성하고 그 사회의 일원이 되게끔 만드는 것을 뜻한다. 아무리 뛰어난 성능을 가진 기계들을 생활 도구로 가지고 있고 풍부한 재물 속에 파묻혀 있다 하더라도 시민적 삶, 즉 인격으로서 인간의 존엄함과 자유·평등의 사회 원칙이 준수되지 않는 사회생활은 문명적 삶이라고 할 수 없다. 이렇게 이해한다면, 문명은 수준 높은 문화 상태인 성숙한 시민 생활의 모습이라 할 수 있다. 앞에서의 언급처럼 서구의 문명에 중국 문명이 앞서 간 이유는 중국의 문명은 문화적인 특징을 띠었기 때문이다.

이런 배경하에 『마의 산』에서 유럽적인 내용은 과학 등의 직접적인 이론 형식으로 나타나지만, 동양은 과학 등에 관련된 이론이 없는 은은한 행동으로 묘사되며 서양 사상을 압도하고 있다. 『마의 산』에서는 카스토르프(독일)와 그의 사촌이며 군인인 침센(독일), 관능적인 미모로 카스토르프를 유혹하는 쇼샤 부인(러시아), 서구 문명의 낙관적인 진보 및 건강의 중요성을 굳게 믿는 계몽주의자 세템브리니(이탈리아), 질병만이 인간적인 것이므로 그것을 통해 죽음을 추구해야 한다고 주장하는 나프타(유대인), 강한 개성과 유창한 언변을 지닌 페퍼코른(네덜란드) 등 여러 국적의 인물들이 다양한 유럽의 이론을 내세우고 있다. 이러한 서구의 여러 구체적인 이론 집단에 동양의 모습은 이론의 형식이 없는 상태로 나타나고 있다. 국적은 네덜란드지만 인도네시아 자바에서 온 페퍼코른이 실제로는 마의 산의 분위기를 압권한다. 이러한 정신적인 압권에 에로스적으로 카스토르프를 휘어잡는 유일한 영향도 쇼샤 부인이 풍기는 동양적 모습이다. 즉 거의 모든 행동에서 동양적인 모습으로 나타나는 러시아 국적의 쇼샤 부인의 행동은 카스토르프에게 유럽 사상을 압도하는 동양적 요소를 강력하게 불어넣어 준다. 따라서 마의 산에서 카스토르프에게 실제적인 영향을 미치는 인물은 동양적 요소를 보여 주는 페퍼코른과 쇼샤 부인 두 사람뿐이다. 세템브리니나 나프타 등이 강력한 유럽적 이론으로 카스토르프에게 영향을 미치지만, 결국은 페퍼코른과 쇼샤 부인 두 사람의 동양적 영향이 카스토르프에게 더 강한 영향을 미치고 있다.

이는 토마스 만의 동양에 대한 애착을 반영한다고도 볼 수 있다. 토마스 만은 일찍이 고대 동방에 대한 편애와 공감을 안고 있었으며 동방에 관한 지식을 습득한 바 있다.(GW 11, 138) 따라서 토마스 만은 자신의 동양의 지식을 가능한 한 활용해서 『성서』의 〈요셉 이야기〉를 심리학적으로 분석하고 눈에 보이듯 생생하게 서술하여 『요셉과 그의 형제들』을 탄생시켰다.

루드비히E. Ludwig는 자신의 저서 『독일 민족의 죄와 벌』에서 〈독일에는 정신 문화를 담당하는 계급과 현실 정치를 지배하는 계급이 거의 교섭이 없는 상태로 병존하고 있다〉고 언급하고 있다. 좀 더 구체적으로 표현한다면 독일에는 4백 년이나 문화와 교양을 사랑하고 있지만 현실 생활에서는 거의 권력을 갖지 못한 시민 계급과, 교양이 없으면서도 정치적 실권을 장악하고 있는 귀족 및 장군의 계급이 상호 간에 거의 관련을 맺지 않은 상태로 병존해 왔으며, 이런 배경 아래 독일의 시인이나 음악가들은 비문명적인 낭만적인 고도(孤島)에서 정치적 현실과는 하등의 관계도 없는 사상 체계나 시 문학이나 음악을 만들어 왔다고 설파하고, 가장 유감스러운 사실은 독일인이 자기 자신을 명백히 인식하려는 의지를 가지지 않는다는 것이다. 독일인의 가슴속에서 아름다운 음악이나 시를 낳게 하는 신비적인 충동이 동시에 독일인에게서 자기 운명을 분명히 식별하는 일체의 가능성을 박탈해 버렸다고 한다. 따라서 독일에서는 내면성인 정신적 자유와 정치적 자유가 구별되는 이원론이 발생했다. 극단적으로 표현하자면 정치적으로는 노예 상태에 있으면서 자기는 정신의 나라의 지배자라고 자처하는 현상이 발생한 것이다.[72] 이러한 내용이 「토니오 크뢰거」에서 가짜 예술가의 전형으로 규정되는 프랑수아 크나크의 다음 묘사에 냉소적으로 암시되어 있다. 〈크나크 씨의 두 눈은 얼마나 확신에 차 있고 흔들림이 없는지! 그 눈은 사물이 복잡하고 슬프게 되는 곳까지 들여다보지 않았다. 그 눈이 아는 것은 자신이 갈색이고 아름답다는 사실뿐이다. 하지만 바로 그 때문에 그의 태도는 그렇게도 당당할 수 있는 것이었다.〉(TK 284)

이 같은 이원론이 독일 정신의 근본이며, 이 이원론을 조장하고 지지한 이론적 독일 지도자는 루터와 괴테였다고 하겠다. 이런 맥락에서 음악 등의 문화와 정치 등의 문명의 두 가지 문제를 어떻게 관련지어 나아갈 수 있을까 하는 것이 토마스 만의 고찰의 초점이었다. 토마스 만은 정치가 인간을 거칠고 천민적으로 만들며 어리석게 만들지만 동시에 정치적인 문제를 인간 문제와 분리시켜 생각할 수는 없다고 보았다. 이는 독일의 내면성이 극히 대담한 사상이나 아름다운 시를 낳게 하는 면과 정치적으로는 난폭성을 발현하는 양면성을 지니고 있다는 의미다. 이에 관해 토마스 만의 예술 이념과 윤리성의 관계를 자세히 이해할 필요가 있다. 그의 사회적 관심은 그의 평론집 『예술가와 사회*Der Künstler und die Gesellschaft*』에 잘 담겨 있다. 토마스 만은 일반적으로 예술 작품을 평가할 때 〈아름답다*schön*〉(GW 10, 392)는 말 대신 〈좋다*gut*〉(GW 10, 392)는 표현을 사용하는데, 좋다는 것은 일방적인 의미로 선(善) 곧 도덕적인 것을 뜻한다. 그러나 그의 해석에 따르면 〈도덕적인 것은 확실히 미적인 세계와 윤리적인 세계가 같은 근원을 가지는 선의 이념에서 유래하고 있다〉.(GW 10, 392) 토마스 만의 문학이 〈좋다〉는 가치를 실현하는 데서 그 의의를 발견한다면, 거기에는 미적인 것과 윤리적인 것이 함께 들어 있다는 얘기가 되고, 달리 말해서 윤리적인 세계를 갖고 있다는 것은 그의 문학이 단순히 미를 창조하는 일 이외에 또 다른 사회적 문제에서 이념을 찾고 있다는 것이 된다. 이것을 매듭짓는 뜻에서 그는 〈예술의 비평주의는 밖으로 향하자마자 사회적인 것이 되고 또 도덕적인 것이 된다. 말하자면 예술가는 사회적 도덕가로 된다〉(GW 10, 393)는 뜻이다.

그렇다고 해도 문제는 사회적으로, 즉 문명적으로 해결돼서는 안 되고 오직 인간의 내면성을 통해서만, 그리고 인간의 정신으로만 해결되어야 한다고 토마스 만은 생각했다. 따라서 정신의 교양과 교육이라는 것이 그에게는 중요했다.[73] 〈교육 사상에 의해 사회적·정치적인 문제는 그것이 원래 속하고 있는 곳인 인격의 내면으로 끌려 들어오게 된다. 즉 사회·정치적인 문제가 결코 버려서는 안 되는 영역, 심령적·도덕적 영역, 인간적인 영역으로 옮아가는 것이다.〉(GW 12, 259) 이는 문명의 영역이 문화의 영역으로 흡수되는 것을 의미한다.

이런 배경에서인지 토마스 만은 문명보다 문화를 옹호하는 경향이 강하다. 따라서 그는 문학을 문화가 아닌 문명으로 이용하는 데 강하게 반발했다. 토마스 만은 문학으로 정치와 사회를 통렬하게 비판하는 그의 형 하인리히 만과 같은 부류의 사람들을 〈문명의 문사〉(GW 12, 68)로 빗대면서 서구적·진보적·비독일적 진영에 대한 대반격에 나섰으니 이것이 이른바 형제 논쟁이다. 토마스 만과 달리 하인리히 만의 소설에는 사회 문제의 통렬한 비판의 경향이 강했다. 특히 19세기에서 20세기로의 세기 전환기에 문학 작품에서 그때까지 낯설었던 새로운 주제가 형성되고 있었다. 문학의 변두리에서만 존재했던 사회의 문제가 이 시기에 문학의 중심부를 차지하게 된 것이다. 이 시기에 이러한 사회적 내용을 정열적으로 다룬 주요 작품으로 슈트라우스Emil Strauß의 『친구 하인*Freund Hain*』(1902), 릴케 Rainer M. Rilke의 소설 『체조 시간*Die Turnstunde*』(1904) 그리고 무질Robert Musil의 군사 학교에 관한 소설인 『제자 퇴를레스의 착란*Die Verwirrunges des Zöglings Törleß*』(1906), 하인리히 만의 『운라트 교수 혹은 폭군의 종말*Professor Unrat oder das Ende eines Tyrannen*』(1905) 등이 있다.

이들 작품의 내용처럼 하인리히 만의 소설 『운라트 교수 혹은 폭군의 종말』에서는 성장기의 청소년을 수용하는 시민의 도덕적인 제도가 풍자적으로 비판되고 있다. 세기 전환기 직후의 불합리한 학교 제도가 소설의 주제로 나타나는 것이다. 『운라트 교수 혹은 폭군의 종말』에서 불가해한 인물인 라트Rat 교수는 학생들로부터 〈운라트Unrat〉라는 별명으로 불리는데, 독일어로 〈Unrat〉라는 단어는 오물, 배설물, 쓰레기, 폐물 등의 더러운 내용을 의미한다. 마침 그 지방에 흥행단으로 오게 된 여가수가 매혹적으로 학생들을 유혹한다. 라트 교수는 교육자로서 이를 방지하기 위해 스스로 여가수를 찾아갔다가 〈푸른 천사〉라는 별명으로 불리는 여가수에 오히려 매혹당하고 만다. 라트 교수는 자신의 학생이 술집에서 그녀와 함께 있는 것을 보고 이들을 떼어 내려 하는 등, 그녀에 대한 집념이 너무 커져서 이윽고 자신이 그녀의 정부가 되고 사창굴까지 여는 등 타락하여 학교에서 쫓겨난 후 학생들의 돈을 빼앗고 그들을 타락시키는 정도까지 이른다. 결국 그는 자신의 영예도 직장도 다 희생하고 그녀와 정식으로 결혼하지만 결국 비극으로 그치고 만다. 그녀가 바람을 피우는 데 격분한 라트 교수가 그녀를 목 졸라 죽이려다 체포되는 것이다. 모든 것이 사실주의적인 분위기에서 전개되지만, 또한 미지의 심연에서 태어나는 것으로 정열이 불가해한 것, 근거 없는 것처럼 그려진 점은 거의 환각적인 색채를 띠고 있다. 이 소설은 〈푸른 천사Der blaue Engel〉라는 제목으로 영화화되어 전 세계에 알려졌다.

이렇게 하인리히 만의 소설에는 사회의 도덕적인 제도에 대한 통렬한 비판의 경향이 있는데, 이러한 그의 자세를 결정적으로 만든 배경에는 에세이 「에밀 졸라 Emil Zola」가 있었다. 하인리히 만은 1915년 11월 시켈레René Schickele가 주간을 맡았던 잡지 『백지Weiße Blätter』(1913년 창간)에 졸라 에세이를 발표한 적이 있다. 당시 이 에세이는 드레퓌스Alfred Dreyfus 사건에 관여한 졸라의 시민적 민주주의의 투쟁을 하나의 교훈으로 공개하고, 작가인 졸라를 〈민주주의 스승Lehrer der Demokratie〉[74]으로 성격 지으려는 의미에서 게재되었다. 에세이 내용은 앞서 1894년 프랑스 육군 포병 대위였던 유대인 출신의 드레퓌스가 반역죄로 기소돼 종신 유배형을 받았다. 군사 기밀을 독일에 팔아넘겼다는 혐의였다. 정보 유출에 사용된 문건에서 〈D〉라는 암호명이 드레퓌스라는 이름의 첫 글자와 일치한다고 간

첩으로 지목한 이 군사 재판은 은폐·허위·음모 같은 더러운 단어들로 채워졌다. 프로이센–프랑스 전쟁 패전의 책임을 면하기에 급급하던 프랑스 군부로선 더할 나위 없이 적절한 희생양이었던 것이다.

이러한 사실을 1897년 가을에 졸라가 알고 인권의 구제와 참된 판결의 진리와 정의를 추구하기 위해 군법의 오판을 탄원하기 시작했다. 졸라는 1898년 1월 13일 『여명L'Aurore』지에 〈나는 고발한다〉라는 제목의 글을 실었다. 〈나는 뒤 파티 드 클람 중령을 고발한다. 그는 법적 오류를 야기시킨 악마적인 장본인이었다. 나는 펠리외 장군과 라바리 소령을 고발한다. 그들은 극악무도한 편파적 수사를 펼치는 죄를 저질렀다. 나는 1894년 제1차 군사 법정을 고발한다. 그들은 불법적으로 전달된 비밀 자료에 근거하여 피고(드레퓌스)에게 유죄 판결을 내림으로써 법을 위반하는 죄를 저질렀다. 지금 나의 고발 행위는 진실과 정의를 앞당겨 분출시키기 위한 하나의 혁명적 방법일 뿐이다.〉 이 글이 발표되었을 때는 〈드레퓌스 사건〉에 대한 지식인들의 관심이 절정에 올랐을 때였다. 졸라가 언급한 한 사람 한 사람은 〈드레퓌스 사건〉이 얼마나 조직적으로 짜인 음모였는지를 한눈에 보여 준다. 당시 신형 75밀리 대포를 제작하던 프랑스 군부가 진범인 에스테르아지 소령 대신 드레퓌스를 처벌함으로써 독일군의 관심을 돌리고 허위 정보를 유포하려 한 것이다. 졸라의 역사에 길이 남을 이 명문장에 담긴 끔찍한 진실에 프랑스는 경악했다.

졸라는 작가로서 인생의 현실을 당시의 정치적 현실에서 추적하려 했으며 당시 군부 내의 정치적 갈등과 정치적 모순을 바로잡으려는 작가의 정신적 행위를 실천하려 했다. 그는 작가나 정치인이 정의와 진리를 위해 행해야 할 행위라고 하면서 정치인에게 이를 촉구했다. 정치가 엄연한 현실인 이상 문학과 정치가 추구하는 목적과 대상은 같은 것으로, 이에 문학과 정치는 서로 추구하는 정신이 변질되지 않도록 노력해야 한다는 것이다.

〈인간을 위해서 발생할 수 있는 행위는 정신이다. 그리고 정치가도 정신이니 정신적인 사람은 행동해야 한다!〉[75]라고 주장하며 졸라는 정의와 진리의 투쟁을 시작했다. 탄원 과정에서 상고심의 무죄에 이어 다시 군법 재심에 의한 유죄, 그리고 대통령의 사면 이후에도 상고심의 무죄 판결의 정당화를 위한 투쟁은 계속되어 드레퓌스는 끝내 명예 회복되었다. 여기에는 졸라의 온갖 인내와 인간애에 대한 집념, 진리와 정의의 실현을 위한 옥고가 숨어 있다. 드레퓌스가 무죄로 복권되었을 때, 이미 그의 머리는 백발이었으며 졸라는 60세를 넘었다. 그러나 드레퓌스 사건 이후에도 〈군의 명예〉와 〈진리와 정의〉를 방어하기 위한 정부 내의 대립은 계속되었다. 졸라도 정치적인 투쟁이 끝난 후 1900년부터 2년간 조용히 남은 생을 투쟁의 승리 속에서 보냈다. 그는 사회적 윤리와 인도주의의 이상을 추구하면서 끝없는 정의와 진리 속에 살고자 했으며 군의 순화와 국가의 순화 그리고 복지 문제를 생각하면서 참된 공화국을 예고했다. 〈그 고독한 사상가는 쓰고 행동하면서 인간의 운명을 결정했다. 그는 인간들 가운데 있는 감정의 매개를 통해 인간들이 살아가는 이념들을 증언했고, 사람들이 모든 힘을 다해 확정한 이념들을 사회적인 현실 속에서 증언했다. 그는 인간을 행동토록 충동하고 정의와 진리를 통해 선행(善行)하도록 일깨웠다.〉[76] 하인리히 만은 자신의 에세이에서 사고하는 인간의 성실한 이성에 접근하려는 행동의 주인공으로 졸라를 보았으며, 그의 문학은 인간이 주가 되는 작품으로 생각했다.[77]

그러나 정치와 문화를 상반되게 본 토마스 만의 사상은 서유럽식 민주주의를 독일에 도입하려 한 진보적 작가인 하인리히 만과 대립되었다. 토마스 만은 초기에 문화적 개념을 광의의 인도적 문화 개념으로 받아들여 보수적인 편에 편향했고, 하인리히 만은 문명 작가로서 진보주의자로 지칭되었기 때문이다. 토마스 만은 하인리히 만 같은 서구 문명 작가를 혁명의 아들로서 문학의 정치화 내지는 민주화를 추종하는 인간형으로 여겨 그들의 정신을 비독일적이며 급진적이라고 생각했다. 그리고 이러한 〈진보적〉 사상이 보수적인 순수한 독일 국민을 자극할 경우 형이상학적인 독일 국민성이 〈과격화나 지식인화, 정치화〉가 되지 않을까 걱정했다.

이러한 토마스 만과 하인리히 만의 갈등은 이미 1903~1904년경부터 시작하여 창작 활동에 있어서의 문예관의 차이에서 〈숨겨진 논쟁versteckte Polemik〉[78]이 많았다. 그러나 그들의 갈등은 문화와 문명이란 상이한 세계관으로부터 출발하여 하인리히 만이 문명 작가로서 민주주의를 바탕으로 하는 사회 문제와 투표권, 참여 문학 등을 주로 의식했다면, 토마스 만은 문화를 주축으로 하는 영혼 문제나 자유, 예술 등의 문제를 주로 의식했다. 또 하인리히 만이 프랑스 혁명을 이상으로 생각했다면, 토마스 만은 오히려 아리스토크라티아 같은 군주국이나 독일 국민에 적합한 국가의 형태를 염두에 두었다.[79]

　이러한 형제 논쟁이나 이들의 논쟁을 야기한 정치 등 문명적 사건의 갈등에 관한 글들이 실린 책이 바로 『어느 비정치적 인간의 고찰』이다. 이 평론집에서 정신적 자유와 정치적 자유는 토마스 만에게 문학과 정치의 상반되는 사상이 되고 있다. 이 평론집에서 토마스 만이 주장하는 것은 한마디로 말해, 인간의 문제는 정치에 의해서는 결코 해결될 수 없으며, 정신은 정치가 아니라는 보수적인 사고방식이다. 이 같은 입장에서 토마스 만은 정치적이며 민주주의적인 서구의 〈문명〉에 대항하여 비정치적이며 내면적인 독일 〈문화〉를 위해 투쟁했다. 즉 그는 서구의 민주주의적 〈문명〉을 적으로 삼아 비정치적이며 내면적인 독일의 〈문화〉를 위해 싸운 것이다. 〈밀려오는 정치화에 대한 이와 같은 문화적 공포가 현대, 즉 거의 1916년부터 1919년경에 매우 격렬한 형태로 되풀이되었다는 것, 그리고 그것이 전형적인 성격이라는 것은 거의 의식되지 못했다고는 하지만, 직접 그것이 한 번 더 싸움을 벌이지 않으면 안 되게 된 것은 정말 이상한 일로 독일적·시민적 성격의 불변성의 증거이기도 하다.〉(GW 9, 316) 여기서 토마스 만은 자신의 체험, 더욱이 3년 반 동안의 체험의 본질을 〈문화적 경악Kulturentsetzen〉(GW 9, 316)이라 부르고 있다. 더욱이 이때의 논쟁에서 적대적인 관계에 있던 형 하인리히 만 등과 같은 〈문명의 문사들〉(GW 12, 68)과 모순에 빠져들게 된다.

　이러한 사상적 배경에서 『어느 비정치적 인간의 고찰』의 처음 여러 논조는 매우 격렬하다. 〈문명의 문사들〉(GW 12, 68)이 설파하는 진보에 대하여 토마스 만은 다음과 같이 비판한다. 〈문명의 문사가 말하고 있는 진보라는 것은 라틴적·정치적인 의미로서의 독일의 인간화이며 그것은 독일의 민주화, 말하자면 독일의 비독일화이다. 〔······〕 그러면 내가 이와 같은 난장판에 참가해야 하는가?〉(GW 12, 68)

　그런데 이러한 진보와 보수의 대립의 전형을 역사적으로 고찰해 볼 필요가 있다. 진보와 보수는 원래 영국의 역사적 사건에서 유래한다. 1679년 찰스 2세가 왕이던 시절 영국의 의회는 두 계파로 갈라졌다. 차기 국왕의 자격을 놓고 휘그Whig는 가톨릭교도의 왕위 계승을 막으려 애썼고, 토리Tory는 가톨릭교도라도 괜찮다는 입장이었다. 두 계파는 지지 기반에서도 차이를 보였다. 토리는 토지를 소유한 귀족 계급을 대표했고, 휘그는 상공업자들의 이익을 대변했다. 두 계파 가운데 토리는 1830년대 초 〈보수당〉으로 이름을 바꾼 뒤 지금까지 명맥을 유지하고 있다. 보수당은 토리 시절을 포함하면 3백 년 이상, 〈보수당〉으로 이름을 바꾼 뒤부터 계산해도 180년 가까이 생명력을 유지해 오고 있다. 이렇게 한 정당이 긴 세월 동안, 그것도 〈보수〉라는 신선하지 않은 이름을 달고 생명력을 유지해 오고 있는 것이다. 1832년 토리는 휘그가 추진한 개혁법에 강하게 반대했지만 개혁법은 통과되고 말았다. 분위기 쇄신을 꾀한 토리는 오래된 명칭을 버리고 〈보수당〉이라는 명칭을 사용하기 시작했다. 1868년 보수당 당수가 된 벤저민 디즈레일리는 장기 집권하던 자유당을 꺾고 1906년부터 30년 동안 보수당의 집권을 이끌었다. 오늘날 보수당의 초석을 닦았다는 평가를 받는 그는 〈보수당의 아버지〉로 불린다.

토마스 만이 보기에 진보적인 사상은 라틴계의 정치적 의미에서는 〈인간화 Vermenschlichung〉를 뜻하겠지만 독일적인 의미에서 볼 때는 〈탈인도화 Enthumanisierung〉가 될 수 있었다. 이렇게 라틴계 민족을 경멸하는 내용은 「토니오 크뢰거」에서 크뢰거가 리자베타에게 행하는 고백에 적나라하게 담겨 있다. 〈리자베타, 이탈리아는 말도 꺼내지 마십시오! 난 이제 이탈리아는 경멸하고 싶을 정도로 무관심해졌습니다. 내가 거기에 속해 있다는 망상을 했던 것도 이미 오래전의 일입니다. 예술의 세계, 그렇지요? 우단처럼 푸른 하늘, 뜨거운 포도주, 감미로운 관능 〔……〕 요컨대 나는 그것을 좋아하지 않습니다. 난 포기하겠습니다. 그런 남국적 아름다움은 나의 신경을 날카롭게 만들지요. 또한 나는 저 아래쪽에 사는 그 모든 지독하게 생동적인 사람들, 동물적인 검은 시선을 하고 있는 사람들을 좋아할 수 없습니다. 그들 라틴족의 눈에는 양심을 읽을 수가 없거든요.〉(TK 305 f.)

이러한 라틴계의 정치와 비교해 토마스 만은 문명 작가들이 외치는 독일의 〈민주화〉가 〈탈독일화Entdeutschung〉가 될 수도 있다고[80] 볼 정도로 독일의 차등화를 고집했다. 이러한 진보적인 정치관이나 민주주의는 독일적인 체질에는 낯선 것으로 생각되어 토마스 만은 독일의 자존심에 심히 우려했다.[81]

이와 같이 토마스 만은 처음부터 문명의 문사들과의 격렬한 전투에 뛰어들었다. 이것은 토마스 만에게 미래에 대한 과거의, 삶에 대한 죽음의 싸움이라는 것, 〈새로운 것에 대한 낭만적 시민성의 〔……〕 최후의 퇴각전〉(GW 11, 129)이었다. 논쟁 개전 당시에 일반적인 도취의 시기가 지나고, 거의 승산이 없는, 출판될 가능성마저도 희박한 필전(筆戰)을 계속하는 토마스 만은 자못 고독했다. 그래서 그는 자신에 대한 변호를 위하여 독일의 〈문화〉를 대표하는 선인(先人)들의 도움이 필요했다. 따라서 토마스 만은 보수적이며 비정치적인 견해가 자신만의 편견이 아니라는 것을 나타내기 위해 독일의 정치화를 증오한 괴테를 영계(靈界)에서 불러냈다.[82] 이미 과거에 〈작가가 정치적으로 작품을 쓰려면 당(黨)에 헌신해야 하고, 그렇게 되는 순간 그는 작가로서는 끝장이다〉[83]라고 말했듯이 괴테는 문학과 정치의 연관성을 강하게 기피했기 때문이다.

따라서 괴테의 세계동포주의*Universalität* 사상에 따라 토마스 만은 『바이마르의 로테』에서 괴테의 입을 통해 〈자유와 조국에 대한 열광〉(GW 2, 510)에 차 있는 자유 사상과 조국애가 단지 어리석은 구호라고 지적하면서, 〈독일인은 자신의 내부에만 스스로를 한정시킬 것이 아니라, 세계에 영향을 끼칠 수 있기 위해 먼저 세계를 자신에다 수용하지 않으면 안 된다. 우리의 목표는 다른 민족들로부터의 적대적인 고립이 아니며, 온 세계와 정답게 지내고, 타고난 감정, 아니 타고난 권력을 희생하더라도 국제 사회의 덕성을 형성하는 것이어야 한다〉(GW 2, 510)라고 말하여 독일만을 위하는 특유의 정치를 멀리하고 있다. 해방 전쟁을 둘러싼 괴테와 젊은 세대 사이의 균열의 일면을 드러내고 있는 괴테의 이 말은 1세기 이상의 시대를 뛰어넘어 토마스 만이 히틀러 독일의 젊은 세대에서 느끼는 세대의 균열에 대해 하고 싶은 말이 되고 있다. 따라서 『파우스트 박사』의 다음 내용에 토마스 만이 느끼는 젊은 세대와의 차이가 잘 나타나 있다. 〈내가 〔……〕 심원한 신성에 대한 경외심이 올림포스적 이성과 명징성에 대한 도덕적 경배와 더불어 하나의 경건성으로 합일·용해된 그런 문학적 사고를 그들의 가슴에 불어넣어 줄 수 있을까? 아, 그러나 나는 지난 광란의 10년 동안 내가 그들의 언어를 이해 못하듯이 내 언어를 이해하지 못하는 한 세대가 자라나지 않았을까 두렵다. 내가 아직도 그들의 선생이 될 수 있기에는 그들이 내게 너무나도 낯설게 된 것이나 아닐까 두려운 것이다.〉(DF 669) 물론 괴테 시대 후기의 독일 낭만파의 민족주의·국민주의는 당시 국가 사회주의당이 지녔던 극단적 인종주의·국수주의와는 차원이 다르다. 그러나 당시 문화의 대표적 담당자로서 독일 문화의 인문성·세계성을 위해 그 폐쇄적 자만성의 경향에 우려를 표하고 있는 괴테의 입장은 1세기를 훨씬 지난 후의 토마스 만의 입장과 비슷한 점이 많다.

『어느 비정치적 인간의 고찰』에서 당시 서구적인 민주주의라고 보았던 영국이나 프랑스의 민주주의에 대해 독일적인 정신적 문화적 보수주의가 대치되면서 인도적 민주주의에 흡수된다. 즉 토마스 만은 전통에서의 정신적인 모든 것을 통합하여 인간적인 입장에서 수용하는 의지를 수행하려 했다. 따라서 〈정신문화〉의 적으로 생각되는 〈정치 사회〉 영역에 〈정신적 행위나 예술적 행위〉를 대치시키고 〈인간 정신의 가장 중요한 부분이라 할 수 있는 국가의 상좌우(上左右)에서 종교나 철학, 예술, 문학 및 학문〉이란 정신문화의 기본 요소를 정치적 민주주의에 대치시키려 했다.

그런데 토마스 만은 자신이 대치시키려 했던 인간 정신이 국가 조직에 규제되는 상황에 분개했다. 토마스 만은 철학과 예술 등 정신적 요소가 정치에 조직화되고 사회화되어 전개되는 것을 반대했고, 이러한 조직화야말로 문화에 대한 야만적인 테러이며 반인도적인 것이라 했다. 결국 그에게는 〈정신과 정치〉, 〈문화와 문명〉이 상반되는 요소로 발전되어 갔다. 정신은 정치가 아니므로 정신과 정치는 구별되어야 하며 이로부터 파생되는 영혼과 사회, 자유와 투표권, 예술과 문학 등도 구별되어야 했다. 여기서 정신을 바탕으로 하는 독일적인 것이 문화이기 때문에 이에 속한 영혼이나 자유, 예술 등은 어디까지나 독일적인 것이고, 문명이나 사회, 투표권이나 참여 문학 등은 서구적인 민주주의 요소들이었다.

다시 말해 문화적인 정신세계는 어디까지나 〈형이상학적〉인 데 반해, 문명적인 정신세계인 정치 등은 어디까지나 〈사회적〉 요소였다. 따라서 토마스 만은 독일 영혼의 보전과 계발만이 문화라는 심오한 윤리의 성장이라고 하면서, 문화를 문명에 대한 상대적 은어로 이해하고 [……] 문화와 문명을 반대 명제로 보았다. 이렇게 문화를 〈형이상학적〉으로 보고, 정치와 동격인 문명을 〈사회적〉 요소로 보는 대립에서 토마스 만의 정치적 견해는 결코 정립될 수 없었지만, 인간은 형이상학적 본질뿐만 아니라 사회적인 본질도 함께 지니고 있기 때문에 결국 현대적 의미의 민주주의는 인도적 사상을 바탕으로 한 전통적인 요소에서 찾아야만 했다.[84]

결국 『어느 비정치적 인간의 고찰』에서 서구의 작가들이 지향하고 있던 문명 사회에 대해 비정치적이고 정신적인 독일 문화를 옹호하려는 생각이 구체화되고 있다. 이렇게 문명을 비판하는 토마스 만은 그 자신이 자처하는 것처럼 니체의 추종자이다. 그러나 토마스 만과 니체 사이에는 커다란 차이가 있다. 니체는 기독교의 진리에 대하여 불손한 반역을 시도한 근대 허무주의의 한 사람이다. 물론 홀트후젠의 기독교적 입장에서 본다면, 허무주의 철학 같은 것은 난센스이며 〈사상의 영점〉에 지나지 않는다. 그럼에도 니체는 천재라 불릴 만한 가치가 있는데, 그는 천재의 요건인 확고한 〈정열형Pathosformel〉을 가지고 있으며 시종일관 이를 따랐기 때문이다. 그러나 토마스 만은 이와 같은 자아를 초월한 〈정열형〉을 가지고 있지 않아 시류와 그가 처해 있는 지리적 환경에 따라 우왕좌왕하며, 정착을 모르면서도 이를 수치로 생각하지 않았다. 오히려 그는 이런 태도를 하나의 진리라 칭하고, 이것에 반어성Ironie이라는 명칭을 붙여 〈이것도 아니고 저것도 아니다, 저것도 옳고 이것도 옳다〉(GW 12, 91)라고 하며 반어성이야말로 뜻이 다양하다고 말했다. 실제로 토마스 만은 특히 초기에 이른바 반어적 서술 형식인 〈이것이며 동시에 저것Sowohl-Als-Auch〉(GW 12, 91)과 〈이것도 아니고 저것도 아닌 것Weder-Noch〉(GW 12, 91) 등과 〈한편으로는 〔……〕 또 다른 한편으로는Einerseits 〔……〕 andererseits〉의 논리를 근거로 개개의 사상(事象)을 상대화시키려 했다.(GW 12, 91)

이러한 반어적 서술 형식은 『마의 산』에서 멋과 위엄과 교양의 상징, 즉 생명력의 화신인 페퍼코른의 역설적인 인상 묘사가 대표적이다. 〈이마에 깊은 주름이 새겨지고 왕자와 같은 얼굴에 비통하게 찢어진 입술을 한 페퍼코른은 언제나 두 가지 경향의 어느 쪽이기도 하다. 그를 보면 그 어느 쪽도 그에게는 알맞으며, 두 가지가 그에게는 하나가 되는 것처럼 보여, 이쪽이기도 하고 저쪽이기도 하고, 저쪽이기도 하고 이쪽이기도 하다는 것이었다.〉(Zb 818 f.) 이는 니체가 보여 준 준엄한 진리애의 열정에 대해 화제를 바꾸어 가며 자유는 예술가의 특권이라고 토마스 만에게 생각된 것이다. 홀트후젠은 토마스 만의 이러한 사상을 심하게 비판했다.

이는 홀트후젠이 토마스 만의 〈초월성Transzendenz〉을 이해하지 못하는 사실에서 발생한 것 같다. 토마스 만은 〈정신Geist〉이란 말을 많이 쓰는데, 그가 말하는 〈정신〉이란 결국 〈시대정신〉이다. 토마스 만에게는 모든 것이 시대의 흐름에 결부되어 있고, 시대와 자아를 초월한 것, 즉 〈영원das Ewige〉이라는 관념이 결여되어 있다. 초월성을 모르기 때문에 토마스 만의 세계관의 중심은 자기 자신 가운데 머무르며 이곳에서 자화자찬이 나타난다. 영원자의 관념이 결여되어 있음으로써 〔……〕영지가 나타날 도리가 없다는 것 등이 홀트후젠의 토마스 문학의 비일관성에 대한 비판이다.[85]

토마스 만은 『어느 비정치적 인간의 고찰』 서두에서 바그너의 말을 빌려 〈문명이란 태양 앞의 안개처럼 음악 앞에서 사라지게 될 것〉[86]이라며 문명 비판의 의지를 확고하게 보여 주고 있다. 그런데 여기에서 문명을 비판하는 문화의 도구로 음악을 내세우는 내용이 중요하다. 토마스 만은 문화의 본질로 음악을 본 것이다. 따라서 정치나 사회에 점차 눈을 뜨게 하는 『어느 비정치적 인간의 고찰』은 정치론(문명)과 예술론(문화)의 혼재(混在)로서 다층적인 구조의 특수성을 지니고 있다. 〈공공연히 진보와 싸우고, 보수에 저항하는〉(GW 7, 39) 논평에서 예술의 문제를 다루는데, 이러한 예술에 주로 음악이 모체가 되고 있다. 이러한 음악에 관해 『독일과 독일인』에 다음과 같이 언급되고 있다. 독일은 음악의 나라. 음악이란 아주 정확히 계산된 질서인 동시에 혼돈을 내포하는 반이성적인 것이며 추상적인 동시에 신비적이다. 독일인이 자랑하는 독일 정신의 내면성은 음악성에 지나지 않는다.

이러한 내면세계의 음악의 성격을 토마스 만은 『파우스트 박사』에 잘 나타내고 있다. 이 작품에서 주인공 레버퀸은 고립된 상태에서 침체된 음악을 타개한다. 악마에게 혼을 판, 천성이 냉정한 레버퀸은 누구도 사랑하지 않는다는 조건으로 침체된 음악을 타개하려고 노력하는 것이다. 레버퀸은 악마와의 계약 결과인 매독에 감염된 후 자신은 독이 있으므로 〈누구와도 접촉해서는 안 된다〉는 신념에 따라 타인과는 악수도 하지 않을 정도로 비사교적이며, 고독한 생활을 감수하고, 외부 세계에서 무슨 일이 일어나도 전혀 관심을 보이지 않고 모름지기 자신의 이론에 따른 내면세계의 음악 창조를 촉진시킨다.

독일인이 내면성을 존중한다는 것은 인간 에너지가 사변적으로 작용하는 요소와 사회적·정치적으로 작용하는 요소를 분리시켜 사변적 요소를 절대 우위에 놓는 데 있는데, 토마스 만은 독일 정신의 본질을 규정하는 내면성의 특징을 〈섬세한 감정, 혼의 심오함, 비세속적인 헌신, 자연에 대한 경건성, 사상과 양심의 순수성,

요컨대 예술적 향기가 높은 서정시의 본질적인 모든 특징이 여기에 내포되어 있다〉(GW 11, 1142)고 정의하고 있다. 이러한 예술적 성격 가운데에서도 토마스 만은 음악을 가장 좋아했다. 왜냐하면 음악이야말로 인간의 심성을 가장 잘 표현해 주기 때문이다. 〈소설은 내게 늘 하나의 교향곡이자 대위법의 작품, 하나의 주제 구조물이고, 이념은 그 구조 내에서 음악적 동기의 역할을 수행한다〉[87]고 토마스 만은 자신이 작가들 중에서 음악가 계열에 속해 있음을 강조했다. 이런 배경에서 그는 인간의 심성을 가장 자유롭게 보장할 수 있는 음악적 사회를 민주주의라는 정치 속에서 융합하려 했다. 그러므로 음악과 정치의 대립적 언어가 그의 평론집 속에 무수히 언급되고 있다.

『어느 비정치적 인간의 고찰』에서 이러한 음악에 관한 언급은 독일 정신과 예술 창작에 관한 문제로 이른바 〈자유로운 창작〉과 〈구성〉의 대립으로써 토마스 만의 창작적 문제와 직결되어 『파우스트 박사』에서 주인공 레버퀸의 창작의 문제점으로 전개된다. 이에 대해 토마스 만은 『어느 비정치적 인간의 고찰』에서 〈나의 관심을 많이 끌고 나를 생산적으로 만든 것은 정치적인 것이 아니고, 생물학적이며 심리학적인 것이었다. 〔……〕 심리적이며 인간적인 것이 나의 관심사였고, 사회적 정치적인 것을 도입한 것은 거의 무의식중에 한 일로 그리 관심이 있었던 것은 아니었다〉(GW 12, 140)라고 밝히고 있다.

마찬가지로 바그너도 정치 당국의 문화에 대한 몰이해의 원인이 권력에만 집착한 나머지 황금의 위력만을 지키려는 당시 지배 계급의 무정견에 있다고 보았고, 따라서 그들은 사치하는 데만 급급해서 예술은 단순히 그들의 심심풀이 오락만으로 간주한다고 생각했다. 반면 노동 계급은 다만 그날그날의 생활에 급급한 나머지 예술을 감상할 만한 시간적 및 재정적 여유가 거의 없었다고 보았다.[88]

이것은 〈예술 작품Kunstwerk〉은 아니지만 〈예술가의 작품Künstlerwerk〉이라고 하면서, 토마스 만은 〈모든 것이 뒤죽박죽이 되어 버린 제1차 세계 대전 후의 양상 속에서 예술가는 어떻게 해야 되는가? — 이것은 개인만이 아니라 유럽 전체가 관련된 중요한 과제가 아닐 수 없다〉라고 말하고 있다. 토마스 만이 볼 때 개인의 교양 문제는 사회적·정치적인 문제와는 별개의 것으로, 이는 또한 독일의 전통적인 사상을 나타낸다.

결론적으로 볼 때, 토마스 만에게 진실은 삶 자체였기 때문에 그는 글을 씀으로써 자신의 내면에 진실을 만들어 내고자 했다. 이러한 내면의 진실 탐구는 정치의 이념이나 인위적인 사건과의 처절한 투쟁이었다. 예술가인 토마스 만에게 무엇보다도 정치는 결코 정열적인 관심사도 아니고 전문적인 영역도 아니었다. 물론 정치에서 벗어난 문화 때문에 입은 대가도 상당했다. 사회 감각의 결여와 사회적 연대성의 상실이 그것이다. 이를 토마스 만은 『바이마르의 로테』에서 아델레와 리머의 고통스러운 모순으로 나타내고 있다. 〈독일의 자랑이자 국가의 명예를 정말로 찬란하게 드높인 우리의 정신적인 영웅이 조국의 몰락에 대해 고귀한 마음으로 비통해하지도 않고, 해방의 시간이 도래했을 때 우리들 모두의 영혼을 흔들 정도의 열광도 결코 함께하지 않은 채 양쪽에 대해 냉정과 무관심으로 대하면서, 소위 적 앞에서 우리를 곤경에 빠뜨렸다는 사실에 대해 내가 말할 필요도 없겠지요.〉(GW 2, 508)

이 내용은 순수 문학의 출발점 자체가 사회적 정치 현실로부터 절연되어 고립에 입각하게 되는 데 대한 자책감을 나타내고 있다. 이에 대해 토마스 만은 다음과 같이 덧붙이고 있다. 〈독일적인 문화 개념에서 정치적 무의지성과 민주주의적 성향의 결핍은 무서운 보복을 받게 되었다. 그것은 독일적 정신을 도덕적 자유와 시민적 자유를 앗아 간 전체주의 국가의 희생물로 만들었던 것이다. 만약 민주주의라는 것이 정치적인 것과 사회적인 것을 인간적 총체성의 일부로 인정하고 시민적 자유를 옹호하며 도덕적 자유를 지켜 나가는 것을 의미한다면, 인간적인 것의 일부를 이루는 정치적인 면을 바로 인간적인 것의 전부로 승격시켜 국가사상 및 권력 사상 이외에는 아무것도 모른 나머지 인간과 모든 인간적인 것을 그러한 사상에 희생물로 바치고, 모든 자유에 종지부를 찍어 버리는 이론과 근본적으로 반인간적인 실천은 민주주의의 역(逆)이 되어, 정신의 반민주주의적 교만도 결국 그와 똑같은 것으로 귀착되고 만다.〉[89]

이와 같은 고립의 위기를 느꼈는지 토마스 만은 〈오늘날에는 〔……〕 천재라든지, 자아라든지, 정신이라든지, 고독이라든지 하는 문제가 출발점으로 되어 있다. 이것은 확실히 병적이라고 할 수 있다. 〔……〕 예술가는 여태까지 예술이 걸어온 엄숙화의 과정에 의하여 병든 매(鷹)가 되어 버렸다. 이 과정은 일반적으로 예술가 정신을 불행하게 고양시키고, 우울하게 하고, 더 나아가서는 예술 자체까지 고독하게 하여 고립시키고, 이해하기 어렵게 만들어 역시 일종의 병든 매로 만들어 버린다〉(GW 9, 469 f.)고 서술하고 있다. 따라서 토마스 만은 『파우스트 박사』에서 〈회피와 자폐와 거리화의 인간〉으로 불리며 고독 속에 살아가는 레버퀸으로 하여금 〈선택된 교양 계급은 존재하지 않는다. 아니, 이미 존재하고 있지 않다. 그러므로 만일 예술이 민중의 길을 — 비낭만적으로 표현한다면 — 인간에의 길을 발견하지 못한다면, 예술도 완전히 고독하게, 더욱이 사멸할 정도로 고독하게 될 것이다〉(DF 204)라고 고백하게 만들고 있다. 결국 토마스 만도 자신의 독일 문학에 관한 주장이 국수주의적 과오를 범하고 있다는 사실을 인지하여 후일에 하인리히 만과의 오해를 해소했다. 그리고 토마스 만은 제1차 세계 대전 이후 서투른 정치의 투기장에 서서 정치에 대해 발언한 적도 있는데, 이는 〈인간의 문제에 책임을 느끼는 이상 정치적 태도도 결정하지 않으면 안 된다〉고 생각했기 때문이다.

주

1 김현, 『프랑스 비평사』(문학과지성사, 1981), 349~355면 참조.

2 Thomas Mann, *Politische Schriften*, Bd. 1(Frankfurt/M., 1968), S. 57.(이하*Politische Schriften* 으로 줄임)

3 같은 책, S. 56.

4 같은 책, S. 58.

5 같은 책, S. 57.

6 Thomas Mann, *Leiden und Größe Richard Wagners, Adel des Geistes*, Sechzehn Versuche zum Problem der Humanität(Stockholm, 1945), S. 461.

7 *Politische Schriften*, Bd. 1, S. 59.

8 Friedrich Nietzsche, *Gesammelte Werke* in drei Bänden, hg. von Karl Schlechta(München, Bd. II, 1973), S. 903.(이하 *Gesammelte Werke*는 GW로 줄이고 뒤에 권수와 면수만 기록함)

9 같은 책, S. 913.

10 같은 책, S. 912.

11 Ervin Koppen, "Vom Dekadenz Zum Proto-Hitler, Wagner Bilder Thomas Manns", in: Peter Putz(Hg.), *Thomas Mann und Tradition*(Frankfurt/M., 1971), S. 203.

12 Friedrich Nietzsche, GW I, S. 16 f.

13 Thomas Mann, *Friedrich und die Große Koalition*(Berlin, 1915), S. 16.

14 같은 책, S. 2.

15 Kurt Sontheimer, *Thomas Mann und die Deutschen*(München, 1961), S. 22.

16 Thomas Mann und Heinrich Mann, *Briefwechsel 1900~1949*, hg. von Hans Wysling(Frankfurt/M., 1984), S. 66.

17 Thomas Mann, *Briefwechsel 1900 bis 1949*(Frankfurt/M., 1975), S. 52.

18 *Politische Schriften*, Bd. 2, S. 188.

19 Hans Wysling, *Thomas Mann*, Teil I(München, 1975), S. 454.

20 김홍섭, 「교양 소설의 새 지평:〈마의 산〉」, 『독일 문학』, 제61집(1996), 155면.

21 Lothar Pikulik, "Politisierung des Ästheten im Ersten Weltkrieg", in: Hermann Kurzke(Hg.), *Stationen der Thomas-Mann-Forschung*(Würzburg, 1985), S. 65.

22 강두식 편저, 『독일 문학 작품의 해석』(민음사, 1987), 640면.

23 Klaus Schröter, *Thomas Mann*(Reinbek bei Hamburg, 1973), S. 84 f.

24 Richard Wagner, *Richard Wagner und der Ring des Nibelungen*, Sämtliche Schriften und Dichtungen in zwölf Bänden, Bd. 9(Leibzig, 1911), S. 526.

25 Vernon Hall, Jr., *A Short History of Literary Criticism*(New York University Press, 1963), p. 92.(이하 *A Short History of Literary Criticism*으로 줄임)

26 *Politische Schriften*, Bd. 3, S. 19.

27 같은 책, S. 198.

28 같은 책, S. 23.

29 같은 책, S. 32.

30 같은 책, S. 17.

31 오한진, 『문명 작가와 문화 작가』(홍성사, 1981), 61면 이하 참조.

32 Konrad Paul, "Lotte in Weimar", in: *Das erzählerische Werk. Thomas Manns Entstehungsgeschichte. Quellen. Wirkung*, hg. von Klaus Herumsdorf u.a.(Berlin und Weimar, 1976), S. 238.

33 S. Hermlin u. H. Mayer, *Ansichten über einige neue Schriftsteller und Bücher*(Wiesbaden, 1947), S. 22.

34 Thomas Mann, "Sechzehn Jahre, Vorrede zur amerikanischen Ausgabe von 『Joseph und seine Brüder』" in einem Bande, *Altes und Neues, Kleine Prosa aus fünf Jahrzehnten*(Frankfurt/M., 1953), S. 677.

35 Thomas Mann, *Deutsche Hörer, 55 Radiosendungen nach Deutschland*, 2. erw. Ausg.(Stockholm, 1945), S. 47.

36 같은 책, S. 76.

37 홍길표, 「근대 신화의 해체 혹은 강화?」, 『독일 문학』, 제102집(2007), 89면 이하.

38 Erich Trunz, "Anmerkung des Herausgebers", in: Ders. *Goethes Werke* in 14 Bänden, 8. Aufl., Bd. 3, Hamburger Ausgabe(München, 1967), S. 466.

39 Dieter Gutzen · Norbert Oellers · Jürgen H. Petersen, 『독일 문예학 입문』, 한기상·권오현 공역 (탐구당, 1990), 33면 이하.

40 Thomas Mann, *Tagebücher 1944~1946*, hg. von Inge Jens(Frankfurt/M., 1986), S. 165.

41 김창준, 「토마스 만의 〈파우스트 박사〉 연구」, 『독일 문학』, 제100집(2006), 36면 이하 참조.

42 Paul Altenberg, *Die Romane Thomas Manns. Versuch einer Deutung*(Bad Homburg, 1971), S. 289.

43 N. Dimitrijewa, *Thomas Mann über die Krise*, S. 708.

44 Helmut Koopmann, *Der schwierige Deutsche. Studien zum Werk Thomas Manns*(Tübingen, 1988), S. 135.

45 Thomas Mann, *Altes und Neues, Kleine Prosa aus fünf Jahrzehnten*(Frankfurt/M., 1953), S. 417.

46 Thomas Mann, *Warum ich nicht nach Deutschland zurückgehe. Neue Schweizer Rundschau*. N. F. 13. S. 365.

47 Jürg Hienger u. Rudolf Knauf, *Deutsche Gedichte von Andreas Gryphius bis Ingeborg Bachmann*(Götingen, 1969), S. 106.

48 Heinrich Mann, *Ein Zeitalter wird besichtigt*(Berlin, 1947), S. 208.

49 Siehe z. B. Childs, M., "Thomas Mann, Germany's Foremost Literary Exile Speaks Now for Freedom and Democracy in America", *Life* 17(April, 1939).

50 Thomas Mann, *Briefe 1889~1936*, hg. von Erika Mann(Frankfurt/M., 1961), S. 427.

51 *A Short History of Literary Criticism*, p. 92.

52 Käte Hamburger, "Romantische Politik bei Thomas Mann", in: *Morgen, Monatsschrift der deutschen Juden 8*(1932), S. 115.

53 오한진, 『문명 작가와 문화 작가』(홍성사, 1981), 166면 이하.

54 Bernhard Blume, *Thomas Mann und Goethe*(Bern, 1949), S. 74.

55 Johann P. Eckermann, *Gespräche mit Goethe*, 14(März, 1830).

56 Inge Diersen, *Thomas Mann. Episches Werk, Weltanschauung, Leben*(Berlin und Weimar,

1975), S. 277.

57 황현수, 『토마스 만의 문학과 사상』(세종출판사, 1996), 313면 이하.

58 Beda Allemann, *Ironie und Dichtung*(Pfullingen, 1969), S. 98.

59 지명렬, 「토마스 만에 반영된 괴테 상」, 『괴테 연구』(문학과지성사, 1985), 66면 이하.

60 Johann P. Eckermann, *Gespräche mit Goethe*, (2. April, 1829).

61 Fritz Strich, *Deutsche Klassik und Romantik*, 4. Aufl.(Bern, 1949), S. 362.

62 Johann P. Eckermann, *Gespräche mit Goethe*, (2. April, 1829).

63 Richard Wagner, *Tristan und Isolde*, 3. Aufzug, 2. Auftritt.

64 *A Short History of Literary Criticism*, p. 93.

65 J. W. Goethe, *Hermann und Dorothea*, Werke in 14 Bänden, Bd. 2, Hamburger Ausgabe, hg. von Erich Trunz(München, 1988), S. 247.

66 지명렬, 같은 책, 80면 이하.

67 박찬기, 「토마스 만과 파우스트관」, 『파우스트 연구』(문학과지성사, 1986), 259면.

68 같은 책, 260면.

69 김광규 편저, 『현대 독문학의 이해』(민음사, 1984), 356면 이하.

70 A *Short History of Literary Criticism*, p. 93.

71 박이문, 『문학 속의 철학』(일조각, 1981), 108면 이하 참조.

72 황현수, 『토마스 만의 문학과 사상』(세종출판사, 1996), 328면 이하.

73 『독일 문학 작품의 해석』, 777면 이하.

74 Vgl. Heinrich Mann, *Zola Essay*, Ausgewählte Werke in 7 Bänden, Bd. 4(Leibzig, 1962), S. 200.

75 Vgl. 같은 책, S. 212.

76 Vgl. 같은 책, S. 234.

77 오한진, 『문명 작가와 문화 작가』(홍성사, 1981), 88면 이하.

78 Eberhard Hilscher, *Thomas Mann*(Berlin, 1975), S. 49.

79 같은 곳.

80 Vgl. *Politische Schriften*, Bd. 1, S. 50.

81 오한진, 『문명 작가와 문화 작가』(홍성사, 1981), 130면.

82 황현수, 『토마스 만의 문학과 사상』(세종출판사, 1996), 150면.

83 *A Short History of Literary Criticism*, p. 92.

84 오한진, 『문명 작가와 문화 작가』(홍성사, 1981), 50면.

85 Hans Egon Holthusen, *Die Welt ohne Transzendenz*(Hamburg, 1949), S. 2 f.

86 *Politische Schriften*, Bd. 1, S. 29.

87 Thomas Mann, *Das essayistische Werk*, hg. von Hans Bürgin(Frankfurt/M., 1968), S. 333.

88 정동호 편저, 『니체 철학의 현대적 조명』(청람, 1984), 141면.

89 백낙청, 『민족 문학과 세계 문학』(창작과비평사, 1979), 146면 이하.

제5장 토마스 만과 동성애

성도착(性倒錯)으로 볼 수 있는 동성애(同性愛)는 일반적으로 비천하게 여겨지지만 때로는 숭고한 경우도 있다. 동성애는 퇴폐, 변태성, 인간성 상실, 도착성 등을 특징으로 하지만 한편으로는 창조적이고 복종을 거부해 숭고함을 보이기도 하는 것이다. 분명한 것은 동성애가 〈인류만의 소행〉이라는 사실이다. 그러나 동성애 등 성도착증은 일부 사악한 인간들에 의해 저질러지는 게 아니라 인간 사회 어디에나 존재하는 구조적인 현상이다. 우리가 끊임없이 감추려고 하는 우리 자신의 어두운 일면을 보란 듯이 내보이는, 우리의 일부이자 인류의 일부분이다. 그러면 동성애는 어디서 비롯되었으며 동성애자들은 누구인가. 계몽주의가 도래하면서 성도착증은 변태의 대상에서 연구의 대상으로 바뀌었다. 착한 사람과 나쁜 사람, 저주받은 종족과 치료 가능성이 있는 이들로 나뉘고 모든 비정상적인 행위들이 목록화되어 단속됐고, 특히 자연을 거스르는, 즉 번식을 거부하는 동성애자 등이 도착적인 인간으로 규정됐다. 이 같은 실증주의적 정신 의학 담론들이야말로 강박적이고 나아가 도착적이라고 일갈하는 학자도 있다. 개개인의 욕망에 대한 사회와 권력, 그리고 과학의 억압이 바로 도착이라는 주장이다. 이러한 성격의 동성애자였던 작가 토마스 만은 자신의 동성애적 성격을 작품에 반영하고 있는 바 이를 심층 고찰해 보고자 한다.

1. 작가와 동성애

토마스 만의 초기 작품들에는 여러 가지 이유로 사회에서 고립된 주인공들이 등장하는데, 이러한 사회적 고립의 이면에는 동성애자 토마스 만의 사회적 고독감이 숨어 있다고 볼 수 있다. 헤프트리히E. Heftrich에 의하면, 토마스 만 자신은 동성애의 경향이 있었고, 특히 그가 정치적 문제로 고민하고 있던 제1차 세계 대전 직후에는 이 문제가 너무 심각해 당시에 키르스텐Kirsten이라는 청년을 연모하여 성적인 혼란을 일으킬 정도였다. 1919년 8월, 북부 티멘도르프 해변에서의 토마스 만의 키르스텐에 대한 체험은 이른바 소년에 대한 상사병을 연상시킨다. 〈젊은 키르스텐으로부터 나는 어제 직접적인 강한 인상을 받았다. 그는 탁자에 앉은 모습을 나에게 보여 주었고, 나는 그가 매우 가라앉은 목소리로 강한 함부르크 억양으로 이야기하는 것을 듣고 그의 손을 볼 수 있었다. 특이하게 생긴 코에 이르기까지 그의 얼굴은 아름답고 잘생겼다. 〔……〕 만일 내가 틀리지 않는다면, 나는 그가 오스발트라 불리는 것으로 들은 것 같다. 그는 지나갈 때도 나를 바라보지 않았다. 그는 신중하게 그것을 피하는 것 같았다.〉[1] 그리고 1920년 7월 25일에 토마스 만은 기차간에서 만난 〈호감이 가는 젊은 남자〉를 회상하며 〈나는 여자와는 영영 끝난 것 같다〉[2]라고 쓰고 있다. 1921년 이후 티멘도르프 해안에서의 체류는 〈함부르크에서 온 놀라울 만큼 잘생긴 젊은 운동선수. 소년 — 젊은이. 특히 그가 달릴 때면 훌륭하고 열광하게 하는 모습. 그를 더 이상 볼 수 없을 것이라는 생각은 출발을 어렵게 만들었다〉[3]는 회상을 남기고 있다.

그런데 제1차 세계 대전 직후 토마스 만 자신이 정치적 문제로 고민하던 시기에 동성애의 경향이 심각했다는 사실은 그에게 있어 에로스는 정치와 밀접한 관계가 있다는 사실을 보여 준다.[4] 1891년 토마스 만의 부친이 죽은 후 얼마 지나지 않아 그의 나머지 가족들은 뮌헨으로 이주했으나 토마스 만은 다니던 김나지움을 마치기 위해 뤼베크에 남기로 결정되었다. 그는 처음에는 교육적 인물인 후페 박사 집에서 하숙을 했으나, 후페 박사가 반년 만에 죽는 바람에 김나지움 교사인 팀페 선생의 집에 새로운 거처를 얻게 되었는데, 이때 팀페 선생의 아들 빌리가 토마스 만의 애정 대상이 되고 있다.[5]

이렇게 동성애적 성향을 가진 토마스 만은 청년 시절에 후에 자신의 배우자가 되는 카치아Katia에게서 사랑을 발견할 수 있었다. 그리고 아마도 그녀에게서 여태껏 자신에게 동성애적 경향이 가져다주었던 온갖 어려움으로부터 벗어날 수 있으리라는 희망에 구혼은 더욱더 강해졌던 것 같다. 그러나 물론 카치아는 이러한 구원을 그에게 가져다줄 수 없었는데, 다음의 내용이 이를 보여 주고 있다. 〈카치아와의 만남, 〔……〕 이에 관한 나의 상황은 아주 분명치 않다. 사실상의 성적 불능이라고는 말할 수 없고 오히려 내 성생활상의 습관적인 혼란과 불확실이 있다고 말할 수 있을 것이다. 다른 방향(동성애적 성향)으로 나아가고자 하는 욕망 때문에 예민한 무기력이 나타나는 것은 의심의 여지가 없다. 만일 젊은 청년이 앞에 있다면 어떻게 될까? 그 원인을 내가 잘 알고 있는 실패 때문에 내가 낙심한다면, 어쨌든 그것은 비이성적일 것이다.〉[6]

심지어 토마스 만은 아들 클라우스 만에게서도 동성애를 느낄 정도였다. 즉 그의 눈에 욕탕에 있는 클라우스 만이 매우 귀엽게 보였을 뿐만 아니라, 아들과 사랑에 빠지는 일이 매우 자연스러운 것으로 간주되었다고 기록되어 있다. 상의를 벗은 채 침대에서 독서하는 자신의 아들을 보는 것이 그를 혼란시켰다. 이에 대해 그는 기쁨을 느끼기까지 해서 〈어쩌면 내가 여성적인 것과 절교한 것이 아닐까?〉[7]라고까지 토로하고 있다. 토마스 만은 1918년에 나이 43세가 될 때까지도 소년과 젊은 청년이 주었던 일련의 자극이 멈추지 않고 있었다. 〈금발과 독일의 전형적인 우아한 소년의 얼굴을 가진 젊은이가 나의 마음을 사로잡았다. 그의 시선은 나에게 깊은 인상을 주었다. 그는 클럽의 손님이었던가? 혹시 내가 그를 다시 만날 수 있을까? 나는 그로부터 어떤 체험이 생겨날 수 있기를 하고 기꺼이 고백한다.〉[8] 다음 날 역시 그는 모험적으로 전날의 그 젊은이를 다시 만나고 싶어 했으며 하루가 지나자 〈저녁에 에로틱한 생각 때문에 신경이 과민했다〉[9]고 기록하고 있다. 또 1919년, 토마스 만은 남성적 사회에서의 에로티시즘의 역할에 관한 블뤼어의 문제적인 저서를 읽고 〈편파적이지만 진실이다. 『어느 비정치적 인간의 고찰』도 역시 나의 성적 도착의 한 표현이라는 사실에 대하여 나는 추호의 의심도 가지고 있지 않다〉[10]고 언급하고 있다.

토마스 만은 지드André Gide나 자신의 아들 클라우스 만과는 달리 자신의 동성애적 경향을 공공연히 밝히지 않고 평생 비밀로 간직했는데, 이러한 그의 심정이 「베네치아에서 죽음」에서 역시 동성애적 작가인 아셴바흐에게서 반영되고 있다. 〈세상 사람들이 다만 그 아름다운 작품을 알고 있을 뿐, 그 작품의 근원과 발생 조건들을 알고 있지 않다는 것은 확실히 다행한 일이다. 왜냐하면 예술가에게 영감을 준 근원을 안다는 것은 그들을 종종 당황하게 할지도 모르며 놀라게 할지도 모른다. 그리하여 우수한 효과들이 감소될지도 모른다.〉(TiV 493) 이렇게 토마스 만이 자신의 동성애적 경향을 밝히지 않고 평생 비밀로 간직했으나, 일기에서만은 놀랍도록 솔직하게 자신의 에로틱한 체험들을 낱낱이 고백하고 있다. 토마스 만은 뤼베크의 김나지움 재학 시절 이래 평생 동안 일기를 썼다.[11] 이러한 일기 등에 의해 토마스 만이 결국은 자신의 동성애적 성향이 후세에 제대로 알려지기를 원했다는 사실에 대해서는 학자들 간에 의견이 거의 일치한다.[12]

그러나 그가 쓴 일기가 다 보존되어 있는 것은 아니다. 오늘날 우리가 읽을 수 있는 것은 1933년에서 1955년 토마스 만이 사망할 때까지의 일기와 1918년에서 1921년까지의 일기이다. 토마스 만의 동성애에 관한 묘사는 1933년 이후의 일기에 나타나 있다. 1934년 4월 25일, 한 아름다운 청년을 본 토마스 만은 그날 일기에 다음과 같이 기록하고 있다. 〈나는 정오에 홀로 […] 산책을 나갔고, 원예장에서 한 젊은 청년이 일하고 있는 것을 큰 기쁨과 감동으로 바라보았다. […] 이 너무나도 값싼, 너무나도 일상적이고 자연스러운 아름다움, 가슴, 팽창한 이두박근을 바라볼 때 내가 느낀 감정은 나중에 나로 하여금 다시 그러한 (동성애적) 성향의 비현실적, 환상적, 미학적 성격에 대해 생각하도록 만들었다. 그러한 성향의 목적은 […] 바라보고 감탄하는 데 있으며, 비록 에로틱한 성격을 지니기는 하지만, 그 어떤 성적 실현에 대해서는 이성으로써도 또한 감각만으로도 아무것도 알기를 원하지 않는다.〉[13] 2000년 토마스 만의 일기가 출판되면서 그의 동성애적 취향이 만천하에 드러났다. 하지만 그는 자신의 삶에서 직접 동성애 관계를 가진 적이 없는 것으로 추정되고, 이러한 성적 취향을 억눌러 작품 「베네치아에서 죽음」 등으로 승화시켰다고 볼 수 있다.

학문적인 영역에서 토마스 만의 일기가 그의 동성애에 관한 연구에 중요한 자료가 되고 있다. 바게Hans R. Vaget는 일기가 토마스 만 학계에 가져온 변화를 다음과 같이 언급한다. 〈일기의 출판이 토마스 만 사후에 토마스 만 학계에서 일어난 가장 중요한 사건이었다는 사실에는 의심의 여지가 없다. 이 일기들은 현대 문학의 연대기에서 유일무이해 보이는 광범위한 재평가를 불러일으켰다. 옛날 그대로인 것은 아무것도 없다. 우리는 이제 고통과 영광 속에 펼쳐졌던 토마스 만의 이중 생활에 대해 훨씬 더 잘 이해할 수 있게 되었고, 그 결과 우리는 그의 작품을 다르게 읽게 되었다. 이제 우리 앞에 놓인 과제는 토마스 만의 작품을 읽는 새로운 해석 모델들, 즉 일기에서 드러난 고백과 위장 사이의 복잡한 상호 작용을 전면에 내세우는 새로운 모델들을 세우는 것이다. [……] 무엇보다도 우리는 더 이상 토마스 만의 삶과 작품에서 동성애가 차지하는 중심적 위치를 무시하거나 완곡한 표현을 사용하여 상대화시킬 수 없다. 실로 일기는 그의 글을 동성애와 타협해 보려는 일생에 걸친 수련으로 보도록 우리에게 명령하고 있다.〉[14]

일기 출판과 더불어 알려진 토마스 만의 동성애적 성격은 최근 몇 년 동안 나온 새로운 토마스 만 전기들에서 더욱 구체적으로 연구되고 있다. 1995년과 1996년에, 즉 일기의 마지막 권이 나올 무렵에 하르프레히트Klaus Harpprecht, 헤이먼 Ronald Hayman, 헤일벗Anthony Heilbut과 프레이터Donald A. Prater 등 네 명의 토마스 만 전기 작가들이 네 권의 새로운 토마스 만 전기들을 출판했다.[15] 이 네명의 전기 작가들 가운데 토마스 만의 동성애에 관해 프레이터가 가장 보수적이고 헤일벗이 가장 개방적인 입장을 취하고 있다. 바제는 전기 비평에서 〈헤일벗에게 있어 동성애는 토마스 만을 올바로 이해하는 데 필요한 만능 열쇠이자, 토마스 만의 작품에 대한 그의 경탄과 옹호에 있어 결정적인 요소이다〉[16]라고 쓰고 있다.

이 밖에 토마스 만의 동성애를 전문적으로 다룬 주목할 만한 연구 논문들로는 포이어리히트Ignace Feuerlicht의 논문 『토마스 만과 동성애Thomas Mann and Homoeroticism』(1982), 헤를레Gerhard Härle의 저서 『남녀 혼성: 클라우스 만과 토마스 만의 동성애Männerweiblichkeit: Zur Homosexualität bei Klaus und Thomas Mann』(1988), 뵘Karl Werner Böhm의 저서 『자기 규율과 욕망 사이에서: 토마스 만과 동성애라는 불명예Zwischen Selbstzucht und Verlangen: Thomas Mann und das Stigma Homosexualtät』(1991) 등을 들 수 있다. 또한 토빈Robert Tobin의 논문 『타치오는 왜 소년인가? 〈베네치아에서 죽음〉에 나타난 동성애에

대한 시각들Why is Tadzio a Boy? Perspectives on Homoeroticism in 〈Death in Venice〉』(1994)도 이 테마에 관한 견실한 연구이자 토마스 만 연구의 방향 전환을 보여 주는 전형적인 예라고 할 수 있다.[17] 그런데 중요한 쟁점은 일반인이나 전문가들의 토마스 만의 동성애에 대한 반응이다. 〈동성애 문제만큼 최근 수년간 토마스 만 학자들을 흥분시킨 것은 없다. 철저한 부인, 사소한 용어 차이에 관한 변호적인 토론에서부터, 동성애 운동가들의 토마스 만의 동성애에 대한 뻔뻔스러운 이기적 이용에 이르기까지 다양한 반응들이 있었다〉[18]고 바제는 언급하고 있다.

토마스 만은 이미 1896년 뮌헨에서 그때까지 쓴 일기를 불태웠다. 그가 절친한 친구 그라우토프Otto Grautoff에게 쓴 1896년 2월 17일자 편지 중 다음 구절에서 토마스 만의 일기장 소각이 자신의 동성애를 감추기 위한 것이었음이 예측된다. 〈나는 요즈음 매우 뜨겁게 지내고 있어. 일기장을 모두 불태우고 있거든! 왜냐고? 그것들이 내게 부담스럽기 때문이지. 공간적으로도 그렇고 다른 면에서도 말야. 〔……〕 자네는 내가 일기장을 태운 것을 유감스럽게 생각하나? 그렇지만 대체 어디에 내가 그것들을 계속 보관해 두어야 한단 말인가? 예를 들어 내가 오랫동안 여행을 한다든지 할 때 말이야. 또는 내가 갑자기 조용히 영면한다면? 그렇게 큰 부피의 비밀스러운 — 매우 비밀스러운 — 글들을 보관하고 있다는 사실은 내게 고통스럽고 불편하지.〉[19] 또한 토마스 만은 1897년 4월 6일 로마에서 그라우토프에게 다음과 같이 쓰고 있다. 〈「키 작은 프리데만」을 쓴 이래로 나는 갑자기 내가 그것을 뒤집어쓰고 나의 (동성애적) 체험들과 함께 사람들과 어울릴 수 있는 은밀한 형태들과 가면들을 발견할 수 있게 되었네. 반면에 그 이전에는 다만 나 자신에게 털어놓고자 할 때조차도 나는 비밀스러운 일기장을 필요로 했었지.〉[20]

1929년에 행한 노벨상 수상 연설에서 토마스 만이 〈가장 좋아하는 성인〉(GW 11, 410)이라고 밝힌 성 세바스티안Sebastian은 동성연애자적 성상(聖像)〉[21]이었다. 그는 로마 디오클레티아누스 황제의 동성 애인이었고, 〈동성연애자로 낙인찍힌 자들이 즐겨 자신들과 동일시한 인물들 중 한 명〉[22]이었다. 기독교 예술에서 흔히 몸이 화살에 관통당한 채 당당히 참고 서 있는 아름다운 모습으로 나타나는 성 세바스티안의 모습은 동성애와 죽음의 결합을 구현하고 있다. 그의 모습은 동성연애자들의 욕망의 대상으로뿐만 아니라, 동성연애자로 겪는 사회적 고통을 구현한다는 점에서 동성연애자들과 동일시될 수 있는 인물이었다.[23] 이러한 〈성 세바스티안의 형상〉(TiV 453)이 「베네치아에서 죽음」에서는 작가 아셴바흐의 주인공들의 형상이라고 서술되고 있다.(TiV 453)

성 세바스티안처럼 토마스 만과 미켈란젤로, 빙켈만, 플라텐August von Platen, 게오르게Stefan George 등도 동성연애자로 여겨지고 있다. 토마스 만은 〈남성이 반드시 여성에게만 매력을 느낄 필요는 없는 것 같다. 경험은 자신과 같은 성에 매력을 느끼기 위해서는 여성화되는 것이 필요하다는 주장을 반박한다. 〔……〕 예컨대 미켈란젤로, 프리드리히 대제, 빙켈만, 플라텐, 게오르게가 남자답지 못하거나 여성적인 남자들이라는 것은 〔……〕 말이 되지 않을 것이니까〉[24]라고 언급하고 있다. 또 평론집 『결혼에 관하여Über die Ehe』에서 토마스 만은 고전적 형식 시인 플라텐의 베네치아 소네트들을 미켈란젤로의 메디치가(家)의 묘석과 다비드 상(像), 차이콥스키의 「6번 교향곡」과 더불어 동성애적 감정의 영역에서 생겨난 문화유산이라고 언급하고 있다.(GW 10, 196) 또 토마스 만은 도스토옙스키Fyodor M. Dostoevsky가 유아 능욕자였지만 엄격하고 냉엄한 조화적 인간이었다고 지적했다. 이는 〈용감하게 죄를 지어라. 그리고 투철하게 회개하라!〉는 종교 개혁가 루터의 개혁가다운 사상과도 상통한다. 죄를 지을 수 있는 자만이 회개할 수 있다는 논리이다. 이러한 양극성의 법칙이 토마스 만에서는 동성애적 성의 도착(倒錯)에 적용되고 있다.

결론적으로 〈토마스 만의 깊은 성적 애착이 항상 동성에게로 향해 있었다는 사실에 대해서는 오늘날 더 이상 이론(異論)의 여지가 없다. 그러한 사실은 설사 일기가 없다 할지라도 그의 서술 작품들로부터 추론될 수 있다〉[25]고 마이어Hans Mayer는 이미 1980년에 쓰고 있다.

2005년 토마스 만의 서거 50주년을 맞은 기념식에서 베를린의 게이 박물관은 토마스 만 특별 전시회를 열어 그의 동성애적 측면을 집중적으로 조명하기도 했다. 2001년 독일 공영 방송인 ARD가 방영한 토마스 만의 가족사를 그린 3부작 미니 시리즈 「만의 가족」은 높은 시청률을 보였는데, 특히 자녀들인 클라우스 만과 에리카 만의 동성애자로서의 삶의 행적까지 적나라하게 그려 관심을 모았다.

2. 괴테의 영향

루카치는 토마스 만에게서 바로 괴테의 완벽한 후계자, 즉 마치 한 사람의 수제자처럼 괴테의 길을 그대로 답습하고 있을 뿐만 아니라 이를 넘어 그의 유산을 완성시킨 후계자로 보고 있다. 따라서 괴테와 토마스 만 연구에서 그는 거듭해서 이두 사람의 공통된 발전 과정을 지적하고 있다. 토마스 만의 작가적 요건과 입장을 상정해 볼 때, 그에게 괴테만큼 적절한 소재도 드물었을 것이다. 첫째, 괴테는 무엇보다도 『성서』와 동양의 시공에서만 부유(浮游)할 수 있는 요셉보다 독일에 가깝다. 둘째, 괴테는 토마스 만이 옹호하는 독일 시민 문화의 거봉으로 그 자신은 이미 누차 괴테를 그의 전범·선구자로 생각하여 연구·흠모해 왔다. 셋째, 괴테는 예술가로 토마스 만의 본령인 예술가 소설의 범주 속에서 다룰 수 있다. 넷째, 괴테를 참다운 독일 문화의 대표자로 내세울 때, 히틀러 독일과 좋은 대조가 될 수 있다. 다섯째, 괴테의 출신 및 시대적 배경이 작가 토마스 만과 비슷한 점이 많기 때문에, 이 시인 속에 토마스 만은 쉽게 자신의 입장과 사고를 이입시킬 수 있다. 이상은 1936년 10월 초 무렵, 괴테 소재를 두고 토마스 만이 어쩌면 염두에 두었을지도 모르는 생각의 실마리들의 열거지만 아무튼 괴테 소재는 독일적 현실에 가까운 소재인 동시에 토마스 만 자신에 가까운 소재였다는 점이 주목된다.[26]

토마스 만 자신도 노이만Alfred Neumann에게 보낸 1937년 12월 28일자 서신에서 괴테의 작품화가 그의 오랜 꿈이었으며, 이는 「베네치아에서 죽음」을 구상할 때부터였다고 언급하고 있다.[27] 또 1930년 12월 29일에 토마스 만은 베트람Ernst Betram에게 보낸 서신에서 1932년에 괴테에 관한 책을 쓸 계획에 대해 언급하고 있으며, 이 책은 『부덴브로크 일가』와 비슷한 양으로 사진도 포함한 3백~4백 면 정도가 될 예정이었다고 말하고 있다. 이런 맥락에서 『젊은 베르테르의 슬픔』에서부터 『빌헬름 마이스터의 수업 시대』와 『빌헬름 마이스터의 편력 시대』에 이르는 괴테의 발전 과정은 「토니오 크뢰거」에서부터 『요셉과 그의 형제들』에 이르는 토마스 만의 발전 과정에 상응하며, 특히 『요셉과 그의 형제들』에서는 마치 괴테의 『빌헬름 마이스터의 수업 시대』에서 『빌헬름 마이스터의 편력 시대』로의 이행 과정이 그러하듯, 초기 토마스 만의 시민적인 주관적 내면성을 독일 고전주의의 〈교

318

양 이상〉에 의해 점차 사회적 활동성과 인간적 성숙성을 획득하고 또 이를 통해 형식의 완성에 도달했다고 주장되고 있다. 그리고 이러한 공통성은 두 작가의 만년의 대표작인 괴테의 『파우스트』와 토마스 만의 『파우스트 박사』에서 정점에 달하는데, 그것은 토마스 만이 그의 만년의 소설에서 괴테처럼 한 예술가의 비극을 통해 현대의 정신적·정치적 상황을 형상화하고 있으면서도 이러한 비극의 말미에 가서는 그래도 인류 발전의 미래의 비전을 제시하고 있기 때문이다.[28]

이처럼 토마스 만의 생애에 괴테 모방의 근거는 계속 나타난다. 토마스 만도 기회 있을 때마다 자신의 작품 「베네치아에서 죽음」이 괴테의 〈빌헬름 마이스터〉의 연장선상에 놓여 있어 독일 전통 교양 소설의 맥을 잇고 있다고 말하고 있다.[29] 〈아버지와의 결합, 아버지 모방, 아버지 놀이 그리고 일종의 고차원적이고 정신적인 대리로서 아버지상으로의 이행 — 이러한 유아적 행동은 개인의 삶에 얼마나 결정적이고 인상적인 그리고 교육적인 영향을 미치게 하는가. 〔……〕 특히 예술가 — 본래부터 어린아이처럼 유희에 몰두하는 열정적인 인간은 이러한 유아적 모방이 자신의 생애, 창작자로서의 생활 방식에 대한 은근하면서도 분명한 영향을 미치는 것을 마음속 깊이 체험하고 있는 것이다. 〔……〕 그 때문에 베르테르의 단계, 마이스터의 단계, 또 노년기의 『파우스트』나 『서동시집』의 단계를 깊이 간직하는 괴테의 모방이 오늘날에도 무의식중에 작가의 생활을 인도하고, 신화적으로 규정하는 일이 있다.〉(GW 9, 498 f.) 그런데 이러한 괴테의 문학이 토마스 만 작품의 동성애적 요소에도 많은 영향을 미치고 있다.

1913년 9월 14일 부다페스트에서 간행되는 잡지 『페스티 나플로Pesti Napló』와 행한 인터뷰에서 토마스 만은 동성애라는 소재는 원래 괴테의 연애 사건에서 아이디어를 얻었다고 언급했다. 이렇게 토마스 만이 연애 사건의 아이디어를 얻을 정도로 괴테는 알아주는 바람둥이였다. 그러나 괴테는 천박하지 않았고 이해관계도 깔지 않은 데다 사랑을 끊임없이 문학으로 승화시켰다. 괴테는 첫사랑 브리온 Friederike Brion과 헤어지고 시 「제센하임의 노래」를 지었고, 두 번째 찾아온 사랑인 부프Charlotte Buff가 자신의 친구와 결혼해 떠나자 유명한 『젊은 베르테르의 슬픔』을 썼다. 25세 때 16세이던 쇠네만Lili Schönemann을 만나 약혼까지 했지만 이번에는 양가의 반대가 극심해 결혼에 이르지 못했다. 마음의 상처가 매우 컸던 듯 괴테는 무려 56년 뒤인 1830년에도 한 회고담을 통해 〈쇠네만과 사랑했던 시절만큼 진정으로 행복에 다가간 적은 없었다. 그녀는 나의 마지막 여자였다〉[30]고 고백했다. 그렇다고 그의 여성 편력이 끝난 것은 아니었다. 바이마르 체류 시절에는 유부녀이던 슈타인Charlotte A. E. von Stein과 사랑을 나누었다. 39세 때인 1788년에는 꽃집 처녀 불피우스Christiane Vulpius(당시 23세)를 만나 사랑에 빠져 동거를 통해 마침내 결혼식을 올렸다. 불피우스가 1816년 사망한 뒤 아들 아우구스트 부부와 함께 살던 괴테는 71세 때 생애의 마지막 사랑으로 기록되는 레베초프Ulrike von Levetzow를 만났다. 당시 그녀 나이는 겨우 16세. 괴테가 74세. 레베초프가 19세이던 1823년에 괴테는 아들 부부에게 보낸 편지에서 〈나는 요즘 춤추듯 살고 있다〉고 말했다. 〈저기 주방으로 통하는 문이 보인다. 저기엔 아! 세상에서 제일 귀여운 여자 요리사(레베초프)가 점심 식사를 준비하고 있단다〉는 구절에 이르면 늙은 괴테에게서 어린애 같은 순수함도 느껴진다. 괴테는 레베초프의 모친에게 딸을 달라고 부탁도 했지만 당사자가 끝내 망설이는 바람에 결혼은 성사되지 못했다. 대신 레베초프는 평생 독신으로 지내며 95세까지 장수했고, 괴테는 레베초프에 대한 절절한 사랑을 담은 시 「마리엔바트의 비가」를 남겼다.

  동성애라는 소재는 「베네치아에서 죽음」의 주인공 아셴바흐의 몰락을 최대한 숙명적이고 비참한 것으로 보이게 하기 위해 사용한 수단일 뿐이며, 토마스 만은 원래 마리엔바트에서의 노(老)괴테의 연애 사건 — 즉 1823년 괴테가 마리엔바트에서 만난 10대 소녀 레베초프에게 반하여 결혼까지 하려고 했던 사건 — 에서 이 작품의 아이디어를 얻었다고 주장했다.[31] 따라서 토마스 만의 관심의 대상은 괴테의 이루어질 수 없는 비극적인 사랑 측면에 대한 강조, 고독한 작가의 고뇌에 대한 것이었다. 특히 「베네치아에서 죽음」에서 토마스 만은 〈예술가의 품위〉를 서술하려 했다고 술회했다. 〈대가의 비극과 같은 어떤 것을 나타내고자 했다. 원래 괴테의 마지막 사랑에 대한 이야기를 집필하려 했었다. 악의적인, 아름다운, 그로테스크한 감동적인 이야기를 아마도 다시 한 번 쓸 것이다.〉[32] 1815년 9월 6일에 침머 Elisabeth Zimmer에게 보낸 편지에서도 토마스 만은 괴테 소재설을 되풀이하여 피력하고 있다. 〈나는 원래 오직 괴테의 마지막 사랑을 서술하려고 계획했었습니다. 70세 노인의 저 어린 소녀(레베초프)에 대한 사랑 말입니다. 그는 그 소녀와 어떻게든 결혼하려고 했으나 소녀와 소녀의 가족들은 그것을 원하지 않았습니다. 악하고 아름답고 그로테스크하고 감동적인 이야기지요. 그럼에도 불구하고 아마도 언제 한번 제가 그 이야기를 서술할지도 모르겠군요. 우선은 거기서 「베네치아에서 죽음」이 형성되었답니다. 그 단편 소설의 이러한 기원이 그 작품의 본래 의도에 대해 가장 올바른 진술을 해주고 있다고 생각됩니다.〉[33]

토마스 만은 1940년대에 이르기까지 여러 편지에서 이와 유사한 주장을 되풀이하고 있으며, 1940년의 평론집 『나 자신에 관하여On myself』에서 다음과 같이 쓰고 있다. 〈원래 나는 (「베네치아에서 죽음」에) 전혀 다른 것을 쓰고자 했었다. 나는 레베초프에 대한 괴테의 늦사랑을 나의 이야기 소재로 삼으려는, 즉 높이 고양된 정신이 매혹적이고 천진한 한 조각의 생명 때문에 품위를 잃는 과정을 묘사하려는 소망에서 출발했었다. 덕분에 장려한 카를스바트의 비가가 탄생되어 나온 괴테의 저 심각한 위기를, 깊디깊은 당황과 황홀함으로부터 울려 나온 저 탄성을 묘사하려 했던 것이다. 그 당황과 황홀함은 괴테에게는 거의 파멸이 되었을 것이며 어쨌거나 죽음 이전의 또 다른 죽음이었을 것이다.〉(GW 13, 148) 이렇게 토마스 만 자신의 동성애적 삶 등 작가적 삶은 무의식적으로 괴테 모방의 근거에 의해 지배되어 신화적 길을 걷게 되었다.[34]

3. 작품에서의 동성애

토마스 만 작품의 특징 중 하나는 〈상징〉이다. 토마스 만의 작품에서 상징이 차지하는 비중은 매우 크다. 이러한 상징이 여러 동성애적 요소를 암시하기도 하여 토마스 만의 소설에는 동성애적 요소가 직·간접적으로 나타나고 있다. 예를 들어 『부덴브로크 일가』에서 한노와 카이, 「토니오 크뢰거」에서 토니오와 한스, 「베네치아에서 죽음」에서 아셴바흐와 타치오, 『마의 산』에서 카스토르프와 히페 등이 이러한 동성애적 경우이다.

이러한 여러 작품들 중에서도 「베네치아에서 죽음」에서 동성애적 요소가 가장 강렬하게 상징적으로 나타나고 있다. 따라서 프레이터는 「베네치아에서 죽음」에 대해 〈이 작품에서보다 더 분명하게 그(토마스 만)가 자신의 동성애적 성향을 표현한 곳은 없었다〉[35]고 언급하고 있다. 또한 프리첸Werner Frizen은 다음과 같이 쓰고 있다. 〈그때까지 그(토마스 만)는 결코 그만큼(「베네치아에서 죽음」에서만큼) 자기 고백적 소재를 다룬 적이 없었고, 황제 시대의 사회에서는 병적인 것으로 여겨지던 것과 자신이 그렇게까지 밀접하게 연관되어 있다는 사실을 드러낸 적이 없었으며, 그때까지 자신의 심신 상태, 결혼, 가족, 상류층 생활을 〔……〕 서술 작품을 통해 (동성애가) 공공연히 폭로됨으로써 희생될 위험에 내맡긴 적은 없었다.〉[36]

「베네치아에서 죽음」은 상징의 영역인 신화적 인물들과 상(像)으로 가득하다. 우선 작품의 배경인 도시 베네치아는 원래 〈역사와 현재의 매력〉(TiV 459)을 지닌 도시지만, 실제로는 여러 부정적인 상징성을 띠고 있다. 옛날의 화려한 궁전과 건물들 그리고 방자하리만큼 화려하게 꽃핀 예술의 도시 베네치아가 이 작품에서는 운하에서 발산하는 불쾌한 냄새와 혼탁한 공기와 하구에서 발산하는 안개를 자욱이 간직하고 있는 것이다. 골목길 안은 구역질이 날 정도로 무더웠고, 공기가 너무 탁한 탓으로 주택, 가게, 음식점 등에서 흘러나오는 악취, 기름 냄새, 향수의 물결 그리고 그 밖의 온갖 냄새가 빠지지 않고 풍기고 있었다.(TiV 480) 이렇게 〈조락한 여왕die gesunkene Königin〉(TiV 481)이 된 베네치아는 병들어 있다는 것을 은폐하려고 장사 근성을 드러내고, 관청은 콜레라가 만연하고 있는 것을 숨기려고 애쓰며, 걸인은 처절한 모습을 보이기 위해 장님처럼 눈의 흰자위를 보여 준다. 또한 고물상들은 무엇이든 팔려고 행인의 다리를 붙들고 늘어진다. 결국 토마스 만은 〈이것이 베네치아다. 아첨 잘하고 신용할 수 없는 미녀와도 같은 도시. 〔……〕 반은 동화요, 반은 여객을 사로잡는 덫과 같은 도시, 〔……〕 또한 그는 이 도시가 병들고 있다는 것 그리고 돈 벌 욕심으로 그것을 숨기고 있다고 기억하고 있었다〉(TiV 503)고 베네치아를 묘사하고 있다.

이러한 배경의 베네치아는 데카당스적인 문화의 상징인데, 이러한 데카당스 문화의 치장 뒤에 인간의 원초적 욕구를 은밀히 드러내는 동성애의 동기가 감추어져 있다. 일부 평론가들은 아셴바흐의 동성애적 정열도 〈상징〉으로 받아들이거나, 다른 데카당스적 현상들과 언제라도 교체 가능한 표면적 소재로 보고 있다. 억압되어 온 아셴바흐의 동성애적 욕구는 작품의 처음 부분에서부터 암시되고 있다. 작품 초기에 아셴바흐는 뮌헨을 산책하면서 한 공동묘지의 건축물을 진지하게 바라보는데, 그 공동묘지 건물의 〈전면은 그리스풍의 십자가와 밝은 색상의 성직자의 그림으로 장식되어 있었다〉.(TiV 187). 그때 한 낯선 남자가 다가오는데 그에게서부터 동성애적 요소가 암시된다. 그의 〈수염 없는〉, 〈주근깨가 난 유백색(乳白色) 피부〉(TiV 445)부터가 여성적인 남성 동성연애자를 연상시킨다. 이 낯선 사내는 〈젊고 순진하여 동성애적 암시를 지니고 있는 것이다〉.[37] 이러한 동성애적 요소는 아셴바흐가 베네치아에서 미소년 타치오를 만남으로써 걷잡을 수 없이 분출된다. 에로스에 사로잡힌 모럴리스트 아셴바흐는 미소년 타치오의 아름다움에 반하게 되는 것이다.

이렇게 아셴바흐가 미소년 타치오에서 느끼는 동성애적 사랑은 원래 그리스 신화의 제우스 신에서부터 유래한다. 제우스가 한눈에 반하여 자신의 독수리를 시켜 낚아채오게 한 미소년은 트로이의 양치기 가니메데스Ganymedes였다. 가니메데스는 트로이의 왕족인 젊은 용사이자 다르다노스의 후손으로 소년 시절에 트로이 인근의 산에서 아버지의 양 떼를 지키고 있었다. 그는 매우 아름다운 소년이었으므로 신들의 왕 제우스가 그를 사랑한 나머지 납치하여 올림포스 산으로 데리고 갔다. 가니메데스는 올림포스 산에서 술 따르는 시종이 되어 제우스 신에게 신주를 따르게 되었다. 즉 청춘의 여신인 헤베Hebe의 역할을 대신하게 되었다. 가니메데스의 납치에 관해서는 여러 가지 전승들이 있다. 인간들 중에서 가장 잘생긴 소년으로 여겨지는 가니메데스의 모티프는 후세의 시인·화가·조각가에 의해 〈동성애적 경향의 상징〉으로 사용되었다. 죽음의 나라에 있는 마왕도 미소년에게 동성애적으로 반하여 그를 강제로 저승으로 끌고 가는 신화적 내용이 괴테의 담시 「마왕Erlkönig」에서 전개되고 있다.

누가 바람 부는 밤 늦게 달려가는가?
그는 아이를 데리고 가는 아버지네;
품에 소년을 보듬어 안고,
꼭 안아서 소년은 따뜻해지네 ―

아들아, 왜 그렇게 불안하게 얼굴을 감추느냐?
아버지, 마왕이 보이지 않나요?
왕관을 쓴 긴 옷자락의 마왕을 못 보세요?
아들아, 그것은 띠 모양의 안개란다.

〈사랑하는 아이야, 오너라. 나와 함께 가자!
아주 멋진 놀이를 너와 함께하마.
수많은 색깔의 꽃들이 해변에 피어 있고,
우리 어머니는 많은 금빛 옷을 가지고 있단다.〉

아버지, 아버지, 그런데 마왕이
나지막이 약속하는 저 소리가 들리지 않나요?
진정해라, 조용히 있어라, 내 아들아!
그것은 마른 잎새의 바람 소리란다 ―

〈고운 아이야, 나와 함께 가지 않으련?
내 딸들이 아름다운 모습으로 기다리고 있단다.
내 딸들이 밤의 윤무로 너를 안내해
요람과 춤과 노래로 잠재워 주지.〉

아버지, 아버지, 저기 음습한
구석에 마왕의 딸이 보이지 않나요?
아들아, 아들아, 잘 보고 있지.
오래된 버드나무가 그렇게 음울하게 보인단다 ―

〈나는 너를 사랑한다. 네 아름다운 모습이
날 사로잡네. 네가 싫다면, 난 폭력을 쓰겠다.〉 ―
아버지, 아버지, 지금 그가 날 붙들어요!

마왕이 나를 해쳐요!

아버지는 소름이 끼쳐, 빨리 말을 달리며,
품 안에 신음하는 아들을 안고서,
간신히 궁정에 이르렀으나
품 안의 아이는 죽어 있었다.

「마왕」에서 전개되는 미소년의 동성애적 신화를 「베네치아에서 죽음」에서 타치
오가 실제로 답습하고 있다. 그런데 「베네치아에서 죽음」에서 아셴바흐가 미소년
에게 사랑에 빠지는 내용뿐 아니라, 토마스 만의 내면에 상존하던 동성애적 요소
가 이 소년에게 투사되고 있다는 내용도 중요하다. 토마스 만은 한 서신에서 자신
이 「베네치아에서 죽음」에서 〈감각성과 도덕성의 균형〉[38]을 추구했다고 밝히고 있
다. 이는 토마스 만이 동성애에 대해 가졌던 상반된 감정으로 그가 자신의 선천적
인 동성애적 성향을 명확히 인식한 동시에 동성애의 〈비도덕성〉을 확신하고 있었
다는 의미다. 그것은 그가 아들 클라우스 만을 비롯한 공공연한 동성애자들과 달
리 자신의 남다른 성적 경향에 대해 깊이 고민하고 그것을 평생 동안 숨긴 이유였
을 것이다.[39]

이러한 여러 배경에서 토마스 만의 작품들의 동성애적 요소는 토마스 만 자신을
반영하고 있다. 「베네치아에서 죽음」이나 「토니오 크뢰거」 등의 작품에서 토마스
만 자신의 동성애에 대한 분명한 입장 표명을 읽어 내기는 불가능하기 때문에 독
자들은 토마스 만의 성적 정체성에 대해 공공연히 의구심을 표했다. 특히 「베네치
아에서 죽음」의 곳곳에 많은 동성애적 암시가 숨어 있는 반면, 정작 공공연히 소재
로 다루어진 아셴바흐의 타치오에 대한 동성애적 감정은 미완성에 그치기 때문이
다. 그러나 다음과 같은 여러 관점에서 볼 때, 이들 작품에 나타난 동성애는 작가
토마스 만 자신의 동성애관을 암시한다는 사실을 입증한다.

「베네치아에서 죽음」에서 언급되는 작가 아셴바흐의 주요 작품들은 모두 토마
스 만이 실제로 계획했으나 완성하지 못한 작품들이다. 가장 먼저 언급되는 작품
이 프로이센의 프리드리히 대제의 생애에 관한 소설이다. 프리드리히 대제는 동성

연애자로 알려져 있으며 토마스 만도 프리드리히 대제를 동성연애자라고 해서 남자답지 않다거나 여성적인 것은 아니라는 것을 보여 주는 대표적 인물로 꼽고 있다.[40] 이런 점에서 아셴바흐는 토마스 만의 가상적 자아라고 볼 수 있다. 〈그(아셴바흐)가 가장 좋아하는 모토는《참아 가자 durchhalten》였다. ― 그는 자기 소설 『프리드리히』 속에서 그 명령적인 모토의 성화(聖化) 이외에 아무것도 보지 않았다. 그것은 그에게 고뇌하면서 활동하는 미덕의 진수를 보였던 것이다.〉(TiV 451) 토마스 만 자신도 1905년 말기에서 1906년 초까지 〈프리드리히라는 제목의 역사 소설〉[41]을 집필하려고 계획했으나 후에 포기했다. 일찍이 1906년 3월 13일, 형 하인리히 만에게 보낸 서신에서 토마스 만은 〈나는 지금 프리드리히 계획을 위해 오직 그 연구에만 몰두하고 있습니다. 새로운 것을 많이 집어넣지 않으면 안 되겠습니다. 군사적인 것과 전쟁을 말입니다. 나는 이것을 꼭 관철하겠습니다〉[42]라고 말하고 있다. 그러나 이러한 열의는 점점 식어 결국에는 포기하게 되었다.

앞에서 언급되었듯이 「베네치아에서 죽음」에서 주인공 아셴바흐의 행동에 토마스 만의 동성애에 대한 감정이 나타나고 있다. 〈아셴바흐는 그의 조상과도 양면적인 관계에 있다. 이국적인 감정의 무절제에 사로잡힌 채〉(TiV 503) 넋 나간 사람처럼 타치오를 쫓아 미로 같은 베네치아의 골목길을 누비는 아셴바흐에게 반쯤 정신이 드는 순간들이 있는데, 이는 그가 엄격하고 점잖은 〈조상들〉(TiV 503)이 자신을 보고 뭐라고 할 것인지를 자조 섞인 웃음과 함께 자문할 때이다. 이 내용에서 보면 세상은 음탕한 사랑이 지배하는 관능의 세계와 이러한 관능의 쾌락에서 초월된 숭고한 두 세계로 양분되는데 후자의 세계로 조상의 세계가 연상되는 경우가 많으며, 이러한 내용이 괴테의 『파우스트』에서 파우스트의 외침 속에 적나라하게 암시되어 있다. 〈내 가슴속에는, 아아! 두 개의 영혼이 깃들어 있으니,/그 하나는 다른 하나와 떨어지기를 원하고 있다./하나는 음탕한 사랑의 쾌락 속에서,/달라붙는 관능으로 현세에 매달리려 하고,/다른 하나는 용감하게 이 속세의 먼지를 떠나,/숭고한 조상들의 영의 세계로 오르려 하는 것이다./오오! 이 땅과 하늘 사이를 지배하며,/저 대기(大氣) 속에 떠도는 정령들이 있다면,/황금빛 해미 속에서 내려와,/나를 새롭고 찬란한 삶으로 인도해 다오!〉(1112행 이하)

건실하고 남성적인 시민의 삶을 살았던 아셴바흐의 선조들은 〈예술의 마력에 사로잡힌 삶〉(TiV 504)을 사는 아셴바흐와 대비될 수밖에 없다.[43] 이는 토마스 만 자신의 동성애에 대해 조상에 대한 그의 일종의 수치감을 나타내고 있다. 즉 토마스 만이 남성적인 삶에 매료되는 동성애적 삶이 그의 선조들의 동성애 따위는 생각할 수도 없었던 고상했던 삶에 대비되어 일종의 죄의식을 느끼는 것이다. 따라서 토마스 만은 〈도대체 아름다움을 향한 광기는 왜 조상들에게 양심의 가책을 느낄 정도로 나쁜 것인가?〉(TiV 503)라는 까다로운 질문을 던진다.

이렇게 아셴바흐가 소년 타치오에게서 사랑을 느끼듯, 토마스 만의 작품에는 어린 소년에게서 동성애적 연정을 느끼는 장면이 자주 나온다. 『마의 산』에서도 카스토르프를 유혹하는 쇼샤 부인은 여성답기보다는 오히려 소년 같은 외모 — 좁은 골반(Zb 299), 작은 가슴(Zb 299) 등 — 를 가지고 있다. 그녀는 카스토르프의 학교 친구인 히페와 접촉하여 헤르메스와 미의 여신 아프로디테 사이에서 태어난 아들로 남녀 양성을 지닌 신 헤르마프로디토스의 특징을 지닌다.[44] 따라서 〈그녀의 매력은 바로 그녀의 성별상의 모호함에서 나온다〉.[45]

결국 토마스 만의 초기 작품의 주요 내용인 동성애가 타치오로 절정에 달하게 된다. 따라서 「베네치아에서 죽음」에는 동성애적 요소가 처음부터 강렬하다. 「베네치아에서 죽음」에서 아셴바흐와 타치오의 동성애 이전에 다른 작품들에선 동성애자가 없었다. 동성애의 의심만으로도 한 인간을 낙인찍고 축출하기에 충분했던 제1차 세계 대전 이전의 독일 분위기를 생각한다면, 아셴바흐의 문학적 출현은 당시에 상당한 사회적 불쾌감을 유발했을 것으로 짐작된다. 「베네치아에서 죽음」 이후에도 「토니오 크뢰거」의 토니오와 한스, 『파우스트 박사』의 아드리안과 슈베르트페거 등의 관계에서 동성애가 계속 나타나고 있다. 토마스 만이 〈가면〉이란 표현을 사용한 이유도 여기에 있다. 「베네치아에서 죽음」은 토마스 만이 동성애 감정을 직접 묘사한 첫 작품이었으며, 그런 점에서 작가 토마스 만의 동성애로 인한 고립감을 문학 창작을 통해 극복하는 방법에 있어 새로운 이정표가 되는 작품이다.[46] 토마스 만은 실제의 삶에서 자신에게 동성애적 욕망 충족을 허용하지 않았던 것처럼 자신의 가상적 자아인 아셴바흐에게도 현실적 욕망 충족의 기회를 주지 않는다. 아셴바흐는 타치오를 갈망하지만 그와 육체적 접촉은커녕 말 한마디 걸어 보지 못하고 오직 타치오를 〈응시〉만 함으로써 동성애욕을 충족시킨다.

이렇게 〈오직 응시만 하는〉 내용에서 느낄 수 있듯이 「베네치아에서 죽음」에서 동성애에 관한 견해 중 특징적인 것은 아셴바흐에게 동성애가 실제 충족에 목적을 둔 것이 아니라 〈시각적〉 만족에 바탕을 두고 있다는 사실이다.[47] 〈인간은, 특히 예술가는 눈의 인간과 귀의 인간으로, 즉 주로 눈을 통해 세상 체험을 하는 이와 본질적으로 귀로 체험하는 이로 나뉜다〉(GW 11, 389)고 토마스 만은 말하면서 아셴바흐를 눈의 인간에 소속시키고 있는 것이다.

이를 시대적인 배경에서 살펴볼 때, 근대 이후 문학 작품에서 나를 향하는 타자의 시선은 불안을 형성하는 경우가 많다. 예를 들어 츠바이크Stefan Zweig가 지은 「아내의 불안」에서 남편 몰래 정부를 만나고 나오던 이레네는 정부의 전 애인이었다는 여인에게 협박을 당한다. 그날 이후 이레네는 그 여인의 경멸에 가득 찬 시선과, 자기의 일거수일투족을 관찰하는 듯한 남편의 차가운 시선을 떨쳐 내지 못한다. 이러한 강박감을 이기지 못한 그녀는 자살을 결심한다. 루쉰이 지은 「광인 일기(狂人日記)」의 주인공도 남들의 시선 때문에 극심한 불안을 체험한다. 개도 자신을 노려보고, 노인의 눈길도 이상하고, 아이들의 시선도 심상치 않아 그는 결국 미치고 만다. 결국 불안은 시선으로 밀려오는 것이다.

그러나 이러한 시선의 부정적인 요소와 달리 토마스 만의 작품에선 시선이 애욕의 요소로 묘사되는 경우가 많다. 이러한 내용은 「베네치아에서 죽음」에서 〈아름다움이란, 〔……〕 다만 그것은 사랑스러운 것이고 동시에 눈으로 볼 수 있는 것이다. 그것을 〔……〕 잘 기억해 둬라!〉(TiV 491 f.)라는 언급에 요약적으로 나타나 있다.

이러한 배경에서 〈행위자가 아니라 관찰자가 양심적〉(GW 11, 809)이라는 괴테의 표명처럼, 타치오에 대한 사랑에서 아셴바흐는 〈주시하는 자der Betrachtende〉(TiV 470, 489), 〈바라보는 자der Schauende〉(TiV 473, 524)로 묘사되는데, 이러한 동기는 작품에서 처음으로 마주치는 낯선 남자와 아셴바흐의 격렬한 시선 교환에서도 나타난다. 〈그(아셴바흐)는 갑자기 그 사내가 자신의 시선에 대답하고 있다는 것을 깨달았다. 그것도 너무나도 호전적으로, 일을 극단적으로까지 몰고 가려는 명백한 의도를 가지고 그의 눈 속을 똑바로 쳐다보았던 것이다.〉(TiV 446) 결국 아셴바흐와 타치오의 무언의 감정 교류는 시선 교환을 통해 이루어진다. 그러므로 아센바흐가 죽기 직전 콜레라로 인해 철 이르게 텅 비어 버린 해변에 홀로 서 있는, 〈주인 없는 것처럼 보이는 카메라〉(TiV 523)는 아센바흐의 동성애적 정열의 〈시각적〉 성격을 상징한다고 볼 수 있다.[48]

「베네치아에서 죽음」에서처럼 동성애적 요소가 토마스 만의 다른 작품들에서도 직·간접적으로 빈번히 묘사되고 있다. 『파우스트 박사』에서 주인공 레버퀸의 참신하고도 대담한 음악은 그를 천재로 인정받게 해준다. 그러나 이 독일 음악의 새로운 천재가 인간을 사랑해서는 안 된다는 조건으로 음악 작품을 창작하는 사실은 본인 이외에는 아무도 알지 못하는 비밀에서 슈베르트페거라는 젊은 바이올린 연주자가 점점 레버퀸의 동성애 상대로 되어 간다.(DF 526 f.)

『마의 산』에서 에로스는 육체에 대한 사랑과 영혼에 대한 사랑을 포괄하고 있는데, 이 에로스는 동성애, 특히 소년애에서 가장 강렬하게 충족된다.[49] 이 작품의 주인공 카스토르프는 이성(異性)을 사랑하는 보통 남자로서의 자기 자신에 대해 회의적인 견해를 가지고 있다. 카스토르프는 〈나 자신을 남자라고 부를 때, 나는 허풍스럽고 상스럽게 여겨진다〉(Zb 845)라고 쇼샤 부인의 애인 페퍼코른에게 고백하며, 또 자신이 〈남자들을 연적으로서만 보는 식으로 남자답지 않음〉(Zb 811 f.)을 강조한다. 서술자도 〈그(카스토르프)는 남성적인 것에 대한 자신의 관계를 여성을 통해 결정하게 하지 않는다〉(Zb 797)고 말하여 그의 동성애적 성격을 암시하고 있다. 쇼샤 부인은 카스토르프가 몽상적인 꿈을 꾸는 가운데 그의 초등학교 시절 동급생인 프리비슬라프 히페Pribislav Hippe에 대한 그의 동성애적 감정을 상기시켜 준다. 결국 카스토르프는 히페에게 연정을 품어 동성애적 요소를 나타내는 것이다. 프리비슬라프는 〈동침〉이라는 뜻을 지니는 슬라브어이며, 히페는 혼혈아임을 나타내는 이교도적인 이름으로 〈그는 소설에서 슬라브적인 모티프와 죽음의 모티프를 강화시켜 준다〉.[50] 쇼샤 부인에 대한 카스토르프의 사랑이 학창 시절 친구 히페에 대한 동성애적 사랑에 기초하고 있다는 점에서 그녀에 대한 사랑은 바로 보편적인 총체성에 대한 무의식적 욕구에서 비롯된 것이라 할 수 있다.

4. 동성애와 죽음

「베네치아에서 죽음」에서처럼 동성애관(觀)에 관련하여 눈에 띄는 것은 동성애와 죽음의 상호 관련성이다. 따라서 〈죽음의 동기〉와 〈미의 동기〉는 결국 같은 근원에서 출발한다. 토마스 만의 경우 작가의 비판적 인식의 소산이라 할 〈반어성 Ironie〉이 삶을 지탱해 주고 작가로서의 가능성을 유지시켜 주는 반면, 「베네치아에서 죽음」의 작가인 아셴바흐는 미에 도취된 나머지 비판적인 자세를 포기함으로써 작가로서의 생명력을 잃는다.

따라서 아셴바흐가 인식을 거부하고 도취에 자신을 내맡겼을 때, 마침내 〈미의 동기〉는 〈죽음의 동기〉가 된다. 그래서 〈앞으로 우리의 노력은 오직 미에, 말하자면 간소(簡素), 위대, 새로운 엄격성, 즉 제2의 순진과 형식에 중점을 둔다. 그러나 형식과 순진이란, 〔……〕 도취와 욕망으로 인도하며, 고귀한 인간을 그 자신의 미적 엄격성이 수치라고 배척하는 가공할 감정의 방종으로 인도하고 나락으로 인도한다. 형식과 순진이라는 것도 나락으로 인도하는 것이다.〉(TiV 522)

이것은 문학 작품 전반에서 흔히 거론되는, 특히 「베네치아에서 죽음」과 관련하여 자주 언급되는 〈에로스(사랑)와 타나토스Thanatos〉[51]의 관계이다. 즉 〈에로스〉는 타나토스와 결합된다는 사실로, 동성애의 〈사랑〉이 〈죽음〉과 관계되어 전개되는 것이다. 이러한 〈동성애〉와 〈죽음〉의 동기는 「베네치아에서 죽음」의 처음에 아셴바흐가 만난 낯선 남자로부터 암시되고 있다. 이 낯선 남자에게서 동성애와 죽음의 모티프가 담겨 있는 것이다. 그의 여성적인 남성 동성연애자를 연상시키는 〈수염 없고〉, 〈주근깨가 난 유백색(乳白色) 피부〉(TiV 445)부터가 다음 장면에서 죽음을 암시하고 있다. 〈석양을 마주하고 있었기 때문에 눈이 부셨던 까닭인지, 또는 그 사나이의 인상 자체가 일그러져 있었던 까닭인지, 어쨌든 그의 입술은 너무나 짧은 것 같았고 잇몸이 보일 정도로 입술이 말려 올라가 하얗고 긴 이들이 줄을 지어 그 사이에 노출되어 있었다.〉(TiV 446) 옌스W. Jens에 의하면, 이 나그네의 묘사는 세부적인 부분까지 〈옛사람들이 죽은 사람을 어떻게 조형하였는가〉[52]라는 레싱의 서술과 일치한다. 여기에서 해골 같은 낯선 남자가 드러낸 하얀 이부터가 죽음을 암시한다. 그의 입술이 짧고 하얀 이가 튀어나와 있는 얼굴은 송장의 두개골을 연상시켜, 레너R. G. Renner는 〈의심의 여지 없이 그의 용모는 북독일의 죽음의 신과 흡사하다〉⁵³고 단언하고 있다. 이렇게 치아가 죽음을 상징하는 내용이 타치오에서도 나타나 그의 〈미의 동기〉가 치아에 의해 〈죽음의 동기〉로 변형된다. 아셴바흐는 타치오의 치아가 만족스럽지 못하다는 것을 알았다. 다소 톱니 같고 파리하며 건강한 광택이 없고, 빈혈증 환자들에게 가끔 있는 것 같은 특이하게 거칠고 투명한 데가 있어 〈그는 매우 유약(柔弱)하고 병약(病弱)하다〉(TiV 479)고 아셴바흐는 생각했다. 〈그는 아마도 오래 살지는 못하리라.〉(TiV 479)

이렇게 타치오의 죽음의 상징이 처음으로 치아의 묘사로 나타난다. 치아의 죽음에 관한 언급이 비단 묘지 앞의 낯선 남자와 타치오에게서만 나타나는 것은 아니다. 베네치아행의 배에서 술에 취한 노인이 웃을 때마다 보이는 누런 이는 싸구려 틀니이다.(TiV 460) 무면허 곤돌라 뱃사공의 하얀 이는 밖으로 튀어나와 있는 것처럼 보인다. 또한 콜레라가 만연해 있는 베네치아의 호텔 정원에서 기타를 치는 유랑 악단 가수의 치아 역시 밖으로 튀어나와 있다고 묘사되어 있다. 이러한 인물들은 각각 모습은 다르지만 그 치아에 의해 죽음을 암시하는 공통점이 있다.

다음 장면은 미의 소년 타치오의 모습으로 동성애적 요소가 더욱더 강렬해진다. 〈아셴바흐는 이 소년의 완전무결한 아름다움을 보고 경탄했다. 벌꿀 색의 두발이 늘어져 있고 곧게 뻗어 내린 코와 사랑스러운 입 모양을 한, 귀엽고 성스러운 진지한 인상을 안겨 주는, 창백하고도 우아하게 닫혀 있는 그의 얼굴은 그지없이 고귀한 시대로부터 내려오는 그리스의 조각을 연상시켰다. 더구나 자태는 가장 순수하게 완성되어 있는데 그처럼 일회적이고 개성적인 매력이 있어서 관찰자는 자연에서도 조형 예술에서도 그와 비슷하게 성공한 예를 만나 본 적이 없다고 생각되었을 정도였다.〉(TiV 469) 〈이제 그(타치오)가 관찰자에게 바로 옆모습을 보이게 되자 관찰자는 재차 경탄했다. 인간의 진정으로 성스러운 아름다움에 참으로 경탄한 것이다.〉(TiV 473)

우리나라 옛말에 〈미인박명(美人薄命)〉이라는 말이 있듯 타치오의 미의 완벽성은 결국 죽음의 영역으로 옮아간다. 토마스 만이 생각하는 미는 삶의 향상을 느끼는 자의 정신과 덕성의 길일 뿐 아니라 죽음에 대한 유혹이며, 또한 파멸로 향하는 광적인 유혹을 의미하는 것이다. 이렇게 〈미의 동기〉에 〈죽음의 동기〉가 예감처럼 끼어드는 사상의 집합체로서의 시도 동기는 단순히 동일한 사상 내용만을 되풀이하는 것이 아니라 유사 개념으로 전의(轉義)되고 확대될 수 있다는 것을 의미한다.

이렇게 토마스 만은 동성애를 죽음과 연관시킨 반면, 이성애(異性愛)는 삶과의 결합으로 보고 있다. 따라서 토마스 만은 사랑의 종류를 〈동성애Homoerotik〉와 〈이성애〉인 〈결혼Ehe〉으로 이분하고 이 두 개념을 죽음과 삶의 서로 대조적인 것으로 묘사하는데, 이 부분에서 토마스 만이 심리학자 케레니Karl Kerényi의 영향을 받은 것 같다. 케레니는 결혼과 죽음, 무덤과 신혼 방을 서로 연관시켜 결혼에서 죽음의 성격을 상기시킨다. 인간의 출생과 사망 사이에서 가장 큰 전기(轉機)는 결혼이다. 남자가 결혼하게 되면 아무리 그가 작은 집단에서 중요한 인물이 되어간다고 해도, 젊고 아름답고 독신인 여자들의 대집단에서는 하찮은 남자가 되고말며, 여자들은 그들을 — 법률적으로이긴 하지만 — 죽은 사람으로 간주한다.

이런 맥락에서 토마스 만은 〈동성애〉와 〈결혼〉의 두 개념을 각기 일련의 용어들과 동일시하거나 밀접하게 연관 짓는다. 〈결혼이 가지고 있는 모든 것, 즉 지속, 건설, 생식, 혈통의 영속화, 책임 등을 동성애는 가지고 있지 않습니다. 따라서 동성애는 불모의 방탕으로서 성실이라는 것과는 반대의 것입니다. 무엇보다도 분명한 것은 도덕과 윤리는 삶의 요건, 즉 지상 명령이라고 할 수 있는 생명의 명령이며 — 이에 반하여 모든 유미주의는 염세주의적인 색정 유발의 성격을 가지고 있는 것, 즉 죽음에 속한 것이라 할 수 있습니다.〉(GW 10, 199) 이런 배경에서 토마스 만은 〈동성애〉를 〈죽음〉, 〈유미주의Ästhetizismus〉, 〈미〉, 〈생식 불능〉, 〈무책임〉, 〈무가망성〉(GW 10, 192), 〈비도덕성〉(GW 10, 198), 〈방탕〉, 〈집시 근성〉, 〈변덕〉(GW 10, 198), 〈자유〉, 〈개인주의〉(GW 10, 200) 등의 용어와 부정적인 관점으로 연관시키는 반면, 〈결혼〉을 〈삶〉(GW 10, 199), 〈정절〉(GW 10, 198), 〈지속〉, 〈번식〉, 〈책임〉, 〈도덕성〉(GW 10, 199), 〈의무〉, 〈봉사〉, 〈위엄〉(GW 10, 200), 〈공동체〉(GW 10, 202) 등의 긍정적인 관점으로 연관시키고 있다.[54] 결국 「베네치아에서 죽음」에 나타나는 〈동성애〉와 〈죽음〉의 결합은 토마스 만의 독특한 동성애적 사랑과 이성애적 사랑에 기인한다.

그런데 초기의 토마스 만의 수용자들 중에는 「베네치아에서 죽음」에서 아셴바흐의 죽음을 그의 동성애적 욕망에 대한 〈벌〉로 해석하고, 그런 점에서 이 작품을 동성애에 대해 경고하는 도덕적인 작품으로 본 경우도 있었다. 예를 들어 그 자신이 공공연한 동성애자였던 작가 게오르게Stefan George는 「베네치아에서 죽음」에서는 〈가장 고귀한 것을 타락의 영역으로 끌어내리고 있다〉[55]며 이 작품을 비난했다.

그러나 타치오는 죽음 외에 아름다운 인간의 현현(顯現)도 나타낸다. 따라서 토마스 만은 〈개인주의의 개념과 죽음의 개념은 언제나 서로 융합된다〉(GW 10, 200)고 쓰고 있으며, 또 〈동성애는 아름다움의 축복일 뿐이며, 아름다움의 축복은 죽음의 축복이다〉(GW 10, 197)라고 쓰고 있다. 이는 미와 죽음은 서로 연관성이 있다는 의미로 고사성어 〈미인박명(美人薄命)〉을 연상시킨다. 이러한 죽음과 미의 밀접한 관련성을 설명하기 위해 토마스 만은 〈아름다움을 눈으로 바라본 자는, 이미 죽음의 처분에 맡겨져 있다〉는 플라텐[56]의 시 「트리스탄Tristan」의 첫 구절을 인용하고 있는데, 이 내용이야말로 「베네치아에서 죽음」의 내용에 대한 요약으로 볼 수 있다. 즉 토마스 만은 플라텐의 시 「트리스탄」에 나타난 아름다움의 구조와 죽음에 빠지는 트리스탄 세계의 재현으로 아셴바흐의 운명을 나타내고 있다.

아름다움을 눈으로 바라본 자는
이미 죽음의 처분에 맡겨져 있고,
지상의 어떠한 직무에도 쓸모가 없네.
하나 그는 죽음 앞에서 몸을 떠네.
아름다움을 눈으로 바라본 자는.

영원히 사랑의 고통이 그에게 지속되네.
왜냐하면 바보만이 그러한 충동에
만족하기를 지상에서 바랄 수 있기에.
아름다움의 화살을 맞은 자에게
영원히 사랑의 고통이 지속되네.
아, 그는 샘처럼 병들어 눕고 싶어 하며,
대기의 향내에 독을 뿌리고 싶어 하며,

꽃들에게서마다 죽음의 향내를 맡고 싶어 한다.

아름다움을 눈으로 바라본 자는

아, 그는 샘처럼 병들어 눕고 싶어 한다.(GW 9, 269 f.)

　토마스 만은 이 시에 암시되어 있는 죽음과 미와 이 세상의 삶에서의 허무성과의 결부, 이것이야말로 일체의 유미주의의 기본 공식이라고 설명하며, 플라텐의 유미주의에 대한 실생활에서의 원체험이 그의 동성애였다는 것을 지적하고 있다. 즉 플라텐이 〈아름다움〉이라고 본 것은 바로 미소년의 모습이며, 그 자신은 이 소년 숭배를 신성하고 고귀한 예술적 축제로 이해하고 있지만, 이것은 사실 그의 내부에 잠재해 있던 동성애적 성향의 표현에 지나지 않는다. 자기 혼의 내부에 잠재해 있는 이 배덕의 비밀을 플라텐은 〈지옥보다도 더 깊은 나락이 정서 속에 깃들어 있다〉(GW 10, 590)고 노래했다. 그래서 아름다운 소년의 육체를 사랑한다는 방종하고 음탕한 지옥의 비밀을 누구보다도 잘 알고 있었기 때문에 누구보다도 냉철하고 엄격한 형식과 절도를 존중하여 마음속 깊이 숨어 있는 혼탁이나 무질서와 투쟁했던 것이다. 이와 같은 토마스 만의 플라텐론을 읽어 보면 동성애와 예술의 성격의 상관성이 분명해진다. 즉 동성애도 근친상간처럼 사랑을 위한 사랑으로서 사랑의 유미주의이며, 바로 이런 점에서 예술을 위한 예술로서의 유미주의적 예술을 상징하는 것이다.[57]

　그런데 이 논제를 다루면서 언급되는 〈유미주의〉 개념이 토마스 만 자신의 독특한 성격을 담고 있다는 점도 유의할 필요가 있다. 토마스 만의 작품에는 〈순수 예술〉이나 〈예술을 위한 예술 l' art pour l' art〉, 〈딜레탕티슴〉, 〈보헤미아적 감각〉, 〈종말 감정〉, 〈데카당스〉, 〈몰락〉 등의 유미주의적 요소들이 복합적 예술 현상으로 침투되어,[58] 시민적 삶의 거부나 부정의 뉘앙스를 띠는 것도 사실이지만, 그 모든 것은 처음부터 독일적 삶의 토대와 윤리, 시민성과 유리되는 것이 아니라 새로운 통합에의 반명제를 이루는 데 그 특징이 있다.(Vgl. GW 12, 106 f.)

　베네치아는 플라텐이 예찬한 도시였기에 토마스 만에게도 중요했다. 이런 맥락에서 「베네치아에서 죽음」에서도 아셴바흐는 베네치아로 가는 배 위에서 〈전에 꿈속에서 물결로부터 둥근 지붕들과 종탑들이 자기를 향해 솟아오르더라고 한〉(TiV

334

461) 우울하고도 열정적인 시인 플라텐을 생각한다. 따라서 베네치아가 가까워지자 아셴바흐가 가장 먼저 연상하는 것은 플라텐의 베네치아 소네트들이었다. 플라텐은 30세 때인 1826년 이후 이탈리아에서 여생을 보냈으며, 토마스 만은 평론집 『아우구스트 폰 플라텐August von Platen』(1930)에서 〈그(플라텐)의 완벽한 동성애적 성향이라는, 삶을 결정짓는 중요한 사실〉(GW 9, 274)을 〈플라텐의 존재의 근본 사실〉(GW 9, 274)이라 부르고 있다. 따라서 『아우구스트 폰 플라텐』은 아름다움의 숭배로서 예술과 〈동성애〉의 관련성을 이해하는 데 큰 도움이 된다. 토마스 만은 아셴바흐의 베네치아 여행을 플라텐과 연관시켜 동성애라는 중심 소재를 은밀히 부각시키고 있는 것이다.[59]

주

1 Peter de Mendelssohn(Hg.), *Thomas Mann, Tagebücher 1918~1921*(Frankfurt/M., 1979), S. 121.(이하 *Tagebücher 1918~1921*로 줄임)

2 같은 책, S. 454.

3 같은 책, S. 544.

4 Eckhard Heftrich, *Vom Verfall zur Apokalypse über Thomas Mann*(Frankfurt/M., 1982), S. 114~128.

5 Klaus Harpprecht, *Thomas Mann. Eine Biographie*(Reinbek bei Hamburg, 1995), S. 59 f.

6 *Tagebücher 1918~1921*, S. 453.

7 Peter de Mendelssohn(Hg.), *Thomas Mann, Briefe an Otto Grautoff 1894~1901 und Ida Boy-Ed 1903~1928*(Frankfurt/M., 1975), S. 454.(이하 *Briefe an Otto Grautoff*로 줄이고 뒤에 해당 연도 기입)

8 같은 책, S. 111.

9 같은 책, S. 113.

10 *Briefe an Otto Grautoff 1894~1901*, S. 303.

11 Peter de Mendelssohn(Hg.), "Vorbemerkungen des Herausgebers", in: Ders.(Hg.), *Thomas Mann, Tagebücher 1933~1934*(Frankfurt/M., 1977), S. 287.(이하 *Tagebücher 1933~1934*로 줄임)

12 Inge Jens(Hg.), *Thomas Mann, Tagebücher 1944~1946*(Frankfurt/M., 1986), S. 208.

13 *Tagebücher 1933~1934*, S. 397 f.

14 Hans Rudolf Vaget, "Confession and Camouflage. The Diaries of Thomas Mann", *Journal of English and Germanic Philisophy*, 96(1997), p. 589.

15 이 네 권의 전기들은 다음과 같다. Klaus Harpprecht, *Thomas Mann. Eine Biographie*(Reinbek bei Hamburg, 1995); Ronald Hayman, *Thomas Mann. A Biography*(New York, 1995); Anthony Heilbut, *Thomas Mann. Eros and Literature*(New York, 1996); Donald A. Prater, *Thomas Mann. A Life*(Oxford University Press, 1995).

16 Hans Rudolf Vaget, "Mann and His Biographers", in: *Journal of English and Germanic Philosophy*, 96(1997), p. 599.

17 장성현, 『고통과 영광 사이에서』(문학과지성사, 2000), 25면.

18 Hans Rudolf Vaget, "Mann and His Biographers", 같은 책, p. 599.

19 *Briefe an Otto Grautoff 1894~1901*, S. 70.

20 같은 책, S. 90.

21 Anthony Heilbut, *Thomas Mann. Eros and Literature*(New York, 1996), p. 252.

22 Karl Werner Böhm, *Zwischen Selbstzucht und Verlangen. Thomas Mann und das Stigma Homosexualität. Untersuchungen zu Frühwerk und Jugend*(Würzburg, 1991), S. 339.

23 같은 책, S. 340.

24 Erika Mann(Hg.), *Thomas Mann, Briefe 1889~1936*(Frankfurt/M., 1961), S. 178.(이하 *Briefe 1889~1936*으로 줄임)

25 Hans Mayer, *Thomas Mann*(Frankfurt/M., 1980), S. 477.

26 김광규 편저, 『현대 독문학의 이해』(민음사, 1984), 354면 이하.

27 Thomas Mann, *Briefe II*, hg. von Erika Mann(Frankfurt/M., 1979), S. 40.

28 백낙청 편저, 『서구 리얼리즘 소설 연구』(창작과비평사, 1984), 342면 이하.

29 Hans Wysling, *Thomas Mann*, Teil I(München, 1975), S. 470 f.

30 Johann Peter Eckermann, *Gespräche mit Goethe*(Baden-Baden 1981), S. 671.

31 Volkmar Hansen und Gert Heine(Hg.), *Thomas Mann, Plage und Antwort*. Interviews mit Thomas Mann 1909~1955(Hamburg, 1983), S. 35~41.

32 *Briefe 1889~1936*, S. 123.

33 같은 책, S. 176.

34 Thomas Mann, "Freud und die Zukunft", in: Hermann Kurzke(Hg.), *Essays und Schriften über Musik und Philosophie*, Band 3(Frankfurt/M., 1978), S. 190.

35 Donald A. Prater, *Thomas Mann. Deutscher und Weltbürger. Eine Biographie*, übers. von Fred Wagner(München, 1995), S. 128.

36 Werner Frizen, "Der Drei-Zeilen-Plan Thomas Manns. Zur Vorgeschichte von Der Tod in Venedig", in: *Thomas-Mann-Jahrbuch*, 5(1992), S. 128.

37 Harold Bloom(Hg.), *Modern Critical Views of Thomas Mann*(New York, 1986), p. 90.

38 *Briefe 1889~1936*, S. 176.

39 장성현, 「〈베네치아에서 죽음〉에 나타난 토마스 만의 동성애의 은폐와 폭로의 역학」, 『독일 문학』, 제70집(1999), 136면.(이하 「토마스 만의 동성애의 은폐와 폭로의 역학」으로 줄임)

40 *Briefe 1889~1936*, S. 178.

41 Hans Wysling(Hg), *Thomas Mann und Heinrich Mann, Briefwechsel 1900~1949*, (Frankfurt/M., 1984), S. 66.

42 Thomas Mann, *Briefwechsel 1900 bis 1949*, 같은 곳, S. 52.

43 박은경, 「현대의 고전 마주 읽기-토마스 만의 〈베네치아에서 죽음〉과 프란츠 카프카의 〈변신〉」, 『카프카 연구』, 제14집(한국카프카학회, 2005), 12면.

44 Lotti Sandt, "Mythos und Symbolik im Zauberberg von Thomas Mann", in: *Sprache und Dichtung*, Band 30(Bern, Stuttgart, 1979), S. 290.

45 Hans Wysling, "Der Zauberberg als Zauberberg", in: *Das Zauberberg-Symposium 1994* in Davos, hg. von Thomas Sprecher(Frankfurt/M., 1995), S. 48.

46 「토마스 만의 동성애의 은폐와 폭로의 역학」, 114면 이하.

47 같은 책, 113면.

48 같은 책, 114면.

49 Helmut Jendreiek, *Thomas Mann, Der demokratische Roman*(Düsseldorf, 1977), S. 227.

50 Hans Wysling, "Probleme der Zauberberg-Interpretation", in: Eckhard Heftrich u. H. Wysling(Hg.), *Thomas Mann Jahrbuch*, Bd. 1(Frankfurt/M., 1988), S. 18.

51 타나토스는 죽음을 의인화한 날개 달린 남성 마신(魔神)으로, 『일리아드』에서 잠의 신인 힙노스 Hypnos의 형제로 등장하는데, 이러한 계보는 두 마신을 밤의 아들로 만든 헤시오도스의 전통에 따른 것이다.

52 Walter Jens, *Statt einer Literaturgeschichte*(Tübingen, 1978), S. 165.

53 Rolf Günter Renner, *Das Ich als ästhetische Konstruktion, Der Tod in Venedig und seine Beziehung zum Gesammtwerk Thomas Manns*(Freiburg im Breisgau, 1987), S. 39.

54 「토마스 만의 동성애의 은폐와 폭로의 역학」, 112면 이하.

55 *Briefe 1889~1936*, S. 179.
56 토마스 만은 베네치아를 읊은 플라텐의 소네트를 잘 알고 있었다.
57 황현수, 『토마스 만의 문학과 사상』(세종출판사, 1996), 386면.
58 Ernst Nündel, *Die Kunsttheorie Thomas Manns*(Bonn, 1973), S. 25~37.
59 「토마스 만의 동성애의 은폐와 폭로의 역학」, 125면.

제6장 **토마스 만 문학에서의 신화**

1. 신화의 개념

서양 철학에서 형이상학의 절정을 이루는 헤겔Georg W. F. Hegel에 있어서 모든 존재는 실상 〈정신〉 혹은 〈이데아〉라고 하는 절대적 존재의 변증법적 논리에 따른 전개 과정으로서, 인간의 의식뿐 아니라 모든 존재도 합리적이라고 믿었다. 이와 같은 합리주의자들의 관점을 따른다면 결국 인간도 합리적으로 구성된 우주의 한 기능을 담당하는 것으로 해석되고, 따라서 전체로 본 우주에서 인간의 위치, 인간의 행동은 의미를 갖게 된다. 즉 인간의 존재는 일반 사물의 존재와 마찬가지로 다른 모든 것과 합리적인 관련과 의미를 갖게 된다. 따라서 모든 행동, 모든 존재 그리고 모든 사건에는 뜻이 있게 된다.

이러한 합리주의적 사상의 배경에는 플라톤이 있다. 플라톤은 이데아, 즉 관념 혹은 보편의 세계와 감각적으로 인식되는 경험계를 이원화시켜 전자는 변치 않는, 그리고 참다운 실재로서 이성 *nous*에 의한 진지(眞知)의 대상이며, 반면 후자는 영원한 이데아의 모사(模寫)이자 그림자로서 참다운 실재가 아니라 그에 대한 인식 또한 참이 아닌 억견*doxa*에 불과하다고 생각했다. 간단히 말해서 플라톤은 감정과 격정을 이성에 대한 위협으로 보았다. 이 사상이 신화에도 반영되어 있다. 그리스 신화에 등장하는 아폴론과 디오니소스는 각각 태양과 술을 관장한다. 아폴론이 빛이라면 디오니소스는 어둠이다. 여기에 근거해 후대는 아폴론을 이성, 디오니소스는 감성이라는 아우라를 씌웠다. 무엇이 옳고 그른가를 판단하는 것은 이성이었기에 역사에서 디오니소스는 늘 홀대받는다. 이성은 순수와 대중을 나누고 신화와 전설을 구분하는 등 모든 것을 둘로 나누는데, 어떤 때는 감성의 영역까지 침범할 때가 있다.

그러나 아리스토텔레스는 플라톤의 이데아의 견해를 따르지 않았다. 그는 감성이야말로 이성 못지않은 인간의 중요한 일부로 그 자체는 해로운 것이 아니며 다만 적절히 제어하지 못했을 때 해로울 수 있다고 보았다. 따라서 감성에 해당되는 감정이나 격정은 적절히 통제되어야 한다고 믿었다. 이렇게 이성에서 벗어난 감정이나 격정의 근원은 신화 등의 환상 문화로 발전되었다.

전통 사회의 특징 중 하나는 그들이 사는 영역과 그 영역을 둘러싼 미지의 불확정적인 공간 사이의 대립을 상정한다. 그들이 사는 영역은 세계(더 정확히 말하면 우리의 세계)이자 코스모스(우주)이다. 그 외에는 코스모스가 아니라 일종의 〈다른 세계〉이며, 유령과 악마와 외인(外人)들(여기서는 악마와 죽은 자의 영들을 동일시하고 있음)이 살고 있는 이질적인 혼돈의 공간이다. 일견 이 공간의 단절은 사람이 거주하는 질서 있고 우주화된 영역과 그 영역을 벗어난 미지의 공간의 대립이다. 즉 한편에는 코스모스인 이성이 있고 다른 한편에는 카오스(혼돈)인 감성에 해당되는 신화가 있다. 그러나 사람이 거주하는 영역은 우선 정화되고 그것은 신들이 한 일이기 때문에, 혹은 신들의 세계와 교류하기 때문에 하나의 코스모스로 보게 된 것이다.

그러면 이러한 코스모스 등과 이질적인 환상 문화의 본질인 신화는 현실, 진리, 의미와 관계가 먼 것일까? 사실 신화는 이들과 매우 애매한 관계이다. 그러나 신화는 세계의 양상을 포함하며 이 배경에서 신화적 요소는 이치적으로 설명된다. 신화는 이해될 가치가 있기 때문에 없어서는 안 되는 독특한 세계를 창조하는 것이다. 따라서 케레니Karl Kerényi에 의하면, 신화는 일종의 진리를 내포하고 있다. 〈말에서 그리스어는 적어도 하나의 양상을 파악하게 한다. 그리스어로 신화를 나타내는 단어 《mythos》는 원래 고안해 낸 내용이 아니라 진실적인 내용을 의미했다. 신화의 원형상에서는 자발성 외에 이러저러한 것의 내용이 아니고, [……] 가장 일반적인 구체성이 담겨 있는 것이다.〉[1]

따라서 오토Walter F. Otto는 신화의 개념을 〈진실된 말wahres Wort〉로 규정짓고 로고스Logos에 비교해 〈올바른 말richtiges Wort〉로 한정짓는데, 올바름이란 다른 것과의 비교에서 증명된다. 진실은 스스로 존재하며 설명이 필요 없다. 이렇게 진실을 반영하는 신화는 오늘날 신학뿐 아니라 문학과 철학, 민담의 배경 및 심지어는 일상 대화의 일부분까지 차지하고 있다. 신화는 오늘날에도 심리적인 토대를 형성하는 것이다. 그리고 보면 원시와 문명의 차이는 크지 않다. 원시는 문명 속에 살아 숨 쉬고 있고, 문명은 원시에 뿌리를 두고 있는 것이다. 따라서 사회의 일반적인 가정(假定)이나 스타일, 편견은 변해 왔고 앞으로도 변해 가겠지만 거기에 내재한 신화의 사상은 의연히 남아 있다. 케레니에 의하면, 신화는 말보다 앞서는 사건이다. 〈신화는 말의 존재로 볼 때 완전히 말의 밖이나 안에 있지 않고, 흔히 말하듯이 수동적이지 않고 스스로 발생하는 가공 속에 있다. 즉 말 속에 존재하는 내용이나 일반적인 것의 내용이 아니고 언급되어 축제적이 된 고차적인 말, 문학의 원초적인 말이다.〉[2] 왜냐하면 말은 스스로 여러 고차적인 내용을 창조하는 성격으로 신화적 성격을 가지고 있기 때문이다. 따라서 신화는 항상 존재하고 손상되거나 파손되더라도 거기에 인간의 근원적인 불확실성은 남아 있게 된다.

1) 문학의 요소로서 신화

철학은 이성ratio인 로고스에 굳건히 뿌리를 박고 있다. 철학은 궁극적으로 인간 영혼의 완성에 목표를 두고 이를 위해 로고스를 수단으로 삼는다. 말하자면 이성이라는 날카로운 칼의 힘을 빌리는 것이다. 그러나 신화는 객관적 증명이 되지 않아 로고스와 구별된다. 신화는 신이나 신의 존재, 영웅 그리고 마성에 대한 보고나 이야기다. 하지만 단순한 허구의 이야기는 아니다. 신화는 경험 세계와 다른 질서를 갖는 세계와 인간의 관계를 표상한다. 이러한 신화에는 계몽 사상이 담겨 있다. 신화는 인간의 사고가 깨어나기 전의 선사 시대에 이국적인 문학의 소산이기 때문에 표시하는 내용과 대상이 일상적인 차원을 뛰어넘는다. 그런데 우리는 참된 신화와 접촉하지 못하므로 신화를 믿기 위해 우리 자신이 계몽되어야 한다. 계몽이란 주지하다시피, 아직 미자각 상태(未自覺狀態)에서 잠들어 있는 인간에게 이성이라는 빛을 던져 주어 편견이나 미망(迷妄)에서 빠져나오게 한다는 뜻이다. 인간이 이성적 동물이라는 정의는 〈절대 반지〉처럼 견고하기만 하다. 그것의 부정은 인간을 마치 낭떠러지로 밀어 버리는 것처럼 위태롭게 생각되어 왔다. 이성은 인류가 처한 모든 불행의 씨앗을 일거에 제거할 수 있는 유일한 능력으로 여겨졌던 것이다. 이렇게 신화를 믿기 위해서는 우리 자신이 계몽되어야 한다고 주장한 바 인리히Harald Weinrich는 나아가 신화의 정의를 위해 과거와 현대의 차이점을 서술의 어법에서 찾으려고 했다. 즉 현대는 공간에, 과거는 결정적 순간에 그 중점을 두고 있다.

한편 문학은 신화라는 날개로 하늘을 날려고 한다. 이성의 칼날과 비교해 보면 신화라는 깃털의 날개는 너무나 무력하기 짝이 없다. 그러나 문학가에게는 이성을 수단으로 삼는 철학가에게서는 볼 수 없는 상상력이라는 마력이 있다. 바로 이 상상력으로 문학가는 황홀한 우주를 빚어내고 찬란한 꽃을 피워 낼 수 있다. 무의식의 활동에 대한 매혹과 신화와 상징에 대한 관심, 이방과 원시 및 고대를 향한 열정, 이 모든 타자(他者)와의 만남은 새로운 과학, 새로운 종교, 새로운 휴머니즘의 도약을 예비한다. 상상력의 집합체로서, 이야기의 고갈되지 않는 소재와 모티프의 저장고가 신화라는 점에서 문학과 신화는 불가분의 관계를 형성한다.

이러한 신화 문학론은 태초부터 인류가 무의식적으로 체험한 집단 무의식이 인간의 두뇌 속에 각인되어 있거나 후천적으로 전수되어 왔다는 것이 정설이다. 이와 같은 인류의 집단 무의식이, 즉 고대와 현대에 이르기까지 신화소가 되는 원초적 원형이 작가들의 문학 작품 속에 나타나고 있다. 따라서 북미 신화 비평의 대표적 학자인 프라이Northrop Frye는 〈문학 작품은 원형적인 양상에서 신화〉[3]라고 언명했다. 오토도 〈문학은 아직도 신화적으로 이야기한다〉[4]고 언급하여 고대 신화는 문학의 내부에서 계속 생존한다고 했다. 문학은 신화적 형상을 지속하고, 신화는 창작술을 매개로 다시 꽃피게 된다는 것이다. 종교적인 것, 우주적인 것, 그리고 총체적인 것에서 신화의 가장 본질적인 요소를 찾는 브로흐Hermann Broch는 태고의 신화까지 거슬러 올라가지 않고 문학적인 것을 통해 신화적인 변천을 추적하고 있다.[5] 그에 의하면 신화는 문학의 원형으로서 그 원형 속에 우주 창조론, 즉 인간과 세계에 대한 모든 지식이 내포되어 있다. 따라서 그는 시대를 초월한 신화적인 것을 요구하며 삶의 근원으로 거슬러 갈 수 있는 새로운 신화를 희망했다.

이러한 신화와 문학 관계의 전통은 고대로부터 유래되어, 아리스토텔레스는 신화를 문학의 가장 중요한 요소로 파악하여 『시학』에서 신화는 〈극예술dramatische Kunst〉의 중요한 요소로 설명된다.[6] 아리스토텔레스의 『시학』 이후 신화는 문학의 중요한 요소가 되어 신화 역시 종교에서 벗어난 의미로 이해되었다. 다시 말해 『시학』에서 신화와 종교의 결별이 완성된 것이다.[7] 신화는 예술적 표현으로서 종교성을 상실하는 동시에 허구화되고 현실의 반대가 되면서 문학과 신화의 연결 고리가 마련되었다.

신화는 대답할 수 없는 문제에 대해 어떤 대답도 줄 수 없으며 스스로 문제를 제기한다.[8] 이야기로 전래되어 온 신화적 사건들이 변천되면서 그 자리에 문학이 들어서는 경우도 있는데, 이때 신화는 신이나 영웅적 존재에 대한 우화적 소설로서 더 많이 이해된다. 특히 고대 문학은 이미지에 따라 신화를 재구성했는데, 이의 예로 호메로스의 유명한 서사시 『일리아드』와 『오디세이아』를 들 수 있다. 〈노래하소서, 여신이여! 펠레우스의 아들 아킬레우스의 분노를〉이라고 첫 행부터 〈아킬레우스의 분노〉를 나타내 대뜸 주제로 뛰어드는 『일리아드』는 대략 1만 5천 행으로 된 대서사시이다. 약 2천8백 년 전에 살았던 호메로스는 10년 동안 전개된 트로이 전쟁을 『일리아드』에 마지막 50일 동안 일어난 사건들로 그려 낸다. 그리스 왕 아가멤논과 다툰 아킬레우스는 분노하여 전투를 거부한다. 그사이 트로이의 영웅 헥토르가 연이어 승리를 거머쥔다. 그러자 아킬레우스의 친구인 파트로클로스가 나가 트로이군과 싸우다 헥토르에게 죽는다. 이에 아킬레우스는 아가멤논과 화해하고 다시 전투에 참가한다. 사랑하는 친구를 잃은 분노가 더 크기 때문이다. 아킬레우스는 헥토르를 죽여 전차에 매달아 끌고 돌아와 파트로클로스의 무덤 주위를 세 번 돈다. 그러나 헥토르의 아버지인 트로이 왕 프리아모스의 간청에 시신을 돌려준다. 이러한 내용의 『일리아드』에서 호메로스는 전쟁이 일어난 이유, 지난 9년 동안 일어난 일, 다가올 아킬레우스의 죽음, 트로이의 패망 등을 등장인물들의 말이나 암시를 통해 전달한다. 아리스토텔레스는 『시학』에서 호메로스의 이러한 작품 스타일을 서사시와 비극의 모범으로 높이 평가했다. 스토리 구성에서 〈전체에서 한 부분만 취하고 그 외의 많은 사건은 삽화로〉 이용한다는 점에서 예술은 역사와 다르다는 것이다.

호메로스의 『오디세이아』도 고대 그리스의 대서사시로서 트로이가 함락된 후 10년간에 걸쳐 각지를 방랑한 영웅 오디세우스를 주인공으로 한 모험담이다. 이야기는 오디세우스가 방랑 생활이 끝날 무렵, 님프인 칼립소의 사랑을 받아 외딴 섬에 붙잡힌 지 7년째 되는 시점에서 시작된다. 한편 오디세우스의 고국에서는 그가 이미 죽은 것으로 여겨, 주변에 있는 젊은 귀족들이 오디세우스의 왕비 페넬로페에게 구혼하기 위해 궁전에 눌러앉아 밤낮으로 연회를 열고 또 왕비의 외아들 텔레마코스를 괴롭히고 있었다. 이윽고 오디세우스가 고국으로 돌아와 아들 텔레마코스와 힘을 합쳐 악랄한 구혼자들을 퇴치하고 아내와 다시 만난 후, 여신의 중재로 구혼자들의 유족과 화해하기까지 약 40일 동안 일어난 사건의 문학적 내용이다. 특히 제5권에서 칼립소에게 붙잡힌 주인공 오디세우스가 등장하는데, 신의 명령으로 그는 가까스로 뗏목을 타고 귀국하려 하지만 그를 미워하는 바다의 신 포세이돈이 일으킨 폭풍으로 난파하여 간신히 스케리아 섬에 상륙, 파이아케스 *Phäake*인들의 보호를 받는다. 이 작품의 테마 역시 작가 스스로의 창작이 아니라 이미 존재했던 영웅 노래와 신화의 모음으로 집대성된 것이다. 호메로스의 『일리아드』와 『오디세이아』부터 그 이후 서양 문학은 신화라는 탯줄을 갖고 태어났다고 볼 수 있다.

개개의 신화가 취급되면서 작가 자신의 작품으로 개작되기도 하는데 메데이아 Medea와 아리아드네Ariadne가 대표적이다. 메데이아는 그리스 신화의 여성 중에서 가장 많이 서양 문학 작품의 주인공이 되고 있다. 이 이야기는 기원전 8세기경 대중에 회자되다가 기원전 5세기에 에우리피데스Euripides가 완결한 작품 『메데이아*Medea*』로 만들어져 일찌감치 고전 작품으로 경전화되면서 수 세기 동안 서양의 여러 작가들에 의해 같은 이름으로 작품화되어 왔다. 반면 고전 작품 속에 자신의 이름을 뚜렷이 부각시키지 않은 아리아드네는 신화적 원형으로 문학 작품들 속에 숱한 다른 이름의 여성 인물로 형상화되었다.

결국 이러한 이름에서 생겨난 제목이나 부제가 우리가 어떤 작품과 관계하고 있는가를 가르쳐 줄 수도 있다는 추론이 생긴다. 실제로 괴테의 『빌헬름 마이스터의 수업 시대』나 『빌헬름 마이스터의 편력 시대』에서 〈빌헬름 마이스터Wilhelm

Meister〉라는 이름 중의 빌헬름Wilhelm은 영국의 천재적인 극작가 윌리엄 셰익스피어William Shakespeare에서 딴 것이고, 마이스터Meister는 대가 또는 사장(師匠)의 뜻으로 수업을 한 후 일정한 영역에서 대가가 된다는 뜻을 내포하고 있다. 따라서 빌헬름 마이스터라는 인물이 연극적인 체험과 수업을 쌓은 뒤, 연극의 세계에서 대가가 되어 연극을 통해 국민 교화의 사명을 성취하려는 내용이 담겨 있다. 그래서 괴테는 처음에는 작품 이름을 〈빌헬름 마이스터의 연극적 사명Wilhelm Meisters Theatralische Sendung〉이라고 붙였다가 훗날 생각하는 바가 있어 〈수업 시대〉와 〈편력 시대〉로 나누었다.

이런 맥락에서 〈동시대의 희곡〉이나 〈카를 대제 시대에서 연유하는 역사물〉 등 등에서 우리가 어떤 소설이나 희곡과 관계하고 있는가가 암시된다. 결국 문학·예술 작품들에 쓰이는 제목 자체도 유행을 따른다고 볼 수 있다. 예를 들어 『마의 산』, 『부덴브로크 일가』 또는 「베네치아에서 죽음」 등을 읽는 사람은 자기 앞에 어떤 학문적인 저술을 기대하지 않고, 처음부터 어떤 문학적인 소설을 목표로 하고 있다. 물론 정보를 제공하는 부제가 없을 때에 우리가 어떤 종류의 작품과 관여하고 있는지를 우리들에게 충분히 알려 주지 않는 제목들도 존재하며, 〈창작〉인지 (특히 역사적인 저술에서) 학문적인 저술인지 모르는 제목들도 있다. 예를 들어 「발렌슈타인Wallenstein」은 쓰인 방식이 우리들을 의혹 속에 남겨 둘 수 있기 때문에, 이 작품은 〈역사〉일 수도 있고, 되블린Alfred Döblin의 소설일 수도 있다. 그러나 이것은 아주 드문 경우들로서 무엇보다도 의사(擬似) 판단으로 작품이 대응되는 역사적 저술이 구분된다.

시대는 고대를 모범으로 삼아 단순히 문학에 한정되지 않고 조각, 음악, 미술에 도입된 신화적 소재를 작가 자신의 작품으로 발전시킨 것도 있다. 예를 들어 중세의 영웅 서사시 「니벨룽겐의 노래」에서 영웅 지크프리트가 크림힐트의 사랑을 얻기 위해 경험하는 시련과 모험의 이야기와, 파르치팔Parzival이 성배 왕이 되기까지 치르는 험난한 시련의 이야기는 독일 서사 문학의 전통으로 계승되었다. 이렇게 이미 오래전부터 신화는 문학과 민담 그리고 유사한 기이한 이야기들의 내용에 혼용되어 왔다.

이러한 배경에서 신화는 기원전 8세기 고대 그리스의 호메로스에서 20세기 초의 카프카, 토마스 만, 슈트라우스Botho Strauß의 신작에 이르기까지 확고부동하게 문학의 소재로 자리매김하고 있다. 따라서 브로흐는 조이스James A. Joyce, 카프카, 나아가 토마스 만의 작품들을 충분히 신화적 작품으로 보고 있다. 조이스가 그의 작품 『율리시스』에서 오디세우스로 되돌아가는 동기를 마련한 것은 대단히 신화적이다.

또 『구운몽』, 『금오신화』, 『홍길동전』 등 우리나라의 전래 문학뿐 아니라, 도스토옙스키의 『카라마조프의 형제들』이나 『죄와 벌』, 톨스토이의 『이바노비치의 죽음』 혹은 『참회록』, 헤세의 『싯다르타』 등도 대표적인 상상과 신비의 신화적 작품이다. 이러한 문학 작품들은 읽는 이에 따라 어떤 종교적 경전보다 더 큰 종교적 감동을 줄 수 있다. 또한 『리그베다』, 특히 『우파니샤드』와 『바가바드기타』는 힌두교의, 『법구경』이나 『화엄경』 등은 불교의, 『구약』과 『탈무드 율서』는 유대교의, 『구약』과 『신약』은 기독교의, 『코란』은 이슬람의 핵심적 종교 텍스트이지만 종교적 신념 밖에서 순전히 문학 텍스트로 읽고 감상할 수 있다.

이렇게 종교 텍스트가 특별히 문학 작품으로 읽힐 수 있는 데는 충분한 이유가 있다. 힌두교의 『베다』는 말할 것도 없고 『우파니샤드』, 유대교와 기독교의 텍스트인 『구약 성서』의 많은 부분이 시적 운(韻)을 갖추고 있고, 그중 어느 부분은 아예 〈시편〉이다. 예를 들어 『구약』 「전도서」 제3장 〈범사에 기한이 있고 천하만사가 다 때가 있나니/날 때가 있고, 죽을 때가 있으며, 심을 때가 있고, 심은 것을 뽑을 때가 있으며, 〔……〕〉에는 계속 반복되는 운이 있어 문학 작품으로 착각될 정도다. 불교의 여러 경전도 시적 형식을 갖고 있다. 종교 텍스트가 이처럼 시적, 즉 문학적 형식을 갖춘 것은 우연이 아니다. 종교적 진리는 이성에 앞서 감성에 의해 접할 수 있어 종교 텍스트는 독자의 이성보다 감성에 호소될 수 있다. 이런 점에서 종교적 텍스트가 문학적 표현 양식을 선호하는 경향을 띠는 것은 자연스러운 일이다.[9]

이렇게 신화가 문학과 융합되는 맥락에서 독일 문학에서도 계몽주의 이후부터 수많은 작가와 이론가들이 신화 자체를 최고의 문학 작품이라 믿어 고대 신화를 소재로 한 많은 작품과 비평을 썼다. 따라서 17세기의 계몽주의 시대에 배척되었던 신화가 18세기에 접어들면서 신화에 대한 향수로 반전되었다.

2) 인위적 신화

신화는 처음에는 구전(口傳)이나 의식(儀式)으로, 때로는 기록된 문서로 전달되었다. 도덕주의자이자 철학자인 헤시오도스 같은 작가나 철학자의 신화는 다시 다른 범주를 만든다. 신화 발생론을 믿는 사람은 신화가 그것이 기술하는 바를 그대로 의미할 뿐이라는 말리놉스키Bronislaw Malinowsky의 기능주의적 견해를 받아들이지 않는다. 그들은 말리놉스키와 반대로 신화의 표면적 의미 밑에 〈진정한〉 의미가 숨어 있다고 생각한다. 여기에 관한 한 예로 그리스 신화의 전쟁의 신 아레스를 들어 보자. 로마 신화에서는 마르스라 불리는 아레스는 제우스와 헤라 사이에서 태어난 아들이다. 그는 전투를 위한 전투를 좋아했고 특히 유혈이 낭자한 것을 즐겼다고 한다. 그래서 그런지 정실부인에게서 태어난 적자(嫡子)였지만 그리 부모의 사랑이나 인정을 받지는 못했다고 전해진다. 아니, 오히려 제우스는 피비린내 나는 싸움과 전쟁을 즐기는 아레스에 대한 혐오감을 공공연하게 드러냈다고 한다.

아레스는 이성과 절제를 좋아하는 그리스 시대에는 이렇듯 존경을 받지 못했다. 화가 나면 물불 가리지 않고 무기나 주먹을 휘두르는, 이성적인 생각을 하지 않으려는 신이었기 때문이다. 그는 충성과 복수심으로만 행동했다고 한다. 로마 시대에 접어들면서 충성과 복수심이 전투의 미덕으로 여겨지면서 아레스는, 아니 마르스는 급부상한다. 제우스 다음으로 존경받는 신이 된 것이다. 심지어는 아레스는 로마 제국의 개국 신화에도 연결된다. 로마 신화에 따르면 로물루스Romulus와 레무스Remus 쌍둥이 형제는 전쟁의 신 마르스와 여(女)사제 레아 실비아 사이에서 태어났다. 그러나 〈원치 않은〉 아이란 이유로 티베르 강(오늘날의 테베레 강)에 버려졌다. 강가에서 쌍둥이를 발견한 늑대가 이들을 동굴(지금의 로마 팔라티노 언덕 근처)로 데려가 젖을 먹여 키웠는데, 이 쌍둥이가 성장해 기원전 753년에 세운 나라가 로마라고 신화는 전한다. 로마인들은 이 동굴을 루페르칼리아(라틴어로 〈늑대〉란 뜻)라 부르며 신성시했고, 매년 2월 다산을 기원하는 루페르칼리아 축제가 이곳에서 열렸다. 이 동굴은 초대 황제 아우구스투스(기원전 63년~기원후 14년)의 황궁 건설 때 복원되기도 했지만 5세기 말 교황 젤라시오 1세가 루페르칼리아 축제를 이단으로 금하면서 동굴은 점차 잊혀 갔다.

이렇게 그리스와 로마의 시대에 따라 아레스 신의 대접도 달라졌다. 그러나 여기서 중요한 사실은 아레스는 번번이 막대한 살생만 저질렀을 뿐, 한 번도 전쟁에서 이겨 본 적이 없었다는 것이다. 그리고 아레스가 아프로디테와 연애하여 낳은 쌍둥이의 이름이 포보스(Phobos, 낭패)와 데이모스(Deimos, 공포)였다. 전쟁은 결국 〈공포〉를 낳고, 스스로도 〈낭패〉를 보게 된다는 진정한 의미를 신화는 가르쳐 주는 것이다.

이처럼 신화의 이야기는 화자(話者)의 목적 의도와 일치하지 않을지라도 합목적적인 의미를 내포하는데, 대체로 이들은 이를 알지 못하고 화자의 의도를 자기네 방법이(실은 자기네 방법만이) 발굴해 낼 수 있다고 생각한다. 이들은 신화가 경이감을 일으킨다는 단순 논리도 경멸하며 파운드Ezra Pound 시의 주석자처럼 불가지적인 것을 분석한다. 이들의 주장에 의하면, 신화의 진정한 의미는 구전 동안에 많은 우여곡절을 겪어 우연히 일실(逸失)되기도 하고, 아는 바를 다 말하기 싫어하는 신화 작가에 의해 고의적으로 은폐되기도 하며, 또 그레이브스Robert Graves가 말하는 소위 〈향신화성(向神話性)〉 정치가나 종교가의 개작으로 전혀 다른 뜻의 이야기로 변조될 수도 있다.[10] 여기에 소문도 신화에 작용될 수 있다. 물론 소문은 거짓말이 아니다. 소문은 공공성을 만들어 내는 동시에 공공성을 대표한다. 따라서 신화를 새롭게 구성하고 말할 수 있는 또 하나의 가능성이 소문 속에 있다.

신화는 문화적 조건도 따른다. 선교사가 자기가 생각하는 신을 어느 지역에 들여오면 그 신은 그 지역 사람들이 상상할 수 있는 신으로 변모하기도 한다. 〈내 앞에서 다른 신을 섬기지 말라〉는 말은 순전히 히브리적 관념이다. 따라서 오늘날에는 현존하는 인물과 신화의 인물이 갖는 신화소를 연결시키는 〈신화의 혼합〉에 의해 인물 신화를 만들기도 한다. 이런 가능성 때문에 이들이 심해 잠수부처럼 질소 마취에 의한 환각이 일어나지 않기를 바라며 깊은 미지의 세계로 탐색해 들어가는 것이다.

이러한 신화적 사고가 초래할 집단주의, 전체주의의 위험을 간과할 수 없다. 신화의 사고가 무의식의 영역에 직결된 논리 과정의 표현이라고 한다면, 그 사고는 종(種) 내지는 〈계급〉을 인식할 수 있어도 개(個)를 인식할 수는 없다. 종은 대립하는 힘들이 서로 싸우는 여러 종류의 다양체(多樣體)를 만든다. 그리고 그 안으로부터 〈개〉가 탄생하는데, 〈종의 논리〉인 무의식의 사고로는 〈개〉의 의미를 이해할 수가 없다. 따라서 신화가 근대 정치에 이용됐을 때 발생하게 될 엄청난 참화가 예상됐다. 실제로 그것은 이탈리아에서 발생한 파시즘과 파시즘의 현실화에 대성공을 거둔 독일의 국가 사회주의에 의해 역사적 현실이 되고 말았다. 〈개〉를 인식하지 않는 무의식적인 〈종〉의 사고의 횡포로 인해 비참한 상황이 초래된 것이다. 따라서 우리에게는 군사 독재주의, 유럽과 일본에서는 국가 사회주의와 일국주의(一國主義)의 광기에 대한 아픈 기억이 있다. 그러한 광기가 신화적 사고의 오용에서 비롯됐음은 많이 지적되고 있다. 이렇게 신화가 인류의 집단 무의식의 표현이기도 하지만 종족의 서사이기도 했다는 점에 주목해야 한다. 이 점은 신화가 보편성을 지니고 있지만 언제라도 편파성으로 치달을 소지를 지니고 있다는 사실을 말해 주는 것이다.

먼저 신화를 만듦으로써 역사를 만든다는 것은 고대 로마의 권력 투쟁을 분석한 마키아벨리에게는 자명하게 생각되었으며, 이러한 원리는 파시즘의 어용 철학자인 로젠베르크Alfred Rosenberg가 『20세기의 신화Der Mythus des 20. Jahrhunderts』에서 창시한 국가 사회주의의 이데올로기로 재확인되었다. 즉 신화와 심리학의 결합이 발생한 것이다. 이러한 신화와 심리학의 결합, 즉 신화를 인간화하고 심리화한다는 신화 해석이 파시즘적인 반이성적인 신화관을 불러일으켰다. 다시 말해 신화라는 이념이 야만적인 비합리주의와 혼동되어 파시즘의 반이성적, 정치적인 의도 아래에서 남용된 것이다.

이처럼 신화적 사고에는 인류의 희망인 〈대칭성의 논리〉와 표리 관계에 있으면서 엄청난 참화를 초래할 가능성이라는 마이너스적인 측면이 잠재돼 있다. 이런 양면성에 대한 인식이 결여된 신화 연구는 불완전하다. 본래 희망은 위험과 이웃하고 있게 마련이다. 하이데거가 말한 바와 같이, 그렇다고 머뭇거려서는 안 된다. 신화는 양날의 칼이다. 함부로 다루면 인류는 또다시 치명적인 상처를 입을지도 모르는 것이다.

이런 배경에서 토마스 만은 일찍이 신화의 유해론을 인식하여 깊은 고뇌에 빠지기도 했다. 즉 그는 민중을 조종하고 지성의 희생을 요구하기 위해 신화를 이용하는 〈비합리적인 유행〉[11]에 대항해 〈파시즘〉적인 신화의 오용을 막아야 할 필요성을 느낀 것이다.[12] 따라서 토마스 만은 작품에서 신화적으로 치명적인 상처를 입은 시대를 묘사했다. 시대적 상황으로 볼 때, 토마스 만이 『요셉과 그의 형제들』의 제1부 〈야곱의 이야기*Die Geschichten Jaakobs*〉를 집필했던 1926~1933년의 시기는 독일의 정세가 어지러울 정도로 변전이 심했던 때로서 작가의 눈에는 인간성과 양심이 중요한 과제가 되었다. 그러한 시대의 한가운데 서 있는 문학은 신화를 매물로 삼는 비인도적 국가 사회주의의 〈이데올로기〉에 대항해 적극적인 시대의 의미를 찾지 않을 수 없었다.

이렇게 국가 사회주의가 신화를 왜곡하고 있다고 생각한 토마스 만이 이러한 국가 사회주의자들에 대항하는 〈우리 시대의 정신적·도덕적 변증법〉의 자리에 내세운 것이 바로 〈신화의 인간화*Humanisierung des Mythos*〉[13]였다. 즉 토마스 만은 〈국가 사회주의자들의 손아귀에서 만들어진 신화 개념의 왜곡〉[14]에 대하여 신화를 인간적으로 사용함으로써 대항하고자 했다. 그로서는 〈유럽 내지 서구 세계의 광범위한 전통으로서의 선회, 또 그 전통 속에 편입되어 안전을 구하는 것〉[15]이 중요한 사항이었던 것이다. 이러한 올바른 전통의 추구는 자연스럽게 과거의 역사나 신화 속에서 자신의 생에 본보기가 될 수 있는 것을 찾는 노력으로 이어졌다. 그리하여 〈독일의 가장 어두운 시기〉(GW 12, 959)에 쓰인 작품들의 소재는 자연스럽게 과거의 신화적인 것에서 선택되게 되었다.[16]

따라서 로젠베르크의 『20세기의 신화』로 대표되는 신화의 남용에 대항해 토마스 만은 〈가령 싸움터에서 빼앗긴 무기가 역으로 상대방을 위하여 쓰이는 경우 같은 결과를 독자들은 보게 될 것이다. 즉 이 소설(『요셉과 그의 형제들』)에 있는 신화는 파시즘으로부터 탈환되고 한마디의 말에 이르기까지 완전히 인간화되어 있다〉(GW 11, 658)고 말하고 있다. 토마스 만의 해명에 의하면, 『요셉과 그의 형제들』의 목표 중 하나는 〈신화를 지적 파시즘의 손아귀로부터 탈취해 인간적인 것으로 그 기능을 바꾸는 것〉[17]이었다.

히틀러의 추종자였던 키텔Rudolf Kittel이 종교 사전을 발간한 당시 신화가 국가 사회주의 정권의 선전을 위해 왜곡·모조되어 보급되었으나, 이 사전의 끝에 있는 〈신화에도 로고스의 핵심이 숨겨져 있다〉[18]라는 저자의 말이 중요하다. 왜냐하면 고대의 후기와 중세 시대에 역행되게도 계몽주의와 낭만주의 이후 신화에 대한 깊은 이해가 열리기 시작했기 때문이다. 따라서 오늘날의 종교학도 신화의 범주를 벗어나서는 존재할 수 없다.

2. 신화의 쇠퇴와 문학적 회생

자연으로서의 인간은 신성하고 신비한 존재다. 그러나 태어나자마자 인간은 사회적 존재로 길들여지면서 그만큼 신성과 신비로부터 멀어져 간다. 신비와 과학의 경계가 분명한 사회에서 신비하고 원초적인 힘들이 그 경계를 넘나들 때 막강해진 현대 과학은 그 힘들을 자꾸만 주변부로 몰아간다. 이러한 배경에서 현대의 도시 속에서 신성은 불안한 인간이 내지르는 무지한 탄성이 되고 신비는 명료하지 못한 미신이 된다. 결국 과학 기술이 발달하고 사회가 산업화되고 이데올로기가 난무함에 따라 이전까지 절대 규범이었던 신에 대한 믿음도 그 절대적 의미를 상실하고 인간은 한정된 저마다의 오성의 척도로 자신의 세계를 구축하여 신화 등 다른 세계와는 담을 쌓아 버렸다.

이렇게 산업 사회의 지식인이 중세 시대까지 지녔던 신화적 가치를 상실해 버렸다는 이야기는 반드시 현대의 신화가 타락했다거나 열등하다고 말하려는 것이 아니고, 다만 현대인의 신화적 감수성이 뚜렷하게 빈곤해졌다고 말할 수 있다. 레비스트로스Claude Lévi-Strauss가 〈문자를 갖지 않은 사회〉라고 했던 원시 사회에서는 현실과 신화 사이에 언제나 타협이나 균형을 유지하고자 하는 신중한 배려가 있었다. 그런 균형이 생명과 사고의 모순 사이에 균형을 잡아 주는 역할을 했다. 하지만 이윤 추구를 제1원리로 삼는 오늘날의 산업 사회는 새로운 개척자로서 무의식의 영역을 발견하고 있다. 이윤 추구형 자본주의는 신화를 이야기하던 사회처럼 균형이나 공생을 배려하지 않은 채 무의식 영역의 계발(착취)을 촉진시켜 갔다. 이러한 실용성의 사상이 강하게 작용하는 사회에서 형이상학적이며 신비적인 신화는 갈 곳이 없다. 그러나 이러한 신화 배격의 바탕은 고대에서부터 유래되었다.

플라톤 사상 등이 인문주의 시대로 진입하면서부터 신화는 허구의 나락으로 떨어졌다. 플라톤은 전승되어 내려오는 신화에서 묘사되는 인간 삶의 모습이 일관되지 않고 모순적이며 허위적이고 기만적이라고 깨닫게 되어, 그러한 삶의 모습이 정의로운 정치 사회의 설계에 전혀 도움이 되지 못한다고 인식했다. 플라톤은 모든 신화의 배경에는 작가들이 자리 잡고 있다고 생각했다. 호메로스와 헤시오도스는 신들의 계시에 근거하지 않고 자신의 사색에 근거해 자의적으로 신들의 계보를 만들었으며, 신들의 모습을 그려 내고 그들의 임무와 권한을 가렸다고 보았다. 따라서 플라톤은 시인을 우습게 여겼는데, 그에 따르면 시인이란 좋게 말해서 〈무사(예술의 여신) 신한테서 영감을 받은 사람〉, 나쁘게 말해서 〈귀신 들린 사람〉, 더 나쁘게 말하자면 〈미치광이〉와 다름없었다. 이 같은 플라톤의 이론대로 신화는 점점 허구적으로 창작해 낸 문학적 개념이 주된 요소로 사실 보고라는 본래의 의도는 미약하게 되었다.[19]

이렇게 작가를 비하하는 내용은 니체의 예술가의 비하로 전이된다. 니체는 예술가란 배우이며 원숭이라고 혹평했다. 〈작가는 원숭이 흉내와 같은 재능을 가지고 있다. 그것은 아마도 배우의 경우뿐만 아니라 도처에 존재하고 있는 예술가의 경우이다. 이들은 날카롭고 흥미로운 비판을 받지만, 인식을 끊임없이 북돋아 주는 악마와 어릿광대가 결합된 정신적 기반이다.〉[20]

플라톤의 작가관과 유사한 내용이 토마스 만의 수필집 『자화상 Im Spiegel』에도 나타나고 있다. 〈작가란 요컨대 모든 진지한 활동의 영역에서는 무조건 불필요하고 단지 하찮은 일만 생각하고 국가에 대해 쓸모가 없을 뿐만 아니라 심지어는 적의를 품고 있는 인간이며, 전혀 특별한 오성의 천분을 가질 필요가 없고, 내가 그래 왔듯이 유치하고 탈선하는 경향이 있고, 모든 점에서 추잡한 야바위꾼으로서 사회로부터 근본적으로 조용한 경멸 말고는 아무것도 기대할 수 없는 존재다.〉 (GW 10, 332) 이러한 토마스 만의 작가 비하적 내용이 작품에도 적나라하게 묘사되고 있다. 「베네치아에서 죽음」의 아셴바흐는 꿈속 같은 작가의 나락을 다음과 같이 고백한다. 〈이 점은 꼭 말해 두어야만 하겠는데, 우리들 작가들이 아름다움의 길을 걸어가면 반드시 에로스의 신이 따라오게 되는 것이며 길잡이가 되어 주게 마련이다. 〔……〕 그것이 우리들의 기쁨이요 동시에 수치이기도 한 것이다. 너는 이제 우리들 작가가 현명하지도 않고 존엄하지도 못하다는 것을 알 수 있겠지? 우리들은 필연적으로 사도(邪道)에 빠지게 되고, 필연적으로 방종해지고, 감정의 모험가가 되지 않을 수 없다는 것도?〉(TiV 521 f.)

또 스프랫Thomas Sprat의 『영국 학사원의 역사History of the Royal Society』에는 17세기에 자연 과학이 점차 권위를 갖게 됨에 따라 문학에 헌신한 고전 신화가 비하되는 내용이 담겨 있다. 〈고대 세계의 전설과 종교에 담겨 있는 교묘한 내용은 거의 다 소멸되었다. 그것들은 시인들에게 이미 봉사를 할 만큼 다 했으며, 그래서 이제는 그것들을 폐기할 때이다.〉 이 같은 동기에서 제우스의 벌을 받아 매일 독수리에게 간을 쪼이는 프로메테우스. 만약 그에게 현대의 진통제가 있었다면 그 고통을 줄일 수 있지 않았을까? 어둠 속에서 피를 찾아 헤매는 드라큘라는 현대적으로 볼 때, 햇빛 알레르기와 빈혈로 고통받는 희귀병 〈포르피린증〉 환자였을 가능성이 크다. 이렇게 시간의 흐름에 따라 신화 역시 다른 장르로 변하게 되었고, 신화의 전체 역사는 탈신화Entmythologisierung의 과정을 겪으면서 높은 의미의 신화는 오늘날 더 이상 생각될 수 없게 되었다.

심지어 20세기 독일 신학자 불트만Rudolf Bultmann은 자신의 『성서』 해석 방법을 아예 〈탈신화〉, 즉 신화적인 것을 벗겨 내기만 하면 학문성이 확보된다고 보았을 정도였다. 이러한 배경에서 우주적 제의, 자연의 신비에 현대인은 더 이상 접근할 수 없게 되었다. 그들의 신화 체험은 더 이상 우주를 향해 열려 있지 않았다. 결국 그것은 전적으로 개인적 체험이 되어 인간과 그의 신에 관한 문제가 되었다. 이 같은 인간의 정신 형태 속에는 우주가 끼어들 자리가 없으며, 심지어 진정한 그리스도교도라도 더 이상 세계를 신의 창조물로 느끼지 않을 것처럼 보였다. 이러한 경향이 지속되면서 오늘날 고대 신화의 의미는 파괴되어 현대인은 신화의 길을 잃어버렸고 그 길은 방향을 상실했다.

이러한 신적인 자연의 정복 등 신화적 요소의 감퇴는 로고스 탓이다. 로고스가 신화를 추방한 것이다.[21] 서구의 근대화 과정은 합리적 이성을 기반으로 한 계몽주의와 함께 발전하였고, 계몽주의는 중세의 무지몽매한 맹신에서 인간을 해방시키면서 동시에 인간을 이성과 합목적성의 노예로 전락시키는 역설에 빠지고 말았다. 작가 브로흐는 로고스의 실제인 과학은, 특히 과학적 실증주의는 신화적 체험을 허용하지 않는다고 주장한다.[22] 과학 또는 인식, 계몽 또는 로고스는 항상 진보적 사고로 고대 신화를 사라지게 한 것이다. 이러한 배경에서 신이 상실된, 즉 신을 거부하는 인물이 문학에서 자주 등장하기도 한다. 예를 들어 도스토옙스키의 『죄와 벌』에서 〈신의 뜻〉과 사회의 법을 모두 외면한 23세의 청년 라스콜리니코프는 자기만의 의지와 판단대로 살인을 단행한다. 살인 후 그는 자신의 행위를 정당화하려고 고심하는 가운데 지쳐 간다. 비극을 직감한 어머니가 아들을 찾아오지만, 물어보지는 못하고 극도의 불안감에 시달린다. 결국 라스콜리니코프는 소냐의 권유로 자수를 결심한다. 라스콜리니코프처럼 신의 품을 외면하고 세상에 홀로서기를 시도한 사람들은 개성과 자유를 얻지만 그들은 거기에 수반되는 엄청난 고독과 불안도 함께 떠안아야 했다.

오늘날에는 학문도 신화를 추방했다. 이렇게 신화를 상실한 현대를 향해 니체는 〈충족되지 않은 현대 문화의 저 거대한 역사적 욕구, 수많은 이질 문화의 수집, 타는 듯한 인식욕 등이 신화의 상실, 신화적 고향의 상실, 신화라는 어머니의 품 안의 상실을 의미하지 않는다면 무엇이겠는가!〉[23] 라고 탄식하고 있다. 결국 신화는 알레고리(寓意., Allegorie)설 등으로 겨우 존재를 유지할 수밖에 없었다. 그러다가 신화가 다시 회생하게 되는데 여기에 슐레겔Friedrich Schlegel이 큰 역할을 하게 되었다. 18세기 말 독일 낭만주의가 시도한 미학적 혁신은 독일 낭만주의 이론가이자 작가인 슐레겔이 주장한 〈새로운 신화Neue Mythologie〉의 대두와 같은 맥락에서 이해된다. 낭만주의가 도래하면서 작가들은 문학에서 신화가 무시할 수 없는 존재임을 재인식하게 되었다. 니체가 〈그리스 비극〉이 디오니소스적인 것에서 기원했다고 강조한 것은 원시적인 것에 대한 계몽주의 시대인의 경멸이 사라지고 칭송으로 바뀌는 것을 의미한다.

슐레겔은 자신의 저서 『신화의 견해Rede über die Mythologie』에서 고대 제신들의 찬란한 군집(群集)보다 더 훌륭한 상징을 보지 못했다고 전제하면서, 동시대인들에게 위대한 고대의 이 찬란한 형상들을 다시 새롭게 살려 내려고 노력해야 한다고 주장했다.[24] 이처럼 슐레겔은 신화를 인위적인 문학으로 보았다. 그는 〈우리 문학에는 고대인의 문학에서 보는 신화 같은 중심점이 없다. 근본적인 모든 것은(이 점에 있어서 현대의 시 문학이 고대의 것에 비해 뒤떨어지는데) 다음과 같이 요약될 수 있다. 우리는 신화를 가지고 있지 않다. 여기에 덧붙여 말하고 싶은 것은, 우리가 신화를 가질 때가 거의 되었다. 아니, 오히려 이제 신화를 하나 만드는 데 진지하게 참여해야 할 때가 되었다〉[25]는 의견을 보여 주고 있다.

〈새로운 신화〉를 통해 얻고자 하는 〈중심점〉은 상상적인 문학을 정수로 한 최고의 모범적 예술 작품이다. 이러한 점에서 슐레겔은 〈새로운 신화〉를 〈무한한 문학 *das unendliche Gedicht*〉[26]이라 칭했다. 이러한 〈신비스러운 문학〉[27]은 신화로서 정신적 사고의 모체가 되는데, 이는 〈신화와 문학은 하나이며 서로 분리될 수 없기 때문이다.〉[28] 이러한 신화는 단순히 고대 그리스 신화의 단순한 재생이나 답습이 아니다. 옛 신화가 문학에서 차지했던 비중이나 수준, 그리고 그 특성에 걸맞은 새로운 신화라 불리는 당대의 문학의 창조이지 옛 신화의 복원이 아닌 의미에서 슐레겔은 〈옛 문학이 유일하고 불가분한 완성이라는 것은 허상이다. 이전에 한 번 존재했던 것이 왜 새로이 다시 되면 안 되는가? 다른 방법으로 당연히 가능한 일이다. 더 아름답고 더 큰 방법으로 하면 되지 않겠는가?〉[29]라고 말한다.

이는 〈완전한 문학〉으로 존재했던 옛 신화처럼 슐레겔은 자신의 시대에 맞는 신화적인 문학을 새로 만들 것을 주장하는 것으로, 이 〈새로운 신화〉의 발생은 옛 신화처럼 자연 발생적이 아니라 〈다른 방법〉으로 만들어져야 한다는 주장이다. 〈새로운 신화는 정신의 가장 깊은 심연에서 만들어져야 하고 모든 예술 작품 중에서 가장 인위적이어야 한다.〉[30]

신화가 인간의 상상이 아닌 정신에서 나온다는 것은 모순적으로 들리지만 슐레겔의 〈새로운 신화〉 개념은 정신과 상상의 잃어버린 통일을 겨냥하고 있다. 따라서 인위적인 정신에서 생겨나는 이 〈새로운 신화〉는 정신과 상상의 종합을 암시하는데, 언뜻 보기에 상반된 이 두 요소의 공존은 하나의 무질서로 보인다. 〈정신의 가장 깊은 곳〉에서 나오는 〈가장 인위적인〉 예술 작품인 〈새로운 신화〉가 주는 〈무질서*Unordnung*〉[31]를 슐레겔은 혼돈의 의미인 〈카오스*Chaos*〉[32]의 개념으로 보았다.

슐레겔의 이론대로 보면 〈새로운 신화〉의 근본이 바로 카오스인 셈이다. 『신화의 견해』가 나오기 1년 전에 이미 슐레겔은 한 단상에서 〈신화적인 문학의 본래 근본 형식은 절대적인 카오스이다〉[33]라고 말한 적이 있다. 슐레겔은 〈카오스〉라는 초기 낭만주의적인 문학의 화신이며, 동시에 최고의 아름다움을 구체화한 인물로 완성의 경지에까지 이른 문학의 형식을 말하는 것이다. 〈최고의 아름다움, 즉 최고의 질서는 바로 카오스의 질서이다. 이것은 조화로운 세계로 나아가기 위해서 사랑의 접촉만을 기다리는 질서이며, 옛 신화와 문학이 했던 바로 그 질서이다〉[34]라고 〈카오스〉 개념에 대해 슐레겔은 설명하고 있다. 여기서 말하는 〈카오스〉의 아름다움이란 단순히 혼돈스러운 무질서 상태가 아니라 모순적이고 반대적인 요소들이 서로 혼합되어 조화를 이룬 상태를 말한다. 슐레겔의 이러한 신화 이론이 토마스 만에게도 답습되고 있다.

토마스 만의 입장에서 볼 때, 〈시민적〉인 주제로부터 〈신화적〉인 주제로의 추이(推移)는 자연주의적인 『부덴브로크 일가』를 거쳐 비유적인 표현 방법을 구사했던 『대공 전하』를 지나 전적으로 전형적인 것을 추구했던 『마의 산』으로의 발전 과정이다. 이러한 대형화된 장편 소설들은 대개 가족사·연대기(年代記)로 신화를 암시하고 있다. 따라서 『부덴브로크 일가』의 시민화된 현대 사회에서 자본가는 고대의 영웅을 대신하고, 그 가족은 고대의 민족에 대응한다는 점에서 신화가 반복되어 가족사 소설이 되고 있다. 가족을 전체로 파악하는 접근법에서 종래의 개인주의적 소설 기법이 지닌 한계를 넘어 거대한 시대적 흐름과 인간들의 변화가 묘사되는 것이다. 이는 자기의 자아 원형을 과거의 신화적 〈범례〉에서 찾아 그것과 자신을 동일시하고, 그 발자취를 모방하고 반복함으로써 생활을 정상화시키려고 한 고대인의 생활 태도와 유사하며, 또한 모든 위대한 인물들에게서 자신의 닮은 모습을 찾아내려는 충동으로도 볼 수 있는데, 이러한 사실이 그의 여러 평론집에 언급되어 있다.[35] 이것은 〈활기를 넣는 것Beseelung〉(GW 10, 15)으로 작품의 인물적인 것으로 만들어진 외부적 사실에 또 다른 자신의 활기를 불어넣어서 — 주관적으로 심화시켜서 — 그 사실에 대해 전혀 느끼지 못하는 문제를 서술하게 된다. 그리하여 원형과는 완전히 인연이 먼 신화적 형상이 나타나 현실과 작품의 차이가 생겨난다. 결국 『부덴브로크 일가』의 인물들의 성격은 시도 동기적 기법을 적용함으로써 역사와 발전의 테두리에서 벗어나고, 줄거리도 역사적인 발전 과정에서 벗어나 초역사적, 신화적 도식을 보여 주고 있다. 토마스 만은 자기 자신의 체험을 후기 시민 사회 전체의 체험을 대표한다고 생각하면서 서술한 것이다.

이러한 토마스 만의 서술은 〈옛 문학이 유일하고 불가분한 완성이라는 것은 허상이다. 이전에 한 번 존재했던 것이 왜 새로이 다시 되면 안 되는가? 다른 방법으로 당연히 가능한 일이다. 더 아름답고 더 큰 방법으로 하면 되지 않겠는가?〉[36]라는 슐레겔의 신화 이론의 답습으로 볼 수 있다. 이러한 발전의 정신사적 배경과 그 당시 문학의 특성은 헬러Erich Heller에 의해 명확하게 분석된다. 그에 의하면, 토마스 만의 작품에는 바로 슐레겔이 〈근대 문학의 불가피한 숙명〉[37]이라고 인식했던 문제성이 제기되고 있다. 그것은 유일한 것과 전형적인 것 사이의, 특수한 것과 보편타당한 것 사이의, 〈관심적인 것〉과 〈신화적인 것〉 사이의 긴장 관계이다. 슐레겔이 미적 기호의 위기를 지적했듯이, 〈미래의 문학은 점점 쇠약해져 가는 감수성의 욕구를 점점 더 배려해서 온갖 자극적이고 기발한 것을 제공하고, 둔감해진 감각과 상상력을 경련적으로 자극하여, 결국은 사멸해 가는 기호의 단말마적 경련 속에서 충격적인 것이야말로 최고로 관심적인 것이라고 생각해서 거기에 굴복하게 된다〉.[38] 슐레겔은 근대 문학에 대해 독자적인 방법으로 고대 예술의 객관성을 다시 찾든가, 아니면 독창적인 것, 과도하게 개성화된 것, 기발한 것을 추구하다가 결여(缺如)에서 유래되는 병적 욕구 때문에 죽게 되든가 양자택일할 것을 요구했다. 그 결여란 〈인간은 단지 하나의 이념에 불과할지라도 그 이념의 보편타당성에 의해 결부되어 있으며, 단지 하나의 신화적 이념에 불과할지라도 거기에 충실할 수 있다는 신앙의 결여이다.〉[39] 이러한 결여로부터 근대인의 문학과 근대인의 미적 교양 전반에서 보이는 관심적인 것을 지향하는 일반적인 경향이 나타난다.

　슐레겔 자신이 신화에 관해 말할 때, 물론 음악가 바그너나 그에 대한 니체의 비평이나 『요셉과 그의 형제들』에 대해서는 예감하지 못했지만, 이성의 백서로부터 공상력(空想力)이 다 끝나 버린 꿈속으로 귀환한다는 것은 불가능하다는 사실을 알고 있었다. 그러나 합리성의 최극단에는 신화적인 피안이, 신비의 새로운 형태가 기다리고 있었다. 그것은 아무런 가치도 없어진 무지 상태로의 퇴각이 아니고, 인식에 지쳐 버린 정신의 패덕적(悖德的)인 도취도 아니며, 위신적(僞信的)인 계몽주의도 아니고, 명지(明知)와 재치로운 성실성으로부터 재생된 신화적 인간상이었다. 슐레겔에게 이러한 인간상은 〈근대 예술과 학문이 인간 존재에 대해 유포시켜온 온갖 기발한 이야기들에 종지부를 찍을 것이다. 그것은 공상력과 그 마법이 벗겨진 상태와의 화해가 되며, 사랑과 사랑 없는 자기 인식과의 화해가 될 것이다〉[40]라고 믿으려 했다.

우리는 헬러의 해명을 통해 토마스 만의 작품이 근대 문학의 다른 어느 작가의 작품들보다도 슐레겔이 언급한 예언을 잘 따르고 있음을 알게 된다. 토마스 만의 초기 단편들은 바로 개인적인 것과 보편타당한 것 사이의, 〈관심적인 것〉과 〈객관적인 것〉 사이의 해결되지 않은 모순들을 드러내고 있다. 슐레겔의 근대 문학에 대한 예언적인 개념 규정이 있고 나서 오랜 후에, 낭만주의자들보다도 더 철저하게 데카당스와 19세기 말의 풍조는 〈관심적인 것〉, 〈기발한 것〉, 〈충격적인 것〉의 범주를 문학적으로 실현시켰는데, 이는 토마스 만의 초기 작품들의 특징적 내용이 되고 있다.[41]

지금까지의 서술대로 신화가 다시 회생하게 되는 데는 슐레겔의 공이 컸다. 그리고 슐레겔이 신화를 중흥시키는 데 문학을 이용함으로써 결국 신화가 다시 회생하는 데 문학이 큰 역할을 했다. 주체와 객체 간의 단절이 불러일으키는 소외 현상과 이러한 모순을 꿰뚫어 보았을 뿐만 아니라, 역사는 계몽과 발맞춰 일직선으로 진보한다고 확고하게 믿었던 계몽주의자들의 이데올로기를 회의와 의혹 속에 지켜본 사람들은 다름 아닌 작가들이었던 것이다. 이들은 인간 본연의 모습을 되찾고 사회적 총체성에 대한 염원을 실현시키는 노력을 이제라도 새롭게 시작할 것을 요구했고, 이러한 주장의 근거를 〈신화의 재창조〉라는 작업에서 시도했다. 낭만주의의 젊은 세대들은 당대를 지배한 계몽의 합리주의, 분석 철학, 논리와 이성의 절대화, 실증적 지식의 합법성에 의문을 제기하고 이로 인해 파괴되는 인간 운명에 대한 구원의 손길을 〈사회 공동체를 새로 구성하는 종합적 신화의 창출〉에서 찾은 것이다.[42] 이러한 사조에 영향을 받아 신화는 근대 이후 셸링Friedrich W. J. von Schelling, 카시러Ernst Cassirer 등에 의해 내재적 가치를 인정받고 레비스트로스에 이르러 자명성(自明性)을 획득하게 되었다.

결국 철학도 종교도 새로운 신화를 만들어 낼 수 없었으며 신화의 힘이 실증주의로 소멸된 시기에 신화에 대한 동경을 실현시킨 것은 문학이었다. 예를 들어 뤼드케W. Martin Lüdke는 탈신화 문제의 해결을 문학으로 보았다. 그에 의하면, 신화는 참된 사실의 이야기로 이미 문학에 근접해 있다는 것이다.[43] 참된 사실의 서술·설명이 또한 문학의 과제이기 때문이다. 철학과 종교는 한때 신화 창조에 영향을 주었으나 오늘날은 그렇지 못하므로 문학이 그 과제를 떠맡을 수 있다는 것이다. 이렇게 신화를 문학적으로 부흥시킨 작가들 중에 토마스 만이 포함된다.

현대 문학이 부족한 어떤 영원성을 자신의 문학에 들여놓기 위해 토마스 만은 보편적인 신화를 도입해 모든 상상의 다양한 작품을 이끌어 내고 있다. 이에 대해 토마스 만은 작품 『요셉과 그의 형제들』에서 다음과 같이 설명하고 있다. 〈그것(신화)은 정확성이고 현실화이며, 뭔가 매우 멀고도 막연한 것을 가까이 끌어오는 것을 의미한다. 그 결과로 사람들은 그것을 눈으로 보고, 손으로 잡을 수 있다고 믿으며, 그 막연한 표상을 오래도록 안고 있다가 마침내 거기에 대한 궁극적이고 진실한 것을 경험하고 있다고 확신하기에 이른다.〉(GW 11, 655) 따라서 토마스 만의 작품은 새로운 우주 창조론의 예감, 새로운 신통보(神統譜, *Theogonie*)의 예감을 주고 있다. 비록 구체적인 작품이 예시되지 않았지만 토마스 만의 전 작품에 걸쳐 이러한 요소가 인정되어 토마스 만의 많은 작품은 신화적 성격을 가지고 있다. 그런데 토마스 만 자신의 작품에서 어느 것도 사실 그대로 존속시키지 않는 것처럼 작품에서 신화도 경직스럽지 않고 변경되어 있다. 그는 자신의 작품에서 신화를 가차 없이 해체하여 재구성한 것이다.

이러한 신화적 배경에서 생겨난 토마스 만 문학은 예언적 성격으로 평가되어 충분히 신화적 작품이라고 볼 수 있다. 토마스 만 작품 자체가 존재 구조상 신화적이라는 사실, 토마스 만의 작품에서 현실의 짐을 벗게 하는 기능이 신화라는 내용은 숨겨진 사실이다. 예를 들어 토마스 만은 일찍이 고대 동방에 대한 편애와 공감을 안고 있었으며, 동방에 관한 지식을 습득한 바 있다.(GW 11, 138) 토마스 만은 그 지식을 가능한 한 활용해서 『성서』의 〈요셉 이야기〉를 심리학적으로 분석해서 눈에 보이듯 생생하게 서술하고 싶었다. 『성서』의 이야기를 심리학적으로 분석해 상세히 서술한다는 것은 허구와 현실을 혼동시키는 유희로 역시 〈이중적 시각〉의 표현 형식이다. 따라서 그는 『요셉과 그의 형제들』에서 신화적인 인간상, 인간의 〈신화적 동일성〉을 추구했으며, 한 걸음 더 나아가 신화적 집합체로부터의 자아의 탄생, 즉 신화의 〈인간화〉를 성취했다.[44]

3. 토마스 만의 신화 개념

고대에 있어서는 삶이란 현재의 인간에게 신화를 부활시키는 일이었다. 즉 고대의 삶이란 자신을 신화에 관계 짓고 신화를 자기 존재의 증거로 삼는 것이었다. 따라서 호메로스의 대서사시 『일리아드』와 『오디세이아』 이래로 서양 문학의 고전들도 대부분 그리스 신화의 영향을 받았다. 음악·회화·건축 같은 예술이나 철학 분야도 여기서 예외는 아니다. 카오스 상태에서 신에 의해 천지가 창조되고 생명체가 지상에 출현하는 과정, 제우스가 올림포스의 패권을 장악하는 과정, 그 밖의 여러 신과 영웅들의 탄생 및 연애담 등을 다룬 그리스 신화에서는 신과 인간을 동등하게 본 그리스인들의 인본주의 사상이 엿보인다. 문학사에서 시민 사회의 윤리와 미학적 형식이 만나는 이야기 틀이 이러한 신화의 소재로 나타나는 것이다.

이러한 그리스 신화에 토마스 만은 어린 시절부터 익숙해 있었는데, 이는 그의 어머니가 가정 교육으로 사용한 고대 신화의 서적에 근거하고 있다. 그가 나이를 들면서 접하게 되거나 일생 동안 관계한 신화 내용은 그가 고전 언어학자이자 신화학자인 케레니에게 보낸 서신의 문구에 나타나 있다. 〈내가 그 문장을 강독하고 또다시 강독한 지 벌써 67년이 흘러갔습니다. 그리고 그 문장은 나의 임종 시에도 나의 마음에 떠오를 거라 믿고 있습니다〉[45]고 언급했듯이 토마스 만은 『티폰에 대한 제우스의 투쟁 Der Kampf Zeus' gegen Typhon』[46]이란 신화학 저서의 문장을 많이 인용했다.

1934년 2월 20일에 토마스 만은 케레니에게 여러 내용이 담긴 서신을 보냈는데, 이 서신에서 나이 들어 감에 따라 신화적·종교적 사실에 더욱더 많은 관심을 갖게 된다고 쓰고 있다.[47] 그러고 나서 그는 신화적 사건이 그의 소설 기법뿐 아니라 자신의 삶 자체에서도 경험된다고 언급하고 있다. 여기에서 그는 자신의 소설 기법과, 부덴브로크 시대의 시민적·개인적 시대에서 벗어나 전형적이고 일반적인 인간상으로 변하는 자신의 취향도 언급하고 있다.[48] 그러나 그는 여기에서 〈전형적인 것〉과 〈신화적인 것〉의 직접적인 관계를 언급하지 않고 있다. 케레니는 토마스 만에게 보낸 첫 서신에서 〈서구 정신의 지고한 정신적 현실에의 회귀〉[49]라는 말을 하고, 그 한 예로 〈요셉 소설〉을 일컬은 적이 있다. 여기에 〈회귀〉라는 말은 〈자연으로의 회귀〉라는 의미의 후퇴가 아니라 일종의 종교적 혁신을 의미한다. 즉 신화란 단순히 과거의 신들의 이야기가 아니라, 개인이나 전체 공동체의 사상과 행동에서 나타날 수 있는 독특한 힘으로서의 신화의 부단한 작용을 말하는 것이다.

토마스 만은 1936년과 1940년 사이의 「프로이트와 미래Freud und die Zukunft」와 「나 자신에 관해서On myself」라는 평론에서 신화에 관한, 또는 신화와 함께하는 창작과 삶에 관한 자세한 내용을 언급하고 있다. 「프로이트와 미래」에서 〈작가인 나는 시민적·개인적인 것에서 신화적·전형적인 것으로 발길을 옮긴 사실을 볼 수 있다〉(GW 9, 493)고 언급하듯이, 토마스 만은 시민적·개인적 개념을 새로이 신화적으로 수용하여 자신의 소설 기법 양식에 구체적으로 응용했다. 여기에서 〈신화적인 것das Mythische〉과 〈전형적인 것das Typische〉의 관계가 의식적으로 전개된다.

그러면 토마스 만이 〈신화적인 것〉과 거의 같은 뜻으로 쓰는 〈전형적인 것〉이란 무엇을 뜻할까? 이 양자의 관련성을 그는 평론집 『요셉과 그의 형제들에 대한 강연』에서 〈나이라는 것은 각각 다른 경향, 요구 그리고 기호를 가지고 있다. 〔……〕 일반적으로 말해 어느 연대에 이르게 되면 모든 개성적이며 특수한 것, 개별적인 경우 더욱 넓은 의미로서의 시민적인 것에 대한 기호가 점차 사라져 간다. 그 대신에 전형적인 것, 변화하지 않는 인간성, 언제나 반복하는 것, 초시간적인 것, 말하자면 신화적인 것이 흥미를 끌게 한다〉(GW 11, 656)고 서술하고 있다. 이렇게 인간은 새로운 것에서 낡은 것을, 개성적인 것에서 전형적인 것을 찾아내는 재인식을 좋아하는데, 이러한 〈재인식〉은 인간의 생활에 있어 매우 중요한 것이라고 토마스 만은 말하고, 그 이유로 〈만일 인생이 옛날부터 친밀한 관계를 맺어 왔던 것을 다시 찾아내지 못하고 오로지 새로운 일회적, 개성적인 것으로 나타난다면 우리는 공포와 혼란 속으로 빠져 들어갈 것〉(GW 11, 492)이기 때문이라고 밝히고 있다. 이렇게 된다면 전형적인 것과 개성적인 것은 엄밀히 구별될 수 없으며, 오히려 인생은 철두철미하게 공식적인 요소와 개성적인 요소와의 혼합 및 교차일 뿐이다. 다만 이와 같은 경우에 개성적인 것은 비개성적, 공식적인 것보다 두드러지게 나타나 있는 데 지나지 않다. 따라서 한 인간이 생존하는 경우, 사실상 결코 완전히 독자적이며 새로운 개성적인 삶을 영위하는 것이 아니라, 의식적이든 무의식적이든 개인의 외부에 있는 수많은 〈인습적·도식적인 것〉과 자신을 〈동일시〉하며, 말하자면 그들의 도식적인 삶의 공식을 〈모방〉하면서 사는 것이다. 즉 선인들이 밟아다져 놓은 발자취를 그 뒤에서 따라가며 그 발자취를 〈반복〉하며 살아가는 것이라고 토마스 만은 말하고 있다.[50]

케레니에 의해 신화의 감명을 받은 토마스 만은, 〈신화라는 것은 인생을 창조하는 창설자이며, 시대를 초월한 도식이며, 인생이 무의식에서 여러 가지 특성을 다시 살림으로써 들어가는 경건한 공식이다〉(GW 9, 493)라고 신화에 의해 비로소 자신의 진정하고 의미심장한 인생을 증명했다고 말하고 있다. 이러한 배경에서 이삭을 희생으로 바치려는 아브라함의 이야기와, 『요셉과 그의 형제들』에서 요셉과 그의 형제들의 관한 이야기는 신화라는 원형적 유형의 되풀이로 착상되었다.

신화적 요소는 이렇게 토마스 만의 작품에서도 작용하고 있다. 토마스 만의 초기 작품은 비교적 신화적 차원에서 멀리 떨어져 있는데, 이 시기에 그는 그리스 신화에 대한 자세한 지식을 소유하지 못했기 때문이다. 단지 『어머니의 신화서(書)』만이 그에게 신화에 대한 지식을 제공할 뿐이었다. 그러나 점점 나이 들어 가면서 그의 그리스 신화에 대한 관심이 일깨워지고 많은 철학자와 케레니 같은 신화 연구가에 의해 신화의 지식이 충족되었다.

여기에서 작중 인물에게 주어진 역할의 배경은 어떤 주어진 방식대로 행동하고자 하는 개인적 욕구에서 자기보다는 구전(口傳)에 의해 정해져 있다. 이는 주인공과 동시대인을 통해 영속(永續)해 나가는 신화의 일부로 나타나는 것이다. 예를 들어 『마의 산』에서 카스토르프의 역할은 전 인류를 대표하는 〈신적 인간〉으로 확대된다. 따라서 토마스 만은 카스토르프를 가리켜 〈어디서 와서 어디로 가는지, 자신의 본질과 목적이 무엇인지, 우주 속에서 자신의 위치는 어떠하며, 자신의 실존적 비밀은 무엇이고, 영원한 수수께끼인 인간성의 사명은 무엇인지 하는 인간 자신의 종교적 문제를 함께 담은 신적 인간이었다〉(GW 11, 658)라고 말하고 있다. 이런 의미에서 토마스 만은 카스토르프를 또한 성배를 찾아 나선 파르치팔에 비유하기도 한다.(GW 11, 615 f.) 토마스 만의 『요셉과 그의 형제들』 등의 소설에서처럼 『성서』의 주제가 재생되는 것은 신화가 오늘날 문학 속에 다시 등장하게 되는 생생한 증거라 할 수 있다. 이는 신화적인 이미지와 원초적 원형이 인간의 무의식 속에 잠재되어 있다가 작가의 신화적 상상력을 통해 문학적 생산물에 반영되는 것이다. 수백 년이 지나면서 개개의 신화는 본래의 의미로 더 이상 해석되지 못하고 〈개작되는 탈신화〉가 등장하기도 하는데, 이의 대표적 작가가 토마스 만이다.

토마스 만은 노년에 이르러서도 노령이라는 개인적인 사정과 시대 상황이라는 외부적인 여건이 함께 작용하여 신화에 관심을 집중하게 되었다. 노령 현상으로서의 관심이란 일체의 〈단순히 개인적인 것〉, 〈시민적인 것〉에 대한 관심에서 벗어나 토마스 만 자신이 신화의 개념으로 규정하고 있는 〈전형적인 것〉, 〈항상 인간적인 것〉, 〈영구 회귀적인 것〉, 〈초시간적인 것〉으로의 전환을 의미한다. 이러한 배경에서 토마스 만은 후기에 『요셉과 그의 형제들』, 『바이마르의 로테』, 『파우스트 박사』, 『선택된 자』 등을 발표하며, 이 시기에 신화로 방향을 전환하여 그가 평생을 통해 추구했던 인간적인 것에 대한 예술가의 봉사와 인문주의를 추구했다.

1) 신화적 반복

융 C. G. Jung의 원형 개념인 신화와 〈집단 무의식 Das kollektive Unbewußte〉의 이론은 성서적 주제를 다룬 토마스 만에 있어서 색다른 시간의 처리에 공헌했다. 신화를 인간화하기 위해 토마스 만은 프로이트에서 융으로 이어지는 심층 심리학의 정신 분석학적인 수법을 쓰고 있는데, 여기에서 동일시, 모방, 반복, 살아 있던 신화에 관한 이론 등을 도출하여 작품을 면밀히 분석, 음미했다. 이는 전형적인 것이 삶의 본원적인 규범과 형식을 의미하기 때문이다. 따라서 고대를 현대에 재생시킨다는 것이 신화에 있어서의 삶이다. 선인의 모방이라는 것은 신화적 동일화이다. 이러한 신화적 동일화는 고대인에게는 친숙한 것이었으며 멀리 현대에까지 자취를 이어 와 정신적으로는 어느 시대에라도 항상 가능한 것이다. 따라서 토마스 만은 서술자의 존재로 인하여 취하는 신화의 소재에 대한 태도, 자신의 작품에 대한 태도, 또한 독자를 이끌어 가는 태도로 인해 신화의 소재에 현대성을 부여함으로써 〈옛 전설의 장엄한 반복〉(GW 4, 54)을 행하는 것이다.

이런 맥락에서 토마스 만의 『파우스트 박사』에서 차이트블롬이 특이한 사건의 반복을 말할 때 떠오른 〈병행주의 Parallelismus〉의 묘사가 매우 흥미로운데, 여기에 신화의 반복이 담겨 있기 때문이다. 〈병행주의〉는 두 사람 또는 그 이상의 인물들이 벌이는 각자의 모험이나 또는 두 개 이상의 플롯이 숙명(宿命)이나 소설의 종말에 접근해 가며 함께 클라이맥스에 다다르기까지 교대로 나타나는 수법을 말한다. 여기서는 인과율에 의한 정형 플롯이 아니라 연대기적 순서를 기호로 하여 무한히 펼쳐져 확대해 나가는 플롯을 접하게 된다. 토마스 만의 관점에서 신화란 〈형식적인 비개인성das Formelhaft-Unpersönliche〉(GW 9, 492)이다. 인간의 비이성적 요소에 관심을 기울인 프로이트의 탄생 1백 주년에 토마스 만은 신화적 역할에 관해 다음과 같이 연설했다. 〈삶이란 사실상 형상과 개인적 요소의 혼합으로, 그것은 개인성이 형식 및 비개인성을 능가하는 혼합체이다. 많은 비개인성, 많은 무의식적 동일화, 많은 인습 및 형식적인 것, 이것들이 예술가뿐 아니라 인간의 체험에 결정적이다.〉(GW 9, 492)

〈어떤 신체가 예기치 않게 등장하거나 재빨리 그리고 돌이킬 수 없이 사라지면서 갑자기 아름다운 형태를 띠는 것을 일종의 에피파니(Epiphanie, 진리의 순간적이고 예술적인 현현)〉라고 하는데, 이것이 토마스 만의 작품에선 〈삶의 일회성〉으로 전개된다. 신화에서는 〈삶의 일회성〉이 지난 사건의 반복 및 모방이 되며, 이러한 신화가 의식되고 삶의 전달로 계속될 때 〈체험된 신화gelebter Mythus〉(GW 9, 494)가 되는데, 이러한 성격이 『파우스트 박사』에 나타난다. 〈성격은 환상적 일회성과 독창적 단순 속에 행해지는 역할이나, 그 특징상 근본 합법성을 보이고, 선하든 악하든, 고귀하든 역겹든 간에 자기 딴엔 모범적 행동의 깊은 무의식에서 나오는 신화의 역할이다.〉(GW 9, 494) 『파우스트 박사』의 주인공 레버퀸은 자기 성장에서 이 개념을 따르는데, 그가 음악가라는 사실이 토마스 만의 주장, 즉 예술가의 운명은 신화적이라는 이론에 일치한다. 레버퀸의 일생은 일회적, 즉 현재만의 존재가 아니라 수 세기에 걸쳐 반복된 존재로 나타나, 심해 모험과 같은 신화의 사건에 대한 그의 서술에서 자신이 이 사건 속에 빠지는 듯한 감정을 차이트블롬에게 보여 주고 있다. 차이트블롬은 레버퀸의 이런 모험적 상황에 익숙함을 느끼며, 그의 이야기가 독서 등으로 우연히 습득되는 게 아니라 자신의 전통 체험 등에서 얻는 듯 생각된다. 살아 체험된 신화의 공식을 토마스 만은 〈나는 그것이다Ich bin's〉(GW 9, 496)로 나타내고 있다. 그런데 레버퀸의 신화적 행위의 특징은 특정한 사람의 모방이 아닌 여러 시대의 많은 사람들의 모방으로서 역사적으로 특출한 인물들의 요약인데, 이들은 독일의 본질을 구현시킨 뒤러, 베토벤, 니체, 파우스트이다. 따라서 작품에서 이들의 신화적 행위를 규명해 본다.

뒤러

레버퀸의 뒤러Albrecht Dürer에 관한 자료들에선 그의 인생보다 작품과 환경에 중점이 돋보이는데, 엘레마J. Elema가 저서 『토마스 만, 뒤러 그리고 파우스트 박사』에서 이 사실을 보여 준다.[51] 엘레마는 『파우스트 박사』에서 레버퀸과 뤼디거 쉴드크납이 슈바게슈틸에 있는 어머니의 농장 주택의 수도원장의 방에 묵으면서 레몬주스 한 잔을 부탁하는 구절을 인용한다. 그는 여기서 뒤러의 작업실 그림을 근거로 이 수도사의 방과 뒤러의 작업실의 일치를 다음과 같이 서술하고 있다. 〈목이 말라서라기보다도 바로크의 무게 있고 특색 있게 건축된 농가가 눈에 띄었다.〉 (DF 273) 〈수도원장의 방 〔……〕 그 방은 별로 크지도 않고 호감이 가는 방이었다. 양식상으로 봐서 이 집의 외관보다도 다소 오래된 것 같았다. 18세기라기보다는 오히려 17세기의 특색을 보이는 양탄자 없는 마루가 있었고, 각재 짜임의 평판자 아래에는 압연된 가죽 양탄자가 한 장 걸려 있었으며, 납작하게 둥근 창이 달린 벽감의 벽들에는 성화들이 걸려 있었고, 또 납 창살로 고정된 유리창의 네 모서리에도 성화들이 다채로운 스테인드글라스로 되어 있었다. 그리고 한 벽감에는 황동 물컵 위에 황동의 물주전자가 걸려 있었고, 쇠 자물쇠와 쇠고리로 잠긴 벽장이 하나 있었다. 또한 가죽 보를 씌운 구석 의자가 하나, 무거운 참나무 책상이 하나 있었다. 창에서 멀리 떨어지지 않은 그 책상은 궤처럼 만들어졌는데, 반들거리는 윗면 아래에는 깊숙한 서랍이 달려 있었고, 중간 부분은 쑥 들어갔고 가장자리는 다소 튀어나왔으며, 그 위에 독서대가 놓여 있었다. 각재 짜임의 평판자 위에는 커다란 샹들리에가 흔들리며 걸려 있고, 그 안에는 타다 남은 초가 꽂혀 있었다. 그것은 르네상스 시대의 것으로서 소의 뿔, 사슴의 뿔 혹은 그 밖의 환상적인 모양들이 불규칙하게 사방으로 뻗은 장식으로 달려 있었다.〉(DF 274 f.)

수도원장의 방에 묵은 이후 이 방은 레버퀸의 영혼 속에 〈즉흥이 아닌 지속적인 장소로 기억되어〉(DF 280) 나중에 그의 대작품들이 이 방을 근거로 만들어진다.

〈엘레마는 그 외의 여러 유사점을 보여 주어 카이저자헤른에 있는 삼촌 니콜라우스 레버퀸의 집이 뉘른베르크의 동물원 문 옆에 있는 뒤러의 집과 일치함을 상세히 보여 준다.〉[52] 레버퀸 친척의 묘사에도 뒤러 상의 인용을 볼 수 있다. 〈레버퀸의 어머니가 상세히도 그 유명한 부인 상의 모습, 또 가슴받이 모양까지 똑같게 지니고 있을 정도로 레버퀸의 부친 요나탄의 외형 모습도 뒤러의 동판화 「필립 메라호톤」의 모습과 똑같았다. 또 레버퀸의 아저씨도 아우구스부르크 풍의 건축가 히에로니무스의 형태를 지니고 있었다.〉[53] 뒤러에 관한 평론집에서 토마스 만은 다음과 같이 언급하고 있다. 〈뒤러를 생각함은 사랑, 미소를 뜻하며 또 자신의 기억을 뜻한다. 즉 가장 깊숙한 것, 그리고 우리 자아의 육체적 한계 내외에 존재하여 이 자아를 결정, 배양시키는 초자아의 사상을 뜻한다. 이것은 신화로서 역사이며, 이 역사는 고기 살과 현재인 역사이다.〉[54]

토마스 만의 뒤러 연구는 이런 이유로 뒤러의 레버퀸에 대한 영향력이 매우 강하다. 이에 대한 근거로 작품 『형상의 묵시록Apocalypsis cum figuris』에서 뒤러 목판화의 작곡을 들 수 있다. 레버퀸과 뒤러 두 예술가를 사실적 또는 환상적으로 비교해 보면 레버퀸 작품에 미친 뒤러의 영향 외에 이 두 독일 예술가의 공통점을 볼 수 있다. 엘레마가 증명하듯 이 소설 속에 담긴 뒤러의 형상을 볼 수 있는 것이다. 〈토마스 만은 레버퀸이 실존 인물이 아니라고 말하지만, 엘레마의 설명에 의하면 레버퀸 외형이 뒤러의 자화상과 일치하고 있다.〉[55] 차이트블룸이 그리스도의 얼굴(DF 640)로 묘사한 44세의 레버퀸을 엘레마는 〈그리스도를 연상시키는 뒤러 상의 변형〉[56]으로 나타내고, 뒤러를 모방하는 레버퀸의 외견이 고통받는 예수와 비슷한데, 여기서 레버퀸 예술의 특징인 니체의 디오니소스적인 면이 나타나고 있다.

종교 개혁 시대의 대표자인 뒤러는 이 소설에서 루터와 반대 입장을 보여 기독교적인 인문적 예술가로 나타나고, 루터는 〈국수적 자유주의자의 대표자〉로 비난받는다. 뒤러는 에렌프리트 쿰프와 에버하르트 슐레푸스 두 교수의 형상으로도 등장하는데, 이들은 뒤러의 교수로, 뒤러는 이들의 가르침에서 인생의 영향을 받았다. 이러한 관점에서 볼 때, 이 소설 속의 뒤러는 긍정적인 면을 띠어 독일의 타락에 책임이 없고, 부슈Arnold Busch는 자신의 저서 『파우스트와 파시즘Faust und Faschismus』에서 이 사실이 토마스 만의 의견임을 보여 주고 있다. 〈루터의 국가

주의적 잔해, 〔……〕 이것이 독일 초기 역사에 중요하다. 뒤러의 이론을 수용하여 재난의 길에 영향을 주는 상대적 경향이라 말할 수 있다. 이것을 막을 수 없다는 사실이 토마스 만의 의견대로 국수주의적 루터의 지배 이념이다.〉[57]

니체

『파우스트 박사』에는 역사상의 수많은 예술가와 철학자들이 등장하는데, 이 중에서 가장 영향력을 미칠 뿐만 아니라 중요한 역할을 하는 인물이 니체다. 토마스 만은 니체의 인생과 영향력을 다룬 논문에서 그를 다음과 같이 묘사하고 있다. 〈유럽 성질을 개괄하고, 풍부하고 복합 거대한 문화의 현상, 이 문화의 풍부함과 복합성은 많은 과거를 갖는데, 이는 다소 의식적 모방과 계승 속에 위의 형상을 연상, 반복 또 신비적 방법으로 나타낸다.〉[58] 이렇게 작품에서 중요한 역할을 하는 니체의 이름이 작품에 한 번도 언급되지 않는 것이 특이하다. 이는 유한한 소리인 언어의 한계성을 극복하는 것으로 시공의 영원성과 무한성을 갈구하는 것으로 볼 수 있다. 이러한 맥락에서 영국의 낭만주의 시인 키츠John Keats는 자신의 시 「그리스 단지에 대한 송시Ode on a Grecian Urn」에서 〈들리는 가락 아름다우나,/들리지 않는 가락이 더 아름답다〉고 노래하여 소리의 한계성을 극복하고 있다.

이러한 언어의 침묵성이 미치는 영향은 『부덴브로크 일가』에서 토마스 부덴브로크가 자신의 부인 게르다와 장교 폰 트로타의 교제에 예민하게 반응하던 중, 그들이 위층에서 음악을 연주하면서 소음을 내다가 갑자기 발생한 침묵에 괴로워하는 내용에도 잘 암시되어 있다. 〈그들은 구르고, 날뛰고, 울고, 환호하고, 서로 끓어오르며 껴안는 등 자기들 하고 싶은 대로 이해할 수 없는 행위를 할지 모른다! 그러나 더 고통스러운 것은 그다음에 이어지는 침묵이다. 저 위 사랑채에서 오랫동안, 아주 오랫동안 아무 소리도 나지 않았다. 너무 쥐 죽은 듯이 조용해서 섬뜩한 마음이 일 정도였다. 천장에서 발소리 하나 들리지 않았다. 걸상 옮기는 소리도 들리지 않았다. 그냥 아무 소리도 없는 말 없는, 음험하고 은밀한 정적이었다.〉(Bd 646 f.) 결국 토마스 부덴브로크가 두려워한 것은 소리보다 침묵이다.

이러한 침묵적인 언어는 원래 불교에서 유래되었다고 볼 수 있다. 〈묵묵할 때에도 말하고, 말할 때에도 묵묵하다〉는 언급이 불교 경전에 있다. 부처가 연꽃을 들어 올리자 가섭이 그 뜻을 알고 미소를 지었다는 이야기도 있다. 상대방 침묵의 뜻을 알아낸 것이다. 이렇게 상대방의 침묵의 뜻을 짐작해 조심하는 것이 경애다. 따라서 현명하고 관대하게 민심을 살피는 위정자라면 구태여 민심이 큰 소리로 말하지 않아도 민심의 움직임과 쏠림을 읽어 낼 수 있어야 한다.

이렇게 언어의 한계성을 극복하는 내용이 『마의 산』에서 페퍼코른의 인물상에서도 암시되어 있다. 과거에 동양(자바에서 커피 재배)과 서양(네덜란드인)을 동시에 체험한 종합적인 인물 페퍼코른의 인품과 교양은 이곳 요양소에서 가장 높은 선망과 위엄의 대상이 되고 있다. 그런데 이렇게 선망과 위엄의 대상인 그가 말더듬이라는 사실이 중요하다. 그는 말이 아니라 비합리적이라 할 수 있는 생명력을 통해 하나의 인격체를 형성하는 것이다. 말로 나타내는 이론이나 견해를 가변적인 것으로 치부하고 본질적인 존재를 중시하는 페퍼코른의 특징이 말이 없는 침묵적인 요소로 나타나는데, 이의 내용이 침센이 카스토르프에게 행한 말에 잘 드러나 있다. 〈생각건대 우리들이 어떠한 견해를 갖고 있느냐 하는 것이 문제가 아니라 신뢰할 수 있는 인간의 여부가 중요해. 처음부터 견해 같은 것은 전혀 가지지 말고 할 일을 묵묵히 실행하는 것이 제일 좋은 거야.〉(Zb 536) 이 내용에 따르면 『마의 산』에서 말이 많은 나프타와 세템브리니의 교육적 실험은 실패로 돌아갈 수밖에 없다. 따라서 카스토르프에게 감명을 줄 수 있는 것은 〈수다스러운〉 지성과는 다른 영역에서 찾아야 하는데, 말을 더듬는 페퍼코른이 침묵으로 카스토르프의 마음을 휘어잡는 것이다. 이는 〈(수다스러운) 말이나 말의 조형력에 대한 거부〉[59]로, 카스토르프는 주로 침묵을 지키는 페퍼코른의 인격을 중요한 〈삶의 가치〉(Zb 809)로 인정하게 된다.

이렇게 언어의 한계성을 극복하는 배경에서 토마스 만은 니체의 이름이 『파우스트 박사』에서 언급되지 않고 침묵적인 성격을 띠는 사실을 〈수미일관되고 konsequent〉[60] 〈현명하고wohlweislich〉(GW 11, 165) 〈정당한 근거의aus guten Gründen〉[61] 사유로 밝히고 있다. 특히 〈소설의 소설Roman eines Romans〉이라는 부제 아래 소설 『파우스트 박사』의 탄생 과정에 대해 매우 긴 분량으로 상세히 서술하고 있는 평론집 『파우스트 박사의 생성』에서 토마스 만은 니체의 이름이 〈바로 그 도취적 음악가(레버퀸)가 그(니체)를 대신하고 있어서 더 이상 그(니체)가 있어서는 안 되기 때문에〉(GW 11, 165) 『파우스트 박사』에 등장하지 않는다고 밝히고 있다. 이러한 언급처럼 『파우스트 박사』에서 주요 인물인 레버퀸과 차이트블룸은 니체적 특징을 지닌다. 니체와 레버퀸의 관계는 『파우스트 박사』 해설에 자세히 설명되어 있다.[62] 베르그스텐Gunilla Bergsten이 이 두 인물의 여러 일치점을 설명하는데, 이 중 하나가 레버퀸이 니체처럼 프로테스탄트 문화의 색채를 띤 고대 독일의 소도시에서 성장한 사실을 들고 있다. 이 둘은 우수한 성적으로 대학에 다니며, 한 선생을 따르기 위해 대학을 라이프치히로 옮기고 또 매독에 걸리는데, 이 성병은 그들의 정열적 정착기가 지나자 마비증과 정신병으로 변한다. 이들은 친구의 소개로 한 처녀에게 정열적인 청혼을 하지만 실패하고, 또 질병을 앓는 동안 어머니의 간호를 받으며 둘 다 8월 25일, 55세로 죽는다.[63]

1948년에 콜레빌Maurice Colleville은 니체와 차이트블룸 사이의 전기적 공통점, 즉 그들의 나움부르크에서의 군 복무를 지적하고 있다.[64] 마이어Hans Mayer는 니체와 차이트블룸의 고전 문헌학 공부를 그들의 공통점으로 언급하고,[65] 퓌츠 Peter Pütz는 그들 두 사람에게 부족한 수학적 재능을 지적한다.[66] 쿤네입슈Elrud Kunne-Ibsch는 니체의 생애와 성격적 특성들 중에서 레버퀸의 전기와 맞지 않는 점들 — 예를 들자면, 젊은 니체에게서 특징적이었던 우정에 대한 숭배나 니체의 나움부르크에서의 군 복무 등 — 은 기묘하게도 대부분 차이트블룸에게 부과되었다는 사실을 관찰하고, 차이트블룸이 젊은 니체라면 레버퀸은 〈정신, 형식, 냉정함, 엄격함, 거리감과 병을 지닌 만년의 니체〉[67]이며, 악마는 〈가치 전도와 완전한 도덕적 비개의성 시기의 니체〉[68]라고 결론짓는다.[69]

이렇게 니체와 차이트블룸과 레버퀸의 생애가 일치하듯, 그들의 생활과 예술도 같이 평가된다. 니체는 그의 비극적 탄생을 예술 특유의 두 대립으로 나타내는데, 그중 하나가 꿈의 연상인 아폴론이고 또 하나는 도취에 비교되는 디오니소스이다. 니체는 음악을 디오니소스적 요소로 파악하여 이성의 배제 및 비극의 재생을 열망하는데, 마찬가지로 레버퀸도 음악을 니체의 이론인 디오니소스적으로 도취된 예술로 파악하여 여기에 악마의 계약이 이뤄진다. 다음에 나오는 악마와의 약속이 니체의 디오니소스적 상태를 적나라하게 나타내 주고 있다. 〈영감이 무엇이고, 참되고 오래된, 원초적인 열광이 무엇이며, 비판과 마비된 사고와 질식할 듯한 오성의 통제에 전혀 시달리지 않는 열광이 무엇인지, 신성한 광희가 무엇인지 오늘날 누가 알고 있나?〉(DF 316)

토마스 만은 니체에 관해 〈그의 삶은 도취와 번뇌, 즉 고상한 예술가의 상태, 신화적으로 말해 십자가에 못 박힌 예수와 디오니소스가 하나 됨을 뜻한다〉[70]고 서술하는데, 이 내용은 레버퀸에도 일치한다. 선한 인간이 보이지 않는 힘에 의해 악한 인간이 되는 그 내면을 이해하려는 노력이 문학상의 전통이 되었으며, 이러한 전통은 시대가 변하고 사회가 변하면서 새로운 형태로 변형되거나 수정되기도 하는데, 이 내용이 레버퀸에게도 해당되고 있다. 낭만주의가 감정을 지향함에 〈심리적 질병과 관련되며〉 이 질병이 국가 사회주의 시대에 나타났다고 토마스 만은 『독일과 독일인』에서 언급하는데, 이 말은 니체의 사상이 될 수도 있다.

베토벤

레버퀸과 작품 속 베토벤의 일치를 슈미트Gerhard Schmidt는 여러 관점에서 증명하면서, 그는 베토벤 작품이 『파우스트 박사』에서 근본적으로 세 관점을 갖는다고 한다. 소나타 「둔주곡을 위한 투쟁Der Kampf um die Fuge」과 「환희의 송가Die Ode an die Freude」가 각각 이 세 관점을 대변하는데, 이는 〈표현 관점Aspekt des Ausdrucks〉, 〈구조 관점Aspekt der Konstruktion〉과 〈예술의 예배적 경향Aspekt der kultischen Tendenz von Kunst〉이다.[71] 레버퀸은 베토벤의 후계자를 자처하며 신학에서 음악으로의 전향을 서술하고자 한다. 그러나 이러한 음악에는 악마적인 요소가 내재되어 있어 결국 레버퀸은 악마에게로 향하고 있다. 〈그(레버퀸)를 막을 도리는 없으며, 사탄에게로 향하고자 하는 것은 멈추지도 않습니다.〉(DF 661)

독일이 서양 문명을 가장 풍부하게 한 음악성은 독일에서 번창한 끝에 이 나라를 비극적 재난 속으로 빠뜨리는 경향을 보이는데, 토마스 만은 『독일과 독일인』에서 이러한 독일 음악의 위험성이 바로 추상적 신비라고 말한다.(GW 11, 1132) 특히 레버퀸을 매료시켜 신학에서 전환하게 한 음악을 묘사할 때, 추상적이고 마술적인 〈숫자 관계Zahlenverhältnis〉와 〈성좌Konstellation〉를 강조한다. 〈신학에서 라이프치히를 거쳐 음악으로 향하는 일은 단시간에 이루어졌습니다. 그리하여 나는 형태나 특성이나 소위 무술, 마법 따위로 불려도 좋을 그런 것들하고만 관련을 맺게 되었습니다.〉(DF 661 f.)

　음악이 부정적 전조의 기독교 예술로 표현되는 『독일과 독일인』은 음악과 신학
의 관계가 독일 내면성의 근원임을 보여 준다. 레버퀸의 음악 접촉은 그의 부모의
부헬 농장에서 시작된다. 슈바게슈틸의 농장에서 〈발푸르기스Walpurgis〉(이 말에
서 마력과 요술이 느껴진다)란 이상한 이름을 가진 마구간 하녀는 성악, 정확히 말
해 〈돌림 노래Kanon〉로 시작해 레버퀸을 모방적 다성die imitatorische
Polyphonie의 신비로 이끈다.(DF 43) 레버퀸이 이 돌림 노래의 답변으로 행한 웃
음을 차이트블롬이 후에 다시 생각해 볼 때, 그 속의 지식과 노련한 조롱을 알게
된다.(DF 43) 카이저자해른에 있는 아저씨 집에서 레버퀸은 처음으로 음악을 피
아노로 해설하고(DF 47), 차이트블롬은 레버퀸 나이 14세의 이 시기를 어린 순진
성의 탈피의 시대로(DF 47) 보는데, 이때 부친으로부터 유전된 편두통 발작이 시
작되고 이때부터 레버퀸은 더욱더 음악에 몰입하여 음악 체계를 피아노로 실험하
게 된다.(DF 47)

　말 더듬는 피아노 선생인 크레츠슈마르가 레버퀸의 인생에 중요한 역할을 하게
된다. 베토벤 음악 강연에서, 특히 피아노 소나타 작품 111번에 제3악장을 쓰지 않
은 이유를 묻는 질문 속에 이 소설의 전체 주제인 〈조화적 주관성harmonische
Subjektivität〉과 〈다성의 객관성polyphonische Objektivität〉의 구별을 보여 주는
데, 크레츠슈마르는 가끔 후자를 객관성Sachlichkeit 또는 인습Konvention이라 부
르기도 한다. 조화 단음의 원리란 로만틱이 클래식의 상속자로 떠맡은 법칙인데,
이는 단지 하나의 음이 멜로디를 이끄는 악장 방식을 말하고, 이에 반해 다성의 객
관성은 여러 음의 법칙으로 여기에서 클래식이 시작되고 중세에 예배 노래에서 독
립적 기악으로 발전했다. 다성 예술의 주요 방식은 모방으로, 이것의 엄밀한 형식
은 돌림 노래와 푸가, 즉 둔주곡이다. 푸가란 2성 또는 그 이상의 성부(聲部)로 된
성악의 기악을 위한 다성악적 악전(樂典)을 말한다. 기술상 객관성은 엄밀한 법칙
이나 〈인습〉(DF 73)의 응용에 근거를 두고, 주관성은 확정된 법칙에 반대하여 개
인성을 강조한다.

　크레츠슈마르에 의하면, 베토벤은 인생 중반기에 〈모든 관습, 형식적인 진부한
것들을 자기의 표현에서 소모시켜 주관 속에 용해시키고자 했다〉(DF 73)고 한다.

한편 베토벤의 후기 작품은 더욱더 인습화되어, 이 인습이 주관성의 변화 없이 황량함, 심지어는 전율과 웅장함을 주는 무아(無我)의 상태가 된다고 크레츠슈마르는 말한다. 주관성과 인습의 관계는 죽음에 의해 결정된다 하여 위대함과 죽음이 만나는 곳에 인습의 객관성이 생기며, 이 객관성은 주권 위에 교만한 주관성을 띠는데, 그 이유는 거기에 최상으로 향하는 전통의 상승, 즉 〈오직 개인성*das Nur-Persönliche*〉(DF 74)의 신비적, 집합적인 번창이 있다고 크레츠슈마르는 설명한다.(DF 74) 음악이 종교 및 의식의 형태에서 점점 벗어나는 것이 르네상스에서 베토벤 시대까지 음악사의 특징이라고 크레츠슈마르는 말하는데, 이런 예술의 세속화는 결국 〈외로운 개인성*das Einsam-Persönliche*〉(DF 82)과 〈문화적 자기 목적*das Kulturell-Selbstzweckhafte*〉(DF 82)이 되며, 베토벤의 「둔주곡을 위한 투쟁」은 이러한 고립에서 벗어나려는 노력이다.

다성*Polyphonie* —— 이 말이 레버퀸의 계속되는 주제이다. 크레츠슈마르의 강연은 효력이 빨라 레버퀸이 귀가 중에 예술이 오늘날 〈검소하고 더 고상한 단체를 위한 봉사 및 더 행복한 역할로의 회귀, 즉 종전 교회가 행했던 직선이 아닌 곳으로〉(DF 82) 되돌아감을 이야기하는데, 여기서 변질 타락을 느낄 수 있다. 〈예술이 교회의 봉사를 하지 않으면 어떤 봉사를 해야 하나?〉라고 신은 말한다. 여기서 우리는 음악을 부정적 전조의 기독교 예술로 본다. 후기의 베토벤은 조화적 주관성과 다성적 객관성의 대립에서 벗어났다고 크레츠슈마르는 말하지만, 베토벤이 작곡한 「환희의 송가」, 즉 교향곡 9번의 내용에서 이 말은 맞지 않다.

레버퀸의 돌파*Durchbruch*는 바로 이 교향곡 9번, 즉 기쁨과 흥분의 테마에서 생겨난다. 그러나 로만틱에서는 주관성과 강한 감정 표출이 점점 약해져 새로운 돌파의 시대, 즉 레버퀸이 베토벤의 후임자로 이루고자 하는 새 돌파의 시대가 성숙한다. 작곡가로서 레버퀸은 동시대의 가능성을 재빨리 성취하고, 또 그에 의하면 지나간 것은 모두 인용이나 패러디에 해당된다. 지금까지의 음악 내용 속에 선 또는 악 지향의 악마성이 잠재하는데, 제25장 악마와의 대화에서 독일 내면성의 변질 타락이 음악의 적으로 나타나고 있다. 이는 레버퀸과 파우스트의 관계이므로 다음에서 규명해 보자.

파우스트

토마스 만은 파우스트 소재를 괴테의 『파우스트』보다 오히려 파우스트 박사의
옛 민중본에서 얻고 있다. 그는 이 파우스트 민중본의 중세어 인용으로 그 시대의
정신을 전달하여 독일 민족 정신에 결정적 영향을 준다고 생각했다. 인식과 향락
에 대한 무한한 욕망으로 인하여 악마와 계약을 맺고 마술의 힘을 빌려 지상에서
정신적 · 육체적 향락을 누린 후에 계약 기간이 끝나자 악마에게 끌려갔다는 역사
적인 파우스트를 소재로 취급한 작가는 괴테와 토마스 만 외에 수없이 많다. 함부
르크의 비드만, 뉘른베르크의 의사 니콜라우스 피쳐 등이 파우스트를 주제로 한
작품을 썼으며, 1725년경에는 〈기독교적으로 생각하는 자〉라고 자처한 익명의 작
가가 그 시대에 맞도록 이를 다시 요약했다. 뿐만 아니라 이미 1588년에는 영국의
극작가 말로Christopher Marlow가 이 소재를 연극화하여 『파우스트 박사의 비극
적 이야기Tragical History of Doktor Faustus』라는 희곡을 썼으며, 17세기에는
민중본에 의한 파우스트 극과 인형극이 자주 공연되었고, 18세기 후반에는 계몽주
의 작가 레싱이 선이 얼마나 빨리 악으로 변하는가 하는 것을 모토로 『파우스트 단
편Faustfragment』을 남겼다. 이외에도 파우스트의 소재를 취급한 대표적 작품으
로 그라베Christian D. Grabbe의 『돈 후안과 파우스트Don Juan und Faust』, 레나
우Nikolaus Lenau의 서사시 「파우스트Faust」, 피셔Friedrich T. Vischer의 『파우
스트-비극 제3부Faust. Der Tragödie dritter Teil』, 베를리오즈Louis H. Berlioz
의 『파우스트의 저주La Dammation de Faust』, 구노Charles F. Gounoud의 『파우
스트Faust』, 부소니Ferruccio Busoni의 『파우스투스 박사Doktor Faustus』 등의
오페라 작품이 있다.

이 파우스트 전설의 주인공은 역사상 실제 인물인 요하네스 파우스투스
(Johannes Faustus, 1480~1540)로서 그는 종교 개혁자 루터 및 후텐(Ulrich von
Huten, 1488~1523)[72]과 동시대인으로 전해 온다. 한편 그를 역사상 실존 인물로
단정하기에는 논란의 여지가 아직 남아 있어 그는 여전히 신분이 분명하지 않은
전설적 인물이다. 얼마 안 되는 증언에 의하면, 그는 소도시 마울브론 근교의 크니
틀링겐에서 태어나 1532년까지 뷔르템베르크에 체류하면서 신학과 의학 그리고
자연 과학을 연구하여 이들 학문에 상당한 지식이 있었다고 한다. 그 후에는 크라

카우로 도주하여 마술에 몰두하면서 유대계 신비학자들과 교제하였고, 신의 본질이나 세계의 발생 및 점성술 등을 연구하여 예언자적인 역할을 했다. 당시의 학자들로부터 〈사기꾼·풍속범·엉터리 예언자〉라는 비난을 받았지만, 그는 마술의 힘으로 세계를 여행하며 베네치아에서는 비행 시도를 하고 마울브론에서는 금을 제조하는가 하면, 에르푸르트에서는 호메로스의 주인공들을 주문으로 불러내기도 하고, 라이프치히에서는 술통을 타고 달리기도 했다고 한다. 그는 언제나 악마를 개의 모습으로 데리고 다녔는데, 마지막에는 뷔르템베르크의 한 여관에 투숙했다가 〈오늘 밤 놀라지 마시오!〉라고 예언한 후 그날 밤 악마에 의해 살해되었다고 한다. 어떤 사람은 악명 높은 마술사 파우스투스가 악마와 결탁해서 제 명에 죽지 못했기 때문에 참된 신앙인에게는 가증스러운 본보기로 매도되기도 한다. 그러나 당시의 규범을 벗어난 그의 반항적인 행동과 과장된 일화는 이미 전설화될 소지가 다분해 독일 각지에 널리 퍼지게 되었다. 이러한 당대의 지식 있고 괴상한 강령술사를 괴테는 『파우스트』에서 〈암흑의 선비 dunkler Ehrenmann〉(1034행)라 칭하며 주인공 파우스트의 혈통과 연결시키고 있다. 〈나의 아버지는 암흑의 선비였네./그분은 자연과 그것의 거룩한 작용에/대해서 진지하게, 그렇지만 그분/방식대로 이러쿵저러쿵 망상적 궁리를 하셨지.〉(1034행 이하)

이 실제적인 파우스트가 죽은 후 1587년 프랑크푸르트의 출판업자인 슈피스 Johann Spies가 〈지나친 마술사 요한 파우스트 박사의 이야기〉라는 제목의 민중본을 발간하는 등 그에 대한 이야기가 여러 민담으로 전해 왔다. 토마스 만은 이러한 파우스트 전통에 정통해 『파우스트 박사』의 주인공 레버퀸의 인생을 민요 책 속 파우스트의 언어나 행동에 모방시켰다. 알브레히트 Jan Albrecht가 논문 『레버퀸 또는 운명의 음악 Leverkühn oder die Musik als Schicksal』에서 보여 주듯 〈레버퀸은 자기 인생을 요한 파우스트의 죄지은 삶의 신비적 반복으로 보고 있다〉.[73]

『파우스트 박사』의 처음에 차이트블롬에게 던진 〈고상한 교육적 세상과 항상 위험스러운 세상의 명확한 구분이 가능한가?〉(DF 17)의 질문, 즉 〈나의 대상인 질문〉(DF 17)이 제기된다. 차이트블롬이 이 질문 직후 레버퀸의 파우스트적 사색과 실험을 묘사할 때, 이 질문의 한계 구분의 어려움이 제기된다. 왜냐하면 매우 정상적인 지식욕과 연구 욕망 속에는 문제가 내포되어 있는데, 이 내용은 〈이 모든 것

374

은 거의 마술적인 유혹자의 작품〉(DF 28)이라는 차이트블롬의 언급 속에 암시되어 있다. 파우스트의 우주 탐구와 자연 신비 추구의 충동은 쉽게 악마의 영감인 대담성과 교만으로 타락하는 것이다. 종전 문학자 형태였던 파우스트 상이 『파우스트 박사』의 레버퀸에서 예술가인 음악가가 되어 결국 토마스 만은 파우스트 상에서 그의 주제인 〈독일의 본질〉인 음악성을 보여 주고 있다. 〈파우스트와 음악의 미연결이 신화와 문학의 큰 잘못이며 파우스트는 음악성, 즉 음악가이며 음악은 마적 분야이다〉(GW 11, 1131)라고 토마스 만은 『독일과 독일인』에서 언급하고 있다. 다시 말해 파우스트가 독일 정신의 대표라면 음악가여야 하는데, 그 이유는 추상적 신비의 음악성이 세계에 대한 독일 정신이기 때문이라는 것이다.(GW 11, 1131 f.)

이러한 음악성은 풍자란 문제에 봉착해 예술의 범례인 음악이 위기 속에 빠지게 된다. 예술을 이 위기에서 구출하는 돌파를 레버퀸은 급진적 혁신에서 찾는데, 이는 작곡의 전통적 한계를 타파하는 정신 능력이다. 음악의 위기를 자세히 설명하기 위해서는 지난 음악의 검토가 필요하다. 지난 세기 음악의 근본은 〈개인감정〉과 〈인습과 형상의 일반적인 질서〉의 일치인데, 전자는 표현의 요구이며 후자는 주관적 표현을 지배하는 예술로 가능하게 된다. 크레츠슈마르는 이것을 〈조화적 주관성〉이라 부르나 이는 진부한데, 그 이유는 인식이나 지식은 역사 진행에 감정의 중점을 주며 인습을 수용하지 않기 때문이다. 그러나 인습의 표현 수단인 형상의 강요나 법칙이 없다면 예술은 존재할 수 없다. 예술가 고유 영역은 감정의 자유와 개성이므로 이를 외부로 나타내려면 엄격한 질서, 즉 크레츠슈마르가 말한 〈다성의 객관성〉에 예속되게 된다.

크레츠슈마르와 후기의 레버퀸에 의하면, 르네상스에서 베토벤까지 음악사의 특징은 종교 및 의식에서 차츰 벗어나는 성격을 띠고 있다. 따라서 예술의 세속화가 한탄과 함께 위험스럽게 표현되는데, 그 이유는 예술이 고립화되기 때문이며, 이 고립화의 위기에 선 인물이 음악가 바그너이다. 음악이 역사 창조의 풍부하고 섬세한 웅장함으로 발전하고, 역사와 경건 속에 성장하며 원초의 상태를 성스럽고 장엄하게 불러내는 음악의 축복을 바그너가 가장 재치 있게 이용했다는 게 크레츠슈마르의 이론이다. 따라서 바그너의 천지 창조 신화인 「니벨룽겐의 반지」에서 음악의 본질이 세상의 근본 요소와 일치되고 있다.(DF 87) 레버퀸은 처음에는 이 음악의 요소에 집착하지만 화음이 그에게 더 이상 조화적 즐거움이 되지 못하는데, 이는 그의 관심사가 〈각 음성의 다성적 우아polyphone Würde der Einzelstimme〉이기 때문이다.

『파우스트 박사』에서 바그너 직후의 음악은 별로 언급되지 않고 있다. 음악은 〈조화적 단음의 형식der harmonisch-homophone Stil〉을 자신의 파멸 단계까지 이끄는데, 음악 비평가의 형상인 악마가 이를 다음과 같이 요약한다. 〈작품, 시간 그리고 가상은 하나야. 그들은 함께 비평의 손아귀에 걸려들었지. 비평은 더 이상 가상과 유희를, 정열과 인간의 고통을 검열하고 역할로 분할시키며 비유로 전이시키는 허구와 장황한 형식을 용납하지 않는단 말이야. 아직 유일하게 허용되는 것은, 리얼한 순간에 조작되지 않았고, 유희로 오도되지 않았으며, 은폐되지 않았고, 위장되지 않은 번민의 표현이라네. 그 무기력과 궁핍은 그와 더불어 어떤 가상적 유희도 용납되지 않을 정도로 심각하단 말일세. 〔……〕 구성적인 예술 작품으로서의 감정들의 가상, 음악의 자기만족적인 가상은 이제 불가능하고, 더 이상 지탱될 수도 없단 말일세. 그러한 가상의 본질은 으레 미리 주어지고 공식으로 침전된 기본 요소들을 마치 이 요소들이 이 유일한 경우의 무너뜨릴 수 없는 필연성인 것처럼 꾸며 내는 데 있지.〉(DF 321)

『파우스트 박사』의 독일적 소설의 한 면으로 마르티우스 거리의 지식인 거리 집회가 꼽히는데, 이 거리는 크리드비스 구역Kridwißkreis이라고도 불리며 사람들은 거기서 회복 불능 정도까지 된 시민 문화의 위기를 토론한다. 다시 말해 미적 교양의 이상이 과도하게 개인주의로 발달한 결과, 교양을 망쳐 인간과 단체 인연의 파괴 및 예술가의 모든 근원의 격리가 거기서 이야기된다. 크리드비스 구역의 일원들은 역사의 몰락만 보고 발전의 단어를 멸시하여, 이 단어 대신 새로운 가치 질서인 〈권력Gewalt〉과 〈독재Diktatur〉를 내세운다.(DF 485) 이에 대해 역사는 맴돌아 중세의 상황으로 되돌아간다고 차이트블롬은 체념적으로 확신한다. 이 집회의 결정적 역할은 소렐Georges Sorel의 저서 『폭력론Reflexions sur la Violence』의 전쟁과 무정부의 잔인한 예언 및 유럽의 〈전쟁 참상의 토대〉의 내용(DF 486)이다. 민중 시대에는 의회 토론이 정치 의사에 적합하지 않아 미래의 민중에 의회 토론

대신 원시적 함성으로 정치력을 부추기는 신화적 허구와 민중성을 이 책은 보여준다.(DF 486)

이 책에서 소렐은 전 세계 노동자의 〈총파업〉을 신화라고 말했다. 이러한 이상은 역사적 사실로는 결코 실현되지 않겠지만, 노동자를 자극하고 봉기시키기 위해 〈총파업〉은 미래의 역사적 사건으로 표현되지 않으면 안 된다는 의미이다. 이렇게 신화는 미래의 프로그램으로 되어 있어 니부어Reinhold Niebuhr는 기독교의 종말관을 신화적이라고 논하고 있다. 따라서 재림과 최후 심판은 미래의 역사로, 현존하는 것, 도덕적인 것이나 정신적 가치 등을 심상(心象)하고 있다.[74]

크리드비스 구역의 모임원들은 병들고 생의 무용한 인종의 요소를 박멸하는 〈민족 우월론〉에 동조하는데, 이는 니체의 초인 사상을 답습하는 것 같다. 니체는 민족적 우월자에 반대되는 약자에 대해 이렇게 말했다. 〈인간에게 가장 커다란 위험은 병자다. 악인이나 맹수가 아니다. 처음부터 실패자, 패배자, 좌절한 자 — 가장 약한 자들인 이들은 대부분 인간의 삶의 토대를 허물어 버리고, 삶이나 인간이나 우리 자신에 대한 우리의 신뢰에 가장 위험하게 독을 타서 그것을 의심하게 만드는 자들이다.〉 이런 맥락에서 니체는 제국주의적 침략과 전쟁을 권하기도 했다. 이러한 제국주의적 침략과 전쟁을 권장하는 니체의 사상을 보여 주는 대표적인 구절로 그의 말기 저작『도덕의 계보Zur Genealogie der Moral』에서 언급되는 〈금발의 야수Blonde Bestie〉란 단어를 들 수 있다. 이 〈금발의 야수〉에 대해 니체는 다음과 같이 말한다. 〈그들(금발의 야수)은 아마도 소름 끼치는 일련의 살인·방화·능욕·고문에서 의기양양하게 정신적 안정을 지닌 채 돌아오는 즐거움에 찬 괴물이다. 〔……〕 이런 모든 고귀한 종족의 근저에 있는 맹수, 곧 먹잇감과 승리를 갈구하며 방황하는 화려한 금발의 야수를 오해해서는 안 된다. 〔……〕 로마·아라비아·독일·일본의 귀족, 호메로스의 영웅들, 스칸디나비아의 해적들은 이러한 욕망을 지니고 있다는 점에서 모두 같다.〉

이 〈소름 끼치는 야수〉야말로 니체가 지배자 종족의 표상으로 인식하고 옹호했던 대상이다. 니체의 이 근본 이미지는 다른 저작에서도 다음과 같이 다양하게 반복된다. 〈세계에 아직 남아 있는 야만적이고 신선한 지역의 주인이 되고 무엇보다도 나 자신의 주인이 되려 하자. 〔……〕 모험과 전쟁을 회피하지 말고 최악의 경우에는 죽을 각오를 하자. 〔……〕 유럽의 주민 중 4분의 3만큼이 빠져나가면 좋을 것이다.〉 니체는 노동자들을 노예로 두어야 한다고 생각했다. 또한 그는 노동자들을 교육하고 조직하는 것이 강자의 지배를 무너뜨리는 일이라고 보았다. 〈목표를 원한다면 수단도 원하지 않으면 안 된다. 노예를 원하면서 노예를 주인으로 교육한다면 바보가 아닐 수 없다.〉 니체의 이런 반민중적·반민주적 발언들은 다음과 같은 말로 요약된다. 〈오늘날은 소인배들이 주인이다. 하인의 피를 타고난 자, 그리고 누구보다도 천민 잡동사니, 이제 그런 자들이 인간의 온갖 숙명 위에 군림하려드니, 오, 역겹도다! 역겹도다! 역겹도다!〉

이러한 민족 우월론이 토마스 만의 『마의 산』에서도 간접적으로 나타나 있다. 마의 산의 요양소에는 원장인 베렌스와 환자와 모든 계층의 사회, 즉 가난한 지성인, 상인, 군인 등이 여러 국적을 형성하며 병든 단체와 구성원으로 작용하고 있다. 카스토르프의 사촌이며 군인인 침센(독일), 관능적인 미모로 카스토르프를 유혹하는 쇼샤 부인(러시아), 서구 문명의 낙관적인 진보 및 건강의 중요성을 굳게 믿는 계몽주의자 세템브리니(이탈리아), 질병만이 인간적인 것이므로 그것을 통해 죽음을 추구해야 한다고 주장하는 나프타(유대인), 강한 개성과 유창한 언변을 지닌 퇴역 장교 페퍼코른(네덜란드) 등은 국적이 다른 만큼이나 사상도 다양하다. 그러나 이들 여러 국적의 사상들은 독일인인 주인공 카스토르프에 의해 흡수되어 독일적인 교양으로 종합된다.

따라서 카스토르프에게 개인으로서뿐만 아니라 유럽 사회의 대표자로서, 나아가 종교적 문제를 짊어진 인간 자체, 〈신적 인간〉의 기능까지 부여되고 있다. 이는 범유럽 사상에서 결국 독일 민족의 우월성 암시로, 이 내용이 토마스 만의 다음 글에 나타나 있다. 〈독일인은 개개인이 독특한 정신과 신의 양심을 가지고 있다. 〔……〕 프랑스인처럼 희극적이며 사회적이며 정치적인 동물은 아니다. 〔……〕 우리들(독일인)은 현재에도 미래에도 특별한 의미를 가진 세계적인 민족이다.〉(GW 12, 242 f.) 이것은 다른 유럽인들과 독일인의 〈본질적이고도 전형적인 국민적 상위(相違)는 프랑스적 작품의 사회 정신과 독일적 작품의 정신적·원시(原詩, Urpoesie)적 정신〉[75]의 차이에 있다는 의미로 결국 독일 정신의 우위를 나타낸다. 따라서 『파우스트 박사』는 다음의 말로 끝을 맺는다. 〈독일의 불행은 결국 인간

비극의 전형이다. 독일이 절실히 필요한 자비심은 우리 모두가 필요하다.〉(GW 11, 1148)

이러한 민족 우월론은 국가 사회주의 시대에 번창되는 이념으로 이 이념의 전제인 문화의 권태가 슈펭글러Oswald Spengler의 저서 『서양의 몰락Der Untergang des Abendlandes』에 들어 있다. 예술 및 문명과 사회의 위기가 여기에서 명백히 동일시되는 이 책을 일반인이 읽고 평가한다. 이러한 위기에서의 돌파로 악마와의 계약이 이뤄지는데, 이 계약은 예술가에게 원형적 매혹을 불어넣는다. 레버퀸에 대한 악마의 제안은 다음과 같다. 〈그러면 점점 시간이 흐를수록 모든 불구 증세를 잊어버릴 테고, 높은 지혜로 자신을 초월하여 상승하고 〔……〕 얼큰하게 자신을 즐기는 가운데 거의 감당할 수도 없는 술잔의 미칠 듯한 희열을 맛볼 것이며, 그러한 술잔은 수 세기 이래 미증유의 것이라고 정당하게 확신하게 될 것이며, 어떤 느긋한 순간에 좋든 나쁘든 자기 자신을 신으로 여기게 될 걸세.〉(DF 306 f.)

이러한 악마와의 계약 장면을 토마스 만은 「마탄의 사수Der Freischütz」에서 몽타주하고 있다. 토마스 만은 「마탄의 사수」제2막에서 사악한 사냥꾼 카스파르가 막스에게 백발백중의 마탄을 만들어 주기 위해 한밤중에 무시무시한 〈이리의 계곡〉에서 악마 사미엘과 계약하는 장면을 묘사한다. 〈당신(악마)의 주장대로라면 나는 카스파르와 대화한 것이군. 그래, 카스파르와 사미엘은 같은 존재이지. 〔……〕 사미엘이라, 그것참 재미있군. 현악기의 트레몰로, 목관 악기, 트롬본으로 된 다단조 포르티시모는 어디에 나오는 것이지? 그래, 그것은 낭만주의의 관객을 놀라게 했던 기발한 장면이지. 당신이 바위에서 나왔듯이 그것은 계곡의 울림 바단조에서 나온 것이겠군.〉(DF 303)

악마가 레버퀸에게 제안하는 다음의 내용은 매우 신비적이다. 〈영감이 무엇이고, 참되고 오래된, 원초적인 열광이 무엇이며, 비판과 마비된 사고와 질식할 듯한 오성의 통제에 전혀 시달리지 않는 열광이 무엇인지, 신성한 광희가 무엇인지, 오늘날 누가 알고 있나?〉(DF 316) 이러한 악마와의 계약은 파우스트 박사의 민중본에서 유래하여, 괴테의 『파우스트』에서도 파우스트와 악마 메피스토펠레스의 다음 계약 내용으로 전개되어 독일 정신사에 결정적 영향을 미치고 있다. 〈내가 어느 순간을 향하여/멈추어라! 너는 정말로 아름답다!/하고 소리칠 때, 너의 맘대

로 나를 결박하려무나./나는 즐거이 멸망할 것이고/죽음의 종소리가 울릴 것이다.〉(1699행 이하)

레버퀸은 악마의 모든 조건을 예술가에 보장된 성공의 시상으로 받아들인다. 파우스트가 죽은 후 악마가 영혼을 요구하는 종전의 파우스트 문학과는 달리 레버퀸은 위의 시상 조건을 생존 시에 지불해야 하는데, 그중 하나가 사랑의 금지이며 또 다른 하나는 예술의 자극인 질병을 정신 착란 때까지 수용해야 한다는 것이다. 사랑의 금지는 바그너의 「니벨룽겐의 반지」의 주요 시도 동기이다. 「니벨룽겐의 반지」에서 마법의 반지, 즉 지상에서 최상의 것을 얻기 위해서는 반드시 금욕해야 한다. 사랑의 힘을 거부하는 자만이, 사랑의 쾌락을 거부한 자만이 마법을 지닌 황금 반지를 만들 수 있고, 그렇게 만든 반지를 소유한 자는 세계를 지배하는 절대 권력을 갖게 된다.[76]

사랑의 금지와 예술의 자극인 질병을 정신 착란 때까지 수용해야 하는 자극이 레버퀸에 의해 이뤄지는데, 이는 무력한 지성에도 불구하고 무언가를 보여 주는 『형상의 묵시록』으로, 〈나보다 더 강한 사람의 눈에서 눈물을 흘리게 할 수 있다〉(DF 501)는 서정적 구절은 영혼을 향한 애절한 호소처럼 들린다. 차이트블롬은 그의 작품을 레버퀸과 역사 과정으로 연관시키며 『형상의 묵시록』에 관해 다음과 같이 언급한다. 〈(『형상의 묵시록』은) 크리드비스의 모임에서 내가 들은 이야기와 독특한 정신적 상응 관계를 이루었다.〉(DF 493) 〈크리드비스의 집회에서 울화가 치밀 정도로 영리한 대화에서 언급되었던 지구를 도는 길, 퇴보와 진보, 옛 것과 새것, 그리고 과거와 미래가 하나로 되는 이 길 — 이 길의 실현을 보았다.〉(DF 494)

『파우스트 박사』의 악마는 예술 작품의 절대적 독창성을 약속하는 한편 〈오만함의 사치〉(DF 333)도 약속함으로써 결국 예술가의 인생에 해가 되는 시민 규범을 불어넣는다. 파우스트 전통의 새로운 면은 약한 의지가 악마와 쉽게 계약한다는 사실이다. 레버퀸도 악마와 대화를 재생할 때 자신도 악마의 방문을 오랫동안 기다렸다고 말한다.(DF 294) 대화 진행 중 레버퀸은 악마가 자기에게 말한 내용을 오래전부터 아는 듯한 느낌으로 악마가 자기 의지의 투명같이 보여 〈내가 아는 내용을 당신이 나에게 말할 수 있다는 사실을 나는 의심하지 않아요〉(DF 320)라고 악마와의 협상에서 말한다. 레버퀸이 악마와 명확한 계약은 하지 않지만 악마의 등장 시 이미 계약이 집행되어 진행되고 있다.(DF 331) 레버퀸이 창녀와의 경험으로 매독이 걸린 그날이 악마와의 협상을 시작한 날이 되어, 창녀와의 경험이 〈세례〉이고, 이 창녀촌 방문이 악마의 말대로 〈견진 성사〉가 되는 셈이다.(Vgl. DF 331) 현대 예술가에게 제기된 문제의 투영 및 거짓 해결이 바로 악마라고 알브레히트는 자신의 논문에서 밝히고 있다. 〈레버퀸의 파우스트 드라마는 완전히 천재인 정신적 인간 내면 속에 투영된다. 천국과 지옥 사이의 옛날 우주 극이 인간에 도입된 것이다. 〔……〕 신학적 갈등 그리고 신과 악마가 세속화에, 다시 말해 한 몸뚱이에 연결되고 있다.〉[77]

레버퀸의 작곡 「파우스트 박사의 비탄Doktor Fausti Weheklag」으로 사실상의 자극이 이뤄진다. 이 작곡의 형식은 〈최후의 가혹성letzte Rigorosität〉(DF 646)이라 불리며, 물질이 전체적으로 배열돼 푸가라 생각될 수 없는데, 왜냐하면 자유 악보가 없기 때문이다.(DF 646) 이것이 레버퀸이 제22장에서 차이트블룸을 서술한 엄격한 악절의 법칙이다. 〈내가 엄격한 악절에 대해 너에게 말해 주마. 엄격한 악절이란 모든 음악 차원의 완전한 종합이며 또 완전한 조직으로 서로의 공평함을 보여 준다.〉(DF 255) 이 대화에서 레버퀸은 펜실베이니아의 독일인 요한 콘라트 바이셀의 〈주인과 하인 목소리Herren- und Dienertöne〉로 돌아간다. 크레츠슈마르가 강연에서 보여 준 이 〈주인과 하인 목소리〉에 관한 세련되고 원초적인 음악 이론이 레버퀸의 마음을 사로잡아 신학뿐 아니라 무감정 및 엄격한 법칙의 관심을 불러일으키며 그에게 수학적 경향을 불어넣는다. 바이셀의 음악 이론이 갖고 있는 유치한 합리주의를 거부했던 차이트블룸은 어리석은 질서라도 없는 것보다 낫다는 레버퀸의 의미를 알게 되어 〈모든 법칙의 효과는 차갑지만 음악은 고유의 따뜻함, 마구간의 따뜻함, 암소의 따뜻함을 지녀 이 따뜻함의 법칙의 냉각이 필요하다〉(DF 94)고 말한다.

이윽고 레버퀸은 바이셀의 음악 이론으로 돌아간다. 〈본능적으로 내 마음에 들었던 것, 그것 자체가 본능적이었어. 음악의 정신과 소박하게 부합하는 것이었어. 말하자면 우스꽝스럽게 거기에서 암시되었던 것은 엄격한 악절을 구성하려는 의지였지. 덜 유치한 다른 차원에서라면 오늘날 그와 같은 사람이 필요할 걸세. 당시의 어린 양들이 그를 필요로 했던 것만큼이나 말이야. 우리는 어떤 체계의 주인을, 객관성과 조직력을 갖춘 명인을 필요로 해. 재생적이고 의고적인 것을 혁명적인 것과 결합시킬 만큼 독창적인 사람 말이야.〉(DF 252)

레버퀸은 「파우스트 박사의 비탄」의 작곡으로 이 음악 이론을 세우는데, 여기에서 쾌활하고 구속 없는 방식이 아니라 탄식과 고통스러운 비분의 방식을 사용한다. 이는 베토벤의 교향곡 9번 「환희의 송가」를 부정적으로 패러디한 것으로, 이에 대해 차이트블롬은 「파우스트 박사의 비탄」 마지막에 다음과 같이 묘사하고 있다. 〈피날레는 오케스트라만으로 이루어진다. 지옥으로의 질주에 맞춰 힘차게 등장하는 비탄의 합창은 서서히 아다지오가 붙은 오케스트라를 위한 이 마지막 악장으로 넘어간다. 그것은 마치 「환희의 송가」의 경로를 거꾸로 밟는 듯한 인상을 준다. 교향악이 합창의 환호로 넘어가는 것의 동질적인 부정, 그것은 곧 복귀인 것이다.〉 (DF 649) 그리고 얼마 후 레버퀸은 정신 착란에 빠진다.

결론적으로 볼 때 레버퀸은 「파우스트 박사의 비탄」의 창조를 위한 도취의 영감을 악마로부터 약속받는다. 그는 몰락의 위협에 놓인 음악적 세계에 살면서 기꺼이 지옥에서라도 음악의 구원을 찾으려 하는데, 이는 〈지옥의 불꽃 없이는, 악마의 도움 없이는 예술이 불가능한 시대〉(DF 499)이기 때문이다. 토마스 만의 독일 정신 개념에 의하면 레버퀸의 작품들은 파시스트적 도취에 관련되는데, 이 의견에 대해 절대적인 일치는 없지만 쿠르츠케Hermann Kurzke의 의견이 강력한 근거를 제공하고 있다.[78] 토마스 만은 건강 아닌 질병이 진정한 작품을 만든다는 데카당스적 주제를 수용하여 악마의 영감과 일치하고 있다. 이렇게 질병이 진정한 작품을 창조한다는 사상을 토마스 만은 『마의 산』에서 질병을 찬양하는 인물인 나프타의 이론으로 전개시키고 있다. 나프타는 육체를 타락하고 부패한 것으로 생각하며 건강을 비인간적인 것으로 보아 병을 찬양하고, 자신이 불치의 병에 걸려 있으면서도 이를 슬퍼하지 않고, 오히려 병의 가치를 다음과 같이 찬양한다. 〈병은 지극히 인간적이다. 인간 자체가 바로 병이기 때문이다. 인간은 원래 병을 앓는 생물이며, 병을 앓아야만 비로소 완전한 인간이 된다. 최근 새로운 생활을 제창하는 사람들, 예컨대 생식주의자(生食主義者), 옥외 생활 예찬자, 일광욕 지지자들이 떠들어 대는 것처럼, 인간을 건강하게 하자, 자연과 화목하게 하자는 구호는 한 번도 자연적이 아니었던 인간에게 자연으로 돌아갈 것을 권장하는 것이다. 이런 식의 루소주의는 인간의 비인간화와 동물화를 촉진시키는 것 외에 아무것도 추구하는 것이 없다. 〔……〕 인간의 존엄성과 고귀성은 정신과 병에 있는 것이다. 한마디로 말한다면, 인간은 병을 앓고 있으면 있을수록 더 인간적이며, 병의 수호신은 건강의 수호신보다 더 인간적이다. 〔……〕 세템브리니는 입버릇처럼 진보를 말한다. 그러나 진보라는 것이 있다면, 그것은 오로지 병의, 그리고 천재의 덕분이며 ── 천재란 병일 뿐이다. 〔……〕 여태까지 인류를 위하여 진리를 인식하려고 의식적으로 스스로 병과 광기에 빠진 사람들이 있다. 이 사람들이 광기에 의하여 획득한 인식은 훗날 건강으로 변하고, 그들의 영웅적인 희생 행위 이후에는 이제 병과 광기의 판결을 받지 않고 그와 같은 인식을 소유하고 활용하게 되는 것이다. 이것이야말로 정말 십자가 위의 죽음이다.〉(Zb 642 f.) 이렇게 나프타는 병과 비합리의 세계를 긍정하고 대변하는 열광적 성격의 소유자로 병만이 인간적이라고 주장한다. 따라서 그는 병을 인간의 본질로 규정하고 병들면 병들수록 그만큼 더 인간적이라고까지 주장한다.(Zb 92)

이런 맥락에서 「베네치아에서 죽음」에서도 아셴바흐가 동성애적으로 반하는 열네 살의 미소년 타치오는 병들어 창백하고 허약한 모습으로 나타나는데, 이러한 병적인 모습이 더욱더 매력적으로 아셴바흐의 마음을 휘어잡는다. 다소 톱니 같고 파리하며 건강한 광택이 없고, 빈혈증 환자들의 경우처럼 특이하게 거칠고 투명한 데가 있는 타치오의 치아가 건강하지 못하다는 것을 알고 있는 아셴바흐는 〈그는 매우 유약(柔弱)하고 병약(病弱)하다. 〔……〕 그는 아마도 오래 살지는 못하리라〉(TiV 479)고 생각했다. 이렇게 병으로 인해 죽음으로 유도되는 타치오의 형상이 아셴바흐를 강렬하게 매혹시킨다. 〈아셴바흐에게는 저 멀리 있는, 창백하고 미소를 띤 사랑스러운 영혼의 인도자가 자신을 향하여 손짓하고 있는 기분이다. 마치 그 영혼의 인도자가 자신의 손을 허리에서 풀어 멀리 가리키고 있는 듯한, 희망에 찬 거대한 물건 속으로 앞장서서 날아가는 듯한 기분이었다. 그래서 지금까지 여러 번 그랬듯이 그의 뒤를 쫓으려고 몸을 일으켜 세웠다.〉(TiV 525) 여기에서 허약하고 창백한 타치오의 모습으로 인해 아셴바흐의 사고는 신비적이 된다. 정말 건강하지 못한 허약한 소년의 모습이 예술가 아셴바흐를 다시 한 번 신비적 명상으로 잠기게 하는 것이다.

토마스 만은 1905년에 이렇게 질병이 진정한 작품을 만든다는 소설에 대한 기본 이념을 『파우스트 박사』에 연관시켜 서술한 적이 있다. 〈매독 걸린 예술가상, 악마에게 서술된 파우스트 박사. 그에게 독(毒)은 도취, 자극제와 영감으로 작용한다. 그는 환희의 영감 속에 순수하고 훌륭한 작품을 창조하는데, 여기에 악마의 도움이 있다. 따라서 마지막에 악마가 그를 데려가게 되어 그 결과로 그는 마비가 된다.〉[79]

이런 소설에서 음악 이론의 근본 문제는 예술의 허구로부터의 탈피이다. 바그너처럼 모든 수단을 목적과 영향력에 허비하고 예술가의 신념을 버린다면 창작의 순수성은 어떻게 될까? 이런 경우의 해결이 악마와의 계약이라고 한다. 그러나 『파우스트 박사』에서 아도르노가 이 개념에 제동을 거는데, 그 이유는 아도르노의 음악 철학이 악마와 관계없이 바그너를 능가하는 문제의 해결을 제공하기 때문이다. 이러한 아도르노의 개념에 따라 음악가 쇤베르크Arnold Schönberg의 〈12음 기법 Zwölftontechnik〉이 현실적 해결책이 되고 있다. 따라서 레버퀸의 작곡은 악마 영감의 환상적 상태의 작품이라기보다는 시대의 새로운 음악적 표현으로 볼 수 있어 독일 재난과 일치한다. 『파우스트 박사』의 집필 중 선한 독일과 악한 독일의 관계, 또 이렇게 찢긴 독일과 자신의 동질성이 토마스 만의 문제가 되고 있다. 작곡「파우스트 박사의 비탄」의 핵심 주제인 〈나는 선하고, 악한 그리스도로 죽는다〉(DF 646)의 말처럼, 토마스 만은 무서운 진실, 즉 악한 독일은 선한 독일과 분리될 수 없다고 주장한다. 〈독일의 불행은 결국 인간 비극의 전형이다. 독일이 절실히 필요한 자비심은 우리 모두가 필요하다.〉(GW 11, 1148)

2) 신화의 현대화

문화 유형은 신성하게 이뤄진다. 그것은 부친으로부터 아들에게 그대로 전달되어 절대적인 믿음으로 받아들여진다. 〈부친과의 결합, 부친 모방, 부친 놀이 그리고 일종의 고차원적이고 정신적인 대리로서 부친상으로의 이행 — 이러한 유아적 행동은 개인의 삶에 얼마나 결정적이고, 인상적인 그리고 교육적인 영향을 미치게 하는가. 〔……〕 특히 예술가 — 본래부터 어린아이처럼 유희에 몰두하는 열정적인 인간은 이러한 유아적 모방이 자신의 생애, 창작자로서의 생활 방식에 대한 은근하면서도 분명한 영향을 미치는 것을 마음속 깊이 체험하고 있는 것이다.〉(GW 9, 498 f.)

개별성이 별로 문제가 되지 않던 시대에도 문화 유형은 의식적(儀式的) 행위나 행동의 반복에 참여하는 각 개인에 의해 어떤 의미에서는 개인적으로 진실한 것으로 받아들여졌다. 이는 영원히 타당성 있는 것으로 그것을 예증할 새로운 인물들을 받아들인다. 새로운 인물들이 어떤 행위를 하는 것은 그 행위가 과거에도 이루어졌기 때문이다. 과거에 이루어진 일은 옳은 일이었고 현재까지도 옳은 일인데, 그것은 인류의 집단적 정신 구조에 일치하기 때문이다. 이런 맥락에서 과거 신화적 사건은 집단 무의식으로 현재의 인류의 의식에 옳은 일로 작용하고 있다는 융 C. G. Jung의 비평 방법이 적용된다. 이러한 융의 비평 방법은 문화 인류학과 융의 연구 결과를 이용한 신화 비평인데, 이는 어떤 작품에 나타난 이미지의 근원을 따져 올라가 보면 한 신화에서 유래되었음을 밝히는 것으로, 그 신화가 결국 영향의 원천이 되었다는 것이다.[80]

이런 배경에서 어떤 한 가지 신화를 밝혀내는 것만으로 끝없이 반복하는 연속 유형의 전모, 토마스 만이 말하는 〈시간의 홈〉이 밝혀진다.(GW 4, 64) 형성 그 자체는 무시간적이다. 〈그러나 무시간성의 형식은 지금 여기다.〉[81] 과거가 현재로 나타나는 것이다.

인생의 본질은 현재성이다. 그리고 신화적인 의미에서만 인생의 신비는 과거나 미래라는 시간 형식으로 나타난다. 〔……〕 그리고 아무리 우리가 〈그것은 있었다〉고 말할지라도 그것은 현재에 〈있다〉. 항상 〈있다〉. 신화가 말하는 내용도 이러한 것이다.[82]

하지만 현재는 또한 과거다. 〈사람들은 현재형으로 말을 했지만 과거에 대해 이야기한 것이다. 그러니까 과거를 현재로 옮긴 것이다.〉(GW 4, 419) 이러한 허구적 시간은 이중의 구조로 개개 표현의 지속과 그 배후에 개방되어 있는 시간의 홈으로 되어 있다. 다시 말해 개개의 작중 인물로 정해진 자신의 생애를 사는 개인일 뿐 아니라, 멀리 인류의 시원(始原)으로까지 소급할 수 있는 무한한 연속의 한 배열이기도 한데, 이의 내용이 토마스 만의 『요셉과 그의 형제들』에 다음과 같이 묘사되어 있다. 요셉이 제사장의 말에 기울이면서 〈그를 통하여 현재의 표현의 입을 빌려 모두가 《나》라고 말한, 수없이 많은 엘리에제르Eliezer 산들이 늘어선 모양을 들여다보았다.〉(GW 4, 422) 엘리에제르가 자신에 관해 이야기할 때, 그의 개성의 윤곽은 흐려져서 하나의 정형으로 용해되어 버린다. 그의 자아는 〈말하자면, 배후에서 열렸다. 그리고 시간적으로나 공간적으로나 자신의 개별성의 테두리 바깥쪽의 영역으로 넘쳐흘렀다. 그리고 환한 대낮에 상기되거나 이야기된다면 삼인칭으로 말할 사건들을 자신의 경험 속에 담아 넣었다. 〔……〕 각 개인은 자신이지 남이 될 수 없다는 생각은 개인의 의식을 전체의 의식과 결합시키는 모든 변이를 임의적으로 도외시하는 하나의 관례일 뿐이다. 개별성이란 개념은 결국 통일성과 전체성 또는 전체와 전부의 개념과 같은 범주에 속한다. 그리고 내가 쓰는 이야기가 일어났던 그 시절에는 전체의 정신과 개별적인 정신 간의 구별은 〔……〕 오늘날처럼 〔……〕 큰 힘을 갖는 것이 아니었다. 그 시절에는 개인성이나 개별성에 관한 개념을 표현할 말이 없었다는 것은 매우 의미 깊은 일이다.〉[83]

그렇기 때문에. 하나의 특징적인 이삭이 아브라함의 희생에 관해 이야기할 때, 그는 그 일이 사실상으로 자신을 포함하고 있건 말건 자신에 관한 이야기를 하라고 존재하는 것이다.[84] 〈그는 그 이야기를 일인칭으로 이야기하면서 그 속에서 수없이 되풀이해 살았다. 그런데 그가 일인칭으로 이야기하는 것은 옳았다. 왜냐하면 그의 자아는 소멸하여 원형 속으로 되돌아갔기 때문이고, 또 과거에 있었던 일은 이제 그의 육체 속에서 현재가 되어 그 근본과 일치되게 반복되고 있기 때문이었다.〉[85]

앞에서 어떤 작품에 나타난 이미지의 근원을 따져 올라가 보면 한 신화에서 유래되었고, 그 신화가 결국 영향의 원천이 되었다고 융은 언급했다. 그러면 이 언급대로 어떤 한 가지 신화를 밝혀내는 것에서 끝없이 반복하는 연속 유형의 전모가 밝혀진다는 실제적인 예를 들어 보자. 그리스 신화에는 항상 너그럽고 성스러운 여신만 등장하지 않고 때로는 분노하고, 복수심에 불타고, 끝없이 질투하는 여신도 등장한다. 질투심과 원한으로 가득 찬 여성상으로 제우스의 아내이자 청순한 결혼의 수호신인 헤라의 질시적인 모습을 볼 수 있다. 바람둥이 제우스는 수없이 외도하며 헤라의 복수심을 자극했다. 예를 들어 제우스가 티탄인 코이오스의 딸 레토Leto 여신을 애인으로 삼고, 그녀에게 남녀 쌍둥이를 임신케 했을 때, 그는 이미 헤라와 결혼한 상태였다. 레토에게 질투를 느낀 헤라는 온 세계의 땅에 대해 레토에게 분만하는 장소를 제공하면 안 된다고 명령하여 레토는 만삭의 배를 안고 어려움을 겪었다. 그러나 당시는 아직 바다 위를 떠도는 바윗덩어리여서 땅 축에 끼지 못해 헤라의 명령을 받지 못했던 델로스 섬에 마지막으로 부탁하여 거기서 아르테미스와 아폴론을 낳을 수 있었다.

이러한 신화적 사건과 유사한 역사적 사건 하나를 인용해 보자. 대학은 12세기 유럽에서 시작됐다. 당시 프랑스 파리 대학의 논리학 교수였던 아벨라르는 왕과 교회를 신랄하게 비판한 대가로 온갖 탄압에 시달렸다. 프랑스 왕은 끝내 자신이 통치하는 땅 어디에서도 강의를 할 수 없다고 못 박았다. 그러자 아벨라르는 나무 위에 올라가 강의를 계속했다. 왕이 금지한 〈땅〉을 피해 〈공중〉으로 올라간 것이다. 화가 난 왕이 다시 공중에서 강의하는 것마저 금지하자 그는 파리의 센 강에서 배를 탄 뒤 강변에 학생들을 모아 놓고 가르쳤다. 이번에는 〈물〉을 택한 것이다. 결국 왕은 그의 열정을 못 이겨 금지령을 풀었다. 오늘날 그는 〈학문 정신의 선구자〉로 칭송받는다.

또 신화적 사건이 오늘날까지 전승되어 온 예도 하나 들어 보자. 『아서 왕 전설』은 아서Arthur 왕과 그의 신하인 원탁의 기사단의 활약상을 그린 이야기인데, 이 작품에서 중요한 역할을 하는 원탁의 기사는 아서 왕의 원탁에 앉을 자격이 있는 기사를 말한다. 원탁의 기원에 관해서는 여러 가지 설이 있으나 아서 왕이 기니비어와 결혼할 때 장인인 카멜리아드 왕 레오데그란스가 선물했다는 설이 가장 널리 알려져 있다. 이 원탁에는 150명의 기사가 앉을 수 있는데, 그들은 그리스도교적 사명감에 충만하여 잃어버린 성배를 찾는 일을 최고의 목표로 삼았다. 원탁은 앉는 자리에 따라 정해지는 상하 구별이 없는 평등성을 의미한다.

이러한 원탁 회의는 오늘날 참석자가 우열 없이 자유 토론하는 〈라운드 테이블〉로 이어져 오고 있다. 따라서 이해가 상충되는 개인이나 국가가 원탁에 둘러앉아 협의하며 타협점을 찾는 회의라는 뜻의 〈라운드 테이블〉은 오늘날 정치·경제 용어로 두루 쓰이고 있다. 현대 정치에서는 1886년 아일랜드 자치 문제로 자유당이 분열하자 급진파 J. 체임벌린의 제청으로 그 이듬해 열린 원탁 회의가 최초로 꼽힌다. 이어 1930년대 인도 자치를 두고 세 차례 열린 영국·인도의 원탁 회의, 1947년 제2차 세계 대전 뒤 인도로부터 파키스탄의 분리를 결정한 인도·파키스탄 원탁 회의 등이 대표적이다. 국제 통상과 경제에서는 다자간 협상을 뜻하는 말로 쓰였다. 가능한 모든 분야를 테이블에 올려놓고 각국이 머리를 맞대고 논의한다는 것이다. 학술과 회의 용어로도 자리 잡은 라운드 테이블은 대화와 협조 정신을 표방한다. 라운드 테이블은 극단적인 갈등과 세력이 충돌하는 우리 사회에 진짜 필요한 시대 정신일지도 모르겠다.

이렇게 신화가 일화, 가족사, 역사 등으로 암시되는 내용에 프로이트가 정신 분석 용어로 만든 〈반복 강박〉의 이론이 적용될 수 있다. 마르크스는 자신의 저서 『루이 보나파르트의 브뤼메르 18일』에서 나폴레옹의 조카 루이 보나파르트가 1848년 2월 혁명 뒤 대통령으로 당선되고 다시 쿠데타를 거쳐 황제 나폴레옹 3세가 되는 과정을 풍자적으로 고찰하고 있다. 『루이 보나파르트의 브뤼메르 18일』에서 18일은 1799년 나폴레옹이 쿠데타로 권력을 장악한 날을 가리킨다. 마찬가지로 『부덴브로크 일가』에서 그렇게도 단정했던 주인공 토마스 부덴브로크가 치과 의사에게 갔다 돌아오는 길에 갑자기 쓰러져 진흙투성이가 되어 숨을 거둔 해는 작가 토마스 만이 탄생한 1875년이다. 『루이 보나파르트의 브뤼메르 18일』은 〈역사의 반복〉이라는 문제를 다뤘다는 점에서 주목할 가치가 있다. 마르크스는 역사의 반복 문제를 이 저작 첫머리에서 먼저 밝히고 있다. 〈헤겔은 어디에선가, 모든 거대한 세계사적 사건들과 인물들은 두 번 나타난다고 지적하고 있다. 그러나 그는 다음과 같이 덧붙이는 것을 잊었다. 한 번은 비극으로, 다른 한 번은 소극으로.〉 나폴레옹이 황제로 등극할 때에 고대 로마의 카이사르를 반복했다면, 루이 보나파르트는 다시 숙부 나폴레옹을 반복했다. 마르크스는 루이 보나파르트가 나폴레옹의 겉모습만 흉내 내는 광대 짓을 하고 있다고 비꼬듯 쓰고 있는데, 여기에서 그 풍자적 분위기를 걷어 내면 〈반복성〉의 문제가 중요성을 띤다. 결국 『루이 보나파르트의 브뤼메르 18일』에서 역사 등은 심리학자 프로이트의 〈반복 강박〉 안에 있다는 사실이 드러나고 있다.

이러한 반복성의 맥락에서 모든 신화적 사건은 현대적 사건으로 비교되는 경우가 많다. 인류의 삶에 있어서 초기의 원시적인 형식을 나타내는 신화적·전형적인 것이 후년에 개개인의 생애에서 성숙된 형식을 나타내는 것이다. 따라서 토마스 만의 신화적 작품에서 중요한 사항은 고대 신화가 〈심리학적으로〉 현대화되어 신화의 원초적 내용이 변경되고 있다는 점이다. 토마스 만 스스로도 자기 시대의 현대 문학이란 〈서양의 신화를 복제하는 것〉(GW 11, 691)이라고 언급함으로써 현대 문학에서의 신화의 무게를 가늠하게 했다. 이러한 토마스 만의 서양 문학의 전통인 신화에 대한 관심은 『요셉과 그의 형제들』에서 시작되었고, 이후 그의 후기 작품 세계에서도 신화는 지속적인 관계를 맺게 된다. 따라서 신화는 그의 후기 작품의 형식적·내용적 특징이 되고 있는데, 이러한 전통 신화의 현대적 수용은 전통을 잃지 않으면서도 새로운 시대에 부응하려는 그의 의지로 평가될 수 있다. 〈신화의 본질은 반복, 무시간성, 영원한 현재성〉(GW 9, 229)에 있기 때문이며, 거기서 역사적 긴장은 해소되어 버린다. 그리하여 온갖 문화 영역과 시대의 신화적 동기의 포괄적 혼효(混淆)라는 토마스 만이 즐겨 구사하는 수법이 생겨났는데, 그 배후에는 신화란 일반적·보편타당적이라는 견해가 들어 있다. 이러한 신화 해석에 있어 과거는 본질적으로 경직되어 있으며, 거기에 대응하는 미래는 계몽주의적·이상주의적 성질의 것으로 신화적인 심원한 과거와 결부되는 것은 아니다. 신화가 미래 지향적이라는 것은 〈의식화와 분석적 해석〉(GW 10, 265)을 통해 〈인간의 삶은 진부한 모범에 따라 이루어진다〉(GW 7, 18)는 토마스 만의 인식에 근거를 두고 있다.

이런 배경 아래 토마스 만의 『요셉과 그의 형제들』에서도 성서적 신화가 심리학적으로 〈현대적〉 현실 감각에 부합하게 해석되고 있다. 이삭을 희생으로 바치려는 아브라함의 이야기나, 요셉과 그의 형제들의 관계에 관한 이야기는 원형적 유형의 되풀이로서 착상되었다. 여기에서 작중 인물이 자신에게 주어진 역할을 다하는 것은 어떤 주어진 방식대로 행동하고자 하는 개인적 욕구에서 자기보다는 구전(口傳)에 의해 역할이 그렇게 정해져 있기 때문이고, 그와 그의 동시대인을 통해 영속해 나가는 신화의 일부라고 생각되기 때문이다. 그는 〈개인이 해야 할 일은 현재를 채우는 일이고, 또 육체에 어떤 주어진 형태, 즉 조부(祖父)들이 확정해 놓은 신비한 체격을 주는 것이라고 생각한다〉.[86] 이러한 소박한 사람들에게 있어서의 현재는 과거로부터 구별되지 않고 오히려 과거와 합체되며 어느 정도까지는 현재가 곧 과거이기도 하다. 〈기억은 한 세대에서 다음 세대로 이어지는 구전에 의존하기 때문에 보다 더 직접적이고 신뢰적이었다. 그것은 보다 더 자유롭게 흘러 내려갔고, 시간은 보다 더 통일성 있는 따라서 보다 더 간략한 추억이었다.〉[87]

이렇게 〈현실에 부합되는〉 심리학적 해석으로 일찍이 『성서』에 나와 있는 대홍수와 그 후의 홍수가 일치된다. 〈현재 목전의 재난을 전승상(傳承上)의 사건, 즉 예의 대홍수와 혼동한다는 것〉(GW 4, 30)이 우리의 사고에 있어 가능한 것이다. 〈체험이라는 것은 무언가 과거에 생긴 일이 되풀이된다는 점에 있다기보다는 그것이 현재 목전에 일어났다는 점에 있다. 어떤 것이 현실성을 띨 수 있었다는 것은 그것을 초래한 제반 사정이 언제나 현존하고 있었다는 데 기인한다.〉(GW 4, 30) 이렇게 해서 합리적인 심리학은 〈어떤 홍수의 재난을 만나도 단순히 예의 대홍수라고 인식하는 것이 불합리하다는 생각을 제거해 준다〉.(GW 4, 32) 그다음에는 심리학이 신비로 연결된다. 즉 과거에 있었던 일을 목전의 현실로 인식하는 것은 〈시간을 소멸시키는 신비의 작용이다〉.(GW 4, 32) 이러한 심리적 기능은 형이상학을 〈현실에 가능하게끔〉 해준다는 데 있다.

토마스 만은 『요셉과 그의 형제들』에 대해 〈신화적 소설 작품이라고 해서 그것이 고립적, 시대 이탈적 생산물이거나 자신 속에서 맴도는 어떤 유미주의자의 표현은 아니다. 오히려 『요셉과 그의 형제들』 같은 작품은 초개인적 인간 관심으로부터 우러나와 유머스럽게 변조되고 아이러니하게 균제된, 말하자면 수줍음의 인간 문학을 대변한다〉[88]고 언급하고 있다. 결국 신화 소설의 목적은 아주 보편적 의미에서 인간적 지평의 확대이고, 그 주제 또한 모든 시대에 통용되는 계몽적 〈종교성〉이다.

따라서 토마스 만은 신화와 일상 현실의 관계를 묘사하고, 신화에 대한 자기방어 수단을 찾고 있다. 결국 토마스 만은 신화를 포괄적으로 보아 모든 사고 차원뿐 아니라 작품 구조에도 도입한 것이다. 이는 토마스 만이 니체의 바그너 예술관의 비평을 이어받은 것으로 볼 수 있다. 니체는 바그너 예술을 비평하면서, 우리가 바그너의 신화적 내용을 음미하려면 그것을 현대적인 것으로 옮겨 놓아야 한다고 말하고 있다. 〈바그너의 대사 내용! 그 신화적 내용, 그 영원한 내용! — 질문: 우리는 이 내용을, 이 영원한 내용을 어떻게 음미해야 하는가? — 화학자는 대답한다: 바그너를 현실적인 것으로, 현대적인 것으로! 그러면 바그너가 어떻게 되겠는가? — 우리끼리 얘기지만, 나는 그것을 시도했다. 바그너를 축소된 비례(比例)로 이야기하는 것보다 더 재미있는 것은 없고, 산책을 위해 그것보다 더 권할 만한 것은 없다. 〔……〕 그러면 사람들이 얼마나 놀라운 것을 체험하겠는가!〉[89]

니체의 이러한 비평은 토마스 만 창작에 결정적인 영향을 미쳐 그의 작품에서 그대로 실행되고 있다. 토마스 만은 바그너의 신화 세계의 거대한 무대를 패러디로 시민의 응접실로 옮긴다. 따라서 작품을 전체적으로 해석하는 데 필요한 패러디는 신화와 관계되면서 〈신화와 심리학〉이 결합되어 〈신화적 심리학〉이 되었다. 신화적 의미에서 패러디는 이전의 것을 후기의 의미의 단계에서 반복하는 것이다. 문화라는 것은 정신의 〈고전적·신화적〉 존재 형식의 현상이다. 〈신화적 심리학은 신화와 현실의 거리를 소화시켜 주는 동시에 어디라도 결부될 수 있는 보편성과 언제 어느 시대라도 되돌아올 수 있는 보편성을 띠고 있다. 토마스 만이 신화에서 추구한 궁극적인 문제는 역시 그의 문학의 전반적인 특성이라 할 수 있는 예술가의 《문제적인 자아》와 《인간 일반의 문제》였다.〉[90]

이러한 패러디 개념의 대표적 작품인 『고등 사기꾼 펠릭스 크룰의 고백』에서 인물들은 일반적인 신화 차원에서(마담 후플레가 디아나로), 또 헤르메스 신화 단계에서(영혼의 인도자와 창녀의 동일시로) 나타난다. 신화는 〈죽은 존재를 다시 삶으로 불러내 작용시킴으로써〉[91] 우리 시대의 합법성을 취득한다는 패러디에 의해 신화가 현재로 옮아간다고 토마스 만은 생각한 것이다. 토마스 만은 〈펠릭스 크룰처럼〉 신화를 응용했다. 〈신화의 패러디는 신화를 제거한다. 즉 패러디는 신화를 속(俗)되게 하여, 탈마법화된 장식 속에서 세상의 위치를 지정해 준다.〉[92] 그것이 정말로 신화의 제거인지는 생각해 볼 문제이지만 어떻든 신화를 묘사하는 극단적인 방법이다. 순수한 계승에서 뿐 아니라 단지 실마리를 다시 끄집어내거나 자신의 의식에 의해 묘사되는 것이다. 요컨대 신화가 세속적인 것으로, 즉 〈시민적인 것〉으로 옮아간 것이다.

후기에 들어서면서 토마스 만의 작품들은 신화적 전통을 모토로 삼아 개별적인 영역의 한계에서 탈피하여 전형적이고 총체적인 세계 반영의 추구를 시도하며, 이러한 시도를 통해 작가는 이제 그에게 천착되어 있던 주제인 정신과 삶의 대립을 점차 순화시키고 조화롭게 만들며, 이에 따라 전통과 현대의 조화를 모색하게 된다. 따라서 그의 후기 작품에서는 신화의 수용이 특별한 의미를 지니는데, 서양 문학에서 신화란 많은 시대의 작가들에게 상상력의 소재를 제공해 온 최상의 전통이었기 때문이다. 그것은 문명이 진행되는 동안 여러 문학 형식 속에서 탈신화화되고, 다시 신화화되는 과정을 거치면서 대물림되어 〈신화와 문학은 하나가 되고 불가분의 것이 되었다〉.[93]

주

1 Karl Kerényi, "Wissen und Gegenwärtigkeit des Mythos"(1964), S. 241, in: Ders.(Hg.), *Die Eröffnung des Zugangs zum Mythos, ein Lesebuch*(Darmstadt, 1982), S. 234~252.

2 같은 책.

3 노스럽 프라이, 『비평의 해부』, 임철규 역(한길사, 2003), 241면.

4 Walter F. Otto, *Mythos und Welt*(Darmstadt, 1962), S. 269.

5 Hermann Broch, Geist und Zeitgeist, in: *Schriften zur Literatur 2. Theorie*(Frankfurt/M., 1981), S. 193 f.

6 Aristoteles, *Poetik*(Stuttgart, 1981), S. 32.

7 E. Grassi, *Kunst und Mythos*(Hamburg, 1957), S. 82.

8 Vgl. Herald Weinrich, *Erzählstrukturen des Mythos*(Berlin, Köln, Mainz), 1971, S. 146.

9 박이문, 『문학과 철학』(민음사, 1997), 112면.

10 K. K. Ruthven, 『신화』, 김명열 역(서울대학교 출판부, 1987), 3면.

11 Thomas Mann u. Karl Kerényi, *Gespräch in Briefen*(Zürich, 1960), S. 42.(이하 *Gespräch in Briefen*으로 줄임)

12 최순봉, 『토마스 만 연구』(삼영사, 1981), 148면.(이하 『토마스 만 연구』로 줄임)

13 Thomas Mann, *Briefe an Agnes E. Meyer*, (8. März, 1942).

14 Kenneth Hughes, *Mythos und Geschichtsoptimismus in Thomas Manns Joseph-Romanen*(Bern, Frankfurt/M., 1975), S. 17.

15 Joseph Strelke, *Exilliteratur. Grundprobleme der Theorie. Aspekte der Geschichte und Kritik*(Bern, 1983).

16 서정근, 「토마스 만의 망명 소설로서의 〈계약 법전〉 고찰」, 『독일어 문학』(독일어문학회, 1995), 306면.

17 *Gespräche in Briefen*, S. 98.

18 Ulrich Mann, *Schpfungsmythen, Vom Ursprung der Welt*, 2.Aufl.(Stuttgart, 1985), S.11.

19 Vgl. Platon, *Sämtliche Werke*, Bd. 3(Hamburg, 1958), S. 114.

20 Friedrich Nietzsche, *Die frähliche Wissenschaft, Gesammelte Werke* in drei Bänden, Bd. II, hg. von Karl Schlechta(München, 1973), S. 1197.(이하 *Gesammelte Werke*는 GW로 줄이고 뒤에 권수와 면수만 기록함)

21 Harald Weinrich, *Erzählstrukturen des Mythos*(Berlin, Köln, Mainz, 1971), S. 146.

22 Hermann Broch, *Geist und Zeitgeist*, 같은 책, S.182.

23 Friedrich Nietzsche, *Die Geburt der Tragödie*, Unzeitgemäße Betrachtungen I~IV, Nachgelassen Schriften 1870~1873, hg. v. Giorgio Coli u. Mazzino Montinari(München, 1988), S. 146.

24 Friedrich Schlegel, "Die Rede über die Mythologie", in: K. Kerényi(Hg.), *Die Eröffnung des Zugangs zum Mythos*, 5. Aufl.(Darmstadt, 1996), S. 11.

25 Friedrich Schlegel, "Rede über die Mythologie", in: Ernst Behler und Hans Eichner(Hg.), *Friedrich Schlegel, Kritische Schriften und Fragmente*, Bd. 2(Paderborn u.a., 1988), S. 201.(이하 *Rede über die Mythologie*로 줄임)

26 같은 곳.

27 같은 책, S. 202.

28 같은 곳.

29 같은 곳.

30 같은 곳.

31 같은 곳.

32 같은 곳.

33 Friedrich Schlegel, *Literary Notebooks 1797~1801*, edited with introduction and commentary by Hans Eichner(University of London, The Athlone Press, 1957), Nr. 1897.

34 *Rede über die Mythologie*, S. 202.

35 Helmut Koopmann, *Thomas Mann. Konstanten seines literarischen Werks*, hg. von Benno von Wiese(Berlin, 1969), S. 150 ff.

36 *Rede über die Mythologie*, S. 202.

37 Erich Heller, *Thomas Mann. Der ironische Deutsche*(Frankfurt/M., 1959), S. 257.

38 같은 책, S. 255.

39 같은 책, S. 254.

40 같은 책, S. 255.

41 『토마스 만 연구』, 143면 이하.

42 장혜순, 「원형적 이미지로서의 신화와 인문학적 상상력」, 『카프카 연구』, 제10집(한국카프카학회, 2002), 174면.

43 W. Martin Lüdke, "Mit Speck fängt man Mäuse oder Notizen zur Frage nach dem 〈wahren Sachverhalt〉 in Mythos und Literatur", in: Hans Bender u. Michael Krüger(Hg.), *Akzente*, 26. Jahrgang(München, 1979), S. 487.

44 『토마스 만 연구』, 9면.

45 *Gespräch in Briefen*, S. 178.

46 티포에우스Thyphoeus라고도 일컬어지는 괴물로 1백 개에 달하는 뱀의 머리를 가졌고 검은 혀에서는 무서운 소리가 난다고 전해진다. 또 눈에서는 불을 토했다고 한다. 티폰은 고대 신화에서 사탄의 역할과 사명을 다했다. 오늘날 티폰은 일반 명사로 변하여 아시아의 바다를 성나게 휩쓰는 〈태풍typhoon〉을 일컫는다. 〈물질적 신화〉는 이집트 사람들이 많이 사용했다. 그들은 물질적 대상을 그대로 신으로 믿고, 또 신이라고 불렀는데 예컨대 땅을 이시스Isis, 습기를 오시리스Osiris, 열은 티폰Typhon, 물은 크로노스Kronos, 땅의 결실은 아도니스Adonis 그리고 포도주는 디오니소스Dionysos라고 불렀다. 이런 것들이 풀과 돌과 짐승과 마찬가지로 신에게 바친 신성한 것이라고 보는 것이다.

47 *Gespräch in Briefen*, S. 41.

48 같은 곳.

49 같은 책, S. 39.

50 황현수, 『토마스 만의 문학과 사상』(세종출판사, 1996), 241면.

51 J. Elema, Thomas Mann, Dürer und Doktor Faustus, in: *Thomas Mann, Wege der Forschung*, Band 335, hg. von Helmut Koopmann(Darmatadt, 1975), S. 320~350.(이하 *Dürer und Doktor Faustus*로 줄임)

52 같은 책, S. 324 f.

53 같은 책, S. 320 f.

54 Thomas Mann, *Dürer, Altes und Neues, Kleine Prosa aus fünf Jahrzehnten*(Frankfurt/M.,

1953), S. 718.

55 *Dürer und Doktor Faustus*, S. 325 ff.

56 같은 책, S. 328.

57 Arnold Busch, *Faust und Faschismus*(Frankfurt/M., 1983), S. 29.

58 Thomas Mann, "Nietzsches Philosophie im Lichte unserer Erfahrung", in: *Essays*, Bd. 3, S. 235.

59 Helmut Koopmann, *Der klassisch-moderne Roman in Deutschland*(Stuttgart, 1983), S. 68.

60 Hans Wysling(Hg.), "Thomas Mann", in: *Dichter über ihre Dichtungen*, Nr. 14, Bd. 3(München, 1981), S. 243.

61 Thomas Mann, *Briefe*, hg. von Erika Mann, Bd. 3(Frankfurt/M., 1965), S. 61.

62 Siehe z. B. J. Lesser, *Thomas Mann in der Epoche seiner Vollendung*(München, 1952), S. 433~442, oder Hans Mayer, *Thomas Mann. Werk und Entwicklung*(Frankfurt/M., 1980), S. 322 f.

63 Gunilla Bergsten, *Thomas Manns Doktor Faustus, Untersuchungen zu den Quellen und zur Struktur des Romans*(Tübingen, 1974), S. 69 f.

64 Maurice Colleville, "Nietzsche et le Doktor Faust de Thomas Mann", in: *Études Germaniques*, 1943(3. Jahrgang), S. 343~354.

65 Hans Mayer, *Thomas Mann. Werk und Entwicklung*(Berlin, 1950), S. 379.

66 Peter Pütz, *Kunst und Künstlerexistenz bei Nietzsche und Thomas Mann. Zum Problem des ästhetischen Perspektivismus in der Moderne*(Bonn, 1963), S. 85.

67 Elrud Kunne-Ibsch, "Die Nietzsche-Gestalt in Thomas Manns Dr. Faustus", in: *Neophilologus*, 1969(53. Jahrgang), S. 176~186.

68 같은 책, S. 187 f.

69 장성현, 「파시즘과 니체의 관계에 대한 토마스 만의 견해」, 『독일 문학』, 제58집(1995), 29면.

70 Thomas Mann, "Nietzsches Philosophie im Lichte unserer Erfahrung", in: *Essays*, Bd. 3, S. 235.

71 Gerhard Schmidt, *Zum Formgesetz des Doktor Faust von Thomas Mann*(Wiesbaden, 1976), S. 31.

72 독일의 인문주의자. 출생지인 헤센 주(州) 풀다의 수도원 부속 학교에서 공부하다가 인문주의에 매료되어 이곳을 탈출, 독일 및 이탈리아의 여러 대학을 전전하며, 특히 에르푸르트에서 인문주의자들과 사귀었다. 1517년에는 아우크스부르크에서 막시밀리안 1세에 의해 계관 시인의 칭호를 받았고 그 후 문필 생활을 시작하여 『우자의 서한집*Episolae obscurorum virorum*』을 통해 교회의 부패, 성직자의 타락을 통렬히 공박했다. 또 종교 개혁 지지자로서 루터를 비호하고 교황 제도를 반대했다. 헤르더에 의한 재발견으로 19세기 청년 독일파에, 특히 3월 혁명 때에는 자유 사상의 상징이 되었다.

73 Jan Albrecht, "Leverkühn oder die Musik als Schicksal", in: *Deutsche Vierteljahresschrift für Literaturwissenschaft und Geistesgeschichte*, 45. Jg.(1971), S. 379.

74 Georges Sorel, *Reflexions on Violence*, tr. by T. E. Hulme(New York, 1914).

75 Richard Wagner, *Richard Wagner und der Ring des Nibelungen*, Sämtliche Schriften und Dichtungen in zwölf Bänden, Bd. 9(Leibzig, 1911), S. 526.

76 이신구, 「토마스 만과 헤세의 바그너 음악 수용」, 『헤세 연구』, 제14집(2005), 29면 참조.

77 Jan Albrecht, 같은 책, S. 385.

78 Hermann Kurzke, *Thomas Mann, Epoche-Werke-Wirkung*(München, 1985), S. 274.

79 Paul Scherer u. Hans Wysling, Quellenkritische Studien zum Werk Thomas Manns, *Thomas-*

Mann-Studien, 1(Bern, 1967), S. 37.

80 이유영, 『독일 문예학 개론』(삼영사, 1986), 251면 이하 참조.

81 Thomas Mann, *Tales of Jacob*, tr. by Helene T. Lowe-Porter(London, 1934), p. 24.(이하 *Tales of Jacob*으로 줄임)

82 같은 책, p. 45.

83 같은 책, p. 112.

84 A. A. 멘딜로우, 『시간과 소설』, 최상규 역(대방출판사, 1983), 147면 이하.

85 *Tales of Jacob*, p. 179.

86 같은 책, p. 117.

87 같은 책, p. 10.

88 Thomas Mann, *Das essayistische Werk*, hg. von Hans Bürgin(Frankfurt/M., 1968), S. 383 f.

89 Friedrich Nietzsche, GW II, S. 922.

90 『토마스 만 연구』, 183면.

91 Eckhard Heftrich, *Zaubermusik über Thomas Mann*(Das Abendland, N. F. 7) (Frankfurt/M., 1975), S. 126.

92 Jürgen Plöger, *Das Hermesmotiv in der Dichtung Thomas Manns*, Diss.(Kiel, 1960), S. 64.

93 Friedrich Schlegel(translated by. Ernst Behler & Roman Struc.), "Talk on Mythology", in: *Dialogue on Poetry and Literary Aphorism*(Park & London University, 1968), nach zit.: K. K. Ruthven, 『신화』, 김명열 역(서울대학교 출판부, 1987), 76면.

제7장 토마스 만 문학에서의 헤르메스 신화

헤르메스Hermes에 대한 토마스 만의 관심은 작품 초기에서부터 돋보인다. 죽음의 신 헤르메스는 토마스 만의 초기 작품에서 나타나는 여러 데카당스적 양상 중 하나였다. 이렇게 초기 작품에서부터 영향을 나타내는 헤르메스의 형상은 이후 토마스 만의 계속되는 작품에서 많은 변화를 겪게 된다. 일반적인 신화에 대한 토마스 만의 지식, 특히 제우스에 대한 헤르메스의 심부름꾼 역할에 대한 그의 지식은 초기에는 별로 없었다. 후기에서 토마스 만은 다양한 분야에서 헤르메스에 대한 자세한 사항을 알게 되었고, 이 신에 대한 그의 개념은 1930년대 초에 굳건해졌다. 이는 토마스 만의 의식적 삶의 또 다른 면이 직접적으로 헤르메스 형상과 관련되어 있다고 볼 수 있다. 〈종이로 만든 날개 달린 신을 신은 헤르메스로 뛰어다니는 모습〉(GW 13, 130)이 과장될 정도로 그의 유년기의 신화적 계승으로 파악되는 것이다.

그런데 토마스 만이 자신의 작품에, 특히 후기 작품에 헤르메스 신을 세밀하게 묘사하게 된 것은 바로 케레니Karl Kerényi 덕분이다. 토마스 만은 고전 어문학자이자 신화 연구가인 케레니와 오랫동안 편지 왕래를 했으며, 케레니는 그에게 정규적으로 자신의 논문과 저서들을 보내 주었다. 토마스 만은 〈헤르메스를 자신의 마음을 끄는 신〉[1]이라고, 1934년 3월 24일자 케레니에게 보낸 서신에서 강조하고 있다. 이전까지 그의 작품에서 헤르메스는 거의 나타나지 않고 있었다. 이러한 사실에서 토마스 만의 헤르메스에 대한 충분한 이해는 케레니와의 서신 교환에서 이뤄진 것 같다. 신화학자인 케레니가 토마스 만보다 더 완전히 헤르메스 형상을 이해하고 있음이 명백하기 때문이다. 특히 케레니는『요셉과 그의 형제들』제3부에 많은 영향을 미쳐 여기에서 헤르메스는 다양하게 언급되고 있다. 케레니의 도움을 받은 신화에 관한 풍부한 자료 덕분에 토마스 만은 자신의 소설들의 신화적 근거를 창안했으며, 이런 맥락에서 그리스의 신 중에서 헤르메스가 그의 작품, 특히 후기 작품에 많은 영향을 미치게 되었다.

따라서 헤르메스가 신화의 세속화로 토마스 만 문학의 특징으로 나타나고 있다. 헤르메스가 초기에서 후기 소설에 이르기까지 토마스 만 작품들의 신화적 양상에서 주를 이루는 것이다. 이렇게 고대 헤르메스 신의 영향을 받은 그의 작품 내용은 한층 깊어지고, 여러 형상으로 고차적인 내용을 지니고 있다. 결국 토마스 만의 작품은 신화의 일반적인 요소에 일치하다가, 나중에는 헤르메스 모티프의 구체적인 경우뿐 아니라 일반적인 신화 개념으로 변하게 된다. 때문에 토마스 만의 일반적인 신화 개념이 헤르메스 신의 개념 변화로 이해된다. 다시 말해 그의 여러 작품에서 헤르메스 형상을 연구해 보면 그의 신화학 이해의 변화를 알게 되어 이들이 그의 전(全) 작품에 어떠한 영향을 미치는가를 알 수 있게 된다.

토마스 만의 초기 작품으로는「베네치아에서 죽음」(1913)을 들 수 있고 중간 창작기의 작품으로『마의 산』(1924)을 들 수 있다. 여기에서 나타나듯, 1910년 전후에 토마스 만은 창작 면에서는 별로 활발한 활동을 보이지 않고 고작『대공 전하』(1909)와「베네치아에서 죽음」정도가 있을 뿐이다. 그러니까 아마도 이 시기는 그가 자기의 창작의 새로운 방향을 고민하던 때가 아니었던가 생각된다. 이러한 고민은「베네치아에서 죽음」의 주인공인 작가 아셴바흐의 존재 형식에 암시되어 있다. 토마스 만이 창작 면에서 부진한 대신 자신의 문학을 위한 비평적인 활동을 활발하게 했던 시기도 이 무렵이었다. 토마스 만의『정신과 예술Geist und Kunst』이라는 평론집은 그의 이러한 작가적인 태도의 변천을 여실히 보여 주고 있다.[2] 이 당시 창작 대신 비평 활동에 활발했던 원인은 무엇보다도 제1차 세계 대전의 체험이었다. 그는 전쟁을 불가능한 것으로 여겼었다. 그러나 그 불가능한 일이 뼈저린 현실이 되어 버리자, 본래의 작품 활동을 떠나 시대의 부름에 따랐다. 그는 1913년 여름부터『마의 산』의 집필에 착수했지만 1년 후에 제1차 세계 대전이 발발하자 창작을 중단하고 평론집『어느 비정치적 인간의 고찰』(1918)을 집필하게 되었다.

　토마스 만의 말기 작품으로는『고등 사기꾼 펠릭스 크룰의 고백』을 들 수 있는데, 이 작품은『대공 전하』완성 후에 착수되어 1922년과 1938년에 부분적으로 발표되었다. 원래 토마스 만은 이 작품에서 자유롭게 사는 것을 인생의 목적으로 삼고 있는 주인공 펠릭스를 세계를 두루 돌아다니게 할 예정이었다. 이 작품 속에 고대 신 헤르메스의 형상이 가장 다양하게 담겨 있다. 풍자적으로 상승된 펠릭스 상이 토마스 만의 생의 말기에 다양한 헤르메스 신의 묘사로 나타나는 것이다. 결국「베네치아에서 죽음」에서 헤르메스의 개념이『고등 사기꾼 펠릭스 크룰의 고백』에서 명백하게 변화되고 있다. 그러나『마의 산』의 경우에는 헤르메스의 개념이 다양하지만 명백하지 않아 논란의 여지가 많다.『마의 산』에는 여러 신의 형상이 전개되는 것이다.

　따라서 토마스 만의 작품에서 헤르메스만이 유일한 신화적 형상은 아니다. 작품의 여러 인물에서 헤르메스 모티프 외에 온갖 다양한 신의 해설이 가능하다. 그러나 토마스 만의 전체 작품에서 헤르메스 상이 삶, 형상, 패러디 등 주요 테마군을 형성하며 토마스 만 작품의 주요한 신화 사상을 유지하고 있다. 때문에 그의 작품의 개별적 해석뿐 아니라 전체적 해석에서 헤르메스 신화의 다양한 방향이 중요성을 띤다.『마의 산』에서도 이전 소설 작품보다 여러 신의 개념이 넓게 전개되고 있지만, 이 작품도 결국은 헤르메스에 연결된 신화학을 형성하고 있다.『고등 사기꾼 펠릭스 크룰의 고백』에 뒤이어 발간된『요셉과 그의 형제들』에도 토마스 만의 헤르메스 개념이 담겨 있다.『요셉과 그의 형제들』이 집필되던 시기는 토마스 만이 미국에서 망명 생활을 하던 때로, 이 망명의 영향으로 이 작품이 처음 집필되던 시기의 내용과 마지막 완성되는 내용 사이에서 주인공 요셉은 신의 가면들을 바꾸어 쓰는 일을 즐기는 것과 마찬가지로 언어의 가면들을 즐겨 바꾸곤 한다. 이 중에서 주인공 요셉이 마지막에 쓴 가면 하나는 눈에 띄게 미국적인 느낌을 불러일으킨다. 이것이야말로 지극히 민첩하고 영민한 사자(使者)인, 미국적인 헤르메스의 얼굴이다.(GW 11, 680) 이러한 내용 외에 요셉이 〈영민하고 민첩한 한 심부름꾼의 신〉(GW 1, 1769)으로 지칭되는 데서 헤르메스가 직접적으로 암시되고 있다. 또 작품에서 요셉은 〈위와 아래의 중재자〉(GW 1, 1454), 〈하늘과 땅 사이의 중재자〉

(GW 1, 1454), 〈영특한 심부름꾼〉(GW 1, 1757 ff.) 등으로 헤르메스적 신성을 띠고 있다. 이 내용에서 중요한 점은 토마스 만이 헤르메스 신의 중재하는 성격에 감명받은 사실이다. 이는 헤르메스가 세상 사이, 인간 사이 그리고 신들 사이에서 중재하는 것처럼, 토마스 만도 이 중재를 자기 예술과 관련시키고 있다.[3] 토마스 만은 자신의 작품으로 전통과 현재의 관계를 만들어 내어 자신이 중재자가 되려 했던 것이다. 이렇게 다양한 헤르메스의 내용을 담은『요셉과 그의 형제들』보다 『고등 사기꾼 펠릭스 크룰의 고백』에서 헤르메스의 다양성이 더욱 심도 있고 풍자 적으로 나타나고 있어 이 작품을 집중적인 고찰 대상으로 삼고자 한다.

여기서 연구의 주요 사항은 토마스 만 작품에서 헤르메스가 점진적으로 영향력을 미치게 되는 내용과 말기 작품에서 헤르메스가 변형된 형태로 사건에 미치는 내용이다. 그러나 여기에서는 토마스 만의 헤르메스 동기의 완전한 현상을 나타낼 수는 없고, 오직 헤르메스가 토마스 만에 차지하는 위치와 작가의 그 신에 대한 변형을 보여 주고자 한다. 이를 위해 그의 작품을 몇몇 장으로 나누어 그와 헤르메스의 관계를 분석함으로써 전체적인 토마스 만의 헤르메스관을 규명하고자 한다.

1. 그리스 신화에서의 헤르메스

그리스 신화에서 가장 광범위한 역할을 하는 신 중 하나로 제우스의 아들 헤르메스가 언급된다. 그는 제우스의 심부름꾼이며, 도둑과 상인과 여행자들의 수호신이고, 종종 〈영혼의 인도자Psychopompos〉[4]라는 별명을 지녀 저승의 신 하데스 Hades와도 연관된다.

헤르메스의 초기 행위와 모험은 호메로스의『헤르메스에 대한 찬가Hymnen auf Hermes』에 묘사되어 있다. 이 호메로스의 찬가는 신을 지향하는 시로서 기원전 8~6세기경에 생성되었는데, 그 후 호메로스의 서사시에 배열되어 있다. 헤르메스는 님프Nymph[5]인 아틀라스의 딸 마이아Maia와 제우스 신 사이에서 탄생했다. 마이아는 아르카디아의 키레네 산의 동굴 속에서 홀로 외롭게 살다가, 새벽녘에 아들 헤르메스를 낳았다. 그런데 헤르메스는 태어난 날 정오경에 벌써 이 동굴에서 빠져나갈 정도로 매우 조숙했다. 이후 그가 보여 준 행동으로는 다양한 발명 능력, 재치와 항상 최후에 이루는 성공을 들 수 있다.

갓 태어난 헤르메스가 동굴을 나설 때 거북이 한 마리를 발견하면서 그의 최초의 발명 능력이 생긴다. 이 거북이로 최초의 칠현금 *Leier*을 만들기 때문이다. 그러고는 모험 욕망이 일깨워져서 그의 형제 아폴론Apollon의 소들이 풀을 뜯고 있는 피에리엔Pierien으로 향한다. 그곳에서 이들 소 중에 50마리의 암소를 훔치지만, 자신의 계략으로 흔적을 남기지 않는다. 훔친 가축을 발견한 장소와 다른 소 떼의 뒤편으로 빼내 자신의 발밑의 목초를 원상태로 고정시켜 자신의 흔적을 보이지 않게 한 것이다. 이렇게 〈헤르메스가 남기는 것은 거대한 흔적이거나 흔적이 하나도 없는 것이다〉.[6]

그리고 헤르메스는 필로스Pylos로 가서 다른 올림피아 신들에게 훔친 소 중에서 두 마리를 제물로 바치고 자신은 식사를 하지 않았다. 여기에 관련해서 헤르메스가 처음으로 불을 점화했다는 설도 있다. 다음 날 아침에 그는 다시 자기 어머니가 있는 동굴로 되돌아와 아무런 일도 없었다는 듯 요람에 누웠다. 물론 아폴론은 신탁의 도움으로 가축 절도범이 헤르메스라는 사실을 알게 되었는데, 그 절도범이 갓난아이라는 사실에 놀란다. 헤르메스는 자신의 절도 행위를 부인했지만 아폴론에 의해 부친 제우스의 재판대에 서게 된다. 그러나 헤르메스는 재치 있는 말로 부친 제우스를 웃겨서 자신의 편으로 만든다. 이렇게 말 잘하는 헤르메스에 의해 현대에는 텍스트(특히 『성서』)를 해석하는 기술, 저자가 의미하는 뜻을 풀어 주는 보조 수단과 규칙을 학문적으로 서술하는 방법론이 헤르메스의 이름을 따서 〈해석학 *Hermeneutik*〉이라 불린다.

그러나 이러한 말솜씨에도 불구하고 제우스는 헤르메스에게 훔친 소들을 돌려주도록 명령한다. 이 두 형제간의 마지막 교환이 헤르메스의 모험 마지막을 장식하는데, 여기에서 헤르메스는 형제 아폴론이 원하는 칠현금을 만들어 주고 그 대가로 자신이 훔친 50마리의 암소들을 자신의 소유로 한다.

헤르메스가 칠현금을 환상적으로 연주하자 아폴론은 그 악기에 매료되어 50마리의 암소 외에 목동의 자격과 목동의 지팡이를 주고 또 그를 저승으로의 심부름꾼이 되게 했다. 이후 헤르메스는 인간이 죽으면 그의 영혼을 저승으로 인도하는

〈영혼의 인도자〉로 불리게 되었다. 뿐만 아니라 물건 훔치는 재치와 약삭빠른 말솜씨 덕분에 도둑과 상인의 수호신이 되었다. 자신에게 유리하거나 도움이 되는 기회를 잘 이용하는 재치 덕분에 도둑과 상인에 연관된 신이 된 것이다. 그는 행운과 예상외의 이익을 날쌔게 붙잡는 전문가로서 상인과의 관계를 맺게 되어 헤르메스의 로마 이름 〈메르쿠어Merkur〉[7]는 상업의 신 개념을 띠게 되었다. 아폴론이 그에게 부여한 직위 외에 부친 제우스도 그에게 인간과 신 사이를 왕래하는 직위를 주었는데, 이는 다른 신들에게는 주어지지 않은 파격적인 특혜였다. 따라서 일반적으로 헤르메스는 제우스 신과 다른 많은 신들 사이의 심부름꾼으로 알려져 있다. 신과 인간의 세상을 연결하고 조정하는 헤르메스의 역할, 즉 저승과 이승에 머물수 있는 자격으로 그는 일생 동안 저승과 이승의 여성들과 많은 애정 행위를 가졌는데, 이 중 가장 유명한 것이 아프로디테Aphrodite와의 연애 사건이다. 그 결과 헤르메스는 아프로디테와의 사이에 헤르마프로디토스Hermaphroditos(Hermes와 Aphrodite의 합성어로 남녀 양성을 지님)와 프리아포스Priapos를 낳았다.

헤르마프로디토스란 일반적으로 양성(兩性)을 한꺼번에 구비한 모든 존재를 가리키는 이름으로, 그에 관해서는 다음과 같은 전설이 있다. 헤르마프로디토스는 프리기아에 있는 이다 숲에서 님프들의 손에 양육되었다. 그는 타고난 미남으로 열다섯 살이 되자 온 세상을 돌아다니기 시작했고, 그러다가 소아시아에 다다랐다. 어느 날 그는 카리아에 있는 아름다운 호수 근처를 지나가게 되었다. 살마키스라 불리는 호수의 님프는 그를 보자마자 사랑에 빠져 구애했지만 거절당했다. 그녀는 단념하는 척 물러났고, 젊은 청년은 맑은 물에 매혹되어 옷을 벗고 호수로 들어갔다. 살마키스는 그가 자기 영역에 들어와 자기 마음대로 할 수 있게 되자 그에게 다가가 달라붙어 버렸다. 헤르마프로디토스가 밀어내려 했지만 허사였다. 그녀가 그들의 두 몸이 절대 떨어지지 않도록 해달라고 신들에게 기도했기 때문이다. 신들은 그녀의 기도를 들어주어 양성을 지닌 새로운 존재로 결합시켰다. 한편 헤르마프로디토스는 신들에게 기도하여 누구라도 살마키스 호수에서 목욕을 하면 남자로서의 기능을 잃게 해달라고 했다. 스트라본의 시대까지도 호수는 이러한 효력을 발휘하는 것으로 여겨졌다. 흔히 조형 기념물들에서 헤르마프로디토스는 디오니소스의 추종자들 가운데 모습을 드러낸다.[8]

    지금까지 언급된 헤르메스의 자격(신의 심부름꾼, 영혼의 인도자, 목동의 수호신) 외에 그에게 또 다른 신의 자격이 주어진다. 불을 만드는 법을 알아냄으로써 헤르메스는 산발적으로 〈불의 신Gott des Feuers〉[9]으로도 여겨지는 것이다. 헤르메스의 재치 덕분에 그는 사고, 말, 설득의 신으로서 웅변술의 수호신도 되고 있다. 그 외에 헤르메스는 〈길의 신Gott der Wege〉[10]으로도 여겨지며, 그 자신은 〈어느 장소에도 얽매이지 않는 방랑자〉[11]로서 여행자의 수호신이 되었다. 그리스 도처의 길에 설치된 헤르메스의 주상(柱像)이나 그의 모습을 새긴 기둥들이 이를 나타내 주고 있다. 그러나 헤르메스의 다양한 사랑 관계에 들어맞는 그의 남근의 상징에 대해서는 아직까지 해명되지 않고 있다.

    이렇게 신과 인간의 삶에 관한 그의 다양한 기능에서 헤르메스에게 독특한 많은 형상들이 생겨났다. 이러한 헤르메스의 특징 중 하나는 그가 아폴론으로부터 목동의 지팡이를 받아 몸에 지니고 다닌다는 내용이다. 그 후 이 지팡이는 신의 전령(傳令)의 지팡이caduceus로 확대되어 불린다. 이 지팡이는 두 마리의 뱀으로 치장되어 있는데, 이는 헤르메스가 이들 뱀을 발견하여 싸우면서 뱀 사이에 지팡이를 놓자 뱀들이 그 지팡이를 감아 오른 모습이다. 전령의 지팡이는 그 후 종종 마술의 지팡이로도 묘사된다. 이외에 헤르메스의 챙 넓은 모자인 페타소스petasos의 묘사도 중요한데, 그는 목동의 곧게 선 〈펠트 모자나 방랑자의 여행 모자〉를 쓴 모습으로 나타나기 때문이다. 그에 관한 또 다른 묘사는, 그가 어디에 가든 항상 신고 다니는 황금으로 된 샌들이다. 사람들은 흔히 헤르메스를 서둘러 다니는 신의 심부름꾼으로 여기는데, 그를 이처럼 빠르게 나다니게 하는 것이 바로 이들 날개 달린 신발이다. 이러한 헤르메스의 묘사의 특징은 무엇보다도 일찍이 조형 예술에서 파악되었다. 헤르메스는 수 세기 동안 조형 예술에서 젊고 귀여운 남자로 나타나지만, 그의 최초 묘사는 늙은 남성의 모습이었다. 그러나 일반적으로 젊은이로서의 모습이 주를 이룬다.

    결국 헤르메스의 신화 묘사에 여러 가지 모습과 설이 있지만 일반적으로 일치된 내용에 의하면, 세 가지 특성으로 이는 〈신의 심부름꾼〉, 〈저승으로 가는 영혼의 인도자〉, 〈여행자나 상인과 도둑의 신〉이다. 이외 그에 대한 다른 특성은 단지 산발적으로 묘사되므로, 앞의 세 가지 특성이 헤르메스 연구의 주 내용이 되고 그 외는 별로 중요성을 띠지 못한다.

앞에서 언급되었듯이 토마스 만의 작품에선 헤르메스 개념이 많이 변화되고 있다. 헤르메스의 개념이 확대되어 원래의 내용과 다르게 강조되는 경우도 있고, 심지어는 반대의 의미로(예를 들어 〈영혼의 인도자〉에서 〈삶의 길의 개척자〉로) 되는 경우도 있다.[12] 이러한 다양한 변화 관점은 토마스 만 작품의 전체적인 해석에 큰 의미를 지니게 된다.

2. 「베네치아에서 죽음」에서의 헤르메스 신화

〈곤돌라의 빛나는 철판 뱃머리와 검은 선체가 모두 오랜 친구처럼 나를 맞이해 주었다. 나는 오랫동안 잊고 지냈던 시절의 인상 깊었던 순간을 다시 한 번 만끽했다〉[13]라고 괴테는 1786년 9월 28일 처음으로 베네치아에 도착하면서 언급하고 있다. 황금빛 노을이 내려앉은 바다에 떠오른 도시는 그를 매혹했다. 성채와 둥근 지붕과 교회의 탑들은 일몰 속에 꿈꾸듯 솟아났다. 리알토 다리 아래 유유히 미끄러지는 곤돌라처럼 그의 마음도 물결을 따라 일렁였다. 이탈리아의 베네치아. 낭만이 흘러넘치는 물 위의 도시 베네치아는 시인들의 로망이었다. 바이런Baron Byron도, 스탕달Stendhal도, 프루스트Marcel Proust도 반은 달빛에, 반은 신비한 그림자에 휩싸인 고색창연한 이 도시에 마음을 빼앗겼다. 한때는 세상의 중심이었다. 공화국의 함대는 바다를 제압했고 무역선은 먼 대양에서 흰 돛을 펄럭였다. 도시는 우아하고 고귀하게 천 년의 영화를 누렸다. 좀처럼 정복될 것 같지 않았던 베네치아의 몰락은 그마저도 신화가 됐다. 화려했던 전성기는 구불구불한 운하에 묻혀 조용히 흘렀고 웅장한 두칼레 궁전도 빛바랜 사진처럼 쓸쓸해졌다. 이제 관광객에게 자리를 내준 도시는 역사의 영고성쇠를 무심하게 지켜보고 있다. 〈황금시대는 갔지만 아름다움은 아직 여기에 머물러 있다〉는 바이런의 말처럼, 〈음악 소리가 물 위를 둥실 넘어 들려오는 베네치아는 완벽했다〉는 트웨인Mark Twain의 감탄처럼, 베네치아의 도시는 쇠락했지만 토마스 만 같은 작가에게 영감을 주는 축복으로 여전히 남아 있다.

이러한 도시 베네치아를 배경으로 하는 토마스 만의 작품 「베네치아에서 죽음」(1912)은 초기 작품에 속한다. 토마스 만은 「베네치아에서 죽음」을 쓰고 나서 『마의 산』이 나오기까지 사이에 작품 창작 활동에 다소 부진함을 보였다. 물론 이 기간에 몇 개의 단편과 두 편의 전원시를 썼지만, 그의 근본적인 관심은 시대적인 방향으로 향했다. 50세 되던 해에 독일의 한 제후로부터 귀족 칭호까지 수여받아 〈명예로운 시민의 신분으로〉(TiV 456) 살아온 이름 높은 예술가인 주인공 아셴바흐 Gustav von Aschenbach가 동성애적으로 몰락하는 과정을 그린 「베네치아에서 죽음」이 단행본으로 출간되었을 때, 독자들의 반응은 〈즉각적이고 압도적〉[14]이었다. 수많은 상징적 의미를 내포하고 있는 소설 「베네치아에서 죽음」의 문장들은 줄곧 겉으로 나타난 글자들 이상의 것을 가리켜, 이에 대해 〈『부덴브로크 일가』 이래 토마스 만의 가장 큰 성공작이었다〉[15]라고 헤일벗Anthony Heilbut은 쓰고 있다. 이 작품에는 헤르메스 신이 다양하게 암시되고 있다.

1) 영혼의 인도자

인간은 초월의 장을 나서면 대극(對極)의 장으로 들어가게 된다. 인류는 선악뿐 아니라, 남성과 여성, 정당함과 부당함, 이것과 저것, 빛과 어둠까지 알게 되는 지혜를 터득했다. 따라서 시간의 장에 있는 모든 것은 이원적이다. 과거와 미래가 그러하고, 존재와 부재, 삶과 죽음이 그러하다. 죽음의 신비가 있어야 삶의 신비에 균형이 잡힌다. 그러나 상상력 속에 존재하는 궁극적인 한 쌍의 대극은 남성과 여성이다. 이 경우 남성은 공격적이고 여성은 수용적이며, 남성은 전사(戰士)이고 여성은 몽상가이다. 이러한 남성의 전사적 요소에 대해 토마스 만은 〈전쟁은 피와 죽음을 함께하는 동지애에 대한 체험, 즉 전쟁의 생활 방식과 분위기의 견고하고 전적으로 남성적인 특성으로써 《남자들끼리의》 성애의 제국을 상당히 강화했다 하지 않던가?〉(GE 11, 848)라고 언급하고 있다. 또 〈수동적＝여성적〉 인간과 〈능동적＝남성적〉 인간으로도 구별되는데, 이는 동양적 인간과 서양적 인간으로 구별될 수 있다. 우리에게는 사랑의 영역(여성)과 전쟁의 영역(남성)이 있다. 프로이트는 이것을 에로스Eros와 타나토스Thanatos라고 정의한다. 토마스 만도 자신이나 타인을 평가할 때 〈남성적〉 내지 〈여성적〉 혹은 그 어의를 드러내는 표현을 자주 잣대로 쓰고 있다. 예컨대 바로 위에서 언급된 〈대극〉도 본질적으로는 〈성의 양극적 대립Geschlechtspolarität〉(GW 12, 569)으로 정의된다. 플라톤의 저서 『향연Das Gastmahl』을 보면 충족과 풍만·부유의 신인 아버지 포루스Porus와, 결핍과 부족·빈곤의 신인 어머니 페니아Penia 사이에서 에로스(성욕)가 태어난다. 어머니의 핏줄 때문에 항상 부족과 결핍을 느끼는 동시에 아버지의 핏줄을 따라 늘 풍요와 충족을 갈구한다는 점에서 에로스는 운명적이다. 프로이트에 의하면, 인간은 궁극적으로 에로스의 만족을 찾는다. 그러나 현실은 그러한 욕망을 자유자재로 만족시키지 못하게 한다. 사회 질서는 물론 개인의 계속적인 생존을 위해서는 사회적 행동의 규범이 필요하게 되고 그러한 규범으로서 윤리 도덕이 강요되는데, 이러한 내용이 「베네치아에서 죽음」의 다음 언급에 잘 나타나 있다. 〈우리들 시인들은 아름다움의 길을 걸어가면 반드시 에로스의 신이 따라오게 되며 길잡이가 되어 주게 마련이다. 〔……〕 그것이 우리들의 기쁨이요 동시에 수치이기도 한 것이다.〉(TiV 521 f.)

결국 『부덴브로크 일가』에서 한노가 몰입하는 바그너 음악에의 도취도 〈성적 충동과 깊은 관계가 있었던 일종의 형이상학적 도취〉(GW 11, 111)로, 바로 니체가 언급한 〈아무리 충족시켜도 진정시킬 수 없는 관능성〉(GW 9, 405)으로의 도취다. 예술 활동은 이처럼 좌절된 에로스의 욕망을 승화의 형식을 빌려 해결하는 방법이다. 따라서 『파우스트 박사』에서도 차이트블롬의 눈에 정신과 욕정의 화해는 오로지 특별한 승화의 형식을 통해서만 변호될 수 있다. 차이트블롬은 육체적인 삶에서 순결은 불가능하다는 사실을 고통스럽고 수치스럽게 느낀다. 성적 충동은 정신적인 자부심을 무시해 버리며 자존심과 오만도 자연의 충동 앞에서는 무너지고 만다는 사실에 대해 그는 깊은 저항감을 느낀다.(DF 197) 바로 이러한 이유 때문에 차이트블롬은 〈아드리안과 같은 천성을 가진 사람들은 충분한 영혼을 갖고 있지 못하다〉(DF 197)고 결론을 내린다. 그러나 현실에서 아드리안이 구체적으로 체험하는 것과, 그것에 대해 차이트블롬이 해석하는 상징적 성격은 지나칠 만큼 거리가 있다. 터부시되는 형식으로 이루어진 관계라는 이유로 차이트블롬은 창녀와 친구의 결합을 악마의 작업으로 해석하는 것이다.[16] 이런 배경에서 프로이트는 미(美)

에서 느끼는 즐거움도 근본적으로는 성적인 즐거움과 다를 바 없다고 주장한다.

토마스 만은 작품의 소재와 테마, 모티프 등을 대개 창안하지 않고 다른 곳에서 차용하고, 독서를 통해 습득한 것을 작품에 편입시켰다. 이런 방식으로 그는 당대의 대변자가 될 수 있었고, 이성적인 경계를 인정하지 않는 문학 사회의 대표자가 될 수 있었다. 이러한 맥락에서 토마스 만은 프로이트의 에로스 내용을 여러 작품에서, 특히 「베네치아에서 죽음」에서 다양하게 나타내고 있다. 「베네치아에서 죽음」에서는 에로스가 헤르메스의 형상으로 변장하여 주인공을 죽음의 나라로 인도해 가는 것이다. 따라서 「베네치아에서 죽음」은 신화적 요소에서 에로스의 소재와 테마, 모티프를 얻고 있는데, 이 중에서 헤르메스 신화가 주를 이룬다. 본질적으로 이 작품의 인물들과 사건들은 헤르메스와 관계된 고대 설화 소재를 구현하고 있는 것이다. 일반적으로 이 작품에서 헤르메스 신화는 〈암시만 되고 있다〉[17]고 알려져 있다. 그런데 이 작품에서 헤르메스의 형상은 토마스 만의 후기 작품에 나오는 헤르메스 형상과 다르다.

「베네치아에서 죽음」은 초기부터 그리스적인 요소로 신화의 동기를 보여 준다. 이 작품에서 헤르메스의 주된 역할은 죽음의 나라로의 〈영혼의 인도자〉 역할이다. 작품 처음에 아셴바흐는 뮌헨을 산책하는 중에 한 공동묘지의 건축물을 진지하게 바라보는데, 그 공동묘지 건물의 〈전면은 그리스풍의 십자가와 밝은 색상의 성직자 그림으로 장식되어 있었다〉.(TiV 445) 여기에서 죽음의 나라로 영혼을 인도하는 동기가 처음으로 나타나는데, 이는 〈십자가〉, 〈묘비〉, 〈묘지〉, 〈영안실 *Aussegnungshalle*〉이라는 단어에서 암시된다. 〈식물 공장의 나무 울타리 너머로 매물로 놓여 있는 십자가, 묘비, 기념비 들이 늘어서 있고, 거기는 매장은 안 되었으나 제2의 묘지를 이루고 있는 장소로 거기에도 아무것도 움직이는 기색이라고는 없었다.〉(TiV 445) 이 내용은 〈그들은 신의 거소로 들어가도다〉(TiV 445)라든가 〈영원한 빛이 그들에게 비칠지어다〉(TiV 445)라는 사원풍의 건물에 새겨진 명문(銘文)으로 옮아가 결국 죽음을 연상시키는 이방인 같은 낯선 남자의 모습으로 이어진다.

「베네치아에서 죽음」에서 헤르메스 신이 여러 위장 형태로 저승으로 인도하는 자로 드러나는 배경에서, 이 작품의 첫 번째 등장하는 낯선 남자가 헤르메스의 첫 형상을 나타낸다. 〈방금 그 사람이 홀의 안으로부터 청동제 문을 통해 밖으로 나온 것인지 아니면 미처 못 본 사이에 바깥쪽에서부터 다가와 위로 올라간 것인지가 확실치 않았다. 아셴바흐는 그 문제에 특별히 골몰하지는 않고 첫 번째 가정이 맞을 것이라고 생각했다. 적당한 키에 깡마른 체구, 수염 없는 얼굴, 유난히 납작한 코를 가진 그 남자의 머리는 빨간색이고 피부는 주근깨가 섞인 우윳빛이었다. 그는 바이에른 태생이 아닌 게 분명했다. 그러니까 최소한 그가 머리에 쓰고 있는 차양이 넓은 테가 둥그런 인피 모자만 보더라도 그의 외모는 이국적이고, 먼 곳에서 온 사람 같은 인상을 풍겼다. 그렇긴 해도 어깨에는 이 나라에서 흔히 볼 수 있는 배낭을 멨고, 언뜻 보기에 거친 모직으로 된, 허리에 벨트를 매게 되어 있는 누르스름한 신사복을 입고 있는 것 같았다. 옆구리에 바짝 붙이고 있는 왼쪽 팔뚝에는 회색 우의(雨衣)를 걸치고 있었다. 오른손에는 뾰족한 쇠붙이가 끄트머리에 박힌 지팡이를 들고 있었는데, 그는 지팡이를 바닥에 비스듬히 짚은 채 기대고 서서, 다리를 꼬고는 지팡이 손잡이를 허리에 받치고 있었다.〉(TiV 445 f.)

방랑하는 신의 모티프인 모자와 지팡이는 앞에서 헤르메스 신이 영혼의 인도자와 연관되는 것으로 언급되었다. 헤르메스는 한곳에 정주하지 않는 신으로, 그의 여행자와 방랑자의 수호신의 기능이 사람을 올바른 길로 인도한다.[18] 따라서 「베네치아에서 죽음」에서 아셴바흐를 올바른 길로 인도하는 헤르메스의 역할을 바로 이 낯선 남자가 수행한다. 즉 낯선 남자에 의해 주인공의 여행 욕망이 자극되는데, 이 여행은 결국 죽음의 여행이 된다. 낯선 남자의 여행하는 모습이 아셴바흐를 자극하여 그는 다시 돌아오지 못할 죽음의 여행을 하게 되는 것이다. 따라서 이 낯선 남자에서 저승으로 인도하는 영혼의 동기가 암시되고 있다.

토마스 만은 낯선 남자의 묘사에서 초기 작품의 전형적 성격인 헤르메스 형상만 보여 주지 않는다. 이 작품에서는 같은 동기의 중요한 연관성이 나타나는데, 죽음의 상징이 여기에서는 2차 형상으로 강조되는 것이다. 낯선 남자가 지닌 지팡이가 헤르메스의 속성을 보여 주어 이 지팡이를 지닌 방식이 제2의 형상으로 암시된다. 이렇게 아셴바흐가 만나는 인물들에서 죽음으로의 영혼의 인도자 역할 이외에 다른 헤르메스 형상은 나타나지 않고 있다. 물론 방랑자(여행자)의 신적인 모습도 전개되지만, 이 특성은 독창적으로 구현되지 않고 오직 영혼의 인도자의 주제로 귀속된다. 결론적으로 다양한 인물과 사건에서 영혼의 인도자가 인식되는 것이다.

그러나 「베네치아에서 죽음」에서 헤르메스 신화에 관해 간과해선 안 될 사항은 토마스 만이 이 신화를 서로 연관시켜 전개시킨다는 사실이다. 즉 헤르메스 신을 혼자 독립적으로 묘사하지 않고 헤르메스의 영혼의 인도자란 성격을 사자(死者)와 디오니소스의 나라에 연관시켜 나타낸다. 결국 아셴바흐는 미소년 타치오에 대한 사랑 때문에 디오니소스의 복수를 받아 죽음의 길로 들어간다. 기독교의 도그마에 비판적이던 로런스D. H. Lawrence의 시 「신의 형체」에서 〈양귀비꽃과 수면으로 치솟는 물고기와/노래하는 남자들과 햇볕 아래 머리 빗어 넘기는 여인들을 제하면 달리 신은 없다〉는 내용처럼, 아셴바흐는 타치오의 아름다움의 현현에서 신(디오니소스)의 존재를 발견하는 것이다. 이렇게 「베네치아에서 죽음」에서는 〈관심적인 것〉이 고전주의적 형식의 자세에도 불구하고 주인공이 〈디오니소스적인〉 것과 〈에로스〉와 사신(死神)의 제물이 되는 것으로 나타나 있다.

아셴바흐는 작품 초기에 등장하는 낯선 남자와 유사한 죽음의 동기를 지닌 일련의 기묘한 남자들을 베네치아로의 여행과 베네치아에서 체류 중에 만나게 되는데, 이들은 베네치아로 가는 배 위에선 늙은이였으나 아셴바흐가 젊은이로 착각한 인물들, 즉 아셴바흐를 리도로 태워 가는 곤돌라 사공, 승차권 발급인, 아셴바흐가 묵는 호텔 정원에서 공연하는 유랑 악단의 가수 등이다. 이미 1913년에 호프밀러 Joseph Hofmiller는 이들의 상호 유사성을 지적해 냈고,[19] 이들을 함께 지칭할 때 흔히 쓰이는 〈죽음의 사자들Todesboten〉[20]이라는 표현은 코후트Heinz Kohut에 의해 처음으로 사용되었다.

결국 아셴바흐가 뮌헨에서 처음으로 만나는 낯선 남자의 용모의 많은 부분이 나머지 여러 명의 기묘한 사람들에게 되풀이되어 나타나면서 일련의 주요 동기 Leitmotiv의 출발점이 되고 있다. 따라서 아셴바흐가 베네치아로 가는 배 위에서 처음에는 젊은이로 착각했다가 나중에 늙은이로 밝혀진 인물의 묘사도 뮌헨의 낯선 남자와 같은 차원의 묘사로 볼 수 있다. 이들은 모두 헤르메스의 모자를 쓰고 있으며 대부분 다양한 방식으로 죽음에 관련된 속성을 나타내고 있다. 이들의 성격 묘사와 외면적 묘사의 특징은 무엇보다도 〈차양이 넓고 테가 둥그런 인피 모자〉 (TiV 187)와 〈뾰족한 쇠붙이가 끄트머리에 박힌 지팡이〉(TiV 188)이다. 날개 달린 빠른 신발 외에 모자와 지팡이가 고대 헤르메스에 연관되는 두 가지 중요한 도구이다. 「베네치아에서 죽음」에서는 특히 모자가 세밀하게 묘사되고 있다. 즉 이 모자는 〈넓고 테가 둥그렇게〉(TiV 187) 묘사됨으로써 〈방랑하는 신의 모자인 페타소스petasos〉적 특징을 지니고 있다. 뮌헨에서 낯선 남자의 아래위로 벌어진 입술 사이로 잇몸까지 드러난 이빨과 찡그린 얼굴 표정은 해골을 상징하여 죽음을 연상시킨다. 콜레라가 만연하고 있는 베네치아의 호텔 정원에서 공연하는 유랑 악단의 가수도 그 풍모와 복장이 낯선 남자와 흡사하고, 이 가수가 공연하는 기타는 헤르메스가 발명한 칠현금을 연상시킨다.

신화에서처럼 「베네치아에서 죽음」에서도 모자와 지팡이는 여행과 방랑의 도구로 먼 곳을 향한 동경, 즉 여행자와 방랑자의 신을 암시한다. 먼 곳에 대한 동경이란 지금 여기 내게 없는 것, 미지의 세계를 향하는 마음의 작용이다. 부재와 결핍에서 끊임없이 발생하는 욕망이고, 공간과 시간과 능력의 한계를 넘어서려는 노력이다. 세상의 노래와 문학 대부분은 그러한 마음의 작용으로 빚어진 것들이다. 고인 물은 시내를, 온실 속 화초는 거친 산야를, 나무는 구름을, 지상의 짐승은 천상의 세계를 꿈꾼다. 그 반대의 경우도 성립된다. 지금 여기의 이야기는 현실이고, 지금 여기로부터 멀어질수록 낭만이 되고 환상이 되고 공상이 된다. 이러한 먼 곳을 향한 동경을 묘지에서 본 낯선 사람이 촉발시켜 아셴바흐를 유럽으로부터, 즉 〈그의 자아와 유럽적 영혼〉(TiV 447)이 부과하는 책무로부터, 또 〈이성〉과 〈자기규율〉(TiV 448)로부터 제한된, 일상과 명예로우면서도 고단한 〈부계〉의 삶으로부터의 탈주를 꿈꾸게 함으로써 여행과 방랑의 신 헤르메스를 연상시킨다. 〈그(아셴바흐)가 스스로 시인한 바로는, 그것은 탈주의 충동이었다. 멀고 새로운 곳을 향한 이 동경은 해방되고자, 짐에서 벗어나고자, 그리고 잊어버리고자 하는 욕망이었다. 작품들로부터 경직되고 차가운, 그리고 격렬한 업무가 있는 일상의 장소들로부터 벗어나고자 하는 충동이었다.〉(TiV 448)

이렇게 아셴바흐는 그 낯선 사나이의 풍채가 풍기는 나그네 같은 인상에서 낯선 곳으로의 여행의 유혹을 느낀다. 즉 아셴바흐에게 〈가까운 것, 현실적인 것에 육체적으로 구토증을 일으키면서 먼 것, 이국적인 것의 우월성과 고귀성과 미를 열광적으로 미화하는 신념, 이것이 이국취미〉(GW 8, 587)라는 내용과 같은 특이한 이

국취미가 발동하여 여행과 방랑의 신 헤르메스를 닮아 가고 있다.

이러한 여행과 방랑의 신 헤르메스의 영향이 인간에게 작용함으로써 여행과 방랑적 성격은 인간의 모든 동경 밑바닥에 깔려 있는 의식이 되고 있다. 어느 날 아침 모든 일상을 뒤로하고 훌쩍 떠나 나그네가 되는 것, 사표를 제출하고 동료들을 뒤로한 채 고고히 직장을 떠나는 것 등은 나를 가두고 있는 일체의 구속으로부터 자유로워지기를 바라는 것이다. 실제로 훌쩍 떠남을 감행하든 아니든, 그렇게 해서 얻은 자유가 다시 삶을 구속하든 아니든, 떠난 뒤 떠나온 곳을 그리워하든 아니든, 사람들은 누구나 〈방랑이나 여행〉을 동경하여 이러한 성격을 지닌 신 헤르메스를 동경하는 셈이다.

헤세Hermann Hesse는 이러한 방랑의 정신을 실천하고 문학으로 구현한 대표적인 작가이다. 그는 〈인간은 고독하고 무상하다는 숙명을 걸머지고 신과 고향을 구하는 방랑자〉라고 생각하여 그 신이나 고향을 찾아 나섰다. 따라서 헤세의 삶은 방랑의 연속이고 방랑 그 자체였다. 〈어디선가 꿈같이 먼 곳에서 휴식처가 나를 기다리고 있음을 나는 안다. 거기에서는 영혼이 다시 고향을 발견하고 잠과 밤과 별들이 나를 기다리고 있을 것을 안다.〉[21] 이렇게 헤세는 방랑을 통해 성숙했고, 작가가 되었으며, 수많은 이야기들을 빚어냈다. 따라서 헤세 소설의 주인공들은 대부분 방랑을 통해 내면의 안주를 얻는다. 그의 시에서는 바람과 구름 등이 방랑의 상징으로 자주 등장한다. 방랑을 거쳐 닿는 곳이 고향이고, 만나는 사람은 자기 자신이다. 도달한 목표는 더 이상 목표가 아니며, 방랑자의 사랑은 소유하지 않는다. 집에서는 방랑을 꿈꾸고, 방랑이 지치면 다시 집을 그리워하는 것이 나그네의 삶인데, 그 과정에서 나그네들은 자기도 모르게 글을 잉태하고 낳는다. 이러한 방랑의 동기를 찬양한 내용으로 아이헨도르프Joseph von Eichendorff의 유명한 시 「즐거운 방랑자Der frohe Wandersmann」가 있다.

신이 참된 은총을 베풀고자 하는 사람을
신은 넓은 세계로 내보내어,
산과 숲, 강과 들판에서
신의 기적을 보이려고 한다.

집에 누워 있는 게으른 사람들은
아침 햇살의 상쾌함을 모른다.
그들이 아는 것은 오직 아이들 요람,
근심, 부담 그리고 끼니 걱정뿐.

개울물 산에서 흘러내리고,
종달새 즐거워 하늘 높이 지지배배,
목청 닿는 대로 상쾌한 기분으로
왜 나 이들과 함께 노래 부르지 않을쏘냐?

오직 사랑하는 신의 섭리에 따르리라;
개울과 종달새, 숲과 들 그리고
땅과 하늘을 주재하시고자 하는 당신,
나의 일도 또한 아주 잘 보살펴 주셨나이다!

  이 시에 언급된 방랑은 갔다가 돌아오는 여행을 의미하지 않고, 정주하는 삶에
대립되는 삶의 형태다. 처음 세 절은 방랑을 찬양하고, 마지막 한 절은 정주하며
사는 삶을 비난하고 있다. 이 시에서 인간은 〈집에 누워 있는 게으른 사람〉과 〈신
의 은총을 받아 넓은 세상으로 나가는 사람〉의 두 부류로 나뉜다. 전자는 신의 은
총을 받지 못한 사람으로 가정과 직장 등 시민적 생활의 좁은 범위 안에서 유한한
목적에 따라 살아가느라 그들의 삶은 자연이 아닌 속세의 근심으로 둘러싸인다.
말하자면 속물이다. 이러한 관점에서 볼 때, 신의 은총을 받은 사람은 아름다운 넓
은 세계 속으로 나가 자연과 더불어 항상 움직임 속에서 자연의 모든 사물들 속에
있는 기적을 체험하는 방랑자이다. 그들이 집을 나가는 것은 어떤 부족함 때문이
아니라, 신의 섭리를 믿어 오히려 충족함을 발견한 태도에서 연유하는 것으로, 인
간이 자연과 조화를 이루고 있음을 나타내는 징표이다.
  이러한 아이헨도르프의 방랑의 동기는 토마스 만의 「트리스탄」에서 기이한 작
가 슈피넬과 클뢰터얀 부인의 대화 속에 요약적으로 함축되어 있다. 자신의 근면

한 외적 삶이 사실은 유용한 것을 천박하고 추한 것으로 여기고 불건전하고 완전히 파 뒤집힌 소모적인 자기의 내적 존재 방식을 감추려는 위선이라고 말하는 슈피넬과의 대화는 결혼 후 시민적 생활에 안주하고 살아온 클뢰터얀 부인에게 〈손에 잡히는 것 외에 무언가 또 다른 어떤 것〉, 〈예속되지 않은 자유로운 것〉(GW 8, 233)이 존재함을 환기시킨다.

『마의 산』에서는 작품 초기에 카스토르프가 다보스의 요양소에 도착하는 장면에서부터 여행과 방랑의 신 헤르메스가 암시되고 있다. 〈여행을 떠나 이틀만 되면 인간은 — 더구나 아직 생활이란 것에 굳게 뿌리내리지 못한 청년은 특히 — 일상생활, 요컨대 이른바 의무니 이해니 걱정이니 희망이니 하는 것들로부터 멀어지게 마련이다. 역으로 가는 마차 안에서 꿈꾸던 것 이상으로 훨씬 더 멀어진다. 흔히 시간만이 갖고 있다고 생각되는 힘을 우리 인간과 그 고향 사이에 선회시키면 질주하게 하는 어떤 공간이 나타나게 마련이다. 그 공간의 변화는 시간이 주는 것과 비슷하나, 어떤 의미에서는 그보다 더 크다. 공간도 시간과 마찬가지로 망각하게 하는 힘을 가지고 있다. 공간은 인간을 온갖 관계로부터 해방시켜 자유로운 자연상태로 옮겨 주는 힘을 가지고 있으며, 이러한 공간은 고루한 속인(俗人)마저도 순식간에 방랑자로 만든다. 시간이 망각의 강이라고 하지만, 낯선 곳의 공기 역시 일종의 술과 같아서 그것은 비록 시간만큼은 철저하지 못하지만 그 대신 효력은 훨씬 빠르다.〉(Zb 12) 이 장면에서 〈어떤 고정된 장소에 얽매이지 않는〉 아이헨도르프의 방랑의 동기가 암시되고 있다. 카스토르프는 헤르메스처럼 여행자의 심정으로 베르그호프Berghof 요양소 환자의 길을 걷게 되는 것이다.

또 『고등 사기꾼 펠릭스 크룰의 고백』의 초기부터 펠릭스의 방랑성이 그의 비정주성(非定住性)으로 나타나 있다. 일찍이 펠릭스는 가족의 속박에서 벗어나는데, 이는 일생 동안의 여행자의 암시로, 이러한 펠릭스의 방랑적 성격에서 여행하는 신 헤르메스가 암시되고 있다. 특히 작품 후반에 펠릭스의 방랑으로 헤르메스의 방랑의 성격은 더욱 강하게 암시된다.

이러한 방랑의 꿈은 우리나라의 옛 문학에도 나타나 있다. 김시습은 떠돎에 지쳐 〈알겠네 나그네의 즐거움이란/가난해도 집에 삶만 같지 못함을(始知爲客樂/不及在居貧)〉이라고 읊었다. 집이 없어 가지 않는 것이 아니다. 하지만 막상 돌아와 보면 집 안에는 먼지만 자욱하여 정이 붙지 않는다. 그래서 그는 다시 조각구름 한 마리 새가 되어 만 골짝 천 봉우리 밖을 떠돌았다. 〈올해는 이 절에서 묵지만/내년 엔 어느 산으로 갈거나(此年居是寺/來歲向何山).〉 이렇게 김시습의 시들은 대부분 그치지 않는 동경 속에 방랑의 마음을 찍어낸 것들이다.

그런데 「베네치아에서 죽음」 등의 많은 작품에서 주인공들이 격렬한 일상의 장소에서 벗어나기를 바라는 이국적 동경은 실은 그의 내부에 존재하는 억눌리고 망각된 욕구로, 여기에서 발생하는 〈먼 곳을 향한 갈망〉은 일종의 〈독일 낭만주의〉에 대한 동경으로 볼 수 있다. 독일 낭만주의의 선구자인 티크Ludwig Tieck와 바켄로더Wilhelm H. Wackenroder는 대학 시절에 친구가 되어 주로 프랑켄 주(州)를 방랑하며, 독일 산천의 특유한 매력과 독일 중세의 소박함과 경허함 등을, 특히 중세 화가 뒤러Albrecht Dürer의 고도(古都) 뉘른베르크에서 발견했다. 그리하여 그들의 젊고 다감한 마음에는 신앙과 꿈과 문학에서 발생하여 예감과 동경과 무한을 추구하는 갈구로 새로운 인생관과 예술관이 나온 것이다. 이런 배경에서 아셴바흐의 〈먼 곳을 향한 배경〉은 그의 내부에서 불안하게 솟구치는, 새로우면서도 〈오래전에 버려지고 잊힌〉(TiV 446) 낭만주의적 감정으로 일종의 죽음에 대한 동경이다. 지극히 낯설고 머나먼 곳을 향한 동경이자 자기 안에 깊숙이 내재되고 억압되었다가 다시 깨어난 충동이기도 한 이 복합적이고 〈수수께끼 같은 갈망〉(TiV 447)은 단순한 〈여행 욕구〉(TiV 446)로 치부되지만, 심리학적으로 볼 때 죽음의 동경을 암시하는 것이다. 팝스트Walter Papst는 묘지의 주랑에서 낯선 나그네 차림의 남자가 모습을 드러냈을 때, 아셴바흐의 유혹의 여행은 이미 끝났음을 암시하고 있다고 말한다.[22] 이러한 〈죽음의 동경〉은 노발리스Novalis로 대표되는 독일 낭만주의의 특색이겠지만 토마스 만의 작품 도처에서도 찾아볼 수 있는데, 이 중 하나가 「베네치아에서 죽음」에서 아셴바흐가 품는 죽음의 동경이다. 더구나 바그너가 베네치아에서 죽었다는 사실과 우연히 일치되는 것으로 보아 몰락과 병, 그리고 생의 피로에서 오는 인간의 나약성, 의지의 연약성으로 나타나는 바그너 예술의 특징이 아셴바흐에게도 강하게 나타난다고 볼 수 있다.

이국적 취미, 즉 여행의 유혹을 느껴 베네치아로 가게 되는 여정에서 또 다른 〈죽음의 동기〉로 곤돌라가 등장한다. 이 곤돌라의 떠가는 모습이 다음과 같이 저승을 연상시키는 것이다. ⟨난생처음이든 아주 오랜만이든 베네치아의 곤돌라를 타게 될 때, 순간적인 공포나 남모르는 두려움과 당혹감을 이겨 낼 필요가 없을 정도로 대담한 사람이 어디 있을까? 그 기이한 배는 담시가 유행하던 때부터 전혀 변하지 않고 그대로 전해져 내려왔고, 색깔이 너무 검어서 다른 배들 가운데 섞여 있으면 마치 관(棺)처럼 보인다. 그것은 물결이 찰랑거리는 밤에 소리 없이 저지르게 되는 범죄적 모험을 연상시킬 뿐 아니라, 죽음 자체와 관대(棺臺), 음울한 장례식 그리고 마지막 떠나는 침묵의 여행을 연상시키기도 한다. 거룻배의 좌석은 관처럼 검게 래커 칠한 무광택의 검은색 팔걸이 쿠션 의자인데, 이것이 세상에서 가장 부드럽고 풍성한 자리라는 것을 사람들은 알기나 할까? 아셴바흐는 뱃머리에 가지런히 놓아둔 짐의 맞은편, 곤돌라 사공의 발치에 놓인 좌석에 앉자마자 그 사실을 알아차리게 되었다.⟩(TiV 464)

이러한 곤돌라의 사공에도 죽음의 동기가 담겨 있다. 밀짚모자, 들창코, 불그스름한 눈썹, 그 지방 사람이 아니라 이방인이라는 점, 그리고 노를 젓느라 기를 쓸 때 드러난 하얀 이빨은 뮌헨에서의 낯선 남자와 흡사하다. 이렇게 토마스 만의 작품에는 치아가 죽음을 암시하는 경우가 많은데, 이 내용이 타치오에게도 해당된다. ⟨미의 동기⟩가 ⟨죽음의 동기⟩로 나타나는 것이다. 아셴바흐는 타치오의 치아가 만족스럽지 못하다는 것을 알았다. 다소 톱니 같고 파리하며 건강한 광택이 없고, 빈혈증 환자들에게 가끔 있는 것 같은 특이하게 거칠고 투명한 데가 있었다. ⟨그는 매우 유약(柔弱)하고 병약(病弱)하다. 따라서 그는 아마도 오래 살지는 못하리라⟩(TiV 479)고 아셴바흐는 생각했다. 또 베네치아로 가는 배 위에서 아셴바흐가 젊은이로 착각했으나 나중에 술 취한 늙은이로 판명된 인물의 ⟨위쪽의 의치⟩ (TiV 460)는 입술 위의 턱에 얹혀 있어 해골의 인상을 주고 있고, 콜레라가 만연해 있는 베네치아의 호텔 정원에서 공연하는 유랑 악단의 가수의 치아도 죽음을 암시한다. ⟨그(유랑 악단 가수)의 입술은 아주 짧고 완전히 치아에서 드러나 있었으며 입술은 잇몸까지 벗겨져 하얗게 길쭉히 트여 나와 앍고 있었다.⟩(TiV 446) 이 내용에서 잇몸까지 벗겨진 하얗게 트여 나온 치아는 해골을 연상시킨다. 결국 이러한 인물들은 각각 모습은 다르지만 그 치아에 의해 죽음을 암시하는 공통점이 있다.

이렇게 치아가 죽음을 암시하는 내용이 토마스 만의 작품들에서 자주 묘사되고 있다. 『부덴브로크 일가』에서도 부덴브로크 일가의 제4대인 한노의 치아는 어린 시절부터 겪어야 하는 온갖 고통과 죽음의 위험의 원인이 되고 있다. 〈한노의 건강은 늘 좋지 않았다. 특히 어릴 때부터 여러 가지 고통스러운 문제를 야기시킨 것은 그의 이빨이었다. 젖니가 날 때 고열과 경련을 동반하는 바람에 거의 목숨을 잃을 뻔했다.〉(Bd 511 f.) 〈이제 사람 좋은 그라보 의사가 이루 말할 수 없이 주도면밀하게 섭생을 시키고 보살펴 줌으로써 치아로 인해 초래될지도 모르는 심각한 위기에 대한 예방 수단을 강구했다. 그러나 한노는 처음에 나온 흰 송곳니가 잇몸을 파고 들어가려 하자 발작을 일으키게 되었으며, 그러다가 점점 더 심하게 몇 번이나 그런 끔찍한 일이 되풀이되었다. 그러자 그 늙은 의사는 아무 말 없이 가족들의 손만 꼭 잡는 지경까지 이르게 되는 일도 있었다.〉(Bd 423) 《이를 빼야겠습니다.》이렇게 이다에게 말하면서 그(치과 의사)의 안색이 창백해졌다. 그러다가 한노가 얼굴이 노래져서 식은땀을 흘리며 눈을 동그랗게 뜨고 보니 브레히트(치과 의사)가 소매에 집게를 넣고 자기에게 다가오는 것이었다. 그의 마음 상태는 사형에 처한 흉악범의 그것과 전혀 다를 바 없었다. 그 치과 의사의 벗겨진 이마 위에는 조그만 땀방울들이 송골송골 맺혀 있었고 그의 입도 역시 불안감으로 일그러져 있었다. 이제 끔찍한 일이 끝나자 한노는 창백한 얼굴로 오만상을 찌푸리고 울면서 덜덜 떨고 있었다.〉(Bd 513) 이 내용에서 치아는 몰락을 암시하는 하나의 징후를 나타낸다. 왜냐하면 그것은 생물학적인 쇠퇴를 의미하기 때문이다. 한노의 아버지인 토마스 부덴브로크의 치아 역시 어린 시절부터 〈그리 좋지 않아서 작고 누르스름했다〉.(Bd 18) 그는 기이하게도 치아로 인해 죽게 된다. 〈치아 하나 때문에, 부덴브로크 시의원이 치아 하나 때문에 죽었다는 소문이 시내에 퍼졌다. 대체 치아 때문에 죽은 사람이 어디 있단 말인가.〉(Bd 688)

이렇게 치아가 죽음을 암시하는 내용은 『마의 산』에서도 나타난다. 요양소 원장인 의사 베렌스의 조수인 크로코프스키는 수염 사이로 〈누런 치아〉가 보일 정도로 힘차게 미소 짓는 고정된 모습을 보여 주는데(Zb 319), 이러한 모습의 그는 죽음을 암시하는 역설적인 인물이다. 이곳 환자들에게 정신 분석학자 역할을 하지만 사실상 이 암흑의 세계에서 가장 영향력 없는 그의 정신 분석 첫 강의 시간의 모습은 다음과 같이 죽음을 암시하고 있다. 〈그의 얼굴은 모시처럼 창백하고 옷에는 피가 엉겨 붙어 살인 현장에서 곧바로 달려온 살인범 같았다.〉(Zb 176) 이렇게 성스러운 정신 분석학자 역할을 하는 크로코프스키의 얼굴은 모시처럼 창백하여 죽은 자의 모습을 띠고, 강의 모습은 피 묻은 살인자의 모습으로 비교되어 역시 죽음을 암시하고 있다. 특히 강연 마지막에 크로코프스키는 정신 분석을 대대적으로 선전하면서 그리스도처럼 두 팔을 벌리고 모든 청중에게 자기에게 오라고 권유하는데, 이는 죽음의 세계로 오라는 해학적 암시가 될 수 있다. 〈너희 무거운 짐을 지고 괴로워하는 자들아, 다 내게로 오라.〉(Zb 183) 그는 『성서』의 구절을 인용하지는 않았지만 〈내게로 오라〉고 말했다.(Zb 183) 생에 적대적인 그리스도를 모방하며, 〈금욕적 이상과는 다른 것을 설교하고, 사랑의 힘을 찬미하는〉[23] 크로코프스키는 오히려 기독교적인 사랑의 계율이 효력을 상실한 죽음의 나라로 영혼을 인도하는 자의 현상을 드러낸다.

결국 「베네치아에서 죽음」에서 앞에 언급된 인물들은 치아로 죽음을 암시하여 저승의 나룻배 사공인 카론Charon[24]을 연상시킨다.[25] 따라서 비제Benno von Wiese는 이들을 〈죽음의 무도의 인물Totentanzfiguren〉[26]이라 부르고 있다. 헤르메스는 카론이 되어 임종이 다가오고 있는 아셴바흐를 저 세상으로 데리고 가는 것이다. 따라서 이 곤돌라 여행은 아셴바흐에게는 카론의 배를 타고 가는 죽음의 나라로의 여행, 그러니까 〈지하 세계, 즉 죽음으로의 여행〉[27]이다. 아셴바흐는 증기선 정류소로 가려는 자신의 의도와 어긋나게 자신을 리도로 태워 가고 있는 곤돌라 사공이 자신을 〈하데스의 집으로〉(TiV 466), 즉 저승으로 보내지 않을까 하는 상상을 한다. 이러한 속성대로 남국의 〈평범한 휴가지〉(TiV 449)인 베네치아 자체가 죽음의 장소가 되어 〈죽음으로 인도하는 신〉인 헤르메스를 상징하고 있다.

앞에서 죽음의 속성을 지닌 뮌헨의 낯선 남자는 〈뾰족한 쇠붙이가 끄트머리에 박힌 지팡이〉(TiV 188)를 지니고 있다는 지팡이의 묘사에서 〈레싱이 묘사한 죽음의 고대 형상〉[28]을 볼 수 있다. 레싱과 토마스 만의 묘사를 비교해 보면, 토마스 만은 레싱으로부터 죽음의 상징성을 이어받은 사실이 명백하다. 1769년에 발간된 레싱의 논문 『어떻게 늙은 사람들은 죽음을 형성하는가Wie die Alten den Tod gebildet』[29]에서 고대 신화의 잠(睡眠)의 형제와 죽음의 형제인 쌍둥이 형제에 대한 묘사가 있다. 거기에는 특히 입상(立像)이나 기념비를 떠받치고 있는 잠과 죽음의 형제 둘이 다양하게 묘사되어 있다. 레싱에 의하면, 고대에 죽음은 〈왼쪽 발을 오른쪽 발 위에 꼬고, 오른손과 머리는 거꾸로 된 횃불 위에 얹고 있는 젊은이〉[30]로 묘사되어 있다. 마찬가지로 뮌헨의 낯선 남자도 〈지팡이를 바닥에 비스듬히 짚은 채 기대어 서서, 다리를 꼬고 지팡이 손잡이에 허리를 받치고 있다〉.(TiV 446) 이러한 낯선 남자의 모습 외에 타치오가 다리를 꼬고 흉벽 난간에 기대선 모습에서도 레싱의 죽음의 신을 연상하게 된다. 〈타치오는 만찬 때에 이따금씩 입곤 하는, 허리띠를 매는 하얀색 정장을 입고 피할 수 없이 타고난 우아함을 드러내며 그곳에 서 있었다. 왼쪽 아래팔을 난간 위에 올려놓고 두 발을 꼬고 오른손은 허리에 받친 채였다.〉(TiV 506) 결국 지팡이에 의지해 다리를 꼬고 있는 낯선 남자나 타치오의 모습은 헤르메스의 영혼의 인도자의 묘사로 죽음을 상징하고 있는 것이다.

앞에서도 언급되었듯이, 「베네치아에서 죽음」에서는 죽음이 작품 초기에 등장하는 뮌헨에서의 낯선 남자, 베네치아로 가는 배 안에서 만나는 젊은이로 착각하는 늙은이, 아셴바흐를 리도로 태워 가는 곤돌라 사공, 승차권 발급인, 아셴바흐가 묵는 호텔 정원에서 공연하는 유랑 악단의 가수 등 다섯 가지로 변형되어 전개되고 있다. 결국 아셴바흐가 택하는 여정에서 마주치는 특징 있는 인물들은 죽음의 사자(使者)가 되고 있다. 따라서 그가 베네치아에 도착할 때까지 죽음의 모티프와 그 자신의 죽음에 대한 예견이 빈번하게 나타나고 베네치아에 도착하자, 특히 그곳 호텔에 도착했을 때, 이 죽음의 동기와 예견, 즉 헤르메스 상이 타치오라는 한 미소년에서 절정에 이른다.

그러면 어떤 사상이나 동기가 토마스 만으로 하여금 타치오를 죽음의 신인 헤르메스를 계승하는 역으로 만들었을까? 이에 대한 이해를 위해 토마스 만의 후기 서신 내용을 고찰해 볼 필요가 있다. 이 후기 서신에서 토마스 만은 신화학자 케레니와 심리학자 융C. G. Jung의 저서 『신적인 아이Das göttliche Kind』에 관해 〈영혼의 인도자가 근본적으로 아이의 신격(神格)으로 나타난 것이 나를 기쁘게 한다. 이 것이 「베네치아에서 죽음」에 등장하는 타치오를 연상하게 한다〉[31]고 언급하고 있다. 따라서 이 서신 이후부터 타치오-헤르메스 상이 직관적으로, 또 우연스러우면서도 탁월하게 묘사되고 있다. 신적인 아이의 형상으로 토마스 만은 헤르메스 신화의 완전한 내실을 발견하고, 또 토마스 만 자신의 삶에서 작용하는 역할, 즉 자신에게 반무의식적으로 나타나는 역할을 발견하게 되었다.

케레니는 저서 『신적인 아이』를 끝내자 즉시 토마스 만에게 송부했고, 토마스 만은 그 작품을 1940년에 응용할 수 있었다. 이 저서가 결정적 역할을 했다고 가정한다면 헤르메스는 오히려 토마스 만의 중기 작품에 무의식적으로 형성되었을 것이다. 그런데 오히려 토마스 만의 후기 작품에 이들의 현상이 돋보이고 있는데, 이에 대해서는 이 장의 후반부에서 후기 작품인 『마의 산』과 『고등 사기꾼 펠릭스 크룰의 고백』을 통해 고찰해 보기로 한다.

소설가가 소설 속 인물의 첫 모습을 결정하는 것은 결코 하찮은 일이 아니다. 소설가가 어떤 주어진 시각에 작중 인물의 생활을 가로질러야 한다는 것은 불가피한 일이다. 따라서 남은 문제는 어떤 시각으로 가로질러야 하느냐 하는 것이다. 즉 어떤 상황에 처해졌을 때 작중 인물이 최초로 발견되어야 하느냐 하는 것이다. 작중 인물이 난생처음 유모차에 실린 채 덮개 달린 유모차 속에 누워 있는 모습으로 발견되어선 안 된다는 법도 없고, 자살 미수로 운하에서 건져 낸 절망에 빠진 중년 남자로 독자들과 처음 알게 되어선 안 된다는 법도 없다. 이처럼 소설가의 관점에서 보면 인생이란 매 시간 매 상황이 특수한 가치를 가지고 있고 또 소설을 시작할 수 있는 적절한 도약대를 마련해 주는, 변화무쌍한 기나긴 시간의 연장이다.[32] 이러한 관점에서 토마스 만은 작품에서 새로운 인물이 등장하면 먼저 간략하게 그 인물을 묘사하는 방식을 통해 그 인물이 갖고 있는 외모의 특징과 성질, 또는 앞으로의 행동 등을 암시한다. 이런 배경에서 「베네치아에서 죽음」의 주인공 타치오의 첫 모습은 다음과 같이 묘사되고 있다.

아셴바흐가 베네치아의 호텔에 도착했을 때, 그곳에서 마주친 열네 살 정도의 머리가 긴 소년 타치오는 그리스의 조각품이 구현하는 신과 죽음을 동시에 지니고 있다. 타치오의 모습은 그리스의 아름다운 조각의 옆모습처럼 아셴바흐를 매혹시킨다. 〈이제 그(타치오)가 관찰자에게 바로 옆모습을 보이게 되자 관찰자는 재차 경탄했다. 인간의 진정으로 성스러운 아름다움에 참으로 경탄한 것이다.〉(TiV 473) 이렇게 토마스 만의 작품에는 어린 소년에게서 사랑을 느끼는 내용이 자주 나온다. 『마의 산』에서도 쇼샤 부인은 여성적 모습보다는 오히려 소년 같은 외모 — 좁은 골반(Zb 299), 작은 가슴(Zb 299) 등 ── 으로 카스토르프를 유혹한다.

타치오 같은 어린아이가 (성인의) 작품 주인공으로 등장하는 시대적 배경도 눈여겨볼 필요가 있다. 역사학자 아리에스Philip Ariés의 저서 『아동의 탄생』에 따르면, 〈아동〉이라는 개념은 17세기 이후 생겨났다. 중세까지 아동은 축소된 성인에 지나지 않았다. 젖을 떼자마자 어른과 함께 생활하며 일했다. 아이들만 따로 학교에서 오래 교육받는 일도 없었다. 특별히 보호받아야 하는 소중한 존재라는 개념도 없었다. 영아 살해가 빈번했고 심지어 루소조차 자신의 다섯 아이를 모두 고아원에 맡겼다. 아리에스에 따르면, 아동의 탄생은 곧 근대적 가족의 탄생으로 이어졌다. 18세기 귀족과 상층 부르주아를 중심으로 사랑하는 남편과 아내, 귀여운 아이들로 이루어진 근대적·가부장적 가족이 등장했다. 〈근대의 승자는 개인이 아니라 가족〉이라는 결론이다. 그는 또, 오늘날 심리학·교육학 등이 당연시하는 유아, 아동, 청소년, 성년, 노년기로 이어지는 생애 주기가 역사적 구성물이라는 것도 일깨웠다.

이런 배경하에 「베네치아에서 죽음」 등에서 동성인 미소년에게서 아름다움을 느끼는 내용이 중요한데, 이러한 내용은 토마스 만 자신에게서도 나타나고 있다. 토마스 만은 초기에 〈여성스럽게 감성적인〉 자아에 대한 애착과 배척이라는 분열된 감정과 〈남성답게 이성적인〉 자아에 대한 동경이 후기에 〈인본주의〉라는 새로운 지표가 정해지면서 다소 변형된 이상형으로서 〈남성다우면서 인간적인〉 자아만들기로 변화되어 갔다. 이러한 성의 변형은 토마스 만의 삶과 작품에서 동성애적 요소로 변형되어 나타나기도 한다. 토마스 만의 동성애적 성향에서 주목할 점은, 그가 성적으로 애매모호한, 즉 중성적이거나 〈양성적인〉 모습을 좋아했다는 사실이다. 그가 이미 성년에 이른 남자들보다 나이 어린 소년들을 좋아한 것은 소년들이 지니는 독특한 〈양성적인〉 모습에 원인이 있는 것 같다. 토마스 만이 평론집 『미켈란젤로의 성애』에서 미켈란젤로가 연인 빅토리아의 죽음 후에 다시 여러 번 사랑에 빠졌으며, 그것도 〈그 얼굴에서 남성다움과 여성다움이 그(미켈란젤로)에게 신적으로 하나로 합친 것처럼 보이는 사람들〉(GW 9, 791)을 사랑했다고 썼을 때, 그는 동시에 자기 자신에 대해 쓰고 있었을는지도 모른다.[33]

이렇듯 미소년에게서 양성적 아름다움을 느끼는 내용에는 성의 구별이 명확하게 구별되어 행동하는 〈성인의 세계〉를 거부하고, 남녀를 의식하지 않고 서로 뒤섞여 행동하는 〈어린 시절〉을 동경하는 요소도 잠재해 있다. 이렇게 성인 생활을 부정하고 어린 시절을 동경하는 내용은 생텍쥐페리Antoine de Saint-Exupéry의 작품『어린 왕자Le Petit Prince』에 적나라하게 나타나 있다. 〈어른들은 숫자를 좋아한다. 새로 사귄 친구에 대해서 말할 때 어른들은 제일 중요한 것을 묻지 않는다. 어른들은《그 친구의 목소리가 어떠냐? 어떤 놀이를 좋아하느냐? 나비를 수집하지 않느냐?》하는 말을 하는 적이 없다. 그들이 묻는 것은《나이가 몇 살이냐? 형제가 몇이 있느냐? 몸무게가 얼마나 나가느냐? 아버지는 돈을 잘 버느냐?》하는 것 등이다. 그래야만 그 친구를 아는 것으로 생각하는 것이다. 만일 어른들에게《창가에는 제라늄이 피어 있고 지붕에서는 비둘기들이 놀고 있는 장밋빛 벽돌로 지은 예쁜 집을 보았어요》하고 말하면, 그들은 이 집이 어떻게 생겼는지 납득을 못한다.《나는 백만 프랑짜리 집을 보았어요》라고 해야 비로소 그들은《거참, 훌륭한 집이구나!》하고 감탄하는 것이다.〉[34]

여기에서 어린 시절에는 모든 것의 아름다움 자체를 음미할 수 있으나 성인이 되면서 오직 숫자, 즉 〈계산술〉에 의해서만 모든 것을 인식하는 태도가 비판되고 있다. 철들기 전에는 우리네 삶이 얼마나 아름답게 변화될 수 있는지가 감동적으로 느껴진다. 이러한 어린이들에게는 사막도 아름답게 보이는데, 이는 어딘가에 샘을 감추고 있다고 여기기 때문이다. 이것이야말로 번뜩이는 삶의 지혜일 수 있다. 그러나 철이 들게 되면, 즉 어른이 되면서 권위적이고 타산적이며 의미 없는 세계만 보게 된다. 마음의 눈을 잃어버린 어른들은 모든 일에서 계산에 너무 얽매이기 때문에 삶에서 정말 중요한 것과 그렇지 않은 것을 가려내지 못하게 되는 것이다. 어린 왕자는 말한다. 어른들은 언제나 스스로는 아무것도 이해하지 못해 자꾸만 설명을 해주어야 한다고.

그러나 〈예외 없는 법칙은 없다〉는 말대로, 어린 시절을 벗어나 성인의 세계를 동경하는 문학이 없는 것은 아니다. 미시시피 강 유역의 어느 마을. 톰은 틀에 박힌 공부와 생활을 견디지 못한다. 방랑아 허클베리 핀은 술주정뱅이의 아들이다. 마을 아주머니들은 모두 그를 송충이 보듯 한다. 하지만 아이들은 오히려 그의 환경을 동경하고, 그와 같이 되기를 바라기까지 한다. 어느 날 톰과 허클베리 핀, 그리고 모친에게 매를 맞고 나온 조 하퍼는 작당하여 해적이 되기로 하고 섬으로 간다. 섬에서 이들은 담배를 피우는 등 어른의 행동을 흉내 내며 온갖 모험을 감행한다. 이는 트웨인Mark Twain의 『톰 소여의 모험』의 내용으로 어른의 세계를 동경하는 아이들의 이야기다.

아셴바흐가 베네치아로 오는 배에서 늙은 인물로 착각했던 젊은이상이 이제 실제로 열네 살 정도의 소년 타치오로 완성되어 나타나는데, 타치오는 예술에서 묘사되는 헤르메스 상 혹은 레싱이 예전부터 묘사한 죽음의 모습이다. 여러 인물들에 나타났던 헤르메스 신화의 영혼의 인도자상이 미소년 타치오의 형상에서 강렬하게 응집되는 것이다. 〈그(아셴바흐)에게는 저 멀리 있는 창백하고 미소를 띤 사랑스러운 영혼의 인도자가 자신을 향하여 손짓하고 있는 기분이었다. 마치 그 영혼의 인도자가 자신의 손을 허리에서 풀어 멀리 가리키고 있는 듯한, 희망에 찬 거대한 물건 속으로 앞장서서 날아가는 듯한 기분이었다. 그래서 지금까지 여러 번 그랬듯이 그의 뒤를 쫓으려고 몸을 일으켜 세웠다.〉(TiV 525) 여기에서 〈창백하고 미소를 띤 사랑스러운 영혼의 인도자〉(TiV 525)로 불리는 타치오는 죽음을 맞이한 인간을 저승으로 데리고 가는 헤르메스의 전형이다. 타치오 소년으로 인해 아셴바흐의 사고는 신비적이 된다. 정말로 신과 같이 아름다운 소년의 모습이 예술가 아셴바흐를 다시 한 번 신비적 명상으로 잠기게 하는 것이다. 따라서 고대가 영향을 미치는 것이 아니라 타치오를 만난 날 자체가 신비적으로 변형된다.

타치오를 처음 보고 난 다음 날 식당에서 그를 기다리던 아셴바흐는 누나들이 도착했는데도 소년이 아직 오지 않자 그를 〈어린 파이아케스kleiner Phäake〉(TiV 473)라고 부른다. 파이아케스인은, 호메로스에 따르면 스케리아에 섬에서 근심 걱정 없이 사는 행복한 사람들이었다. 그러나 다른 한편으로 파이아케스인은 〈죽은 자를 실어 나르는 사공들Totenführmänner〉이라는 더 오래된 전설도 존재한다.[35] 「베네치아에서 죽음」에 대한 토마스 만의 작업 노트를 보면, 그가 이 작품을 집필할 때 로데Erwin Rhode의 저서 『심리-그리스인들의 영혼 숭배와 불사(不死)에 대한 믿음』을 참고했다는 사실을 알 수 있는데, 이 책에 파이아케스인이 〈죽은 자들을 실어 나르는 뱃사공들의 민족〉[36]이라고 묘사된 것으로 미루어 토마스 만이 작품 집필 당시 파이아케스인에 대한 또 다른 해석을 알고 있었음이 틀림없다. 따라서 아센바흐가 죽을 때 타치오가 맡은 〈영혼의 인도자〉 역할을 토마스 만은 〈어린 파이아케스인〉(TiV 473)이라는 명칭 속에 예고하고 있다.[37] 따라서 파이아케스인은 이 작품 마지막에 아센바흐가 죽는 순간 타치오가 분명히 떠맡는 〈영혼의 인도자〉와 같은 역할을 하고 있다. 죽기 직전 아센바흐는 모래톱 위를 걸어가는 타치오의 모습을 바라보는데, 이 순간 그에게 타치오는 〈기대에 가득 찬 무한한 곳으로〉(TiV 525) 인도하는 〈영혼의 인도자Psychagog〉(TiV 525)처럼 여겨진다.

결국 파이아케스라 불리는 타치오는 아센바흐가 베네치아로 가는 배 안에서 만나는 젊은이로 착각한 늙은이, 아센바흐를 리도로 태워 가는 곤돌라 사공, 아센바흐가 묵는 호텔 정원에서 공연하는 유랑 악단의 가수와 마찬가지로 영혼의 인도자 역할을 하고 있다.

이렇게 유랑 악단이 영혼의 인도자로 죽음에 연관되는 동기는 『마의 산』에도 전개되고 있다. 이 작품에서 이탈리아인 세템브리니의 첫인상 묘사에도 유랑 악단의 죽음으로의 인도자 형상이 암시되고 있는 것이다. 〈초라함과 우아함이 뒤섞인 인상, 검은 눈과 살짝 치켜 올라간 콧수염 때문에 카스토르프에게는 즉석에서 크리스마스 무렵에 함부르크 고향 마을에 찾아와 집집마다 연주하며 돌아다니던 외국인 유랑 악사로 연상되었다. 그들은 조용히 눈알을 굴리면서 모자를 내밀어 창문으로 던져 주는 동전들을 받아 가곤 했다. 그는 그 손풍금 악사를 생각했다. 때문에 침센이 벤치에서 일어나 약간 겸연쩍다는 듯 소개했을 때, 그 사람의 이름도 별로 이상하게 느껴지지 않았다.〉(Zb 82) 이렇게 이탈리아인 세템브리니가 크리스마스 무렵에 외국인 유랑 악사로서 죽음에 연상되는 장면과 유사한 내용이 토마스 만의 여러 작품에 나타나는데, 예를 들어 『부덴브로크 일가』에서도 다음과 같이 묘사되고 있다. 〈벌써 바깥의 시내에는 성탄절 분위기가 무르익어 있었다. 눈이 내렸고 추위가 왔다. 이탈리아의 손풍금장이들이 능숙하게 연주하는 슬픈 곡조가 살을 에는 맑은 공기에 울려 퍼졌다. 그들은 크리스마스를 맞아 공단 재킷과 콧수염을 하고 찾아온 것이었다.〉(Bd 529)

이렇게 세템브리니 등이 크리스마스 무렵에 외국인 유랑 악사로 연상되는 사실을 통해 서양에서 유랑 악사가 죽음에 관련되는 〈헬러윈Halloween〉 축제가 연관되어 헤르메스를 암시하게 한다. 악의 개념은 종종 도덕성과 대비되어 신화와 전설에 많이 나온다. 신의 벌은 직접 내려지거나 악마를 통해 온다. 아이슬란드의 「루니 교회에서 춤」은 크리스마스 이브의 성스러운 날 모든 사람들이 기도할 때, 교회의 정원에서 춤을 춘 농부가 죽을 때까지 춤을 추게끔 저주받은 이야기다. 독일과 스웨덴, 아일랜드 등에서도 이와 비슷한 이야기들이 전해지는데 〈핼러윈〉이 대표적인 예이다. 〈핼러윈〉의 출발점은 서유럽의 끄트머리 섬, 켈트족 축제 〈삼하인Samhain〉이다. 기원 전후 아일랜드에 자리 잡은 켈트족의 세모(歲暮)는 10월 31일. 이날은 그해에 죽어 구천을 떠돌던 귀신들이 살아 있는 자들의 육신을 탐내 모여드는 날로 켈트족은 이들 사자(死者)들을 위로하며 새해의 풍년을 기원하는 축제를 열었다. 따라서 잡귀들을 물리치기 위해 엽기적인 옷을 입고 밤새 소리를 질렀다.

이러한 삼하인을 핼러윈으로 바꾼 것이 기독교다. 가톨릭화된 켈트족은 기독교 축제인 〈만성절 전야All Hallows' Eve〉로 삼하인을 대신했다. 〈만성절(11월 1일)〉은 기독교 성인들을 위한 날이고, 그 전날 밤 핼러윈 날은 숨진 기독교인들을 위한 기도의 밤이다. 그런데 동네 건달이나 청년들은 야만의 전통을 잊지 못해 집집마다 돌아다니며 〈기도해 줄 테니 먹을 것을 내놓으라〉며 추렴을 했다. 따라서 『마의 산』에서 크리스마스 무렵에 함부르크 고향 마을에서 집집마다 연주하고 돌아다니며 조용히 눈알을 굴리면서 모자를 내밀어 창문으로 던져 주는 동전들을 받아 가는 외국인 유랑 악사로 연상되는 세템브리니의 모습(Zb 82)은 핼러윈의 장면을 연상시키면서 헤르메스 형상을 암시하고 있다.

핼러윈은 19세기 아일랜드인과 함께 미국으로 옮겨 가면서 세계 무대에 나섰다. 아일랜드 젊은이들은 신대륙에서도 핼러윈만 되면 기괴한 옷을 입고 밤거리를 나다녔다. 음식을 안 주면 기물을 파손해 사회 문제가 될 정도였다. 20세기 들어오면서 아이들만 남아 〈트릭 오어 트릿(Trick or Treat, 사탕 안 주면 해코지)〉이라며 사탕을 받아 가는 재롱 잔치로 바뀌었다.

결국 타치오가 영혼의 인도자로서 죽음의 대표자로 성숙하는 모습이 「베네치아에서 죽음」의 주요 모티프다. 이러한 타치오의 모습은 다음에 연결되는 내용의 전조이다. 이날 저녁 아셴바흐는 베네치아에 퍼진 전염병에 관해 알게 된다. 그는 베네치아에 전염되어 자신에게 죽음을 가져올 콜레라에 관해 알게 되는 것이다.

결국 저승의 나라로 미리 가서 아셴바흐를 그리로 인도해 가는 영혼의 인도자인 헤르메스의 역을 타치오가 작품 마지막에 수행하고 있다. 이 작품의 마지막 문장이 없더라도 타치오는 〈영혼의 인도자*Psychagog*〉(TiV 525)로 명명되어 아셴바흐의 죽음에 명백하게 연관되고 있다. 여기에서 서술자는 독자에게 마지막 장면으로, 충격을 금치 못하면서 존경하는 작가인 아셴바흐의 죽음을 알려 주는 것이다.

이렇게 작품 마지막 부분에서 지금까지 강하게 암시되었던 죽음의 주제는 논리적으로 끝을 맺는다. 신비와 (플라톤 사상의 수용으로) 그리스적 고대 사상에 빠진 작가 아셴바흐에게 타치오는 죽음의 나라로 영혼을 인도하는 헤르메스의 화신(化身)으로, 작품 마지막에 물을 건너 저쪽 먼 곳의 모래톱으로 가는 타치오의 모습은 아셴바흐를 저승으로 이끌어 가는 저승사자의 모습이다. 창백하고 사랑스럽게 생긴 영혼의 인도자가 저기 멀리 바다 바깥에서 미소를 지으며 그에게 눈짓을 보내는 것처럼 생각하며 아셴바흐는 현실에서 벗어나 광막한 약속의 바다 안으로 둥실둥실 떠가는 듯 느낀다. 토마스 만은 여기서 헤르메스가 망자의 영혼을 명부로 안내할 때에는 앞서 걸어가는 것이 아니라 앞서 둥둥 떠간다고 상상한 것 같다.

결국 종아리를 바닷물에 적신 채 거닐다가 돌아보는 타치오의 모습에서는 바다에서 탄생한 아프로디테Aphrodite와 죽은 자들의 영혼을 인도하는 헤르메스Hermes의 상이 겹치면서 이들 사이에서 태어나 남녀 양성의 신 헤르마프로디토스Hermaphroditos의 형상이 암시되기도 한다. 이렇게 토마스 만의 작품에서 헤르마프로디토스의 형상이 암시되는 또 다른 인물로 『마의 산』의 쇼샤 부인을 들 수 있다. 쇼샤 부인은 본능적으로 성(性)의 분리를 거부하고 통일성을 추구하는 동양적 인문주의를 대변한다. 쇼샤 부인은 카스토르프의 학교 친구인 히페Hippe와의 접촉으로 남녀 양성의 신 헤르마프로디토스의 특징을 지닌다.[38] 따라서 쇼샤 부인에 대한 카스토르프의 사랑도 〈독특하게 소년에 대한 사랑과 여성에 대한 사랑의 사이에서 떠돈다〉.[39] 『마의 산』에서 이성의 존재에 대한 인식적, 개인적 애호와 동성을 통한 혼란스러운 성적 충동 사이의 긴장은 바로 이 남녀 양성이라는 신화적 알레고리로 설명된다. 고대로부터 전래되어 낭만주의에 수용되고, 토마스 만의 재발견으로 매개된 성의 분리가 소멸됨으로써 완전성을 상징하는 이중 존재의 신화가 「베네치아에서 죽음」과 『마의 산』에서 심리학적으로 변형되고 있는 것이다. 그러나 『마의 산』의 주인공 카스토르프의 쇼샤 부인에 대한 사랑은 그가 그녀에게서 히페를 재인식한다는 사실에 기초를 두고 있는바, 자신의 병 때문에 성이 최고도로 상승된 쇼샤 부인은 한때 카스토르프의 사랑의 대상이었던, 그 이름이 죽음의 감성을 의미하는 소년(히페)과 동일시되어 헤르마프로디토스의 성격을 띠고 있다.

결국 카스토르프는 자신의 새로운 삶을 일차적으로 육체를 통한 감각적인 길, 즉 〈에로스〉에서 발견하는데, 원래 에로스의 본질은 〈원시 상태의 총체성에 대한 욕구〉[40]이다. 이러한 에로스는 성의 분리 등을 벗어난 근원적인 총체성으로 되돌아가려는 전체에의 욕구이며 보편화하는 힘이다. 이러한 배경에서 카스토르프의 에로스를 충당시키는 쇼샤 부인은 〈남성적 여성〉의 원형으로 기능하고 있다.

토마스 만은 논문 『리카르다 후흐의 60주년 생신에 즈음하여Zum sechzigen Geburtstag Richarda Huchs』에서 그녀가 남성과 여성을 분리된 원칙으로 간주하지 않고 오히려 그로테스크한 두 이상형에 〈완전한 인간Ganzmensch〉, 즉 두 인간으로 하여금 자신의 목표를 향해 나아가라고 지시하는 자웅 동체의 이상을 높이 평가하고 있다.(GW, 10, 430)

따라서 남녀 양성의 모티프가 토마스 만의 여러 작품에서 나타나고 있다. 「벨중의 피Wälsungenblut」에서 〈손에 손을 잡고〉(GW 8, 381) 열아홉 살의 쌍둥이 남매 지그문트와 지클린트가 나타나는데 그들의 모습은 다음과 같이 묘사되어 있다. 〈그들의 모습은 거의 비슷했다. 매부리코며, 부드럽게 꼭 닫힌 입술, 그리고 튀어나온 광대뼈와 반짝이는 검은 눈은 꼭 닮았다. 그리고 가장 비슷한 것은 길고 가느다란 손이었다.〉(GW 8, 381) 이렇게 서로 닮은 남녀의 초상은 근친상간을 주제로 한 작품, 가령 『선택된 자』 등에서도 되풀이되어 나타나는데, 쿠르티우스 Mechthild Curtius는 이 같은 현상을 〈자웅 동체 사상Androgynieidee〉[41]과 결부시키고 있다.

이러한 남녀 양성의 성격을 지닌 타치오는 에로스와 죽음이 합일된 존재로 아셴바흐를 초대하고 있다.[42] 따라서 아셴바흐는 지금까지 그래 왔듯이 타치오를 따라가려고 일어선다. 이 부분에서 〈영혼의 인도자Psychagog〉(TiV 525)란 명칭이 구체적으로 명명되면서 타치오가 아셴바흐에게 미치는 헤르메스의 기능이 분명해진다. 〈그(아셴바흐)의 고개는 의자 등받이에 기댄 채 저 멀리에서 걸어 다니고 있던

426

소년의 움직임을 천천히 좇고 있었다. 이제 그 고개가 들렸다. 말하자면 그는 소년의 시선을 맞이하기 위해 고개를 든 것 같았다. 그런데 그 고개가 가슴 위로 툭 떨어져 그의 두 눈이 아래쪽에서 쳐다보는 꼴이 되어 버렸고, 그의 얼굴에 긴장이 풀리고, 깊은 잠 속에서 무슨 생각에 침잠해 있는 듯한 표정을 띠게 되었다. 그러나 그에게는 마치 그 창백하고 사랑스러운 영혼의 인도자Psychagog가 저기 멀리 바다 바깥에서 그에게 미소를 짓고 그에게 눈짓을 보내는 것 같은 생각이 들었다. 마치 그 소년이 허리에서 손을 떼어 바깥 바다를 향해 손짓을 해 보이고, 그 광막한 약속의 바다 안으로 자기가 앞서 둥실둥실 떠가는 것 같았다. 그래서 그는 지금까지 자주 그래 왔듯이 그를 따라가려고 일어섰다.〉(TiV 524 f.)

여기서 〈영혼의 인도자〉란 단어 〈프시코폼포스Psychopompos〉의 또 다른 명칭인 〈프시카고그Psychagog〉란 단어가 언급되는데, 이 낱말은 죽은 자의 영혼을 저승으로 인도하는 신 헤르메스의 별명으로 사용된다. 에로스와 죽음이 합일된 타치오가 아셴바흐를 저승으로 초대하는 영혼의 인도자 역할을 하자, 아셴바흐는 고개를 의자 등받이에 기댄 채 저 멀리에서 걸어가는 소년의 움직임을 천천히 좇다가 이윽고 타치오를 따라가려고 일어선다. 그날 그의 죽음에 대한 충격적인 소식이 번져 나갔다. 여기에서 강조하고 싶은 사항이 있다. 즉 소년 타치오의 형상은 헤르메스의 영혼의 인도자이지만 그렇다고 그에게서 타나토스의 상(像)만 나타나 있지는 않다는 사실이다. 이는 타치오는 헤르메스의 일부분일 뿐이지 전적으로 헤르메스는 아니기 때문이다.[43]

타치오는 영혼의 인도자이지만 연약한 영혼의 인도자로 섬세하고 허약하다. 전체적으로 토마스 만 문학의 배경을 이룬다고 볼 수 있는 데카당스적 성격이 타치오의 형상에도 내재되어 있는 것이다. 이러한 토마스 만의 데카당스적 성격의 배경은 먼저 음악가 바그너의 영향을 들 수 있다. 토마스 만 문학에 반영된 연약한 생의 고통이라든가 질병 문제, 예민한 감수성 등의 데카당스는 바그너의 영향인 것이다.

2) 그리스적 미와 나르키소스적 요소

괴테에 의하면, 모든 미는 헬레니즘에서 오는데 문학도 마찬가지라고 생각했다. 괴테는 시가 개인 소유물이 아닌 〈온 인류의 소유물이어서 세계 어느 곳이나 어느 시대에나 그리고 수만의 인간에게 자기를 계시〉[44]하는 것으로 보았다. 따라서 〈시 재능이란 결코 희귀한 것이 아니다. 그러므로 좋은 시 한 수를 지었다 해서 자신이 대단한 인물이라고 생각할 필요가 없다〉[45]고 그는 덧붙여 말하고 있다. 괴테에게는 이러한 사실이 너무나 진실이었기 때문에, 표절 문제란 그에게는 존재하지 않는다. 괴테와 쉴러가 합작(合作)했을 때, 누가 어느 부분을 썼느냐 하는 문제 같은 것은 조금도 중요하게 생각하지 않았다고 그는 말하고 있다. 〈내 것과 당신 것이 무엇이 중요한가?〉 그는 자신이 표절하고 있다고 생각하지 않고 셰익스피어와 모차르트의 리듬으로 시를 쓸 수 있었고, 다른 사람들이 자기 시를 그렇게 사용하는 것을 아주 기꺼이 여겼다. 시란 온 인류의 소유물이므로 미래의 시는 국경 안에 갇혀 있을 수 없다. 따라서 세계 문학 시대가 눈앞에 다가온 것이다.[46]

이렇게까지 세계주의를 주장한 괴테도 헬레니즘에 대한 집념에 사로잡혀 있었기 때문에 세계 문학을 진정한 비교 문학적인 입장에서 보려고 하지 않았다. 〈만일 우리가 정말 모형(模型)을 원한다면, 우리는 언제나 고대 그리스인에게로 돌아가야 한다. 그들의 작품 속에는 인류의 아름다움이 변함없이 표현되어 있다. 그 이외의 것은 모두 역사적인 관점으로만 보아야 할 것이다〉[47]고 말할 정도로 괴테는 헬레니즘 사상에 빠져 있었다. 이러한 헬레니즘의 아름다움이 「베네치아에서 죽음」의 미소년 타치오에게서 암시된다.

따라서 「베네치아에서 죽음」에서 타치오는 헤르메스 신화 외에 또 다른 그리스적 형상을 지니고 있다. 〈비할 바 없이 숭고하고 준엄한 표정에, 물방울이 뚝뚝 떨어지는 고수머리를 한 그 생명력이 넘치는 모습은 하늘과 바다 깊숙한 곳에서 내려온 귀여운 신과 같이 아름다웠으며, 이제 그 모습이 바다에서 달려 나오고 있었다. 그 광경이 신화적인 상상을 불러일으켰다. 그 광경은 마치 태초의 시간, 형식의 기원과 신들의 탄생에 관한 시학과도 흡사했다.〉(TiV 478) 이러한 모습의 타치오는 그리스적인 아름다움을 지니고 있다.

428

이는 토마스 만이 그리스의 사상에 빠진 결과 「베네치아에서 죽음」의 배경으로 설정된 베네치아까지도 그리스적 장소로 묘사하게 된다. 〈토마스 만의 고대 세계와 관련된 관찰의 종착점인 「베네치아에서 죽음」은 완전한 미의 문제성을 모범적으로 밝히고 있다. 그리스적인 것은 먼저 죽음의 마이스터와 같은 순수한 변용의 개념으로 나타난다.〉[48] 토마스 만은 이처럼 베네치아를 그리스화함으로써 완벽한 미의 문제성을 해명하려고 시도했다.

토마스 만에게 있어 그리스적인 것은 완전히 조형된 육체의 미에서 정점에 달하는데, 여기에 타치오가 부응하고 있다. 타치오가 그리스 예술 최성기의 조각 작품의 미로 나타나는 것이다. 〈창백하면서도 우아함이 깃들고 내성적 면모를 보이는 얼굴은 연한 금발 머리에 둘러싸여 있었다. 곧게 뻗은 코와 사랑스러운 입술, 우아하고 신성한 진지함이 어린 표정을 담은 그의 얼굴은 가장 고귀했던 시대의 그리스 조각품을 연상시켰다. 그것은 가장 완벽하게 형식을 완성시킨 모습이었다〉(TiV 469)의 내용처럼 타치오의 미가 완벽하여 그리스의 조각을 연상케 하는 것은 바로 토마스 만이 생각하는 미의 전형이다.

여기에 연관되어 작품이 진행되면서 고대 그리스 철학과 신화들이 대거 동원된다. 가령 타치오를 좋아하는 한 젊은이가 타치오에게 키스하는 것을 보고 아셴바흐는 미소를 지으며 다음과 같이 충고한다. 〈나는 너에게 충고하노니 크리토불로스Kritobulos여, 1년 동안 여행을 떠나라! 적어도 네 병이 나을 때까지는 그만한 시간이 필요할 것이다.〉(TiV 477) 또 제4장에서 〈아름다움이란, 친애하는 파이드로스Phaidros여! 다만 그것만은 사랑스러운 것이고 동시에 눈으로 볼 수 있는 것이기 때문이다. 그것을 파이드로스여, 잘 기억해 둬라!〉(TiV 491 f.)라고 파이드로스에 대한 소크라테스의 사랑이 인용된다. 소크라테스가 아테네 거리의 플라타너스 그늘에서 젊고 아름다운 파이드로스에게 동경과 덕성에 관해 이야기하는 묘사는 도취된 자기의 기분을 소크라테스를 통해 표현하는 기법이다. 여기에 타치오에 대한 자기의 사랑을 긍정하고자 하는 아셴바흐의 도취된 윤리가 있다. 이것은 시간의 거리와 반어성Ironie을 가진 소크라테스적인 에로스가 아니다. 〈미의 길이란 에로스의 길이라고 하는 플라톤의 가르침을 받으며〉[49] 그는 타치오에 대한 사랑에 빠져 들어간다.[50]

또한 공원에서 공놀이를 하는 타치오는 아폴론과 미풍(微風)의 신 제피로스 Zephyros의 사랑을 동시에 받은 〈히아킨토스Hyakinthos〉[51](TiV 496)에 빗대며, 두 사람의 시선이 마주쳤을 때 타치오가 짓는 미소는 수면에 비친 자신의 상에 반하고 만 〈나르키소스Narziß〉(TiV 498)의 미소로 묘사되기도 한다. 〈그것은 자기의 모습이 강물에 비치는 것을 굽어보는 나르키소스의 미소와도 같았다. 물에 비친 자신의 아름다운 모습을 향해 팔을 뻗으며 짓는 그 깊고 매혹적이며 사람을 이끄는 듯한 미소 ─ 약간 표정이 일그러지는 듯한 미소, 자기 그림자의 귀여운 입술에 입을 맞추려고 하나 뜻대로 되지 않아 표정이 일그러진, 요염한, 호기심 있는 그리고 약간의 고통이 섞인, 현혹되면서 현혹하는 그러한 미소였다.〉(TiV 498) 이것은 자아 중심적인 〈자기애Ich-Liebe〉로 고독한 나르키소시즘Narzißmus이다.

물에 비친 자신의 아름다운 모습을 보기 위해 매일 호숫가를 찾던 나르키소스는 그 아름다움에 매혹돼 결국 호수에 빠져 죽었다. 나르키소스가 죽었을 때 요정들이 찾아와 나르키소스를 애도하고 있는 호수에게 위로의 말을 건넸다. 나르키소스의 아름다움을 매일 가장 가까이 볼 수 있었던 호수에게 그의 죽음이 얼마나 슬프겠느냐고. 그러자 호수는 오히려 요정들에게 이렇게 물었다. 〈나르키소스가 그렇게 아름다웠나요?〉 이 뜻밖의 말에 요정들은 되물었다. 〈그대만큼 잘 아는 사람이 어디 있겠어요? 나르키소스는 날마다 그대의 수면 위로 몸을 구부리고 자신의 얼굴을 들여다보았잖아요!〉 호수는 한동안 가만히 있다가 조심스레 입을 열었다. 〈저는 지금 나르키소스를 애도하고 있지만, 그가 그토록 아름답다는 건 전혀 몰랐어요. 저는 그가 제 수면 위로 얼굴을 비출 때마다 그의 눈 속 깊은 곳에 비친 나 자신의 아름다운 영상을 볼 수 있었어요. 그런데 그가 죽었으니 아, 이젠 그럴 수 없잖아요.〉 오스카 와일드Oscar Wilde가 각색했다는 호수와 나르키소스 이야기다.

이러한 나르키소스적 내용이 「토니오 크뢰거」에서 프랑수아 크나크의 다음 묘사에도 유사하게 암시되어 있다. 〈크나크 씨의 두 눈은 얼마나 확신에 차 있고 흔들림이 없는지! 그 눈은 사물이 복잡하고 슬프게 되는 곳까지 들여다보지 않았다. 그 눈이 아는 것은 자신이 갈색이고 아름답다는 사실뿐이다. 하지만 바로 그 때문에 그의 태도는 그렇게도 당당할 수 있는 것이었다.〉(TK 284) 또 『요셉과 그의 형제들』에서 주인공 요셉이 형제들에게 박해를 받는 것도 그의 지나친 나르키소스적 특성 때문이었다.[52] 즉 〈젊은 시절에는 벌을 받을 만큼 자기중심적 사고에 젖어 있던 예술가적 자아〉(GW 11, 666)요, 꿈꾸는 나르키소스였던 요셉이 벌을 받아 이집트라는 대처(代處)로 나아감으로써 일세의 경세가 또는 자기 종족의 부양자로 성장한다. 마찬가지로 「벨중의 피」나 『대공 전하』에서도 주인공들은 자기중심적인 나르키소스였다. 이러한 나르키소시즘이 나타나는 곳에 외부 세계는 교란되고 상처를 입게 마련이다. 자기 자신 이외에는 사랑할 줄 모르는 나르키소스에 기울어진 사랑은 절망적인 사랑이며 또한 불모의 사랑이다. 나르키소스를 사랑한 자는 상처를 입고, 절망하며, 파멸하지 않을 수 없기 때문에 아셴바흐는 바로 나르키소시즘의 희생자이다.

이러한 맥락에서 아셴바흐에게 이상적이고 완벽한 미였던 타치오는 욕망의 대상으로, 충족될 수 없는 자극의 존재로, 숭배자 아셴바흐를 심연으로 끌고 가는 한갓 꿈에 지나지 않는 인물이라는 것이 명확해진다. 타치오의 미소에 아셴바흐는 충격을 받고 〈너는 그렇게 미소 지어서는 안 돼! 들어라, 사람은 그렇게 미소 지어서는 안 되는 것이야!〉(TiV 498)라고 말하는데, 이는 〈자기 그림자의 아름다운 입술에 입 맞추는 것〉(TiV 498), 즉 나르키소스적인 입맞춤은 불가능하기 때문이다.

이러한 상황에서 꾸게 되는 꿈속에서의 예술의 나락을 아셴바흐는 다음과 같이 고백한다. 〈아름다운 것만이 신성한 것이고 동시에 눈으로 볼 수 있는 것이란다. 그러므로 그것은 감각적인 인간이 걸어가는 길일 것이고, 귀여운 파이드로스여, 예술가가 정신을 향해 걸어가는 길인 것이다. 〔……〕 정신적인 것을 향해 가기 위하여 감각의 길을 지나가지 않을 수 없었던 사람이 한 번이라도 현명함과 진실된 인간의 품위를 획득할 수 있었을 거라고 너는 생각하느냐? 그렇지 않으면 오히려 너는 (이 점에 대해서는 너의 마음대로 결정하여라) 혹시 이것이 위험하고도 사랑스러운 길이며, 진실로 잘못된 죄악의 길이어서 인간을 반드시 나쁜 길로 인도하게 되는 것이라고 믿느냐? 이 점은 꼭 말해 두어야만 하겠는데, 우리들 시인들은 아름다움의 길을 걸어가면 반드시 에로스의 신이 따라오게 되며 길잡이가 되어 주게 마련이다. 〔……〕 그것이 우리들의 기쁨이요 동시에 수치이기도 한 것이다. 너는 이제 우리들 시인이 현명하지도 않고 존엄하지도 못하다는 것을 알 수 있겠지? 우리들이 필연적으로 사도(邪道)에 빠지게 되고, 필연적으로 방종해지고, 감정의 모험가가 되지 않을 수 없다는 것도?〉(TiV 521 f.)

결국 나르키소시즘은 〈사랑을 위한 사랑*Liebe für Liebe*〉이고 〈에로틱한 유미주의*erotischer Ästhetizismus*〉이며 또 절망적인 불모의 사랑의 상징으로서 사랑의 영역에서는 일종의 범죄라고도 볼 수 있다. 이리하여 자아와 세계 사이의 독자적인 에로틱한 관계에서 비극적인 재앙을 만나 파멸의 구렁텅이로 전락하는 자는 고립되어 있는 〈자아〉가 아니라 오히려 그 역으로 외부의 〈세계〉라고 말할 수 있다.[53]

이러한 나르키소스적 요소가 토마스 만의 소설 속 인물들에서도 자주 발견된다. 즉 「베네치아에서 죽음」의 아셴바흐뿐만 아니라, 「토니오 크뢰거」의 크뢰거, 『파우스트 박사』의 야코비, 『고등 사기꾼 펠릭스 크룰의 고백』의 펠릭스 등 많은 토마스 만 작품의 주인공들에게서 나타나고 있다. 예를 들어 『고등 사기꾼 펠릭스 크룰의 고백』에서 자신의 유년기 묘사(이의 내용이 소설 끝까지 전개된다)에서, 주인공 펠릭스는 자신의 잘생긴 외모를 내세운다. 〈그는 호리호리하지만 사지는 힘차고, 피부는 황금빛이며, 몸은 아름답게 균형 잡혀 나무랄 데가 없었다.〉(FK 26) 전체적으로 보아 〈그는 매우 날씬하고 신과 같은 신체를 가지고 있다.〉(FK 26) 따라서 펠릭스는 자신의 매력적이고 우아한 용모에 대해 매우 자랑스럽게 자화자찬하면서 독자들에게 〈공감하는 독자 여러분! 나는 매우 행복했습니다. 나는 나 자신을 매우 훌륭하다고 생각했으며 나는 나를 사랑했습니다〉(FK 523)라고 말하여 자신을 사랑하는 나르키소스적인 면을 보이고 있다. 특히 자신의 대부*Pate*인 예술가 심멜프리스터Schimmelpriester의 집에서의 모델 역할이 바로 이러한 사실의 전형이다. 어린 시절 펠릭스를 나르키소스적인 인물로 성장할 수 있도록 도와준 정신적 스승인 심멜프리스터는 그리스 페리클레스 시대의 위대한 조각가인 피디아스Phidias의 이야기를 들려줌으로써 그의 나르키소스 신화적 성격을 돕는다. 이러한 나르키소스적 주인공들은 자신들을 사랑하며 올바른 결혼 생활을 영위하지 못하고, 어머니나 누이동생과 같은 존재를 사랑하게 된다.

3. 『마의 산』 속 인물에서의 헤르메스 형상

토마스 만의 작품에서는 〈체험된 신화gelebter Mythus〉(GW 9, 494)가 소설의 서사적 이념이 되어(GW 9, 493) 유형의 표현으로 이용되고 있어서 더 이상 개인이 강조되지 않는 경우가 있는데, 이렇게 개인이 강조되지 않는 내용이 괴테의 『파우스트』에선 개인을 나타내는 이름의 부정으로 나타나 있다. 〈그것으로 그대의 심장을 가득 채워요./그것이 아무리 크다 해도./그래서 그대의 감정이 지극히 행복할 때/그대가 원하는 대로 이름을 붙이지요./행복, 진정, 사랑 또는 신 등으로!/그것을 뭐라고 불렀으면 좋을지 모르겠소./느끼는 것만이 전부요./이름이란 천상의 불꽃을 안개처럼 싸고도는/헛된 울림이요, 연기에 불과한 것이오.〉(3451행 이하)

이렇게 개인이 강조되지 않는 체험된 신화로의 전환에는 중요한 양상적 〈삶〉이 담겨 있다. 이러한 양상의 삶은 〈신화 속의 삶Leben im Mythus〉(GW 9, 494)이 되는 경우가 있는데, 이 신화 속의 삶은 〈흔적 속에 진행되고, 모범에 의한 삶이거나, 눈에 띄거나 전해 내려오는 신화적 전형〉(GW 13, 165)이 된다. 신화적 삶은 고대에서 재발견되고 고정된 형태로 각자를 배열시킨다. 이는 〈모든 삶은 회귀하며 되풀이된다〉(GW 13, 165)는 전통의 재발견이다.

이러한 신화적 양상의 〈삶〉의 묘사는 토마스 만의 문학에서 오랫동안 발견되는 특징이어서 작품 『마의 산』에서도 중심 사상이 되고 있다. 그러나 이 작품에서 삶은 옛것의 반복으로 간주되지 않는다. 사실상 『마의 산』의 신화적 차원은 〈체험된 신화〉 주제의 실현과 동떨어져 있다. 신화 실현에 대한 토마스 만의 자세한 의지는 1930년대에 명백하게 나타나 『고등 사기꾼 펠릭스 크룰의 고백』의 신화적 전형과 동일한 사상으로 전개되고 있다. 다시 말하면 1930년대에 형성된 요구로, 삶(그리고 사랑)에 도달하기 위한 형상을 묘사하기 위해 신화가 이용되는 것이다. 이러한 배경하에 『마의 산』에는 문제가 전이된 헤르메스가 암시되고 있다.

마의 산 위의 요양소는 시간을 초월한 삶과 죽음의 중간 왕국으로 헤르메스가 왕래하는 지역이다. 따라서 그곳의 주요 인물들은 헤르메스적 특징인 영혼의 인도자로 암시되고 있다. 즉 세템브리니는 〈영혼을 사로잡는 사람Seelenfänger〉이고, 나프타는 〈죽은 영혼의 인도자〉, 베렌스는 죽음의 〈늙은 고용인〉, 크로코프스키는

〈영혼의 해부자Seelenzerglieder〉이며, 여기에 카스토르프 자신은 반어Ironie적인 중간자의 위치에 있다. 『마의 산』에서는 이러한 헤르메스의 성격 외에 오디세우스의 신화도 암시되어 있다. 이미 카스토르프와의 첫 만남에서 세템브리니는 그를 오디세우스에 비유하고 있다. 〈건강한데 여기는 단순히 청강생으로 오셨다는 말씀이시군요. 저승을 찾아간 오디세우스처럼 참 대담하시군요. 죽은 자들이 취생몽사(醉生夢死)하고 있는 이 심연으로 내려오시다니요.〉(Zb 84) 이러한 세템브리니의 오디세우스에 대한 언급은 암시에서 상승되어 구체적인 사건으로 전개되는데, 사육제 날 밤에 요양소에서는 눈을 감고 돼지의 모습을 그리는 유희가 벌어지는 것이다. 돼지 모티프는 세템브리니가 카스토르프에게 자기 상실을 경고하는 직유적 내용으로 전개된다. 〈자부심을 가지고 전혀 다른 이 세계에 휘말려 들지 말아 주십시오. 이 진흙 구덩이에서, 이 마녀의 섬에서 도망쳐 주십시오. 오디세우스가 아닌 이상 당신이 여기서 무사히 지내게 될 리가 없습니다. 머지않아 네 발로 걸어 다니게 될 것입니다. 당신은 벌써 그러한 극단적인 조짐을 보이고 있습니다. 곧 당신은 꿀꿀거리게 될 것입니다. 조심하십시오!〉(Zb 345) 세템브리니는 카스토르프의 요양소 체재를 오디세우스와 그의 친구들이 불행하게 마녀 키르케 곁에 있는 것과 비교하고 있다. 신화에서 오디세우스의 친구 중 절반은 키르케에 의해 돼지로 변하지만, 오디세우스 자신은 헤르메스의 약초를 발랐기 때문에 이러한 운명을 모면한다. 세템브리니는 〈신화적인 알레고리의 깊은 의미를 지적하는 것이다〉.[54]

이렇게 세템브리니가 카스토르프를 습관적으로 오디세우스와 가깝게 접근시키는 내용에서 헤르메스가 암시되고 있다. 세템브리니는 쇼샤 부인을 그리스 신화에서 오디세우스와 관련 있는 키르케Kirke 여신과 연결시킨다. 호메로스는 『오디세이아』 제12장에서 오디세우스와 세이렌에 대한 에피소드를 기술하고 있다. 10년에 걸친 트로이 전쟁이 끝난 뒤에 오디세우스는 다시 10년이나 걸린 항해 끝에야 마침내 고향 이타카로 돌아가게 된다. 포세이돈에게 괴롭힘을 당하며 해상을 떠돌 때 오디세우스는 아이아이에 섬에서 마법의 여신 키르케와 1년간 살게 되는데, 섬을 떠나기 전 오디세우스는 키르케로부터 세이렌의 노래가 분출하는 마술의 유혹에서 벗어나는 방법을 듣는다. 방법인즉, 선원들의 귀를 밀랍으로 막고 또 오디세우스는 선원들로 하여금 자신의 몸을 돛대에 묶게 하라는 것이었다. 선원들에게 그가 무슨 말을 하고 무슨 짓을 하든 세이렌의 섬을 통과하기까지 그의 몸을 풀어 주지 못하도록 명령을 내렸다. 그가 돛대에 묶여 있는 한 그에게 어떤 위험도 없을 것이라는 확신을 가지고 있었다. 하지만 그 위험은 그에게 괴로운 자기 향락이 된 다. 세이렌은 오디세우스의 영웅담을 불렀고, 트로이 전쟁에서 죽은 그의 친구들 에 대해 노래했으며, 그의 가족과 고향에 대해 노래했다. 뿐만 아니라 세이렌은 그 가 마음속으로 회상하고 동경했던 체험과 소망을 다시 노래로 불렀다. 그러나 배 는 섬을 지나게 되고 노래는 멀리 사라졌다. 위험은 물러가고 오디세우스는 다시 의식을 찾게 된다. 결국 오디세우스는 세이렌의 매력적인 유혹을 벗어나 드디어 섬을 통과할 수 있었다는 내용이다.

이러한 오디세우스와 키르케 여신의 관계를 응용하여 세템브리니는 카스토르프 에게 〈오디세우스가 아닌 당신이 여기서 무사히 지내게 될 리가 없으니, 이 진흙 구덩이에서, 이 키르케 마녀의 섬에서 도망쳐 주십시오〉(Zb 345)라고 요구한다. 이 내용에서 헤르메스 신의 영혼을 인도하는 역할을 세템브리니가 하는 것이 명백 한데, 이는 헤르메스 신이 오디세우스에게 키르케 마녀의 마술에서(이 작품에서는 쇼샤 부인으로부터) 빠져나오는 방법을 가르쳐 주기 때문이다. 세템브리니는 카스 토르프의 요양소 체재를 오디세우스와 그의 동료들이 마녀 키르케 곁에 있는 것과 마찬가지로 본 것이다. 동료들 중 절반은 키르케에 의해 돼지로 변하지만 자신은 헤르메스의 약초를 발라서 돼지로의 변신을 모면하게 된 오디세우스를 세템브리 니는 카스토르프와 첫 만남에서부터 그에게 비유하고 있다. 〈건강한데 여기는 단 순히 청강생으로 오셨다는 말씀이시군요. 저승을 찾아간 오디세우스처럼 참 대담 하시군요. 죽은 자들이 취생몽사하고 있는 이 심연으로 내려오시다니요.〉(Zb 84)

작품에서 세템브리니는 헤르메스와 오디세우스 등 다양한 신화를 암시하고 있 다. 심지어 세템브리니는 베르그호프 요양소의 주요 인물들의 이름을 신화적으로 개칭하기까지 한다. 예를 들어 세템브리니는 카스토르프와의 첫 대화에서 크로코 프스키와 베렌스 두 명의 의사를 그리스 신화에 나오는 미노스와 라다만토스로 규 정한다.(Zb 83) 〈당신의 웃음으로 미루어 보건대 가볍게 끝난 모양이군요. 우리의 미노스와 라다만토스(크로코프스키와 베렌스)는 몇 달이나 당신에게 도전했습니 까?〉(Zb 83)

이렇듯 오디세우스와 키르케 등 여러 신의 내용이 작품에서 암시되고 있지만 결국『마의 산』에서 주를 이루는 신화상은 헤르메스다. 헤르메스의 도둑의 신 역할은 작품에서 보이지 않고, 또 웅변의 수호신 내용도 단지 암시나 풍자로 나타날 뿐 자세히 묘사되지 않고 있다. 그러나 헤르메스의 영혼의 인도자 형상은 작품 전개에 결정적이다. 삶을 긍정적으로 이끄는 연금술의 개념과 헬레니즘의 헤르메스 트리스메기스토스Hermes trismegistos의 암시와 함께 영혼의 인도자 형상이『마의 산』에서 헤르메스의 성격으로 나타나고 있는 것이다. 다양한 신의 새로운 양상이 수용되는 새로운 급진적인 내용 변화가『마의 산』이나『고등 사기꾼 펠릭스 크룰의 고백』등 토마스 만의 후기 작품에서 전개되고 있다.

이처럼 마의 산의 세계에는 죽음의 나라로 영혼을 인도하는 헤르메스 신의 형상이 여러 인물과 환경과 사건 등에서 암시되고 있다. 먼저 인물에서 살펴볼 때, 요양소에서 가장 헤르메스 신의 전형을 지니고 있는 인물로 두 명의 의사인 베렌스와 크로코프스키, 또 쇼샤 부인을 들 수 있다. 그리고 주인공 카스토르프에서도 헤르메스의 특징이 암시되고 있다.

물론 카스토르프를 헤르메스의 전형적인 형상으로 이해하기는 어렵다. 그러나 작품 전반에 다양하게 흩어져 나타나는 카스토르프와 헤르메스의 관계는 무시할 수 없을 정도로 중요성을 띤다고 코프만Helmut Koopmann은 지적한다. 한 예로, 헤르메스의 중재 역할처럼 카스토르프도 때에 따라 여러 세상을 중재하고 있다. 따라서 그는 명백하게 자신의 스승 세템브리니와 나프타로부터 벗어나 이들의 대립들을 중재하여 〈중재하는 헤르메스〉의 형상을 나타내고 있다.

세템브리니는 작품 처음부터 실질적인 헤르메스 형상이 되고 있다. 요양소에 도착한 다음 날 카스토르프가 세템브리니에게 처음 인사를 하자, 세템브리니는 〈사자(死者)들이 멍청하고 무의미하게 살고 있는 이 심연에 내려온 것은 매우 답답한 일〉(ZB 83)이라고 말하여 카스토르프가 당황하는 내용에서부터 죽음의 나라로 영혼을 인도하는 헤르메스의 모티프가 암시되고 있다. 왜냐하면 그리스인은 헤르메스를 생사의 경계에 살고 있는 신으로 생각하기 때문이다.[55] 특히 작품에서 새로운 인물이 등장하면 토마스 만은 이를 간략하게 묘사하는데, 이때 세템브리니의 첫인상에 대한 묘사는 다음과 같다. 〈초라함과 우아함이 뒤섞인 인상, 검은 눈과 살짝 치켜 올라간 콧수염 때문에 카스토르프에게는 즉석에서 크리스마스 무렵에 함부르크 고향 마을에 찾아와 집집마다 연주하며 돌아다니던 외국인 유랑 악사가 연상되었다. 그들은 조용히 눈알을 굴리면서 모자를 내밀어 창문으로 던져 주는 동전들을 받아 가곤 했다. 그는 그 손풍금 악사를 생각했다. 때문에 침센이 벤치에서 일어나 약간 겸연쩍다는 듯 소개했을 때, 그 사람의 이름도 별로 이상하게 느껴지지 않았다.〉(Zb 82) 이렇게 크리스마스 무렵에 함부르크 고향 마을에 찾아와 집집마다 연주하며 돌아다니는 외국인 유랑 악사로 연상되는 세템브리니가 조용히 눈알을 굴리면서 모자를 내밀어 창문으로 던져 주는 동전들을 받아 가는 장면은 상업의 신 헤르메스 형상을 암시하고 있다.

결론적으로 말해서, 별로 중요한 역할을 하지 못하는 인물인 의사 베렌스와 크로코프스키와 함께 쇼샤 부인과 카스토르프, 세템브리니는 〈여행의 신, 중재의 신〉인 헤르메스의 주제를 나타내는 등 이 작품의 인물 다수가 헤르메스의 형상을 띠고 있다. 심지어 코프만은 거의 모든 등장인물들에게서 헤르메스를 인정하고 있다.[56] 특히 세템브리니와 나프타의 숱한 논쟁 중에 헤르메스 트리스메기스토스의 후기 그리스 신의 내용이 많이 담겨 있다.

이렇게 그리스 신화의 헤르메스 신과 연결되어 후기 헬레니즘 시대에 숭배되었던 헤르메스 트리스메기스토스는 이집트의 신 토트Thot[57]의 성격을 이어받고 있다. 이 내용은 세템브리니의 헤르메스 신에 대한 다음 언급에 담겨 있다. 〈세템브리니는 자신이 문자의 수호자이며, 문자의 역사는 인간의 지식과 감정을 영원히 남기기 위해 돌에 문자를 새겨 넣은 기념비에서부터 시작되었다며 그 문자를 찬양했다. 또 이집트의 신 토트에 대해 언급하면서, 그 신은 헬레니즘 시대의 위대한 헤르메스와 동일한 신으로 문자의 발명자, 도서의 수호신과 모든 정신적 활동의 장려가로 존경받았으며, 우리는 모두 문학적 언어와 투기적 수사학을 남긴 트리메기스토스, 인문주의적 헤르메스, 투기장의 수호신인 헤르메스 앞에서 무릎을 꿇어야 한다고 했다.〉(Zb 723) 이렇게 세템브리니는 헤르메스 트리스메기스토스를 토트와 마찬가지로 문자, 웅변과 과학의 신으로도 보고 있다. 이런 배경에서 인문주의자인 세템브리니는 신의 인본주의적인 면을 강하게 내세운다. 그는 신을 오직 〈문자의 발명자, 도서의 수호신과 모든 정신적 활동의 장려가〉(Zb 723)로 보고 있는 것이다.

그러나 세템브리니가 카스토르프에게 헤르메스 신을 그러한 면으로 보게 한 해석을 예수회 회원인 나프타는 심하게 논박하고 있다. 나프타는 헤르메스 신을 혼합 형태로 언급한다. 나프타는 카스토르프에게 세템브리니가 헤르메스 신을 너무 긍정적인 존재로 나타내는 오류를 주지시킨다. 〈세템브리니의 말에는 약간의 거짓이 들어 있습니다. 그는 카스토르프에게 토트 트리메기스토스를 너무 훌륭하게 말해 줬거든요. 그 신은 원숭이와 달, 죽은 영혼이 변신한 신, 머리에 반달을 쓴 칠면조요, 헤르메스 같은 면모로 죽음과 죽은 자의 신이고, 심령(心靈) 유괴자, 또 심령 안내인으로 고대 말기에는 이미 마술사로 간주되고, 유대적 신비 철학이 범람했던 중세에는 신비적인 연금술의 아버지로 추앙받았지요.〉(Zb 723)

여기서 나프타는 헤르메스에 관한 자신의 지식에서 중요한 형상을 언급하고 있다. 즉 그는 헤르메스를 무엇보다도 〈죽음과 죽은 자의 신*Todes- und Totengott*, 또는 심령 유괴자나 심령 인도자*Seelenzwinger und Seelenführer*〉(Zb 723)라고 주장한다. 고대 후기에는 마술사로 간주되고 유대적 신비 철학이 지배했던 중세에는 신비적 연금술의 부조(父祖)로 추앙받은 헤르메스가 나프타의 헤르메스 상인 것이다. 이렇게 헤르메스 신의 묘사도 세템브리니와 나프타 두 논쟁자의 대조적인 견해에 의해 서로 다른 주제로 전개된다. 세템브리니는 헤르메스를 문자와 계몽적인 면에서 지지하고, 나프타는 헤르메스에서 단지 영혼의 인도자의 성격에 의한 죽음의 면을 강조하는 것이다. 결국 「베네치아에서 죽음」에서는 헤르메스 신이 〈영혼의 인도자*Psychagog*〉(TiV 525)란 성격으로 언급되고, 『마의 산』에서는 그 신의 성격이 두 개의 파로 비교되어 언급된다. 따라서 마의 산에서 여러 인물들에 나타난 헤르메스 신의 여러 요소를 구체적으로 규명해 볼 필요가 있다.

1) 카스토르프

『마의 산』에서 다양한 양상의 헤르메스 신과 구체적인 관계를 지니는 인물은 주인공 카스토르프이다. 여러 곳에서 헤르메스적인 쇼샤 부인에 의해 유혹되는 카스토르프는 많은 곳에서 헤르메스의 기능을 하고 있다. 작품 첫 부분에 그가 다보스의 요양소에 도착하는 장면에서부터 헤르메스에 대한 특징이 보인다. 〈여행을 떠나 이틀만 되면 인간은 — 더구나 아직 생활이란 것에 굳게 뿌리내리지 못한 청년은 특히 — 일상생활, 요컨대 이른바 의무니 이해니 걱정이니 희망이니 하는 것들로부터 멀어지게 마련이다. 역으로 가는 마차 안에서 꿈꾸던 것 이상으로 훨씬 더 멀어진다. 흔히 시간만이 갖고 있다고 생각되는 힘을 우리 인간과 그 고향 사이에 선회시키면 질주하게 하는 어떤 공간이 나타나게 마련이다. 그 공간의 변화는 시간이 주는 것과 비슷하나, 어떤 의미에서는 그보다 더 크다. 공간도 시간과 마찬가지로 망각하게 하는 힘을 가지고 있다. 공간은 인간을 온갖 관계로부터 해방시켜 자유로운 자연 상태로 옮겨 주는 힘을 가지고 있으며, 이러한 공간은 고루한 속인(俗人)마저도 순식간에 방랑자로 만든다. 시간이 망각의 강이라고 하지만, 낯선 곳의 공기 역시 일종의 술과 같아서 그것은 비록 시간만큼은 철저하지 못하지만 그 대신 효력은 훨씬 빠르다.〉(Zb 12)

이 장면에서 〈어떤 고정된 장소에 얽매이지 않는 여행자의 수호신〉이 암시되고 있다. 카스토르프는 여행자의 신 헤르메스처럼 여행자로서 베르그호프 요양소 환자의 길을 걷게 된다. 그 후 작품 여러 곳에서 카스토르프의 여행자의 성격이 계속 나타나는데, 심지어 그가 서신에서 밝힌 내용대로 고향인 함부르크에 돌아가지 않으려고 결심하는 내용은 영원한 여행자의 사상을 담고 있다. 〈의사의 진찰 결과에 따라, 이 겨울의 일부 아니면 전부를 여기에서 머물러야 할 것이라고도 썼다. 자기와 같은 증세는 더 분명하게 발병한 경우보다도 오히려 위험해, 이 시점에서 병을 뿌리째 뽑아 버려야 하며, 그 점에 있어서는 우연히 이곳에 와서 진찰을 받게 된 것이 어쩌면 다행이라는 것, 그렇지 않으면 자기의 용태를 까맣게 모르다가 도저히 손을 쓸 수밖에 없게 되었을 때에야 비로소 그것을 알게 되는 불행한 경우도 당할 수 있다는 것, 요양 기간에 대해서는 아마 겨울도 여기에서 지내게 되겠지만 혹 사촌 요아힘보다 늦어지더라도 모쪼록 걱정하지 말라고 썼다. 그리고 이 위에서의 시간관념은 보통의 온천 여행이나 휴양 같은 것이 예정되는 것과는 달라서, 말하자면 1개월은 최소의 시간 단위여서 한 달도 그 하나로는 문제가 되지 않는다고 덧붙였다.〉(Zb 313 f.)

이렇게 작품 처음에 여행자의 성격이 나타나고, 이후에는 나타나지 않다가, 작품 마지막에 카스토르프가 〈야성적 여행자wilder Reisender〉(Zb 975)로 표현되면서 이 사상이 다시 연상된다. 이렇게 카스토르프가 처음에 지녔던 헤르메스 신의 성격과 상징에서 벗어나는 것은 마의 산의 분위기에 빠져드는 것을 의미한다. 그가 가장 모범적인 환자로 베르그호프 요양소에 머물면서 그는 더 이상 헤르메스나 중재자가 될 수 없게 된다. 그러나 카스토르프가 헤르메스 신에 접근하는 성격들이 작품에 산재적으로 나타나 헤르메스 신의 양상이 간접적으로나마 계속 존재하고 있다.

작품 처음에 카스토르프에게서 나타난 여행자의 성격이 이후에는 나타나지 않다가, 작품 마지막에 카스토르프가 다시 〈야성적 여행자〉(Zb 975)로 표현되는 내용에서 카스토르프가 작품의 처음과 마지막의 두 세계의 연결자가 되는 사실이 인식된다. 그는 처음에는 여행자로 마의 산을 찾아와 그곳의 사건에 빠져들었다가, 이내 그곳에 감금되는 상태에서 여행자의 경지에서 벗어나게 된다. 그러다가 이를 극복하여 다시 삶으로 향한 후에, 그는 아래 세계와 죽음을 통합하여 다시 세계 여행자가 된다.

〈여행자의 신〉의 특징 외에 조형 예술의 특징으로도 헤르메스가 나타나는데, 이때 그의 중요한 세 가지 성격은 지팡이, 모자와 날개 달린 신발이며 이것들이 카스토르프에도 암시된다. 그가 다보스에 도착할 때 그곳 높은 산의 거주자들과 대조되게 모자를 쓰고 있으면서, 자기 사촌 침센이 모자를 쓰고 있지 않는 모습을 의아하게 생각한다. 카스토르프를 다른 인물들에 차별 나게 보이도록 하는 것은 이 모자 외에 그가 지니고 다니는 지팡이다. 그는 산책할 때마다 헤르메스의 특징인 모자와 지팡이 두 가지를 지니고 다니다가, 그 후 환자로 판명되자 게을러지면서 이두 가지로부터 벗어나게 된다.

카스토르프의 발전기(期)에서 헤르메스의 형상은 긍정적인 형상으로 전개되는데, 이 내용을 헤르메스의 신발이 카스토르프에서 암시되는 두 내용으로 설명하고자 한다. 제5장 〈수은주(水銀柱)의 변덕Launen des Merkur〉에서 카스토르프는 자신에 대한 쇼샤 부인의 오랜 무관심 후에, 또 그녀의 인사와 미소를 겪은 후에 그녀를 얻게 되는데, 이것이 그에게는 〈구원Erlösung〉(Zb 327)이었다. 쇼샤 부인과의 만남은 카스토르프에게 격정적이고 날개 달린 상태 같은 영향을 미쳐,[58] 이러한

440

감정 역시 〈날개 달린 신발Flügelsohlen〉(Zb 329)처럼 급속히 전개되어 헤르메스의 나는 신발을 연상시킨다. 그녀의 소박한 인사부터 카스토르프의 마음을 끄는 큰 요소가 되다가, 이윽고 쇼샤 부인에 대한 사랑을 느낀 카스토르프는 인간의 문제를 애욕적으로 대하게 되는 경향을 갖게 된다. 후에 눈(雪)의 모험에서 나타나듯이 그의 〈날개 달린 신발〉 개념은 감정에서 긍정적이고 자극적인 성격을 암시한다.

제6장 〈눈(雪, Schnee)〉을 보면, 카스토르프는 마의 산에서 스키를 타기 위해 스키화를 한 켤레 사려는 계획을 세템브리니에게 밝힌다. 그러자 곧바로 세템브리니는 이 스키화를 〈헤르메스의 나는 신발〉(Zb 655)로 규정 지으며 헤르메스 신과 연결시킨다. 〈좋아요, 좋아. 엔지니어, 꼭 해보십시오. 아무에게도 말하지 말고요. 〔……〕 그야말로 당신의 수호신이 가르쳐 준 겁니다. 생각이 변하기 전에 빨리 실행하시오. 나도 함께 가겠소. 빨리 가게에 가서 축복된 장비를 사기로 합시다. 산에도 함께 가서 메르쿠리우스(헤르메스의 로마명)처럼 날개 달린 스키화를 신고 마음껏 달리고 싶습니다만, 나에게는 허락되지 않습니다.〉(Zb 655) 카스토르프의 스키화는 결국 〈나는 신발〉로서 사랑과 죽음과 인간에 대한 거리를 좁혀 준다. 결론적으로 그의 스키 타는 모습은 헤르메스의 비유로, 특히 그가 최고로 높게 나는 모습에서 고대 그리스 헤르메스 신의 성격과 힘으로 무장된 또 하나의 헤르메스가 되고 있다.[59] 이 순간 그는 〈죽음과 육체의 방종에서 예감으로 충만되어 사랑의 꿈〉(Zb 994)에 빠져드는 것이다. 그러나 그가 꾸었던 꿈은 같은 날 저녁에 희미해지는데, 이는 헤르메스의 정체성이 순간적으로 또 상상적으로 얻어졌기 때문이다.[60]

카스토르프가 요양소 원장인 베렌스에게 인문주의를 주장하는 내용에도 헤르메스의 성격이 종합적으로 나타나 있다. 〈의학은 무엇을 대상으로 하는 것인가? 〔……〕 의학의 대상은 뭐니 뭐니 해도 인간이다. 그렇다면 입법, 사법, 행정은? 역시 인간이 그 대상이다. 그리고 언어 연구는? 또 신학, 종교, 성직은? 모두가 역시 인간이 대상이다. 이것들은 모두 꼭 같은 하나의 중요한 관심, 즉 인간에 대한 관심의 변형에 지나지 않는다. 이것들은 한마디로 말해서 인문적인 직업이다. 〔……〕 어떤 종류의 인문적인 직업에도 형식적인 것, 형식, 아름다운 형식이라는 이념, 이것이 기본이 되어 있다는 것은 아주 훌륭한 일이며, 이 세상에서 매우 훌륭한 장치

중의 하나이다. 〔······〕 이것을 보더라도 정신적인 것과 미적인 것, 바꾸어 말하면 과학과 예술이 얼마나 밀접히 관계하고 있는지를, 아니 사실은 옛날부터 늘 동일한 것이었다는 것을 알 수 있으며, 따라서 예술의 작업도 무조건 소위 제5분과로서 인문학의 일부이고, 또 예술의 가장 중요한 테마나 관심사가 인간인 이상 예술도 인문적인 작업이며, 인문적 관심의 한 변형에 지나지 않는다.〉(Zb 362 f.) 이 내용에서 보면 의학을 비롯한 모든 학문이나 예술이 인간을 대상으로 한다는 점에서 〈동일한 것〉으로 귀착된다. 마찬가지로 헤세도 장편 『유리알 유희』에서 모든 학문과 예술, 사유와 감정을 통합한 이상향을 그린 바 있다. 그는 인류 문화의 모든 가치를 아우른 〈유희〉를 오르간 연주와 비슷한 예술 행위처럼 묘사했다. 이렇게 온갖 학문이 종합되는 내용에 헤르메스의 형상이 내재되어 있다. 결국 헤르메스는 유창한 말솜씨의 전령이자 안내자이며 메신저로서 소통과 관계의 대변자로 과학, 학예, 상업, 변론 등 학문의 종합적인 신이다. 이렇게 헤르메스에 다양한 여러 학문이 내재되어 있다는 사실에서 영향을 받은 탓인지 현대 철학도 여러 다양한 학문을 서로 종합 응용하여 연구하는 경향이 많다.

철학자 세르Michel Serres는 과학, 철학, 문학 등 학문 사이를 가로지르는 소통을 평생 과제로 여기고, 이러한 염원을 여러 학문적 성격을 지닌 신 헤르메스에 투영하여 『헤르메스Hermes』란 제목의 저서를 발간했다. 세르에 따르면, 오늘날 학문은 과학이 철학, 문학, 역사와 어떤 관계를 맺고 있는지에 무관심하다. 예컨대 유럽의 고전주의 시대에 응용 과학이 출현한 배경이 중상주의 경제의 영향이라는 것을 입증한 연구가 없다. 이처럼 개별 학문은 완벽히 분할돼 있다는 것이 세르의 지적이다. 역사가와 철학자가 과학을 알지 못하고, 과학자가 역사나 철학을 알지 못한다. 세르는 그 결과 기하학, 대수학, 수학, 광학, 열역학, 박물학 등 개별 과학의 역사만 있을 뿐 이를 가로지르는 과학사는 없다고 말한다.

세르의 지적을 들어 보자. 〈기하학과 광학은 서로 독립적으로 존재하고 닫힌 체계로 발전하는 것처럼 보인다. 기하학이 기하학 자체로부터, 광학이 광학 자체로부터 생겨난 것처럼 보인다.〉 결국 이런 관념에 의해 학문의 방법과 결과가 미리 결정되고, 그런 생각에 따라 학문 체계가 세분화된 것이다. 세르는 이처럼 구분되고 안정된 체계는 존재하지 않는다고 말한다. 서로 언제 어디서 만날지 모르는 〈무질서한 세계〉만 존재한다는 것이다. 그는 이를 구름과 대기에 비유한다. 대기 위 구름은 떠돈다. 동쪽에서 떠서 서쪽으로 지는 태양과 달리 정해진 규칙이 없다. 구름이 어디로 흘러갈지는 아무도 모른다. 세르에 따르면 대기는 학문들의 세계고, 학문들은 〈무정형의 아득하게 넓은 대양 위에 흩어진 군도〉에 비유될 수 있다. 구름은 아무렇게 흩어진 학문들 사이를 떠돌며 학문들을 매개한다. 세르의 방법론은 구름에 비유된다. 이 책의 부제가 「분포」인 것도 과학이 정연하고 독립된 체계가 아니라, 서로 떠다니며 언제 어디서 만날지 모르는 학문들의 분포라는 의미를 담고 있다. 세르는 이런 19세기 과학사를 여행하며 데카르트, 뉴턴, 칸트, 니체, 다윈, 마르크스, 베르그송, 프로이트, 〔……〕 수학, 물리학, 역학, 철학, 문학, 신학을 넘나들었다. 과학사를 언급하면서 문학과 신화를 얘기했지만 그렇다고 지식 분야를 아무렇게나 연결하지는 않았다. 학문과 학문 사이에 밀접하게 연관된 지점을 탐색하고 관계성을 복원한 것이다.

2) 쇼샤

그리스 신화의 헤르메스 현상은 실로 다양한데, 그중에서도 헤르메스와 미의 여신 아프로디테 사이에서 남녀 양성을 지닌 헤르마프로디토스Hermaphrodithos가 태어났다는 내용이 지배적이다. 헤르메스에서 헤르마프로디토스적인 특징은 고대에는 별로 알려지지 않았다. 『마의 산』에서 헤르메스 형상을 지닌 인물 중에 쇼샤 부인은 작품에서 별로 큰 관심을 끄는 인물이 못 된다. 여성답기보다는 오히려 소년 같은 외모 — 좁은 골반(Zb 299), 작은 가슴(Zb 299) 등 — 를 가지고 있는 그녀는 방랑하는 헤르메스 신의 여행 모자인 〈페타소스petasos〉를 연상시키는 모자를 자주 쓰고 다닌다. 이렇게 모자를 쓰는 형상과 또 헤르메스의 아들 헤르마프로디토스가 쇼샤 부인과 연관되어 그녀는 전형적인 헤르메스적 인물이 되고 있다.

버릇없이 문을 꽝 닫고서 고양이 새끼처럼 미끄러지듯 살금살금 식탁으로 걸어가는 쇼샤 부인의 태도는 세월이 지나도 변하지 않는다. 이렇게 〈문을 꽝 닫는〉 쇼샤 부인의 행동에서 이성 저편에 있는 형이상학적 충동과 죽음의 영역으로 유혹하는 역할이 암시된다. 〈문을 꽝 닫는〉 버릇에서 저승 문지기로서의 헤르메스적인 저승사자 역할이 암시되는 것이다. 쇼샤 부인의 내부가 침식당해 있다는 것에 대한 암시로, 그녀가 축 늘어진 등을 하고 있는 것으로 묘사되는데, 그러한 외적인 현상의 묘사는 그녀의 아시아적인 내적 본질을 암시하고 있다. 쇼샤 부인이 헤르메스 형상에 관계를 갖는 또 하나는 다양한 여행이다. 쇼샤 부인에게 자유를 주는 것은 질병으로, 이 병을 구실 삼아 자유분방하게 여러 곳의 요양소를 전전하며 세월을 보낸다. 따라서 쇼샤 부인은 평지와 마의 산 사이를 왕래하는 몇 안 되는 사람 중 한 명이다. 여기에서 이승(평지)과 저승(마의 산)을 왕래하는 헤르메스의 형상이 연상된다. 이는 초기에 세템브리니에 의해 수행된 마의 산의 세계와 신화적으로 알려진 하계(下界)의 연결이 쇼샤 부인에 의해 지속되는데, 이 내용이 〈죽은 자들이 취생몽사(醉生夢死)하는 심연을 내려오시다니 참 대단하군요〉(Zb 84)라는 세템브리니의 쇼샤 부인에 대한 언급에 잘 나타나 있다.

다시 말해 쇼샤 부인은 평지를 여행하고 다시 마의 산에 돌아오면서 이승과 저승을 연결하는 신인 헤르메스의 형상을 암시한다. 이는 여행자의 형상으로 여행자의 신인 헤르메스 신을 암시하여 그녀가 마의 산의 죽음의 나라를 통해 카스토르프에게 접근하는 영혼의 인도자 역할을 하고 있는 것이다. 그녀의 생도인 카스토르프는 쇼샤 부인 때문에 심지어 자신의 강력한 정신적 스승인 세템브리니를 떠나게 되고, 그녀를 통해 그의 강력한 모험 중 하나인 사랑의 모험을 체험하게 된다. 이러한 의미에서 쇼샤 부인은 카스토르프의 영혼의 인도자로서 헤르메스적 요소를 지니고 있다.

3) 베렌스와 크로코프스키

『마의 산』에서 헤르메스의 성격이 적나라하게 암시되는 인물로 이곳 요양소의 의사들을 들 수 있다. 이곳에는 두 사람의 의사인 요양소 원장 베렌스와 그의 조수 크로코프스키가 있다. 그들은 엄한 일과, 안정 요법, 산책, 심리 분석적 또는 신비적 강연 등을 통해 실제 환자나 가상 환자들을 마의 산에 묶어 두는 마술사들이다. 이 요양소에서 병은 생의 역설적 의미를 띠어 환자들은 병을 위해 살아가고 의사들과 요양원도 병으로 살아간다. 이렇게 환자들이 병을 위해 살아가는 동기가 카스토르프의 다음 서신 내용 속에 잘 나타나 있다. 〈의사의 진찰 결과에 따라, 이 겨울의 일부 아니면 전부를 여기에서 머물러야 할 것이라고도 썼다. 자기와 같은 증세는 더 분명하게 발병한 경우보다도 오히려 위험해, 이 시점에서 병을 뿌리째 뽑아 버려야 하며, 그 점에 있어서는 우연히 이곳에 와서 진찰을 받게 된 것이 어쩌면 다행이라는 것, 그렇지 않으면 자기의 용태를 까맣게 모르다가 도저히 손을 쓸 수밖에 없게 되었을 때에야 비로소 그것을 알게 되는 불행한 경우도 당할 수 있다는 것, 요양 기간에 대해서는 아마 겨울도 여기에서 지내게 되겠지만 혹 사촌 요아힘보다 늦어지더라도 모쪼록 걱정하지 말라고 썼다. 그리고 이 위에서의 시간관념은 보통의 온천 여행이나 휴양 같은 것이 예정되는 것과는 달라서, 말하자면 1개월은 최소의 시간 단위여서 한 달도 그 하나로는 문제가 되지 않는다고 덧붙였다.〉 (Zb 313 f.)

환자들은 모두 하루에 네 번씩 체온계를 입에 물고 시시덕거리거나 안정 요법을 받기 위해 누워 있어야 하는 수평적 존재들이고, 그들의 대화는 기껏해야 날씨 타령이다. 그들 전체는 헤르메스로 나타나지 않지만, 세템브리니의 주장대로 크로코프스키와 베렌스 두 명의 의사는 그리스 신화의 형상을 취하고 있다. 카스토르프와의 첫 대화에서 세템브리니는 그 두 명의 의사를 그리스 신화에서 저승의 최고 심판관인 미노스Minos와 라다만토스Rhadamanthus로 규정한다.(Zb 83) 세템브리니가 베렌스와 크로코프스키를 미노스와 라다만토스로 지칭함으로써 요양소는 형량이 선고되는 죽음의 재판정이 된다. 〈아아, 저기를 보십시오! 우리들의 하계의 재판관이 산책 중입니다. 참으로 볼 만한 광경인데요!〉(Zb 92)라는 세템브리니의 말처럼 이들 의사들은 〈하계의 재판관Höllenrichter〉(Zb 92) 기능을 하는 형제로 묘사되고 있다. 따라서 요양소의 환자들은 죽음의 재판관에 의해 몇 달, 몇 년 심지어 무기 징역을 선고받은 자들이다.

의사 크로코프스키의 헤르메스 형상은 매우 한정적이다. 작품에서 크로코프스키의 외모를 설명하는 대목에서 헤르메스의 모티프를 느낄 수 있는데, 특히 그가 항상 신고 다니는 샌들이 헤르메스의 날개 달린 신발을 연상시킨다. 사람들은 흔히 헤르메스를 서둘러 다니는 신의 심부름꾼으로 여기는데, 그를 이처럼 빠르게 나다니게 하는 것이 바로 날개 달린 신발이다. 때문에 크로코프스키의 샌들도 날개 달린 신발로 암시되는데, 이는 그가 매일 하는 회진 모습에 근거한다. 회진 때마다 사람들은 그를 〈공기 타고 온 자〉(Zb 263)로 생각하기 때문이다. 물론 이러한 동기는 자주 강조되는 사항이 아니어서 그의 헤르메스 형상은 별로 중요성을 띠지 않는다.

그러나 요양소 원장인 베렌스는 근본적으로 헤르메스 신의 명백한 형상을 보여 준다. 그에게는 헤르메스의 일부 현상이 직접적으로 암시되는 것이다. 중개하는 신과 말 잘하는 신인 헤르메스의 역할이 베렌스에게서 유혹적으로 나타나, 그는 〈말이 많은〉 특징을 지니기 때문이다.[61] 그의 말은 거의 인용과 관용구로 구성되어 있다. 특히 그의 외국어 구사 능력(그는 터키어나 헝가리어 등 여러 국어를 구사한다)에 의해 헤르메스의 말 잘하는 성격에서 유래한 〈해석학Hermeneutik〉이라는 현대 학문의 용어가 연상된다. 베렌스를 헤르메스의 말재주 있는 중개자로 보는 동기는 첫 모습에서 나타나는데 그의 언어 표현에서 반어성을 느낄 수 있다. 그와 헤르메스 신의 밀접한 관계는 〈나는 죽음을 알고 있다. 나는 죽음의 고용인이다〉(Zb 732)라는 그 자신의 언급에서 가장 명확하게 나타나고 있다. 이 말에서 알 수 있듯이, 죽음 자체를 나타내는 타나토스와 동일하지 않은 헤르메스처럼 베렌스는 죽음 자체를 나타내지 않는다. 오히려 그는 헤르메스처럼 죽은 자들, 즉 작품에서 중환자들을 인도하는 역할을 되풀이하여 헤르메스의 영혼의 인도자상을 연상시키고 있다.

4) 세템브리니

마의 산의 여러 인물들은 헤르메스 신의 암시를 주지만, 그 신의 직접적인 화신(化身)은 되지 못했다. 그러나 마지막까지 그 신의 역할을 수행하는 인물이 있는데, 그는 이탈리아인 세템브리니로 헤르메스의 형상을 가장 명백하게 나타내고 있다. 세템브리니가 언급한 헤르메스 신의 모습과 내용이 자신의 행동과 성격과 말투에 나타나기 때문이다.

카스토르프가 요양소 체류에서 제일 처음 마주친 인물은 자신의 미래의 스승 격이 되는 세템브리니이다. 카스토르프와 침셴이 어느 날 산책을 하는 중에 왼편에서 한 낯선 사람이 오더니 다리를 꼬고 지팡이에 의지하면서 그들 앞에 우아한 자세로 서 있는 것이다. 〈왼쪽에서 외국인 한 명이 오고 있었다. 갈색 머리와 우아한 옷차림에 부드러운 곡선을 그리며 올라간 콧수염을 기른 신사로 밝은 색깔의 체크 무늬 바지를 입고 있었는데, 두 사람이 앉아 있는 옆으로 와서 침센과 아침 인사를 나누었다. 그의 인사말은 정확하고 발음도 훌륭했다. 그는 짚고 있는 지팡이에 다리를 꼬고 편안한 자세로 침센 앞에 서 있었다.〉(Zb 81 f.)

헤르메스의 암시에서 세템브리니의 지팡이보다 헤르메스 신을 더 강하게 암시하는 것은 없다고 본다. 즉 작품에서 어느 대상도 이보다 더 신화적 양상을 보여주지 못한다. 이러한 세템브리니의 언급에서, 또 그가 구체적으로 헤르메스 신에 가깝게 접근하는 내용에서 작품이 더욱더 신화적으로 되고 있다. 세템브리니는 마의 산의 모든 여정과 모험에서 카스토르프를 보호하고 인도하는데, 특히 카스토르프가 품고 있는 쇼샤 부인에 대한 사랑에서 이러한 그의 보호와 인도가 돋보인다.

세템브리니가 헤르메스 연관으로 돋보이는 것으로 두 가지가 있는데, 이들은 각각의 문장으로 나타나지 않고 사건 진행에 연관되어 암시되고 있다. 이 이탈리아의 인문주의자는 항상 처음 등장하는 모습으로 나타난다. 지식 전달에 몰두하는 세템브리니는 〈사회의 병리학〉에 관여함으로써 모든 인간의 번뇌를 처리하는 백과사전이 되고자 한다. 문자, 웅변과 과학의 신인 헤르메스 트리스메기스토스처럼, 세템브리니 자신도 연설에 능하며, 문자의 발명자이고 특히 지식의 전달자이다.[62] 〈그의 입술은 말을 형성하는 데 일종의 기쁨을 느끼고 있는 것 같아 듣고 있으면 기분이 좋았다.〉(Zb 81) 세템브리니의 말에는 일반적으로 인용과 높은 수사적 요소가 담겨 있는데, 그는 이러한 문장을 아름답고 능숙하게 형성하여, 사실상 작품에서 언어 재능이 가장 좋은 중개자가 되고 있다. 결국 그는 언어를 반어적으로 나타내는 베렌스와 상반된다. 이렇게 세템브리니의 사상과 말솜씨는 특출하여 헤르메스 신과 동일한 존재가 되려고 노력하지만 결국 보잘것없는 것으로 나타난다. 즉 그의 지식 전달은 그의 병 때문에 좌절되고, 총회*Kongress*도 참석하지 못한다. 그리고 그의 설득력 있는 웅변술은 카스토르프와 나프타를 청취자로 끌어들이지만, 웅변 내용은 점점 모순적이 된다. 따라서 세템브리니의 다른 사람에 대한 웅변의 영향력은 점점 약해져 간다. 그의 웅변과 언어 재능을 헤르메스에 연관시켜 보면, 그것들은 목적을 이루지 못하고 또 헤르메스의 기지나 약삭빠름을 나타내지 못한다.

그런데 세템브리니와 헤르메스의 관계는 「베네치아에서 죽음」에 나타난 헤르메스 형상과 서로 연관된다. 〈세템브리니가 짚고 있는 지팡이에 다리를 꼬고 편안한 자세로 침센 앞에 서 있는〉(Zb 82) 장면의 묘사는 「베네치아에서 죽음」에서의 지팡이caduceus로 표현되는 낯선 방랑자의 모티프와 관계되며, 또 한편으로 레싱이 묘사한 타나토스와도 연관되고 있다. 이는 세템브리니가 등장할 때, 헤르메스의 형상처럼 거의 규칙적으로 발을 꼰 채 우아하게 서 있는 내용이 「베네치아에서 죽음」에서 아셴바흐에게 낯선 방랑자의 모습으로 나타나기 때문이다.[63] 〈적당한 키에 깡마른 체구, 수염 없는 얼굴, 유난히 납작한 코를 가진 그 남자의 머리는 빨간색이고 피부는 주근깨가 섞인 우윳빛이었다. 〔……〕 오른손에는 뾰족한 쇠붙이가 끄트머리에 박힌 지팡이를 들고 있었는데, 그는 지팡이를 바닥에 비스듬히 짚은 채 기대고 서서, 다리를 꼬고는 지팡이 손잡이를 허리에 받치고 있었다.〉(TiV 445 f.)

지팡이 외에 세템브리니는 카스토르프처럼 〈나는 신발〉을 신으려고 하나 실현되지 못한다. 카스토르프는 마의 산에서 스키를 타기 위해 스키화 한 켤레를 사려는 계획을 세템브리니에게 밝히자, 세템브리니는 이 스키화를 〈헤르메스의 나는 신발〉(Zb 655)로 규정 지으며 헤르메스의 신과 연결시킨다. 〈나도 함께 가겠소. 빨리 가게에 가서 축복된 장비를 사기로 합시다. 산에도 함께 가서 메르쿠리우스(헤르메스의 로마명)처럼 날개가 달린 스키화를 신고 마음껏 달리고 싶습니다만, 나에게는 허락이 되지 않습니다.〉(Zb 655) 이렇게 카스토르프의 영혼을 인도하는 헤르메스 상은 세템브리니에서 계속 나타나고 있다. 세템브리니가 자기 생도 격인 카스토르프를 거의 모든 모험적 사건에서 인도하고 충고했듯이, 눈(雪)의 모험에서도 그는 카스토르프의 가장 가까이에 있다. 그때도 그는 종전처럼 지팡이에 기댄 채 다리를 꼬고 우아하게 서 있어(Zb 656) 헤르메스의 모습을 하고 있다. 이처럼 빈번하게 계속되는 세템브리니의 헤르메스적 묘사는 타나토스 형상을 띠고 있다. 따라서 세템브리니 인물에서 가장 돋보이는 헤르메스의 상은 타나토스에 관련된 〈영혼의 인도자〉로 카스토르프를 여정과 모험, 실험 욕구 등에서 영혼적으로 가장 잘 인도하고 있다. 카스토르프는 마의 산에서 매우 다양한 경험을 겪는데, 이때 세템브리니에게 비평적이면서도 그의 인도를 받지 않을 수 없다.

지금까지 언급된 세템브리니와 헤르메스의 유사성은 형상적으로 나타나지 않았다. 따라서 헤르메스에 관한 세템브리니의 의미는 눈에 띄지 않는 일종의 에피소드적(삽화적)인 면이 있었다. 세템브리니의 카스토르프에 대한 영혼을 인도하는 행위는 작품 끝까지 진행되다가, 〈청천 뇌우Donnerschlag〉(Zb 981)에 의해 연금술적으로 병과 죽음을 겪던 카스토르프는 이 상황에서 깨어나 다시 여행자가 되어 전쟁에 참전하게 된다. 결국 작품의 모든 인물 중에서 카스토르프를 끝까지 동행하는 유일한 인물인 이 이탈리아인이 마의 산을 떠나는 카스토르프를 정거장까지 동행하는데, 이후 카스토르프는 다시 돌아오지 못한다. 세템브리니는 헤르메스 성격으로 카스토르프의 죽음에 아무런 영향력을 미치지 못하는데, 이는 신들이 그렇게 결정했기 때문이다.(Zb 976) 세템브리니는 단지 영혼의 인도자로 카스토르프를 저승의 신으로 출발하는 역까지만 동행하고 거기서 이별을 고하는 것이다.

4. 『고등 사기꾼 펠릭스 크룰의 고백』에서의 헤르메스 신화

토마스 만은 자신의 평론집 『정신과 예술Geist und Kunst』에서 예술의 현대적 상황은 삶에 대한 예찬을 감각적·감성적으로 조형시키려는 경향이라고 보았다. 「토니오 크뢰거」에 있어서의 소시민적인 삶에 대한 애착심도 바로 이런 감각적·감성적인 처리에 대한 예라고 하겠다. 그런데 이러한 감각적인 처리는 토마스 만의 견해로서는 정신과 대립되는 것이다. 말하자면 초기의 자기 작품에 대한 비판이라고 볼 수 있다. 다시 말해 삶과 예술이라는 등식을 보여 주는 초기에 정신과 예술이라는 대립을 더욱 날카롭게 추구해 들어감으로써 토마스 만은 자기 나름대로 소설가로서의 입장을 정립하려 했던 것이다. 그는 정신이 삶을 감각적으로 파악하지 않고 인식하고 비판한다고 보았다. 따라서 그 무렵 토마스 만의 문학론에서 강조되고 있는 점은 지적 성격을 지닌 문학 혹은 정신, 인식, 비판, 지성 등이 예술로서 구현되어야 한다는 것이다. 그러한 이유를 들어 그는 괴테의 『친화력Die Wahl-verwandtschaften』과 같은 작품을 최고 수준의 문학으로 보았다. 즉 토마스 만은 이 작품에서 정신과 감각성이 훌륭하게 균형을 이루고 있다고 보았던 것이다. 이에 대해 토마스 만은 칸트의 영향에서 전개된 쉴러의 철학적·미학적 논문『소박 문학과 감상 문학*Über naive und sentimentalische Dichtung*』의 관점을 빌려 다음과 같이 표현하고 있다. 〈완전히 소박한 시인도 완전히 감상적인 시인도 여태까지 존재한 일은 없었다. 왜냐하면 시인은 총화 그 자체이기 때문이다. 시인이란 언제 어디서나 총화를, 정신과 예술, 인식과 창조성, 지성과 단순, 이성과 마술성, 금욕과 미의 화해, 즉 제3의 왕국을 실현하는 것이다.〉(GW 11, 564)

그러니까 이 무렵에 이르러 토마스 만의 예술은 정신과 예술이 하나로 통합된 방향을 제시하고 있다. 그리고 그 중심을 이루고 있는 것이 의식적인 유희로서의 예술이라는 관점이다. 〈우리는 행동주의를 거부한다. 우리는 유희의 엄숙함을, 그리고 유희의 품위를 믿는다〉(GW 10, 302)라고 그는『우리 시대 작가의 정신적 상태*Die geistige Situation des Schriftstellers in unserer Zeit*』라는 평론집에서 말하고 있다. 이 같은 발언은 그의 형 하인리히 만이나 힐러Kurt Hiller 등의 표현주의 운동과는 정반대되는 방향이었다. 토마스 만의 초기 단편들은 바로 개인적인 것과 보편타당한 것 사이의 해결되지 않은 모순들을 드러내고 있다. 사회 질서는 물론 개인의 생존을 위해서는 사회적 행동의 규범이 필요하게 되고 따라서 개인은 말살될 수밖에 없는 윤리 도덕이 강요되어 왔기 때문이다. 개인주의적 시민 사회의 전통이 붕괴되어 가던 시대, 그리고 새로운 정치·도덕의 시대를 말하던 그 시기에 있어 예술가로서 전통을 계승하고 고전이 지니고 있는 이상주의를 유지하려는 노력이 형식의 유희, 즉 패러디로 승화할 수밖에 없었다. 모방과 창조, 반복과 파괴, 이것이 패러디의 원리라고 한다면 패러디는 전통의 파괴인 동시에 계승이며 그것에 대한 불신인 동시에 사랑이라는 긴장된 관계를 예술적으로 표현하려는 의지의 소산이다.[64]

이러한 작가의 태도에서 나온 토마스 만의 최초 작품이 본격적인 패러디 소설이라고 할 수 있는『고등 사기꾼 펠릭스 크룰의 고백』이었다. 이 작품의 구상은 1905년에서 1906년 사이로 작품「베네치아에서 죽음」이전의 시기이다. 이 시기의 비망록[65]에서 토마스 만은 사실상 이 무렵에『고등 사기꾼 펠릭스 크룰의 고백』의 전체 구조를 확립했다가 후에 약간만 변경했다고 언급하고 있다.[66] 이 시기는 토마스 만이

『대공 전하』와 『프리드리히 대왕』을 기획하던 시기로, 그는 『고등 사기꾼 펠릭스 크룰의 고백』을 『대공 전하』를 종결하는 시기에 기획하여 잠시 「베네치아에서 죽음」의 집필에 의해 중단했다가 다시 쓰기 시작했지만, 『마의 산』이 노벨레에서 장편으로 발전해 감에 따라 다시 중단할 수밖에 없었다. 토마스 만은 계속해서 이 작품의 집필을 시도했지만, 그때마다 그의 중요한 대작들인 『요셉과 그의 형제들』, 『바이마르의 로테』, 『파우스트 박사』 등의 창작에 의해 『고등 사기꾼 펠릭스 크룰의 고백』의 집필은 중단되었고, 칼러Erich Kahler에게 보낸 편지에서 밝혔듯이, 말년에 이르러서야 비로소 이 작품을 시작했는데 첫 부분을 거의 수정하지 않고 후반부를 덧붙여 1954년에 종결 편을 발표했다. 따라서 이 작품이 완성되기까지는 40년간의 공백 기간이 있었는데, 이 기간 동안 항상 펠릭스의 주제가 토마스 만의 생각 속에 잠복해 있었고, 이 기간 동안 그의 작품 경향은 초기에서 중기로 그리고 말기로 발전해 갔다. 따라서 초기의 토마스 만 작품의 주제인 예술성과 예술가의 문제는 많은 변화를 겪을 수밖에 없었다. 40년간의 집필 중단에도 불구하고 『고등 사기꾼 펠릭스 크룰의 고백』에는 줄거리의 큰 변경은 없었지만 오랜 세월에 의해 많은 모티프가, 예를 들어 사회 역사적인 측면, 사회 비판적인 측면, 신화적인 측면 그리고 보편적이고 인간적인 측면 등의 모티프가 첨가되었다. 이 작품은 스페인에서 유래한 〈악한 소설Schelmenroman〉의 형식을 따르고 있다.

　토마스 만이 「산고의 시간」을 쓰고 있을 무렵, 베를린에서 국제적인 사기사였던 마놀레스쿠Georges Manolescu라는 사람의 회상록이 나왔는데, 기서(奇書)라고 할 수 있는 이 책에서 힌트를 얻은 것이 『고등 사기꾼 펠릭스 크룰의 고백』이었다. 그는 후일 이 작품을 예술가라는 주제의 하나의 새로운 표현이며 비현실적·환상적인 형식의 심리학이라고 했다.(GW 11, 122) 이런 점에서 이를 초기의 「토니오 크뢰거」의 변형된 형식의 작품이라고 말하는 사람도 있다. 그러나 『고등 사기꾼 펠릭스 크룰의 고백』의 특이한 점은 그 형식과 문체라고 하겠다. 〈나를 문체적으로 매혹한 것은 그 조잡한 전범이 암시해 준, 나로서는 한 번도 손을 대보지 않았던 자서전적인 직접성이었다.〉(GW 11, 122) 그러니까 토마스 만이 흥미를 느낀 것은 자서전적이라는 전통적인 형식으로, 그와 관련해서 괴테의 자서전인 『시와 진실Dichtung und Wahrheit』의 귀족적인 고백기를 범죄적인 것으로 뒤바꿔 놓는 패

러디적인 아이디어였다.[67]

결국 토마스 만은『고등 사기꾼 펠릭스 크룰의 고백』에서 괴테의 자서전인『시와 진실』을 패러디화했다. 그러나 그것을 단순히 전기로 엮은 것이 아니라, 예술가인 토마스 만 자신의 모습을 범죄적인 것으로 옮겨 놓아 현대적인 〈악한 소설〉로 만들었다. 악한 소설의 특징은 약한 자, 무력한 자가 피해를 통해 영리하게 되어 강한 자와 힘 있는 자의 견해와 태도 방식을 통찰하고 이를 이용하여 그들을 이겨 내는 것이다. 악한 소설은 주인공의 관점에서 그 사회의 도덕성과 문제점을 폭로하는 형식을 취하는 것이다.[68] 이러한 악한 소설은 바로크 이래 오랜 전통을 가지고 있다. 토마스 만은 죽기 얼마 전에『고등 사기꾼 펠릭스 크룰의 고백』은 〈피카로 소설Picaroroman〉, 〈모험 소설〉의 형태에 속하며, 독일에서 그 원형은『짐플리치우스 짐플리치무스Simplizius Simplicizzimus』라고 했다.(GW 11, 530) 이로 짐작하건대 이 시기에 오면 패러디화라는 창조상의 이념이 패러디 그 자체로 변화하게 되었다고 말할 수 있다. 이는 전통에 대한 계승과 해체라는 종래의 도식이 이제는 독자적인 순수성을 가진 고전적 문학으로 승화하고 있다는 뜻이다.[69]

토마스 만의 초기 창작기 이후 변형된 양상은 1905년에서 1954년 사이의 그의 주목표의 변형으로 나타난다. 초기 개념에서 추구되었던 괴테 패러디가 후기 작품『고등 사기꾼 펠릭스 크룰의 고백』의 주인공인 펠릭스에서 계속되지 못하고 헤르메스 신화가 수용되는 것이다. 펠릭스의 헤르메스 역할은 신의 행위와 해석의 신비적 의식으로 거행된다. 이 소설에서 신화적 요소는 사기꾼 개념과 밀접하게 연결되어 헤르메스의 다양한 신화상과 펠릭스가 일치되고 있다. 즉 펠릭스는 도둑, 기회의 포착자, 사기꾼, 여행가로 고대 헤르메스 모티프의 다양한 형상들을 후기 작품『고등 사기꾼 펠릭스 크룰의 고백』에서 전개시키는 것이다.

1) 배우의 전형

문학은 기껏해야 반 토막 진실이면서도 완전한 진실의 환상을 전해 주려고 하기 때문에, 소설은 작가와 독자 사이에 맺어진 〈~척하기let's pretend〉의 약정에 의존한다. 이러한 〈~척하기〉야말로 문학의 본질이다. 따라서 〈체함, 또는 가장

Simulation〉과 〈아닌 체함*Dissimulation*〉, 즉 아닌 것을 그런 척하는 것과, 그런 것을 아닌 척하는 것에서 나타나는 고정적 관념부터 고찰해 보자. 로드웨이Allan Rodway는 『르네상스와 현대 연구*Renaissance and Modern Studies*』에서 다음과 같이 말하고 있다. 〈오늘날 수많은 비평가들이, 특히 미국에서 돌마다 샅샅이 들추어 그 밑에서 아이러니를 찾으려 하기 때문에, 아이러니의 본래의 뜻 ——《아닌 척하는 자》의 뜻인 에이론*eiron*에서 파생한 《모르는 척》의 뜻인 에이로네이아 *eironeia* —— 을 상기시키려는 자로서는 잘못되는 것은 아닌 것 같다. 간파되기를 바라는 아닌 척하는 것의 의의는 만약 이 말이 어떠한 일관된 기능을 지니게끔 되어 있다는 근본적인 것으로 남아 있어야 할 것이다.〉[70]

허첸스Eleanor Hutchens도 〈고의적인 속임이라는 기본적 개념〉에 대해서 말하고 있다.[71] 그리하여 소크라테스, 초서Geoffrey Chaucer, 파스칼, 아널드Matthew Arnold 등도 순진하고, 남을 잘 믿으며, 단순하고, 꾸밈새 없이 분개하며, 맹목적으로 열광적이고, 흐뭇하거나 자신만만하게 어리석은 자임을 가장하고 있다. 마찬가지로 스위프트Jonathan Swift도 「기독교 폐지 반대론」에서 그릇된 기독교를 옹호하는 척하였다.[72] 존슨Samuel Johnson은 그레이Thomas Gray의 『음영 시인(吟詠詩人, *Bard*)』 이전에 〈우리는 믿는 만큼 속고 있다〉고 말한 바 있다. 아니 오히려 〈우리가 속는 만큼 믿고 있다〉고 말하는 편이 옳을지 모른다. 그리고 믿을 수 있을 만큼 충분히 속기 위해서는, 보다 더 정확히 말해서 불신을 유예하기 위해서는 비언어적인 경험이 언어화될 수 있고, 언어란 작가와 독자에게 똑같은 외연(外延)과 내포(內包)를 갖는 정확 불변하는 표현 형식이며, 계기성(繼起性)을 가진 매체가 동시적인 효과를 표현할 수 있고, 불연속적인 매체가 연속적 유동을 표현할 수 있다는 것을 소설의 목적을 위해 짐짓 믿어 두어야 할 것이다. 이렇게 〈~처럼 보이는(속아 넘어가는)〉 이미지가 토마스 만의 『파우스트 박사』에서는 자연의 기만성으로 묘사된다. 이 작품에서 레버퀸은 〈자연 자체는 성가시게 마법적인 것으로 치닫는 창조물들, 이의(二儀)적 기분들, 반쯤 숨겨진, 기묘하게 불확실한 것을 가리키는 암시들로 너무나 가득 차 있다〉(DF 22)라고 언급함으로써 자연의 기만성을 암시하고 있다. 따라서 레버퀸의 나비 도감에 실려 있는 투명 나비 〈헤타이라 에스메랄다*Hetaera esmeralda*〉는 〈날개에 보랏빛과 장밋빛의 진한 반점 한 개만을 가지고 있었고, 그 밖에는 아무것도 보이지 않으므로 날아갈 때면 그 반점이 헤타이라를 바람에 날리는 꽃잎처럼 보이게 한다.〉(DF 23) 또한 어떤 종류의 나비는 나뭇잎과 꼭 같은 모양을 하고 있어서 적을 속여 자신을 보호할 수 있다. 〈그다음에는 나뭇잎 모양의 나비가 있었는데, 그것의 날개 윗면은 잘 어울리는 색채의 삼화음으로 화려하게 빛나고 있고, 날개 아랫면은 믿을 수 없을 만큼 정확하게 나뭇잎을 닮아 있다. 형태와 맥상뿐 아니라, 작은 홈들, 모방된 물방울들, 사마귀 모양의 균사체들, 그와 같은 다른 것들의 꼼꼼한 재현을 통하여 잎을 닮은 것이다. 이 교활한 생물이 날개를 높이 접고 내려앉으면, 주변과 너무나 완벽하게 동화되어 아무리 탐욕스러운 적이라 해도 그것을 알아낼 수 없었다.〉(DF 23 f.) 그 밖에도 껍질에 — 알고 보면 해독은 불가능한 — 상형 문자가 쓰인 조개(DF 27), 그 어떤 기만적인 뻔뻔함을 가지고서 식물의 모양을 모방하는, 즉 놀랄 만큼 아름다운 양치류의 잎들, 풀들, 꽃받침과 화관의 모습을 하고 있는(DF 29) 〈성에*Eisblumen*〉(DF 28) 등에서 자연의 기만적 이의성을 확인할 수 있다.[73] 결국 토마스 만의 『파우스트 박사』나 그의 다른 작품에 〈나처럼 되어라!*Sei wie ich!*〉[74]라는 주제가 전개되고 있다. 여기에서 〈존재와 가식(假飾)의 조절*Ausgleich von Sein und Schein*〉(FK 522)이 합리화된다.

이러한 〈~인 체 행동하는〉 기만성의 이미지는 일차적으로 배우의 이미지와 관련해서 해석될 수 있다. 토마스 만 역시 단편 「환멸」에서 이러한 배우의 이미지를 다음과 같이 실토하고 있다. 〈나 역시 배운 바는 그들, 이 작가들을 증오하는 법이오. 그자들은 위대한 말들을 온 벽에 쓰고 베수비오 화산에 잠긴 삼나무로 하늘의 뚜껑에 그림을 그리고 싶어 하지요. — 반면 나는 모든 위대한 말들을 거짓말 아니면 비웃음으로 느낄 수밖에 없습니다! 〔……〕 내가 오늘 다시 한 번 고백하고 싶은 것은, 나 역시, 내 자신 스스로가 나 자신이나 다른 사람들 앞에서 행복한 체하기 위해 이 사람들과 함께 거짓말을 해보려고 한 적이 있었다는 점입니다. 그러나 그런 허영심이 깨어진 것은 여러 해 전입니다. 그리고 나는 지금 고독하며, 불행하며, 약간 이상스럽게 되어 버렸습니다. 나는 그것을 부정하지 않습니다.〉(GW 8, 65 f.) 이 내용에서 핵심적인 말은 〈거짓말〉이다. 이때 거짓말은 무엇보다도 그의 의미화 맥락에서 〈꾸며서 이야기하기*fabulieren*〉 자체를 의미한다. 이러한 거짓말과 배우의 동기가 토마스 만의 『고등 사기꾼 펠릭스 크룰의 고백』에서 〈연기의 마스크〉의 동기로 전개된다.

사람의 성현(聖顯)으로 볼 때, 왕이나 여왕에 대한 반응에서, 그들의 인격에 대한 반응이 아니고 그들이 지닌 신화적인 역할에 대한 반응이 생긴다. 어떤 사람이 재판관이 되거나 대통령이 될 경우 그는 더 이상 그 사람이 아니라, 그 신성한 직함을 대표하는 사람이 된다. 예를 들어 재판관이 법정으로 들어오면 사람들은 모두 일어선다. 그러나 사람들은 그를 보고 일어서는 게 아니라, 그 사람이 입고 있는 법복, 그 사람이 맡고 있는 역할에 대한 경의로 일어서는 것이다. 재판관 자신의 역할에 가치를 부여하게 하는 것은 그 역할로서 재판관이 지니는 완전무결함, 즉 그 역할의 원리로 대표되는 완전무결함이지, 나름대로 생각과 편견을 지닌 재판관들의 무리가 아니다. 그러니까 우리가 일어서서 경의를 표하는 대상은 재판관 자체가 아니라 신화적인 인격인 것이다.[75]

이렇게 인격이 변하여 일반인에서 벗어나는 내용이 「토니오 크뢰거」에서 크뢰거가 리자베타에게 보낸 서신 속의 예술가상으로 나타난다. 〈예술이 시민으로서의 직업이 아니라 미리 운명으로 정해진 저주받은 직업일 수밖에 없는 한 예술가, 그런 진정한 예술가를 많은 군중 속에서 식별해 내는 데에는 그다지 날카로운 형안이 필요 없습니다. 자신이 군중보다 유별나고 그들과 어울리지 않는다는 감정, 그들에게 인지되어 관찰을 받고 있다는 느낌, 왕과 같이 의젓한 동시에 어딘가 당황해하는 모습이 그의 얼굴에 쓰여 있거든요. 평복을 입은 채 많은 백성들 속을 걸어가는 군주의 얼굴 표정에서 이와 비슷한 모습을 관찰할 수 있을 겁니다. 그러나 리자베타, 이런 경우에는 평복도 아무 소용이 없지요! 변복을 하고 가장을 해보십시오! 외교관이나 휴가 중인 근위대 중위와 같은 옷차림을 해보십시오! 아무리 그래봤자 당신이 눈을 뜨자마자, 한마디 말을 입 밖에 내기가 무섭게 이미, 누구나 다 당신이 인간이 아니라 그 무엇인가 낯선, 이상한 느낌을 주는 별난 존재라는 것을 알게 될 것입니다.〉(TK 297 f.) 이렇게 인간 자체를 벗어난 분위기에 의해 인격이 변하는 사실을 연기력으로 이용하는 것이 『고등 사기꾼 펠릭스 크룰의 고백』의 주인공 펠릭스의 특기이다.

토마스 만이 자신과는 이질적인 세계를 취급하는 이론적 계기가 된 것은 〈유희

Spiel〉라는 개념이다. 이러한 유희는 『고등 사기꾼 펠릭스 크룰의 고백』에서 배우의 비범한 재능을 타고난 주인공 펠릭스에게 나타나 작품의 여러 곳에서 그의 〈고등 사기꾼〉 기질로 전개된다. 이렇게 〈하지 않으면서도 ～인 체 행동하는〉 재능을 가진 펠릭스의 이미지로 펠릭스의 모습에 〈배우의 원형〉이 담겨 있다. 따라서 자신의 정체를 숨겨 가며 타인 행세를 하는 배우의 동기가 『고등 사기꾼 펠릭스 크룰의 고백』의 주도적인 아이디어가 되고 있다. 배우의 문제점은 역할과 가면에 대한 내적인 요구로 현실이 아닌 가상 세계로의 몰입이다. 「토니오 크뢰거」에서 크뢰거도 예술가는 배우처럼 무대에서 연기하는 삶이 진정한 삶이지, 무대를 떠난 일상적인 삶은 가면을 벗은 배우의 삶이며, 이러한 삶은 아무런 의미가 없다고 말하고 있다. 이러한 사기꾼으로서의 배우의 역할은 이미 펠릭스가 여덟 살 때 여름 방학에 마치 배우처럼 대중 앞에서 바이올린을 연주하는 척하는 오케스트라와의 협연 연기에서 처음으로 돋보인다. 이러한 연기로 대중을 속였다는 행위에 대해 그는 양심의 가책을 전혀 느끼지 않고 단지 모든 것을 하나의 유희로 간주하고 대중의 열광에 만족할 뿐이다.

사기꾼의 자서전이라는 틀의 설정에서 마련되는 동기는 매우 유동적이고 변화하는 것을 본질로 하는 〈낮은〉 현실이다. 따라서 펠릭스의 행위는 결코 영웅시되지 않고 오히려 어릿광대의 행위로 나타난다. 그의 역할은 교체와 함께 변화하며 비유화된 존재이다. 즉 그는 현실의 역할을 변신이라는 행위나 가면으로 자유롭게 바꾸어, 그가 확보하게 되는 최대한의 자유에 의하여 삶은 매우 다양한 모습으로 나타난다.

이런 맥락에서 펠릭스는 세상에서 느끼는 공포를 연극을 통해 해소하려 했던 고대인의 이미지를 연상시킨다. 예를 들어 펠릭스가 약 16세에 신의 역할을 보이듯, 그의 유년기에 여러 다른 인물의 역할을 모방하는 것이 그의 큰 기쁨이었다. 그것은 서명하는 부친 모습의 모방이거나, 그가 변장해 본 오스트리아의 장교나 다른 사람들 같은 귀족 출신의 시동(侍童)이거나, 신동(神童, *Wunderkind*)(FK 281)의 형상 등이다. 작은 펠릭스는 바이올린을 능숙하게 연주하여 이 세상을 매혹시켜 갈채를 받는 모방도 해보는데, 이 장면에서 칠현금을 연주하는 어린 헤르메스 형상이 연상된다. 과거에 아폴론이 자신의 형제 헤르메스의 칠현금 연주에 매료되는 모습이 모방되는 것이다. 또 주인공은 있는 그대로 받아들이고 순응하고 맞장구를 치는데, 그것은 그가 대립의 경우라면 이루지 못할 것을 달성하기 위한 고등 사기술이다. 예를 들어 펠릭스는 많은 영웅호걸을 모방하는데, 이는 징병 위원회가 그를 미쳤다고 판단하여 입영을 거절하게 하기 위해서이다. 거울 앞에서 연기 연습을 충분히 한 펠릭스는 징병 검사장에서 간질 발작의 행세를 하여, 즉 꾀병을 부려 징집 면제를 받아 내는 연기의 천재성을 지니고 있는 것이다. 참고로, 이렇게 꾀병을 부리는 내용이 우리나라 최초의 희곡 작품의 내용이었다는 사실도 흥미롭다. 조중환의 「병자 삼인」은 세 명의 꾀병 환자와 그 아내들 사이에 벌어지는 소극(笑劇)이다. 당시 오도된 개화 여성의 단면을 그리면서 여성 권리를 옹호한 이 작품은 1912년 매일신보에 연재됐다. 결국 우리나라 첫 희곡 작품의 주인공들이 펠릭스처럼 꾀병 환자라는 게 공교롭다.

펠릭스의 배우로서의 역할은 베노스타 후작과의 역할 교환에서 절정을 이룬다. 그는 어린 시절 학교를 빼먹기 위해 아버지의 필체로 거짓 사유서를 쓴 솜씨를 발휘하여, 자연스럽고 능숙하게 백작의 필체를 사용하고, 여행 도중에도 백작의 부모에게 거짓 편지를 자연스럽게 쓴다. 말하자면 펠릭스는 능숙한 〈배우〉로서, 그의 고등 사기꾼의 재능은 삶의 마스크로 여러 사람들을 속이는 재능인 바로 연기력이다. 이러한 배경에서 펠릭스가 행하는 가상의 사건은 연극이 되는 것이다.

이러한 배우의 기질이 농후한 또 다른 인물로 로제Müller Rose라는 남자를 들 수 있다. 그는 극장의 인기 가수인데, 무대에 나타난 그의 모습은 머리끝에서 발끝까지 연기의 마력에 통달해 있다. 장미꽃과 산호의 색깔로 빛나는 우아한 그의 모습에 관중은 황홀하게 매혹되어 모든 동경과 찬사를 보낸다. 그러나 이 사나이를 무대 뒤에서 만난 펠릭스는 정상적이 아닌 사나이의 모습에 구토와 전율을 금치 못한다. 왜냐하면 황량한 무대 뒤의 그 사나이는 비속하고 평범할 뿐 아니라, 그의 전신은 가슴, 등, 어깨 할 것 없이 화농(化膿)하여 붉은 피가 충혈된 물집으로 가득 차 마치 나병 환자와 같이 보기에도 비참하고 추악한 광경을 보여 주고 있기 때문이다.

『부덴브로크 일가』에서도 주인공 토마스 부덴브로크는 일상생활의 일을 수행해 나가는 데 극도의 신중성과 정신력을 필요로 하며, 조그마한 일을 결정할 때조차도 세심한 주의력과 결단을 필요로 하여 기진맥진하지만, 〈연기의 마스크〉를 쓰고 초지일관 퇴폐의 병을 끝내 참고 이겨 나간다. 이러한 〈연기의 마스크〉의 내용은 〈토마스 부덴브로크의 생활은 〔……〕 현대의 영웅 생활이다〉(Bd 87)라는 말과 〈나에게 영웅 정신이라는 것은 하나의 《그럼에도 불구하고》라는 정신이며 극복된 취약성이다〉(Bd 63)라는 내용의 비교에서 인식될 수 있다. 이 〈약함의 영웅주의〉야말로 〈연기의 마스크〉로 시대정신을 나타내고 있다고도 볼 수 있다.

이러한 〈연기의 마스크〉가 시대정신의 소산인지 토마스 만과 동시대 작가인 카프카의 문학에서도 자주 나타난다. 카프카의 장편『소송Der Prozeß』에서 재판관들은 자신의 위엄과 인격을 시각적으로, 즉 연기적으로 만들고자 한다. 여기에 화가 티토렐리가 이용되어 인격이나 정서도 인위적인 그림으로 나타난다. 법의 세계의 인물들이 자신의 품위를 시각적으로 보이려 하는 것이다. 따라서 법정 한가운데에서 재판관의 초상화를 그리는 화가 티토렐리는 재판관들을 실물대로 그리지 않고, 옛날 위대한 재판관들의 그림이 풍기는 것처럼 재판관으로서의 중요한 의미와 기능을 그림으로 나타낸다. 실제로 재판관은 부엌 의자에 앉아 있으면서도 그림에서는 옥좌에 앉아 있는 모습으로 나타난다. 〈나는 형상도 옥좌도 본 적이 없습니다〉[76]라는 티토렐리의 언급에서 보듯, 재판관으로서 그들의 품위 있는 자세는 순전히 그림 속에서 꾸며 낸 것이다. 결국 재판관들은 실제로 아주 평범한 사람들이고, 티토렐리의 진술에 따르면 모든 것이 법정에 속해 있다는 사실이 분명하게 밝혀진다. 그러나 화가 티토렐리는 일상생활에서는 볼 수 없는 재판관 직무의 본질, 기능, 의미를 연기적으로 시각화하는 임무를 띠고 있다.

이는『고등 사기꾼 펠릭스 크룰의 고백』에서 펠릭스의 연기의 모티프라 볼 수 있는 〈치환 능력(置換能力, Vertauschbarkeit)〉을 의미한다. 이는 주변에 널려 있는 제반 사물이나 문제의 공통점과 유사점을 재빨리 파악해서 바꿔 놓는 능력을 의미한다. 단순한 내용도 복잡해지고(또는 복잡하게 보이고) 뒤섞이는 동안 본래의 외관은 변형되어 전부터 알던 사람이 아니면 식별할 수 없게 된다. 요컨대 얼마나 식별하기 어렵게 바꿔 놓는가 하는 점이 중요하다. 이렇게 주체(자신)와 객체(타인)가 치환될 수 있는 상상이『고등 사기꾼 펠릭스 크룰의 고백』에선 다음과 같이 언급되고 있다. 〈그것은 치환(置換) 가능성이라는 생각이었다. 의복이나 분장을 바꿔 버리면, 곧장 급사들도 신사와 마찬가지로 될 수 있을 것이고, 담배를 입에 물고 깊은 안락의자에 거드름 피우고 앉아 있는 족속들의 다수는 — 급사 역을 해낼 수도 있었으리라. 사정이 그렇게 되어 있지 않는 것은 순전한 우연 — 부(富)가 빚어낸 우연이었다. 왜냐하면 돈이 빚어내는 귀족성은 치환될 수 있는 우연의 귀족성이기 때문이다.〉(FK 491 f.) 여기에서 자신과 타인을 치환할 수 있다는 상상이 예술가와 사기꾼의 경우로 옮아간다. 원래 토마스 만이 예술적인 고독과 가식적 문제를 범죄성으로 돌리기 위해서 채택한 것이 사기꾼의 모티프였다. 예술가의 수법과 직업이 사기꾼의 그것과 같은 것이라고 생각되는 것이다. 예술가란 수시로 임기응변하여 자신을 탈바꿈하지 않으면 살아갈 수 없는 사기꾼의 입장과도 같은 것이기 때문이다.

이러한 예술가의 사기꾼의 내용은 니체로 소급된다. 니체는 예술가의 전형으로 배우를 들고 있으며 또한 예술가를 사기꾼과 동일시하고 있다. 사기꾼이라는 직업에서는 항상 수법을 바꾸어 자신의 정체를 숨겨 가며 타인의 행세를 해야 하는 것이 불가피하다. 〈타인 역〉을 감쪽같이 해낼 때 비로소 새로운 가능성이 생겨나는 것이다.[77] 이러한 배경에서 니체는 예술가란 배우이며 원숭이라고 혹평했다.[78] 토마스 만은 니체를 유미주의자의 전형으로 이해하여 그를 비도덕주의자라고 말했으며, 그의 메모에 나타난 니체의 저서 『인간적인 것, 너무도 인간적인 것 Menschliches, Allzumenschliches』의 188번 경구에 대해 다음과 같이 평하고 있다. 〈헤시오도스 앞에서 한번은 음악의 신이 《우리들은 많은 거짓을 말하는 데 정통하다》고 노래했다. 이는 예술가를 한때 사기꾼으로 파악하게 하는 근본적인 발견으로 이끈다.〉[79] 또한 니체의 같은 책 51번 경구에 의하면, 예술가에 대한 해석은 배우와 배우의 표현 기술의 분석을 통해 이루어지고 있는데, 이 경구가 『고등 사기꾼 펠릭스 크룰의 고백』을 집필하는 데 커다란 영향을 미쳤다. 이 경구는 가상에서 존재로의 배우의 변신을 다루고 있다.[80] 〈배우는 가장 고통스러울 때에도 결코 그가 연기하는 인물의 인상과 전체적인 장면 효과의 생각을 멈추지 않는다.〉[81]

2) 헤르메스의 표현 방식과 배경

〈행복〉을 뜻하는 〈펠릭스Felix〉[82]란 이름처럼 주인공 펠릭스는 자신을 〈하느님의 총아Vorzugskind des Himmels〉(FK 271)라 칭하고, 그의 육체는 〈신과 같은 사지(四肢)〉와 〈성스러운 가슴〉(FK 442)으로 묘사되어 신적인 모습으로 등장한다. 따라서 그는 〈자기 미래의 진정한 운명은 언제나 태양 광선처럼 찬연히 빛난다〉(FK 271)고 확신하고, 넘쳐흐르는 세계 갈망을 염원하며 자신의 운명을 실현하기 위해 모든 것을 도박에 건다. 이렇게 펠릭스는 하느님의 총아로서 자기의 행복을 확신하고 자기실현을 위해 인생 행로를 나아간다. 즉 펠릭스는 세계를 어떤 식으로든 구애할 가치가 있는 매혹적인 것으로 보아 강한 세계 갈망을 품고 인생 행로로 나아가는 것이다. 이런 배경에서 펠릭스의 성욕적인 면 등 그의 다양한 양상에 헤르메스 신의 묘사가 과거 토마스 만의 어느 작품에서보다 더욱 명료하게 나타나고 있다. 즉 펠릭스가 작품에서 헤르메스를 연상시키는 유일한 인물은 아니지만, 그가 가장 강렬하게 헤르메스를 연상시키고 있다. 펠릭스는 헤르메스 신의 화신 역할을 함으로써 헤르메스가 작품의 중심점이 되는 것이다.

『고등 사기꾼 펠릭스 크룰의 고백』은 세 부분으로 나뉘는데, 이 세 부분은 헤르메스 소재의 차이로 구분된다. 첫 번째 부분은 1920년대에 간행된 토마스 만의 비망록 『유년기의 서(書)Buch der Kindheit』의 내용과 유사하다. 이 첫 부분에서 일련의 펠릭스에 대한 묘사가 있는데, 이 묘사가 후에 헤르메스 의미로 변형되어 마지막 부분에서는 그 신의 형상으로 암시되고 있다. 펠릭스의 파리 거주가 묘사되는 둘째 부분에서 헤르메스의 이름이 처음으로 언급되어 펠릭스에게 적용된다. 소설의 이 둘째 부분에 헤르메스의 존재를 나타내는 많은 개념들이 있다. 여기에서 헤르메스 신이 등장하기 이전에 언급되는 펠릭스와 로차Rozsa의 사랑 관계가 다양한 헤르메스 테마를 담고 있다. 비망록의 셋째 부분은 베노스타de Venosta 후작의 역할로 빠져드는 펠릭스를 보여 주며, 또 그의 첫 세계 여행의 시작인 리스본 여행을 보여 준다. 여기에서 헤르메스의 암시는 점점 줄어들다가 펠릭스의 대화에서 끄집어내 하나의 신의 형태가 된다.

결국 작품에서 헤르메스 신의 신화적 형상은 점층적으로 암시되다가 마침내 형태화된다. 그러나 신화를 소재로 하는 토마스 만이 직면한 문제는 우선 허구성을 타파하여 사실적 현실미를 나타내는 데 있었다. 따라서 그가 이 현실을 사실적으로 보강하는 주요 수단으로 생각한 것이 구체적인 조형 행위다. 그러나 신화의 황당무계한 비현실성을 선명하게 사실화한다는 것은 거의 불가능하여 신화를 중심으로 그것을 둘러싼 전승을 비판하는, 말하자면 주석적인 수법을 가미하게 된다.

토마스 만에게는 1910년 이전에 이미 패러디에 대한 생각이 싹트고 있었다고 볼 수 있다. 그러나 정신과 예술, 비판과 조형이라는 대립적인 문제를 종합함으로써 새로운 예술의 경지를 개척하려고, 즉 의식적으로 서사 문학의 전통 형식을 패러디화하려고 한 것은『고등 사기꾼 펠릭스 크룰의 고백』에서부터라고 할 수 있다.[83] 앞에서도 언급되었듯이, 토마스 만은 기법적으로 소설『고등 사기꾼 펠릭스 크룰의 고백』을 18세기의 가장 위대한 전기로 볼 수 있는 괴테의 자서전『시와 진실』의 패러디화로 만들려 했다.[84] 이런 배경에서『고등 사기꾼 펠릭스 크룰의 고백』은 〈예술가 존재의 패러디〉[85]로 불리기도 한다. 실제로 토마스 만은 제1차 세계 대전 중의 어느 서신에서『고등 사기꾼 펠릭스 크룰의 고백』은 문체 면에 있어서 괴테의『시와 진실』의 패러디였다고 말하고 있다.[86] 따라서 펠릭스의 묘사 상당수는 괴테의 패러디이고, 특히 1937년도 초기에 출간된 〈크베리도 판Querido-Ausgabe〉은 괴테의 패러디적인 형상을 암시하는 펠릭스의 모습만 담고 있는데, 이를 가장 명백히 보여 주는 묘사로 로텐베르크는 다음의 내용을 들고 있다. 〈단지 나의 다리는 비교적 짧다. 그러나 나의 교부께서 이러한 나의 결점을《바이마르의 위대한 사상가도 매우 짧은 다리를 가졌다》는 암시로 위로해 주었다.〉[87] 물론 여기에서 〈나〉는 펠릭스이며, 〈바이마르의 위대한 사상가〉는 괴테를 암시하고 있다. 토마스 만은 1950년대에 소설 주인공을 명확하게 헤르메스의 후계자로 설정하면서,[88] 초기 시대의 패러디적이고 반어적인 방향을 충실히 따랐다. 또 토마스 만은 1950년대에 주인공 외에 로차의 모든 장면도 작품의 여러 장(章)에 언급하면서 여기에 헤르메스의 영향력을 묘사하고 있다. 그의 후기 개념의 핵심은 초기의 괴테 모방에서 벗어나 신의 해학적인 형상을 염두에 두는 것이었다.[89] 이에 따라 헤르메스 외에 다른 신들이 작품 배경에 등장하게 된다. 토마스 만이 후기에 초기의 펠릭스 개념을 다시 염두에 두는 배경에는 케레니Karl Kerényi의 헤르메스에 대한 지식이 작용했다.

3) 펠릭스의 헤르메스 현상

펠릭스는 막 청년이 되어 그리스 신의 모델이 된다. 조형 예술에서 많은 고대 신들이 청년 형상을 하고 있는데 헤르메스도 이를 따르는 것이다. 따라서 여기에선 펠릭스와 헤르메스가 적나라하게 연관된다. 그러나 펠릭스 자신은 작품 초기에는 아직 헤르메스의 화신(化身)으로 나타나지 않고 단지 〈그리스의 전설*griechische Sagenkunde*〉(FK 284)과 연결되어 있을 뿐이다.

그러다가 작품이 전개되면서 펠릭스의 행위는 점점 헤르메스와 일치하게 되어 펠릭스 고유의 특징을 형성한다. 첫째로 펠릭스는 사기꾼의 전개에서 누구에게도 피해를 끼치지 않는다는 사실이다. 그의 역할은 항상 책략으로 점철되지만, 아폴론이나 제우스가 헤르메스에게 피해를 당하지 않는 것처럼 펠릭스의 행위에서도 피해를 느끼지 못한다. 따라서 사건을 저지른 후에 그것을 평가하는 그의 방식은 항상 긍정적인 결과를 맺는다.

그의 외형과 신동에 대한 여러 가지 묘사 외에 강조되어야 할 유아기의 사건이 있다. 그것은 펠릭스가 처음으로 저지른 절도 행위이다. 어느 날 우연히 어느 제과점에 혼자 있게 되었을 때, 그는 사탕을 훔치게 된다. 그가 전에 잘 이용했지만 쉽게 발각되지 않는 사기*Betrug*에 대한 그의 합리화를 보면, 사기를 모르는 사람들에게 삶의 영향이나 성공의 가능성은 주어지지 않는 것이다.(FK 298) 따라서 그가 사탕을 훔치는 절도는 죄스럽지 않게 여겨진다.(FK 309) 이렇게 펠릭스에게 사기는 진실이나 정직의 반대 개념으로 이해되지 않는다. 즉 정직함과 거짓은 서로 대립되는 개념이 아닌 것이다.

기회의 이용은 탁월함의 첫 번째 조건으로, 펠릭스는 기회를 이용하는 행동을 실제로 사악하지 않은 올바른 행위로 간주한다. 그의 유년기의 행위들은 헤르메스 신과 유사성을 암시하다가 점점 더 실증적으로 전개된다. 이는 토마스 만이 후에 소재를 다시 수용하면서 기존 장(章)의 헤르메스 내용을 강화시키는 것이다. 따라서 펠릭스와 헤르메스 사이의 유사점이 점점 더 명백하게 나타난다.

『고등 사기꾼 펠릭스 크룰의 고백』 제2부에서는 펠릭스가 창녀 로차의 사랑의 수업에서 받은 개인적인 〈사랑의 교육Liebeserziehung〉(FK 374)이 다양한 사건으로 전개되고 있다.(FK 374) 펠릭스는 사제Pate 심멜프리스터와 창녀 로차의 축복을 받으면서, 이때 세계가 반대로 전환된다. 죽음을 신성한 것으로 만드는 사제는 성스러운 것을 감각화시키는 인물이며, 지상적 존재인 창녀는 〈죽음의 새 Totenvogel〉(FK 375)로 나타난다. 펠릭스는 로차의 첫 만남 이전에 프랑크푸르트의 거리에서 많은 창녀들을 관찰하는데, 저승사자인 〈죽음의 새〉의 전개에 이 창녀들을 시발점으로 삼고 있다. 이는 펠릭스의 행동에서 헤르메스의 영혼의 인도자적 성격이 간접적으로 암시되는 것이다. 이 죽음의 새는 밤에 죽어 가는 환자의 창가에 날아와서 죽음의 근심에 가득 찬 영혼들에게 〈함께 가자!Komm mit!〉(FK 375)고 외치면서 밖으로 유혹한다고 펠릭스는 설명한다.(FK 375) 새는 인간 안에 자리 잡은, 마음대로 할 수 없고, 도달할 수 없는, 그러나 다른 한편으로는 오직 인간의 힘과 훈련을 통해, 끝없는 희생과 체념을 통해서 해명될 수 있는 영역에 대한 비유이다. 즉 새는 인간의 경험적 사고와 의지로는 도달할 수 없는 독자적인 힘을 갖고 있어 한계적 상황의 탈출로 연상된다. 여기에서 삶과 죽음을 극복하는 새인 불사조(不死鳥)의 개념이 존재한다. 인도 신화에서 가루다Garuda, 이집트 신화에서 비누bynw라 불리는 불사조는 중국인에게는 봉황(鳳凰)으로 알려져 있고, 서양에서는 그리스 신화에 등장하는 피닉스Phoenix로 유명하다. 이처럼 불사조 이야기는 세계 어디에나 있으며 죽음에 대한 삶의 승리를 상징한다.

따라서 『고등 사기꾼 펠릭스 크룰의 고백』에서 〈죽음의 새〉(FK 375)처럼 새가 죽음을 초월하는 불사조 개념이 문학에서 자주 나타난다. 이 작품에서 다음의 문장은 패러디적으로 영혼의 인도자의 비유를 보여 준다. 〈사악한 여성들(간호사단)이 등불 밑을 스치듯 지나면서 대담하게 남성들을 남몰래 성욕으로 유혹할 때 이러한 말투를 사용하는 것은 이상하지 않은가?〉(FK 375) 비록 죽음으로의 안내는 아니지만 창녀를 영혼의 인도자로 해석하는 것은 계속되는 묘사에서 더욱 깊은 내용을 띤다. 로차와 다른 여성들을 나타내는 〈안내하는 여성Führerin〉(FK 376, 381)이라는 단어는 헤르메스의 인도하는 속성을 담고 있다. 첫 묘사에서 로차는 〈모자Kappe〉(FK 379)를 쓰고 펠릭스와 〈낯선 여성Fremde〉(FK 379)의 모습으로

마주친다. 이렇게 모자를 쓰고 나타나는 모습은 토마스 만의 다른 작품에서도 알려진 헤르메스 모티프의 중요한 인용으로 볼 수 있다.

그다음에 이어지는 내용은 음탕하고 불명확한 곁눈질(FK 376)인데, 로차의 이 눈짓은 저승의 새처럼 펠릭스에게 자기와 〈함께 가자!*Komm mit!*〉(FK 375)는 요구이다. 이러한 죽음의 새는 밤에 죽어 가는 환자의 창가에 날아와서 죽음의 근심에 가득 찬 영혼들에게 (저승으로) 〈같이 가자!〉고 외친다 한다.

『고등 사기꾼 펠릭스 크룰의 고백』에서 곁눈질 등 음탕하고 불명확한 성격은 약간 변화되어 창녀들의 반복적인 행위로 나타난다. 거기에서 펠릭스는 곁눈질을 〈기대에 가득 차면서 불명확한 것*Verheißungsvoll-Ungewisse*〉(FK 376)으로 향하는 여자들의 눈짓으로 해석하는데, 이의 〈기대에 가득 찬*Verheißungsvoll*〉 단어와 〈불명확한*Ungewisse*〉 단어의 합성어에서 「베네치아에서 죽음」의 내용이 다시 상기된다. 우리는 이 작품에서 돈을 주고 산 사랑과 실현에 관련된 두 개의 인용문을 기억할 수 있다. 「베네치아에서 죽음」의 마지막 장면에서 〈기대에 찬 거대한 것*Verheißungsvoll-Ungeheuere*〉(TiV 525)으로 빠져 들어가는 자는 타치오였다. 이 작품에서 아셴바흐가 자신의 영혼의 인도자 타치오를 따라 저승으로 가듯이, 펠릭스는 자신을 인도하는 여성 로차를 따라간다. 따라서 로차는 전적으로 펠릭스의 영혼을 인도하는 여성으로 작용하여, 『마의 산』의 쇼샤 부인이 카스토르프를 매혹시키는 것보다도 더 적극적으로 펠릭스를 애욕과 사랑으로 인도하고 있다.

『고등 사기꾼 펠릭스 크룰의 고백』 이전 작품들에서 알려진 모티프들이 강조되면서 로차와 헤르메스의 유사점의 마지막 관계로 나타난다. 타나토스 주제가 전개되는 것이다. 그러나 여기에서 타나토스는 로차에 의해 종전과 다른 방식으로 나타난다. 타나토스로 연상되는 죽음은 지금까지는 레싱의 논문에 나오는 대로 다리를 꼰 형태로 전개되었다. 그런데 로차는 자신의 다리를 꼬듯이 펠릭스의 다리 위에 얹는다.(FK 380) 오래전에 알려진 타나토스 모티프가 애정의 행위로 패러디화되어 상승하는 것이다.

그다음에 전개되는 파리 체험에서 로차로 암시되는 내용이 헤르메스 신으로 연상되면서 방랑의 모티프가 암시된다. 펠릭스 자신이 방랑자로 묘사되어 방랑자나 파리의 여행자로 불린다.(FK 391) 토마스 만 작품의 전체적인 개념에서 볼 때, 펠릭스의 이러한 방랑의 모티프는 이미 『마의 산』의 특징이었던 〈시간과 공간의 족쇄〉⁹⁰를 극복하는 것이다. 〈우리는 이 이야기를 마음껏 이야기하려고 한다. 철저하고도 정확하게, 어떤 이야기가 재미있다든지 따분하다든지 하는 것은, 그 이야기가 필요로 하는 시간 그리고 공간과는 관계가 없는 것이 아닐까? [……] 따라서 이이야기의 작가가 한스 카스토르프의 이야기를 한순간에 끝내 버리는 일은 절대로 일어나지 않을 것이다. 일주일, 즉 7일로는 모자랄 것이며, 어쩌면 7개월로도 부족할지 모른다. 그러므로 작가가 이 이야기에 몰입해 있는 동안에 이 지상의 시간이 얼마나 경과할 것인지를 작가 자신이 미리 예정하지 않는 것이 가장 바람직하다. 설마 7년이야 걸리겠는가!〉(Zb 10)

이미 펠릭스의 방랑성이 작품 초기부터 그의 비정주성(非定住性)으로 나타나 있다. 일찍이 펠릭스는 가족의 속박에서 벗어나는데, 이는 일생 동안의 여행자의 암시로, 이러한 펠릭스의 방랑적 성격에서 여행하는 신 헤르메스가 암시되고 있다. 이 작품의 후반에 펠릭스의 방랑으로 헤르메스 신의 방랑의 성격은 더욱 강하게 암시된다. 펠릭스는 파리에서 곧바로 모자 하나와 〈우산으로 쓸 수 있는 지팡이 Stockschirm〉(FK 430)를 구하는데, 이는 헤르메스의 모자인 페타소스 petasos와 역시 헤르메스의 지팡이 caduceus를 암시하여 방랑의 암시를 더욱 상승시켜 준다. 이외에 그는 레스토랑에서 자리에 앉을 때, 헤르메스의 잘 알려진 특징처럼 다리를 꼬고 앉는다.(FK 431)

지금까지 헤르메스 신과 펠릭스의 유사한 면만 언급되었지 그들 간의 직접적인 일치점은 없었다. 헤르메스 신은 독자들에게 연상만 되었지 펠릭스가 이 신의 역할을 한 적은 없었던 것이다. 여러 번 주인공의 명칭으로 불리는 〈젊은이 Jüngling〉(FK 390)의 비유는 근본적으로 변화가 없다가 후플레 Houpfle 부인의 이야기가 시작되면서 펠릭스에서 헤르메스의 암시는 상승하여 지금까지 토마스 만의 작품에 나타나지 않은 새로운 신으로 전개된다.

언제인지는 명확하지 않지만 펠릭스와 후플레 부인은 파리 방향으로 여행하다가 〈국경 역〉(FK 388)에서 둘이 처음으로 마주친다. 부유한 인물의 모습을 지닌 후플레 부인이 우연히 펠릭스 옆에 서게 되면서, 이때 그 부인의 트렁크 속 물건이 보이게 된다. 전혀 우연히, 즉 아무 의도 없이 그리고 아무도 모르게 값진 장식구

상자 속의 작은 물건 하나가 그 부인의 가방에서 펠릭스에게 옮겨진다. 그런데 이전에 사탕을 훔치던 행위보다도 이번 행위가 펠릭스에게 절도성이 더 적게 생각된다. 오히려 자신이 이 기회에 헤르메스처럼 〈행운을 볼 줄 알고 붙잡는 인물〉[91]로 여겨진다. 따라서 펠릭스의 기회를 이용하는 행동은 실제로 사악하지 않고 올바른 행위로 여겨지는데, 이러한 관념은 「베네치아에서 죽음」에서 〈제정신이 아닌 사람은 제정신에 돌아가는 것처럼 싫어하는 것은 없다〉(TiV 450)라는 말 속에 암시되어 있다.

이 절도 장면이 절도의 신 헤르메스 모티프에 대한 구체적인 행위인데, 이 모티프는 지금까지는 암시만 되다가 둘의 만남으로 명백해진다. 호텔에서 이 부유한 부인과의 만남에서 펠릭스가 헤르메스 신처럼 일생 동안 소중하게 여겨 왔던 사랑이 전개된다. 실제로 헤르메스 신은 미의 여신 아프로디테와 사랑에 빠져 헤르마프로디토스라는 남녀 양성의 신을 낳았다.

펠릭스에 의해 〈여행자Reisende〉(FK 440)로 명명되는 이 여성은 펠릭스와 애정 행위 시에 신의 사지(四肢)와 성스러운 가슴(FK 442)을 가진 한 신을 발견했다고 말한다. 특히 창조의 걸작이나 아름다움의 형상으로 연상되는 헤르메스의 다리(FK 444)를 가진 신과 같은 펠릭스와 자리를 같이하고 있다고 그녀는 말한다. 따라서 펠릭스는 헤르메스가 누구인지도 모르면서도 곧바로 자신이 진짜 헤르메스의 형상으로 변해 간다. 기회를 도둑처럼 잘 포착하는 헤르메스의 형상을 떠맡는 것이다. 이러한 펠릭스에게 후플레 부인은 〈헤르메스! 그(펠릭스)는 그(헤르메스)가 누구인지 모르고 있어요. 그 자신이 바로 헤르메스이지요. 헤르메스! 헤르메스!〉(FK 448)라고 반복하여 그의 정체성을 제공한다. 또한 신적인 혈통을 나타내는 디아나Diana(그리스의 사냥과 달의 신인 아르테미스Artemis의 로마 이름)란 이름도 지닌 후플레 부인이 〈헤르메스는 도둑들의 부드러운 신이지요〉(FK 444)라고 도둑의 신 헤르메스의 속성을 암시하여, 후에 장식품을 훔쳤다고 그녀에게 고해하는 펠릭스를 헤르메스 신에 연관시킨다. 따라서 펠릭스는 더 이상 펠릭스가 아니고, 즉 파리에서 불렸던 아르망Armand이 아니고 이제 헤르메스 자체가 된다. 후플레 부인이 펠릭스를 〈도둑의 신diebischer Gott〉(FK 448)과 동일시함으로써 작품에서 헤르메스 모티프는 정점으로 전개된다. 뒤이어 발생하는 내용은 헤르메스와 동일시 이상으로 전개되는데, 헤르메스 신화가 반어*Ironie*화되고 패러디화되어 상승하기 때문이다. 신적인 디아나(후플레)는 자신의 눈을 속였던 절도를 실제로 자신의 눈앞에서 실행해 보여 주도록 요구하는데 절도에 익숙한 펠릭스에게 이 요구는 어렵지 않다. 후플레 부인의 이러한 요구에서 신화적 반복이 반어적으로 패러디화되고 있다. 여기서 합의된 절도는 토마스 만이 후기 작품에서 헤르메스를 이해시키기 위해 보여 준 패러디화된 신화인 것이다.

펠릭스와 헤르메스 신의 동일시, 또 펠릭스의 헤르메스 역할에 대한 두 번째 언급이 끝나고, 디아나(후플레) 부인의 세 번째 이야기가 전개된다. 이 내용은 작품에서 헤르메스에 관한 첫 번째 명백한 형상으로 헤르메스와 펠릭스의 명백한 동일시가 인식된다. 펠릭스가 직접적으로 전래된 헤르메스의 역할을 하며 살아가는 것이다. 토마스 만은 케레니의 〈신의 아이*das göttliche Kind*〉[92]의 개념을 바탕으로 헤르메스를 통해 사랑·절도의 테마를 구체적으로 전개시킨다. 펠릭스는 실제로 〈사랑과 절도의 물건*Liebes-Diebesgut*〉(FK 450)을 후플레 부인의 방에서 가지고 나와 애욕과 절도의 법칙을 구현하는 것이다. 세 번째 이야기에서 펠릭스와 후플레 부인의 역할 교환이 비유적으로 암시된다. 펠릭스는 동시에 아르망, 헤르메스 그리고 후에 베노스타 후작이 되는 것처럼, 후플레 부인도 헤르메스처럼 신적인 디아나로 변신한다. 이 디아나의 역할로 그녀도 고대 신화적 태생을 지니게 되고 작품의 세 번째 부분에서 또 다른 신화가 형상된다. 역할 교환은 형태의 특징뿐만 아니라 인물의 특징도 되어 신적 역할을 계속 수용하고 있다.

펠릭스의 삶의 마지막 부분은 무의식에서 시작된다. 처음에는 호텔 웨이터에서 파리의 최고급 호텔의 고상한 손님으로 변신한다. 부유한 사람 행세를 하는 펠릭스는 어느 오찬에서 베노스타 후작을 만나는데, 펠릭스의 시중을 받았던 후작은 그의 변신한 모습에 놀란다. 후작과 펠릭스는 자신들의 역할을 서로 바꾸는데, 베노스타의 서명을 대행하는 일과 반지를 떠맡음으로써, 또 펠릭스라는 이름이 새로 명명됨으로써 펠릭스와 베노스타 역이 교환되는 것이다. 따라서 펠릭스는 계속 후작 행세로 살아가며 신적인 계승자가 된다. 후작으로의 역할 변화로 후플레 다음의 두 번째 신화적 만남이 성립된다. 〈나처럼 되어라!*Sei wie ich!*〉[93]라는 신화적 표현이 그에게 다시 전개되면서 그의 〈존재와 가식(假飾)의 조절*Ausgleich von*

Sein und Schein〉(FK 522)이 합리화된다.

이렇게 후작은 펠릭스와 서로 역할을 바꾸어 행하면서 펠릭스에게 세계 여행을 할 수 있는 역할을 제공하여 펠릭스는 제일 먼저 리스본에 가게 된다. 펠릭스의 리스본 체류에서 발생하는 사건도 신화적이다. 이 시기에 포르투갈 왕 돔 칼로스 Dom Carlos 1세와의 만남은 그의 간계하고 간악한 신적 행위뿐 아니라, 또 한편으로 그가 떠맡은 후작 행위의 완전성을 의미한다. 거짓 부모에게 보낸 편지에서 펠릭스-헤르메스-후작의 모티프가 왕의 방문으로 상승되어 서술되는 것이다. 〈능숙한 언사로 우아하게*rednerisch-elegant*〉(FK 622) 자신의 이야기를 하여 왕의 관심을 끄는 민첩성 등의 외적 형태에서 그의 신화적 역할이 명백하게 나타나는데, 이는 왕이 그를 처음 보고 〈그대는 어떤 아도니스를 오늘 가져왔는가?〉(FK 605)라고 말하며 신화적 형상에 관심을 갖기 때문이다. 펠릭스의 신적인 변신은 진짜 후작의 모친에게 매우 놀라운 모습이 되는데, 보르스도르프 지방 특유의 사과 같은 뺨과 길게 째진 눈을 가진 진정한 귀족인 후작의 모친은 신화적인 상황을 전혀 눈치 채지 못하기 때문이다.(FK 605)

디아나 에피소드 이후 왕 앞에서 헤르메스의 화신(化身)이 된 펠릭스는 독자들에게 조금도 의아스럽지 않게 여겨진다. 이렇게 펠릭스는 자신의 헤르메스 역을 능숙하게 행함으로써 왕을 잠시나마 고독에서 벗어나게 하고,[94] 또 책략 있게 낭독한 이야기로 왕을 즐겁게 하여 신적인 사기꾼 역할을 충분히 발휘한다. 왕과의 관계에서 펠릭스는 최고 차원의 헤르메스로 상승되어 〈현혹과 환상의 신, 농담과 교활로 가득 찬 위장과 트라베스티*Travestie*[95]의 대가〉[96]인 헤르메스가 펠릭스에게서 되풀이되는 것이다.

이에 대한 예들을 간단히 언급해 보자. 펠릭스는 후작의 역할을 너무도 진짜같이 행하는 등 모든 부분에서 전문가로, 특히 익살스러운 트라베스티의 재능을 패러디적으로 보여 준다.(FK 623) 농담과 교활로 왕을 즐겁게 만드는 내용은 헤르메스가 형 아폴론과 부친 제우스를 즐겁게 하는 것과 유사하다. 그려진 왕의 형상을 능숙한 말로 칭찬하는 것은 펠릭스-헤르메스의 고등 사기성인데, 〈이러한 능력에 딜레탕트(*Dilettantismus*, 아마추어적인 면)는 얼굴을 붉히게 된다〉(FK 609)는 언급이 이를 증명한다.

이러한 펠릭스의 사기성 같은 〈고도의 전문성〉은 토마스 만의 문학에서 드문 경우이다. 토마스 만 소설의 인물들은 대부분 전문성이 결여된 딜레탕트적인 모습을 보여 주고 있다. 실제로 『마의 산』에서 영웅적이지도 않고 억센 생명력도 없는 주인공 카스토르프는 종반에 마비 상태에 빠지고, 이로부터 탈출하기 위한 자구책으로 전쟁에 참여한다. 부덴브로크 집안의 동생 크리스치안은 완고한 형에 대해 〈잡동사니 같은 일에 이제 지쳐 버렸어. 그리고 정상적인 일을 해나갈 여력이 전혀 없어〉(Bd 321)라고 말하여 딜레탕트적인 면을 보여 주고 있다. 딜레탕트의 퇴폐 심리를 분석하는 데 뛰어난 토마스 만은 「벨중의 피」의 지그문트에 관해 〈그는 영웅도 아니고 거인의 힘을 소유한 사람도 아니었다. 그는 자기에게는 가장 중요하다고 생각되는 예비 수단이나 사치를 준비하는 데 그의 모든 정력을 소모했다〉(GW 8, 392)고 언급하고 있다. 지그문트는 그림 그리기를 배우고 예술에 흥미를 갖고 있지만 어디까지나 딜레탕트의 영역에 머문다. 따라서 〈그의 존재의 제 조건은 조형적 재능을 발전시켜 나가는 데 적합하지 않다〉(GW 8, 391)라는 내용을 지그문트 자신도 인식하고 있다. 지그문트의 독서 태도 역시 정신적인 불모를 보여 주는 딜레탕트의 실례이다. 그는 독서를 좋아하지만 단 한 권의 책에도 몰두하여 정신의 양식을 흡수하려는 적극적인 성격의 소유자가 아니었다. 〈책이나 잡지는 그의 서재로 엄청나게 쏟아져 들어왔고 그는 그것들을 모두 살 수 있었다. 책은 그의 주변에 태산처럼 쌓였다. 그리하여 그가 책을 읽어 보려고 하는 순간에도 앞으로 읽지 않으면 안 될 수많은 책들이 기다리고 있어 그의 마음을 불안하게 했다.〉(GW 8, 392)

이 인식은 역으로 말한다면 「피오렌차」에서 언급한 것처럼 〈장애야말로 의지의 가장 좋은 친구〉(GW 8, 1063)가 된다. 안일과 사치에만 흐르는 부는 신경과민과 정력의 소모를 가져온다는 것과, 향락만을 추구하는 생활은 비창조적으로 되지 않을 수 없다는 것을 토마스 만은 지그문트와 펠릭스를 통해 강조하고 있는 것이다.

펠릭스의 헤르메스 역할이 마지막까지 견고하게 지속되는 사실을 보여 주는 세 번째 장면은 각자의 중요한 만남으로 진행되어 사건의 종말을 맺게 한다. 그가 왕과 만난 후에 어떤 방법으로 신의 역할을 하는지는 그의 편지 마지막에 쓰인 〈사기꾼은 자신이 가지고 있는 것 이상을 제공한다〉(FK 615)라는 문장에 나타나 있다.

이 문장에서처럼 펠릭스는 사기꾼 이상의 역할을 행하는 것이다.

신화 차원의 해석에서 중요한 세 번째 부분에서 가장 돋보이는 내용은 리스본에서 만난 쿡쿡Kuckuck 씨 가족과 펠릭스의 관계이다. 펠릭스는 파리에서 포르투갈의 수도로 가는 열차 안에서 고생물학자Paläontolog인 쿡쿡 교수를 만난다. 이렇게 시작된 그들의 관계는 리스본에서 펠릭스의 욕심으로 더욱 깊어진다. 쿡쿡 교수, 그의 부인과 딸의 내용은 완전히 작품 후기에 속한다. 이들 가족들은 펠릭스와 후플레 부인과 베노스타 후작 등의 초기 인물 형상에서 벗어나 『고등 사기꾼 펠릭스 크룰의 고백』의 초기 개념에서 벗어나고 있다. 특히 헤르메스 신화의 일반적인 개념이 작품의 후기 단계에서 독창적으로 전개된다. 따라서 뷔슬링H. Wysling은 〈리스본의 가족은 형상의 시작부터 신화적 역할의 전달자로 구상되었다〉[97]고 규정한다. 쿡쿡 가족의 묘사에 토마스 만 작품의 마지막 헤르메스 신화 역할이 담겨 있으나, 여기에는 다른 신화군도 추가되는데 바로 악마의 동기이다. 〈나는 인간에게서 신적인 선과 악마적인 것을 기대했다. 인생에서는 황홀한 아름다움과 대단한 것을 기대하고 있었다. 그리하여 나의 가슴속에는 이와 같은 일체의 것에 대한 욕구와 넓은 세계에 대한 깊고도 불안스러운 동경으로 충만되어 있었다〉(GW 8, 64)라고 「환멸」의 주인공은 고백하는데, 이는 펠릭스의 고백일 수도 있다.

이러한 악마의 동기는 토마스 만의 후기 소설 『파우스트 박사』의 특징이다. 악마의 동기는 『파우스트 박사』 제1장에 이미 〈관념적이고 외적인 행복을 추구하는 성향 때문에 나는 희성(犧牲)을 치렀다〉(DF 255 f.)는 악마와의 계약을 암시하는 말로 시작되고 있다. 이 악마의 동기가 작품 제3장에서는 레버퀸이 보여 주는 이국의 나비와 바다의 동물 책에 나오는 독나비로 옮겨지고, 쿰프 교수와 슐레푸스 강사의 강의에도 모습을 드러내 레버퀸이 라이프치히 대학에 갔을 때 만났던 안내인의 〈악마처럼 떠벌리는〉 모습으로도 나타난다. 홍등가에서 레버퀸이 베버Carl M. von Weber의 「마탄의 사수Der Freischütz」의 두서너 화음을 치는데, 이 오페라 역시 악마와 결부된 이야기를 다룬 작품이다. 이 악마의 동기는 『파우스트 박사』 제25장에서 악마 자신이 나타나 레버퀸과 대화를 하기까지 외양을 자꾸 바꿔 간다. 비록 악마 자신은 그 대화 이후로는 나타나지 않지만, 그 존재는 여러 형태로 다른 작품에서 변형되어 나타나는데, 『고등 사기꾼 펠릭스 크룰의 고백』에서도 악마가 펠릭스의 형태로 나타나고 있다.

쿡쿡 씨 가족의 묘사에서 이러한 악마의 동기 외에 신화 영역은 통일적으로 일치하지 않고, 오히려 다른 신화적 형상이 작품의 한 실제 인물에 혼합되어 나타나면서 두 가지 신화가 전개된다. 헤르메스의 순수한 신화적 현상은 펠릭스와 쿡쿡 씨 가족의 관계에서, 특히 쿡쿡 교수의 부친상(父親像)에서 느껴진다. 그들의 첫 만남부터 쿡쿡 교수에게서 〈헤르메스와 그의 부친 제우스〉의 관계가 연상되는 것이다. 따라서 리스본 체류의 시초에는 쿡쿡 교수의 제우스로의 묘사가 중심 사상이다. 이 제우스의 암시는 기차에서 펠릭스와 처음 만났을 때 쿡쿡 교수의 등장하는 모습과 말씨에서부터 시작된다. 원래 뻐꾸기를 의미하는 단어이나 여기에서는 교수의 이름으로 표현되는 쿡쿡Kuckuck이 그 자신의 신분을 암시하고 있다. 이는 제우스의 결혼 신화에 의하면, 제우스는 한 마리의 뻐꾸기Kuckuck로 변신하여 헤라 여신의 옷 속에 숨었다는 신화 이론이 있기 때문이다. 이러한 배경에서 펠릭스의 쿡쿡 가족 수용은 헤르메스가 올림포스 산의 가족으로 수용됨을 암시한다. 이 가족에서 어머니 도나 마리아 피아Dona Maria Pia는 올림포스 산의 가족에서 제우스의 부인인 헤라Hera로 간주될 수 있다.

두 번째 서술은 비교 의식(秘敎儀式)이 배경을 이룬다. 펠릭스가 쿡쿡 교수의 딸 추추Zouzou와, 그리고 후에 그녀의 어머니와 맺게 되는 사랑에서 데메테르-페르세포네 신화의 연관과 엘레우시스Eleusis에서 행해졌던 여신 데메테르 제전의 비교 의식이 연상된다. 이 내용의 이해를 위해 지하 세계로 하강한 신화적 비유인 저승의 신 하데스Hades의 페르세포네Persephone 탈취를 고찰해 볼 필요가 있다.

하데스는 데메테르의 딸인 페르세포네에 반하여, 그녀와의 결혼을 허가해 달라고 주신(主神) 제우스에게 애걸했다. 제우스는 이를 거부하면 자신의 형뻘인 하데스의 괴로움이 염려되는 한편, 페르세포네가 저승의 하데스에게 가면 대지와 곡식의 신 데메테르가 용서하지 않는다는 사실을 알고 있어, 동의나 거부가 아닌 외교적 대답을 했다. 그러자 하데스는 초원에서 꽃을 꺾는 소녀를 유혹하여 납치했다. 대지의 신 데메테르는 코레Kore라고도 불리는 딸 페르세포네를 저승의 신 하데스에게 빼앗긴 후, 더 이상 기쁨을 누릴 수 없었다. 때문에 데메테르는 9일간 밤낮으로 먹고 마시지도 않고, 휴식도 없이 딸 페르세포네를 찾았다. 그녀는 온종일 자신의 딸을 불렀으나 헛수고였다. 그러던 중 늙은 헤카테에게서 유일한 정보를 얻는데, 이 여신은 어느 날 아침 페르세포네가 〈힘을!〉, 〈힘을!〉 하며 외치는 소리를 들었다고 한다. 그러나 헤카테가 그녀를 도우러 달려갔을 때, 그녀는 흔적도 보이지 않고 [……] 트립톨레모스가 부친의 가축을 지키고 있었다. 그는 데메테르를 알아보고 그녀가 찾는 인물의 소식을 알려 주었다. 10일 전에 그의 형제들이 [……] 들에서 가축의 먹이를 주고 있는데, 그들 앞의 땅이 갑자기 열리더니 에우벨레우스의 돼지를 그들이 보는 앞에서 삼켜 버렸다. 그러자 검은 말이 끄는 마차가 나타나더니, 이 갈라진 틈새로 돌진해 들어가는데, 이 마차를 모는 마부의 얼굴은 보이지 않았지만, 오른팔에 울고 있는 소녀를 안고 있었다. 이러한 내용을 알게 된 데메테르는 헤카테를 불렀다. 이들은 모든 것을 볼 수 있는 태양의 신 헬리오스에게 가서 하데스가 바로 유괴자라는 사실을 자신의 형제인 제우스가 인정하도록 강요해 줄 것을 요청했다. 그리고 데메테르는 분노하여 올림포스로 돌아가지 않고, 계속 땅 위를 다니며 인종이 몰락할 때까지 나무가 열매를 맺거나, 식물이 성장하는 것을 금지시켰다. 제우스는 어쩔 수 없이 사자(使者) 한 명과 헤르메스를 하데스에게 보낼 수밖에 없었다. 〈페르세포네를 돌려주지 않으면, 우리 모두 몰락의 제물이 된다.〉 그러자 하데스는 데메테르에게 〈당신의 딸이 죽음의 나라 음식을 먹지 않았다면, 그 딸을 돌려주겠다〉고 알려 줬다. 헤르메스와 페르세포네가 막 엘레우시스로 떠나려 할 때, 하데스의 정원사인 아스칼라포스가 〈페르세포네가 석류 하나와 일곱 개의 씨를 먹는 것을 내가 보았으므로, 그녀는 저승의 음식을 먹었다는 사실의 증인이 되겠다〉라고 말했다. 데메테르는 석류 알의 이야기를 듣고, 생애 최고의 슬픔을 느끼면서 〈나는 다시는 올림포스로 가지 않고, 더 이상 땅도 저주하지 않겠다〉라고 말했다. 그러자 제우스는 자신의 모친으로 하여금 하데스와 데메테르를 낳은 여신 레아를 설득하여 데메테르 일에 개입하도록 했다. 따라서 해결책이 생기는데, 페르세포네는 1년에 3개월을 저승의 여왕으로서 페르세포네란 이름으로 하데스 옆에서 보내야 하고, 나머지 9개월은 데메테르와 같이 보내야 한다. 따라서 이 3개월은 씨앗이 겨울 동안 땅속에 있는 기간이며, 나머지 9개월은 봄에서 시작하여 여름을 정점으로 가을 동안 땅 위에서 성장하며 열매를 맺는 기간의 신화적 상징이다.

이와 유사한 그리스의 아도니스Adonis 신화도 있다. 이 신의 진짜 이름은 타무즈Tammuz(GW 9, 498)였다. 아도니스란 칭호는 셈어의 아돈, 즉 〈주(主)〉이다. 이 아돈이라는 말은 숭배자들이 그를 부를 때 사용하던 존칭이다. 그런데 그리스인은 이를 오해하여 이 존칭을 고유의 이름으로 바꿔 버렸다. 그리스 신화의 아도니스 신은 아프로디테의 사랑을 받는 아름다운 젊은이로 나타난다. 아도니스가 아직 어렸을 때 아프로디테 여신은 그를 상자 속에 감추어 지하계의 여왕 페르세포네에게 맡겼다. 그런데 상자를 열었다가 그 아기의 아름다움을 본 페르세포네 여왕은 아기를 아프로디테에게 돌려주기를 거절했다. 그러자 사랑의 여신 아프로디테는 스스로 지하계로 내려와 아기를 묘지로부터 구하기 위해 대가를 지불하려 했다. 이 사랑의 여신과 죽음의 여신 사이에 벌어진 싸움은 제우스에 의해 해결된다. 그는 아도니스가 1년의 절반은 지하계에서 페르세포네와 함께 살고, 나머지 절반은 지상에서 아프로디테와 함께 살도록 판결한 것이다.[98] 이 데메테르 신화는 17세기까지 그 매력을 유지하여 셰익스피어의 「겨울 이야기」(4막 4장, 116~127행)에서도 취급되고 밀턴도 다음과 같이 노래했다. 〈저 아름다운 들판/에나에서, 꽃보다 더 예쁜 페르세포네/꽃 따는 사이, 명부의 신 하데스에게 잡혀갔으니,/케레스에게 크나큰 괴로움 주어/온 세상을 찾아 헤매었도다.〉[99]

이 신화는 곡식을 심고 거두어들이는 과정의 비유적인 설명으로 인간의 영구불멸성(永久不滅性), 또는 사후 재생의 알레고리로도 확대될 수 있다. 어떤 의미로는 데메테르(케레스)와 그녀의 딸 페르세포네는 곡식이다. 이것은 케레스(데메테르)의 단어에서 더욱 뚜렷하여, 라틴어의 케레스Ceres란 낱말은 〈곡식〉의 뜻으로 쓰이고 있다. 예컨대 베르길리우스Vergilius는 『아이네이스Aeneis』 제1권, 177~179행에서 아이데아스 일행이 거의 난파할 뻔했던 폭풍우가 지난 후 식사 준비하는 모습을 다음과 같이 묘사하고 있다. 〈그들은 삶에 지쳐서, 파도로 변질된 케레스와 케레스의 장비(곡식을 빻고 굽는 연장)를 꺼내 되찾은 곡식을 굽고 맷돌로 빵을 준비했다.〉 그리스어에서도 데메테르라는 말은 빵을 뜻한다. 이 차원에서 페르세포네를 납치하는 지하의 신 하데스는 씨가 파묻히고 싹이 트는 흙이다. 또 다른 차원에서 하데스는 죽음이고, 페르세포네는 죽음의 지배를 받지만 어머니인 여신 데메테르(케레스)의 노력으로 구원받는 인간의 영혼이다. 그리스인이 아테네 근처

에 있는 엘레우시스에서 데메테르의 비의(秘義)에 입문할 때 이 차원의 의미가 밝혀진다.[100]

이러한 신화적 배경과 비교해 볼 때, 쿡쿡 교수는 지하 세계의 신인 하데스의 형상화이고, 펠릭스는 헤르메스 역할에 상응한다. 토마스 만은 데메테르-페르세포네 신화를 헤르메스 신화처럼 케레니에 의해 알게 되었다. 모친과 딸의 이면성을 나타내는 이 신화를 배경으로『고등 사기꾼 펠릭스 크룰의 고백』에서는 다양한 이중성의 모티프가 나타난다.

별 같은 눈을 가진 쿡쿡 교수는 펠릭스에게 곧바로 모든 생성과 존재의 근원을 인식시켜 준다. 리스본행 열차에서 이루어진 첫 번째 중요한 대담은 〈아버지와 아들, 신과 신의 자녀 관계에 대한 대화〉이다. 쿡쿡 교수의 의견에 의하면, 제우스는 자기 아들에게서 〈우아한 신성elegante Gottheit〉(FK 540)을 빼앗았다 한다. 그리고 그의 대화는 하늘나라 여행으로 향해 축제의 거대한 무대인 우주Weltall(FK 543) 주위를 돌게 된다. 대화 속의 제우스는 그를 무(無)와 존재, 지구와 별의 존재와 지구와 하늘 그리고 이승과 저승 세계로 이끌어 간다.

펠릭스-헤르메스가 제우스-아버지의 관계로 넘어가는 데서 그리스 신화는 절정을 이룬다. 쿡쿡 교수 가족 거처의 첫 방문에서 소원이 이루어져 처음으로 펠릭스는 신들의 가족이 거주하는 올림포스 산을 가까이서 보게 되는 것이다. 그 가족은 리스본 도시 위로 솟아 있는 올림포스 산 위에 살고 있어 때때로 펠릭스의 시선은 낮은 도시에서 올림포스 산 또는 쿡쿡 산의 높은 지역으로 향한다. 이렇게 토마스 만의 작품에서는 주위의 일반적인 내용이 신화적 내용을 함축하는 경우가 많다. 예를 들어 민중본의 파우스트에서 악마가 〈개의 모습〉으로 나타나듯, 토마스 만의『파우스트 박사』에서도 개는 악마적 요소를 띠며 등장한다.『파우스트 박사』에서 아드리안 레버퀸의 부친 요나탄 레버퀸의 파우스트적 명상과 실험, 또 아드리안 부모 집의 몇몇 고유 이름이 악마적 요소를 지녀, 레버퀸의 집 근처 언덕은 시온 산Zionberg이라 불리며 집 지키는 개의 이름은 중세 신비주의자인 주조 Heinrich Suso인데, 그는 14세기에 콘스탄츠와 울름에서 학문을 가르친 학자였다. 결국 모든 삶과 이야기는 종종 신화적 사건과 실제 사건이 꾸밈없이 혼합되는 무의식적 모방인 것이다.

474

교수 가족과의 관계가 깊어지면서 어머니-딸과 데메테르-페르세포네 신화의 관계도 깊어 간다. 처음부터 펠릭스는 어머니와 딸, 두 사람에게 이끌리지만, 우선 딸 추추와의 사랑을 추구한다. 그가 신화적으로 헤르메스를 계승하는 기간 중에 벌어진 테니스 놀이에서 보이는 〈나는 신발beflügende Schuhe〉(FK 616)은 헤르메스의 성격으로 책략 있고 교활한 신으로 묘사된다. 여기에서 펠릭스가 〈날개 달린 자der Beflügelnde〉의 나는 존재로 묘사되는 헤르메스 신의 모습에서 페르세포네의 납치가 암시되고 있다.

고대 신화의 내용대로 헤르메스(펠릭스)는 페르세포네(추추)를 저승 세계(쿡쿡 교수)로부터 이승의 세계로 다시 데려온다. 이는 『마의 산』의 암시와 『고등 사기꾼 펠릭스 크룰의 고백』의 앞에서 언급한 장(章)의 형상이다. 즉 영혼의 인도자 헤르메스는 더 이상 죽음으로의 인도자가 아니고, 페르세포네의 신화처럼 일시적인 삶으로의 인도자이다. 이렇게 토마스 만의 작품에서 헤르메스 개념이 변화되는 경우도 있다. 헤르메스의 개념이 확대되어 원래의 내용과 다르게 강조되는 경우도 있고, 심지어는 반대의 의미로 영혼의 인도자에서 삶의 길의 개척자가 되는 경우도 있다.[101] 이러한 다양한 변화 관점은 토마스 만 작품의 전체적인 해석에 큰 의미를 지니게 된다.

토마스 만의 작품에서 영혼의 인도자는 사랑과 애욕으로의 인도자이다. 펠릭스의 헤르메스 인식에서 쿡쿡과 제우스·하데스의 관계는 자신의 춤추는 아들이 신화적 모방으로 딸을 탈취하는 내용을 나타낸다. 투우(鬪牛)의 시작에서 헤르메스는 하데스와 일치하게 된다. 지금까지 되풀이해서 나타난 어머니 도나 마리아 피아에 대한 매혹이 강렬해져서 이 작품의 마지막 장면에서 데메테르-페르세포네 신화로의 전향이 명백해진다. 지금까지 여성 인물은 대개 여러 사람들과 함께 등장하지만, 이제는 교수 가족의 정원에서 펠릭스-헤르메스와 페르세포네 단둘의 만남으로 진행된다. 펠릭스가 그녀의 사랑을 탈취하는 데서 하데스의 신화와 일치한다. 이 부분에서 페르세포네 탈취가 되풀이되면서 내용은 급속히 종결을 향하고 있다. 즉 작품은 신적인 어머니 데메테르-도나 마리아 피아의 〈성스러운 결혼 hieros gamos〉의 내용으로 향하고 있는 것이다. 여기에서 주인공의 행복한 모습이 나타나고, 이제부터 그는 인도하는 자가 아니라 자신이 어머니 신으로부터 〈올바

른 길로 인도받는다〉.(FK 661)

따라서 펠릭스는 자신의 사랑의 소망을 어머니와 딸의 이중성으로 융해시켜 오누이로 암시되는 모티프(FK 345)가 마지막에 강렬하게 펼쳐지면서 인간 펠릭스의 일반적인 신화 계승이 나타난다. 신화적 전형의 삶에서 데메테르-페르세포네의 모티프는 모든 삶이 서로 교환되는 묘사로 계승된다. 항상 역할이 변동되어 어떤 때는 신화적으로, 또 어느 때는 현실적으로 나타나는 성격은 『고등 사기꾼 펠릭스 크룰의 고백』의 내용에서 주요한 양상이다. 펠릭스의 행동대로 모든 것이 변화하지만, 예를 들어 사환이 손님으로 변화되지만, 크룰 소설의 모든 인물들은 결국 동일하다.[102] 특히 펠릭스와 헤르메스 관계에서 나타나는 변장과 혼돈의 변형에서도 〈본질은 하나만〉[103] 존재한다는 본질적 사상이 암시되어, 모든 인물들의 동일성을 드러내는데, 이러한 사상이 엔드라이에크Helmut Jendreiek의 다음 언급에 잘 암시되어 있다. 〈배우는 가장 고통스러울 때에도 결코 그가 연기하는 인물의 인상과 전체적인 장면 효과의 생각을 멈추지 않는다.〉[104] 결국 모든 삶, 모든 이야기는 모방으로 종종 신화와 실제 사건이 꾸밈없이 혼합되는 무의식적 혼합인 것이다. 여기에 심리학자 융의 심리학적 해석이 적용된다. 융의 심리학적 해석이란 문화 인류학과 융의 연구 결과를 이용한 신화 비평인데, 어떤 작품의 내용에 나타난 이미지의 근원을 따져 올라가 한 공통된 신화에서 유래되었음을 밝히는 것이며, 그 신화가 영향의 원천이 된다는 것이다. 이러한 융의 신화 개념이 토마스 만의 후기 작품에서, 특히 『고등 사기꾼 펠릭스 크룰의 고백』에서 더욱 강렬하게 변화되어 나타나고 있다.

주

1 Thomas Mann und Karl Kerényi, *Gespräch in Briefen*(Zürich, 1960), S. 51.(이하 *Gespräch in Briefen*으로 줄임)

2 Vgl. Paul Scherer u. Hans Wysling, Quellenkritische Studien zum Werk Thomas Manns, *Thomas-Mann-Studien*, 1(Bern u. München, 1967).

3 Nach Hans Wysling, *Thomas Mann heute, Sieben Vorträge*(Bern, 1976), darin: Psychologische Aspekte von Thomas Manns Kunst, S. 7~24 und Wer ist Prof. Kuckuck? Zu einem der letzten 〈großen Gespräche〉 Thomas Manns, S. 21.

4 영혼의 인도자는 인간의 영혼을 역경에서 인도하는 역할을 한다. 우리나라에서도 막다른 곤경에 처한 사람이 백발노인이 현몽하여 일러 준 대로 함으로써 역경에서 벗어날 수 있었다는 설화가 많다. 그 백발노인이 영혼의 인도자이다. 이 영혼의 인도자는 사람뿐 아니라 동물, 자연의 의인화된 모습으로 나타나기도 한다.

5 요정(妖精)의 한 종류로서 주로 유럽의 신화나 전설에 등장하는 초자연적인 존재인데, 모습은 인간과 매우 비슷하나 육체를 지배하는 정신 작용이 뛰어나 자신의 모습을 갖가지 형태로 변화시킬 수 있다. 요정의 종류는 다양한데 그리스 신화에 나오는 바다·강·샘·숲 등의 정령은 님프라 불린다.

6 T. Mann, *Joseph und seine Brüder* 2(Frankfurt/M., 1974), S. 1065.

7 *Merkur*에서 영어의 〈*merchant*(상인)〉의 단어가 파생됨.

8 피에르 그리말, 『그리스 로마 신화 사전』, 백영숙 외 역(열린책들, 2003), 678면.

9 Wilhelm Kroll(Hg.), *Paulys Real-Encyclopädie der classischen Altertums-wissenschaft* (Stuttgart, 1913), S. 779.(이하 *Paulys Real-Encyclopädie*로 줄임)

10 Jürgen Plöger, *Das Hermesmotiv in der Dichtung Thomas Manns*, Diss.(Kiel, 1960), S. 9.

11 *Paulys Real-Encyclopädie*, S. 778.

12 Jürgen Rothenberg, Der göttliche Mittler, Zur Deutung der Hermes-Figurationen im Werk Thomas Manns, in: *Euphorion*, Band 66(Heidelberg, 1972), S. 80.(이하 *Der göttliche Mittler*로 줄임)

13 J. W. Goethe, *Westöstliche Divan*, Werke in 14 Bänden, Bd. 11, Hamburger Ausgabe, hg. von Erich Trunz(München, 1988), S. 64.

14 Anthony Heilbut, *Thomas Mann, Eros and Literature*(New York, 1996), p. 259.

15 같은 곳.

16 김창준, 「토마스 만의 〈파우스트 박사〉 연구」, 『독일 문학』, 제100집(2006), 35면.

17 *Der göttliche Mittler*, S. 66.

18 *Paulys Real-Encyclopädie*, S. 778.

19 Joseph Hofmiller, "Thomas Manns neue Erzählung", in: *Süddeutsche Monatshefte*, 10(1913), S. 218~232.

20 Heinz Kohut, *Introspektion, Empathie und Psychoanalyse. Aufsätze zur psychoanalytischen Theorie zu Pädagogik und Forschung und zur Psychologie der Kunst*(Frankfurt/M., 1977), S. 173~194.

21 헤르만 헤세의 『어디선가』에서.

22 Walter Papst, "Satan und die alten Götter in Venedig. Entwicklung einer literarischen Konstante", in: *Euphorion 49*(Bonn, 1972), S. 347.

23 Manfred Dierks, *Mythos und Psychologie* (Bern, München, 1972), S. 131.

24 인간이 죽어서 저승의 신인 하데스의 나라에 들어가려면 먼저 아케론 강, 즉 〈비통의 강〉을 건너야 한다. 이 강에는 바닥이 없는 소가죽 배로 혼령들을 강 건너편, 즉 피안으로 실어다 주는 카론이라는 뱃사공이 있다고 한다. 이 사공은 혼령을 저승으로 건너다 주는 대가로 뱃삯을 받는다는데, 이것이 노잣돈이다.

25 Hans Eichner, *Thomas Mann. Eine Einführung in sein Werk*, 2. Aufl. (Bern, 1961), S. 34.

26 Benno von Wiese, *Die deutsche Novelle* (Düsseldorf, 1963), S. 313.

27 Rolf Günter Renner, *Das Ich als ästhetische Konstruktion. Der Tod in Venedig und seine Beziehung zum Gesamtwerk Thomas Manns* (Freiburg im Breisgau, 1987), S. 40.

28 Walter Jens, *Statt einer Literaturgeschichte* (Pfullingen, 1978), S. 166.

29 Gotthold Ephraim Lessing, "Wie die Alten den Tod gebildet", in: *Werke*, Band 6, *Kunsttheoretische und kunsthistorische Schriften* (Darmstadt, 1974), S. 405~462.

30 같은 책, S. 414.

31 *Gespräch in Briefen*, S. 98.

32 A. A. 멘딜로우, 『시간과 소설』, 최상규 역(대방출판사, 1983), 215면 참조.

33 장성현, 『고통과 영광 사이에서』(문학과지성사, 2000), 106면.

34 생텍쥐페리, 『어린 왕자』, 정소성 역(거암, 1986), 29면 이하.

35 Konrad Ziegler und Walter Sontheimer(Hg.), *Lexikon der Antike*, Bd., 4(München, 1979), S. 690.

36 Erwin Rhode, *Psyche. Seelenkult und Unsterblichkeitsglaube der Griechen*, 4. Augl., Bd. 1(Tübingen, 1907), S. 83.

37 장성현, 「〈베네치아에서 죽음〉에 나타난 토마스 만의 동성애의 은폐와 폭로의 역학」, 『독일 문학』, 제70집(1999), 129면 이하.

38 Lotti Sandt, "Mythos und Symbolik im Zauberberg von Thomas Mann", in: *Sprache und Dichtung*, Band 30(Bern, Stuttgart, 1979), S. 290.(이하 *Mythos und Symbolik im Zauberberg*로 줄임)

39 Hans Wysling, "Der Zauberberg als Zauberberg", in: *Das Zauberberg-Symposium 1994* in Davos, hg. von Thomas Sprecher(Frankfurt/M., 1995), S. 48.

40 Helmut Jendreiek, *Thomas Mann. Der demokratische Roman* (Düsseldorf, 1977), S. 226.(이하 *Der demokratische Roman*으로 줄임)

41 Mechthild Curtius, *Erotische Phantasien bei Thomas Mann* (Frankfurt/M., 1984), S. 43.

42 박은경, 「현대의 고전 마주 읽기-토마스 만의 〈베네치아에서 죽음〉과 프란츠 카프카의 〈변신〉」, 『카프카 연구』, 제14집(한국카프카학회, 2005), 30면.

43 Jürgen Plöger, *Das Hermesmotiv in der Dichtung Thomas Manns*, Diss.(Kiel, 1960), S. 113.

44 Johann P. Eckermann, *Gespräche mit Goethe* (Baden-Baden, 1981), S. 211.

45 같은 곳.

46 같은 곳.

47 같은 곳.

48 Walter Jens, *Statt einer Literaturgeschichte* (Tübingen, 1978), S. 165.

49 같은 책, S. 169.

50 황현수, 『토마스 만의 문학과 사상』(세종출판사, 1996), 92면.

51 아폴론은 히아킨토스의 피로 달콤한 향기를 뿜는 꽃을 싹트게 했다.

52 Hermann Kurzke, *Thomas Mann. Epoche-Werk-Wirkung*(München, 1985), S. 252.

53 같은 책, 235면 이하.

54 Hermann Kurzke, 같은 책, S. 200.

55 *Gespräch in Briefen*, S. 13.

56 Vgl. Helmut Koopmann, *Die Entwicklung des intellektualen-Romans bei Thomas Mann*(Bonn, 1971).

57 그리스의 신 헤르메스, 이집트의 신 토트, 로마의 신 메르쿠리우스는 서로 같은 신성(神性)이다.

58 *Der göttliche Mittler*, S. 61.

59 같은 책, S. 62.

60 같은 곳.

61 *Mythos und Symbolik im Zauberberg*, S. 283.

62 같은 책, S. 299.

63 같은 책, S. 298.

64 강두식 편저, 『독일 문학 작품의 해석』(민음사, 1987), 771면 이하(이하 『독일 문학 작품의 해석』으로 줄임).

65 이 비망록의 일부, 예를 들어 『유년기의 서(書)Buch der Kindheit』 등은 1920년대에 간행되었다.

66 *Der göttliche Mittler*, S. 80.

67 『독일 문학 작품의 해석』, 774면.

68 *Der demokratische Roman*, S. 517.

69 『독일 문학 작품의 해석』, 776면.

70 Allan Rodway, *Renaissance and Modern Studies*, Bd. 6(1962), p. 113.

71 Eleanor Hutchens, *Irony in Tom Jones*(Alabama, 1965), p. 20.

72 D. C. Muecke, 『아이러니』, 문상득 역(서울대학교 출판부, 1982), 46면 이하.

73 장성현, 「회상과 고별의 〈백조의 노래〉」, 『독일어문학』, 제23집(2003), 190면 이하.

74 Hans Wysling, "Narzissmus und illusionäre Existenzform. Zu den Bekenntnissen des Hochstaplers Felix Krull", *Thomas-Mann-Studien*, Band 5(Bern, München, 1982), S. 265.(이하 *Narzissmus und illusionäre Existenzform*으로 줄임)

75 조셉 캠벨·빌 모이어스, 『신화의 힘』, 이윤기 역(이끌리오, 2002), 41면.

76 Franz Kafka, *Der Prozeß*, hg. von Max Brod(Frankfurtr/M., 1986), S. 126.

77 최순봉, 『토마스 만 연구』(삼영사, 1981), 103면 이하.

78 Friedrich Nietzsche, *Die fröhliche Wissenschaft*, Gesammelte Werke in drei Bänden, Bd. II, hg. von Karl Schlechta(München, 1973), S. 1197.

79 Friedrich Nietzsche, 같은 곳, Bd. II, S. 812.

80 이상훈, 「토마스 만의 소설 펠릭스 크룰에 나타난 예술성 연구」, 『인문학 논총』, 제5집 제2호(2006), 67면 이하 참조.

81 *Der demokratische Roman*, S. 512.

82 여기서 유래한 말로, 영어의 〈felicity(행복)〉라는 단어가 있다.

83 『독일 문학 작품의 해석』, 773면.

84 *Der göttliche Mittler*, S. 70.

85 Erich Heller, *Thomas Mann. Der erotische Deutsche* (Frankfurt/M., 1957), S. 342.

86 Thomas Mann, *Briefe an Paul Amann 1915~1952* (Lübeck, 1959), S. 30.

87 *Narzissmus und illusionäre Existenzform*, S. 253.

88 Hans Wysling, *Thomas Mann heute, Sieben Vorträge*(Bern, 1976) darin: Psychologische Aspekte von Thomas Manns Kunst, S. 7~24 und Wer ist Prof. Kuckuck? Zu einem der letzten 〈großen Gespräche〉 Thomas Manns, S. 62.

89 *Der göttliche Mittler*, S. 69.

90 Vgl. *Der göttliche Mittler*, S. 69.

91 *Narzissmus und illusionäre Existenzform*, S. 264.

92 같은 책, S. 257.

93 같은 책, S. 265.

94 같은 책, S. 250.

95 잘 알려진 시가(詩歌) 형식을 풍자적으로 우스꽝스럽게 개작한 것으로, 형식과 내용의 관계가 패러디의 경우와는 반대로 되어 있다. 즉 원본의 내용을 이질적으로 재현시킴으로써 바꾸어 놓는 수법이다.

96 *Narzissmus und Illusionäre Existenzform*, S. 266.

97 같은 책, S. 265.

98 나중에 이 아름다운 청년 아도니스는 사냥 도중에 산돼지에게 살해됐다. 즉 아프로디테와 사랑을 나누던 아레스Ares가 질투심에 그를 살해했다. 아레스가 경쟁자를 죽이기 위해 산돼지로 변신하여 아도니스를 살해한 것이다.

99 밀턴, 『실낙원』, 제4장, 269~272행.

100 John MacQueen, 『알레고리』, 송락헌 역(서울대학교 출판부, 1983), 2면 이하.

101 *Der göttliche Mittler*, S. 80.

102 *Narzissmus und illusionäre Existenzform*, S. 269.

103 *Gespräch in Briefen*, S. 41.

104 *Der demokratische Roman*, S. 512.

제8장 토마스 만의 『마의 산』 고찰

작가들은 그들이 선택하여 묘사하고자 하는 현실을 변화하는 여러 측면으로 드러내 보이기 위해, 또는 개인적이나 주관적이라는 단일적인 관점을 벗어나 좀 더 다양한 각도에서 사물을 바라보고 표현하기 위해 자기 나름의 방법들을 모색한다. 이러한 작가들은 이미 오래전에 그들의 미적 개성의 완성에 도달했음에도 불구하고 제1차 세계 대전을 전후로 새로운 사조에 말려들어 완숙한 나이에도 새로운 창작을 시도하고 있다. 즉 그들은 외부적으로 포착된 현실을 보다 풍부하고 본질적으로 해석하고자 한 것이다. 토마스 만도 이러한 작가에 속한다. 그는 『마의 산』에서 원래의 어조와 입장, 즉 저자로 언제나 작품 속에 현재하여 독자에게 이야기하고, 주석을 붙여 주고, 그의 이야기와 거기에서 다루는 모든 것에 객관성을 부여하는 일을 전혀 포기하지 않은 채, 점차 시간의 원근법적 취급 및 사건들의 초월적 시제에 더 많은 관심을 갖게 되었던 것이다.

1914년 8월 1일 제1차 세계 대전이 발발했을 때, 토마스 만은 이미 그 전해 (1913년 9월)에 착수한 자신의 필생의 대작으로 볼 수 있는 『마의 산』 집필을 계속하고 있었다. 『마의 산』은 처음에는 단편으로 구상되었다. 그러다가 제1차 세계 대전이 일어나자 정치적 비평서인 『어느 비정치적 인간의 고찰』의 집필을 위해 『마의 산』의 집필은 중단되었다. 이때의 심정을 토마스 만은 출판업자 피셔에게 보낸 편지에서 다음과 같이 피력하고 있다. 〈가공할 시대입니다. [……] 비단 어제오늘에 와서 저를 사로잡고 있는 것이 아닌 문제, 즉 정신과 자연의 이원성, 인간에 있어서의 시민적 경향과 마성적 경향의 대립, 이 문제는 전쟁에서 더욱 첨예화되는 것 아니겠습니까? 그러니 나의『마의 산』의 타락에다 1914년의 전쟁이 하나의 해결로서 들이닥치도록 해야 되겠습니다. 이 점은 전쟁이 발발하던 순간부터 분명해졌습니다.〉[1]

이미 집필을 시작한『마의 산』을 전쟁의 상황에서 계속 쓴다는 것은 생각할 수 없는 일이었다. 그러나 토마스 만은 몇 번이고 정신을 가다듬어 가며 집필을 시도해 보았지만 불가능했다. 결국 토마스 만은『마의 산』의 집필을 잠정적으로 중단하고, 1914년 8월과 9월에 걸쳐『전시의 사상Gedanken in Krieg』을, 그리고 9월 중순부터 12월 중순까지『프리드리히와 대동맹Friedrich und die Koalition』이라는 두 편의 평론집을 집필함으로써 〈문화 전쟁〉에 투신하게 되었다.

『프리드리히와 대동맹』에서 언급된 프리드리히는 황태자 시절에는 자유주의 사상을 가진 철학적 문사로서 철두철미한 비군국주의자이며『반마키아벨리론 Antimachiavelli』까지 집필한 사람이었지만, 왕위에 오르자마자 그의 사상과 태도는 급변하여 군비를 증강하고 슐레지엔 전쟁을 일으켜 적국들의 포위 속에서 7년 전쟁을 승리로 이끌어 유럽을 제압하고 세계를 경탄하게 한 영웅으로 추앙받아 독일 사람들을 대동단결시키는 상징이 되었다. 토마스 만은 즉위와 동시에 변모한 프리드리히가 유럽 여러 나라의 불신과 미움을 사서, 마침내 그들로 하여금 대동맹을 체결하게 하여 그들의 포위 속에서 고립에 빠져 들어가는 과정을 서술하고 있다. 60면에 달하는 이 평론집 중 35면이 그 경과의 서술에 배당되어 있고, 그 중 17면이 중립국 작센의 음모와 중립국 침략을 계기로 한 대동맹 실현까지의 서술에 배당되어 있다. 즉 전체의 3분의 1에 가까운 많은 분량이 중립국 침략에 관한 서술로 되어 있어, 그 당시 독일의 벨기에 침입에 의한 영국·프랑스 측의 비난에 대응하는 응전의 의도가 깔려 있음을 느낄 수 있다. 7년 전쟁 직전의 프로이센은 러시아와 오스트리아 간의 동맹, 프랑스와 오스트리아 간의 동맹으로 이들에게 완전히 포위되어, 그대로 간다면 자멸을 면치 못할 운명에 놓여 있었다. 프리드리히가 펴고 있는 거미줄 같은 정보망에 의하면, 중립국 작센은 반프리드리히 음모의 소굴이었기 때문에, 프리드리히는 그 음모의 비밀문서를 탈취하여 이것을 세계에 폭로하는 길 이외에 프로이센의 정의와 대의명분은 증명될 수 없다고 생각한 나머지 작센을 침략했다. 하지만 그 결과 프랑스의 루이 15세의 선동에 의해 프로이센은 침략자로서 전 세계의 증오심을 한 몸에 받아 7년간에 걸친 고된 전쟁을 치르지 않으면 안 되었다.

토마스 만은 평론집『어느 비정치적 인간의 고찰』에서『프리드리히와 대동맹』을 가리켜 〈서사 문제에서 촉발되었다기보다는 오히려 강탈당한 조그마한 작품〉(GW 12, 75)이라고 해명하고 있다. 그리고 1916년 12월 24일, 「프랑크푸르트 자이퉁 *Frankfurter Zeitung*」에서 그는 다음과 같이 자신의 해명에 부연하고 있다. 〈나는 이 평론집을《시국에 관한 개설》이라고 명명했다. 사실 그대로였다. 더욱이 이것은 역사의 개설일 뿐만 아니라, 내가 오랫동안 마음속에 품어 온 나 자신의 복안이며 꿈이었다. 애당초에는 문학적인 성질의 작품으로 만들 계획이었지만, 그 핵심을 평론집으로 발표할 정도로 당시의 나는 나 자신을 망각해 버렸고, 또 (그렇게 하는 것을) 애석하게 생각하지도 않았다.〉(GW 10, 567) 이런 배경에서 토마스 만은 『마의 산』의 주인공 카스토르프의 다보스 여행과 그의 죽음의 체험이라는 기존의 형이상학적 소재를 전쟁 이전의 유럽 사회라는 시대상과 결부시키려는 결심을 굳혔다.

1918년 3월 16일에『어느 비정치적 인간의 고찰』을 발표한 토마스 만은 이듬해 3월에 4년간이나 중단되어 왔던『마의 산』 집필을 재개했다. 1919년 6월 초, 토마스 만은 한 편지에서 〈나는 지금 또다시 소설『마의 산』을 쓰고 있습니다. 그 근본 테마가 나를 새롭게 주문으로 옭아매고 있습니다〉[2]고 쓰고 있다.『프리드리히와 대동맹』 등의 작업 관계로 중단된 후에 1915년 초가을에는『마의 산』의 미완성 원고까지 완전히 중단되었다가『베네치아에서 죽음』이 발간되고 12년 후인 1924년에 드디어『마의 산』이 발간되었다. 결국 1913년 9월에 착수된 이 작품은 1924년 11월 28일에 발표되어 이 대작의 집필에 무려 11년간의 세월이 걸린 셈이다. 토마스 만이 세계나 사회에 눈을 돌리지 않았을 때, 그는 유미주의자로서 작품「베네치아에서 죽음」을 썼다. 미와 죽음의 매력에 빠져 심연을 피하려야 피할 수 없고, 결국 비약할 힘도 없이 몰락해 가는 작가를 그린 암담한「베네치아에서 죽음」에 대한 균형을 유지하기 위해 이에 대한 풍자극을 쓸 필요성에서『마의 산』의 집필 동기가 발생했다. 그런데 이제는 그 풍자극을 필요로 하는 진정한 작품은「베네치아에서 죽음」같이 데카당스의 길을 밟는 미의 필연적 몰락을 그린 자전적 작품이 아니라, 세계 대전을 발발하게 만든 급박한 세계의 동향 바로 그것이었다. 결론적으로 무려 11년에 걸친 『마의 산』의 집필 기간은 〈심미주의에서 출발하여 국수·보수적인 입장을 거쳐 예의 문제성이 있는 공화주의까지〉[3] 이르는 토마스 만의 변화 과정과 궤를 같이하고 있다.

1. 소설의 장르적 분류

토마스 만 스스로가 『마의 산』을 가리켜 〈음악적-사상적-연관의 복합체*der musikalische-ideelle Beziehungskomplex*〉(GW 11, 611)라고 묘사했듯, 이 작품에 대한 연구는 작품의 복잡한 내용만큼이나 다양하게 여러 방향에서 이루어지고 있다. 이런 배경 아래 소설 장르의 분류에서도 『마의 산』은 해석에 따라 교양 소설, 시대 소설, 성년 입문 소설, 시간 소설 등으로 다양하게 분류된다.

1) 교양 소설

독문학 자체가 유럽 사실주의 문학의 큰 흐름에서 영국, 프랑스 또는 러시아의 경우만큼 큰 비중을 차지하지 못하는 것은 사실이지만, 교양 소설의 분야에서는 괴테의 『빌헬름 마이스터』로부터 켈러Gottfried Keller의 『녹색의 하인리히*Der grüne Heinrich*』, 슈티프터Adalbert Stifter의 『늦은 여름*Nachsommer*』 등을 거쳐 20세기의 토마스 만으로 이어지는 독특한 전통이 있다. 한 인간의 유년 시절부터 장년기에 들어갈 때까지의 영혼과 정신의 성장을 묘사한 교양 소설은 주인공의 인격이 외부 환경의 영향 속에 성숙·발전하는 과정을 묘사한다. 주인공은 학교와 양친의 보호 아래 청년 시절을 보낸 후 여러 계층의 사람들과 접촉하고 또 먼 거리의 모험적인 여행을 함으로써 점차 그에게 알맞은 세계와 자기 자신에 대한 인식을 얻게 된다. 주인공은 때때로 그의 체험들을 일인칭 형태로 이야기한다(일인칭 소설). 그 주인공으로 말미암아 우리는 다양한 표현들을 통일적으로 관망할 수 있게

된다.[4]

『마의 산』 역시 주인공이 온갖 대립적 요소들 가운데 인식의 모험을 거듭하며, 정신적으로 성숙해 가는 과정을 다룬 교양 소설로 볼 수 있다. 원래 교양 소설이라는 문학 형식은 사회 소설의 형식과 달리 고백적이며 자서전적인 특색을 지니고 있다. 동시에 그것은 독일적인 특성으로 독일의 국민적인 예술 정신에 어울린다. 따라서 괴테의 『빌헬름 마이스터』는 〈자서전적이고 고백적·자기 형성적인 충동이 객체화되고 외부로 향해서 사회적인 것으로, 아니 정치가적인 것으로 방향 전환을 하여 교육적인 것이 되는 과정을 잘 보여 준다.〉(GW 9, 340)

1917년에 있었던 〈괴테와 톨스토이〉란 제목의 강연 이후 토마스 만은 괴테의 〈빌헬름 마이스터〉에 대한 빈번한 언급으로 『마의 산』의 집필 의도를 분명히 하고 있다. 또한 1922년 8월의 한 편지에서 토마스 만은 『마의 산』을 빌헬름 마이스터 선상의 교양 소설이라고 함으로써,[5] 이 소설이 독일 교양 소설의 전통을 따르고 있음을 보여 주고 있다. 〈[……] 베르테르의 단계, 마이스터의 단계, 또 노년기의 〈파우스트〉나 『서동시집』의 단계를 깊이 간직하고 있는 괴테의 모방이 오늘날에도 무의식중에 작가의 생활을 인도하고 신화적으로 규정하는 일이 있다.〉(GW 9, 498 f.) 『빌헬름 마이스터』가 체험된 이상을 길잡이로 하여 삶을 영위하는 구체적 사회 현실과 화해를 주제로 삼고 있다면,[6] 세계 대전의 참담한 재앙을 체험한 토마스 만은 그에 대한 자성으로서 이미 진행된 풍자적 소설을 교양 소설의 구도로 바꾸어 거기에 사회·역사적 의미와 정치적 관점을 부가했다.[7]

토마스 만은 1939년 프린스턴 대학의 학생들에게 『마의 산』을 소개하는 자리에서 〈작가 자신이 작품의 최상의 전문가이고 해설가라고 생각하는 것은 착오〉(GW 11, 602)라고 말하면서도, 이 작품이 『파르치팔』과 「빌헬름 마이스터」의 연장선상에 놓일 수 있는 교양 소설이라고 했다. 이는 자기의 생을 기록해 나가는 고백의 작가가 언젠가는 〈청년 지도자이며 인간 교화자의 행복과 존경에 도달하는 사정과 고백인 동시에 교육〉이기도 하다는 사상을 토마스 만 스스로 자각한 것이다. 이를 토마스 만이 1919년 8월에 본Bonn 대학에서 명예박사 학위를 받고 그 답례로 행한 다음의 서술 내용이 잘 보여 주고 있다. 〈나는 학자도 아니거니와 교사도 아니고 오로지 필요에 의해 자기 자신의 삶을 구제하고 변호하는 것만을 염두에 두고,

《사람을 개선시키고 개심시키려면 무엇인가 가르칠 수 있다》고 하는 교만한 태도를 취하지 않는 몽상가이며 회의론자입니다. 그럼에도 불구하고 나의 행동이나 저술이 외부의 인간 세계에서 교화되고 지도하고 조력하는 작용을 했다면, 그것은 우연이며, 나는 그것에 대하여 그에 못지않을 정도로 놀라움을 금치 못하겠습니다.〉(GW 11, 352)

이 내용을 보면 토마스 만은 작품의 저술에서 우연하고 몽상적으로 작품의 소재를 만들어 내는 경우도 있는데, 이러한 내용이 우연스럽게도 깊은 의미를 불러일으켜 이념적으로 발전하는 경우가 있다는 우려를 드러내고 있다. 마찬가지로 괴테 역시 이러한 경우를 자주 경험한 결과 다음과 같이 언급한 예가 있었다. 〈정말이지 독일인은 이상한 사람들이야. 그들은 어디서나 심오한 사상과 이념을 찾아 끌고 들어와서는 인생을 필요 이상으로 어렵게 만들고 있어. 자, 이제 한번 용기를 내어 여러 가지 인상에 열중해 보는 것이 어떨까. 즐거워하고 감격하고 분발하고, 또 가르침에 귀를 기울인다든지, 무언가 위대한 것에 정열을 불태우고 용기를 얻어 봄이 어떨까! 그러나 추상적인 사상이나 이념이 아니면 모든 것이 허무하다고 생각하면 안 돼! 그래서 말인데, 그들은 나를 찾아와서는 이렇게 묻는 거야. 내가 『파우스트』에서 어떠한 이념을 구상화시키려 했느냐고. 마치 내 자신이 당연히 알고 있어서 표현이라도 해줄 듯이 하는 질문이야. 천국에서 지상을 통해 지옥으로 가는 과정, 그것은 의미가 없는 것도 아니지만, 이것은 이념이 아니고 사건 전개의 과정이야. 더욱이, 악마가 내기에서 지고, 고된 방황에서 줄곧 더욱 선한 것을 위하여 노력을 경주하는 사람이 구원될 수 있다는 사실, 그것은 실상 허다한 사실을 명시하는 쓸모 있고 유효한 사상이지만 그렇다고 작품 전체와 모든 장면 개개의 기반이 되는 이념은 아니야. 만일 내가 『파우스트』 속에서 명확히 명시하려 했던바 그 풍요하고 다채로우면서도 극도로 다양한 인생을 한 가지 일관된 이념의 가느다란 실줄로 늘어놓으려 했다면 실제에 있어서 아름다운 어떤 것이 생겨날 게 틀림없다.〉[8]

그러나 여러 입장들을 근거로 『마의 산』은 고전적인 교양 소설의 패러디로 수미 일관되게 교양 소설의 계승으로 간주되고 있다. 1921년부터 토마스 만 자신도 이 소설의 이야기를 〈교양 소설〉이라는 개념으로 언급하고 있다.[9] 이때 그는 자신의 소설이 괴테의 교양 소설에 근접해 있다는 것을 인식시킨다. 이렇게 빌헬름 마이스터와의 연관성이 강조되면서 『마의 산』은 초기와는 상당한 차이를 보이고 있다. 여기에서 도스토옙스키의 예술적 성공과 사상의 중하(重荷) 사이의 간격을 느낄 수 있다. 토마스 만은 도스토옙스키를 〈성인(聖人)의 상을 지닌 진정한 범죄자〉[10]로 묘사하고, 또 〈범법자라는 용어를 생각하지 않고 도스토옙스키의 천재성을 논할 수 없다〉[11]고 덧붙이고 있다. 이와 같은 모순이 『마의 산』에서도 나타나는데 요양소의 세계에서 초혼(招魂)과 강신(降神) 등을 묘사한 이 소설의 초기 부분은 예술적으로 우수하고, 후반부에서는 철학적인 주장이 강하여 작품의 초기와 후반부 내용의 차이가 상당하다.

1916년의 강연에서 토마스 만은 교양 소설이 독일적인 인간성, 즉 낭만주의적·비정치적인 개인주의와 밀접한 관계를 갖고 있다고 언급했다. 그러니까 그것은 시민 시대의 비정치적인 산물이라는 것이다. 그러나 현대, 특히 세계 제1차 대전 이후의 상황은 정치적·사회적인 요소를 도외시할 수 없게 되었다. 그래서 〈빌헬름 마이스터〉에서 보이는 개인적인 자기완성이라는 이념은 비판적이 될 수밖에 없었다. 그런데도 토마스 만은 전통적인 교양 소설의 이상을 현대에 있어서도 바람직한 것으로 보았다. 그리하여 그는 『마의 산』을 통해 〈옛날 독일의《빌헬름 마이스터》와 같은 교양 소설을, 즉 이 위대한 시민 시대의 산물을 기묘하고 반어적이고 패러디적인 방법으로 혁신시키려고 했다〉.(GW 11, 394) 그러니까 그것은 단순한 모방이 아니라 〈새로운 고전성neue Klassizität〉(GW 10, 842)을 찾으려는 토마스 만의 예술적인 혁신이었다.[12]

1924년 7월 베르토Felix Bertaux[13]에게 보낸 편지에서 토마스 만은 〈『마의 산』은 특수 독일적이며 아주 기묘한 작품입니다. 즉 교양·교육 소설의 일종의 근대화이기도 하고 또한 그것에 대한 패러디라고도 할 수 있지요〉[14]라고 언급하고 있다. 여기에서 보듯이 『마의 산』에서도 『고등 사기꾼 펠릭스 크룰의 고백』처럼 교양 소설의 패러디화를 시도하고 있다는 사실이 분명하다. 결국 『마의 산』은 〈비정치적 인간에서 민주주의자로, 또 마침내는 사회주의자로 점차 변모해 가는 통상적인 발전 도식〉[15]의 중심에 위치하고 있다. 「토니오 크뢰거」에서 미숙한 주인공이 경험과 시련을 거쳐 어른이 되어 가는 성장 소설의 틀을 『마의 산』의 〈교양 여행자der

Bildungsreisende〉(Zb 797)인 주인공 카스토르프는 따르고 있는 것이다. 결국 「토니오 크뢰거」나 『마의 산』의 주인공들은 예술가로서 자신의 정체성에 대해 고민하고 인격을 완성시켜 교양 소설의 전형을 이루고 있다.

〈한 단순한 청년이 한여름에 그의 고향인 함부르크로부터 그라우뷘덴 주의 다보스로 여행을 떠났다. 그는 3주 예정의 방문 여정에 오른 것이다〉(Zb 11)라고 『마의 산』 첫 문장에서 주인공 카스토르프는 〈단순한 청년〉으로 소개되고 있다. 〈단순한 청년〉이야말로 괴테의 〈빌헬름 마이스터〉 이래 독일 교양 소설에 나오는 주인공의 전형적인 모습이다. 카스토르프는 작품이 진행되는 과정에서 점차로 이 〈단순한 청년〉의 티를 벗어나는데, 다음의 문장이 이를 잘 보여 준다. 〈한스 카스토르프는 천재도 아니고 바보도 아니었다. 우리들이 그를 표현하는데 《평범하다》는 표현을 피한다면, 그것은 지성과는 관계없고, 그의 단순한 사람됨과도 거의 관계없는 이유 때문으로, 우리들이 어떤 초개인적인 의의를 인정하려는 그의 운명에 대해 존경심을 느끼고 있기 때문이다.〉(Zb 49)

이렇게 〈단순한 청년〉 카스토르프는 점점 더 발전하여 작품 마지막에 가서는 〈단순한 청년〉의 모습이 사라지면서 교양 소설의 전형을 보여 주고 있다. 〈잘 가게, 카스토르프여! 인생의 골칫거리 사나이여! 그대의 이야기는 끝났다. 우리들은 그대의 이야기를 끝마친 것이다. 그것은 짧지도 길지도 않은 연금술 같은 이야기였다. 그대는 아주 단순한 젊은이였으므로, 그대를 위해서가 아니라 이야기 그 자체를 위해서 이야기를 한 것뿐이었다. 하지만 그것은 그대의 이야기다. 이런 일이 그대에게 일어난 것을 보면 그대도 결코 단순하지만은 않았다. 우리들이 그대에게 교육자다운 애정을 느꼈던 것도 부정하지 않는다. 그리고 그 때문에, 우리들이 더 이상 그대를 볼 수도, 그대의 목소리를 들을 수도 없다는 생각이 들어 손끝으로 눈시울을 훔치지 않을 수 없다.〉(Zb 980)

결국 카스토르프란 〈단순한 소재〉(Zb 984)가 마의 산이란 폐쇄 공간에서 〈모든 연금술적 모험〉(Zb 984)을 거치고 나서 처음의 〈단순한 청년〉(Zb 11)에서 벗어난다. 즉 정지된 시간과 폐쇄된 공간 속에서 〈죽음〉과의 교감으로 〈밀폐의 마법〉(Zb 984)인 〈연금술적 고양〉(GW 11, 612)을 겪게 되는 것이다.[16]

이렇게 『마의 산』을 교양 소설로 보는 학자는 마이어Hermann Meyer가 대표적

488

이고, 불호프Francis Bullhof 등도 이에 해당되는데, 이들은 1950~1960년대에 이루어진 탈정치적인 형식 분석으로 시도 동기, 서술 태도, 인용의 해석을 중시하고, 작품을 상승 구조로 파악하면서, 공화주의자로 변모한 토마스 만의 낙관적인 자기 해석을 근거로 작품 속 〈눈Schnee〉의 장면을 교양 소설 내용의 중심으로 보고 있다. 〈눈〉의 장에서 카르토르프는 눈 덮인 산을 방황하다 꾸는 꿈에서 인류애라는 이념을 발견하는데, 여기서는 죽음과의 공감이라든가 이원적 대립 쌍들에 대한 언급이 없고, 주인공의 교육에 기여하게 될 〈일련의 정신적이고 감각적인 모험〉이 언급되고 있다.[17]

이러한 교양 소설은 〈성년 입문 소설Initiation-Roman〉(GW 13, 158)과도 유사한 장르이다. 『마의 산』을 〈성년 입문 소설〉로 보는 대표적인 인물은 코프만H. Koopmann이다. 코프만은 이 작품을 주인공 카스토르프가 경험하는 성년 의식의 세 단계로 파악하여 성년 입문 소설로서의 규정을 시도했다.[18] 제1단계에서는 이제까지의 가치 있는 일이 부정되는데, 이 내용은 카스토르프가 요양소에 도착했을 때, 〈여기에 오면 사람들은 생각이 달라져〉(Zb 16)라고 침센이 그에게 행한 말에 집약되어 있다. 이렇게 침센이 얘기하듯 요양소에서는 시간의 개념이 상이하여 3주간이 마치 하루처럼 매우 빨리 지나간다. 〈방향 전환, 즉 죽음과의 대결, 그리고 교육 과정의 무의미함〉[19]이라는 성년 입문의 2단계에서는 죽어 가는 환자들을 목격하고, 자신도 진찰을 받으면서 인간이란 언젠가는 죽음의 길로 간다는 사실을 실감한다. 또 〈눈〉의 장에서 스키를 타다가 방향을 잃고 헤매게 되는데, 이 헤맴 속에서 카스토르프의 내면세계는 〈성년 입문 의식〉[20]이 계속해서 진행된다. 그리고 마지막으로 〈죽음과 병에 대한 일체의 관심〉이 곧 〈삶에 대한 관심의 표현〉(Zb 684)이라는 인식을 하게 된다. 이 인식이 내면세계의 〈성년식의 최종 단계〉[21]이다. 즉 〈삶에로의 길인 죽음의 체험〉인 성년 입문의 제3단계인 것이다.[22]

코프만처럼 네머로Howard Nemerow(GW 13, 158)도 『마의 산』을 〈성년 입문 소설〉로 칭했는데, 이는 주인공 카스토르프가 그의 두 인도자인 세템브리니와 나프타를 통해 삶에 입문하기 때문이다. 작품에서 카스토르프가 요양소에 적응하게 되자 세템브리니가 그에게 행한 〈당신의 수업 기간은 끝났습니다. 가입 선서를 하신 거군요〉(Zb 236)라는 말에 성년 입문적인 내용이 함축적으로 나타나 있다. 여기에서 성년 입문을 뜻하는 단어 〈Initiation〉은 원래 〈통과 의례〉를 의미한다. 통과 의례는 개인의 생사 또는 그 신분이 바뀌거나 할 때 올리는 의식의 총칭으로, 추이 의례(推移儀禮)라고도 한다. 인간의 일생은 탄생, 명명(命名), 입학, 성인, 취직, 결혼, 회갑, 사망 등 여러 매듭으로 이루어지고, 인생에서 이러한 매듭은 개인이 속하는 집단 내에서의 신분 변화와 새로운 역할의 획득을 뜻하므로, 어느 사회에서나 다 같이 인생의 매듭을 통과할 때는 그 매듭마다 부과된 조건의 충족을 확인하는 일련의 의식을 올리곤 한다. 이 의식이 곧 통과 의례인데, 개인의 성장 과정에서 갖는 의례뿐 아니라 한 장소에서 다른 장소로 옮기는 공간적 통과나 생활 조건의 변화, 종교적 집단이나 세속적 집단으로부터 다른 집단으로 옮겼을 때 올리는 의식도 통과 의례에 속한다. 예를 들어 마을 소년들이 청소년 조직에 입단할 때의 의식, 비밀 결사에의 입회식, 왕·족장의 취임식 등도 통과 의례에 포함된다.

그러나 원래 통과 의례란 원시 사회에서 성년식을 치를 때 성년으로서의 자질이 있는지를 검증하는 방법을 가리키는 것이었다. 그것은 기존 사회에서 멀리 떨어진 소외된 공간(야생림이나 동굴 등)에 일주일 이상 격리시킨 뒤 그곳의 역경을 극복하면 성년으로서 자질을 인정하는 관습이었다. 방주네프Arnold Van Gennep의 이론에 의하면, 통과 의례의 대부분은 세 개의 연속된 부분이나 단계로 나뉘며, 각 부분은 일정한 순서에 따라 배열되는 특징을 가진다고 한다. 그것은 예전의 상태나 지위에 있던 자의 죽음과 새로운 단계에서 생(生)에 대한 적응을 위한 준비와 새로운 생의 전개이며, 이 3단계는 의례 속에서 각각 상징적으로 표현된다.

제1단계는 개인의 분리·격리를 나타내고, 흔히 죽음이라는 형식을 취한다. 개인은 종래의 묵은 생활 양식에서 완전히 분리되어야 하며, 그래서 일정 기간 다른 사회 성원에서 사회적으로 때로는 육체적으로 격리된다. 이 동안 단식이나 극도의 절식(絶食)을 포함한 터부가 요구된다. 죽음이라는 극한 상황을 나타내기 때문에 터부도 가혹해진다. 제2단계는 추이·조정(調整)을 표현하며, 이 동안 개인과 다른 사회 성원의 관계는 예전 지위의 관계가 아니며, 완전히 새로운 지위에서 맺는 관계도 아닌 중간적 성격을 띤다. 제3단계에서는 통합을 나타내는 의례를 행하며, 개인이 예전 단계에서 일정한 관문을 통과하여 새로운 지위나 상태를 획득한 사실이 공인된다. 이때 새로운 지위를 획득한 일이 문신(文身)이나 새로운 머리 모양, 결혼반지 등으로 상징된다. 통과 의례의 전 과정을 통해 개인은 의례적으로 죽고, 출생하고, 양육되고, 단련되고, 새로운 사회적 지위에 앉는다. 나아가 출산 의례, 성인식, 결혼 의례, 환갑 의례 등은 한 집단에서 다른 집단으로의 이동을 안전하게 보호하려는 주술적 잔치일 뿐 아니라 각각 다른 목적을 가지고 있다. 결혼식은 다산(多産) 의례를 포함하며 출산 의례는 보호와 점복(占卜) 의례를 포함한다.

『마의 산』을 〈성년 입문 소설〉, 즉 〈통과 의례적〉 소설로 본 네머로의 이론을 토마스 만도 수용하여 〈병과 죽음이 지식, 건강, 생을 통과하기 위해 필수적이라는 성년 입문적 성격이 『마의 산』에 담겨 있다〉(GW 11, 614)고 언급하고 있다. 또 단순한 청년인 카스토르프가 요양소라는 마적 폐쇄 공간에서 체험하게 되는 것이 쇼펜하우어적 〈정지된 현재nunc stans〉, 즉 죽음의 체험이라는 점에서 이 이야기는 시간 소설이라고도 볼 수 있다. 이렇게 『마의 산』은 아직도 해석에 따라 교양 소설, 성년 입문 소설, 시간 소설 그리고 다음에서 논의되는 시대 소설로 분류되고 있다.

2) 시대 소설

『마의 산』의 분위기는 현실을 벗어나 완전한 고립 속에서 질병과 퇴폐적인 태도, 즉 죽음과 연관되는 한 요양소로 나타나는데, 이러한 분위기는 토마스 만이 전쟁 이전 상태에서 체험한 여러 가지 사상을 단적으로 보여 주고 있다. 따라서 『마의 산』에 등장하는 인물들은 독선적이고 밝은 삶을 부정하며 오로지 죽음의 세계를 눈앞에 두고 평지와 달리 마적(魔的)인 분위기에 지배되는데, 이는 다음의 내용이 암시하듯 세계 대전 직전의 병든 유럽을 상징하는 것이다. 〈제1차 세계 대전이 막 지나갔다. 『마의 산』은 이 세계 대전을 막 빠져나왔다. 〔……〕 이 작품은 제2차 세계 대전 14년 전의 서유럽의 모든 정치적·도덕적인 변증법을 나타내고 있다.〉 (GW 11, 315)

이런 배경에서 〈이 소설(『마의 산』)은 이중적 의미에서 교양 소설일 뿐 아니라 시대 소설이다. 첫째는 이 소설이 한 시대, 즉 유럽의 전전(戰前) 시대의 내면상을 묘사하려 한 점에서 역사적이고, 다음으로는 순수한 시대 자체가 주인공의 체험으로서뿐만 아니라 소설 자체에서 그리고 소설 전체를 통해 다루어지고 있는 이 소설의 대상이기 때문에 역사적이다〉(GW 11, 611)라고 토마스 만은 『마의 산』이 갖는 교양 소설 외에 시대 소설의 성격도 나타내고 있다. 1919년과 1924년 사이의 시민적인 계급 국가와 프롤레타리아 혁명의 갈등 속에서 제기되는 유럽 전쟁 전야의 〈내적 영상〉[23]이 시대 소설로 집약된 것이다. 결국 시대 소설은 시대의 모사(模寫)를 시도하고, 그러므로 다소간 사실주의의 공준(公準)에 따르는 소설로 간주되는 배경에서 『마의 산』이 제1차 세계 대전을 전후한 작가 자신의 정치적 개안을 반영하고 있어 시대 소설이 되는 것이다.

『마의 산』의 주인공인 카스토르프는 폐병으로 누워 있는 사촌 침첸Joachim Ziemßen을 위문하기 위해 다보스의 요양소에 체재한다. 그리고 여러 환자들의 관찰을 통해 개개 인간의 실존을 의식하고 감지하게 되며, 〈질병과 죽음에 대한 이념, 에로스와 음악의 매혹 속에서 인간 실존을 위한 유토피아적인 꿈의 신들〉[24] 속에서 〈새로운 인도주의에 대한 예감〉[25]을 얻게 된다. 그리고 그는 〈질병과 죽음에 관한 깊은 지식을 통한 미래의 인도주의에 대한 개념인 인간의 이념〉[26]을 기본 내용으로 제시한다. 카스토르프의 스승 격인 세템브리니와 나프타가 이념적 인물로 등장하여 그들의 대화를 통해 계속 권위적인 면으로만 질주하는 당시의 시대적 모순 등을 분별토록 함으로써 시대 소설적인 면을 띠고 있다.

따라서 작품 절반에 걸쳐 세템브리니와 나프타는 카스토르프의 영혼의 쟁탈을 걸고 논쟁을 벌이는데, 이 논쟁의 대상은 마의 산의 밀폐된 공간에 투영되는 여러 가지 〈사상(事象)의 정신적인 그림자〉(Zb 985)인 시대의 그림자로, 이 양자의 논쟁을 통해 제1차 세계 대전 직전의 유럽, 긴장된 역사적 시기의 〈유럽의 내면상〉이 그려지고 있다. 즉 세템브리니와 나프타 두 사람의 화제는 이념적인 문제에서 시대 문제로 옮겨 평화주의와 군축안, 청년 터키당의 민주주의 혁명 운동, 영국과 오스트리아의 발칸 정책, 니콜라이 2세의 유럽 정책, 하아크 평화 회의 등 기나긴 논의로 이어진다. 토마스 만의 문학은 이러한 고뇌와 퇴폐에 찌든 오늘날의 유럽 사회에 서구 미학의 순수 내면성을 겨냥하며 현대인이 망각한 사랑과 죽음, 환상과 성장 등을 재발견시키고 있다.[27]

이렇게 세계 대전이 작품의 배경이 되었다는 내용은 『마의 산』 〈머리말Vorsatz〉에 명백하게 묘사되어 있다. 〈명백한 사실을 공연히 애매모호하게 만드는 것 같아

하는 말인데, 이것이 대단히 오랜 과거의 이야기라고 하는 까닭은, 이 이야기가 우리들의 생활과 의식을 심각하리만큼 분열시키는 계기가 된 어떤 전환점 내지는 경계선 이전에 일어났기 때문이다. 그것이 일어난, 아니면 군이 현재형을 피해 말하건대, 그것이 일어났던 것은 오랜 옛날, 다시 말해 그 발발(勃發)과 함께 수없이 많은 일이 일어났고, 지금도 여전히 수습될 줄 모르고 있는 저 대전(大戰) 이전의 일이다. 따라서 아주 오랜 옛날의 이야기는 아닌 셈이지만 여하튼 과거의 이야기인 것만은 틀림없다.〉(Zb 9 f.)

결론적으로 『마의 산』은 제1차 세계 대전 이전의 유럽 자본주의 사회의 추악한 이면과 모순을 간접적으로 냉혹하게 폭로, 비판하고 있다. 영리 추구에 급급한 요양소의 경영 방식과 환자를 잡아 두는 의사들의 태도, 온도계를 강매하는 간호사의 행태는 분명 자본주의 질서에 대한 비판으로 시대 소설의 면모를 지니고 있다. 그러면 작품에서 전형적으로 자본주의 사회의 추악한 이면과 모순을 비판하는 부분을 하나 들어 보자. 〈부자가 아니면, 또는 부자가 아니게 되어 버린 경우 — 그러면 비참합니다!《그자? 그자는 아직도 돈이 있는가?》라고 그들은 묻습니다. [……] 오찬에 제일 좋고 제일 비싼 포도주를 내놓지 못하는 집과는 아무도 교제하려 하지 않고, 그 집 딸은 시집을 가지 못하게 됩니다.〉(Zb 277)

이러한 배경에서 옌스W. Jens는 1962년 브레히트, 벤Gottfried Benn, 그리고 토마스 만을 우리 시대의 모습을 규정한 세 명의 위대한 작가라고 불렀다.[28] 이러한 배경에서 『마의 산』을 시대 소설로 보는 대표적인 연구자로 루카치와 마이어Hans Mayer를 들 수 있다. 『마의 산』을 시대 소설로 보는 루카치는 『소설의 이론』에서 〈소설이란 삶의 포괄적인 총체성이 더 이상 인지될 수 없는 시대의 서사시이며, 또한 의미 있는 삶의 내재성의 문제로 되어 있음에도 불구하고 총체성을 지향하는 성향을 지니고 있는 시대의 서사시이다〉[29]라고 언급하고 있다. 루카치와 마이어는 『마의 산』을 사실주의적인 관점에서 주인공을 통한 세계 대전 이전의 비판과 풍자로 보고 있다. 토마스 만은 자기가 직면하고 있는 희망과 미래가 암울한 시대적 상황을 이 작품의 주인공 카스토르프를 통해 적나라하게 나타냈다는 것이다. 또 루카치와 마이어는 토마스 만이 세템브리니를 통해 계몽주의를 주장한다고 보고 있다. 그들의 견해에 따르면, 소설의 기본 구조는 몰락이며 시대의 대변환이 중심점이다. 이들 연구자는 예술 작품과 시대 사회의 관계를 밝혀내어 현재를 분석하는 데 도달함으로써 비판적 입장을 지닐 수도 있다. 이런 배경에서 예컨대 토마스 만은 소설 『마의 산』에서 계몽주의를 표방하면서, 그 역시 교육적 세기의 〈낙관주의〉에 대해 언급하고 있으며, 세템브리니라는 인물을 통해 서구적 계몽주의자들을 속이 텅 빈 능변가 내지 자기도취에 빠진 박애주의자로 묘사하고 있다. 결국 『마의 산』은 유럽 시민 사회의 축소판이라고 할 국제 요양소를 배경으로 내적인 열병을 앓고 있던 서구 사회의 정신적 상황을 상징적으로 묘사하고 있다.

이러한 암울한 시대를 토마스 만은 카스토르프를 통해 〈희망도 미래도 없는 시대 상황〉으로 다음과 같이 예민하게 묘사하고 있다. 〈시대라는 것이 표면적으로는 무사태평한 것처럼 보이지만, 그 근저에는 희망과 미래를 잃고, 우리들의 모든 노력에 대하여, 또 활동의 궁극적이고 초개인적이며 절대적인 의의에 대하여 시대는 오직 침묵을 지킬 뿐 어떤 만족스러운 대답을 주지 않음으로써 의지 상실의 상황이 정신적인 것을 초월하여 육체에까지 영향을 미치고 있다.〉(Zb 50)

결국 『마의 산』의 주인공 카스토르프의 죽음으로 인한 은밀한 매혹은 전적으로 제1차 세계 대전 이전의 유럽의 정신 상태를 사실적으로 묘사한 것이다. 이러한 유럽의 암울한 정신 상태가 토마스 만의 작품뿐 아니라 다른 작가들의 작품에서도 적나라하게 나타나고 있다. 「이니스프리의 호도(湖島)The Lake Isle of Innisfree」로 우리에게 친숙한 아일랜드의 시인 예이츠William B. Yeats는 이러한 유럽 상황을 〈종말론〉 사상으로까지 묘사하고 있다. 예이츠는 「재림The Second Coming」이라는 시에서 〈최고의 인물들은 신념을 잃어 가고, 최악의 인간들이 광기(狂氣)로 가득하네The best lack all conviction, while the worst are full of passionate intensity〉라며 유럽 등에서 신념의 타락을 세상의 종말론적 상황으로 보았다. 이와 유사하게 카뮈Albert Camus는 『반항인』에서 《〈내〉가 반항하는데 왜 《우리》가 존재할까?〉라고 말하고 있다. 의식이 깨어 있을 때 세계는 부조리하다. 여기서 개인의 번민이 발생한다. 이 개인의 번민은 부조리에 반항함으로써 집단의 차원으로 옮겨 간다. 반항 속에서 인간은 스스로를 초월하여 참으로 타인 속으로 들어가게 되며, 반항 운동을 기점으로 하여 고통은 집단적인 것이라는 의식을 띠게 된다는 것으로, 〈내〉가 반항하는데 〈우리〉가 존재하는 이유이다. 카뮈는 자유도 한계가 있어야 한다며 일체의 폭력과 이데올로기를 부정했다. 개인의 차원을 넘어 부조리한 세계와 마주 설 때 신념은 권력의 핍박을 받아 신념을 지키는 삶은 슬프고 외롭다.

토마스 만이 언급한 세계의 붕괴는 국외자들의 중심 테마가 되었다. 따라서 예이츠가 묘사한 대로, 제1차 세계 대전 이전에, 그리고 이 대전 중에 이미 세계 종말의 강력한 몰락이 있었다고 해도 지나친 말은 아니다. 이러한 유럽의 상황을 깊이 느낀 토마스 만의 『마의 산』에서 나프타는 세템브리니의 민주주의적 민족 국가관을 〈자본주의적 세계 공화제〉(Zb 531)로 단정하고, 〈모든 현세적 형태의 해체 후의 신의 국가 재건〉(Zb 531)을 주장하여 종말론을 암시하고 있다.

레싱은 자신의 저서 『인류의 교육 Die Erziehung des Menschengeschlechts』에서 연속적이고 발전적인 계시가 제3시대에 이르러 정점에 달할 것이라고 주장하고 있다. 레싱의 이 제3시대는 교육을 통한 이성의 승리이다. 그는 이 제3시대를 기독교 계시의 완성이라고 믿었다. 그래서 그는 13세기와 14세기의 몇몇 광신자들에 대해 연민의 정을 가지고, 심지어는 탄복하기까지 했다. 레싱이 보기에 이 광신자들에게 잘못이 있다면, 그들이 너무 조급하게 〈영원한 새 복음〉을 선포했다는 데 있다.[30] 레싱은 제3시대, 즉 역사를 새롭게 완성시킬 시대가 임박했다는 신화의 영향을 받아 일종의 종말적 사상을 지니고 있다.

『파우스트 박사』에서도 주인공 레버퀸은 반이성의 세계인 도취를 통해 〈한계 돌파〉로 나아가는데, 그것은 〈태곳적인 것, 원시적인 것〉(DF 316)의 세계이다. 악마가 레버퀸에게 약속하는 〈미래〉는 〈과거〉이며, 그것은 〈진보〉가 아니라 〈회귀〉인 것이다. 악마는 레버퀸이 불모 상태의 현재를 돌파하는 것을 〈문화의 시대 Kulturepoche〉(DF 324)를 극복하고 〈야만 Barbarei〉(DF 324)으로 돌아가는 것이라고 강조한다. 이것은 동시에 근대의 이념인 휴머니즘의 극복, 즉 휴머니즘의 폐기를 의미하여 시민 시대인 근대로부터 전근대로의 회귀를 의미한다. 클라이스트 Heinrich Kleist의 글에서 인류 역사의 마지막 장을 의미하는 〈순진무구의 상태〉가 무한한 인식의 상승을 통해 도달하게 되는 인류 역사의 역사 철학적 〈미래〉를 의미한다면, 레버퀸은 이 상태를 문자 그대로 이해하여 과거의 원시 상태와 동일시한다. 이것은 그의 대표작 중 하나인 『형상의 묵시록(종말론) Apocalipsis cum figuris』에서 분명히 드러난다. 이 작품에서 〈퇴보와 진보, 옛것과 새로운 것, 그리고 과거와 미래가 하나로 되어 버리는 길〉(DF 494)의 이념이 재현되고 있다고 해석된다. 그리고 이러한 맥락에서 그의 음악 이념은 〈새로움으로 가득 찬 되돌아가기〉(DF 494)로 규정된다. 레버퀸이 이 작품에서 많이 사용하는 〈글리산도(滑奏, Glissando)〉(DF 496)가 주목되는데, 그에 의하면 이 주법은 음악이 존재하기 이전의 원시 야만 상태의 흔적을 의미한다. 미끄러지듯 연주하는 글리산도는 반문화적이고 반이성적인 음악이 야수성으로 추락하고 있다는 것을 암시하고 있다. 원시 상태인 과거로의 회귀는 단순히 시간적 퇴보만을 의미하는 것이 아니다. 이 글리산도에서 서술자는 〈반문화적인, 그야말로 반인간적인 악마성〉(DF 497)의 소리를 듣는다. 이러한 〈반문화적·반인간적이며 악마적인〉 디오니소스적 상태는 「베네치아에서 죽음」에서 아셴바흐가 미소년 타치오에게 매혹되어 이성적 자아가 마비되고 육체적 욕망에 사로잡혀 갈망하는 광란의 성 축제(性祝祭) 내용에 잘 나타나 있다. 즉 〈침착하고 품위 있는 신의 적〉(TiV 517)으로 묘사되는 도취, 충동, 무의식의 신에 아셴바흐는 굴복하는 것이다.

부서져 내리는 불빛 속에서, 숲으로 뒤덮인 언덕으로부터, 나무 밑동들과 이끼 낀 바위의 잔해들 사이로 무언가가 요동을 치더니 빙빙 돌면서 우수수 떨어져 내렸다. 인간들, 동물들, 우글거리고 아우성치는 인간과 동물의 떼거리들이었다. 산비탈은 생명체와 화염, 소란과 비틀거리는 윤무로 넘쳐 나고 있었다. 허리띠 아래로 너무 길게 축 늘어진 모피 옷에 걸려 비틀거리는 여자들은 신음을 토하며 고개를 뒤로 젖힌 채 탬버린을 마구 흔들어 댔다. 불꽃을 발하며 횃불과 날이 시퍼런 비수를 뒤흔들기도 했다. 게다가 혀를 날름거리는 뱀의 몸뚱이리 중간을 꽉 붙잡고 있다든가, 비명을 지르면서 두 손으로 자신들의 가슴을 부여잡기도 했다. 이마에 뿔이 달리고 허리에 모피 천을 둘렀으며 피부에는 털이 덥수룩한 남자들은 고개를 숙이고 팔과 허벅지를 들어 올리며 놋쇠로 된 징을 둥둥 치거나 격렬하게 북을 두드리기도 했다. 그러는 동안 수염이 없는 소년들은 이파리가 달린 막대기로 숫염소들을 몰고 있었다. 염소의 뿔을 꼭 붙들고는 염소들이 펄쩍펄쩍 뛰는 대로 환호성을 지르며 끌려가는 축도 있었다. 열광한 사람들은 부드러운 자음과 마지막에 길게 빼는 〈우〉 음으로 된 고함을 지르며 울부짖고 있었는데, 그것은 이제까지 한 번도 들어 본 적이 없는 달콤하면서도 야만적인 소리였다. 〔……〕 산의 절벽에 부딪쳐 몇 배 더 큰 메아리로 되들려 오는 그 시끄러운 소음, 그 울부짖는 소리는 점점 더 커져서 온 천지를 다 장악하고 열광적 광기로까지 부풀어 올랐다. 탁한 증기가 감각을 짓눌렀다. 숫염소의 몸에서 나는 역한 냄새, 헐떡이는 육체들이 내뿜는 숨결, 썩은 물에서 나는 듯한 악취가 느껴졌다. 거기다가 또 하나의 다른 냄새 그러니까 그가 익히 잘 알고 있는 냄새까지 났는데, 그것은 상처와 만연하는 전염병 냄새였다. 북을 두드리는 소리와 함께 그의 심장이 둥둥 울리고 그의 뇌가 빙빙 맴을 돌았다.(TiV 516 f.)

이 내용에 반휴머니즘이 들어 있듯이 레버퀸의 음악에도 반휴머니즘이 깃들어 있다. 〈종말론Apocalipsis〉이라 이름 붙인 이 작품이 일깨우는 것은 〈인간 안에 있는 짐승〉(DF 496)이다.[31] 결국 『마의 산』의 주인공 카스토르프의 죽음으로 인한 은밀한 매혹은 전적으로 유럽의 데카당스적 정신 상태에 대한 사실적인 모사이다. 이러한 유럽적인 상태를 나타내는 〈데카당스라는 말은 니체에 의해 심리학적으로 아주 교묘하게 사용되면서 시대의 지적 은어가 되었다〉(GW 11, 311)고 토마스 만은 평론집 『나의 시대Meine Zeit』에서 다음과 같이 술회한다. 〈나의 청년 시대에는 안정성과 건실한 투자가 그 시대의 특징이며 또한 확고한 생활의 기초인 것처럼 보였다. 그러나 곧 이 기초는 흔들리고 공격을 받고 회의의 눈총을 받게 되었다. 이 공격은 매우 가공할 만한 것이었지만, 점차로 시민화된 사회 민주주의 측의 정치적 공격이라기보다는 오히려 정신이나 예술의 진영에서 가한 것이었다. 즉 도덕적 비판, 유미주의, 혁명적 혹은 신보수주의적인 경향을 가진 일종의 반자유주의, 그리고 이상한 옷을 입고 돌아다니는 청년들에 의해 자행되었는데, 이 청년들의 생활 감정은 부친들의 그것과는 극단적으로 먼 거리에 있었다. 그곳에 나타난 것은 응접실이나 시민적 살롱에 대한 반역이며, 집시 같은 생활을 하는 야외적 건강성과 일맥상통하는 것이었다. 그러나 이것과는 또 다른 기질이 있었으니, 그것은 건강과 관계없이 오히려 마약이나 향료가 든 담배와 결부된 예술적·문학적인 집시 기질이 그것이다. 니체가 사용한 데카당스라는 말이 당시 지식층의 용어로서 새로 나타났다. 오늘날은 잊혔지만 당시 독일 단편 소설의 풍속도라면 바로 데카당스 소설을 가리켰다. 권태를 심미화하는 성숙함과 몰락이 호프만슈탈Hugo von

Hofmannsthal에서 트라클Georg Trakl에 이르는 서정시의 주제이자 음조였다. 그러나 유럽을 지나가고 있던 세기말이라는 유행어가 실제로 신가톨릭주의나 악마주의, 정신적 범죄나 신경 흥분의 무기력한 전파 등등 그 무엇을 뜻하는 것이었든 간에 — 아무튼 그것은 종결에 대한 상투적인 표현, 즉 시민 시대에 지나치게 유포된 종말 감정의 조금은 과장된 상투어였다.〉(GW 11, 310 f.)

이 내용은 19세기 말의 정신계를 적나라하게 드러내고 있다. 토마스 만의 아들이자 저명한 역사학자인 골로 만Golo Mann은 1890년대를 〈정치적·산업적 권력 기구로서의 독일은 젊은 황제가 대변하고 있었지만, 정신적인 면에서 본다면 하우프트만, 데멜, 막스 베버의 독일이었다〉[32]고 특징짓고 있다. 철혈 재상 비스마르크의 실각과 때를 같이한 베를린의 〈자유 극장Freie Bühne〉을 창립한 자연주의 작가 하우프트만의 「해 뜨기 전에」가 상영된 1889년은 독일 문학 사상에서 중대한 시기이며, 이를 계기로 독일 현대 문학의 서장이 열리게 되었다. 토마스 만은 이러한 시대를 18세기와 19세기 그리고 20세기의 차이로 비교하여 〈18세기는 인간적인 사회성을 갖추고 있어 19세기가 알지 못하는 바람직한 것에 봉사하는 정신을 가지고 있었다. 19세기는 〔……〕 더욱 선량하고 정직하며, 모든 종류의 현실에 대하여 더욱 순종적이고 더욱 성실하다. 〔……〕 과학적이며 무욕의 세기인 19세기는 이상의 지배에서 이탈하여 모든 분야에서 사실성에 대한 숙명적인 굴복을 정당화하는데 적합한 이론을 추구해 왔다〉(GW 12, 22)고 서술하고 있다.

그런데 토마스 만 사후인 20세기 후기는 더욱 암울하게 언급되어 18, 19세기와 차이를 보인다. 이 20세기 후기는 과학과 사회의 엄청난 발전을 이루었는데도 모두가 내적으로는 매우 불안하다. 이러한 불안이 이 시기의 문학 작품에 자주 묘사되고 있다. 예를 들어 베케트Samuel Beckett의 「고도를 기다리며」(1952)에서 에스트라공과 블라디미르는 나무 한 그루 서 있는 시골 길에 서서 언제 올지 모르는 〈고도〉를 기다린다. 이들은 내일을 담보로 오늘을 버틸 뿐, 확실한 것은 하나도 없다. 두 사람은 끊임없이 지껄이며 고도를 환기한다. 이들이 계속 말하는 이유는 오직 하나, 말을 하지 않으면 불안하기 때문이다. 불안하기 때문에 책을 읽고, 영화를 보고, 술을 마시고, 전화를 걸며, 글을 쓴다. 딱히 이유가 있는 것은 아니다. 50년째 발에 맞지 않는 구두를 신고, 언제 올지도, 누구인지도 모르는 고도를 기다리는 두 사람은 오늘 우리의 자화상이다.

이런 배경에서 20세기 말이라는 역사적 시점을 〈멜랑콜리*Melancholie*〉라는 표제어 아래 철학적으로 성찰하는 하이드브링크Ludger Heidbrink는 다음과 같은 진단을 내놓는다. 〈시대정신은 위기에 봉착했다. 어디를 둘러보아도 회의와 불안이 지배하고 있다. 늘 다시 이야기되던 근대의 기획은 사멸의 지점에 도달한 듯하다. 행복을 약속하던 구원론들의 광채는 빛이 바랬고 더 나은 것을 향한 부단한 진보에 대한 신념은 사라졌다. 완전화의 유토피아는 그 반대로 전복되었다. 〔……〕 저물어 가는 20세기의 세계는 역사의 치유력에 대한 믿음을 상실했다.〉[33] 하이드브링크가 진단하는 이와 같은 근대 시간의 〈탈주술화*Entzauberung*〉 현상은 이미 20세기 초의 문학에서 시작된다.

2. 연금술적 요소

『마의 산』에서는 연금술*Hermetik*이란 단어가 작품 마지막 부분의 3분의 1을 차지할 정도로 작품 전개에 강력한 영향을 미친다. 먼저 『마의 산』 머리말에서부터 작품에서 시간이 작용하지 못하는 내용이 언급되어 연금술적 성격이 예시되고 있다. 〈우리가 이제부터 이야기하고자 하는 한스 카스토르프의 이야기 — 이것은 한스 본인을 위해서라기보다(독자들도 곧 알게 되겠지만, 그는 아주 단순하면서도 호감 가는 청년이다) 이야기해 볼 만한 가치가 있다고 생각되는 이 이야기 자체를 위해 이야기하는 것이다. 그러나 이 이야기는 한스 카스토르프의 이야기라는 것, 또한 이런 이야기는 누구나 다 경험할 수 있는 것이 아니라는 점만은 역시 그를 위해 미리 밝혀 두어야 할 것 같다. 이 이야기는 아주 오래된 옛날이야기이므로, 말하자면 역사에 의해 온통 녹이 슨 것이므로 아무래도 최상급과 과거 시제로 서술하지 않을 수 없다. 이 점은 이야기에 있어서 불리하다기보다 오히려 유리한 점이라고 하겠다. 이야기란 과거의 것이어야만 하고, 과거의 것일수록 이야기 특유의 성격에도 어울리며, 또한 속삭이듯이 과거를 불러내 보여 주는 이야기꾼에게도 유리하기 때문이다. 이 이야기는 오늘날의 인간들, 특히 이야기 작가들이 대개 그렇듯 실제의 나이보다도 훨씬 더 나이를 먹었다. 그 나이는 날수로 헤아릴 수도 없을 뿐더러, 위에 쌓인 세월의 무게 또한 지구의 공전 수(公轉數)로 잴 수 없다. 요컨대 이 이야기가 어느 만큼 과거의 것인가 하는 과거성의 정도는 시간의 경과와는 전혀 무관하다 — 이 말을 또한 시간이라는 불가사의한 요소의 문제성과 그 특이한 이중성을 더불어 암시하고 지적하는 것으로 이해해 주면 좋겠다. 명백한 사실을 공연히 애매모호하게 만드는 것 같아 하는 말인데, 이것이 대단히 오랜 과거의 이야기라고 하는 까닭은 이 이야기가, 우리들의 생활과 의식을 심각하리만큼 분열시키는 계기가 된 어떤 전환점 내지는 경계선 이전에 일어났기 때문이다. 그것이 일어난, 아니면 굳이 현재형을 피해 말하건대, 그것이 일어났던 것은 오랜 옛날, 다시 말해 그 발발(勃發)과 함께 수없이 많은 일이 일어났고 지금도 여전히 수습될 줄을 모르고 있는 저 대전(大戰) 전의 일이다. 따라서 아주 오랜 옛날의 이야기는 아닌 셈이지만 여하튼 과거의 이야기인 것만은 틀림없다. 그러나 한 이야기의 과거적 성격은 그 이야기가《옛날》의 것일수록 한층 깊고 한층 완전하며 한층 동화적이지 않을까? 더욱이 이 이야기는 그 본래의 성격으로 보아도 동화와 통하는 데가 있는 것 같다. 이러한 토마스 만 작품을 우리는 마음껏 이야기하려고 한다. 철저하고도 정확하게, 어떤 이야기가 재미있다든지 따분하다든지 하는 것은 그 이야기가 필요로 하는 시간 그리고 공간과는 관계가 없는 것이 아닐까? 〔……〕 따라서 이 이야기의 작가가 한스 카스토르프의 이야기를 한순간에 끝내 버리는 일은 절대로 일어나지 않을 것이다. 일주일, 즉 7일로는 모자랄 것이며, 어쩌면 7개월로도 부족할지 모른다. 그러므로 작가가 이 이야기에 몰입해 있는 동안에 이 지상의 시간이 얼마나 경과할 것인지를 작가 자신이 미리 예정하지 않는 것이 가장 바람직하다. 설마 7년이야 걸리겠는가!〉(Zb 9 f.)

그리고 『마의 산』 마지막 부분에서 연금술적 상황인 〈헤르메스 트리스메기스토스*Hermes trismegistos*〉의 내용이 주인공 카스토르프의 운명에 연관되어 자세히 언급되고 있다. 따라서 〈연금술적*hermetisch*〉(Zb 980)이라는 단어가 언급된 작품 마지막 부분을 들어 보자. 작가는 작품의 마지막 부분에서 독자와 해설자가 주인공 카스토르프와 헤어지는 이별 장면을 전개시킨다. 〈잘 가게, 카스토르프여! 인생의 골칫거리 사나이여! 그대의 이야기는 끝났다. 우리들은 그대의 이야기를 끝마친 것이다. 그것은 짧지도 길지도 않은 연금술 같은 이야기였다. 그대는 아주 단순한 젊은이였으므로 그대를 위해서가 아니라, 이야기 그 자체를 위해서 이야기를 한 것뿐이었다. 하지만 그것은 그대의 이야기다. 이런 일이 그대에게 일어난 것을 보면 그대도 결코 단순하지만은 않았다. 우리들이 그대에게 교육자다운 애정을 느꼈던 것도 부정하지 않는다. 그리고 그 때문에, 우리들이 더 이상 그대를 볼 수도, 그대의 목소리를 들을 수도 없다는 생각이 들어 손끝으로 눈시울을 훔치지 않을 수 없다.〉(Zb 980)

이렇게 머리말에서 작품의 고도의 시간적 내용을 설명한 뒤에 작품 마지막에도 〈이야기는 연금술적이었다〉(Zb 980)라는 고도의 연금술적 내용이 언급되어 이 작품은 〈연금술적-비의적 교육학〉이라고 명명될 수 있을 정도다. 이외에 또 다른 양상이 작품 마지막에 암시되는데, 이는 작품 이야기가 〈짧지도 않고, 길지도 않다〉 (Zb 980)는 묘사대로 〈사건의 무시간성〉[34]으로, 다시 작품 머리말 속의 무시간성 내용을 상기시킨다. 즉 이야기를 미리 언급한 머리말에서처럼(Zb 8), 이곳 마지막 부분에서도 시간과 공간에 배열되어 있지 않다고 언급되어 있다. 이는 시간적이며 장소적인 요소가 작용하지 못하는 연금술의 암시이다. 작품에서 시간적이며 장소적인 요소는 사건 전개를 촉진시키다가 결국에 가서는 용해된다. 이러한 시간과 공간의 폐쇄적 요소가 〈연금술〉인 것이다.

이처럼 연금술적으로 폐쇄된 시간과 공간에서 벗어나려는 욕망이 『마의 산』 외에 토마스 만의 다른 작품에서도 자주 나타난다. 예를 들어 「베네치아에서 죽음」의 주인공 아셴바흐는 〈시간〉의 경계를 벗어나 결국 죽음이라는 무한에 이르며, 죽음을 통해서만 물에 갇힌 섬과 가족들에 갇힌 방이라는 막다른 〈공간〉에서 벗어날 수 있게 된다. 이 작품에서 서술되는 시간은 서너 달 정도로, 〈때 아닌 여름〉(TiV 444)이 들이닥친 5월 초에 시작되어 〈때 아닌 가을〉에 끝난다. 집필실에서 〈탈주〉 이후 처음에 아셴바흐가 체험하는 시간은 매우 작은 단위로 나뉘어 있고 뚜렷하게 인식되지만 시간이 지남에 따라 점차 그리고 죽음이 가까워질수록 점점 더 그 경계가 흐려지며 연금술적 성격이 된다.

앞에서 언급한 것처럼, 연금술에 관한 내용이 『마의 산』 처음과 마지막 부분 등 작품 도처에 언급되면서 작품에 중요한 의미를 부여하므로 먼저 〈연금술〉이란 말이 구체적으로, 또 작품 구성에서 무엇을 의미하는지 고찰해 보자. 『마의 산』에서 이 단어는 일반적으로 〈접근 불가능〉의 내용 외에 다른 많은 의미를 지니고 있다. 〈연금술Hermetik〉이나 〈연금술적hermetisch〉이란 단어는 어원적으로 볼 때 이집트 문헌과 학식의 신 토트Thot의 후기 그리스 이름인 〈헤르메스 트리스메기스토스〉의 내용을 담고 있다.[35] 헤르메스 트리스메기스토스는 도관(導管)이나 그릇에 공기가 통하지 않도록 하는 폐쇄로, 이의 계승에서 〈연금술적〉이란 표현은 대개 공기나 물이 통하지 않거나, 일반적으로 접근하기 어려운 의미를 지니게 되었다. 이렇게 시간이 정지되고 공간이 폐쇄된 상태에 있는 마의 산에서 카스토르프는 〈연금술적 모험〉(Zb 984)을 체험하게 된다.

카스토르프의 개성은 평지와 고립된 연금술적 상태에서 연금술사의 시험관 속처럼 강렬하게 작용하며 그의 능력을 촉진시킨다. 이는 『파우스트 박사』에서 주인공 레버퀸이 고립된 연금술적 상태에서 침체된 음악을 타개하는 동기와 유사하다. 악마에게 혼을 팔고 어느 누구도 사랑하지 않는다는 조건으로 침체된 음악의 현실을 타개하려고 노력하는, 천성이 냉정한 레버퀸은 악마와의 계약 이후, 즉 매독에 감염된 후 자신은 독이 있으므로 〈누구와도 접촉해서는 안 된다〉는 신념에 타인과 악수도 하지 않을 정도로 비사교적이며 고립된 생활을 감수하고, 외부 세계에서 무슨 일이 일어나도 전혀 관심을 가지지 않고 모름지기 자신의 이론에 따라 내면 세계의 음악을 창조한다. 이러한 연금술적 상승은 얼핏 보아 복잡하지 않은 현실 세계를 가상적인 표상의 세계로 폭로하고, 마지막에 가선 의식 초월적인 의지의 존재 보편성을 진정한 세계로 보여 주게 한다.

이러한 연금술적 과정에서 카스토르프는 죽음과의 교감을 통해 삶을 새로 인식하게 되어 그의 육체에 대한 사랑은 보편적인 인간애로 승화되고, 유기체적 삶의 형상은 새로운 인간성의 이념으로 승화되는 〈연금술적 상승〉(Zb 984)을 겪게 된다. 따라서 죽음과의 교감은 평지의 책임감으로부터 해방되는 것을 의미하기도 한다. 즉 죽음에는 살아남으려는 의지와 삶의 힘겨움이 동시에 담겨 있어 죽음에 의해 번뇌와 의무로부터 해방되는 동기도 있는 것이다. 카스토르프의 경우, 항상 자유를 향한 돌파가 오직 죽음에서 완수될 수 있듯이 모순의 극복은 죽음에서만 가능하다. 이렇게 죽음은 삶과 분리되고 시간과 계절의 연속과 유리되어 연금술적 성격을 띠고 있다. 때문에 나프타는 〈연금술적 변형의 상징은 특히 무덤이다〉(Zb 706)라고 언급하고 있다. 이에 대해 카스토르프가 〈무덤이라고요?〉라고 의아해하며 묻자, 〈그렇습니다. 부패와 분해의 장소입니다. 무덤이란 모든 연금술의 정수, 물질이 마지막 변형과 순화를 하는 용기(容器), 밀봉된 수정 증류기라고 할 수 있습니다〉(Zb 706)라고 나프타는 답변한다. 이러한 카스토르프와 나프타의 대화 내용처럼 연금술은 지하와 무덤과 동일시되어 삶과 분리되고 시간과 계절의 연속과 유리되어 있다.

그러면 이렇게 죽음의 문제와 연관된 연금술을 다음의 관점에서 규명해 보자. 모든 환자들, 특히 카스토르프가 연금술적으로 격리되는 목적이 무엇인가? 마의 산에서 시간과 공간이 격리되어 평지와 거리를 두는 이유는 무엇인가? 마의 산과 평지 두 세계의 접촉이 불가능한 이유는 무엇이고, 이 접촉은 결국 이루어지는가?

작품에서 〈연금술Hermetik〉이란 단어는 예수회Jesuitentum 회원인 나프타와 카스토르프가 나눈 한 대화에서 처음으로 언급된다. 〈연금술, 좋은 표현입니다. 저는 전부터 밀봉이란 말을 참 좋아했어요. 막연하지만 여러 가지를 연상하게 하는 마술적인 말 같아요. 이런 말을 해서 어떨지 모르겠지만, 저는 갑자기 함부르크의 우리 집 가정부, 샬렌 양도 아니고 샬렌이라고 하는데, 이 샬렌이 찬장에 즐비하게 늘어놓은 저장 유리병이 생각났어요. 그 유리병에는 과일과 고기, 그 밖의 모든 것이 밀봉된 채 1년 내내 놓여 있어 필요할 때 꺼내게 되는데, 처음 열었을 때 그 안의 것은 정말 신선 그 자체여서 세월의 흐름도 무시한 채 즉석에서 먹을 수 있죠. 물론 이것은 연금술도 순화도 아닌 단순한 저장이기 때문에 그냥 저장병이라 부릅니다만, 신기한 점은 밀봉된 것은 시간의 영향을 받지 않는다는 사실입니다. 밀봉된 채 시간의 영향에서 벗어나 시간은 옆으로 지나쳐 버리고, 밀봉된 것은 시간의 바깥에 있는 셈이죠.〉(Zb 706) 나프타가 처음 연금술이란 말을 언급했을 때 카스토르프는 그 말에 큰 관심을 가지게 된다. 나프타는 이 용어를 연금술 개념인 〈변화Wandlung와 순화(醇化, Läuterung)〉(Zb 706)에 연결시키고, 카스토르프는 그의 말을 일반적으로, 보이는 대로 순진하게 받아들인다. 나프타가 행한 연금술에 관한 위 언급은 바로 이 소설 전체의 내용을 나타내는 요지이다.

카스토르프는 〈연금술〉의 말을 듣자 처음에는 〈저장 그릇과 유리제 시험관〉(Zb

706), 또는 〈연금술적으로 밀봉된 유리잔〉(Zb 706)을 연상하는데, 이러한 연금술에 대한 요약에 정말 중요한 내용이 담겨 있다. 밀봉된 것은 시간의 영향을 받지 않는다. 즉 시간의 영향에서 밀봉되어 있어 시간이 지나가도 병 안의 것은 시간을 가지지 않고 시간의 바깥에 존재한다고 카스토르프는 정의를 내린다.(Zb 706) 이러한 〈시간적인 의미에서 밀봉되어 있다는 연금술적 격리〉[36]는 마의 산의 요양소의 격리적 상태로 전개된다. 카스토르프의 함부르크 집에 있는 유리 저장병처럼 마의 산의 사람들은 시간에서 벗어나고 공간적으로도 고립되어 있다. 즉 산 위에 위치하여 평지와 밀봉된 격리적 상태로 전통적인 시간과 공간에서 배제되어 있는 것이다.

이러한 요양소의 연금술적 감금과 고립 상태는 공간 상실로, 이러한 공간 상실 체험은 병든 자신의 상태에 대한 수치심과, 직면하고 있는 새로운 현실에 대한 불안감을 나타낸다. 이러한 요양소에 있는 카스토르프는 일종의 병자이며 수인(囚人)이다. 따라서 사람들은 마치 중병 환자가 누워 있는 방이나 낯선 사람이 누워 있는 방에 들어오기라도 하듯 조심스러운 발걸음으로 요양소로 들어오고 카스토르프 자신도 입원 이후의 세월을 감옥살이로 생각한다.

카스토르프가 떠났다 다시 돌아오려고 했던 현실의 세계와 요양소 사이의 대조는 작품 초기에 자세히 언급되어 있다. 실제로 요양소의 신참자인 카스토르프는 그곳 요양소에 오기 위해 〈5천 피트의 높이〉(Zb 84)를 올라왔다. 따라서 작품에서도 이를 카스토르프가 가야만 하는 〈긴 여정weite Reise〉(Zb 11)으로 묘사하고 있다. 지리적으로 볼 때, 그의 고향 함부르크는 평지로서 요양소가 있는 스위스의 고지대인 다보스와 양극 관계를 형성한다. 평범한 시민 사회를 상징하는 〈평지 Flachland〉와 대조적으로 요양소는 〈산장Berghof〉이라 불리는데 평지는 건강, 질서, 활동, 진지성과 위엄 그리고 그곳에서만 발전이 가능하여 시간이 의미를 지니는 생활 영역을 대표한다. 그러나 요양소가 위치한 고산 지대는 평지(현실 세계)에서 요구되는 시민 사회의 법칙이 전혀 통용되지 않는 특수한 세계다. 거기는 시민의 세계인 평지와 달리 마적인 분위기가 지배하는 곳이어서 단순한 카스토르프는 병 치료보다 정신적인 특수한 체험을 하게 된다. 따라서 평지의 세계는 마의 산의 요양소와 역설적인 장소로 일과 기술의 세계이고 기획되고 조직된 세계이며 또한

504

정돈된 가족의 세계인 반면, 카스토르프가 처해 있는 요양소의 세계는 〈고향의 질서〉(Zb 13)로부터 벗어난 기괴하고 무질서한 세계이다. 따라서 평지의 세계가 낮의 세계요 건강의 세계라면, 요양소는 밤의 세계요 병의 세계인 것이다.

여기서 볼 때 토마스 만 문학의 외적 공간과 내적 심리적 갈등이 매우 불협화적이라는 사실을 느낄 수 있다. 이는 고향과 타향의 변증법인 〈이분화된 세계〉로 인간이 하나의 안정되고 평화로운 삶을 구하고 보장받으려 했던 마의 산이 그의 자유롭고 자연스러운 실존을 파괴하는 공포스러운 동기 유발의 세계로 전환되어 나타난다. 우리가 병을 치유하는 요양소라 불렀고, 그리고 그것을 건설했던 세계가 자유와 실존을 억압하고 파괴하는 덫으로 변화되어 나타나는 것이다. 말하자면 독자가 통상적으로 생각하고 평가했던 질서와 가치가 토마스 만의 작품에서는 부정적인 전도(顚倒)로 나타난다.

고향과 요양소의 이러한 지리적 양극 관계에서 카스토르프는 점점 더 고향과의 관계를 절연하게 된다. 마의 산에서의 체류 초기에 그는 서신들과 소포 등을 규칙적으로 보내고 받았다. 그러다가 그의 서신 내용이 점점 짧아지며 드물어지고, 또 평지에서 오는 삼촌의 방문도 어느 날 갑작스럽게 떠난 후로 중단된다. 그 결과, 카스토르프의 체류 후기에는 자신과 평지 사이의 모든 감정이 흔적 없이 사라진다. 카스토르프의 오랜 연금술적 격리로 인해 마의 산의 요양소가 그의 현실이 된 것이다. 이러한 현실은 요양소의 다른 사람들에게도 마찬가지다. 뉴스와 신문 등이 환자들의 귀에 들어올 리 없고, 오직 이탈리아인 세템브리니가 뉴스와 자신의 사상으로 평지와 요양소의 관계를 유지시키려 한다. 쇼샤 부인만이 규칙적인 여행을 통해 마의 산의 공간적 단절에서 벗어나는 유일한 인물이다. 그러나 의사들을 포함하여 다른 모든 투숙객은 지역적으로 밀봉된 연금술에 갇혀 실제 삶에서 격리되어 있다.

이렇듯 마의 산에서의 사건은 장소적 차원으로 격리되는 것처럼 시간적으로도 평지와 밀봉되듯 격리되어 있다. 평지의 시간 단위는 이곳 요양소에서 더 이상 계산되지 않는다. 따라서 세템브리니는 작품 초반부터 카스토르프에게 이곳 마의 산에서 〈주(週)의 단위〉(Zb 85)는 존재하지 않는다고 주지시킨다. 따라서 이곳 환자들은 자신의 내적인 시계의 개념에 따라 개인적인 시간 단위를 전개시킨다. 오직 사관 후보생에 임용된 카스토르프의 사촌 침센만이 전래적 시간 단위를 지키는 정확한 군대 기질을 지니고 있다. 카스토르프도 요양소에 오래 머물수록 과거의 시간 구분 개념에서 더욱더 멀어져 간다. 독자는 주인공이 평지에서 완전히 벗어났다는 사실을 알자마자 곧바로 그의 시간적 격리도 알게 된다. 카스토르프는 주머니 시계나 달력을 〈오래전부터schon längst〉(Zb 984) 이용하지 않고 있다. 〈오랫동안 잠에 빠져 있던 자Siebenschläfer〉(Zb 985)인 카스토르프가 시간 개념을 의식하지 못한 채 이곳 요양소 체류를 마치고 떠날 때는 이미 7년의 세월이 지나간 후였다. 이렇게 동화에서나 작용하는 무시간성이 작품의 〈머리말Vorsatz〉에서부터 암시되고 있다. 〈한 이야기의 과거적 성격은 그 이야기가 《옛날》의 것일수록 한층 깊고 한층 완전하며 한층 동화적이지 않을까? 더욱이 이 이야기는 그 본래의 성격으로 보아도 동화와 통하는 데가 있는 것 같다.〉(Zb 10)

〈머리말〉에서 알 수 있듯이 『마의 산』은 동화와 친연 관계에 있다. 일반적인 소설의 흐름은 여러모로 정도의 차이가 나는 과거성을 포함하고 있다. 사건이 서술되는 대부분의 과거 시제가 독자에 의해 허구적 현재로 전환되는 한편, 설명된 부분은 그 허구적 현재에 대해 과거로 느껴진다. 의식의 흐름의 소설은 주로 작중 인물의 과거를 과거로 다루지만, 그러면서도 그 과거를 작중 인물의 직접적이고 허구적인 현재의 의식 속에서 현재처럼 표현하여 동화적 요소를 띤다. 〈이야기란 과거의 것이어야만 하고, 과거의 것일수록 이야기 특유의 성격에도 어울리며, 또한 속삭이듯이 과거를 불러내 보여 주는 이야기꾼에게도 유리하기 때문이다. 〔……〕한 이야기의 과거적 성격은 그 이야기가 《옛날》의 것일수록 한층 깊고 한층 완전하며 한층 동화적이지 않을까?〉(Zb 9 f.)의 내용대로 토마스 만은 과거와의 결합을 작품에서 강조하여 동화적인 요소를 나타내고 있다. 또 〈머리말〉에서 7의 수가 눈에 띄게 빈번한 것(7년간의 체류, 7개의 책상, 7분 등)과 카스토르프가 요양소에 도착한 때는 8월의 어느 날 저녁 여덟시경으로 8이 연속되는 내용도 이러한 동화적 허구성을 강조해 준다. 주인공은 동화 속처럼 마법에 걸린 채, 마의 산 위에서 세상을 등지고 있는 것이다.

앞에서 언급되었듯이, 카스토르프가 겪는 시간과 공간의 단절이나 격리는 작품 마지막 부분에서 정확히 언급된다. 시간적·공간적 격리가 카스토르프에게 삶에 도달하는 유일한 가능성으로 이야기의 마지막 부분에 역설적으로 언급되어 있는 것이다. 결국 요양소의 시공(時空)적 상황은 연금술적인 환상에 불과하다. 연금술적인 것이 내용적인 의미에서 가장 높은 층위로 제시됨으로써 모든 사건은 다소간 명시적으로 마의 산과 관련되게 된다. 그리하여 요양소는 연금술적 환상으로 폭로되면서 실제적 공간의 배후에서 작용하는 연금술적 공간이 되는 것이다.

이런 연금술적 배경의 요양소에는 환경도 상당히 제한되어 있다. 사건이 탁 트인 하늘 아래에서는 거의 진행되지 않고 항상 구름 긴 흐린 날씨라든가 어두운 방 등으로 끊임없이 새로운 변모를 보이고 있다. 공간은 하나의 밀실에 불과하기도 하고, 거의 주인공의 방에 한정되기도 한다. 결국 주인공의 활동 공간은 요양소 외곽 지대까지만 해당되어 인물들은 이 요양소 범주를 벗어나지 못한다. 평지와 요양소의 공간은 카스토르프가 투쟁하는 적대적 세계이며 가공적인 공간 설정으로 실제 지리적인 지식으로는 이해될 수 없다. 이러한 요양소의 환경에 있는 카스토르프를 위시해 몇몇 환자들은 병에 대한 주의를 하는 행동에서 오히려 그들의 병은 점점 더 깊어 가는 역설적 현상을 보여 주고 있다. 따라서 그들의 병에 대한 의지는 어쩌면 파멸로 이끌어 가는 의지의 단계라 할 수 있다.

그런데도 카스토르프는 이러한 연금술적 요양소 생활에 익숙해져 쇼샤 부인과 독자에게 〈연금술적 교육〉(Zb 816)과 〈연금술적 마술〉(Zb 984)이 그와 그의 발전에 미치고 있다고 언급하는데, 이러한 연금술적 상황에서만이 카스토르프는 마의 산에서 자신에게 부여된 모험을 견뎌 낼 수 있고 또 〈더 고차적인 것Höheres〉(Zb 827)으로의 발전이 가능하다. 〈삶에는 두 가지 길이 있다. 하나는 평상적인 길로 직선적이며 평범하다. 다른 길은 고약하다. 즉 그 길은 죽음을 건너야 하며 독창적이다.〉(Zb 827)

결국 카스토르프는 평지의 삶을 포기하고 연금술적 격리를 택함으로써 그의 삶이 평탄하게 된다. 즉 실제적인 장소와 시간의 포기, 그의 〈오랜 잠〉(Zb 985) 등이 그의 삶으로의 길을 평탄하게 해주며, 또 질병과 죽음을 체험함으로써 또 다른 차원에 다다르게 되는 것이다. 이렇게 평지의 삶을 포기한 연금술적 격리나 시간 장소의 포기로 또 다른 차원에 다다르게 되는 내용은 이 요양소의 불치병 환자 알빈 Albin이 행한 다음의 말에 요약적으로 잘 나타나 있다. 〈이런 사태로부터 나에게 허락되는 조금의 자유를 관대히 봐주세요. 고등학교에서 낙제라고 정해지면 선생에게 질문할 수도 없고, 숙제도 할 수 없는 것과 똑같은 것입니다. 그 행복스러운 상태에 드디어 도달한 것입니다. 나는 이제 아무것도 하지 않아도 좋고, 고려의 대상도 되지 않는 인간입니다. 될 대로 되라죠.〉(Zb 86) 결국 평지의 실제적인 삶을 포기하고 마의 산의 연금술적 삶에서 도덕적이고 정신적이며 관능적인 모험을 하게 되는 것이 카스토르프의 요양소 생활을 가능하게 한다. 시간 등을 완전히 포기하여 평지와 완전히 단절함으로써, 즉 밀봉적인 연금술적 삶을 영위하는 데서 그는 자기 삶의 교훈을 얻고 자신의 모험을 극복하게 되는 것이다. 그런데 이 시기는 작품의 내용상 〈청천 뇌우Donnerschlag〉의 장 이전의 시기, 즉 제1차 세계 대전이 발발하기 직전의 시기이며, 그다음에는 전쟁에 의해 평지와 마의 산 차원이 카스토르프에게 혼합된다. 카스토르프는 연금술에 의해 그가 마의 산에서의 모험적 삶을 체험하여 변화되었기 때문에 평지로 돌아올 수 있는 것이다.

3. 역설적 요소

역설이란 일종의 반대 개념의 변증법적 융합이다. 합리성을 분모로 삶의 총체성을 파악하는 것이 불가능한 배경에서 삶의 실재와 본질을 구현하는 수단으로서, 역설은 어느 특정 문화권의 전유물이 아닌 삶의 보편적 현상이다. 이런 맥락에서 상황 및 생명이 본질적으로 안고 있는 비합리성과 반논리성이 역설로 표출되는 경향이 있는데, 포스M. Foss는 이를 두고 실존Existenz은 실재Sein가 생성Werden으로 옮겨 가는 형이상학적 진리를 내포하는 것이라고 보면서, 이 존재와 생성의 역설적 통합을 헤라클리데스적 논리로 돌리고 있다.[37] 즉 역설적 통합은 생명 그 자체요 생명의 법칙이란 것이다.

서구 문학상 역설적 표현의 원형은 로마 시인인 카툴루스(Catullus, 기원전 84~54)의 〈나는 미워하고 사랑한다odit et amo〉로, 이 내용대로 사랑과 미움은 원래 상호 배타적이요 모순적이지만, 또 한편으로는 하나의 유기적인 실체로 묘사되고 있다. 카툴루스는 〈이율배반Ambivalenz〉의 충격을 통해 모순 개념을 승화하는 방식으로 외형적 배타성을 파괴, 융합하여 사물의 실재를 구현한 것이다. 이러한 역설의 문학적 형상은 슐레겔F. Schlegel을 비롯해 최근에 와서는 브룩스C. Brooks에 의해 크게 주목을 받았다. 브룩스는 저서 『역설의 언어*The Language of Paradox*』[38]에서 역설을 하나의 간접적 표현으로 규정하면서, 이 간접성이야말로 시적 언어와 구조의 특징이라고 강조했다.[39] 즉 그는 이지적 성격으로 규정한 역설을 문학에서 불가피한 요소로 본 것이다.

일반적으로, 과학만이 역설적 모순을 배제하는 언어를 진리 추구의 수단으로 구사한다고 보고 있다. 이러한 과학과 달리 문학적 진리의 추구는 오로지 역설을 통해 접근할 수 있다고 브룩스는 보았다. 브룩스의 이러한 입장은 괴테의 문학관에 접근하는 방법이 될 수 있다. 괴테가 『파우스트』에서 지적했듯이 합리성만을 바탕으로 한 이론은 투명성을 상실하여 푸른 생명의 황금 나무를 알 도리가 없다. 이런 배경에서 역설은 특히 인생의 진리를 규명하려는 사변적, 종교적 명상의 세계에서 삶의 제반 모순 현상을 초월하여 통일성을 지향하려는 방책이 된다. 다만 브룩스가 역설을 다루는 데 있어 언어적 역설과 역설적 상황의 한계와 차이를 극명하게 밝혀 주지 못한 아쉬움이 있는데, 이러한 미비점을 보완하는 방편으로 휠라이트P. Wheelwright의 이론을 들어 볼 필요가 있다. 휠라이트는 역설을 논리학의 기본 명제인 〈비모순의 법칙*Law of Non-contradiction*〉으로부터의 해방이라고 파악했다.[40] 그러니까 역설이란 좁은 의미로는 비모순적 법칙에 대한 반대 개념이고, 넓은 의미에서는 비이론적 사실을 뜻한다 하겠다.

그런데 브룩스가 역설적 모순을 배제하는 언어를 과학만이 가지고 있다고 주장하는 이론보다 토마스 만은 한발 앞서 과학까지도 역설적 효과를 내고 있다고 작품에서 주장한다. 『마의 산』에는 여러 사상, 즉 의학, 질병, 심리학 등에 관한 전문 지식이 장황하게 나열되어 이들 사이에 강력한 역설적 관계가 작용한다.(Zb 351 ff.) 과학적인 내용도 역설적 효과를 내는 것이다. 예를 들어 건강의 고양된 형태로서의 질병, 질병의 최종적인 귀결로서의 건강 등은 이중 시각으로 본 역설적 현상이다. 모든 해석, 비평, 과학은 사실처럼 보이기 위한 수단으로 〈반어성〉을 이용하는 경우가 있다.[41]

따라서 나프타는 〈과학〉이라는 말 자체가 가장 우매한 리얼리즘의 말이라고 규정하고 〈과학〉이라는 순진한 리얼리즘에 대해 다음과 같이 비웃는다. 〈도그마로서의 현대 자연 과학은 전적으로 인간이라는 유기체의 인식 형식, 즉 현상계의 생기를 규정하는 시간과 공간의 인과율이 우리의 인식과는 무관하게 존재했던 실제적 상황이라는 형이상학적인 조건을 토대로 하고 있다.〉(Zb 960) 따라서 『마의 산』에서 과학에 관한 전문 지식의 나열은 사실을 정확하게 서술하려는 객관적 사실주의 수법이지만 그 묘사가 과장되고 장황한 데서 반어적 효과가 생겨난다. 물론 과학 자체는 반어성이 아니지만, 과학적인 서술이 과장되고 사이비 과학적으로 되어 반어적이 되는 것이다. 토마스 만은 사실주의적 서술 기법의 온갖 수단을 터득하고 반어성의 유희를 그것들의 연관성에 전개시킨 셈이다. 더욱이 사실 소재를 지향하는 정신의 과학성에 의해 소설적 사실주의는 과거의 세계와 시의에 적합한 방법으로 영합될 수 있었다.

이렇게 역설적 요소가 토마스 만의 작품에 큰 영향을 미치고 있다. 지적 소설(知的小說)에서는 제반 현상을 일면적으로만 보지 않고 상호 관련을 지어 다면적으로 관찰하며, 〈지적인 작가〉에게 관찰과 비판은 동의어이기 때문에 토마스 만의 경우, 창작이란 바로 시대와 사회의 비판 작업을 의미한다. 그러나 문학이 〈직접적인〉 시대 비판, 사회 비판을 피하기 위해서는 정신적인 여과 과정을 거치지 않으면 안 되는데 여기에서 반어성Ironie이 대두된다. 〈이의성(二義性)〉의 동의어로 볼 수 있는 〈반어성〉을 토마스 만은 객관성 또는 중립성으로 이해했다. 이 법칙에 의하면, 〈이중적 시각〉 표현의 중요한 의도 중 하나가 〈반어성〉이다. 〈반어성이란 언제나 양측을 향하며, 무언가 중간적인 것, 이것도 아니고 저것도 아닌 것, 이렇기도 하고 저렇기도 한 것〉(GW 7, 91)이다. 이러한 반어성은 토마스 만 특유의 〈서사적 반어성epische Ironie〉으로 발전한다. 〈서사적 반어성〉은 관찰의 반어성으로, 이에 따른 토마스 만의 사고방식은 온갖 모순에도 불구하고 전체적인 것에 대한 기능과 관련에서만 각각의 부분들이 올바로 이해될 수 있는 통일성을 형성한다.[42]

토마스 만의 소설 이론은 결국 〈서사적 반어성〉이란 무엇을 의미하며, 어떻게 표현되는가이고, 이의 해답은 결국 소설 자체의 문제로 돌아갈 수밖에 없다. 〈서사적 반어성〉이란 〈반어적인 객관성〉으로 불리기도 하는데 그것은 또한 〈이중적 시각〉 표현을 통한 다의성을 의미한다. 토마스 만의 경우, 〈이중성〉 또는 〈모순성〉은 결

510

코 종합에 대한 무능력에서 오는 것이 아니라 긴장 넘치는 정신적 통일의 지고한 분별에서 오는 것이다. 그것은 니체의 의미에서의 〈적절한 표현 방법〉[43]의 시도라고 볼 수 있다. 토마스 만은 니체의 영향 아래 아폴론적인 것과 디오니소스적인 것을 대비시켜 이중적 시각의 효과를 나타내고 있다.

결국 토마스 만은 〈이의성〉을 통해 복잡한 미학적인 문제에 대응할 수 있었다. 토마스 만 작품의 사상적 배경이 되는 이의성은 먼저 그의 출생적 배경에서 근거가 발생한다고 볼 수 있다. 토마스 만의 시대적 갈등과 이중성이 그에게 변증법적 관계로 작용하여 오히려 창조적인 힘이 될 수 있었듯이 그의 출생의 이중성도 작품 활동에 적나라하게 나타나는 것이다. 따라서 명료한 분별성과 정확성에 기반한 부친의 〈윤리성〉과 낭만적 기질과, 음악성에 기반하는 모친의 〈예술성〉이라는 출생의 이중성이 『마의 산』의 대립 사상의 근거가 되고 있다.[44] 이렇게 부모로부터 물려받은 성격을 토마스 만은 고전주의적 정형에 따라 다음과 같이 묘사하고 있다. 〈내 성품의 혈통적 유래를 자문할 때면, 나는 괴테의 유명한 시를 떠올리면서 나 역시 삶의 진지한 태도는 아버지로부터 물려받았으며, 예술적·감성적 방향에 속하는 유쾌한 천성 ─ 더 넓은 의미로 말해 허구의 욕망은 어머니에게서 물려받았노라고 확인하지 않을 수 없다.〉[45]

이러한 내용은 토마스 만의 단편 「토니오 크뢰거」의 주인공 크뢰거에서도 암시된다. 먼저 독일에서는 흔한 성(姓)인 크뢰거는 북방적으로 보수적·시민적 성격을 암시하고 이국적 색채가 담긴 토니오라는 이름에는 남국인 특유의 정열과 예술적 정취가 담겨 있다. 「토니오 크뢰거」에선 리자베타에게 보내는 크뢰거의 편지에서 이러한 이국적인 색채가 부모의 성격으로 묘사되고 있다. 〈아시는 것처럼 저의 부친은 북방인의 기질을 가지고 계셨습니다. 따라서 그는 생각이 깊고 철저하고 청교도적으로 정확했으며 좀 우울한 편이셨죠. 그런데 어머니는 아름답고 관능적이며 정열과 충동에 따라 분방하게 사는 분이셨습니다. 이 두 기질을 모두 갖고 태어난 사람이 바로 저였습니다.〉(TK 337)

이러한 이국적인 이중성 등 여러 사상적 이중성이 『마의 산』의 작품 세계의 구조적 특징을 이룬다. 먼저 이 작품은 바로 삶과 분위기의 이중성에 근거를 이루고 있다. 본래의 의지와 거기에 역행되는 현실인 반어성의 개념이 베르그호프 요양소의 분위기와 인물들의 성격을 구성하고 있는 것이다.

이렇게 토마스 만의 작품에는 이의적(二義的)인 특징이 강하다. 특히 『마의 산』에서는 과학뿐 아니라 병과 죽음을 대상으로 한 소재와 전형적인 모범 간의 역설적인 관계, 또 단순하고 전형적인 삶의 기본 형태와 체험 간에 평형을 이루려는 의지가 담겨 있다. 따라서 이 작품에는 이미 처음부터 질서와 무질서, 삶과 죽음, 건강과 병, 일과 나태함, 시민 사회와 요양소, 시민 의식과 병적 경향 등의 대립 관계가 정립되어 있다. 이러한 대립 관계는 토마스 만의 초기 작품을 지배했던 것으로, 이들이 『마의 산』에서 다양한 형태로 전이되어 작품을 주도해 간다. 다시 말해 삶과 죽음이 반어적으로 광범위하게 전개되는 『마의 산』에서 토마스 만의 초기 작품에 나타났던 허무와 퇴폐 등 데카당스 사상을 탈피하여 생을 긍정하는 의지, 즉 퇴폐와 질병에 지배되는 무력한 고립이 아니라 서로의 사상적·도덕적 대립 속에서도 상호 간의 조화를 이루어 숭고한 생으로 돌아가려는 의지가 담겨 있는 것이다.

토마스 만은 1915년 8월 아만P. Amann에게 보낸 편지에서 『마의 산』이 〈휴머니즘과 낭만주의, 진보와 반동, 건강과 병이라는 정신적 대립들을 통해 희극적이고 끔찍한 방식으로〉[46] 진행될 것이라고 말한 뒤, 이것은 〈한 젊은이가 가장 유혹적인 힘, 즉 죽음과 대결하는 교육적·정치적 기본 의도〉[47]라고 특징지었다. 그는 이 작품을 통해 초기 작품 이래 자신을 지배하고 있던 삶의 이원성 문제를 다시 한번 첨예하게 다루는데, 다만 그 방식은 지금까지와는 달리 죽음에 기초한 낭만주의적 사고를 해학적으로 풍자하는 시대 교육적 의도를 가지고 있다. 이를 위해 토마스 만은 상이한 입장을 대표하는 세템브리니와 나프타, 〈두 명의 익살스러운 교육자〉(GW 7, 424)를 설정하고 주인공이 그들 사이에서 한 입장을 선택한다는 구상을 가지고 있었다. 카스토르프에 영향을 미치는 세템브리니는 서양 세계에서 진보주의의 옹호자이고, 나프타의 이념은 혁명적 급진주의를 대변하여 서로의 도덕적 차이로써 대조를 보인다. 그러나 결국 이 도덕의 대립은 쇼샤 부인의 정열 앞에 무너진다. 세템브리니나 나프타의 도덕 이론, 질서와 합리성 자체가 쇼샤 부인의 정열 앞에 무기력해지는 것이다. 때문에 『마의 산』에서는 쇼샤 부인에게서 역설적인 이의성이 가장 적나라하게 나타나고 있다. 작품 속 쇼샤 부인의 언급에서 그녀는 동양적이며 남성적인 여성 성격으로, 또 방종하고 해방된 면모 등으로 〈거부와 매혹의 혼합물〉[48]로 묘사되지만, 그녀의 존재는 이로 인해 역설적으로 더 아름답게 작용한다.

결국 죽음과 사랑의 복합적 구성, 세템브리니와 나프타의 열띤 서구 사상의 논쟁과 러시아 여인 쇼샤 부인의 등장으로 암시되는 동양 모티프의 대립 등 현세에서 볼 수 없는 여러 가지 문제들이 서로 대립하여 항상 수동적 입장을 취하는 주인공 카스토르프를 통해 용해되어 측정된다. 이 중에서도 세템브리니와 나프타의 격렬한 논쟁이 작품의 주를 이루는데, 이는 자연이 곧 정신이라는 세템브리니의 일원론(一元論)과 세계를 신과 자연으로 이분하는 나프타의 이원론(二元論)의 철학적 대립이다.

이러한 의지와 상반 대치되는 병적인 개념들이 병과 투쟁하는 병자들의 건강에 대한 염원과 건강한 생을 열망하는 그들의 의지 뒤에 무의식적으로 지배하여 그들의 일상생활에서 정신과 육체에 작용하고 있다. 이렇게 『마의 산』은 이원적 대립에서 자기 극복 과정의 기록으로, 도덕적인 결정을 통해 마적인 갈등을 해결하려는 의지가 담겨 있다. 결국 토마스 만은 병과 죽음에 대한 매혹과 의지와 삶의 긍정을 대립시킨 것으로, 이렇게 『마의 산』에서 대립되는 경향들이 조화되는 사실은 단순한 이념이나 도덕상의 선언 이상이다.

『마의 산』의 결말이 현실 차원인 전쟁에서 끝나는 사실은 이상주의적 세계관을 전제로 하는 고전적 교양 소설에 대한 반어적 비판이라 할 수 있다. 이렇게 모든 존재가 양극의 사상을 지니고 『마의 산』에서 역설적으로 전개되는 개념은 쇼펜하우어에서 니체에 이르는 독일 정신사의 논리적 관념의 체질적 묘사로 볼 수 있다. 토마스 만 연구가인 헬러Erich Heller는 이 양자의 관념적인 결합에 대해 〈쇼펜하우어의 형이상학에서 현실적인 것은 무가치한 것이며 가치 있는 것은 현실에는 없다. 따라서 일체의 가치나 진실 그 자체도 현실적인 의의를 가지지 않는다. 현실과 그것에 수반한 진실의 가치 상실은 필연적으로 환상에 최고의 의의를 부여하고 환상인 이상 어떤 이론적 관념도 작용하지 않고 —— 형이상학적 환상에서 다른 환상으로 급속히 이행해 가는 것이다〉[49]라고 해석하고 있다. 그러면 이곳 요양소에서의 환경과 인물들에 나타난 삶의 반어(反語), 즉 원래 삶의 목적과 배치되는 요양소 분위기와 그 구성 인물들을 규명해 보겠다.

1) 요양소의 역설적 분위기

『마의 산』은 괴로운 세상, 즉 스위스의 높은 산 위에 위치한 산장이라는 요양소로 나타난 질병과 고립의 세상을 그려 내고 있다. 토마스 만은 이곳을 요양소 *Sanatorium*란 명칭으로 모든 병자들을 끌어들여 이곳에서 병과 투쟁을 전개하고 있다. 먼저 이 요양소의 장소적 성격이 관심을 끈다. 〈5천 피트의 높이〉(Zb 84)에 있는 스위스 다보스의 요양소는 고도에 있는 상황에서 도달하기 어려운 느낌을 주고 있다. 즉 요양소는 높은 곳에 위치하여 장소적으로 도달하기 어려운 내용이 작품 서두에 다음과 같이 언급되어 있다. 〈함부르크에서 다보스까지는 긴 여정이다. 그렇게 짧은 기간을 머물기 위해서 떠나기에는 너무나 먼 거리이다. 온갖 고장을 지나면서 며칠을 두고 산을 오르내려야 하고 남부 독일의 고원 지대로부터 호수가 많은 슈바벤까지는 계속 내리막길을 내려가야 하며, 거기서부터는 배를 타고 춤추는 파도를 헤치면서 예부터 그 밑바닥을 알 수 없다고 전해지는 심연을 건너야 한다. 장거리 여행으로 그래도 순조롭게 달려왔던 노정이 거기서부터는 다소 복잡해진다. 종종 기다리기도 하고 성가신 수속을 밟기도 해야 한다. 스위스 국경 지대에 있는 로르샤흐에서 다시 기차를 타지만, 그것도 알프스의 조그만 역인 란트쿠아르트까지일 뿐 다시 기차를 바꿔 타야만 한다. 바람이 불고 별 매력도 없는 산간 지방에서 오랫동안 기다린 끝에 갈아타는 협궤 열차이다. 자그마하지만 그래도 힘은 대단한 기차가 움직이기 시작하는 순간에 이 여행에서 가장 모험적인 부분이 시작되어 끝이 보이지 않는 험한 오르막길이 계속된다. 란트쿠아르트 역은 비교적 낮은 중턱에 자리 잡고 있지만 거기서부터 줄곧 험난한 바윗길을 지나 알프스의 고원으로 뻗쳐 있기 때문이다.〉(Zb 11)

〈시간은 망각의 물이라고 하지만 여행 중의 공기도 그러한 종류의 음료이다〉(Zb 12)라는 언급처럼 작품 처음에 시작되는 카스토르프의 요양소 여행은 일종의 비현실적 영역으로 들어가는 여정이다. 이렇게 〈거칠고 험한 바윗길을 따라가다가 높은 산 깊숙이 들어가야 하는〉(Zb 11) 요양소로의 여행이 비현실적인 성격을 띠는 내용이 다음에 잘 나타나 있다. 〈그것은 전진과 동시에 머물러 있는 것 같은, 변화하면서도 정지하고 있어서 현기증을 일으킬 것 같으면서도 단조로운 되풀이를 하고 있는, 반쯤 꿈을 꾸는 듯하면서도 사람을 불안하게 하는 일종의 이상한 감정이었다.〉(Zb 37 f.)

이처럼 요양소로의 여행에는 멀고 복잡한 여정 등 온갖 어려움이 있는데 이 중에서도 〈5천 피트의 높이〉(Zb 84)라는 상황이 돋보인다. 이를테면 높은 곳으로의 상향 운동은 성취의 개념으로, 드높음이나 상승의 의미는 탁월함과 왕권 지배 등으로 연상된다. 따라서 높은 상향(上向)은 성취의 관념과 결합되어 숭고함 혹은 탁월성을 함축한다. (종교적 의미에서) 높이 있다는 사실만으로도 강하고 신성성을 지닌 존재로의 가치를 지닌다. 때문에 애써 올라가려고 노력한다면 자연스러우나 애써 내려가려는 노력은 부자연스럽게 들린다. 왕은 신하들을 위에서 다스리지 아래에서 다스리지 않는다. 어려움을 극복하고 그 위에서 유혹을 이기지 그 아래에선 이기지 못한다. 나는 새, 공중에 쏘아 올린 화살, 별, 산, 돌기둥, 자라는 나무, 드높은 탑 등 위로 향하는 개념과 경험적으로 결부된 여러 이미지들은 (기타 어떤 다른 의미가 이들 가운데 부가됐다 해도) 도달해야 할 대상, 획득하려는 소망, 즉 선한 것을 의미한다. 가장 대표적인 무대가 산꼭대기, 성, 탑, 등대, 사다리 또는 계단 등이다. 이런 맥락으로 수도사는 사원이나 수도원을 높은 곳에 지어 신화적 장엄함의 효과를 극대화시킨다.

이런 근거로 『마의 산』에서 〈높은〉 위치에 있는 요양소의 무대 배경이 의미심장하다. 매우 높은 곳에 있는 요양소는 마적인 심리를 불러일으킨다. 이는 신적인 장엄을 경험하게 함으로써 요양소에 들어오는 것은 쉽지만 다시 나가는 길은 엄청나게 힘들다는 사실을 암시하는 것이다.

카스토르프가 이 요양소를 향해 떠나는 작품의 첫 장면에서부터 〈높다〉는 개념이 돋보이게 나타나 마의 산이 마적으로 보이고 있다. 〈아직 한 번도 그 공기를 호흡해 보지 못한 영역, 누구나 알고 있는 것과는 전혀 다른 별나게 빈약하고 초라한 생활 조건이 지배하고 있는 영역으로 이렇게 들어가고 있다. 이것이 그를 흥분시키고 일종의 불안감으로 그를 충만시키기 시작했다. 고향과 일상적인 질서는 뒤로 멀리 처졌을 뿐만 아니라 무엇보다도 머나먼 아래쪽으로 멀어져 갔지만 그는 자꾸만 위쪽으로 올라가고 있었다. 고향이나 질서 그리고 미지의 것 사이에서 표류하며 위로 올라가면 어떻게 될 것인가 하고 그는 자문해 보았다. 카스토르프를 태운 기차는 점점 고지를 향해 올라가서 이제 활엽수의 잎도 보이지 않게 되자, 이렇게 만사가 끝나고 결핍되는 양상을 생각하니 가벼운 현기증과 구토증이 나서 그는 2초 정도 손으로 눈을 눌렀다.〉(Zb 14)

이렇듯 높은 위치에 있기 때문에 사람들은 요양소를 〈이 위hier oben〉(Zb 11)라고 표현하고 평지 세계를 〈저 아래dort unten〉(Zb 11)라고 지칭한다. 높은 산 위에 위치한 요양소의 배경은 하늘과 땅의 중간적 공간을 나타낸다. 일반적으로 하늘은 접근이 불가능하고, 땅은 접근이 용이한 것으로 알려져 있다. 따라서 접근 불가능한 하늘과 접근이 용이한 땅의 중간에 있는 요양소는 역설적 성격을 지니고 있다. 다시 말해 요양소는 심리학적으로 시간과 공간적으로 초월하여 멀리 떨어져 있으면서도 인접한 공간으로, 또는 인접한 공간이면서도 멀게 느껴지는 역설적 느낌을 주고 있다. 예를 들어 〈눈〉의 장에 서술되는 요양소 밖의 공간도 내부에서 보면 무한한 장소로 나타나지만 외부에서 보면 여전히 요양소 근처의 숨 막히게 협소한 장소에 감금 상태로 〈광활한 공간〉과 〈밀폐된 공간〉이 동시에 존재한다. 이렇게 마의 산은 모든 현실 세계에서 이탈하여 보통 세계와는 완전히 이질적인 세계가 되고 있다. 요양소와 인간 도시 사이에는 알 수 없는 무한성과 영원성이 끼어들어 서로를 갈라놓고 있는 것이다. 따라서 평지의 민간 세계로 되돌아가고자 하는 소망은 천천히 그리고 철저하게 해체된다. 점점 멀어져 가는 공간적인 확장은 갑작스레 영겁의 시간으로 전이되면서 부질없고 끝없는 기다림이라는 절망을 그리고 있다. 요양소를 떠난다는 무한한 기다림은 결국 죽음을 암시하여 젊은 카스토르프가 평생 동안 가도 평지에 도달할 수 없다. 〈분명 인간 존재의 한계 영역까지 가는〉[50] 카스토르프의 여행에서 애당초 돌아온다는 것은 불가능하다. 사실적으로 묘사되는 여행은 결국 피상적인 사건 이상인 것이다.

실제적으로 요양소에서 평지는 그리 멀지 않지만 카스토르프가 7년을 노력해도 평지에 도달하지 못한다는 사실에서 평지는 엄청나게 멀어 요양소와 평지 사이의 거리는 역설적인 성격을 지니고 있다. 끊임없이 흘러가는 시간 속에서 사건의 이야기는 비좁은 공간에서 전개되어 기억 속에 응축된 무한한 시간이 어느 누구도 도달할 수 없는 공간이 되고 있다. 시간의 공간화와 공간의 시간화가 시공간적 구조로 이루어지는 것이다. 따라서 절대적 권위를 상징하는 요양소와 반대되는 평지의 세계로 개별적인 접근은 불가능하다. 평지의 우편물은 일주일에 한 번씩 배달되고 현실의 사건을 전달하는 신문은 며칠 만에 한꺼번에 배달되지만 아무도 이 신문을 읽지 않는다.

따라서 이곳에서는 〈시간과 공간의 이중적 성질〉[51]을 인식할 수 있는데, 카스토르프의 다음과 같은 성찰이 이를 보여 준다. 〈인간과 고향 사이를 돌고 날면서 퍼져 가는 공간은 보통 시간만이 갖고 있다고 믿는 힘을 나타낸다. 즉 공간도 시간과 마찬가지로 시시각각 내적 변화를 일으킨다. 그리고 그 변화는 시간에 의해 일어나는 변화와 매우 유사하지만 어떤 의미로는 그 이상의 것이다. 공간도 시간과 마찬가지로 망각의 힘을 갖고 있는 것이다. 더구나 공간은 인간을 갖가지 관계에서 해방시키고 원래적인 자유로운 상태로 옮겨 놓는 힘을 가지고 있다. 사실 공간은 고루한 속인까지도 순식간에 방랑자와 같은 인간으로 만들어 버린다.〉(Zb 12)

결론적으로 높은 지역에 위치해 있는 요양소는 하늘로 가는 공간, 즉 죽음의 나라로 가는 공간의 암시이다. 따라서 질병을 치료하는 요양소 본래의 의미는 퇴색되고 이와 반대 격인 죽음과 암흑, 즉 데카당스의 본질이 연상되는 역설적 공간이 된다. 토마스 만은 상징적 암시 기능을 하는 〈이 위〉라는 단어를 죽음과 병의 테마와 관련지어 서술하면서 〈삶에 적대적인 요양소 세계의 분위기를 이 상투어로 압축시킨다〉.[52] 따라서 〈겨우 해발 2, 3미터의 공기를 호흡하도록 태어나서 그것에 익숙해 왔던 카스토르프가 갑자기 이렇게 높은 지역으로 이끌려 가는 것은 [······] 아마도 어리석은 짓이거나 아니면 건강에 해로운 일은 아닐까.〉(Zb 13) 결국 요양소는 질병의 장소와 질병으로부터의 안전이라는 상반된 이중 의미를 지니고 있다. 이렇게 마의 산의 요양소의 〈질병의 장소〉와 〈질병으로부터의 안전〉이라는 이중 의미는 토마스 만의 단편 「트리스탄」에서 〈아인프리트Einfried〉라는 요양소의 이름에서도 암시되고 있다. 〈담으로 에워싸인〉 고립된 곳이면서 또한 〈평화Friede〉로 〈진입Ein-〉하는 두 상반된 내용이 이 아인프리트 요양소의 이름에 함축되어 있다. 결국 고지에 위치해서 다보스의 산장이라 불리는 마의 산의 요양소는 마의 영역으로 호화로운 호텔에서 현대판 죽음의 무도가 난무하는 퇴폐와 폐쇄, 병과 죽음이 충만한 연금술적 신비 지역이다.

이렇게 혼탁한 인간 생활과 분리되고 격리되어 있는 요양소에서 퇴폐와 죽음의 무도가 난무하는 사실에서 〈분리는 죄〉라는 심리학적 추론이 나온다. 본래 낙원에서 추락 등은 인간의 고립화나 개체화에 연관된다. 최초에 이 세계가 낙원으로부터 분리된 동기는 〈인간 타락은 개별화의 원리로서 모든 분리의 시발점〉이라는 사실을 보여 준다. 개성을 획득함으로써 인간은 타락하여 천국의 통일로부터 분리된 것이다. 따라서 인간의 타락은 통일로부터 개체화로의 전락이다. 죄*Sünde*라는 단어의 어원이 〈분리시키다*sondern*〉나 〈나누다〉이기 때문에 분열과 죄는 동일하다. 따라서 본래 황금시대의 추락, 즉 인간의 추락은 인간의 고립화나 개체화 현상에 있다. 결국 모든 재난은 동양 사상에서처럼 자연과의 부조화에서 온다고 생각된다. 완전성(전체성)으로부터의 분열이 모든 재난의 원인이라고 믿는 것이다. 위기(독어: *Krise*, 영어: *crisis*)라는 말의 그리스어 〈*Krisis*(*krinein*)〉가 분열을 뜻하고, 위기라는 라틴어 〈*cernere*〉도 역시 분열을 뜻하는 데서 암시를 받을 수 있다. 한편 성(聖)을 뜻하는 단어 〈*holy*〉는 앵글로색슨어의 〈*hal*〉이 어근인데, 이 말은 건강한, 온전한 혹은 전체의 의미를 지니고 있다. 동일한 어근에서 나온 〈*hale*〉이란 단어도 강건한이란 의미를 지닌 것에서 짐작된다. 또 온전함 혹은 전체성을 뜻하는 영어의 〈*whole*〉이란 단어가 그리스어 〈*heil*〉과 친족 관계를 가지며 독일어의 〈*heilen*〉이란 동사로 남아 병을 치료한다는 의미가 되었다. 이렇게 보면 〈*healthy, heal, hale, holy, whole*〉 등은 모두 동일한 의미를 내포하고 있다. 즉 고대의 인간은 병이나 재난의 원인을 성 혹은 완전성(전체성)에서 분열된 결과라고 보았다. 이것은 낙원에서 쫓겨난 인간의 운명을 상징한다고도 볼 수 있다.[53] 최초의 분리로 인해 인간은 개성을 획득하고 신으로부터 자유로워졌지만 동시에 책임과 의무에 방치됨으로써 고통과 구속은 불가피하게 되었다.

이처럼 전체성에서의 분리로 인해 자유로워진 사람들은 책임과 의무에 방치되어 자신에게 주어진 자유를 도리어 부담스럽게 여기는 경우가 있다. 늘 자기의 결정에 대해 고민하고 책임져야 하기 때문이다. 그래서 많은 사람들이 자신에게 주어진 자유를 스스로 포기해 버리고 싶어 하기도 한다. 이렇게 자유에 부담을 느끼는 경향은 문학에도 작용한다. 〈작가가 노예가 아니고 자유인이라면, 의무가 아니라 자유로 선택해 쓸 수 있다면, 관례가 아니라 자신의 감정을 작품의 기초로 삼을 수 있다면, 공인된 스타일 속에 담긴 플롯도, 비극도, 희극도, 연애 관계도, 비극적

파국도 존재하지 않을 것이다.〉[54]

　이렇듯 자기에게 주어진 자유를 스스로 포기해 버리고 싶어 하는 경향이 국가 사회주의의 생성의 원인이 되기도 했다. 즉 국가 사회주의가 독일을 지배할 수 있었던 것은 독일 국민이 자발적으로 자유를 기피하고자 했던 경향 때문이기도 했다. 이러한 내용이 프로이트에 의해 분석되었다. 히틀러는 나치즘을 위협하는 프로이트의 책을 불태웠고 프로이트는 파시즘에 열광하는 대중의 심리를 분석했다. 프로이트는 이미 히틀러가 독일에서 전면에 등장했을 때인 1921년 〈집단 심리학과 자아 분석〉을 통해 지도자의 역할과 군중의 행동을 분석했다. 그의 분석에 의하면, 인간은 자신의 욕망을 통제하는 인물을 찾아 지배받기를 원한다. 불안한 시기에 대중은 단 하나의 확실한 비전을 강조하는 지도자에게 이끌리기 때문이다.

　이와 관련해 독일의 정치 경제학자이자 사회학자인 베버Max Weber는 〈정당한 지배에는 세 가지 순수한 유형이 있다. 첫째 합법적 지배, 둘째 전통적 지배, 그리고 마지막으로 카리스마적 지배〉라고 자신의 유고(遺稿)『경제와 사회』에 기록하고 있다. 베버의 사후에 남겨진 글을 부인 마리안네 베버가 묶어 낸 이 저서에서 〈카리스마charisma〉란 말이 새로운 힘을 부여받는다. 오늘날 이 말을 빼고 강한 개성과 흡인력을 갖춘 정치인을 묘사하기가 쉽지 않을 정도다. 예언이나 기적을 보일 수 있는 초능력, 절대적 권위나 신의 은총 등을 뜻하는 그리스어 〈Kharisma〉에서 나온 이 말은 원래 초기 기독교에서 쓰였다. 베버에 따르면, 카리스마적 지배에서 추종자들은 지배 시스템이 아니라 카리스마적 자질을 갖춘 지도자 자체에 복종한다. 복종의 근거는 계시(啓示), 영웅성, 모범성에 대한 신뢰 등. 물론 카리스마적 지도자는 위험도 적지 않다. 지속적으로 능력을 입증하지 못하면 신(神)에게 버림받거나 영웅적 힘을 잃은 것으로 간주돼 퇴출을 감수해야 한다.

　마찬가지로 프롬Erich Fromm은 저서 『자유로부터의 도피Die Furcht vor der Freiheit』에서 〈인간은 소외되지 않은 상태가 그에게 부과하는 자유와 책임 그리고 고독을 확실하게 감당할 수 없을 경우 그 자신을 권위에 복종시키거나, 파괴라는 이차적 창조성, 또는 무비판적인 자동인형적(自動人形的) 동사(同詞)를 통해 해소시킨다〉[55]고 언급하고 있다. 프롬에 의하면, 나치즘이 독일을 지배할 수 있었던 것도 독일 국민이 자발적으로 자유로부터 도피했기 때문이었다. 따라서 한편으로는 히틀러의 권위에 순복, 그 희생이 되는 것을 기쁨으로 느끼고, 다른 한편으로는 자기보다 못한 사람, 이를테면 유대인을 멸시·학대함으로써 욕구 불만과 열등감을 해소시키려 한 심리와 행동의 발로가 파시즘 운동이라고 프롬은 묘사하고 있다. 그것은 해방된 노예가 다시 예전의 예속된 삶을 그리워한다는 심리로서 때로 자율이 힘겹다는 것을 말해 주는 사례들이다. 분명 예속이 자유보다, 타율이 자율보다 편할 때가 있다. 어떤 결정을 위한 고심이나 심리적 갈등이 불필요하기 때문이다. 어쩌면 대중은 강력한 리더 밑에서 지시하는 대로 따르고 싶은 본능이 숨어 있는지도 모른다. 이를 사르트르는 〈자기기만(自己欺瞞)〉이라고 하였다.

이러한 프롬의 사상을 담은 최신의 저서를 소개해 본다. 〈자신의 운명이 위태로울 때 이성적일 수 있는 인간은 매우 드물다. 운명이 위태로울 때 사람들은 극단적인 태도를 취한다. 그러나 낙관주의자와 비관주의자 두 부류가 그렇게 분명하게 구별되는 것은 아니다. 대부분의 사람이 대화 상대와 상황에 따라 기억도 일관성도 없이 두 극단적인 입장 사이에 동요하기 때문이다.〉 이 내용은 폴란드 아우슈비츠 제3수용소를 직접 체험한 이탈리아계 유대인 레비Primo Revi의 저서 『이것이 인간인가』에 담겨 있는 한 대목이다. 누구도 내일을 장담할 수 없는 운명. 죽음의 수용소에서 동료는 하나둘 가스실로 향한다. 그런데 하룻밤 사이에 탄압의 총부리가 사라진다면 어떨까. 당연히 환호하며 바깥세상을 향해 내달릴 것이다. 하지만 수감자들은 선뜻 나가지 못하고 운명을 기다린다. 말도 안 되는 상황. 폭력과 억압이 체화된 삶에서 자유는 오히려 불안의 기폭제가 된 것이다. 아우슈비츠에서 이런 상황을 체험한 저자는 말한다. 〈이것이 인간이다.〉 이 저서에서 주목한 대목도 이 지점이다. 〈어느 순간 고통이 일상화되면 인간은 더 나은 현실이 있어도 받아들이지 않는다.〉

이러한 분위기가 마의 산의 요양소를 지배하고 있다. 이곳 요양소는 어쩌면 무한한 자유 지역이지만 이러한 자유는 스스로 포기되고, 죽음과 퇴폐와 질병이 충만한 극도의 고립 지역으로 무질서와 혼란 등이 만연하여 비판 의식이 결여되고 참여 의식이 망각된 무한의 자유 영역으로, 도덕을 부정하는 영역이고 병과 죽음만이 활개 치는 세계이다.

현세의 고통은 프롬과 레비의 사상과도 연관되어 있다. 이들의 주장처럼 조직의 세계에서 개인의 독립을 주장하는 동기가 부정적으로 여겨지는 배경에는 본래 원죄 사상이 잠재되어 있다. 낙원에서 벗어난 상태가 원죄 사상의 배경이 되는 것이다. 마찬가지로 인간 사회와 분리된 공간인 〈삶과 죽음의 중간 상태〉인 요양소에서 카스토르프는 각양각색의 인물들을 만나면서 정신적인 성장을 거듭한다. 그는 광범위하고 함축성 있는 대화를 무수히 교환하는데, 그들의 대화가 곧 그 시대의 분석이며 유럽의 정신사라 할 수 있다. 즉 병원, 환자들, 그들의 행동과 사상은 제1차 세계 대전 직전의 유럽을 상징하는 것이다. 이곳 환자들이 원래 예기(豫期)했던 요양소 본래의 의미는 전혀 느낄 수 없고 오히려 요양소 본래의 의미와 상반되는 방향으로 이끌려 가는데도 그것이 그곳 병자들에게는 전혀 인식되지 않아 그들 환자로서의 의지와 상반되는 삶, 즉 역설적 삶을 영위하고 있다.

환경적으로 볼 때도 원래 소문대로 널리 알려진 바와 같이 깨끗한 공기와 온화한 분위기는 주인공 카스토르프의 첫인상에서부터 전혀 느껴지지 못하며 요양소 주위의 색깔 역시 음울한 색채를 띠고 있다. 요양소는 1년 내내 구름과 안개로 덮여 있는데, 그 사실이 환자들에게는 전혀 인식되지 않고 있다. 환자들의 활력소 격인 그곳 공기는 본래의 소문과는 달리 항상 우울하고 슬픔의 상징인 검은 구름과 찬 기운이 그들을 감싸고 있다. 카스토르프가 이곳 요양소에 도착한 첫날의 저녁 풍경이 다음과 같이 묘사되어 있다. 〈갑자기 황혼이 찾아왔다. 흐린 하늘을 잠깐 빛나게 했던 연한 장밋빛 저녁노을은 이내 사라지고 밤이 오기 직전의 생기 없고 슬프면서도 덧없는 무색의 밤빛이 주위를 엄습해 왔다.〉(Zb 17 f.) 이 내용에서 요양소의 마지막 활력을 상징하는 저녁노을이 사라지고 어두운 밤이 엄습하여 슬프고 덧없는 분위기를 구성하고 있다.

토마스 만은 저녁노을 같은 자연 현상에 인간의 심리적인 문제를 결부시킨다. 이러한 토마스 만의 자연 현상은 다른 작품에서도 결코 단순하고 명확하지 않고 항상 불투명하고, 지리멸렬하고, 부분들로 구성되어 있으며, 계절의 묘사에도 으레적으로 과도적 시기를 택하고 있다. 여기에 대한 예를 제시해 보면, 단편 「묘지로 가는 길Der Weg zum Friedhof」에선 〈때는 봄, 거의 이미 여름 무렵이었다〉(GW 8, 187)고 묘사되고, 「토니오 크뢰거」에서는 〈겨울 해는 우윳빛으로 뿌옇게 구름층에 싸여 좁은 도시 위를 초라하게 비추며 떠 있었다. 바람에 파손된 가옥들이 들어선 골목길은 질퍽하고 바람이 불었으며 이따금 얼음도 아니고 눈도 아닌 일종의 부드러운 우박 같은 것이 내렸다〉(TK 271)고 묘사되어 있고, 「베네치아에서 죽음」에서도 〈5월 초였다. 축축하고 추운 날씨가 몇 주 지나고는 그릇된 한여름이 갑자기 들이닥쳤다. 영국 공원은 아직도 겨우 어린잎들로 덮여 있었지만 8월처럼 후덥지근했다〉(TiV 444)고 서술되어 자연과 계절 등이 불투명하고 지리멸렬하다.

이러한 요양소의 공간과 분위기의 으스스한 상태는 이곳 관리인의 분위기로 옮아가고 또 의사들의 부정 등으로 더욱더 우울한 분위기가 된다. 카스토르프가 도착하여 처음 대하는 요양소 수위의 복장부터 우울의 상징인 회색을 띠고 있고, 이곳 건물 색깔 역시 차갑고 우울한 색채이다. 또 이곳에 근무하는 고용원들, 즉 병에 걸리지 않았다고 볼 수 있는 고용원들 역시 매사 행동과 업무에서 우울하고 지루한 모습을 보여 주고 있다. 카스토르프가 요양소에 도착했을 때 보고 느낀 이곳의 건물과 간호사의 모습은 다음과 같다. 〈젖빛의 둥근 유리 갓을 씌운 전등이 천장으로부터 희미한 빛을 뿜어 니스 같은 것을 칠한 벽이 희고 단단하게 빛나고 있었다. 흰 캡을 쓰고 코안경 줄을 귀 뒤로 걸어 맨 간호사가 갑자기 모습을 나타냈다. 틀림없이 열성껏 직무에 임한다고는 할 수 없을 것 같은 신교도 간호사로 호기심이 강한 데다 따분해서 어쩔 줄 모르는 듯했다.〉(Zb 21)

이렇게 관리인들은 위축되고 허약하고, 그들을 둘러싸고 있는 공간처럼 남루하고 우울한 색깔의 옷을 입고 있는 것처럼 『마의 산』의 요양소도 매우 독특하게 설정되어 있다. 따라서 공간 속의 사물들도 의인화(擬人化)되어 우울하고 그로테스크한 생활로 서술되고 있다. 이렇게 요양소에 우울하고 냉소적인 분위기가 감도는 사실을 카스토르프를 위시해 『마의 산』의 모든 구성원들이 전혀 느끼질 못하고, 그들의 질병에 대한 투쟁 의욕 역시 무의식적으로 이 요양소의 차가운 분위기에 동화되어 간다.

결국 카스토르프가 망각의 강과도 같은 호수를 건너 도착한 요양소는 일종의 안식처이지만 명부와도 같은 죽음의 세계로 으스스한 느낌을 주는 무덤이 되고 있다. 카스토르프가 도착한 다음 날, 이 요양소에 관해 알게 된 내용부터가 죽음에 관련되어 있다. 겨울에는 죽은 환자의 시신을 썰매에 실어 평지로 내려 보낸다는 내용을 사촌 침센으로부터 듣게 되는데, 이 내용은 실제로 침센 자신의 죽을 운명의 암시이다. 이런 연유에서 그날 밤 카스토르프는 꿈속에서 사촌 침센이 이상하게 뒤틀린 자세로 썰매에 실린 채 산을 내려가면서 〈여기 산상의 우리들에게는 어차피 아무래도 좋아〉(Zb 31)라고 말하는 장면을 보게 된다. 이러한 침센의 말은 그 개인의 생각이라기보다는 〈여기 요양소〉를 지배하는 전반적인 분위기, 즉 〈병〉과 〈죽음〉의 세계에서 난무하는 방종의 분위기를 단적으로 암시하고 있다.

그 밖에 카스토르프에게 배당된 방에서 며칠 전 미국 여성이 죽어 나갔다는 것 등의 죽음에 관한 이야기를 침센을 통해 듣게 되며, 카스토르프가 도착한 첫날 밤 옆방의 러시아 부부의 안하무인적인 애정 행위에 분개하고, 운전기사의 절망적이고 불쾌한 기침 소리에 신경을 곤두세운다. 그런가 하면, 두 아들을 잃고 광란하는 모친을 보게 되며, 공기가슴증 때문에 사람들을 놀라게 하는 여성을 만나기도 하는 등 요양소 환경은 퇴폐와 폐쇄, 병과 죽음이 충만한 인상을 주고 있다. 따라서 이 요양소는 성의 퇴폐가 충만한 〈쾌락지Lustort〉(Zb 122, 308)라고 불리기도 한다. 이에 대해 슈프레허Thomas Sprecher는 〈요양소의 세계는 〔……〕 유일무이한 쾌락지, 성적 낙원이다. 〔……〕 결핵은 특별히 강한 욕정과 결부된다. 〔……〕 섹슈얼리티는 『마의 산』의 근본적인 관심사다. 〔……〕 리비도는 〔……〕 파렴치하게 얇은 벽 뒤의 러시아인 부부처럼 전혀 평화를 유지하려 하지 않는다〉[56]고 언급하고 있다.

이렇게 병과 죽음의 세계에서 난무하는 도착(倒錯)된 자유와 무책임한 방종이 지배하는 요양소는 무의식적으로 병자들을 잡아끄는 마적인 힘을 발휘한다. 카스토르프가 폐쇄된 요양소 밖의 세계를 동경하여 기어코 요양소 밖으로 나가려 하는 것은 고립으로부터 해방을 열망하는 경우라 하겠으며, 자신의 병으로 말미암아 7년이란 오랜 세월 동안 이곳에 머무는 사실에서 요양소는 안전한 치료 공간임을 말해 주어 역설적 성격을 띠고 있다. 요양소에서 무사히 치료되어 나갈 날만 기다리는 카스토르프의 기대처럼 요양소는 치료 기관이다. 이러한 요양소는 환자에게 아늑한 안식처로 환자의 병을 최종적으로 치료하는 곳이어야 한다. 따라서 사람들은 요양소란 개념을 잊기 위해, 또 고독을 피하기 위해 아는 사람과 더불어 요양소를 벗어나 산책을 하지만 즉시 돌아가 요양소에 앉아 있을 생각을 한다. 그들은 요양소를 뛰쳐나가 넓은 공간을 확보하지만, 그 공간은 오히려 그들을 〈보통 때보다 더욱 왜소하게〉 할 뿐이다. 넓은 하늘과 아름다운 산들도 요양소만큼 아늑할 수가 없다. 역설적으로 질병이 만연하는 요양소가 가장 가정적인 장소가 되면서 그들은 결국 모두 요양소의 포로가 된 것이다.

결론적으로, 요양소로부터 밖으로의 통로를 발견하는 길이나 방법은 존재하지 않는다. 요양소에서 병의 치료는 단지 〈요양소의 효과〉의 본보기로 나타나는 것일 뿐, 결코 병이 치료되어 이곳에서 빠져나가는 직접적인 통로는 없고 〈우회〉만 있을 뿐이다. 이렇게 요양소에 들어올 때는 쉬워도 다시 나가는 길은 엄청나게 힘들다는 사실은 안전한 공간의 길이 험하다는 암시이다. 호메로스의 오디세우스는 오랜 시련을 겪지만 결국 고향으로 돌아온다. 그러나 마의 산의 인물들의 여행은 무한하여 그들의 귀향은 영원히 연기되면서 끝없는 여로가 되고 있다. 이렇게 고향에 대한 끝없는 여정의 모티프가 토마스 만의 작품에서 자아의 추구 등 여러 형태로 작용하고 있다.

이처럼 요양소는 환자들을 치료한다는 본래의 목적이 망각되고, 이곳이야말로 자기들의 고향이라고 생각토록 하는 마력을 가지고 있는 까닭에 〈평지〉의 주민인 카스토르프는 처음에는 요양소의 세계를 단순히 호기심으로 관찰하는 〈청강생 *Hospitant*〉(Zb 84, 103)에 불과했지만 차츰 그 세계에 깊숙이 빠져들게 된다. 요양소에 대해 그가 보여 준 처음의 적대감이 겨우 이틀 사이에 호기심과 관심으로, 즉 이곳에 소속되고 싶다는 마음으로 은밀히 변하고 있다. 요양소로 오는 마차 안에서 〈적어도 반년은 더 이곳에 있게 될 것〉이라는 침센의 말에 카스토르프는 〈반년이라고? 자네 정신없나? 〔……〕 그렇게 많은 시간이 없지 않은가!〉(Zb 11)라고 분개했으나 차츰 이곳의 구성원으로 변하게 되는 것이다. 심지어 그는 요양소 아래의 평지를 안정, 요양 등의 〈기본 개념이 결여된 곳〉(Zb 372)으로, 요양소를 떠나는 것을 〈탈주*Desertion*〉(Zb 444)로, 또 인간이 지닌 명상의 의무와 그것이 주는 모험적 기쁨에 대한 〈배반 행위*Verrat*〉(Zb 444)로까지 여긴다. 따라서 처음 요양소에 왔을 때 카스토르프는 침센에게 〈여기 산상의 자네들*euch hier oben*〉(Zb 103)이라고 말하지만 나중에는 스스로 〈여기 산상의 우리들*bei uns hier oben*〉(Zb 313)이라 말하고 있다.[57] 따라서 요양소에서 살아 본 사람은 〈이 위〉를 고향이라 부르며, 심지어는 평지로 떠났다가도 내 집이라며 다시 돌아오곤 한다. 세 번이나

524

평지로 갔다가 요양소로 되돌아온 쇼샤 부인은 1년간 체류하다가 발푸르기스 밤이 지난 후 다시 떠났다가 동짓날에 다시 돌아온다.

이러한 요양소의 마력에 원장 베렌스가 크게 기여한다. 베렌스는 환자들을 치료하여 이 요양소에서 내보내려는 의지보다 이곳에 매어 두는 마력을 가지고 있다. 그는 카스토르프의 출혈을 계기로 카스토르프에게 무제한의 요양을 지시한다. 뿐만 아니라 카스토르프를 집으로 데려가기 위해 요양소를 찾아온 카스토르프의 이모부에게도 카스토르프와 똑같은 판정을 내리지만 티나펠은 마의 산의 마력적 분위기를 눈치 채고 허둥지둥 그곳을 도망쳐 내려간다. 이렇게 한번 요양소에 들어오면 다시 빠져나가는 것이 거의 불가능하기 때문에 요양소는 그리스 신화의 〈미로Labyrinthos〉의 성격을 지니고 있다. 크레타의 왕 미노스는 신에게 바치기로 되어 있는 포세이돈의 황소를 자기 것으로 취해 신의 노여움을 산 결과 끔찍한 벌을 받게 되었다. 그 벌로 상체는 황소, 하체는 인간인 괴물을 자식으로 낳은 것이다. 미노스는 그 괴물을 가두기 위해 신하인 다이달로스로 하여금 복잡한 동굴을 짓게 했다. 그는 그 복잡한 동굴의 이름을 〈미로Labyrinthos〉라 칭했는데, 여기서 이 단어가 만들어졌다.

이렇게 지옥과도 같은 요양소의 인원을 충당하기만 하고 내보내지는 않음으로써 재정적 이익을 꾀하는 베렌스는 죽음의 신 라다만토스Rhadamanthos의 상징이다. 이러한 베렌스 원장에 대해 세템브리니는 〈우리의 미노스와 라다만토스(크로코프스키와 베렌스)는 몇 달이나 당신에게 도전했습니까? 맞혀볼까요? 6개월? 그렇지 않으면 9개월? 이곳에서는 시간에 얽매이지 않는답니다〉(Zb 83)라고 평하고 있다. 이렇게 이곳 요양소의 구성원들은 성장과 변화, 발전의 전제 조건인 시간의 개념을 모르고 지낸다.

이렇게 베렌스가 카스토르프를 〈의학적으로〉 요양소에 붙잡아 둔다면 쇼샤 부인은 그를 〈애욕적으로〉 붙잡아 두고 있다. 쇼샤 부인의 하얀 팔은 카스토르프에게 세템브리니와 나프타의 이론 못지않게 중요한 요인으로, 요양소에서 카스토르프는 쇼샤 부인에 매혹되어 결정적으로 마의 산의 세계에 빠져든다. 그녀의 에로틱한 분위기와 거침없는 행동, 인습에 대한 경멸적인 태도 등이 카스토르프를 역설적으로 매혹시켜 요양소에 잡아 두게 되는 것이다.

결론적으로 병의 치료와 반대 격인 죽음과 암흑, 즉 요양소의 데카당스적 성격을 지닌 요양소는 현실 세계에 실제로 존재하는 것이 아니라, 신비적 성격을 띠는 장소라는 암시를 함축하고 있다. 이러한 〈요양소〉의 신비한 성격을 김광규 시인의 시 「영산(靈山)」이 연상시켜 준다.

　　　　내 어렸을 적 고향에는 신비로운 산이 하나 있었다.
　　　　아무도 올라가 본 적이 없는 영산(靈山)이었다.

　　　　영산은 낮에 보이지 않았다.
　　　　산허리까지 감긴 짙은 안개와 그 위를 덮은 구름으로 하여
　　　　영산은 어렴풋이 그 있는 곳만을 짐작할 수 있을 뿐이었다.

　　　　영산은 밤에도 잘 보이지 않았다.
　　　　구름 없이 맑은 밤하늘 달빛 속에 또는 별빛 속에 거무스레
　　　　그 모습을 나타내는 수도 있지만 그 모양이 어떠하며
　　　　높이가 얼마나 되는지는 알 수 없었다.

　　　　내 마음을 떠나지 않는 영산이 불현듯 보고 싶어 고속버스를
　　　　타고 고향에 내려갔더니 이상하게도 영산은 온데간데없어지고
　　　　이미 낯설은 마을 사람들에게 물어보니
　　　　그런 산은 이곳에 없다고 한다.

　　이 시에 언급된 영산이나 카스토르프가 도달할 때 많은 어려움을 겪은 요양소는 종교적으로 볼 때 접근을 불가능하게 하는 신의 세계와 같다. 영산은 제목에서 암시되듯이 내가 〈어렴풋이 그 있는 곳만을 짐작할 수 있을 뿐〉인 신의 세계라 할 수 있다. 그런데 이 세계는 아예 종적을 감추어 버렸다. 시의 서술자에 따르면, 영산은 실제로 〈내 어렸을 적 고향〉에 있던 산이다. 그런데 〈고속버스를 타고 고향에 내려갔더니 온데간데없어지고 [……] 없다고 한다.〉 실제로 산이 없어지는 일은 현

실에서 없다. 그런데 이 시에서는 그것을 사실인 양 담담하게 서술하고 있다. 제목부터 영적인 〈영(靈)〉과 물질인 〈산〉이 결합되어 역시 영적인 〈마(魔)〉와 물질인 〈산〉이 결합된 〈마의 산〉과 같은 느낌을 준다. 비현실적 내용이 사실적인 언어에 역설적으로 배합시킨 연상적 기법이라고 할 수 있다. 영산이나 마의 산을 신의 세계에 대한 비유로 볼 때, 이것은 육안밖에 갖지 못한, 물질계에만 묶여 있는 사람들에게는 보이지 않지만 영안이 뜨인 사람의 눈에는 보이고 있다. 영산은 과거에도 있었고 현재도 있지만, 나도 그리고 고향 사람들도 영안을 잃어버렸고 계몽적으로만 보기 때문에 그 산은 보이지 않는다. 결국 화자인 〈나〉는 이미 영의 세계를 보는 눈을 잃어버린 현대인의 한 초상이라고 할 수 있다. 이런 식으로 볼 때, 『마의 산』에서 보여 주는 카스토르프의 노력이 얼마나 현세적인지를 알 수 있다. 엔지니어라는 직업이 말해 주듯이 그는 육안으로 공간의 거리만 젤 줄 아는 사람이다. 그러나 신의 세계는 그렇게 공간적으로, 물질적으로 재고, 또 그런 식으로 해서 들어갈 수 있는 세계가 아니다. 그러므로 「영산」의 〈나〉나 『마의 산』의 카스토르프는 모두 존재의 일면만 볼 줄 아는 현대인의 한 초상이다.[58] 따라서 요양소에서 주인공 카스토르프는 엔지니어로서의 현실감을 상실하고 신비적인 분위기에 빠져든다. 결국 요양소는 인간을 판단의 〈애매성〉으로 빠지게 하는 것이다.

이러한 요양소의 마력에 강하게 저항하는 인물이 카스토르프의 사촌 침센으로, 몸은 마의 산에 있지만 마음은 언제나 평지로 향해 있다. 〈병과 죽음이란 사실은 엄숙하지 않고 오히려 빈둥거리면서 지내는 것이야. 엄밀히 말해서 엄숙함이란 오직 저 아래 평지의 삶에만 있지. 너도 여기 위의 세상에 오래 체류하다 보면 시간이 가면서 이 사실을 알게 될 거야〉(Zb 76)라고 침센이 카스토르프에게 말한 것처럼 침센은 마의 산의 마법에 대해 극히 경계하는 금욕적인 인간이다. 그의 말대로 침센은 의무에의 헌신감에 사로잡혀 마의 산의 생활을 탈출하여 평지로 돌아가 군인의 길을 택한다. 그러나 그도 이 마의 산의 운명을 타고났는지 군대 생활 중에 결핵이 악화되자 이 질병을 이겨 내지 못하고 다시 마의 산으로 돌아와 무기력한 죽음을 맞는다. 이렇게 무기력한 죽음을 맞는 침센의 모습이 카스토르프가 마의 산에 도착한 첫날 밤의 꿈, 즉 〈침센이 이상하게 뒤틀린 자세로 썰매에 실린 채 산을 내려가는〉 꿈속에 예시되어 있다.

이상에서 언급된 대로 마의 산의 인물들은 이곳 요양소를 떠날 때 아무리 건강한 상태일지라도 정신적인 면에선 결국 그 요양소 소속이어서 그들의 노력에도 불구하고 그들의 운명을 지배하는 라다만토스를 벗어날 수가 없다. 죽어 가는 사람들*Mori bundi*인 그들에게는 회상해 볼 가치가 있는 아름다운 과거도 보람찬 미래의 전망도 없다. 따라서 연금술적으로 밀봉된 요양소가 점점 더 현실성을 획득해 갈수록 평지 세계는 더욱더 신기루와 같은 영역이 되어 더욱더 비현실적이 된다. 결국 요양소는 본래부터 정신의 영역이 아니라 혼의 영역이며, 따라서 혼돈이 충만한 과거의 영역(Zb 44)이며, 암흑과 무의식의 영역인 것이다. 이렇게 치료 기관의 성격에도 불구하고 이곳으로부터 퇴원이 불가능한 성격의 요양소는 불가능한 역사의 이야기가 되고 있다.

요양소 외곽에 국한되어 있는 구성원들의 외적·내적 공간들은 시민성을 간접적으로 박탈하는 암시를 하고 있다. 이것은 마의 산 인물들의 공간 이동이 많지 않음을 의미하는 것으로 이곳의 인물들이 보다 정신적인 문제에 골몰하고 있다는 암시이기도 하다. 이렇게 『마의 산』에서 어디를 가도 맴돌듯 이어지는 요양소는 막다른 골목 같은 삶의 고통으로 〈실존 공간 체험의 문학적 조명〉으로 볼 수 있다. 토마스 만의 문학은 〈막다른 골목〉과 같은 절망적인 실존 상황에서 〈자기 자신의 가시에 찔려 죽는〉 삶의 개인적인 기록인 것이다.

따라서 토마스 만은 주인공들의 행동 공간으로 대다수 밀폐된 공간 등을 보여 주어 막다른 골목길에 갇힌 현대인의 악몽 같은 상황을 고발하고 있다. 이렇게 『마의 산』의 요양소에서 인물들이 답답한 공간에 밀폐되어 〈갇힌〉 상황이 토마스 만의 여러 작품에 연출되고 있다. 예를 들어 「베네치아에서 죽음」의 주인공 아셴바흐는 처음의 철저히 닫힌 공간(집필실)에서 열린 공간(뮌헨, 영국 정원)으로, 그리고 무한한 바다가 펼쳐진 베네치아로 마음의 요양을 위해 옮겨간다. 아셴바흐가 콜레라가 만연해 있는 물의 도시 베네치아에서 이 사실을 알고 있으면서도 미의 불모로 사로잡혀 떠나지 못하고 계속 체류한다는 사실도 억제할 수 없는 〈마의 산〉적인 〈갇힌〉 상황이다. 아셴바흐의 통제된 삶으로부터 벗어난 요양지인 베네치아도 바다로 둘러싸인 고립된 섬이며 콜레라가 창궐하는 죽음의 도시로 아셴바흐를 가두어 결국 『마의 산』의 요양소의 〈갇힌〉 상황과 다를 바 없다.

『마의 산』에서 주인공 카스토르프가 이 답답한 공간을 벗어나는 기회는 현실적으로는 불가능하고 오직 유일한 기회는 〈눈〉의 장(章)의 꿈속에서만 이루어진다. 카스토르프는 스키를 타고 산속으로 들어가는 도중에 길을 잃게 되고 조금 후에 눈 속에서 꿈을 꾸게 된다. 꿈속의 지역은 이러한 미로가 무한히 확장된 공간이다. 이렇게 눈 속에서 꿈꾼 장소는 미로로 확대되지만 카스토르프가 머무는 요양소는 환자와 의사들에 의해 밀고 밀리는 좁고 숨 막히는 공간으로 카스토르프는 두 종류의 공간 사이를 왕복하고 있다.

결론적으로 요양소는 좁고 폐쇄된 공간으로 일종의 감금 상태를 시사한다. 여기에서 마의 산의 작중 인물들의 본질적 체험은 〈현실 세계에 속해 있지 않고 자신들에게 되던져진 상태〉라는 사실이다. 요양소의 고립은 사회와 가족 내에서의 배척과 배제를 암시하며 그 구성원들의 감금 상태를 통해 공간적으로 시각화된다. 따라서 요양소에 입원한 카스토르프는 주변 인물 — 가족과 친구 등 — 로부터 완전히 차단되어 갇힌 몸이다. 문밖출입이 금지되고 따라서 자유로운 행위의 구속을 받는 장소는 〈틀림없이 사람이 살고 있는 장소〉이지만 〈살기에는 비좁은 곳〉이다. 다시 말해 요양소라는 삶의 영역에서 카스토르프가 처한 구제 불능의 부적응 상태가 공간 체험으로 나타나는 것이다.

이리저리 엉뚱하게 이어지는 요양소는 〈운명〉 밖의 방향으로 향하는 삶을 의미한다. 그 문들을 열려는 사람에게 삶은 다양한 방향으로 열리는 희망의 세계이다. 그러나 그러지 못하는 사람에게는 자신을 위해 나 있는 문조차 들어가지 못한 채 멈추어 선 지점에서 죽게 되는 절망의 세계다. 결론적으로, 요양소는 『마의 산』에서 처음이자 마지막으로 나타나는 공간으로 일종의 안식처이지만 으스스한 느낌을 주는 무덤이 되고, 이 같은 안식처의 역겨운 상태는 위축된 공간으로 여러 세계의 공간상을 묘사하고 있는 것이다.

2) 인물들의 역설적인 삶

요양소에는 동양의 자바에서 온 페퍼코른Mynheer Peeperkorn도 있지만 그 역시 원래는 네덜란드 국적이므로 실제로는 유럽의 모든 국적을 지닌 인물들이 머물고 있다. 이는 토마스 만이 염원하는 범유럽 사상이 암시된 것으로 볼 수 있는데, 이러한 사상은 그의 다음과 같은 언급에 나타나 있다. 〈국민의 증오라는 것은 일종의 독특한 것이다. 문화의 최저 단계에서는 그것이 항상 가장 강력하고 격렬하지만 어느 단계에 가서는 그런 것이 아주 소멸하여, 말하자면 국가를 초월하여 인접국의 행불행을 자국의 그것과 똑같이 느끼게 되는 법이다. 이러한 문화적 단계가 나의 성품에 적합한 것이었다.〉[59] 또 토마스 만이 염원하는 범유럽 사상은 1917년 8월에 행한 다음의 언급에도 나타나 있다. 〈충격에 휩싸이고 흥분되고 격심한 도전에 처해 나는 소란 속에 몸을 던지고 논쟁을 벌이며 나의 것을 방어했다. 그러나 만일 나의 혼이 정치에 의해 씻겨 또다시 생과 인간성을 발견할 수 있게 된다면 확실히 나는 행복할 것이다. 여러 민족, 아름다운 영국인, 세련된 프랑스인, 인간적인 러시아인 그리고 사물을 아는 독일인이 평화로운 국경 뒤에서 품위와 명예를 가지고 서로 어깨를 나란히 하고 살면서 각자가 가지고 있는 훌륭한 보물을 서로 교환하는 때가 온다면, 이와 같은 책에 의하여 더욱 훌륭하게 나의 본질은 확인될 것이다.〉(GW 12, 489)

이런 맥락에서인지 요양소에는 원장 베렌스와 환자와 모든 계층의 사회, 즉 가난한 지성인, 상인, 군인 등이 유럽의 여러 국적을 형성하며 병든 단체와 구성원으로 작용하고 있다. 카스토르프의 사촌이며 군인인 침센(독일), 관능적인 미모로 카스토르프를 유혹하는 쇼샤 부인(러시아), 서구 문명의 낙관적인 진보 및 건강의 중요성을 굳게 믿는 계몽주의자 세템브리니(이탈리아), 질병만이 인간적인 것이므로 그것을 통해 죽음을 추구해야 한다고 주장하는 나프타(유대인), 강한 개성과 유창한 언변을 지닌 퇴역 장교 페퍼코른(네덜란드) 등은 국적이 다른 만큼 사상도 다양하다. 그러나 이들 여러 국적의 사상들은 독일 국적의 주인공 카스토르프에 의해 독일적인 교양 사상으로 용해되어 독일의 우월성이 암시되고 있다. 이렇게 카스토르프를 통한 독일 우월론을 암시하기 위해 그가 〈진짜 독일 토종〉(Zb 47)으로 강조되고 있다. 〈금발 머리에 단정한 모습, 그리고 눈코의 생김이 반듯한 어딘지 고풍스러운 얼굴. 유전적으로 물려받은 무의식적인 자부심이 메마르고 졸린 표정에 나타난 얼굴을 보기만 해도, 이 한스 카스토르프 청년은 순수한 이 지방 사람의 진짜 토종이라는 사실에 의심할 여지가 없다. 그 자신도 그러한 것을 생각해 본 적이

530

있다면, 그것을 조금도 의심하지 않았을 것이다.〉(Zb 47)

이러한 범유럽 사상에서 보여 주는 독일 사상의 우위성은 1925년 토마스 만이 기유맹Bernard Guillemin에게 행한 〈세템브리니와 나프타가 카스토르프의 정신을 얻으려는 노력은 동방과 서방이 독일의 정신을 얻으려는 정치적 노력과 일치한다〉[60]는 대화에 잘 나타나 있다.

이렇게 유럽에서 독일 사상의 우위성을 암시하는 내용이 토마스 만의 다음 글에서도 암시되고 있다. 〈이(독일) 민족의 생에 대한 정열은 매우 크며 또한 독특하다. 그리고 이 민족이 자기를 생의 민족이라고 부른다면 — 이것은 옳다고 생각되지만 — 바로 이 민족이 혼과 정서의 깊은 세계, 순수한 관조와 창조적인 무의식의 영역에 대해 다른 어떤 민족보다도 훨씬 친밀한 관계를 가지고 있다고 자인한다.〉(GW 11, 1144) 이렇게 독일인이 깊은 관조 등으로 다른 유럽인에 앞선다는 내용이 괴테의 『파우스트』에도 잘 묘사되고 있다. 〈동요하는 시대에 흔들리며 사는 자,/그자는 악을 배가시켜 점점 더 퍼뜨리지,/하지만 굳은 신념을 가진 자는 제 뜻대로 세상을 만들지,/가공할 흔들림을 끌고 나가 이리저리 비틀대는 것은/독일인에겐 어울리지 않다네.〉[61] 이러한 독일 민족의 우월성을 강조하여 토마스 만은 다음과 같이 언급한 적도 있다. 〈독일인은 개개인이 독특한 정신과 신의 양심을 가지고 있다. 〔……〕 프랑스인처럼 희극적이고 사회적이며 정치적인 동물은 아니다. 〔……〕 우리들(독일인)은 현재에도 미래에도 특별한 의미를 가진 세계적인 민족이다.〉(GW 12, 242 f.)

이 내용에서 토마스 만은 프랑스인을 〈희극적〉인 면과 연관시켜 비하하고 있는데, 여기에 관련해서는 오피츠Martin Opitz의 문학 이론이 해당된다. 오피츠의 희곡 이론은 〈비극〉과 〈희극〉을 완전히 분리시켰다. 즉 비극은 숭고한 내용을 가져야 하고, 따라서 그 내용에 적합하도록 신분이 높고 훌륭한 사람들을 등장시켜야 한다. 그 반대로 희극의 인물들은 신분이 비천한 사람이라야 한다.[62] 이런 배경에서 프랑스인이 〈희극〉에 연관되어 비하되고 있는 것이다. 이는 다른 유럽인들과 독일인의 〈본질적이고도 전형적인 국민적 상위(相違)는 프랑스적 작품의 사회 정신과 독일적 작품의 정신적·원시(原詩, Urpoesie)적 정신〉[63]의 차이에 있다는 의미로 결국 독일 정신의 우위를 나타낸다. 유럽에서 이러한 독일의 우월성은 오늘날에도 여러 분야에서 실제로 나타나고 있다. 오늘날 유럽의 주요 국가들이 연합하여 유럽 연합(EU)을 형성했다. 그런데 독일의 문호 쉴러의 시에 역시 독일의 음악가 베토벤이 곡을 붙인 교향곡 9번 「합창」 중 4악장 「환희의 송가Ode an die Freude」가 2003년 유럽 연합 헌법의 초안을 만든 유럽 미래 회의에서 유럽 연합을 대표하는 국가(國歌)로 선정되어 유럽에서 독일의 우월성을 보여 주고 있다. 〈영웅이 승리의 길을 달리듯, 서로 손을 마주 잡자, 형제여, 별이 가득한 하늘의 저편에 사랑하는 신이 계신다〉는 「환희의 송가」는 인류의 화해와 희망을 그린 곡이다.

이러한 독일 민족의 우월감이 역사적으로 국가 사회주의의 종족주의나 민족주의 같은 혼돈된 인간성의 산물이 되기도 했는데, 국가 사회주의 시절의 독일인들은 민족과 국민을 구별했다. 민족이라는 말에는 순수한 인간적 승화와 숭고화가 내포되어 있다. 그러나 국가 사회주의 시절에 민족이라는 개념에는 서구적인 데모크라시의 역사적 회상을 담고 있는 문명, 문화, 사회, 국민 등 일련의 사회적·정치적 개념들을 압도하여 자기의 민족성을 〈신성화〉시키려는 독일적인 보수성과 정치성이 담겨 있는데, 이러한 선민적인 사상이 토마스 만의 단편 「벨중의 피」 속에 다음과 같이 암시되고 있다. 〈그들이 말을 배우기 시작한 때부터, 걸음마를 시작할 때부터 그녀는 곁에 있었다. 때문에 그는 친구가 없었다. 자신과 함께 태어난 그녀, 옷을 곱게 입고, 새까만 머리칼과 눈동자를 가진 사랑스러운 자신의 닮은꼴인 그녀 이외에는 정말로 단 한 사람의 친구도 없었다. 〔……〕 이리하여 두 사람은 악취가 풍기는 외부 세계를 자기들로부터 멀리하고 자기들은 생활에는 관계없는 사람들이라는 선민의식에서 서로 더욱 깊이 사랑하고 있었다.〉(GW 8, 393 f.)

토마스 만이 『마의 산』에서 〈인간은 개개의 존재로서 개인적 삶뿐만 아니라, 의식적이든 무의식적이든, 자신의 시대와 동시대인의 삶을 살아간다〉(Zb 50)고 언급하듯, 『마의 산』의 인물들은 정신적인 영역이나 온갖 원리나 여러 세계의 대리자, 대표자, 사자(使者)들, 다시 말해 온갖 전형들이다. 소설의 인물들은 카스토르프의 개성에 특별한 층위를 대변하여 〈현실의 인물이 아니라 객관화된 주인공의 상관 개념이거나 오히려 자기 내부의 방사 현상〉(GW 11, S. 15)으로 개인으로서뿐만 아니라 그 시대와 그 시대를 살아가는 대표자로서 또 다른 역할을 수행하고 있다.

이러한 인물들은 원장인 베렌스로부터 인생의 허약아인 카스토르프까지 모두 병에 걸려 있거나 병과 관련되어 있어 그들 생활의 화제는 대부분 자신과 이웃의 병세이다. 즉 그들을 사로잡는 실제의 병과 더불어 그들이 느끼지 못하는 사이에 요양소 분위기 등이 그들의 정신과 육체를 피로하고 음산하게 만들어 그들의 성격에 항상 쌀쌀하고 시니컬한 감정을 불어넣는다. 따라서 원장인 베렌스를 위시해 모두가 자신도 모르게 항상 시니컬한 성격을 보여 주는데, 그 단편적인 예를 카스토르프와 침센이 나눈 대화에서 알 수 있다. 카스토르프는 〈너는 여기 한 5개월 와 있는 동안 아주 시니컬해진 것 같아!〉(Zb 19)라고 말하자, 〈전혀 그렇지 않아〉라고 침센은 어깨를 으쓱하며 대답했다. 〈어째서 시니컬해졌다는 거야? 〔……〕 하지만 여기 우리가 있는 곳에서는 시니컬해지는 게 정상이야. 베렌스도 역시 시니컬하지.〉(Zb 19)

이렇게 『마의 산』의 등장인물들은 모두 전형성을 띤 대표자들임에도 불구하고 사실적인 특성을 지니고 있어 독자의 감정에서 생각되는 인물 이상이다. 이들 모두가 독자의 감정을 벗어난 인물인 것이다. 사실주의와 전형이 『마의 산』에서는 〈이중적 시각〉으로 교차되고 있어 전형적인 것은 사실적인 것의 결과로서 무수한 특징적인 개별적 양상을 상징적으로 총괄하는 정식(定式)으로 나타나 있다. 이러한 결합을 통해 인물이나 실내, 경치 등도 일종의 사진처럼 예리하게 재현되며 전형적인 것의 결정(結晶) 작용을 하고 있다.[64] 따라서 이중 시각의 관점에서 볼 때, 소설 인물들은 사실적인 의미를 넘어서 〈이념적인 투명성〉을 획득하게 된다. 피상적인 견해가 사람의 본질을 규정짓는 것이 아니라, 의지로서의 비합리적인 충동적 힘이 무시될 수 없는 본질적 힘을 행사하는 것이다.

이렇게 다양한 인물들 중에서 베렌스, 쇼샤 부인과 나프타가 죽음을 대표한다면, 세템브리니, 침센과 페퍼코른은 삶의 영역에 속한다. 특히 새로운 민주 공화국의 건설을 주장하는 세템브리니와 공산주의적 〈신(神)〉의 도래(到來)를 주장하는 나프타는 격렬한 논쟁을 벌인다. 이러한 인물들이 풍기는 공통된 특징은 모두가 이곳 요양소에 오르기 전에 평지에서 누렸던 강한 신념과 의지에 찼던 생활을 이곳 요양소에서도 계속 영위하려는 의욕이다. 이처럼 『마의 산』의 인물들이 이곳에 오기 전 평지 사회에서의 신념에 찼던 삶의 기능을 이곳 요양소에서도 작용하게 하지만 이들 중 어느 누구도 그들 인생관대로 삶을 영위해 가는 사람은 없다. 말하자면 환자들의 강력한 신념과 신의가 그들의 의도와 상반되는 삶, 즉 역설적 삶으로 이끌려 가는 것이다.

결론적으로 『마의 산』의 인물들은 질병과 퇴폐, 그리고 요양소의 본질적인 환경과 대치되는 분위기에서 요양소 구성원의 본연의 생활 자세에 따라 삶을 영위하고, 또 자신들의 이념을 추구하며 살아가고 있지만 본질적으로 볼 때 무의식적으로 그들의 생의 의도와 역행되는 생활을 하고 있다. 이렇게 그들 나름의 생의 철학이 의도하는 것이 현실적으로 전혀 이루어지지 않고 오히려 정반대의 방향으로 이끌려 가는 역설적 삶은 어쩔 수 없는 일이다. 따라서 이 작품에서 두드러지게 부각되는 몇몇 인물들, 즉 주인공 카스토르프를 중심으로 그 주위 인물들의 역설적 삶을 고찰해 보기로 한다.

카스토르프

〈금발 머리에 단정한 모습, 그리고 눈코의 생김이 반듯한 어딘지 고풍스러운 얼굴. 유전적으로 물려받은 무의식적인 자부심이 메마르고 졸린 표정에 나타난 얼굴을 보기만 해도, 이 한스 카스토르프 청년은 순수한 이 지방 사람의 진짜 토종이라는 사실에 의심할 여지가 없다. 그 자신도 그러한 것을 생각해 본 적이 있다면, 그것을 조금도 의심하지 않았을 것이다.〉(Zb 47) 이 언급처럼 『마의 산』에서는 새로운 인물이 등장하면 먼저 그 인물의 외모의 특징과 성질, 또는 앞으로의 행동 등이 간략하게 묘사되는데, 인용문을 보면 23세의 청년으로 함부르크의 상인 집안 출신의 엔지니어인 카스토르프는 순수한 독일풍의 느낌을 주는 남성임을 알 수 있다.

그의 과거를 더 자세히 살펴보면 함부르크 대무역 상사의 독자였던 카스토르프는 일곱 살에 부모를 잃고 시 참사회 의원인 조부의 슬하로 들어갔지만, 그 조부마저 1년 후에 사망하여 마침내 이모부인 티나펠 영사 집에서 줄곧 성장했다. 인색한 영사는 카스토르프에게 달갑지 않아서 오직 친할 수 있는 사람이라곤 사촌 침셴뿐이었는데 이 사촌마저 그 당시 다보스의 요양소에 입원하여 부재중이었다.

카스토르프는 시민적 자유주의의 전통을 지닌 함부르크의 명문가 출신임에도 불구하고 시민 사회의 규범과 가치 개념에 대해 점차 회의를 느끼는가 하면 직업으로 대변되는 시민 사회에 대해 무의식적 반감을 가지고 있다. 사실 카스토르프에게는 외면적인 자기 이해와 상치되는 직접적인 자기 체험이 존재한다. 그에게는 일보다도 자유로운 시간을 더 중시하는 모순이 존재한다. 이러한 공학도로서의 의무와 일에 대한 본래의 거부적 충동은 그의 무의식적인 자아의 분열을 보여 주고 있다. 카스토르프가 자신이나 현실에 대해 갖고 있는 의식적인 표상들과 무의식 속에 숨어 있는 경향들이나 소망들 사이의 불일치가 그의 역설적인 사건 발생의 정신적 배경이 되고 있다.

그는 태생적으로 전통적인 시민 의식과 함께 대대로 이어지는 천부적인 병약함을 동시에 물려받고 있다. 카스토르프는 엔지니어 시험에 합격한 후 자신의 휴양과 사촌 침센의 문병이라는 두 가지 목적으로 고향 함부르크를 떠나 스위스 산중의 다보스 요양소를 3주일 예정으로 방문했다가 스스로도 병이 발견되어 7년 동안이나 그곳에 머물게 된다. 평지에서는 거의 드러나지 않았던 그의 병이 해발 5천 피트 높이의 산중에서 급속히 악화된 것이다. 이렇게 마의 산을 찾아오게 된 동기부터가 이미 자신의 의지에서 벗어나고 있다. 카스토르프는 우연히 병이 발견되어 결국 이 요양소의 구성원이 되지만, 〈오래된 환자〉(Zb 339)라는 그의 진단 결과가 암시하듯, 그는 본질적으로 병을 앓는 체질을 타고났다. 그의 병이 어떤 성질의 것인가는 무엇보다도 그의 선조들의 죽음이 잘 보여 준다. 모친은 그가 다섯 살 되던 해에 신경염의 부작용인 동맥 경화증으로, 부친은 그가 일곱 살 되던 해에 폐렴으로 각각 사망했다. 고아가 된 그는 18개월 동안 조부 밑에서 자랐지만 조부 역시 폐렴으로 사망했다.

선조들의 사망 원인은 카스토르프 자신이 폐병에 쉽게 전염될 허약 체질의 인물임을 암시해 준다. 실제로 카스토르프는 어렸을 때부터 가끔 울혈과 빈혈증을 앓았다. 따라서 카스토르프는 마의 산을 찾아올 때 병자의 신분이 아닌 방문객으로 들르지만 그는 선천적으로 죽음의 병을 타고났다고 볼 수 있다. 그는 부모나 조부의 죽음을 지켜보면서 죽음을 본질적이고도 진실한 삶의 한 형태로 체험하게 된다. 그러나 카스토르프는 천부적으로 타고난 죽음에의 몰두를 상실해 간다. 그는 죽음의 개념이나 삶의 모든 어둠, 비밀스러움을 합리주의적 시각으로 간과하고 무시하는 것이 아니라 그것을 자체 연관적으로 파악하여 그런 것에 지배되지 않는 어떤 인류애를 깨닫게 된다. 결국 토마스 만은 〈미래의 병과 죽음에 대한 가장 깊은 지식을 통해 관찰된 휴머니즘의 개념을 인간의 이념으로 특질화했다. 따라서 인간화란 죽음 및 고뇌 일반과 대면하는 하나의 정화 과정의 체험을 뜻한다.〉[65]

카스토르프의 음악에 대한 사랑과 예술적 재능은 그로 하여금 역동적으로 행동하기보다는 정관적인 생활로 기울게 하여,[66] 자신 속에 내재한 나태하고 무기력한 성품으로 인해 데카당스적이고 관조적인 〈병적 경향〉(Zb 279)에 사로잡히게 한다. 이와 같이 이미 어려서부터 형성된 내적 갈등이 그의 행동을 지배함으로써 그는 시민적 업적 사회에 대해 스스로 이질감을 느끼고 있었다.

이곳 마의 산에서는 모든 인물들이 제각기 개성과 이념, 특성 등을 소유한 채 각자 작용하지만 주인공인 카스토르프만은 모든 개성을 벗어난 중립의 인간으로서 여러 주위의 이념 등을 수동적으로 받아들이기만 하는 소극적인 인물이다. 〈한스 카스토르프는 천재도 아니고 바보도 아니었다. 우리들이 그를 표현하는 데 《평범하다》는 표현을 피한다면, 그것은 지성과는 관계없고 그의 단순한 사람됨과도 거의 관계없는 이유에서 우리들이 어떤 초개인적인 의의를 인정하려는 그의 운명에 대해 존경심을 느끼고 있기 때문이다.〉(Zb 49)

작품에서는 그의 소년 시절의 설명에 나타나는 두 개의 체험이 주요 동기로 작용한다. 처음 체험은 〈세례반Taufschale〉(Zb 37)과 조부 한스 로렌츠 카스토르프의 임종으로 나타난다. 조부는 손자 카스토르프에게 가문의 세례반을 보여 주면서 자신의 세례뿐만 아니라 그의 아들과 손자의 세례에 대해 다음과 같이 말해 준다. 〈그런데 75년 전에는 내가 세례를 받았지. 역시 저쪽 홀에서였어. 그들은 내 머리를 저 쟁반 위에 있는 반 위에 올리고 목사가 너와 너의 아버지 때와 마찬가지 문구의 설교를 했고, 역시 데워진 맑은 물이 꼭 지금 남아 있는 만큼 나 있던 내 머리에서 너희들 때와 마찬가지로 이 금빛 쟁반 속으로 흘러 들어갔던 거야.〉(Zb 37)

이 내용은 과거와 연결, 가정의 위엄, 전통에 의해 부과된 의무 등을 상징한다. 세례반은 〈진행되면서도 동시에 정지된 듯한, 변전(變轉)하면서도 변함없는 듯한, 반은 꿈꾸는 듯, 반은 불안해지는 특이한 감정이었으며, 회귀와 현기증을 일으키는 단조성이었다.〉(Zb 37) 다른 또 하나의 체험은 출셋길이 막혔음을 깨닫고 자포자기의 나락으로 타락하는 학생 카스토르프의 무책임한 행동과 동료 학생이었던 히페에 대한 우정으로 상징된다. 이들 두 체험은 서로 대조적이다.

첫째 체험은 보수적 요소를, 둘째 체험은 해방적 요소를 암시한다. 마의 산의 모든 유혹에도 불구하고 카스토르프가 상승적 체험을 할 수 있는 것은 이 두 체험에서 생겨난 보수적 시민성의 견제력과 해방적 요소가 조화를 이루기 때문이다. 즉 그는 보수와 진보 사이에서 조화를 모색하는 것이다. 엔지니어로서 꿈 많고 사려 깊은 그는 육체적 노동에 대해 굉장한 자부심을 가지고 있었다. 이러한 자부심은 그의 종교적 천성과 그의 내부에 흐르고 있는 보수적 시민 정신의 발원이다.

그러나 이렇게 엔지니어로서 꿈 많은 그는 본질적으로 엔지니어에 적응할 운명을 타고나지 못한 역설적 인물이다. 그는 요양소를 뛰쳐나갈 의지력도 결단력도 소유하지 못한 비행동적 주인공으로서 엔지니어의 필수 요소인 탐구적 혹은 광적인 개성과는 거리가 멀다. 그는 과도한 것에 대해 거리를 취하며 중간적 입장을 취하는 인물이다. 육체적인 면에서도 노동을 감당할 수 없는 허약한 몸으로 태어났다. 그의 조부와 부친 등이 모두 병으로 사망하는 등 선천적으로 허약자의 몸으로 태어난 그는 노동을 존경하면서도 그것을 즐길 수 없는 역설적 운명에 고뇌하지 않을 수 없었다. 함부르크의 상업적 투쟁에 싫증을 느끼는 그는 이미 이 마의 산 생활의 운명을 타고난 인물이다. 따라서 카스토르프의 허약한 육체의 배경에서 바그너적인 데카당스 성격이 암시된다. 토마스 만의 초기 작품에 등장하는 바그너적인 주인공들은 삶의 유약함에 고통받고 있으며, 강건하고 활발하며 명랑한 삶의 성격을 지니지 못하고 육체의 허약성과 정신의 민감한 신경 증세를 지니고 있다.[67] 카스토르프는 〈아직 삶에 뿌리를 박지 못한 청년〉(Zb 11)으로서 새롭게 변화되어 가는 시대 상황에 쉽사리 적응하지 못한 채 내적 갈등을 겪고 있던 그 시대의 젊은 층을 대변한다.

그러나 카스토르프는 마의 산에서의 다양한 체험을 통해 죽음과의 공감이 얼마나 위험한 것인가를 인식함으로써 마의 산에 계속 머무는 것은 결국 〈죽은 삶〉(Zb 827)에 대한 탐닉이라는 사실을 깨닫는다. 그는 모든 독단주의를 거부하고 보다 높은 진리를 위해 대립적인 다양한 현상들에 대해 개방적 자세를 취하지만, 이러한 통찰이 현실적으로 실현될 수 없는 상황에서 〈거대한 둔감der große Stumpfsinn〉 (Zb 868)이 그를 속박한다. 이런 암울한 상황에서 〈청천벽력Donnerschlag〉(Zb

981) 같은 전쟁이 발발하고, 이를 계기로 그는 마의 산을 벗어나 전장에 뛰어든다. 제1차 세계 대전이 발발하자 카스토르프는 완치되지 않은 상태로 다른 사람들과 함께 전쟁에 참여하기 위해 평지로 내려가지만, 그것도 자신의 의지로 결정되는 것이 아니라 전쟁의 쇼크 때문이다. 결국 카스토르프는 마의 산을 찾아올 때, 잠깐 방문객으로 들렀다가 결국 7년이라는 긴 세월을 병자로 머무는 것처럼 이곳에 온 동기부터가 자신의 의지에서 벗어나고, 이곳을 떠나는 동기도 자신의 내부 성장이나 그 자신의 의지가 아니라 전쟁의 부름으로 이루어져, 마의 산의 도착과 떠남이 모두 자신의 의지에서 벗어나고 있다. 카스토르프의 참전은 당시의 지식인들이 그랬던 것처럼, 마의 산이라는 죽음의 세계로부터 탈출을 의미하며 새로운 형태의 삶에 대한 가능성을 여는 행위라고 할 수 있는데, 이 내용이 〈전장으로 떠나는 것은 새로운 것을 얻기 위한 싸움의 시작으로 떠나는 것을 의미한다〉[68]라는 토마스 만의 일기 내용에 잘 나타나 있다. 카스토르프는 쇼샤 부인과의 중립적인 관계 전환과 페퍼코른의 자살로 지금까지 자신을 마의 산에 붙들어 두었던 결정적인 매혹으로부터 해방되었고 삶에 대한 긍정적 관계를 획득했지만 이곳을 벗어나지 못했다. 결국 카스토르프는 전쟁에 참여함으로써 기왕의 엔지니어로서의 시민적 정체성을 상실한다. 목적도 모르는 전쟁에서 싸워야만 하는 카스토르프의 운명, 마음에도 없는 삶 등은 역설적 삶이 아닐 수 없다.

결국 주인공 카스토르프가 구현하는 것은 바로 〈중도Mitte〉(GW 11, 852)의 이념으로서, 이것은 토마스 만이 말하는 〈삶 자체 및 인간성의 이념〉(GW 11, 397)으로 나타난다. 이 이념을 완전히 파악하는 것, 〈시민성을 세계 시민성으로, 독일 정신을 세계 중도, 세계 양심, 좌우의 극단주의에 반대해 인간의 이념, 인간 교육의 이념을 비판적으로 주장하는 세계 이성으로〉(GW 11, 397) 확대시키는 것이 주인공 카스토르프를 정신적으로 훈련시키는 모든 주요 등장인물들의 목표이며 토마스 만의 목표가 되는 것이다.

특히 카스토르프의 역할은 전 인류를 대표하는 〈신적 인간〉으로까지 확대된다. 토마스 만은 카스토르프를 가리켜 〈어디서 와서 어디로 가는지, 자신의 본질과 목적이 무엇인지, 우주 속에서 자신의 위치는 어떠하며, 자신의 실존적 비밀은 무엇이고, 영원한 수수께끼인 인간성의 사명은 무엇인지 하는 인간 자신의 종교적 문제를 함께 담은 신적 인간이었다〉(GW 11, 658)라고 말한다. 이런 의미에서 토마스 만은 카스토르프를 성배(聖杯)를 찾아 나선 파르치팔에 비유하기도 한다. 〈카스토르프는 성배를 찾아가는 자로 존재하지만, 여러분들은 그의 이야기를 읽었을 때 그 생각을 미처 하지 못했을 것입니다. 그리고 내 자신이 그것을 생각했다고 해도 그것은 어느 정도까지는 생각일 뿐이었습니다. 이 책을 이러한 관점에서 반드시 한 번 더 읽어 보십시오. 그러면 여러분들은 성배가 무엇인지, 그리고 주인공과 이 책 자체가 찾고 있는 지식, 가르침, 저 최상의 것이 무엇인지 알게 될 것입니다.〉 (GW 11, 616 f.)

이렇게 토마스 만은 카스토르프를 성배를 찾아가는 자로 비유하면서, 가웨인 Gawain, 갤러해드Galahad, 파르치팔 등 성배 문학의 주인공들을 다음과 같이 규정하고 있다. 〈천국과 지옥을 두루 돌아다니고 천국과 지옥을 상대로 겨루며, 비밀, 병, 악, 죽음의 세계뿐만 아니라, 『마의 산』에서 《매우 의심스러운》 것으로 지칭되는 다른 세계, 심령학의 세계와도 계약을 맺는 탐구하는 자, 구도자, 그리고 묻는 자는 《성배》를 찾기 위한 도정에 있다. 다시 말해 최상의 것, 지식, 깨달음, 가르침, 또 현자의 돌, 삶에의 도취를 추구하는 도정에 있는 것이다.〉(GW 11, 615) 마찬가지로 『마의 산』에서 카스토르프는 찾아 헤매고 묻는 가운데 천국과 지옥을 두루 돌아다니며 탐구하는 주인공으로 등장하고 있다.[69] 이렇게 카스토르프를 성배를 찾아 나선 파르치팔에 비유하는 토마스 만은 그를 〈삶의 성실한 말썽꾸러기〉 (Zb 994)라고 부르며, 우리 모두가 삶의 말썽꾸러기라고 함으로써 그를 개인으로서뿐만 아니라 유럽 사회의 대표자로서 나아가 종교적 문제를 짊어진 인간 자체, 〈신적 인간〉으로서의 기능까지 부여하고 있는 것이다.[70]

침센

카스토르프의 사촌으로 선량하고 평범한 침센Joachim Ziemßen은 요양소의 마력에 강하게 저항하는 인물이다. 몸은 마의 산에 있지만 마음은 언제나 평지로 향해 있는 침센은 마의 산의 마력에 대해 극히 경계한다. 〈병과 죽음이란 사실은 엄숙하지 않고 오히려 빈둥거리면서 지내는 것이야. 엄밀히 말해서 엄숙함이란 오직 저 아래 평지의 삶에만 있지. 너도 여기 위의 세상에 오래 체류하다 보면 시간이

가면서 이 사실을 알게 될 거야〉(Zb 76)라고 카스토르프에게 한 말처럼 침센은 마의 산의 마법에 대해 극히 경계하는 금욕적인 인간이다. 심지어는 마루샤에게 사랑을 품고 있으면서도 그녀의 사랑이 자신을 마의 산에 붙잡아 두지 않을까 생각되어 사랑을 포기할 정도로 그는 마의 산의 마력에 대해 극히 경계한다.

침센은 영웅주의의 분신으로 사관 후보생으로 임관되었다가 폐결핵 때문에 이곳 베르그호프 요양소를 찾는다. 원래 천성적으로 씩씩한 프로이센 군대 기질에 매혹되어 군인 생활에서 남성의 기질을 발휘하고자 열망하는 그는 수동적 인간형인 카스토르프와는 반대로 매사에 혈기 왕성하게 임하며 또한 자기 인생관에 광적으로 도전한다. 그의 장교 임관 모습이 다음과 같이 묘사되고 있다. 〈소위가 된 요아힘보다 더 행복한 사람은 없었을 것이다. 그보다 더 군대라는 특수한 생활 양식에 적합한 인간은 없었을 테니까. 그는 의사당 앞을 지날 때 보초가 부동자세로 자기에게 경례를 올리자 거기에 대해 머리를 끄덕여 보인 것을 수줍어하면서도 아주 자랑스럽게 알렸다.〉(Zb 689)

이렇게 침센은 의무와 권위, 즉 생에 대한 헌신의 상징적 역할을 하는 인물이다. 군무에 대단한 열정과 사명감까지 느끼는 침센은 일종의 기계화된 인물로 볼 수 있다. 침센의 감정은 무감각할뿐더러 외부에서 일어난 어떤 변화도 느끼지 못하고 오로지 주어진 상황에 따라 움직이는 기계와 같다. 따라서 요양소에서 침센은 비인간적인 괴물이며 정교하고 철저하게 만들어진 로봇과 같다. 결론적으로 침센은 직업적 인간의 유형이다. 직업적 인간은 사회적 메커니즘이 명령하고 지시하는 기능적 역할을 충실히 이행할 뿐, 사랑이나 양심 같은 것을 전혀 중요하게 보지 않는다. 이러한 성격의 침센은 카스토르프에게 프로이센의 의무감을 심어 주는 중요한 역할을 한다. 즉 매사에 수동적인 중간적 인간 카스토르프에게 침센은 의무에 대한 사명감을 불어넣어 줌으로써 세템브리니와 나프타의 서양적 사고방식과 쇼샤 부인의 동양적 미의 융합에 일종의 강건한 남성의 감각을 고취시켜 카스토르프를 더욱더 완성된 인간으로 발전시킨다.

그러나 의무와 권위, 즉 생에 대한 헌신의 상징적 역할을 하는 침센 역시 카스토르프와 마찬가지로 타고난 허약한 육체가 남성적 군대 생활을 영위하려는 강건한 의지를 따라가지 못하는 역설적 운명을 지니고 있다. 따라서 그는 권위와 의무의 상징인 군인 생활과는 반대로 허약의 상징인 폐결핵에 걸려 마의 산에서 무기력한 생활을 할 수밖에 없다. 원래 씩씩하고 강인한 인물로 전쟁터에서 군무에 충실해야 하는 침센이 허약한 몸으로 요양소에서 병과 투쟁하는 사실이 역설적이다. 마침내 침센은 의무에의 헌신감에 사로잡혀 마의 산에서의 생활에 대한 인내를 잃고 탈출하여 평지로 돌아가 군인의 길을 택한다. 그러나 결핵이 악화되자 이 질병을 이겨 내지 못한 그는 마침내 마의 산으로 되돌아와 무기력한 죽음을 맞는 역설적인 인물이다. 오히려 정신적이나 육체적으로 군대에 적합하지 않은 카스토르프가 군대의 상징인 전쟁에 참여하여 죽는 반면, 씩씩한 군대 기질을 염원하던 침센은 마의 산에서 무기력하게 죽는 사실에서 둘 사이에 역설적 관계가 성립된다.

세템브리니

〈이 사나이의 나이는 짐작하기가 쉽지는 않으나 대개 서른에서 마흔 중간이랄까. 언뜻 보면 젊다는 인상을 주지만 관자놀이 부근에는 벌써 흰머리가 보이고 정수리는 꽤 엉성했다. 게다가 이마 위의 양쪽 머리가 벗어져서 이마가 환하게 돋보였다. 연노란색의 헐렁한 체크무늬 바지, 아주 큰 깃, 이중의 단추로 된 너무나 긴 파일럿 코트, 이런 차림은 아무리 보아도 말쑥하다고는 볼 수 없었다. 가장자리를 둥글게 추켜세운 칼라도 너무 자주 세탁한 탓인지 모가 서지 않는 데다 검은 넥타이도 낡았고 커프스도 하지 않았다. 이러한 사실을 카스토르프는 손목 둘레에 헐렁하게 걸쳐 있는 소매를 보고 알 수 있었다. 그는 자기 옆에 서 있는 사람이 신사임에 틀림없다고 생각했다. 교양 있어 보이는 표정, 자연스러우면서도 우아한 태도만 보더라도 이 외국인이 신사라는 것을 알 수 있었다. 그러나 초라함과 우아함이 뒤섞인 인상, 검은 눈과 살짝 치켜 올라간 콧수염 때문에 카스토르프에게는 즉석에서 크리스마스 무렵에 함부르크 고향 마을에 찾아와 집집마다 연주하며 돌아다니던 외국인 떠돌이 악사로 연상되었다. 그들은 조용히 눈알을 굴리면서 모자를 내밀어 창문으로 던져 주는 동전들을 받아 가곤 했다. 그는 그 손풍금 악사를 생각했다. 때문에 침센이 벤치에서 일어나 약간 겸연쩍다는 듯이 소개했을 때 그 사람의 이름도 별로 이상하게 느껴지지 않았다.〉(Zb 82)

세템브리니의 첫인상인데 여기에 외모의 특징과 성질 그리고 행동이 암시되고 있다. 카스토르프의 눈에 비친 세템브리니의 첫인상은 〈초라함과 우아함의 혼합 *Mischung von Schäbigkeit und Anmut*〉(Zb 82)이라는 묘사처럼 이중적 모습이었다. 신사라는 이미지와 떠돌이 악사라는 이미지의 양면 감정은 세템브리니의 도덕적·교육적 영향에 대한 카스토르프의 반응에서도 두드러지게 나타난다. 순진한 청년 카스토르프가 요양소의 마적인 분위기에 감염되어 〈죽음〉에 이끌리고, 쇼샤 부인의 매력에 더욱 퇴폐적인 방향으로 빠져 들어가는 상황에서 합리주의자 세템브리니는 자기의 이론으로 그를 교육하려 한다. 세템브리니는 이성과 행위에 의해 지배되는 평지의 세계, 즉 서구 인문주의를 대변한다. 민주주의적 인문주의자인 세템브리니는 합리주의와 개인을 배격하는 독재주의자 나프타와 반대되는 논쟁을 벌인다.

웅변술이 좋은 세템브리니는 현실적 이상주의자로서 형이상학을 부정하고 이성과 계몽과 인류의 진보를 역설한다. 세템브리니는 합리주의와 민주주의의 역설을 통해, 또 자연이나 육체는 바로 정신이라는 이론으로 카스토르프를 계몽하려 든다. 이렇게 〈육체는 바로 정신〉이라는 세템브리니의 주장은 합리주의자들의 사상과 대치되고 있다. 합리주의자들은 정신과 육체를 구분하며 육체를 초월해서 육체에 구애받지 않고 생각하는 데 윤리가 있다고 말했다. 예를 들어 데카르트는 인간 영혼과 육체(혹은 물체)의 상이함, 즉 정신과 물체의 이원론을 주장해 물질세계를 불활성인 물질 덩어리들의 무정한 충돌만을 아는 생명 없는 장소로 만들어 버림으로써 신학자들이 더 이상 물질세계에 관심을 갖지 않게 만들었고, 과학자들도 더 이상 철학의 눈치를 볼 필요 없이 물질세계의 연구에만 몰두하게 했다. 따라서 데카르트로 인해 근대 과학이 탄생할 수 있었던 물리적 세계의 이론적 근거가 완성된 것이다.

하지만 세템브리니는 정신이 있는 곳에는 언제나 육체가 있다고 주장한다. 선이든 악이든 느끼기 위해서는 육체가 먼저 느껴야 한다. 합리주의자의 눈에는 사소한 것으로 여겨지겠지만 육체의 느낌은 분명히 존재한다. 이렇게 〈육체는 바로 정신〉이라는 세템브리니의 주장은 현대 심리 철학의 주요 흐름 중 하나인 〈물리주의 *physicalism*〉에도 해당된다. 정신(마음)과 신체(두뇌)의 관계를 어떻게 볼 것인가는 오랫동안 철학의 관심사였다. 두뇌가 없으면 정신 현상은 나타날 수 없으므로 정신은 신체에 의존하고 있음에 틀림없다. 다른 한편 정신 현상은 물리 현상에서 볼 수 없는 여러 특징을 갖는다. 공간을 차지하지 않으며, 현상의 주인에게만 직접 관찰되고, 감각적 느낌을 동반한다. 양자의 차이점에 주목하여 마음의 영역을 물질의 영역에서 독립한 것으로 보는 입장이 이원론이고, 이들은 외관상으로만 다르게 보일 뿐 실제로는 동일한 현상이라고 보는 입장이 일원론이다. 물리주의는 일원론의 한 형태로 정신 현상은 두뇌 현상에 다름 아니라고 이해한다.

카스토르프가 마의 산에 올라온 날부터 7년 후 하산할 때까지 시종일관 그를 지켜보던 이 교육자는 본질적으로 죽음의 세계에 친근감을 느끼는 카스토르프를 육체와 정신의 관계의 설득으로 삶의 세계로 되돌려 보내기 위해 노력한다. 즉 그는 정신으로써 〈생〉을 분석·이해하고 해결하려는 것이다. 그러나 〈생〉에는 그와 같은 합리적인 사고만으로는 도저히 해결되지 않는 부분이 있다고 카스토르프는 깨닫게 된다. 따라서 카스토르프가 〈저편〉 세계로 나아가는 것을 막아 주는 〈감시인〉 역할을 하는 세템브리니는 결국 주인공(카스토르프)을 시민 사회에 복귀하도록 도와주는 것이 아니라 반대로 점점 거기에서 벗어나게 하는 역설적 인물이다.

나프타

『마의 산』 제6장에서 처음 등장하는 나프타는 역설의 화신이며 반유물론자로서 무정부주의자와 공산주의자를 옹호하는 인물이다. 그는 날카로운 두뇌와 추한 얼굴을 가지고 있는 예수회 *Jesuitentum* 회원으로서 금욕주의자이면서도 피를 숭배하고 테러와 독재를 지지한다. 육체를 타락하고 부패한 것으로 여기고 건강을 비인간적인 것으로 보아 병과 죽음을 찬양하는 나프타는 불치의 병에 걸려 있으면서도 그것을 슬퍼하지 않고 오히려 병의 가치를 다음과 같이 찬양한다. 〈병은 지극히 인간적이다. 인간 자체가 바로 병이기 때문이다. 인간은 원래 병을 앓는 생물이며 병을 앓아야만 비로소 완전한 인간이 된다. 최근 새로운 생활을 제창하는 사람들, 예컨대 생식주의자(生食主義者), 옥외 생활 예찬자, 일광욕 지지자들이 떠들어 대는 것처럼, 인간을 건강하게 하자, 자연과 화목하게 하자는 구호는 한 번도 자연적이 아니었던 인간에게 자연으로 돌아갈 것을 권장하는 것이다. 이런 식의 루소주의는 인간의 비인간화와 동물화를 촉진시키는 것 외에 아무것도 추구하는 것이 없다. 〔……〕 인간의 존엄성과 고귀성은 정신과 병에 있는 것이다. 한마디로 말한다면, 인간은 병을 앓고 있으면 있을수록 더 인간적이며 병의 수호신은 건강의 수호신보다 더 인간적이다. 〔……〕 세템브리니는 입버릇처럼 진보를 말한다. 그러나 진보라는 것이 있다면 그것은 오로지 병의, 그리고 천재의 덕분이며 ── 천재란 병일 뿐이다. 〔……〕 여태까지 인류를 위해 진리를 인식하려고 의식적으로 스스로 병과 광기에 빠진 사람들이 있다. 이 사람들이 광기에 의해 획득한 인식은 훗날 건강으로 변하고 그들의 영웅적인 희생 행위 이후에는 이제 병과 광기의 판결을 받지 않고 그와 같은 인식을 소유하고 활용하게 되는 것이다. 이것이야말로 정말 십자가 위의 죽음이다.〉(Zb 642 f.)

이렇게 나프타는 병과 비합리의 세계를 긍정하고 대변하는 열광적 성격의 소유자로 병만이 인간적이라고 주장한다. 따라서 그는 병을 인간의 본질로 규정하고 병들면 병들수록 그만큼 더 인간적이라고까지 주장한다.(Zb 92) 즉 병이 인간에게 상승과 정신화를 실현시켜 주는 것이다.[71] 이런 배경 때문인지 토마스 만 문학의 대부분의 주요 인물들이 병에 걸린다. 『부덴브로크 일가』의 한노는 티푸스, 「트리스탄」의 클뢰터얀 부인과 『마의 산』의 침첸은 폐결핵, 「베네치아에서 죽음」의 아셴바흐는 콜레라, 『파우스트 박사』의 슈나이데바인은 뇌막염, 또 레버퀸은 운명적으로 매독에 걸린다. 심지어 나프타는 〈천재는 병일 뿐이다〉(Zb 643)라고까지 주장하고 있다. 이런 맥락으로 카스토르프는 〈세템브리니의 뜻에 반하여 나는 내 자신을 비이성의 원칙에, 병의 천재적 원칙에 맡겼습니다〉(Zb 848)라고 말하고 있다.

이러한 나프타의 병과 천재성의 연관은 어느 정도 토마스 만의 사상을 반영하고 있다. 토마스 만은 도스토옙스키와 니체의 심리적 면을 비교하여 각각 간질병과 중풍에 걸린 두 사람의 경우를 진단했다. 〈이들 두 위대한 병자에서 그들 사고방식의 유사성과, 또한 그들이 병적 현상 때문에 위대한 것인지 아니면 위대하기 때문에 병적 현상이 일어나는지, 〔……〕 질병이란 도대체 무엇인가? 문제는 무엇보다도 누가 병들었으며, 누가 미쳤으며, 누가 간질병 환자이며, 누가 중풍 환자이냐는 것이다. 즉 바보 천치에는 지적·문화적 관점에서 생산성 질병이 물론 결여되어 있다.〉[72] 따라서 도스토옙스키나 니체의 질병은 결코 약점이 아니라 강점, 아니 긍정적인 가치이다. 그들의 경우에 그것은 〈의학적으로 증명된 어떤 정상보다 삶에 훨씬 더 중요한 것으로.〉[73] 〈과다한 힘의 산물이며, 한 폭발이며, 엄청난 건강의 과잉이며 위생이다.〉[74] 이는 몰락이 또한 보다 더 높은, 보다 더 발전된 단계를 표현할 수도 있다는 의미와도 일치한다. 예를 들어 『부덴브로크 일가』에서 시민성의 몰락은 그에 반비례해서 심리적 민감화와 정신화, 예술적 인식의 상승을 불러일으킨다. 몰락은 단순한 몰락으로 그치는 것이 아니라 또 다른 상승을 의미함으로써 궁극적인 가치를 획득하는 것이다. 이러한 몰락의 양면성을 토마스 만은 『소설의 예술Die Kunst des Romans』에서 다음과 같이 확인하고 있다. 〈일반적으로 말하자면, 그것은 하나의 복잡한 문제로서 자연 생물학과는 단순히 일치하지 않는 정신 생물학의 문제이다. 〔……〕 몰락, 그것은 세련, 심화, 순화를 의미할 수 있다. 그것은 반드시 죽음 및 종말과 관계될 필요가 없고, 오히려 삶의 상승, 고양, 완성일 수 있다.〉(GW 10, 355) 이러한 병(몰락)과 상승의 이의적 관점은 니체의 주요 사상이다. 니체는 삶을 해치고 결국 부정하게 되는 병이 동시에 엄청난 방식으로 삶을 상승시키는 자극제가 된다고 보았다. 낭만주의에서 시작된 건강과 병이라는 개념의 가치 전도는 니체에 이르러 판단의 양가 병립을 포괄한다.[75]

이러한 배경에서인지 나프타가 주장하고 니체의 사상이라 볼 수 있는 병(몰락)과 천재성의 연관은 실제로 예술계에서 자주 나타나고 있다. 예를 들어 베토벤은 귀머거리였기 때문에 더 위대한 예술가가 되지 않았을까. 이렇게 질병이 천재성에 관련되는 내용은 미술의 경우에 더욱 빈번하다. 프랑스 화가 모네는 백내장을 앓았다. 때문에 나이 들어 빛깔을 혼동하기 시작하면서 작업에도 영향을 미쳤다. 시력이 정상일 때 그린 「수련 연못」의 사물은 고유의 빛깔로 그려진 반면, 시력이 나빠진 뒤 그린 「일본식 다리」에는 연못의 물과 나무가 황색, 적갈색으로 표현돼 있다. 이처럼 화가의 질병과 작품은 밀접한 관계가 있다. 네덜란드 화가 고흐가 그린 「밤의 카페테라스」나 「밤의 카페」 같은 그림에 노란빛이 두드러지는 것은 황시증(黃視症) 때문이다. 압생트라는 독한 술을 즐겨 마신 고흐는 이 술의 독성 때문에 사물이 노랗게 보이는 황시증을 앓았다. 스페인의 여성 화가 바로Remedios Varo는 한 남자에게 만족하지 못하고 중독이라 할 정도로 충동적인 성 행동을 보였다. 정신 의학에선 이를 〈님포마니아nymphomania〉라고 한다. 고양이를 그린 「양치묘(羊齒猫)」에서 남성의 성기가 연상되는 것은 님포마니아 때문이라고 진단된다.

붉게 소용돌이치는 하늘 아래 두 귀를 막고 있는 유령 같은 사람의 모습을 그린 노르웨이 화가 뭉크Edvard Munch의 「절규」는 근원을 알 수 없는 현대인의 공포심과 광기를 표현한 걸작이다. 미술 평론가들은 그림의 주인공이 일생 동안 정신 분열증에 시달리며 사람들과의 소통을 두려워했던 뭉크의 자화상이라고 설명한다. 뭉크는 스스로 정신 분열증을 인정하면서 〈여러분도 「절규」를 알고 있겠지만 당시 나는 극단적인 상황에 몰려 있었으며 내 피 속까지 자연의 절규가 스며들어 터질 것만 같았다〉는 글을 남겼다. 이탈리아 화가 모딜리아니의 「푸른 눈의 여인」은 자신도 몰랐던 난시에서 비롯된 작품이다. 그는 〈일부러 사람의 얼굴을 길게 끌어당긴 것은 아니며 마음에서 우러나는 대로 손을 움직였을 뿐〉이라고 말했다.

질병이나 장애가 작품에 반영된 것도 있다. 스페인 화가 고야는 청력을 잃은 뒤 그 고통을 그림에 표현했고, 프랑스 화가 마티스는 결장암 수술 이후 기력을 잃자 붓을 잡는 대신 색종이 오려 붙이기를 시작했다. 프랑스 화가 세잔이 썩은 사과와 두개골을 놓고 「두개골이 있는 정물화」를 그린 것은 당뇨병을 앓으며 죽음을 예감한 상황에서 그렸기 때문이라고 전해진다. 이러한 의미에서 볼 때 병은 무가치한 것이 아니라 〈강력한 인식 수단〉[76]이며 따라서 인간적 교화의 도표가 된다고도 말할 수 있겠다.

결국 병을 옹호하는 나프타는 인생의 가치 판단에서 한쪽은 적극적으로 평가할 만한 것이고, 다른 한쪽은 패배·제외된 열등한 인생이라는 식으로 단적인 판단을 내리지 않고 생활력의 감퇴는 오히려 인식과 감수성과 정서 면의 증진을 의미한다고 보고 있다. 인간적으로 세련되려면 생활력의 약화를 대가로 치르지 않고서는 이루어질 수 없다고 보는 것이다. 〈인간의 등차는 고뇌를 감내할 수 있는 심각도에 따라 결정된다〉[77]고 한 니체의 말은 나프타의 경우에 적용된다고 하겠다.

따라서 나프타의 입에서 나오는 병과 인식의 관계, 병의 고귀성과 사상은 니체의 사상으로 볼 수 있다. 즉 니체는 병을 〈삶의 자극제〉로 보았는데, 이는 다음과 같은 니체의 말에 잘 나타나 있다. 〈얼마나 깊이 병고에 시달리느냐, 이것이 모든 인간의 위계를 결정한다. 나는 병고 덕분에 현명하고 영리한 사람들이 알고 있는 것보다 더 많은 것을 알고 있다는 〔……〕 가공할 만한 확신 〔……〕 깊은 병고는 사람을 고귀하게 한다.〉[78] 이는 깊은 병고를 맛본 인간의 정신적 자부와 혐오에 대한 니체적 표현이다. 여기에서 말하는 병고는 반드시 육체적인 것만을 의미하는 것은 아니다. 〈병고로 오랫동안 무서울 정도로 곤욕을 치르고, 그럼에도 불구하고 오성을 흐리게 하지 않는 병자의 상태가 인식에는 귀중한 것이다. 〔……〕 중병을 앓고 있는 자의 눈은 그의 상태에서 놀라울 정도의 냉정성으로 외부의 여러 사물로 향한다. 보통 건강한 사람의 눈이 사물을 볼 때는 사물이 그 속에 떠올라 헤엄치는 듯 보인다. 그러나 자질구레하고 허위적인 요술은 병자에게는 모두 소멸되고, 뿐만 아니라 자기 자신까지도 발가벗은 모습으로 병자의 눈앞에 드러눕는다.〉[79] 토마스 만은 니체의 삶 자체를 병에서 〈삶의 자극제〉를 얻는 방식으로 이해했다.(GW 9, 663) 이러한 토마스 만의 사고를 지닌 나프타는 병을 가장 고귀하고 존엄한 본질로 생각하여 세템브리니와 대립되고 있다. 세템브리니는 건전한 인체에서만이 〈신의 참된 신전der wahre Tempel des Gottes〉(Zb 90)이 자리할 수 있다고 주장한다. 그에게 병의 영화(靈化)란 상상할 수 없는 일로, 병이란 인간적인 것이기는커녕 인간의 품위를 손상시키는 비인간적 요소이다. 세템브리니는 병자를 〈짐승의 시체Kadaver〉(Zb 415)라고까지 극언한다.

그러나 나프타는 육체란 인간과 영혼 사이를 가로지르는 막이어서 구제받기 위해서는 육체를 부정해야 한다고 설파하며, 병이란 그 막의 저편을 넘어다보게 하는 훌륭한 교육적인 요소라고 단정한다. 병은 죽음으로 인도하는 다리이므로 병의 예찬자인 나프타는 동시에 죽음의 찬양자이며 죽음의 세계를 대표하는 인물이다.

결국 세계를 삶으로만 보는 세템브리니의 일원론과 반대로 나프타는 세계를 삶과 죽음의 양극의 이원론적 관점에서 보고 있다. 이에 대해 나프타는 세템브리니에게 〈당신은 정신을 저속한 것이라 생각하시는군요. 하지만 정신은 원래 이원적이라는 점에 대해서는 반론의 여지가 없습니다. 이원론, 반대의 명제, 그것이야말로 세계를 움직이는 열정적이며 변증법적인 지적 원리입니다. 세계를 서로 상반된 두 개의 부분으로 분리하여 생각한다는 그 자체가 이미 정신입니다. 모든 일원론은 싫증이 납니다〉(Zb 520)라고 반박한다. 그러나 이러한 이원론은 오로지 권태감을 피하기 위한 지적 유희라고 그의 적대자 세템브리니에 의하여 비난을 받는다. 이러한 나프타의 상은 〈반지성적 지성인의 패러디〉로 불리며, 또 그의 정신 분석에 대한 서술은 〈정신 분석의 전체성의 요구에 대한 패러디〉[80]로 불리기도 한다. 무정부주의자와 공산주의에 대한 열광에도 불구하고 나프타는 실제적 결과를 낳지 못하는 자의 자기모순적인 형상으로 드러나고 있다. 따라서 삶과 죽음을 양극으로 대립시켜 생각하는 나프타도 자기주장에 모순적인 삶을 영위한다.

학문적인 면에서나 논리적인 면에서 서구의 대표자 격인 세템브리니의 사상적 적대자 역할을 하며 폭력을 궤변적으로 옹호하는 나프타는 결국 세템브리니와 결투를 하게 된다. 즉 이들 주장의 승패는 논리적으로는 결코 이뤄질 수 없어 서양 정치사의 최종 결정적 행동 중 하나인 결투를 택하게 된 것이다. 실제로 결투는 서양 정치사를 이해하는 핵심어 중 하나다. 서양 정치사는 같은 하늘 아래 같은 공기를 마시며 공존할 수 없다고 생각하는 두 사람의 대결로 점철되어 있다. 프랑스에서는 1386년 마지막 합법적 결투가 있은 이후 비합법적인 형식을 취했다. 미국에서는 1804년 부통령이었던 애런 버와 재무 장관 출신 연방주의자 알렉산더 해밀턴의 결투에서 후자가 목숨을 잃었다. 1806년의 결투에서 살아남은 앤드루 잭슨은 1829년에 미국 대통령이 되었다. 러시아에서는 1837년 시인이자 사회 개혁가였던 푸슈킨이 결투로 죽었고, 독일에서는 1864년 사회주의자 페르디난트 라살이 결투로 목숨을 잃었다. 그런가 하면 독일의 정치 사상가 베버Max Weber는 하이델베르크 대학 결투 클럽의 멤버였는데, 훗날 그의 덥수룩한 턱수염이 가리고 있었던 것은 칼자국이었다. 스탈린과 히틀러의 대결, 미국과 소련 간의 냉전 역시 결투로 묘사되기도 한다. 이러한 서양 정치사를 배경으로 하고 있는 결투에서, 즉 자신의 사상의 적인 세템브리니와의 결투에서 나프타는 상대방이 아닌 자신을 쏘아 자살함으로써 자신의 사상에 모순적인 길을 택한다.《《이 비겁자!》나프타는 소리를 질렀다. 그 외침은 총알을 받는 쪽보다 총을 쏘는 자에게 한층 용기가 필요하다는 것을 인정하지 않을 수 없게 된 자의 지극히 인간적인 절규였다. 그는 결투와는 전혀 다른 방법으로 권총을 위로 쳐들어 자신의 머리를 쏘고 말았다.》(Zb 980) 이 내용에서 나프타의 사상적 방황을 알 수 있다. 역사에서 폭력이 차지하는 긍정적 역할을 믿고 있으면서도 막상 〈내 자신의 행위로써 폭력을 촉진할 것인가를 결단해야 할 때〉 큰 갈등을 겪는 것이다.

결국 나프타는 무질서의 세계, 즉 그가 옹호하는 폭력의 세계에서 가장 용기 없고 영향력 없는 사람이라는 역설적 사실이 밝혀진다. 나프타가 이렇게 자살하는 사실은 그가 질병과 죽음의 옹호자라는 신념에서 벗어나는 자기모순을 보여 주는 동시에 삶의 옹호자인 세템브리니와의 사상적 대결에서 패배를 의미한다. 말하자면 〈행위는 어떤 것이든 간에 신념을 명백히 하는 수단으로는 적합하지 않고 정신적 문제의 해결에도 별로 도움이 되지 않는다〉(Zb 966)라는 말처럼 나프타는 자신이 모독하던 비겁자 역할을 스스로 행하는 역설적인 삶을 살아온 것이다.

지금까지 언급된 나프타는 루카치의 많은 부분을 모델로 하고 있다. 이는 토마스 만이 루카치 삶의 미묘한 모순을 잘 파악한 결과로 볼 수 있다. 루카치의 자서전 『마르크스로 가는 길』에는 그와 토마스 만의 관계와 『마의 산』에 루카치가 모델로 나온 소감을 피력하는 대목이 있다. 〈나프타는 예수회 회원이다. 즉 그는 세계 지배를 추구하는 조직의 이데올로기적 전위 투사인 것이다. 그러나 동시에 그는 자신의 날카로운 이지력 탓으로 자신이 전력을 다 쏟는 운동의 바깥에 서 있기도 하다. 비록 그에게는 운동이 자유를 보장하긴 하지만 운동 쪽에서는 그를 불신의 눈초리로 바라본다. 이는 결국 그 스스로 유발한 것이다. 즉 최종적인 결론까지 파고드는 집요함으로 이단에 거의 가깝게 되는 그의 과감한 구상에 의해 이러한 일이 유발되는 것이다.〉[81] 부유한 은행가의 아들로 태어나 젊은 시절에 이미 미학자로서 우뚝 섰던 루카치. 서양 철학사에서 아리스토텔레스와 헤겔 그리고 마르크스를 가장 높이 평가했고, 속류화한 마르크시즘을 건져 내려 했던 사람. 이념과 문학의 갈등에서 진정한 것이 무엇인가를 고민하고 이를 해결하는 글을 지속적으로 써 냈던 사람. 중부 유럽의 변방 출신이지만, 서구 사회에 충격을 가한 사람. 그러나 줄곧 자신이 믿고 따랐던 당은 그를 못 미더워해서 늘 숙청과 망명의 대상이었고, 마침내 당에서 쫓겨나기까지 했던 사람. 이러한 루카치의 일부가 『마의 산』에서 나프타로 반영되고 있다.

베렌스

요양소의 의료진은 모두 부패하고 무능력한 인물들로 구성되어 있다. 이렇게 부패하고 무능한 의료진의 예로 의사 카프카Kafka를 들어 보자. 〈카프카 의사는 매년 퇴원 신청 환자가 많은 해빙기(解氷期)가 가까워 오면, 급한 용무가 생겼다는 핑계로 일주일가량 여행을 떠나 버린다. 여행에서 돌아와 퇴원 수속을 해주겠다며 피해 버리는 것이다. 그런데 그 일주일이 6주가 되는 수도 있다. 불쌍한 것은 환자들이어서 카프카 선생이 돌아오기를 기다리는 동안 입원비는 사정없이 올라간다. 또 피우메가 카프카 선생에게 진단을 청해 오면, 스위스 화폐로 5천 프랑을 다발로 묶어 지불하겠다는 보증을 받기 전에는 절대로 엉덩이를 떼려고도 하지 않는다. 그럭저럭하다 2주일쯤 지나 버리며, 이 선생께서 도착하고 이틀 뒤에 환자는 죽고 만다. 잘츠만 박사의 말에 의하면, 카프카 교수는 주사기를 절대로 소독하지 않아서 환자에게 합병증을 일으키게 한다고 한다. 카프카 교수가 늘 고무신을 신는 까닭은 자기 손에 걸려 죽은 환자들에게 발소리가 들리지 않게 하기 위한 것이라고 잘츠만이 비방하면, 카프카 교수는 이에 맞서 잘츠만의 요양소에서는 환자에게 거의 강제적으로 기분 풀이용 포도주를 너무 많이 마시게 해서 — 물론 이것은 환자들의 돈을 더 긁어내기 위해서인데 — 환자는 파리처럼 죽어 간다고 응수한다. 그것도 결핵 때문이 아니라 알코올 중독에 의한 간경변증(肝硬變症)으로 죽고 만다고 응수한다.(Zb 91)

이렇게 요양소의 의료진이 부패하고 무능력한 상황에서 이들을 지도하고 경영하는 요양소의 원장인 베렌스Hofrat Behrens는 부패와 무능력의 정점에 서 있다. 때문에 세템브리니는 베렌스 원장이 약간의 허풍쟁이이면서 한편으로는 부패하다고 주장한다. 요양소에서 금연을 강력히 주장하는 그가 다음과 같은 일을 범하는 사실을 보면 그의 부패의 정점을 볼 수 있다. 〈심지어 최근에는 아주 진귀한 커피 세트와 스핑크스가 새겨진 멋진 담배를 베렌스에게 보낸 이집트의 왕녀까지 있었다.〉(Zb 758) 건강의 상징이라 할 수 있는 의사 베렌스는 오히려 우울증 환자이며 어쩌면 영원히 고칠 수 없는 마의 산에서 가장 고질적인 병에 걸려 있다고 볼 수 있어 역설적인 면을 보인다. 따라서 세템브리니는 베렌스를 다음과 같이 평하고 있다. 〈우리의 라다만토스(악마의 종)! 그는 진짜 악마입니다. 그러나 실제로는 언제나 유쾌하지요. 때로는 억지로 그런 체하기도 하지만요. 그래도 가끔은 매우 우울하지요. 바로 그 악습 때문에 말입니다. 〔……〕정말 그렇지 않으면 악습이라 할 수도 없지만 〔……〕요컨대 담배가 그를 우울하게 만듭니다. 그래서 우리의 존경하옵는 간호부장께서 담배를 사다 보관했다가 매일 하루분씩만 줍니다. 그러나 그는 때로 유혹을 못 이겨 그것을 훔치는 일이 있다는데 그 때문에 우울해지곤 한답니다. 요컨대 혼란된 영혼이라고 할까요.〉(Zb 88) 인도주의자 같은 인품을 보여 주지만 그 역시 병에 걸려 있으며 마의 산의 강력한 마력에 사로잡힌 환자인 것이다.

이렇게 마의 산의 강력한 마력에 사로잡힌 베렌스는 환자들을 요양소에서 내보내려 하기보다는 매어 두려고 한다. 그는 카스토르프의 출혈을 계기로 카스토르프에게 무제한의 요양을 지시하고, 카스토르프를 집으로 데려가기 위해 요양소를 찾아온 카스토르프의 이모부 티나펠 영사에게도 카스토르프와 똑같은 판정을 내리는데 티나펠은 마의 산의 마력적 분위기를 눈치 채고 그곳을 도망쳐 내려간다. 베렌스의 진단은 의학적으로 볼 때 괴기한 느낌마저 든다. 베렌스는 환자들에게 몇 개월의 체류를 선고할 수도 있고, 종신형을 선고할 수도 있으며, 또한 자유를 선고할 수도 있는 재판관이다. 결국 그는 죽음의 나라의 사실상 조정자이자 지배자이다. 이러한 베렌스가 운영하는 요양소는 겹겹의 벽으로 둘러싸인 감옥인 셈인데 누구도 여기서 벗어날 수 없다. 이러한 맥락에서 체호프Anton P. Chekhov의 「6호실」에서 〈감옥이나 정신 병원이 실제로 존재하는 이상 누구든지 그 안에 들어가 있어야 한다〉라고 정신과 의사 안드레이가 정신 병동 6호실에 갇혀 있는 이반에게 한 말이 연상된다. 죄와 정신병 때문에 감옥이나 정신 병원이 필요한 게 아니라 감옥과 정신 병원이 있기 때문에 누군가는 그 안에 들어가 있어야 한다는 사실을 체호프는 암시하는데, 이 내용이 마의 산의 요양소에도 적용되고 있는 셈이다. 이성은 지식을 내세워 정상과 비정상을 가르고, 권력은 법과 도덕을 내세워 선과 악을 나눈 뒤 후자를 감금한다.

결국 세템브리니는 의사인 베렌스를 라다만토스란 별명으로 부름으로써 죽음의 나라의 지도자와 재판관으로서의 기능을 혹평하고 있다. 영리 추구에 급급한 요양소의 경영 방식과 환자를 잡아 두는 의사들의 태도, 온도계를 강매하는 간호사의 행태 등으로 지옥과도 같은 이곳 요양소의 인원을 적절히 충당하며 재정적 이익을 꾀하는 베렌스야말로 라다만토스인 것이다. 베렌스는, 삶과 죽음은 산화 과정이라는 의미에서 하등의 구별이 없으며 따라서 〈삶은 죽음이다Leben ist Sterben〉(Zb 371)라고까지 주장한다. 베렌스 원장의 생활에서 카스토르프는 처음에는 숭고한 환상을 얻기도 하지만 이내 독성 있는 심연에 빠져 들어가는 이중인격의 인간을 발견하게 된다. 베렌스 역시 그가 내세우는 인격에 모순되는 역설적 삶을 영위하기 때문이다.

크로코프스키

크로코프스키Krokowski는 요양소 원장인 의사 베렌스의 조수로서 이곳 환자들에게 정신 분석학자의 역할을 하지만, 사실은 이 암흑의 세계에서 가장 영향력 없는 사람이다. 심지어 〈크로코프스키로 말하면, 이 영계(靈界)의 의사는 상처의 치료법이나 제대로 알고 있는지 의심스러웠다〉(Zb 183)라는 언급처럼 의사로서의 정체성 자체도 의심스럽다. 아무 영향력도 없는 그가 환자들의 정신 분석을 위해 행하는 일들은 일종의 해학적인 면을 보여 준다. 그의 정신 분석 첫 강의 시간의 모습이 다음과 같이 묘사되고 있다. 〈그(크로코프스키)의 얼굴은 모시처럼 창백하고 옷에는 피가 엉겨 붙어 살인 현장에서 곧바로 달려온 살인범 같았다.〉(Zb 176) 이렇게 성스러운 정신 분석학자 역할을 하는 크로코프스키의 강의 모습이 피 묻은 살인자의 모습으로 비교되고 있다. 특히 그가 정신 분석 강의 시간에 드러내 보이는 그리스도의 행동은 이 작품의 풍자의 극치를 이룬다. 강연 마지막에 크로코프스키는 정신 분석을 대대적으로 선전하면서 그리스도처럼 두 팔을 벌리고 모든 청중에게 자기에게 오라고 권유하는 것이다. 〈너희 무거운 짐을 지고 괴로워하는 자들아, 다 내게로 오라.〉(Zb 183) 그는 『성서』의 구절을 인용하지는 않았지만 〈내게로 오라〉고 말했다.(Zb 183) 생에 적대적인 그리스도의 모방을 하며, 〈금욕적 이상과는 다른 것을 설교하고, 사랑의 힘을 찬미하는〉[82] 크로코프스키는 오히려 기독교적인 사랑의 계율이 효력을 상실하는 역설적 현상을 드러낸다.[83]

페퍼코른

페퍼코른Mynheer Peeperkorn은 왕자의 관록과 부와 건강을 겸비한 자바 출신의 네덜란드인으로, 동양에도 서양에도 속하지 않는 사람이다. 이렇게 과거에 동양(자바에서 커피 재배)과 서양(네덜란드인)을 동시에 체험한 종합적인 인간으로 그의 인품과 교양은 요양소에서 선망과 위엄의 대상이 되고 있다. 그가 말더듬이라는 사실이 암시하듯, 그는 말이 아니라 비합리적이라 할 수 있는 생명력을 통해 하나의 인격체로 존재하는, 이른바 질서 밖에 존재하는 사람이다. 보통 때는 말을 더듬던 이 인물은 일단 삶의 이념을 논할 때는 매우 유창한 논설을 펴내 사람들을 매혹시키는 힘이 강하다. 때문에 카스토르프는 세템브리니나 나프타가 아니라 바로 이 거인에게 인간적인 매력을 느끼게 된다.

페퍼코른은 마의 산의 간접적인 생명력의 화신으로 카스토르프가 사랑에 빠지게 되는 쇼샤 부인과 함께 이곳 요양소에 들어와 투병 생활을 한다. 평지에서 호화로운 생을 누리다가 악성 말라리아에 걸려 이곳까지 올라온 그는 요양소에서 정신적으로 교양 있는 인물로 주위 사람들을 압도한다. 이러한 그의 존재 앞에 쇼샤 부인의 동양적 매력과 세템브리니와 나프타의 열띤 논쟁 등은 모두 퇴색해 버린다. 세템브리니와 나프타의 논쟁에서 빚어진 혼란스러운 대립이 페퍼코른의 등장으로 중화되는 것이다. 따라서 카스토르프는 두 교육자에게서 영향을 받고 그들의 견해를 따르는 것이 아니라 그들의 존재를 페퍼코른에 의해 상대화시킨다. 결국 마의 산에서 삶의 이념을 체현하는 인간은 여태까지 카스토르프의 주위에서 발견되지 않은 셈이다. 이런 배경에서 영혼과 정신이 조화된 삶의 대표적인 인간이 나타나지 않으면 안 되는데 페퍼코른이 이 역할을 맡아 카스토르프의 마음을 빼앗는다. 페퍼코른은 정신과 문화는 이성의 영역 외부에 존재한다고 보아 세템브리니나 나프타와 직접적으로 관계가 없고 카스토르프를 신비적인 기본 영역, 즉 〈자연적 영역〉으로 끌어들인다.[84]

이론이나 견해를 가변적인 것으로 치부하고 본질적인 존재를 중시하는 페퍼코른의 특징은 사촌 침센이 카스토르프에게 하는 말에 잘 드러나 있다. 〈생각건대 우리들이 어떠한 견해를 갖고 있느냐 하는 것이 문제가 아니라 신뢰할 수 있는 인간의 여부가 중요해. 처음부터 견해 같은 것은 전혀 가지지 말고 할 일을 묵묵히 실행하는 것이 제일 좋은 거야.〉(Zb 536) 이 내용에 따라 신비주의자인 나프타와 말 많은 휴머니스트 세템브리니의 교육적 실험은 실패로 돌아갈 수밖에 없다. 따라서 카스토르프에게 감명을 줄 수 있는 것은 신비주의자나 수다스러운 지성과는 다른 영역에서 찾아야 한다. 페퍼코른이 말을 더듬는 것은 이러한 〈(수다스러운) 말이나 말의 조형력에 대한 거부〉[85]이며, 쇼펜하우어적으로 말하자면 이성에 대한 거부이기 때문에 이것은 교양 소설에서는 결코 허락될 수 없다.[86]

페퍼코른은 개념적인 논쟁을 통해 그들을 중재하는 것이 아니라 카리스마적 인격을 통해 그가 존재한다는 사실만으로도 지적 논쟁을 단순한 말다툼으로 만들어 버리는 효과를 발휘한다.(Zb 796) 따라서 카스토르프는 페퍼코른에게서 생명의 초이성적 특질, 위풍당당한 성격의 신비한 발산을 체험하며 그에게 친근감을 느끼고, 그의 인격을 중요한 〈삶의 가치〉(Zb 809)로 인정하게 된다. 이리하여 쇼샤 부인에게 향했던 카스토르프의 사랑은 중립화되고 그녀로부터 자유로워지면서 그는 다시 페퍼코른이라는 또 다른 에로스에 빠져든다.[87]

그러나 멋과 위엄과 교양의 상징, 즉 생명력의 화신인 페퍼코른도 역설적인 인물이다. 먼저 그의 인상부터가 그렇다. 〈이마에 깊은 주름이 새겨지고 왕자와 같은 얼굴에 비통하게 찢어진 입술을 한 페퍼코른은 언제나 두 가지 경향의 어느 쪽이기도 하다. 그를 보면 그 어느 쪽도 그에게는 알맞고 두 가지가 그에게는 하나가 되는 것처럼 보여, 이쪽이기도 하고 저쪽이기도 하고, 저쪽이기도 하고 이쪽이기도 하다는 것이었다. 아, 이 바보 같은 늙은이, 이 지배자적인 무!〉(Zb 818 f.) 그의 국적도 역설적이다. 페퍼코른은 자바 출신의 네덜란드인으로서 동양에도 서양에도 속하지 않거나 동서양에 모두 속하는 역설적 인물이다.

또 그는 자신의 의지에 어긋나게도 자살이라는 모순을 범하기에 이른다. 그는 일찍부터 카스토르프와 쇼샤 부인의 야릇한 애정 관계를 인식하고, 또한 자신의 성적 무기력을 통감한 나머지 자살의 길을 택한다. 〈죽음으로써 페퍼코른은 그리스도처럼 유한 세계의 고통을 극복하고 생에서 거부된 것에 도달하는 것이다.〉[88] 그러나 페퍼코른의 자살은 나프타의 자살처럼 자기모순에 의한 자멸 행위가 아니라, 디오니소스적인 삶의 긍정에 대한 부분인 동시에 표현이며, 신비적이고 종교적으로 느낀 삶의 의무이다. 따라서 그의 자살은 질병과 노쇠 때문에 다하지 못한 사명을 카스토르프와 쇼샤 부인에게 위임하기 위한 자연아로서의 책임감의 표현이다.[89] 결국 카스토르프의 정신적인 존경 대상이 되었던 페퍼코른 역시 내적으로 병든 쇠진한 인간으로 위대한 인격자인 동시에 어리석은 역설적 생을 영위할 수밖에 없었던 인물이다.

페퍼코른이 자살하자 카스토르프는 실의에 빠질 뿐만 아니라, 마비시키고 해체시키는 마의 산의 영향에 대적할 만한 능력을 상실하고 자포자기에 빠진다. 결국 페퍼코른은 모든 개념적, 추상적 반명제를 공허한 것으로 판단하는 〈전제적인 제로*herrscherliches Zero*〉(Zb 819)로서 디오니소스적 역동주의를 대변했던 것이다. 그가 결국 진정한 인격체가 아닌 하나의 희화로 머물고 만다는 사실에서 보듯, 그는 〈생동하는 형상으로보다는 삶과 고통의 알레고리로서, 신념 있는 반지성적 고지로서보다는 삶의 철학에 대한 비판으로서〉[90] 존재했다고 할 수 있다. 그럼에도 불구하고 페퍼코른은 세템브리니와 나프타의 대립을 상대화시키고, 쇼샤 부인에게 향했던 카스토르프의 사랑을 중립화시킴으로써 카스토르프에게 스스로의 판단으로 자립할 수 있는 기반을 마련했다는 점에서 중요한 의미를 갖는다.[91]

쇼샤

원래 에로스의 본질은 〈원시 상태의 총체성에 대한 욕구〉[92]이다. 플라톤의 저서 『향연』을 보면 충족과 풍만·부유의 신인 아버지 포로스와, 결핍과 부족·빈곤의 신인 어머니 페니아 사이에서 에로스(성욕)가 태어난다. 어머니의 핏줄 때문에 항상 부족과 결핍을 느끼는 동시에, 아버지의 핏줄을 따라 늘 풍요와 충족을 갈구한다는 점에서 에로스는 운명적이다.

카스토르프는 자신의 새로운 삶을 일차적으로 육체를 통한 감각적인 길, 즉 〈에로스〉에서 찾는다. 『마의 산』에서는 이러한 〈에로스〉의 대상이 쇼샤 부인이 되고 있다. 쇼샤 부인은 남성적 여성의 원형으로 기능하고 있다. 방종하고 해방된 면모를 지닌 그녀는 평범한 여성의 대칭 모습으로, 그녀가 카스토르프에게 끼치는 작용은 〈거부와 매혹의 혼합물〉[93]이다.

따라서 쇼샤 부인에게는 역설적인 여성미가 담겨 있다. 쇼샤 부인의 모습에 청순한 여성상과 남성상, 방종, 예절의 결여, 악덕의 추구 등이 서로 뒤섞여 결국 그녀의 근원적 미를 불러일으키는 것이다. 이는 토마스 만 문학의 전형적인 방법인 역설적인 미의 표현 방식이다. 만일 토마스 만이 처음부터 오직 쇼샤 부인의 매혹적인 면만 묘사했다면 그녀의 근본적 미의 표현은 불완전했을 것이다. 그녀의 부정적인 요소도 가미된 것은 〈선은 더 선함의 적이다*Das Gute ist der Feind des Besseren*〉[94]라는 지혜의 산물이다. 이런 맥락에서 카스토르프가 그녀에게 느끼는 영적인 사랑은 그녀의 서로 대립되는 매력, 즉 느긋한 걸음걸이와 식당에 들어올 때 문을 거칠게 닫는 교양 없는 태도가 서로 상응하여 더욱 깊어 간다. 괴테가 『파

우스트』에서 말하듯이 전통적인 미만 추구하는 일은 어리석은 것이다. 〈우리의 정
신이 획득한 가장 훌륭한 것에까지도,/점점 더 이상스러운 물질이 끊임없이 달라
붙는다./우리들이 이 세상의 선에 도달하고 나면,/보다 더 선한 것이 허위와 환상
이라고 말하는도다.〉(634행 이하) 파우스트의 이 말처럼 아름다움은 영원하지 못
하다. 왜냐하면 아름다움*Ein Schönes*이 존재하면 더 큰 아름다움*Ein Schöneres*
은 존재하기 어렵기 때문이다. 따라서 쇼샤 부인의 미가 존재하려면 그녀의 아름
다움은 사라지고 그 자리에 마적 요소인 부정적 요소가 와야 한다. 이런 맥락에서
독일의 중세 신비주의자 에크하르트M. Eckhart는 〈신은 선하지 않은데, 그래야
신은 더 선할 수 있기 때문이다*Gott ist nicht gut, denn sonst könnte er besser
sein*〉[95]라고 말한다. 결국 인간은 대립의 중용자로 이성과 비이성의 중간이어야
한다. 이런 맥락에서 『마의 산』에서는 도덕과 파멸 등이 주인공 카스토르프의 교
육을 위한 불가결한 수단으로 작용하여 상호 조화 속에 보다 높은 완성의 의지로
향한다.

쇼샤 부인의 이 같은 특징은 카스토르프의 전개 과정에서 중요한 역할을 하게
된다. 세템브리니와 나프타가 이성, 자유, 진보 등 서양적 이념의 대변자, 즉 서유
럽의 대변자로서 카스토르프의 지적인 면을 갈구할 때, 여기에 상응하여 동방의
세계로 대표되는 인물이 쇼샤 부인이다. 쇼샤 부인은 넓은 광대뼈와 연녹색 눈을
가진 이국풍의 모습을 하고 있으며 서구적인 전통이나 교양과는 거리가 먼 동양적
이고 비문명인인데 이 점이 역설적으로 카스토르프를 더욱 매혹시킨다. 또 쇼샤
부인의 사고방식도 역설적이다. 쇼샤 부인은 〈진정한 도덕은 덕(德)에 있는 것이
아니라 죄(罪)에 있다〉고 말한다. 〈도덕? 당신은 그런 것에 흥미가 있어요? 우리들
은 도덕을 덕에서, 즉 이성, 질서, 양풍, 성실 같은 데서 찾는 게 아니라 오히려 그
반대의 것, 요컨대 죄에서 찾아야 할 것이라고요. 위험한 것 속에 몸을 던져, 즉 우
리들을 파멸시키는 것 속에 뛰어 들어감으로써 말이에요. 우리들에게는 일신의 안
전을 도모하기보다는, 일신을 파멸시키고 손상하기까지 하는 것이 훨씬 도덕적이
라고 생각되어요. 위대한 도덕가는 덕 있는 사람이 아니라 악덕의 모범가로서 비
참한 것 앞에 그리스도 정신과 교리 정신(敎理精神)으로 무릎 꿇는 것을 가르쳐 주
는 위대한 죄인이었다고 말예요.〉(Zb 477)

이 내용에서 보면 도덕은 진리의 보호자로서 삶의 존재를 위협한다. 왜냐하면 삶이란 그 본질상 가상, 예술, 기만, 원근법, 환상에 전적으로 의거하고 착오란 살아 있는 자의 아버지이기 때문이다.[96]

이러한 양극적인 배경에서 볼 때, 서구적인 전통이나 교양과 거리가 먼 동양적인 면에서, 또 비도덕적이고 비문명적인 성격 속에 쇼샤 부인의 미가 담겨 있다. 토마스 만은 일찍이 고대 동방에 대한 편애와 공감을 갖고 있었으며, 동방에 대한 지식을 서서히 습득한 바 있고, 그 지식을 가능한 한 활용해서 이 〈우아한〉 이야기를 〈실제로 일어난 것처럼〉(GW 11, 655) 서술하고 싶었는데, 이것이 쇼샤 부인에게 투영되고 있다.

쇼샤 부인은 카스토르프를 마의 산의 포로로 잡아 두는 장본인이다. 쇼샤 부인 등 〈비이성적〉 인물들의 의의와 기능은 작품 구조상 매우 큰 비중을 차지하고 있다. 이러한 비이성적 인물인 쇼샤 부인의 하얀 팔은 카스토르프에게 세템브리니와 나프타의 이론보다 중요한 것으로 나타난다. 결국 카스토르프는 요양소에서 쇼샤 부인을 만나 결정적으로 마의 산의 세계에 빠져든다. 그녀의 에로틱한 분위기와 거침없는 행동, 인습에 대한 경멸적인 태도는 시민적 질서 의식에서 성장한 카스토르프를 혼란에 빠뜨리면서도 결국은 매혹시킨다. 쇼샤 부인은 본능적으로 인간성의 분리를 거부하고 통일성을 추구하는 동양적 인문주의를 대변한다.

이렇게 카스토르프를 마의 산의 포로로 잡아 두는 쇼샤 부인의 역할에 대해 엔드라이에크H. Jendreiek는 〈쇼샤는 낭만적인 생활 태도의 상징이며 해체와 몰락의 화신이다. 그녀는 카스토르프를 질병으로 유혹했으며, 그녀에 대한 그의 사랑은 타락과의 공감이다. 그녀는 [……] 베일에 가려진 — 밤과 같은 원칙으로, 그리고 삶의 반대자로 나타난다〉[97]고 묘사하고 있다. 쇼샤 부인에게 자유를 주는 것은 질병인데, 이 병을 구실로 자유분방하게 여러 곳의 요양소를 전전하며 세월을 보내고 있다. 이는 병을 삶의 자극제로 보는 침센의 사상과 이러한 사상을 철학적으로 정립한 니체의 사상과 유사하다. 병을 〈삶의 자극제〉로 보는 니체는 〈얼마나 깊이 병고에 시달리느냐, 이것이 모든 인간의 위계를 결정한다. 나는 병고 덕분에 현명하고 영리한 사람들이 알고 있는 것보다 더 많은 것을 알고 있다는 [……] 가공할 만한 확신 [……] 깊은 병고는 사람을 고귀하게 한다〉[98]라고 말하고 있다.

카스토르프의 쇼샤 부인에 대한 은연중의 사랑이 이상하게도 지연되고 이루어
지지 않는 가운데 그 사랑은 더욱 강렬하게 증대하는 내용에서 역설의 현상을 느
낄 수 있다. 또 강력한 긴장, 쇼샤 부인의 비도덕적 정열이 세템브리니와 나프타의
도덕 이론을 완전히 무색하게 하는 내용에서 대립을 통한 완성이 돋보인다. 세템
브리니와 나프타의 사상 논쟁에서 대립과 모순, 쇼샤 부인으로 연상되는 동양적
사랑 등 비현실적 퇴폐 사회의 상황은 대립적인 사상을 통해 결국 종합적 완성으
로 승화시키는, 이른바 인간 본연의 미와 사상의 세계에 중점을 두는 현대 소설의
새로운 방향을 모색하는 것이다.

쇼샤 부인은 이국적이고 내성적으로 무기력하게 보이지만 카스토르프에게 정열
을 더욱 촉진시키는 내용에서 결국 주인공 카스토르프가 찾는 성배(聖杯)란 중도
의 이념이며 죽음을 체험한 이후에 찾게 되는 새로운 삶이자 장차 도래할 인류애
의 개념이다. 따라서 눈 덮인 산상에서 방황하던 카스토르프가 인간에 대한 꿈을
꾸는 〈눈〉의 장에서 인류애라는 이념을 발견하게 되지만 산을 내려와서는 곧 잊어
버린다. 이것이 바로 토마스 만의 반어적 기법의 전형적인 예이다.[99]

결국 쇼샤 부인은 에로스의 요소와 죽음의 요소를 동시에 지니고 있다. 쇼샤 부
인은 아름답지만 병든 몸으로서 〈낭만화된 생활 태도의 상징이며 해체와 몰락의
화신〉[100]으로 비합리적인 삶에 대한 탐닉, 죽음과의 공감을 통한 유혹을 상징한다.
쇼샤 부인의 병든, 그럼에도 불구하고 아름다운 육체는 카스토르프에게 〈유기체의
놀라운 형상〉(Zb 477)으로서 물질적인 자연과 유기적인 정신이 불가분하게 구현
된 완전한 인간의 형상으로 나타난다.[101] 이렇게 비합리적인 삶에 대한 탐닉, 죽음
과의 공감을 통한 유혹을 상징하는 쇼샤 부인의 미는 카스토르프에게 〈육체야말로
최상의 존재〉라는 감정을 불어넣는다. 이때 카스토르프는 어떤 최상의 예술도 육
체를 능가할 수 없다고 여기는데, 이 내용은 토마스 만의 개념으로 「베네치아에서
죽음」에서 미소년 타치오의 육체 묘사로 나타나고 있다.

이 작품에서 아셴바흐가 베네치아의 호텔에 도착했을 때, 그곳에서 마주친 열네
살 정도의 미소년 타치오의 육체는 그리스의 조각품이 구현하는 어느 미도 따라갈
수 없는 〈최상의 예술〉이다. 〈그(타치오)의 얼굴은 그지없이 고귀한 시대로부터 내
려오는 그리스의 조각을 연상시켰다. 더구나 자태가 가장 순수하게 완성되어 있는

데 그처럼 일회적이고 개성적인 매력이 있어서 관찰자는 자연에서도 조형 예술에서도 무언가 그와 비슷하게 성공한 예를 만나 본 적이 없다고 생각되었을 정도였다.〉(TiV 469)

이렇게 토마스 만은 육체를 미의 정점으로 보고 있으며, 심지어는 종교적인 감동으로 상승시키고 있다. 〈세상에는 오직 하나의 신전이 있을 뿐이다. 그것은 인체이다. 이 숭고한 형상보다 더 신성한 것은 없다. 인체 앞에 무릎 꿇고 앉는 것은 육체에서 나타난 계시에 경의를 표하기 위함이다. 인체를 애무할 때 사람들은 진정 하늘에 접촉하는 것이다.〉(GW 11, 845) 이 내용에서 육체는 하늘의 경지까지 상승하여 일종의 〈소우주〉 개념을 보여 주고 있다. 즉 인체가 하늘에 연관되는 내용에서 〈대우주(우주)와 소우주(인체)〉의 관계 개념으로 상승하는 것이다.

죽음과 병, 병리학적인 것, 퇴폐에 대한 관심은 의학이라는 인문주의적인 분야가 증명하고 있듯이 삶과 인간에 대한 관심의 한 표현에 지나지 않는다. 그 역으로 유기적인 것과 삶에 관심을 갖는 자는 죽음에 대해서도 관심을 갖는다.(GW 11, 851) 참된 창조는 때로 일상적 경계, 문화적 경계를 넘어서는 체험에 기인한다는 생각은 토마스 만 문학의 기본 모티프이기도 하다. 따라서 〈정신과 인식의 어떤 업적들은 병이나 정신 착란, 정신적인 범죄 없이는 불가능하다〉(GW 9, 667)고 토마스 만은 말하고 있다.

카스토르프가 쇼샤 부인을 좋아하게 된 요인인 그녀의 고상하고 여성적인 면이 동시에 그의 몰락을 촉진시키는 요소라는 사실도 역설적이다. 쇼샤 부인과의 관계가 깊어질수록 카스토르프의 건강은 악화되고, 이를 지켜본 세템브리니는 죽음의 세계로 접근해 가는 카스토르프에게 계속 경고를 보내면서 그를 삶의 방향으로 이끌고자 애쓴다. 그러나 카스토르프는 세템브리니의 경고에도 불구하고 〈병에 대한 무의식적 경도〉(Zb 279)에 끌려 쇼샤 부인에게로 향한다.[102]

결국 카스토르프는 쇼샤 부인에 대한 사랑을 통해 내면세계를 체험하고 세템브리니와 나프타의 변증법적 논쟁에서 벗어나 새로운 중용적, 종합적 인간으로 형성되어 간다. 본질적으로 그녀는 흰 팔에 〈곁눈질〉을 즐기는 유혹자이며 독일의 전통적인 악인이나 죽음으로 이끌어 가는 자를 연상시키는 〈붉은 머리〉의 인물이다. 이렇게 토마스 만의 작품에서 〈곁눈질〉이 유혹의 모티프로, 또 〈붉은 머리〉가 죽음으로 이끌어 가는 모티프가 자주 나타난다.

쇼샤 부인의 〈곁눈질〉이 유혹하는 동기가 되는 것처럼, 「베네치아에서 죽음」에서 아셴바흐가 타치오에게 유혹되어 베네치아의 거리에서 그를 미행할 때 곁눈질이 유혹의 동기로 작용하고 있다. 〈자기를 좋아하는 사나이가 뒤에서 따라오는 것을 어깨 너머로 이상하게 흐릿한 눈초리로 힐끔 돌아보며 확인하기 위함이다. 그러면서도 그는 몰래 따라오는 것을 폭로하지 않았다. 〔……〕 그래서 그는 그 눈초리에 의해 계속 따라갔다. 정열의 보이지 않는 줄로 말미암아 이끌려 가는 바보가 되어, 사랑에 눈먼 이 사나이는 온당치 않은 그 희망을 바라보고 몰래 계속 뒤따라 갔다. 그러나 결국은 그 희망의 모습에 배반을 당해 놓치고 말았다.〉(TiV 520)

〈곁눈질〉과 더불어 〈붉은 머리〉가 죽음의 유혹을 나타내는 또 다른 내용으로 「베네치아에서 죽음」에서 처음 등장하는 낯선 남자를 들 수 있다. 〈적당한 키에 깡마른 체구, 수염 없는 얼굴, 유난히 납작한 코를 가진 그 남자의 《머리는 붉은색》이고 피부는 주근깨가 섞인 우윳빛이었다. 〔……〕 오른손에는 뾰족한 쇠붙이가 끄트머리에 박힌 지팡이를 들고 있었는데, 그는 지팡이를 바닥에 비스듬히 짚은 채 기대고 서서 다리를 꼬고는 지팡이 손잡이를 허리에 받치고 있었다.〉(TiV 445 f.) 입술이 짧고 하얀 이가 튀어나오고 〈머리 색이 붉은〉 이 인물은 〈붉은 머리〉의 쇼샤 부인처럼 〈죽음의 나라로 이끄는〉 헤르메스 신의 영혼의 인도자 *Psychopompos*의 전형이다. 이 낯선 남자가 쓰고 있는 모자는 헤르메스의 여행용 모자인 페타소스 *petasos*와 흡사한데, 마찬가지로 쇼샤 부인도 항상 모자를 쓰고 다닌다. 그가 짚고 있는 지팡이는 헤르메스가 사람을 잠들게 하는 데 쓰는 마법의 도구인 케리케이온 *kerykeion*을 암시한다. 또 그가 다리를 꼬고 있는 모습은 죽음의 나라로 이끄는 헤르메스의 전형적인 모습이다.

이러한 붉은 색깔은 「베네치아에서 죽음」 마지막 부분의 아셴바흐가 호텔 정원에서 벌어지는 유랑 극단 가수들의 공연을 보면서 마시는 〈석류 즙〉[103] (TiV 506)과 그때 눈앞에 떠올리는 옛날 양친 집 모래시계의 〈붉게 녹슨 빛깔의 모래〉(TiV 511), 또 그가 죽기 얼마 전 이발사에게서 화장을 했을 때 그의 얼굴에 나타난 〈부드러운 홍조〉와 그의 〈나무딸기 빛으로〉 부풀어 오른 입술, 화장한 뒤 아셴바흐가 갈증을 식히느라 사 먹는 딸기에서 보듯이 죽음의 상징이다.[104]

560

카스토르프의 쇼샤 부인에 대한 애정은 어느 날 꿈속에서 연필을 빌리는 장면에서 극에 달한다. 〈이어 다른 꿈이 계속되었다. 그는 오랜 세월의 수업 시간 사이사이 휴식 시간을 보냈던 교정에 있었다. 그리고 역시 그 교정에 있는 쇼샤 부인에게서 연필을 빌리려는 중이었다. 그녀는 듣기 좋은 쉰 목소리로 《수업이 끝나면 꼭 돌려주셔야 해요》라고 다짐하면서 빨갛게 칠해지고 은색 뚜껑을 씌운 반 토막 연필을 빌려 주었다. 넓은 광대뼈 위의 푸른빛 도는 잿빛 눈으로 그녀가 카스토르프를 응시했을 때, 그는 그녀가 누구를 연상시키는가를 깨달을 수 있었으므로 얼른 꿈에서 깨어나려고 안간힘을 썼다.〉(Zb 130)

이 내용에서 쇼샤 부인의 푸른빛 도는 잿빛 눈은 〈푸른빛〉(Zb 130)에 어두운 색채인 〈잿빛〉(Zb 130)이 첨가되어 역설적 미를 암시하고 있다. 이렇게 쇼샤 부인이 〈푸른빛 도는 잿빛〉 눈의 소유자로 설정되어 있음이 주목할 사항이다. 토마스 만의 작품에서 예술가 등 다양한 인물의 성격이 〈눈빛〉으로 나타나고 있는 것이다. 「토니오 크뢰거」에서 시민 사회에서 예술가의 본질 없이 일정한 기능을 수행하며 안주하여 살아가는 발레 교사인 프랑수아 크나크는 물론 예술가의 대열에 포함될 자격이 있다. 춤은 분명 〈예술〉의 한 분야이기 때문이다. 하지만 크뢰거의 눈에 비친 그는 예술가가 아닌 천한 곡마단의 〈원숭이Affe〉(TK 284)로 시민 사회에 뿌리내리고 사는 〈직업 예술가〉로서 〈가짜 예술가〉의 전형이다. 이 내용이 프랑수아 크나크의 〈눈빛〉으로 표현되어 있다. 〈크나크 씨의 두 눈은 얼마나 확신에 차 있고 흔들림이 없는지! 그 눈은 사물이 복잡하고 슬프게 되는 곳까지 들여다보지 않았다. 그 눈이 아는 것은 자신이 갈색이고 아름답다는 사실뿐이다.〉(TK 284) 이런 맥락에서 쇼샤 부인의 동양적 매력 등, 토마스 만 작품에서 고상하고 격조 높은 인물상은 〈푸른 눈〉의 요소로 등장한다. 이는 「토니오 크뢰거」에서 여성 화가 리자베타에게 보낸 크뢰거의 편지 일부분과 유사하다. 〈리자베타, 푸른 눈에 금발인 사람들에 대한 제 애정을 책망하지 마십시오. 그것은 선량한 것이고, 결실을 가져오는 것입니다.〉(TK 338) 또 토니오 크뢰거가 리자베타에게 행한 다음의 말에서 〈푸른 눈〉의 고상하고 격조 높은 경향이 더욱 명확하게 나타나고 있다. 〈가끔 나는 연단에 올라서면 나의 말을 들으려고 운집한 사람들과 마주칠 때가 있습니다. 〔……〕 내가 찾고 있는 사람들은 발견되지 않습니다. 발견되는 것은 나와 같은 무리들입니다.

그것은 말하자면 초기 기독교도들의 모임과 같은 것입니다. 서툰 몸짓과 미묘한 혼을 가진 사람들, 즉 언제나 비실비실하는 사람들, 문학을 인생에 대한 은근한 복수라고 생각하는 사람들인 것입니다. 언제나 번민하는 사람들, 동경하는 사람들, 가련한 사람들뿐이며, 푸른 눈을 가진 사람이나, 정신을 필요로 하지 않는 사람들은 한 사람도 와주지 않았습니다.〉(TK 303) 이처럼 토마스 만의 작품에서 예술가 등의 성격은 푸른 눈빛으로 암시된다. 「토니오 크뢰거」에서도 〈너처럼 그렇게 푸른 눈을 하고 온 세상 사람들과 정상적이고 행복한 관계 속에서 살 수 있다면 얼마나 좋을까!〉(TK 276) 하고 크뢰거는 생각한다. 또 이 작품에서 크뢰거는 〈너는 언제나 단정하게 일하고, 모든 사람들이 다 인정하는 일을 한다. 학교 숙제를 다 하고 나면 너는 승마 교습을 받거나 톱을 가지고 일을 한다. 방학 중에도, 바닷가에 있을 때조차도 너는 노를 젓거나 돛배를 띄우거나 수영을 하느라고 여념이 없지. 〔……〕 바로 그렇기 때문에 네 두 눈은 그렇게 맑을 수 있는 것이겠지!〉(TK 276) 라고 언급한다.

『부덴브로크 일가』에서도 요한 부덴브로크의 심리가 〈푸른 눈〉으로 묘사되고 있다. 〈그(토마스 부덴브로크)는 자기 아버지의 눈보다 더 몽상적인 눈을 가지고 있는 것 같고 아버지의 그 약간 움푹하고 주의 깊은 《푸른 눈》을 그대로 물려받고 있었다.〉(Bd 11) 이 내용은 〈한 가문의 몰락〉을 서술하는 데 중대한 조짐이 되고 있다. 선대(先代)의 푸른 눈이 다음 세대에 이어진다는 것은 실제적이고 건실하던 선대의 시민 정신이 다음 세대에서는 몽상적인 예술적 세계로 다가서는 것을 의미한다. 이와 같은 변화는 토마스 부덴브로크를 거쳐 한노 부덴브로크까지 내려오면서 눈 가장자리에 〈푸르스름한 그늘〉(Bd 424)로 나타난다. 이렇게 토마스 부덴브로크의 〈푸른 눈〉이 한노의 〈푸르스름한 그늘〉로 변하는 것은 일견 상징성을 띠면서 세대의 몰락을 내포하고 있다.

이렇게 〈푸른 눈〉이 어두운 색채로 변하여 부정적 의미를 띠는 경우가 많다. 예를 들어 『마의 산』에서 부패하고 무능력한 인물로 구성된 요양소의 수간호사 폰 밀렌동크von Mylendonk는 푸른 눈이 충혈되어 있고 한쪽 눈에는 큰 다래끼가 나 있는데 그것도 번갈아 가면서 다른 쪽 눈에 생기는 특이한 체질을 보여 준다. 그리고 부패하고 무능력의 정점에 있는 요양소 원장 베렌스는 파리한 볼에 충혈된 눈은 항상 젖어 있다.

이처럼 토마스 만의 작품에서는 예술가 등 여러 종류의 인물의 성격이 눈빛으로 암시되는 경우가 많은데, 여기에서 부정적인 인물상은 어두운 눈빛으로 묘사되고 있다. 예를 들어 『부덴브로크 일가』에서 1861년에 태어난 한노에 대한 서술은 〈상속자! 적자! 부덴브로크의 혈통!〉(Bd 396)이라는 기쁨의 탄성으로 시작되지만, 유감스럽게도 유일한 가문의 계승자인 한노는 오히려 병약하고 우울한 아이로 성장해 모친 게르다처럼 〈푸르스름한 그늘이 드리워진 두 눈〉(Bd 424)으로 멍하니 공상에 잠겨 눈물을 흘리곤 하여 상인의 후손으로 자라길 바라는 부친의 기대를 여지없이 무너뜨린다. 이러한 어두운 눈빛의 부정적인 내용은 「토니오 크뢰거」에서 크뢰거가 리자베타에게 행한 라틴 민족에 대한 경멸적 언급에도 적나라하게 담겨 있다. 〈리자베타, 이탈리아는 말도 꺼내지 마십시오! 난 이제 이탈리아는 경멸하고 싶을 정도로 무관심해졌습니다. 내가 거기에 속해 있다는 망상을 했던 것도 이미 오래전의 일입니다. 예술의 세계, 그렇지요? 우단처럼 푸른 하늘, 뜨거운 포도주, 감미로운 관능 〔……〕 요컨대 나는 그것을 좋아하지 않습니다. 난 포기하겠습니다. 그런 남국적 아름다움은 나의 신경을 날카롭게 만들지요. 또한 나는 저 아래쪽에 사는 그 모든 지독하게 생동적인 사람들, 동물적인 《검은 시선》을 하고 있는 사람들을 좋아할 수 없습니다.〉(TK 305 f.)

4. 조화와 완성

서로 대립적인 사상은 결국 조화를 이루어 완성으로 합치는 경향이 있다. 이는 모든 갈등이나 사건이 대립적인 사고와 조화되어 해결되는 법칙으로, 이에 대한 설명으로 동양에서는 장자(莊子)의 도교(道教) 사상과, 서양의 니체의 〈원근법주의Perspektivismus〉를 들 수 있다. 도교 사상은 인간 세계의 모든 대립과 차별을 거부하는 제물론(齊物論)이 그 중심을 이루고 있다. 제물론에 따르면 이 세상에는 〈옳고 그름(是非)〉, 〈아름다움과 추함(美醜)〉, 〈크고 작음(大小)〉, 〈화와 복(禍福)〉, 〈가난함과 부유함(貧富)〉 등 차별적이거나 대립적인 많은 가치 기준이 존재한다.

그러나 장자는 인간 세계에 존재하는 이러한 모든 가치 기준을 인간이 자신들의 입장에 얽매여 인위적으로 빚어낸 환상이나 착각이라고 보았다. 그리고 바로 이러한 구별과 차별에서 인간의 갈등과 불행이 시작된다고 생각했다. 그렇다면 사람들이 이러한 차별적 가치관에 얽매여 잘못된 인식을 하는 원인은 무엇인가? 그것은 다름 아닌 인위(人爲)에서 찾을 수 있다. 인위란 세상의 만물 창조의 근원인 〈도(道)〉의 원리를 따르지 않고 인간에 의해 만들어진 제도나 기준을 따르는 것을 의미한다. 그 결과 사람들은 관습적으로 인위에 의해 만들어진 차별적 가치 기준을 가지고 사물을 인식하게 된다. 다시 말해 옳고 그름, 아름다움과 추함 등의 구별이 생기는 이유는 절대적 경지인 제물론의 입장에서 사물이나 현상을 바라보지 않고 한정된 인간의 입장에서 현상을 인식하기 때문이다. 그러므로 인간이 만들어낸 인위적이고 편협한 가치관에서 벗어나 절대적으로 차별이 없는 〈도〉의 입장에서 사물을 바라볼 때 인간 세계에 존재하는 선악(善惡), 대소(大小), 시비(是非), 득실(得失), 생사(生死) 등의 모든 차별과 대립은 없어지고 모든 것의 평등이 실현될 수 있다는 것이다.

마찬가지로 니체의 〈원근법주의〉에 의하면, 〈적절한 표현 방법을 요구한다는 것은 무의미하다. 하나의 표현 수단인 언어의 본질 속에는 단지 하나의 관계만이 표현될 수 있을 뿐〉[105]이다. 인간의 의식 능력에는 두 가지 점에서 한계가 있다. 첫째, 관찰 대상은 일정한 측면으로부터만 보인다는 것이고, 둘째, 관찰하는 주체는 자기 입장의 조건(장소, 시간, 감정 등)에 따라 좌우된다는 것이다. 그래서 〈오직 하나의 원근법적 관찰, 즉 오직 하나의 원근법적 인식이 있을 뿐〉이라는 결론이 나온다. 〈그것들은 삶, 문화, 의식 또는 인식, 예술, 고귀, 도덕, 본능 등이다. 이 관념의 복합체 중에서 지배적인 것은 문화라는 개념이다. 그것은 삶과 거의 동렬(同列)에 놓여 있다. 문화란 삶의 고귀성을 말하며 문화의 원천, 조건으로서 예술과 본능이 거기에 결부되어 있으며, 한편으로는 문화와 삶의 숙적, 파괴자로서의 역할을 하는 것이 의식, 인식, 과학, 도덕이다.〉[106]

요컨대 〈삶〉이란 니체 사상의 지배적인 개념에서 〈원근법〉에 의거하고 있다. 다시 말해 〈원근법〉은 삶을 파악하기 위한 열쇠로, 〈만일 원근법적인 평가와 가상의 기초 위에 서지 않으면 삶이란 존재하지 못한다〉[107]고 니체는 말한다. 결국 〈삶〉이란 결코 진실이 아니고, 또 진실한 개념도 존재하지 않는다. 왜냐하면 제 요소들이 끊임없이 대립 속에 놓여 있기 때문이다. 진실한 것은 다만 〈원근법적으로〉 보이는 데서만, 즉 제 요소들이 다른 것들에 의해 상대적으로 되는 데서만 존재한다. 〈의미라는 것은 바로 연관적 의미, 원근법이라는 것이 불가피하지 않겠는가?〉[108]라고 니체는 자문한다. 따라서 하나의 전체상을 파악하려는 노력은 좌절되게 마련이고, 어떠한 견해도 그때마다 다른 것에 의해 부정될 수 있는 상대적인 견해가 되어 버린다. 관찰하는 입장에 따라 그 모순된 관계 속에 존재할 수 있는 새로운 미묘한 차이를 띤 현상이 나타나는 것이다. 이러한 원근법적 관찰 방법은 우선 개개의 의견을 상대적인 것으로 보는 동시에, 일방적으로 고정시키는 것을 막아 주고, 전체적인 현상에 대해 시선을 자유롭게 풀어 준다. 원근법적 관찰 방법은 실제로는 전체성에 도달할 수 없지만 그 가능성은 언제나 열려 있다. 이러한 니체의 다양하고 현란한 표현에도 불구하고 그의 전체적인 발언에서 지적되는 〈단조성(單調性)〉[109]은 결국 인간이 발을 들여놓을 수 없는 통일적 합체(合體)를 계속 변화시켜 가며 그 주위를 맴돌고 있는 데서 오는 결과이다. 인간이 통일적 합체에 발을 들여놓을 수 없는 것은 〈자연이 열쇠를 내버렸기 때문이다.〉[110]원근법적 관찰은 대립적인 개념의 가치 전도도 가능하게 하는 데 가치의 평가란 상대적인 것이기 때문이다.[111]

이러한 니체의 사상을 이해하기 위해 토마스 만은 〈그 사상을 요소들로 서로 상쟁(相爭)하는 부분들로 분해하지 않으면 안 된다〉[112]고 말하여 니체의 〈원근법적 이론〉을 자신의 작품에 적용하고 있다. 따라서 토마스 만의 작품 세계를 보면 『부덴브로크 일가』, 「토니오 크뢰거」, 「베네치아에서 죽음」과 같은 초기 작품은 주로 예술성과 시민성, 정신과 자연의 갈등이라는 이원성 문제에 보다 많은 관심을 두고 있으며, 『대공 전하』와 『마의 산』 등 중기의 작품은 이러한 이원성을 극복하려는 의지로 추구한 생과 정신의 조화, 문명과 문화의 조화 등을 중심 테마로 하여 현실의 삶을 보다 긍정적으로 바라보는 위상을 정립하기 위해 부단한 노력을 추구하고 있다. 이에 대해 토마스 만은 국경을 벗어난 세계적 관점의 조화를 요구하고 있다. 〈내가 하고 있는 일은 모두가 화해나 조정이 아닌가. 내가 하는 일은 양쪽을 똑같이 긍정하고 인정하여 양자 간에 균형과 조화를 이룩하는 것이 아닌가. 모든 힘이 합쳐 세계를 형성하는 것이니, 힘은 제각기 소중한 것이며 발전시킬 가치가 있다. 〔……〕 양쪽을 모두 다, 즉 상대방까지도 항상 완전히 수용하고 포괄하여 전체적 존재가 된다는 것. 〔……〕 우주적 편제로서 인간성 〔……〕 등 이런 것으로 비극이 극복될 수 있는 것이다.〉[113]

따라서 토마스 만의 초기 작품들에서 보여 주던 구원이 없는 우울과 갈등, 환멸 등의 데카당스적 사상이 점차 이원성의 조화로 해결과 생을 긍정하게 된다. 다시 말해 토마스 만의 작품들에서의 모순적, 즉 반어적 삶의 극단적 요소들은 죽음을 바라거나 시민적 삶을 포기하는 결과가 되지만, 그러한 삶의 이념들이 서로 하나의 집합체가 되어 주인공의 정신적 승화 과정을 통해 서로 조화되고 종합 완성의 의지를 지향한다.

「토니오 크뢰거」에서 크뢰거는 소설 말미에 예술가의 삶과 시민적 삶 사이의 방황을 마치며 자기 자신의 존재를 해명하는데, 이 해명에 여러 대립적 요소가 서로 조화를 이루어 완성으로 향하는 토마스 만의 의지가 담겨 있다. 즉 작품 말미에 삶과 예술의 조화를 추구하는 진정한 예술가가 될 것을 다짐하는 다음의 내용에 조화와 완성의 의지가 담겨 있다. 〈저는 두 세계 사이에 있습니다. 그런데 어느 쪽에서도 살기가 힘듭니다. 예술가는 저를 세속인이라 하고 세속인들은 저를 체포하려 하더군요. 그중 어느 쪽이 더 제 마음을 상하게 하는지 모르겠습니다. 저는 위대하고 악마적인 미(美)의 좁은 길에서 모험을 하고 인간을 멸시하는 저 교만하고 냉정한 예술가들에게 감탄합니다. 그러나 그들을 부러워하지는 않습니다. 왜냐하면 문학 애호가를 진정한 시인으로 만드는 무엇인가가 있다면 그것은 다름 아닌 인간적인 것, 생명이 있는 것, 평범한 것에 대한 저의 시민적 애정 바로 그것이니까요.〉 (TK 337 f.)

결국 토마스 만은 「토니오 크뢰거」에서 삶(시민성)과 동떨어진 예술은 더 이상 발전할 수 없다고 말하면서 두 세계 사이에서의 방황은 결국 두 세계의 종합과 지양으로 결말을 맺게 된다. 그동안 두 세계 사이에서 방황하던, 또 두 세계로부터 배제되었던 크뢰거는 결국 두 세계를 모두 포괄하는 자로 나아가는 것이다. 이렇게 두 세계를 모두 포함함으로써 〈한 문사를 시인으로 만드는 것〉(TK 338)이다. 〈무엇이 한 사람의 문사를 시인으로 만드는 능력을 가진다면, 그것은 인간적인 것, 생활이 있는 것, 일상적인 것에 대한 〔……〕 시민적인 사랑이다.〉(TK 338) 이것은 정신을 중시하는 예술가가 미의 오솔길만 따르지 않고, 또 인간을 경멸하지 않고 그들에 대한 사랑을 갖고 예술 작업을 한다면 참다운 예술가로 된다는 뜻이다.(TK 337 f.) 이는 미적인 것과 윤리적인 것을 동시에 소유한 문학만이 참다운 예술이라는 의미이다. 이러한 예술가는 예술 자체와 생활의 어느 한쪽도 포기하지 않아 예술가와 시민의 대립도 해소할 수 있다.

『마의 산』에서도 세템브리니의 휴머니스트적인 사상과 폭력을 옹호하는 나프타의 허무한 반자본주의의 비평 논쟁과 동양의 매력을 풍기며 등장하는 쇼샤 부인의 자태 등이 서로 대립하여 이중성을 나타내는 중에도 조화를 이루어 완성, 즉 종합의 세계, 궁극적으로 생을 긍정하는 이념으로 돌아가려는 의지가 강렬하게 나타나고 있다. 즉 그들의 의지와 주관에 무의식적으로 역행되어 가는 반어적인 삶 속에서도 각자의 사상과 삶의 부족한 점이 서로 조화를 이루어 카스토르프의 특수한 정신적 체험을 통해 많은 고민과 곡절 끝에 죽음을 초월하여 또 다른 생으로 전환되는 것이다.

이런 배경에서 『마의 산』에는 사실주의와 상징주의가 적절히 작용하고 있다. 토마스 만 자신도 이에 대해 〈그 이야기는 사실 사실적인 방법으로 진행되어 가지만 사실적인 것을 상징적으로 고양시키며, 정신적인 것과 이념적인 것을 위해 투명하게 만들면서 사실적인 것을 넘어서고 있다〉[114]고 말하고 있다. 『마의 산』에서 사실적인 것이 전형적인 것의 필수적인 구성 요소로 나타나기 때문에 고전적인 기능을 지닌 신화적인 것도 사실주의에서 벗어날 수 없게 된다. 이런 맥락에서 『마의 산』의 기본 구조는 수많은 사회적·정신적 시대 상황의 여러 문제점들이 명백한 대립 관계를 형성하며 세템브리니나 나프타 등의 개별 인물들로 구현되어 나타난다. 토마스 만은 이들 간의 새로운 연관성을 발견하기 위해 그 주요 인물들에게 구현된 일면성과 모순성을 드러내 폭로하고, 카스토르프로 하여금 그들과 거리를 두고 중립적 자세를 취하게 함으로써, 그들의 경직성과 삶에 적대적인 일면성을 깨닫도록 유도한다. 이러한 깨달음 속에서 카스토르프는 역설적으로 양자 간의 화해와 중재를 확신하게 된다.(Zb 722)

특히 『마의 산』에서 죽음의 기능은 제한된 시민적 삶을 지양하고 존재의 영원성에 이르게 하는 정신의 상승 작용을 나타낸다. 따라서 『마의 산』의 요양소에서 모순적인 인물들은 죽음을 바라거나 시민적 삶을 포기하는 결과가 되지만, 그들의 삶의 이념들은 서로 하나의 집합체가 되어 카스토르프의 정신적 승화 과정을 거쳐 서로 조화되어 종합, 완성으로 향하고 있다. 이곳 요양소에서 모순적 삶, 즉 반어적 삶의 극단적 요소들은 죽음을 바라거나 시민적 삶을 포기하는 결과가 되지만, 그러한 삶의 이념들은 서로 하나의 집합체가 되어 주인공의 정신적 승화 과정을 통하여 서로 조화되어 종합, 완성의 의지를 지향한다. 결국 생은 반대되는 여러 힘이 조화를 이루어야 병, 정신, 자연, 이성 등의 갈등보다 우위가 되는 것이다. 〈죽음의 체험이 최종적으로 생의 체험이며, 그것이 인간에 이르는 길이라는 것이 교양 소설의 대상이 되고 있다.〉[115]

토마스 만이 『마의 산』 이전의 작품에서 보여 주던 구원할 길 없는 데카당스적 사상이 점차 『마의 산』에서 조화와 완성으로 극복되는 과정은 토마스 만 자신의 발전 과정으로 볼 수 있다. 젊었을 때는 인생을 방관하며 우울한 의식으로 퇴폐적으로 몰락해 가는 현상을 기록하는 자세를 취했던 토마스 만이 『마의 산』을 거치면서 더욱 깊고 넓게 생에 뿌리를 박고 드디어 위대한 인생의 긍정자로 되는 것이다.

결론적으로 『마의 산』에서는 의학, 법, 언어, 종교, 예술 등 다양한 삶의 본질들이 대립적으로 광범위하게 다뤄지지만, 카스토르프라는 젊은 주인공에 의해 그러한 대립적 본질들이 지양되고 극복되어, 그 모든 것을 포용한 인간에 대한 종합적 이념, 즉 인류애인 인문주의 이념이 추구되고 있다. 인류애란 형제애요 곧 인문주의이다. 이러한 인문주의의 내용이 『마의 산』 제5장의 〈고전 문학Humaniora〉에서 카스토르프가 요양소 원장인 베렌스에게 행한 다음의 서술에 잘 나타나 있다. 〈내가 말하고자 하는 것은 이것입니다. 의학은 무엇을 대상으로 하는 것입니까? 나는 의학에 대해서는 물론 잘 모르겠습니다만, 의학의 대상은 뭐니 뭐니 해도 인간입니다. 그렇다면 입법, 사법, 행정은? 역시 인간이 그 대상입니다. 그리고 언어 연구는? 또 신학, 종교, 성직은? 모두가 역시 인간이 대상입니다. 이것들은 모두 꼭 같은 하나의 중요한 관심, 즉 인간에 대한 관심의 변형에 지나지 않습니다. 이것들은 한마디로 말해서 인문적인 직업입니다. 그리고 이러한 인문학적 직업을 연구하려면 무엇보다도 고대 언어를 기초로 배워야지요. 이는 흔히 말해 형상의 형성을 위해서입니다. 내가 이러한 이야기를 하는 것에 당신은 의아해할 것입니다. 나는 단

568

지 사실주의자이고 공학도이니까요. 그러나 나는 최근에도 누워서 생각해 보았습니다. 어떤 종류의 인문적인 직업에도 형식적인 것, 형식, 아름다운 형식이라는 이념, 이것이 기본이 되어 있다는 것은 아주 훌륭한 일이며, 이 세상에서 매우 훌륭한 장치 중 하나입니다. 〔……〕 이를 보더라도 정신적인 것과 미적인 것, 바꾸어 말하면 과학과 예술이 얼마나 밀접히 관계하고 있는지를, 아니 사실은 옛날부터 늘 동일한 것이었다는 것을 알 수 있으며, 따라서 예술의 작업도 무조건 소위 제5분과로서 인문학의 일부이며, 또 예술의 가장 중요한 테마나 관심사가 인간인 이상 예술도 인문적인 작업이며, 인문적 관심의 한 변형에 지나지 않습니다.〉(Zb 362 f.) 이 내용을 보면 인문학, 즉 진리는 한 분야로만 규정할 수 없다는 결론이 생긴다. 이 내용과 유사하게 프랑스의 철학자 바디우Alain Badiou는 진실이 생겨나는 네 가지 절차가 있다고 보았는데, 바로 정치·과학·예술·사랑이다. 중요한 것은 네 가지 절차가 언제나 공존한다는 점이다. 기존의 철학은 이 점을 무시하고 진리를 과학이나 정치 혹은 예술과 같은 한 가지 절차로 환원시켜 봉합했다. 가령 마르크스주의는 진실을 정치에, 영미의 〈분석 철학analytic philosophy〉[116]은 과학에, 하이데거의 추종자들은 예술에 봉합했다. 사건은 미증유의 진실이 생산되는 절차이다. 철학의 과제는 스스로 진리를 생산하는 데 있지 않고, 현재의 언어를 벗어나면서 출현한 진리에 개입해 사후적으로 명명하는 일이다. 사건의 일차적 의미를 강조한다는 점에서 〈사건의 철학〉이라 불리는 것 같다.

앞의 카스토르프가 요양소 원장인 베렌스에게 행한 인문학에 관한 정의는 이 소설이 함유하고 있는 〈새로운 휴머니즘의 복음neue humanistische Botschaft〉[117]을 적나라하게 드러내고 있다. 마찬가지로 『마의 산』에서 인문주의자인 세템브리니는 신의 인본주의적인 면을 강하게 내세우면서 신도 오직 〈문자의 발명자, 도서의 수호신과 모든 정신적 활동의 장려가〉(Zb 723)로, 즉 인문주의적으로 보고 있다. 이러한 인문학이 오늘날에는 실용적인 분야에 대한 선호로 등한시되고 있다. 따라서 『부덴브로크 일가』에서 요한 부덴브로크는 이러한 실용화에 의한 인문학의 쇠퇴를 다음과 같이 비판하고 있다. 〈실용적인 이상, 〔……〕 나는 그런 것에 전혀 동의하지 않아요. 〔……〕 실용적인 이상에서 공업 학교나 기술 학교, 상업 학교는 막 생겨나고, 김나지움이나 고전적인 교양은 갑자기 어리석은 것이 되어 버리는군요. 따라

서 온 세상은 광산이라든가 〔……〕 공장이라든가 〔……〕 돈 버는 일만 염두에 두게
되지요. 좋아요, 다 좋은 거야! 하지만 좀 더 깊이 생각해 보면 약간 어리석은 짓이
아닐까. 이렇게 계속된다면 어떻게 될까? 왠지 나에게는 모독으로 여겨지네요.〉
(Bd 30)

이렇게 카스토르프나 요한 부덴브로크 등의 인문주의를 옹호하는 주장은 슐레
겔F. Schlegel의 인문주의 사상을 담고 있다고 볼 수 있다. 슐레겔은 그리스 고전
에 심취해 그리스의 예술과 인문주의야말로 조화를 이룬 전체적 인간 형성의 최고
완성이라고 주장했다. 그는 쉴러의 〈소박(素朴)〉과 〈감상(感傷)〉의 문학 구분에 영
향을 받아 그리스의 완전성을 단 한 번 나타날 수 있는 역사적 현상이라고 인정했
는데, 이는 그리스인의 마음이 자연과 유한한 것에 무의식적으로 소박하게 안주했
기 때문이며, 그들의 정신과 자연이 균형을 이룸으로써 가능하였다고 생각했다.
카스토르프가 마의 산에서 수많은 유혹과 모험을 체험하고 기나긴 상승의 편력 후
에 도달한 결론은 이러한 새로운 인류애 이념을 실현시켜야 된다는 점이다. 〈신적
인간〉으로 표현된 토마스 만의 중도 이념에는 기독교 전통과 인문주의적 전통을
결합하려는 시도가 숨어 있다.

물론 이러한 인문주의를 부정하는 인물도 있다. 작품에서 나프타는 전래의 인문
주의가 갖는 천박성과 정신적 변질을 이데올로기적으로 폭로하면서 기독교적 신
국을 주장함으로써 카스토르프에게는 죽음과 몰락의 히스테리, 전쟁, 테러 등의
필연성을 역설하는 급진적 배타주의자가 된다. 또 이러한 인문주의를 부정하는 실
제의 역사적인 인물도 많다. 예를 들어 종교 개혁자 루터는 고전 연구에만 몰두하
는 인문주의자들과 일치될 수 없었다. 그의 정신은 개인적 신앙을 존중하고 개인
의 영적 체험을 통하는 독자적인 것으로 일체의 진리와 마음의 양식을 『성서』에서
발견하고 거기에 전심전력을 바쳤던 것이다.

특히 앞의 카스토르프의 주장에서 〈〔……〕 정신적인 것과 미적인 것, 바꾸어 말
하면 과학과 예술이 얼마나 밀접히 관계하고 있는지를, 아니 사실은 옛날부터 늘
동일한 것이었다는 것을 알 수 있으며 〔……〕〉(Zb 363)라는 대목이 관심을 끈다.
이 내용에서 원래 상반된 관계로 여겨 왔던 과학이 인문학과 서로 밀접하여 동일
한 것으로 간주되고 있는 것이다. 이처럼 과학과 인문학은 서로 떨어져 발전할 수

없는 하나로 볼 수 있다. 한 예로, 다윈Charles R. Darwin이 『종의 기원』을 쓰면서 보여 준 〈문학적 글쓰기〉 개념을 들어 보자. 다윈의 글쓰기는 엄밀한 의미에서 과학적 글쓰기가 아니라 문학적 글쓰기라는 게 통찰적 주장이다. 그의 핵심 개념인 〈자연 선택natural selection〉은 그냥 만들어진 용어가 아니라, 빅토리아 시대까지 전 유럽을 지배하고 있던 〈자연 신학natural theology〉의 타파를 염두에 두고 조심스럽게 선택한 은유적 용어법이다. 즉 신의 섭리가 자연스러운 것이 아니라 종의 선택적 도태가 자연스러운 것이라는 자신의 주장에 강력한 힘을 불어넣기 위한 용어 만들기였다는 것이다. 『종의 기원』이 가져온 지적, 정서적 흥분이 부분적으로는 다윈이 생각하는 데 필요한 언어를 찾느라 애쓴 소산이 될 수 있는 것이다. 따라서 다윈의 『종의 기원』은 사실 서술이라기보다는 은유적 표현으로 가득 찬 저서로 볼 수 있다. 실제로 다윈은 비글호 여행 내내 밀턴John Milton의 작품을 곁에 두었다. 그리고 최근 연구들에 따르면, 다윈은 디킨스Charles Dickens의 작품을 탐독했다. 따라서 디킨스는 특히 『종의 기원』 구성에 커다란 영향을 준 인물로 부각된다. 언뜻 보기에는 여러 요소가 제멋대로 따로 놀다가 점차 시간을 거슬러 올라가며 나름의 질서를 드러내는 방식이라든가, 수많은 사례를 낳을 수 있는 속성을 지닌 덕분에 사례와 이야기를 통해서만 스스로를 드러낼 수 있는 논증을 취하는 방식이 그런 측면을 보여 준다. 다윈이 과학적 글쓰기를 포기하고 문학적 글쓰기를 택한 근본적 이유는 〈복합적 현실을 정직하게 받아들이기 위한〉 인문학적 관점이었다. 논리 정연한 과학적 글쓰기를 고집할 경우 그가 평생을 두고 수집하고 관찰한 수많은 사례들이 대부분 폐기되어야 하는 반면, 비유와 상징을 통한 문학적 글쓰기는 그 사례들을 온전히 담아낼 그릇을 만들 수 있었기 때문이다. 모순과 충돌은 불가피했지만 다윈은 모순과 충돌을 그대로 받아들였다. 이런 글쓰기는 결국 후대의 작가와 지식인들에게도 글쓰기의 한 모범을 제시했기 때문에 지금도 다윈은 계속 관심의 대상이 되고 있다. 〈진화evolution〉에 대한 뜻풀이에서 이 점은 극적으로 드러난다. 다윈은 자신이 직면한 생물학의 세계를 〈뒤엉킨 강둑〉이라고 명명하여 과학적인 직설적 표현과 동떨어진 은유를 사용하고 있다. 생물은 생태학적 상호 의존성을 형성하며 〈빠져나갈 수 없는 친화성의 그물〉에 갇혀 있다고 보았기 때문이다. 진화는 이런 그물로부터 장기간에 걸쳐 조금씩 빠져나오는 일이다.

이렇게 학문의 여러 분야가 인문학에 관련되어 인류애로 상승하는 내용은 현대적 개념으로도 계속 발전되고 있다. 오늘날 학문과 학문이 서로 연관되어 종합으로 발전하는 내용은 〈사회 생물학sociobiology〉의 창시자로 불리는 윌슨Edward Wilson의 저서 『통섭Consilience』에 잘 담겨 있다. 전공 간의 장벽을 허물고 지식을 통합하려는 시도가 이 책에 담겨 있는 것이다. 통섭(統攝)은 불교에서 쓰는 말로 〈큰 줄기를 잡다〉, 〈총괄하여 다스린다〉로 해석되는데, 이 제목의 책은 생물학, 사회 과학, 심리학, 예술, 종교 등 여러 영역을 넘나들며 인간과 세상을 바라보는 균형 잡힌 관점을 추구하라고 권한다. 그리고 갈래갈래 쪼개진 특정 학문의 공부로는 그런 관점을 얻을 수 없다고 강조한다. 16세기 이후 학문의 세분화가 지식의 양적 성장에는 기여했지만 인간에 대한 포괄적 이해를 어렵게 만들었다는 주장이다. 통합적인 이해를 통한 지적 쾌감은 오래 잊히지 않는다. 그런 이해가 지성의 궁극적인 목표다. 그 미지의 수평선 너머에서 예견되는 것은 혼돈이 아닌 질서다. 우리 사회에도 이미 통섭이 진행되고 있다. 1990년대 유행한 〈퓨전fusion〉도 통섭의 다른 이름이다. 그것은 〈나와 믿음이 다르다고 해서〉 덮어 버릴 수 있는 변화가 아니다. 윌슨은 〈통섭의 개념은 아직 빈약하며 간헐적〉이라고 말한다. 하지만 인간의 조건을 이해하는 방법들의 연계가 큰 진전을 이루지 못했다고 해서, 그것을 통섭 불가능의 증거로 속단하지 말라고 경계한다. 본격적으로 줄기를 뻗어 나가기 시작한 인간 지성의 통섭 끝에는 무엇이 있을까. 윌슨은 『통섭』의 말미에 〈진보라는 이름 아래 도덕과 예술을 내동댕이치지 말라〉고 역설한다. 알고자 하는 욕망은 인간이고자 하는 욕망이다. 알면 사랑하고, 그 사랑은 아름답다. 거기에 경계가 있을 리 없다.

이러한 여러 관점에서 볼 때, 카스토르프가 다보스 요양소에서 생의 의미를 망각하게 하는 음울한 마의 산의 속되고 원시적이며 모순된 생활 속에서도 퇴폐와 비합리성을 극복하고 조화를 이루어 생명력이 넘치는 아래 세상으로 내려와 불완전의 개념인 삶으로부터 상승적 의미인 죽음을 맞으며 인간 생존의 비밀을 깨닫게 되는 과정은 실로 토마스 만의 생애와 작품의 발전 과정에 있어서의 승리를 의미한다고 할 수 있다. 이전의 초기 작품에서 보여 주던 구원할 길 없는 우울과 갈등, 환멸 등의 데카당스적 사상이 점차 『마의 산』 속의 이원론의 조화로서 점차 해결과

생을 긍정하게 되는 과정은 토마스 만 문학사에 하나의 중요한 전환인 것이다.

1) 세템브리니와 나프타의 조화

서구 사회의 기독교적 세계관을 무너뜨린 세 명의 영웅이 있다. 지동설(地動說)을 설파해 인간이 서 있는 곳이 우주의 중심이 아님을 일깨워 준 코페르니쿠스와 갈릴레이, 진화론을 통해 인간은 신의 완제품이 아니라 시간의 컨베이어 벨트에 놓인 미완성품임을 폭로한 다윈이 바로 그들이다.

프로이트의 저서 『꿈의 해석 Die Traumdeutung』은 코페르니쿠스의 지동설과 다윈의 진화론에 비견된다. 지동설이 인류를 우주의 중심에서 추방했다면, 진화론은 인류에게서 신성(神性)을 앗아 갔다. 그리고 『꿈의 해석』은 인간이 스스로를 통제할 수 없는 무의식의 노예임을 선언했다. 프랑스의 철학자 알튀세 Louis Althusser 는 〈코페르니쿠스 이후 우리는 우주의 중심이 아니었고, 마르크스 이후 우리는 역사의 중심이 아니었다. 프로이트는 우리가 그 인간의 중심이 아님을 보여 주었다〉고 말했다. 『꿈의 해석』초판은 1899년에 나왔지만 발행 연도를 1900년으로 삼았다. 파천황의 신사상을 20세기 시작의 이정표로 삼고 싶었던 것이다. 하지만 그전에도 해몽(解夢)이라는 것이 있어 사람들은 꿈에 대해 약간 미신적인 생각을 가지고 있었다.

프로이트 학파는 꿈을 내면의 억압된 무의식의 갈등을 표출하거나 낮에 이루지 못했던 소망을 충족시키고, 꿈꾸고 있을 당시의 감각 상태의 반영으로 보았다. 융 C. G. Jung 학파는 꿈의 예지력을 인정하고 있다. 삶이 어느 방향으로 너무 치우쳐 잘못되고 있으면 사람의 무의식이 다양한 꿈으로 경고 메시지를 알려 준다는 것. 꿈을 꾸고 난 뒤 고대인들은 물었다. 〈꿈을 통해 신(혹은 조상)이 알려 주고자 한 것은 무엇일까?〉 근대에 들어 프로이트는 물었다. 〈꿈은 그동안 억압받아 온 어떤 은밀한 소망을 알려 주고 있는가?〉 그치고 현대인은 묻는다. 〈꿈은 두뇌의 어떤 활동 때문에 생겨나는가?〉

꿈의 기능은 특히 종교 분야에서 진가를 발휘했다. 312년 로마 콘스탄티누스 대제는 〈꿈에서〉 크리스토그램 무늬를 보았다. 가톨릭에서 많이 볼 수 있는 크리스토그램은 X와 P를 겹쳐 놓은 모양의 무늬로 그리스도를 뜻하는 헬라어 ⟨Χριστος⟩ 의 첫 두 글자를 겹쳐 놓은 것이다. 콘스탄티누스 대제는 이 무늬를 군대의 깃발, 방패 등에 붙이고 그리스도의 이름으로 전투를 치러 승리를 거둔 뒤 313년 그리스 도교를 해방시킴으로써 크리스토그램은 그리스도의 승리를 상징하게 됐다. 또 꿈 이 가진 정보 정리의 기능은 특히 창의성이 필요한 분야에서 진가를 발휘한다. ⟨좀 처럼 풀리지 않던 문제가 밤새 잠 위원회의 작업을 거친 후 다음 날 아침이면 쉽게 풀리는 일이 있다⟩는 작가 존 스타인벡의 말은 꿈이 가진 창의력을 대변한다. 따라 서 초현실주의자들은 꿈에서 많은 영감의 원천을 찾았다. 시인 생폴 루는 매일 밤 침실 문 앞에 ⟨시인은 시작(詩作) 중⟩이라는 글귀를 걸어 두고 잠자리에 들었다. 미술 분야에서는 달리의 「꿈」, 브루벨의 「달아나 버린 잠」 등이 꿈 이미지에서 착 안한 대표적 작품으로 꼽힌다. 과학자들도 ⟨잠든 사이에⟩ 많은 성과를 이뤘다. 꿈 속에서 뱀 또는 원숭이를 보고 벤젠의 분자 구조에 대한 영감을 얻었다는 케쿨레 의 일화는 유명하다. 인도의 천재 수학자 라마누잔은 힌두교의 여신 나마지리가 중요한 발견 때마다 꿈에 나타나 수학적 통찰력을 제시해 주었다고 말했다.

18세기 이탈리아의 작곡가 타르티니는 꿈속에서 악마의 바이올린 연주를 듣고 잠에서 깨자마자 꿈에서 들은 소리를 재현하여 바이올린 소나타 「악마의 트릴 Teufelstriller」을 탄생시켰다. 즉 「악마의 트릴」은 타르티니가 꿈속에서 악마에게 영혼을 판 대가로 얻은 곡이다. 이 「악마의 트릴」은 토마스 만의 『파우스트 박사』 에서 몽타주되고 있다.(DF 544) 「악마의 트릴」은 악마만이 연주할 수 있는 난해한 곡이다. 레버퀸의 바이올린 협주곡인 이 곡이 저명한 지휘자 자허Paul Sacher의 지휘로 스위스 실내 오케스트라에 의해 연주되었을 때 ⟨살롱 음악의 신화⟩(DF 544)라는 호평을 받게 된다.[118]

꿈은 토마스 만 작품에서도 중요한 역할을 하고 있다. 특히 꿈의 요소가 사건 해 결에 극적인 방법으로 작용하고 있다. 토마스 만적인 꿈의 요소는 사태에 초연하 지 못하고 비밀을 견뎌 내지 못하는 현대인의 심성을 보여 주는 것으로, 이에 연관 해 바슐라르는 『몽상의 시학』에서 ⟨몽상은 우리에게 그저 세계를 보여 주는 게 아 니라 세계를 열어 주고 창조해 준다⟩고 말했다. ⟨몽상가가 세계와 맺는 관련은 강 력하다. 몽상이 체험한 세계는 아주 직접적으로 고독한 인간의 존재에 보내진다.

고독한 인간은 직접적으로 그가 꿈꾸는 세계를 소유한다. 몽상의 세계를 의식하려면 꿈꾸지 않아야 하리라. 몽상에서 나와야 하리라. 몽상의 인간과 몽상의 세계는 아주 가까이서 서로 만지고, 서로 삼투하여 같은 존재 차원에 있다. 인간 존재를 세계 존재에 결부시켜야 한다면 몽상의 코키토스는 이렇게 진술되리라 ─ 나는 세계를 꿈꾼다. 그러므로 세계는 내가 꿈꾸는 대로 존재한다.〉[119]

이러한 몽상가적 요소가 토마스 만에게도 내재되어 있어 그는 의식적인 면보다 무의식적인 요소가 많은 일종의 몽상가적 작가로 여겨진다. 따라서 『마의 산』에서도 몽상적 분위기에서 생의 희열을 잃어버린 환자들 사이에 광범위하고 함축성 있는 사상이 끊임없이 오가며 몽상적 인간인 카스토르프에게 영향을 미친다. 심지어 카스토르프의 쇼샤 부인에 대한 애정도 꿈속에서 연필을 빌리는 장면에서 극대화된다. 〈이어 다른 꿈이 계속되었다. 그는 오랜 세월의 수업 시간 사이사이 휴식 시간을 보냈던 교정에 있었다. 그리고 역시 그 교정에 있는 쇼샤 부인에게서 연필을 빌리려는 중이었다. 그녀는 듣기 좋은 쉰 목소리로《수업이 끝나면 꼭 돌려주셔야 해요》라고 다짐하면서 빨갛게 칠해지고 은색 뚜껑을 씌운 반 토막 연필을 빌려 주었다. 넓은 광대뼈 위의 푸른빛 도는 잿빛 눈으로 그녀가 그를 응시했을 때, 카스토르프는 그녀가 누구를 연상시키는가를 깨달을 수 있었으므로 얼른 꿈에서 깨어나려고 안간힘을 썼다.〉(Zb 130)

이렇게 꿈의 요소가 토마스 만의 작품에 자주 전개되고 있다. 심지어는 『마의 산』의 주요 동기인 〈이원성〉도 카스토르프는 꿈을 통해 인식하게 된다. 어느 날 카스토르프는 죽음의 상징인 쇼샤 부인에게 〈이성을 잃게 하고 판단력을 흐리게 하는 사랑이야말로 바로 천재적이라고 할 수 있습니다. 왜냐하면 죽음이란 천재적 원리, 이원적 원리, 교육적 원리, 현자의 돌(der philosophische Stein, 비금속을 황금으로 바꾸는 힘이 있다고 믿었던 영묘한 돌)이기 때문이며, 죽음에 대한 사랑은 삶과 인간에 대한 사랑과 통하기 때문입니다. 전 어느 날 발코니에서 잠을 자다가 갑자기 이 사실을 깨닫게 되었습니다〉(Zb 827)라고 고백하는 내용에서 알 수 있듯이 카스토르프는 꿈속에서 삶의 진리를 터득한다. 이렇게 작품에 자주 암시되는 이원성이 꿈에 의해 해결되는 내용을 자세히 규명해 보자.

『마의 산』에서 교육적인 면을 추구하는 수동적인 인물 카스토르프는 수많은 인물과 이념, 영향력 등을 접한다. 특히 카스토르프를 위해 두 사람의 정서적이며 지적인 토론이 벌어지는데, 생을 인문주의적인 면에서 파악함으로써 그의 스승 역할을 하는 세템브리니는 합리주의와 민주주의의 역설을 통해 카스토르프를 계몽하려 드는 반면, 합리주의와 개인주의를 배격하는 독재주의자 나프타는 폭력의 옹호, 즉 과격한 실천을 통해 카스토르프의 지식을 강요한다. 이것은 육체란 자연이며, 자연은 정신과 대립된다는 나프타의 이론과, 자연이나 육체는 바로 정신이라는 세템브리니 이론의 대립으로 볼 수 있다.

여기에서 중요성을 띠는 것은 〈육체는 곧 정신〉이라는 세템브리니의 일원론 *Monismus*과 〈정신과 육체는 이분〉된다고 보는 나프타의 이원론*Dualismus*의 대립이다. 세템브리니는 자연이나 육체는 바로 정신이라는 이론으로 카스토르프를 계몽하려 든다. 이러한 두 사람의 주장은 현대 합리주의자들의 철학 사상의 찬반을 대변하고 있다. 합리주의자들은 정신과 육체를 구분하여 육체를 초월해서 육체에 구애받지 않고 생각하는 데 윤리가 있다고 말한다. 이러한 사상에 나프타의 철학이 찬성하는 편이고 세템브리니의 철학은 반대하는 경향을 띠는데 이에 대해 고찰해 본다.

인간은 과연 정신과 육체가 별개인지, 또한 정신이 육체를 지배할 수 있는가? 이러한 정신과 육체의 관계는 철학자들의 오랜 관심사로 실제로 오랜 논란의 대상이었다. 초기 기독교는 고대 유대 문화의 배경 속에서 성장했으나, 기독교 공동체들이 유대교의 영향권을 점차 벗어나면서 몸과 마음, 영혼과 육체를 철저히 구분한 그리스의 이원론을 받아들였다. 스토아 철학으로 발전한 이원론은 영혼의 건강을 위해 몸의 체험은 철저히 억압해야 한다는 금욕주의를 낳았다. 이러한 역사적 사건에도 불구하고 정신과 육체가 별개인지, 또는 하나인지에 대해 아직까지 합의된 결론은 나오지 않고 있다. 이 문제를 둘러싼 논란은 정신과 육체가 별개의 것이라는 이원론과, 정신과 육체는 하나라는 일원론으로 대별된다. 이원론에 따르면, 정신은 육체와 구분되는 독특한 속성과 양식을 갖는 실체이다. 반면 일원론에 의하면, 정신은 독립적인 실체가 아니라 뇌 물질의 작동 과정에서 나타나는 하나의 현상이다. 정신이 어디 있느냐에 대한 견해도 변화했다. 고대 사람들은 가슴에 있다고 보았다. 그리스의 아리스토텔레스는 정신은 가슴에 있으며, 머리는 심장에서 데워진 피나 체액을 식히는 냉각 장치로 여겼다고 한다. 이렇게 고대에는 대부분의 사람들이 가슴에 정신이 있다고 보았지만, 데카르트는 뇌 속에 정신이 있다고 보았다. 데카르트가 살던 17세기는 뉴턴이 만유인력의 법칙을 주장하는 등 자연 과학이 크게 발전한 시기였다. 데카르트는 육체가 기계와 같은 작용을 한다고 보면서 동시에 뇌가 정신의 기능에 중요한 역할을 한다고 주장했다.

동양에서는 정신과 육체를 각각 신(神)과 형(形)으로 규정한다. 기(氣)가 뭉쳐 육체의 재료를 만들고, 이렇게 구성되어 내부에서 발생하는 반성적 사고력을 정신이라고 보았다. 따라서 동양에서 정신은 육체와 독립된 실체가 아니라 생명력에 수반된 기능이다. 정신과 육체를 각각 독립된 실체로 간주하지 않았고 정신과 육체의 상호 연관성에 의심을 품지 않았던 것이다. 말하자면 동양에서는 아예 이원론을 상정하지 않았던 셈이다. 불교는 일체유심조(一切唯心造)라 하여 정신이 육체를 포함한 만물을 지배한다고 생각한다. 서양에서는 고대로부터 정신과 육체를 분리하는 생각이 지배적이었다. 플라톤에 의하면 영혼은 신체와 완전히 다른 것이고(이원론) 참된 인간이며 육체는 그림자에 불과하다고 생각했다. 육체는 영혼을 위한 수레이자 영혼의 감옥이었다. 중세 기독교도의 사고도 비슷했다. 육체는 영혼에 비해 열등하고 구원에 도달하는 것을 방해하는 무거운 짐으로 간주했다. 17세기 들어 데카르트는 당시 발전을 거듭하던 자연 과학의 영향으로 육체와 정신을 독립된 실체라고 정의했다. 그에 의하면, 실체란 〈그것이 존재하기 위해 다른 어떤 것도 필요하지 않고 그 자체로 존재하는 것〉을 의미한다. 데카르트는 주장하기를, 존재하는 것은 〈사유하는 것〉과 〈공간을 차지하는 것〉 즉 정신과 물질이라는 두 실체로 나뉜다. 정신은 주체적, 능동적으로 활동하지만 물질은 기계적 인과 법칙에 따른다. 데카르트는 물질과 정신의 이원론에 따라 인간 역시 〈생각하는 주관으로서의 정신과 물질적 대상으로서의 육체〉를 가진 이원적 존재로 파악했다.[120]

『마의 산』에서 세템브리니는 〈정신과 대립에 있어 육체는 악마이며 본질적으로 사악하다. 육체는 자연이기 때문이다. 그리고 자연은 〔……〕 다시 말하자면 정신과 이성과 비교되는 경우의 자연은 〔……〕 악이다. 자연은 신비이며 사악인 것이다〉(Zb 348)라고 주장하여 정신과 같게 보는 육체를 사악한 존재로 보고 있다.

이러한 세템브리니의 이론에 반대하여 〈정신과 육체를 이분법적으로 보는〉 나프타는 유대계의 금욕주의적 예수회 회원이자 공산주의자인 동시에 그리스 정교 주의자로서 극단적인 경향을 대변하며 테러를 옹호한다. 그는 전래의 인문주의가 갖는 천박성과 정신적 변질을 이데올로기적으로 폭로하면서 기독교적 신국을 주장한다. 또한 카스토르프에게 죽음과 몰락의 히스테리, 전쟁, 테러 등의 필연성을 역설하는 급진적 배타주의자이다. 결국 나프타는 병과 비합리의 세계를 긍정하며 대변하는 열광적 성격의 소유자이다. 〈병은 지극히 인간적이다. 인간 자체가 바로 병이기 때문이다. 인간은 원래 병을 앓는 생물이며 병을 앓아야만 비로소 완전한 인간이 된다.〉(Zb 642)

반면 세템브리니는 진보와 이성을 신뢰하는 합리주의자로서 자본주의 경제를 옹호한다. 정신사적으로 세템브리니는 고대로부터 르네상스를 거쳐 계몽주의에 이르는 유럽적 사고의 전통 안에 서 있다. 그는 인간을 무지와 빈곤에서 해방시켜 주는 유일한 원리로서 인문주의를 옹호하는데, 그의 인문주의는 감정의 영역을 배제함으로써 양자택일적이고 일면적인 것이 드러난다. 세템브리니는 요양소의 무시무시한 마적 분위기에 대해 카스토르프에게 경고하며 마의 산을 벗어날 수 있는 조건인 건강을 인간 최고의 명예로 돌리고자 애쓴다. 세템브리니와 나프타 두 사람의 논쟁은 곧 국수주의와 세계주의, 귀족주의와 민주주의, 자본주의와 공산주의 등의 시대적 갈등을 반영하는 시대의 분석이자 유럽의 정신사를 대변하고 있다.[121]

그러나 결국 세템브리니와 나프타의 극단적 서구 이론은 생의 허약아인 카스토르프에게는 너무나 과격하고 또 일종의 이율배반으로 드러난다. 따라서 처음에는 동양과 서양 사이의 논쟁에서 소극적 구경꾼이던 카스토르프는 점차 자기 자신의 상당한 역량을 알게 되는데 여기에 꿈이 큰 작용을 한다. 세템브리니와 나프타 두 대립자 간의 반명제적 입장에 대한 중재 노력이 이 소설의 〈심장부〉[122]라 부르는 〈눈〉의 장에서 눈 속에서 꾸는 〈꿈〉을 통해 이루어지는 것이다. 카스토르프는 강한 눈보라 속에 스키를 타다가 죽을 고비를 넘기는데, 이때 사경을 헤매면서 죽음과 삶 등을 초월하는 순간을 체험한다. 세상 사람들은 대부분 똑같은 마음을 지니고 있다. 그러한 세상에서 주인공 카스토르프는 특별하고도 초자연적인 꿈을 꾸게 되고, 이 꿈속에서 완벽한 인간을 빚어내어 현실에 내놓게 된다. 따라서 카스토르프는 잠자고 꿈꾸기 좋은 곳으로 가게 된다. 그곳은 폐허처럼 사람이 접근하지 않아

신도 신앙도 사라진 산속의 눈의 신전이다. 카스토르프가 이곳에 오게 되는 동기는 그곳이 그에게 있어 가시적인 세계의 가장 최소치가 되기 때문이었다. 자기만의 꿈을 꾸는 사람이 사람의 접촉이 전혀 없는 눈 속을 찾지 않을 수 없는 이유이다. 사람들은 채우고(實) 세우기(立)에 여념이 없지만 현자들은 알고 있다. 고립되고 빈 곳에 자유가 있다는 것을.

이러한 배경하에 〈눈〉의 장에서 작품 양식은 새로운 분위기인 몽상, 특히 눈의 하얀색으로 암시되는 무(無)의 상태로 빠져 들어간다. 그가 꿈속에 몰입되는 것으로, 이는 세템브리니나 나프타의 심연 같은 토론의 세계에서 빠져나오고 싶은 의식이 몽상적으로 작용하는 것이다. 갑작스러운 눈보라 때문에 카스토르프는 자신도 모르게 잠이 든다. 이는 모험과 위험을 열망하며 눈경치를 따라 감행한 외로운 여행이 홀로 있다는 두려움에서 벗어나 몽상적 평온 속으로 빠져드는 것이다. 이제 그의 고립은 완전하며 그의 교육도 처음으로 완전한 고립, 즉 하나의 연금술적 시험관 속에서 이루어지는데, 이 꿈속의 경험들은 마의 산에서 카스토르프가 경험했던 모든 것들의 요약이며 용해(溶解)이다.

때문에 〈눈〉의 장에서는 세템브리니와 나프타의 종합과 더불어 수많은 모티프들이 꿈속에서 결합되어 카스토르프의 상승적 체험으로 나타난다. 카스토르프는 세템브리니와 나프타의 정신적 스승으로부터 해방되어 잠시나마 자신의 통찰력을 되찾아 두 개의 대립에서 어떤 합일점을 모색하기에 이르는 것이다. 〈나는 이곳 산정(山頂)의 사람들에게서 방탕과 이성에 대해 많은 것을 배웠다. 나는 높고 위험한 산맥을 나프타와 세템브리니와 함께 돌아다녔다. 이제 나는 인간의 전부를 알게 되었다. 인간의 육체와 피를 알게 되었다. 인간의 육체를, 생을 인식한 사람은 죽음을 인식한다. 그러나 그게 전부는 아니다. 반대되는 다른 반절 부분을 지녀야 한다. 왜냐하면 죽음과 병에 대한 관심은 생에 대한 관심의 표현에 지나지 않기 때문이다.〉(Zb 452) 이 같은 카스토르프의 독백은 그의 편력과 체험, 상승 및 교화 과정을 간결하게 압축하고 있다. 〈일어나라, 일어나라! 눈을 떠라! 저게 네 사지(四肢)다. 저기 눈 속의 두 다리가! 힘을 모아 일어나라! 보라, 좋은 날씨다〉(Zb 454)라는 외침에 꿈에서 깨어난 카스토르프는 이미 과거의 카스토르프가 아니다. 즉 꿈속에서 카스토르프는 완전한 인간으로 변했다. 천재도 바보도 아닌 평범한 엔지니어였던 카스토르프는 모든 대립적 요소들을 지양, 극복함으로써 새로운 이념을 잉태한 제3의 성숙한 카스토르프로 재탄생한 것이다. 결국 카스토르프는 현실이 아닌 꿈속에서 생의 진실, 즉 양극의 조화를 터득하게 되는데 꿈이 이 작품에서 중요한 기능을 하고 있다. 그러면 카스토르프가 눈 속에서 꾸었던 꿈 내용을 구체적으로 규명해 보자.

카스토르프는 눈 속의 꿈에서 처음에는 조용하고 아름답고 우아한 양지의 사람들을 꿈꾸는데 그 꿈은 휴머니티한 면을 나타낸다. 그들은 먼 남쪽 바닷가 산타나 Santana의 성스러운 지중해변에 살고 있다. 이 장면은 그리스나 이탈리아 등의 남부를 나타낸다고 할 수 있다. 즉 괴테의 고전적인 헬라스 *Hellas*로 아폴론적 그리스나 이탈리아의 남부 유럽을 나타내는 것으로, 지금까지 북독일적인 성격을 띤 카스토르프의 북방 기질이 이제 남방 기질과 접하게 되는 것이다.

이러한 남방에 대한 동경과 상반되는 야만적인 내용으로 무당이 고기를 먹는 모습, 특히 인육(人肉)을 먹는 모습이 극단적으로 나타나고 있다. 즉 작품에서 초점이 갑자기 바뀌면서 카스토르프는 도리스식 사원을 발견하고 거기에 들어갔다가 한 아이의 손발을 잘라 먹고 있는 무시무시한 무당들을 보게 된다. 그녀들은 큰 쟁반 위에 어린아이를 올려놓고 두 손으로 태연하게 갈기갈기 찢어서 그 살점을 탐내어 먹고 있다. 카스토르프는 피투성이가 된 부드러운 어린아이의 금발을 보았다. 아기의 연한 뼈가 그녀들의 입 안에서 오독오독 소리를 내며 부서지고 피가 더러운 입술에서 흘러나왔다. 얼어붙는 듯한 공포가 카스토르프를 엄습하여 몸도 움직일 수가 없었다. 이렇게 어린아이의 고기를 먹는 무시무시한 모습이 독일 문학에선 빈번하게 등장하는데 괴테의 『파우스트』의 다음 내용이 대표적이다. 〈우리 엄마 창녀라서/나를 죽여 버렸단다!/우리 아빠 악당이라,/나를 먹어 버렸단다!〉 (4412행 이하)

『마의 산』에서 아이 고기를 먹는 무당의 무시무시한 장면은 남방의 휴머니티 사상에 죽음의 숭배가 가미된다고 볼 수 있다. 중간적 인간인 카스토르프는 이 대조적 장면에서 중용의 길을 모색하여 다음과 같은 결론에 도달한다. 그 양지의 사람들은 우아한 휴머니티와 더불어 살며 또 생의 밑바닥에 뿌리박은 잔인성과 불행을 알기 때문에 숭고함을 창조해 낸다. 따라서 인간은 숭고성과 잔인성을 동시에 지녀야 한다. 이러한 이유로 카스토르프는 생을 인문적인 면에서만 파악하는 세템브리니를 가리켜 〈경청할 만한 가치는 있어도 절대적인 것이라 할 수 없는 사물이나 세력의 대변자에 불과하다〉(Zb 384 f.)고 단정하고, 또 합리주의와 개인주의를 배격하고 과격한 실천만을 옹호하는 나프타도 〈신과 악마, 선과 악이 뒤범벅이 된 악의에 찬 인간〉(Zb 453)이라고 힐난한다. 이들은 바닥 없는 생활에 집착하거나(세템브리니), 혹은 죽음을 옹호함으로써(나프타), 한결같이 분열을 조장하여 융합을 해치고 있는 것이다. 결국 오직 밝은 세계만을 인정하는 세템브리니는 속물이고, 또 그러한 세계를 반대하는 나프타는 사악한 존재라는 사실을 카스토르프는 인식하게 된다. 〈나는 이곳 사람들에게서 많은 모험과 이성을 배웠다. 나는 세템브리니와 나프타와 함께 위험한 산을 돌아다녔고, 인간의 모든 것, 살과 피를 맛보았다. 또 병든 쇼샤 부인에게 프리비슬라프 히페의 연필도 돌려주었다. 살과 피를 맛본 자는 죽음을 맛본 것과 다름없다. 그러나 교육적 측면에서 볼 때 그것은 시작에 지나지 않는다. 거기에 다른 절반, 반대 부분을 보충하지 않으면 안 된다. 왜냐하면 죽음과 병에 대한 흥미는 삶에 대한 흥미의 한 형태에 지나지 않기 때문이다.〉(Zb 684) 결국 지금까지 카스토르프의 눈에 보이는 것은 절반에 지나지 않았다. 이러한 이원적 사상은 또한 토마스 만 자신의 이론으로, 이에 대해 토마스 만은 다음과 같이 언급하고 있다. 〈건강이라는 개념에는 재능이라는 개념 못지않게 까다로운 사정이 있다. 건강한 방법으로 병인 경우도 있고, 병적인 방법으로 건강할 수도 있다. 무서운 염세주의자로서 열반의 설교자이면서도 장수의 나이까지 살면서 피리를 부는 사람도 있고, 결핵 때문에 양쪽 턱뼈를 달아오르게 하면서도 삶이란 얼마나 강인하며 아름다운 것이냐고 계속 소리 지르는 사람도 있다. 삶은 가끔 삶을 부정하는 사람 곁에 있다. 삶은, 사실은 오직 하나의 죽음만을 사랑하고 있는 자의 곁에 있다.〉(GW 10, 565)

결국 카스토르프는 세템브리니와 나프타 두 사람이 벌이는 치열한 논쟁의 틈바구니에서 그들에게 휘말려 들지 않고 제3자적 입장을 취하며 적절한 조화를 이룬다. 그는 삶을 물질로 보는 나프타와 정신으로 보는 세템브리니의 두 양극적 사상의 중용, 즉 조화를 모색하는 것이다. 그는 나프타보다는 세템브리니에게 어느 정도 공감하지만 세템브리니의 목표가 자신이 찾는 인간성의 이상과 일치하지 않기 때문에, 〈생명은 물질도 정신도 아닌 그 중간적인 존재로서 폭포에 걸리는 무지개 또는 불길과 같이 물질에 의해 생기는 하나의 현상〉(Zb 385)이라고 언급하면서 어떤 교리에도 휩쓸리지 않는 중립적 자세를 취한다. 카스토르프는 그들의 주장과 토론을 경청할 따름이지 섣불리 판단을 내리기를 꺼리면서 점차 자기 나름대로의 판단 능력과 비판 의식을 길러 나간다.

결국 카스토르프는 강한 눈보라 속에 죽을 고비를 넘기는 꿈속에서 나프타의 죽음과 세템브리니의 삶을 초월하는 순간을 체험하고 다음과 같이 주장한다. 〈생명을 아는 자는 죽음도 안다. 그러나 그것이 전부는 아니다. 문제는 이제 시작되었을 뿐이다. 〔……〕 저 두 교육가의 논쟁·대립 따위는 뒤범벅에 불과하다. 그들이 말하는 삶과 죽음, 질병과 건강, 정신과 자연, 이러한 문제가 과연 모순되고 대립되는 것일까. 그런 것이 문제가 될까. 아니다. 〔……〕 죽음은 삶의 한가운데에 있고, 그것이 없으면 삶도 성립되지 않는다. 그 중간에 신(神)의 의(義)를 행하는 인간의 처지가 놓여 있는 것이다.〉(Zb 685) 전혀 다른 두 이질적인 삶의 자세 사이에서 혼란을 겪고 있는 카스토르프가 의식적으로 눈 속에서 모험을 감행하는 것은, 그의 내면에 근원적 유일자, 즉 전체로서의 삶에 대한 기대가 잠재해 있기 때문이다. 그는 몽상에 빠져 환시적인 꿈을 통해 종합의 표상을 획득하는 것이다.

결론적으로 세템브리니나 나프타의 이념은 그 반대되는 사상도 아울러 지니고 서로 조화의 길을 모색해야 더욱더 고귀하고 높은 차원의 이념에 도달할 수 있다. 즉 그들은 이율배반을 지배해야 하고, 서로 대립되는 지식을 통해 더욱더 숭고한 완성으로 접근해 가야 하는 것이다.

그러나 눈 속에서 꾼 이러한 꿈의 내용에 대해 여러 학자들의 비평과 해석이 대립되는 경우도 있다. 가령 알텐베르크Peter Altenberg는 〈눈〉의 장을 인간의 유일무이한 고귀성, 사랑과 착한 마음씨에 대한 죽음에 대한 인간의 승리를 서술한 숭고한 장이라고 찬미하여, 이 인간에 대한 꿈의 시각은 주인공의 마음속에서 나온 결의요, 부분을 초월한 전체, 즉 여러 대립을 초월한 중용에의 결의로 파악하고 있다. 이러한 여러 대립을 초월한 중용을 모든 모순이 접하는 한 점이 아니라 모든 모순을 포함하여, 그 모순들이 그 속에 지양되는 공간이라고 매우 진지하게 파악하고 있는 것이다.[123]

2) 죽음과 탄생

모든 존재는 무수한 곡절을 거쳐 숱한 사연을 안고 태어난다. 세상에 깊은 내력 없는 존재는 없다. 지금 살아 숨 쉬는 생명은 예외 없이 지구의 세월만큼 견뎌 온 존재들인 것이다. 〈한 송이 국화꽃을 피우기 위해/봄부터 소쩍새는/그렇게 울었나 보다〉라는 서정주의 시 「국화 옆에서」에 이러한 탄생의 비의가 잘 나타나 있다. 이 렇게 탄생한 존재는 언젠가 반드시 죽게 마련이다. 이러한 죽음에 대한 태도는 문 화에 따라 상당한 차이가 있다. 전통적으로 서양에서 죽음의 공포를 극복하는 길 은 천당에 간다는 확신을 갖는 것이다. 그러나 동양에서는 내세에 대한 아무런 확 신을 갖고 있지 않으면서도 담담하게 죽음을 맞이해 왔다.[124]

서양에서는 죽음과 관련해 세 가지 해석이 뿌리 깊게 자리 잡고 있다. 첫째는 신 이 결정한 인간의 운명으로 죽음을 받아들이는 것이다. 죽음에 대해 최초의 문자 기록을 남긴 메소포타미아인의 경우가 그 출발점이다. 이들은 운명에 도전하는 과 정에서 체득한 지혜가 삶을 그만큼 풍부하게 한다고 여겼다. 둘째는 죽음의 왕국 에서 영원한 생명을 누린다는 믿음이다. 이집트인은 나일 강이 봄마다 홍수로 자 신을 쏟음으로써 사막을 비옥하게 만들어 곡식을 생산하듯, 사람도 죽음을 통해서 만 영생을 얻을 수 있다고 보았다. 셋째는 자신이 행한 선악에 따라 죽은 뒤 심판 을 받는다는 생각이다. 페르시아인은 각자 삶의 질에 따라 완전히 다른 운명이 결 정된다는 심판 사상을 처음으로 명료하게 제시했다.

사르트르Jean Paul Sartre는 자신의 저서 『존재와 무Das Sein und das Nichts』 에서 〈실존은 본질에 앞선다Die Existenz geht dem Wesen voraus〉는 유명한 말을 남겼다. 인간을 제외한 모든 사물은 고유한 본질을 지니고 있다. 가령 톱의 본질은 〈썰기 위한 것〉이다. 썰지 못하는 톱은 더 이상 톱으로서의 가치가 없다. 그러나 인 간에게는 고유한 본질이 없다. 그냥 태어나서 세상에 던져질 뿐이다. 무엇인가 마 땅히 있어야 하는 것이 존재하는 것이 아니라 아무 의미 없이 무엇인가가 있는 것 이다. 따라서 인간은 이유 없이 세상에 왔다가 결국 죽어서 허무하게 없어질 존재 다. 그러나 죽음은 인간의 삶을 허무하게 만들지 않는다. 오히려 그 때문에 인간은 더 가치 있다. 〈나〉에게 주어진 바로 이 시간은 영원한 그 무엇을 위해 희생해야 할 도구가 아니다. 영원한 것은 없다. 그렇기에 〈나〉는 매 순간 스스로 선택하고 행동하고 책임짐으로써 〈나〉의 존재 이유를 스스로 만들어 나가야 한다. 〈실존이 본질에 앞선다〉는 말은 이런 뜻이다.

아도르노와 호르크하이머는 『계몽의 변증법Dialektik der Aufklärung』에서 호메로스의 서사시에 나오는 에피소드를 예로 들어 자기 부정으로 인한 자기 보존의 변증법을 설명하고 있다. 즉 오디세우스는 세이렌의 유혹을 벗어나기 위해 동반자들의 귀를 밀랍으로 봉하게 한다. 또한 자신을 뱃기둥에 결박하게 하고 세이렌의 노래가 유혹적일수록 더 힘껏 조여 묶게 한다. 아도르노와 호르크하이머는 이러한 조처를 〈계몽의 변증법에 대한 알레고리〉[125]라고 해석한다. 정체성은 주체의 파괴라는 형식을 통해서만 유지되며, 주체를 불구로 만드는 대가를 치른다고 지적한다. 오디세우스의 이러한 태도는 자기 부정을 통해 자기 보존의 논리를 보여 주는 것이다.[126]

이러한 자기 부정을 통한 주체성이 『마의 산』에서 중시되고 있다. 결국 자기 부정인 죽음의 문제가 『부덴브로크 일가』로부터 『마의 산』에 이르는 동안 많은 변화를 하고 있는 것이다. 『부덴브로크 일가』에서는 죽음이 직접 〈존재〉의 근저에 이르는 길의 중개자로 되어 있으나 『마의 산』에서의 죽음은 이와 같은 일면적인 것이 아니고 복잡한 의미를 가진 다의적인 성격을 가지고 있다. 즉 『부덴브로크 일가』에서 생의 근저와 일치가 주체성의 방기(放棄)로 성취되어 자기 보존과 자기 부정의 변증법을 보여 주는 데 반해, 『마의 산』은 죽음이란 충일함과 동시에 공허함과 통해 있다는 것, 또 죽음과의 상면은 생을 고양시킬 뿐만 아니라 해체도 시킨다는 죽음의 다의적인 성격을 표출하고 있다. 〈죽음과 질병, 병적인 것과 몰락에 관한 관심은 곧 삶에 대한 관심, 즉 인간에 대한 관심의 표현이다. 〔……〕 유기적인 것, 즉 삶에 관심을 가지고 있는 사람은 특히 죽음에 관심을 갖는 것이다.〉(GW 9, 85)

이러한 배경에서 『마의 산』의 주인공 카스토르프의 죽음에 대한 경외심이 커지는 만큼 동시에 죽음의 부정적인 측면도 커지는 역설적 관점을 가지고 있는데, 이 작품에서 죽음의 특징은 바로 〈삶과의 대립〉이다. 이 작품 제1장과 제2장을 보면, 요양소는 삶의 세계에서 격리되어 단절된 죽음과 병이 군림하는 세계로 빈사 상태에 놓인 폐병 환자들의 기침 소리만 들려오는 곳이다. 한마디로 말해 〈죽음에의 공감〉만이 충만해 있다. 그러나 이 소설의 후반, 즉 〈변화Veränderungen〉의 제목으로 시작되는 제6장에 이르면 죽음의 분위기는 완전히 퇴색하고 카스토르프는 점차 삶을 위한 독자적인 사색을 하게 된다. 그리하여 〈눈〉의 장에 이르면 설산의 꿈속에서 삶과 죽음의 양 요소를 겸비한 인간성의 신비에 눈을 뜨고 변용의 결의에 도달하게 된다. 〈나는 죽음에 대해 충성을 계속 바칠 것이다. 그러나 〔……〕 인간은 선의와 사랑을 없애지 않기 위해 그의 생각을 넘어서 죽음에 영향을 끼쳐서는 안 된다.〉(Zb 686)

결국 〈눈〉의 장에서 카스토르프는 죽음과 삶의 동일적 속성을 통찰하는데, 〈죽음과 병에 대한 흥미는 삶에 대한 흥미의 한 형태에 지나지 않기 때문이다〉.(Zb 684) 이는 죽음의 가치는 삶 속에 있다는 사실을 나타내 준다. 죽음의 가치는 삶을 충분히, 즉 이성을 충분히 인식해야만 나타나는 사실을 암시하는 것이다. 〈죽음의 모험은 삶에 포함되며, 그런 모험이 없는 삶은 이미 삶이 아니다. 그 가운데, 즉 모험과 이성 사이에 신의 아들인 인간이 있다.〉(Zb 685) 이에 대해 토마스 만은 자신의 50회 생일 연설에서 다음과 같이 우회적으로 말하고 있다. 〈삶에 대해 우호적인 태도에는 두 가지가 있습니다. 하나는 죽음에 대해 전혀 알지 못하며, 아주 단순하고 무감각합니다. 다른 하나는 죽음에 대해 알고 있는데, 제 생각에는 이것만이 완전한 정신적 가치를 가집니다. 그것은 예술가나 시인, 작가가 갖는 삶에 대한 우호입니다.〉(GW 11, 368)

카스토르프는 도취적인 꿈을 통해 죽음과 삶의 동질성을 체험함으로써 이제 인간 스스로 〈대립의 지배자〉(Zb 685)임을 통찰한다. 그는 삶과 죽음을 변증법적으로 중재할 수 있는 인간의 능력을 깨달음으로써 병과 죽음으로 유혹하는 비합리적 열정을 부정하지 않고 〈삶의 친근성Lebensfreundlichkeit〉(Zb 804)을 고백하기에 이른다.

결국 삶과 죽음을 포괄하는 중간 개념에서 진정한 삶을 추구하는 카스토르프의 통찰은 죽음과의 공감을 기조로 하는 토마스 만의 초기 작품관에서 진일보한 것으로, 죽음을 궁극적인 것으로 보지 않고 삶의 한 부분으로 보게 되었다는 점에서 토마스 만 자신의 낭만주의적 전통에 대한 극복을 엿볼 수 있다. 다시 말해 토마스 만이 죽음 자체의 숭배를 거부하는 것은 독일 낭만적 전통과 그의 과거 이념, 즉

데카당스의 양상을 띠던 『부덴브로크 일가』에서 『관찰Betrachtung』까지의 이념[127]
과의 결별이라고 볼 수 있다. 여기서 언급된 〈낭만적인 것das Romantische〉은 과
거에 대한 향수요 죽음의 부정이다. 결국 『마의 산』은 낭만적인 것으로부터의 전향
으로 토마스 만은 죽음의 충동, 죽음의 환락에 우월권을 부여하지 않고 그들을 생
의 이념에 귀속시키려 한 것이다. 토마스 만이 추구한 전체로서의 삶은 이러한 낭
만주의를 벗어나 〈신적 인간〉이 시사하는 것처럼, 삶과 죽음 그 어느 쪽도 배제하
지 않은 채, 양쪽의 가치를 모두 인정하는 점의 완전한 합일과 일치가 아니라, 유
기체적 삶이 시사하듯이 양가적이고, 이들 간의 긴장 어린 변증법적 중재자로부터
성립한다.[128]

　　1918년 베르트람에게 보낸 편지에서 토마스 만은 〈죽음의 낭만주의와 삶의 긍
정〉[129]을 언급하는데, 이는 삶의 개념을 사회적·정치적 현상 안에서 규정함으로써
낭만주의적 죽음관에 대한 상대화 내지는 극복 의지가 달성되었다는 입장을 보여
주고 있다. 그에게 있어 〈죽음과의 공감〉이라는 말은 〈모든 낭만주의의 공식이자
기본 정서〉(GW 7, 424)일 뿐 아니라 가장 개인적인 것을 표현하는 것이기도 하
다. 그는 쇼펜하우어의 낭만주의적 예술관의 영향을 받아 죽음에 대한 사고와 개
인주의가 서로 밀접한 연관을 가지고 근본적으로는 동일한 가운데 낭만주의적 세
계를 구성한다고 보았다. 스스로 〈항상 개인주의와 죽음의 개념들이 나에게 합류
됐다〉(GW 10, 200)고 생각하는 토마스 만은 『마의 산』이 낭만주의적 죽음관을 상
대화함으로써 간접적이나마 낭만주의적 개인주의를 극복할 수 있다고 보았다. 따
라서 그는 낭만주의적 죽음관에 〈삶의 긍정〉을 결합함으로써 개인주의를 극복하고
삶의 공동체로 나아가는 출구를 마련하고자 한 것이다.[130]

　　이렇게 죽음의 모티프가 토마스 만의 작품에서 다양하게 전개되고 있다. 예를
들어 『부덴브로크 일가』에서 주인공 토마스 부덴브로크는 죽기 며칠 전 쇼펜하우
어의 저서를 읽고 죽음에 대한 강한 동경심을 가지게 된다. 또 『부덴브로크 일가』
에서 한노도 죽음에 강한 친근감을 가지고 있다. 예를 들어 한노는 조모가 죽었을
때, 관 옆에서 수많은 꽃다발과 화환의 냄새에 섞여 〈그윽하고 이상하게 기분 좋은
향기〉(Bd 588)를 맡으며 앞으로 부친이 사망할 때나, 가족이 헤어질 때나, 아다
아줌마가 해고될 때에도 이 향기를 맡았으면 하고 바란다. 그의 눈에 조모의 시체

는 〈낯선 밀랍으로 만든 인형〉(Bd 588)에 지나지 않아 토마스 만 특유의 죽음에 대한 친근성을 보이고 있다.

죽음은 고뇌에 잠긴 삶으로부터의 해방이다. 『부덴브로크 일가』 이전의 작품 속에 그려진 모든 죽음은 삶에의 의지에 대한 냉혹한 부정자로서 소극적인 의미밖에 갖지 못했는데 이제는 죽음이 매우 적극적인 의미를 가지고 나타난다. 다시 말해 『부덴브로크 일가』에서는 죽음이 직접적으로 〈존재〉의 근저에 이르는 길의 중개자로 되어 있고, 『마의 산』 〈눈〉의 장에서도 눈 덮인 자연에서 카스토르프의 환상적인 체험 속에 이 죽음의 다의적 성격이 총괄되어 있다. 〈눈〉의 장에서 처음에는 어린아이에게 젖을 먹이는 어머니의 광경과, 다음에는 어린 생명을 양육하지 않고 잔혹하게 버리는 마녀의 광경 — 카스토르프의 환상적인 꿈속에 나타난 이 두 모습은 그 행위와는 정반대인 동시에 그 행위의 일체성과 이중성을 나타내고 있다.

결국 『마의 산』에서 대립 관계의 주조를 형성하는 것은 삶과 죽음의 관계이고, 이 중에서 죽음이 작품의 주 모티프를 형성한다. 죽음이라는 명제는 그 속성상 화려한 낮에 대해 평안한 밤의 세계를 의미하고, 인습적인 질서에 대한 불만으로서의 무질서를 의미하며, 시간성에 대한 영원성의 표현이고, 미래의 불안에 대한 과거 지향을 의미하며, 진보에 대한 보수 안존을 지향하는 등 매우 다양한 의미로 해석될 수 있다.[131] 이렇게 『마의 산』에서는 죽음의 이중성을 명백히 하면서 죽음의 혼란한 세계로부터 탈출하려는 주인공의 확고한 의지가 일관되어 있다.

이처럼 죽음은 『마의 산』에서 이중성을 띠어 카스토르프는 〈삶에 이르는 데는 두 가지 길이 있는데, 한 길은 일상적이고 직접적이며 얌전한 반면, 다른 길은 좋지 않고 죽음을 거쳐 가는 창조적인 길이다〉(Zb 827)라고 말한다. 『마의 산』에서 삶에 관심을 갖는 가운데 죽음을 경험하는 것 자체가 역설적인데, 〈이러한 과정을 통해 죽음과 삶이라는 현상 속에서 존재가 총체적으로 모습을 드러낸다〉.[132] 토마스 만에게는 죽음과의 공감이 결국 〈삶과 인간에 대한 사랑〉으로 나아가는 것이다. 따라서 죽음은 에로스적인 친근감을 가지고 있다.

결론적으로 삶과 죽음의 관계에서 볼 때, 죽음은 지하나 무덤과 동일시되지만 다른 한편으로 새로운 탄생의 가능성을 보여 주고 있다. 그것은 정상적인 삶과 분리되고 시간과 계절의 연속과 유리된다는 점에서 볼 때는 자유의 영역으로, 카스토르프가 볼 때는 평지의 책임감으로부터의 해방을 의미하기도 한다.

    결국『마의 산』에서는 죽음의 개념 속에 탄생의 의미를 포함하고 있어 이 작품이 외견상으로는 시대에 뒤떨어진 것처럼 보이지만 자세히 고찰해 보면 죽음을 찬미한 염세주의가 아니라 오히려 인간으로 하여금 죽음을 극복하게 하는 의지를 보여주고 있다.『마의 산』에서 죽음은 위대하고 삶과 연결된 형이상학적 요소를 지니고 있는 것이다. 〈죽음은 경건하고도 명상적이며 비통한 아름다움에 빛나는 이른바 종교적인 면이 있는가 하면, 그와 정반대의 지극히 육체적이며 물질적인 면, 경건하지도 아름답지도 않고 더욱이 슬프다고도 할 수 없는 면이 있다.〉(Zb 43) 따라서 〈삶에 관심을 가지는 것은 특히 죽음에 대해서도 관심을 가지는 것입니다. 그렇지 않습니까?〉(Zb 371 f.)라는 인생의 낙오자인 카스토르프의 말에서 토마스 만의 변용의 비밀이 해명된다. 이렇게 죽음으로부터 언젠가는 삶, 다시 말해 사랑이 싹트리라는, 또 죽음은 일종의 위대하고 큰 힘이며 삶과 동일한 비중을 가지고 있다는 내용은 카스토르프와 요양소 원장인 의사 베렌스의 대화에서도 암시되고 있다. 〈삶이란 죽음입니다. 다른 말로 얼버무려 보았자 아무 소용이 없습니다. 어떤 프랑스인이 타고난 소탈함을 발휘하여 말한 바에 따르면, 삶이란 바로 유기적 파괴입니다. 생명이라는 것은 그런 것입니다. 우리가 그렇지 않다고 생각한다면 그것은 판단이 잘못된 것이지요.〉(Zb 371)라는 베렌스의 말에 카스토르프는 〈그러면 삶에 관심을 가지는 것은 특히 죽음에 대해서도 관심을 가지는 것입니다. 그렇지 않습니까?〉(Zb 371 f.)라고 대꾸하자, 〈어떤 점에서는 역시 차이가 있습니다. 생명이란 것은 물질이 교체되면서 형태는 그대로 지속하는 것이니까요〉(Zb 372)라고 베렌스는 답변한다.

    장편『부덴브로크 일가』에서도 제3대인 토마스 부덴브로크는 매우 섬세하고 날카로운 성격으로 전락하게 되면서 삶의 의지를 외치나 실제로 이 삶은 죽음에 관계되고 있다. 〈그런데 저길 보아라. 갑자기 어둠이 그의 눈앞에서 찢어지는 것 같았다. 마치 비로드 같은 어둠의 벽이 갈라지며 무한히 심오하며 영원한 빛의 원경이 전개되는 것 같았다. 〔……〕「저는 살아 나갈 것입니다!」 토마스 부덴브로크는 힘주어 말했다. 그는 가슴이 내적 흐느낌으로 떨고 있음을 느꼈다. 그것은 《내가 살 것이다》라는 내용이었다. 살아는 가겠지. 그러나 살아가는 것은 내가 아니다.

그것은 하나의 기만일 따름이다. 죽음만이 바로잡을 수 있는 착각이었다. 그렇다. 그렇다. 〔……〕 그런데 왜 그럴까?〉(Bd 656)

카스토르프는 베렌스와의 대화에서 의학을 비롯한 모든 학문이나 예술이 인간을 대상으로 한다는 점에서 사실은 〈동일한 것〉이며, 〈인간에 대한 관심의 변형〉(Zb 362)에 지나지 않다는 사실을 확인한다. 여기서 인간에 대한 카스토르프의 관심은 인체 구성에 대한 관심으로 향하고 베렌스로부터 인체에 대한 설명을 듣는 가운데, 그는 삶이란 단백질의 〈산화 작용〉에 불과하기 때문에 〈삶은 죽음〉(Zb 371)이란 사실을 깨닫는다. 이어 그는 삶이 곧 죽음이기 때문에 〈삶에 관심을 갖는 자는 〔……〕 특히 죽음에 대해 관심을 갖게 된다〉(Zb 371 f.)는 인식에 도달한다. 삶이 〈존재의 점 위에서 균형을 맞추는〉(Zb 385) 〈소멸과 갱신의 열 과정〉(Zb 384)이듯, 인간 역시 형태를 유지하면서 끊임없이 그 형태를 변경하는 불안정한 존재로서 형상화시키는 힘과 변형시키는 힘 사이의 부단한 중재를 통해 균형을 유지해야 하는 유기체에 불과한 것이다. 따라서 카스토르프는 삶이 물질도 정신도 아니지만 유기체적인 물질에 의해 유지된다는 결론에 도달한다.(Zb 385) 그에 의하면 삶의 형태와 아름다움은 문학이나 음악과 달리 정신에 의해 유지되는 것이 아니라, 〈소멸하면서 존재하는 유기체적인 물질 자체에 의하여, 즉 냄새를 풍기는 육체에 의하여 유지되고 형성된다〉(Zb 385)는 것이다. 따라서 삶에 대한 그의 관심은 유기체적인 물질, 즉 삶과 죽음을 모두 가지고 있는 육체에 대한 관심으로 집중된다.[133]

이러한 관심을 가지고 카스토르프는 죽음에 대한 공감을 극복하고 삶과 죽음의 괴리를 극복하기 위한 연구와 실험을 계속하던 중 〈유기체적인 것에 대한 사랑 Liebe zum Organischen〉(Zb 907)에서 〈결합과 중재의 원리〉[134]를 발견한다. 이 〈유기체적인 것에 대한 사랑〉에서 언급된 〈유기체적인 것〉이란 육체이다. 유기적인 인체는 분해와 죽음과 부패를 내포하고 있다. 그러나 인체는 다른 일면에서 본다면 생의 최고의 자태이다. 이렇게 육체를 생의 최고의 자태로 보는 카스토르프의 사상은 실제로 토마스 만 자신의 견해이다. 토마스 만은 육체를 미의 정점으로 보고 있으며 심지어는 종교적인 감동으로까지 상승시키고 있다. 〈세상에는 오직 하나의 신전이 있을 뿐이다. 그것은 인체이다. 이 숭고한 형상보다 더 신성한 것은 없다. 인체 앞에 무릎 꿇고 앉는 것은 육체에서 나타난 계시에 경의를 표하기 위함이다. 인체를 애무할 때 사람들은 진정 하늘에 접촉하는 것이다.〉(GW 11, 845) 이 내용에서 육체는 하늘의 경지까지 상승하여 일종의 〈소우주〉 개념을 보이고 있다. 즉 인체가 하늘에 연관되는 내용에서 〈대우주(우주)와 소우주(인체)〉의 관계 개념으로 상승되는 것이다.

티베트 사람들은 우주가 다섯 가지 원소로 이루어져 있다고 일반적으로 생각한다. 첫째는 땅이고, 둘째는 물, 셋째는 불, 넷째는 바람, 다섯째는 허공이다. 다섯 가지 원소가 모자라거나 넘치지 않고 서로 균형을 맞추어 짱짱하게 붙들고 있는 것이 이른바 대우주라는 것이다. 사람은 흔히 소우주라고 부른다. 땅은 육신을 뜻한다. 그것은 형체를 이루고 도구로 활용되며 감각의 안테나로 쓰인다. 물은 이를테면 강과 같아서 온몸의 기관들을 어머니처럼 쓰다듬고 고르고 맺어지도록 한다. 그것과 대비되는 불은 보일러와 흡사하다. 심장은 보일러의 기름을 펌프질하는 곳이고, 핏줄을 통해 일정한 불의 기온, 곧 체온을 전달하고 유지되도록 돕는다. 그리고 바람은 곧 숨이고, 허공은 바람이 흘러다니는 길이다. 안과 밖, 소우주와 대우주의 소통도 바로 허공인 몸의 여러 구멍들을 통해 이루어진다. 토마스 만은 이미 1911년 『부덴브로크 일가』를 연대기적이며 다성악적으로 구성했는데, 이 작품은 한 가족의 이야기이지만 부르주아적인 테마는 기대 이상의 차원에 이른다. 어느 가족의 이야기라는 이해가 닿는 범위 내에 있으면서 또한 인류의 유기적인 전 생명을 반영하는 일종의 〈소우주〉가 이 작품에 형성되어 있다. 하나의 폐쇄된 가족 내부에 있으면서 역사의 발전과 여러 인간의 운명을 교체시키는 것만으로도 이미 놀랄 만한 소우주적 구성에 달할 수 있는 것이다.

소우주인 인간에게 일어나는 모든 것이 대우주에서 일어나는 일의 상징이듯 학문의 모든 분야도 소우주인 인간의 육체에 연관되어 있다. 따라서 토마스 만의 작품에서는 의학, 법, 언어, 종교, 예술 등 다양한 삶의 본질들이 대립적으로 광범위하게 다뤄지지만 그러한 대립적 본질들이 지양되고 극복되어 그 모든 것을 포용한 인간이라는 소우주에 대한 종합적 이념으로 종합되고 있다. 이렇게 인간이 과학, 정치, 의학, 법 등 모든 분야를 아우르는 내용이 『마의 산』에선 다음과 같이 실증적으로 나타나 있다. 〈의학은 무엇을 대상으로 하는 것인가? 〔……〕 의학의 대상은 뭐니 뭐니 해도 인간이다. 그렇다면 입법, 사법, 행정은? 역시 인간이 그 대상이다. 그리고 언어 연구는? 또 신학, 종교, 성직은? 모두가 역시 인간이 대상이다. 이것들은 모두 꼭 같은 하나의 중요한 관심, 즉 인간에 대한 관심의 변형에 지나지 않는다. 이것들은 한마디로 말해서 인문적인 직업이다. 〔……〕 어떤 종류의 인문적인 직업에도 형식적인 것, 형식, 아름다운 형식이라는 이념, 이것이 기본이 되어 있다는 것은 아주 훌륭한 일이며, 이 세상에서 매우 훌륭한 장치 중 하나이다. 〔……〕 이를 보더라도 정신적인 것과 미적인 것, 바꾸어 말하면 과학과 예술이 얼마나 밀접히 관계하고 있는지를, 아니 사실은 옛날부터 늘 동일한 것이었다는 것을 알 수 있으며, 따라서 예술의 작업도 무조건 소위 제5분과로서 인문학의 일부이고, 또 예술의 가장 중요한 테마나 관심사가 인간인 이상 예술도 인문적인 작업이며, 인문적 관심의 한 변형에 지나지 않는다.〉(Zb 362 f.) 결국 이 내용에서 보면 의학을 비롯한 모든 학문이나 예술이 인간이라는 소우주를 향하고 있다.

〈세상에는 오직 하나의 신전이라 볼 수 있는 인체의 숭고한 형상보다 더 신성한 것은 없고, 인체를 애무할 때 사람들은 진정 하늘에 접촉하는 것〉(GW 11, 845)이라며 인간을 소우주의 경지까지 끌어올리는 토마스 만은 그리스적인 것에서 조형상의 완성, 즉 완벽성을 발견하고 그 완벽성이 죽음을 초래한다는 공식을 채택했다. 이런 맥락에서 「베네치아에서 죽음」의 아셴바흐에게 타치오의 육체적 미는 그리스적인 완벽성을 지니며 죽음을 초래하고, 또한 베네치아의 미도 마찬가지로 그리스를 암시하면서 죽음으로 이끌어 가고 있다.

〈인체의 숭고한 형상보다 더 신성한 것은 없다. 인체 앞에 무릎 꿇고 앉는 것은 육체의 계시에 대한 경의〉(GW 11, 845)라고 토마스 만이 미의 육체를 소우주적으로 찬양하는 것은 육체의 형이상학적인 미를 말하는 것으로, 이에 관련한 20세기 철학 이론에도 관심을 기울일 필요가 있다. 20세기에 서구 지성계에서 새롭게 부상한 이른바 〈육체 철학Corporal Philosophy〉이라는 이론이 있다. 니체의 육체 철학은 메를로퐁티M. Merleau-Ponty의 현상학, 하이데거의 실존주의로 이어지고 철학 전통의 이원론을 극복하면서 몸의 가치를 논했다. 또 서구 지성사를 통해 드물게 몇몇 철학자들, 예컨대 듀이, 비트겐슈타인이 정신에만 관심을 기울이는 정신주의적 전통에 반기를 들었는데 이들의 입장은 항상 주변적이고 비주류적인 것으로 치부됐다. 이러한 육체 철학의 영향으로 그동안 이성에 비해 열등하고 비천한 것으로 천대받던 육체에 대한 다양한 관심을 불러일으켰다. 최근에 〈체험주의 *experientialism*〉라는 이름으로 새롭게 부상하는 철학 분과에서는 인지 과학, 뇌 신경 과학, 신경 신학*neurotheology*의 경험적 증거들을 수용해 우리의 의식과 사유가 몸에 뿌리박고 있음을 해명하고 있다.

이 중에서 신경 신학은 인간의 영성과 뇌 사이의 관계를 밝혀내려는 신생 학문이다. 명상에 빠진 티베트 불교 신자와 기도에 몰두하는 로마 가톨릭교회의 프란체스코회 수녀는 아주 강렬한 종교적인 것을 체험하게 된다. 다시 말해 프란체스코회 수녀들이 기도의 절정에 다다른 순간, 하느님에게 가까이 다가가 하느님과 섞이는 것을 생생하게 느꼈다고 말하거나, 티베트 불교 명상 수행자들이 자아에 의해 만들어진 제한적인 감각 세계를 초월해 우주와 궁극적인 일체를 느끼는 상태에 도달했다고 표현하는 것은 결코 희망적인 생각이 환각이나 망상으로 나타난 것이 아니라 객관적으로 관측할 수 있는 일련의 신경학적 사건들과 관련 있다는 것이다. 신경 신학자들의 이러한 결론은 신이 진실로 존재한다면 자신의 존재를 드러낼 수 있는 유일한 장소는 뇌밖에 없다는 충격적인 의미를 함축하고 있다.

신이 인간의 뇌 속에 존재한다고 주장하는 신경 신학자들이 종교적 경험에 대한 신경학적 토대로 제시하는 또 다른 사례는 종교 의식에서 경험하는 경외감과 뇌의 변연계 사이에 밀접한 관계가 있다는 사실이다. 변연계는 정서 반응을 관장하는 신경 회로의 집합체다. 종교 의식에서 냄새, 색다른 제스처, 반복적인 소리를 결합하면 변연계를 자극해 종교적 경외감을 증대시키는 것으로 밝혀졌다. 또한 변연계의 간질 발작을 일으킨 사람들이 갑작스러운 황홀감과 종교적 경외감을 경험하기도 한 것으로 알려졌다. 예컨대 성 바울로, 잔 다르크Jeanne d'Arc, 아빌라의 성녀 테레사는 간질 발작에 의해 신비 체험을 한 것으로 추정되는 대표적 인물들이다. 성 바울로에게 예수의 목소리로 들리는 환청을 일으켰던 밝은 빛, 잔 다르크가 들었던 하느님의 목소리, 아빌라의 성녀 테레사가 본 환각은 간질 발작 상태가 그 원인일 가능성이 매우 높다는 것이다. 또 도스토옙스키는 간질 발작 중에 신을 만난 적이 있다고 술회했다. 뇌 수술을 집도한 의사들은 변연계에 자극을 받은 환자들이 가끔 종교적 감정을 느꼈다고 말한 적이 있다고 보고했다. 요컨대 신경 신학자들은 변연계가 종교적 체험에 필수적임을 시사하는 사례들을 통해 신이 사람의 뇌 속에 존재한다는 사실을 확인할 수 있다고 강조한다.

신경 신학자들의 논리에 따르면, 신은 인간의 뇌가 만들어 낸 개념에 불과하며 뇌 안에 항상 머물게 된다. 그렇다면 신은 죽었노라고 한 니체의 말은 실언이 되고 만다. 종교 의식에서 경험하는 신과의 일체감과 경외감을 뇌세포의 단순한 전기 화학적 깜빡임이 만들어 낸 결과물로 치부한다면 신의 은총은 말할 것도 없고 인간의 의지는 아무짝에도 쓸모없게 된다. 종교인들은 신경 신학자들에게 신이 그 안에 존재한다는 그런 복잡한 뇌를 누가 만들었는지 묻는다.

체험주의의 관점은 일원론(유심론이건 유물론이건)과 이원론의 양극단에 속하지 않으면서, 우리의 경험과 의식을 설명해 낼 수 있다는 장점을 지니고 있다. 〈체험주의〉는 인간의 이성이 보편적이고 절대적인 실체가 아니라 신체에 기반을 둔 〈범주화의 능력〉임을 밝혀냄으로써 전체주의의 억압으로부터 우리를 구원해 준다. 『마의 산』에서 카스토르프는 쇼샤 부인과 원장 베렌스를 통해 이러한 유기체적 삶, 즉 육체에 눈을 뜨게 된다. 〈인체, 이것에 대하여 나는 언제나 특별한 흥미를 느껴 왔습니다. 나는 의사가 되어야만 했다고 지금까지 몇 번이나 생각해 본 일이 있습니다. 어떤 의미로는 그것이 나에게는 적성에 맞지 않을까 하고 생각합니다. 왜냐하면 몸에 대하여 흥미를 가지는 것은 병에 대해서도 흥미를 갖는 것이니까요.〉(Zb 366) 토마스 만은 의학 지식에 문화사적, 진화 생물학적, 언어학적 그리고 뇌 과학적 내용이 더해져 육체적인 아름다움이 새로운 힘이 될 수도 있다는 것을 보여 주고 있다. 결국 유기체적인 삶이란 곧 전체로서의 삶을 의미하는 것으로, 사실 이 소설의 교양 이념의 본질적 측면은 이 유기체적 삶의 구조적 법칙성으로부터 나온다.[135] 토마스 만 자신도 이와 같은 내용을 밝힌 바 있다. 1924년 『마의 산』이 나오기 2년 전에 행한 연설에서 토마스 만은 〈죽음과 병에 대한 관심, 병리학적인 것과 몰락에 대한 관심은 〔……〕 삶과 인간에 대한 관심을 달리 표현한 것에 지나지 않습니다. 유기적인 것, 즉 삶에 관심을 지니고 있는 사람은 특히 죽음에 관심을 지니는 것입니다. 그래서 죽음의 체험이 결국은 삶의 체험이 되고, 인간에의 길이 된다는 것을 보여 주는 것은 족히 한 교양 소설의 대상이 될 수 있을 것입니다〉(GW 11, 851)라고 말한 적이 있다.

이런 맥락에서 카스토르프는 죽음이나 병의 체험은 이데올로기적으로 경직된 관습을 타파할 수 있고, 유연하고 시의적절한 삶의 형식을 기초로 삼기 때문에, 〈인간이 죽음과 병에 관해 관심을 갖는다는 것은 삶에 대한 관심을 표명한다〉(Zb 684)고 말한다. 그는 〈죄의 고백이 구제의 선결 조건이듯, 모든 지고한 건강은 병과 죽음의 깊은 체험을 통과해야만 한다는 사실〉(GW 11, 613)을 깨닫게 된 것이다. 이러한 깨달음은 그가 일찍이 베렌스 원장과의 대화를 통해 도달했던 결론을 다시 한 번 확인하는 것으로서, 그가 유기체적인 인간 삶 자체에 대한 인식에 도달했음을 의미한다.

이런 맥락에서 베렌스, 쇼샤 부인과 나프타가 죽음을 대표한다면, 세템브리니, 침센과 페퍼코른은 삶의 영역에 속하여 죽음과 삶의 대립으로 볼 수 있다. 결국 이들을 대표하는 세템브리니와 나프타의 대립도 죽음과 삶의 대립으로 볼 수 있다. 나프타는 죽음을, 세템브리니는 삶을 찬양한다. 이들 삶과 죽음의 대변자들이 나누는 토론은 수동적 인간인 카스토르프를 통해 중용, 즉 조화의 길을 모색하게 된다. 숭고한 죽음의 상징인 쇼샤 부인에게 카스토르프는 다음과 같이 고백한다. 〈이성을 잃게 하고 판단력을 흐리게 하는 사랑이야말로 바로 천재적이라고 할 수 있습니다. 왜냐하면 죽음이란 천재적 원리, 이원적 원리, 교육적 원리, 현자의 돌(*der philosophische Stein*, 비금속을 황금으로 바꾸는 힘이 있다고 믿어졌던 영묘한 돌)이기 때문이며, 죽음에 대한 사랑은 삶과 인간에 대한 사랑과 통하기 때문입니다. 전 어느 날 발코니에서 잠을 자다가 갑자기 이 사실을 깨닫게 되었습니다. 그리고 지금 제가 깨달은 사실을 이렇게 부인에게 말할 수 있게 됨을 매우 기쁘게 생각합니다. 삶에 이르는 길은 두 갈래가 있습니다. 하나는 직선적이라 할 수 있는 일반적인 길이고, 다른 하나는 뒷길, 위험을 무릅쓰고 죽음을 뚫고 나가는 길입니다. 이 두 갈래 길 중에서 후자야말로 천재적인 길인 것입니다.〉(Zb 827)

결국 〈인간의 사상이 죽음에 지배되어서는 안 된다〉는 것을 깨달은 카스토르프는 앞으로 삶과 인류의 미래를 위해 헌신하리라 결심한다. 카스토르프는 선의와 사랑만이 그가 도달한 인간성의 이상을 실천하는 길이라고 생각한다. 선의와 사랑은 자신의 사고가 죽음에 지배당하지 않는 곳에서만 기능하기 때문에 그는 〈인간은 선과 사랑을 위해 자신의 사고에 대한 지배권을 죽음에 양도해서는 안 된다〉

(Zb 686)라는 결의를 천명한다. 이 말은 죽음을 완전히 배척해야 된다는 의미가 아니라 〈죽음에 대한 충성〉(Zb 686)은 유지하지만, 죽음이 주는 위험성을 확실하게 파악해야 한다는 의미이다. 또한 이것은 전적으로 삶에만 충실해야 된다는 의미도 물론 아니다. 인간은 〈삶에 종속되기에는 너무나 고귀하기〉(Zb 686) 때문이다. 따라서 인간은 삶과 죽음을 동시에 포괄하는 삶 자체의 원리를 받아들여야 한다. 그리하여 토마스 만은 죽음과 삶, 병과 건강, 시간성과 영원성, 자연과 정신 사이의 긴장 영역에서 합리적인 이유를 따지지 않는 중간 개념인 〈신적 인간〉의 이념을 도입한다. 진정한 삶이란 이들 대립적 개념들을 모두 포용하는 삶이며 〈이들 중간에 신적 인간이 서 있다〉.(Zb 685) 〈신적 인간〉으로 표현된 토마스 만의 중도 이념에는 기독교 전통과 인문주의적 전통을 결합하려는 시도가 숨어 있는데 토마스 만이 종교를 통해 그 해결점을 찾고자 했다는 점에서 주목된다.[136]

결국 카스토르프는 제1차 세계 대전이 일어나자 요양소에서 내려와 전쟁에 참여하여 죽음을 맞게 된다. 건강과 활동성과 진보적 결단성의 화신 격인 세템브리니의 충고와 자기 의무의 생활로 되돌아갈 것을 염원하고 있는 사촌 침센의 충동에도 불구하고 카스토르프는 죽음을 맞게 되고 이와 마찬가지로 토마스 만도 종래의 비정치적 입장을 탈피하여 생의 의욕과 시민의 의무감을 지니고 용감하게 현실 세계에 대처하는 전환을 이루었다.[137]

주

1 Peter de Mendelssohn, *Nachbemerkungen zu Thomas Mann*, 2. Bd.(Frankfurt/M., 1981), S. 59.

2 Thomas Mann, *Briefe 1889~1936*, hg. von Erika Mann(Frankfurt/M., 1961), S. 168.

3 Hermann Kurzke, *Thomas Mann. Epoche-Werk-Wirkung*(München, 1985), S. 31.

4 Hermann Villiger, *Kleine Poetik, Eine Einführung in die Formenwelt der Dichtung*, 3. Aufl.(Frauenfeld, 1969), S. 116.

5 Hans Wysling, *Thomas Mann*, Teil I(München, 1975), S. 470.

6 György Lukács, *Die Theorie des Romans*(Darmstadt und Neuwied, 1972), S. 117.

7 Roman Karst, *Thomas Mann oder der deutsche Zwiespalt*(Wien, München, Zürich, 1970), S. 92.

8 Johann P. Eckermann, *Gespräche mit Goethe*, (6. Mai, 1827).

9 Hans Wysling, *Thomas Mann*, Teil I(München, 1975), S. 465.

10 Thomas Mann, "Dostojewski –mit Maßen", in: *Schriften und Reden zur Literatur, Kunst und Philosophie* in 3 Bänden, Bd. 3(Frankfurt/M., 1968), S. 7.

11 같은 곳.

12 강두식 편저, 『독일 문학 작품의 해석 2』(민음사, 1987), 779면 이하.

13 프랑스의 독문학자(1881~1948).

14 Thomas Mann, *Briefe 1889~1936*, hg. von Erika Mann(Frankfurt/M., 1961), S. 213.

15 Hermann Kurzke, *Thomas Mann. Epoche-Werk-Wirkung*(München, 1985), S. 34.

16 강두식 편저, 『독일 문학 작품의 해석 2』, 633면.

17 김홍섭, 「교양 소설의 새 지평: 〈마의 산〉」, 『독일 문학』, 제61집(1996), 144면.(이하 「교양 소설의 새 지평」으로 줄임)

18 Helmut Koopmann, *Der klassisch-moderne Roman in Deutschland*(Stuttgart, 1983), S. 26 ff.

19 같은 책, S. 44.

20 같은 책, S. 52.

21 같은 책, S. 56.

22 윤순식, 「〈마의 산〉의 반어성」, 『독일 문학』, 제77집(2001), 142면 이하.

23 Erhard Schütz u. a., *Grundkurs Literaturgeschichte*, Bd. 2(Opladen, 1977), S. 51.

24 같은 책, S. 53.

25 같은 곳.

26 같은 책, S. 52.

27 Thomas Mann, *Altes und Neues*(Frankfurt/M., 1961), S. 431.

28 Walter Jens, *Statt einer Literaturgeschichte*(Pfullingen, 1962), S. 528.

29 György Lukács, *Die Theorie des Romans. Ein geschichtsphilosophischer Versuch über die Formen der großen Epik*(Frankfurt/M., 1988), S. 47.

30 K. Löwith, *Meaning in History*(The Universtyof Chicago Press, 1949), p. 208.

31 홍길표, 「근대 신화의 해체 혹은 강화?」, 『독일 문학』, 제102집(2007), 103면 이하.

32 Golo Mann, *Deutsche Geschichte des 19. und 20. Jahrhunderts*(Frankfurt/M., 1958), S. 495.

33 Ludger Heidbrink, "Vorwort", in: Ders.(Hg.), *Entzauberte Zeit. Der melancholische Geist der Moderne*(München, 1997), S. 7.

34 Helmut Koopmann, *Die Entwicklung des intellektualen Romans bei Thomas Mann,*

Untersuchungen zur Struktur von Buddenbrooks, Königliche Hoheit und Der Zauberberg, Diss.(Bonn, Bouvier, 1962), S. 156.(이하 *Die Entwicklung des intellektualen Romans bei Thomas Mann*으로 줄임)

35 *Brockhaus Enzyklopädie* in 20 Bänden, Bd. 15(Wiesbaden, 1972), S. 405.

36 *Die Entwicklung des intellektualen Romans bei Thomas Mann*, S. 157.

37 Martin Foss, *Symbol and Metaphors in Human Experience*(Princeton University Press, 1947), p. 67.

38 Cleanth Brooks, *The Well-wrought Urn*(New Jersey, 1947), p. 3.

39 Paradox is the language of sophistry, hard, bright, witty ; it is hardly the language of the soul.

40 Philip Wheelwright, *The Burning Fountain*(Indiana University Press, 1968), p. 96.

41 Beda Allemann, *Ironie und Dichtung*(Pfullingen, 1969), S. 137 ff.

42 최순봉, 『토마스 만 연구』(삼영사, 1981), 181면 이하.

43 Friedrich Nietzsche, *Gesammelte Werke* in drei Bänden, Bd. III, hg. von Karl Schlechta (München, 1973), S. 751.(이하 *Gesammelte Werke*는 GW로 줄이고 뒤에 권수와 면수만 기록함)

44 송동준, 『토마스 만』, 작가 총서론(문학과지성사, 1977), 21면.

45 로만 카르스트, 『토마스 만』, 원당희 역(책세상, 1997), 18면 이하.

46 Jürgen Scharfschwerdt, *Thomas Mann und der deutsche Bildungsroman*(Stuttgart, 1967), S. 455.

47 같은 곳.

48 Karl Werner Böhm, "Die homosexuellen Elemente in Thomas Manns Der Zauberberg", in: Hermann Kurzke(Hg.), *Stationen der Thomas Mann-Forschung*(Würzburg, 1985), S. 148.

49 Erich Heller, *Thomas Mann. Der ironische Deutsche*(Frankfurt/M., 1981), S. 54.

50 *Die Entwicklung des intellektualen Romans bei Thomas Mann*, S. 100.

51 같은 책, S. 104.

52 André von Gronicka, "Ein symbolisches Formelwort in Thomas Manns Zauberberg", in: Helmut Koopmann(Hg.), *Thomas Mann. Wege der Forschung*(Darmstadt, 1975), S. 34.

53 M. 엘리아데, 『성과 속』, 이은봉 역(한길사, 1998), 22면 이하.

54 Virginia Woolf, *Modern Fiction, The Common Reader*(Sydney, 2003), p. 189.

55 정문길, 『소외론 연구』(문학과지성사, 1982), 184면 참조.

56 Thomas Sprecher(Hg.), *Das Zauberberg-Symposium 1994 in Davos*(Frankfurt/M.), Vittorio Klostermann, *Thomas-Mann-Studien*, Bd. 11(1995), S. 18.

57 André von Gronicka, 같은 책, S. 35~42.

58 『카프카 연구』 한국카프카학회, 1994, 115면 이하 참조.

59 Thomas Mann, *Meine Zeit*, Fischer Bücherei MK 118, S. 325.

60 Hans Wysling(Hg.), *Dichter und ihre Dichtungen*(Frankfurt/M., 1975), S. 508 f.

61 J. W. Goethe, *Hermann und Dorothea*, Werke in 14 Bänden, Bd. 2, Hamburger Ausgabe, hg. von Erich Trunz(München, 1988), S. 514.

62 박찬기, 『독일 문학사』(일지사, 1984), 91면 이하.

63 Richard Wagner, *R. Wagner und der Ring des Nibelungen*, Sämtliche Schriften und Dichtungen in zwölf Bänden, Bd. 9(Leibzig, 1911), S. 526.

64 최순봉, 『토마스 만 연구』(삼영사, 1981), 145면.

65 Thomas Mann, *Das essayistische Werk*, hg. von Hans Bürgin(Frankfurt/M., 1968), S. 337 f.

66 Helmut Jendreiek, *Thomas Mann. Der demokratische Roman*(Düsseldorf, 1977), S. 277.(이하 *Der demokratische Roman*으로 줄임)

67 Ervin Koppen, "Vom Dekadenz Zum Proto-Hitler, Wagner Bilder Thomas Manns", in: Peter Putz(Hg.), *Thomas Mann und Tradition*(Frankfurt/M., 1971), S. 204.

68 Thomas Mann, *Tagebücher 1918~1921*, hg. von Peter de Mendelssohn(Frankfurt/M., 1979), S. 201.

69 Wolfgang Spiewok, *Der Zauberberg von Thomas Mann. Ein Studienmaterial*(Greifwald, 1995), S. 50.

70 「교양 소설의 새 지평」, 146면.

71 Hans W. Nicklas, *Der Tod in Venedig. Analyse des Motivzusammenhangs und der Erzählstruktur*(Marburg, 1968), S. 57.

72 Thomas Mann, "Dostojewski-mit Maßen", in: *Schriften und Reden zur Literatur, Kunst und Philosophie* in 3 Bänden, Bd. 3(Frankfurt/M., 1968), S. 14.

73 같은 곳.

74 같은 책, S. 16.

75 Vgl. Helmut Koopmann, "Buddenbrooks. Die Ambivalenz im Problem des Verfalls", in: *Thomas Manns 〈Buddenbrooks〉 und die Wirkung*, hg. von R. Wolff, 1, Teil(Bonn, 1986), S. 38.

76 Bernhard Blume, *Thomas Mann und Goethe*(Bern, 1949), S. 43.

77 같은 곳.

78 Friedrich Nietzsche, GW II, S. 1057 f.

79 같은 책, S. 1088.

80 Manfred Sera, *Utopie und Parodie bei Musil, Broch und Thomas Mann. Der Mann ohne Eigenschaften. Die Schlafwandler. Der Zauberberg*(Bonn, 1969), S. 159.

81 게오르그 루카치, 『맑스로 가는 길』, 김경식·오길역 옮김(솔, 1994). 경향신문 2008년 10월 11일자 19면 〈서평〉 참조.

82 Manfred Dierks, *Mythos und Psychologie*(Bern, München, 1972), S. 131.

83 홍성광, 『토마스 만의 소설 〈마의 산〉의 형이상학적 성격』, 박사 학위 논문(1992), 55면.

84 *Der demokratische Roman*, S. 317.

85 Helmut Koopmann, *Der klassisch-moderne Roman in Deutschland*(Stuttgart, 1983), S. 68.

86 홍성광, 같은 책, 59면.

87 Hans Wysling, "Der Zauberberg", in: Helmut Koopmann(Hg.), *Thomas-Mann-Handbuch*(Regensburg, 1990), S. 416.

88 Börge Kristiansen, *Thomas Manns Zauberberg und Schopenhauers Metaphysik*, 2. Auflage(Bonn, 1985), S. 283.

89 황현수, 『토마스 만의 문학과 사상』(세종출판사, 1996), 114면.

90 Hermann Kurzke, *Thomas Mann, Epoche-Werk-Wirkung*(München, 1985), S. 206.

91 「교양 소설의 새 지평」, 154면.

92 *Der demokratische Roman*, S. 226.

93 Karl Werner Böhm, 같은 책, S. 148.

94 Franz Alt, *Das C. G. Jung Lesebuch*(Frankfurt/M., Berlin, 1986), S. 141.

95 같은 곳.

96 Friedrich Nietzsche, GW II, S. 685 f.

97 *Der demokratische Roman*, S. 287.

98 Friedrich Nietzsche, GW II, S. 1057 f.

99 윤순식,『토마스 만 읽기의 즐거움』(살림, 2005), 117면 이하.

100 *Der demokratische Roman*, S. 287.

101 「교양 소설의 새 지평」, 149면.

102 같은 책, 147면.

103 석류는 그리스 신화에서 죽음의 상징이다. 대지의 여신 데메테르의 딸 페르세포네는 저승의 신 하데스에게 납치되었을 때 저승에서 석류 열매를 먹어 저승 세계에 속하게 된다.

104 장성현,『고통과 영광 사이에서』(문학과지성사, 2000), 46면 이하.

105 Friedrich Nietzsche, GW III, S. 751.

106 같은 책, GW II, S. 685.

107 같은 책, GW II, S. 599.

108 같은 책, GW III, S. 590.

109 같은 책, S. 1435.

110 같은 책, S. 310.

111 최순봉,『토마스 만 연구』(삼영사, 1981), 59면 이하 참조.

112 Friedrich Nietzsche, GW II, S. 685.

113 Thomas Mann, *Meine Zeit*(Frankfurt/M., 1950), S. 325.

114 *Die Entwicklung des intellektualen Romans bei Thomas Mann*, S. 38.

115 Thomas Mann, "Der Zauberberg. Roman", in: Hans Wysling(Hg.), *Dichter und ihre Dichtungen* (Frankfurt/M., 1975), S. 468.

116 영국과 미국이 주 무대인 분석 철학은 유럽 중심의 대륙 철학과 더불어 현대 서양 철학을 구성하는 큰 두 줄기를 이룬다. 분석 철학은 멀리 보면 근세의 영국 경험론의 전통에 서 있지만, 가까이 보면 20세기에 들어와 전통적인 철학에 반기를 들면서 형성된 사조라고 볼 수 있다. 분석 철학에 이바지한 철학자로는 프레게·러셀·비트겐슈타인 등이 있다. 이들은 철학의 전통적 문제들은 불명료한 언어에 미혹되어 만들어진 사이비 문제라는 데 의견을 같이한다. 이런 이유로 초기의 분석 철학자들은 언어의 의미를 분석하여 의미를 명료히 하는 것을 철학의 일차적 과제로 삼았다. 분석 철학이라는 표현도 이런 맥락에서 유래한다. 분석 철학의 반형이상학적인 경향은 이후 논리 실증주의를 거치면서 더욱 강화된다. 논리 실증주의는 현대 철학에서 더 이상 힘을 발휘하지 못하고 소멸했지만, 엄밀한 논증과 치밀한 분석을 강조하는 태도는 분석 철학의 핵심으로 남아 심리 철학으로 이어지고 있다.

117 Hans Mayer, *Thomas Mann*(Frankfurt/M., 1984), S. 126.

118 Vgl. Klaus Matthias, *Die Musik bei Thomas Mann und Hermann Hesse*(Lübeck, 1956), S. 184.

119 가스통 바슐라르,『몽상의 시학』, 김현 역(홍성사, 1978), 177면.

120 박주병·이은희,「인간의 마음과 몸은 별개인가 하나인가?」, 한국경제 2008년 9월 1일자 참조.

121 「교양 소설의 새 지평」, 150면.

122 Hans Wysling, *Thomas Mann*, Teil I(München, 1975), S. 525.

123 Paul Altenberg, *Die Romane Thomas Manns*(Bad Homburg vor der Höhe, 1961), S. 82 f.

124 한국종교학회 편, 『죽음이란 무엇인가』(도서출판 창, 2001) 참조.

125 T. W. Adorno u. M. Horkheimer, *Dialektik der Aufklärung*(Frankfurt/M., 1969), S. 41.

126 같은 책, S. 61 f.

127 Henry Hatfield, *Thomas Mann*(New York, 1951), p. 66.

128 Gerhart Mayer, *Der deutsche Bildungsroman*(Stuttgart, 1992), S. 236.

129 Hans Wysling, *Thomas Mann*, Teil I(München, 1975), S. 459.

130 「교양 소설의 새 지평」, 141면.

131 Joseph Kunz, "Thomas Mann", in: H. Friedmann und O. Mann(Hg.), *Deutsche Literatur im 20. Jahrhundert*, Bd. II(Heidelberg, 1961), S. 104.

132 *Der demokratische Roman*, S. 286.

133 「교양 소설의 새 지평」, 148면 이하.

134 Jürgen Scharfschwerdt, *Thomas Mann und der deutsche Bildungsroman*(Stuttgart, 1967), S. 153.

135 「교양 소설의 새 지평」, 148면.

136 같은 책, 152면 이하.

137 박찬기, 『독일 문학사』(일지사, 1984), 449면.

토마스 만의 생애와 문학

1999년 뮌헨의『문학의 집』과 베텔스만 출판사가 독일의 소설가와 평론가 및 학자들을 대상으로 〈20세기 최고의 독일어 작품〉 선정을 의뢰한 결과, 오스트리아 작가 무질Robert Musil의『개성 없는 남자』가 1위를 차지했다. 2위는 카프카Franz Kafka의『소송』, 3위는 토마스 만의『마의 산』, 4위는 되블린Alfred Döblin의『베를린 알렉산더 광장』, 5위에는 그라스Günter Grass의『양철북』이 올랐다. 「디 벨트Die Welt」 신문이 조사한 독일인이 뽑은 〈금세기 최고의 작가〉는 카프카가 1위를 차지했고, 토마스 만, 브레히트, 헤밍웨이, 헤세의 순으로 나타났다. 〈20세기 최고의 독일어 작품〉 선정에서 1위를 차지했던 무질은 14위, 노벨 문학상 수상자 그라스는 15위였다. 이러한 사실들을 보면 토마스 만은 동시대의 작가 카프카, 헤세와 함께 20세기의 세계 문학에서 으뜸가는 작가라 해도 과언이 아니다.

이렇게 독일 현대 문학의 거장으로 손꼽히는 토마스 만은 1875년 독일 북부의 항구 도시 뤼베크에서 아버지 토마스 요한 하인리히 만Thomas Johann Heinrich Mann과 어머니 율리아 만Julia Mann 사이에서 태어났다. 토마스 만이 태어난 해는 이미 1871년 독일이 프로이센-프랑스 전쟁에서 승리하여 비스마르크의 영도 아래 통일 국가가 형성되었던 해였다.

토마스 만은 태어난 지 일주일 후인 6월 11일 마리엔 교회에서 세례를 받았다. 이 젖먹이 아기의 세례 대리인으로 할머니의 남동생 하인리히 마르티 영사와 카스토르프의 지주 니콜라우스 하인리히 슈톨터포트가 참석했다. 슈톨터포트는 어머니 율리아 만의 제부였다. 1936년 토마스 만은 아이러니하게도 괴테의 『시와 진실』 서두를 자신의 글에 도입하여 〈나는 1875년 6월 6일 일요일 정오 12시에 태어났다. 나중에 고명한 점성술사들이 종종 나에게 확인하듯이, 내 별자리는 은혜로웠다. 그들은 내가 타고난 운명점 때문에 만수무강할 뿐만 아니라 편안히 죽을 거라고 예언했다〉고 말했다.

토마스 만의 집안은 백 년 넘게 이어 온 곡류 도매상으로, 그 도시에서 손꼽히는 명문가였다. 아버지는 시민 자치 조직인 참사회 의원을 거쳐 부시장까지 지낸 전형적인 시민이었다. 이에 비해 어머니는 독일인 아버지와 포르투갈계 브라질인 어머니 사이에서 태어난 혼혈로, 남국의 정열을 가진 음악 애호가였다.

율리아 부인은 모두 다섯 아이를 낳았다. 두 아들, 즉 1871년에 형 하인리히 만이, 4년 뒤에 토마스 만이 태어났고 그 뒤로 두 딸 율리아Julia Mann와 카를라Carla Mann가 태어났다. 율리아는 토마스 만보다 두 살 어렸고 카를라는 여섯 살 어렸다. 막내 빅토르 만Viktor Mann은 아버지가 죽기 2년 전인 1890년에 태어났다. 토마스 만의 평론집 『삶의 스케치Lebensabriß』에는 다음과 같은 구절이 있다. 〈나의 어린 시절은 안락하고 행복했다. 우리 다섯 남매, 즉 세 사내아이와 두 자매는 아버지가 자신과 가족을 위해 지은 우아한 집에서 자랐다. 나중에 친할머니가 혼자 살았고 오늘날에는 부덴브로크 하우스로서 외국인들의 호기심 대상이 된 마리엔 교회 근처의 옛집에서 우리는 새로 옮겨 갈 두 번째 집에 대한 기대로 부풀어 있었다.〉 토마스 만은 성격과 출신이 판이하게 다른 부모의 영향을 고루 받았다. 아버지는 시민적 삶에 동경을, 어머니는 예술적 재능을 그에게 물려주었던 것이다.

1882년, 소년 토마스 만은 초등학교에 입학했다. 3년 뒤 그는 흔히 예비 학교라 불리는 〈부세니우스 박사의 (사립) 프로김나지움〉에서 생활했고 여기서 3년간 교육을 받았다. 1889년 마침내 그는 16세기에 설립된 김나지움 〈카타라노임〉의 학생이 되었다. 그러나 토마스 만의 학교생활은 착실하지 못했는데, 책상에 앉아 있기 싫어한 토마스 만의 태도는 형 하인리히 만의 경우와 일치했다. 두 소년에게는 자랑할 만한 것이 없었다. 학교에서 두드러질 정도로 그들은 반항적이었고 성적도 나빴다. 최소한 체육이라도 뛰어나게 잘했더라면 그 모든 것을 눈감아 주었을지 모른다. 그러나 그들은 완전히 구제 불능이었다. 학교에서의 이러한 고난은 「토니오 크뢰거」의 주인공 토니오의 고뇌로 나타나고 있다.

토마스 만과 하인리히 만 두 형제가 문학에 심취해 있다는 소문이 돌기도 했다. 학교에 대한 혐오감은 토마스 만이 뤼베크 서적 상인의 아들 그라우토프Otto Grautoff 그리고 교사들에게 불평을 품은 몇몇 학생들과 동맹을 맺는 계기가 되었다. 토마스 만은 그들과 공동으로 1893년 5월 교지『봄의 폭풍Frühlingssturm』을 창간하여 거기에 시와 비평문을 기고했다.

김나지움 시절, 토마스 만의 문학적 우상은 하이네Heinrich Heine였다. 고등학생으로서 그는 하이네의 시에 박식할 뿐 아니라, 하이네의 산문도 높이 평가했다. 그는 하이네의 글을 계속 읽어『파우스트 박사』를 쓸 때도 여전히 그의 글을 즐기고 있었다. 하이네 외에 쉴러 또한 고등학생 시절의 토마스 만이 좋아하던 작가였다. 그가 특히 좋아하던 쉴러의 작품은 「돈 카를로스」였다. 쉴러는 무엇보다 토마스 만이 뮌헨에서 보내던 초기 시절의 작품 속에 하이네보다 더 깊은 자취를 남겨 놓았다. 이 점은 특히 그의 단편 「산고의 시간」에 잘 나타나 있다. 이 단편에서 우리는 쉴러가 깊은 밤 「발렌슈타인」 작업으로 완전히 기진한 채 예나의 자기 방에서 밤을 지새며 절망의 순간에 봉착한 모습을 보게 된다. 토마스 만은 추후에 방대한 평론집으로 꾸며진 강연을 끝으로 「돈 카를로스」의 작가와 작별을 고했다. 동시대의 작가들 중에서는 입센이 젊은 토마스 만을 매료시켰다. 그는 『봄의 폭풍』에서 입센의 「건축가 졸네스」에 관해 언급한 바 있다. 그 밖에 자연주의에서 신낭만주의와 인상주의를 거쳐 표현주의에 이르기까지 이 시기의 거의 모든 문예 사조를 관통하면서 어떤 사조에도 오래 머물지 않았던 바르Hermann Bahr가 그를 매료시켰으며, 하우프트만Gerhart Hauptmann의 초기 작품들이 보여 준 자연주의도 18세의 젊은 토마스 만에게 특별한 감명을 주었다.

토마스 만의 집안은 그가 15세 때인 1891년 10월 13일 51세의 나이로 아버지가 세상을 떠나면서 몰락의 길을 걸었고, 그의 가족은 뮌헨으로 이사했다. 뮌헨에서 토마스 만은 한때 잡지 『짐플리치시무스』의 편집을 하기도 하고, 형 하인리히 만과 함께 이탈리아 여행도 했다. 또 화재 보험 회사 수습사원으로 일하던 뮌헨 시절에 그는 뮌헨 대학에서 미술사·문학사를 듣는 중간중간 시와 소설을 썼다. 당시 그에게는 니체, 바그너, 쇼펜하우어 등의 영향이 컸으며 특히 소설가 혹은 예술가가 시민 사회에 있어 존재 가치가 있는 것인가 하는 문제와 동시에 시민 사회의 질서 자체에 어떠한 가치가 있는 것인가 하는 두 가지 대립되는 명제 속에서 고민하는데, 이것이 그의 문학적 배경이 되었다.

1898년 토마스 만은 첫 단편집 「키 작은 프리데만」을 발간하여 문학적 재능을 인정받았다. 이 단편집의 세밀하고 분석적인 문체는 자연주의의 특성을 여지없이 발휘하고 있으나, 이미 그 속에는 신낭만주의의 데카당스 기분이 침투되어 있었다. 그 뒤 고향 뤼베크를 무대로 4대에 걸친 가문의 흥망을 그린 장편 『부덴부르크 일가』(1901)로 평론계와 대중에게 호평을 받으면서 토마스 만의 이름은 전 세계적으로 알려져 마침내 토마스 만의 시대가 열렸다.

1905년 뮌헨 대학의 교수 딸과 결혼한 토마스 만은 어느 정도 생활의 여유가 생기자 자유 문필가로 활동하면서 『대공 전하』(1909), 「베네치아에서 죽음」(1912) 등을 발표했다. 그는 1912년 부인이 폐병으로 스위스 다보스 요양소에 있을 때 한동안 그곳에 함께 머물렀던 경험을 토대로 『마의 산』을 집필했다.

제1차 세계 대전 패전의 여파로 세계적인 대공황이 삶을 무겁게 짓누르던 시절 바이마르 공화국은 무능했고 대중은 히틀러를 연호했다. 히틀러 치하에서 많은 작가들이 체포됐고 작품 활동을 할 수 없었다. 토마스 만도 제1차 세계 대전 때 일시적으로 문학 작품 집필을 중단하고 사상·예술의 정치화에 항의하며 독일의 문화적 전통을 옹호하는 보수적인 견해를 담은 평론집 『어느 비정치적 인간의 고찰』(1918)을 펴냈다. 그 때문에 서유럽식 민주주의를 독일에 도입하려 한 진보적 작가이자 그의 친형인 하인리히 만과 대립되기도 했다. 하인리히 만의 소설에는 통렬한 사회 비판적 경향이 많은데, 보수적 경향의 토마스 만은 이를 받아들일 수 없었던 것이다.

1914년에 발발한 제1차 세계 대전은 유럽 지식인들 사이에 격렬한 세계관의 논쟁을 불러일으켰지만, 하인리히 만은 국수주의적으로 기울었던 대다수 독일 사상가에 대해 평화와 민주주의의 입장에 서서 통일 유럽의 사상을 확고하게 주장했다. 이러한 진실적인 행동은 그의 생애의 신앙 고백이라는 뜻에서 중요할 뿐만 아니라 동생 토마스 만과의 사이에 격렬한 논쟁을 일으켰다.

토마스 만은 1914년 8월 1일에 제1차 세계 대전이 발발하자 시대에 대한 태도를 표명하고자 8월과 9월에 『전시의 사상』, 그리고 9월 중순부터 12월 중순까지 『프리드리히와 대동맹』이라는 두 권의 평론집을 썼는데, 전자에는 쇼비니즘 사상이, 후자에는 국수주의 사상이 담겨 있어 그와 많은 사람들 사이에 격렬한 논쟁이 벌어졌다. 특히 이들 두 작품은 그의 형인 하인리히 만과 격렬한 논쟁을 일으켜 토마스 만으로 하여금 유명한 『어느 비정치적 인간의 고찰』을 쓰게 한 동기가 되었다. 때는 국가의 존망이 판가름 나는 전시였다. 그럼에도 불구하고 적국도 아닌 국내에서 새로운 정신과 새로운 시대의 파토스로서 민주주의라는 이름 아래 비정치적인 독일 문화에 대한 매도가 가해지고 있었다. 따라서 토마스 만은 자기 개인을 위해서뿐만 아니라, 독일 문화의 정신적인 아들로서 독일의 명예를 위해 정신적인 싸움을 하지 않을 수 없었다. 이런 맥락에서 『어느 비정치적 인간의 고찰』은 토마스 만 자신이 말하고 있는 바와 같이 〈어떤 고뇌의 본질과 원인에 대한 탐구와 격투와 모색이며, 그 원인에 대한 자욱한 안개 속의 변증법적 도전의 책〉이며 그의 전쟁 평론집이다.

독일이 제1차 세계 대전에서 패한 뒤 아이스너의 피살(1919), 바이마르 공화국 내부의 진보와 보수 세력 간의 대립, 히틀러의 쿠데타 좌절(1923) 같은 혼란스러운 시대 상황 속에 민주주의가 받아들여지게 되었다. 토마스 만도 전후의 대혼란 속에서 지금부터의 독일은 민주주의의 길을 걸어가야만 한다고 확신하게 되었다. 특히 1922년 6월 이상주의적 자유주의 정치가였던 라테나우가 유대인이라는 이유로 우익 과격파에 의해 암살되자 토마스 만은 큰 충격을 받았다. 토마스 만은 민주주의를 지키고 나아가 우익적, 낭만파적, 독일주의적인 측면들을 민주주의에 한 발자국이라도 가까이하도록 노력하지 않으면 안 된다고 생각했는데, 그 첫걸음이 1922년 10월 15일 베를린의 베토벤 홀에서 행한 강연 〈독일 공화국에 대하여 *Von Deutscher Republik*〉였다. 그는 청중의 야유와 흥분을 누르고 끝까지 강연을 계속한 후 〈독일 공화국 만세!〉라고 외치며 강단을 내려왔다. 이러한 시대적 배경에서 토마스 만은 『마의 산』에서 새로운 윤리적 질서와 인간형의 추구로 암담한 상황에 대한 대안을 제시하려 했다. 사실 『마의 산』에서 영웅적이지도 않고 억센 생명력도 없는 주인공 카스토르프는 종반에 마비 상태에 빠지고, 이로부터 탈출하기 위한 자구책으로 전쟁에 참여한다.

『부덴브로크 일가』로 1929년 노벨 문학상을 수상한 토마스 만은 2차 세계 대전 중의 한 일기에 『부덴브로크 일가』를 가리켜 〈나의 전 작품 중에서 후세에 남게끔 정해진 것은 이 책이 아닐까 생각한다. 어쩌면 이 작품으로 나의 천부의 사명이 성취되었는지도 모르고, 그 후의 오랜 여생을 제법 품위 있고 흥미롭게 채워 줄 수 있었던 나의 몫이었는지도 모른다〉고 쓰고 있으며, 또 다른 기회에 언급하기를 〈의심할 여지도 없이 저 최초의 장편 소설(『부덴브로크 일가』)을 쓰고 나서 내가 순전히 그런 유의 것들만 계속해서 썼다면, 그것은 가장 독자의 마음에 들었겠지만 나는 그와 정반대의 일을 해서 항상 새로운 것을 시도했다〉고 말하고 있다. 그리고 토마스 만은 그 이듬해 국가 사회주의가 점차 세력을 키워 가자 사회 민주당과 손을 잡고 국가 사회주의의 위험성을 경고하는 강연 활동을 벌였다. 그 무렵에 발표된 「마리오와 마술사」(1930)는 국가 사회주의를 희화화했다는 이유로 이탈리아의 독재자 무솔리니에 의해 금서 조치가 내려지기도 했다.

1933년 히틀러가 총리에 임명되자 많은 작가들이 다른 나라로 망명하지 않을 수 없었다. 조국에서 추방되어 언어가 다른 타국으로 망명한다는 것은 언어로 살아가는 작가에게 있어 얼마나 가혹한 운명인가 하는 것은 상상을 초월한다. 하지만 히틀러가 정권을 잡자 토마스 만도 독일을 떠나 유럽으로 망명했다. 이는 히틀러가 정권을 넘겨받은 1933년 직후였다.

이런 배경에서 영국이나 프랑스의 현대 문학 사상에는 없었고, 우리나라에도 없었던 독일의 망명 작가 대표로 토마스 만이 꼽힌다. 따라서 토마스 만의 문학은 시대 소설로 리얼리즘적인 관점에서 제2차 세계 대전의 비판과 풍자로 볼 수 있다. 국가 사회주의의 탄압을 받았던 그는 국가 사회주의를 증오했으며, 독일의 운명에 대해서는 외국에 있으면서도 고민하여 이를 작품에 반영시켰다. 예를 들어 『파우스트 박사』에선 악마에게 혼을 팔아 비인간적인 음악 작품을 창작하는 천재적인 작곡가의 몰락이 이야기되고 있는데, 이는 사변적(思辨的) 요소를 압도하여 비대해진 독일 혼을 파헤치면서, 이성과 계몽주의의 정신에 대해 역행된 국가 사회주의라는 악마적인 비합리주의가 독일에서 발생한 원인과 과정을 보여 주고 있다. 또한 토마스 만이 16년간에 걸쳐 완성한 4부작 『요셉과 그의 형제들』의 성립 과정을 볼 때, 그 시대적 배경이 파시즘의 대두, 망명 생활, 제2차 세계 대전 등 작가에게 있어서는 고난의 시대였다.

토마스 만은 강연을 하며 유럽을 떠돌다 1933년 대서양을 건넜다. 얼마 뒤 독일 시민권을 박탈당한 그는 1938년 미국 캘리포니아에 이주하여 프린스턴 대학 초빙 교수로서 강연과 라디오 방송을 통해 국가 사회주의 타도를 부르짖었다. 그리고 1944년 6월 23일, 미국 시민권을 얻었다. 그 와중에도 인류 문명의 본질적인 원리를 탐구한 『바이마르의 로테』(1939), 『구약 성서』 이야기를 재해석한 4부작 『요셉과 그의 형제들』(1943), 독일 작곡가 아드리아 레버퀸(1885~1940)의 생애를 바탕으로 그 당시 독일 문화의 위기를 포착한 『파우스트 박사』, 근친상간을 저지른 자가 교황의 지위에 오르게 되는 과정을 그린 『선택된 자』(1951) 등을 꾸준히 발표했다.

세계주의자이자 평화주의자였던 토마스 만은 제2차 세계 대전이 끝난 뒤 점차 깊어 가는 동서 간 갈등의 골을 메우기 위해 동유럽에서 열린 평화 회의에 참석하기도 했다. 독일에서 그의 작품은 제2차 세계 대전이 끝난 후 금서에서 해제됐지만 동료 작가들의 눈길은 그리 곱지 않았다. 망명을 포기했던 그들은 토마스 만을 비겁자의 화신으로 비판했다. 독일의 비극을 외국에서 고자세로 구경만 하고 있었다는 것이다. 또 그들은 토마스 만이 전쟁이 끝났음에도 독일로 곧장 돌아오지 않는다며 배신자라고 비난했다. 그러나 이렇게 토마스 만을 비난하고 공격한 사람들은 그 후 국가 사회주의의 협력자들이었음이 판명되었다.

토마스 만에게는 미국도 안주할 곳이 못 되었다. 1950년대 극단적인 반공주의자인 〈마녀 사냥꾼〉 매카시Joseph R. McCarthy 상원 의원의 손끝이 그를 가리켰고, 이를 계기로 1951년 3월 26일자의 『자유인The Freeman』지와 6월 18일자의 『새로운 지도자New Leader』지가 토마스 만의 평화주의에 대해 왜곡으로 가득 찬 중상적인 공격을 가했기 때문이다. 이는 전형적인 미국식 히스테리였다. 토마스 만과 친교를 맺고 있던 채플린도 같은 처지에 놓였으나 체포 직전에 미국을 탈출하였고, 브레히트Bertold Brecht도 미국 밖으로 탈출하여 베를린으로 돌아갔다. 이렇게 극단적인 보수 세력의 목소리가 높아진 미국이 반공 정책을 취하자 토마스 만은 1952년에 미국을 떠나 스위스로 옮겨 갔다. 동서로 갈라진 조국 독일을 선택하지 않고 스위스에 거주하며 세계 평화와 독일 통일을 위해 왕성하게 활동하다가 그곳에서 그는 1955년 여든의 나이로 생을 마감했다. 조국인 독일을 몇 차례 방문했지만 끝내 돌아가지는 않았다. 그러나 〈내가 있는 곳에 독일 문화가 있다Wo ich bin, ist deutsche Kultur〉고 말했듯이 그는 〈독일인〉이었다. 또 그의 모국어 사랑, 즉 미국에서의 오랜 생활에도 불구하고 〈영어가 완벽하지 못한〉 독일어의 대가로 남아 있는 사실이 이를 증명한다. 20세 무렵부터 60여 년간 매일 오전 아홉시부터 정오까지 집필 작업을 하고, 몇 년 동안 영국 BBC 라디오 논평을 진행하면서 늘 〈독일 청취자 여러분Deutsche Hörer〉이라는 독일어로 시작했다는 일화가 전해진다.

세계와 인생의 총체성을 추구한다는 점에서 그의 작품 세계는 독일적이었다. 그것은 결국 국가의 틀을 뛰어넘는 것이었다. 역사가인 만프레드 괴르테마르커가 쓴 『토마스 만과 정치Thomas Mann und die Politik』 같은 토마스 만과 정치에 관한 서적도 새로 출간되었다. 이미 토마스 만의 정치적 행적에 대해서는 논란이 많았다. 그는 1918년에 발표한 평론집 『어느 비정치적 인간의 고찰』에서 독일의 패전에도 불구하고 자신의 입장을 한층 강화하여 서방 측 민주주의를 신봉하는 형 하인리히 만과는 상반되는 태도를 취했다. 토마스 만은 『어느 비정치적 인간의 고찰』에서 민주주의는 독일적인 것이 아니라고 주장한 바 있어 그의 정치적 성향은 의심을 사게 되었다.

그러나 토마스 만은 그 후 서방 측 민주주의 체제를 용인했으며, 국가 사회주의가 대두됨에 따라 그의 민주주의에 대한 신념은 더욱 굳어져, 특히 미국 망명 후에는 잡지 또는 라디오 방송을 통해 독일 국민에게 호소하는 논설, 담화 등을 다수 발표하여 큰 영향을 끼쳤다. 1938년에 쓰인 『이 평화Dieser Friede』의 한 구절에서 토마스 만은 〈두려워하지 맙시다. 진리와 이성이 설혹 암흑에 잠시 동안 외형적으로 억압당할 수도 있습니다. 그러나 그것들은 우리의 마음속에서 영원히 건재합니다. ─ 우리는 외롭고 고립된 것 같지만 모든 선과 확고한 유대 속에 있는 것입니다〉라고 힘차게 부르짖었다. 한편 미국 망명 중인 1945년에 집필된 평론집 『정신의 고귀Adel des Geistes』에서 토마스 만은 뛰어난 문학적 논평의 대가로, 또 높은 차원의 유럽적 휴머니티의 대변자로 나타난다. 이 평론집에 괴테, 샤미소, 플라텐, 폰타네, 바그너, 톨스토이 등이 자신의 직접 체험과 내적 교류를 거쳐 논급되어 있다. 그는 인간의 존엄성과 정신의 고귀함을 부르짖었고, 민주주의와 휴머니티의 주장을 자기의 사명으로 삼기에 이르러, 초기의 퇴폐·절망의 경향은 완전히 벗어났다고 볼 수 있다. 그러나 그가 제1차 세계 대전을 전후하여 주장했던 독일 정신의 옹호와 문화*Kultur*의 문명*Zivilisation*에 대한 우위성 등은 그의 신념의 바탕으로 그 후에도 줄곧 계속되어 왔다. 평자에 따라서는 그가 제1차 세계 대전 후에 태도를 표변하여 과거의 주장을 버리고 민주주의로 전향한 것처럼 말하지만, 그의 사상의 기조가 되는 독일 정신과 문화의 전통은 조금도 흔들리지 않았고, 다만 그것이 민주와 보편적인 인간성에서도 더욱 찬란하게 가치를 발할 수 있다는 것을 발견했다. 그리고 그러한 독일적 본질이 가장 위대하게 모범적으로 발현된 것이 바로 괴테라고 생각했다.

원래 군국주의자였던 그가 민주주의자로 탈바꿈한 것, 국가 사회주의를 피해 미국으로 망명한 것은 그의 중요한 전기에 속한다. 그러나 괴르테마르커는 토마스 만이 원래 비정치적인 인물이었다고 주장한다. 토마스 만은 자유와 평등을 기본 가치로 생각하지 않았으며, 그의 유일한 정치적 공적은 국가 사회주의에 일관성 있게 대항한 점이라는 것이다.

토마스 만의 인생과 작품 간의 흥미로운 상호 관계는 특히 토마스 만의 일기 출판을 통해서도 세상의 주목을 끌게 되었다. 일기는 토마스 만의 유언에 따라 취리히의 토마스 만 기록 보관소에 밀봉된 채 보관되었다가 그가 죽은 지 20년이 되던 날인 1975년 8월 12일에 개봉되었다. 그 후 멘델스존Peter de Mendelssohn에 의해 편집·간행되었고, 멘델스존이 죽은 뒤 옌스Inge Jens가 그 작업을 넘겨받아 전 10권으로 발간되었다. 첫 번째 권은 1977년에, 마지막 제10권은 1995년 10월에 출판되었으며, 제1권부터 제5권까지는 멘델스존에 의해, 제6권부터 제10권까지는 옌스에 의해 편집되었다. 옌스는 전임자 멘델스존보다 훨씬 더 자세한 참고 자료와 주석을 제공했으며, 무엇보다도 일기를 삭제 없이 출판하기로 결정한 것은 전임자에 비해 큰 진전이라 할 수 있다. 반면 멘델스존은 도덕적으로 불쾌감을 유발할 여지가 있다고 생각되는 80여 곳을 삭제했는데, 삭제당한 구절의 대부분은 토마스 만이 자신의 동성애와 성생활에 대해 노골적으로 언급한 곳으로 추측된다. 이러한 문제점 때문에 멘델스존에 의해 편집된 부분이 언젠가는 다시 새로운 편집자에 의해 철저히 보충되고 수정되어야 할 필요성이 토마스 만 학자들 사이에 제기되고 있다. 토마스 만의 일기가 출판된 뒤, 대중 매체를 통해 그에 관한 대중적 관심이 높아졌다. 또 발터 옌스Walter Jens와 그의 부인 잉에 옌스가 공동 집필한 토마스 만 부인의 전기 『토마스 만의 부인』도 2004년도 베스트셀러였다.

토마스 만 연보

    1875년(출생) 6월 6일 북부 독일 발트 해 연안에 위치한 한자 동맹의 고도 뤼베크 시에서 부친 토마스 요한 하인리히 만과 모친 율리아 만의 둘째 아들로 태어났다. 부친 토마스 요한 하인리히 만(1840~1923)은 곡물 상회를 경영하는 시의 유력자로서 후에 시 참의원을 거쳐 부시장이 되었다. 모친 율리아 만(1851~1923)은 브라질의 리우데자네이루에서 농장을 경영하던 독일인 요한 브룬스와 포르투갈 귀족의 혈통을 이어받은 브라질인 마리아 다 실바 사이에서 태어나 어렸을 때는 다 실비 브룬스라고 불렸다. 널리 알려진 작가 하인리히 만(1871~1950)이 그의 형이다.

    1877년(2세) 부친이 뤼베크 시의 참사원에 선출. 누이동생 율리아(1877~1927) 출생.

    1881년(6세) 양친이 뤼베크 시내의 베카 그루베에 새집을 지음. 누이동생 카를라(1881~1910) 출생.

    1882년(7세) 브세니우스 박사의 칸디다텐 학교(초등학교에 해당하는 예비 학교)에 입학. 이해부터 1891년까지 여름을 가까운 트라베뮌데의 해안에서 보냄.

    1889년(14세) 카타리네움 실업 고등학교에 입학.

    1890년(15세) 마리엔 교회에서 첫 성찬식(聖餐式)을 받음. 동생 빅토르(1890~1949) 출생. 만 상회 백년제(商會百年祭)가 열림.

    1892년(17세) 10월 부친의 사망으로 만가(家)의 곡물 상회 문을 닫게 됨. 모친은 가족을 거느리고 뮌헨으로 이사하고, 토마스 만은 뤼베크에 남아 학업을 계속함.

    1893년(18세) 가을 카타리네움 실업 고등학교를 중퇴, 1년 지원병 자격증만 얻고 모친이 있는 뮌헨으로 가서 남(南)독일 화재 보험 회사의 무급 수습사원이 됨. 고등학교 시절 예술·문학·철학을 주로 다룬 월간 잡지 『봄의 폭풍Frühlingssturm』을 간행하여 파울 토마스라는 필명으로 평론집과 시를 게재. 그중에는 하이네론과 입센론 등이 있으며, 창간호에 발표했던 시 「두 번의 이별」이 처음으로 토마스 만의 실명으로 잡지 『사회*Gesellschaft*』에 전재(轉載)됨.

1894년(19세) 최초의 단편 소설 「타락*Gefallen*」을 『사회』지에 발표하여 시인인 리하르트 데멜의 인정을 받음. 화재 보험 회사를 그만두고 저널리스트가 되기 위해 뮌헨 대학과 뮌헨 공과 대학에서 청강. 니체에 흥미를 갖게 됨. 수습사원으로 근무.

1895년(20세) 형 하인리히 만이 발행하던 잡지 『20세기*Zwanzigste Jahrhundert*』의 편집을 거들면서 이 잡지에 평론을 기고. 처음으로 이탈리아를 여행.

1896년(21세) 빈을 여행. 10월 형 하인리히 만의 권유로 이탈리아 각지를 여행하며 1898년까지 이탈리아에 체류. 단편 「행복에의 의지」, 「환멸」 등을 발표.

1897년(22세) 10월 로마에서 장편 소설 『부덴브루크 일가』를 쓰기 시작. 단편 「키 작은 프리데만」, 「어릿광대」 등을 발표.

1898년(23세) 4월 이탈리아에서 귀국하여 알베르트 랑겐 출판사에 근무하며 주간지 『짐플리치시무스』의 편집에 참여. 최초의 단편집 『키 작은 프리데만』(이 작품 외에 「행복에의 의지」, 「환멸」, 「어릿광대」 등 수록) 출간.

1899(24세) 9월 덴마크를 여행. 쇼펜하우어를 읽다. 단편 「옷장」, 「복수」 등 발표.

1900년(25세) 알베르트 랑겐 출판사를 그만두고 자원 입대하여 3개월간 군 복무. 누이동생 율리아 결혼. 단편 「묘지로 가는 길」, 「루이스헨」을 발표. 장편 『부덴브로크 일가』 완성.

1901년(26세) 연초에 제대. 르네상스사(史) 연구를 시작. 피렌체 여행. 영국 처녀 메리와 교제. 장편 『부덴브로크 일가』 출간(처음에는 두 권으로 나옴).

1902년(27세) 단편집 『트리스탄』 발간. 이 소설집 안에 주옥처럼 잘 다듬어진 「토니오 크뢰거」가 들어 있음.

1903년(28세) 프링스하임가(家)와 교제를 시작. 단편 「트리스탄」, 「배고픈 사람들」, 「토니오 크뢰거」를 『신독일 전망*Neue Deutsche Rundschau*』지에 발표. 단편집 『트리스탄』 간행.

1904년(29세) 프링스하임가의 딸 카타리나(카치아)와 약혼. 단편 「어떤 행복」, 「예언자의 집에서」, 「신동」 및 희곡 「피오렌차」를 완성.

1905년(30세) 2월 뮌헨 대학 수학과 교수 프링스하임의 딸 카타리나(카치아) 프링스하임과 결혼. 이해 첫딸 에리카 만 출생. 희곡 「피오렌차」, 쉴러 사후 백 년을 기념하는 「고뇌의 한때」를 발표.

1906년(31세) 11월 장남 클라우스 만 출생. 단편 「벨중의 피」를 『신독일 전망』지 1월호에 게재할 예정이었으나, 작가의 희망에 따라 인쇄된 지면이 발행 전에 파기됨. 『대공 전하』를 구상.

　　1907년(32세) 베네치아를 여행. 「피오렌차」가 초연됨. 자전적(自傳的) 스케치『거울을 보며』를 발표.

　　1908년(33세) 빈을 여행하여 슈니츨러, 호프만슈탈 등과 만남. 단편「일화」, 「연극에 대한 시론」을 발표. 유명한 역사학 교수가 되는 둘째 아들 골로 만 출생.

　　1909년(34세) 바트테어르츠에 별장을 마련. 독일의 소공국을 무대로 하는 장편『대공 전하』, 단편「철도 사고」, 에세이「단잠」을 발표.

　　1910년(35세) 차녀 모니카 출생. 무대생활을 청산하고 시민 생활로 돌아가고자 했던 누이동생 카를라가 결혼에 실패하여 음독자살. 장편『고등 사기꾼 펠릭스 크룰의 고백』집필 준비.

　　1911년(36세) 베네치아를 여행. 5월 말~6월 초 리도 섬에 머무르며「베네치아에서 죽음」을 착상.『고등 사기꾼 펠릭스 크룰의 고백』과 단편「구타」를 발표.

　　1912년(37세) 5월 스위스 다보스의 요양소에서 요양 중인 아내 카치아를 방문하여 약 4주간 체재하는데, 이때의 체험이 장편『마의 산』의 결실을 맺음. 단편「베네치아에서 죽음」을 발표.

　　1913년(38세) 장편『마의 산』집필에 착수. 단편집『신동』간행(이 작품 외에「고뇌의 한때」,「예언자의 집에서」,「어떤 행복」,「구타」 수록).

　　1914년(39세) 뮌헨의 포싱거 가(街)에 집을 지어 이사. 제1차 세계 대전의 발발과 함께『마의 산』집필을 중단하고 시국적 평론이라 볼 수 있는『프리드리히와 대동맹』등을 씀. 펜으로 조국을 지키는 것이 그의 전쟁에 대한 태도였음. 스위스를 여행. 단편「시련의 시간들」,「행복」발표.

　　1915년(40세) 2월 보수적 견해를 피력하는 에세이적 평론집『프리드리히와 대동맹』발간. 11월에 형 하인리히 만이 이 평론집의 사상을 비판하는 내용의「졸라론(論)」을 공표.

　　1916년(41세) 정치적 견해 차이로 형 하인리히 만의 비난을 받고 그에 자극받아 독일 문화를 옹호하는『어느 비정치적 인간의 고찰』에 수록될 여러 논문을 쓰기 시작. 이 작업은 1918년 초까지 계속됨.

　　1918년(43세) 프랑스적 민주주의나 문명 개념을 독일의 문화 개념과 대립적인 관점에서 서술하는 방대한 저작『어느 비정치적 인간의 고찰』출간. 진보적 사고를 지녔던 형과의 불화가 본격적으로 시작됨.

　　1919년(44세) 4월 3남 미카엘 출생. 8월 본 대학에서 명예박사 학위를 받음.『마의 산』의 속고(續稿)에 착수. 단편「주인과 개」, 전원시「어린이의 노래」발표.

　　1921년(46세) 9월 뤼베크와 베를린 등지에서 〈괴테와 톨스토이〉란 연제로 강연. 단편「벨중의 피」를 한정적으로 530부 간행.

　1922년(47세) 10월 연설문 「독일 공화국론」을 통해 민주주의를 옹호하고 국수적 보수주의를 신랄하게 공격. 이 강연 전문을 『신독일 전망』지에 게재. 『어느 비정치적 인간의 고찰』의 삭제판을 간행. 『고등 사기꾼 펠릭스 크룰의 고백—어린 시절의 책』과 평론집 『해명』 출간.

　1923년(48세) 3월 모친 율리아 사망. 4월 스페인 여행. 동생 빅토르와 영화 「트리스탄과 이졸데」를 계획했으나 제작은 되지 않음. 〈요셉 이야기〉 구상. 평론집 『괴테와 톨스토이』 출간.

　1924년(49세) 바르샤바 펜클럽에서 강연하고 런던 펜클럽의 주빈으로 초대됨. 장편 소설 『마의 산』이 출간되어 유럽의 지식인들을 열광시킴.

　1925년(50세) 6월 6일 뮌헨에서 50세 생일 축하회가 열림. 헤세가 방문함. 짧은 기간 소아시아를 여행함. 전 10권으로 된 그의 첫 전집을 피셔 출판사에서 간행. 단편 「무질서와 때 아닌 고뇌」 발표. 평론집 『노력』〔전기(前記) 전집 중에 수록〕을 발표.

　1926년(51세) 1월 카네기 재단의 초청으로 파리를 방문하고 「파리 방문기」를 발표. 5월 뤼베크 시의 7백년제에 즈음하여 〈정신적 형식으로서의 뤼베크〉를 강연하고, 시 참사회로부터 교수로 추천됨. 10월 프로이센 예술 아카데미 회원이 됨. 장편 『요셉과 그의 형제들』 집필 시작.

　1927년(52세) 연극배우로 성공을 꿈꾸던 누이동생 율리아 만 자살(작은 누이동생의 자살과 함께 『파우스트 박사』의 삽화로 들어가 있음).

　1929년(54세) 11월 『부덴브로크 일가』의 공적이 인정되어 노벨 문학상을 받지만, 토마스 만은 『마의 산』이 더 훌륭한 작품이라고 생각하여 이를 못마땅하게 여김. 12월 스웨덴 여행. 니덴에 별장을 지음.

　1930년(55세) 2월~4월 이집트 및 팔레스타인 지방을 여행. 이탈리아의 무솔리니와 히틀러를 은근히 꼬집는 단편 「마리오와 마술사」, 『시대의 요구』 간행. 「약전(略傳)」 발표. 10월 국가 사회주의당의 진출에 대해 독일 국민들의 경계를 촉구하기 위해 〈이성에 호소한다〉를 강연. 파시즘의 정체를 폭로한 「마리오와 마술사」가 무솔리니에 의해 금서 처분.

　1932년(57세) 괴테 사후 백 주년에 즈음하여 〈시민 시대의 대표자로서의 괴테〉 및 〈작가로서의 괴테의 생애〉를 강연. 이 두 강연의 전문과 『괴테와 톨스토이, 인간성의 문제』(개정 신판)를 간행.

　1933년(58세) 만 형제, 독일 아카데미를 탈퇴. 2월 음악가 바그너의 사후 50년제에 즈음하여 〈리하르트 바그너의 고뇌와 위대성〉이라는 제목으로 뮌헨 대학에서 강연. 다음 날 국외로 강연 여행을 떠남. 그사이 국가 사회주의당이 독재적 권력을 획득, 뮌헨에 있는 그의 집을 접수하자 귀국을 단념하고 잠시 몽타놀라의 헤르만 헤세 집에 몸을 의지했다가 프랑스를 거쳐 가을에 스위스의 퀴스나히트에 정착. 3월 장녀 에리카가 접수한 그의 집에 들어가 『요셉과 그의 형제들』 원고를 꺼내옴. 장편 『요셉과 그의 형제들』 제1부 〈야곱 이야기〉를 간행.

1934년(59세) 5월 처음으로 미국을 방문하여 6월까지 그곳에서 지냄. 미국행 배 안에서 「돈키호테와 함께 바다를 건너다」 씀. 『요셉과 그의 형제들』 제2부 〈젊은 요셉〉을 간행.

1935년(60세) 스위스에서 토마스 만의 60세 생일 축하회가 열림. 피셔 출판사에서 토마스 만의 친우들의 축사집을 간행하여 증정. 니츠아에서 개최된 〈유럽 정신 회의〉에 「유럽이여 경계하라」를 보내 휴머니즘에 관해 전투적이 될 것을 요망. 하버드 대학에서 명예 박사 학위를 받음. 장녀 에리카가 영국의 시인 오든과 결혼. 평론집 『거장(巨匠)의 고뇌와 위대함』, 『유럽에 고함』 간행.

1936년(61세) 5월 프로이트 탄생 60주년을 기념하여 빈에서 〈프로이트와 미래〉를 강연. 12월 국가 사회주의 정권에 의해 재산이 몰수됨과 동시에 독일 국적이 박탈되고, 또 본 대학으로부터 명예 박사 학위도 철회당함. 『바이마르의 로테』 구상. 『요셉과 그의 형제들』 제3부 〈이집트의 요셉〉 간행.

1937년(62세) 1월 체코슬로바키아 국적을 얻음. 본 대학의 학위 철회 통고문과 그에 대한 항의문을 합쳐 〈왕복 서신〉이란 표제로 공표. 9월 콘라트 파르케와 공동 발행인이 되어 자유로운 독일 문화를 위한 격월간지 『척도의 가치』를 발행하기 시작. 독일 저작가 보호 동맹의 명예 회장이 됨. 장편 『고등 사기꾼 펠릭스 크룰의 고백―제1부 유년 시절 편』(제1부 및 제2부의 단편) 간행.

1938년(63세) 미국으로 이주하여 프린스턴에 거주. 프린스턴 대학의 객원 교수로 취임, 〈쇼펜하우어〉를 강연. 2월 5월까지 미국의 15개 도시에서 〈도래해야 할 민주주의의 승리〉란 연제로 강연. 10월 뮌헨 회담의 결과를 보고 〈이 평화〉라는 제하의 항의 연설을 함. 정치 논문집 『유럽이여 경계하라』 간행.

1939년(64세) 9월 스톡홀름에서 열린 제17회 국제 펜클럽 대회에서 〈자유의 문제〉를 강연. 이 테마로 미국 각지에서 순회 강연. 괴테를 패러디한 장편 소설 『바이마르의 로테』 발표.

1940년(65세) 캘리포니아로 이주. 10월 BBC 방송을 통해 매월 정기적으로 히틀러 타도를 외치는 대독(對獨) 라디오 방송을 시작하여 1945년 5월까지 계속함. 차녀 모니카, 조난 당함. 「뒤바뀐 머리」 간행.

1941년(66세) 5월 캘리포니아의 퍼시픽 팰리사이즈에 주택을 지어 1952년까지 거주.

1942년(67세) 니체 및 음악에 대한 관심이 깊어짐. 영국 BBC에서 〈독일 청취자 여러분〉이라는 제목으로 55회 라디오 방송. 『파우스트 박사』 구상.

1943년(68세) 〈부양자 요셉〉을 탈고하여 4부작 『요셉과 그의 형제들』 완성. 3월 단편 「규칙」을 발표. 5월경 장편 소설『파우스트 박사』집필 시작. 여기서는 파우스트라는 독일의 전형적 인간상을 레버퀸이라는 천재 음악가로 바꾸어 형상화하면서 독일의 내면사와 정치사의 모습 그리고 그로 인한 비극을 다룸. 〈부양자 요셉〉 간행.

　1944년(69세) 6월 미국 시민권 획득. 단편집『규칙』간행.

　1945년(70세) 6월 6일 토마스 만의 탄생 70주년을 기념하여 워싱턴 국회 도서관에서 독일의 운명을 분석한 〈독일과 독일인〉을 강연. 대독(對獨) 라디오 방송 25회분을 모은『독일의 청취자 여러분』및 평론집『정신의 고귀함』간행.

　1946년(71세) 폐농(肺膿) 종기 수술을 받음. 1933년부터 그 이듬해에 걸친 일기『독일을 걱정하다』를 간행.

　1947년(72세) 전후 처음으로 유럽을 여행하고 스위스 취리히에서 열린 펜클럽 대회에서 〈우리들의 경험으로 본 니체의 철학〉을 강연. 장편『파우스트 박사』완성.

　1948년(73세) 하르트만 폰 아우에를 읽음.『요셉과 그의 형제들』의 영어판에 자전적 서문「16년」을, 괴테의 영역 선집『영원한 괴테』에 서문「괴테 환상」을 씀.『선택된 자』집필에 착수. 평론집『신론집(新論集)』간행.

　1949년(74세) 여름 망명 이후 처음으로 독일을 방문. 7월에는 프랑크푸르트에서, 8월에는 바이마르에서 괴테 탄생 2백 주년 기념제 식사를 함. 옥스퍼드 대학에서 괴테 탄생 2백 주년 기념으로 〈괴테와 민주주의〉란 제목으로 강연. 막냇동생 빅토르가 이해 초에 토마스 만의 형제자매를 중심으로 한 전기『우리 다섯 사람』을 완성했으나 4월 21일 뮌헨에서 사망. 작가의 장남 클라우스는 시대 상황에 괴로워하다가 남프랑스의 칸에서 자살.『파우스트 박사』의 성립 과정을 중심으로 그동안의 신변 사정 및 사회 정세, 나아가 제2차 세계 대전의 추이를 기록한『파우스트 박사의 성립—소설의 소설』을 간행.

　1950년(75세) 3월 동독으로 가려던 형 하인리히 만이 캘리포니아에서 사망. 5월 시카고 대학과 소르본 대학에서 〈나의 시대〉라는 제목으로 강연. 미국 예술 문학 아카데미 회원으로 뽑힘.

　1951년(76세)『고등 사기꾼 펠릭스 크룰의 고백』을 다시 집필. 근친상간의 죄인이 교황에까지 오르는 이야기를 다룬 장편『선택된 자』출간.

　1952년(77세) 9월 베네치아에서 열린 유네스코 회의에서 〈예술가와 사회〉라는 연제로 강연. 이탈리아 문학상 수상. 1947년 이래 미국과 유럽을 오가며 노익장을 과시했으나 미국에 반공적 경향이 증대함에 따라 유럽으로 돌아갈 것을 결심하고, 6월에 미국을 떠나 12월에 스위스의 취리히 근교 에르렌바흐로 이주. 이후 매년 고국 독일을 방문.

　1953년(78세) 바티칸으로 교황 비오 12세를 방문. 단편「사기당한 여자」, 평론집『신고론집(新古論集)』간행.

1954년(79세) 1937년 이래 미완성으로 있던 『고등 사기꾼 펠리스 크룰의 고백-회상의 제1부』 계속 집필. 취리히 근교의 키르히베르크에 최후의 거주를 정하고 이사. 「체호프 시론」 등을 집필. 『대공 전하』가 라디오 드라마화 및 영화화. 장편 『고등 사기꾼 펠리스 크룰의 고백-회상의 제1부』를 간행.

1955년(80세) 쉴러의 사후 150년에 「쉴러 시론(試論)」을 쓰고 또한 동서 독일에서 같은 제목으로 기념 강연. 이때 뤼베크 시를 방문하여 명예 시민 칭호를 받음. 8월 12일 심장 관상 동맥 혈전증(心臟冠狀動脈血栓症)으로 입원. 8월 12일 스위스 취리히의 시립 병원에서 사망. 8월 16일 키르히베르크의 신교(新敎) 교회 묘지에 묻힘. 『토마스 만 전집』 전 12권 간행.

참고 문헌

1차 문헌

Brockhaus Enzyklopädie in 20 Bänden(Wiesbaden, 1972).

Homer, *Odyssee und homerische Hymnen*(München, 1990).

Kerényi, Karl, "Das göttliche Kind", in: *Albae Vigiliae*, Heft VI/VII(Amsterdam, 1940).

Lessing, Gotthold Ephraim, Werke, Band 6, *Kunsttheoretische und kunsthistorische Schriften*(Darmstadt, 1974). darin: Wie die Alten den Tod gebildet, S. 405~462.

Mann, Thomas, *Bekenntnisse des Hochstaplers Felix Krull*(Frankfurt/M., 1992).

Ders., "Der Tod in Venedig", in: Ders., *Schwere Stunde und andere Erzählungen* (Frankfurt/M., 1991).

Ders., *Der Zauberberg*(Frankfurt/M., 1991).

Ders., *Joseph und seine Brüder* 2(Frankfurt/M., 1974).

Ders., "Freud und die Zukunft", in: Hermann Kurzke(Hg.), *Essays und Schriften über Musik und Philosophie*(Frankfurt/M., 1978).

Ders., "On myself, Doppellecture vor den Studenten der Universität Princeton", in: Wysling, Hans(Hg.): *Thomas-Mann-Studien, 3. Bd., Dokumente und Untersuchungen* (Bern, 1974).

Ders., *Altes und Neues*(Frankfurt/M., 1961).

Ders., "Deutschland und die Deutschen", in: *Sorge um Deutschland*, Sechs Essays (Frankfurt/M., 1957).

Ders., *Das essayistische Werk*, hg. von Hans Bürgin(Frankfurt/M., 1968).

Ders., *Meine Zeit*(Amsterdam, 1972).

Ders., *Politische Schriften*, Bd. 1 und 2(Frankfurt/M., 1968).

Ders., *Goethe als Repräsentant des Bürgertums*(Frankfurt/M., 1932).

Ders. und Kerényi, Karl, *Gespräch in Briefen*(Zürich, 1960).

2차 문헌

백낙청 편저, 『리얼리즘과 모더니즘』(창작과비평사, 1984).

송동준 편저, 『토마스 만』 작가론 총서(문학과지성사, 1986).

오한진, 『문명 작가와 문화 작가』(홍성사, 1981).

장성현, 『고통과 영광 사이에서』(문학과지성사, 2000).

조남현, 『소설 원론』(고려원, 1984).

최순봉, 『토마스 만 연구』(삼영사, 1981).

황현수, 『토마스 만의 문학과 사상』(세종문화사, 1996).

브루노 힐레브란트, 『소설의 이론』, 박병화·원당희 역(예하, 1994).

A. A. 멘딜로우, 『시간과 소설』, 최상규 역(대방출판사, 1983).

Adair, Gilbert, *Adzio und Tadzio*(Zürich, 2002).

Aldern, Harold, *Nietzsche's Gift*(Ohio University Press, 1977).

Allemann, Beda, *Ironie und Dichtung*(Pfullingen, 1969).

Alt, Franz, Das C. G. *Jung Lesebuch*(Frankfurt/M.–Berlin, 1986).

Altenberg, Paul, *Die Romane Thomas Manns*(Bad Homburg vor der Höhe, 1961).

Anton, Herbert, *Die Romankunst Thomas Manns*(Paderborn, 1972).

Arntzen, Helmut, *Der moderne deutsche Roman. Voraussetzungen, Strukturen, Gehalte*(Heidelberg, 1962).

Bantel, Otto, *Grundbegriffe der Literatur*(Frankfurt/M., 1966).

Baumgart, Reinhart, *Das Ironische und die Ironie in den Werken Thomas Manns*(München, 1964).

Beach, Kershner R., *The Twentieth Century Novel*(Boston, 1932).

Berger, Willy R., "Die mythologischen Motive in Thomas Manns Roman 〈Joseph und seine Brüder〉", in: Alewyn, Richard und Singer, Herbert(Hg.), *Literatur und Leben*, Band 14(Köln, 1971).

Bergsten, Gunilla, *Thomas Manns Doktor Faustus, Untersuchungen zu den Quellen und zur Struktur des Romans* (Tübingen, 1974).

Bernhard, Thomas, *Der Keller, Eine Entziehung* (München, 1995).

Best, Otto F., *Handbuch literarischer Fachbegriffe. Definitionen und Beispiele* (Frankfurt/M., 1972).

Blanchot, Maurice, *The Space of Literature*, tr. by Ann Smock (University of Nebraska Press, 1982).

Bloom, Harold (Hg.), *Modern Critical Views of Thomas Mann* (New York, 1986).

Blume, Bernhard, *Thomas Mann und Goethe* (Bern, 1949).

Böhm, Karl W., *Zwischen Selbstzucht und Verlangen. Thomas Mann und das Stigma Homosexualität. Untersuchungen zu Frühwerk und Jugend* (Würzburg, 1991).

Böschenstein, Bernhard, "Exzentrische Polarität, Zum Tod in Venedig", in: Hansen, Volkmar (Hg.), *Thomas Mann, Romane und Erzählungen* (Stuttgart, 1993).

Broch, Hermann, "Geist und Zeitgeist", in: *Schriften zur Literatur 2. Theorie* (Frankfurt/M., 1981).

Brooks, Cleanth, *The Well-wrought Urn* (New Jersey, 1947).

Bubner, Rüdiger, "Zur dialektischen Bedeutung romantischer Ironie", in: Ernst Behler und Dochen Hörisch (Hg.), *Die Aktualität der Frühromantik* (Paderborn, 1987).

Busch, Arnold, *Faust und Faschismus* (Frankfurt/M., 1983).

Curtius, Mechthild, *Erotische Phantasien bei Thomas Mann* (Frankfurt/M., 1984).

Dierks, Manfred, *Studien zu Mythos und Psychologie bei Thomas Mann* (Bern, 1972).

Diersen, Inge, *Thomas Mann. Episches Werk, Weltanschauung, Leben* (Berlin und Weimar, 1975).

Eastman, Richard M., *A Guide to the Novel* (San Francisco, 1965).

Eckermann, Johann P., *Gespräche mit Goethe* (Baden–Baden, 1981).

Eichner, Hans, *Thomas Mann. Eine Einführung in sein Werk*, 2. Aufl. (Bern, 1961).

Eliade, Mircea, *Patterns in Comparative Religions* (New York, 1970).

Emrich, Wilhelm, *Protest und Verheißung* (Frankfurt/M., 1960).

Enders, Horst (Hg.), *Die Werkinterpretation* (Darmstadt, 1967).

Fellmann, Ferdinand, *Phänomenologie und Expressionismus* (Freiburg/ München, 1982).

Friedenthal, Richard, *Goethe, Sein Leben und seine Zeit* (München, 1978).

Friedmann, Friedmann u. Mann, Otto, *Deutsche Literatur im zwanzigsten Jahrhundert*

(Heidelberg, 1957).

Frizen, Werner, *Thomas Mann, Der Tod in Venedig*, 2. überarb. u. korr. Aufl. (München, 1993).

Grant, Michael und Hazel, John(Hg.), *Lexikon der antiken Mythen und Gestalten* (München, 1989).

Gregor, Martin, *Wagner und kein Ende* (Bayreuth, 1958).

Grimm, Reinhold(Hg.), *Deutsche Romantheorie* (Frankfurt/M., 1968).

Hall, Vernon, Jr., *A Short History of Literary Criticism* (New York University Press, New York, 1963).

Hamburger, Käte, *Der Humor bei Thomas Mann* (München, 1965).

Hansen, Volkmar, *Thomas Mann, Realien zur Literatur* (Stuttgart, 1984).

Harpprecht, Klaus, *Thomas Mann. Eine Biographie* (Reinbek bei Hamburg, 1995).

Hasselbach, Karlheiz, *Thomas Mann. Doktor Faustus*, 2. Aufl.(München, 1988).

Hatfield, Henry, *Thomas Mann* (New York, 1951).

Heftrich, Eckhart, *Zauberbergmusik über Thomas Mann* (Frankfurt/M., 1975).

Ders., *Vom Verfall zur Apokalypse über Thomas Mann* (Frankfurt/M., 1982).

Hegel, G. W. Friedrich, *Vorlesungen über die Ästhetik*, Werke 13 ~ 15 (Frankfurt/M., 1993).

Heilbut, Anthony, *Thomas Mann, Eros and Literature* (New York, 1996).

Heidbrink, Ludger, *Entzauberte Zeit, Der melancholische Geist der Moderne* (München, 1997).

Heller, Erich, *Thomas Mann. Der ironische Deutsche* (Frankfurt/M., 1959).

Hilscher, Eberhard, *Thomas Mann* (Berlin, 1975).

Hofman, Alois, *Thomas Mann und die Welt der russischen Literatur* (Berlin, 1967).

Hofmiller, Joseph, "Thomas Manns neue Erzählung", in: *Süddeutsche Monatshefte*, 10 (1913).

Hollweck, Thomas, *Thomas Mann* (München, 1975).

Holthusen, Hans Egon, *Die Welt ohne Transzendenz* (Hamburg, 1949).

Hunger, Herbert(Hg.), *Lexikon der griechischen und römischen Mythologie* (Wien, 1988).

Jendreiek, Helmut, *Thomas Mann, Der demokratische Roman* (Düsseldorf, 1977).

Jauß, Hans Robert, *Literaturgeschichte als Provokation der Literatur- wissenschaft*

(Frankfurt/M., 1970).

Jens, Walter, *Statt einer Literaturgeschichte* (Tübingen, 1978).

Kayser, Wolfgang, *Das sprachliche Kunstwerk. Eine Einführung in die Literaturwissenschaft*, 8. Auflage (Bern, 1978).

Karst, Roman, *Thomas Mann oder Der deutsche Zwiespalt* (Wien –München –Zürich, 1970).

Kaufmann, Walter, *Nietzsche* (Princeton, 1974).

Kierkegaard, Sören, *Die weltgeschichtliche Gültigkeit der Ironie* (Köln, 1973).

Klein, Johannes, *Geschichte der deutschen Novelle von Goethe bis zur Gegenwart* (Wiesbaden, 1956).

Kohut, Heinz, *Introspektion, Empathie und Psychoanalyse. Aufsätze zur psychoanalytischen Theorie zu Pädagogik und Forschung und zur Psychologie der Kunst* (Frankfurt/M., 1977).

Koopmann, Helmut, *Die Entwicklung des intellektualen Romans bei Thomas Mann, Untersuchungen zur Struktur von Buddenbrooks, Königliche Hoheit und Der Zauberberg*. Diss. (Bonn, Bouvier, 1962).

Ders., *Der klassisch-moderne Roman in Deutschland* (Stuttgart, 1983).

Ders., *Der schwierige Deutsche. Studien zum Werk Thomas Manns* (Tübingen, 1988).

Ders., *Thomas Mann. Buddenbrooks, Grundlagen und Gedanken zum Verständnis* (Frankfurt/M., 1995).

Ders., *Thomas Mann. Konstanten seines literarischen Werks,* hg. von Benno von Wiese (Berlin, 1969).

Ders., "Thomas Mann, Theorie und Praxis der epischen Ironie", in: Reinhold Grimm (Hg.), *Deutsche Romantheorie* (Frankfurt/M., 1968).

Ders. (Hg.), *Thomas Mann. Wege der Forschung* (Darmstadt, 1975).

Koppen, Ervin, "Vom Dekadenz Zum Proto –Hitler, Wagner Bilder Thomas Manns", in: Peter Putz (Hg.), *Thomas Mann und Tradition* (Frankfurt/M., 1971).

Kristiansen, Börge, *Thomas Manns Zauberberg und Schopenhauers Metaphysik*, 2. Aufl. (Bonn, 1985).

Kroll, Wilhelm (Hg.), *Paulys Real-Encyclopädie der classischen Altertumswissenschaft* (Stuttgart, 1913).

Kunz, Joseph, "Thomas Mann", in: H. Friedmann und O. Mann (Hg.), *Deutsche*

Literatur im 20. Jahrhundert, Bd.II(Heidelberg, 1961).

Kurzke, Hermann(Hg.), *Stationen der Thomas-Mann-Forschung*(Würzburg, 1985).

Ders., *Thomas Mann. Das Leben als Kunstwerk*(Frankfurt/M., 2001).

Ders., *Thomas Mann, Epoche-Werk-Wirkung*(München, 1985).

Lämmert, Eberhart, *Bauformen des Erzählens*(Stuttgart, 1967).

Lehnert, Herbert, *Thomas Mann. Fiktion, Mythos, Religion*(Stuttgart, 1965).

Lewis, Percy Wyndham, *Time and Western Man*, Vol.II(Santa Rosa CA, 1927).

Link, Hannelore, *Rezeptionsforschung*(Stuttgart, 1976).

Löwith, Karl, *Nietzsches Philosophie der Ewigen Wiederkehr des Gleichen* (Kohlhammer, 1956).

Lüdke, W. Martin, "Mit Speck fängt man Mäuse oder Notizen zur Frage nach dem ⟨wahren Sachverhalt⟩ in Mythos und Literatur", in: Bender, Hans und Krüger, Michael(Hg.), *Akzente*, 26. Jahrgang(München, 1979).

Lukács, György, *Auf der Suche nach dem Bürger*(München, 1971).

Ders., *Die Theorie des Romans. Ein geschichtsphilosophischer Versuch über die Formen der großen Epik*(Neuwied –Berlin, 1971).

Ders., *Essays über Realismus*(Neuwied –Berlin, 1971).

Ders., *Probleme des Realismus*. 1. Bd. 4(Neuwied –Berlin, 1971).

Ders., *Thomas Mann*(Berlin, 1953).

Maier, Rudolf Nikolaus, *Paradies der Weltlosigkeit*(Stuttgart, 1964).

Mann, Golo, *Deutsche Geschichte des 19. und 20. Jahrhunderts* (Frankfurt/M., 1958).

Mann, Katia, *Meine ungeschriebenen Memoiren*(Frankfurt/M., 1974).

Maren –Grisebach, Manon, *Methoden der Literaturwissenschaft*(München, 1976).

Martini, Fritz, *Das Wagnis der Sprache*(Stuttgart, 1970).

Mayer, Gerhart, *Der deutsche Bildungsroman*(Stuttgart, 1992).

Mayer, Hans, *Spiegelungen Goethes in unserer Zeit*(Wiesbaden, 1949).

Ders., *Thomas Mann. Werk und Entwicklung*(Frankfurt/M., 1980).

Ders., *Zur deutschen Literatur der Zeit. Zusammenhänge. Schriftsteller, Bücher* (Reinbek bei Hamburg, 1967).

Meyer, Theo, *Nietzsche und die Kunst*(Tübingen und Basel, 1993).

Mendelssohn, Peter de, *Nachbemerkungen zu Thomas Mann*(Frankfurt/M., 1981).

Meyer, Hermann, *Das Zitat in der Erzählkunst*(Stuttgart, 1967).

Mooney, James, "The Ghost–Dance Religion and the Sioux Outbreak of 1890", *Annual Report of the Bureau of American Ethnology*,XIV 2(Washington, 1896).

Müller, Fred, *Thomas Mann*(München, 1972).

Ders., *Thomas Mann Buddenbrooks*(München, 1979).

Müller, Joachim, "Glücksspiel und Göttermythe, Zu Thomas Manns Krull", in: *Sinn und Form*, Jg. 12, H. 3(Berlin, 1960).

Neider, Charles, *The Stature of Thomas Mann*(New York, 1947).

Nicklas, Hans W., *Der Tod in Venedig. Analyse des Motivzusammenhangs und der Erzählstruktur*(Marburg, 1968).

Nietzsche, Friedrich, *Gesammelte Werke* in drei Bänden, hg. von Karl Schlechta (München, 1988).

Northcote–Bade, James, *Die Wagner-Mythen im Frühwerk Thomas Manns*(Bonn, 1975).

Nündel, Ernst, *Kunsttheorie Thomas Manns*(Bonn, 1972).

Ders., *Thomas Manns Kunstanschauungen in seinen Essays*(Münster, 1960).

Papst, Papst, "Satan und die alten Götter in Venedig. Entwicklung einer literarischen Konstante", in: *Euphorion* 49(Bonn, 1972).

Peacock, Ronald, *Das Leitmotiv bei Thomas Mann*(Bern, 1934).

Piana, Theo, *Thomas Mann*(Leibzig, 1968).

Plöger, Jürgen, *Das Hermesmotiv in der Dichtung Thomas Manns,* Diss.(Kiel, 1960).

Prang, Helmut, *Die romantische Ironie*(Darmstadt, 1980).

Prater, Donald, *Thomas Mann. Deutscher und Weltbürger. Eine Biographie, über*s. von Fred Wagner(München, 1995).

Pütz, Peter, *Friedrich Nietzsche*(Stuttgart, 1967).

Pütz, Peter(Hg.), *Thomas Mann und die Tradition*(Frankfurt/M., 1971).

Reich–Ranicki, Marcel, *Frankfurter Anthologie*, 11. Bd.(Frankfurt/M., 1976).

Renner, Rolf Günter, *Das Ich als ästhetische Konstruktion, Der Tod in Venedig und seine Beziehung zum Gesammtwerk Thomas Manns*(Freiburg im Breisgau, 1987).

Richter, Gert und Ulrich, Gert, *Der neue Mythologieführer, Götter, Helden, Heilige* (Seehamer, 1996).

Rhode, Erwin, *Psyche. Seelenkult und Unsterblichkeitsglaube der Griechen*, 4. Augl., Bd 1(Tübingen, 1907).

Rothenberg, Jürgen, "Der göttliche Mittler, Zur Deutung der Hermes-Figurationen im Werk Thomas Manns", in: *Euphorion*, Band 66(Heidelberg, 1972).

Sandt, Lotti, "Mythos und Symbolik im Zauberberg von Thomas Mann", in: *Sprache und Dichtung*, Band 30(Bern, Stuttgart, 1979).

Scharfschwerdt, Jürgen, *Thomas Mann und der deutsche Bildungsroman*(Stuttgart, 1967).

Schillement, Jost(Hg.), *Deutsche Romane von Grimmelshausen bis Musil* (Frankfurt/M., 1969).

Schlechta, Karl(Hg.), *Friedrich Nietzsche*, Gesammelte Werke in drei Bänden(München, 1973).

Schlegel, Friedrich, "Fragmente", in: H. E. Hass u. G. A. Mohrlüder(Hg), *Ironie als literarisches Phänomen*(Köln, 1973).

Schmidt, Gerhard, *Zum Formgesetz des Doktor Faust von Thomas Mann*(Wiesbaden, 1976).

Schopenhauer, Arthur, *Die Welt als Wille und Vorstellung*, Zweiter Teilband(Zürich, 1977).

Schöne, Albrecht, *Götterzeichen, Liebeszauber, Satanskult, Neue Einblick in alte Goethetext*, 3. ergänzte Aufl.(München, 1993).

Schröter, Klaus, *Thomas Mann*(Reinbek bei Hamburg, 1973).

Sera, Manfred, *Utopie und Parodie bei Musil, Broch und Thomas Mann. Der Mann ohne Eigenschaften. Die Schlafwandler. Der Zauberberg*(Bonn, 1969).

Siegler, Wilhelm, *Thomas Manns Wandlung vom Unpolitischen zum Verteidiger der Demokratie. Beiträge zu der Sommerkursen*(München, 1968).

Simonis, Linda und Annette, "Einleitung, Moderne als Zeitstruktur", in: *Zeitwahrnehmung und Zeitbewußtsein der Moderne*(Bielefeld, 2000).

Sontheimer, Kurt, *Thomas Mann und die Deutschen*(München, 1961).

Stambaugh, Joan, *Nietzsche's Thought of Eternal Return*(The Jones Hopkins University Press, 1972).

Stein, Guido, *Thomas Mann, Bekenntnisse des Hochstaplers Felix Krull, Künstler und Komödiant,* Paderborn(München, 1984).

Stresau, Hermann, *Thomas Mann und sein Werk*(Frankfurt/M., 1963).

Strich, Fritz, *Deutsche Klassik und Romantik*, 4. Aufl.(Bern, 1949).

Strohschneider-Kohrs, Ingrid, "Zur Poetik der deutschen Romantik II. Die romantische Ironie", in: H. Steffen(Hg.), *Die deutsche Romantik*, 3. Aufl.(Göttingen, 1978).

Taine, Hippolyte, *Studien zur Kritik und Geschichte*(Paris, Leibzig, München, 1898).

Thieberger, Richard, *Der Begriff der Zeit bei Thomas Mann*(Baden-Baden, 1952).

Tripp, Edward(Hg.), *Reclams Lexikon der antiken Mythologie*(Stuttgart, 1974).

Trummer, Beatrice, *Thomas Manns Selbstkommentare zum Zauberberg*(Konstanz, 1992).

Vaget, Hans Rudolf, *Thomas Mann,* Kommentar zu sämtlichen Erzählungen(München, 1984).

Villiger, Hermann, *Kleine Poetik, Eine Einführung in die Formenwelt der Dichtung*, 3. Aufl.(Frauenfeld, 1969).

Wagner, Richard, *Sämtliche Schriften und Dichtungen* in zwölf Bänden, 5. Aufl.(Leipzig, 1911).

Walser, Martin, *Selbstbewußtsein und Ironie*(Frankfurt/M., 1981).

Wein, Hermann, *Positives Antichristentum*(Den Haag, 1962).

Weinrich, Harald, *Erzählstrukturen des Mythos*(Berlin/Köln/Mainz, 1971).

Wiese, Benno von, *Zwischen Utopie und Wirklichkeit, Studien zur deutschen Literatur*(Düsseldorf, 1963).

Wheelwright, P., *The Burning Fountain*(Indiana University Press, 1968).

Wyndham Lewis, Percy, *Time and Western Man*, Vol.II(1927).

Wysling, Hans(Hg.), *Dichter und ihre Dichtungen*(Frankfurt/M., 1975).

Wysling, Hans, "Narzissmus und illusionäre Existenzform, Zu den Bekenntnissen des Hochstaplers Felix Krull", in: Ders.(Hg.), *Thomas-Mann-Studien*, Band 5(Bern, München, 1982).

Ders., *Thomas Mann heute,* Sieben Vorträge(Bern, 1976).

Zander, Peter, *Thomas Mann im Kino*(Berlin, 2005).

찾아보기

용어

634

지은이 **안진태** 고려대학교 독어독문학과와 동 대학원을 졸업하고 독일 뒤셀도르
프 대학교에서 독문학 박사 학위를 받았으며, 현재 강릉대학교 독어독문학과 교
수로 재직 중이다. 지은 책으로 『카프카 문학론』, 『괴테 문학의 신화』, 『괴테 문학
의 여성미』, 『파우스트의 여성적 본질』, 『베르테르의 영혼과 자연』, 『신화학 강
의』, 『독일담시론』과 *Östliche Weisheit, Tiefenpsychologie und Androgynie in
deutscher Dichtung*(독일 Peter Lang 출판사), *Mignons Lied in Goethes
Wilhelm Meister*(독일 Peter Lang 출판사), 논문으로는 「토마스 만의 소설 『파우
스트 박사』에서 나타난 독일적 요소」, 「헤르만 헤세의 『데미안』에 나타난 도교 사
상」, 옮긴 책으로는 야트로마놀라키스의 『소들의 잠』 등과 독일어로 번역한 김동
인의 『감자』가 있다.

토마스 만 문학론

발행일 2009년 3월 30일 초판 1쇄

지은이 안진태
발행인 홍지웅
발행처 주식회사 열린책들

경기도 파주시 교하읍 문발리 521-2 파주출판도시
전화 031-955-4000 팩스 031-955-4004
www.openbooks.co.kr

이 도서의 국립중앙도서관 출판시도서목록(CIP)은 e-CIP 홈페이지(http://www.nl.go.kr/cip.php)에서
이용하실 수 있습니다. (CIP제어번호 : CIP2009000845)